U0801827

读客

读客外国小说文库

熊猫君激发个人成长

FALL OF GIANTS

巨人的陨落 Ⅰ

[英]肯·福莱特 著 于大卫 译
KEN FOLLETT

江苏凤凰文艺出版社
JIANGSU PHOENIX LITERATURE AND ART PUBLISHING, LTD

纪念我的双亲，

马丁和维妮·福莱特

目　录

第四章／132

1914年3月

菲茨十五岁的时候爱上了一个女佣，几天后他母亲觉出端倪，立刻解雇了那个女孩。他父亲笑着说：“选得倒是不错。”从那时起他就没再碰过任何家仆。但他无法抗拒艾瑟尔。

第五章／155

1914年4月

白宫发生了一场危机。格斯更关心的是那部电话。如果铃声响起来，他就得考虑是否叫醒总统。但就连哈佛大学也没教授过何时唤醒总统的课程。他希望电话永远不要响。

第六章／186

1914年6月

格雷戈里终于攒够了去纽约的路费。列夫说：“你可以把你的船票给我……这样你就救了我的命。”格雷戈里知道他不得不这样做，意识到这一点让他的心口一阵刺痛。

第七章／213

1914年7月初

我的命运掌握在两位君主手里，沃尔特想，沙皇和奥皇。一个愚蠢无能，另一个老迈昏庸。但他们控制着茉黛和我，以及数百万欧洲人。要不怎么说要废除君主制度呢！

第八章／241

1914年7月中旬

艾瑟尔把管家制服留在了钉子上，然后离开了泰-格温。多年来她在这儿竟学到了那么多东西。最重要的是，她痛苦地想道，自己明白了一个道理——爱情不可信。

第九章／283

1914年7月下旬

他转过身来跟房间里所有人说话：“奥地利对塞尔维亚宣战了。”有那么一刻，茉黛觉得好像整个世界都停止了。

第十章／318

1914年8月1日至3日

德国大使馆里乱成一团。沃尔特无法享受参与一场国际势力的博弈带来的快感，相反，他被恐惧折磨着，害怕和心爱的女人在战争中互为敌人。

第十一章／342

1914年8月4日

“我亲爱的，万一我们活不过这场战争，哦，老天，就请让我们像夫妻那样共度一晚吧。P.S：德国在一小时前入侵了比利时。”

序

成人礼

第一章

1911年6月22日

英王乔治五世在伦敦威斯敏斯特教堂加冕那天，比利·威廉姆斯在南威尔士的阿伯罗温下了矿井。

1911年6月21日是比利的十三岁生日。他是被父亲叫醒的。爸爸的方法很管用，但不温柔。他拍着比利的脸颊，节奏平稳，坚定执着。比利睡得很深，一开始不打算理会，但那拍打无情地持续着。他觉得很生气，但马上意识到必须起了，甚至自己想起床，于是他睁开眼睛，一个激灵坐了起来。

“四点了。”爸爸说了一句，转身离开了房间，靴子当当敲击着木楼梯下了楼。

今天比利要开始他的职业生涯，成为一名学徒矿工，镇上大多数男人都是在他这个年龄开始的。他希望他像个矿工，拿定主意不要让自己出丑。大卫·克兰普顿上工的第一天在井下哭鼻子，为此到现在大家还叫他“戴哭宝”，尽管他已经二十五岁，是镇橄榄球队的明星球员。

正值仲夏，明亮的晨光透过小窗口照射进来。比利看了看躺在自己旁边的外祖父。外公的眼睛是睁着的。每次比利起床他都醒着，他说老人没多少觉可睡。

比利下了床，只穿着衬裤。天冷的时候他穿衬衫睡觉，但时下英国正值炎炎夏日，连晚上都很暖和。他从床底拉出那只钵子，把盖子揭开。

他的阴茎大小没什么变化，他称它“小鸡儿”。那东西还像以前一样，只有那么一小截，那么幼稚。他原指望它能在生日前夜开始变大，哪怕它四周的什么地方长出根黑毛毛也好，可他还是失望了。他最好的朋友汤米·格里菲斯跟比利同一天出生，他就不一样：嗓音已经变沙哑了，下嘴唇底下也长出一片黑绒毛，小鸡儿也长得跟大人一样了。这真让人丢脸。

比利一边往钵子里撒尿，一边望着窗外。他只能看见那堆矿渣，这座深灰色的矿渣山是煤矿留下的垃圾，大部分是泥岩和砂岩。比利琢磨，上帝创世的第二天世界大概就是这个样子，然后上帝说：“地要长青草。”一阵微风将细小的黑色灰渣吹向一排排的房子。

房间里就更没有什么可看的了。这是一间后卧室，狭窄的空间刚够放下一张单人床，一个衣柜，还有外公的旧箱子。墙上挂着一块刺绣图样，上面写着：

信主耶稣，你必得救

屋里没有镜子。

房门通向楼梯口，另一扇门通向前卧室，那间卧室只有这一个入口。屋子大一些，能放下两张床。爸妈在里面睡觉，几年前比利的几个姐妹也挤在里面。大姐艾瑟尔已经离开了家，另外三个姐妹都死掉了，一个得了麻疹，一个是百日咳，最后一个死于白喉。他还有过一个哥哥，在外公来这儿以前跟比利睡一张床。他叫韦斯利，是在矿井下面被失控的道车轧死的，就是一种带轮子的运煤桶。

比利穿上衬衫。这件衬衫是他昨天上学穿过的。今天是星期四，他每次都是星期日才换衬衫。不过，他有一条新裤子，这是他的头一条长裤，是用厚厚的防水棉布做的，人们管那种厚斜纹布叫“鼹鼠皮”。这种裤子是进入男人世界的象征，他很自豪地穿上裤子，享受织物带给他的那种沉甸甸的阳刚之感。他戴上厚厚的皮带，穿上皮靴，这些都是从韦斯利那儿继承下来的。穿戴整齐后，比利下了楼。

底层的大部分空间被客厅占据了，不足两平方米，中间是一张桌子，一端有个壁炉，石头地面上铺了自家编织的地毯。爸爸正坐在桌边读一份过期的《每日邮报》，他的鼻子又尖又长，鼻梁上架了一副眼镜。妈妈在沏茶。她把冒着热气的水壶放下，吻了吻比利的额头，说：“生日过得怎么样，我的小男子汉？”

比利没有回答。这个“小”字很伤人，因为他确实小，而“男子汉”这个词也让人痛苦，因为他还不算是个男人。他走进后面的盥洗间，拿一只铁皮钵子在水桶里舀了点儿水，洗了把脸，然后把水倒进浅浅的石头水槽。盥洗间里架着一只热水锅，下面是火炉，但只在星期六晚上洗澡时才用。

自来水据说马上就通，有的矿工家里已经有了。比利觉得这简直是个奇迹，你只要一拧龙头就能接到一杯清水，再也不用提着桶子去街上的水塔接水了。但室内水管还没有通到威廉姆斯家住的威灵顿街。

比利回到客厅，在桌边坐下。妈妈把一大杯加了奶的热茶放在他面前，里面已经放了糖。她切了两片厚厚的自制面包，又从楼梯下面的餐具室取出一片厚油脂。比利双手合十，闭上眼睛，说："感谢上帝赐予这食物，阿门！"然后他喝了点儿茶，把油脂涂在面包上。

爸爸那双淡蓝色的大眼睛越过报纸看着他。"往面包上撒点儿盐，"他说，"在井底下你会出汗。"

比利的父亲是一名矿工代理人，受雇于南威尔士矿工联合会，这是英国最强大的工人同盟——一有机会他就会这么说。他被人称作"戴同盟"。很多男人都叫"戴"，跟"死"[①]字同音。在威尔士，人们把"大卫"和"戴维德"简称为戴。比利在学校学到，之所以"大卫"在威尔士十分流行，是因为国家守护神就叫这个名字，就像"帕特里克"之于爱尔兰。区分这些"戴"并非靠他们的姓氏——整个镇子的姓氏不外乎就是琼斯、威廉姆斯、埃文斯和摩根这几个——而是根据他们的绰号。一旦你有了滑稽的诨名，正式的名字就很少有人叫了。比利的本名是威廉·威廉姆斯，于是大家叫他"比利乘二"。女人一般随丈夫的绰号，所以妈妈的称呼就是"戴同盟太太"。

比利吃第二片面包的时候，外公下了楼。虽说天气很暖和，但他还是穿了外衣和背心。他洗了洗手，在比利对面坐下。"别显得那么紧张，"他说，"我十岁的时候就下井了。我父亲是被他的父亲背到井下的，那时候他才五岁，从早上六点一直干到晚上七点。从十月到第二年三月，他就没见过太阳。"

---

① 英文单词die，意思是死，发音接近dai。

“我没紧张。”比利说。这不是真话，他已经害怕得浑身僵硬了。

不过外公心眼好，没再往下说。比利喜欢外公。妈妈把比利当个小孩子，爸爸又严肃又尖刻，外公却十分宽容，把比利当成大人一样跟他说话。

“你们听听这个。”爸爸说。他从来不买邮报，说那是右翼的破烂抹布，但他有时会把别人看过的报纸带回家，用轻蔑的声音读报，嘲弄统治阶级愚蠢虚伪。

“戴安娜·曼纳斯夫人被人批评在两场不同的舞会上穿了同样的礼服。拉特兰公爵的这位幺女曾在萨沃伊舞会上获得‘最佳女士服装奖’，当时穿的是低肩骨质胸衣和带箍长裙，凭此拿到二百五十金币的奖金。”他放下报纸，说道，“这笔钱至少是你五年的工资，比利。”他继续念道：“但在温特顿勋爵和F.E.史密斯于克拉里奇酒店举办的聚会上，她穿了同一套礼服，这让鉴赏行家面露不悦之色。常言道，好事过了头也就变成坏事了。”他从报纸上抬起头来：“妈妈，你最好把那条裙子换掉。”他说，“你不想让鉴赏行家面露不悦吧。”

妈妈没觉得有什么好笑。她穿着一件旧的棕色羊毛连衣裙，肘部打了补丁，腋下有一片污渍。“我要是有二百五十金币，看上去绝对不会比‘大粪夫人’戴安娜逊色。”她不无挖苦地说。

“那当然。”外公说，“卡拉总是那么漂亮，就跟她母亲一样。”妈妈的名字叫卡拉。外公转向比利：“你外祖母是意大利人。她的名字叫玛丽亚·亚费罗娜。”比利知道这个，但外公总喜欢重复别人听过的故事，“你母亲就是从她那儿继承了乌黑发亮的头发和可爱的黑眼睛，你姐姐也是。你外祖母是加地夫最漂亮的女孩——是我把她娶到手了！”他一下子又显得伤心起来，“那真是美好的时候啊。”他平静地说。

爸爸不以为然地皱起了眉头，这种话题让人想到情欲和肉体——但妈妈被自己父亲赞美得高兴起来，她笑了，把他那份早餐摆在他面前。“哦，可不是嘛，我们姐妹几个都被人当成美人。要是我们有钱买丝绸和蕾丝，我们就可以让那些贵族知道什么才算漂亮女孩。”

比利很吃惊。他从来没想过自己的母亲漂不漂亮，虽然星期六晚上她打扮好去礼拜堂时显得很动人，尤其是再戴一顶帽子。他猜想她年轻时有可能是个漂亮女孩，但这种事情很难想象。

“我告诉你，”外公说，“你外祖母家的人也很聪明。我的大舅子是个矿工，可他脱离了这份行当，去滕比开了一家咖啡馆。那种日子你想去吧——海风吹着，整天无所事事，除了冲咖啡就是数钱。”

爸爸开始读另一个栏目：“作为加冕筹备的一部分，白金汉宫出版了一本指南，长达二百十二页。”他抬起头，“把这个消息告诉井底下的人，大家就没什么担心的了。”

比利对皇室的事不太感兴趣。他喜欢的是邮报经常刊载的冒险故事，私立寄宿学校那些玩橄榄球的硬汉抓捕鬼鬼祟祟的德国间谍。报纸上说这类间谍在英国的各个城镇出没，不过好像阿伯罗温连一个都没有，简直让人失望。

比利站了起来。“上街。”他宣布说。他从房子的前门出去。“上街”是家里通用的委婉语，意思是上厕所。厕所在威灵顿街的中部，是座低矮的砖棚子，瓦垄铁皮的屋顶，里面是挖出的一个大坑。小棚子隔成两半，一半男用，一半女用。每个隔间有两个坑位，因此上厕所的人都是成对进出。没人知道建造者为何选择这种安排，但人们都尽量加以利用。男人目不斜视，一言不发，但比利经常能听到女人那边会友善地搭话闲聊。厕所里的气味让人窒息，尽管你每天都要经历这些。每次呆在里面的时候，比利总是尽量减少呼吸，等出来后再大口喘气。这个地洞有人定期铲除，那人就叫“戴大粪”。

比利回到屋里的时候，高兴地看见他的姐姐艾瑟尔坐在桌子旁边。“祝你生日快乐，比利！”她喊道，“我专门在你下井前送你一个吻。”

艾瑟尔十八岁，比利用不着别人告诉就知道她很漂亮。她长着一头红褐色的头发，带着自来卷，黑色的眼睛顽皮地忽闪着。也许妈妈从前就是这个样子。艾瑟尔穿着朴素的黑色连衣裙，戴着佣人戴的那种白色棉布帽，这套装束让她显得很耐看。

比利崇拜艾瑟尔。除了漂亮，她还十分有趣，很聪明，很有勇气。她有时甚至敢顶撞爸爸。她跟比利讲的事情，从来没有人跟他讲过，比如每个月来一次的插曲，女人所谓的“诅咒”，还有让英国圣公会牧师匆匆离开小镇的“公然猥亵罪”是什么意思。她上学的时候一直是班里顶尖的好学生，她的作文《我的小镇或小村》在《南威尔士回声报》举办的比赛上获一等奖。她赢得了一本《卡塞尔世界地图》。

她吻了吻比利的脸颊。“我跟管家杰文斯夫人说我们没有鞋油了，要去镇上买。”艾瑟尔在泰–格温工作，也住在那儿，那是菲茨赫伯特伯爵的大宅，在三里外的山上。她把一个用干净抹布裹着的东西递给比利。“我给你偷了一块蛋糕。”

“啊，谢谢你，艾丝！”比利说。他最喜欢蛋糕了。

妈妈说："要我把它放进你的餐盒吗？"

"要，谢谢。"

妈妈从柜子里拿出一个铁盒，把蛋糕放在里面。她又切了两片面包，在上面抹了油脂，洒了点儿盐，也放进了铁盒里。所有矿工都带这种铁餐盒。如果他们把吃的用布裹着带到地下，不等到上午的小休就会被老鼠吃光。妈妈说："等你把工资带回家，你的餐盒里就会有一片煮培根了。"

一开始比利的收入不会太多，但总能为家里补贴些开销。他不知道妈妈能允许他留多少零花钱，最终他能不能攒下足够的钱买辆自行车，世上再没有他更想要的东西了。

艾瑟尔在桌边坐下。爸爸问她："大宅里面怎么样？"

"很好，很安静，"她说，"伯爵和公主在伦敦参加加冕礼。"她看着壁炉上的钟，"他们马上就该起床了，要早早赶到修道院去。她会不高兴的，她不习惯早睡早起，但她不能在国王的庆典上迟到。"伯爵的妻子碧是位俄国公主，十分尊贵奢华。

爸爸说："他们应该想要前排的位置，这样他们就可以看清表演了。"

"哦，那不行，不能想坐哪儿就坐哪儿，"艾瑟尔说，"他们准备了六千把红木椅子，都特别做了记号，把来宾的名字用金字写在椅背上。"

外公说："那简直是浪费！这些椅子用完以后他们怎么处理呢？"

"我不知道。也许每个人会把它们带回家做纪念。"

爸爸干巴巴地说："告诉他们把多余的送给我们一把。我们这儿只有五个人，可你妈已经没椅子坐了。"

爸爸在开玩笑的时候，心里可能正在生气。艾瑟尔一下子站了起来。“哦，对不起，妈妈，我没想到。”

“你快坐那儿吧，我忙得坐不下来。”妈妈说。

时钟敲了五下。爸爸说：“最好早点儿去，儿子。既然下了决定，就要做下去。”

比利十分勉强地站了起来，拿起他的铁餐盒。

艾瑟尔又吻了他一下，外公握了握他的手。爸爸给了他两根十五厘米的铁钉，钉子已经生锈，有点弯曲。“把这些放在你裤子口袋里。”

“这是干吗？”比利问。

“到时候你就明白了。”爸爸笑着说。

妈妈递给比利一只约一升的螺旋盖瓶子，里面装了加牛奶和糖的凉茶。她说：“好了，比利，你要记住，耶稣永远伴随着你，哪怕在井下也一样。”

“是，妈妈。”他看见眼泪在她眼圈里打转，连忙转过身去，怕自己也被弄得哭哭啼啼的。他从挂钩上拿下他的帽子。“我走了。”他说，好像他不过是去上学一样。他迈出了大门。

这个夏天一直很热，阳光也很充足，但今天阴沉沉的，甚至像要下雨。汤米靠着墙站着，等待着。“哎，比利。”他说。

“哎，汤米。”

他们并肩沿着街道往下走去。

阿伯罗温以前曾是一个小集镇，为周围的山民提供便利，这是比利在学校学到的。从威灵顿街的顶头，你可以看到古老的商业中心，还有牲畜市场敞开的围栏、羊毛交易所的大楼，以及一座圣公会礼拜堂，所有这些都在欧文河的一侧，那条河比溪流还小。现在，一条铁路线就像一道伤口切过小镇，在矿井口附近终止。矿工们的房子一直延伸到山谷的斜坡上，数以百计的灰色石头房屋都有着深灰的威尔士板岩屋顶。这些房子沿着山势呈蛇形排列，较短的街巷穿插在长排房子之间，继而伸入谷底。

“你要跟谁一块干活？”汤米说。

比利耸耸肩。新来的孩子都会分给一位煤矿董事的助理。“没办法知道。”

“我希望他们把我分到马厩去。”汤米喜欢马。矿上大概养了五十四矮种马。矿工装满道车后，就由这些马沿着铁轨拉上来。“你想干什么样的工作？”

比利希望他们不会让他干太重的活儿，他年纪小，还没什么的体力。但他不愿意承认这一点。“给道车上油。”他说。

“为什么？”

“好像挺轻松的。”

他们经过学校，昨天他们还是那里的学生呢。那是一座维多利亚式建筑，带着教堂那样尖尖的窗户。它是由菲茨赫伯特家族创建的，校长总是乐此不疲地提醒学生这一点。伯爵还任命了教师，决定课程的安排。墙上挂着描绘战争胜利的油画，英国的庄严伟大是其一成不变的主题。每天的头一节课是诵读《圣经》，教授英国圣公会的严格教义，尽管几乎所有的孩子都来自非国教徒家庭。学校还有个管理委员会，爸爸就是里面的成员，但委员会除了提建议以外没有其他权力。爸爸说，伯爵对待学校就像对待他的私人财产一样。

最后一个学期，比利和汤米学了采矿原理，女孩子们学习缝纫和做饭。比利惊奇地了解到脚底下的大地是由不同种类的土层组成的，就像一叠三明治一样。煤层——这个字眼他一直听人说起，但并没有真正明白它的意思——就是其中的一层。老师还告诉他，煤炭是枯叶等植物性物质经过几千年的积累，再经过上面的土壤紧压后形成的。汤米——他的父亲是个无神论者——就说，这证明了《圣经》是不正确的。但比利的父亲说这只是其中一种解释。

这个时间学校还没人，操场显得十分冷清。让比利感到自豪的是，他已经把学校抛在了后面，尽管他内心还是有点儿希望自己能回到那里，而不是下矿井。

当他们走近坑口的时候，街道上早已满是矿工了，每个人都带了一个铁餐盒和一瓶茶水。他们穿的衣服都一样，都是那种一到工作场所就脱掉的旧外套。有些煤矿很冷，但阿伯罗温的是热井，男人们工作时只穿内衣和靴子，或者粗麻布短裤，大家戴棉垫帽子，一直都戴，因为隧道的顶部很低，很容易撞到脑袋。

比利可以越过房顶看见那台卷扬机，那座塔架顶上有两个朝相反方向转动的大轮子，拉动缆绳升降吊笼。在南威尔士山谷里，大多镇子都竖立着这类坑口装置，就像农村里的那些教堂尖顶一样。

其他的建筑零落分布在坑口周围，就好像是意外散落的，其中有矿灯房、煤矿办公室、铁匠铺和几个商店。铁路在建筑之间蜿蜒穿行。垃圾场那儿扔着破损的道车、日久开裂的木材、饲料袋和废弃生锈的破烂机器，这些东西统统蒙上了一层煤灰。爸爸总是说如果矿工们把一切弄得井井有条，就会少发生一些事故。

比利和汤米走进煤矿办公室。绰号叫“斑点”的亚瑟·卢埃林在前面的那间房里，这个职员的年纪比他们大不了多少，白衬衫的领口和袖口带着污渍。他正在等着他们——两人的父亲先前已经安排他们今天开始工作。斑点在一本账簿上记下他们的名字，然后带他们到煤矿董事办公室。“小汤米·格里菲斯和小比利·威廉姆斯前来报到，摩根先生。”他说。

马尔德温·摩根个头高大，穿着一身黑色外套，袖口上纤尘不染。他粉红的脸颊上看不出一点胡茬儿，想必他每天都要刮胡子。墙上的镜框里镶着他的工程师证书，他的礼帽——那是他另一个身份的象征——陈列在门边的外套架上。

让比利惊讶的是，屋里并不是他一个人。他旁边站着一个更让人害怕的人物：珀西瓦尔·琼斯，凯尔特矿业公司的董事长，这个公司持有并经营阿伯罗温和其他几个煤矿。这人个子矮小，生性好斗，矿工们都叫他“拿破仑”。他穿着常礼服，上身是黑燕尾服，下身是灰条纹长裤，一顶大礼帽还戴在头上没摘下来。

琼斯嫌恶地看着两个男孩。“格里菲斯，你父亲是个革命性社会主义者。”他说。

“是的，琼斯先生。”汤米说。

“还是个无神论者。”

“是的，琼斯先生。”

他把目光转向比利：“而你的父亲是南威尔士矿工联合会的官员。”

“是的，琼斯先生。”

“我不喜欢社会主义者。无神论者注定遭受永恒的诅咒。工会成员更是狗屁不如。”

他瞪着他们，但没提什么问题，所以比利也就闭口不语。

“我不需要爱闹事的人，”琼斯继续说，“在朗达山谷，他们已经罢工了四十三周，就因为你父亲那种人挑拨事端。”

比利知道，朗达罢工不是因为闹事的人，起因是佩恩格莱格的伊利矿井业主把自己的矿工锁在了矿井外面。不过他嘴上什么都没说。

“你爱闹事吗？”琼斯伸出干瘦的指头指着比利，让比利打了个哆嗦，“你父亲跟你说过没有，让你为我工作的时候维护自己的权利？”

比利使劲儿想着，但琼斯这样虎视眈眈看着他，让他很难想起什么。爸爸今早没说什么话，但他昨晚倒是提了一些建议。“是的，先生，他告诉我，不要对老板出言无礼，那是我的工作。”

斑点·卢埃林在他身后窃笑了几声。

珀西瓦尔·琼斯不觉得可笑。“粗鲁傲慢的家伙，”他说，“但如果我把你解雇的话，整个山谷都会罢工。”

比利可没有想过这一点。他有那么重要吗？不——但矿工们可能为坚持那条不让他们同僚的孩子吃亏的原则而罢工。他还没工作五分钟呢，联合会就已经在保护他了。

“让他们走吧。”琼斯说。

摩根点了点头。“带他们到外面去，卢埃林，”他对斑点说，“里斯·普莱斯会关照他们的。”

比利暗暗叫苦。里斯·普莱斯是个更讨人厌的助理。一年前他追求过艾瑟尔，被她拒绝了。她拒绝过阿伯罗温的大部分单身汉，但普莱斯怀恨在心。

斑点使劲一摆头。“出去。”他说，自己跟在他们后面，“去外面等普莱斯先生。”

比利和汤米离开大楼，倚在门边的墙上。“我真想照着拿破仑的胖肚子狠狠来一拳，”汤米说，“这个资本主义的混蛋。”

“是呀。”比利说，不过他没有这种想法。

里斯·普莱斯一分钟后出现了。跟所有的助理一样，他戴着一顶圆冠帽，那种帽子比矿工帽贵，但比圆顶礼帽便宜。他背心口袋里装着一个笔记本和一支铅笔，手里还拿着一把码尺。普莱斯的脸颊上长着黑色的胡茬儿，门牙之间有条缝。比利知道他人很聪明，但也很狡猾。

“早上好，普莱斯先生。”比利说。

普莱斯显得疑心重重。“你跟我说早上好，是有什么事，比利乘二？”

“摩根先生说，让我们跟你一块下井坑。”

“他说的？是现在吗？”普莱斯一副鬼鬼祟祟，东张西望的样子，有时候他还往后看，好像时刻在防备什么地方会出麻烦。“我们看看再说。”他抬头看着卷轮，好像在那儿寻找某种解释。“我没时间对付小孩子。”他走进了办公室。

“我希望他找别人带我们下去，”比利说，“他恨我们家的人，因为我姐姐没跟他在一起。”

“你姐姐觉得她要是嫁给阿伯罗温的男人就太可惜了。”汤米说，显然是在重复他听来的话。

“他们就是配不上她。”比利坚决地说。

普莱斯走了出来。“好吧，跟我来。”说完，他便快步走在前面。两个男孩跟着他进了矿灯房。管矿灯的人递给比利一个闪亮的黄铜安全灯，他像矿工那样把灯拴在皮带上。

在学校时他对矿工安全灯已有所了解。煤炭开采的危险之一是甲烷，那是从煤层里渗出来的一种易燃气体。矿工们称之为沼气，它是所有地下爆炸的罪魁祸首。威尔士的矿坑是出了名的瓦斯坑。安全灯经过巧妙设计，火焰不会点燃沼气。实际上，火焰会改变形状，变长，从而发出警告——因为沼气并没有气味。

如果灯灭了，矿工便无法自己把它重新点着。这里禁止任何人带火柴下井，矿灯是锁死的，以免有人破坏规矩。矿灯熄灭后需要送到照明站，它通常在坑底靠近竖井的地方。这样就有可能走上三里多的路，甚至更远。但为了避免发生地下爆炸，这样做是值得的。

学校里的老师告诉男孩们，安全灯是矿主对雇员表示关切的方式之一。爸爸说："就好像防止爆炸、避免停工或隧道受损对老板们没好处似的。"

拿到自己的矿灯后，矿工们站成一排等待吊笼。队列边上巧妙地安放了一块公告板。上面贴着手写或印刷粗糙的告示，板球赛的广告、飞镖比赛、丢失小刀寻物启示、阿伯罗温男声合唱团演唱会海报，还有免费图书馆举办的一场卡尔·马克思历史唯物主义理论讲座的预告。不过助理们不用排队，普莱斯一直往前挤，两个男孩紧跟着他。

像大多数矿坑一样，阿伯罗温有两个竖井，电风扇从一个井口吹进空气，再从另一个井口排出来。矿主经常异想天开地给竖井起名字，两个竖井一个叫皮拉姆斯，另一个叫提斯柏[①]。这边的皮拉姆斯是上升井，比利能感觉到一股来自井底的暖空气。

① Pyramus and Thisbe：古罗马传说中的男女主人公。因父母反对，相约桑树下私奔。赴约时提斯柏的面纱被狮子撕碎。皮拉姆斯发现撕碎的面纱以为爱人已死，遂自杀身亡。当被狮子吓跑的提斯柏返回时，发现皮拉姆斯已死，也自杀了。

去年，比利和汤米决定去看看下降井。在复活节后的星期一矿工放假休息，他们躲过更夫，偷偷穿过垃圾场到了坑口那里，然后爬过防护围栏。井口被吊笼的外壳挡着，并未完全封闭，他们肚皮贴地趴在井口边上往下面窥望。他们看着那个可怕的洞穴，感到一种骇人的魔力，比利只觉得肚子里翻江倒海。黑暗似乎无限深远。他感受到了一种震颤，其中一半是侥幸，因为他不必进到里面，另一半是恐怖，因为总有一天他要下去的。他朝下面丢了一块石头，两人听着石头在木制的吊笼芯子和砖砌的井壁上反弹发出的声响。他们等着，时间长得可怕，最后才听到那微弱而遥远的溅水声，石头终于落在了井底的水洼里。

现在，一年过去了，他就要经历那块石头走过的历程了。

他告诉自己别当胆小鬼。他要表现得像一个男人一样，不管心里是怎么想的。最糟糕的事情莫过于让自己丢脸了，比死还让人害怕。

他能看见那滑动栅门把井口封闭起来。那后面便是空洞洞的所在，因为吊笼在往上升。在更远的井口另一端，他能看见高高的绕线引擎带着大轮子转动。机械装置喷出一股股蒸汽。电缆抽动着导杆，发出鞭子似的声响。到处弥漫着热乎乎的机油气味。

一阵钢铁的撞击声后，空的吊笼出现在门的后面。矿坑监工，在上面负责吊笼的那个人这时把门拨开。里斯·普莱斯走进空吊笼，两个男孩也跟了进去。十三名矿工随后进来——吊笼一共能装十六人。监工把门“哗”的一声关上。

接着是一阵停顿。比利感到浑身乏力。他脚下的地板是结实的，但他可以毫不费力地从分布稀疏的栏杆之间挤出去。吊笼悬空挂在钢丝绳上，但即使这也不是绝对安全：每个人都知道，提尔潘垂的绕组电缆在1902年的一天突然断裂，吊笼急坠井底，八人当场摔死。

他对旁边的矿工点点头。这人是“板油”哈利·休伊特，有一张胖脸，尽管个头较比利高了三十厘米，却只比他大三岁。比利记得休伊特在学校的样子，他一直留在三年级，跟十岁的孩子们待在一块，每年考试都不及格，直到他年龄够了便开始工作。

铃响了，这标志着井底把钩工已经把那边的门关上。坑口监工拉动杠杆，接着另一种铃声响了。蒸汽机发出嗞嗞声，然后又是“砰”的一声爆响。

吊笼落入虚空之中。

比利知道它进入了自由落体状态，然后再及时刹车以便缓慢着陆。但任何理论上的先见都没能让他对坠入地球内部带来的震撼做好准备。他双脚离开了地面。他吓得尖叫起来。他完全失去了控制。

矿工们全都笑了起来。他们知道这是他第一次下井，早就等着看他的反应，他随即意识到这一点。这太晚了，他看见他们全都抓着吊笼的栏杆，防止自己飘起来。但学到的知识对平息他的惊恐毫无作用。他只能咬紧牙关不让自己发出叫声。

制动器终于啮合。下跌的速度放慢，比利的脚碰到地面。他抓住一根栏杆，勉强让自己停止晃动。一分钟后，惊慌被一种屈辱感替代，那感觉十分强烈，他就要憋不住眼泪了。他看着板油那张笑嘻嘻的脸，大声喊着压过噪音：“闭上你的大嘴，休伊特，你个臭傻瓜。”

休伊特的脸顿时变了色，显得气汹汹的，但其他人笑得更欢了。比利不得不对耶稣抱歉自己说了脏话，但他稍稍感到自己不那么像个傻瓜了。

他看了一眼汤米，汤米一脸刷白。他是不是也尖叫了？比利不敢去问，反正他也不会承认。

吊笼停了下来，门“哗啦”一声打开，比利和汤米颤抖着走出来，进了矿井。

里面是一片昏暗。矿工的灯还不如家里墙上挂着的煤油灯亮。坑道里黑得像无月的夜晚。或许采煤也用不着看得太清楚，比利想。他哗哗趟过一处水洼，水面在昏暗的灯光中闪着微亮。他觉得嘴里有一种奇怪的味道：空气中满是煤灰。人有可能整天呼吸这种空气吗？这正是矿工们咳嗽不断、总在吐痰的原因吧。

有四个人等着坐吊笼升到地面，比利发现这几个人是消防员。每天早上在矿工开工前，消防员都要测试气体。如果甲烷浓度太高，他们就会命令矿工们暂时不要工作，直到通风扇把气体清除干净。

紧挨着他的是一排矮种马用的畜舍，一扇打开的门通向一间光线充足的房间，里面放着一张桌子，大概是助理办公室。矿工们分散开来，沿着从井底辐射出去的四条坑道走远。坑道被称为平巷，通往挖煤的矿面。

普莱斯带他们去了一个库房，打开门上的挂锁。他挑了两把铲子，递给两个男孩，再把房子锁上。

他们走到马厩那边。一个只穿短裤和靴子的男人正在把混合了马粪的干草从畜舍里往外铲，扔进一辆装煤的道车。汗水顺着他肌肉发达的后背流下来。普莱斯对他说：“要不要个男孩帮你？”

那人转过身来，比利认出他就是戴·泼尼斯，毕士大礼拜堂的长老。戴没表示出任何认出比利的迹象。“我不要那个小的。”他说。

“好吧，”普莱斯说，“另外那个是汤米·格里菲斯。他就跟你了。”

汤米显得很高兴。他如愿以偿了。尽管他只管清理马粪，但他现在算是在马厩工作了。

普莱斯说：“来吧，比利乘二。”随后便走进一条平巷。

比利肩上扛着铁锹跟在后面。汤米不在身边，让他感到更心急了。他真希望自己也去清理马厩，跟他的朋友在一起。“我要干什么活儿，普莱斯先生？”他问。

“你猜猜，猜不到吗？”普莱斯说，“你觉得我他妈给你铁锹干什么用？”

比利被他口无遮拦的话震惊了。他猜不出自己要去干什么，但他没再多问。

坑道是圆的，顶棚由弯曲的钢筋支撑着。一根五厘米粗的管道沿着顶棚延伸过去，想必是输水用的。每天晚上，平巷里都要洒水，以便减少灰尘。这不仅对人的肺部造成威胁——如果只因为这个，凯尔特矿业才不会在乎——更是因为灰尘构成火灾隐患。然而，这种喷淋系统并不完备。爸爸强调说应该用十五厘米直径的管子，但珀西瓦尔·琼斯不愿意花这笔钱。

大约走了四百米后，他们拐进了一个倾斜向上的交叉坑道。这是一条更旧、更狭窄的通道，周围用木板支撑，而不是钢圈。在顶棚较低的地方，普莱斯不得不缩着脖子。这样走了大概三十米，两人便进了矿工干活的地方，他们已经开始在那儿劈煤了。

比利听到轰隆隆的声响，普莱斯随即说：“进检修孔。”

“什么？”比利看着地面。检修孔通常在城镇人行道上才有，他在地上除了道车用的铁轨以外，什么也没看见。他抬头看见一匹矮马正迈着碎步朝他冲过来，下坡的速度很快，后面拖着一串道车。

“去检修孔！”普莱斯喊道。

比利还是没明白到底要他干什么，但他可以看见坑道比道车宽不了多少，他就要被车碾碎了。接着，普莱斯好像一步跨到了墙里头，消失了。

比利丢下铁锹，转身朝来时走的那条路跑去。他试图跑在矮马的前面，但它移动的速度快得惊人。这时，他看见了墙上凿出来的壁龛，从上到下跟坑道一样高，然后他意识到自己看见过这种壁龛，每隔二十五码左右就有一个，只是当时没太留意。普莱斯说的检修孔大概指的就是这个。他闪身往里面一躲，那一串道车轰隆隆开了过去。

道车过去后，他走了出来，大口喘着气。

普莱斯假装生气，脸上却在笑。“你还得更机灵点儿，”他说，“否则，你就会死在这儿，跟你哥哥一样。”

比利发现不少人都喜欢嘲弄小孩子的无知。他认定自己长大以后绝不会干这种事。

他捡起地上的铁锹。铁锹完好无损。“算你走运，”普莱斯品评道，“如果让道车轧坏了，你就得赔一把新的。”

他们继续往前走，很快就到了一个废弃的工作区。脚下没有那么多水，地面覆着一层厚厚的煤灰。他们拐了好几个弯，比利完全丧失了方向感。

他们走进一条被一辆肮脏破旧的道车堵死的坑道。“这块地方必须清理出来。”普莱斯说。这是他第一次费心思解释什么，但比利觉得他在撒谎。“你的工作是把垃圾铲到道车里。”

比利四下看了看。这里的尘土有三十厘米厚，他的矿灯所能照到的地方到处都是，他怀疑更远的地方也一样。就算他铲上一个礼拜也不会有多大变化。问题是，这到底有什么必要呢？这片区域已经采掘完了。不过他没再问什么。或许这是一种考验。

“我过一会儿就回来，检查你的工作进度。”普莱斯说完，便原路折返，把比利一个人留在那儿。

比利没有料到这一点。他原以为自己会跟大人们一起工作，从他们那儿学点什么。但他只能按照吩咐去做。

他把矿灯从腰带上解下来，看周围有没有地方安放。没有任何地方能当架子用。他把灯直接放在地上，但放在那儿就几乎没什么用了。接着，他想起了爸爸给他的大钉子。这下它们派上用场了。他从口袋里掏出一枚，用铁锹背把它敲进支撑洞壁的木板，然后把矿灯挂在上面。这下好多了。

道车有大人胸口那么高，对比利来说就是与肩同高了，他一干起来就发现一半的土渣都从锹上掉落，无法倒进道车。他改进方法，弯转锹面避免这种情况发生。几分钟后他便浑身是汗了，这时他发现了第二根钉子的作用。他把它钉在另一片木板上，然后把衬衣和裤子挂在上面。

过了一会儿他察觉有人在看自己。他眼角的余光看见一个黑影雕像般一动不动站在那儿。“哎呀，上帝！”他叫了一声，转身对着那边。

是普莱斯。“我忘了检查你的灯了。”他说。他把比利的矿灯从钉子上拿下来，动了动某个部件。“不太妙，”他说，“我把我的留给你。”他把另一个矿灯挂在那儿，然后便消失了。

这家伙令人生厌，但至少还算把比利的安全放在心上。

比利继续干着活。不一会儿他就感到胳膊和腿开始疼起来。他早已习惯用铁锹了，他这样对自己说着：爸爸在屋后一块没用的地方养了一头猪，每星期铲一次猪舍里的粪便成了比利的活计。但那件事只消一刻钟就干完了。他有可能干一整天吗？

尘土下面是石头和泥地。一会儿工夫，他已经清理出一块四十平方分米的区域，与坑道同宽。煤灰刚刚填满道车的底部，但他已经感到精疲力竭。

他试图拉动道车，省得自己带着铲起的煤灰走太远，但它已经好久不用，轮子好像锁住了。

他没有手表，无法弄清到底过了多长时间。他开始放慢速度，掂量着自己的体力行事。

接着，他的矿灯灭了。

火苗一开始闪烁不定，他担心地看着挂在钉子上的矿灯，但他知道如果有沼气的话火苗会变长。眼前的情况看上去不像，所以他便打消了疑虑。后来火苗就整个熄灭了。

他从未经历过眼前的这种黑暗。他看不见任何东西，没有一块灰色，整片黑色没有任何过渡变化。他把铁锹抬到与脸同高，就快贴到自己鼻子上了，但他根本看不见它。也许瞎子看东西就是这样。

他一动不动站在那儿。他该怎么办？他应该拿着矿灯去照明站，但他根本无法按原路穿过坑道返回，就算他能看见路也白搭。他会在这种黑暗中磕磕绊绊走上几个钟头也找不到路。他弄不清这段废弃的区域延伸多少英里，他也不想让那些人派救援队寻找他。

他应该等普莱斯来，仅此而已。这位助理说过“过一会儿”就回来。这可能意味着几分钟后，或者一小时，甚至更多。比利怀疑有可能要等很久，不会很快。普莱斯肯定是故意这样做的。一盏安全灯不会被吹熄，再说这里也没有风。普莱斯拿走了比利的矿灯，换了一盏快没油的灯给他。

他感到一阵委屈，泪水涌上了眼眶。他到底做了什么坏事才会遭受这种惩罚？随后他又打起精神，振作起来。这又是一种考验，就像在吊笼里那样。他会让他们知道自己足够坚强。

他应该继续工作，哪怕黑灯瞎火也一样。他拿定了主意。自打灯光熄灭后他第一次活动起来，把铁锹放在地上，往前使劲推，尽力铲起灰土。掂起铁锹的时候，他从重量上判断上面是否有东西。他转身走出两步，然后举起铁锹，试图把垃圾倒入道车，但他错估了高度。铁锹磕在车帮上，感觉突然变轻，灰土全倒在了地上。

他要调整一下。他又试了一次，把铁锹抬高些。随后倾倒下去，感到木制的锹把撞到车帮的上沿。这次好了一些。

由于作业面让他离道车越来越远，他偶尔还是会弄错，后来他大声数着自己的步子，才准确起来。他习惯了一种固定的节奏，尽管肌肉酸疼，他还是能够坚持下去。

工作按部就班地进行着，他的脑子便腾出空来，胡思乱想起来，这实在有些不妙。他琢磨着这条坑道在自己面前还要延伸多长，已经弃置不用多久了。他想着头顶上的土地，足足有八百米厚，整个重量仅靠这些陈年的木板支撑。他想起了他的哥哥韦斯利，想起其他死在这座矿井里的人。当然，他们的灵魂不在这儿。韦斯利跟耶稣在一起。其他人可能也一样。如果他们全都待在一个地方的话。

他开始感到害怕，觉得不该去想灵魂的事。他饿了。现在该吃他带的午餐了吗？他不知道，但他觉得最好把它吃了。他朝挂衣服的地方挪动着，摸索着地面，找到了他的铁餐盒。

他靠墙坐下来，喝了一大口又冷又甜的茶水。当他开始吃那块抹了油的面包时，模模糊糊听到一阵响动。他希望那是里斯·普莱斯靴子的声音，但这不过是一厢情愿。他听过这种嘎吱吱的声响——耗子。

他不怕这个。阿伯罗温每条街的阴沟里都有很多耗子。不过，耗子在黑暗中更大胆，一会儿就有一只从他光着的腿上爬了过来。他把吃的东西换到左手，抓起铁锹拍了下去。这一招吓唬不了它们，马上他就觉得那些小爪子又爬到了身上。这次有一只想往他的胳膊上爬。它们显然闻到了食物的味道。嘎吱吱的声音变得更响，真不知到底有多少耗子。

他站起身来，把最后一块面包塞进嘴巴。他又喝了些茶，开始吃蛋糕。蛋糕很好吃，里面有不少干果和杏仁，但耗子爬到腿上了，他只得把蛋糕匆忙吞下。

它们好像也知道食物已经没了，吱吱的声音慢慢弱了下去，然后完全消失了。

吃了东西后，比利感到一时间体力大增，接着干了起来，但后背疼得火烧火燎。他放慢速度，干一会儿就歇一会儿。

为了给自己鼓劲，他告诉自己现在的时间可能比他想的要晚。或许已经到中午了。有人会在换班的时候过来找他。管矿灯的人会清点数量，因此他们总会知道有人没有上来。可是普莱斯拿走了比利的矿灯，换成了另一个。他是不是计划好了要让比利整晚呆在下面？

不太可能。爸爸会跟他们闹翻天的。老板们害怕爸爸——珀西瓦尔·琼斯多少已经承认了这一点。所以，迟早会有人寻找比利的。

但当他又觉得肚子饿的时候，他确信已经过去好几个钟头了。他开始感到害怕，这一次无法摆脱。让他感到不安的是黑暗。如果他能看见东西，那么等多久他都能够承受。彻底的黑暗让他觉得自己丧失了思考能力。他没有了方向感，每次从道车那边折返回来，他都拿不准自己会不会撞到坑道墙壁上。先前他担心自己像小孩子似的哭鼻子，但现在他得忍着不要尖叫。

然后他就想起妈妈对他说的话："耶稣永远伴随着你，哪怕在井下也一样。"当时比利还以为她只是告诫他要遵守规矩。但她显然更加有远见。当然，耶稣与他同在。耶稣无处不在。黑暗并不重要，时间的流逝也不要紧。自然有人关照比利。

为了让自己牢记这一点，他开始唱起圣歌来。他不喜欢自己的嗓音，有点儿发尖，不过反正也没人听到，他便放开喉咙大声唱着。当他唱完所有的诗句，可怕的感觉就又回来了，他想象着耶稣就站在道车的另一头，看着他，那张长满胡须的脸上带着深沉的悲悯。

比利唱了另一首圣歌，随着歌曲的节奏铲土、迈步。大部分圣歌都很有韵律。他不时地感到恐惧，生怕别人把他遗忘在这儿，一个班次结束后，只把他一个人留在井下。随后他又记起那个跟他一同站在黑暗中的穿长袍的身影。

他会唱很多首圣歌。当他稍稍长大，能够安安静静坐着以后，他曾每个星期天去三次毕士大礼拜堂。圣歌集十分昂贵，而且并不是所有会众都识字，所以大家都把歌词默记下来。

他唱了十二首圣歌，估计已经过去了一个钟头。或许这一班应该结束了吧？不过他又唱了另外十二首。随后就不太清楚该唱哪首了。他又把自己喜欢的唱了一遍。他的活干得越来越慢。

他唱《主从墓里复活》，看到一丝灯光的时候铆足了嗓门。工作变得如此机械，他都忘了停下来，继续铲起一锹煤灰，抬到道车那边，嘴里还在唱着，直到那束光越来越近。圣歌唱完了，他斜靠在铁锹上。里斯·普莱斯站在那儿看着他，皮带上挂着那盏灯，他的脸笼罩在阴影里，神情异样。

比利不让自己有放松下来的感觉。他不打算让普莱斯知道自己的感受。他穿上衬衣和裤子，然后从钉子上摘下熄灭的矿灯，挂在自己的腰带上。

普莱斯说："你的矿灯怎么了？"

"你知道它怎么了。"比利说，他的声音听上去很陌生，像个大人。

普莱斯扭头沿着坑道往回走。

比利犹豫了一下。他看着相反的方向。在道车的另一端他瞥见了一张满是胡须的脸，还有一件苍白的长袍，但那身影就像一个念头般消失了。"谢谢你。"比利朝着空空的坑道说。

他跟着普莱斯，感到两腿生疼，好像他随时都会摔倒，但他在意不了那么多了。他又能看清眼前的一切了，这一班已经结束。很快他就可以回家，可以躺下了。

他们来到井底车场，跟一群黑脸的矿工坐进吊笼。汤米·格里菲斯没在这群人里，但板油·休伊特在。等待上面发信号的时候，比利注意到他们在看他，脸上带着狡黠的笑容。

休伊特说："那啥，你这第一天过得怎么样，比利乘二？"

"还好，谢谢。"比利说。

休伊特的表情充满恶意，比利叫他"臭傻瓜"，无疑让他记仇了。他说："没出什么问题？"

比利犹豫了一下。显然他们知道了什么。他要他们知道他没有屈服于恐惧。"我的灯灭了。"他说，他尽量让自己的声音十分平稳。他看了看普莱斯，但认为不去指责他才更像个男人。"一整天摸黑铲煤灰的确有点困难。"他就说到这儿。实在是轻描淡写——他们可能觉得他经受的考验没什么大不了的——但这比承认害怕要好。

一个上了岁数的矿工说话了，是绰号"小店"的约翰·琼斯，这么称呼是因为他妻子在他们家的起居室开了一个小杂货店。"一整天吗？"他问。

比利说："是呀。"

约翰·琼斯看了一眼普莱斯，说："你这个混蛋。本来不该超过一个小时。"

比利的怀疑得到了证实。他们都知道发生了什么事，听上去好像他们对新来的男孩都这么做。但普莱斯这次做得有些过分。

板油·休伊特嘿嘿笑着："你不害怕吗，小比利，自己一个人摸黑呆着？"

他想着如何回答。他们都看着他，等着听他怎么说。他们脸上狡黠的笑意消失了，显得有点惭愧。他决定说出真相。"我的确害怕，不错，但我不是自己一个人。"

休伊特没听明白。"不是你自己？"

“不，当然不是，”比利说，“耶稣跟我在一起。”

休伊特哈哈大笑，但其他人都没笑。他的狂笑在寂静中回响，戛然而止。休伊特转过脸去。

几秒钟内一片寂静。随后便是金属的碰撞声，猛然一动，吊笼升了起来。

在这之后，大家都叫他“耶稣的比利”。

Part 1
天地失色

第二章

1914年1月

菲茨赫伯特伯爵时年二十八岁，他的家人和朋友称他菲茨，在英国富豪榜上排第九位。

他不用做任何事便可挣得巨额收入。他只是继承了威尔士和约克郡成千上万亩的土地。农场赚不了什么钱，但地表以下蕴藏着煤炭，通过颁发采矿许可，菲茨的祖父变得非常富有。

显然是上帝打算让菲茨赫伯特家族来统治自己的同胞，过上体面的生活，但菲茨觉得自己没有完成上帝的旨意。

他的父亲——以前的伯爵——完全是另一种人。他是一名海军军官，在1882年轰炸亚历山大港后升为海军上将，他还当过英国驻圣彼得堡大使，最后成了索尔兹伯里勋爵政府的大臣。保守党在1906年的大选中失利，菲茨的父亲在几个星期后去世——菲茨肯定，国王陛下的政府由大卫·劳埃德·乔治和温斯顿·丘吉尔这些不负责任的自由党人接管，加快了父亲的死亡。

菲茨接过了他在上议院的席位，成为一名保守党的上院议员。他讲一口流利的法语，也能勉强说几句俄语，本来希望有朝一日成为自己国家的外交大臣。遗憾的是，自由党继续赢得选举，他再没有任何机会当上政府大臣了。

菲茨的军事生涯同样平淡无奇。他曾在桑德赫斯特陆军军官培训学院学习，在威尔士步枪团待了三年，结束时获得陆军上尉的军衔。结婚后他放弃了全职军人生涯，但成了南威尔士本土部队的荣誉上校。不幸的是，一位名誉上校永远也不能获得勋章。

不过，他也有一些值得骄傲的事情，当列车呼呼冒着蒸汽穿过南威尔士山谷时，他这样想着。在以后的两周时间里，国王将要造访菲茨的乡间别墅。英王乔治五世和菲茨的父亲年轻时曾在同一条船上当过水手。近来国王表示希望了解年轻人的想法，菲茨便筹划着举办一场私密的家庭宴会，让国王陛下认识一些年轻人。现在，菲茨和他的妻子碧正赶往他们的别墅，提前做好一切准备。

菲茨十分珍视传统。没有任何人类已知的传统胜过君主、贵族、商人和农民这种安定舒适的秩序。但现在，望着车窗外面，他看到英国人的生活方式正经受着一百年来国家所面临的最为严重的威胁。一度绿意盎然的山坡被煤矿工人的排屋覆盖，犹如害了枯萎病的灰黑色杜鹃花丛。在那些肮脏的茅屋里谈论着共和政治、无神论，还有叛乱。法国贵族被推上大车送去断头台的历史刚刚过去一百来年，如果那些肌肉发达、灰头土脸的矿工为所欲为，同样的情况也会在这里发生。

菲茨情愿放弃他来自煤炭的收入——他对自己说——只要英国能够回到一个更加简单淳朴的时代。王室是一个抵御暴动的强大堡垒。不过，菲茨很为这次来访感到紧张，尽管同时也颇为自豪。容易出错的地方实在太多了。跟皇室打交道，任何小小的疏忽都可能被视为粗心大意的迹象，继而变成失礼。周末的每一个细节都会传出去，由访客的随身仆从传给其他仆从，再从这些仆从传到雇主那里，伦敦社交场的女人们很快就会知道诸如给国王的枕头太硬、土豆做得不好吃或弄错了香槟酒的牌子这类事。

菲茨的那辆劳斯莱斯“银色幽灵”等候在阿伯罗温火车站。碧坐在他身边，车子开了三里多地到达泰–格温，他的乡间别墅。毛毛雨下个不停，威尔士常有这种天气。

“泰–格温”是威尔士语，意思是白色的房子，但现在这个名字是种讽刺。这里任何东西上都覆盖了一层煤灰，这座房子也不例外。一度洁白的石块现在已经成了灰黑色，女士们不小心蹭到墙壁，衣裙就会染上污渍。

尽管如此，它仍是一座宏伟的建筑，汽车骨碌碌开上车道时，菲茨的心里充满了骄傲。泰–格温是威尔士最大的私人住宅，有两百间客房。当他还是个小孩子的时候，有一次跟妹妹茉黛数窗户，一共有五百二十三扇。房子是祖父建造的，三层楼的设计排列十分讨人喜欢。一楼的窗户又高又大，让充足的光线照进大会客厅。楼上有数十间客房，阁楼上是数不清的佣人的狭小卧室，斜屋顶的一长溜天窗显露出它们的位置。

三百多亩花园是菲茨的快乐之地。他亲自监督园丁，作出种植、修剪和移罐等决定。“这座房子十分适合国王参观。”他说。车子停在了宏伟的门廊前面。碧没有搭话，旅行让她脾气不好。

下了车，菲茨受到了格雷特的迎接，那是他的比利牛斯山犬，个头像熊一样，上前舔着他的手，然后在院子四周撒欢跑跳，以示庆祝。

菲茨在他的更衣室脱掉旅行的衣服，换上柔软的棕色花呢外套，随后穿过连通门来到碧的房间。

碧的俄国女仆尼娜正在把那顶精致帽子上的别针拔下来——碧为这次出行穿戴的。菲茨在梳妆镜里瞥见碧的脸，感觉心脏好像漏跳了一拍。他被带回四年前圣彼得堡的舞厅，在那里他第一次见到这张漂亮得让人难以置信的脸蛋，被金色卷发环绕着，显得完全无法驯服。此刻也是，她面带愠怒，倒让他觉得有种奇异的诱惑力。一次心跳的短暂瞬间，他便认定这是所有女性中他最想娶之为妻的人。

尼娜已届中年，手很不稳——碧经常让她的仆人紧张。就在菲茨看她的工夫，一根针扎到了碧的头皮，她惊叫了一声。

尼娜脸色苍白。“非常抱歉，殿下。”她用俄语说。

碧从梳妆台上抓起一根帽针。“你试试什么感觉！”她叫道，朝女仆的胳膊上扎去。

尼娜哭了起来，从房间里跑了出去。

“我来帮你吧。”菲茨用和缓的语气对他的妻子说道。

她仍然不肯消气：“我自己弄。”

菲茨走到窗前。十几个园丁在灌木丛里修修剪剪，装饰草坪，耙出碎石。有几种灌木正在开花：粉色荚蒾、黄色迎春花、金缕梅，还有散发香气的金银花。花园远处的山坡呈现出一条柔软的绿色曲线。

他必须对碧保持耐心，时刻记住她是个外国人，身处在一个陌生国家，远离自己的家人和她熟悉的一切。他们结婚后的最初几个月这么做还算容易，那时他还沉醉于她的模样、气息和肌肤的柔软触感。现在就有点儿费劲了。“你去休息一会儿吧，”他说，“我去找皮尔和杰文斯夫人，看看他们那边有什么进展。”皮尔是仆役长，杰文斯夫人是管家。统筹雇工是碧的分内事，不过菲茨为国王的到访紧张不安，也乐意找个机会参与。“等你恢复好了，我就把结果报告给你。”他掏出他的雪茄烟盒。

“不要在这儿抽烟。”她说。

他把这话当作同意的表示，往门口走去。临出门他又停了一下，说：“对了，你能不能别在国王和王后面前这样？我是说别动手打仆人。”

“我没打她，我扎她一针是让她有个教训。”

俄国人喜欢做这种事情。当年菲茨的父亲抱怨圣彼得堡英国大使馆的仆人懒惰，他的俄国朋友说他打得不够。

菲茨对碧说：“让君主见到这种事情是很难堪的。我之前告诉过你，在英国不能这么做。”

“我还是小女孩的时候，大人带我去看三个农民受绞刑。”她说，“我母亲不喜欢，可我爷爷坚持这么做。他说：‘这是教你惩罚你的仆人。如果他们犯了粗心大意和懒惰这种小错你不扇他们，不用鞭子抽他们，他们最后就犯下更大的罪过，死在绞刑台上。’他告诉我，从长远来看，放纵底层是残酷的。”

菲茨开始失去耐心。碧回忆自己那拥有无限财富、任性放纵的童年，被一大群顺从的仆人和成千上万快乐的农民簇拥着。如果她的祖父一直活着，这种生活可能还会持续；但家族财富已经被碧的酒鬼父亲和脆弱的哥哥安德烈挥霍殆尽，他们一直在卖木材，却从不补栽一棵树。“时代变了，”菲茨说，“我请你——可以说是命令你，不要让我在国王面前为难。我希望这些话你都听明白了。”他走了出去，关上房门。

他沿宽阔的回廊走着，心烦意乱，有点伤感。他们刚结婚时，这类龃龉让他惶惑不安，感到后悔；现在他已经习以为常了。是不是所有的婚姻都这样？他说不清。

一个高个儿仆人正在擦门把手，他直起身子靠墙站着，眼睛垂下来。泰–格温的雇员都受过培训，伯爵经过时就要这样做。在某些大宅邸里，雇工们还得面对墙壁站着，但菲茨认为这太封建了。菲茨认识这个人，看过他在泰–格温雇员和阿伯罗温矿工的板球比赛上的表现。他是一个很好的左手击球手。“莫里森，”菲茨想起了他的名字，“去叫皮尔和杰文斯夫人来书房一趟。”

“好的，阁下。”

菲茨走下大楼梯。他娶碧是因为痴迷于她，但也有一个理性的动机。他梦想着创立一个大英俄王朝，统治地球上的大片土地，就像哈布斯堡王朝几个世纪里统治了欧洲部分地区一样。

但那样他就需要一个继承人。碧的心情意味着今晚不会欢迎他到她的床上睡觉。他可以坚持，但这样做终究不能让人满意。上一次同房还是两个星期以前。他虽然不希望自己的妻子热衷这件事，但两个星期也太长了。

他的妹妹茉黛已经二十三岁，但还是单身。再说，就算她生了孩子，大概也会被培养成狂热的社会主义分子，把家里的财富拿去印刷宣传革命的小册子。

他已结婚三年，现在开始担忧起来。碧只怀孕过一次，是去年，但她在三个月的时候不幸流产。这件事发生在他们两人发生争吵之后。菲茨取消了前往圣彼得堡的计划，碧为此大吵大闹，哭着说她想回家。菲茨坚持己见——毕竟一个男人不能被自己的妻子牵着鼻子走——但她的流产让他内疚，觉得一切都怪自己。若是她能再次怀孕的话，他要绝对保证样样事情都依着她，不能让她不高兴，直到孩子生下来。

他把这件烦心事放在一边，走进书房，在皮革镶嵌的办公桌前坐下，拟出一个单子来。

一两分钟后，皮尔带着一个女仆走了进来。仆役长是个农民的小儿子，他那长满雀斑的脸和黄白相间的头发看上去像个户外干活的人，但他自打工作以来便在泰–格温当仆人。“杰文斯夫人一直不舒服了，阁下。”他说。菲茨早就不再费心去纠正威尔士仆人的语法了。“是胃部。”皮尔悲哀地补充道。

“不用跟我细说了。”菲茨看着女仆，这是个二十岁左右的漂亮女孩，隐约有些面熟。“这是谁？”

女孩自己说话了。“艾瑟尔·威廉姆斯，阁下，我是杰文斯太太的助手。”她带着南威尔士山谷那种轻快的口音。

“好的，威廉姆斯，你太年轻了，干不了女管家的工作。”

“如果阁下愿意的话，杰文斯夫人说，您可以从梅费尔带一个管家来，但她希望在这期间我能提供满意服务。”

她说“满意服务”时，眼睛是不是忽闪了一下？尽管她回答得恭顺有礼，看起来却有点儿得意忘形。

“很好。”菲茨说。

威廉姆斯手里拿着一个厚厚的笔记本，另一只手攥着两支铅笔。“我去杰文斯夫人房间看过她，她感觉还好，把一切从头到尾向我交代过了。”

“你为什么带了两支铅笔？”

“以防万一哪支断了。”她说，随后笑了笑。

女佣不应该在伯爵面前眉开眼笑，但菲茨忍不住也对她笑了一下。“好吧，”他说，“告诉我你在本子里写了什么。”

“三件事，”她说，“客人、雇员，还有物资。”

“很好。”

“从阁下的来信我们得知会有二十位客人。大多数人会带着一两个私人随从，就算平均两个吧，这就有额外四十人需要住宿。所有人都是星期六到达，星期一离开。”

“很正确。”菲茨感到既快乐又忧虑，这种复杂的情绪是他在上议院第一次讲话时经历过的——他为这件事感到兴奋，同时又担心自己做得不好。

威廉姆斯接着说：“国王陛下肯定住在埃及套房。”

菲茨点点头。这是最大的一套房间。屋里贴着埃及神庙主题的装饰壁纸。

“杰文斯夫人建议其他房间也打开，我在这边记下了。”

“在这边”是当地的说法，发音让人联想到一种中世纪的刺绣挂毯。其实是赘述，意思跟“这边”一样。菲茨说：“给我看看。”

她走到办公桌旁边，把打开的本子放在他面前。房子里的雇员必须按规矩每周洗一次澡，因此她身上并没有工人阶级常有的那种糟糕气味。实际上，她温暖的身体透着一股如花的清香。也许她偷用了碧的香皂。他读了一下她列出的单子。“好吧，”他说，“公主可以给客人分配房间，她可能有十分不同的意见。”

威廉姆斯翻了一页。“这是所需要的额外人员名单：厨房要六个女孩，择菜和清洗。两个手干净的男人在桌上帮忙。三个额外打扫房间的女仆。还要三个男孩负责靴子和蜡烛。”

“你知道我们去哪儿找这些人吗？”

“哦，是的，阁下，我已经拿到以前在这儿工作过的当地人的名单，如果这还不够，我们就请他们再推荐别人。”

“注意，不要有社会主义者，”菲茨不安地说，“他们可能会跟国王谈论资本主义的罪恶。”永远都别想弄明白那些威尔士人。

“当然，阁下。”

“物资的情况呢？”

她又翻过一页。“这是我们需要的，根据以往举办的家庭宴会列出的。”

菲茨看了看列表：一百个面包，二十打鸡蛋，四十五升奶油，九十斤培根，六百三十五斤土豆……他感到有些厌烦了。“我们是不是把这先放一放，等公主决定菜单之后再说？”

“这些东西都得从加地夫运来，”威廉姆斯答道，“阿伯罗温的商店无法应付这么大的订单。甚至加地夫的供应商都需要特别留意，确保当天他们有足够的数量。”

她说得对。他很高兴她来负责这些。他发现她具有提前计划的本事，这是一种罕见的品质。“我的军团里能有像你这样的人就好了。”他说。

“我穿不了卡其布军服，不适合我的肤色。”她莽撞地回答。

仆役长很生气：“喂，喂，威廉姆斯，不要无礼。”

“对不起，皮尔先生。”

菲茨觉得错在他自己，跟她说了句玩笑话。总之他并不介意她的鲁莽。事实上他倒很喜欢她。

皮尔说：“库克已经提出几个菜单的建议，阁下。”他递给菲茨一张脏兮兮的纸，上面是厨师小心而稚气的笔迹，“可惜春天的羊肉还不到时候，但我们可以弄到足够的鲜鱼，从加地夫用冰运过来。”

“情况跟十一月办的狩猎会十分相似，”菲茨说，“但我们不希望在这样的场合尝试任何新的东西——最好照老样子，做那些已经试过的菜肴。”

“是的，阁下。”

“现在，轮到葡萄酒了。”他站了起来，“我们去地窖。”

皮尔显得很惊讶。伯爵并不经常去地下室。

菲茨的脑子里闪过一个念头，但他不打算细想。他犹豫了一下，然后说：“威廉姆斯，你也来，记些笔记。”

仆役长拉开了门，菲茨离开了书房，走下后面的楼梯。厨房和佣人的大厅在半地下室。这里的礼仪有所不同，女仆和鞋童见到他经过，或是行屈膝礼，或是用手碰一下额发。

酒窖在地下第二层。皮尔打开门，说：“请允许我在前面带路。”菲茨点点头。皮尔划了根火柴，点燃墙壁上的蜡烛灯，然后走下台阶。在下面他点燃了另一盏灯。

菲茨有一个不太大的酒窖，里面大约有一万两千瓶酒，其中大部分是他父亲和祖父放进来的。香槟、波尔图葡萄酒和霍克白葡萄酒占了一大部分，还有少量的波尔多深红葡萄酒和勃艮第白葡萄酒。菲茨并不痴迷葡萄酒，但他热爱这个酒窖，因为它让他想到自己的父亲。“一个酒窖需要秩序、远见和品味，”父亲常常这样说，“这些美德让英国变得伟大。”

菲茨要拿最好的酒招待国王，这是当然的，但需要作出正确的判断。香槟应该选巴黎之花，这是最昂贵的，但要选哪年的呢？成熟的香槟，二三十年的，较少泡沫，味道更丰富，但是一些年份较近的酒更赏心悦目，香气宜人。他随便从架子上拿了一瓶。酒瓶很脏，满是灰尘和蜘蛛网。他从胸前的口袋里掏出白色的亚麻手帕擦拭上面的标签。昏暗的烛光让他无法看清日期。他把瓶子给皮尔看，后者戴了一副眼镜。

“1857年。”皮尔说。

“我的上帝，我记得这个，”菲茨说，“我第一次品酒，喝的就是这个年份的，可能也是我品过最好的酒。”他感觉到那个女仆朝他这边倚过来，直勾勾地看着比她自己年长好多年的瓶子。让他惊愕的是，有她在近旁，让他有点儿喘不过气来。

“恐怕1857年的可能稍稍过了它的最佳状态，”皮尔说，“我可以建议1892年的吗？”

菲茨看着另一瓶，犹豫了一下，作出了一个决定。“光线太暗，我看不清楚，”他说，“皮尔，能去给我拿个放大镜吗？”

皮尔沿着石头台阶走了上去。

菲茨看着威廉姆斯。他要做出某种愚蠢的事，但他却无法阻止自己。“你真是个漂亮姑娘。”他说。

“谢谢你，阁下。”

她的一缕黑色卷发从女仆帽下逃逸出来。他摸了摸她的头发。他知道这样做会让自己后悔。“你有没有听说过初夜权[①]的事？”他听见自己嘶哑的喉音。

“我是威尔士人，不是法国人。”她说着，满不在乎地扬了扬下巴。他已经看出这是她特有的姿态。

他把手从她的头发移到后脖颈，看着她的眼睛。她用大胆而自信的目光迎向他。可是，这表情意味着想让他继续，还是她已经准备好大闹一番，让他颜面扫地？

他听到地下室的楼梯上传来沉重的脚步声。皮尔又回来了。

---

① 初夜权，原文为法语droit du seigneur，出现于中世纪的西欧，指封建领主有权与其领地内的所有中下阶级女性发生第一次性交。

菲茨从女仆身边闪开。

让菲茨惊讶的是，她咯咯笑了起来。“你太心虚了。”她说，“像个小男孩。”

皮尔出现在昏暗的烛光中，端着一个银托盘，上面放着象牙柄放大镜。

菲茨让自己的呼吸正常下来。他接过放大镜，接着去检查那些酒瓶。他小心翼翼地避开威廉姆斯的目光。

我的天啊，他想，这真是个超乎寻常的女孩。

艾瑟尔·威廉姆斯觉得浑身精力十足。没有任何事情能难倒她。她可以处理任何问题，应付各种棘手的麻烦。照镜子的时候，她看见自己皮肤发亮，双目闪闪。星期天做过礼拜之后，父亲以一贯刻薄幽默的口吻说：“你很快活啊，”他说，“捡到钱了吗？”

她发觉自己总是在跑，而不是走，沿着泰-格温无尽的走廊往返不停。她的笔记本一天天写满更多页面，有购物清单、员工时间表、清理桌子和重铺桌子的安排表，还有各种计算结果：枕套、花瓶、餐巾、蜡烛和勺子等物件的数目。

这对她是个绝好的机会。尽管她年轻，但她在王室到访期间成了代理女管家。杰文斯夫人看来一时下不了病床，艾瑟尔便承担起全部责任，将泰-格温的一切筹备停当，迎接国王和王后的到来。她一直认为自己能够脱颖而出，只要给她适当的机会。但在等级森严的仆人休息室，很少有机会展示自己的过人之处。突然之间这种机会就出现在面前，她决心好好加以利用。在此之后，生病的杰文斯太太也许会做一些轻松的工作，艾瑟尔会当上女管家，工资也会提升到目前的两倍，在佣人宿舍有属于她自己的卧室和起居室。

但她现在还没有走到这一步。伯爵显然对她很满意，他已决定不从伦敦召请女管家，艾瑟尔觉得这是种巨大的褒扬。但是，她很担心，任何小的闪失都可能是致命的，那么一切就泡汤了——一只肮脏的餐盘，下水道溢水，浴缸里的死老鼠。然后伯爵就会大发雷霆。

星期六的早晨，在国王和王后到达之前，她巡视了每间客房，确保炉火已经点燃，每个枕头都被拍松了。每个房间至少有一瓶花，都是当天早上刚从温室送过来的。每张书桌上都摆着带有泰-格温纹章的书写纸。毛巾、肥皂和热水都已备好。老伯爵不喜欢现代管道，菲茨还没有抽出时间给所有的房间安装自来水。整座拥有一百间卧室的大宅只有三个盥洗室，因此大部分房间要安放夜壶。房间里放了百花香料，由杰文斯夫人按照她自己的配方调配的，用来驱走不洁的气味。

王室一行将在下午茶时间到达。伯爵要前往阿伯罗温火车站迎接他们。那里无疑会聚集一大群人，人们都希望瞧一瞧皇室成员，但在这个地点国王和王后不会面见臣民。菲茨用他那辆大型封闭的劳斯莱斯把他们接过来。国王的侍从官，艾伦·泰特爵士和其他皇家出行随员会跟在后面，带着行李乘坐各色马车。威尔士步枪团的一个营已经在泰-格温正面的车道两侧列成仪仗队。

星期一早上国王和王后将面见自己的臣民。他们计划坐一辆敞开的马车巡行附近的村庄，最后停在阿伯罗温镇政厅，接见镇长和议员，然后再去火车站。

其他客人在中午陆续到达。皮尔站在大厅里，分配女佣引导客人到他们自己的房间，让马夫给他们搬行李。第一拨到来的是菲茨的姑父和姑姑，苏塞克斯公爵和公爵夫人。公爵是国王的堂兄，受邀而来是为了让君主一行感觉更为舒适。公爵夫人是菲茨的姑妈，跟其他家族成员一样，她对政治深感兴趣。她在自己的伦敦家宅举办沙龙，内阁大臣们时常光顾。

公爵夫人告知艾瑟尔，国王乔治五世对时钟有些执迷，他讨厌在同一座房子里看到时间不同的钟表。艾瑟尔在心里咒骂了一句：泰-格温总共有一百多座钟。她借用杰文斯夫人的怀表，开始挨个儿校正每个房间的时钟。

在小饭厅她遇见了伯爵。他站在窗前，显得心烦意乱。艾瑟尔探究般看了他一会儿。她还没有见过比他更加英俊的男人。冬日柔和的阳光照在他苍白的面孔上，使那张脸看起来像是用白色大理石雕刻出来的。他长着方方正正的下巴，颧骨很高，鼻梁挺直。他的头发很黑，却有着一双绿色的眼睛，实在是种不同寻常的组合。他下巴上没留胡子，也没有髭须或鬓须。艾瑟尔想：这样的脸干吗要用毛发遮盖起来？

他跟她四目相对。“刚刚有人告诉我，国王喜欢在他的房间里放上一碗橘子！”他说，“可这该死的房子里连一个橘子也找不到。”

艾瑟尔皱起了眉头。阿伯罗温没有一家杂货店会有橘子，这个季节太早——他们的主顾买不起这种奢侈品。南威尔士山谷其他小镇也是如此。“如果我能用电话，我可以跟加地夫的一两家杂货店联系，”她说，“每年这个时候只有他们可能有橘子。”

“可我们怎么把橘子运到这儿呢？”

"我会让店家把篮子送到火车上。"她看了看刚刚调好的钟，"幸运的话橘子会跟国王同时到达。"

"那好，"他说，"我们就这么办。"他直直地看了她一眼。"你太令人惊讶了，"他说，"我不知道是否见过像你这样的女孩。"

她回视着他。在过去的两个星期，他好几次这样跟她说话，过于亲近，有点紧张，给艾瑟尔一种奇怪的感觉，一种不太踏实的愉悦感，好像有什么既危险又令人兴奋的事情将要发生。那一刻就像童话中王子进入被施了魔法的城堡一样。

外面车道上响起的一阵车轮声打破了符咒的魔力，接着就听到一个熟悉的声音："皮尔！见到你真让人高兴。"

菲茨望向窗外。他的表情很古怪。"哦，天啊，"他说，"我的妹妹！"

"欢迎回家，茉黛小姐，"这是皮尔的声音，"虽然我们没料到你会来。"

"伯爵忘了邀请我，但我还是来了。"

艾瑟尔憋住笑。菲茨喜欢他这位争强好胜的妹妹，但他发现她很难对付。她抱有让人惊讶的自由派政治观念：她支持妇女参政，积极从事争取妇女投票权的活动。艾瑟尔觉得茉黛很了不起，她希望自己也能成为那种具有独立意识的女人。

菲茨大步走出了房间，艾瑟尔跟着他进了大厅，这个气势宏伟的房间满是哥特风格的装饰，正是像菲茨父亲那种维多利亚时代的人喜爱的：黑暗的镶板、图案繁复的壁纸，以及中世纪宝座般的橡木雕花椅子。这时茉黛走了进来。"菲茨，亲爱的，你好吗？"她说。

茉黛跟她哥哥一样高，长得也很像，只是让伯爵看上去宛如神祇的那种雕刻般的特征放在女人身上并不讨好，因此茉黛只是惹人注目，谈不上漂亮。与女权主义者惯有的老土形象相反，她的衣着十分时髦，一步裙下是双带扣长筒靴，大袖口的海军蓝外套搭阔腰带，帽子正面还别了一根军旗似的长羽毛。

陪她同来的是赫姆姑姑——荷米亚女勋爵，是菲茨的另一个姑妈。跟自己那个嫁给富裕公爵的妹妹不同，赫姆嫁给了一个挥霍无度的男爵，年纪轻轻便破产死去。十年前，菲茨和茉黛的父母在数月内相继去世后，赫姆姑妈便搬了进来，照顾十三岁的茉黛。随后继续担当着一个不太成功的女伴角色，陪在茉黛身边。

菲茨问茉黛："你来这儿做什么？"

赫姆喃喃道："我都跟你说了，他不喜欢你来，亲爱的。"

"国王要来，我绝对不能缺席，"茉黛说，"那太失礼。"

菲茨生气的口吻里带着溺爱："我不希望你跟国王谈论什么妇女权利。"

艾瑟尔觉得他没必要担心。尽管茉黛热衷激进政治，但她知道如何奉承和取悦权势强大的男人，甚至菲茨那些保守党的朋友也都喜欢她。

"莫里森，请帮我脱下外套。"茉黛说着，解开纽扣，转身让男仆把衣服脱掉。"你好，威廉姆斯，你怎么样？"她对艾瑟尔说。

"欢迎回家，我的小姐，"艾瑟尔说，"你喜欢住栀子花套房吧？"

"谢谢你，我喜欢那儿的景致。"

"你要不要吃点儿午餐，我也好把房间准备出来？"

“好吧，我快饿死了。”

“我们今天是俱乐部式服务，因为客人都是分别抵达的。”俱乐部式风格意味着客人一旦进入饭厅就能享受用餐服务，就像在绅士俱乐部或餐馆里那样，而不是全体人员同时进餐。今天的午餐较为普通：热咖喱肉汤、冷肉和熏鱼、加料鳟鱼、烤羊排，还有一些甜点和奶酪。

艾瑟尔守在门边，让茉黛和赫姆进到大饭厅里。正在吃午餐的是冯·乌尔里希堂兄弟。沃尔特·冯·乌尔里希，是年轻的那个，长得英俊迷人，看上去很高兴能来泰–格温。罗伯特则十分挑剔——他把自己房间墙上的加地夫城堡的挂画摆正了，多要了几个枕头，还发现书桌上的墨水瓶已经干了——这种疏忽让艾瑟尔很是恼火，怀疑自己是否还会忘记别的什么事情。

看见女士们走进来，他俩站了起来。茉黛径直走到沃尔特面前说：“你自打十八岁以后就一点儿没变！还记得我吗？”

他脸上的表情活跃起来：“记得，尽管你十三岁以后变了不少。”

他们握了握手，茉黛又吻了吻他的双颊，仿佛跟他是一家人。“那时我对你朝思暮想，受尽折磨。”她以惊人的坦率说。

沃尔特笑了：“我非常喜欢你。”

“可你总是表现得好像我是个可怕的小害虫！”

“我不得不隐藏我的感情，提防着菲茨，他总像护卫犬似的保护你。”

赫姆姑妈咳嗽了一声，表示她不赞成这种突如其来的亲热劲儿。茉黛说：“姑妈，这是沃尔特·冯·乌尔里希先生，菲茨的老同学，以前放假时经常来这儿。现在他是德国驻伦敦大使馆的外交官。”

沃尔特说：“我来介绍我的堂兄格拉夫罗伯特·冯·乌尔里希，”艾瑟尔知道，“格拉夫”是德语“伯爵”的意思，“他在奥地利大使馆当武官。”

他们实际上是隔代堂兄弟，皮尔曾郑重地解释给艾瑟尔：他们的祖父是兄弟，年轻的一个娶了一位德国的女继承人，离开维也纳到了柏林，这就是为什么沃尔特是德国人，而罗伯特是奥地利人。皮尔总喜欢把这类事情弄得一清二楚。

大家都坐了下来。艾瑟尔给赫姆姑妈扶着椅子。“您想来一点儿咖喱肉汤吗，荷米亚夫人？”她问。

“是的，谢谢，威廉姆斯。”

艾瑟尔朝一个男仆点了点头，后者便去餐具柜那边的保温罐里舀肉汤。眼看刚来的几个人都很惬意，艾瑟尔便悄悄离开，去给他们安排房间。身后的门关上时，她听见沃尔特·冯·乌尔里希说：“我记得你特别喜欢音乐，茉黛女勋爵。我们刚才谈到俄国芭蕾舞。你怎么看待佳吉列夫？”

没有多少男人会征求一个女人的意见。茉黛肯定喜欢这样。艾瑟尔一边匆匆下楼去找几个佣人收拾房间，一边心想：那个德国人很讨人喜欢啊。

泰-格温的雕塑馆就是饭厅的前厅。客人在晚餐前聚集在那儿。菲茨对艺术兴趣不大——那些都是他祖父收集的，但一座座雕塑让人们等待晚餐时有了聊天的话题。在跟那位公爵夫人姑妈闲聊时，菲茨焦急地看着四周那些扎了白色领带、穿燕尾服的男人和穿低胸礼服、戴着头饰的女人。礼仪要求其他客人在国王和王后之前进入屋子。茉黛在哪儿？她可别闹出什么事来！还好，她在那儿，穿着紫色真丝连衣裙，戴着母亲的钻石首饰，正跟沃尔特·冯·乌尔里希聊得起劲。

菲茨和茉黛一直十分亲近。他们的父亲是一个难以接近的英雄，母亲是个不快乐的随从和助手，两个孩子只得从互相的友爱中寻找慰藉。父母去世后他们相依为命，分担痛苦。那时菲茨十八岁，竭力保护他的小妹妹不受残酷世界的伤害。反过来，她也崇拜他。成年后，她开始变得思想独立，但他仍然相信，作为一家之长，他有权管教她。无论如何，他们对彼此的感情经受过考验，足以胜过他们之间的分歧——至少目前为止是这样。

此刻，她使沃尔特注意到一尊青铜丘比特雕像。跟菲茨不同，茉黛对这类东西很了解。菲茨暗自祈祷她整晚只聊艺术，别去谈什么妇女权益。众所周知，乔治五世痛恨自由主义者。君主通常是保守派，但某些事件激化了这位国王的反感。他是在一场政治危机中登上宝座的。他违背自己的意愿，受自由党的首相H.H.阿斯奎斯的胁迫——此人深受公众舆论的支持——遏制了上议院的权力。这一屈辱余恨难消。陛下知道菲茨这位上议院保守党贵族为了对抗所谓的改革已经使出了浑身解数。但不管怎样，如果今晚受到茉黛的口头攻讦，他可能永远不会原谅菲茨。

沃尔特是一个初级外交官，但他的父亲是德国皇帝交往最久的朋友之一。罗伯特也是出身名门，他跟奥匈帝国宝座的继承人斐迪南大公是近亲。另一位活跃在权贵小圈子里的客人是那位身材高大的美国人，他正在跟公爵夫人交谈。这人名叫格斯·杜瓦，他那位当参议员的父亲是美国总统伍德罗·威尔逊的亲密顾问。菲茨觉得自己召集这群年轻人的做法不错，他们将来都会成为统治阶层的精英。他希望国王会感到满意。

格斯·杜瓦为人和蔼，但有些笨拙。他弓着腰，好像宁愿矮一些，不那么显眼。他似乎不太自信，但对任何人都彬彬有礼，让人愉快。“美国人民关心国内问题甚于外交政策，”他对公爵夫人说，“但是，威尔逊总统是一位自由党人，因此他势必会更同情民主国家，比如法国和英国，甚于同情那些专制君主国家，比如奥地利和德国。”

就在这一刻，双扇门开了，房间一下子沉默下来，国王和王后走了进来。碧公主行屈膝礼，菲茨鞠躬，其他人都效仿他们。接下来的几分钟是稍显尴尬的一阵沉默，因为在王室夫妇开口讲话之前，任何人都不许说话。最后，国王对碧说：“你知道吗，二十年前我在这座房子里住过。”人们开始放松下来。

国王是个喜欢整洁的人，菲茨在他们四人闲聊的时候想。乔治五世的胡子经过精心修剪，发际向后退去，但头顶还有足够的头发，用梳子分出了一道尺子般笔直的发线。贴身的晚装十分适合他纤瘦的身材——与他的父亲爱德华七世不同，国王不是贪恋美食的人。他用那些要求细致的爱好放松自己——国王喜欢收集邮票，小心翼翼地将它们粘贴成册，这一消遣曾受到无礼的伦敦知识分子们的哂笑。

王后是个更加令人敬畏的人物，长着一头泛灰的卷发，嘴角带着严肃冷峻的线条。她的胸部超群绝伦，那极低的领口恰恰是社交场合所需，将其美艳展露无遗。她是一位德国王子的女儿。先前她与乔治的哥哥艾伯特订婚，但他在婚礼前夕死于肺炎。当乔治成为王位继承人后，他也接下了哥哥的未婚妻，有人认为这种安排实在落后守旧。

这种场合是碧的拿手戏，她对一切应付自如。她穿了件粉红真丝礼服，十分迷人，金黄的卷发刻意梳理成稍显凌乱的样子，仿佛她刚逃开一个不合时宜的吻。她兴致勃勃地跟国王交谈。当她看出无目的的闲聊无法讨好乔治五世时，便讲起彼得大帝如何组建俄国海军，后者饶有兴致地点着头。

皮尔出现在饭厅门口，满是雀斑的脸上挂着一副期待的表情。他捕捉到菲茨的目光，朝他使劲儿点了点头。菲茨对王后说："您愿意用晚餐吗，陛下？"

她把手臂伸给他。在他们身后，国王与碧手挽手站着，其他人依照地位先后纷纷结对而立。每人都准备好后，大家便列队走进饭厅。

"真漂亮。"王后看见桌上的布置，低声说。

"谢谢您。"菲茨如释重负，悄悄舒了一口气。碧做得十分出色。三个枝形吊灯低低挂在长桌上方。灯光反射在每个座位前的水晶杯子上，闪闪发亮。所有餐具都是金的，包括装盐和胡椒的瓶子，甚至连抽烟用的火柴盒都是金的。白桌布上点缀着温室玫瑰。最后的点睛之笔，是碧挂在吊灯上的纤巧绿蕨，它们自然下垂至金托盘中的大堆紫葡萄上。

众人纷纷落座，主教做了感恩祷告，菲茨放松下来。一场宴会有了良好的开始，多半也会顺利进行下去。葡萄酒和食物不大容易让人挑出毛病。

作为对碧公主故土的致意，菜单以俄国冷盘开始——鱼子酱和奶油小薄饼，三角烤面包和熏鱼，脆饼干和腌鲱鱼，这一切都被1892年的巴黎之花香槟送入肚腹，酒醇香可口，正如皮尔所言。菲茨留意着皮尔，皮尔密切注意着国王。一旦陛下放下手中的餐具，皮尔就会拿走他的盘子，这也是给其他男仆信号，以便他们撤走其他客人的盘子。哪位客人碰巧还在进食就不得不停下，以示尊重。

随后是蔬菜牛肉浓汤，以及桑卢卡尔-德巴拉梅达的干雪利酒。鱼是鳎鱼，伴着成熟的默尔索干白，犹如喝下满口黄金。菲茨为威尔士羊肉选的配酒是1875年的拉菲干红——1870年的还没到好喝的时候。红酒不停地端上来，搭配随后的鹅肝冻糕，以及最后一道肉菜，是鹌鹑和葡萄裹在饼皮中烤成的。

没有人把每样东西都吃遍。男人们只拣喜欢的吃，其他菜肴一概忽略。女人们只挑上一两个菜。许多菜原封不动地被端回了厨房。

还有沙拉、甜点、美味小盘菜、水果和花色小蛋糕。最后，碧公主谨慎地朝王后扬了扬眉毛，后者几乎难以察觉地点头回应。她们两人起身离座，其他人纷纷站了起来，女士们随后离开了房间。

男人们重新落座，侍者拿来雪茄烟盒，皮尔将一只装着1847年费雷拉波尔多葡萄酒的细颈酒瓶放在国王的右手边。菲茨感激地吸着一支雪茄。事情进展得很顺利。国王性格孤僻是出了名的，他只有跟那些同船过的海军老战友在一起时才会自在。但今天晚上他一直都很高兴，任何方面都没出问题。甚至连橘子也都送到了。

此前，菲茨跟国王的侍从官、留着老式鬓须的退休军官艾伦·泰特爵士商量过。他们一致同意明天让国王花上大概一个小时跟餐桌上的这些男人单独会晤，他们每个人都掌握着某个政府的内部消息。今天晚上，菲茨要打破沉默，引入一些常规的政治话题。他清了清嗓子，对沃尔特·冯·乌尔里希说："沃尔特，你和我是十五年的老朋友了——我们一起在伊顿公学上学。"他转身对着罗伯特，"在维也纳上学的时候我也认识你的堂兄，我们三个人合租过一套公寓。"罗伯特笑着点了点头。菲茨很喜欢他们两个——罗伯特跟菲茨一样，是个传统主义者；沃尔特虽然不那么保守，但人很聪明。"现在，全世界都在议论我们两国之间可能发生战争，"菲茨继续说，"难道真有可能发生这样的悲剧吗？"

沃尔特回答："如果谈论战争就可以让它发生，那么答案就是肯定的，我们会打仗，因为每个人都做好了准备。但是，真正的原因是什么？我看不出来。"

格斯·杜瓦试探性地抬了抬手。菲茨很喜欢杜瓦，尽管他秉持自由主义的政见。大家都认为美国人傲慢轻率，但眼前这一位规规矩矩，有点害羞。更让人吃惊的是他的消息十分灵通。此刻，他说："英国和德国有很多理由反目成仇。"

沃尔特转向他："可以举个例子吗？"

格斯吐出一口雪茄烟雾："海军的竞争。"

沃尔特点点头："我们的皇帝不相信德国海军永远比英国的弱小是上帝的旨意。"

菲茨紧张地看了一眼国王乔治五世。他热爱皇家海军，很容易被冒犯。但另一方面，威廉[①]是他的堂兄弟。乔治的父亲和威廉的母亲是兄妹，都是维多利亚女王的孩子。菲茨欣慰地看到陛下只是宽容地微笑着。

---

① 威廉二世，末代德意志皇帝和普鲁士国王，1941年病逝于荷兰。

沃尔特继续说："这在过去导致过摩擦，但这两年我们已经就我们海军的相对规模达成了一致，尽管是非正式的。"

杜瓦说："经济竞争呢？"

"的确，德国正在日趋繁荣，经济生产可能很快赶上英国和美国。可这又有什么问题呢？德国是英国最大的主顾之一。我们的钱花得越多，就意味着买得越多。我们的经济实力对英国制造商来说是件好事！"

杜瓦依旧坚持："有人说德国想要更多的殖民地。"

菲茨又瞥了一眼国王，不知道他是否介意谈话被这两个人支配，但国王陛下好像听得入迷了。

沃尔特说："人类为争夺殖民地发生过多次战争，尤其是在你的祖国，杜瓦先生。但现在我们似乎能够不依靠战争解决这类争端了。三年前，德国、英国和法国为摩洛哥争吵不休，但最后平息了下来，并没有打仗。最近，英国和德国也已经就巴格达铁路的棘手问题达成了一致。如果我们继续保持这种做法，就不会发生战争。"

杜瓦说："如果我提到'德国军国主义'这个词，你不会太介意吧？"

这就有点儿过头了。菲茨心里"咯噔"一下。沃尔特脸色变了，但他的语气很平稳。"我很欣赏你的坦率。德意志帝国是由普鲁士人统治，承担着类似于英国人在国王陛下的联合王国中担当的角色。"

把英国与德国、英格兰与普鲁士相提并论，实在太大胆了。沃尔特已经触到了一场文雅有礼的谈话所容许的底线，这让菲茨惶惶不安。

沃尔特继续说：“普鲁士人具有强大的军事传统，但不会毫无理由地发动战争。”

杜瓦将信将疑地说：“所以说，德国不具备侵略性。”

“正相反，”沃尔特说，“我希望你会同意，德国是欧洲大陆唯一一个不具侵略性的大国。”

桌子四周发出一阵吃惊的低语声，菲茨看见国王扬起眉毛。杜瓦往椅子上一靠，一副震惊的样子，说：“你是怎么作出判断的？”

沃尔特完美的仪态和温文尔雅的语调冲淡了他措辞中的挑衅意味。“首先，想一想奥地利，”他继续说，“我的维也纳堂兄罗伯特也不会否认，奥匈帝国想把它的边界向东南延伸。”

“这不是没有道理的，”罗伯特抗议道，“被英国称为巴尔干的那个地区，几百年来一直是奥斯曼帝国的领土，但奥斯曼的统治已经崩溃，现在的巴尔干半岛局势不稳。奥地利皇帝认为维持那里的秩序和基督教信仰是他的神圣职责。”

“的确如此，”沃尔特说，“但是，俄国也想要巴尔干的领土。”

菲茨觉得他有责任为俄国政府辩护，大概是因为碧的缘故。“他们也有十分正当的理由，”他说，“一半的对外贸易要穿越黑海，从那儿穿过海峡到达地中海。俄国不能让任何其他大国获得巴尔干东部地区，继而主宰海峡。这无疑是往它的脖子上套绞索，扼住了俄国的经济命脉。”

“一点不错，”沃尔特说，“再看看欧洲的最西端，法国野心勃勃，想从德国那里夺走阿尔萨斯和洛林的领土。”

这话把法国客人让-皮埃尔·夏洛易斯激怒了：“那是四十三

年前从法国偷走的！”

“我不纠缠这件事，”沃尔特缓和着气氛，“应该说，1871年阿尔萨斯–洛林加入了德意志帝国，就在法国于普法战争中战败之后。无论是不是被偷走的，伯爵先生，你必须承认法国想夺回这些土地。”

“当然。”法国人坐直身子，呷了一口波尔多。

沃尔特说：“就连意大利都想从奥地利那儿夺回特伦蒂诺……”

“那儿的人大多数人讲意大利语！”贝卢斯科尼·法里嚷了起来。

“外加达尔马提亚大部分海岸……”

“到处是威尼斯名胜、天主教教堂、古罗马圆柱！”

“还有蒂罗尔，这一地区有着悠久的自治历史，大部分人都说德语。”

“出于战略的必要。”

“当然。”

菲茨觉得沃尔特简直太精明了。他毫不粗鲁蛮横，暗自却在煽风点火，刺激这些国家的代表用多少有些好战的口吻承认他们的领土野心。

沃尔特又说：“可是德国提出了哪些新的领土要求了呢？”他看了看桌子四周，谁都没有说话。“没有，”他得意地说，“只有另一个欧洲大国可以作出同样的回答，那就是英国！”

格斯·杜瓦传过波尔多葡萄酒，用他那慢条斯理的美国口音说：“我认为很有道理。”

沃尔特说：“所以说，我的老朋友菲茨，我们之间怎么可能发生战争呢？”

星期天的早餐前，茱黛女勋爵派人去找艾瑟尔。

艾瑟尔忙得不可开交，她必须忍下心里的恼火，也不能唉声叹气。时间还早，但雇工们已经忙碌起来。在宾客起床前，所有的壁炉都必须清理干净，重新点火，煤桶里要装满煤炭。几个重要的房间——饭厅、晨间起居室、书房和吸烟室，还有较小的公共区域，都必须清扫干净，收拾整齐。艾瑟尔检查了台球室摆放的鲜花，把打蔫枯萎的花枝换掉，这时便有人来唤她。尽管她很喜欢菲茨这位激进的妹妹，但她希望茱黛别给她吩咐什么过于复杂的差事。

艾瑟尔十三岁那年开始在泰-格温工作，当时她觉得菲茨赫伯特家族和他们的客人都不太真实。他们好像是故事里的人物，或者像《圣经》中那些奇怪的部族，比如赫梯人，他们让她感到害怕。她担心做错什么而被解雇，但她也会在这些奇怪生物靠近时带着强烈的好奇打量他们。

有一天，一个厨房里的佣人让她去楼上的台球室把坦塔罗斯拿下来。她太过紧张，连什么是坦塔罗斯都忘了问。她进了那个房间，四下看了看，希望它是类似一堆脏盘子那样显眼的东西，但她没看到任何属于楼下的物件。正当她涕泪涟涟的时候，茱黛走了进来。

茱黛当时十五岁，身材瘦高，像个穿着女孩衣服的成年女人，很不快活，也很叛逆。她最终理解生命的意义，将自己的不满投入到正义的运动中去，都是后话了。尽管只有十五岁，她也已经极富同情心，对不公和压迫很敏感。

她问艾瑟尔到底出了什么事。原来，坦塔罗斯是那个放白兰地和威士忌的银制酒瓶架。茉黛解释说，这酒架很逗弄人，因为它有一个扣锁机关，用来防仆人偷喝。艾瑟尔对此很是感激。后来的这些年里，茉黛多次表示出自己的善意。那是第一次，艾瑟尔对这个比自己年长的女孩充满崇拜之情。

艾瑟尔上楼来到茉黛的房间，敲了敲门，走了进去。栀子花套房里贴着精致华丽的壁纸，这种装饰在世纪之交已经不再流行。不过，它的飘窗俯视菲茨家花园最为迷人的部分——西向小道。小道笔直穿过花坛，一直延伸到凉亭那边。

艾瑟尔看见茉黛正在穿靴子，心里便不太高兴。“我要出去散步，你得给我当陪伴[①]，”她说，“帮我戴上帽子，跟我聊点儿新鲜事。”

艾瑟尔实在抽不出时间，但除了困扰之外，也有点好奇。茉黛要跟谁一块儿散步？一直陪伴她的赫姆姑妈到哪儿去了？去趟花园为什么要戴这么华丽的帽子？会不会有个男人掺和进来？

艾瑟尔把帽子固定在茉黛深色的头发上，开口说：“今天一早下面发生了一件事。”茉黛喜欢收集闲言碎语，就像国王收集邮票那样。“莫里森直到凌晨四点还没有上床。就是那个长着金色鬓须的大个子仆人。”

“我知道莫里森。还知道他在哪儿过的夜。”茉黛犹豫着说。

艾瑟尔等了一会儿，然后说：“那你跟我讲讲？”

“你听了得吓一跳。”

① 旧时英国，未婚女子出入社交场所必须有年长的女性陪同，以监督她的行为。

艾瑟尔笑了："那就更好了。"

"他跟罗伯特·冯·乌尔里希一块儿过夜。"茉黛朝梳妆台镜子里的艾瑟尔看了一眼，"你吓坏了吧？"

艾瑟尔出了一会儿神。"哦，我怎么会！我知道莫里森不是那种讨女人喜欢的男人，可我没想到他会是那种人，你明白我的意思吧？"

"嗯，罗伯特肯定是那种人，我看见他在晚餐的时候往莫里森那边瞟了好几眼。"

"竟然还是在国王面前！你怎么知道罗伯特是那样？"

"沃尔特告诉我的。"

"一个正人君子怎么会跟一位女士讲这种事！人们简直什么话都传。伦敦那边都在聊什么？"

"都在议论劳埃德·乔治先生。"

大卫·劳埃德·乔治是英国财政大臣，掌管全国的财政事务。他是威尔士人，一位热情激烈的左翼演说家。艾瑟尔的父亲说，劳埃德·乔治应该加入工党。在1912年的煤炭罢工中他甚至谈到要将煤矿国有化。"他们说他什么？"艾瑟尔问道。

"他有一个情妇。"

"不会吧！"这一次艾瑟尔真的震惊了，"他从小就是浸礼教徒啊！"

茉黛笑了起来："他要是英国国教徒的话，难道就会好听些吗？"

"是啊！"艾瑟尔把"那还用说"这几个字咽了下去，"那女人是谁？"

"弗朗西斯·史蒂文森。她一开始是他女儿的家庭教师，但这个女人十分聪明——她有古典文学学位，现在她成了他的私人秘书。”

“简直太可怕了。”

“他管她叫小猫咪。”

艾瑟尔的脸都红了。她不知说什么才好。茉黛站了起来，艾瑟尔帮她穿上外套，然后问道：“那他的妻子玛格丽特呢？”

“她跟四个孩子待在威尔士这边。”

“原来是五个，后来其中一个死了。可怜的女人。”

茉黛装扮好了。她们沿着走廊，从大楼梯下去。身穿黑色长大衣的沃尔特·冯·乌尔里希，正在大厅里等着。他下巴上留着小胡子，眼睛是柔软的淡褐色。看上去潇洒淡定，好整以暇，一副德国人的派头——会对你低头行礼，脚后跟相碰，随后朝你眨眨眼睛，艾瑟尔这样想着。原来是因为这个，茉黛才不愿意让荷米亚夫人当她的陪伴。

茉黛对沃尔特说：“我还是个小姑娘的时候威廉姆斯就来这儿工作了，后来我们就一直很要好。”

艾瑟尔喜欢茉黛，但要说她们两个是朋友，这话就有点儿扯远了。茉黛很友好，艾瑟尔也佩服她，但她们仍然是女主人和仆人的关系。茉黛这话的意思不过是说艾瑟尔可以信任。

沃尔特用对待下等人那种略显做作的客气对艾瑟尔说：“你好啊，威廉姆斯。我很高兴认识你。”

“谢谢你，先生。我去拿我的外套。”

她跑下楼去。她实在不太想去散步，国王还在这儿呢——她宁愿留下监督那些仆人——但她又无法拒绝。

碧公主的侍女尼娜正在厨房给她的主人沏俄式茶。艾瑟尔对一个负责清理卧室的女仆说："沃尔特先生起床了，你可以去收拾格雷房了。"只要客人一出现，女佣就要去收拾卧室，铺床，清空夜壶，放上净水洗涮。她看见了仆役长皮尔正在清点盘子。"楼上有什么事情吗？"她问道。

"十九、二十……"他说，"杜瓦先生要热水剃须，贝卢斯科尼·法里想要咖啡。"

"茉黛小姐要我跟她到外面去。"

"这就麻烦了，"皮尔生气地说，"屋里还需要你呢。"

艾瑟尔很清楚。她没好气地说："那你说我该怎么办，皮尔先生，告诉她滚一边去吗？"

"不要放肆。你尽量快去快回。"

她回到楼上，伯爵的狗格雷特正站在门口，急急地喘着气，早已猜出马上就要出去散步了。大家出了门，穿过东草坪朝树林那边走去。

沃尔特对艾瑟尔说："我想，茉黛小姐一定把你培养成妇女参政论者了。"

"情况恰好相反，"茉黛对他说，"威廉姆斯恰恰是第一个向我灌输自由思想的人。"

艾瑟尔说："我是从我父亲那儿知道这些事情的。"

艾瑟尔知道他们并不打算跟她交谈下去。礼节上不允许他们单独外出，但他们宁愿将就一下，退而求其次。她招呼了一声格雷特，然后就往前面跑去，跟狗玩耍的工夫能让他们单独相处，他俩大概就盼着这个。回头一瞧，两个人已经牵起了手。

在这种事上茉黛是个急脾气，艾瑟尔想。她昨天说过，已经十年没见过沃尔特了。就算在当年，他们之间也没出现过公认的恋情，只是默默相互吸引罢了。一定是昨晚发生了什么事情。也许他们两个一直聊到很晚。茉黛能跟任何人调情——她就是这样从他们嘴里得到消息的——但显然这次她更认真了。

过了一会儿，艾瑟尔听到沃尔特在那边唱了起来。茉黛也随声附和，他俩站在那儿，哈哈大笑。茉黛喜爱音乐，钢琴弹得相当不错，不像菲茨，是个五音不全的人。看来沃尔特也是个乐迷。他那轻快的男中音听上去十分悦耳，艾瑟尔想，要是在毕士大礼拜堂唱，肯定会受到人们的赞赏。

她的思绪又回到自己的工作上。卧室门口没有摆着应该擦好的鞋子，她得催促那几个鞋童快点儿干活。她气恼地想，不知道现在几点了，如果一直这么拖下去，她就得坚持回房子里去了。

她回头看了一眼，但这次她既看不到沃尔特，也没瞧见茉黛。他们是在哪儿逗留，还是朝另一个方向走了？她原地站了一两分钟，但觉得自己不能整个上午都这么等着，便沿着来路，穿过树林往回走。

过了一会儿，她看见了他们。两个人紧紧抱在一起，互相狂吻着。沃尔特的手搂着茉黛的身子，让她紧紧靠着自己。他们张着嘴，艾瑟尔听见茉黛在呻吟。

她盯着他们。她不知道会不会有个男人这样亲吻自己。斑点·卢埃林在一次礼拜堂郊游会的沙滩上吻过她，但那时既没有张开嘴巴，身体也没有这样贴在一起，当然也没有让艾瑟尔呻吟起来。那个小戴·肖普，曾在加地夫看电影的时候把手伸进她的裙子，但没几秒钟就被她推开了。她真的很喜欢卢埃林·戴维斯，他是教师的儿子，跟她讲了不少自由党政府的事情，还跟她说，她的乳房像鸟巢里温暖的小鸟。但他离家去上大学了，从来没给她写过信。她被他们吸引，因为好奇尝试过一些事，可从来没有这般激情。她实在是嫉妒茉黛。

这时茉黛睁开眼睛，瞥见艾瑟尔站在那儿，便一下子挣脱了拥抱。

格雷特发出一阵哀鸣，夹着尾巴绕着圈子。它这是怎么了？

紧接着，艾瑟尔感到大地开始震颤，好像有一列快速火车经过，但铁道线在一英里外。

“怎么回事？”茉黛问。

艾瑟尔一下子明白了。

她大叫一声，开始狂奔。

比利·威廉姆斯和汤米·格里菲斯正在休息。

他们工作的矿层叫作四足煤，只有五百米，不像主坑道那么深。这道矿层分为五个作业区，全部用英国的赛马场命名，他们这一个叫作爱斯科特，最接近上排气井。两个男孩给老矿工当助手。采煤工用心轴——一种直头带刃的锄头把煤块挖出作业面，助手就把煤块用铲子装入道车。他们平常都是早上六点开工，现在已经干了几个小时，该歇一会儿了。他们坐在潮湿的地上，后背靠着坑道的墙壁，让通风系统带来的柔和空气吹凉皮肤，然后拿出瓶子，大口喝着温热的甜茶。

他们两个是在1898年的同一天出生的，十六岁的生日过去半年了。十三岁的时候，比利还为两人在体格发育上的差别感到难堪，现在他们都长成了年轻男人，肩膀宽阔，身强力壮，每周剃一次胡须，尽管没有太多必要。他们只穿短裤和靴子，身上的汗水合着煤灰，显得黝黑发亮。在昏暗的灯光下，他们犹如异教神的乌木雕像，熠熠发光。只是头上的帽子破坏了整体效果。

工作很辛苦，但他们已经习惯了。他们从不像那些上了岁数的矿工那样抱怨背疼、关节僵硬。他们有使不完的力气，休息的时候也能找到一大堆事情做，打橄榄球，挖花坛，甚至在双冠酒馆后面的谷仓里赤手打拳击。

比利忘不了三年前自己经历的入行仪式——的确，每当想起那些，他仍然感到愤愤不平。那时他便发誓绝不欺负新来的孩子。今天他还在提醒小伯特·摩根："这些人如果跟你耍花招也不必吃惊。他们可能让你摸黑待一个钟头，或者干什么别的蠢事。没脑子的人就喜欢这些小乐子。"吊笼里的老家伙们狠狠地瞪着他，但他毫不示弱，也瞪着他们——他知道自己是对的，他们心里也清楚这一点。

妈妈甚至比比利还要生气。她两手叉腰站在起居室的正中，黑眼睛里闪着正义的光芒，对爸爸说："你告诉我，上帝通过折磨小孩子要达到什么目的？"

"你不懂，因为你是个女人。"爸爸说，他一反常态，显得毫无说服力。

比利觉得，如果人人都过一种敬畏上帝的生活，整个世界，尤其是阿伯罗温的矿井这里会变得更好。汤米的父亲是个无神论者，信仰马克思，认为资本主义制度将很快毁灭，工人阶级革命也会加速它的灭亡。两个男孩争得十分厉害，但他们依然是最好的朋友。

"你不该在星期天工作的。"汤米说。

这话不错。矿上安排加班以应付煤炭的巨大需求，但为了尊重宗教信仰，凯尔特矿业的周日加班不是强迫的。比利愿意加班，尽管他虔信安息日习俗。“我认为上帝希望我有一辆自行车。”他说。

汤米笑了，但比利不是开玩笑。毕士大礼拜堂在十英里外的小村子开设了一个姊妹教堂，比利是阿伯罗温的会众之一，自发在隔周日翻山越岭去那儿做礼拜以示支持。如果他有一辆自行车，他就能每周日的晚上去那儿，帮忙筹备讲经课或祷告会。他跟长者们探讨过这个问题，他们都认为主会保佑比利在安息日工作几个星期。

比利正要解释，便觉得脚下的地面震动起来，接着是“轰”的一声巨响，一股强烈气流把他手里的瓶子吹到了地上。

他的心猛地往下一沉。他一下子想到自己是在八百米深的地下，头上有数百万吨的土石，只有很少的木梁支撑。

“发生什么事了？”汤米吓得声音发抖。

比利跳起来，浑身直打哆嗦。他举起矿灯，看着左右两边长长的隧道。他没有看见火焰，也没有散落的石头，灰尘也不比平常厉害。回响消失后，也听不到什么噪音。

“一定是什么地方发生爆炸了。”他说，声音不稳。这是矿工们每天都在担心的事情。甲烷可能因为石块坍塌或者矿工钻透某个煤层而突然间释放。如果没人留意出现的预兆——或者气体浓度上升过快——马蹄下的一个火花，或者吊笼里的电铃，以及哪个愚蠢的矿工违反规定点燃烟斗都会点燃这种易燃气体。

汤米问：“是在哪儿呢？”

“肯定是向下的主坑道——所以我们才没事。”

“耶稣基督快帮我们吧。”

“他会的，”比利说，他不像刚才那么害怕了，“重要的是我们得自己帮自己。”让他们当助手的那两个矿工连个影子也没有——他们趁着歇工去古德伍德区了。比利跟汤米得自己拿主意。“我们最好去竖井那边。”

他们穿上衣服，把矿灯拴在皮带上，然后朝上升井，也就是所谓的“皮拉姆斯”那边跑去。负责升降机的把钩工是戴·肖普。“吊笼还没来！”他慌慌张张地说，“我一直在打铃！”

见他吓成这样，比利不得不强压着自己心里的惶恐。过了一会儿他说：“打电话了吗？”把钩工用电铃跟地面上的同事联络，但最近两头都安装了电话，电话线通到矿井董事马尔德温·摩根的办公室。

“没人接。”戴说。

“我再试试。”电话固定在吊笼旁边的墙上。比利拿起听筒，摇动把手。“快点儿，快点儿。”

“喂？”里面传来一个颤巍巍的声音。这是亚瑟·卢埃林，董事的办事员。

“斑点，我是比利·威廉姆斯，”比利对着话筒喊道，“摩根先生在哪儿？”

“不在这儿。那声巨响是怎么回事？”

“地下发生了爆炸，你个大傻瓜！老板哪儿去了？”

“他去梅瑟了。”斑点抱怨。

“他为什么——算了，先不提这个。现在你要办件事情。斑点，你能听见吗？”

“哎。”声音听上去有了点儿力气。

“首先，你派人去卫理会教堂，告诉戴哭宝马上组织救援队。”

“好。”

“然后打电话联系医院，让他们派救护车到井口这边。”

“有人受伤了吗？”

“爆炸这么厉害，肯定会有的！第三，让所有清洁煤棚的人去拉消防水带。”

“着火了吗？”

“粉尘会燃烧的。第四，给警察署打电话，告诉杰兰特这儿发生了爆炸。他会给加地夫打电话。”比利想不出别的了，“听明白了吧？”

“好的，比利。”

比利把听筒放回挂钩。他不知道他的指令最后效果如何，但跟斑点说了这些话让他的脑子清晰起来。“主坑道那边会有人受伤，”他对戴·肖普和汤米说，“我们得下去看看。”

戴·肖普说：“我们去不了，吊笼不在这儿。”

“能去，井壁上有梯子，对吧？”

“你打算往下爬两百米吗！”

“是的，如果我胆小怕事，就不会当矿工了。”他说话口气很大，但心里也在打鼓。竖井的梯子很少使用，有可能维护欠佳。脚下稍稍一滑或踩到破损的横档，他就会掉下去摔死。

戴“咣当”一声把门打开。井洞四周砌着砖，已经潮湿发霉。一条踏板沿着井壁水平延伸，围着木制的吊笼机架四周。一个铁梯子用水泥黏合在砖砌的井壁上。两边的铁架和细细的踏板让人心里没底。比利犹豫了，后悔自己虚张声势，太过冲动。但现在才说不干有辱人格。他深吸了一口气，默默祈祷了几句，便走上了踏板架子。

他向边上挪动，探到下面的梯子。他在裤子上擦了擦手，抓住了两边的铁架，让脚踩在踏板上。

他往下移动着。铁架摸上去很毛糙，两手一抓，铁锈便剥落下来。有些接铆的地方松动了，脚下的梯子便晃动起来，让他提心吊胆。挂在皮带上的矿灯虽说能照见脚下的踏板，但照不到井底。他不知道这样对他来说是好是坏。

不幸的是，往下爬的工夫让他有了思考的机会。他想起矿工的各种死法。要是直接被爆炸炸死，那得算是最幸运的了，上帝慈悲，不用遭什么罪。甲烷在燃烧时产生让人窒息的二氧化碳。不少人会让掉下来的石头困在里头，可能因流血过多而死，等不到救援。有些人会被渴死，而他们的工友可能就在几码远的地方拼命挖开碎石打通隧道。

突然间他想往回爬，回到上面的安全地带，不去管下面的麻烦——但他不能，因为汤米就在他头顶上，他也跟着下来了。

“你也跟我去吗，汤米？”他叫道。

汤米的声音就在他的上面。“哎！”

这让比利有了勇气。他又找回了自信，移动得更快了。不久，他就看到了一丝光亮，马上又听到了人的声音。当他接近主坑道时，鼻子里闻到了一股烟味。

接着他听到一种让人毛骨悚然的嘈杂，是尖声叫喊和敲打声，他极力识别着这种声响。这种感觉在摧毁他的勇气。他给自己壮着胆子：肯定能找到合理的解释。过了一会儿，他才明白自己听到的是矮种马发出的惊恐嘶鸣，它们用蹄子踢着马厩的木头围栏，挣扎着想跑出去。弄清噪音的来由并没有减轻他的不安——他的感觉跟那些马没什么区别。

他走进主坑道，侧身绕过砖台，从里面打开门，感激地踏上泥泞的地面。一片烟雾让地下昏暗的光线更加微弱，但他能看见那几条主通道里的情况。

坑底的把钩工是帕特里克·奥康纳，这个中年人曾在屋顶坍塌事故中失去了一只手。他是个天主教徒，因此被人起了个“帕特·教皇”的绰号。他怀疑地盯着这边。“耶稣的比利！”他说，“该死的，你是从哪儿钻出来的？”

“从四足煤那边，”比利回答，“我们听到轰隆一声。”

汤米跟着比利走出竖井，说：“出什么事了，帕特？”

“据我判断，爆炸一定是在这层的另一端，在提斯柏附近，”帕特说，“助理带人过去查看了。”他语气平静，但脸上显得十分绝望。

比利走到电话那里，摇动把手。过了一会儿，他听到了父亲的声音。“我是威廉姆斯，你是谁？”

给煤矿董事打电话，怎么会是工会官员接的？不过比利没顾得上细想——紧急情况下，什么事情都可能发生。“爸爸，是我，比利。”

“感谢上帝慈悲，你没事儿吧，”父亲停了一下，换成平常那种果决轻快的声音说，“把你了解的情况告诉我，孩子。”

“我和汤米在四足煤。我俩从皮拉姆斯爬到主坑道。我们觉得爆炸发生在提斯柏那边。这边有点儿烟雾，但不多。不过吊笼不能正常工作。”

“绕线机件被向上的爆炸力破坏了，”爸爸的语气很沉稳，“但我们正在加紧修理，几分钟就能修好。你尽量让人都聚集在井底，一旦吊笼修好，我们就把他们拉上来。”

“我这就告诉他们。”

“提斯柏井彻底失去作用了，所以要确保不要有人往那边去，否则就得困在大火里。”

“好的。”

“助理办公室外面有呼吸器。”

比利知道这个。这是新近的一项创新，在工会的要求下，由1911年颁布的煤矿法强制实施。“眼下空气还不太坏。”他说。

“你那儿也许不坏，但往里走有可能很糟。”

“好的。”比利把听筒放回挂钩。

他把父亲的话跟汤米和帕特复述了一遍。帕特指着一排新储物柜。“钥匙可能在办公室里面。”

比利跑进助理的办公室，但没有找到钥匙。他猜想可能有人把钥匙挂在自己腰带上了。他又看了看那排储物柜，每个柜子上都贴着“呼吸器”的标签，柜子是铁皮做的。“帕特，你有撬棍吗？”他问。

把钩工有个用于简单修理的工具箱。帕特递给他一把粗螺丝刀。比利灵巧地弄开了第一个储物柜。

里面是空的。

比利愣住了，不敢相信这是真的。

帕特说：“他们欺骗了我们！”

汤米说：“这帮该死的资本家。”

比利打开了另一个储物柜。里面也是空无一物。他怒气冲冲地撬开其他的柜子，急于揭穿凯尔特矿业和珀西瓦尔·琼斯的欺诈伎俩。

汤米说："我们只能想别的办法了。"

汤米急着要走，但比利想把眼前的情况弄清楚。他的目光落在灭火道车上。管理层就用这个可怜的东西当作消防车，把运煤的道车里面装满水，上面再捆上一个手摇泵。这东西并非一无是处，比利曾经见过有人在矿工们所说的"闪火"——紧贴隧道顶棚的少量甲烷被点燃——出现时使用它，算是应急，他们全都趴在地上。闪火有时会点着隧道墙上的煤灰，因此要用救火道车喷水。

"我们带上救火道车。"他朝汤米喊道。

道车已经在轨道上了，两人可以推着它走。比利脑子里闪过一个念头，觉得可以让小马拉着道车，但最后觉得那样太费工夫，再说那些牲口已经受了惊吓。

帕特·教皇说："我的儿子米奇在马林格德区干活，可我不能去找他，我得留在这儿。"他的脸上带着一丝绝望，但在紧急情况下，把钩工必须留在竖井边，这是一条硬性规定。

"我会留意他的。"比利承诺说。

"谢谢你，比利。"

两个小伙子推上道车沿着主路走去。道车没有刹车——驾驶者想要放慢速度，就得往辐条里插上一根粗木棍。不少人因为失控的道车而死，受过伤的人更是不计其数。"别太快了。"比利说。

他们刚进隧道不过四百米，便觉得温度开始升高，烟雾也变浓了。接着，他们听到了人声。循声走进一条分支隧道，这里是正在开采的矿层。比利能看见隧道两边开凿的入口，间隔相同，那是矿工干活地点的入口，通常被称作大门，但有时只是一个洞。噪声变得更响，他们停下道车向前面张望。

隧道里着了火。火舌舔舐着墙壁和地面。有几个人站在大火的外围，火光中的侧影就像是地狱中的魂灵。一个人举着毯子徒劳地扑打着熊熊燃烧的木料堆。其他人大声喊叫着，没有人冷静得下来。远处隐约可见一长串道车。浓烟中带着一股奇怪的烤肉味，比利想到那煳味可能来自牵拉道车的矮种马，顿时觉得一阵恶心。

比利跟里头的一个矿工说话："到底出了什么事？"

"有人困在门里面了，可是我们没法靠近。"

比利看清说话的人是里斯·普莱斯。难怪没有采取任何措施。"我们拉来了一辆救火道车。"他说。

另一个人朝他过来了，是小店约翰·琼斯，一个更为明智的人，比利心里踏实了一些。"好样儿的！"琼斯说，"我们拿水管冲冲这该死的家伙。"

比利拉出软管，汤米在一边连接手摇泵。比利把喷头对准隧道的顶棚，好让水沿着墙面流下来。他很快意识到矿井的通风系统——它从提斯柏送风，再从皮拉姆斯抽走——正在将火焰和烟雾朝他这边吹过来。要是他能告诉上面的人们掉转风向就好了。可逆的风扇也是按照1911年的法令强制安装的。

尽管难度很大，但火势已经开始减弱，比利能够缓慢前进了。几分钟后，最近的一个大门边上的火已经被扑灭。马上有两个矿工从里面跑了出来，大口呼吸着隧道里稍微干净些的空气。比利认出那是庞蒂兄弟，朱塞佩和强尼，两人被称作"乔伊和乔尼"。

几个人冲进大门。约翰·琼斯背着瘫软的马夫戴·泼尼斯，走了出来。比利不知道他是死了还是昏过去了。他说："抬他去皮拉姆斯，别去提斯柏。"

普莱斯插了进来："你算老几，在这儿发号施令，耶稣的比利？"

比利不想浪费时间跟普莱斯争吵。他转身对琼斯说："我跟上面通过电话。提斯柏损坏严重，但皮拉姆斯那边的吊笼应该很快就会下来。上面告诉我让大家去皮拉姆斯那边。"

"好，我这就去通知大伙。"琼斯说完便离开了。

比利和汤米继续灭火，清理更多大门，放出更多被困的矿工。有些人流着血，不少人被大火烧焦了，还有几个人被落石砸中。可以走动的人背着死者和受了重伤的人，行状凄惨可怖。

很快他们的水就用光了。"我们把道车推回去，到井底的水塘装水。"比利说。

他们急急忙忙往回赶。吊笼仍然不能正常工作，十几名获救矿工正等在那儿，地上还躺着几个人，有的在痛苦地呻吟，其余的一动不动，生死堪忧。趁着汤米往道车里抽泥水的工夫，比利拿起电话。这次还是他父亲接的。"绕线轮五分钟后就能用了，"他说，"下面的情况怎么样？"

"我们已经从大门里救出了一些死伤者。往下面运几道车水来，越快越好。"

"你怎么样？"

"我没事。还有，爸爸，你能不能把通风扇掉转过来。皮拉姆斯往下，提斯柏往上。这样就能把烟雾和毒气从救援人员那儿抽走。"

"这办不到。"他父亲说。

"不是法律规定矿井通风必须可逆吗？！"

"珀西瓦尔·琼斯跟检察人员诉苦求情，他们给他宽限一年时间改造鼓风机。”

如果电话另一端是别的什么人，比利肯定会大声咒骂。“打开喷头行不行，这你能做到吗？”

“行，这可以做到，”爸爸说，“我怎么没想到呢？”他对另外什么人说道。

比利放回听筒。他帮着汤米注满道车，轮流用着手泵。注满它的时间跟用掉一样长。从受灾区域逃出的人流放缓了，大火仍在肆虐。道车终于注满了，他们马上往回推。

喷头打开了，可是等比利和汤米到达火灾现场，他们发现从头顶狭窄的管道流出的水流太小，根本无法扑灭火焰。不过，小店·琼斯已经把大家组织起来了。他带着那些没有受伤的幸存者投入了救援，把能走动的伤者送到竖井那边。等比利和汤米一接通软管，他就抓过来，让另一个人压手泵。“你们两个再找个道车，回去取水！”他说。

“好的。”比利说，没等他转身离开，就看见一个身影从火焰中冲了出来，浑身是火。“天啊！”比利嚷着，大惊失色。那人跌跌撞撞，扑倒在地。

比利朝琼斯喊了一句：“朝我浇水！”不等对方反应过来，他便跑进了隧道。他感到有股水冲在他的后背上。这里热得吓人。他的脸被火燎着，衣服也闷烧起来。他抓住俯身倒在地上的那个矿工的肩膀，拉着他往后跑。他无法看到他的脸，但能感觉到他跟自己的年龄相仿。

琼斯一直往比利身上喷水，打湿了他的头发、后背和两条腿，可前面却是干的，他能闻到自己的皮肤在灼烧。这让他疼得尖叫起来，但仍然死死抓住下面失去知觉的身体。几秒钟后他从大火里逃了出来。他转过身子让琼斯往胸前喷水。脸上的一股凉水让他放松下来——尽管受了伤，但他还能撑得住。

琼斯朝地上的男孩喷水。比利把他翻过来，发现这人是迈克尔·奥康纳，人称“米奇·教皇”，是帕特的儿子。帕特曾托付比利找他。比利说：“慈悲的耶稣，可怜可怜帕特吧。”

他弯下腰想把米奇扶起来。他的身子瘫软无力，毫无生气。“我带他到竖井那边。”比利说。

“哎，”琼斯说着，用奇特的眼神盯着比利，“干得好，小比利。”

汤米跟着比利。比利觉得一阵头晕，但他还背得起米奇。在主通道他们遇到了救援队，后者用矮马拉着几辆装满水的道车。他们大概是从上面下来的，这说明吊笼已经恢复运行，救援工作也安排好了。比利推断着，觉得有些疲惫。

他猜得很对。当他到达竖井的时候，吊笼再次下降，运来更多穿着防护服的救援人员和装满水的道车。新来的人散开，分头去救火，伤员便开始登上吊笼，带着死去和昏迷的人。

帕特·教皇送走吊笼后，比利朝他走了过去，抱着米奇。

帕特惊恐地盯着比利，使劲摇着头，不愿承认眼前的一切。

“对不起，帕特。”比利说。

帕特不敢去看那具尸体。“不，”他说，“不该是我的米奇。”

“我把他从火里拖了出来，帕特，”比利说，“但当时实在太晚了，没办法。”说完，他哭了起来。

这次晚宴的各个方面都非常成功。碧心情不错，每个礼拜都举行一次皇室聚会她才高兴。菲茨去了她的卧榻，如他所料受到了欢迎。他一直待到凌晨，快到尼娜送早茶的时候才匆匆溜走。

他一直害怕男人之间的争论破坏皇室晚宴的气氛，但他实在是多虑了。国王在早餐时向他道谢，说："这种讨论很吸引人，很有启发，我正想听听这些。"菲茨既得意又自豪。

他吸着餐后雪茄，思前想后，觉得战争并不怎么可怕。以前他一谈到战争，自然而然觉得是一场悲剧，但战争也不见得完全是坏事。战争让各国团结起来，一致对付共同的敌人，它能熄灭动乱之火。不会再发生罢工，谈论共和政体也会被认为是不爱国。女性甚至也不会再要求选举权。他不由得被这种前景吸引，战争会让他找到用武之地，证明他的勇气，为国家效力，回报一直以来慷慨赋予他的财富和特权。

上午从矿井那边传来的消息将聚会的欢乐气氛一扫而光。只有一位客人真正去了阿伯罗温，就是那个美国人格斯·杜瓦。不过，人人都有了一种不再是焦点的感觉，这对他们来说很不寻常。午餐不再张扬，下午的娱乐活动也被取消。菲茨担心国王会对他感到不满，尽管菲茨本人跟矿山的运作毫无瓜葛。他既不是凯尔特矿业的董事也不是股东。他只是把采矿权发给这家公司，他们按吨数付给他矿区使用费。因此他认为任何明白事理的人都不会把这场事故怪罪在他头上。尽管如此，有矿工困在了井下，贵族们就不能显得轻浮放纵，尤其是国王和王后正在做客。这意味着阅读和吸烟是唯一可以接受的消遣。王室夫妇肯定会觉得无聊。

菲茨十分恼火。什么时候都会死人：战场上士兵作战身死，船员跟船一起沉没，铁路上火车相撞，酒店和熟睡的顾客一起被烧成废墟。为什么偏偏在他招待国王的时候要发生矿难呢?

临近晚餐的时候，阿伯罗温镇长兼凯尔特矿业董事长珀西瓦尔·琼斯前来向伯爵通报情况，菲茨问艾伦·泰特爵士国王是否愿意听听报告。陛下会听的，他回答，这让菲茨松了一口气——至少君主有事可做了。

男宾全都聚集在小客厅里，这个非正式的空间里摆着柔软的椅子、盆栽棕榈树和一台钢琴。琼斯身穿黑色燕尾服，无疑是今天早上为去教堂才穿的。他身材短粗，略显傲慢自负，看上去就像一只用双排扣灰色背心撑起来的大鸟。

国王穿着晚礼服。“你来得正好。”他简短地说。

琼斯说：“1911年我曾有幸跟陛下握手，当时陛下来加地夫为威尔士王子举行授权仪式。”

“我很高兴再次见面，尽管是在这种令人悲伤的境况之下，”国王回答，“告诉我发生了什么事，说简单些，就像跟俱乐部的董事们喝酒聊天那样。”

菲茨觉得这很明智，等于定下了一个正确的调子——尽管没人给琼斯送一杯喝的东西，国王也没有请他坐下。

“蒙陛下的好意。”琼斯用加地夫口音说话，比山谷的轻快口音更显生硬，“爆炸发生的时候有二百二十人正在井下，比平常人少，因为是星期天加班。”

“你知道确切数字吗？”国王问道。

“哦，是的，先生，我们每次都登记下井名单。”

“原谅我打断你。说下去。”

“两个竖井都损坏了，但消防队借助我们的喷水系统控制住了火势，疏散了井下的人。”他看了看手表，“在两小时前，已经有二百一十五人被带上来。”

“听上去好像你们已经非常有效地处理了紧急情况，琼斯。”

“非常感谢，陛下。”

“所有二百一十五人都活着吗？”

“不是，先生。有八人死亡。另有五十人伤势严重，需要就医。”

“天啊，”国王说，“这太不幸了。”

琼斯继续解释为营救剩下的五个人所采取的措施，这时皮尔溜进房间，走近菲茨。仆役长穿着晚饭服务时的夜礼服。他压低声音说：“有件事情要告诉你，阁下，万一你想听……”

菲茨低声道：“说吧。”

“女仆威廉姆斯刚刚从矿井口回来。她的弟弟看来成了个英雄。不知国王是否愿意听她亲口讲讲这个故事？”

菲茨想了一会儿。威廉姆斯一定心情低落，有可能词不达意。但另一方面，国王或许愿意跟某个有直接关系的人谈上几句。他决定冒险一试。“陛下，”他说，“我的一个仆人刚刚从矿井口回来，可能带来些新消息。她的弟弟在气体爆炸时刚好在井下。你要不要问她一下？”

“好的，”国王说，“请她进来吧。”

过了一会儿，艾瑟尔·威廉姆斯走进屋子。她的制服上沾着煤灰，但她已经洗过脸了。她行了个屈膝礼，国王说：“有什么最新消息？”

“陛下，有五个人让落下的岩石困在康乃馨区。救援队正在挖凿碎石，但火还在燃烧。”

菲茨注意到，国王对待艾瑟尔的态度有种细微的差别。他几乎不去看珀西瓦尔·琼斯，一边听着，手指一边不安地敲击着椅子扶手，但他眼睛直直地看着艾瑟尔，好像对她本人更感兴趣。他用一种更为柔和的声音问道："你弟弟是怎么说的？"

"沼气爆炸点燃了煤尘，因此才会发生火灾。大火把很多人困在他们干活的地方，一些人窒息而死。我弟弟他们无法解救这些人，因为他们没有呼吸器。"

"不是这样的。"琼斯说。

"我觉得就是这样。"格斯·杜瓦反驳说。这个美国人跟往常一样，显得有点儿缺乏自信，但他努力说出自己的意见。"我跟几个从下面上来的人谈过。他们说，标着'呼吸器'的储物柜都是空的。"他似乎在强忍着一股怒火。

艾瑟尔·威廉姆斯说："他们无法扑灭大火，因为井下没有足够的水。"她的眼里闪过一丝狂怒的光芒，菲茨觉得那样子十分诱人，让他怦然心动。

"那儿有一辆消防车！"琼斯抗议道。

格斯·杜瓦又说话了。"那不过是一个装水的道车，外加一个手摇泵。"

艾瑟尔·威廉姆斯继续说："他们应该掉转通风系统的风向，但琼斯先生并没有依法改造机械设备。"

琼斯看上去十分气愤："这不可能……"

菲茨插了进去："好了，琼斯，这不是什么公开调查，陛下只是想了解一下人们怎么想的。"

"的确如此，"国王说，"但我有个问题，也许你能给我个建议，琼斯。"

“我十分荣幸……”

“我明天上午准备走访阿伯罗温和周边几个村子，当然也要拜访阁下的镇政厅。但在这种情况下，列队检阅似乎有些不妥。”

坐在国王左后方的艾伦爵士摇了摇头，低声说：“完全不可能。”

“但另一方面，”国王接着说，“对这场灾难避而不提，直接走开也是错误的。人们会认为我们冷漠无情。”

菲茨猜到国王一定跟他的随从之间发生了冲突。他们可能想取消这次访问，觉得这种选择风险最小，但国王认为有必要做出一种姿态。

一阵沉默，珀西瓦尔在思考着这个问题。随后他开口了，但只说了一句：“这是一个艰难的选择。”

艾瑟尔·威廉姆斯说：“我可以提一个建议吗？”

皮尔猛地一惊。“威廉姆斯！”他发出嘘声，“问到你的时候你再开口！”

菲茨怎么也想不到她竟敢在国王面前如此莽撞。他尽量让自己的声音显得平静，说：“以后再说吧，威廉姆斯。”

但国王笑了。让菲茨欣慰的是，他似乎颇为艾瑟尔所吸引。“我们不妨听听这位年轻人有何建议。”国王说。

艾瑟尔正等着这句话。她直截了当地说：“您和王后应该访问死者家属。不要列队检阅，只乘一辆用黑马拉的马车。这对他们来说很有意义。所有人都会觉得你这个人很棒。”她咬了咬嘴唇，沉默下来。

这最后一句很是失礼，菲茨有些焦急，国王并不需要让人们觉得他这个人很棒。

艾伦爵士吓了一大跳。“从来没人敢这样。”他惊恐地说。

但国王好像对这种想法很感兴趣。“访问死者家属……”他若有所思地说。随后他转向他的侍从官：“哎呀，我觉得这主意好极了，艾伦。在我的人民遭受痛苦的时候表示怜悯。不要车马队，只用一驾马车。”他又转过来对着女仆：“很好，威廉姆斯，”他说，“谢谢你说出自己的意见。”

菲茨如释重负地叹了口气。

最后去的当然不止一驾马车。国王和王后坐进第一辆马车，带着艾伦爵士和宫廷女侍。菲茨和碧连同主教坐第二辆车。最后是一辆两轮轻便马车，上面坐了各色仆从。珀西瓦尔·琼斯本来也想成为其中一员，但菲茨让他死了这条心。艾瑟尔说了，死者家属见到他，可能会想要掐死他。

这天风很大，冰冷的雨水抽打在马的身上，它们沿着泰–格温的长长车道碎步前行。艾瑟尔坐在第三辆车上。由于她父亲的职业，她熟知阿伯罗温的每一个矿工家庭。泰–格温这边只有她一个人知道所有死伤者的名字。她给车夫指引道路，她的任务是提醒侍从官谁是谁。她手指交叉，暗自祈祷着。这件事是她出的主意，如果哪里出了闪失，她就免不了受人指责。

马车驶出豪华的大铁门，她又像每次经过这里时那样，为门里门外的强烈反差感到惊讶。门里的一切整齐有序，到处是迷人的美景，外面则是一片现实世界的丑恶。路边是一排农工的棚舍，是那种只有两个房间的小屋，房前堆着杂七杂八的木材和垃圾。几个蓬头垢面的孩子在壕沟里玩耍。不一会儿就到了矿工联排房屋，这些房子比农家村舍强一些，但看惯了泰-格温窗棂屋脊的完美比例，就连艾瑟尔也觉得它们笨拙单调。这里的人穿的都是廉价的衣服，很快就会变形、磨旧，染色也很容易褪掉，因此男人全都穿着灰土的外套，女人的裙子则多是黄褐色。艾瑟尔穿的仆人衣服让人羡慕，羊毛裙十分暖和，棉质衬衫也很平整，尽管如此，有的女孩喜欢说自己永远不会降低身份去当仆人。不过，最大的区别是人本身。这里人的皮肤斑斑点点，头发很脏，指甲黑乎乎的。男人咳嗽，女人吸鼻子，孩子一个个流着鼻涕。穷人在路上一瘸一拐蹒跚前行，富人则大步流星，安闲自在。

几辆马车从山腰下到马弗京坡地。大部分居民都排队等在人行道上，但他们手里没举旗子，也没有欢呼，只是鞠躬行礼。车队在十九号门前停了下来。

艾瑟尔跳下车，小声跟艾伦爵士说："希安·埃文斯，五个孩子，失去了她的丈夫大卫·埃文斯，他是井下马夫。"人们把大卫·埃文斯称作"戴·泼尼斯"，他是毕士大礼拜堂的长老，因而艾瑟尔对他十分熟悉。

艾伦爵士点了点头，当他跟国王低声说话时，艾瑟尔机敏地向后退了一步。艾瑟尔看见菲茨正在看自己，朝他赞许地点了一下头。她感到脸上发热。她在协助国王行事，伯爵对她很满意。

国王和王后走到前门。门上的油漆已经剥落，台阶磨得光光的。艾瑟尔琢磨着，没承想我会看到这些——国王去敲一个矿工家的门。国王穿着燕尾服，戴着一顶高大的黑礼帽——艾瑟尔对艾伦爵士反复强调，阿伯罗温的人不希望看到自己的君主穿那种斜纹软呢套装，因为他们自己有时候也穿。

寡妇开了门，她身上穿着最好的一套衣服，还戴着帽子。菲茨曾建议让国王突然到访，好给人们一个惊喜。但艾瑟尔极力反对这一点，艾伦爵士听了她的解释后十分赞成。突然造访一个深陷悲痛的家庭，王室夫妇有可能会面对醉酒的男人、衣衫不整的女人，还有闹闹吵吵的孩子。最好预先通知每一个人。

“早上好，我是国王，”国王说，礼貌地抬了抬帽子，“你是大卫·埃文斯太太？”

她愣了一下。她更习惯人们称其“戴·泼尼斯太太”。

“我对你丈夫的事情表示非常遗憾。”国王说。

戴·泼尼斯太太显得过于紧张，感觉不到任何情绪。“非常感谢。”她生硬地说。

这太正式了，艾瑟尔心想。国王跟眼前这位寡妇一样，显得十分尴尬。两个人都无法表达他们的真实感受。

这时，王后碰了碰戴太太的胳膊：“实在让你受苦了，亲爱的。”

“是的，夫人，是的……”寡妇低声说，接着便一下子哭了起来。

艾瑟尔抹去自己脸上的眼泪。

国王显得局促不安，但值得称道的是，他依然坚持着，念念有词地低声说：“真让人伤心，真太让人伤心了。”

埃文斯太太失声抽泣着，脚底好像生了根，也不把脸转过去。人要是伤心起来也就顾不得其他了，艾瑟尔看见戴太太的脸上一块块红斑，张开的嘴巴里只剩下一半牙齿，她嗓子已经哭哑，绝望地呜咽着。

“好了、好了，”王后说，她把手帕塞在戴太太手里，“拿着这个。”

戴太太还不到三十岁，但她的一双大手疙疙瘩瘩，害着关节炎，就像一个老女人的手。她用王后的手帕擦了擦脸。“他是个好人，夫人，”她哽咽着说，“从来没跟我动过手。”

一个男人的美德就是不去打自己的老婆，这让王后不知说什么才好。

“他对自己的小马也很好。”戴太太补充道。

“这我相信。”王后说，话题回到了熟悉的层面。

一个蹒跚幼儿从房子里头出来，紧紧抓住母亲的衣襟。国王又试着说起话来：“我听说你有五个孩子。”

“是啊，先生，没了爸爸，他们该怎么办啊？”

“这太让人伤心了。”国王重复着。

艾伦爵士咳嗽了一声，随后国王说：“我们去看看其他跟你一样处境的人吧。”

“哦，先生，你能来看看太好了。我都说不出这对我有多么重要。谢谢你，谢谢你。”

国王转过身去。

王后说：“我今晚会为你祈祷，埃文斯太太。”然后跟着国王走了出去。

他们上了自己的马车后，菲茨交给戴太太一个信封。艾瑟尔知道里面装着五个金币和一张纸条，冠有泰-格温的蓝色纹饰，下面是手写的一行字：“菲茨赫伯特伯爵望你收下，以表他的深切同情。”

这也是艾瑟尔出的主意。

爆炸发生一星期后，比利跟爸妈、外公一道去礼拜堂。

毕士大礼拜堂是粉刷成白色的方形屋子，墙上连一幅画也没有。一张普通桌子的四边整齐排放着几排椅子。桌子上摆着装了白面包的伍尔沃斯瓷盘和一罐廉价的雪利酒，象征着面包葡萄酒圣餐。仪式活动不叫圣餐礼或弥撒，只是简单地称作擘饼。

十一点之前，大约百人的教众已在座位上坐好，男人穿着最好的外套，女人则戴着帽子，孩子们梳洗干净，在后排不安地乱动着。没有什么指定的仪式，男人们会做出被圣灵感动的样子——即席祈祷，宣读一首赞美诗，读一段《圣经》或做一番简短的布道；妇女则一直保持沉默。

实际做起来还是有个模式。第一个祈祷总是年长者来做，他要撕碎面包，把盘子递给他旁边的人。每个会众成员，除了孩子以外，都要取一小块面包吃下。接下来就是轮流传递果酒，每人都直接从罐子里喝，女人只呷一小口，有些男人喜欢喝上一大口。之后，他们都默默坐着，直到有人有所触动，开口发言。

比利问过他的父亲，什么年龄他才可以参与到礼拜的发言部分，爸爸说："这个没什么规则。我们跟随圣灵的引导。"比利信了他的话。如果一首赞美诗的第一行在这一小时的某个时刻进入了他的头脑，那就是圣灵的指示，他就会站起来宣诵赞美诗。这样做对他这年龄来说有些早熟，他知道，但会众接受了。他第一天下井干活看到耶稣在他面前显灵的故事在南威尔士煤田的半数礼拜堂流传着，人们也开始对比利另眼相看。

今天上午每个祈祷都在为失去亲人者祈求安慰，尤其是为戴·泼尼斯太太，她戴着面纱坐在那儿，大儿子在她旁边，满脸惊恐。

爸爸祈求上帝大发慈悲，宽宥在呼吸器和可逆通风系统上罔顾法律的邪恶矿主。比利觉得缺了点什么。如果只是求得安慰，那就太简单了。他想弄清楚上帝为什么允许这次爆炸。

他还没有临时做过祷告。很多人的祈祷都字斟句酌，十分优美，引用《圣经》中的话，就跟他们在布道一样。比利暗自怀疑上帝是否这么容易被打动。他总觉得那些最简单的祷告最能打动他，因为它们发自内心。

在礼拜快结束时，词句已经在脑子里酝酿成型，他感到一种强烈冲动要把它们说出来。他感到这就是圣灵在引导他，便站了起来。

他紧闭两眼，说："哦，上帝，我们今早向你乞求安慰那些失去了丈夫、父亲或儿子的人，尤其是我们信主的姐妹埃文斯太太，我们祈祷丧失亲人者会敞开心扉，接受你的祝福。"

这些祷词别人都说过。比利停顿了一下，随后接着说："现在，主啊，我们要再求一件礼物：理解。我们想要知道，为什么井下会发生这次爆炸。你掌握一切，那么，为什么容许沼气进入主坑道，为什么容许它被点燃？还有，主啊，那些在我们头上的人，凯尔特矿业的董事们，怎么会如此贪恋金钱，如此忽视你的子民的性命？好人死亡，你创造的身体横遭蹂躏，这一切出于什么神圣的意图？"

他又停了下来。他知道不该对上帝提出要求，就像在跟管理层谈判似的，所以他又补充说："我们知道，阿伯罗温人的苦难必然是你永恒计划的一部分。"他觉得应该就此打住，但他忍不住又补充了一句，"可是，主啊，我们愚钝不明，所以请跟我们解释。"

“以主耶稣基督之名。”他最后说。

教众齐声说：“阿门。”

那天下午，阿伯罗温的人被邀请参观泰–格温的花园。这意味着艾瑟尔有一大堆事情要做。

通告是在星期六晚上的酒吧里传开的，教堂和礼拜堂在星期日上午的礼拜结束后也发布了消息。几座花园为了国王到访装扮一新，美轮美奂，虽说已经到了冬季。现在，菲茨赫伯特伯爵希望与邻居们分享这份美景，正如邀请上所说。伯爵会戴上黑色的领带，他乐见前来观赏的人也在穿戴上做些类似点缀，以表示对死者的尊重。大摆筵宴显然不合时宜，但仍有茶点饮品提供。

艾瑟尔吩咐在东草坪上扎三顶大帐篷。一顶帐篷里放了六只490升的大酒桶，那是从庞迪克隆王冠啤酒厂用火车运来的麦酒。阿伯罗温有不少禁酒主义者，在另一顶帐篷里为他们放了一张搁板桌，摆了一只大茶壶和数百茶碗茶盘。第三顶帐篷小一些，为镇上为数不多的中产阶级提供雪利酒，其中包括英国圣公会牧师，两位医生和煤矿董事马尔德温·摩根，他现在已经被人称作“去梅瑟的摩根”了。

好在这天阳光灿烂，寒冷干燥，蓝天上挂着几片祥和的云朵。一共来了四千多人——这几乎是镇上的全部人口——差不多每人都戴着黑领带、黑丝带或黑袖章。他们漫步灌木丛周围，隔着窗户朝屋里窥视，在草坪上拨来翻去。

碧公主留在她的房间里，这不是她乐于参与的社交活动。从艾瑟尔的经验上看，上流社会都是自私的，但碧能把这种自私发挥到极致。她的精力全部集中在取悦自己、按她的方式行事上。就算筹办宴会也一样——这是她的拿手好戏——她的主要动机在于展示自己的美貌和魅力。

菲茨在金碧辉煌的维多利亚哥特式大会客厅与大家见面，他的大狗趴在边上，就像一块毛茸茸的地毯。他穿了一套棕色斜纹软呢套装，显得更加平易近人，尽管戴了一个硬领和一条黑色的领带。他比任何时候都帅气，艾瑟尔想。她把死伤者亲属分成三四个小组跟他见面，这样他就能亲自慰问阿伯罗温的每一位受难居民。他带着惯有的魅力跟他们交谈，让每个人离开时都觉得自己受到了特殊待遇。

艾瑟尔现在成了女管家。国王访问后，碧公主坚持让杰文斯夫人彻底退休——她忍受不了无精打采的老仆人。她觉得艾瑟尔是那种努力工作、能帮她实现自己愿望的人，尽管她年纪很轻，但还是提拔了她。就这样，艾瑟尔达成了她的抱负。她从仆人休息室搬到女管家的小屋，把自己父母的照片挂在墙上，照片上他们穿着节日的装束，是在毕士大礼拜堂开放的那天拍的。

菲茨快见完那些人时，艾瑟尔请求准许她跟自己家人待上几分钟。

“当然，”伯爵说，“你想待多长时间都行。你安排得相当漂亮。我真不知道没有你的话怎么处理好这件事。国王也对你表示感谢。你是怎么记住那么多名字的？”

她笑了。她弄不清为什么被他夸奖会让她如此兴奋。“这些人大都来过我家，不分什么时候。要么是找我父亲谈受伤赔偿，要么就是来解决跟工头发生的纠纷，或者诉说对井下安全措施的担心。”

"是啊，我觉得你很不一般。"说完，朝她微微一笑。那种让人无法抗拒的笑容偶尔会在他脸上出现，让他像个邻家男孩。"替我向你父亲表示问候。"

出门后她小跑着穿过草坪，心里有种站在世界之巅的感觉。她在喝茶的帐篷里找见了爸妈、比利跟外公。爸爸穿着礼拜天穿的黑色外套和带硬领的白衬衫，显得很气派。比利的脸颊上有一块难看的烧伤斑痕。艾瑟尔说："你感觉怎么样，比利？"

"没事。看着挺吓人，但医生说最好不要包扎。"

"大家都在议论你有多勇敢。"

"还不够勇敢，没能把米奇·教皇救出来。"

然后就无话可说了，不过艾瑟尔还是同情地摸了摸弟弟的胳膊。

妈自豪地说："比利今早带我们去毕士大礼拜堂做祷告了。"

"好啊，比利！很遗憾我错过了。"艾瑟尔没去礼拜堂，宅子里的事情实在太多了，"你祈祷什么了？"

"我求上帝让我们理解为什么他让井下发生爆炸。"比利紧张地朝爸爸那边瞥了一眼，后者脸上毫无笑容。

爸爸严肃地说："要是比利求上帝加强他的信仰就更好了，他就可以去相信，不用去理解。"

他们显然已就此事争论过。艾瑟尔不大忍受得了这种神学上的争论，因为争到最后也改变不了什么。她想让气氛轻松一些。"菲茨赫伯特伯爵让我向你问好，爸爸，"她说，"他挺不错的，对吧？"

爸爸没有被她的话说动。"我对你加入星期一的那场闹剧很遗憾。"他严肃地说。

“星期一？”她疑惑地说，“你是说国王访问伤亡家属？”

“我看见你跟那个奴才窃窃私语，报名字给他。”

“那是艾伦·泰特先生。”

“我不在乎他自称是什么人，我一眼就能认出谁是谄颜媚上的家伙。”

艾瑟尔惊呆了。自己最露脸的时刻，却被爸爸这么看不起！她简直想哭。“我还以为我这样帮助国王，会让你感到骄傲呢！”

“国王哪来的胆量对我们百姓表示同情？他一个国王又对这儿的艰难和危险了解多少？”

艾瑟尔忍住眼泪。“可是，爸爸，他来看望百姓，对他们很重要啊！”

“这不过是把大家的注意力从凯尔特矿业危险和非法的行为上转移开了。”

“但他们需要安慰。”他怎么看不到这一点呢？

“国王让他们变消停了。上个礼拜天下午，全镇的人都准备造反了。到了礼拜一晚上，他们就只谈论王后给戴·波尼斯太太送手帕了。”

艾瑟尔的伤心很快变成了愤怒。“你要这么想，我只能表示遗憾。”她冷冷地说。

“没什么可遗憾的……”

“我遗憾是因为你错了。”她说，一心想压倒他。

爸爸吃了一惊。很少有人说他搞错了什么事，更别说是个小姑娘了。

妈妈说：“哎，艾瑟尔……”

“人是有感情的，爸爸，”她不管不顾地说，“你总是想不到这一点。”

爸爸一时说不出话来。

妈妈说：“够了，快住嘴！”

艾瑟尔看着比利。隔着一层模糊的泪水，她看见他一脸肃然起敬的表情。这让她更有信心了。她吸了吸鼻子，用手背擦了一下眼睛，说：“你和你的工会，还有你那些安全法规、《圣经》经文——我明白这些都重要，爸爸，但你不能让人没有感情。我希望有一天社会主义能让劳动人民过上好日子，但同时他们也需要获得安慰。”

爸爸终于能开口了。“我觉得我们已经听够了，”他说，“跟在国王前后让你昏了头。你是一个小女孩，你没权利指责自己的长辈。”

她哭了起来，没法再争论下去了。“对不起，爸爸。”一阵凝重的沉默后，她说，“我得回去工作了。”伯爵说她跟家人呆多长时间都行，但她现在想一个人呆着。她转身背对着父亲瞪视的目光，朝大房子那边走去。她一直低垂着眼睛，不让别人注意到她的眼泪。

她不想见到任何人，便直接溜进了栀子花套房。茉黛小姐回伦敦去了，房间是空的，床单已经撤了下去。艾瑟尔扑倒在床垫上哭了起来。

她一直都觉得很自豪。爸爸却把这一切全都破坏了！难道他想让她不好好工作吗？她是在给贵族干活。阿伯罗温的每个矿工也一样。虽说是凯尔特矿业雇用了他们，但他们挖的煤是伯爵的，而且伯爵能从矿工们挖出的每吨煤里得到与之相应的利润——她父亲从来不愿指出这一事实。如果说一个好矿工应该讲求效率多产煤，那么一个好管家何尝不是如此？

她听见门“吱呀”一声开了。她马上跳了起来。来人是伯爵。“这到底是怎么回事？”他和蔼地说，“我在门外就听见了。”

“我很抱歉，阁下，我不该到这里来。”

“没关系。”他那张英俊的脸上露出发自内心的关切，“你为什么哭呢？”

“能为国王帮忙让我非常自豪，”她悲伤地说，“但我父亲说这是一场闹剧，都是为了平息人们对凯尔特矿业的愤怒。”她气得又哭了起来。

“这简直是一派胡言，”他说，“任何人都能看出国王的关心是真诚的。王后也一样。”他从上衣的前胸口袋里拿出一条白色亚麻手帕。她正等着接过手帕，但他伸过手来，轻轻擦去了她脸颊的泪水。“上周一的事情，你让我很骄傲，别去在意你父亲的态度。”

“你真好。”

“好了，别哭了。”他弯下身子，吻了吻她的嘴唇。

她一下子愣住了。她怎么也不会想到会发生这种事。当他直起身子，她只是不解地盯着他。

他也盯着她。“你实在太迷人了。”他用低沉的声音说，然后又去吻她。

这一次她把他推开。“主人，你在干什么？”她吃惊地小声说道。

“我不知道。”

“你在想什么？”

“我什么都没想。”

她抬头凝视着他轮廓分明的脸。那对绿色眼珠也一动不动凝视着她，好像在窥探她脑子里的想法。她意识到自己多么崇拜他。突然之间，她被兴奋和欲望的洪流吞没了。

“我已经不能自已。”他说。

她愉快地叹了口气：“那就再吻我一次吧。”

第三章

1914年2月

十点半钟的光景，菲茨赫伯特伯爵的梅费尔宅邸的大厅镜子里映出了一个高个子男人，他衣冠楚楚，一身英国上流绅士的日间装扮，戴着一副立领——嫌恶时下流行的软领子，银色的领带用一颗珍珠别针固定。他的一些朋友认为穿戴打扮太好反倒有损尊严。“听我说，菲茨，你看起来像一个该死的裁缝，正准备一大早打开店门迎客。”年轻的劳瑟侯爵曾这样对他说。但劳瑟是个邋遢鬼，背心上沾着面包渣，衬衣袖口上尽是雪茄烟灰，于是希望大家都跟他一样。菲茨讨厌邋遢，他喜欢打扮得整洁漂亮。

他戴上灰色礼帽。右手拿着他的拐杖，左手拿上一副崭新的灰色麂皮手套，出了家门，转弯向南。在伯克利广场，一个大约十四岁的金发女孩朝他眨巴了一下眼睛，说：“给一先令就让你爽。”

他穿过皮卡迪利进入格林公园。大树根部围着一圈积雪。他经过白金汉宫，走进维多利亚车站附近的一个不太引人注目的街区。他不得不向一位警察询问去阿什利花园的路线。那条街原来是在罗马天主教大教堂的后面。的确，菲茨想，如果某人想受到某个贵族的邀约，他的办公室就应该设在一个较为体面的街区。

他是受父亲的一位老友召见，那人名叫曼斯菲尔德·史密斯-卡明。史密斯-卡明是位退休海军军官，现在陆军部从事某种少为人知的工作。他派人给菲茨送去一张相当简短的字条：“事关国家大事，最好面谈。你能否在明天上午十一点来见我？”字条是打印后签名的，只用绿色墨水写了一个“C”字。

事实上菲茨很高兴有个政府里的人愿意跟他谈谈。他十分厌恶被人当成装饰品，一个富裕的贵族，除了在社交活动上充当点缀以外一无是处。他希望有人向他征求意见，也许能谈谈他的老部队，威尔士步枪团。他或许可以完成某种与南威尔士本土部队有关的任务，他还是那儿的荣誉上校。不管怎样，被召前往陆军部这件事已经让他觉得自己并非完全多余。

可真的是陆军部的吗？那个地址竟是一座现代化的公寓楼。门卫把电梯指给菲茨。史密斯-卡明的公寓看来一半居住一半用作办公室，不过，一个爽快利落的年轻人用一种军人的架势告诉菲茨，C马上就见他。

C倒没有什么军人架势。他身材矮胖，有些谢顶，肉多的鼻子上夹着一副单片眼镜。他的办公室里堆满了杂物：飞机模型、望远镜、指南针，还有一幅农民面对行刑队的画。菲茨的父亲一直把史密斯-卡明称作“晕船的船长”，他的海军生涯乏善可陈。他在这儿做什么呢？“这到底是个什么部门？”菲茨坐定后问道。

“这是特勤局的对外处。”C说。

“我不知道我们还有一个特勤局。”

“如果有人知道，那就不是秘密了。”

“我明白了。”菲茨有些兴奋。有人提供机密信息，这的确让人大为受用。

“也许你能妥善对待，不向任何人提及此事。”

这是在给菲茨下命令，虽然措辞十分礼貌。“当然。”他说。他很高兴，觉得自己成了当中的一员。这是否意味着C要邀请他到陆军部工作呢？

“恭喜你那次乡间王室宴会的成功。我知道你聚集了一批出身名门的年轻人让陛下接见，给人留下深刻印象。”

“谢谢你。严格说来，那是个十分安静的社交场合，但我担心消息还是传了出去。”

“现在你要带妻子去俄国？”

“公主是俄国人。她想去看望自己的哥哥。这次出行一推再推。”

“格斯·杜瓦也会跟你一起去。”

C好像什么都知道。

“他在周游世界，”菲茨说，“我们的计划碰巧吻合。”

C身子靠在椅背上，很是健谈地说：“你知道为什么派阿列克谢耶夫上将掌管俄国军队跟日本作战？他根本不了解在陆地上怎么打仗。”

菲茨在俄国度过了自己的童年，也经历了1904年至1905年的日俄战争，了解战争进展，但他不知道这段插曲。“你讲讲看。”

“嗯，当时好像是亚历克西斯大公在马赛的一家妓院参与了一起斗殴事件，被法国警方逮捕。阿列克谢耶夫前来救援，跟宪兵说打架的是他，而不是行为不端的大公。两人的名字相近，警方相信了这种说辞，大公也就被放出监狱了。作为奖赏，阿列克谢耶夫便掌管了军权。”

“难怪他们打了败仗。”

“尽管如此，俄国部署了世界上最庞大的兵力——整整六百万人，有些考证说他们调动了所有的兵力储备。不管它的领导人多么无能，兵力本身也足够强大了。但是，如果打一场欧洲战争的话，他们会发挥多大效力？”

“我结婚后就一直没有回去，”菲茨说，“这我没把握。”

“我们也一样。因此就请你来了。我想请你在那儿的时候做一些调查。”

菲茨十分惊讶。“可我们的使馆不就是干这个的吗？”

“不错。”C耸了耸肩，“但是，外交官们一般更热衷于政治，而不是军事问题。”

“那他们还有武官呢。”

“一个像你这样的局外人可以提供全新的视角——就像你在泰-格温召集的那些人，他们能提供给国王无法从外交部得到的东西。但是如果你觉得你无法……”

“我并不是拒绝。”菲茨急忙说。相反，他很高兴要他为自己的国家效力。“我只是吃惊需要使用这种方法。”

“我们是个新成立的部门，资源有限。我最好的线人是聪明机智、有足够军事背景的人，知道自己的着眼点是什么。”

“明白。”

“我很想知道你对俄国军官阶层在1905年后动向的看法。他们的观念是有所改进，还是依然因循守旧？你在圣彼得堡会遇到所有的达官显贵，你妻子跟其中半数有亲戚关系。”

菲茨联想着俄国最近一次发动的战争。“他们对日本战败的主要原因是，俄国铁路无法运送他们的军队。”

“但自从那时起，他们就在尽力完善自己的铁路网，使用从他们的盟友法国那里借来的大笔资金。”

“不知他们是否取得了很大进展？”

“这就是问题的关键。你坐火车的时候看看是不是正点运行，时刻睁大眼睛。看看铁道线是单轨还是双轨？德国将军们的应急作战计划就是基于计算俄国军队需要多长的动员时间。如果打起仗来，这种时间表的准确性至关重要。”

菲茨心里兴奋得像一个小学生，但他强迫自己说话沉稳持重。“我会尽我所能去了解这些。”

“谢谢。”C看了看手表。

菲茨站了起来，两人握了握手。

“你具体什么时候走？”C问。

“我们明天动身，”菲茨说，“再见。”

格雷戈里·别斯科夫看着他的弟弟列夫从大个儿美国人身上弄钱。列夫那张漂亮的脸上带着童稚的急切表情，似乎他的主要目的是显示身手。格雷戈里的心里感到一种十分熟悉的焦虑。他担心有一天列夫的魅力再也无法让他摆脱困境。

“这是记忆测试。”列夫用英语说。他把这几个单词死记下来。“随便拿一张牌。”他提高嗓门，压过工厂那边的噪音——重型机械的叮当声、蒸汽的嗞嗞声，还有人们大呼小叫的指令和问话声。

来客的名字是格斯·杜瓦。他穿着一件短上衣、背心和长裤，全都是同一种精细的灰呢子布做的。格雷戈里对他很感兴趣，因为他是从布法罗来的。

杜瓦是个和蔼可亲的年轻人。他一耸肩膀，随便从列夫手上抽出一张牌，看了看。

列夫说："把牌放在凳子上，正面朝下。"

杜瓦把牌放在粗糙的木台子上。

列夫从他衣袋里掏出一张一个卢布的纸币，放在牌上。"现在你把一块美元放在上面。"这种把戏只能跟有钱的游客玩。

格雷戈里知道列夫已经把扑克牌换掉了。他把另一张牌藏在他的手心里，用卢布遮着。这种技巧列夫练习了四个钟头，关键在于要在放下卢布和那张新牌后快速拿起第一张牌，马上把它藏在手心里。

"你确定你能输得起一块钱吗，杜瓦先生？"列夫说。

杜瓦笑了，就像所有被骗的人："我觉得可以。"

"你还记得你的牌吗？"列夫重复着死记下来的句子。他还可以用德语、法语和意大利语说这句话。

"黑桃5。"杜瓦说。

"错了。"

"我敢肯定。"

"翻过来。"

杜瓦把牌翻过来。是一张梅花皇后。

列夫收起一美元的钞票，也拿走了自己的一个卢布。

格雷戈里屏住了呼吸。这是个危险的时刻。美国人会不会嚷着说他被人抢劫了，说列夫是强盗？

杜瓦沮丧地笑了笑，说："算你厉害。"

“我还会玩另一种。”列夫说。

这已经够了。可列夫还想再碰碰运气。尽管他已经二十岁了，可格雷戈里还得时时保护他。“别跟我弟弟玩，”格雷戈里用俄语对杜瓦说，“他总是赢。”

杜瓦面带微笑，用不流利的俄语回答：“这建议不错。”

杜瓦是那一小拨参观普梯洛夫机械厂的游客中第一个来这边的。这是圣彼得堡最大的工厂，雇佣了三万工人，有男有女，还有不少孩子。格雷戈里的任务是带他们游览自己的工作区，一个虽小但十分重要的部门。工厂生产机车车头等大型钢材构件。格雷戈里是车间领班，他们负责加工机车车轮。

格雷戈里一心想跟杜瓦谈谈布法罗的事。他还没来得及提什么问题，铸造部的监察员卡宁就出现了。这人是个有执照的工程师，又高又瘦，前额上方没有几根头发。

跟他一道来的是第二位到访者。格雷戈里从他的衣着上就能看出这人一定是个英国勋爵。他穿得像个俄国贵族，一身燕尾服，头上戴了顶大礼帽。也许全世界的统治阶级都是这种穿戴打扮。

格雷戈里被告知那位贵族的名字是菲茨赫伯特伯爵。格雷戈里头一次见到如此英俊潇洒的男人，他一头黑发，绿色的眼睛炯炯有神。制轮车间的女人盯着他，就像见了上帝一般。

卡宁跟菲茨赫伯特说俄语。“我们这里每周能生产两辆机车。”他自豪地说。

“真了不起。”勋爵用英语说。

格雷戈里心里清楚为什么这些外国人对此很感兴趣。他读报，还参加圣彼得堡布尔什维克委员会举办的讲座和讨论会。这里生产的机车对俄国的防卫至关重要。参观者们会装出无所事事的样子东探西问，实际上却在搜集军事情报。

卡宁介绍格雷戈里：“别斯科夫是厂里的国际象棋冠军。”卡宁是管理人员，但他人很不错。

菲茨赫伯特很讨人喜欢。他转身跟一个五十岁左右、头发花白、戴着头巾的女人搭话，她叫瓦莉娅。“让我们参观你们的车间实在太好了。”他乐呵呵地说，流利的俄语带着很重的口音。

瓦莉娅身材高大，十分强壮，胸脯高耸，听了这话像个小姑娘似的咯咯笑起来。

演示已经准备完毕。格雷戈里把钢锭放入料斗，往炉子里填好煤，金属开始熔化。不过还有一位参观者要来——伯爵的妻子，据说她是俄国人——所以他才会说俄语，这在外国人里头很少见。

格雷戈里本打算向杜瓦打听一下布法罗的事，但不等他找到机会，伯爵的妻子就进了制轮车间。她的拖地长裙像扫帚似的扫过她面前的金属碎屑和灰尘。她在裙装外面穿了一件短外套，身后跟着一个拿皮毛大衣的男仆和一个拿手袋的女佣，还有一位厂里的董事马克拉柯夫伯爵——一个穿着与菲茨赫伯特不相上下的年轻人。马克拉柯夫对他的客人十分殷勤，一路面带微笑，低声交谈，毫无必要地挽着她的手臂。她非常漂亮，金色卷发斜向一边，显得十分妖艳迷人。

格雷戈里一眼就认出这人是碧公主。

他的心往下一沉，感到一阵恶心。他使劲压下那来自遥远过去的回忆。接着，像每次出现紧急情况时那样，他审视地看了看他的弟弟。列夫还记得吗？当时他还只有六岁。列夫正在好奇地看着公主，好像在琢磨着什么。随后格雷戈里看到列夫的脸色变了，他想起来了。他显得苍白，极不自然，紧接着便一下子气得涨红了脸。

格雷戈里见势不妙，立刻走到列夫身边。“冷静点，”他悄声说，“别说话。要记住，我们得去美国，别让其他事搅了！”

列夫厌烦地哼了一声。

“你回马厩那边去。”格雷戈里说。列夫是驾矮马车的，工厂里养了不少马。

列夫瞪着眼睛看了看毫无察觉的公主。过了一会儿他才转身走开，危险的一刻就这样过去了。

格雷戈里开始做演示。他朝伊萨克点点头，后者与他年龄相仿，是厂里橄榄球队的队长。伊萨克打开模具。然后，他跟瓦莉娅两个抬起一个抛光的木质凸缘车轮模型。这活儿需要娴熟技巧，轮辐的横截面是椭圆的，一共二十根轮辐从轮毂连到辋圈上。车轮是为4-6-4规格的机车准备的，模型几乎跟托举它的人一样高。

他们把模型压入装满潮湿沙质混合物的深槽里。伊萨克摆动着上面铸铁的冷却物，把轮面和凸缘压实，最后是模型的顶部。

他们把沙箱的组件打开，格雷戈里检查着那个用模板塑出来的孔。整个沙模看上去一切正常。他用一种黑色的油状液体往上面喷了喷，然后再次合拢沙箱。“现在请大家往后站。”他对观众们说。伊萨克把料斗的喷嘴移到模具的上方。然后，格雷戈里拉动杠杆，让料斗倾斜下来。

钢水缓缓倒入模具。潮湿的沙子咝咝响着，从小孔里喷出蒸汽。格雷戈里凭着经验，知道何时提起料斗停止浇注。“下一步是对车轮整形，”他说，“因为铁水需要很长时间冷却，我在这里放了一个预先冷却好的车轮。”

轮子已经放在车床上，格雷戈里朝车床工康斯坦丁点点头——他是瓦莉娅的儿子，又瘦又高，长着一头乱蓬蓬的黑发。康斯坦丁很有学问，是布尔什维克讨论小组的主席，也是格雷戈里最亲近的朋友。他开动马达，让轮子快速转动起来，然后开始用锉刀整形。

“请与车床保持适当距离，”格雷戈里对参观者说，提高嗓门以盖过机器的噪音，“如果去触摸的话，一根手指就没了。”他举起自己的左手。“就像我一样，就是在这家工厂弄的，当时我十二岁。”他的中指只剩下一段丑陋的指根。他看到马克拉柯夫伯爵一脸愠怒——他显然不喜欢有人提及他的利润所造成的人员成本。他从碧公主那里得到的一瞥既包含了厌恶又带着某种迷恋，不知她是否对肮脏和痛苦抱有某种古怪的兴趣。一位女士来工厂参观这件事本身就不同寻常。

他朝康斯坦丁做了一个手势，后者停下车床。“下面，是用卡尺测量车轮的尺寸。”他举起需要使用的工具。“火车轮子大小必须完全一致。直径变化如果超过1.5毫米，也就是铅笔芯那么粗，车轮就必须回炉重造。”

菲茨赫伯特用结结巴巴的俄语说：“你们每天能造多少个轮子？”

“平均六至七个，不算那些不合格的。”

美国人杜瓦这时问道：“你们工作几个小时？”

“从早上六点至晚上七点，从星期一到星期六。星期日允许我们去教堂。”

一个八岁左右的男孩跑进了制轮车间，后面一个女人边追边喊，大概是他母亲。格雷戈里想抓住他，不让他靠近炉子。男孩闪身一躲，直直地朝碧公主撞了过去，他那颗头发短短的脑袋扑通一声撞在她的肋骨上。她喘息了几下，显然很疼。男孩收住脚步，撞蒙了。公主怒气冲冲挥起手臂，狠狠给了他一个嘴巴，打得他脚底不稳，连晃了几下，格雷戈里以为他会摔倒。那个美国人突然用英语说了句什么，似乎感到惊讶和气愤。紧接着，做母亲的伸出她那结实的手臂一把抓起男孩，转身走了出去。

监察员卡宁一脸惊恐，知道自己难免受到怪罪，连忙对公主说："尊贵的阁下，你伤着了吗？"

碧公主一脸怒容，但她深吸了一口气，说："没什么。"

她的伯爵丈夫走了过来，显出很关切的样子。只有杜瓦站在一边，毫不掩饰脸上的不满和厌恶。刚才那一巴掌让他十分震惊，格雷戈里猜测着，不知道是否所有的美国人都像他这样好心肠。打一巴掌算不了什么——格雷戈里和他弟弟小的时候在这家厂里常挨棍子。

访客们陆续离开。格雷戈里担心就此失去一个向布法罗来的游客提问的机会。他大着胆子碰了碰杜瓦的袖子。如果换了俄国贵族，对方会十分生气，推开他，或者因为这无礼的举动而打他，但这个美国人只是转过身来，礼貌地笑了笑。

"你是从纽约州的布法罗来的吗，先生？"格雷戈里说。

"不错。"

"我跟我弟弟正在攒钱准备去美国。我们要住在布法罗。"

"为什么选这个城市呢？"

"在圣彼得堡有一家人能弄到必要的文件，当然是收钱的，还答应让他们在布法罗的亲戚给我们找工作。"

“那是些什么人？”

“他们姓维亚洛夫。”维亚洛夫家族是个犯罪集团，尽管也有合法的生意。他们不是世界上最值得信赖的那种人，所以格雷戈里想自己验证一下他们的说辞。“先生，在纽约州布法罗的维亚洛夫家族真的有钱有势吗？”

“是的，”杜瓦说，“约瑟夫·维亚洛夫的饭店和酒吧有好几百号雇员。”

“谢谢你。”格雷戈里这下放心了，“知道这个就好了。”

格雷戈里最早的记忆始于沙皇来到布罗夫尼尔村的那天。当时他只有六岁。

村里的人几天来都在谈论此事。天刚亮大家就起床了，尽管沙皇显然要吃完早饭再出发，因此不可能在晌午之前到达。格雷戈里的父亲把桌子从他们那一居室的住宅里搬出来，放在路边。他在桌上摆了一只面包、一束花和一小碟盐，给他的大儿子解释说这是俄国传统上表示欢迎的象征。其他村民大都也这么做。格雷戈里的奶奶换上一条黄色的新头巾。

这是初秋一个干燥的日子，酷寒的严冬尚未到来。农民们一个个蹲坐在那儿等待着。村里的老人走来走去，穿着最好的衣服，看上去十分尊贵体面，但他们跟其他人一样，也在等待。格雷戈里不久就厌烦了，开始在房子旁边的泥地里玩耍。他的弟弟列夫只有一岁，被抱在母亲的怀里。

中午过去了，但是谁也不打算进屋准备午饭，生怕错过见沙皇的机会。格雷戈里想去偷吃桌子上的面包，脑袋上因此挨了一掌，不过母亲还是给他盛了一碗冷粥。

格雷戈里不知道沙皇是什么。教会经常提到他，说他关爱所有农民，在人们睡觉的时候守护他们，他显然跟圣彼得、耶稣和天使加百利不相上下。格雷戈里纳闷他是长着翅膀、戴着荆棘头冠，还是只穿村里长者的那种绣花长外套。不管怎样，很明显，看见他就等于受到了祝福，就像耶稣的追随者一样。

傍晚的时候，一团飞扬的烟尘出现在远处。格雷戈里能感觉到毡靴下的地面在不停震动，很快他就听到了马蹄的嗒嗒声。村民们纷纷下跪。格雷戈里跪在他祖母身旁。年长的人匍匐在大路上，额头贴着泥土，跟他们迎候安德烈王子与碧公主时一样。

最先出现的是骑马的侍从，然后是一辆封闭的马车，由四匹高头大马拉着。格雷戈里从没见过这么大的马，跑得飞快，肋腹闪着汗水，马嚼子上还有白沫。长者们意识到马车不会停下来，便匆匆闪开避让，免得被马蹄踩踏。格雷戈里吓得尖叫，但他的叫声没人在意。马车呼啦啦经过，他父亲喊道："臣民之父沙皇万岁！"

话音刚落，马车已经远远离开了村子。四周尘土弥漫，格雷戈里根本没有看清车上的人。一想到自己没能看见沙皇，也就无法得到祝福，他"哇"的一声大哭起来。

母亲拿起桌上的面包，从边上掰下一块给他吃，这才让他消停下来。

下午七点，从普梯洛夫机械厂下班后，列夫总是去找人玩牌或跟几个随便交往的女友喝酒，格雷戈里通常要去参加某个聚会——无神论讲座、社会主义讨论小组、展示异国风情的幻灯表演，以及诗歌朗诵会。但今晚他无事可做。他要回家炖上一锅菜，在锅子里留点儿等列夫回来时再吃，自己早早上床睡觉。

工厂坐落在圣彼得堡的南郊，一根根烟囱和厂房覆盖了波罗的海岸边的大片地区。很多工人住在厂里，有的住宿舍，有的就直接躺在机床旁边睡觉。正因如此，厂里才会有那么多到处乱跑的孩子。

格雷戈里算是在厂外有自己家的人。他知道，在社会主义社会，工人的住房会在计划兴建厂房的同时加以考虑。但偶然兴起的俄国资本主义让千万人无处安身。格雷戈里的薪水较高，但他住的地方也只是单人间，要走半个钟头才能到工厂。他知道，在布法罗，工人家里有电和自来水。听说有些工人还有自己的电话，不过这似乎有点荒谬可笑，就像说街道是用金子铺的似的。

看见碧公主让他记起了自己的童年。他穿行在冰冷的街道上，极力不让自己陷入那段不堪回首的记忆中。但他还是想起了自己住过的木板房，想起那个挂着圣像的神圣角落，对面就是他晚上睡觉的地方，身边常常伴着一只山羊或者小牛犊。他记得最清楚的恰恰是当时毫不在意的东西：气味。那股气味来自炉子、动物和煤油灯散发的黑烟，还有他父亲用报纸卷成的自制烟卷。窗户关得紧紧的，四周的缝隙塞着破布抵挡寒风，屋里的气味十分浓重。他现在也能从想象中闻到那股气息，这让他怀念噩梦来临之前的日子，他生命中最后一段让他感到安全的时光。

刚走出工厂不远，眼前的事便让他停下了脚步。路灯下，两个穿黑色绿边制服的警察在盘问一个年轻女子。从她那身土布外套，以及围巾在脖子打结的方式便看得出她是初来城里的乡下人。乍一看也就十六岁左右——正是他跟列夫成了孤儿的年纪。

矮壮的警察说了句什么，拍了拍女孩的脸。她退缩了一下，另一个警察大笑了起来。格雷戈里立即想起自己十六岁成了孤儿时，饱受权贵们的欺凌虐待，心里便有些同情这个脆弱的女孩。他顾不得细想，便朝他们走了过去。为了找点儿话说，他开口道："如果你要找普梯洛夫机械厂，我可以带路。"

那个矮壮的警察一笑，说："快把他轰走，伊利亚。"

他的搭档长着一颗小脑袋，面目猥琐。"滚一边儿去，贱种。"

格雷戈里不害怕。他又高又壮，繁重的工作让他浑身的肌肉坚硬有力。他从小就在街上打架，多年来从未输给任何人。列夫也是一样。不过，最好还是不要招惹警察。"我是车间领班，"他对那女孩说，"如果你想找份工作，我可以帮你。"

女孩感激地看了他一眼。

"一个工头就了不起了？"那个矮壮的警察说，第一次正眼看了看格雷戈里。借着煤油路灯昏黄的光线，格雷戈里认出了这张愚蠢好斗的圆脸。这人名叫米哈伊尔·平斯基，是当地警察局的区队长。格雷戈里的心往下一沉。跟警察打架不会有什么好果子吃，不过他已经迈出这一步了，无法回头了。

女孩说话了，听她的嗓音，格雷戈里觉得她不止十六，估计快二十了。"谢谢你，我跟你走吧，先生。"她对格雷戈里说。他发现她很漂亮，五官精致，大嘴性感。

格雷戈里向四周看了看。不幸的是，附近连一个人影也没有——他自己是在七点钟下工的人潮消失之后才离开工厂的。他明白自己应该作罢，但不能丢下这个女孩不管。"那我带你去工厂办公室。”他说。事实上办公室早已关门了。

“她要跟我走——对吧，卡捷琳娜？”平斯基说着，便伸手去抓她，隔着薄薄的外套去捏她的乳房，另一只手往她的两腿之间摸去。

她向后退了一步：“把你的脏手拿开。”

平斯基又快又准，一拳打在她嘴上。

她大叫一声，血从嘴里涌了出来。

格雷戈里一下子被激怒了。他把不要惹是生非的念头抛在脑后，上前一步，伸手搭住平斯基的肩，使劲一推，那家伙身子一歪，一条腿跪了下去。格雷戈里扭头对哭泣的卡捷琳娜喊：“快跑！”接着便觉得后脑勺挨了重重一击。格雷戈里没料到那个叫伊利亚的警察这么快便抽出了警棍。一阵钻心的疼痛让他跪倒在地，但并没有晕厥。

卡捷琳娜转身要跑，还没跑出几步。平斯基往前一扑，就抓住了她的一只脚，让她仰面朝天摔在了地上。

格雷戈里转过身，看见警棍又抡了下来。他闪身躲过一击，站稳脚跟。伊利亚再次挥棍，又落空了。格雷戈里使出全身气力，照准这家伙的半边脸狠狠打了一拳。伊利亚应声倒地。

格雷戈里扭头看见平斯基正用他沉重的靴子，不停地踢打卡捷琳娜。

从工厂的方向驶来一辆汽车。经过时，司机一个急刹车，汽车尖叫着停在了路灯下。

格雷戈里两步跨到平斯基身后，两只胳膊紧紧箍住这位区队长，让他双脚离地。平斯基徒劳地乱蹬着，张牙舞爪挥着胳膊，但全都无济于事。

车门打开，让格雷戈里惊讶的是，那个从布法罗来的美国人走了出来。“这是怎么回事？”他问。路灯照着他年轻的面孔，他气愤地对着使劲扭动的平斯基：“你为什么要踢一个手无寸铁的女人？”

运气太好了，格雷戈里想。只有外国人会反对警察踢打农民。

从杜瓦身后的车里出现了监察员卡宁瘦长的身影。“把警察放开，别斯科夫。”他对格雷戈里说。

格雷戈里把平斯基放下来，松开了他。平斯基猛地转身，格雷戈里正准备躲闪他的一击，不曾想平斯基克制住了自己。他用十分阴狠的声音说：“我会记着你的，别斯科夫。”格雷戈里暗暗叫苦——这家伙知道我的名字了。

卡捷琳娜跪在地上，呻吟着。杜瓦关切地扶她起来，说：“你伤得厉害吗，小姐？”

卡宁显得十分尴尬。俄国人从不会对一个乡下人如此客气。

伊利亚坐了起来，一脸茫然。

车里传出碧公主的声音，她说的是英语，听上去很不耐烦。

格雷戈里对杜瓦说：“如果你允许的话，阁下，我会带这个女人去附近找个医生。”

杜瓦看着卡捷琳娜：“你愿意这样吗？”

“是的，先生。”她说，嘴上都是血。

“好吧。”

格雷戈里拉起她的胳膊，在别人提出异议前带她离开了。

在拐角处他回头望了一眼。两个警察正站在路灯下跟杜瓦和卡宁争论着什么。

他抓着卡捷琳娜的胳膊匆匆往前走，但她一瘸一拐，根本走不快。他们必须尽快摆脱那个平斯基。

刚刚拐弯，她便说：“我没有钱看医生。”

“我可以借给你。”他说，隐隐心疼——他攒钱是为了去美国，而不是给漂亮女孩治疗瘀伤的。

她慎重地看了他一眼：“我真的不想去看医生，”她说，“我需要的是一份工作。你可以带我到工厂办公室吗？”

她很有胆量，这让他不由得钦佩起来。她刚被警察殴打了一顿，可心里想的还是找工作的事。“办公室关门了。我这么说只是想糊弄一下警察。不过我明早可以带你去。”

“我没地方过夜。”她警觉地看着他，他没立刻明白这眼神的意思。她是在出卖自己吗？许多来城里的乡下女孩最后都落得出卖皮肉的下场。但也许她的意思恰恰相反，她想要一张床，但不打算用身体交换。

“在我住的地方有个房间，是由几个女人合住的，”他说，“她们三个人挤在一张床上，有时候人更多，再多一个她们也能找到地方。”

“有多远？”

他指着前面一条跟铁路路基平行的街道：“就在那儿。”

她点点头表示同意，几分钟后就到了。

二楼里屋是他的房间，跟列夫两人挤一张靠墙的窄床，房间里有个带灶头的壁炉，窗边摆着一张桌子和两把椅子，窗外就是铁道。一个倒着放的货箱充当了床头柜，上面放着盥洗用的水壶和盆子。

卡捷琳娜仔细打量着这个地方，把一切都看在眼里，然后她说：“这些都是你一个人的？”

“不，我没那么有钱！我和弟弟两个人住。他晚一点会回来。”

她琢磨着。也许她害怕必须跟两个人做那件事。为了让她放心，格雷戈里说：“要不要我带你去女人住的地方？”

“过一会儿再说吧。”她坐在其中一把椅子上，“让我先休息一下。”

“当然。”炉子已经填好，只要点火就行了。他总是在早晨上班前填好炉膛。他用火柴点着引火物。

外面传来一阵打雷似的噪音，卡捷琳娜有点害怕的样子。

“一列火车而已，”格雷戈里解释，“我们旁边就是铁路。”

他把壶里的水倒进盆子，放在炉架上加热。然后坐在卡捷琳娜对面，看着她。她长着一头金发，皮肤苍白。一开始他觉得她还算好看，但细看才发现她简直是个美人，骨骼结构长得像东方人，大概她的祖先来自西伯利亚。脸上也有一种风情，大嘴既性感又坚毅，蓝绿色的眼睛里隐含着钢铁般的意志力。

她的嘴唇被平斯基那一拳打肿了。“你感觉怎么样？”格雷戈里问道。

她用手摸着自己的肩膀、肋骨、臀部和大腿根。“真是遍体鳞伤，”她说，“幸亏你拉开了那畜生，否则就伤得更重了。”

她倒没有哀怨个不停。他喜欢这一点。他说：“等水烧热了，去洗掉那些血迹吧。”

他把吃的东西存在一个铁盒子里。他取出一小块后腿肉扔进锅里，然后添了些水壶里的水。他用水冲洗了一根萝卜，把它切进煎锅里。他看见卡捷琳娜正在看自己，显得十分惊奇。她说：

“你父亲会做饭吗？”

“不。”格雷戈里说，转瞬间仿佛回到十一岁时的自己。碧公主唤起的噩梦般的记忆再也无法抵挡。他把煎锅重重地放在桌上，然后坐在床边，把头埋进双手间，陷入了深深的悲痛之中。“不，”他重复着，“我的父亲不会做饭。”

那些人黎明时来到村庄里——地方长官和六个骑兵。妈妈一听见马蹄的声音便立刻抱起列夫。六岁的列夫很沉，但妈妈肩宽背阔，手臂结实。她拉起格雷戈里的手跑出家门。骑兵们由村里的老人带领着，他们大概早在村头等着了。格雷戈里家的房子只有一扇门，根本躲不掉，他们一出来，几个当兵的便猛蹬靴刺，策马追来了。

妈使劲拍打屋子的壁板，惊得鸡和山羊挣脱围栏，也跑了出来。她穿过屋后的荒地朝树林跑去。眼看就要逃过一劫，但格雷戈里突然发现祖母没跟来。他挣脱妈妈的手，不走了。“我们把奶奶忘了！”他生气地尖叫着。

“她跑不动！”妈妈喊道。格雷戈里知道奶奶几乎走不了路。但即使这样，他也觉得不能丢下她不管。

“格里什卡[①]，快点儿！”妈妈喊着，跑在前面，身上还背着列夫，他正吓得尖叫。格雷戈里跟上，但这一耽搁很要命，骑兵们追得更近了，左右一边一个，截断了进树林的路。走投无路的妈妈跳进了水塘，但她的双脚陷进了泥淖中，行动迟缓，最后跌倒在水里。

① 俄语中，格里什卡是格雷戈里的昵称。

士兵们狂笑起来。

他们把妈的两手捆上，赶着她往回走。“别落下那两个孩子，”地方长官说，“这是王子的命令。”

格雷戈里的父亲和另外两个人一星期前就被带走了。昨天，安德烈王子的御用木匠在北草场搭好了绞架。现在，格雷戈里跟随母亲一到草场，就看见三个男人站在绞刑台上，手脚都被捆着，脖子上套着绳索。绞架旁边站着一个牧师。

妈大声喊叫：“不要！”她拼命想挣开捆绑着她的绳索。一个骑兵从马鞍的皮套里抽出步枪，掉转过来，用木枪托打她的脸。她停止挣扎，呜咽起来。

格雷戈里知道这一切意味着什么——他的父亲就要死在这里了。他见过村里的长者吊死偷马贼，但情况大不相同，因为他并不认识那几个受害者。巨大的恐怖让他浑身上下麻木无力。

也许会发生什么事情，让死刑停下来。也许沙皇会干预，如果他真的在守护他的臣民。或者出现一个天使。格雷戈里觉得脸上湿湿的，才知道自己在哭。

他和母亲被拉到绞架的正前面。其他村民围拢过来。另外两个人的妻子也像妈那样被牵过来，也在不停地哭喊，她们的手被捆着，孩子们抓着她们的衣襟，吓得大声哀号。

大门外的土路上停着一辆封闭的马车，驾车的两匹棕红马正在低头吃草。等人都到齐了，一个穿黑色长外套的黑胡子从马车里走下来，这人就是安德烈王子。他转过身，把手伸给他的妹妹碧公主。早上天气寒冷，她的肩上围着裘皮。公主很美，格雷戈里不可能注意不到，她皮肤白皙，一头金黄的秀发，就像他想象中天使的样子，然而很明显，她是个魔鬼。

王子面向村民："这片草场属于碧公主，"他说，"没有得到她的容许，任何人不得在这里放牛。否则就等于偷了公主的草。"

人群发出愤恨的嘟囔声。他们不相信这种所有权，尽管每个礼拜日在教堂里都这样被灌输。人们信守一种旧式、农民的道德，认为土地属于在上面操持耕种的人。

王子指着绞架上的三个男人。"这些愚蠢的人触犯了法律——不是一次，而是一犯再犯。"他的声音尖利刺耳，怒不可遏，就像一个被人抢了玩具的孩子，"更糟的是，他们还跟其他人说公主无权阻止他们，说地主不使用的土地应该让给贫穷的农民。"格雷戈里经常听他父亲这样说。"这样一来，从其他村来的人也开始在属于贵族的土地上放牛。这三个人不但不为自己悔过，反而挑动他们的邻居也变成罪人！这就是判处他们死刑的原因。"他朝那个牧师点了点头。

牧师爬上临时搭起来的梯子，挨个儿跟几个人悄声说了些什么。第一个面无表情地点了点头。第二个人哭了起来，开始大声祈祷。第三个是格雷戈里的父亲，他朝牧师的脸上唾了一口。没人对此感到惊讶，村民们对神职人员没什么好感，格雷戈里听父亲说，他们把忏悔室里听来的一切都告诉警察。

牧师下了台阶，安德烈王子朝站在旁边的一个仆人点了点头，这人手里拿着一把大锤。格雷戈里这才注意到三个死刑犯站在一块带合叶的破木板上，下面只有一根撑杆，他惊恐地发现那把大锤就要把撑杆敲掉了。

他觉得现在是天使该出现的时候。

村民们哀怨地呻吟起来。妻子们尖声喊叫，这一次，士兵没去阻止她们。列夫发狂地叫着。他大概不明白到底要发生什么，格雷戈里想，他只是被母亲的尖叫声吓着了。

爸爸的脸上毫无表情，就像一块石头。他望着远处，等待命运的决断。格雷戈里希望自己也像他那样坚强。他极力控制着自己，虽然他也想跟列夫一样大声号叫。他无法忍住泪水，但他紧咬嘴唇，像父亲一样沉默着。

那仆人掂了一下手里的大锤，碰了碰撑杆试试力气，然后猛地一挥，砸了下去。撑杆被砸飞了。带合叶的木台“砰”的一声掉在地上。三个人立刻坠了下来，接着又是猛地一拉，他们脖子上的绳索终止了下坠。

格雷戈里无法把眼睛移开。他盯着父亲。爸爸并没有马上死去。他张开嘴巴，想要呼吸或者喊叫，但一切都是徒劳。他的脸变红，在捆绑他的绳索里挣扎着。好像经过了很长一段时间。他的脸越来越红。

然后，他的皮肤变成一种灰蓝色，挣扎得越来越无力，直到最后一动不动。

妈停止了尖叫，开始抽泣。

牧师大声祈祷，但村民们不去睬他，一个接着一个转身离去，留下三个被绞死的人。

王子和公主回到他们的马车里，稍后，车夫甩着鞭子，把马车开走了。

格雷戈里讲完自己的故事，慢慢恢复了平静。他用袖子擦干脸上的眼泪，然后又把注意力集中到卡捷琳娜身上。她满心同情地默默听完他的讲述，但并没有感到震惊。她自己一定亲眼见过类似场景：吊打、鞭笞和残损肢体是农村常见的刑罚。

格雷戈里把温水盆放在桌上，找出一条干净的毛巾。卡捷琳娜向后偏着头，格雷戈里摘下墙上的煤油灯，举在手上，这样才能看得更清楚些。

她前额有道伤口，脸颊上有块瘀青，嘴唇也肿了起来。但即使这样，这么近距离盯着她看，还是让格雷戈里紧张得透不过气来。她也用坦诚而无畏的目光回视着他，十分迷人。

他在温水中浸湿了毛巾的一角。

“轻点。”她说。

“当然了。”他开始擦拭她的额头。当他蘸去血迹以后，发现那里只是擦破了一点儿皮。

“这下感觉好多了。”她说。

他这样忙活的时候，她看着他的脸。他擦拭她的脸颊和喉咙，然后说：“我把疼的地方留到最后。”

“没事的，”她说，“你的手很轻，不要紧。”尽管如此，他用毛巾碰着那肿胀的嘴唇时，她还是缩了一下。

“对不起。”他说。

“继续。”

清理的时候，他发现擦伤已经开始愈合。她长着年轻女孩那种整齐洁白的牙齿。他擦了擦她的嘴角。当他弯下腰靠近时，他能感觉到她那温暖的气息扑到脸上。

全都弄完后，他感到有些失望，就好像期待着什么，到头来却没有发生。

他坐回自己的椅子，在水盆里洗了洗毛巾，毛巾已经让她的血染红了。

“谢谢你，”她说，“你的手真巧。”

他的心狂跳着。他以前也给别人清洗过伤口，但从未经历过这种眩晕的感觉。他觉得自己就要做出某种愚蠢的事情了。

他打开窗户，泼掉了盆里的水，让院子里的积雪染上了一片粉红。

他脑子里闪过一个疯狂的念头：卡捷琳娜可能只是一个梦。他转过身，心想她坐的那把椅子一定是空的。但她在那儿，正在用那双蓝绿色的眼睛看着他，他发觉自己希望她永远不要消失。

他猛然意识到自己可能爱上了她。

他以前从来没有想过这些。他平时忙着照顾列夫，没有考虑恋爱的事。他并非处男，曾跟三个不同的女人发生过关系。但那些经历毫无乐趣可言，大概因为她们没人能让他太在乎。

但现在，他内心战栗着想，整个世界上他最最期盼的，就是跟卡捷琳娜躺在墙边的窄床上，亲吻她受伤的脸，对她说——

对她说，他爱她。

别犯傻了，他对自己说。你一小时前才刚遇见她。她并不想从你这得到爱情，只是想借点钱，找到工作和睡觉的地方。

他“咣当”一声关上窗户。

她说：“你还给你弟弟做饭，你的手那么巧，可你能一拳把警察打趴下。”

他不知道该说些什么。

“你刚跟我讲了你父亲是怎么死的，”她接着说，“但你们还小的时候，母亲也死了，对吗？”

“你是怎么知道的？”

卡捷琳娜耸耸肩:“因为你还得当一个母亲。”

按照旧俄历，她是1905年1月9日死的。那天是个星期日，随着时间推移，这一天后来被称作“血腥星期日”。

格雷戈里当时十六岁，列夫十一岁。两个男孩跟妈一起在普梯洛夫机械厂工作。格雷戈里是铸造学徒，列夫扫地。这年的一月，他们三个人都参加了罢工，跟随圣彼得堡其他工厂的十万多工人争取八小时工作制和组织工会的权利。在九日那天上午，他们穿上自己最好的衣服，走上街头，手牵着手，踩着新雪去普梯洛夫机械厂附近的一座教堂。做完礼拜后，他们加入了数千名工人的队伍，从城市各方朝冬宫的方向行进。

“为什么我们要游行呢？”小列夫抱怨道。他宁愿呆在家里，在狭窄的巷子里踢球。

“因为你的父亲，”妈妈说，“因为王子和公主是害人的畜生。因为我们要推翻沙皇和他们的同类。俄国不成立共和国，我就不会停下。”

这是圣彼得堡的一个好天气，寒冷但是晴朗，格雷戈里的脸被太阳晒得发热，他的心也被参与正义事业的同伴之谊温暖着。

他们的领袖是加蓬神父，他就像《旧约》中的一位先知，长长的胡子，说着《圣经》上的话，眼中闪烁着荣耀的光芒。他并非革命党人，他的自救会是经政府批准的，每次聚会都以主祷文开场，结束时要唱国歌。“我现在觉得是沙皇有意让加蓬这样做，”九年后，格雷戈里在这个可以俯瞰铁轨的房间中对卡捷琳娜说，“就像是个安全阀，用来缓解改革的压力，让它通过无害的茶会和乡下舞会释放出去。不过这个办法没起作用。”

加蓬穿着白长袍，手持十字架，带领队伍沿着纳尔瓦公路游行。格雷戈里、列夫和妈妈紧靠在他的身边——神父鼓励全家参加的人走在前面，并告诉他们，士兵绝对不会对孩子开枪。在他们身后，两个邻居举着沙皇的巨幅画像。加蓬告诉他们，沙皇是他的臣民之父。他会倾听他们的呼声，压制那些铁石心肠的大臣，答应工人的合理要求。“我主耶稣说：‘让小孩子到我这里来。’沙皇也说了同样的话。”加蓬喊道。格雷戈里信任他。

他们接近了纳尔瓦大门，那是一座巨大的凯旋门，格雷戈里记得自己正抬头仰望那六座巨大的战车雕像，然后一队骑兵朝游行的人群猛冲上来，简直就像纪念碑顶上的铜马轰然落下，一个个突然变活了。

有的示威者逃开了，而有的倒在了锤子般乱踏的马蹄下。格雷戈里僵在那儿，妈妈和列夫也吓呆了。

士兵们没有抽出武器，看来只是想把人吓跑。但工人实在太多，几分钟后，骑兵掉转马头，撤了回去。

游行的人群重新聚集起来，这一次完全是另一种气魄。格雷戈里觉得现在非闹得天翻地覆不可了。他琢磨着面对他们的大队人马，那些贵族、大臣和军队。他们要做出什么事情来隔断民众，不让他们去跟自己的沙皇说话？

这个问题几乎立刻就有了答案。越过前面的头顶，他看见了一队步兵，让他惊恐不已的是，他们摆出准备射击的姿势。

前行的人群慢了下来，人们意识到即将面临的危险。加蓬神父离格雷戈里只一步之遥，这时他转过身来，向他的追随者大声喊道：“沙皇绝不允许他的军队射杀他热爱的臣民！”

噼噼啪啪的响声震耳欲聋，就好像冰雹砸在铁皮屋顶上——士兵们在举枪齐射。浓烈的火药味刺激着格雷戈里的鼻孔，一阵恐惧紧紧攫住了他的心。

神父喊着：“别害怕——他们在朝天上开枪！”

又是一阵枪声凌空响起，但没有子弹落下。尽管如此，格雷戈里还是吓得两腿发软。

接着是第三次齐射，这一次，子弹没有飞到天上。格雷戈里听到尖叫声，看见有人摔倒在地。他紧盯着自己周围，愣了一会儿，这时妈狠狠推了他一把，喊道：“快趴下！”他一下卧倒在地。与此同时，妈把列夫也按在地上，用自己的身体护着他们。

我们就要死了，格雷戈里想，他的心脏跳得比枪声还要响。

射击无情地持续着，那噩梦般的噪声让人无法逃脱。人们开始仓皇逃窜，他们的靴子重重踩在格雷戈里身上，但妈妈护住了他和列夫的头。他们趴在地上，浑身发抖，头上依然是射击和人的尖叫声。

然后，枪声停止了。妈妈动了一下，格雷戈里抬起头，四下看了看。人们匆忙散去，互相呼唤着，但尖叫声已经停歇下来。“起来吧。”妈妈说。他们慌忙从地上爬起来，离开大路，跳过躺着不动的躯体，绕开那些受伤流血的人。他们到了一条小巷，放慢脚步。列夫低声对格雷戈里说：“我把裤子尿湿了！别告诉妈妈！”

妈妈浑身热血上涌，怒不可遏。“我们一定得跟沙皇说话！”她大声喊着。人们停下来，看看她那农民的宽脸和炽烈的目光。她宽厚的胸膛让那浑厚的声音穿过整条街道。“他们阻止不了我们——我们一定要进冬宫去！”有人欢呼起来，其他人点头表示赞同。列夫开始哭起来。

九年后听完这个故事，卡捷琳娜说："她为什么这样做呢？她完全可以带着孩子安全回家！"

"她常说不想让儿子们再过她那种日子，"格雷戈里回答，"我认为，她觉得就算我们死在一起，也不能放弃美好生活的希望。"

卡捷琳娜若有所思："我觉得她太有勇气了。"

"这不仅仅是勇气，"格雷戈里坚决地说，"这是一种英雄品格。"

"后来发生了什么？"

他们随着好几千人来到了市中心。太阳升得更高，照耀在布满积雪的城市上空，格雷戈里解开了外套和围巾。对列夫来说这段路很长，但那孩子又惊又怕，早忘了抱怨。

最后他们到达涅夫斯基大街，这条宽阔的林荫大道穿过城市中心。街上已经挤满了人。有轨电车和公共汽车来来往往，马车横冲直撞——格雷戈里回想起来，那时候还没有出租车。

他们遇见了普梯洛夫机械厂的车工康斯坦丁。他带给妈妈一个坏消息，城里其他地方的示威者遭到屠杀。但这并没有让她停下脚步，其他人也同样坚定。他们健步走过一家家店铺，里面出售德国的钢琴、巴黎的帽子和摆放温室玫瑰的特制银碗。一个贵族在珠宝店给情妇买个小玩意儿所花的钱，比一个工厂工人干一辈子挣的工资还多，格雷戈里听大人这样说。他们经过索雷尔电影院，格雷戈里一直想进去看看。商贩们生意很好，用一种漂亮的俄式茶缸卖茶水，还有孩子玩的彩色气球。

人们来到街道尽头，圣彼得堡的三大地标建筑跟前，它们并排树立在冰冻的涅瓦河岸——被称作“青铜骑士”的彼得大帝的骑马雕像、尖顶的海军部大厦，还有冬宫——格雷戈里十二岁的时候第一次见到这座宫殿，一直不肯相信这么大的建筑真的是住人的地方。简直不可思议，就像故事里常有的，类似一把神奇的宝剑，或者一件隐形斗篷一样的东西。

宫殿前的广场覆盖着白雪。远处，暗红色的大楼前面排列着一队骑兵、穿着长大衣的步枪手，还有加农炮。人群从广场四周聚集过去，互相保持着距离，害怕那些士兵开枪，但新来的人从附近的街道上不断涌来，像条条支流汇入涅瓦河，格雷戈里被人推着往前走。来到这儿的不光是工人，格雷戈里惊讶地注意到很多是穿着暖和外套的中产阶级，正从教堂返回自己家，有的看上去像学生，少数人甚至穿着校服。

妈妈小心地带着他们躲开枪口，来到亚历山大洛夫斯基花园，它位于长长的、黄白相间的海军大厦前。其他人也是这样想的，因此人群开始松动起来。那个为中产家庭的孩子们赶麋鹿雪橇的人已经回家了。人们都在谈论杀人的事：城里到处有示威者被枪炮射死，被哥萨克马刀砍死。格雷戈里跟一个同龄孩子讲述发生在纳尔瓦大门的事情。示威者们得知别的地方发生的事情，一个个火冒三丈。

格雷戈里抬头凝视着冬宫长长的外墙，上面好几百个窗户。沙皇在哪儿呢?

“那天早上他没在冬宫，这是我们后来才弄清楚的，”格雷戈里对卡捷琳娜说，他发觉自己的声音带着一个失望的信徒般的怨恨和苦涩，“他甚至没在城里。这位臣民之父去皇家行宫度周末了，在乡间散步，玩多米诺骨牌。但我们当时并不知道，还去觐见他，求他出来见一见自己的臣民。”

人们越聚越多，与沙皇见面的吁求愈发迫切，有些示威者开始讥嘲士兵。每个人都变得紧张而愤怒。突然有一队警卫冲入花园，命令所有人离开。格雷戈里看着，既恐惧又疑虑，他们挥舞着鞭子，见人就抽，有的还用马刀背抽打民众。他看了看妈妈，等她拿主意。她说：“我们不能就这样放弃！”格雷戈里不知道他们究竟盼着沙皇做什么，他只是觉得——就跟其他人一样——只要他们的君主知道他们所受的委屈，他就会以某种方式纠正和弥补。

其他示威者也跟妈妈一样坚决，虽说那些受到卫兵鞭打的人畏缩起来，但没有一个人离开。

接着，士兵们拉开了射击的架势。

前面的几个人跪下来，摘掉他们的帽子，在自己身上画着十字。“跪下！”妈妈说了一句，他们三个全都跪了下来，他们周围的人也都照做，直到大部分都摆出祈祷的姿势。

突然降临的沉默让格雷戈里感到害怕。他盯着对准他的步枪，步枪兵也面无表情地盯着他，像一座座雕像。

然后，格雷戈里听到一声号角。

这是一个信号。士兵们的武器开火了。格雷戈里周围的人喊叫着倒在地上。一个为了看清周围爬到雕像上面的男孩，惊叫一声摔到地上。一个孩子像被打中的鸟一样从树上掉了下来。

格雷戈里看见妈妈脸朝下趴在地上。他以为她是在躲子弹，便也那样趴下。过了一会儿，他扭头，看见了血，她脑袋四周的雪已经被鲜血染红了。

“不！”他大叫着，“不！”

列夫尖叫起来。

格雷戈里抓着妈的肩膀，把她拉了起来。她的身子瘫软。他盯着她的脸。一开始，他被自己看见的一切弄蒙了。他看见的究竟是什么？她的额头和眼睛现在已经血肉模糊，无法辨认。

还是列夫说出了真相。“她死了！”他哭喊起来，“妈妈死了，我母亲死了！”

枪声停止了。四周，人们都在逃命，有人狂奔，有人一瘸一拐，有人在地上爬。格雷戈里竭力思考着。他该怎么办？他得带着妈妈离开这儿，他作出了决定。他把胳膊伸到她的身体下面，把她抱了起来。她身子不轻，但他很壮实。

他转过身来，寻找回去的路。他很奇怪自己眼前一片模糊，然后意识到他在不停地流泪。“快走，”他对列夫说，“别叫了，我们得马上走。”

广场边上有个穿蓝色束腰工装的老人拦住了他们，眼含泪水，脸上满是皱纹。“年轻人啊，”他对格雷戈里说，声音里带着愤怒和痛苦，“永远不要忘记，”他说，“永远不要忘了今天沙皇在这儿犯下的谋杀罪。”

格雷戈里点点头：“我不会忘的，先生。”

“愿你活得长久。”老人说，“活到能为沙皇所犯的恶行复仇的那一天。”

“我抱着她走了大概一里地，后来累了，就上了电车，仍旧抱着她。”格雷戈里对卡捷琳娜说。

她盯着他，那张美丽、但伤痕累累的脸苍白而惊恐：“你带着死去的母亲坐电车回家？”

他耸耸肩：“当时我根本不知道自己在做着奇怪的事情。确切地说，当天发生的一切都很奇怪，所以无论我做什么都不算出格。”

“那些坐车的人呢？”

“售票员什么也没说。我猜他大概吓坏了，忘了把我赶下去，他也没找我要车钱，当然我也没法付钱。”

“所以你就坐下了？”

“我坐在那儿，怀里抱着她的尸体，列夫坐在我旁边，一直在哭。那些乘客只是盯着我们。我不在乎他们怎么想。我正在琢磨我该怎么办，就决定把她带回家。”

“就这样，刚十六岁，你就成了一家之主。”

格雷戈里点点头。虽然回忆十分痛苦，但他从她的专注倾听中得到了极大的满足。她看着他，听他说话时嘴唇微张，可爱的脸上交织着迷恋和惊骇的复杂表情。

“那段时间给我留下最深印象的就是没有任何人帮我们。”他内心又被独自面对一个充满敌意的世界的恐慌占据了。这段回忆一直让他怒火中烧。已经结束了，他对自己说：我有一个家，一份工作，我的弟弟已经长大成人，强壮又英俊。可怕的日子已经过去。尽管如此，但他总想掐住某个人的脖子——一个士兵、警察、政府大臣或者沙皇本人，他要使劲捏住，掐到他咽气为止。他闭上眼睛，颤抖着，直到这种感觉消失。

“葬礼刚一结束，房东便把我们赶了出去，说我们付不起钱，还拿走了我们的家具，他说用来抵偿欠租，可我妈从来没有拖欠过房租。我去教堂告诉神父，说我们无处安身。”

卡捷琳娜冷笑了一下：“我能猜到接着会发生什么。”

他有些吃惊："你能猜到？"

"牧师让你上床睡觉——上他的床。这件事就曾发生在我身上。"

"差不多吧，"格雷戈里说，"他给了我几戈比，让我去买几个热土豆。我在他说的地方没找到商店，但没继续找，而是连忙跑回了教堂，因为当时觉得他的样子很怪。结果，当我走进小礼拜堂的时候，他正在脱列夫的裤子。"

她点点头说："我十二岁的时候那些牧师就开始对我干这种事了。"

格雷戈里感到震惊。他原以为只是他遇到的那个牧师极端邪恶。卡捷琳娜显然认为他们都是同样堕落。

"他们都这样？"他气愤地说。

"从我经历的事情看，大多数都是。"

他憎恶地摇了摇头："你知道最让我吃惊的是什么？当我逮到他的时候，他都不觉得羞耻！他只是很生气，就好像我打断他沉思经文似的。"

"当时你怎么做的？"

"我让列夫穿好裤子，然后我们就走了。牧师想把那几个戈比要回来，但我告诉他这些钱是施舍给穷人的。当晚我用这些钱在公寓里租了一张床。"

"然后呢？"

"后来我谎报年龄找到了一份不错的工作，还租了一间房，一天一天学会自立。"

"现在你幸福吗？"

"当然不。我的母亲想让我们过上更好的日子，为达到这个目的，我们要离开俄国。我差不多已经攒够了钱。我要去美国，等我到了那儿，就把买船票的钱给列夫寄回来。美国那边没有沙皇——也没有皇帝或任何形式的国王。军队不能想杀谁就杀谁。人民当家作主！”

她半信半疑：“你相信这些？”

“这是真的！”

有人轻轻敲着窗户。卡捷琳娜吃了一惊，他们是在二楼，但格雷戈里知道是列夫。夜深了，大门已经锁上，列夫只得穿过铁路到后院，爬上洗衣房的屋顶，再从窗户爬进来。

格雷戈里打开窗户让列夫进来。后者衣着讲究，穿着一件珍珠母纽扣的夹克，还戴了一顶有天鹅绒丝带的软帽，背心上缀着一根黄铜表链。他剪了一个时兴的波兰式侧分头，而不是乡下人常梳的中分。卡捷琳娜显得很吃惊，格雷戈里估计她没想到他的弟弟如此潇洒时髦。

通常格雷戈里见到列夫回家都很高兴，看他没喝得酩酊大醉便松下一口气。现在他却希望跟卡捷琳娜单独多呆一会儿。

他给两人作了介绍，列夫的眼睛闪闪发光，很感兴趣地跟她握手。她擦干脸颊上的泪水。“格雷戈里跟我讲到你母亲去世的事。”她解释道。

“九年来他既当爸又当妈，一直在照顾我，”列夫歪着头嗅了嗅，“而且还烧得一手好菜。”

格雷戈里拿出碗和勺子，把一条黑面包放在桌上。卡捷琳娜向列夫说起跟警察平斯基大打出手的经过，那种语气让格雷戈里觉得自己表现得比实际情况还要勇敢。但他很高兴她把自己当成英雄。

列夫被卡捷琳娜迷住了。他向前探着身子，好像他从未听过如此迷人的故事，微笑着连连点头，随着她讲述的内容，一会儿吃惊，一会儿憎恶。

格雷戈里把菜盛到碗里，拉过那只货箱当椅子。吃食还算不错，他在锅里加了一颗洋葱，后腿骨使萝卜有了浓郁的肉香。列夫岔开话题，谈起了厂里发生的各种怪事和从别处听来的笑话，气氛变得轻松起来。他让卡捷琳娜笑个不停。

他们吃完饭后，列夫问卡捷琳娜是怎么来城里的。

“我父亲去世后，母亲就改嫁了。”她说，“不幸的是，我继父更喜欢我，而不是我母亲。”她甩了甩头，格雷戈里弄不清这是表示羞愧还是蔑视。“不管怎么说，反正我母亲是这么认为的，接着就把我赶了出来。”

格雷戈里说：“圣彼得堡的一半人口是从乡下来的。很快就没人种地了。”

列夫说：“你一路上是怎么过来的？”

还是那种常见的故事，坐三等车厢，乞求过路的马车捎一段，等等。但格雷戈里被她说话时那张生动的面孔彻底迷住了。

列夫又听得津津有味，不时发表些有趣的看法，提几个问题。

很快，格雷戈里注意到，卡捷琳娜把椅子挪向了列夫，专注跟他交谈。

格雷戈里想：看来我成了多余的人。

第四章

1914年3月

“这么说，《圣经》的所有篇章原本都是用另外的语言写成的，”比利对他父亲说，“后来才翻译成英文。”

“是啊，”爸爸说，“罗马天主教会打算禁止翻译——他们不想让我们这样的人自己阅读《圣经》，然后去跟牧师争论。”

爸爸在谈论天主教时不太像一个基督徒。无神论跟天主教相比，他似乎更痛恨后者。但他喜欢辩论。“那么好吧，”比利说，“请问，原稿在哪里？”

“什么原稿？”

“《圣经》的原稿，用希伯来和希腊语写的。它们保存在哪儿？”

他们正在威灵顿街的家里，面对面坐在厨房的方桌边。已过晌午，比利刚从矿井回家，洗了手和脸，但身上还穿着工作服。爸爸把他的外套挂好，穿着背心和衬衫坐在那儿，硬领和领带也没有摘——他吃过饭后还要出门，去参加一次工会会议。妈妈正在炉子上热着菜。外公跟他们坐在一起，听他们讨论，淡淡微笑着，好像这些他以前全都听过了。

“实际上，我们并没有什么原稿，”爸爸说，“原稿在几个世纪前就腐烂了。我们只有副本。”

“那么副本在哪儿呢？”

“保存在不同的地方，比如修道院、博物馆……”

“应该把它们存放在一个地方。”

“但每个篇章都有不止一个副本——有些又比别的更好。”

“怎么会有一个副本比另一个更好，它们不该都一样吗？”

“是的。年深日久，就会混入一些人为的错误。”

这话让比利吃了一惊：“那么，我们怎么知道哪个是正确的呢？”

“有一种学科叫作文献学，就是比较不同版本，然后定出一个完善的文本。”

比利更惊讶了：“你的意思是说，没有什么确凿无误的神的圣言？是人们互相谈论，然后作出判断的？”

“是的。”

“那么，我们怎么能知道他们是对的呢？”

爸爸狡黠地笑着，一看就知道他被问得走投无路了。“我们相信，如果人们虔诚谦卑地干活，上帝就会引导他们的劳作。”

“但如果他们不那样做呢？”

妈妈把四只碗放在桌子上。“不要跟你父亲争辩了，”她说着，在一条面包上切下厚厚的四片。

外公说：“随他吧，卡拉。让孩子把他的问题都说出来。”

爸爸说：“我们相信上帝的力量足以保证他的圣言传给我们，就像他希望的那样。”

“这完全不合逻辑！”

妈妈又插了进来："别跟你父亲那样说话！你还是个孩子，什么都不知道。"

比利不去理她："如果上帝真想让我们知道他的圣言，为什么他不去引导抄写副本的人，让他们不要出错呢？"

爸爸说："有些事情并不是让我们来理解的。"

这种回答最没有说服力了，比利不予理睬。"如果抄写副本的人可能出错，显然那些文献学者也会出错。"

"我们必须抱有信仰，比利。"

"信仰上帝的圣言，不错——但不是去相信那些希腊语教师！"

妈妈坐在桌边，撩开眼前一缕花白的头发。"所以你又对了，其他人全错了，每次都这样，对吧？"

这种惯常伎俩总是让他恼火，看似有道理，实际上是抬杠。他不可能比所有人都聪明。"问题不在我，"他抗议道，"这不合逻辑！"

"哦，又是你的逻辑，"他的母亲说，"快吃你的饭吧。"

门开了，戴·泼尼斯太太走了进来。这在威灵顿街很正常——只有陌生人才会敲门。戴太太穿着围裙，脚上是一双男人的靴子——她一定有什么急事相告，连帽子都没戴就匆忙出了门。她浑身颤抖着，手上挥舞着一张纸。"就这么把我扔出去了！"她说，"我该怎么办啊？"

爸爸站了起来，把自己的椅子让给她。"来这儿坐下，喘口气，戴·泼尼斯太太，"他平静地说，"让我看看这封信。"他把信从她那发红、粗糙的手上接过来，摊平放在桌子上。

比利看得出来，这是一张凯尔特矿业的信笺。

“亲爱的埃文斯太太，”爸爸大声读起来，“以上地址的房屋现在需要分配给正在工作的矿工，”阿伯罗温的大部分房屋都是由凯尔特矿业盖起来的，多年来，有些房子已经出售给了住户，其中就包括威廉姆斯家住的房子。但大部分房子是租给矿工住的。“根据租借条款，我……”爸爸停顿了一下，比利看得出他很震惊，“我就此正式通知你两星期内离开！”他念完了。

妈妈说：“两星期内离开——可她丈夫下葬还不到六个星期！”

戴太太哭了：“可我能去哪儿呢，还有我的五个孩子？”

比利也感到震惊。公司怎么能这样对待这个女人？她的丈夫是在他们的矿上死的！

“信末的签名是‘董事长珀西瓦尔·琼斯’。”爸爸读道。

比利说：“租约呢？我没见过哪个矿工有租约。”

爸爸对他说：“没有书面租约，但法律上认为这是一种默认契约。我们为此争辩过，但失败了。”他转身面对着戴太太：“按道理说，房子是跟工作连在一起的，但寡妇通常容许留在原来住的房子里。有时候她们还是会离开去别的地方，也许跟她们父母住。她们也会改嫁，嫁给别的矿工，这个矿工再续租下去。通常会有至少一个男孩长大后当上矿工。把寡妇扫地出门并不太合乎公司的利益。”

“那他们为什么要把我和孩子们赶走？”戴太太哀号着。

外公说：“珀西瓦尔·琼斯是在赶时间。他在意的大概是煤炭价格在上涨。所以星期日也安排了加班。”

爸爸点了点头：“他们想要提高产量，这一点是肯定的，不管出于什么理由。但他们把寡妇赶走并不会达到这个目的。”爸爸站了起来，“要是我的话，就不这么做。”

八个女人被赶出家门，她们全都是寡妇，丈夫死在那次煤矿爆炸中。那天下午爸爸带着比利挨家走访，了解到她们都收到了珀西瓦尔·琼斯的信，内容一模一样。她们的反应各不相同，汉威尔·琼斯太太歇斯底里，哭个不停，顽固相信宿命的罗利·休斯太太则说这个国家需要一个像巴黎那样的断头台，专门来铡珀西瓦尔·琼斯这种人。

比利怒火中烧。这些女人已经在井下失去了男人，难道还不够吗？非得让她们既没了丈夫，又没了家？

“公司能这么做吗，爸爸？”他跟父亲穿过肮脏闭塞的小道朝矿井走去。

“如果我们容忍，他们就能得手，孩子。工人阶级比统治阶级人数更多，力量更大。他们什么都要依靠我们。我们为他们提供食物，造房子，做衣服，没有我们，他们就得死。他们不能做任何事，除非我们让他们做。一定要记住这一点。”

他们走进董事办公室，把帽子塞进自己的口袋。“下午好，威廉姆斯先生，”斑点·卢埃林说，显得有些紧张，“稍等一会儿，我去问问摩根先生是否要见你。”

“别犯傻，孩子，他当然得见我。”爸爸说，没停下脚步直接走向里面的办公室。比利紧跟着他。

马尔德温·摩根正在看一本账簿，但比利觉得他只是在装模作样。他抬起头来，粉红的脸颊跟往常一样剃得溜光。“进来吧，威廉姆斯。”他略显多余地说。跟很多人不同，他并不怕爸爸。摩根是在阿伯罗温出生的，是个校长的儿子，学过工程学。比利发现他跟爸爸很像——聪明，自以为是，也十分固执。

“你知道我来干什么，摩根先生。”爸爸说。

“我可以猜猜，但你还是自己告诉我吧。”

“我想让你收回那些退租通知。”

“公司需要腾出房子分配给矿工。”

“这样做是自找麻烦。”

“你是在威胁我吗？”

“别这么傲慢，”爸爸温和地说，“这些女人在井下失去了丈夫。难道你不觉得该对她们负责吗？”

摩根顽固地扬起下巴：“公共调查发现，这起爆炸并不是因为公司的疏忽造成的。”

比利真想问问他：一个聪明人说出这种话，难道不觉得可耻。

爸爸说：“调查发现的违规清单跟开往帕丁顿的火车一样长——电气设备没有屏蔽，没有呼吸器，没有适当的消防车……”

“可是这类违规没有引起爆炸或者矿工死亡。”

“应该是这些违规没有被证明造成了爆炸或死亡。”

摩根有些坐不住了：“你来这儿不是为了讨论调查的吧。”

“我来是为了让你明白道理。我们在这说话的工夫，那些信件的消息就已经传遍全镇了。”爸爸往窗外指了一下，比利看见冬天的太阳就要落山了。“人们在唱诗班排练、酒吧喝酒、参加祈祷会、下棋的时候——都在谈驱逐寡妇的事。随便你赌什么，他们肯定会非常气愤。”

“看来我不得不再问一次：你是不是想胁迫公司？”

比利真想掐死这个家伙，不过爸爸叹了口气："你好好想想，马尔德温，我们自打上小学的时候就认识了。我劝你讲点道理。你也知道工会里有些人比我更激进。"爸爸指的就是汤米·格里菲斯的父亲。莱恩·格里菲斯相信革命，期待每一次争端都能引起燎原大火。他想要取代爸爸，并倾向于采取极端手段。

摩根说："你的意思是要号召罢工？"

"我只是告诉你人们会很气愤。他们接下来会做什么，我无法预测。不过我不想找麻烦，你也不想出乱子。我们现在谈的是八间房子，你们一共有多少房子，八百间吧？我倒是要问问你，这么做值不值得呢？"

"公司已经作出了决定。"摩根说。比利的直觉告诉他，摩根并不同意公司的做法。

"请董事会重新考虑。提个建议能有什么坏处？"

爸爸总是这么温文尔雅，让比利很不耐烦。难道他不该提高嗓门，指着摩根，控诉他对公司如此明显的罪过，表现得冷酷无情吗？要是换了莱恩·格里菲斯，他肯定会这么做。

摩根不为所动："我在这儿是要执行董事会的决定，而不是质疑。"

"这么说，退租决定已经被董事会批准了？"爸爸说。

摩根有些慌张："我没这么说。"

但他的言下之意就是这样，比利想，多亏了爸爸的巧妙提问。也许采取温和态度并不是坏事。

爸爸改变了策略："如果我给你找到八间愿意接收新矿工当租客的房子呢？"

"这些矿工都有家庭。"

爸爸缓慢又慎重地说："我们可以找到一个两全其美的办法，如果你愿意的话。"

"公司有管理自己事务的权力。"

"不管别人的死活？"

"这是我们的煤矿。公司测量了土地，跟伯爵达成协议，挖了矿坑，买下机器，也给矿工们盖了房子让他们住。我们承担了这些开销，就有权拥有它，不会让别人告诉我们应该做什么。"

爸爸戴上帽子。"马尔德温，不是你们把煤矿埋在地下的，对吧？"他说，"是上帝。"

爸爸想把镇政厅的礼堂预订下来用于次日晚上七点半的聚会，但那地方早就被阿伯罗温业余戏剧俱乐部订走了，他们在那排练《亨利四世》第一幕，因此爸爸决定让矿工们到毕士大礼拜堂去。比利跟着爸爸，还有格里菲斯家的莱恩和汤米这些公会积极分子，他们分头到镇上各处口头通知开会的事，把手写的布告钉在酒馆和礼拜堂的墙上。

第二天晚上七点一刻，礼拜堂里就已挤满了人。寡妇们在前面坐成一排，其他人全都站着。比利站在靠前排的侧面，刚好能看见人们的脸。汤米·格里菲斯站在他旁边。

比利为爸爸的勇气和智慧而自豪，爸爸在离开摩根办公室时戴上帽子的那种劲头也让他感到骄傲。尽管如此，他还是希望爸爸更严厉一点。他应该像对毕士大的教众发言那样跟摩根谈话，用地狱的烈火警示那些拒绝接受显见真理的人。

正好七点半时，爸爸让大家安静。他用布道般威严的嗓音读着帕西瓦尔·琼斯给戴·波尼斯太太的信。“一共有八位六星期前矿井爆炸丧生者的遗孀收到了同样的信件。”

有几个人嚷着：“可耻！”

“我们的规则是，会议主席叫到谁，谁就发言，这样每个人都能轮到，我在此感谢大家遵守这一规则，甚至现在这样情绪激动的时候也一样。”

有人叫了一声：“真他妈的可耻！”

“好了，好了，格里夫·普里查德，不要说脏话，拜托。这里是礼拜堂，另外还有女士在场。”

两三个人说：“好的，好的。”

格里夫·普里查德说：“对不起，威廉姆斯先生。”他从下班后就一直呆在双冠酒馆。

“我昨天跟煤矿经理见了面，要他正式撤销退租通知，但他拒绝了。他暗示说董事会已作出决定，他无权更改，甚至不能质疑这一决定。我迫使他考虑其他办法，但他表示公司有权管理其自身事务，不受任何干扰。我只能向你们转达这些信息。”这实在够低调的，比利想。他希望爸爸大声呼吁起来革命。但爸爸只是指了指一个举手的人：“小店约翰·琼斯。”

“我在戈登阶地二十三号住了一辈子，”琼斯说，“我出生在那儿，我现在也住在那儿。我十一岁的时候父亲去世了，日子很难，我妈也很辛苦，但她没被赶走。我到了十三岁就下了井，现在是我付房租。情况一直如此。从来没人说要把我们撵出去。”

“谢谢你，约翰·琼斯。你要提什么建议吗？”

“不，我只是说说这事儿。”

“我有一个建议，”一个陌生的声音说，“我们罢工！”

人群中发出一片赞同声。

比利的父亲说：“戴哭宝。”

“我是这么看的，”这位镇橄榄球队队长说，“我们不能让公司得逞。如果听凭他们把寡妇们赶走，那我们没人会觉得自己的家人有任何安全保障。一个人给凯尔特矿业干了一辈子活，死在了矿上，两个礼拜以后，他的老婆孩子就被赶到街上。戴同盟去办公室想跟那个‘去梅瑟的摩根’讲道理，却毫无结果，所以我们没别的选择，只能罢工。”

“谢谢你，戴。”爸爸说，“我是不是该把这话看作罢工行动的正式议案？”

“是。”

比利很惊讶爸爸这么快就接受了。他心里清楚自己的父亲希望避免罢工。

“表决吧！”有人喊道。

爸爸说：“在我把这个提案提交表决之前，我们需要决定什么时候罢工。”

哎呀，比利想，他还没接受呢。

爸爸继续说：“我们可以考虑从星期一开始。从现在起到星期一我们工作的这段时间，罢工的威胁可能会让董事们明白过来，我们或许可以不用损失工钱就达到目的。”

比利明白了，爸爸是想用推迟的办法作为第二种选择。

但莱恩·格里菲斯也得出了同样的结论：“我可以说话吗，主席先生？”汤米的父亲长着一个圆滚滚的秃头，四周有一圈黑发，还留着一撮黑胡子。他走上前去，站在爸爸旁边，面对人群，看上去两个人具有同等的权威。人们沉默了。莱恩跟爸爸和戴哭宝一样，属于说话时大家都静下来洗耳恭听的少数几个人。“我要问问大家，给公司四天宽限期是否明智？假如他们不改变自己的想法——看来这种可能性很大，因为他们从来都很顽固。然后，我们等到星期一，结果什么都没有实现，寡妇们剩下的时间却更少了。”他稍稍提高了嗓门以加强效果，“我说，同志们，我们必须寸步不让。”

下面一片欢呼，比利也加入了。

“谢谢你，莱恩，”爸爸说，“这么说，我这儿有两个提案了：明天就罢工，或者星期一罢工。还有谁要说话？”

比利看着父亲主持会议。接下来说话的人是朱塞佩·乔伊·庞蒂，是阿伯罗温男声唱诗班的领唱，他的弟弟约翰尼是比利的同学。尽管他有个意大利人的名字，但他生在阿伯罗温，说话的口音也跟这儿的人毫无二致。他也主张立即罢工。

爸爸说：“为了公平起见，有没有谁赞成星期一罢工的？”

比利不知道为什么爸爸不利用自己的威信说服大家。如果他坚持要星期一罢工，就有可能改变人们的想法。但如果他失败，就会陷入一种尴尬境地，不得不领导一场他所反对的罢工。比利觉得爸爸并不完全自由，不能想说什么就说什么。

大家开始议论起来。煤炭储藏量很高，因此管理层可以观望等待。可现在需求量也很大，所以他们也希望能卖的时候尽量卖。春天快要来了，到时候矿工家里就不再依赖限量供给的燃煤了。长久的罢工历史表明矿工是占优势的，但法律条文是倾向管理层的。

爸爸让大家讨论，有些人的发言显得单调乏味。比利想知道他父亲的动机是什么，猜想他可能希望大家头脑冷静下来。但最终他还是得让大家一起表决。

“首先，赞成不罢工的举手。”

有几个人举起手。

“下面，赞成星期一开始罢工的举手。”

很多人都表示赞成，但比利不知道这是否足以取胜。这要取决于有多少人会弃权。

“最后，赞成罢工从明天开始的。”

人群里一阵欢呼，大家的手举得高高的，密密麻麻在空中挥舞。表决结果一目了然。

“明天举行罢工的议案获得通过。”爸爸说。谁也没有要求计数。

会议就这样结束了。大家往外走的时候，汤米快活地说：“明天没有班上。”

“哎，”比利说，“也没有钱花。”

菲茨第一次找妓女的时候，他想去吻吻她——不是因为他想要这样，只是觉得应该要这样做。“我不接吻。”她唐突地说，带着伦敦腔。在那之后他再也没有这样做过。宾·韦斯特安普敦说很多妓女都不让亲吻，可一想到她们容许其他亲密行为却单单不能接受亲吻，难免让人感到奇怪，也许这种微不足道的禁忌为她们保留了些许尊严。

菲茨那个阶级的女孩不能在婚前亲吻任何人。当然，她们还是会的，但只在某种罕有的私密场合，比如舞会上一个突然空下来的侧室里，或者躲在乡间花园的杜鹃花丛里偷偷亲吻。这种机会稍纵即逝，容不得激情持续下去。

菲茨唯一好好亲吻过的女性就是他的妻子碧。她把自己的身体呈现给他，如同厨师奉上一个特制的蛋糕，浓香四溢，甜美可口，为他带来完美的享受。她随他怎么做都行，也没有任何要求。她的双唇任他亲吻，张开嘴巴让他伸进舌头，但他从不觉得她渴望着他的爱抚。

艾瑟尔吻得却像她的生命只剩下最后一分钟似的。

栀子花套房里，他们站在铺着防尘罩的床前，紧紧相拥。她吮吸他的舌头，咬他的嘴唇，舔他的喉咙，同时一手轻抚他的头发，紧握住他的脖颈，另一只手伸进他的背心里，掌心摩挲着他的胸膛。最后当他们气喘吁吁分开的时候，她用两手捧着他的脸颊，一动不动地抱着他的头，凝视着他的眼睛，说："你实在太漂亮了。"

他在床边坐下，握着她的手，她则站在他的面前。他知道有些人习惯勾引自己的仆人，但他没那么做过。他十五岁的时候爱上了一个客厅女佣，那是在伦敦的家里。几天后他的母亲便觉出端倪，立刻解雇了那个女孩。他的父亲笑着说："选得倒是不错。"从那时起他就没再碰过任何家仆。但他无法抗拒艾瑟尔。

她说："为什么回来？你不是整个五月都要呆在伦敦吗？"

"我想见你。"他能看出她不太相信他说的话，"我一直在想你，整天想，每一天都想，所以，我必须回来。"

她又低头吻他。他嘴上吻着，身子慢慢倒在床上，也把她拉倒在自己身上。她人很瘦，身子轻得像个孩子。她的头发从别针上散开，让他的手指埋在那光滑的卷发里。

过了一会儿，她从上面翻下来，躺在他旁边，喘着气。他支着胳膊肘，侧身看着她。她说他很漂亮，但现在她是他眼中最漂亮的事物。她脸颊通红，头发乱蓬蓬的，红嘴唇润湿，微微张开。她的黑眼睛凝视着他，充满崇拜。

他把手放在她臀部，抚摸她的大腿。她捂住他的手，抓着它不放，好像怕他太乱来。她说："他们为什么叫你菲茨？你的名字不是爱德华吗？"

她说话是想让激情冷却下来，他觉察得出。"一开始是在学校里被这么叫的，"他说，"所有男孩都有昵称。然后，沃尔特·冯·乌尔里希有一年暑假跟我回家，茉黛就跟着他一起这么叫了。"

"在这之前你父母叫你什么？"

"泰迪。"

"泰迪，"她咂摸着，说道，"我更喜欢这个名字，比菲茨好听。"

他又去摸她的大腿，这一次她依着他。他一边亲吻她，一边慢慢拉起她的黑色管家裙。她穿着小腿一样长的袜子，他抚摸着她裸露的膝盖。膝盖以上是她的长棉内裤。他隔着棉布摸着她的双腿，然后把手伸向腿叉那里。他摸到那里时她呻吟起来，身子向上顶着他的手。

"把它脱掉。"他低声说。

"不！"

他摸到了腰上的束带。它打了一个结，他使劲一拉就开了。

她又按住了他的手："不。"

"我只想摸一摸那儿。"

"我比你还想，"她说，"但是不行。"

他起身跪在床上。"我们不会做任何你不愿意做的事情，"他说，"我保证。"说完，他两手抓着她内裤的裤腰把它一下子撕开。她惊得倒吸一口凉气，但并没有抗议。他重又躺下，用手在她的身下探寻着。她立刻就把两腿分开了。她紧闭双眼，呼吸急促起来，就像她在奔跑一样。他猜测以前从未有人对她做过这种事情，耳边有个微弱的声音告诉他，他不该利用她的单纯无知，但他已深陷欲望之中，无法去细听这个声音。

他解开自己的裤子，趴到她上面。

"不。"她说。

"来吧，求你了。"

"可我要是有了孩子怎么办？"

"我在那之前退出来。"

"你保证？"

"我保证。"他说着，滑入她的体内。

他感觉受阻。她是个处女。他的良知再次发声，这一次那声音不再那么微弱。他停了下来。但这次是她把持不住了。她抓住他的臀部，把他拉近自己的身体，同时稍稍抬起身子。他感到什么东西破开了，她疼得尖叫一声，接着，那种阻碍便消失了。他的身子来回动着，她急切地配合着他的节奏，她睁开眼睛，看着他的脸。"哦，泰迪，泰迪。"她说。他看出她是爱他的，这种念头让他深为触动，几乎流下眼泪，同时兴奋得几乎失控，高潮远比他预想的更快。他绝望地匆忙撤出身来，带着混合了激情与失望的呻吟将精液射在她的大腿上。她把手拢到他脑后，让他的脸贴近，疯狂地吻着，然后她闭起眼睛，轻轻叫了一声，带着惊奇和快感。接着，一切就结束了。

但愿我及时退出了，他想。

艾瑟尔照常工作，但她现在总是有种感觉，好像在她口袋里藏着一枚秘密的钻石，在没人看见的时候随时可以去摸一摸，感觉那光滑的表面和锋利的棱角。

在更为清醒的时刻，她会担心这种爱到底意味着什么，会怎样发展下去，她不时感到害怕：她那虔诚的社会党人父亲若是发现会做何感想。但大多数时候她只是感到自己像是从空中坠落般，无法自控。她爱他走路的姿态，他微笑的模样，爱他的服饰，他细心周到的举止，他颇具权威的风度。她也喜欢他偶尔显得不知所措的样子。看到他带着这种受了伤害的表情走出他妻子的房间，她真想哭。她已坠入爱河，无法自拔了。

她一般每天至少跟他说一次话，他们通常会找机会单独呆上几分钟，深情拥吻，单是接吻就会让她变得湿漉漉的，有时她大白天也不得不把内裤洗掉。他也会有其他亲昵的举动，一有机会就上下抚摸她的身体，让她更加兴奋。随后他们又在栀子花套房见了两次，一起躺在那张床上。

有一件事情让艾瑟尔困惑不解：他们在一起时，两次菲茨都咬了她，很使劲，一次咬在她的大腿内侧，另一次是在她的乳房上。这让她疼得大叫了起来，又急忙压下声音。这叫声好像惹得他更起劲了。而且，尽管身上很疼，她也被这一咬撩动起来，或者是因为一个念头——他对她的愿望如此难以抵御，让他被迫以这种方式表达出来。她不知道这是否正常，也不知道该问谁。

但她主要还是担心有一天菲茨无法在那个关键时刻抽出身来。她实在太紧张了，以至于他跟碧公主回伦敦时，她几乎感到了一种解脱。

在他离开之前，她劝他去为那些罢工的矿工家的孩子提供些吃的。“不是为那些父母，因为你不能偏袒哪一方，”她说。“只是给那些孩子。罢工到现在已经持续了两个星期，定量配给的口粮让他们快饿死了。这么做不会让你花太多钱。我想，大概一共有五百个孩子。他们会因此爱你的，泰迪。”

“我们可以在草地上架个帐篷。”他正躺在栀子花套房的床上，裤子解开，头枕在她的腿上。

“我们可以用这儿的厨房做饭，”艾瑟尔热心地说，“炖上一锅肉和土豆，烤些够他们所有人吃的面包。”

“再做一份羊脂布丁，放上葡萄干，怎么样？”

他真的爱她吗？她很想知道。那一刻，她觉得他会做任何她希望他做的事：送给她珠宝，带她到巴黎，给她的父母买上一座漂亮的房子。这些她统统不想要——那她想要什么呢？她不知道，她拒绝让自己的幸福被未来无法回答的问题破坏。

几天后的星期六中午，她站在东草坪上，看着阿伯罗温的孩子们吞咽着有生以来第一次免费午餐。菲茨并不知道这比父亲们工作时给他们孩子吃的东西要好得多。羊脂布丁与葡萄干，真的！父母未获准参加，但大多数母亲在门外站着，看着自己幸运的孩子们。艾瑟尔正朝那边望着，就看见有人向她挥手，便朝车道走去。

大门口的大多是女人——男人一般不管孩子，虽说罢工期间他们无事可做。女人们围住艾瑟尔，一个个显得很激动。

“出什么事了？”她问。

戴·泼尼斯太太回答：“所有人都被赶出来了！”

“所有人？”艾瑟尔没听明白，“哪些人？”

“所有从凯尔特矿业租房子的矿工。”

“天啊！”艾瑟尔大吃一惊，“愿上帝保佑我们。”震惊之余，她也十分疑惑，“可这是为什么呢？公司这么干有什么好处？矿工会走得一个不剩的。”

“那帮人啊，”戴·泼尼斯太太说，“一旦动起真格来，就只想赢。不管付出什么代价也不会让步。他们全都一样。我不是说戴死得不冤，再怎么说他也回不来了。”

“这太糟糕了。”公司怎么能找到足够多愿意替他们卖命的人下井呢？她真是想不明白。如果他们把矿井关了，整个镇子也就完了。商店也不会再有顾客，孩子也不能去上学，也没有病人去看医生……她的父亲也会丢了工作。谁也没有料到珀西瓦尔·琼斯会如此顽固。

戴太太说：“我不知道国王会怎么说，如果他知道的话。”

艾瑟尔也很想知道。国王曾真诚地表示过同情。但他可能不知道寡妇被赶出来的事情。

她突然有了个主意：“也许你应该告诉他。”

戴太太笑了起来：“等下次我看见他，就告诉他。”

“你可以给他写封信。”

“别说蠢话了，艾丝。”

“我是说真的。你应该这么做。”她看了看周围的人群，“写一封信，让国王拜访过的寡妇签上名，告诉他你们被赶出家门，镇上在闹罢工。这样他就不得不关注这件事了，不是吗？”

戴太太显得很害怕。“我可不想惹麻烦。”

单薄瘦削、长着一头金发的米妮·庞蒂太太一直很有主见，这时对戴太太说：“你没了丈夫，现在又无家可归，你还能有什么更大的麻烦？”

“这话一点不错。但我不知道该说些什么。该写上‘亲爱的国王’‘亲爱的乔治五世’，还是别的什么呢？”

艾瑟尔说：“你写‘先生，兹尽我卑微之责’。在这工作让我知道不少这样的废话。现在就着手吧。我们这就去仆人休息室。”

“这样合适吗？”

“我现在是女管家，戴太太。合不合适由我说了算。”

女人们跟着她走上车道，来到宅邸后面的厨房。她们围坐在仆人吃饭的餐桌边，厨子为她们沏了一壶茶。艾瑟尔拿出一沓她给商人写信用的普通书写纸。

“先生，兹尽我的卑微之责，”她边写边说，“接下来写什么？”

戴·泼尼斯太太说：“请原谅我们斗胆给陛下写信。”

“不，”艾瑟尔果断地说，“不要表示歉意。他是我们的国王，我们有权向他陈情请愿。还是写‘我们是在矿井发生爆炸后陛下来阿伯罗温拜访过的那几位寡妇’。”

“很好。”庞蒂太太说。

艾瑟尔接着说：“您的访问与亲切的哀悼，以及皇后陛下的慷慨慰问，都让我们深感荣幸和安慰。”

戴太太说：“这方面你天赋过人，就像你父亲一样。”

庞蒂太太说："奉承话已经说够了。"

"好。那么现在说正事。'我们的国王，请求您帮助我们。因为我们的丈夫死了，现在我们就要被赶出家门了。'"

"赶我们的人是凯尔特矿业。"庞蒂太太加了一句。

"'凯尔特矿业要赶我们出去。整个矿井为我们罢工，但现在他们也要被赶出家门了。'"

"不要写太长，"戴太太说，"他很忙，应该没空读完。"

"那么好吧。最后再写上：'您的王国里可以容许这种事情发生吗？'"

庞蒂太太说："这显得太驯服了。"

"不，正合适，"戴太太说，"这是请求他来明断是非。"

艾瑟尔最后边写边说道："'我们很荣幸成为陛下最谦卑顺从的仆人。'"

"非要写上这个吗？"庞蒂太太说，"我不是仆人。请别见怪，艾瑟尔。"

"这样写很正常。伯爵给《泰晤士报》写信就会带上这句话。"

"要是那样的话，好吧。"

艾瑟尔把信给桌边的人传阅："在签名旁边写上你们的地址。"

庞蒂太太说："我的字太可怕了，你替我签吧。"

艾瑟尔正要反对，但突然想到庞蒂太太可能不会写字，所以就没再说什么，在信纸上替她写下："米妮·庞蒂太太，威灵顿街十九号。"

她在信封上写好地址：

伦敦白金汉宫，
国王陛下收

她把信封好，贴上邮票。“你们看，这样就行了。”她说。女人们送给她一片掌声。

当天她就把信寄了出去。

她们一直都未收到答复。

三月的最后一个星期六，南威尔士笼罩在一片灰暗之中。低云遮蔽了山顶，绵绵不绝的细雨在阿伯罗温上空飘洒。艾瑟尔跟泰-格温的大多数佣人都离开了自己岗位——伯爵跟公主去了伦敦——来到了镇上。

从伦敦调来了大批警察强制驱赶矿工，他们站在每条街上，沉重的雨衣滴着雨水。“寡妇罢工”成了全国新闻，加地夫和伦敦的记者坐最早一班火车赶来，他们抽着香烟，不停在本子上记着什么。甚至还有一台架在三脚架上的大照相机。

艾瑟尔跟家人们站在门外看着这一切。爸爸是由工会雇佣的，不属于凯尔特矿业，自己拥有房产，而他们的大多数邻居都被逐出家门。从一大早开始，他们把家里的东西搬到街上：床铺、桌椅板凳、饭锅和夜壶、镶在镜框里的画、钟表、用橙色箱子装着的陶器和餐具、用报纸和绳子捆扎起来的少量衣物。每户人家都有一小堆毫无价值的破烂，就像是祭品一样堆在门口。

爸爸铁青着脸，压抑着心里的愤怒。比利看上去很想找人打一架。外公不停地摇头说：“我活了七十年，还从来没见过这种事情。”妈妈的脸上毫无表情。

艾瑟尔不停地哭。

有些矿工已经找到了别的工作，但情况不容乐观——一个矿工不太能适应店员或公共汽车售票员的工作，雇主对此十分清楚，一看见他们指甲里带着煤灰，就把他们打发了。有六七个人去商船当了水手，签下司炉的用工合同，临走前把预付工资留给了妻子们。有些人打算去加地夫或者斯旺西，希望在钢铁厂找份工作。不少人搬到邻近城镇的亲戚家里。其余的人就只能挤到阿伯罗温其他非矿工的房子里，直到罢工有个结果。

“国王一直没有给寡妇们回信。”艾瑟尔跟爸爸说。

“你做错了，”他直截了当地说，“学一学那个潘克赫斯特夫人。我不相信女人表决权的事儿，但她知道如何赢得别人的关注。”

“那我该怎么做，把自己送进监狱吗？”

“也不用那么极端。如果我当时知道你做这件事，就会劝你给《西部邮报》寄一个副本。”

“我根本没往那儿想。”艾瑟尔想到自己本来可以做点什么阻止驱逐行为，到头来却一事无成，一时心灰意冷。

“报纸会质询白金汉宫，问他们是否收到了这封信，国王也就不太可能对这件事置之不理了。”

“真该死！当时我要是问问你就好了。”

“别说粗话。”她的母亲说。

“对不起，妈妈。”

伦敦来的警察很不理解这种愚蠢的傲慢和固执引发的罢工。

珀西瓦尔·琼斯不知躲到哪里去了。《每日邮报》的记者想采访爸爸，但这家报纸对工人抱有敌意，爸爸拒绝了他们。

镇上没有足够的手推车，人们只得轮流搬运他们的东西。整个过程需要好几个小时，不过午后，最后一堆东西也运走了，钥匙插在了前门的锁孔里。警察们随后返回了伦敦。

艾瑟尔在街上呆立了一会儿。空房子上的一扇扇窗户木然面对着她，雨水在街上肆意横流。她的目光越过湿漉漉的灰色石板屋顶，望着散布在谷底的坑口建筑。她看见一只猫正在铁轨上散步，除此之外，一片死寂。机房没有冒烟，塔顶两个升降机的大轮子一动不动，在绵绵细雨中无人问津。

第五章

1914年4月

德国大使馆是卡尔顿府阶地的一座豪华官邸，这里是伦敦最优美的街道之一。在它对面，隔着绿树成荫的花园，有一座柱廊围绕的图书馆，那里是绅士和知识分子聚会的场所。后面的马厩朝向林荫大道，这条宽阔的街道从特拉法加广场一直延伸到白金汉宫。

沃尔特·冯·乌尔里希并不住在这儿——至少目前还没有。只有大使本人——里希诺夫斯基亲王，才有此特权。沃尔特不过是个武官，住在步行十分钟距离的皮卡迪利单身公寓。不过，他希望有朝一日自己能住进使馆内的豪华私人公寓。沃尔特不是亲王，但他的父亲是德皇威廉二世的密友。沃尔特的英语说得跟老伊顿公学的学生一样好，他也的确是从那里毕业的。他在军队呆了两年，又上了三年军校，然后便进入外交界。他现年二十八岁，前途无量。

沃尔特不仅仅被大使这份工作的社会地位和荣誉感吸引。他满怀激情，认为服务于自己的国家是最高尚的使命。他的父亲也有同感。

但两人在其他问题上的见解大相径庭。

他们站在使馆的大厅里，注视着对方。两人个头相当，但奥托更显魁梧，他已经秃顶，留着老式的浓密髭须，而沃尔特则是时髦的短髭。今天他们都穿了同样的黑丝绒外套，下身是过膝的马裤、丝袜和带扣的鞋子。两人都带了佩剑，头上戴着三角帽。巧的是这种服饰正好是觐见英国皇室的正规装扮。“我们这副样子就像要上台表演似的，”沃尔特说，“这种装束真是可笑。”

“一点儿也不可笑，”他的父亲说，“这是个很值得推崇的古老习俗。”

奥托·冯·乌尔里希在德国军队里度过大半辈子。普法战争期间，身为年轻军官的他在色当战役中带领部队穿越浮桥。后来，奥托与年轻的德皇威廉交上朋友，成了他与“铁血首相”俾斯麦决裂后转而依靠的人之一。这段时间，奥托作了一份巡回简报，他遍访欧洲各大都城，犹如蜜蜂采蜜般，吮吸着外交智慧的花蜜，并收集起来带回自己的蜂巢。他信奉君主制，对普鲁士军事传统情有独钟。

沃尔特也一样富有爱国心，但他认为德国应该成为现代国家，实现人人平等。跟他父亲一样，他为自己国家的科技成就感到自豪，为勤奋高效的德国人骄傲。但他认为他们还有不少东西要学——从自由的美国人那里学习民主，从狡猾的英国人那里学习外交策略，从时尚的法国人那里学习高雅的生活艺术。

父子俩离开使馆，下了宽阔的台阶朝林荫大道走去。沃尔特将被引荐给乔治五世国王，这是一种特殊礼遇，尽管它不会带来任何好处。他这种初级外交官通常不会获此殊荣，但他父亲为了推动沃尔特的职业生涯处心积虑，不惜托人牵线促成这桩好事。

“机枪的发明淘汰了所有手持武器。”沃尔特说，想把先前他们之间的争论继续下去。他专门研究过武器，他强烈地意识到德国军队应该拥有最先进的兵器技术。

奥托不以为然：“机枪会塞膛，会过热，也打不准。一个人用步枪可以仔细瞄准，可拿着机枪，就像拿着浇花的水管那样挥来挥去。”

“如果你的房子着了火，你总不会用杯子去灭火，不管那样有多准。你得用水管去喷。”

奥托晃了晃手指。“你从没打过仗，不知道打仗到底是什么滋味。听我的，我心里清楚。”

他们的争论通常都是这样结束的。

沃尔特觉得父亲那一代人都十分狂妄自大。他明白他们为什么会这样。他们打赢了战争，在普鲁士和几个君主制小国中建立了德意志帝国，接着，又让德国成为世界上最富裕的国家之一。他们当然自认为了不起。但也因此变得轻率。

沿着林荫大道走了几百米，沃尔特和奥托转向圣詹姆斯宫。这座十六世纪的砖砌建筑比毗邻的白金汉宫年代更久远，却不及后者有名。他们向那个穿戴相仿的看门人报上自己的姓名。

沃尔特心里忐忑不安，生怕自己在礼节上有什么闪失——跟王室打交道，任何小疏忽都是不可饶恕的大错。

奥托用英语对看门人说：“迪亚兹先生来了吗？”

“是的，先生，他几分钟前刚刚到达。”

沃尔特皱起了眉头。胡安·卡洛斯·迭戈·迪亚兹是墨西哥政府代表。“你怎么问起迪亚兹来了？”他用德语问道。两人穿过几个在墙壁上装饰着刀枪的房间朝里面走。

“英国皇家海军正在把舰船的燃料从煤炭转换成燃油。”

沃尔特点点头。大部分发达国家都在干这件事情。石油更便宜，更清洁，更容易处理——你只需把油抽进来就行，用不着雇佣一大批灰头土脸的烧炉工。“英国要从墨西哥那边弄石油。”

“他们为了保证海军的供应，买下了墨西哥的油井。”

“但如果我们和墨西哥交涉，美国人会怎么想？”

奥托用手指碰了碰鼻子。“认真听，好好学。还有，不管你做什么，都不要说出来。”

受到引荐的人都在前厅等候。他们大多穿着天鹅绒宫廷服，但一两个人穿着滑稽的十九世纪将军的服饰，还有一个——大概是苏格兰人——穿着盛装礼服和短裙。沃尔特和奥托在房间里走动着，朝外交圈子里的熟人点头致意，最后遇到了迪亚兹，他身材矮胖，留着一撮卷曲的小胡子。

一阵寒暄后，奥托说：“你一定很高兴威尔逊总统解除了对墨西哥的武器禁运。”

“是解除了对叛军的武器禁运。”迪亚兹似乎在纠正对方。

美国总统一贯倾向于采取道德立场，拒绝承认靠暗杀其前任夺得权力的韦尔塔将军。威尔逊把韦尔塔称作谋杀犯，他支持反叛组织“立宪主义者”。

奥托说：“如果武器可以卖给叛乱分子的话，不是也可以卖给政府吗？”

迪亚兹吃了一惊：“你的意思是说德国愿意这样做？”

“你们想要什么？”

“你大概已经知道，我们急需步枪和弹药。”

“我们可以好好谈谈这个问题。”

沃尔特也跟迪亚兹一样吃惊。这样做会惹出麻烦的。他说：“但是，父亲，美国……”

“等一等！”他父亲举起一只手，把他的话压了下去。

迪亚兹说：“这个我们当然要谈谈。不过请告诉我，还有什么其他问题可谈？”他大概已经猜到德国有所图报。

通向王位室的大门开了，一个男仆拿着一张名单走了出来。引见仪式即将开始，但奥托仍从容不迫地说着：“战争时期，一个主权国家有权扣留战略物资。”

迪亚兹说：“你说的是石油。”这是墨西哥拥有的唯一战略物资。

奥托点点头。

迪亚兹说：“那么，如果你们给我们枪……”

“是卖，不是给。”奥托低声说。

“你们可以现在就出售枪支，条件是我们在发生战争时拒绝向英国供油。”迪亚兹显然不习惯使用常规外交辞令那种虚与委蛇的说法。

“这或许值得商榷。”在外交语言中，这话等于说“是”。

男仆叫了一声：“奥诺雷·德·皮卡德·德·拉方丹先生！”引见会便开始了。

奥托瞥了一眼迪亚兹：“我想从你这了解的是，墨西哥会如何看待这个建议。”

“我相信韦尔塔总统会感兴趣。”

“所以，如果德国驻墨西哥公使、海军上将辛慈向你们的总统正式提议的话，他不会遭到拒绝。”

沃尔特看出他的父亲决心要得到一个明确的答复。他不希望德国政府遭受被当面拒绝的尴尬处境。

沃尔特忧心忡忡地想，在这一外交谋略上，尴尬算不上德国面临的最大危险。真正的风险是与美国为敌。他很难当着迪亚兹的面指出这一点。

迪亚兹给出了回答："他不会被回绝的。"

"你能肯定？"奥托追问道。

"我保证。"

沃尔特说："父亲，我能说句话……"

可这时仆人叫道："沃尔特·冯·乌尔里希先生！"

沃尔特犹豫了一下，他的父亲说："轮到你了。去吧！"

沃尔特转身朝王位室走去。

英国人喜欢慑服他们的访客。高高的格子天花板带有菱形的拱线，红丝绒的墙壁上挂着巨幅肖像画，远处的宝座上方高悬着深色的天鹅绒顶篷。宝座前面站着身穿海军制服的国王。沃尔特欣慰地看见艾伦·泰特爵士那张熟悉的面孔，他就站在国王身边，无疑是在低声通报来人的姓名。

沃尔特走上前去，鞠了一躬。国王说："很高兴再次见到你，冯·乌尔里希。"

沃尔特已经把该说的话排练过："我希望陛下觉得在泰-格温的那次讨论有趣。"

"非常有趣！尽管那次聚会蒙上了可怕的阴影。"

"是啊，发生了矿难事故。的确是场悲剧。"

"我很期待我们的下一次会面。"

沃尔特明白这是要他退下。他转身走开，按照礼节需要连连鞠躬，就这样一直走到门口。

他父亲在隔壁房间等着他。

“真快啊！”沃尔特说。

“相反，比正常情况久些，”奥托说，“通常国王会说‘我很高兴在伦敦见到你’，谈话就结束了。”

他们一道离开了王宫。“英国人在许多方面都很可爱，但太温和，”当他们沿着圣詹姆斯大街往皮卡迪利走去时，奥托说，“国王受他的大臣们支配，大臣要服从议会的约束，而议会成员是由普通人选举的。这种方式怎么能够管理一个国家呢？”

沃尔特没有直接回应这种挑衅。他认为德国的政治制度已经过时，议会软弱无能，根本无法与皇帝和将军们对抗。但他已经跟父亲就这个问题争论过多次，况且他还在担心着与墨西哥特使的那场谈话。“你跟迪亚兹提到的事情是有风险的，”他说，“威尔逊总统不希望我们卖步枪给韦尔塔。”

“威尔逊的想法有什么要紧？”

“危险在于我们结交了较弱的墨西哥，却因此树立了一个强大的敌人——美国。”

“美国不会发生战争的。”

沃尔特觉得这话有道理，但他仍然感到不安。他不希望自己的国家跟美国发生争执。

回到公寓，两人脱下过时的装束，穿上花呢外套和软领衬衫，戴上棕色毡帽。他们又来到皮卡迪利，搭乘东去的机动公共汽车。

奥托对沃尔特一月受邀在泰-格温参见国王一事很感兴趣。“菲茨赫伯特伯爵的人脉很广，”他说，“如果保守党上台，有朝一日他可能担任外交大臣。你得维持这段交情。”

沃尔特受到启发："我应该走访一下他的慈善诊所，小小地捐上一笔。"

"好主意。"

"你愿意跟我一起去吗？"

他的父亲上钩了："那就更好了。"

沃尔特心里有个不可告人的动机，但他父亲对此毫无察觉。

公共汽车载着他们经过斯特兰德大道上的剧院、舰队街的报社和金融区的银行。街道变得狭窄，愈发肮脏不堪。圆顶礼帽被软布帽取代。交通工具以马车居多，机动车很少。这就是伦敦东区了。

他们在阿尔德盖特下了车。奥托不屑地四下看了看。"我不知道你要带我到贫民窟来。"他说。

"我们要去一家为穷人开的诊所，"沃尔特说，"你以为能在哪儿呢？"

"难道菲茨赫伯特伯爵会亲自到这种地方来？"

"我怀疑他只是付钱而已。"沃尔特很清楚菲茨从未来过这儿，"但他肯定会知道我们来过的。"

他们七拐八绕，穿过一条非国教礼拜堂所在的后街小巷。一块木牌子上手写着："卡尔瓦利福音馆。"木板上钉着一张纸，上面写着：

婴儿诊所

免费

今日及每周三开诊

沃尔特推开门，两人走了进去。

奥托嫌恶地嘟囔了一声，掏出手帕捂住了自己的鼻子。沃尔特以前来过，对这儿的气味有所准备，但尽管如此他还是觉得无法忍受。大厅里满是衣衫褴褛的妇女和半裸的孩子，一个个全都肮脏不堪。女人坐在长凳上，孩子们就在地上玩耍。房间尽头有两扇门，门上贴着临时的标签，一个写着“医生”，另一个写着“赞助人”。

菲茨的姑妈赫姆在门边坐着，正在往一个本子上登记姓名。沃尔特介绍他的父亲：“荷米亚·菲茨赫伯特女勋爵，这位是我的父亲，奥托·冯·乌尔里希先生。”

房间另一头，那扇标有“医生”的门开了，一个破衣烂衫的女人走了出来，抱着一个小小的婴孩，手里还拿着一个药瓶。一个护士探头出来，说：“请下一个。”

荷米亚夫人查了一下她手上的名单，叫道：“布拉斯基和罗希女士！”

一个老太太带着个女孩走进医生的诊疗室。

沃尔特说：“父亲，请在这稍候片刻，我去找主事人。”

他匆匆绕过地上学步的幼儿跑到屋子另一头，拍了拍标有“女赞助人”的那扇门，便推门走了进去。

这个房间比衣橱大不了多少，角落里放着拖把和水桶。茉黛·菲茨赫伯特女勋爵正伏在一张小桌上记账。她穿的是简单的暗灰色外套，戴着一顶宽边帽。她抬起头来，看见来人是沃尔特，脸上便立刻有了笑意，这差点让他热泪盈眶。她从椅子上跳起来，张开两臂紧紧抱住他。

他一整天都在期待这一刻。他去吻她，那双唇马上开启，来迎合他。他吻过好几个女人，但她是唯一用自己身体紧紧贴着他的一个。他觉得不好意思，生怕她会发觉他已勃起，便稍稍弓着身子；但她靠得更紧了，好像她偏要感觉它似的，因此也就由着她了。

茉黛对任何事情都抱有热情，贫困、妇女权利、音乐，还有沃尔特。她能爱上他，让沃尔特既惊讶又感到荣幸。

她停下来，喘着气。“赫姆姑妈会起疑心的。”她说。

沃尔特点了点头：“我父亲在外面。”

茉黛理了理头发，整了整衣裙：“好了。”

沃尔特打开门，他们回到前厅。奥托正在跟荷米亚亲热地聊着什么。他喜欢那些让人尊敬的老太太。

“茉黛·菲茨赫伯特小姐，让我介绍一下我的父亲，奥托·冯·乌尔里希先生。”

奥托对着她伸出的手鞠躬。他已经知道不必两个脚跟相碰——英国人觉得那样做很滑稽。

沃尔特看着他们在互相打量对方。茉黛笑嘻嘻的，仿佛觉得很有趣，沃尔特猜到她心里在想：这或许就是他多年后的模样。奥托则赞许地看着茉黛昂贵的羊绒外套和那顶时髦的帽子。目前为止一切都还算顺利。

奥托不知道他们在恋爱。沃尔特的计划是让父亲先认识茉黛。奥托认可富有的女人做慈善工作，坚持让沃尔特的母亲和妹妹造访他们东普鲁士乡村庄园所在地祖瓦尔德的贫困家庭。他会发现茉黛是个美丽而独特的女性，等他知道沃尔特想跟她结婚的时候，他的抵触也就没有那么厉害了。

这样紧张真是有点愚蠢，沃尔特想。他二十八岁了，有权选择自己爱的女人。但八年前他曾与另一个女人坠入爱河。跟茉黛一样，蒂尔达充满激情，也很聪明，但她只有十七岁，还是天主教徒。冯·乌尔里希家族是新教徒。双方父母对他们的恋情十分气愤，充满敌意，蒂尔达也无法抗拒她的父亲。现在沃尔特再次爱上了与他不相称的女人。很难让他父亲接受一个女权主义者和外国人。但沃尔特年龄稍长，比先前更有经验，茉黛也比那时的蒂尔达更强大，更为独立。

尽管如此，他还是有些战战兢兢。他从未因为女人这样过，甚至蒂尔达也没让他有这样的感觉。他要跟茉黛结婚，跟她一起度过余生。事实上他无法想象没有她会是什么样子。他不想父亲坏了他们的好事。

茉黛表现得极尽礼数。“非常感谢您能来看望我们，冯·乌尔里希先生，”她说，“您一定非常忙碌吧。王室像您的德皇一样信任您，我想工作是没有尽头的。”

这话让奥托有些得意，她就要达到这种效果。“恐怕情况正是这样，”他说，“不过你的长兄，伯爵本人，与沃尔特相交已久，所以我很愿意前来拜访。”

“我来给您介绍一下我们的医生。”茉黛引着他们穿过房间，敲了敲诊室的门。沃尔特十分好奇，他从来没有见过这儿的医生。“我们可以进来吗？”她大声问道。

他们走进这间以前牧师呆的办公室，里面配了一张小桌子、一个放账本和赞美诗集的架子。医生是位英俊的年轻人，长着浓黑的眉毛和感性的嘴唇，正在察看罗希·布拉斯基的手。沃尔特感到一丝嫉妒——茉黛竟然整天跟这个魅力十足的家伙呆在一起。

茉黛说：“格林沃德医生，我们有一位最尊贵的客人。我来介绍一下冯·乌尔里希先生。”

奥托生硬地说：“你好！”

“医生在这儿工作不收取任何费用，”茉黛说，“我们非常感谢他。”

格林沃德草草地点了一下头。沃尔特纳闷是何原因让他的父亲和这位医生之间出现明显的紧张。

医生把注意力转到他的病人身上。女孩的手掌上贯穿了一条难看的切痕，手和手腕都肿胀起来。他看了看做母亲的，问道：“她是怎么弄成这样的？”

孩子代替她回答。“我母亲不会说英语，”她说，“我在做工的时候把手切了。”

“你父亲呢？”

“我父亲死了。”

茉黛平静地说：“诊所是为没有父亲的家庭开办的，但实际上我们不拒绝任何人。”

格林沃德对罗希说：“你多大了？”

“十一岁。”

沃尔特低声说：“我认为法律不该允许未满十三岁的孩子参加工作。”

“法律有漏洞。”茉黛说。

格林沃德说：“你是做什么工作的？”

“我在曼尼·利托夫的服装厂扫地。垃圾里头有个刀片。”

“割坏了手以后，必须冲洗伤口，包上干净的绷带。还必须每天更换，这样绷带才不会太脏。”格林沃德说话很快，但并不显得冷漠无情。

母亲朝女儿厉声质问了一句，带着浓重的俄国口音。沃尔特听不懂她说什么，但从孩子随后翻译医生的话中看出点眉目。

医生转向他的护士："请把她的手清洁一下，包扎好。"然后又对罗希说："我要给你一点软膏。如果手臂更肿的话，你必须下周再来我这里。明白吗？"

"是的，先生。"

"如果你让感染恶化下去，就可能失去这只手。"

罗希的眼里涌出泪水。

格林沃德说："对不起我吓着你了，但我希望你理解让手保持清洁非常重要。"

护士备好一小盆液体，看来是消毒水。沃尔特说："医生，我对你在这儿的工作表示敬佩和尊重。"

"谢谢你。我很高兴自己能做点什么，但我们需要购买医疗用品。你能提供的任何帮助都会受到感激。"

茉黛说："我们得让医生继续工作了——至少还有二十个患者等着呢。"

到访者离开了诊室。沃尔特心里满是骄傲。茉黛不仅仅是同情和怜悯。每当听说这些年幼的孩子在血汗工厂劳作，许多贵族妇女不过是掏出绣花手帕抹掉一星半点的眼泪。茉黛不同，她能大胆果断地施以援手，做出实际行动。

而且，他想，她还爱我！

茉黛说："让我给您拿些茶点来吧，冯·乌尔里希先生？我的办公室很狭促，但我那儿有瓶我哥哥最喜欢的雪利酒。"

"你太客气了，但我们得走了。"

这有点太匆忙了，沃尔特想。茉黛的魅力对奥托的作用到此为止。他心里感到十分别扭，不知是哪儿出了问题。

奥托掏出皮夹，取出一张钞票。“请接受这份微薄的捐助，对你这里的出色工作表示支持，茉黛女勋爵。”

“这实在太慷慨了！”她说。

沃尔特也递上一张同样面额的钞票：“或许也能让我捐赠一些。”

“你为我提供的一切我都很感激。”她说。沃尔特希望只有他自己注意到了她说这话时朝他投来的顽皮一瞥。

奥托说：“请一定要向菲茨赫伯特伯爵转达我的敬意。”

他们随即离开。沃尔特有点担心父亲的反应。“茉黛女士很棒吧？”他轻描淡写地说。两人正走在返回阿尔德盖特的路上。“当然，是菲茨付钱，但具体工作都是茉黛来完成的。”

“有失体面，”奥托说，“简直是种耻辱。”

沃尔特感觉父亲有些不快，但这话还是让他吓了一跳。“你到底是什么意思？你是赞成出身名门的女士做事帮助穷人的！”

“带个食品篮子访问生病的农民是一回事，”奥托说，“可是一位伯爵的妹妹竟然呆在这种地方真是太可怕了，身边还有个犹太医生！”

“哦，上帝啊！”沃尔特叹了口气。不错，格林沃德医生是犹太人。他的父母很可能是德国人，姓格伦沃尔德。沃尔特以前没见过这位医生，不管怎么说也不会去注意或者关心他的种族。但是奥托就不一样了，他那一代大多数人都认为这种事情很重要。沃尔特说：“父亲，这人工作不要任何报酬，再说，茉黛女士也不能因为对方是犹太人，就拒绝一个出色的医生的帮助。”

奥托听不进去。“‘没有父亲的孩子’，她是怎么想的？”

他嫌恶地说，“不如直接说是妓女生的。”

沃尔特深感绝望。他的计划是一个可怕的错误。“你没看见她是多么勇敢吗？”他痛苦地说。

“我一点也不觉得，”奥托说，“如果她是我妹妹的话，我就要好好抽她一顿。”

白宫发生了一场危机。

4月21日清晨，格斯·杜瓦呆在西翼。这座新建筑解决了办公室紧缺问题，把原来的白宫腾出来作为官邸使用。格斯坐在椭圆办公室旁边的总统书房里，这间屋子狭小单调，只有一只昏暗的照明灯泡。书桌上放着一台用旧的安德伍德便携打字机，伍德罗·威尔逊用它撰写演讲稿和新闻通稿。

格斯更关心的是那部电话。如果铃声响起来，他就得考虑是否叫醒总统。

电话接线员不能作出这类决定。可总统的高级顾问们也需要睡觉。格斯是威尔逊顾问中级别最低的，但也是其中级别最高的，全凭从哪个角度看了。不管怎么说，现在轮到他在电话边守一整夜，并决定是否把总统，以及正被神秘病痛折磨着的第一夫人艾伦·威尔逊，从睡梦中叫醒。格斯十分害怕自己说错或者做错什么。突然之间，他那所费不赀的教育显得多余起来，就连哈佛大学也没教授过何时唤醒总统的课程。他希望电话永远不要响。

格斯来这儿工作还是因为他写的一封信。他向自己的父亲描述了泰-格温举行的宴会，以及餐后有关欧洲战争的讨论。杜瓦参议员觉得这封信很有意思，便拿给他的朋友伍德罗·威尔逊读，后者回应说："我希望这孩子来我办公室工作。"格斯在哈佛大学学习国际法，曾休学一年，他的第一份工作是在华盛顿的一家律师事务所。虽然他的世界巡游刚走了一半，但他很乐意回来为总统效力。

国家间的关系比任何事情更让格斯入迷——这里面充满了友谊和仇恨、结盟和战争。十几岁的时候他就参加过参议院对外关系委员会的会议——他的父亲是其成员之一——发现这比去剧院看戏更精彩有趣。"国家就是这样创造和平与繁荣，或者发动战争，造成毁灭和饥荒，"他父亲说，"如果你要改变世界，那么对外关系领域就是你一展身手的地方，你可以把善或者恶发挥到极致。"

现在，格斯正处于他的第一次国际危机中。

一个过分热心的墨西哥政府官员在坦皮科港拘捕了八名美国水兵。这些人已获得释放，官员也已作了道歉，本来这件小事就算过去了。但中队指挥官梅奥海军上将却要求鸣放二十一响礼炮。韦尔塔总统予以拒绝。威尔逊向对方施压，威胁说要占领墨西哥最大的港口韦拉克鲁斯。

美国就此处于战争的边缘。格斯非常钦佩高风亮节的伍德罗·威尔逊。总统并不悲观武断地认为墨西哥土匪都一个样。韦尔塔是个杀害自己前任的反动分子，威尔逊一直在寻找借口推翻他。一位世界级领袖人物宣称无法接受一个人通过谋杀获得权力，这让格斯很是激动。这一准则是否有朝一日会被所有国家接受呢？

德国人的介入加剧了这场危机。一艘名为"皮兰卡"的德国船只正接近韦拉克鲁斯，船上装载的是给韦尔塔政府的步枪和弹药。

紧张气氛持续了一整天，但现在格斯要努力保持清醒。他面前的书桌上摆着一盏绿灯罩的台灯，灯下放着一份陆军情报部送来的关于墨西哥叛军实力的打印报告，情报部是陆军的一个小部门，只有两名军官和两名文员，报告写得杂乱无章。格斯的思绪不时回到卡罗琳·威格莫尔身上。

他抵达华盛顿的时候去看望过威格莫尔教授——他在哈佛求学期间的授课老师之一，现在已经转到乔治城大学了。威格莫尔当时不在，家里只有他年轻的第二任妻子。格斯曾在校园活动中见过卡罗琳几次，被她沉稳而体贴的举止和灵活的头脑深深吸引。“他说他要订几件新衬衣。”她说。但格斯能看出她紧绷着脸。接着她补充说：“不过我知道他去见他的情人了。”格斯用手帕替她擦去眼泪。她吻了他，说：“我真希望嫁的是一个值得信赖的人。”

卡罗琳其实充满激情。尽管她不同意发生性行为，但别的事情他们都做了。他仅仅是抚摸，就让她颤抖着达到了高潮。

两人的恋情刚刚持续了一个月，但格斯已经希望她跟威格莫尔离婚，然后跟他结婚。但她不肯，尽管她并没有孩子。她说这会毁了格斯的事业，也许她说得对。这件事不可能避人耳目，因为它实在太刺激公众了——小娇妻抛弃知名老教授，火速下嫁阔少。格斯很清楚他母亲对这种婚姻的态度，她会说：“这种事可以理解，如果是教授不忠的话，但这女人也就不能出现在社交场合了，这是明摆着的。”总统会十分尴尬，律师希望揽为自己客户的那些人也会有同感。这必定会让格斯跟随父亲进入参议院的希望付之东流。

格斯告诉自己不必在乎这些。他爱卡罗琳，他要把她从她丈夫身边搭救出来。他有很多钱，等他父亲去世后，他就能成为百万富翁。他会找到别的职业。也许他会成为一名记者，去各国首府采访报道。

尽管如此，他还是觉得十分懊悔。他刚刚得到白宫的工作，这是年轻人梦寐以求的。真要连同日后的大好前程一起割舍，确实让人痛苦，难以定夺。

电话铃响了，格斯一惊，那声音在夜深人静的西翼听上去十分刺耳。“哦，我的上帝，”他盯着电话机，“我的上帝，电话真来了。”他犹豫了几秒钟，终于拿起了听筒。格斯听到国务卿威廉·詹宁斯·布赖恩洪亮的声音：“我正在跟约瑟夫·丹尼尔斯通电话，格斯。”丹尼尔斯是海军部长，“总统的秘书也在分机上。”

“是的，国务卿先生，”格斯说。他让自己的声音显得很平静，但心里打着鼓。“请叫醒总统。”布莱恩国务卿说。

“好的，先生。”

格斯走出椭圆办公室，穿过外面的玫瑰园。夜晚凉风习习，他跑进对面的老楼里。卫兵给他放行，他急忙登上主楼梯，穿过大厅朝卧室门口走去。他深吸了一口气，使劲敲了敲门，指关节上一阵疼痛。

过了一会儿，他听见了威尔逊的声音：“谁啊？”

“我是格斯·杜瓦，总统先生。”他答道，“布莱恩国务卿和丹尼尔斯部长打来电话。”

“等一下。”

威尔逊总统走出卧室，戴上无框眼镜，那套睡袍让他显得脆弱无助。他身材高大，尽管没有格斯那么高。五十七岁的他头发已经花白。他觉得自己难看，这种自知之明并不为过。他长着一个鹰勾鼻和一对招风耳，但大下巴让他看上去很坚毅，正好是格斯崇拜的性格所特有的长相。他说话时露出一口参差不齐的牙。

“早上好，格斯，”总统亲切地说，“有什么好消息吗？”

“他们没告诉我。”

“好吧，你最好也到隔壁的分机听听。”

格斯连忙走进隔壁房间，拿起了电话。

他听到布莱恩掷地有声的嗓音：“这艘‘皮兰卡号’今天早上就要靠岸。”

格斯感到一丝惊惧。墨西哥总统现在会不会屈服？否则流血在所难免。

布莱恩读着一份美国驻韦拉克鲁斯领事发来的电报：“‘皮兰卡号’货轮属于汉堡-亚美利加船运公司，明天将从德国抵达，载有二百挺机枪和一千五百万枚子弹。将于四号码头靠岸，十时三十分卸载。”

“你明白这意味着什么吗，布莱恩先生？”威尔逊说，格斯听出他的声音有些暴躁，“丹尼尔斯，你听见吗，丹尼尔斯？你的意见呢？”

丹尼尔斯回答：“不能容许向韦尔塔运送武器弹药。”这位一贯崇尚和平的海军部长做出如此强硬的表示，让格斯很惊讶，“我会致电弗莱彻海军上将防止此事发生，占领那儿的海关。”

一阵长时间的沉默。格斯抓着听筒，手都有些发麻了。最后，总统说话了：“丹尼尔斯，把这项命令发给海军上将弗莱彻——立刻夺取韦拉克鲁斯。”

“是的，总统先生。”海军部长说。

就这样，美国开战了。

当天晚上格斯没有睡觉，第二天也彻夜未眠。

八点半刚过，丹尼尔斯部长发来消息，一艘美国军舰封锁了皮兰卡的前进路线。这艘非武装的德国货船掉转航线，离开了现场。丹尼尔斯说，美国海军陆战队当天上午晚些时候将在韦拉克鲁斯登岸。

迅速发展的危机让格斯倍感惊惶，但自己处于事件的中心，又让他激动不已。

伍德罗·威尔逊并不回避战争。他最喜爱的一出戏就是莎士比亚的《亨利五世》，很喜欢引用里面的台词："如果渴求荣誉算是一种罪恶，我就是生灵之中罪孽最深之人。"

无线电和电报源源不断传来消息，格斯的任务就是把这些消息呈递给总统。中午时分，海军陆战队员夺取了韦拉克鲁斯海关大楼。

之后不久，有人告诉他，一位名叫威格莫尔的女士来找他。

格斯皱起了眉头。这太不谨慎了。一定是出了什么事。

他匆匆赶往接待厅。卡罗琳一脸失魂落魄的样子。尽管她穿着整洁的花呢大衣，戴着一顶素雅的帽子，但头发凌乱，眼睛都哭肿了。看见她这副模样，格斯既震惊又伤心。"我亲爱的！"他低声说，"究竟出了什么事？"

"都结束了，"她说，"我再也不能见你了。我很抱歉。"她哭了起来。

格斯想去拥抱她，但眼下他不能这么做。他没有自己的办公室。他四下看了看，门口的警卫正盯着他们。这里没有任何能让他们单独相处的地方。他简直快要急疯了。“到外边去，”说着，他拉起她的手臂，“我们散散步。”

她摇摇头：“不。我没事的。就在这儿吧。”

“什么事让你这么难过？”

她躲闪着他的眼睛，低头看着地板：“我必须忠于我的丈夫。我有这个义务。”

“让我做你的丈夫。”

她扬起脸来，那渴望的神情让他心碎：“哦，我真希望我可以这样。”

“你可以的！”

“我已经有丈夫了。”

“他对你不忠，你却要对他忠贞不贰？”

她像没听见一样。“他接受了伯克利分校的教职。我们要搬到加利福尼亚去了。”

“不要走。”

“我已经决定了。”

“我看出来了。”格斯有气无力地说。他觉得自己好像挨了一记重击。他的胸口发闷，一时喘不过气来。“加利福尼亚，”他低声重复着，“见鬼。”

看他接受了这一既成事实，她便恢复了镇定。“这是我们最后一次见面了。”她说。

“不！”

“请听我说。有件事我想告诉你，我只有这一次机会了。”

“好吧。”

“一个月前我打算自杀。别这样看我，这是真的。我想自己是那么微不足道，死了也没人在意。可是你出现在门前。你那么情深意重，彬彬有礼，体贴周到，让我觉得值得活下去。你那么珍爱我。”眼泪顺着她的脸颊流下来，但她继续说着，“我吻你的时候你是那么快乐。我发现，如果我可以给人带来如此多的快乐，我就不可能毫无用处。这个念头支撑着我。你挽救了我的生命，格斯。愿上帝保佑你。”

他几乎感到生气：“可我还有什么？”

“回忆，”她说，“我希望你能好好珍惜，我也会珍惜我的那一份。”

她转身就走。格斯跟着她走向门口，但她没有回头。她出了门，他只得由着她离开。

等她走出视线之外，他机械地转身返回椭圆办公室，然后又改变了方向。他的脑子乱成一团，实在无法马上去见总统。他走进男厕所，静静地呆了一会儿。幸运的是里面没有其他人。他洗了把脸，照了照镜子。他看见一个瘦削的男人，长着一颗大脑袋——就像是一根棒棒糖。他浅棕色的头发和棕色的眼睛，算不上很英俊，但女人一般都喜欢他，而卡罗琳深深爱着他。

或者至少曾经爱过他，一段时间。

他不该让她走。他怎么能就这样看着她走呢？他应该说服她不要这么快就作决定，好好想想，再跟他谈一谈。也许他们可以想出其他办法。但他心里清楚没有什么其他办法。他猜测她已经把一切都想清楚了。她肯定挨过不少难眠之夜，在熟睡的丈夫身边辗转反侧，一遍遍掂量形势，权衡利弊。她在来这之前已经拿定了主意。

他要回到他的岗位了。美国正处于战争状态。但他怎能放下这件心事？当他不能跟她见面时，他会整天盼着下次机会。现在他又无法不去想象没有她的生活。这种前景让他感到十分陌生。他该怎么办呢？

一位职员走进男厕所，格斯用毛巾擦了擦手，返回他在椭圆办公室隔壁书房的岗位。

几分钟后，一位信使给他送来一份美国驻韦拉克鲁斯领事馆发来的电报。格斯扫了一眼："哦，天啊！"

电报上写着：

我方四人丧生逗号二十人受伤逗号领事馆周围枪声不断完毕。

四人丧生……这让格斯惊恐莫名——四个正当年的美国人，有父亲有母亲，还有妻子或者女友。这一消息似乎把他的悲伤拉远了。他想，至少卡罗琳和我还活着。

他敲了敲椭圆办公室的门，把电报交给威尔逊。总统一读完，脸色就苍白如纸。

格斯急切地看着他。联想到这几个人的死是因为他在半夜里作出的那项决定，他到底感觉如何？

这是不该发生的事情。墨西哥人不是想要摆脱残暴的政府吗？他们应该欢迎美国人，把他们当成解放者才是。到底是什么地方出了问题？

几分钟后，布莱恩和丹尼尔斯出现了，身后跟着陆军部长林德利·加里森——这人通常表现得比威尔逊更加好战——和国务院参事罗伯特·兰辛。几个人聚在椭圆办公室里等待进一步消息。

总统神经紧绷。他面色苍白，坐立不安，十分焦躁，在屋里踱来踱去。格斯心想，或许抽支烟能让他平静下来——很遗憾，威尔逊不抽烟。

我们都知道会发生暴力事件，格斯想，可真的发生了还是出乎意料地使人震惊。

事件的细节零零星星传到这里，格斯把一条条消息传递给威尔逊。没有一个好消息。墨西哥军队顽强抵抗，从碉堡上朝海军陆战队射击。这支部队很受民众的支持，他们从楼上的窗户里向美国人胡乱射击。作为报复，美国军舰“大草原号”在海上抛锚，用它的三英寸火炮对准城市开始炮击。

伤亡人数逐渐增加，六名美国人丧生，受伤人数先是八人，然后是十二人，越来越多。但这是一次兵力悬殊的较量，超过一百名墨西哥人死亡。

总统有些困惑。“我们并不想打墨西哥人，”他说，“如果可以的话，我们是要服务于他们。我们要为人类服务。”

这是一天里头第二次，格斯觉得自己头上像是挨了一闷棍。总统和这些顾问怀揣着良好的意图。可事情为何错得如此离谱？在国际事务中做一件好事真的这样困难吗？

国务院那边有消息传来。德国大使约翰·冯·斯托夫伯爵受德皇指示拜会国务卿，想了解一下明早九点是否合适。他的工作人员私下表示大使将就拦截皮兰卡一事提出正式抗议。

“抗议？”威尔逊说，“他们到底在说什么鬼话？”

格斯一眼就看出德国人在拿国际法当挡箭牌。“先生，我们没有宣战，也没有封锁，所以，严格说来，德国人是有理的。”

“什么？”威尔逊转向兰辛，“是这样吗？”

“我们会仔细检查的，当然。”国务院参事说，“但我觉得格斯说得对。我们的所作所为违反了国际法。”

“此话怎讲？”

“就是说我们不得不道歉。”

“死了这条心吧！”威尔逊愤怒地说。

但他们最后还是道了歉。

茉黛·菲茨赫伯特吃惊地发现自己爱上了沃尔特·冯·乌尔里希。或者说，她很惊讶自己竟然能爱上某个人。她很少遇到让自己心动的人。不少人为她着迷，尤其是她初露头角，刚刚进入社交界那会儿，但他们大都被她的女权思想吓跑了。另一些人则想把她抓在自己手心里——比如那位卑鄙龌龊的劳瑟侯爵，他跟菲茨说，等她遇到一个真正出色的男人，就会知道自己错了。可怜的劳瑟，他简直错得离谱。

沃尔特觉得她完美无缺，无论她做什么，他都会啧啧称奇。如果她赞同某种极端看法，他也会被她的论辩吸引。她惊世骇俗地帮助未婚母亲，他羡慕她的这份勇气。他就是爱她这种大胆的作风。

那些满足于社会现状的上流英国富人让茉黛十分厌烦。沃尔特跟他们全然不同。他来自保守的德国家庭，思想却特别激进。现在她坐在剧院他哥哥的包厢里，从她这儿可以看见坐在前排的沃尔特，跟几个德国大使馆的人在一起。他头发精心梳理过，胡子也修剪得十分整齐，穿着十分合身的晚礼服，看上去丝毫不像一个叛逆者。就算坐着，他也保持笔挺的坐姿，肩膀平直。他神情专注地看着舞台，台上的唐璜被控试图强奸一名天真的乡下姑娘，却厚颜无耻地假装抓到他的仆人莱波雷洛作奸犯科。

她想，事实上，“叛逆”这个词用在沃尔特身上不太合适。尽管他在思想上豁达开放，但有时也十分传统。他为德语国家的伟大音乐传统深感自豪，对生性散漫的伦敦观众姗姗来迟，演出时跟朋友聊天，以及早早退场等行为十分气愤。现在的情形就会让他恼火，因为菲茨在跟他的好友宾·韦斯特安普敦品评女高音的身材，碧跟苏塞克斯公爵夫人谈论露西尔夫人在汉诺威广场的商店，她们就是在那儿买的晚礼服。她能猜到沃尔特会说：“只有这些闲言碎语都说完了，他们才会去听音乐！”

茉黛也有同感，但他俩属于少数。对伦敦上流社会的大多数人来说，看歌剧不过是一次炫耀服饰和珠宝的机会。不过，当第一幕临近结束，唐璜威胁要杀掉莱波雷洛，乐队奏出雷鸣般的鼓声，低音提琴和鸣时，观众终于安静了。接着，唐璜一如既往地漫不经心，他放了莱波雷洛，不顾别人阻拦洋洋得意地走了。大幕随之落下。

沃尔特马上站了起来，朝包厢这边张望，挥了挥手。菲茨也挥手致意。“是冯·乌尔里希，”他对宾说，“这些德国人都很得意，他们在墨西哥让美国人丢了脸。”

宾是个浪荡公子哥，长着一头卷发，跟王室沾亲带故。他对世界大事知之甚少，全部兴趣都在赌博和去欧洲各大都市花天酒地。他皱了皱眉头，迷惑不解地说：“德国人怎么关心起墨西哥来了？”

“问得好，”菲茨说，“他们以为能在南美洲赢得一块殖民地，不过是自欺欺人，美国绝对不会容许的。”

茉黛离开包厢走下楼梯，朝遇见的熟人点头微笑。这儿的人大概一半她都认识：伦敦社交界的圈子小得出奇。她在铺着红地毯的休息平台上遇到一小群人，中间是财政大臣大卫·劳埃德·乔治短小精悍的身影。“晚上好，茉黛女士，”每当他跟漂亮的女人说话，那对明亮的蓝眼睛便闪闪发光，“听说你们举办的王室乡间宴会非常成功。”他带着北威尔士人的浓重鼻音，不像轻快的南威尔士口音那样具有乐感。“不过，阿伯罗温的矿井事故实在是场悲剧。”

“国王的吊唁给了死者家属很大安慰。”茉黛说。人群里有位二十多岁的漂亮女孩。茉黛说：“晚上好，史蒂文森小姐，很高兴再次见到你。”这位劳埃德·乔治的行政秘书和情妇很不一般，茉黛很喜欢她。而且，有人对自己的情妇客客气气，会让男人感激不尽。

劳埃德·乔治对着大家说话：“那艘德国船最后还是把枪支弹药运到了墨西哥。它不过是到了另一个港口，一声不响地卸了货。所以说，十九个美国士兵白死了。这简直是伍德罗·威尔逊的奇耻大辱。”

茉黛笑着碰了碰劳埃德·乔治的胳膊：“有个问题您能为我解释一下吗，财相先生？”

“如果我可以的话，亲爱的。”他宠溺般地说。茉黛发现男人大多喜欢有人要他解释问题，尤其提问者是年轻貌美的女性。

她说：“为什么大家都对墨西哥那么感兴趣？”

“石油，亲爱的女士，”劳埃德·乔治说，“因为石油。”

有人跟他说话，他转过身去。

茉黛发现了沃尔特。他们在楼梯下会合。他握着她戴着手套的手，鞠躬致意，她极力控制着想要抚摸他那一头金发的冲动。她对沃尔特的爱唤醒了她睡狮一般的身体欲望，那头野兽被两人偷偷摸摸的接吻和爱抚刺激着，折磨着。

“你喜欢这出歌剧吗，茉黛女勋爵？”他说，显得十分正式，但他淡褐色的眼睛在说：真希望只有我和你。

“非常喜欢，唐璜的嗓音很美。”

“我觉得指挥有点快了。”

他是她见过的唯一像她这样严肃对待音乐的人。“我不这么看，”她说，“这是一出喜剧，旋律应该充满活力。”

“但也不仅仅是一出喜剧。”

“倒也是。”

“也许第二幕故事进展得难解难分时，他就会把速度放慢些了。”

“你们好像在跟墨西哥的外交上赢了一笔。”她换了话题。

“我父亲……”他寻找着措辞，显得有些反常，“简直是志得意满。”停顿片刻后他说。

“你不高兴吗？”

他皱起了眉头：“我担心美国总统有朝一日会发动报复行动，挽回面子。”

菲茨这时走了过来，说：“你好，冯·乌尔里希，来我们包厢坐吧，我们有个空位子。”

“那太好了！”沃尔特说。

茉黛很是高兴。菲茨只是客气一下：他不知道他的妹妹爱上了沃尔特。看来她得尽快让他知道事情的最新进展。她不知道他会如何看待此事。他们各自国家间发生了分歧，再说，尽管菲茨把沃尔特当朋友看待，但这离当妹夫显然差了一大截。

她跟沃尔特走上楼梯，穿过走廊。菲茨包厢的后排只有两个视角较差的座位。茉黛和沃尔特不经讨论就占下这两个位子。

几分钟后，剧院的灯光变暗。半明半暗中，茉黛几乎觉得自己是单独跟沃尔特在一起。第二幕一开始便是唐璜和莱波雷洛之间的对唱。茉黛很喜欢莫扎特让主仆二重唱的处理，表现了上下阶级之间复杂而密切的关系。许多戏剧只涉及上层阶级，把仆人描绘得跟家具摆设似的——很多人希望他们就是那样。

碧和公爵夫人在三重唱《啊，让不安的心平静下来》的半途返回包厢。大家似乎耗尽了可资交谈的话题，现在他们不怎么说话，只是听别人说。没人跟茉黛或沃尔特说话，甚至都没往他们这边看，茉黛心中暗喜，打算好好利用一下这个机会。她大着胆子，悄悄去摸沃尔特的手。他笑着，用拇指肚抚弄着她的手指。她真希望能吻他，但这样做太鲁莽了。

采琳娜用感伤的八分之三拍子唱出咏叹调《要是你乖乖的》，一种不可抗拒的冲动诱惑着茉黛，当采琳娜把马赛托的手按在自己心口上时，茉黛把沃尔特的手放在她的前胸。他不由自主地喘着气，但没有人注意，因为马赛托也在发出类似的声音，他刚被唐璜痛打了一顿。

她把他的手翻过来，好让他能用手掌抚摸她的乳头。他喜欢她的胸部，一有机会就去抚摸它，尽管这种机会很少。她希望能够经常这样——她太喜欢这样了。这简直是人生的又一发现。也有其他人抚摸过，一个医生、一个圣公会牧师、一个舞蹈班的高年级女孩、人群里的某个男人——她一直感到不安，同时又为自己惹起他人的情欲而兴奋，但在此之前她从未享受到其中的乐趣。她瞥了一眼沃尔特的脸，见他眼睛盯着舞台，但前额上闪着汗珠。她不知自己这样做是不是错了，撩拨他，却又无法给他满足。但他并没有抽回自己的手，因此她认定他喜欢这样。她也喜欢。不过，像往常一样，她想要的比这更多。

到底是什么改变了她？她以前可从不这样。当然是他，还有与他维系在一起的那种感觉，那种亲密感如此强烈，让她觉得她喜欢说什么、做什么都行，绝不压抑自己。他到底跟其他喜欢她的男人有什么不同？像劳瑟，甚至宾那种男人，总是期望女人像个听话的孩子一样，恭敬地听他絮絮叨叨，笑对他的睿智妙语并大加赞赏，屈从于他的颐指气使，一旦他要亲吻便送上自己的嘴唇。沃尔特把她当成年人看待。他不会调情，或是谦卑屈就、炫耀卖弄，他不只是自己说，更多的是倾听她说什么。

雕像突然变活，音乐奏出不祥的音符，大统领趾高气扬地走进唐璜的饭厅，舞台上发出一阵不和谐的声音，茉黛听出那是减半音程的七度音。这是整出歌剧的高潮段落，茉黛几乎肯定没人会往周围看。也许她最终能让沃尔特获得满足，这个念头让她喘不过气来。

长号伴着大统领深沉的男低音发出刺耳的鸣响，她把手放到沃尔特的大腿上。透过他那条细羊毛制服裤子，她能感受到他皮肤的温热。他仍然不去看她，但她发现他的嘴巴张着，喘着粗气。唐璜勇敢地抓住了大统领的手，与此同时，她把手滑向他的大腿根，摸到沃尔特硬挺挺的阴茎，抓住了它。

她很兴奋，同时又很好奇。她从来没有这样做过。她隔着他的裤子探索着。这东西比她想象的更大、更硬，像一根木头，而不像身体的一部分。真奇怪，她想，只是一个女人的触摸就会发生这样显著的身体变化。她兴致来的时候只是能感觉到轻微的肿胀和湿润。而男人在这个时候就像竖起一杆旗。

她知道男孩子们都会做什么，她小时候偷窥过菲茨，当时他十五岁。现在她模仿他当时做的动作，上下移动着她的手，台上的大统领喝令唐璜悔改，而唐璜则一再拒绝。这时，沃尔特已是气喘吁吁，但谁也没有听见，因为乐队的声音震天动地。她为自己能让他如此满足而欣喜。她看着包厢里其他人的后脑勺，生怕会有人突然回过头来，但她被手上的事情深深吸引，无法停下来。沃尔特用自己的手盖住她的手，教她该怎么做，向下时紧紧攥住，往上的时候稍稍松开，她照着他的样子继续。当唐璜被拖向火焰，沃尔特猛地在自己的座位上抽搐起来。她感到他的阴茎一阵痉挛，一次，两次，三次，随后，当唐璜惊恐而死时，沃尔特耗尽体力般，一下子瘫软下来。

茱黛猛然意识到自己的所作所为疯狂至极。她赶紧缩回了手，羞得满脸通红。她发觉自己气喘吁吁，便连忙调整一下，尽快恢复正常。

舞台上已经是剧终的大合唱，茱黛也松了口气。她弄不清自己被何种魔怪附体，但她最终摆脱了它。紧张释放后她轻松得直想笑，只得强忍下去。

他们四目相对。他正爱慕地看着她。她感觉到他眼中快乐的光芒。他俯下身，嘴唇贴近她的耳朵，低声说："谢谢你。"

她叹息一声，说："乐意效劳。"

第六章

1914年6月

六月初，格雷戈里·别斯科夫终于攒够了去纽约的路费。圣彼得堡的维亚洛夫家族把船票和移民美国的必要证件一道卖给了他，其中还包括一封约瑟夫·维亚洛夫在布法罗写的信，承诺为格雷戈里找份工作。

格雷戈里吻了吻那张船票。他想立刻动身，早就等不及了。这一切像是一场梦，他真害怕船还没有开走就醒过来。离开的日子越来越近，他也越来越渴望自己站在甲板上，回望俄国隐入地平线，从他生命中永远消失的时刻的到来。

临行前一晚，他的朋友们组织了一次聚会。

地点选在离普梯洛夫机械厂不远的“米什卡”酒吧。一共有十几个同事参加，大多是布尔什维克小组的成员——相信社会主义和无神论，此外还有住在格雷戈里和列夫隔壁的几个女孩。他们都在罢工——圣彼得堡的工厂有一半在罢工——所以他们一个个都穷得叮当响，但大家还是凑钱买了一桶啤酒和几条咸青鱼。这是一个温暖的夏夜，他们坐在酒吧前一块空地的长凳上。

格雷戈里并不喜欢这种聚会。晚上闲来无事时，他更喜欢下棋。酒精让人愚蠢，跟别人的妻子和女友调情更是毫无意义。他一头乱发的朋友康斯坦丁是讨论小组的主席，跟好勇斗狠的足球队员伊萨克就罢工的事情吵了起来，两人展开了一场叫喊比赛。大块头的瓦莉娅，也就是康斯坦丁的母亲，喝下大半瓶伏特加，用拳头砸她丈夫，然后便醉倒在地。列夫也带了一群朋友过来——这些人格雷戈里一个也不认识，还有几个让他毫无兴趣的女孩——她们喝光了所有啤酒，却连一个戈比也没掏。

整个晚上格雷戈里都在悲哀地盯着卡捷琳娜。她很喜欢聚会，因而心情不错。她四处走动，长裙舞动，蓝绿色的眼睛明眸善睐，与男男女女取笑逗乐，丰满的大嘴总带着微笑。她穿着缝补过的旧衣服，但身段很美，恰恰是俄国男人喜欢的那种体形，前胸饱满，臀部宽阔。格雷戈里见到她的当天便爱上了她，四个月后的今天他依然爱她。不过，她更喜欢他的弟弟。

为什么？一切跟长相无关。这对兄弟长得十分相像，人们有时会把他俩弄混。他们身高和体重都一样，能穿彼此的衣服。但列夫更讨人喜欢。他这人不可靠，又很自私，总是游走在法律的边缘，但女人很崇拜他。格雷戈里诚实可靠，刻苦工作，认真思考，最后却落得形单影只。

到了美国就不同了。那里的一切都将是另一种样子。美国不允许地主吊死自己土地上的农民。美国警察必须把罪犯送上法庭，然后才能惩罚他们。政府甚至无法监禁社会主义者。那里没有贵族，每个人都是平等的，哪怕是犹太人也一样。

难道这是真的吗？有时候，美国简直就是一种幻想，就像有人讲的南太平洋岛屿上的故事一般，那里到处都是美丽的少女，只要你喜欢，她们就会献上自己的身体。但美国的事情一定是真的，成千上万的移民给家里写的信就是明证。工厂里一个革命者的社会主义小组已经开始了一系列有关美国民主的讲座，但警方把它取缔了。

把弟弟一个人留下让他感到内疚，但没有比这更好的办法了。“照顾好你自己，”聚会快结束时他对列夫说，“我再也不能帮你解决麻烦了。”

“我不会有事的，”列夫漫不经心地说，“你照顾好自己吧。”

“我会把你的船票钱寄给你。按美国的工资算，用不了太长时间。”

“我等着。”

“别搬家，否则我们就联系不上了。”

“我哪儿也不去，大哥。”

他们没讨论过卡捷琳娜是否最后也会去美国。格雷戈里把这个问题留给列夫，让他自己提出来，但他没提。格雷戈里说不清自己希望还是害怕列夫会要带上她。

列夫挽起卡捷琳娜的胳膊说：“现在我们该走了。”

格雷戈里吃了一惊：“这么晚你们还要去哪儿？”

“我要跟特罗菲姆见面。”

特罗菲姆是维亚洛夫家的次要成员。“你为什么今天晚上要见他？”

列夫眨了眨眼睛：“不用担心。我们天亮前会赶回来的——时间足够，来得及送你到古图耶夫斯基岛。”那是横跨大西洋的轮船停靠的港口。

“那好吧，”格雷戈里说，“别干任何危险的事。”他补充道，明知这话毫无作用。

列夫快活地挥了挥手，走掉了。

时间将近午夜。格雷戈里跟大家一一道别。有几个朋友哭了，但他弄不清这是出于悲伤还是因为喝了酒。他跟几个女孩返回他们住的房子，她们挨个在大厅里吻了他。随后他回到自己的房间。

那只旧的纸板手提箱放在桌子上。箱子很小，但里面也只装了一半。他带了几件衬衣和内衣，还有一副国际象棋。他只有一双靴子。母亲死后这九年里他没有积攒什么东西。

临睡前格雷戈里查看了一下列夫存放左轮手枪的柜子，那是一把比利时制造的纳甘M1895。他心里一沉——原来放枪的地方，现在空空如也。

他拉开窗户上的插闩，这样列夫回来时自己就不用下床了。

他躺在床上无法入睡，耳边听着过路火车熟悉的轰鸣，琢磨着4000英里以外的世界到底会是什么样子。他这辈子一直跟列夫生活在一起，代替父母的职责。从明天起，就算列夫带着手枪彻夜不归，他也无法知道了。这是种解脱，还是会让他更担心呢?

跟往常一样，格雷戈里五点钟就醒了。他的轮船八点钟起航，去码头要一个钟头的路程。他的时间很充裕。

但列夫没有回家。

格雷戈里洗了把脸。对着碎镜片用一把厨房用的剪刀修整了一下唇髭和腮须。然后，他穿上自己最好的那件外套，把另一件留给了列夫。

他在火炉上热了一锅粥，这时，他听见有人在使劲敲着房子的大门。

肯定不是什么好事。若是来了朋友，他们只会站在外面喊。只有当差的才会敲门。格雷戈里戴上帽子走到过道里，往楼梯下张望。房东太太正在跟两个穿黑绿制服的警察说话。格雷戈里仔细一瞧，认出了身材矮胖、大圆脸的米哈伊尔·平斯基，还有他的搭档，长着个老鼠脑袋的伊利亚·科兹洛夫。

他飞速地思考着。显然，房子里有人涉嫌犯罪。最有可能的嫌疑人就是列夫。不管是列夫还是其他租客，房子里的每个人都会受到盘问。两个警察自然记得早在二月格雷戈里从他们手里救下卡捷琳娜那件事，他们会抓住这个机会逮捕格雷戈里。

这样，格雷戈里就会错过他要搭乘的那条船。

这个可怕的念头让他两腿发软。他积攒、等待、期盼了这么久，最后却要错过这条船！不，他想，我决不能让这种事发生。

两个警察走上楼梯，他连忙缩回身子，回到自己的房间。恳求他们毫无用处——恰恰相反，如果平斯基发现格雷戈里就要移居国外，会更乐意把他监禁起来。格雷戈里甚至连兑现船票、拿回现钱的机会都没有。多年积蓄就会白白浪费掉。

他必须逃跑。

他狂乱地扫视了一下小房间。门窗都只有一扇。他不得不像列夫每次晚归那样，从窗口跳出去。他往外看了看——后院没人。圣彼得堡的警察十分残酷，但从来没有人说他们聪明，平斯基和科兹洛夫根本没想过要守住房子的后面。也许他们知道后院没有出口，除非穿越铁路，但一条铁路对一个逃命的人来说实在算不上什么。

格雷戈里听见隔壁女孩们的房间里传出喊声和尖叫——警察先去了她们那里。

他拍了拍上衣口袋。他的船票、证件和钱都在里面。其他家当已经装进了纸板提箱。

他提着箱子，把身体探出窗外，尽可能远地将箱子扔了下去。“啪”的一声，箱子掉在地上，但看上去完好无损。

房门“砰”的一声开了。

格雷戈里两腿跨过窗沿，在窗台上稍作停顿，便一下跳到洗衣房的屋顶上。他的脚在瓦片上一滑，重重地坐了下去。他沿着倾斜的屋顶滑到了下面的排水槽处。他听到身后的喊叫声，但没有回头。他从洗衣房的屋顶跳到地上，并没受伤。

他拾起手提箱就跑。

身后传来一声枪响，吓得他加快了脚步。多数警察无法在三米外射中冬宫，但有时候也能蒙准。他爬上铁路路基，意识到一旦爬到窗口的高度他便成了更易击中的目标。耳边是火车引擎独有的呼哧呼哧的噪声，他扭头看见右边一列货车正快速驶来。这时又是一枪，他注意到哪里“噗”地响了一下，但并不觉得疼，猜测一定是击中了他的手提箱。他爬到了路基上，头顶就是早晨晴朗的天空。火车离他只有几米的距离。司机拉着高音汽笛，又长又响。第三颗子弹打了过来。格雷戈里飞扑出去，刚好与火车擦身而过，穿越了铁路。

火车呼啸着从他身边驶过，钢轮撞击着铁轨，蒸汽在越来越远的汽笛声中逐渐消散。格雷戈里从地上爬了起来。现在，这列装满煤炭的敞口槽车成了为他遮挡子弹的掩体。他跑着穿过剩下的几条铁轨。运煤车终于开远了，他走下了远处的路基，穿过一个小工厂的院子上了大街。

他看了看自己的手提箱。箱子边上有个弹孔。这一枪只差一点就打中目标了。

他快步走着，气喘吁吁，寻思着下一步该怎么办。现在他是安全的——至少眼下没有危险——他开始担心他的弟弟。他要知道列夫是否闹出了乱子，如果是的话，到底是什么乱子。

他决定从最后见到列夫的地方开始，也就是米什卡酒吧。

他朝酒吧走去，心里十分紧张，害怕被人发现。那样的话就太不走运了，但也不是不可能——平斯基有可能在街上闲逛。他把帽檐拉得很低，遮住额头，自己也不相信这样别人就认不出他。他遇到几个去码头的工人，便跟着他们一起走，但那只手提箱让他显得并不合群。

不过他还是平安到达了米什卡酒吧。酒吧里摆着自制的木头长椅和桌子。空气中还能嗅到昨天夜里的啤酒和烟草气息。米什卡在早上为无法在家里吃早饭的人提供面包和茶，但因为正在闹罢工，生意很清淡，里面几乎空无一人。

格雷戈里想问问米什卡，他是否知道列夫从这儿离开后去了什么地方，可没等他开口，便看见了卡捷琳娜。她看上去好像一夜未睡，蓝绿色的眼睛里布满血丝，金黄的头发乱糟糟的，裙子也皱巴巴满是污渍。她显得惨兮兮的，双手颤抖，脏污的脸颊上留着条条泪痕。这让格雷戈里觉得她愈发凄楚美丽，他真想把她搂进怀里，安抚她的痛苦。但他不能这样，便只能退而求其次，帮一帮她。“出了什么事？”他问，“到底是怎么了？”

“感谢上帝，你来了，”她说，“警察正在抓捕列夫。”

格雷戈里叹了口气。他没猜错，他的弟弟的确又惹麻烦了，而且偏偏选在今天这个日子。“他到底干了什么？”格雷戈里觉得列夫肯定不是无辜的。

“昨晚简直乱套了。我们本想从驳船上卸点香烟下来。”他们是去偷香烟的，格雷戈里估摸着。卡捷琳娜接着说：“列夫付了钱，后来那个看船的说钱不够，他们就吵了起来。有人开枪，列夫还击，然后我们就跑了。”

“你们都没受伤，真是谢天谢地！”

“我们没拿到香烟，钱也弄没了。”

“真是乱来。”格雷戈里看了看对面墙上的钟。现在是六点一刻。他还有足够的时间。“我们先坐下。你想喝点茶吗？”他招手叫来米什卡，点了两杯茶。

“谢谢你，”卡捷琳娜说，“列夫认为是某个受伤的人报了警。现在，他们在抓他。”

“你呢？”

“我没事，没人知道我的名字。”

格雷戈里点了点头：“所以我们要让列夫逃脱警察的追捕。他得偷偷摸摸躲上个把礼拜，然后溜出圣彼得堡。”

“他身上一点儿钱也没有。”

“肯定没有。”列夫从来都没钱买那些常用的东西，但他总能掏出钱来买饮料、下赌注或是款待女孩子。“我可以给他点儿钱。”格雷戈里不得不动用他攒下的盘缠，“他在哪儿？”

“他说他要在船上跟你碰头。”

米什卡端来他们的茶。格雷戈里很饿——他把粥留在了火炉上——便又要了一份汤。

卡捷琳娜说：“你能给列夫多少钱？”

她热切地望着他，这种眼神总会让他觉得她无论让干什么他都会答应。他看着别处。“他需要多少就给多少。”他说。

“你真好。”

格雷戈里耸耸肩：“他是我弟弟。”

“谢谢你。”

卡捷琳娜心怀感激，这让格雷戈里很是满意，但也让他感到尴尬。汤来了，他开始吃起来，很高兴能把话题转开。吃了东西让他变得乐观起来。列夫总是麻烦不断。这次他也会像以前一样，再一次逃脱困境。这并不意味着格雷戈里会错过他的远行。

卡捷琳娜一边看着他，一边喝着茶。她已经不再显得狂躁不安。列夫让你身处危险，格雷戈里想，我前来搭救，可你还是喜欢他。

列夫现在大概已经到了码头，躲在塔架的阴影里，一边等待，一边惊惶不安地看着外面有没有警察。格雷戈里应该动身了。但他可能再也见不到卡捷琳娜了，一想到要跟她说再见，他就难过得受不了。

他喝完了汤，看了看挂钟。快到七点了。他不能把时间掐得太紧。“我得走了。”他很不情愿地说。

卡捷琳娜跟他走到门口：“别对列夫太严厉了。”

“我严厉过吗？”

她把手搭在他的肩上，踮起脚尖，轻轻吻了一下他的嘴唇：“祝你好运。”

格雷戈里离开了。

他快步穿过圣彼得堡西南面的一条条街道，这片工业街区到处是仓库、工厂、货场和拥挤的贫民窟。几分钟后，那种让人羞耻的想哭的冲动渐渐退去。他走在背阴的一边，帽子压低，垂着头，有意避开空旷地带。如果平斯基把列夫的相貌通告出去，一个机警敏锐的警察很容易逮住格雷戈里。

但他最终顺利到达码头，没有被人发现。他要搭乘的“天使加百利号”是一艘锈迹斑斑、客货混装的旧船。现在，它正在装载一只只坚固的木箱，上面标着全市最大的皮毛商的名字。在他的注视下，最后一只箱子落入货舱，船员们关上舱盖。

一个犹太家庭正站在踏板前，出示他们的船票。就格雷戈里的经验看，犹太人都想去美国。他们的理由比他更充分。在俄国，法律规定禁止犹太人拥有土地，不得进入公职行当，也不能担任军官，此外还有其他无数禁令。他们不能在自己喜欢的地方生活，上大学也有配额限制。这些人能在这种环境生存下来简直是个奇迹。如果他们在逆境中生活仍然很富庶，要不了多久人们就会群起而攻之——通常是平斯基这类警察从中挑拨——他们会被人痛打一顿，家人受到威胁，窗子被砸烂，财产被纵火烧毁。这种情况下，有人愿意留下才是怪事。

大船的汽笛响了，招呼大家上船。

格雷戈里没有看见他的弟弟。是哪里出了问题？难道列夫又改变了计划，还是他已经被逮捕了？

一个小男孩扯了扯格雷戈里的袖子：“有个人要找你。”

“什么人？”

“长得跟你一样。”

感谢上帝，格雷戈里心想。“他在哪儿？”

“在木板后边。”

码头上放着一堆木材。格雷戈里急忙绕了过去，发现列夫正躲在后面，紧张地抽着烟。他显得烦躁不安，脸色惨白——这倒是难得一见，往常他总是快快活活的，就算遇到事情也满不在乎。

“我有麻烦了。”列夫说。

“不是第一次了。”

“那帮船员全是骗子！”

“大概也是贼。”

“别挖苦我了。没这个时间。”

“你说得对。我们得把你弄出城，直到这件事消停下来。”

列夫摇头表示否定，嘴里吐出一股烟雾。“驳船上的一个船员死了。我被当成谋杀犯通缉。”

“见鬼。”格雷戈里一屁股坐在木架上，两手抱住脑袋，“谋杀。”他木然地重复了一句。

“特罗菲姆受了重伤，警察抓了他去审问。他说是我干的。”

“你是怎么知道这些的？”

“半个钟头前我见到了费奥多尔。”费奥多尔是个吃里爬外的警察，是列夫的熟人。

“真是个坏消息。”

“还有更糟的。平斯基发誓要抓到我，说是要报复你。”

格雷戈里点点头：“我怕的就是这个。”

“那我该怎么办？”

“你得去莫斯科。圣彼得堡对你来说很长一段时间都不安全，也许永远都会有麻烦。”

“我不知道莫斯科够不够远，现在警察都有电报机。”

他的话不错，格雷戈里也想到了这一点。

船上再次响起汽笛声。那块跳板马上就要撤回去了。“我们只剩一分钟了，”格雷戈里说，“你到底打算怎么办？”

列夫说：“我可以去美国。”

格雷戈里紧盯着他。

列夫说："你可以把你的船票给我。"

这种事情格雷戈里连想都不愿想。

但列夫仍继续着他冷酷无情的逻辑："我可以用你的护照和文件进入美国，谁也不会知道这里面的差别。"

格雷戈里仿佛看见自己的梦想在暗淡下去，就像涅夫斯基大街的索雷尔电影院上演的电影临近结尾，观众席的照明灯亮了起来，展示出真实世界灰土土的颜色和肮脏的地板。"把我的船票给你。"他重复着列夫的话，绝望地拖延着决定的时刻。

"这样你就救了我的命。"列夫说。

格雷戈里知道他不得不这样做，意识到这一点让他的心口一阵刺痛。

他从这件最好的外套口袋里掏出证件交给列夫，同时递上自己攒下的所有旅费。接着，又把带着弹孔的纸板手提箱给了他。

"我会给你寄钱，好让你再买一张船票。"列夫热切地说。格雷戈里没有回答，但他内心的怀疑想必已经写在脸上，因为列夫抗议了："我肯定会的，我发誓。我会存钱的。"

"好吧。"格雷戈里说。

他们拥抱了一下。列夫说："你总是照顾我。"

"是的，是这样。"

列夫转身朝船那边跑去。水手们解开绳索，正要拉起跳板，但列夫喊了一声，他们便等了几秒钟。

他跑上了甲板。

他转过身来，靠在栏杆上，朝格雷戈里挥着手。

格雷戈里无法让自己也挥起手。他转身走开了。

船长啸一声，他没有回头。

格雷戈里的右胳膊没了手提箱的负担，感到一种奇怪的轻松。他穿过码头，低头看着深邃的黑色海水，脑子里闪过一个怪诞的念头：他可以往下一跳，一了百了。他抖了抖身子，他绝不能被这种愚蠢的念头俘虏。不过他仍然觉得沮丧，满心苦涩。生活从来没有让他成为赢家。

他无法让自己振作起来，悻悻地原路返回，穿过那片工业区。他眼睛盯着地面，没心思去提防警察。现在就算他们逮捕了他，也没什么要紧了。

该怎么办呢？他觉得自己提不起精神去做任何事情。等罢工结束，他们会让他回工厂做原来的工作。他是个好工人，大家清楚这一点。眼下他也许应该去那儿，看看争端有了什么进展——算了，他还是别去自寻烦恼了。

一个小时后，他发现自己正在往米什卡走。他打算径直从旁边走过去，但往里瞥一眼的工夫，他看见了卡捷琳娜，她还像两个小时前一样坐在那里，面前放着一杯冷茶。他该把发生的事情告诉她。

他走了进去。酒吧里空空荡荡，只有米什卡一个人在扫地。

卡捷琳娜站了起来，一脸惊恐。“你怎么还在这儿？”她说，“你没坐上船吗？”

“不完全是。”他不知该如何把那个意外消息说出口。

“那是怎么回事？”她说，“列夫死了？”

“不，他很好。但他受到了谋杀通缉。”

她盯着他：“他在哪里？”

“他不得不离开。”

“去哪儿？”

实在找不出什么委婉的说法了。“他让我把船票给他。”

“你的船票？”

“还有护照。他到美国去了。”

“不！”她尖叫起来。

格雷戈里只是点着头。

“不！”她又喊道，“他不会离开我！你别这么说，永远不要这么说！”

“冷静点。”

她一巴掌打在格雷戈里脸上。她不过是个小姑娘，他甚至没有躲闪。

“卑鄙的家伙！”她尖叫着，“是你把他打发走的！”

“我这样做是为了救他的命。”

“浑蛋！卑鄙小人！我恨你！我恨你愚蠢的嘴脸！”

“你说什么都不会让我更加难过。”格雷戈里说，但她根本不听。他不再理睬她的咒骂，转身离开，出了门，也就什么都听不见了。

尖叫声停了下来，他听见一串脚步声沿着街道追上他。“等一等！”她喊着，“请别走，格雷戈里，别丢下我不管，对不起。”

他转过身来。

“格雷戈里，列夫走了，现在你得照顾我。”

他摇了摇头。“你不需要我。整个城里的男人会排着队来照顾你的。”

“不，不会的，”她说，“有件事情你不知道。”

格雷戈里想：又是什么事？

她说："列夫不想让我告诉你。"

"说吧。"

"我快要生孩子了。"她哭了起来。

格雷戈里一动不动站在那儿，琢磨着这句话。列夫的孩子，这是肯定的。列夫也知道。但他还是去了美国。"孩子。"格雷戈里说。

她点点头，仍在不停地哭。

他弟弟的骨肉。他的侄子或者侄女。他的家人。

他伸出胳膊把她拉到自己怀里。她哭得浑身颤抖。她把脸埋在他的外套里。他抚摸着她的头发。"好了，"他说，"不要担心。你不会有事的。你的孩子也会好好的。"他叹了口气，"我会照顾你俩的。"

在"天使加百利号"上旅行是件苦差事，甚至连圣彼得堡贫民窟长大的孩子都觉得难以忍受。船上只有一种低价的统舱，乘客的待遇跟船上的货物没什么两样。船上既肮脏又不卫生，尤其遇到大浪，乘客们纷纷晕船的时候。即使如此也无法抱怨，因为没有任何船员会说俄语。列夫不知道他们到底是哪国人，他一知半解的英语和仅有的几个德语单词根本无法跟他们交流。有人说他们是荷兰人。列夫从来没听说过荷兰人。

尽管如此，乘客们的情绪都十分乐观。列夫觉得自己逃出了沙皇监狱的高墙，终于获得了自由。他正在前往美国，那里不存在贵族。海面上风平浪静的时候，乘客们一个个坐在甲板上，互相交流他们听来的有关美国的故事：水龙头能直接流出热水，甚至连工人都穿着上好的皮靴，最重要的是，人们可以自由信仰任何宗教，加入任何政治团体，可以在公众场合陈述自己的见解，不用害怕被警察逮捕。

第十天晚上，列夫跟大家玩牌。他是庄家，但他输了。大家都输了，只有斯皮利亚一个人赢。斯皮利亚看上去很单纯，他跟列夫年龄相仿，也是一个人旅行。“斯皮利亚每晚都赢牌。”另一个玩家雅科夫说。事实上，是每次轮到列夫发牌，斯皮利亚就会赢。

轮船穿过浓雾缓慢前行。海上风平浪静，舱内一片寂然，只有发动机发出低沉的轰鸣。列夫一直弄不清楚他们什么时候才能靠岸。人们的答案都不一样。最有学问的一个说这要取决于天气情况。船员们则一直讳莫如深。

夜幕降临，列夫两手一摊，表示认输：“我的钱都输干净了。”事实上，他的衬衣里面还有不少钱，但他看出除了斯皮利亚以外，其他人的钱已所剩无几。“只能这样了，”他说，“等我们到了美国，我得想尽办法让哪个富婆看上，住在她的大理石宫殿里，就像她的宠物狗一样。”

其他人哈哈笑了起来。“可人家干吗要你这个宠物？”雅科夫说。

“老妇人晚上会冷，”他说，“她需要我的取暖设备。”

牌局就在玩笑之间结束了，众人散去。

斯皮利亚走到船尾，倚在栏杆上，看着尾波消失在浓雾中。列夫朝他走了过去。“我的那一半正好是七个卢布。”列夫说。

斯皮利亚从口袋里掏出钱，递给列夫，他用身子遮挡着，不让任何人看见这笔交易。

列夫把钱揣进衣袋，然后填满烟斗。

斯皮利亚说：“我想问你一件事情，格雷戈里。”列夫用的是他哥哥的证件，所以他告诉别人自己叫格雷戈里。“如果我拒绝给你这份钱，你会怎么做？”

说这种话是危险的。列夫慢慢收起烟丝，把还没点着的烟斗放进外衣口袋。然后，他抓起斯皮利亚的衣领，把他使劲按在栏杆上，让他的半个身子滑到外面，背对着下面的滚滚波涛。斯皮利亚比列夫高，但没他强壮。“我会拧断你这倒霉的脖子，”列夫说，“我俩一块弄到的钱就全归我了。”他使劲把斯皮利亚往外推了推，“然后我就把你抛进这该死的大海。”

斯皮利亚吓了个半死。“好吧！”他说，“放开我！”

列夫松开手。

“上帝啊！”斯皮利亚喘着气，“我不过是问了一句。”

列夫点着了烟斗。“我不过是回答了你，”他说，“好好记住。”

斯皮利亚走开了。

浓雾散去，他们看见了陆地。虽然是在晚上，但列夫能看见城市的灯火。这是到哪儿了？有人说是加拿大，也有人说是爱尔兰，但谁也说不清楚。

那片灯光更近了，船慢了下来。他们就要靠岸了。列夫听到有人说他们已经到达了美国！只用了十天，看来很快。可他怎么知道呢？他带着他哥哥的硬纸板手提箱站在栏杆前。他的心跳得更快了。

手提箱提醒他，现在到达美国的人应该是格雷戈里。列夫并没有忘记自己对格雷戈里许下的誓言，一定要把船票钱寄给他。这是他必须信守的承诺。格雷戈里或许还救了他一命——这已不是第一次。我真幸运有这么一个哥哥，列夫想。

他在船上弄了点儿钱，但还不够快。七个卢布什么事情也干不了。他需要大赚一笔，美国是块充满机遇的土地，他要在那儿积累自己的财富。

列夫好奇地发现手提箱上有个弹孔，象棋盒子里还嵌入了一粒子弹。他以五戈比的价钱把象棋卖给了一个犹太人。他纳闷格雷戈里那天怎么会挨上这一枪。

他想念卡捷琳娜。他喜欢挽着她这样的女孩招摇过市，让所有人都嫉妒他。不过，美国那边肯定会有不少女孩。

他不知格雷戈里是否已经知道卡捷琳娜怀了孩子。列夫心里一阵难过：他以后能够见到自己的儿子或者女儿吗？他告诉自己用不着担心卡捷琳娜一个人抚养孩子。她会找到别人来照顾她的。她有求生的能力。

午夜过后，船终于靠岸了。码头上灯光昏暗，看不见一个人影。乘客们扛着袋子，手上提着大大小小的行李箱上了岸。“天使加百利号”上的一个职员指挥他们进了一间小屋，里面放着几条板凳。“在这儿等着，早上会有移民局的人来接你们。”他说，表明他终究还是会说一点俄语的。

眼下的情形实在让那些积攒多年、好不容易来到美国的人灰心丧气。女人们坐在长凳上，孩子都睡了，男人们抽着烟，等待黎明的到来。过了一会儿，他们听到轮船的引擎声，列夫走到外面，看见那艘船慢慢离开系泊处。那些装毛皮的板条箱或许是在别处卸载。

他努力回想着格雷戈里跟他说过的话，他们偶尔谈起过到达一个陌生国家后都要做些什么。移民必须通过健康检查，这一关很让人紧张，因为不合格的人会被送回去，他们的钱会白白浪费，希望也破灭了。有时移民官会给人改名字，以便适合美国人的发音。维亚洛夫家的代表会在码头外面等着，然后带他们坐火车去布法罗。到那儿以后，他们就会在约瑟夫·维亚洛夫开的酒店或工厂工作。列夫弄不清布法罗离纽约有多远。只需花一个小时就能到，还是要用一个星期？他后悔当初没仔细听格雷戈里的话。

太阳升了起来，照在数千米长的拥挤码头上，列夫又感到兴奋起来。老式的桅杆和索具鳞次栉比，一根根烟囱冒着浓烟。码头前沿耸立着富丽堂皇的大楼，也有摇摇欲坠的破烂窝棚。有高大的起重机和低矮的绞盘，梯子、绳索和推车随处可见。内陆方向，列夫可以看见密匝匝装满煤炭的铁道车厢，有好几百——不，足足好几千个，一直延伸到很远的地方，超出了他目力的极限。让他感到失望的是，他没有看见著名的举着火炬的自由女神像——它可能在海岬的另一端，他猜想。

码头工人出现了，一开始是三三两两，很快便成群结队。这条船刚刚离开，另一条船就开了进来。小屋前面，十几个女人开始从一条小船上卸下一袋袋土豆。列夫有些着急，不知移民局的警官什么时候才能来。

斯皮利亚走了过来，好像已经原谅了列夫曾威胁过他。“他们把我们忘了。”他说。

“好像是。”列夫困惑不解。

“要不我们出去转转，看看能不能找到会说俄语的人？”

“好主意。”

斯皮利亚对一个年纪较大的人说："我们过去看看到底是怎么回事。"

那人十分紧张："我们应该听从指令，不能离开。"

他们不去理他，朝那几个卸土豆的女人走过去。列夫朝她们礼貌地笑笑，说："你们有人会说俄语吗？"一个年轻女人回以微笑，但谁也没有回答他的问题。列夫感到沮丧，他讨人喜欢的招数对这些听不懂他说话的人不起作用。

列夫和斯皮利亚朝着大部分码头工人来的方向走去。没人留意他们。两人来到一扇大门前，走了过去，发现自己正站在一条商铺和办公大楼林立的繁忙街道上。路上挤满了各种汽车、电车、马匹和手推车。列夫隔几步就去跟某个路人搭讪，但没人搭理他。

列夫迷惑不解。什么地方能容许人们从船上下来，不经许可就走进城里呢？

然后，有幢建筑引起了他的兴趣。这座楼房有点像酒店，只是有两个衣服破旧，头上戴着水手帽的人坐在台阶上，抽着烟。"去那瞧瞧。"他说。

"怎么回事？"

"我觉得那是个水手征派所，圣彼得堡就有一个。"

"我们又不是水手。"

"但那里可能有人会说外国话。"

他们走了进去。一个头发灰白的女人站在柜台后面，对他们说话。

列夫用俄语说："我们不会说美国话。"

她也用同一种语言，但只说了一句："俄国人？"

列夫点点头。

她用一根手指做了招呼的手势，这让列夫一下子有了希望。

他们跟着她沿走廊进了一间小办公室，里面的窗子正对着大海。书桌后面坐着一个男人，列夫觉得很像是个俄国犹太人，尽管说不清为什么自己这样想。列夫对他说："你会说俄语吗？"

"我是俄国人，"那人说，"你有什么事？"

列夫真想拥抱他一下。但他只是看着那人的眼睛，热情地笑了笑。"本来有人等我们下船，然后带我们去布法罗城，但这人没有露面，"他让自己的声音显得很友好，又带着忧虑，"我们一共大概有三百人……"为了博取同情，他添了一句，"其中包括妇女和儿童。你能帮助我们找到联系人吗？"

"布法罗？"那人说，"你以为自己是在什么地方？"

"当然是纽约了。"

"这是加地夫。"

列夫从来没有听说过加地夫这么个地方，但至少现在他明白了问题所在。"那个愚蠢的船长把我们扔在别的港口了，"他说，"我们怎么从这儿去布法罗呢？"

那人指着窗外大海的对面，列夫的心往下一沉，猛然间有了一种不祥的预感。

"就在这个方向，"那人说，"大约四千八百公里之外。"

列夫问清了从加地夫到纽约的船票价钱。转换成卢布，相当于他衬衣里藏着的那些钱的十倍。

他强压下心里的怒火。他们全都被维亚洛夫家族或者船长欺骗了，有可能还是他们一块儿干的，因为这样更容易实施骗局。格雷戈里攒下的血汗钱就这样被可恶的骗子偷走了。要是他能逮到“天使加百利号”的船长，就会扼住他的喉咙，把这家伙活活掐死，狂笑着看他咽气。

只是一心梦想着复仇于事无补。问题在于不能就这样放弃。他要找份工作，学会说英语，参与到投注高的牌局里。这需要时间。他必须耐心等待。他得学着点儿格雷戈里的样子。

第一天晚上他们全都睡在一所犹太教堂的地板上。列夫也跟其他人挤在一起。加地夫的犹太人不知道，或许也没在意这些乘客里有人是基督徒。

活这么大，他第一次感觉到做犹太人的优势。俄国的犹太人深受迫害，列夫一直纳闷他们为什么不放弃自己的宗教信仰，改换服饰，跟别人混同起来。这样就能挽救不少人的性命。但现在他意识到，如果你是犹太人，你就可以去世界任何地方，你总会找到一个待你如亲朋手足的人。

原来他们并不是第一批买了去纽约的船票最后却被丢在别处的俄国移民。这种事情以前在加地夫和其他英国港口也发生过。由于许多俄国移民都是犹太人，犹太教堂的执事们便有了一套办法。第二天，滞留的旅客都吃上了热腾腾的早餐，有人为他们把钱换成英镑、先令和便士，然后，他们被带到寄宿公寓，那儿可以租到便宜的房子。

跟世界上的所有城市一样，加地夫有成千上万的马厩。列夫学了几句话，足以说清楚他是个有经验的马夫，然后便去城里各处寻找工作。人们不用花太多时间就能看出他很会侍弄动物，但就算再好心的雇主也要多问几个问题，而他根本听不明白，也无从回答。

被逼无奈，他疯狂学习，几天后便可以听懂价钱，能够买面包和啤酒了。不过，雇主们提出的问题很复杂，想必是问他以前在哪儿干过，是否跟警察有过麻烦。

他又回到水手征派所，把自己的难处告诉小办公室里的那个俄国人。对方给了他一个布特镇的地址，那地方离码头很近，让他去找一个叫菲利普·科尔的人，那儿的人都叫他“波兰的科尔”。科尔实际上是个对外雇用廉价外籍劳工的工头，欧洲的大部分语言他都能说上一点儿。他让列夫第二天上午十点带着行李去中央火车站广场。

列夫很高兴，连让他做什么工作都忘了问。

到那以后，他发现那里已经聚集了好几百人，其中大多是俄国人，但也有德国人、波兰人、斯拉夫人，以及黑皮肤的非洲人。他看见斯皮利亚和雅科夫也来了，心里很高兴。

他们被带上一列火车，科尔为他们买了车票，他们便轰隆隆向北进发，穿越风景优美的山地乡野。绿色山坡下是一座座工业城镇，犹如山谷间幽暗的水洼。特别之处在于每座城镇都至少有一座高塔，顶部带着一对巨大的轮子，列夫打听出这里主要的生意就是挖煤。他旁边的几个人就是矿工。还有其他手艺人，比如金属工匠，不少人都是没什么经验的劳工。

一小时后他们下了火车。人们从车站里鱼贯而出，列夫这才意识到事情并不那么简单。广场上有一大群穿着粗布工装、头戴帽子的人在等他们，有好几百人。起初他们全都沉默着，让人感到害怕，接着人群里有人喊了句什么，立刻，其他人也跟着嚷了起来。列夫弄不清他们在说什么，但无疑充满敌意。有二三十名警察站在人群的前面，不让他们越过适当的界限。

斯皮利亚提心吊胆地说：“这都是些什么人？”

列夫说：“这些人身材粗短结实，一脸苦相，两手干净，我猜他们是闹罢工的矿工。”

“他们看上去想要杀了我们。这到底是怎么回事？”

“我们破坏了他们的罢工。”列夫沉着脸说。

“上帝保佑。”

“波兰的科尔”用好几种语言喊道：“跟我来！”他们便朝中心大街走去。那群人继续喊叫，有人挥着拳头，但谁也没有冲过警察的防线。列夫有生以来第一次对警察心生感激。“真可怕。”他说。

雅科夫说：“现在你知道当犹太人是什么滋味了。”

他们远离了那些大喊大叫的矿工，穿过一条条矗立着联排住宅的街道走上山坡。列夫发现许多房子是空的。人们继续盯着他们，但已经不再叫嚷辱骂。科尔开始分配房子。列夫和斯皮利亚两人分到了一间，让他们十分惊奇。临走前，科尔指着矿井——也就是铁塔和两个大轮子那边——告诉他们明早六点到那儿。当过矿工的要去挖煤，其他人负责维护隧道和设备，列夫的工作是照看小马。

列夫四下打量着他的新家。虽说算不上富丽堂皇，但屋子十分干净整洁。楼下是一个大房间，楼上是两个卧室——一个人睡一间！列夫从来没有过自己的房间。屋里没有任何家具，但他们已经习惯睡在地板上，时值六月，他们甚至连毯子也用不着。

列夫不想动窝，但他们最后都饿了。屋里没有吃的东西，他们只得耐着性子出门去，想法填饱肚子。他们提心吊胆地走进街上遇到的头一家酒吧，里面有十多个顾客，人人怒目相对，列夫用英语说："请来两品脱混啤酒。"酒保根本不搭理他。

他们下山来到镇中心，找到了一家咖啡馆。至少这儿的顾客不像要干一架的样子。但他们在桌边等了半个小时，一直看着女招待伺候着那些比他们来得晚的人。他们离开了那里。

列夫寻思着：看来在这儿生活下去不是件容易的事情。不过这种日子也不会熬太久。只要他有了钱，就立刻动身去美国。但既然已经到这儿了，他就得糊口活命。

他们进了一家面包店。这次列夫一定要把想要的弄到手。他指着面包架子，用英语说："拜托，来一个面包。"

面包师装出一副听不懂的样子。

列夫越过柜台，一把抓过他要买的面包。他想：看你能不能把它夺回去。

"嘿！"面包师叫了一声，但他并没有离开柜台。

列夫笑了笑，问道："这要多少钱？"

"一便士一法新[①]。"面包师一脸怒容。

列夫把几枚硬币放在柜台上："非常感谢。"

他把面包掰成两半，另一半给了斯皮利亚，两人在街上边走边吃。他们来到火车站，这里的人群已经散去。广场上的一个报贩子在大声叫卖。报纸卖得很快，列夫怀疑是不是发生了什么重大事件。

一辆大汽车从街上开过来，速度很快，他们连忙让开路。列夫望着汽车后座上的乘客，吃惊地认出了那人竟是碧公主。

---

① 法新，英国1961年以前使用的旧铜币，等于四分之一便士。

“我的天啊！”他仿佛瞬间回到了布罗夫尼尔村，父亲死在绞刑架上的噩梦历历在目，而这个女人就在一旁观望。这是他有生以来最可怕的经历，那种惊恐刻骨铭心，后来无论是街头斗殴，还是警察挥舞木棒或用枪指着他，都没有让他那样害怕过。

汽车在车站入口停下。列夫看见碧公主下了车，心里顿时涌起一股仇恨和厌恶的巨浪。嘴里的面包好像变成了碎石，让他不得不吐了出来。

斯皮利亚说：“你怎么了？”

列夫定了定神。“那个女人是俄国的公主，”他说，“十四年前她亲手吊死了我父亲。”

“该死的婊子。她到底来这儿干什么？”

“她嫁给了一个英国贵族。他们大概就住在附近。也许，这就是他的煤矿。”

司机和佣人正忙着搬行李。列夫听见碧在用俄语跟女仆说话，女仆也用俄语回答她。几个人一同进了火车站，那女仆又转身回来买报纸。

列夫朝她走过去。他摘下帽子，深深鞠了一躬，用俄语说：“您一定是碧公主吧。”

女仆咯咯笑了：“别说傻话。我是仆人，尼娜。你叫什么名字？”

列夫把自己和斯皮利亚介绍了一番，告诉她他们是怎么到这的，连一顿像样的午饭都吃不成。

“我今晚就回来，”尼娜说，“我们要去趟加地夫。你们去泰–格温吧，在厨房门口等着，到时候我拿些冷盘肉给你们。沿着这条街往北，出了镇子一直走就能到府邸。”

“谢谢你，美丽的女士。”

“我老得够当你母亲了，”她还是那样扭捏地笑着，“我得马上给公主买报纸了。”

“有什么重大新闻吗？”

“哦，是国外的消息，”她不屑地说，“有人被暗杀了。公主被弄得心烦意乱。奥地利的弗朗兹·斐迪南大公在一个叫萨拉热窝的地方被杀害了。”

“对一个公主来说，这的确是件可怕的事情。”

“是啊，”尼娜说，“不过，我觉得对你我这样的人来说关系不大。”

“当然，”列夫说，“我觉得也是。”

第七章

1914年7月初

皮卡迪利的圣詹姆斯教堂拥有世界上衣饰最为华贵的教众。伦敦的社会名流最喜欢来这做礼拜。虽然讲排场不是好事，但女人总得戴帽子，而那时很难买到一顶不带鸵鸟羽毛、缎带、蝴蝶结和绢花装饰的帽子。沃尔特·冯·乌尔里希站在中殿后方，望着眼前奢华服饰的海洋。男人们正相反，他们看上去全都一样，穿着黑色外套，戴着白色立领，礼帽放在自己的膝头。

这些人大都没能理解七天前在萨拉热窝究竟发生了什么事情，他悻悻地想。有些人甚至不知道波斯尼亚在哪儿。他们对大公被谋杀感到震惊，但看不出这件事情对整个世界意味着什么。他们只是有些困惑，有些不知所措。

沃尔特丝毫不感到困惑。他很清楚暗杀预示着什么。这一事件严重威胁到德国的安全，在这个危急时刻，正需要沃尔特这种人挺身而出捍卫自己的国家。

今天他的第一项任务就是要弄清俄国沙皇有何想法。这也是每个人都想知道的事情，包括德国大使，他的父亲，在柏林的外交大臣，还有皇帝本人。作为一名优秀的情报官，沃尔特自有他搜集信息的渠道。

他扫视在场的教众，试图从背影中找出自己要找的人，暗暗担心这人根本没来。安东是个俄国使馆的职员。他们相约在英国圣公会的教堂见面，是因为安东相信这里不会有他们大使馆的人——大多数俄国人都信东正教，不信的人根本不会被外交部门雇用。

安东在俄国大使馆的电报收发室任主管，因此能读到所有往来电报。他所提供的信息极其重要。但这个人很难操纵，因此沃尔特十分着急。间谍行为让安东提心吊胆，如果他害怕的话就不会露面——这往往出现在国际局势紧张的时候，就像现在这样，而沃尔特恰恰在这时候最需要他。

沃尔特看见了茉黛，一时有些分心。他认出时髦的男式翻领上她那颀长而优美的脖颈，他的心仿佛停了一拍。一有机会，他就会吻她的脖子。

当他想到战争的危险时，脑子里最先想的是茉黛，然后才是他的国家。他为这种私心感到惭愧，但无法克制。他最害怕的是有人把她从他身边夺走，祖国所受的威胁还是第二位的。他愿意为德国的利益而死——但没有心爱的女人，他也不愿意活着。

后面第三排有人回过头来，沃尔特与安东的目光对上了。这人有一头稀疏的棕发和一把络腮胡。沃尔特松了口气，走到南侧的过道，装作在寻找位子，犹豫片刻，然后坐了下来。

安东曾饱受打击。五年前他挚爱的侄子被沙皇的秘密警察指控从事革命活动，从此一直被关押在彼得和保罗要塞里，与地处圣彼得堡中心的冬宫隔河相望。那男孩曾是个神学学生，无辜被判颠覆罪名，还没等到释放便染上了肺炎，死在了监狱里。从那时起，安东便决计对沙皇政府暗中实施致命的报复。

只可惜教堂里面太明亮了——建筑家克里斯托弗·雷恩设计了一排巨大的圆拱形窗户。幽暗阴郁的哥特式微光更适合眼下这种工作。不过，安东选了个很好的位置，在一排座位的末尾，旁边坐着个孩子，身后有一根粗大的圆木柱子。

“这地方不错。”沃尔特低声说。

“走廊那边还是能够看到我。”安东不安地说。

沃尔特摇摇头：“他们都会往前面看的。”

安东是个中年单身汉。他个子矮小，整洁利落到了一种挑剔的程度：领带打得很紧，外套的纽扣一个不落全都扣着，鞋子也擦得闪闪发亮。他这套旧衣服经过多年的刷洗熨烫，已经磨损发光。沃尔特认为这是对龌龊的间谍行为的抵触。不管怎么说，这个人打算出卖他的国家，而我必须加以鼓励，沃尔特冷冷地想。

在礼拜仪式之前的安静气氛中沃尔特没再开口，但第一首赞美诗一开始，他便低沉地问道：“圣彼得堡那边是什么状况？”

“俄国不想打仗。”安东说。

“好。”

“沙皇担心战争会导致革命。”安东提到“沙皇”时，就好像要唾上一口似的，“半个圣彼得堡城已经在罢工了。当然，他不会想到是自己的愚蠢暴行导致民众想要发动一场革命。”

“确实。”沃尔特时常需要作出调整，因为安东的见解被仇恨扭曲了，但就眼下的情形来看，这个间谍并不完全是错的。沃尔特不仇恨沙皇，而是十分害怕他。他手中掌控着一支世界上最强大的军队。每次论及德国的安全都必须将这支部队考虑进去。德国像是与养了头巨熊的人做邻居，这头熊就用链子拴在门前的花园里。“沙皇打算怎么办？”

“这要看奥地利的情况。”

沃尔特耐着性子，没去反驳他。每个人都在等着看奥地利皇帝会怎么办。他必须做点什么，因为遇刺身亡的大公是他的皇位继承人。沃尔特今天还要从他的堂兄罗伯特那儿了解一下奥地利的意图。他们家族的这一支脉信仰天主教，跟所有奥地利精英阶层一样，罗伯特现在大概正在威斯敏斯特大教堂参加弥撒，沃尔特会在午饭前后见到他。眼下沃尔特要多掌握些俄国的情况。

他必须等到下一首赞美诗开始。他尽量保持耐心。抬头仔细查看雷恩设计的圆柱形穹顶的奢华镀金装饰。

教众们开始齐唱《万古磐石歌》。“假如巴尔干地区发生争斗，”沃尔特低声对安东说，“俄国人会置身事外吗？”

“不会。如果塞尔维亚受到攻击，沙皇不能袖手旁观。”

沃尔特感到一阵寒意。这种恶化的局势正是他担心的。“为这去打一场战争，简直是疯了！”

“的确。但俄国不能让奥地利控制巴尔干地区——他们必须保护黑海通道。”

这没有什么好争论的。俄国的大部分出口——从南部玉米种植区出口的谷物，到巴库附近油井出口的石油——都是通过黑海的港口运出去的。

安东接着说：“但另一方面，沙皇也敦促各方谨慎行事。”

“总之，他脑子里还没理出头绪。”

“如果你把那东西叫脑子的话。”

沃尔特点了点头。沙皇算不上是个聪明人。他梦想着将俄国带回十七世纪的黄金时代，并愚蠢地认为这是可能的。这就好像乔治五世国王要把英格兰带回罗宾汉时代。沙皇缺少理性，这就让人很难预测未来会发生什么。

在唱最后一首赞美诗的时候沃尔特的目光游离到了茉黛身上，她坐在前面两排的另一头。他深情地望着她的侧脸，看她兴致勃勃地唱着歌。

安东相互矛盾的汇报令人不安。沃尔特的心情比一个小时之前更加焦虑。他说："从现在开始，我要每天跟你见面。"

安东立刻惊慌起来。"不可能！"他说，"这太冒险了。"

"但情况每小时都在发生变化。"

"下礼拜天早上，在史密斯广场。"

理想主义的间谍就有这种麻烦，沃尔特无可奈何地想——你没有能控制他们的任何优势。但是谋财的间谍又不值得信赖。他们专挑你爱听的说，以期获得奖金。就安东的情况，如果他说沙皇紧张得发抖，沃尔特便可以确信沙皇还没有作出决定。

"那就每周三跟我见一次面吧。"沃尔特恳求，赞美诗也快唱完了。

安东没有回答。他没有坐下来，相反却一转身溜出了教堂。

"见鬼。"沃尔特小声说。邻座的孩子不满地盯着他。

仪式结束后，他站在教堂墓地的甬道上与熟人打着招呼，直到看见茉黛跟菲茨、碧一道出现。茉黛穿着一套时尚的灰色压花天鹅绒连衣裙，搭配暗灰色绉纱外套，非常优雅。算不得很女性化的颜色，但突出了她雕塑般的美貌，让她的皮肤焕发出光彩。沃尔特跟大家一一握手，心里很想跟她单独呆上几分钟。他跟碧打趣寒暄了几句，后者穿着时髦的镶奶白花边的粉红外套，又对一脸严肃的菲茨表示赞同，认为谋杀是件"肮脏的勾当"。然后，菲茨赫伯特一家人便走开了，沃尔特正担心自己失去机会，但在最后一刻，茉黛低声说了句："我要去公爵夫人家喝茶。"

沃尔特对着她优雅的后背微笑。他昨天见过茉黛，明天也还会见到她，但他还是害怕今天没有机会再次见到她。难道离了她，真的就难以度过一天二十四小时吗？他不认为自己是个脆弱的人，但她在他身上施了魔法。不过，他并不打算逃脱。

他发现是她身上的独立精神吸引了自己。她这一代的妇女大都乐于扮演社会赋予她们的被动角色，打扮得漂漂亮亮，举办聚会，处处顺从自己的丈夫。沃尔特讨厌这种逆来顺受的女人。茉黛更像那些他遇到过的美国女人，那时他在华盛顿的德国大使馆工作。她们十分优雅迷人，但并不屈从于谁。被这样的女人所爱，实在令人兴奋不已。

他洋洋得意地走在皮卡迪利大街上，在一个报摊停下脚步。读英国报纸从来都令人不快——上面大部分篇幅都是在恶毒攻击德国，尤其是疯狂的《每日邮报》。试图让英国人相信德国间谍包围着他们。沃尔特多希望这是真的啊！他在沿海城镇有十几个眼线，报告进出码头的船只情况，英国人在德国港口也同样有自己的密探，但根本不像那些歇斯底里的编辑写的，有成千上万人。

他买了一份《人民报》。巴尔干地区发生的事端并不算什么重大新闻——英国人更担心爱尔兰问题。少数的新教徒在那里称雄数百年，很少顾及信仰天主教的大多数。如果爱尔兰获得独立，权力就会转移到另一方。两个阵营都已全副武装，内战的威胁正在加剧。

只有头版下方的一篇文章提及"奥地利-塞尔维亚危机"，像往常一样，这些报纸弄不清那里正在发生什么事情。

沃尔特正要走进丽兹酒店，就撞见罗伯特从出租车上下来。他穿着黑色背心，戴着黑色领带，作为对大公的哀悼。罗伯特曾跟弗朗兹·斐迪南志趣相投——按照维也纳宫廷的标准看，他们同属于进步的思想者，尽管从任何其他角度看都十分保守。沃尔特知道他对被谋杀者和他的家人一向十分敬重。

他们把礼帽放在衣帽间，然后一块儿进了餐厅。跟罗伯特在一起时，沃尔特有种保护着他的感觉。小时候他就知道自己的堂兄与众不同。人们觉得这样的男人很女气，但这太粗鲁了，罗伯特并不是一个有着男人身体的女人。但他的确有不少女性特质，沃尔特因此对待他时颇有点骑士风度。

他长得也像沃尔特，端正的五官，淡褐色的眼睛，只是他的头发很长，胡子上了蜡，向上卷曲着。“跟M女勋爵的事情怎么样了？”两人坐下时，他开口问道。沃尔特跟他吐露过实情，罗伯特对他和茉黛的隐秘恋情了如指掌。

“她好极了，但我父亲接受不了她和一个犹太医生在贫民窟诊所工作。”

“哦，这也太苛求了，”罗伯特说，“如果她本人是犹太人的话，他的反对意见倒是可以理解。”

“我希望他能时常在社交场合见到她，发现她能跟最有权势的人和谐相处，然后慢慢对她产生好感。但这种办法没有奏效。”

“不幸的是，巴尔干地区的危机只会加剧紧张局势。”罗伯特笑了笑，“请原谅，我是说国际局势。”

沃尔特勉强笑了两声：“无论发生什么，我们都会想办法解决的。”

罗伯特没说什么，但看上去不那么有信心。

两人吃着威尔士羊肉和欧芹沙司土豆，沃尔特把从安东那里搜集到的模棱两可的信息告诉罗伯特。

罗伯特也带来了自己的消息。“我们已经确定刺客是从塞尔维亚得到的枪支和炸弹。”

“哦，见鬼。”沃尔特说。

罗伯特毫不掩饰自己的愤怒：“武器是由塞尔维亚军情处的头目提供的。凶手们曾在贝尔格莱德的公园里练习打靶。”

沃尔特说：“情报人员有时会采取单方面行动。”

“经常这样。他们行动非常保密，保证他们随后逃脱。”

“所以这并不能证明是塞尔维亚政府组织的暗杀。而且，按照逻辑，塞尔维亚这样拼命想保持中立的小国，只有疯了才会去挑衅自己强大的邻居。”

“甚至有可能是塞尔维亚的情报机构直接违背政府的意愿采取的行动。”罗伯特说道。但随后他又坚定地说，“这实际上没有任何区别。奥地利必须对塞尔维亚采取行动。”

这正是沃尔特担心的。整个事件不再被视为简单的犯罪，可以交由警察和法院处理。它已经升级，现在，一个帝国不得不惩罚一个小国。奥地利皇帝弗兰茨·约瑟夫曾是他那个时代的伟人，一个保守而虔诚的教徒，但也是一个强有力的领导者。不过，他已八十四岁，高龄并没有让他稍许放松独裁专制，一改狭隘思想。这种人认为自己年龄大就知道所有的事。沃尔特的父亲就是这样。

我的命运掌握在两位君主手里，沃尔特想，沙皇和奥皇。一个愚蠢无能，另一个老迈昏庸。但他们控制着茉黛和我，以及数百万的欧洲人。要不怎么说要废除君主制度呢！

他们吃着饭后甜点，沃尔特心情沉重，思绪万千。最后送来咖啡的时候，他乐观地说道："我认为你们的目标是让塞尔维亚接受深刻的教训，而不牵涉任何其他国家。"

罗伯特立刻让他的希望破灭了。"情况正好相反，"他说，"我的皇帝刚写了一封私人信件给你的皇帝。"

沃尔特吃了一惊，对此事一无所知："什么时候？"

"昨天发出的。"

跟所有外交官一样，沃尔特不喜欢君主们不通过大臣直接交谈。这么说，发生任何事情都是有可能的了。"他都说了什么？"

"他说，作为政权塞尔维亚必须被除掉。"

"不！"这比沃尔特担心的还要糟糕，震惊之余，他问道，"他真有这个意思吗？"

"一切都取决于对方的回复。"

沃尔特皱起了眉头。弗兰茨·约瑟夫皇帝在寻求威廉皇帝的支持——这才是这封信的重点所在。两个国家是盟友关系，皇帝有义务表态支持，但他可以表示积极或迟疑，鼓励或谨慎。

"我相信德国会支持奥地利，不管我的皇上作出何种决定。"罗伯特严肃地说。

"你不可能指望德国去攻打塞尔维亚！"沃尔特反驳道。

罗伯特生气了："我们希望得到一个保证，德国会履行其作为盟友的义务。"

沃尔特强忍着自己的急躁。"这种思路会提高风险。就像俄国发声支持塞尔维亚，等于是鼓励了侵略行动。我们应该做的是让所有人都冷静下来。”

“我不知该不该同意你这种观点，”罗伯特生硬地说，“奥地利遭受了沉重的打击。皇帝不能表现得不当回事。违抗大国意志者必须被粉碎。”

“让我们作一个合情合理的决定。”

罗伯特抬高了嗓门：“现在是王位的继承人被谋杀了！”旁边就餐的人抬头瞥了一眼，听到有人气势汹汹地说着德语，便皱起了眉头，罗伯特缓和了一下口气，但表情还是一样愤怒，“别和我谈什么合情合理。”

沃尔特强压着自己的感情。德国掺和这种争执是十分愚蠢和危险的，但跟罗伯特说这些起不到任何作用。沃尔特的工作就是搜集信息，而不是跟人争论。“我明白了，”他说，“维也纳那里的人都持你这种观点吗？”

“在维也纳，是的，”罗伯特说，“蒂萨表示反对。”伊斯特万·蒂萨是匈牙利首相，但他服从于奥地利皇帝。“他的个人建议是对塞尔维亚实行外交封锁。”

“或许不太激进，但也没那么大风险。”沃尔特谨慎地说。

“这太软弱。”

沃尔特开始结账。这番对话让他深感不安。但他不希望自己和罗伯特之间产生任何恶感。他们互相信任，彼此帮助，他不希望改变这些。在外面的人行道上，他握了握罗伯特的手，抓着他的胳膊肘以示紧密的同伴之情。“无论发生什么，我们都要团结在一起，堂兄，”他说，“我们是盟友，以后也一样。”至于他说的是两个国家还是他们两个人，就让罗伯特自己决定吧。他们像朋友一样分开了。

他快步穿过格林公园。整个伦敦阳光普照，但沃尔特的脑子里有一团乌云。他希望德国和俄国不去插手巴尔干危机，但他目前了解的一切都不祥地意味着相反的结果。在白金汉宫附近他向左转，沿着广场走到德国大使馆的后门。

他父亲在使馆有间办公室，每周大约有三天呆在那里。墙上挂着德皇威廉的画像，桌上放着沃尔特穿中尉军服的相框。奥托手里拿着一件陶器。他平素收藏英国陶瓷，喜欢到处搜集稀奇古怪的物件。仔细观察，沃尔特发现那是一只米色的陶制水果钵，边缘精细地刻着模拟编织物的镂空花纹。他了解父亲的品味，猜测这件东西一定出自十八世纪。

戈特弗里德·冯·凯塞尔站在奥托身边。这位文化参事让沃尔特十分讨厌。戈特弗里德浓密的黑发梳成侧分，戴着一副度数很高的眼镜。他与沃尔特年龄相仿，父亲也在外交部工作，尽管共同点如此之多，他们却不是朋友。沃尔特觉得戈特弗里德是个马屁精。

他朝戈特弗里德点了点头，坐在旁边："奥地利皇帝给我们的皇帝写了一封信。"

"我们知道。"戈特弗里德很快搭茬儿。

沃尔特没理他。戈特弗里德时刻卖弄他的小聪明。"皇帝的答复无疑会十分友好，"他对父亲说，"但是，很多事情取决于细节。"

"陛下还没告诉我。"

"但他会的。"

奥托点点头："这种事情他有时会征求一下我的意见。"

"如果他主张小心对待的话，就可能说服奥地利人不要那么好战。”

戈特弗里德说：“他为什么要这么做呢？”

“为了避免德国被拖入战争，去争夺塞尔维亚那样毫无价值的领土！”

“你有什么好怕的？”戈特弗里德轻蔑地说，“怕塞尔维亚的军队吗？”

“我怕俄国的军队，你大概也应该害怕，”沃尔特回答，“这是历史上最大的一支……”

“这我知道。”戈特弗里德说。

沃尔特不理他的插嘴。“从理论上讲，沙皇可以在几周内把六百万人马投入到那片地区……”

“我知道……”

“……这超过了塞尔维亚的人口总数。”

“我知道。”

沃尔特叹了口气：“你好像什么都知道，冯·凯塞尔。你知道刺客从哪儿弄到的枪支和炸弹吗？”

“从斯拉夫民族主义者那里，我估计。”

“到底是哪一个斯拉夫民族主义者呢，你估计？”

“谁知道呢？”

“据我判断，奥地利人是知道的。他们认为武器来自塞尔维亚情报部门的头目。”

奥托吃惊地哼了一声：“奥地利人一定会报复的。”

戈特弗里德说：“奥地利仍然处于皇帝的统治下。最后，是否开战还是由他作出决定。”

沃尔特点点头：“而且一个哈布斯堡皇帝残酷的统治本来就不

需要什么借口。”

“难道还有什么其他的办法统治一个帝国吗？”

沃尔特并没有上钩。“匈牙利首相尽管说话也没有多少分量，但除了他以外，似乎没有任何人呼吁谨慎行事。看来，这个责任现在落到我们头上了。”沃尔特站了起来。他已经把自己掌握的情况汇报完毕，不想再呆在这间屋子里，陪着让人恼火的戈特弗里德了。“请你原谅，父亲，我要去苏塞克斯公爵夫人家里喝茶，看看城里的人都在议论什么。”

戈特弗里德说：“英国人礼拜天不互相走访。”

“我受到了邀请。”沃尔特说完便走了出去，再晚一点他就忍不住要发火了。

他穿过梅费尔来到帕克兰，苏塞克斯公爵的宅邸就在那里。公爵没在英国政府任职，但公爵夫人举办了一个政治沙龙。当沃尔特十二月到达伦敦时，菲茨把他介绍给公爵夫人，他随后便成了各种社交场合的座上宾。

他走进客厅，鞠躬致意，握着公爵夫人丰满的手，说：“伦敦的每个人都想知道塞尔维亚会发生什么，因此，即便是星期天，我也要跑来拜访您，夫人。”

“不会发生战争的。”她说，一点儿也没有意识到他是在开玩笑，“坐下喝杯茶吧。当然，可怜的大公和他的妻子实在太惨了，罪犯无疑会受到惩罚，不过，认为德国和英国这样的伟大国家会为塞尔维亚发动战争，那就太愚蠢了。”

沃尔特真希望自己也能这样信心十足。他在靠近茉黛的一把椅子上坐下，她开心地笑了，旁边的荷米亚夫人朝他点了点头。屋子里有十几个人，包括英国海军大臣温斯顿·丘吉尔。房间的装饰富丽堂皇，但已陈旧过时——家具雕花繁复，织物上有十几种不同的图案，每件摆设上都盖着装饰物件，还有各种镶镜框的照片和插着干草的花瓶。一个仆人给沃尔特端来一杯茶，送上牛奶和糖。

沃尔特很高兴跟茉黛在一起，但像往常一样，他想要的更多，马上就开始琢磨有什么办法能让他俩单独呆着，哪怕只有一两分钟也好。

公爵夫人说："很显然，问题在于土耳其很软弱。"

这个浮夸的老太婆说到了点子上，沃尔特想。奥斯曼帝国正在衰落，保守的穆斯林神职人员拒绝维新。几个世纪以来，土耳其苏丹一直维持着巴尔干半岛的稳定，从希腊的地中海沿岸一直到北面的匈牙利，但现在，经过了几十年，它的势力一直在萎缩。临近的几个大国——奥地利和俄国无不试图填补这块真空。奥地利与黑海之间隔着一串国家：波斯尼亚、塞尔维亚和保加利亚。五年前奥地利取得了波斯尼亚的控制权。现在，奥地利正跟夹在中间的塞尔维亚争吵。俄国人打开地图，发现保加利亚就是下一张多米诺骨牌，奥地利人最终可能控制黑海西岸，威胁俄国的国际贸易。

与此同时，奥地利帝国的臣民开始觉得他们完全可以自治——这就是波斯尼亚民族主义者加夫里若·普林茨在萨拉热窝枪击弗朗兹·斐迪南大公的原因。

沃尔特说："这是塞尔维亚的悲剧。我觉得他们的首相应该恨不得去跳多瑙河。"

茉黛说："你的意思是说伏尔加河。"

沃尔特看着她，很高兴有了借口把她打量个遍。她换了一身衣服，宝蓝色的茶会礼服里面，是一件淡粉色蕾丝上衣，头上的粉红毡帽别着一个蓝色小绒球。“我敢肯定不是，茉黛女勋爵。”他说。

她说：“伏尔加河穿过贝尔格莱德，塞尔维亚的首都。”

沃尔特正要再次争辩，但他犹豫了。她心里很清楚伏尔加河不可能流入贝尔格莱德方圆千里之内。那她是想干什么？“我很不情愿跟你这样的消息灵通人士意见相左，茉黛女士，”他说，“不过……”

“我们还是查查看，”她说，“我叔叔，也就是公爵本人，拥有伦敦最大的藏书室。”她站了起来，“跟我来，我要证明你错了。”

一个有教养的年轻女性如此行事，实在有些大胆，公爵夫人噘起了嘴。

沃尔特笑着耸了耸肩，跟着茉黛朝门口走去。

荷米亚夫人好像也想跟上去，但她正舒舒服服陷在天鹅绒衬里的座椅中，手上托着杯碟，膝头还放着一只盘子，行动起来得费上好大劲。“别去太久。”她平静地说，又吃了一些蛋糕。接着，他们就走出了房间。

茉黛引着沃尔特穿过大厅，两个仆人像哨兵一样站在那里。她在一扇门前停下，等着沃尔特把门打开。他们走了进去。

大大的房间里寂然无声。他们终于单独在一起了。茉黛扑进沃尔特的怀抱。他用力抱着她，让她的身体紧贴着自己。她抬起脸说：“我爱你。”然后就疯狂地亲吻他。

一分钟后她挣脱出来，气喘吁吁。沃尔特含情脉脉地看着她。“你真是蛮横无理。”他说，“竟说伏尔加河穿过贝尔格莱德！”

“这不是很起作用吗？”

他钦佩地摇着脑袋：“我根本就想不到这一点。你太聪明了。”

“我们得找一本地图册，”她说，“以防万一有人进来。”

沃尔特扫视书架。与其说这里是藏书室，不如说是个藏品陈列间，所有的书都是带滚边护封的精装本，很多看上去从未打开过。一些参考用书藏在一个角落里，他抽出一本地图册，找到巴尔干半岛的地图。

“这场危机，”茉黛担心地说，“这样发展下去……不会拆散我们吧？”

“如果我能采取些补救措施，就不怕。”沃尔特说。

他把她拉到书柜后面，这样，如果有人突然闯入的话就不会立刻看见他们。他又去吻她。今天她是那样甜美，那样如饥似渴，他吻她的时候，她用两手抚摸着他的肩膀、胳膊和后背。她推开他，悄声说道：“撩开我的裙子。”

他咽了口唾沫。他朝思暮想，早就盼着这一时刻的到来。他抓住裙布，向上提起。

“还有衬裙。”她说。他两手各揪住一块裙布。“别弄皱了。”她又说。他想把衣服再拉起来些但又不致压皱丝绸，可抓到手里的到头来全都滑掉了。她等不及了，自己弯腰一把抓住裙子和衬裙的褶边，把它们统统拢到腰部。“摸我。”她说，紧盯着他的眼睛。

他十分紧张，生怕有人进来，但他心里的爱和渴求太过强烈，无法控制自己。他把右手放在她的大腿根，立刻倒吸一口气——她那儿赤裸着，什么也没穿。意识到她对此早有预谋就让他欲火焚身。他轻柔地抚摸着她，可她的臀部使劲向前顶着他的手，他便更加用力起来。“对，就这样。”她说。他闭起眼睛，她却说：“看着我，亲爱的，求你边做边看着我。”他就又把眼睛睁开。她满脸通红，张着嘴气喘吁吁。她抓住他的手，引导他，就像在剧院包厢里他引导她那样。她耳语道：“把手指放在里面。”说着便靠在他的肩膀上。他能隔着自己的衣服感觉到她呼吸的热量。她一次次朝他顶过来。接着她发出一种压抑的喉音，就像是谁在梦中发出的闷声喊叫，最后一下子颓然伏在他的身上。

他听见门开了，随后就是荷米亚夫人的声音：“出来啊，茉黛，亲爱的，我们该走了。”

沃尔特撤回了手，茉黛匆匆弄平她的裙子。她的声音发虚，说道：“恐怕是我弄错了，赫姆姑妈，冯·乌尔里希先生是对的，是多瑙河贯穿贝尔格莱德，不是伏尔加河。我们刚在地图上找到了。”

他们刚低下头去看书，荷米亚夫人就从书架另一头绕了过来。“我从来就没有怀疑过，”她说，“男人在这种问题上一般都是对的，冯·乌尔里希先生是位外交官，了解很多女人嫌麻烦不愿了解的事情。你就不该跟他争论，茉黛。”

“你的话一点儿不假。”茉黛的回答明显是敷衍。

他们一起离开藏书室，穿过大厅。沃尔特为她们打开客厅的门。荷米亚夫人先进去，茉黛进门时与他四目相接。他抬起右手，把指尖放进嘴里，吸吮着它。

不能再这样下去了，沃尔特在返回大使馆的路上想，简直像个小学生。茉黛二十三岁，他二十八岁，但他们不得不通过各种荒谬手段才能单独呆上五分钟。现在已经是他们该结婚的时候了。

他应该征求菲茨的许可。茉黛的父亲已不在人世，家里的事情由她的哥哥做主。菲茨无疑更愿意让她嫁给一个英国人。不过，他也很可能同意他们的婚事——他肯定在担心这个争强好胜的妹妹一直都嫁不出去。

不，主要的问题是奥托。他想让沃尔特娶一位规规矩矩的普鲁士姑娘，在为家族繁衍后代中快快乐乐地度过余生。如果奥托想要得到什么，他就会千方百计得到，无情地粉碎任何障碍——这种个性让他成为一名出色的军官。他没有意识到儿子有权不受任何干扰和压力选择自己的新娘。沃尔特非常希望得到父亲的鼓励和支持，他当然不愿意出现那种无法避免的对立状态。然而，他所感受到的爱的力量十分强大，远远超过了孝顺和遵从。

现在是星期天的晚上，但伦敦并不平静。虽然国会并没有开会，白厅的高官们都呆在郊区的家里，但政治话题依然在梅费尔的官邸、圣詹姆斯绅士俱乐部和各大使馆持续着。沃尔特在街上见到了几位国会议员、英国外交部的副部长和几个欧洲国家的外交官。他怀疑英国外交大臣，嗅觉灵敏的爱德华·格雷爵士这个周末留在了城里，并没有去他汉普郡的乡间别墅。

沃尔特在办公室找到了父亲，他正坐在桌边阅读解码电报。“恐怕现在把我的消息告诉你并非最佳时机。”沃尔特开口道。

奥托哼了一声，继续读着。

沃尔特直截了当地说：“我爱上了茉黛女士。”

奥托抬起头来：“菲茨赫伯特的妹妹？我早就猜到了几分。我对你深表同情。”

“我求你认真点，父亲。”

“不，是你该认真点。”奥托扔下他手里的电文，“茉黛·菲茨赫伯特是个女权主义者，主张女性参政，对社会秉持异见。对任何人来说她都不是个合适的妻子，更不用说一个出身良好家庭的德国外交官了。所以我们别再提这件事了。”

一连串激烈的言辞涌到了沃尔特嘴边，但他咬了咬牙，压着心里的火。“她是个很出色的女人，我爱她，所以无论你对她有什么看法，都请尊重她。”

“我怎么想的就怎么说，”奥托漫不经心地说，“她非常糟糕。”他又低头去看电报。

沃尔特的目光落在他父亲的米色陶制水果钵上。“不，”他说着，拿起那件陶器，“你不能想说什么就说什么。”

“小心点。”

沃尔特把他父亲的全部注意力都吸引过来了。“我必须保护茉黛女勋爵，就像你想保护这个小玩意儿一样。”

“小玩意儿？让我告诉你，它可是价值……”

“当然了，我对她的爱肯定要胜过一个收藏家的贪婪。”沃尔特把那东西向空中一掷，再单手把它接住。他的父亲痛苦地惊叫了一声。沃尔特自顾自地继续说下去：“所以，当你出口侮辱她时，想象一下我要摔了你的宝贝的感觉——而我要比你能想象到的更加迫切。”

“你这张狂的小崽子……”

沃尔特提高了嗓门，压住他父亲：“如果你继续践踏我的感情，我就把这愚蠢的陶器踩在脚下碾碎。”

“好吧，你已经把话说明白了，看在上帝的分上，快把它放下。”

沃尔特把这话当成了默许，把那件饰品放回边桌上。

奥托带着恶意说道："不过还有另一个问题需要考虑……如果我可以提一提的话，并不是要践踏你的感情。"

"好吧。"

"她是个英国人。"

"老天爷！"沃尔特喊道，"出身名门的德国人与英国贵族联姻多年。萨克森-科堡-哥达的艾伯特亲王娶了维多利亚女王，他的孙子现在是英国国王，而英国皇后原来是符腾堡的公主！"

奥托提高了嗓门："情况已经变了！英国一心控制我们，要把我们变成二流国家。他们与我们的敌人俄国和法国交好。你要跟自己祖国的敌人结亲。"

沃尔特知道这就是保守势力的观点，但这想法实在荒谬。"我们不该相互敌对，"他愤怒地说，"这毫无道理。"

"他们永远不会让我们平等竞争。"

"这没有丝毫根据！"沃尔特发觉自己在大喊大叫，便试图冷静下来，"英国认同自由贸易，他们允许我们向整个大英帝国销售产品。"

"那就读读这个吧。"奥托隔着办公桌把他读的电报扔过来，"皇帝陛下正在征求我的意见。"

这是给奥地利皇帝那封亲笔信的答复草稿。沃尔特越读越感到惊慌。上面最后一句话是："不过，弗兰茨·约瑟夫皇帝可以放心，陛下将忠实地支持奥匈帝国的立场，信守双方联盟及其悠久友谊之义务。"

沃尔特着实感到震惊。"但是，这等于赋予奥地利自由处置权！"他说，"他们可以任意妄为，而我们也会支持他们！"

“这是有条件限定的。”

“但并不多。这信发出去了吗？”

“没有，但已经得到认可。信会在明天发出。”

“我们不能阻止吗？”

“不能，我也不想那么做。”

“但是，这等于我们将承诺支持奥地利对塞尔维亚发动战争。”

“这也不是什么坏事。”

“我们不希望发动战争！”沃尔特激烈地争辩道，“我们需要发展科学、制造业和商业。德国必须实现现代化，成为一个自由国家，成长壮大。我们想要的是和平与繁荣。”随后，他又在心里默默地补充说，我们希望一个那样的世界，男人可以与之所爱相结合，而不被指控为叛国通敌。

“听我说，”奥托说，“我们两边都面临强敌，西部法国，东部俄国，它们狼狈为奸。我们不能同时应付两条战线。”

沃尔特明白这一点。“所以我们才有了施里芬计划，”他说，“如果被迫开战，我们首先以压倒性的兵力侵入法国，迅速在几星期内取得胜利，然后，在确保西面的同时应付东面的俄国。”

“只有这么打算了，”奥托说，“但是，当这个计划九年前被德国军队采纳时，我们的情报机构汇报，调动俄国军队需要四十天时间。这给了我们将近六个星期的时间去征服法国。可后来俄国一直在改善他们的铁路系统——用法国提供的借款！”奥托砸着桌子，好像他可以一拳把法国砸烂，“部队调动的时间缩短，施里芬计划就更加危险了。这就意味着……”他突然用手指着沃尔特，“我们越早打这场战争，对德国就越有利！”

“不！”为什么父亲竟看不出这种想法十分危险？“这意味着我们应该为这场小小的纷争寻求和平的解决方案。”

“和平解决方案？”奥托十分狡猾地摇了摇头。“你太年轻，太理想主义了。你以为每个问题都能找到答案。”

“你实际上是希望打仗，”沃尔特不敢相信这一事实，“你是真想这样。”

“没有人希望发生战争，”奥托说，“但有时候，没有比战争更好的选择。”

茉黛从她父亲那里继承了一份微薄的财产——每年三百英镑，这些钱勉强够买应季的礼服。菲茨得到了名分、土地、房子，还有几乎全部的钱。这就是英国的传统。但这并不是让茉黛恼火的事情。金钱对她来说意义不大，她甚至都不需要那三百英镑。她想要任何东西，菲茨都会付钱，连问也不问——他觉得精打细算有失绅士风度。

她怨恨最深的事情就是自己没有受过教育。十七岁时她曾宣布自己打算上大学，于是遭到了所有人的嘲笑。原来，你必须从一个好学校毕业，通过考试后才能进入大学。茉黛从来没上过一天学，尽管她能够跟世上的伟人一起讨论政治，家庭女教师和辅导老师并没能让她通过任何形式的考试。她一连哭闹了好几天，哪怕现在回想起来仍然让她心情沉痛。这就是她后来支持妇女参政的原因——她明白如果女性不能拥有投票权，那么女孩子将永远无法受到体面的正规教育。

她经常琢磨女人为什么要结婚。她们将自己一辈子束缚在苦役之中，终究能够换来什么？不过现在她得到了答案。她爱上了沃尔特，以前从未有过如此强烈的感受。他们用来表达爱意的那些举动给了她美妙无比的享受和乐趣。如果任何时候都能触摸到对方那简直就是天堂。如果需要付出代价，让她来回当几次奴隶都可以。

但奴役并非代价，至少对沃尔特不适用。她曾问他是否认为妻子应该什么事情都顺从丈夫，他回答说："当然不是。我不明白为什么要提服从不服从。两个成年人彼此相爱，应该能够一起作决定，不用谁去服从谁。"

她花了不少时间去思考他们如何共同生活。几年内他可能从一个使馆调到另一个使馆，他们会在世界各地周游，巴黎、罗马、布达佩斯，甚至离家更远的地方——亚的斯亚贝巴、东京、布宜诺斯艾利斯。她想到了《圣经》里的路得："你往哪里去，我往哪里去。"他们的儿子得学会平等对待妇女，而他们的女儿长大后会独立，意志坚强。也许他们最终定居柏林，让孩子们上德国的好学校。沃尔特无疑会继承他父亲在东普鲁士祖瓦尔德的乡间别墅。等他们老了，孩子都已成年，他们大多时间会住在乡下，在别墅周围牵手漫步，晚上并排坐在一起读书，回忆过去年轻的时光，感叹时移世易。

茉黛不愿去想任何其他事情。她坐在卡尔瓦利福音馆的办公室里，眼睛盯着各种医疗用品的价格表，回想起沃尔特在公爵夫人的客厅门口吸吮指尖的动作。人们都开始注意到她心不在焉了——格林沃德医生问她是不是生病了，赫姆姑妈让她快点醒醒，别成天做白日梦。

她打起精神，把注意力放在订单表上，但这会儿她又被轻轻的敲门声打断了。赫姆姑妈探头进来，说：“有人来看你了。”她显得有些敬畏的样子，递给茉黛一张名片：

奥托·冯·乌尔里希将军
德意志帝国大使馆武官
伦敦卡尔顿府阶地

“是沃尔特的父亲！”茉黛说，“是什么风把他……”

“我该怎么回话？”赫姆姑妈小声问。

“问他愿意喝茶还是雪利酒，请他进来。”冯·乌尔里希穿着正式的黑色双排扣大衣，配着缎面翻领、白色匹克布马甲和条纹长裤。炎夏的天气让他的红脸膛上汗津津的。他比沃尔特胖些，没有他儿子英俊，但两人都腰背挺直，一副军人姿态。

茉黛摆出平日那种无忧无虑的样子：“我亲爱的冯·乌尔里希先生，这是一次正式访问吗？”

“我想和你谈谈我儿子的事。”他的英语几乎跟沃尔特一样好，尽管比沃尔特多了一点口音。

“您如此开门见山，实在太好了。”茉黛的话里带着淡淡的挖苦，他立马察觉了。“请坐吧。荷米亚夫人会订些茶点来。”

“沃尔特出自一个古老的贵族家庭。”

“我也是。”茉黛说。

“我们是传统、保守而又虔诚的教徒……也许有点过时。”

“这跟我们家很像。”茉黛说。

这么说下去就把奥托的计划打乱了。“我们是普鲁士人。”

他稍显恼怒地说。

“哦，”茱黛说，显得很吃惊的样子，“相反，我们是盎格鲁–撒克逊人。”

她在跟他兜着圈子，好像两人在开玩笑，但其实她心里很害怕。他来这儿到底为了什么？他有什么目的？她觉得这次造访不可能是善意的。他敌视她。他要把她和沃尔特拆散，她对此确信无疑，心里一阵发冷。

总之，插科打诨无法把他搪塞过去。“德国和英国发生了冲突。英国与我们的敌人俄国和法国结为盟友。这就让英国成了我们的对手。”

“我很遗憾您这样想。很多人都不这么认为。”

“事实并非由多数人的投票决定。”她再次听出他声音中刻薄的意味。他已经习惯别人洗耳恭听而不予置评，更何况对方还是个女人。

格林沃德医生的护士用托盘端来茶，为他倒上。奥托沉默着，等她走后才说：“我们可能过几周就会打仗。就算不为塞尔维亚开战，也会因为别的理由打起来。迟早，英国和德国会为掌控欧洲发动战争。”

“真遗憾您如此悲观。”

“很多人都这样想。”

“事实并非由多数人的投票决定。”

奥托很恼火。他显然希望她坐着听他夸夸其谈，一言不发。他不喜欢被人嘲笑。他气愤地说：“你应该注意听我说。我告诉你的事情会影响到你的。大部分德国人把英国看作他们的敌人。如果沃尔特娶了一个英国人，想想会是什么后果。”

“我当然想过。沃尔特跟我就此谈了很长时间。”

“首先，他要面对我的反对。我不欢迎一个英国儿媳进入我的家庭。”

“沃尔特认为，您对自己儿子的爱最终会让您克服对我的厌恶。难道真的没有任何机会了吗？”

“其次，他会被人认为对皇帝不忠，”他继续说，不理会她的问话，“他那个阶级的人将不再跟他交朋友。他和他的妻子不会被任何上流家庭和团体所接受。”

茉黛越发气愤了：“我觉得这令人难以置信。不是所有的德国人都这么小心眼吧？”

他显得并未在意她的无礼：“第三，也是最后一点，沃尔特的职业生涯是在外交部。他会脱颖而出。我把他送到各国的一流大学，他会讲流利的英语和过得去的俄语。尽管他那些理想化的观点很不成熟，但他深受上司的认可，德皇也不止一次亲切接见过他。有朝一日他可能当上外交大臣。”

“他很有才华。”茉黛说。

“但是，如果他娶了你，他的职业生涯就结束了。”

“这太荒谬了。”她感到十分震惊。

“我亲爱的女士，这还不够明显吗？一个人与敌人结婚，是不会受到信任的。”

“这个我们已经谈过了。他的忠诚自然属于德国。我爱他，完全能够接受这一点。”

“他有可能过于关心他妻子的家庭，因而无法彻底效忠自己的国家。即使他大公无私地忽视各方关系，人们还是会提出这样的质疑。”

“你太夸张了。”她说，但开始慢慢丧失信心。

“自然他就无法在任何要求保密的部门任职。有他在场，人们就不会谈论任何涉及机密的事情。这么一来，他也就完了。”

“他没必要一定去军事情报部门。他可以转到其他外交领域工作。”

“所有外交工作都需要保密。还有，就是我的处境。”

茉黛很是意外。她和沃尔特都没有考虑过奥托的职业生涯。

“我是皇帝的密友。如果我的儿子娶了一个敌对国家的人，他还会继续信任我吗？”

“他应该那样。”

“也许他会的，如果坚定立场，采取积极行动，与我的儿子断绝关系。”

茉黛倒抽了一口凉气：“您不会那样做。”

奥托提高了嗓门：“我不得不这样做！”

她摇摇头：“您应该有所选择，”她绝望地说，“一个人总是有选择的。”

“我不会牺牲我努力赢得的一切——我的地位、我的职业生涯、我同胞对我的尊重——仅仅因为一个女孩。”他轻蔑地说。

茉黛仿佛觉得自己被扇了一个耳光。

奥托接着说：“但沃尔特会的，他当然会。”

“你说什么？”

“如果沃尔特娶了你，他将失去他的家人、他的国家、他的职业生涯。但他还是会这么做。他承认与你相爱，全然不考虑后果，迟早他会明白这是个灾难性的错误。但他无疑认为自己已经跟你私下订婚，不会收回他的承诺。他绅士得过了头。‘好啊，那就断绝关系吧。’他会对我说。否则他就觉得自己是懦夫。”

“的确。”茱黛说。她一时感到不知所措。这个可怕的老头远比她自己更能看清事情的真相。

奥托接着说：“所以，你必须断绝你们之间的关系。”

她被刺痛了：“不！”

“这是挽救他的唯一办法。你必须放弃他。”

茱黛想再次开口反对，但奥托是对的，她想不出自己还能说什么。

奥托向前探着身子，用一种咄咄逼人的气势说：“你会跟他分手吧？”

泪水顺着茱黛的脸流了下来。她知道自己不得不那样做。她不能毁了沃尔特的生活，即使是出于爱。“是的。”她抽泣着说。她的尊严不见了，她丝毫不在乎，因为伤痛实在太过剧烈。“是的，我会和他分手。”

“你保证？”

“是的，我保证。”

奥托站起身来。“谢谢你，听完了我的话。”他鞠了一躬，“祝你下午好。”说完便走了出去。

茱黛捂住自己的脸，哭了起来。

第八章

1914年7月中旬

艾瑟尔在泰–格温的新卧室里有一个能转动的穿衣镜。镜子很旧，木框已经裂开，镜面也早已模糊不清，但她能照见自己的全身。她把这面镜子当成一件十分稀罕的摆设。

她看着镜子里穿着内衣的自己。自从陷入爱河以来，她好像变得更妖娆，更性感了。她的腰臀都厚了一圈，乳房也更显丰满，也许是菲茨总是摸来挤去弄的。每次想到他，她都会觉得乳头一阵胀痛。

菲茨是当天上午抵达的，碧公主和茉黛女勋爵随同前来。他低声说午饭后去栀子花套房找她。艾瑟尔把茉黛安排在石竹花房间，推说茉黛通常住的房间正在修理地板。

现在，艾瑟尔回自己房间梳洗，换上干净的内衣。她喜欢这样为他打扮起来，期待他触摸她的身体，吻她的嘴唇，企盼听见他带着欲望和快感的呻吟，想象着他皮肤的气息，以及他身上衣服的奢华质感。

她打开抽屉，拿出一双新丝袜，目光落在一团干净的白棉布条上，这是她月经时用的碎布。她一下子想起自打搬到新房间后她还没有洗过它们。突然间，她脑子里闪过一个可怕的念头。她重重地坐在狭窄的床上。现在是七月中旬。杰文斯夫人是五月初离开的，那已经是十周前的事了。这段时间艾瑟尔本应该用这些布条的，而且应该是两次。“天啊，不会吧。”她大声说，“千万不要！”

她强迫自己冷静下来，再把这事仔细想想。国王来访的时候是一月。艾瑟尔随后就成了女管家。杰文斯夫人当时病得不能动。菲茨二月去了俄国，是三月回来的，那时候是他们真正第一次做爱。四月杰文斯夫人恢复了，菲茨的经纪人阿尔伯特·索尔曼从伦敦过来，向她解释退休金事宜。她在五月初离开，就是那会儿艾瑟尔搬进这间屋子，把那一小团可怕的白棉布条塞进抽屉的。这是十周以前的事。艾瑟尔算来算去都是一个结果。

他们在栀子花套房见过多少次面？至少有八次。每一次菲茨都是在最后一刻撤出，但有时他撤得有些迟，她感觉得到他的第一次痉挛，那时他还留在她的体内。这一刻让她简直幸福得神魂颠倒，让她对面临的风险视而不见。现在，她逃不掉了。

“哦，上帝原谅我。”她大声乞求着。

她的朋友迪莉斯·皮尤就生了个孩子。迪莉斯跟艾瑟尔一样大。她给珀西瓦尔·琼斯的妻子当佣人，跟约翰尼·贝文约会。艾瑟尔记得迪莉斯发现自己怀孕的时候乳房变大了，才知道事实上就算站着干那事儿你也会怀孕。现在他们已经结婚了。

艾瑟尔会发生什么事呢？她无法跟自己孩子的父亲结婚。抛开别的不说，他是个已经结了婚的人。

现在该去跟他见面了。今天他们不会上床了。他们得谈谈将来的事。她穿上那身女管家的黑色丝绸礼服。

他会怎么说呢？他没有孩子——他会高兴，还是惶恐？他会珍惜自己的孩子，还是感到羞耻？他会因为艾瑟尔怀了身孕更加爱她，还是怨恨她？

她走出阁楼间，沿着狭窄的走廊下了后楼梯朝西厢房走去。熟悉的墙纸和栀子花图案让她的欲望变得更加强烈，犹如一看见她的灯笼裤菲莯就不能自已一样。

他已经在那儿了，站在窗前，目光投向阳光明媚的花园，抽着雪茄。见到他，她的心再次被他那漂亮的外表击中。她伸手搂住他的脖子。他的棕色斜纹软呢外套摸上去十分柔软，她发现那是用羊绒做的。“哦，泰迪，我亲爱的，见到你真是太高兴了。”她说。她喜欢只有她一个人称他泰迪。

“我看到你也一样。”他说，但没有立刻去抚摸她的乳房。

她吻了他的耳朵。“我有话要跟你说。”她郑重地说。

“我也有件事要告诉你！我先说？”

她刚想说不，但他挣开了她的怀抱，向后退了一步，让她突然有了一种不祥的预感。“怎么了？”她说，“出什么事了？”

“碧有孩子了。”他抽了口雪茄，像叹气般吐出一口烟雾。

她没有立刻明白这话的意思。“什么？”她有些慌乱。

“碧公主，我的妻子，已经怀孕。她要生孩子了。”

“你的意思是说你在跟我做的时候，也在跟她做？”艾瑟尔气愤地说。

他显得很吃惊。似乎没想到她会对此不满。“我必须得这样！”他抗议道，“我需要一个继承人。”

“可是你说你爱我！”

“是的，在某种程度上我一直会的。”

“不，泰迪！”她喊道，“不要说这种话，请不要！”

“小声点！”

“你要我小声点？你抛弃了我！如果被人知道了，那我该怎么办？”

“这是我的一切。”

艾瑟尔心乱如麻：“泰迪，求求你，我爱你。”

“但一切都结束了。我要做一个好丈夫，我孩子的好父亲。你应该明白。”

“明白，见它的鬼！”她勃然大怒，“你怎么能说得这么轻巧？你面对一只要被枪杀的狗也比此刻更有感情！”

“没这回事。”他的声音有些哽咽。

“我把自己给了你，就在这个房间里，就在那张床上。”

“我不应该……”他停下来。他的脸一直紧绷着，现在突然显出痛苦的神情。他转过身去，躲避着她的目光。“我永远不会忘记。”他低声说。

她靠近他，看见他脸颊上的泪水，她的愤怒一下子烟消云散：“哦，泰迪，我很抱歉。”

他尽量振作起来。“我非常在意你，但我必须担负我的责任。”这话冷冰冰的，但他的声音听上去十分痛苦。

“哦，上帝。”她使劲忍住，不再哭泣。她还没把那消息告诉他呢。她用袖子擦了擦眼睛，吸了吸鼻子，叹了口气。“责任？”她说，“你连一半都不知道。”

“你说什么？”

“我也怀孕了。”

“哦，我的天啊。”他机械地把雪茄放在唇上，一口没抽就又拿了下来，“可我始终是退出来的！”

“那就是不够快。”

“你知道多久了？”

“我刚意识到。我看见抽屉里的干净布条，才想起来。”他眨了眨眼，显然不喜欢谈月经的事。不过白搭，他不得不忍受下去。“我算出来了，自打我搬进杰文斯夫人的老房子就没来例假，已经有十个星期了。”

“两个周期。这肯定就是有了。碧就是这么说的。唉，真见鬼。”他碰了一下嘴边的雪茄，发现它已经灭了，便气呼呼地把它扔在地上。

一个乖张的念头在她脑中一闪而过。“你可能要有两个继承人了。”

“别说傻话了，”他厉声说，“私生子不能当继承人。”

“哦。”她倒没有认真考虑过为自己孩子争取什么权利。另一方面，她迄今为止从未想过孩子是个私生子。“可怜的小东西，”她说，“我的宝宝，是个私生子。”

他很内疚。“对不起，”他说，“我不是那个意思。原谅我。”

她看得出，他的善良品性正在与自私的本能进行抗争。她摸了摸他的胳膊：“可怜的菲茨。”

“上帝保佑，别让碧发现这事。”他说。

她好像受了致命一击。为什么他关心的总是另一个女人？碧能有什么事——她有钱，已婚，身上怀着菲茨赫伯特家族的孩子，万般宠爱于一身。

菲茨接着说：“她承受不了如此严重的打击。”

艾瑟尔记起去年碧曾流产过一次。所有的女雇员都议论过这件事。据那位俄国女仆尼娜说，公主把这归咎于菲茨，他取消了前往俄国的计划，让她心烦意乱，最终导致流产。

艾瑟尔感到自己完全被排斥在外了。“这么说，你只在乎我们有孩子的事会让你妻子难过。”

他盯着她：“我不想让她流产——这很关键！”

他不知道这话是多么无情。“见你的鬼。”艾瑟尔说。

“那你指望什么呢？碧怀的孩子是我一直盼望、一直祈祷的。可无论是你我，还是任何人都不想要你的孩子。”

“我可不这么认为。”她小声说，接着又开始哭起来。

“这事我得好好想想，”他说，“我要一个人呆会儿。”他抓着她的肩膀，“我们明天再谈这件事。这期间不要告诉任何人。明白吗？”

她点点头。

“答应我。”

“我答应。”

“好姑娘。”他说完，便离开了房间。

艾瑟尔弯下腰，捡起那支熄灭的雪茄。

她没有告诉任何人，但她无法装作什么事都没有发生，便谎称生病卧床休息。她独自躺在那儿，一个钟头又一个钟头，悲痛慢慢被焦虑替代。她和她的孩子该怎么活下去呢？

她会丢掉泰-格温的工作——这是免不了的，哪怕她怀的不是伯爵的孩子。单是这个就够她受的。她一直都为自己当上女管家而骄傲。外公总喜欢说“骄者必败”，在这件事上他说对了。

她不知道自己还能不能回父母家——父亲会羞愧而死。这跟她自身的耻辱一样让她心烦意乱。在某种程度上，对他的伤害甚至超过她自己。他对这类事情的态度固执强硬，没有丝毫通融的余地。

总之，她不打算以一个未婚母亲的身份呆在阿伯罗温。已经有两个前车之鉴：梅茜·欧文和格拉迪斯·普里查德。她们活得很惨，在镇上毫无社会地位。两个人都是单身，但没有任何男人愿意娶她们。尽管已经当了母亲，但仍像小孩子那样跟父母住在一起。任何教堂、酒吧、商店或聚会场所都不欢迎她们。她，艾瑟尔·威廉姆斯，曾一直以为自己高高在上，怎么会最后沦落到了最底层，成了人下之人？

看来她只能离开阿伯罗温。她不觉得后悔。她宁愿离开这片低矮阴沉的排屋，离开一座座刻板陈腐的小礼拜堂，逃离矿工和管理者之间无休无止的争吵。可她要去哪儿呢？她还能见到菲茨吗？

夜幕降临，她躺在床上，看着窗外的满天星斗，最终拿定了主意。她要去另一个地方开始新生活。她会在手上戴一枚结婚戒指，编出一个死去丈夫的故事。她要托人照看孩子，自己去找份工作，挣钱糊口。她会送孩子去上学。应该是个女孩，她想，她会很聪明，当作家、医生，或者成为潘克赫斯特夫人那样的竞选者——为女性的权力奔走呼吁，在白金汉宫外面遭到逮捕。

她本来以为自己会睡不着，但剧烈的情绪波动让她疲惫不堪，午夜前后便迷迷糊糊睡了过去，一夜无梦。

初升的太阳让她醒了过来。她坐直身子，像往常一样开始新的一天。接着她想到以往的生活已经结束，毁了，而她正身处一场悲剧之中。她差点又像昨天那样自怜自艾起来，但还是忍住了。眼泪对现在的她来说太奢侈了，她必须开始新生活。

她穿好衣服，来到楼下的仆人休息室，对大家宣布她昨天害了场小病，现在已经完全恢复，可以正常工作了。

早餐前茉黛女勋爵派人来叫她。艾瑟尔备好一个咖啡托盘，把它端到石竹花套房。茉黛正坐在梳妆台前，穿着紫色的丝绸睡衣。她一直在哭。艾瑟尔有自己的烦恼，但见此情景立刻又生出了同情心。“出了什么事，我的小姐？”

“唉，威廉姆斯，我必须放弃他。”

艾瑟尔猜她说的是沃尔特·冯·乌尔里希。“可为什么？”

“他父亲来见过我。我还没有真正面对英国和德国互相敌对的事实，跟我结婚会毁了沃尔特的前程——有可能还会捎带上他父亲。”

“但大家都说不会发生战争，塞尔维亚没那么重要。”

“如果现在不发生，那么以后也会；就算永远不会发生，有这种威胁也就足够了。”梳妆台周围带着粉色蕾丝褶边，茉黛紧张地撕扯着那昂贵的丝带。艾瑟尔想：这可得花好几个小时才能修补好。茉黛接着说：“如果沃尔特跟一个英国女人结合，那么德国外交部就没人相信他会保守秘密了。”

艾瑟尔倒上咖啡，把杯子递给茉黛。“沃尔特·冯·乌尔里希会放弃他的工作，如果他真的爱你的话。”

“可我不想让他这么做！”茉黛放下手里撕扯的花边，喝了点咖啡，“我不能成为结束他职业生涯的人。这怎么能成为结婚的前提呢。”

他可以从事另一种职业的，艾瑟尔想，如果他真的爱你，他会的。接着，她想到了她所爱的男人，当爱变成一种障碍，他的激情冷却得多快啊。我还是保留自己的意见吧，她想，我懂什么。她问道："沃尔特怎么想的？"

"我还没见过他。我给他写了一封信。我不再去那些能碰见他的地方。然后，他就开始登门找我，总让仆人说我不在家也让人尴尬，所以我就跟菲茨到这儿来了。"

"你为什么不跟他谈谈？"

"因为我知道会发生什么。他会将我抱在怀里，吻我，然后我就投降了。"

我知道那是一种什么感觉，艾瑟尔想。

茉黛叹了口气："今天早上你挺安静，威廉姆斯。可能你也在担心什么吧。罢工是不是弄得什么都很糟糕？"

"是啊，我的小姐。整个镇子口粮短缺。"

"你们还在每天给矿工的孩子们做吃的吗？"

"每天都做。"

"很好。我哥哥非常慷慨。"

"是的，我的小姐。"对他有好处时他是很慷慨，她想。

"嗯，你去忙吧。谢谢你的咖啡。我的事情大概让你觉得无聊了。"

出于一时冲动，艾瑟尔抓住了茉黛的手："请不要这样说。你一直对我很好。我很为沃尔特的事感到遗憾，也希望你一直能跟我聊聊这些烦心事。"

"还能有什么可说的呢。"眼泪再次涌上茉黛的眼眶，"非常感谢你，威廉姆斯。"她捏了捏艾瑟尔的手，才把它松开。

艾瑟尔端起托盘离开房间。她到厨房的时候见到了仆役长皮尔，他说："你是不是做错了什么事？"

你可不知道，她想。"为什么这样问？"

"伯爵大人想让你十点半到书房去一趟。"

这么说，要来一次正式的谈话了，艾瑟尔想。也许这样更好。他们将被一张桌子隔开，她不会受不住诱惑扑到他的怀里。这也有助于让她忍住眼泪。她需要冷静，不能感情用事。她整个后半生何去何从，就要由这次谈话决定了。

她继续到处安排着事情。她会想念泰–格温的。她在这儿工作了好几年，已经对那些雅致华贵的旧家具有了感情。她一件件熟悉它们，学会识别脚灯、厨具柜、大衣橱和乐谱架。她打扫擦拭的时候，注意到那精细的镶嵌细工，注意到垂饰和卷轴，还有形如狮爪抱球的桌脚。偶尔，皮尔那样的人会说上一句："这是法国路易十五时期的。"她便意识到每间屋子都装饰成一致的风格，巴洛克式的、新古典主义，或是哥特式的。她再也不可能跟这样的家具生活在一起了。

一小时后她来到书房。这里的书都是菲茨的祖先收藏的。如今，房间已经不大使用，碧只读法国小说，菲茨则什么都不读。家里来了留宿的客人，有时会到这里寻个清静，或者玩一玩屋子中央那张桌上的国际象棋。今天早上，按照艾瑟尔的指示，遮帘放下了一半，挡一下七月的艳阳，好让这里凉快一些。因此，屋里显得有些阴沉。

菲茨坐在绿皮扶手椅里。让艾瑟尔惊讶的是，阿尔伯特·索尔曼也在，穿着黑西装和硬领衬衫。索尔曼受过正式律师资格培训，正是爱德华七世时代的绅士们所称的那种经纪人。他为菲茨管钱，检查他从煤矿征收的租金和税款，支付各项开支，为雇员发放工资。他还负责处理租赁和其他合同，偶尔还会对企图欺骗菲茨的人提起诉讼。艾瑟尔以前见过他，并不喜欢这个人——他自以为无所不知。也许所有的经纪人都是这样，说不准，毕竟她只见过这么一个。

菲茨站了起来，一脸尴尬："我把一切都跟索尔曼先生说过了。"

"为什么？"艾瑟尔问。她保证过不告诉任何人。菲茨却透露给了这个经纪人，这似乎是一种背叛。

菲茨显得很羞愧，实在少见。"索尔曼会把我的建议告诉你。"他说。

"为什么？"艾瑟尔又问了一遍。

菲茨对她做了一个哀求的表情，好像在乞求她不要把事情变得更糟，让他难以应付。

但她毫不同情。对她来说这不是件容易的事——那凭什么他要觉得容易呢？"你到底害怕什么，不能自己亲口告诉我？"她咄咄逼人地说。

他的傲慢和自信通通不见了。"我让他给你解释吧。"说完，不顾她惊讶的目光，转身离开了房间。

门关上后，艾瑟尔盯着索尔曼，心想：我怎么能跟这个陌生人谈论我的孩子的未来呢？

索尔曼对她笑着："看来，你很不安分，对吧？"

这话刺痛了她："你跟伯爵也这么说的？"

"当然没有！"

"他也做了同样的事情，这你很清楚。两个人一块儿才能有孩子。"

“好吧，我们没必要去谈论细节了。”

“别把话说得好像是我一个人干的。”

“很好。”

艾瑟尔坐下，然后又去看着他：“你愿意坐下就坐下吧。”那口气就像她是房子的女主人，居高临下对管家说话。

他涨红了脸，坐也不是站也不是，好像仆人等着听吩咐一样。最后，他来回溜达着说：“伯爵大人指示我为你做个提议。”踱来踱去还是不起作用，他索性站在她的面前，“提出的价钱十分慷慨，我劝你还是接受下来。”

艾瑟尔一言不发。菲茨的冷漠倒是有个非常有用的效果，让她清楚认识到自己是在谈判。她熟悉这一领域里的事情。她父亲总是在谈判，跟矿井管理方争执不休，处理各种问题，一直在争取更高的工资，更短的工时，更好的安全防护措施。他有句座右铭：“除非必要，先别开口。”于是，她保持着沉默。

索尔曼期待地看着她。发现她并不买账，便显得有些沮丧。他再次开口说：“伯爵大人愿意付给你每年二十四英镑退休金，按月提前支付。我认为他非常慷慨，你不觉得吗？”

这个可恶的守财奴，艾瑟尔想。他怎么能对我如此卑鄙？二十四英镑是一个女佣的工资，仅仅是艾瑟尔管家工钱的半数，而她从此失去了工作和住处，生活都成问题。

为什么男人认为他们可以轻易逃脱？大概是因为他们通常都能做到。女人没有任何权利。创造孩子需要两个人一块儿完成，但只有一个人必须负责照顾抚养。女人怎么能让自己陷入这种弱势地位？她愤愤不平。

艾瑟尔还是缄口不语。

索尔曼拉过一把椅子，坐在她身边。“现在，你必须看到光明的一面。你一周就有十个先令①……”

“不完全是。”她马上回答。

“好了，那就一年二十六英镑，这样，一个星期就是十先令。你还有什么要说的？”

艾瑟尔什么也不说。

“你可以在加地夫花上两三个先令找个不错的小房间，剩下的钱就留给自己了。”他拍了拍她的膝盖，“而且，谁知道呢，你或许会找到另一个慷慨的人，生活就更轻松了……对吧？你是个非常迷人的女孩，你知道。”

她装作听不懂他话里的意思。给索尔曼这么恶心的经纪人做情人，让她感到毛骨悚然。难道他真的以为自己可以取代菲茨？她没去回应他的暗示。“有什么条件呢？”她冷冷地说。

“条件？”

“附在伯爵出价上的条件。”

索尔曼咳嗽了一声。“也就是通常那些条件，当然了。”

“通常？这么说，你以前这样做过。”

“没替菲茨赫伯特伯爵做过。”他飞快地说。

“但给别人做过。”

“我们还是回到眼前的事情吧，拜托。”

“你可以往下说。”

“你不能把伯爵的名字写在孩子的出生证明上，也不能以任何其他方式透露给任何人，说他是孩子的父亲。”

① 先令，英国的旧辅币单位，1英镑=20先令。

“从你的经验上看，索尔曼先生，女人通常都会接受这些条件吗？”

“是的。”

她们当然会的，她恨恨地想。还有什么别的选择呢？她们不享有任何权利，只能给什么就拿什么。她们当然会接受条件。“还有别的吗？”

“你离开泰-格温之后，不能试图以任何方式联系伯爵大人。”

这么说，他不希望再看见我或他的孩子，艾瑟尔想。一股失望的洪流涌了上来，让她感到一阵虚弱——好在她坐在椅子上，否则真会摔倒在地。她收紧下巴，强忍住泪水。等到完全控制住自己的情绪后，她说：“还有吗？”

“我认为就是这些。”

艾瑟尔站了起来。

索尔曼说：“你要跟我联系，确定在什么地方支付每个月的钱款。”他拿出一个小银盒子，从里面拿出一张名片。

“不。”她在他递来名片时说。

“可你需要跟我保持联系……”

“不，我不会的。”她又说。

“你是什么意思？”

“这笔交易我不能接受。”

“我说，你还是不要犯糊涂，威廉姆斯小姐……”

“我再说一遍，索尔曼先生，好让你弄得明明白白。这笔交易我无法接受。我的答案是不。我对你没什么要说的了。再见。”她走了出去，“咣当”一声把门关上。

她回到自己的房间，紧锁房门，撕心裂肺地哭了起来。

菲茨怎么能这么残忍？难道他真的不想再见到她？见到他的孩子？难道他以为一年二十四英镑就能把他们之间发生的一切通通抹去？

难道他真的不再爱她？他曾经爱过她吗？她是不是太傻了？

她原以为他爱她。她曾确信这种感情意味着什么。也许他一直在演戏，彻底欺骗了她——但她不这么认为。作为女人，她能看出一个人是不是在作假。

那他现在又在做什么？他或许抑制着自己的感情。也许他是个情感浅薄的人。这是可能的。他可能爱过她，出于真心，但这种爱显得碍事的时候，就很容易被忘却。这种性格弱点被此前汹涌的激情遮蔽了，没有引起她的注意。

至少他的铁石心肠让她更容易讨价还价。她没必要去顾及他的感情。她可以集中力量为自己和孩子争取最好的结果。她必须牢记父亲处理事情的策略。女人绝非完全软弱无力，不管法律上怎么说。

她估计菲茨现在焦灼不安。他一定希望她接受这些建议，最差也是拖延一下，争取抬高价码。然后，他就会觉得秘密被保全了。现在，除了焦虑，他还会感到困惑。

她没给索尔曼机会问她想要什么。让他们先在黑暗中挣扎吧。菲茨会担心艾瑟尔出于报复，而把孩子的事告诉碧公主。

她透过窗户看着马厩房顶的时钟。差几分钟就到十二点了。在前面的草坪上，仆人们就要准备给矿工子女开饭了。碧公主通常要在十二点钟前后到厨房见一见女管家。她通常是来抱怨的——不喜欢厅里摆放的花，侍者的制服没有熨过，或者楼梯上的油漆剥落了，等等。她这边则要询问如何给客人分配房间，更换瓷器和玻璃器具，以及雇用或打发佣人、厨房帮忙的女孩等事情。菲茨通常十二点半去晨间起居室，在午饭前喝一杯雪利酒。

然后，艾瑟尔就该折磨他们了。

菲茨看着矿工的孩子们一个个排队准备吃午餐——或许按他们的叫法，是"正餐"。他们脸上脏兮兮的，头发蓬乱，衣服全都破破烂烂，但一个个看上去很高兴。孩子总是让人感到惊奇。他们属于最贫穷的那些人，他们的父亲僵持在一场激烈的争端中，但从这些孩子身上看不出任何迹象。

跟碧结婚以来，他就一直渴望有一个孩子。她曾发生过一次流产，所以他十分担心这次还会如此。上次不过是因为他取消了俄国的行程，就让她大发脾气，如果她发现他让他们的女管家怀孕了，她的情绪恐怕会失去控制。

而且，这个可怕的秘密掌握在一个使唤丫头的手里。

他被这份担心折磨着。这便是对他罪过的可怕惩罚。如果不是眼前这种境况，他可能因为艾瑟尔怀孕而欣喜。他会把母亲和孩子安排在切尔西的一幢小房子里，每周去看一次。这种白日梦又一次让他的心隐隐作痛，既遗憾又向往。他不想对艾瑟尔那么无情。她的爱甜美无比——那么滚烫的吻，那么热切的爱抚，还有那青春洋溢的激情。甚至当他把坏消息告诉她时，都希望能抚摸她柔软的身体，感受她在自己脖颈上如饥似渴的亲吻，那种独特的方式让他无比兴奋。但他不得不狠下心来。

在他吻过的所有女人中，只有她最让人心动，而且，她还十分聪明，见闻广博，也很有趣。她告诉过他，她父亲总是喜欢谈论时事。泰-格温的女管家有资格读伯爵读过的报纸，但要等到仆役长读完以后——这种潜在的规矩他以前还不知道。艾瑟尔曾问过让他意想不到的问题，有时连他也答不上来，比如："奥地利人统治匈牙利之前，它由谁统治？"他会怀念这些的，他忧伤地想。

但她不会表现得像一个被遗弃的情妇。索尔曼跟她谈过以后他动摇起来。菲茨问他："她想要什么？"可索尔曼说不上来。菲茨因此惴惴不安，怀疑艾瑟尔可能会把事情的原委通通告诉碧，只是出于一种扭曲的道德感便把真相说出去。上帝帮帮我，让她远离我的妻子，他祈祷着。

他吃惊地看见珀西瓦尔·琼斯那粗短的身影，穿着绿色灯笼裤和步行靴走过草坪。"早上好，阁下。"琼斯说着，摘下了头上的棕色毡帽。

"早上好，琼斯。"作为凯尔特矿业的董事长，琼斯是菲茨财富的一个重要来源，但他并不喜欢这个人。

"有个不好的消息。"琼斯说。

"你是说维也纳那边？据我所知，奥地利皇帝还在为给塞尔维亚最后通牒谨慎措辞。"

"不，我是指爱尔兰。阿尔斯特人不接受地方自治，你知道。这会让他们在罗马天主教的政府下成为少数。军队正在准备发动叛乱。"

菲茨皱起了眉头。他不喜欢听到英国军队叛乱的消息。他生硬地说："无论报纸上说什么，我都不相信英国军官会违背自己主权政府的命令。"

“他们已经这么做了。”琼斯说，“卡拉兵变[1]不就发生了吗？”

“没有人不服从命令。”

“当奉命向阿尔斯特志愿者进军时，五十七名军官辞了职。你可能不把它称作叛变，阁下，但别人都这么认为。”

菲茨哼了一声。遗憾的是琼斯的话一点不错。事实是，英国军官不愿去攻击那些同胞，只因为后者保护了一群爱尔兰天主教的乌合之众。“永远都不能容许爱尔兰独立。”他说。

“我赞同您的态度，”琼斯说，“但我实际上是来跟您谈眼前这个问题的。”他指了指长凳上坐着的那些孩子，他们围着三角桌，正在吃鳕鱼煮白菜，“我希望您把这件事停下来。”

菲茨很讨厌那些社会地位较低的人对自己指手画脚：“我不愿让阿伯罗温的孩子饿死，哪怕这是他们父亲的过错。”

“您这么做等于鼓励了罢工。”

在菲茨看来，他从每吨煤里收取使用税的事实并不意味着他必须跟矿主们站在一起反对矿工。他气愤地说：“罢工是你们要操心的，跟我无关。”

“租金你可是按时拿的。”

菲茨被激怒了：“我没什么要跟你说的了。”他转身就走。

琼斯瞬间悔悟过来：“对不起，阁下，请原谅我一时失言，有欠妥当，但情况非常让人头疼。”

菲茨很难拒绝别人的道歉。尽管怒气未消，可还是转过身

---

① 卡拉兵变（Curragh Mutiny），由爱尔兰自治法案引发。1914年的英国自由党政府有赖30名爱尔兰民族主义者议员的支持，所以政府推动议会通过爱尔兰自治法案。但保守党反对这个法案，联邦主义者支持保守党，而很多英国军界将领都是联邦主义者，所以导致局势紧张。

来，客气地对琼斯说："好吧，不过我会继续让孩子们在这儿吃饭的。"

"可是您看，阁下，煤矿工人可能会固执己见，为了愚蠢的自尊甘愿受苦。但什么事情能最终击垮他们呢，就是看到自己的孩子挨饿。"

"你们的矿井反正也在开工。"

"那都是些三流的外籍劳工。大多数都是没经过培训的矿工，产量也很小。主要靠他们维持隧道，让那些马活着。我们没弄出多少煤来。"

"我拼了命也想不出你们为什么要把那些可怜的寡妇赶出家门。一共才只有八个人，再说，终究是那座倒霉的矿井让她们失去了丈夫。"

"这种论调危害很大。房子是分配给矿工的。一旦违反了这个原则，我们最终就会沦为贫民窟的房主了。"

也许你们当初就不该建这些贫民窟，菲茨心想，但没把这话说出口。他不打算再跟这个夸夸其谈的小暴君聊下去了。他看了看手表。时间是十二点半，他该去喝他的雪利酒了。"没用的，琼斯，"他说，"我不会加入你们的战斗。日安。"说完，快步朝自己的宅邸走去。

琼斯那边是他最不担心的。眼下他该怎么对待艾瑟尔？他得保证碧情绪不会变坏。除了要保住尚未出生的孩子，他还觉得怀孕这件事可能成为他们婚姻的一个新起点。孩子可能会让他们关系融洽，重新营造出温暖和亲密的氛围，像他们最初结合时曾有过的感觉。但是，如果碧知道他玩弄女管家，这种希望就会破灭。她会火冒三丈，一发不可收拾。

石板地面和短木横梁托起的天花板，让大厅凉爽宜人，使菲茨放松下来。是他父亲选了这种保守的装饰格局。除了《圣经》以外，父亲唯一读过的书是吉本的《罗马帝国的衰亡史》。他认为，更为伟大的大英帝国也难免走上同样的道路，除非贵族为保护这种制度展开斗争，尤其是保护皇家海军、英国教会和保守党。

他是对的，菲茨对此毫不怀疑。

午饭前喝一杯干雪利酒十分必要。这能让他振作精神，吃饭更有胃口。他心里这样想着，推门进了晨间起居室。屋里的景象让他一下子愣住了：艾瑟尔正在跟碧说话。他站在门口，惊恐地盯着她们。她在说什么？他是不是来得太晚了？“怎么回事？”他厉声问道。

碧吃惊地看了看他，然后冷淡地说：“我在跟管家商量枕套的事。你觉得还能是什么不得了的事？”她说话时带着俄语的卷舌音。

一时间他不知该说些什么。他意识到自己正在盯着他的妻子和他的情妇。想到他曾跟这两个女人十分亲密，心里立刻不安起来。“我不知道，是的……”他喃喃地说，然后便坐在书桌边，背对着她们。

两个女人继续说着话。她们谈的确实是枕套——已经用了多久，用旧的可以打上补丁，给佣人继续使用，是买绣了花的，还是买平常的让女仆去绣。不过菲茨仍然惊魂未定。女主人和仆人之间安静谈话的场景让他想到，要是艾瑟尔想把真相告诉碧的话，简直太容易了。不能让事情拖下去了，他必须采取主动。

他从抽屉里取出一张带有蓝色纹章的信纸，提笔在墨水瓶里蘸了蘸，写下：“午饭后来见我。”他吸干纸上的墨迹，把它装进一只配套的信封。

两三分钟后碧便跟艾瑟尔说完了话。她正要离开，菲茨头也不回地说："请到这儿来，威廉姆斯。"

她走到他身边。他闻到一股香皂的清香——她曾承认偷用了碧的。虽然生着气，但他还是很不自在地意识到黑色丝质管家裙下那苗条而健壮的大腿靠近了自己。他不去看她，把信封递了过去："派人去镇上的兽医诊疗所，取一瓶这样的药丸给狗吃。是治犬舍咳的。"

"好的，阁下。"她走了出去。

他要在一两个小时内解决问题。

他倒上雪利酒，给碧也递了一杯，但她拒绝了。酒暖和了他的胃腹，也缓解了他的紧张。他坐到妻子身边，她朝他友好地笑了笑。"你感觉怎么样？"他问。

"恶心，早晨总是这样，"她说，"但已经过去了，现在没事了。"

他的心思很快回到了艾瑟尔身上。她抓住了这个把柄，让他一筹莫展。她什么也没说，但她在暗中威胁要把一切都告诉碧。她简直是太狡猾了。他内心焦灼，感到脆弱无力。他原本希望事情在今天下午前就能解决的。

他们在小饭厅吃午餐，坐在一张或许是来自一所中世纪修道院的方腿橡木桌边。碧告诉他，在阿伯罗温看见了一些俄国人。"有一百多人，是尼娜告诉我的。"

菲茨竭力不去想艾瑟尔。"这些人是珀西瓦尔·琼斯搬来破坏罢工的。"

"显然他们受到了排斥。在店里买不成东西，咖啡馆里也没人招待他们。”

“我得让詹金斯牧师布道《要爱你的邻居》，哪怕他是一个破坏罢工的人。”

“你就不能责令店主为他们服务？”

菲茨笑了：“不，亲爱的，在这个国家不行。”

“唉，这些人真让人难过，我想为他们做点什么。”

他十分高兴：“这是个善意的念头。你有什么想法？”

“我相信加地夫有一座俄国东正教教堂。我去请一个牧师来，星期天为他们做礼拜。”

菲茨皱起了眉头。碧在他们结婚时改信英国国教，但他知道她渴望自己童年去过的教堂，说明她在第二家乡生活得并不快乐。不过，他不想让她生气。“很好。”他说。

“然后，我们可以让他们在仆人休息室吃顿饭。”

“主意很不错，我亲爱的，不过他们可能都是一些粗人。”

“我们只给那些去教堂的人提供饭食。这样就能排除犹太人和捣乱分子。”

“很精明。不过，镇上的居民会不喜欢你的。”

“但这对你我都没什么要紧。”

他点点头：“很好。琼斯刚才还抱怨说我给孩子们吃饭支持了罢工。如果你再招待一下这些破坏罢工的，至少就没人说我们偏袒哪一方了。”

“谢谢你。”她说。

怀孕这件事已经改善了他们的关系，菲茨想。

他午餐时喝了两杯白葡萄酒，但当他离开饭厅，往栀子花套房走去的时候，焦虑再次袭上心头。艾瑟尔把他的命运捏在手心里。她拥有所有女性的柔美和感性，可她无法受人摆布。他控制不了她，这让他感到害怕。

但她并没在那儿。他看了看手表。时间是两点一刻。他说的是“午饭后”，艾瑟尔应该知道什么时候上咖啡，早就该在这儿等着他了。他没有指定地点，但她肯定猜得出来。

他开始担心起来。

五分钟后他打算离开。没人让他这样等待过。但他不想把问题再拖到第二天，甚至连一个小时也不愿意拖下去，因此决定继续等。

她两点半的时候来了。

他气愤地说：“你到底想对我怎么样？”

她不去理会他的问话：“你到底是怎么想的，让我跟一个伦敦的律师谈这事？”

“我认为这样会冷静一些。”

“别犯傻了。”菲茨惊呆了。自打他上小学以后，从来没有人跟他这样说话。她接着说：“我怀着你的孩子，这能冷静得了吗？”

她说得对，他愚笨至极，她的话也直刺人心，但同时，他又禁不住喜欢她那乐感十足的口音——“冷静得了”这几个字抑扬顿挫，听上去像是一段旋律。“对不起，”他说，“我会付你双倍的……”

“别把事情弄得不可收拾，泰迪。”她说，但语气柔和了许多，“不要跟我讨价还价，好像这是钱多钱少的问题。”

他用手指着她：“你不能跟我的妻子说，听到了吗？这我决不能容忍！”

“别对我发号施令，泰迪。我没有任何理由服从你。”

“你怎么敢这么跟我说话？”

“闭嘴听着，我来告诉你怎么做。”

她这腔调把他惹火了，但想到跟她对抗毫无好处，便说：“那你接着说吧。”

“你对我表现得无情无义。”

他知道这是事实，心里感到一阵内疚。他很后悔自己伤害了她。但他尽量不表露出来。

她接着说：“我还是那样爱你，怎么会去破坏你的幸福。”

他心里更难受了。

“我不想伤害你。”她强忍着，背过身去，他看见泪水在她眼眶里打转。他想要开口，但她抬手止住了他的话。“你要我放弃我的工作、我的家，所以你必须帮我开始新的生活。”

“当然，”他说，“如果你愿意的话。”就事论事让他们压抑住了各自的感情。

“我要去伦敦。”

“好主意。”他不禁高兴起来，任何阿伯罗温的人都不会知道她生了孩子，更别想知道父亲是谁了。

“你要给我买一所小房子。不需要多华贵——工人阶级住的地方就可以了。但我想要六间房，这样我可以住一楼，招个房客。租金可以支付修缮养护的开支。我也还要工作。”

“你都仔细想过了。”

“我估计你在想这要花费多少钱，但你又不打算问我，因为绅士不喜欢打听东西的价钱。”

这话没错。

“我看了报纸，”她说，“这样的房子大约在三百英镑左右。大概比余下这辈子每个月付我两英镑要便宜。”

三百英镑对菲茨来说算不了什么。碧在巴黎的帕昆时装屋一下午就能花掉这么多钱买衣服。他说：“但你要答应保守秘密？”

“我也保证关爱你的孩子，抚养她，或他，快乐健康地长大，受到良好的教育，虽然你一点也不关心。”

他很气恼，但她说得对。他几乎一点都没考虑过孩子。“对不起，”他说，“我太担心碧了。”

“我知道。”她的语气软了下来，就像每次他表现出焦虑时那样。

“你什么时候离开？”

“明天早上。我跟你一样着急。我坐火车去伦敦，马上就开始找房子。等我找到了合适的地方，就会写信给索尔曼。”

“找房子的时候，你得有个寄宿的地方。”他从上衣口袋里掏出钱包，递给她两张五镑的纸币。

她笑了。“你根本不知道市面上的东西都是什么价钱，是不是，泰迪？”她把其中一张还给他，“五英镑足够了。”

他显得很不高兴：“我不想让你觉得我钱给少了。”

她的态度变了，他捕捉到她心怀恨意的一瞥。“哦，你是给少了，泰迪，是的，”她生气地说，“但不是钱。”

“是我们两个人做的。”他自卫般地说，看了一眼床铺。

“但是，我们之中只有一个人要生孩子。”

“好了，不要再争了。我会告诉索尔曼按你说的去做。”

她伸出一只手：“再见，泰迪。我知道你会信守诺言。”她的声音很平静，但能够看出她在竭力控制着自己。

他和她握了握手，尽管这对两个曾共浴爱河的人来说非常奇怪。“我会的。”他说。

“请现在离开吧，快点儿。”她转身站到一边。

他犹豫了片刻，然后离开了房间。

走着走着，他眼里突然涌上一股懦弱的泪水，让他既惊讶又羞愧。“再见，艾瑟尔，”他低声向着空旷的走廊说，“愿上帝保佑你。”

她从阁楼的行李储藏间偷偷拿了一只小手提箱，很破旧，没人会想起这只箱子。这曾是菲茨的父亲用过的，皮面上还盖着他的纹章——上面的金粉早已脱落，但压痕依然清晰可辨。她把袜子和内衣装了进去，还加了几块公主的香皂。

当天夜里她躺在床上，最后决定还是不去伦敦。她害怕一个人经受这一切，她要跟家人在一起。她还得向母亲请教怀孕的事情。当孩子降生的时候，她该呆在一个自己熟悉的地方。她的孩子需要祖父母的照顾，需要舅舅比利。

起床后她穿上自己的衣服，把管家制服留在了钉子上，然后早早溜出了泰-格温。在车道尽头她朝宅子回望了一眼，石墙已经被煤灰染黑了，成排窗户反射着初升的阳光，她刚来的时候还是个才出校门的十三岁小姑娘，多年来在这儿竟学到了那么多东西。现在她知道上流社会是怎样生活的。他们吃稀奇古怪的东西，制作过程繁复，浪费的比吃掉的还多。他们都用一种噎着嗓门的腔调说话，连一些外国人也这样。她经管过一些有钱女人的华美内衣，料子是精棉和滑溜溜的丝绸，用手工缝制，带刺绣和蕾丝花边，一打打叠放在抽屉柜里。她只消瞥上一眼，就能认出一只餐具柜制造的年代。最重要的是，她痛苦地想道，自己明白了一个道理——爱情不可信。

她下了山坡进入阿伯罗温，直接朝威灵顿街走去。像往常一样，家里的门没有锁。她进了屋，客厅也是厨房，比泰-格温放置花瓶的房间还要小。

妈妈正在揉面准备做面包，看见她拎着的行李箱，便停下来问："出什么事了？"

"我回家了。"艾瑟尔说。她放下箱子，坐在四方的餐桌旁。她实在羞于把发生的事情说出来。

但是妈妈已经猜到了："你被解雇了！"

艾瑟尔不敢看她的母亲："是。对不起，妈。"

妈妈用抹布擦了擦手。"你干了什么事？"她气愤地说，"快告诉我，马上！"

艾瑟尔叹了口气。她为什么要隐瞒呢？"我怀上了孩子。"她说。

"哦，天啊，你这个坏丫头！"

艾瑟尔忍住眼泪。她希望得到同情，不是谴责。"我是坏丫头。"她摘下帽子，尽量让自己保持镇静。

"我看你是鬼迷心窍了！在大房子里工作，见了国王和王后，就让你忘了自己是怎么长大的。"

"你说得对。"

"这可让你父亲怎么活啊。"

"又不是让他生孩子，"艾瑟尔尖刻地说，"我想他不会有事的。"

“别这么厚脸皮。这事会让他伤心死的。”

“他去哪儿了？”

“又去参加罢工会议了。想想他在镇上的地位，他是教堂的长老、矿工的代理、独立工党书记——这下人人都知道他女儿是个荡妇，让他开会的时候还怎么抬头见人？”

艾瑟尔终于控制不住了。“我很抱歉给他带来了羞辱。”说着，她便哭了起来。

妈妈的表情变了。“唉，好啦，”她说，“这种事情自古就有。”她绕过桌子，把艾瑟尔的头抱在胸前，“不要紧，不要紧。”就好像艾瑟尔还是个孩子，不小心擦破了膝盖。

过了一会儿，艾瑟尔不再抽泣了。

妈妈放开了她，说：“我们还是喝杯茶吧。”炉灶上一直放着一只水壶。她把茶叶放到壶里，倒上开水，然后用木勺搅拌了一阵。“什么时候生？”

“二月。”

“哦，我的天。”妈从炉边转过身，看着艾瑟尔，“我要当外婆了！”

两个人都笑了。妈妈拿出茶杯，倒上茶。艾瑟尔喝了几口，感觉好了一些。“你生孩子的时候困难吗？”她问。

“生孩子从来都不容易，但我比大多数人好些，我母亲是这么说的。可我自从生了比利，后背就一直疼。”

比利从楼上下来，说：“谁在说我呢？”艾瑟尔估计他现在睡得很晚，因为他在罢工。每次看见他，她都觉得他个子更高，肩膀也更宽了。“你好，艾丝。”他吻了吻她，唇边带着硬硬的胡茬，“怎么带了箱子？”他坐下，妈也给他倒了杯茶。

“我做了一件蠢事，比利，”艾瑟尔说，“我怀了孩子。”

他盯着她，惊讶得说不出话来。接着，他脸红了，无疑在想她做了什么事情才怀上身孕。他低下头，有些不好意思。然后他喝了口茶，最后才说：“孩子的父亲是谁？”

“那个人你不认识，”她预料到了，早就编好一套应付的话，“他是跟客人一道来泰-格温的贴身随从，但现在他去了部队。”

“但他会回来照顾你。”

“我连他在哪里都不知道。”

“我会找到这家伙的。”

艾瑟尔把手放在他的胳膊上。“别生气，小弟弟。如果我需要你们的帮助，我会开口的。”

比利显然不知该说些什么。威胁报复肯定是行不通的，但他想不出别的办法。他看上去一脸茫然。他才刚满十六岁。

艾瑟尔记得他还是个婴儿时的样子。他降生的时候她只有五岁，但她已经完全被迷住了，为他那完美无瑕又脆弱无助的样子着迷。很快我就会有一个漂亮而无助的婴儿了，她想。她不知道是应该高兴还是害怕。

比利说：“爸爸对这事儿肯定有不少话要说，我觉得。”

“我担心的就是这个，”艾瑟尔说，“我希望能做点什么，让他心里好受些。”

外公下来了。“被解雇了，是吗？”接着他看见了手提箱，“太放肆了，对吧？”

妈妈说：“行了，爸，别那么刻薄。她快要生孩子了。”

“哦，哟嗬，”他说，“是大房子里的花花公子吧，要是伯爵，我一点儿都不奇怪。”

“别说蠢话，外公。”艾瑟尔说。他这么快就猜到了真相，实在让她有些沮丧。

比利说：“是一个客人带的随从。他现在去当兵了。她不想让我们去找那家伙。”

“哦，是吗？”外公说。艾瑟尔觉得他并不相信这种说法，但没再继续坚持。接着，他换了个话题：“这都怪你的意大利血统，你外婆就爱动感情。如果我没把她娶了，她就会惹出麻烦来。事实上她都等不到举办婚礼。当时……”

妈妈突然插了进来：“爸！你在孩子面前说什么呢？！”

“都到这种时候了，还有必要对他们藏着掖着吗？”他说，“到了我这个年纪，不适合编好听的瞎话了。年轻女人就想跟年轻男人睡觉，她们想得太厉害，说干就干，不管结婚没结婚。有人要是假装没这回事，那他就是个大傻瓜——这里就包括你丈夫，卡拉。”

“你说话要小心点。”妈妈说。

“哎，好吧。”然后外公便不再吭声，低头喝茶。

过了一会儿，爸爸回来了。妈妈有些吃惊：“你回来得真早！”

他察觉出她话里的不痛快：“怎么，你们好像不太欢迎我？”

她从桌边站起身，给他腾出地方：“我再沏一壶新茶。”

爸爸没有坐下。“这次会议被取消了。”他的目光落在艾瑟尔的手提箱上，“这是什么？”

大家都看着艾瑟尔。妈妈有些害怕，比利显得愤愤不平，而外公则一副听天由命的样子。这个问题该由她来回答。“我有件事要告诉你，爸爸，”她说，“听了以后你肯定会生气的，但我只能说我很抱歉。”

他的脸色阴沉下来：“你干了什么事？”

“我离开了泰–格温，不在那儿干了。”

“这没什么可遗憾的。我向来不喜欢你对那帮寄生虫点头哈腰。”

“我离开是有原因的。”

他靠近了一些，站在她面前：“是好还是坏？”

“我弄出麻烦了。”

他的样子十分吓人：“我希望你不是指女孩子有时候指的那种意思。”

她低头看着桌子，点点头。

“难道你……”他停顿了一下，寻找合适的字眼，“难道你逾越了道德界限？”

“哎。”

“你这坏丫头！”

妈妈刚才就是这么说的。艾瑟尔畏缩地避开他，尽管她没觉得他真会动手打她。

“看着我！”他说。

她抬起头，泪眼模糊地看着他。

“这么说，你是在告诉我犯了淫乱的罪。”

“对不起，爸爸。”

“跟谁？”他喊着说。

“是个随从。”

“叫什么名字？”

“泰迪。”这话没经考虑就从她嘴里溜了出来。

“正式的姓名？”

“这不重要。”

“不重要？你到底是什么意思？”

“他当初是同主人一道来宅邸做客的。等我发现了情况，他已经去部队了。我跟他失去了联系。”

“来做客？失去了联系？”爸爸气得大声叫喊起来，“你的意思是，你都没有跟他订婚？你犯下这种罪过……”他语无伦次，几乎无法把那个让人厌恶的字眼说出口。“你是随随便便就犯下这种罪过的？”

妈说话了：“好了，别生气了，她爸。”

“别生气？这都不生气，还要出什么事才生气？”

外公想让他平静下来：“想开点吧，孩子。这样嚷嚷也没什么用处。”

“很抱歉我不得不提醒你，这是我的房子，有没有用我说了算。”

“哎，那好吧，”外公平心静气地说，“随你的便。”

妈妈仍然不肯罢休。“别说什么让你后悔的话，她爸，快停下。”

旁人的这些劝说反倒让爸爸更加气愤。“别想让女人和老头管着我！”他大声喊道，用手指着艾瑟尔，“我的家里容不得私通犯！滚出去！”

妈妈哭了起来：“别，求你别说这种话！”

“出去！”他喊道，“永远也别回来！”

妈妈说：“那可是你的外孙！”

比利说话了。“神的话能管着你吗，爸爸？耶稣说：‘我来本不是召义人悔改，乃是召罪人悔改。’是《路加福音》第五章第三十二节。”

爸爸对他呵斥道：“我来给你说件事，你这个无知的小家伙。我的祖父母从来没有结过婚。没人知道我的祖父是谁。我的祖母一辈子见不得人，日子过得不能再低贱了。”

妈倒吸了一口凉气。艾瑟尔十分震惊，她看见比利也是目瞪口呆。外公却好像早已知道这件事。

“唉，是啊，”爸爸说，声音低了下来，“我父亲在一个名声不好的家里长大，你们谁也想象不到那是种什么滋味。那是加地夫码头水手们经常去的地方。后来有一天，他的母亲喝得烂醉，昏迷不醒，上帝便引着他走进教堂的主日学校，他在那儿遇到了耶稣。也是在那儿，他学会了读书写字，最终把自己的孩子引到正当的道路上。”

妈妈轻声说：“你从来没跟我说过这件事，大卫。”她很少用教名称呼他。

“我希望永远不要再想起这些。”爸爸的脸被耻辱和愤怒扭曲得变了形。他靠着桌子，眼睛盯着艾瑟尔，声音小得几乎像耳语：“我向你的母亲求爱那会儿，我们手牵着手，每天晚上我都吻她的脸，直到婚礼那天。”他把拳头往桌子上一砸，上面的杯子摇晃起来。“承蒙我们的主耶稣基督的恩典，我的家人才从臭水沟里爬了出来。”他又抬高了声音，喊了起来，“我们再也不要回到那儿！不要！不要！不要！”

几个人呆呆地沉默了好长一段时间。

爸爸看着妈妈：“让艾瑟尔出去。”

艾瑟尔站了起来："我的箱子都整理好了，手里也有钱。我坐火车去伦敦。"她使劲看着她的父亲，"我不会把家人拖到臭水沟里去。"

比利拿起她的手提箱。

爸爸说："你要去哪儿，孩子？"

"我陪她去车站。"比利有点害怕的样子。

"让她自己拿箱子。"

比利弯腰要把箱子放下，随后又改变了主意。一种倔强的表情出现在了他的脸上。"我要陪她去车站。"他重复道。

"让你做什么你再做！"爸爸喊道。

比利还是有些害怕，但现在他开始对抗了："那你打算怎么办，爸爸，把我一起赶出家门？"

"我要把你撂在膝盖上，用鞭子抽。"爸爸说，"你还没到我打不动的时候。"

比利脸色发白，但他直视着爸爸的眼睛。"我到了，"他说，"我早就到了。"他把箱子换到左手上，右手握成拳头。

爸爸往前迈了一步："我教你怎么跟我握拳头，孩子。"

"别！"妈妈叫了一声。她站到他们中间，推开爸爸。"够了！不许在我的厨房里打架。"她用手指着爸爸的脸，"大卫·威廉姆斯，管好你的两只手。别忘了，你是毕士大礼拜堂的长老。别人知道了，会怎么想？"

这话让他平静下来。

妈妈转向艾瑟尔："你最好走吧。比利跟你一起去。快，现在就走。"

爸爸在桌边坐下。

艾瑟尔吻了她的母亲："再见，妈。"

"给我写信。"妈妈说。

爸爸说："看你敢给这个房子里的任何人写信！来信就直接烧掉，连拆都不拆！"

妈妈背过身去，哭泣着。艾瑟尔走出门，比利跟在后面。

他们走下陡斜的街道前往镇中心。艾瑟尔一直低头看着地面，不想跟她认识的人说话，省得人家打听她要去什么地方。

到了车站，她买了一张到帕丁顿的车票。

"这下可好，"比利说，两人这时已经上了站台，"一天里连受两次打击，先是你，然后是爸爸。"

"多少年他一直保守着这个秘密，"艾瑟尔说，"怪不得他那么严厉。我差不多都原谅他把我踢出家门了。"

"我不能，"比利说，"我们的信仰事关救赎和怜悯，不是把秘密封存起来，也不是惩罚他人。"

从加地夫来的火车开进站台，艾瑟尔看见沃尔特·冯·乌尔里希下了车。他对着她碰了一下自己的帽子，还是那样彬彬有礼——绅士们通常不会对仆人这样做。茉黛女勋爵说她已经拒绝了他。也许他是来劝她回心转意的。她默默地祝愿他好运。

"要不要给你买份报纸？"比利问。

"不，谢谢你，小弟，"她说，"我恐怕静不下心来看报纸。"

他们就这样等着火车。她说："你还记得咱们以前用过代码吗？"小时候，他们发明了一个简单办法交换纸条，不让他们的父母看懂。

听了这话，比利显得有些疑惑，随后一下子想了起来。"哎呀，我记得。"

“我会用代码给你写信，那样爸爸就读不懂了。”

“对啊，”他说，“就寄给汤米·格里菲斯，让他转一下吧。”

火车吐着白烟轰隆隆驶进车站。比利抱了一下艾瑟尔。她看出他尽量不让自己哭。

“照顾好自己，”她说，“照顾好妈妈。”

“哎，”他说，用袖子擦了擦眼睛，“我们都会好好的。你在伦敦多保重。”

“我会的。”

艾瑟尔登上了火车，坐在窗边。一分钟后，车开了。随着车速加快，她看见矿井上的升降机逐渐退后，消失在远处，暗想着她是不是还能再次回到阿伯罗温。

茉黛很晚才去泰–格温的小饭厅，跟碧一起吃早餐。公主兴致很高。通常她都会抱怨在英国生活的种种不便——尽管茉黛小时候待在英国使馆时记得，俄国的生活并不舒适，房子阴冷，人们粗鲁无礼，服务不可靠，政府混乱不堪，毫无章法。不过今天碧没发牢骚。她很高兴自己终于有了身孕。

谈起菲茨时，她的口气也变得宽宏大量起来。“他挽救了我的家人，你知道，”她跟茉黛说，“他还清了我们财产的抵押金。但是到现在为止还没有人来继承——我哥哥没有孩子。如果安德烈的土地和菲茨的财产最终被哪个远房亲戚继承了去，那岂不是太可悲了。”

茉黛不认为这有什么可悲的。所谓的远房亲戚很可能就是她茉黛的儿子。但她从未想过继承什么财富，也很少去想这类事情。

今天早上自己实在不是个好的陪伴，茉黛边喝咖啡边摆弄手里的烤面包片，心里这样想着。事实上她心里凄苦无比。墙上的壁纸让她感到压抑，维多利亚式的花枝树叶覆盖了整个天花板，蔓延到四周的墙壁上，尽管她自打出生就一直住在这种环境中。

她没把自己跟沃尔特的恋情告诉家人，因此现在她也不能告诉他们一切都已结束，这样一来，也就没人能对她表示同情。只有那个生机勃勃的小管家威廉姆斯知道这件事，不过她好像突然消失了。

茉黛读着《泰晤士报》，上面报道昨晚劳埃德·乔治在市长官邸晚餐上发表了讲话。他对巴尔干危机一直持乐观态度，声称危机可以和平解决。她希望他是对的。尽管她已经放弃了沃尔特，但一想到他有可能穿上军装，死于战争或者受伤致残，她还是不免胆战心惊。

她读了《泰晤士报》维也纳栏目下的一个短篇报道，题为《塞尔维亚的恐慌》。她问碧，俄国是否会保护塞尔维亚，防范奥地利的入侵。“我希望不会！”碧有些担心地说，“我不想让我的兄弟去打仗。”

她们坐在小饭厅。茉黛记得曾跟菲茨、沃尔特在学校放假时来这儿吃早餐，当时她十二岁，他们两个十七岁。她记得两个男孩子胃口很大，每天早上骑马或到湖里游泳前都要吃掉不少鸡蛋、香肠和一大摞黄油烤面包。沃尔特十分让人着迷，他外表英俊，又是个外国人。他礼貌客气地待她，就好像她跟他是同龄人，这种奉承很讨年轻女孩的欢心——她现在发现，那是一种十分巧妙的讨好方式。

她正回想着，仆役长皮尔走了进来，他对碧说的话让茉黛吓了一跳：“冯·乌尔里希先生来了，殿下。”

沃尔特不可能来这儿，茉黛有些糊涂了。难道是罗伯特？也同样不太可能。不一会儿，沃尔特走了进来。

茉黛惊得说不出话来。碧说：“简直是个意外的惊喜，冯·乌尔里希先生。”

沃尔特穿着轻薄的淡灰蓝色粗花呢夏装，蓝色缎面领带跟他的眼睛颜色相仿。茉黛后悔自己穿的不过是件普通的奶白色梨形上衣，穿这种衣服跟她的嫂子吃早餐倒是合适。

“请原谅我此番侵扰，公主，”沃尔特对碧说，“我要去加地夫拜访我们的领事。事情很无聊，德国水手在当地和警方惹了一场乱子。”

这是胡说八道。沃尔特是一位武官，把水手弄出监狱不属于他的职权范围。

“早上好，茉黛女勋爵。”他跟她握了握手，“看见你在这儿真是令人愉快。”

这更是信口胡诌，她想。他是来找她的。她离开伦敦就是为了躲他，但内心深处，她不由得高兴他如此坚持不懈地追着自己。一时慌乱，她只说了句：“嗨，你好啊！”

碧说：“来点咖啡吧，冯·乌尔里希先生。伯爵外出骑马了，但很快就会回来。”她想当然地认为沃尔特是来看菲茨的。

“十分感谢。”沃尔特坐了下来。

“你留下来吃午饭吧？”

“我很愿意。然后我就得坐火车回伦敦。”

碧站了起来：“我去跟厨子说一下。”

沃尔特马上起身帮她拉开椅子。

“跟茉黛女勋爵聊会儿天，”碧说完，便离开了房间，“让她快活点儿。她正为国际形势担心呢。”

听着碧话里嘲弄般的腔调，沃尔特扬了扬眉毛：“所有明辨是非的人都在担心国际形势。”

茉黛很是尴尬。她必须硬着头皮说点什么了，便指了指《泰晤士报》：“你觉得这是真的吗，塞尔维亚已经征召了七万预备役？”

“我怀疑他们到底有没有七万的预备役，”沃尔特严肃地说，“但他们正在试图加大筹码。他们希望更广泛的战争危险会让奥地利小心起来。”

“奥地利人怎么会花这么长时间才把自己的要求送达塞尔维亚政府？”

“从官方层面来说，他们想要不用任何战争手段得到结果。从非官方层面看，他们知道法国总统和他的外交大臣刚好去了俄国，两个盟国商定出一个协调一致的方案再容易不过。庞加莱总统离开圣彼得堡之前，奥地利人不会发出他们的外交照会。”

他想问题真是清晰，茉黛心想。她喜欢的就是他的这一点。

他隐忍的态度突然消失了。他一本正经、谦恭有礼的面具后面是一脸痛苦。他唐突地说：“请回到我身边吧。”

她张开嘴巴想要说话，但不平的心绪让喉咙一阵哽咽，她连一个字也没说出来。

他可怜兮兮地说：“我知道你拒绝我是为了我好，但这样不行，我实在太爱你了。”

茉黛想着怎么回答：“可是，你的父亲……”

“他的命运得自己看着办了。我不能听他摆布，在这件事上绝不。”他的声音低了下来，“我无法忍受失去你。”

“他可能是对的，德国外交官不该娶一个英国妻子，至少现在不应该。”

“那我就去干别的工作。但我永远无法找到另一个你。”

她的决心动摇了，眼睛被泪水淹没。

他隔着桌子握住了她的手：“我可以跟你哥哥谈谈吗？”

她把白色亚麻餐巾揉成一团，抹了抹脸上的眼泪。“先别跟菲茨谈，”她说，“等几天，等到塞尔维亚危机结束再说。”

“几天时间可结束不了。”

“如果是那样，我们就再想想。”

“我会按你的意思办，当然。”

“我爱你，沃尔特。无论发生什么，我都愿意成为你的妻子。”

他吻了一下她的手。“谢谢你，”他庄重地说，“你让我感到非常幸福。”

威灵顿街的房子里气氛紧张而静默。妈妈做好了饭，爸爸、比利和外公吃着，谁都没说话。比利狼吞虎咽，心里憋着一股火。当天下午他爬上山腰，一个人独自走了好几里地。

第二天早上，他发现自己的心思一次又一次地回到耶稣和通奸被捉的妇人的故事。他穿着礼拜日的衣服坐在厨房里，等着跟父母和外公去毕士大礼拜堂参加擘饼礼拜，他打开《圣经》，在《约翰福音》里找到第八章，这故事他读了一遍又一遍。里面讲的几乎就是他家遭遇的这种危机。

他在礼拜堂继续思考着这个问题。他巡视四周，看着熟悉的朋友和邻居：戴·泼尼斯太太、小店约翰·琼斯，庞蒂太太和她的两个儿子、板油·休伊特……他们都知道昨天艾瑟尔离开了泰-格温，买火车票去帕丁顿了。虽然他们不知道为什么，但可以猜到。他们已经在心里评判着她。但耶稣并不这样。

在唱赞美诗和即席祈祷时，他认定圣灵就要引领他阅读那些经文了。临近结束的时候，他站起身来，打开手上的《圣经》。

周围发出一阵惊奇的低语声。他这个年纪来给会众读经实在太年轻了。不过实际上并没有年龄限制——圣灵完全可以感动任何人。

“我要读《约翰福音》中的几节。”他的声音微微颤抖，但尽力保持平稳。

“他们对耶稣说：夫子，这妇人是正行淫时被拿的。”

毕士大礼拜堂里一下子安静下来，人们一动不动，谁也没有交头接耳，也没有人咳嗽。

比利读下去：“摩西在律法上吩咐我们，把这样的妇人用石头打死，你说该把她怎么样呢？他们说这话，乃试探耶稣，要得着告他的把柄。但是耶稣弯下腰，用指头在地上画字，好像他没听见他们的话。他们还是不住地问他，耶稣就直起腰来，对他们说……”

读到这儿，比利停顿了一下，抬头看了看。

他小心地加重语气，道：“他说，你们中间谁是没有罪的，谁就可以先拿石头打她。”

屋子里的每双眼睛都在盯着他。谁也没有动。

比利接着说：“于是又弯下腰来，用指头在地上画字。他们听见这话，自己的良心让他们自知有罪，就从老到少一个一个地都出去了，只剩下耶稣一人。还有那妇人仍然站在当中。耶稣直起腰来，对她说，妇人，那些责难的人在哪儿呢？有人定你的罪么？她说：主啊，没有。”

比利从书上抬起头来。最后一节他早已默记在心里，没必要照着读。他看着父亲紧绷着的脸，十分缓慢地说：“耶稣对她说，我也不定你的罪。去吧，从此不要再犯罪了。”过了好一会儿，他“啪”地合上《圣经》，听上去像是沉默中的一声炸雷，“这就是上帝的圣言。”

比利没有坐下。相反，他朝门口走去。教众们一个个瞪大眼睛紧盯着他。他打开那扇大木门，离开了。

从此，他再没有去过那儿。

第九章

1914年7月下旬

沃尔特·冯·乌尔里希弹奏不了拉格泰姆[1]。

他可以弹出曲调，倒是简单。他也能即兴发挥，弹出某种独特的和弦，音程中间经常使用降半音的七和音。他可以两者一起弹奏，但听起来不像是拉格泰姆。节奏一下子全不对了。经过一番努力，结果也不过是那种能在柏林某个公园里听到的街头演奏的水平。对一个毫不费力弹奏贝多芬奏鸣曲的人来说，这实在令人沮丧。

星期六早晨，在泰–格温的小客厅里，茉黛尝试着教沃尔特。他们坐在贝希斯坦立式钢琴前，被盆栽棕榈树环绕着，夏日的阳光从高耸的窗外洒进来。两人紧挨着并排坐在琴凳上，四臂交错，茉黛尽情取笑着他的越挫越勇。这是金子般的幸福时刻。

她解释了他的父亲如何说服她断绝来往的详情，这让沃尔特的心情一落千丈。如果他返回伦敦的当晚见到父亲，肯定会一下子爆发。不过，奥托那时已经动身去维也纳了，沃尔特不得不压

---

① 拉格泰姆，是一种采用黑人旋律，依切分音法循环主题与变形乐句等法则结合而成的早期爵士乐，第一次世界大战前盛行于美国。

下这股火。他还一直没见到父亲。

他赞成茉黛的建议，他们应该保守订婚的秘密，直到巴尔干危机结束。尽管形势稍稍缓和下来，但危机仍在持续。萨拉热窝暗杀事件已经过去将近四个星期，但奥地利皇帝还是没向塞尔维亚递交他酝酿已久的照会。这种拖延让沃尔特产生了希望，看来怒火已经平息，维也纳那边出现了温和态势。

皮卡迪利单身公寓里，沃尔特坐在小客厅的三角钢琴前，琢磨着除了打仗以外，奥地利人还可以做很多事来惩罚塞尔维亚，抚慰他们受伤的自尊。例如，他们可以强迫塞尔维亚政府取缔反奥地利的报纸，清除塞尔维亚军队和公职人员中的民族主义者。塞尔维亚人不得不接受——这的确是种羞辱，但远比打一场赢不了的战争要好。

这样一来，几个欧洲大国的首脑也会松一口气，把心思放在处理国内的问题上。俄国会去压制他们的总罢工，英国要去平息爱尔兰新教徒的骚乱，而法国人则可以消遣“卡约夫人谋杀案”的审判，这位夫人枪杀了一名《费加罗报》的编辑，只因后者在报上刊出了她丈夫——法国财政部长，婚外恋的情书。

沃尔特则要跟茉黛结婚。

这才是他现在关注的重点。这些困难他考虑得越多，克服它们的决心就越坚定。几天来他左思右想，一想到以后的生活若没有她便再也快乐不起来，就愈发确信一定要跟她结婚。不管会付出什么代价。他热切地关注着欧洲版图上的外交博弈，仔细观察每一个动向，先评估它对他和茉黛会有什么影响，然后才是德国和整个世界。

他今晚能见到她，他们会一道晚餐，一起参加苏塞克斯公爵夫人的舞会。他已经系好白色领结，换了燕尾服，准备出门了。刚合上琴盖，门铃就响了，他的贴身男仆通报：罗伯特·冯·乌尔里希伯爵来了。

罗伯特一脸阴沉。这是他通常的表情。当初他们一起在维也纳上学的时候，罗伯特就是个麻烦不断、郁郁寡欢的年轻人。这种特质让他结识了一群所谓的颓废派艺术家，并深深地被他们吸引。随后某天，他跟一些趣味相投的人共度了一晚，回家时脸上带着愧疚却又无畏的表情。那时，他发现同性恋虽像通奸一样在公开场合受到谴责，但至少在某些隐秘的圈子里被默许容忍——他便顺从了自己的本性。不过，今天他露出这副样子却是因为其他原因。

“我刚看到了皇帝照会的内容。”罗伯特开门见山地说。

沃尔特心里立时有了希望。有可能是和平解决，他一直在盼着这个。“上面是怎么说的？”

罗伯特递给他一张纸：“我把主要部分抄下来了。”

“已经交给塞尔维亚政府了吗？”

“是的，贝尔格莱德时间六点钟的时候递交的。”

内容涉及十项要求。前三项跟沃尔特预料的思路很接近，他读着，稍感放松：塞尔维亚必须查禁自由派的报纸，粉碎被称作“黑手”的秘密社团，打击民族主义宣传机构。他欣慰地想，或许维也纳的温和派最后赢得了这场争辩。

第四点乍看上去也合情合理——奥地利人要求清洗塞尔维亚公职人员中的民族主义者，不过后面的话有些刺眼：奥地利人将提供具体姓名。“这好像有点强硬，”沃尔特不安地说，“塞尔维亚政府不能让奥地利人来告诉他们该解雇哪个人。”

罗伯特耸耸肩："他们不得不这样做。"

"我想也是。"为了和平，沃尔特希望他们按此办理。

但后面还有更糟糕的。

第五点要求塞尔维亚政府同意奥地利协助粉碎颠覆活动，而第六点，沃尔特沮丧地读到，强调要让奥地利官员参加塞尔维亚针对暗杀的司法调查。"可是，塞尔维亚不会同意这一点的！"沃尔特决断地说，"这就相当于放弃自己的主权。"

罗伯特的脸色更阴沉了。"根本算不上。"他气哼哼地说。

"世界上没有任何国家会同意这个吧。"

"塞尔维亚会的。它必须同意，要不就会被毁灭。"

"用一场战争？"

"如果需要的话。"

"这可能吞噬整个欧洲！"

罗伯特晃了晃手指："如果其他国家的政府明智的话，就不会。"

千万不能像你们国家，沃尔特想，但他忍下这句反驳的话，继续往下读。其余各项都显示出十足的傲慢，但塞尔维亚人很可能忍气吞声接受下来——逮捕策划主谋，查禁向奥地利境内走私武器的活动，压制塞尔维亚官员的反奥言论。

而且，照会要求四十八小时的限期答复。

"我的上帝，这太苛刻了。"沃尔特说。

"藐视奥地利皇帝的人必须受到严厉对待。"

"我知道，可他甚至没给他们任何余地来保全面子。"

"为什么他要给呢？"

沃尔特不再强压着心里的恼怒："天啊，难道他要发动一场战争吗？”

“皇帝的家族，哈布斯堡王朝，几百年来一直统治着欧洲的广大地区。弗兰茨·约瑟夫皇帝知道上帝有意让他统治低等的斯拉夫民族。这是他的命运。”

“上帝，让我们免遭命运论者的戕害吧。”沃尔特嘀咕着，“我们的大使馆见到这个了吗？”

“他们马上就能见到了。”

沃尔特琢磨着其他人会有什么反应。他们会跟罗伯特那样接受下来，还是像沃尔特这样感到怒不可遏？会向全世界发声抗议，还是无奈而又老练地一耸肩膀了事？他要在今晚弄个清楚。他看了看壁炉上的时钟。“我得赶紧赴宴去了。你随后会参加苏塞克斯公爵夫人的舞会吗？”

“是的。我们到时候见。”

他们一起出门，在楼下分了手。沃尔特直奔菲茨的宅邸，他在那儿吃晚饭。他有点喘不过气来，好像被人击倒了似的。他所担心的战争正在逼近，危在旦夕。

他匆匆赶到，刚好来得及向碧公主低头致意，跟菲茨握手。碧穿着有丝绸蝴蝶结的淡紫色礼服，菲茨的硬翻领和白色领结让他显得很帅气。晚宴紧接着就开始了。他很高兴被安排陪同茉黛走进餐厅。她穿着一袭暗红色长裙，柔软的面料紧裹在她身上，正合沃尔特的心意。他给她扶着椅子，说道：“这件礼服简直太迷人了。”

“是件保罗·波烈①。”她说。这位设计师如此有名，连沃尔

① Paul Poiret，法国时装设计大师，把妇女从紧身胸衣里解放出来，奠定了欧洲现代服装的基调。

特都有所耳闻。她稍稍压低声音："我觉得你会喜欢的。"

这句话不算过分亲密，但也已经让他陶醉，不过一想到他有可能失去这个妩媚的女人，随之而来的恐惧便让他忍不住发抖。

菲茨的房子算不上宫殿。它的长方形餐厅在街区拐角，俯瞰着两条大道。尽管夏夜明亮，但餐厅里的枝形吊灯全都大亮着，在水晶杯子和银制餐具上折射出熠熠光辉。沃尔特环顾桌上的其他女宾，再次为英国上流社会的女士们在晚宴上袒胸露乳的大胆程度感到惊讶。

这种想法太幼稚了。他的确应该结婚了。

他一坐下，茉黛的脚便从鞋子里溜出来，她用穿着袜子的脚趾碰他的裤腿。他微笑着看了看她，但她一眼就发觉他有心事。

"出什么事了？"她问。

"现在开始谈论奥地利的最后通牒了，"他低声说，"你们是不是听说已经递交通牒的事了？"

茉黛朝坐在上首的菲茨说："我相信奥地利皇帝的照会终于交到了贝尔格莱德，"她说，"你有没有听到什么，菲茨？"

菲茨放下汤匙："跟你一样。但没人知道它的内容是什么。"

沃尔特说："我相信它的内容非常苛刻。奥地利人坚持要在塞尔维亚司法过程中担当角色，以便发挥作用。"

"担当角色！"菲茨说，"不过，如果塞尔维亚首相同意，他就得辞职。"

沃尔特点点头。菲茨对后果的预见与他不谋而合。"这几乎是表示奥地利人想要一场战争。"他如此谈论德国的盟友，几乎就是对国家不忠，不过他忧心忡忡，实在顾不得这些了。他捕捉到了茉黛的目光。她脸色苍白，沉默不语，她也马上意识到了这一转折带来的威胁。

“当然，有人会对弗朗茨·约瑟夫表示赞同，”菲茨说，“民族主义的颠覆能破坏一个帝国，如果这个帝国不那么稳固的话。”沃尔特猜到他想的是爱尔兰独立运动和南非布尔人对大英帝国的威胁。“不过实在不必用大锤子去敲一颗小核桃。”菲茨最后说。

男仆们收走汤碗，为客人斟上不同的酒。沃尔特一口都没喝。这个夜晚将会十分漫长，他需要保持头脑清醒。

茉黛平静地说：“今天我碰巧见到了阿斯奎斯首相。他说有可能打一场真正的大决战。”她看上去很害怕，“我不愿相信他的话，但现在看来可能真的被他说中了。”

菲茨说：“这正是我们都在担心的事情。”

沃尔特一直对茉黛的广泛交往感到惊讶。她随便就能跟某个伦敦高层对饮闲聊。沃尔特记得，她还是个十一二岁的小姑娘时，她父亲在保守党政府担任部长，那时她就会十分严肃地向那些来泰-格温做客的内阁人士提问——他们往往会非常专注地听她发问，耐心地回答。

她接着说：“令人高兴的是，如果真有战争的话，阿斯奎斯认为英国不必参与进去。”

沃尔特的心往上一提。如果英国置身事外，战争就不会把他跟茉黛分开。

但菲茨不以为然。“真的吗？”他说，“但假如……”他看了看沃尔特，“请原谅我，冯·乌尔里希——假如法国被德国入侵了呢？”

茉黛说：“我们会观望，阿斯奎斯就是这么说的。”

“我早就担心政府并不了解欧洲的力量均衡问题。”菲茨装模作样地说。作为一个保守派，他不信任自由党政府，也很讨厌阿斯奎斯这个人，因为他削减了上议院的权力。但最重要的是，他并不觉得打一场仗有什么可吃惊的。沃尔特担心，从某些方面看，菲茨就像奥托那样，他肯定觉得与其削弱英国的势力，不如打仗更为可取。

沃尔特说：“你真的认为，我亲爱的菲茨，德国打败法国会打乱力量平衡吗？”这种话题的讨论对一次晚宴来说太敏感了，但眼前的问题十分重要，无法像灰尘那样轻易拂到菲茨那华贵的地毯下面。

菲茨说：“尽管我很尊重贵国以及威廉陛下，但恕我直言，我担心英国可能不会允许法国被德国控制。”

这便是问题所在，沃尔特想，他竭力不对这些油腔滑调的言辞表现出愤怒和沮丧。事实上，德国对俄国盟友法国的进攻只能是防御性的，但英国人一说起来，就好像德国想要称霸欧洲。他强迫自己做出善意的微笑，说道：“四十三年前我们击败了法国，你们把那场冲突称作普法战争。当时英国只是一个旁观者。你们也没有因为我们的胜利遭受损失。”

茉黛插了一句：“阿斯奎斯就是这么说的。”

“这里有所不同，”菲茨说，“1871年，法国被普鲁士和几个小德意志王国打败。战争结束后，这一联盟组成了一个国家，就是现代的德国——我相信你会同意，冯·乌尔里希，我的老朋友，与旧普鲁士相比，今天的德国是一个更为强大的存在。”

菲茨这种人实在危险，沃尔特想。凭借完美无瑕的礼仪姿态，他们会带领世界走向毁灭。他努力让自己的回答显得平心静气。“你说得对，当然了。但强大跟敌对并不是一回事。”

“这是个问题，对吧？”

坐在桌子另一端的碧责备地咳了一声。无疑她认为这话题太有针对性，不适合一场礼貌的谈话。她用轻快的语气说：“你要去公爵夫人的舞会吗，冯·乌尔里希先生？”

沃尔特感受到了对方的不悦。“我相信舞会一定很出色。”他马上热情地称赞。碧朝他这边点点头，以表谢意。

赫姆姑妈插话说：“你的舞跳得多好啊！”

沃尔特和善地朝这位老太太笑了笑：“也许您愿意赏光跟我跳第一支舞，荷米亚女勋爵？”

她心里美滋滋的：“哦，我的天啊，我太老，不能跳舞了。现在年轻人跳的舞步，在我初入社交场合那会儿还没有呢。”

“现在最流行的是恰尔达什舞。这是一种匈牙利的民间舞蹈。也许我可以教您跳。”

菲茨说：“这算是个外交事件吗？”这话并不见得多滑稽，但大家都笑了，谈话随即转移到其他琐屑但更为保险的主题上。

晚餐后一行人坐上马车，前往约四百米外的帕克兰，公爵的苏塞克斯宅邸就在那里。

夜幕低垂，大宅灯火通明——公爵夫人最后作出让步，给房子安装了电灯。沃尔特登上大楼梯，共三间大接待厅，他走进第一间。乐队正在演奏近年最流行的一首曲子：《亚历山大的拉格泰姆乐队》。他的左手抽动了一下——切分音是至关重要的因素。

他遵守承诺，跟赫姆姑妈跳了一曲。他希望她能有足够多的舞伴，最好让她跳烦了，去边厅打个盹，这样就不会有人围着茉黛转了。他总在回想几周前和茉黛在这所宅邸的书房里做的事。

他的手心发烫，一心想伸到那贴身的裙装下面抚摸她。

但首先，他有工作要做。他朝赫姆姑妈鞠了一躬，从男仆那儿拿了一杯玫瑰香槟，四处转悠起来。他穿过小舞厅和客厅，来到大舞厅，去跟政界和外交界的客人们攀谈。所有驻伦敦大使都受到了邀请，很多人如约而至，其中包括沃尔特的上司，里希诺夫斯基亲王。不少国会成员也在这里。他们大多数跟公爵夫人一样，属于保守派，但也有一些自由党人，包括几位政府部长。罗伯特正在潜心与雷马克勋爵——一位陆军部的副部长交谈。周围看不见任何工党的下院议员，公爵夫人自认思想开明，但其实仍有局限。

沃尔特获悉奥地利人已经将最后通牒的副本发往各主要国家驻维也纳使馆。它会通过电报发到伦敦，经过通宵翻译，天亮的时候其内容也就尽人皆知了。大多数人对上面的要求感到震惊，但谁都不知道应该如何应对。

凌晨一点钟左右，他已经尽其所能掌握了全部情况，便回头去找茉黛。他下楼走进花园，那儿支了一个条纹帐篷，里面摆着夜宵。英国的上流社会竟要挥霍掉如此多食物！他看见茉黛手里摆弄着一串葡萄。哪里也瞧不见赫姆姑妈的身影，实在太好了。

沃尔特把忧虑抛在一边。“你们英国人怎么吃得下这么多东西？”他开玩笑地对茉黛说，“这些人大多吃过一顿丰盛的早餐，五六道菜的午餐，再加上茶、三明治和蛋糕，然后又是至少八道菜的晚宴。难道这会儿他们真的需要汤、填料鹌鹑、龙虾，外加桃子和冰激凌吗？”

她笑了起来：“你觉得我们粗俗，对不对？”

他并不觉得，但他做出承认的样子逗她开心。“是啊，英国到底有什么文化传统呢？”他挽起她的手臂，将她带出帐篷，漫步至花园。树上装饰了各种小彩灯。灌木蜿蜒的小径上还有几对男女在散步闲谈，昏暗处，有人小心地牵着手。沃尔特又看见了罗伯特和雷马克勋爵，好奇他们两人是否也在谈情说爱。“英国有作曲家吗？”他说，继续逗弄着茉黛，“吉尔伯特和沙利文[①]。画家呢？当法国印象派在改变世界的眼光时，英国人还在画那些跟小狗玩耍的红脸蛋儿童。歌剧？全都是意大利的，德国也占了一部分。芭蕾呢？属于俄国。”

“那我们也统治了半个世界。”她嘲弄般笑着说。

他把她搂进自己怀里：“但你能弹拉格泰姆。”

“那很容易，你只要掌握节奏就行。”

“这部分我觉得很难。”

“你需要训练。”

他把嘴唇凑到她耳边，悄声说：“那你来教我，好吗？”她吻着他，让耳语变成了呻吟。随后，他们好一会儿都没再说什么。

事情发生在7月24日，星期五凌晨。当天晚上，沃尔特又出席了另一个晚宴，另一场舞会，当时人们传言说塞尔维亚人会认可奥地利提出的全部要求，只有第五、第六两条会要求对方作出详细说明。沃尔特高兴地想，恐怕奥地利人也无法拒绝委曲求全的回应吧？当然了，除非他们决心要打一场仗。

星期六天刚亮，他回家途中去了一趟使馆，打算把这一晚上

① 吉尔伯特和沙利文，指维多利亚时代幽默剧作家威廉·S.吉尔伯特与英国作曲家阿瑟·沙利文的合作。

的所见所闻记下来。正伏案书写着，大使本人，也就是里希诺夫斯基亲王，突然出现在他面前。他穿着一套整洁的日常礼服，拿着一顶灰色大礼帽。沃尔特一惊，连忙站起身来，鞠了一躬，说：“早上好，殿下。”

“你真是非常非常早，冯·乌尔里希。”大使说。随后他注意到沃尔特身上的晚礼服，又加了一句，“或者说非常非常晚。”大使很英俊，五官棱角分明，髭须之上是高高的鹰钩鼻。

“我只是在把昨晚的耳闻给您写成一份简短的汇报。殿下需要我做什么吗？”

“爱德华·格雷爵士要见我。如果你有别的外套，就跟我一起去吧，做一下记录。”

沃尔特很高兴。英国外交大臣是世界上最有权势的人物之一。沃尔特在外交界的小圈子里倒也见过他本人，但跟他的交谈只限于一两句问候。多亏了里希诺夫斯基一贯随意的作风，沃尔特才得以亲临两位能够决定欧洲命运的重要人物的非正式会谈。这会让戈特弗里德·冯·凯塞尔羡慕死的，他想。

他暗暗责备自己心胸狭隘。这可能是一次关键性的会谈。与奥地利皇帝不同，格雷可能不希望打仗。这次谈话是否能阻止战争？格雷这个人很难预测。他会站到哪一方呢？如果他反对战争，沃尔特会抓住任何机会表示支持。

他在门后的挂钩上留了一套双排扣常礼服，以备不时之需。沃尔特脱下晚宴燕尾服，在白背心外面扣上日间外套。拿了一个笔记本，随大使离开了大楼。

两人走过圣詹姆斯公园，清晨的空气格外凉爽。沃尔特把有关塞尔维亚的传言说给上司听。大使也把自己的耳闻一一相告。

“昨晚阿尔伯特·巴林宴请了丘吉尔。”他说。巴林是位德国船王，跟皇帝很亲近，尽管他是个犹太人。丘吉尔则掌管着皇家海军。“我很想知道他们都说了些什么。”里希诺夫斯基说。

显然他在担心皇帝会绕过他，通过巴林将消息递送给英国。“我会尽量弄清楚。”沃尔特说，很高兴有了这个机会。

他们走进外交部那座新古典主义建筑，它让沃尔特不免联想到一只婚礼大蛋糕。他们被带到外交大臣那间华丽宽敞的办公室，下面就是一个公园。整幢建筑似乎在告诉人们，英国人在世界上最富有，我们可以对其余人等做任何我们喜欢做的事情。

爱德华·格雷爵士身形瘦削，长着一张骷髅般的脸。他不喜欢外国人，也几乎不出国——在英国人眼里他是位完美的外交大臣。“非常感谢你们的到来。”他很有礼貌地说，身边只有一个拿着记事本的助手。他们坐下后马上谈起了正事。“我们必须竭尽所能，平息巴尔干地区的局势。”

沃尔特一下子充满希望。这是和平的口吻。格雷不希望发生战争。

里希诺夫斯基点点头。亲王是德国政府里持和平主张的一方。他曾向柏林发了一份急电，敦促奥地利保持克制。他不同意沃尔特父亲等人的观点，这些人认为对德国来说现在开战比以后再打更有利，因为那时俄法两国会变得更加强大，难以对付。

格雷接着说：“不管奥地利人做什么，千万别去威胁俄国，激惹沙皇作出武力回应。”

没错，沃尔特兴奋地想。

里希诺夫斯基的观点显然跟他一致。“如果我可以这样说的话，外相先生，你一语道破天机。”

格雷没去在意这一恭维。“我的建议是，你们和我们，也就是德国和英国，应该一起要求奥地利人延长他们指定的期限。”他本能地看了一眼墙上的挂钟，时间刚过早上六点。“他们要求今晚六点前答复，按贝尔格莱德时间。他们不太可能拒绝再宽限塞尔维亚一天。”

沃尔特有些灰心。他一直希望格雷能提出个拯救世界的计划。推迟这一举措的要求实在太小了，可能根本起不了什么作用。在沃尔特看来，奥地利人是那样好战，完全可以轻易拒绝这种请求，不管它多么微不足道。但是，谁也不会征求他沃尔特的意见，而且，在这种最高级别的场合也没他说话的份，除非问到他，他才能开口。

“这是个了不起的主意，”里希诺夫斯基说，“我会将它发给柏林，并附上我的支持。”

“谢谢你，”格雷说，“但是如果不行，我还另有一个建议。”

哦，沃尔特想，看来格雷对奥地利人能否宽限塞尔维亚更多时间并无把握。

格雷接着说：“我建议，英国、德国、意大利和法国应该一起充当调解人，举行一个四国会议，提出一项既能满足奥地利，又不得罪俄国的解决方案。”

这才更像回事，沃尔特兴奋地想。

“奥地利不会事先同意被会议决议所约束，这是肯定的，”格雷继续说，“但是，这也不是必需的。我们可以要求奥地利皇帝至少不采取进一步行动，等着听会议都说了些什么。”

沃尔特十分欣喜。奥地利很难拒绝一个来自盟国和对手两方面商定的计划。

里希诺夫斯基也显得很高兴："我会向柏林强烈推举这一建议。"

格雷说："谢谢你们一大早就来跟我会面。"

里希诺夫斯基明白谈话已经结束，便起身离座，"不必客气，"他说，"您今天打算去汉普郡吗？"

格雷的爱好是飞钓和观鸟，他最喜欢呆在自己那座汉普郡伊钦河畔的小屋了。

"今晚吧，我希望，"格雷说，"这天气非常适合钓鱼。"

"祝您度过一个美好的星期天。"里希诺夫斯基说，随后他们便离开了。

两人穿过公园往回走，里希诺夫斯基说："英国人真是了不起。欧洲处在战争边缘，可外交大臣还要去钓鱼。"

沃尔特感到欢欣鼓舞。格雷或许少了一些紧迫感，但他是第一个拿出可行的解决方案的人。沃尔特对此满心感激。我会邀请他参加我的婚礼，他想，还要在我的演讲中对他表示感谢。

等他们回到使馆，他吃惊地发现自己父亲也在。

奥托叫沃尔特去他的办公室。戈特弗里德·冯·凯塞尔正站在办公桌边。沃尔特正打算就茉黛的事当面跟父亲摊牌，但他不能当着冯·凯塞尔的面说这些，所以他说："您是什么时候来的？"

"几分钟前。我从巴黎坐了通宵的海陆联运列车。你跟大使干什么去了？"

"爱德华·格雷爵士召见了我们。"沃尔特瞥见冯·凯塞尔脸上掠过一丝羡慕，心里十分得意。

奥托说："他又能说些什么？"

“他提出召开四国会议，居中调停奥地利和塞尔维亚双方。”

冯·凯塞尔说：“浪费时间。”

沃尔特没去搭理他，对他的父亲问道：“您是怎么想的？”

奥托眯起眼睛。“很有趣，”他说，“格雷倒是狡猾。”

沃尔特掩饰不住他的激动：“您认为奥地利皇帝会同意吗？”

“绝对不会。”

冯·凯塞尔窃笑了几声。

沃尔特被噎了回去：“但为什么呢？”

奥托说：“如果会议提出了解决方案，而奥地利拒绝了呢？”

“格雷提到了这一点。他说，奥地利没有义务必须接受会议的建议。”

奥托摇了摇头。“当然没有——但然后怎么样呢？如果德国作为会议成员，提出了一个和平建议，但奥地利拒绝了我们的建议，等他们投入战争的时候，我们怎么再去支持他们呢？”

“我们不能。”

“所以说，格雷提出这一建议的目的是离间奥地利和德国的关系。”

“哦。”沃尔特感到自己很愚蠢。他丝毫没有看出这一点。他的乐观情绪立刻低落下来，阴沉着脸说：“这么说，我们不会支持格雷的和平计划？”

“不可能。”他的父亲说。

爱德华·格雷爵士的建议石沉大海，沃尔特和茉黛忧心忡忡地关注着，一小时又一小时，世界在蹒跚着靠近灾难的边缘。

第二天是星期天，沃尔特要跟安东见上一面。现在，人们又在想尽办法了解俄国人会有何举措。塞尔维亚人几乎对奥地利提出的所有要求作出了让步，只是要求更多时间来商讨其中最苛刻的两项条款；但奥地利人宣布无法接受这一请求，而塞尔维亚也已开始调动自己小规模的军队。一场争斗不可避免，但俄国会不会参战呢？

沃尔特来到圣马丁教堂，它坐落在特拉法加广场，那里是伦敦最繁忙的交通枢纽。这座教堂属于十八世纪帕拉第奥风格建筑，沃尔特发现与安东的见面既让他掌握了英国的建筑历史，同时又能获得有关俄国人意图的信息，可谓一举两得。

他登上台阶，经过一根根巨大的廊柱走进中殿，焦急地四下张望。在最风平浪静的时候，他都担心安东不会出现，而现在的局势如此糟糕，这家伙更有可能临阵退缩了。阳光从教堂东边的威尼斯式大窗照进来，在明亮的光线中，他很快就发现了安东。他松了一口气，朝那边走了过去，坐到了这位急于复仇的间谍身边。几秒钟后礼拜便开始了。

与往常一样，他们在唱赞美诗的时候交谈。“上周五召开了内阁会议。”安东说。

沃尔特知道这件事。“他们作了什么决定？”

“没什么。他们只是提出建议。最后还是由沙皇决定。”

沃尔特也了解这一点。他控制着自己的急躁情绪：“请原谅，不过他们提出了什么建议？”

“允许四个俄国军事区做好调动准备。”

“不！”沃尔特不由自主地叫了一声，旁边唱赞美诗的人转过身来盯着他。这是进行战争的最初准备。他努力让自己平静下来，说："沙皇同意吗？"

"他昨天批准了这个决定。"

绝望之中，沃尔特问："哪几个区？"

"莫斯科、喀山、敖德萨和基辅。"

在做祈祷的时候，沃尔特默想着俄国的版图。莫斯科和喀山是在辽阔国土的中部，距离欧洲边界起码有上千公里，但敖德萨和基辅处于西南面，靠近巴尔干。在唱下一段赞美诗的时候，他说："他们在调兵对付奥地利。"

"不是调兵——是准备调兵。"

"我明白，"沃尔特耐心地说，"不过，昨天我们谈论奥地利攻击塞尔维亚，是巴尔干地区的小范围冲突。今天我们谈的就是奥地利和俄国，已经是一场涉及整个欧洲的战争了。"

赞美诗结束了，沃尔特焦急地等着唱下一首。他是被虔信新教的母亲抚养大的，一直为自己将礼拜作为秘密工作的掩护而良心不安。他简短祈祷了一会儿，为自己求得宽恕。

教众又开始唱歌，沃尔特说："为什么他们急于采取这些战前准备？"

安东耸耸肩。"将军们对沙皇说：'您每耽误一天，都会为敌人增加优势。'情况一直如此。"

"他们没有看到，这种准备更可能引发战争吗？"

"士兵只想打赢战争，而不是回避战争。"

赞美诗结束了，礼拜接近尾声。安东站了起来，沃尔特抓住他的胳膊。"我必须增加跟你见面的机会。"他说。

安东显得十分惊恐："我们都已经说好……"

"这我不管。欧洲处在战争的边缘。你说俄国正在一些地区做战争调动。如果他们授权其他地区也做同样准备呢？他们会采取什么其他措施？什么时候这种准备成为现实？我必须每天都作出报告。每个小时一次更好。”

“我不能冒这个险。”安东使劲要抽回胳膊。

沃尔特抓得更紧了：“每天早上跟我在威斯敏斯特大教堂见面，然后你再去大使馆。在南侧耳堂的诗人之角。教堂非常大，没有人会注意到我们。”

“绝对不行。”

沃尔特叹了口气。他不得不使用威胁手段，他不喜欢这样做，相当重要的原因是这很冒险，会让间谍完全撤出。但他必须孤注一掷。“如果你明天不来的话，我就去你的大使馆找你。”

安东脸色苍白：“你不能这样做！他们会杀了我！”

“我必须得到信息！我要尽力阻止一场战争。”

“我盼的就是发生一场战争。”这个小职员残忍地说，他把声音压得很低，“我希望德国军队把我的国家夷为平地，彻底摧毁。”沃尔特吃惊地盯着他，“我希望沙皇被杀，让人毫不留情地弄死，还要加上他的家人。我盼着他们统统下地狱，他们活该如此。”

说完，他便转过身去，急匆匆走出教堂，消失在特拉法加广场的喧哗中。

星期二下午的喝茶时间，碧公主“在家”。这意思是说她的朋友们都被招来讨论参加过的聚会，展示她们白天的装扮。茉黛不得不参加，赫姆姑妈也一样，她俩都属于没钱的穷亲戚，靠非茨的慷慨赡养过日子。茉黛觉得今天的谈话极其愚蠢无聊，她想要谈的只有一件事：是否会发生战争。

梅费尔宅邸的晨间起居室非常现代。碧十分留意装饰潮流。配套的竹椅和沙发围出一个个小聊天区，其间留出大块空地供人们来回走动。室内的针织饰物带着安静的淡紫色花纹，地毯是浅褐色的。墙上没贴壁纸，但涂成了让人舒服的米色。房间里也没有维多利亚式的杂乱装饰——镶镜框的照片、摆设、靠垫和花瓶。时髦的人认为，一个人没必要把屋子塞满，以此炫耀自己的财富。茉黛赞成这种观点。

碧正在跟苏塞克斯公爵夫人聊天，议论着首相情妇维尼希娅斯·斯丹利的闲话。碧其实应该担心的，茉黛想，如果俄国加入战争，她的哥哥安德烈王子就必须参战。可碧显得无忧无虑。实际上她今天格外漂亮。也许她有个情人。这在上流社会并不罕见，因为许多人的婚姻都是安排的。有些人不赞成婚外情——公爵夫人会永久性地把这种女人从她的邀请名单上划掉——但另一些人就对这种事视而不见。不过，茉黛并不觉得碧是这种人。

菲茨进来喝茶，他一小时前从上议院溜了出来，沃尔特紧跟其后。他们都穿着灰色外套和双排扣背心，显得尤为雅致。茉黛看着他们，不由得想象着他们穿军装的样子。如果战争蔓延开来，他们就有可能参战——几乎可以肯定是交战对方。他们会成为军官，但都不会狡猾地在总部混一个安全的工作，而是会带领士兵冲锋陷阵。这两个她爱的男人最终可能互相射击。她打了一个寒战，不敢再想下去。

茉黛回避着沃尔特的目光。她有种感觉，碧那个圈子里的女人直觉很敏锐，已经注意到她花了多少时间跟他说话。她并不在乎自己被怀疑——她们很快就会了解真相的。不过，她不想让菲茨在被正式告知前听到任何流言蜚语。那样他会非常生气。因此，她尽量不让自己的感情表露出来。

菲茨在她旁边坐下。她掂量着说些什么才能不涉及沃尔特，想到了泰-格温，便问道："你那个威尔士女管家出什么事了？那个威廉姆斯，她突然消失了，我问其他仆人，他们一个个支支吾吾，谁也说不清楚。"

"我不得不让她离开。"菲茨说。

"哦！"茉黛很惊讶，"可我一直觉得你挺喜欢她的。"

"那倒说不上。"他显得有些尴尬。

"她做了什么事情让你不高兴了？"

"她遭受了不贞的恶果。"

"菲茨，快别咬文嚼字了！"茉黛笑了起来，"你是说她怀孕了？"

"快小声点！你知道公爵夫人最忌讳这个。"

"可怜的威廉姆斯。谁是孩子的父亲？"

"亲爱的，你觉得我会去盘问吗？"

"不，当然不会。我希望这个人会对她负责，就像人们常说的那样。"

"我不知道。她是个仆人，拜托。"

"你平常对自己的仆人没这么冷酷无情啊。"

"不道德的行为不能受到鼓励。"

"我很喜欢威廉姆斯。她比大多数上流女性都聪明，也更有趣。"

"别说傻话了。"

茉黛不再说什么了。出于某种原因，菲茨在假装他并不在乎威廉姆斯。但他从来不愿意解释自己的想法，逼他也没有用。沃尔特走了过来，平衡着手上托着的茶杯茶碟和蛋糕盘子，冲着茉黛笑了笑，但话是对菲茨说的：“你认识丘吉尔吧？”

“小温斯顿吗？”菲茨说，“当然认识。他一开始在我们队伍里，后来改归自由党。我觉得他骨子里还是倾向于我们保守党的。”

“上周五他跟阿尔伯特·巴林一块吃了饭。我很想知道巴林说了什么。”

“我可以给你透露点消息。实际上温斯顿跟所有人都说了。如果发生战争，巴林说，如果英国不去插手的话，德国会答应让法国最终保持完整无缺，不会夺取额外的领土——这是跟上次的情况相比较而言，那次他们拿走了阿尔萨斯和洛林。”

“噢，”沃尔特满意地哼了一声，“谢谢你。几天来我一直想把这件事弄清楚。”

“你们大使馆不知道吗？”

“很显然，这个消息在有意绕过正常的外交渠道。”

茉黛一下子来了兴趣。这种模式看来有希望让英国置身任何欧洲战争之外。或许最终菲茨和沃尔特可以避免兵戎相见。她说：“温斯顿是怎么回应的？”

“不置可否，”菲茨说，“他把谈话内容汇报给内阁，但并未对之进行讨论。”

茉黛正要怒气冲冲地质问为什么不讨论，罗伯特·冯·乌尔里希突然出现了，他一脸惊慌，就像刚刚获悉某个他所爱的人的死讯。“罗伯特到底是怎么啦？”茉黛看着他朝碧鞠躬。

他转过身来跟房间里所有人说话："奥地利对塞尔维亚宣战了。"他通报说。

有那么一刻，茉黛觉得好像整个世界都停止了。人们一动不动，谁都没有说话。她盯着罗伯特卷曲胡子下面的嘴巴，希望他收回刚才的话。随后，壁炉上的时钟敲响了，屋子里的男男女女开始发出一片惊愕的嗡嗡声。

茉黛满眼是泪。沃尔特递给她一块叠得整整齐齐的白色亚麻手帕。她对罗伯特说："你不得不去参战。"

"我肯定会的。"罗伯特说。他的语气轻快，好像这是理所当然的，但仍显得很害怕。

菲茨站了起来："我最好赶回上议院去，看看到底发生了什么。"

其他人也离开了。趁着周遭一片嘈杂，沃尔特悄悄对茉黛说："阿尔伯特·巴林的建议突然变得比以前重要十倍。"茉黛也这样认为。

"我们能做点什么呢？"

"我需要知道英国政府对这件事的真实态度。"

"我会想办法弄清楚。"她很高兴能有机会做点事情。

"我得回使馆了。"

茉黛看着沃尔特离去，很想跟他吻别。大部分客人也在这时离开了，茉黛溜上楼去，回到自己的房间。

她脱掉衣服躺下。一想到沃尔特要去打仗，眼泪就失去了控制。过了一会儿，她便哭着睡着了。

她醒来的时候已经该出门了。她受到邀请，要去参加格伦康纳夫人的音乐晚会。她很想留在家里，但她突然想到可能有一两个政府大臣会去格伦康纳家做客。她或许能为沃尔特探听些有用的东西。她从床上爬起来，穿好衣服。

她和赫姆姑妈坐上菲茨的马车穿过海德公园来到安妮女王大门，格伦康纳家就在那里。客人中有茉黛的朋友约翰尼·雷马克，一位陆军部的副部长。但更重要的是，爱德华·格雷爵士也在。她打定主意，要跟他谈谈阿尔伯特·巴林的事。

还没等她找到机会，音乐就开始了，她坐下欣赏。坎贝尔·麦克因斯唱了几首亨德尔的作品——这位德国作曲家一生中大部分时间都是在英国度过的，茉黛悻悻地想。

她一边听着演唱，一边偷偷观察着爱德华爵士。她不怎么喜欢这个人——他属于一个自由帝国主义者的政治团体，比多数党派更为传统和保守。然而，她又对他很是同情。他从来没有特别高兴过，今晚他苍白的脸色更显铁青，好像他肩负着整个世界的重量——当然，实际上也正是如此。

麦克因斯唱得很好，茉黛遗憾沃尔特太忙没有来，否则他肯定会大为欣赏的。

音乐一结束，她便缠住了外交大臣。“丘吉尔告诉我，他向您转交了一份来自阿尔伯特·巴林的有趣消息。”她说。她看出格雷的脸变得僵硬，但她不依不饶。“如果我们不插手任何欧洲战争，德国就会承诺不去抢夺任何一块法国领土。”

“大概是这样。”格雷冷冷地说。

显然她提起了一个让人反感的话题。出于礼仪她本该立刻止住。但这不仅仅是一个外交策略的问题——它关系到菲茨和沃尔特是否要上战场打仗。她继续说道：“我理解我们主要关心的是欧洲的势力均衡不受干扰，但我觉得巴林先生的建议恰好合乎我们的要求。难道我错了吗？”

“你肯定错了，”他说，“这个建议无耻至极。”他显得有些冲动。

茉黛觉得很沮丧。他为什么拒不接受这个建议？这里有一线希望啊！她说：“作为一个女人我恐怕无法像您那样，一眼看穿事情的本质，能解释一下您为什么这么确信吗？”

“如果按巴林的建议，等于是为德国入侵法国铺平了道路。我们会变成同谋。这是对一个盟友的肮脏背叛。”

“噢，”她说，“我明白了。这就好像有个人说‘我要去偷你的邻居，但如果你不干扰，我保证不烧你的房子，也不烧他的’。是这回事吧？”

格雷的态度缓和了一些。“这是个很好的比喻，”他骨骼峻嶒的脸上有了笑意，“我会记得引用它的。”

“谢谢你。”茉黛说。她失望极了，知道自己把这种情绪流露了出来，但她实在无法控制。她沮丧地说：“不幸的是，这让我们危险地站在了大战边缘。”

“恐怕是这样。”外交大臣说。

像世界上多数国家一样，英国议会分上下两院。菲茨属于上议院，其中包括更高等级的贵族、主教，以及高级法官。下议院是由被称为议会议员的当选代表组成，两院在威斯敏斯特宫举行会议，这是一座为特定目的建造的维多利亚哥特式建筑，带有一座钟塔。那座钟被称为“大本钟”，菲茨很乐于指出这实际上就是钟的名字。

7月29日，星期三正午，大本钟敲了十二下，菲茨和沃尔特在气味难闻的泰晤士河旁的露台上要了餐前雪利酒。菲茨像往常一样满足地望着这座宫殿——它富丽堂皇，硕大无朋，坚不可摧，就像由里面的议会所统治的帝国一样。这座建筑看上去会屹立千年不倒——但帝国真的可以延续下去吗？想到它所面临的威胁，菲茨不免打了个冷战：蛊惑人心的工会成员，正在罢工的矿工，德国皇帝，工党，爱尔兰人，激进的女权主义者——里面甚至还包括自己的妹妹。

不过，他并没有把这种烦忧付诸言辞，尤其他的客人还是个外国人。“这地方就像一个夜总会，”他很随意地说，“里面有酒吧、餐厅，还有一个非常好的图书馆，只允许一部分够资格的人进去。”这时，一个工党议员跟一个自由党同伴走了过去，菲茨随口补充说：“尽管有时会有乌合之众混过门卫的检查。”

沃尔特有不少新闻急于相告。“你听说了吗，德国皇帝完全转变了态度。”

菲茨没有听说。“具体是指什么？”

“他说，塞尔维亚的答复并不成为战争的理由，奥地利人必须停止进攻贝尔格莱德。”

菲茨对各种和平计划抱怀疑态度。他主要关心的是英国要保持世界上最强国的地位。他害怕自由党政府会出于某种愚见，认为所有国家拥有同等主权，从而让英国失去这一地位。爱德华·格雷爵士的头脑相当健全，但他可能被党派中的左翼赶下台——这些人很可能被劳埃德·乔治所领导。接着，就什么事情都可能发生了。

“停止进攻贝尔格莱德。”他若有所思地说。首都地处边境，奥地利人只需冒险进入塞尔维亚领土不到两千米就能拿下它。俄国人可能会被说服，认为这不过是当地警方的行动，不会威胁到他们。“我很怀疑。”

菲茨不希望打仗，但他心里又对这一前景暗中窃喜。这将是证明自己勇气的机会。他父亲在海军功勋卓著，但菲茨从未见识过任何战斗。一个男人总要做些必须做的事情，才能独立于天下，自称为男人，其中就包括为国王和国家战斗。

一个信使朝他们走了过来——他穿着宫廷制服：天鹅绒及膝短裤和白色丝袜。“下午好，菲茨赫伯特伯爵，”他说，“阁下，客人们已经抵达，直接去了餐厅。”

等他走后，沃尔特问：“你们为什么让他们穿成这样？”

“这是传统。”菲茨说。

两人喝完杯子里剩下的酒便进去了。走廊里铺着厚厚的红地毯，墙壁上是折布式的镶板。他们走进贵族餐厅，茉黛和赫姆姑妈已经就位了。

这次午餐是茉黛出的主意，她说沃尔特从未来过宫殿。此时沃尔特鞠了一躬，茉黛对他热情地微笑着，这让菲茨脑子里闪过一个念头：他们两个是不是有那么点意思？不，这太荒谬了。当然，茉黛什么事情都做得出来，但沃尔特十分理智，根本不会在这种紧张时期去考虑这种英德之间的婚姻。再说，他们两个一直像兄妹。

他们坐了下来，茉黛说：“今天早上我去了你的婴儿诊所，菲茨。”

他扬了扬眉毛：“我的诊所？”

“是你为它出钱。”

“我记得当初是你告诉我说，东区应该开设一间诊所，针对那些没人出钱供养的母亲和儿童，我说的确应该，而接下来我就只看见那些账单了。”

“你非常慷慨。”

菲茨不以为然。处于他这种位置的人不得不做些慈善，好在有茉黛完成所有的具体工作。他没有向人公布其中的事实，即大多数母亲未婚，也从没有结过婚——他不希望那位当公爵夫人的姑姑受到冒犯。

“你绝对猜不到今天上午谁来了，”茉黛继续说，“威廉姆斯，泰-格温的女管家。”菲茨打了一个寒战。茉黛乐呵呵地补充说：“我们昨天晚上还说起过她！”

菲茨极力装出一种漠不关心的样子。凭借女人的直觉，茉黛很容易看穿他的心思。他不想让她怀疑他跟艾瑟尔的真正瓜葛，这太让人尴尬了。

他知道艾瑟尔在伦敦。她在阿尔盖特找了一所房子，菲茨已经指示索尔曼以她的名义买下。菲茨担心在街上遇到艾瑟尔的尴尬，但这事儿却让茉黛赶上了。

她去诊所干什么呢？他希望她没事。“她应该不会生病了吧。”他说，试图让这话听上去不过是出于礼貌的询问。

“没什么要紧的。”茉黛说。

菲茨知道孕妇会有些轻微的病症。碧曾有过一点点出血，很是担心，但拉斯伯恩教授说这种情况在怀孕头三个月经常发生，不必大惊小怪，只是她做事不能逞强用力，尽管碧根本没有什么需要用力做的事情。

沃尔特说：“我记得威廉姆斯，一头卷发，很爱笑。她的丈夫是谁？”

茉黛回答说：“是几个月前跟主人来泰-格温做客的一个贴身男仆。名字叫泰迪·威廉姆斯。”

菲茨感到自己脸上发烧。看来她把自己虚构的丈夫称作泰迪！他真希望茉黛没见过她。他想忘记艾瑟尔。但她在他脑子里迟迟不肯离去。为了掩饰尴尬，他左顾右盼，装作在找侍者。

他告诫自己不要那么敏感。艾瑟尔是一个女仆，而他是位伯爵。地位高的男人总是在寻欢作乐，不放过任何机会。这种事情已经持续了几百甚至几千年。对此多愁善感太愚蠢了。

他换了个话题，为女士们重复了一遍从沃尔特那里听来的有关德皇的新闻。

“我也听说了，”茉黛说，“上天保佑，但愿奥地利人会听从。”她热切地补充道。

菲茨朝她一扬眉毛：“你为什么这么热心？”

“我不想让你在战场上被人打死！”她说，“我不希望沃尔特成为我们的敌人。”她的声音有些哽咽。女人真是爱动感情。

沃尔特说：“茉黛女勋爵，你是否知道阿斯奎斯和格雷对德皇的建议有何评判？”

茉黛振作起来：“格雷说，这跟他的四国会议建议结合起来，可以阻止战争。”

“好极了！”沃尔特说，“这正是我期待的。”他很是急切，显得像个小孩子，这让菲茨想起他们的学生时代。沃尔特在授奖演讲日赢得音乐奖的时候就是这副样子。

赫姆姑妈说：“你们知不知道那个可怕的卡约夫人被判无罪？”

菲茨吃了一惊：“无罪？可她枪杀了那个人！她去商店买了

把枪，把子弹装上膛，开车到了《费加罗报》的办公室要求见编辑，然后把他一枪击毙，她怎么可能无罪？”

赫姆姑妈说：“她说‘那种枪容易走火’。竟然有这等事！”

茉黛笑了起来。

“陪审团大概喜欢上她了。”菲茨说。茉黛的笑让他恼火。陪审团的乖张行为对有序的社会是种威胁。对一桩谋杀案不该如此草率。“这只有法国人干得出来。”他鄙夷地说。

“我很佩服卡约夫人。”茉黛说。

菲茨不以为然地哼了一声：“你怎么能对一个杀人凶手说这种话？”

“我觉得该有更多的人去枪杀报纸编辑。”茉黛快活地说，“这能让新闻行业有所改进。”

第二天是星期四，沃尔特去看望罗伯特的时候，心里仍然充满希望。

德皇正在犹豫不决，尽管他受到来自奥托这类人的压力。德军总参谋长埃里希·冯·法金汉要求宣布进入紧急战备状态，这等于是要点燃战争的导火索，但皇帝拒绝了，他认为如果奥地利人止步于贝尔格莱德，就可以避免发生全面冲突。得知俄国沙皇下令调动军队，威廉向其发了一封私人电报，请求他重新考虑。

这两位君主原本是表兄弟。德皇的母亲和沙皇的岳母是亲姐妹，是维多利亚女王的两个女儿。德皇和沙皇用英语通信，称呼对方为“尼基”和“威利”。尼古拉沙皇被表兄弟威利的电报所打动，撤销了他的动员令。

如果他们双方保持既定立场，那么对于沃尔特和茉黛，以及几百万希望和平生活的人来说，未来有可能是光明的。

奥地利大使馆是著名的贝尔格雷夫广场上气势恢宏的建筑之一。沃尔特被引到罗伯特的办公室。他们两人总是互通消息。他们这样做是理所当然的——两个人的国家是亲密盟友。“德国皇帝似乎决心让他的‘止步贝尔格莱德’计划生效，”沃尔特说，他坐了下来，“随后，所有其他问题也就解决了。”

罗伯特不像他那么乐观。“这是不会成功的。”

“为什么不会？”

“我们不愿意止步于贝尔格莱德。”

“天啊！”沃尔特说，“你确定吗？”

“明天早上维也纳的部长们会讨论这件事，但恐怕结果已成定局。没有得到俄国的保证，我们不能止步于贝尔格莱德。”

“保证？”沃尔特气愤地说，“你们必须停止战斗，然后再谈其他问题。你们不能提前要求什么保证！”

“恐怕我们不是这么看的。”罗伯特固执地说。

“但我们是盟友关系。你们怎么能拒绝我们的和平计划呢？”

“这还不容易。你好好想想。你们能做什么呢？如果俄国动员起军队来，你们就受到威胁，你们就也得调动部队。”

沃尔特正要争辩，但他意识到罗伯特的话有道理。俄国军队一旦调动起来，将会是一种巨大的威胁。

罗伯特冷酷地继续说道：“你们必须跟我们一起作战，不管愿不愿意。”他做了个抱歉的表情，“如果这话听上去有些傲慢，那就请你原谅。我只是在陈述事实。”

“见鬼！”沃尔特说。他真想哭。他一直抱有希望，但罗伯特这番冷酷坦白粉碎了他的梦想。“这是一条错误的道路，不是吗？”他说，“那些希望和平的人输掉了这场竞争。”

罗伯特的声音变了，突然显得有些悲伤：“我一开始就知道会这样，”他说，“奥地利必须进攻。”

在此之前罗伯特都显得很急切，毫不悲伤。他为什么一下子变了？出于试探，沃尔特问道：“你就不得不离开伦敦？”

“你也一样。”

沃尔特点了点头。如果英国参战，所有奥地利和德国使馆工作人员将不得不在短期内打道回府。他压低声音说：“你会不会……特别想念哪个人？”

罗伯特点了点头，泪水在他眼眶里打转。

沃尔特冒昧地猜测道：“是雷马克勋爵？”

罗伯特伤感地笑了笑：“真有这么明显吗？”

“只有了解你的人看得出这一点。”

“约翰尼跟我都觉得我们已经很谨慎了。”罗伯特痛苦地摇了摇头，“至少你可以娶茉黛。”

“我倒是希望这样。”

“有什么问题吗？”

“德国跟英国交战的话，两个国家的人能结婚吗？她认识的人都会对她避之不及。我的情况也一样。对我来说，我可以全然不在乎，但我不愿意把这种命运强加给她。”

“这事可以悄悄做。”

“在伦敦？”

“去切尔西结婚。那儿不会有人认识你们。”

“可这样的话，你得是常驻居民才行吧？”

“你要出示一个有你姓名和当地地址的信封。我住在切尔西，我就可以给你找一封写给冯·乌尔里希先生的信。”他在他的办公桌抽屉里翻了一阵，“拿着。是裁缝寄来的一份账单，寄给冯·乌尔里希先生的。他们以为冯是我的名字。”

“可能没有时间了。”

“你可以获得特殊许可。”

“哦，我的上帝，”沃尔特说，一下子愣在那里，“你说得对。我可以。”

“你还得去趟市政厅。”

“是的。”

“要不要我告诉你怎么走？”

沃尔特沉思了片刻，然后说：“好的，谢谢。”

“那些将军占了上风，”安东说，7月31日星期五他站在威斯敏斯特教堂里忏悔者爱德华的墓前，“沙皇昨天下午妥协了。俄国正在调兵遣将。”

如同听到了死刑判决，沃尔特心里一阵寒意。

“这是结束的开始，”安东接着说，沃尔特看见他眼里闪烁着复仇的光芒，“俄国人以为他们很强大，因为他们拥有全世界最庞大的军队。但他们的统帅十分脆弱。世界末日即将到来。”

这是一个星期以来沃尔特第二次听人说起“世界末日”这个词，但这一次他才明白这实在是恰如其分。几个星期后，俄国的六百万大军，整整六百万，即将集结于德国和匈牙利边境。没有哪位欧洲国家的首脑会无视这种威胁。德国不得不调兵——德皇已别无选择。

沃尔特已经无计可施。柏林那边，总参谋部在敦促德国人动员起来，首相特奥巴登·冯·贝特曼·霍尔维格答应今天中午作出决定。这一消息意味着他只会作出一种决定。

沃尔特必须立即通知柏林。他匆匆与安东告别，走出这座宏伟的教堂。他疾步如飞，穿过一条名叫“斯托里门”的小街，沿着圣詹姆斯公园的东侧一路小跑，然后跑上约克公爵纪念堂的台阶，进了德国大使馆。

大使办公室的门开着。里希诺夫斯基亲王坐在他的办公桌前，奥托站在他旁边，戈特弗里德·冯·凯塞尔在打电话。房间里还有其他十几个使馆职员，匆忙地进进出出。

见到他的父亲，沃尔特气喘吁吁地问：“发生了什么事？”

“柏林收到了我们在圣彼得堡的大使馆发去的电报，上面说‘7月31日是动员的第一天’。柏林方面正试图确定报告是否属实。”

“冯·凯塞尔在干什么？”

“保持同柏林的电话线畅通，以便我们能马上听到消息。”

沃尔特深吸了一口气，上前一步。“殿下。”他对里希诺夫斯基亲王说。

“什么事？”

“我可以证明俄国的动员属实。这是我的线人不到一个小时前告诉我的。”

“好的。”里希诺夫斯基走到电话机前，冯·凯塞尔把听筒递给他。

沃尔特看了看手表。还差十分钟十一点——柏林那边离中午的最后期限没多少时间了。

里希诺夫斯基对着电话说："俄国的动员已经由这里的可靠来源证实了。"

他听了一会儿。房间里安静下来，谁都没有动。"是的，"里希诺夫斯基最后说，"我明白。好的。"

他咔嚓一声挂上了电话，那声音听上去如同雷击。"首相已经作出决定，"然后他重复了那句让沃尔特害怕的话，"进入紧急战备状态，随时准备开战。"

第十章

1914年8月1日至3日

茉黛感到心急如焚，焦虑难耐。星期六早上，她在梅费尔宅邸的早餐室里坐着，什么都不想吃。夏日的阳光透过大窗子照射进来。屋子里的装饰很是宁静——地上是波斯地毯，还有水绿色的墙漆和淡蓝色的窗帘，但这一切并不能让她平静下来。战争在步步逼近，似乎任何人都无法阻止，无论是德国皇帝、俄国沙皇，还是爱德华·格雷爵士，他们全都束手无策。

碧走了进来，穿着轻薄的夏装，披着蕾丝披肩。管家格洛特戴着手套，为她倒上咖啡，碧随手从碗里拿了一个桃子。

茉黛看着报纸，但只是扫了一眼标题，无法集中精力读下去，就把报纸丢在一边。格洛特拿起报纸，整齐地叠好。“别担心，我的小姐，”他说，“如果有必要的话，我们会给德国来个迎头痛击。”

她瞪了他一眼，但没说什么。跟仆人争论问题很不明智，出于尊重，他们对任何见解都会表示赞同。

赫姆姑妈委婉地把他支开。“我认为你是对的，格洛特，”她说，“再拿点热面包卷来好吗？”

菲茨走了进来。他询问碧感觉如何，后者耸了耸肩。茉黛察觉他们之间的关系有了变化，只是无心去琢磨这件事。她立刻向菲茨问道："昨晚发生了什么事？"她知道他参加了保守派的领导人在沃格雷夫的乡村宅邸举行的会议。

"F.E.带来了温斯顿的消息。"F.E.史密斯是位保守党议员，与自由党的丘吉尔是莫逆之交，"他提议自由党和保守党两党组成联合政府。"

茉黛吃了一惊。她一般都会知道自由党的圈子里发生的事情，但阿斯奎斯首相保守了这一秘密。"真是岂有此理！"她说，"这加大了战争的可能性。"

菲茨冷静得令人恼火，他从餐具柜上的盘子里取了些热香肠："自由党的左翼比和平主义者稍好一些。我猜测，阿斯奎斯害怕被他们束手束脚。但他又没有获得自己党内足够的支持来压倒他们。他能找谁寻求帮助呢？只有保守党了。因此就有了这个联合的建议。"

茉黛担心的倒不是这个："博纳·劳对此有何见解？"安德鲁·博纳·劳是保守党领袖。

"他拒绝了。"

"感谢上帝。"

"我支持他的做法。"

"为什么？难道你不想让博纳·劳在政府里有个位子？"

"我想要的比这更多。如果阿斯奎斯想打仗，劳埃德·乔治带领左翼反抗，自由党就会走向分裂，无法统治国家。那么会出现什么情况？我们保守党就会接管下来，博纳·劳就会当上首相。"

茉黛气愤地说："你发现没有，一切都像是在合力促成战争？阿斯奎斯希望跟保守党联合，因为他们更积极好战。如果劳埃德·乔治领导一场反抗阿斯奎斯的叛乱，保守党将接管政府。人人都在争夺权位，而不是去争取和平！"

"你怎么样？"菲茨说，"昨晚你去哈肯宅邸了吗？"他指的是波尚伯爵的家，那是和平派的总部。

茉黛眼睛一亮。似乎看到一丝希望的曙光。"阿斯奎斯呼吁内阁今天上午开会，"这在星期六很不寻常，"莫利和伯恩斯想发布一个声明，英国在任何情况下都不会与德国作战。"

菲茨摇了摇头。"他们不能这么预先判断。格雷会辞职的。"

"格雷一直威胁说要辞职，但他永远不会这么做的。"

"尽管如此，但现在不能冒险让内阁出现分裂，我的那帮人正在伺机而动，等待接管政府。"

茉黛知道菲茨是对的。她感到气馁，简直想大喊大叫。

碧手里的餐刀掉了下来，发出异样的声音。

菲茨说："你没事吧，我亲爱的？"

她站了起来，用手捂着肚子，脸色苍白。"对不起。"说着便冲出了房间。

茉黛站了起来，关切地说："我去看看她怎么了。"

"我去，"菲茨的话让她有些吃惊，"你留下吃完早餐。"

茉黛按捺不住自己的好奇，不等菲茨出门，便问道："碧那是妊娠反应吧？"

菲茨在门前停住脚步："别告诉任何人。"

"恭喜你。我很为你高兴。"

“谢谢。”

“但是孩子……”茉黛的话卡在了她的嗓子眼。

“噢！”赫姆姑妈善解人意地说，“这多好啊！”

茉黛还是想把自己的话说完：“可孩子要在战争中降生到这个世界吧？”

“唉，我的天啊，”赫姆姑妈说，“我没想到这一点。”

菲茨耸耸肩：“对新生儿来说这没什么区别。”

茉黛觉得眼泪快流出来了：“孩子什么时候降生？”

“一月，”菲茨说，“这有什么可难过的呢？”

“菲茨，”茉黛叹息了一声，她已无法止住自己的眼泪，“菲茨，到时候你还会活着吗？”

星期六上午，德国大使馆里乱成一团。沃尔特呆在大使的房间接电话，收电报，做笔记。如果不是一直为他跟茉黛的前景担忧，这的确算得上他一生中最激动人心的时刻。他无法享受参与一场国际势力的博弈带来的快感，相反，他被恐惧折磨着，害怕他和他心爱的女人在战争中互为敌人。

威利和尼基之间已不再互发任何友好的消息。昨天下午，德国政府已经向俄国人发出一份冷冰冰的最后通牒，限他们十二小时内停止调动其规模庞大的军队。

最后期限已经过去了，圣彼得堡那边没有答复。

不过，沃尔特依然相信战争仅仅局限于东欧，因此德国和英国可能继续保持友好关系。里希诺夫斯基大使也流露出乐观的态度。甚至连阿斯奎斯都表示法国和英国可能会袖手旁观。毕竟这两个国家并未过多介入塞尔维亚和巴尔干地区未来的问题。

法国是关键所在。柏林在昨天下午发出了第二份最后通牒，这份是发往巴黎的，它要求法国人宣布保持中立。这种希望十分渺茫，但沃尔特一心盼着出现奇迹。最后通牒到了中午就要过期。同时，总参谋长约瑟夫·霞飞曾要求立即动员法国军队，内阁今天上午开会决定。沃尔特沮丧地想，任何国家的军官们都在向政治领袖施压，以采取措施应对战争。

很难揣测法国人到底会作出什么样的选择。

差一刻钟十一点，也就是法国人还有七十五分钟，里希诺夫斯基接待了一位不期而至的客人：威廉·泰瑞尔爵士。这位官员是个关键人物，他长期从事外交事务，经验十分丰富，是爱德华·格雷爵士的私人秘书。沃尔特马上将他带到大使的办公室。里希诺夫斯基示意沃尔特留在旁边。

泰瑞尔说德语："外交大臣让我通告阁下，内阁正在召开会议，因此会后他或许有能力对你作出申明。"

这话显然经过一番排练，泰瑞尔的德语十分流畅，但沃尔特还是没有明白这话的具体意思。他看了一眼里希诺夫斯基，见他也一脸困惑。

泰瑞尔接着说："这一申明，也许对防止一场大灾难有所帮助。"

这话让人有所期望，但十分含糊。沃尔特真想催促一句：快点儿说重点！

里希诺夫斯基以同样保守的外交语言答复他："是否可以就这一声明的主题稍作暗示，威廉爵士？"

我的老天爷！沃尔特暗暗叫苦：我们这是在谈论生死攸关的

大事啊！

这位官员的答话措辞严谨："是这样的，如果德国人保持克制，不去进攻法国，那么法国和英国可能会考虑他们是否真正有义务干预欧洲东部的冲突。"

沃尔特倍感震惊，连手里的铅笔都掉在了地上。法国和英国置于战争之外——这是他梦寐以求的！他盯着里希诺夫斯基。大使本人也显得既吃惊又兴奋。"这非常有希望。"他说。

泰瑞尔警示般举起一只手："请理解，我并未作任何承诺。"

好吧，沃尔特想，但你并不是来这儿闲聊的。

里希诺夫斯基说："那我也简单表态——威廉皇帝陛下和德国政府非常愿意考虑将战争局限于东部。"

"谢谢你。"泰瑞尔站了起来。"我会回去报告给爱德华爵士。"

沃尔特送泰瑞尔出去。他兴奋极了。如果法国和英国不参加战争，那就再没有什么能阻碍他跟茉黛结婚了。这不会是一场梦吧？

他返回大使的办公室。还没等他们开始讨论泰瑞尔的申明，电话就响了起来。沃尔特拿起听筒，一个熟悉的声音传来："我是格雷。我可以跟大使阁下说话吗？"

"当然，先生。"沃尔特把电话递给大使，"是爱德华·格雷爵士。"

"我是里希诺夫斯基。早上好……是的，威廉爵士刚刚离开……"

沃尔特盯着大使，全神贯注地听着他的单边谈话，试图从他脸上读出整个对话的意思。

"这个建议很有意思……请允许我阐明我们的立场。德国无论是跟法国还是英国都没有发生争吵。”

听上去好像格雷打算强调泰瑞尔所表示出的立场。显然，英国人对这件事情非常认真。

里希诺夫斯基说：“俄国调兵是一种威胁，显然不能忽视，但这一威胁针对的是我们的东部边境；那里有我们的盟友奥匈帝国。我们已要求法国保证持中立立场。如果法国给了我们保证——或者，如果英国能保证法国的中立，那就没有理由在西欧发动战争……谢谢您，外相先生。很好——我会在下午三点半钟拜访您。”他挂断了电话。

他看着沃尔特。两个人得胜般笑了笑。“好啊，”里希诺夫斯基说，“我真没有想到！”

茉黛去了苏塞克斯宅邸，那儿聚集了一群有影响力的保守党议员和地位相当的贵族，当他们在公爵夫人的晨间起居室喝茶的时候，菲茨怒冲冲地走了进来。“阿斯奎斯和格雷动摇了！”他说，指着银糕饼托盘，“就像这块倒霉的烤饼一样，一碰就碎。他们打算背叛我们的朋友。我真是愧为英国人。”

茉黛一直在担心这个。菲茨遇事不会妥协，他认为英国一发号施令，全世界就会俯首听从。政府与他国以平等姿态相互协商让他厌恶至极。令人苦恼的是，很多人都认同这一点。

公爵夫人开口道：“冷静点，菲茨，亲爱的，告诉大家发生了什么事。”

菲茨说：“阿斯奎斯今天上午致函道格拉斯。”茉黛推测他说的是查尔斯·道格拉斯爵士，帝国总参谋长，“我们的首相希望公开表明立场，政府从未承诺在出现战争的情况下派遣英国军队到法国！”

茉黛是在座的人中唯一一个自由派，她觉得有义务为政府辩解几句。“但这是事实，菲茨。阿斯奎斯只是清楚地表明我们的所有选择都是不受限制的。”

“那我们跟法国军队进行的所有会谈又到底为了什么呢？”

“为了探索各种可能！为了做好应急预案！会谈并不是合约，尤其是在国际政治上。”

“朋友就是朋友。英国是世界的先导。这些事情女人不一定理解，但人们期望我们去支持我们的邻居。作为有身份的绅士，我们对哪怕一丁点儿的欺骗都深恶痛绝，作为一个国家我们也应该这样做。”

想到这种言论有可能让英国卷入战争，茉黛不免打了个寒战。她简直无法让她的哥哥明白这种风险。他们对彼此的爱显然超过他们之间的政治分歧，但现在大家都在气头上，完全有可能酿成一场激烈的争吵。如果菲茨跟谁吵翻了，他就再不会去补救。然而，他却愿意参战，哪怕战死，死于枪弹、刺刀或被炸成碎片——菲茨这样，沃尔特也是如此。为什么菲茨看不清这一点呢？她简直想大声喊叫。

她正想着回应的措辞，旁边一位客人说话了。茉黛认出这人是《泰晤士报》的外国版编辑，名叫斯蒂德。“我可以告诉诸位，德国犹太人对国际金融心怀不轨，威胁我的报纸鼓吹中立。”他说。

公爵夫人噘起嘴——她很讨厌这种黄色小报式的语言。

“你这么说有什么根据吗？”茉黛冷冷地对斯蒂德说。

“罗斯柴尔德勋爵昨天跟我们的金融版主编谈过话，”这位报人说，“他希望缓和我们文章中的反德倾向，以利和平。”

茉黛认识纳蒂·罗斯柴尔德，他属于自由党。她说：“那么，诺思克利夫勋爵怎样看待罗斯柴尔德的要求呢？”诺思克利夫是《泰晤士报》的拥有者。

斯蒂德轻轻一笑。“他命令我们今天刊印一篇措辞更加强硬的社论。”他从旁边的桌子上拿起一份报纸，晃了晃，“‘和平不是我们最为关注的利益’。”他引述道。

茉黛实在想不出还有什么比刻意鼓动战争更加卑鄙。她能看出连菲茨都对这位报人的轻浮态度感到厌烦。她正要说些什么，这时，菲茨带着那种甚至对粗鄙之人也一视同仁的彬彬有礼掉转了话题。“我刚刚跟法国大使保罗·康朋见了面，他正好从外交部出来，”他说，“他的脸白得像块桌布。他说‘他们打算放任不管’‘他们要让我们失望了’。他刚跟格雷谈过话。”

公爵夫人问：“格雷说了什么才让康朋先生如此灰心丧气，你知道吗？”

“是的，康朋告诉我了。德国不会对法国发兵，如果法国承诺置身战争之外的话——但如果法国拒绝这一提议，英国也不会觉得有责任协防法国。”

茉黛为法国大使感到难过，但英国可能不参与战争，这又让她心里一动，有了希望。

“但法国必须拒绝这个提议，”公爵夫人说，“它跟俄国互有条约，根据上面的规定，双方有义务在战时援助对方。”

“正是这样！”菲茨生气地说，“如果国际联盟在危急时刻会被打破，那它还有什么意义？”

“胡说，”茉黛意识到自己出言不逊，但她已经顾不得了，“只要方便，国际联盟随时可以打破。这并不是问题。”

“那么问题是什么，请说？”菲茨冷峻地说。

“我认为阿斯奎斯和格雷只是想拿现实情况吓唬法国。没有我们的帮助，法国无法打败德国。如果他们认为自己不得不单干，也许法国人就会成为和平缔造者，施压他们的俄国盟友撤出同德国的战争。”

“那塞尔维亚怎么办呢？”

茉黛说：“即使在现阶段，让俄国跟奥地利坐到一张桌上谈判也不晚，就巴尔干地区制定一个双方都能接受的解决方案。”

沉默持续了几秒钟，随后菲茨说：“我不太相信会发生这种事情。”

“可是，我们难道不该……”连茉黛也觉得自己的声音充满了绝望，“我们不该继续保持希望吗？”

茉黛在自己房间里坐着，拿不出气力去换衣服吃晚餐。她的女仆已经把衣服和几件首饰取出来摆在那儿，茉黛只是怔怔地看着，一动不动。

在伦敦的社交季节里，她几乎每天晚上都去参加聚会，因为许多让她着迷的政治和外交上的学问大多都是在这种社交场合掌握的。但今晚她觉得自己力不从心——她不再光彩照人，不能诱惑有权势的人把自己的想法告诉她，也无法不知不觉地改变他们的想法。

如果沃尔特参战，他会穿上制服，带着枪，敌方军队的迫击炮和机关枪会对着他射击，杀死他，或者让他身负重伤，再也无法站起来。她发觉自己很难去想别的什么，总是想哭。她甚至跟自己心爱的哥哥也没好气，说话刻薄无情。

有人敲门。格洛特站在门外说："冯·乌尔里希先生来了，我的小姐。"

茉黛吃惊不小。她没想到沃尔特会来。他为何而来？

格洛特注意到她很惊讶，便补充说："我说主人不在家，他便说找你。"

"谢谢你。"茉黛匆匆经过格洛特身边径直下楼去了。

格洛特在后面招呼道："冯·乌尔里希先生在客厅呢。我去叫荷米亚夫人陪你。"格洛特也知道不该让茉黛单独跟一个年轻男子呆在一起。但赫姆姑妈不会那么快，在她到来之前会有那么几分钟时间。

茉黛冲进客厅，一下子扑进沃尔特的怀抱。"我们该怎么办？"她哭着说，"沃尔特，我们怎么办啊？"

他紧紧抱住她，心情沉重地凝视着她。他脸色显得灰暗，憔悴，看上去就像是刚刚听到噩耗。他说："法国没有回复德国的最后通牒。"

"他们什么都没说吗？"她抽泣着。

"我们在巴黎的大使坚持要对方回应。从维维安尼那儿传来的信息是'法国将不得不考虑自己的利益'。他们不会承诺保持中立。"

"不过可能还有时间……"

"不。他们决定动员。霞飞赢得了这场争论——每个国家的军方都占了上风。电报是巴黎时间今天下午四点发出的。"

“你应该能做点什么！”

“德国已经别无选择了，”他说，“我们不能一边抗击俄国，背后还要提防充满敌意，一心想夺回阿尔萨斯和洛林的法国。因此，我们必须进攻法国。施里芬计划已经启动了。柏林的民众都在大街上唱《皇帝赞美诗》表示支持。”

“你要加入你的军队吧。”她再也无法忍住眼泪。

“当然。”

她擦了擦脸。手帕太小，不过是块绣了花的破布，她拿袖子代替。“什么时候？”她说，“你什么时候离开伦敦？”

“就在这几天。”她看见他也在强忍着泪水，沃尔特又说，“英国是否还有任何可能避免参战？至少我不用跟你的国家交战吧。”

“我不知道，”她说，“明天就清楚了。”她把他拉近。“请抱紧我。”她把头伏在他的肩膀上，闭上眼睛。

星期日下午特拉法加广场上的反战示威让菲茨十分恼火。工党议员凯尔·哈迪正在讲话，他身着斜纹软呢外套，菲茨觉得他就像一个猎场看守人。他站在纳尔逊纪念柱的底座上，用他那苏格兰口音哑着嗓子大喊大叫，亵渎在特拉法加战役中为英国战死的英雄。

哈迪声称近在眼前的战争将是有史以来最大的一场灾难。他代表的选区是以矿业为主的梅瑟，靠近阿伯罗温。他是个女仆的私生子，当过矿工，后来进入了政界。他对战争又能了解多少？

菲茨轻蔑地看了几眼，便昂着头迈开大步离开，去公爵夫人家喝茶了。他在大厅撞见了茉黛，她正在跟沃尔特低声倾谈。这场危机使得菲茨跟他们两人有了距离，让他有些惋惜。他爱他的妹妹，也很喜欢沃尔特，但茉黛倾向于自由党，而沃尔特又是个德国人，眼下这种时候很难跟他们交谈。不过，他仍尽量显得和蔼可亲，对茉黛说："我听说今天上午内阁那里吵得很激烈。"

她点点头："丘吉尔昨晚调动了舰队，没有征求任何人的意见。约翰·伯恩斯今天上午以辞职表示抗议。"

"我无法装出一副遗憾的样子。"伯恩斯是个老牌的激进分子，是最强烈反战的内阁大臣，"这么说，其他人都认可了温斯顿的举措。"

"勉强认可。"

"我们真得感谢上天垂怜。"菲茨说。国家危难之际，政府竟然掌控在那些犹疑不定的左派手中，这实在是骇人听闻。

茉黛说："但他们拒绝了格雷履行承诺保护法国的请求。"

"到了这会儿还畏首畏尾，真是一群懦夫。"菲茨说。他知道自己不该粗鲁地对待妹妹，但他愤愤不平，控制不了自己。

"也不尽然，"茉黛平静地说，"他们同意阻止德国海军穿越英吉利海峡进攻法国。"

菲茨心里一亮。"嗯，这还差不多。"

沃尔特插了进来："德国政府回应说，我们无意派遣船只进入英吉利海峡。"

菲茨对茉黛说："看见了吧？一旦你坚持立场，情况就会发生变化。"

"别太得意，菲茨，"她说，"如果我们必须参战，那也是因为像你这样的人没有做出足够努力去避免战争。"

“哦，是吗？”这话让他很不高兴，“好吧，那我告诉你。我昨晚在布鲁克斯俱乐部跟爱德华·格雷爵士谈过话。他要求法德两国尊重比利时的中立。法国人马上同意了。”菲茨挑衅般看着沃尔特，“德国方面没有回应。”

“没错。”沃尔特抱歉地耸了耸肩，“我亲爱的菲茨，作为一个军人，你应该明白，无论答应还是拒绝，只要回答这个问题就会泄露我们的计划。”

“我明白，我不过想就此弄清为什么我的妹妹认为我是战争狂人，而你们是和平使者。”

茉黛避开这个问题。“劳埃德·乔治认为只有在德国军队大举进犯比利时领土的时候，英国才应干预。他可能会在今晚的内阁会议上提出这个建议。”

菲茨知道这意味着什么。他愤怒地说：“这么说，我们会容许德国人经由比利时南部边陲进攻法国？”

“我想这正是它的用意。”

“我早看出来了，”菲茨说，“这帮叛徒。他们在计划逃避自己的职责。他们会想尽一切办法避免战争！”

“我倒希望你是对的。”茉黛说。

周一下午茉黛必须去一趟下议院，听取爱德华·格雷爵士在议会的致辞。人们一致认为这次演说将成为一个转折点。赫姆姑妈与她同往。还是头一遭，茉黛觉得有个老妇人陪在身边，让她感到心里踏实。

这天下午就要决定茉黛，以及成千上万适龄参军的男人的命运。整个欧洲的妇女是否会变成寡妇，其子女是否将沦为孤儿，都取决于格雷的建议和议会作出的反应。

茉黛已经不再愤怒，或许是已经疲倦了吧。现在她只是感到害怕。战争或和平，结婚或孤独，生存还是死亡——她的命运取决于这一刻。

这天是个节日，因此城市里人数众多的银行职员、公务人员、律师、股票经纪人和商人都放假一天。似乎他们中的大多数都聚集在了威斯敏斯特的几大政府部门附近，希望最先听到那里的消息。司机驾驶着菲茨那辆七座的卡迪拉克豪华轿车缓慢通过人头攒动的特拉法加广场、白厅和议会广场。天气阴晦，但很温暖，追求时尚的年轻男子一个个戴着硬草帽。茉黛瞥见了《旗帜晚报》的张贴板，大字标题写的是：灾难近在咫尺。

汽车开到威斯敏斯特宫前面的时候，人群欢呼起来，但一看见下来的不过是两位女性，便又发出一阵失望的叹息。围观的人们想看到自己的英雄，例如劳埃德·乔治和凯尔·哈迪。

茉黛心想这座宫殿简直就是维多利亚狂热装饰风格的一个缩影。石头经过精心雕琢，布轴式的镶嵌板无处不在，地砖五彩斑斓，玻璃染了色，地毯也都带着图案。

尽管是假期，但议院仍然照常开会，里面挤满了议员和贵族，大部分人穿着议会的晨礼服，头戴黑色丝质礼帽。只有工党成员不顾着装规范，穿着花呢便装或者休闲外套。

茉黛知道，和平派人士在内阁中仍然占多数。劳埃德·乔治的观点在昨晚赢得了支持，如果德国仅仅是技术性地侵犯比利时领土，政府会采取袖手旁观的态度。

好消息是意大利人宣布中立，声称他们与奥地利之间的条约责成他们只能参加防御性的战争，而奥地利在塞尔维亚的行动显然是侵略性的。茉黛觉得，到目前为止，意大利是唯一一个表现出正确判断的国家。

菲茨和沃尔特两人都守候在八角形的中央大厅。茉黛立刻问道：“我还没听说今天上午内阁发生了什么事，你们呢？”

“又有三个人辞职了，”菲茨说，“莫莱、西蒙，还有比彻姆。”

这三个人都是反战派。茉黛有些气馁，同时感到不解：“劳埃德·乔治没有辞职？”

“没有。”

“奇怪。”茉黛突然有种不祥的预感。和平派内部是不是出现了分裂？“劳埃德·乔治在搞什么鬼？”

沃尔特说：“我不知道，但我能猜出几分。”他显得十分严肃，“昨天晚上，德国要求让我们的军队自由通过比利时。”

茉黛倒吸了一口气。

沃尔特继续说：“比利时内阁从九点钟开会，一直开到今天早上四点，然后拒绝了这一要求，表示他们将投入战斗。”

这太可怕了。

菲茨说：“所以，劳埃德·乔治是错的——德国军队不会仅仅做出技术性的侵犯。”

沃尔特没说话，只是一摊双手，做了个无可奈何的手势。

茉黛担心德国人残酷的最后通牒，以及比利时政府的鲁莽挑衅有可能削弱瓦解了内阁里的和平派。比利时和德国实在太像大卫和歌利亚了。劳埃德·乔治会嗅到公众舆论的倾向——他是否察觉到形势即将发生变化？

“我们该去找地方坐了。”菲茨说。

茉黛满心忧虑地穿过一道小门，登上长长的楼梯，走进俯瞰下议院的“旁听者楼座”。大英帝国的主权政府就在这里。在大不列颠某种形式的统治下生活的四亿四千四百万臣民的生死大事就在这间屋子里决定。每次来到这里，茉黛都会惊讶它竟如此之小，还不如普通的伦敦教堂宽敞。

政府内阁和反对派在几排长椅上相对而坐，中间空出的一条间隔据说恰好是两把剑的长度，以避免双方争斗起来。议院的大部分辩论会都没有多少人参加，这里几乎是空的，只有十几个议员，舒舒服服伸展四肢坐在绿色的真皮椅上。然而今天长椅上坐满了人，找不到座位的国会议员只能站在门口。只有前面几排是空的，按照传统，政府一边的空座位留给内阁部长们，对面的则留给反对派的领袖。

茉黛想，今天的辩论要在这间屋子里，而不是在上议院举行，这实在是意义重大。事实上，许多像菲茨一样的贵族都坐在楼座里旁听。下议院因民众选举而具有权威——尽管投票的成年人只稍稍超过半数，且女人并无投票权。阿斯奎斯任首相的大部分时间都在跟上议院做斗争，尤其是跟劳埃德·乔治那项给付老人少量退休金的计划作抗衡。这种斗争十分激烈，但每次都是下议院赢得胜利。茉黛觉得，其潜在的原因是英国贵族害怕法国革命会在这里重演，因此最后他们总是选择妥协。

前排就座的那些人进来了，茉黛立刻注意到自由派里的气氛异样。首相阿斯奎斯面带微笑，听贵格会的约瑟夫·皮斯说了句什么，劳埃德·乔治在跟爱德华·格雷爵士说话。“我的上帝啊。”茉黛咕哝了一句。

坐在她旁边的沃尔特问："怎么了？"

"你看看，"她说，"他们现在是伙伴了。他们解决了分歧。"

"你不能只凭表面就作结论。"

"不，我能。"

主持官进来了。他戴着老式的假发，坐在高出一层的讲台上。他先邀请了外交大臣，格雷便站了起来，他苍白的面容略显憔悴，忧心忡忡。

他不具备发言人的演讲技巧，说起话来十分冗长，缺乏条理。尽管如此，挤在长椅上的议员、塞满楼座的旁听宾客们都在屏息聆听，耐心等待着他说到重要的部分。

他讲了整整三刻钟才提到比利时问题。然后，他最终透露了德国最后通牒的细节，也就是沃尔特一小时前告诉茉黛的事。议员们情绪激动起来。茉黛一直在担心这个，这种情绪会改变一切。自由党的双方——右翼的帝国主义者和左翼那些小国权利的维护者们全都感到义愤填膺。

格雷引用威廉·格莱斯顿的话，问道："眼下这种情形，我们这个被赋予影响和权力的国家是否要安静地站在一边，目睹最可怕的犯罪发生，任其玷污历史的篇章，从而成为罪恶的参与者？"

这是一派胡言，茉黛想。入侵比利时不会是历史上最可怕的罪恶——坎普尔大屠杀又怎么算呢？奴隶贸易呢？英国并没有在每个国家被侵略的时候进行干预。因为不采取行动就说英国人民成了罪恶的参与者，这是荒谬可笑的。

但眼下很少有人像她这样看待问题。两方面的议员全都欢呼起来。茉黛盯着前座的政府要员，惊愕地发现昨天还曾慷慨激昂地反对战争的大臣们频频点头表示赞同：年轻的赫伯特·塞缪尔、刘易斯·哈考特、贵格会的约瑟夫·皮斯——他还是和平学会会长。最糟糕的是劳埃德·乔治本人。茉黛绝望地意识到，劳埃德·乔治支持格雷的事实意味着政治斗争已经结束。德国对比利时的威胁让各个对立派别团结在了一起。

格雷不会像劳埃德·乔治那样利用听众的情绪，也无法像丘吉尔那样，说起话来就像一位《旧约》里的先知。但茉黛发现，今天他根本不需要这类技巧，事实明摆在那里，用不着再添油加醋了。她转过身来，怒气冲冲地对着沃尔特耳语道："为什么？为什么德国要这么做？"

他一脸痛苦，但回答仍带着一贯冷静的逻辑性："比利时南部，紧邻德国和法国之间的边界地带戒备森严。如果我们进攻那里，我们就赢了，但这要花费太长时间——俄国就有时间动员部队，从背后攻击我们。要想速战速决，我们唯一保险的办法就是通过比利时。"

"但是，这也促成了英国跟你们开战！"

沃尔特点点头："英国军队规模小，很依赖海军，但这并不是一次海上战争。我们将军认为英国参不参战没多大差别。"

"你同意吗？"

"我相信跟一个富有而强大的邻居交恶很不明智，可我争辩不过他们。"

茉黛绝望地想：而这也正是过去两个星期以来屡屡发生的事情。在每个国家都是那些反对战争的人被否决。奥地利人在本该克制的时候袭击了塞尔维亚。俄国人调动了部队，而不是进行斡旋。德国人拒绝参加国际会议解决问题。法国人有过保持中立的机会，但他们狂傲地拒斥了。现在英国就要加入进去，而他们本可以隔岸观火，置身事外的。

格雷的演说到了结束部分：“我已把这些至关重要的事实向上议院做了陈述，如果我们被迫——这似乎很有可能，甚至很快就被迫申明对这些问题所持的立场，那么我相信，当整个国家意识到其中的利害，意识到真正的问题所在，亦即欧洲西部面临的迫在眉睫的巨大危险，正如我一直努力向议会描述的，那我们便会取得各方的一致支持，不仅是下议院，更包括拥有决心、勇气和坚韧耐力的举国民众的全力拥护。”

他在四面八方的欢呼声中坐了下来。没有经过表决，格雷甚至没提任何建议，仅凭所有人的反应就能看出，议员们已经准备打仗了。

反对派领袖安德鲁·博纳·劳站起来说，政府可以依靠保守党的支持。茉黛并不觉得惊讶——他们总是比自由派更好战。不过，当爱尔兰民族主义者的领袖也说这种话，就让茉黛和其他人都感到好奇了。茉黛觉得自己仿佛进了一所疯人院。难道世界上只有她一个人希望和平吗？

只有工党领袖提出异议。“我认为他是错的。”拉姆齐·麦克唐纳对格雷的演说评论道，“我认为，他所代表的政府，还有他的言论全都大错特错。我认为历史的裁决会证明他们的错误。”

但他的话没人理会。一些议员开始离开议会厅。楼座也渐渐变空了。菲茨站了起来，他带来的几个人也随之起身离开。茉黛无精打采地跟着他们。下面的议会厅里，麦克唐纳继续说：“如果在座的各位今天到这儿告诉我们，国家正面临危险，我不在乎他向哪个党派诉请，也不在乎向哪个阶级诉请，我们会站在他那一边……实际情况是，既然你们打算参加一场席卷整个欧洲的战争，那奢谈什么支援比利时还有什么用处呢？”茉黛走出了楼座，无法听见他下面又说了什么。

这是她一生中最糟糕的一天。她的国家就要加入一场无谓的战争，她的哥哥和她所爱的人即将拿自己的性命去冒险，她就要跟自己的未婚夫分离，也许这就是永别。全部的希望都没了，她彻底陷入绝望之中。

下楼梯的时候，菲茨走在前面。赫姆姑妈颇有礼貌地对他说：“真是太有趣了，亲爱的菲茨。”就像她被带来参观一次艺术展，一切超乎她的预料一般。

沃尔特抓住茉黛的胳膊，往后拉了她一下。她让其他三四个人走在前面，以免菲茨听到他俩说话。不过她并不知道沃尔特要干什么。

“嫁给我。”沃尔特平静地说。

她的心狂跳起来。“什么？”她低声问道，“怎么办呢？”

“嫁给我，求你了，就明天。”

“可这办不到啊……”

“我有个特别许可证。”他拍了拍胸前的口袋，“我星期五去了切尔西的登记处。”

她的脑子里一片混乱，半天也没想出合适的回答，只是说：“我们都同意再等一等。”可话一出口，她就后悔了。

但他已经在争辩了：“我们等了。危机已经过去。你我二人的国家就要在明天或者后天交战。我将不得不离开英国。我想在我走之前跟你结婚。”

“可我们不知道会发生什么事情！”她说。

“我们确实不知道。但是，不管未来会怎么样，我都要你做我的妻子。”

“但是……”茉黛不再往下说了。为什么她要出言反驳呢？他说得对啊。没有人知道将要发生什么事情，但这些都跟眼下无关。她想做他的妻子，想象不出哪种未来会改变这一事实。

她还没来得及说什么，两个人就走到了楼梯下面，进了中央大厅，人群嘈杂，一个个互相兴奋地交谈着。茉黛很想再问沃尔特几个问题，菲茨这时却大献殷勤，执意陪着她跟赫姆姑妈出去，因为这里实在太吵了。到了议会广场，菲茨把两位女士送上一辆汽车。司机发动这辆自动机械的引擎，汽车突突开了起来，慢慢离开站在便道上的菲茨和沃尔特，还有等待听从命运召唤的旁观人群。

茉黛想做沃尔特的妻子。这是她唯一可以肯定的事情。她一直坚守着这个念头，尽管脑子里翻来覆去想着各种问题、猜测和假设。她该同意沃尔特的计划，还是再等一等？如果她同意明天嫁给他，该告诉谁呢？仪式结束后他们去哪里？他们要住在一起吗？如果住在一起，那会是在哪儿呢？

那天晚上，女仆端着银托盘在晚饭前给她送来一信封。信封里只有一张深米色的信纸，上面是沃尔特用蓝色墨水写下的几行简练端正的字迹：

下午六点半

我最亲爱的：

明天下午三点半，我在菲茨宅邸对面的车里等你。我会带上两位必要的证婚人同往。已经预约四点钟登记。海德酒店的房间定好了。我已经登记入住，免得再等。我们的名字是“乌尔里希先生和太太”。戴上面纱。

我爱你，茉黛。

你的未婚夫，

W.

她的手颤抖着，最后把信放在抛光桃花木的梳妆台上。她的呼吸加快，盯着墙上满是花卉的壁纸，极力让自己冷静下来，好好考虑一下。

他选的时间很合适，下午三点家里很安静，茉黛可以溜出门去，不被任何人看见。赫姆姑妈要在午饭后睡上一会儿，菲茨那时应该在上议院。

这件事不能让菲茨知道，那样他就会加以阻挠。他会把她锁在房间里，让她无法出门。他甚至会把她送进精神病院。作为一个富有的上层名流，要想处理掉一位女性亲属并非难事。菲茨只需找两个和他意见相同的大夫就行了——她竟然打算嫁给一个德国人，那一定是疯了。

她不能告诉任何人。

假姓名和面纱的安排表示沃尔特想要保密。“海德”是骑士桥那边一家不太显眼的酒店，他们不太可能遇到熟人。一想到她就要与沃尔特共度良宵，她心里便充满期待，激动不已。

可第二天他们该怎么办呢？这桩婚姻不可能永远保密。沃尔特会在两三天内离开英国。她要跟他一起走吗？她害怕自己会毁了他的前程。娶一个英国人做妻子，他还怎么赢得信任，为自己的国家而战？如果他投身战争，一定会远离故土，那她去德国还有什么意义？

尽管一切都是未知数，但她内心还是兴奋不已。“乌尔里希太太。”她对着空旷的卧室说着，合拢双臂抱住自己，享受着甜蜜的喜悦。

第十一章

1914年8月4日

黎明时分茉黛便起床了，坐在梳妆台前写信。她的抽屉里有一叠菲茨的蓝色信纸，银墨水瓶每天都是满的。她写下“亲爱的”几个字后便停了下来，考虑下面该怎么写。

她在椭圆形的镜子里看到自己的身影：头发蓬乱，睡衣也是皱巴巴的。一丝愁苦沿着前额的皱纹，一直延伸到两边的嘴角。她还从牙缝间挑出一小片绿色的菜叶。她想：要是他看到我现在的样子，有可能就不愿意和我结婚了。随后她意识到，如果按他的计划行事，他明天一早看到的她恰恰就是这个样子。这种想法简直太奇怪，也太吓人了。

她接着写道：

我愿意，我真心实意想嫁给你。但你到底有何打算？我们去哪儿生活呢？

她一直思考了大半个晚上。各种阻碍非常大。

如果你留在英国，他们就会把你投入战俘集中营。如果我们去德国，我又会永远见不到你，因为你要远离家乡，参军打仗。

他们的亲属要比国家还能制造出更多的麻烦。

我们什么时候才能告诉家人结婚的消息？请不要预先通告，否则，菲茨会想方设法阻止我们。就算是先斩后奏，也会有扯不清的麻烦，无论跟他还是跟你父亲。告诉我你是怎么想的。

深爱着你。

她封好信封，写上他住处的地址，离这里还不到半英里。她按了按铃，几分钟后女仆来敲门了。桑德森是个丰满的女孩，脸上带着灿烂的笑容。茉黛说："如果乌尔里希先生出去了，就送到卡尔顿府阶地的德国大使馆。不管在哪儿找到他，都要等他的回信。清楚了？"

"是的，我的小姐。"

"这件事不要告诉其他任何人。"

桑德森年轻的脸上露出一丝难色。许多女仆都参与女主人的暗中勾当，不过茉黛从未有过秘密的恋情，桑德森也不习惯说谎。"如果格洛特问我去哪儿，我该怎么跟他说呢？"

茉黛想了一会儿。"就跟他说你去给我买女性用品了。"尴尬话题会遏制格洛特的好奇心。

"是的，小姐。"

桑德森离开了，茉黛把衣服穿好。

她不知该如何在家人面前维持惯有的常态。菲茨大概不会留意她的情绪变化——男人很少如此细心——但赫姆姑妈就不会毫无察觉。

吃早饭的时候她照常下楼，尽管神经紧张得感觉不到饿。赫姆姑妈正在吃腌熏鲱鱼，那味道让茉黛实在受不了。她啜了一口咖啡。

一分钟后菲茨出现了。他从餐具柜那边拿了一块腌鱼，翻开《泰晤士报》。平常我是怎么做来着？茉黛问自己。我会谈论政治，那么现在我也该这么做。“昨晚发生了什么事吗？”她问道。

“内阁会后我见到了温斯顿，”菲茨回答，“我们要求德国政府撤销对比利时的最后通牒。”他轻蔑地把语气放在“要求”这个字眼上。

茉黛不敢再抱什么希望。“这是不是意味着我们还没有完全放弃谋求和平的努力？”

“我们倒不如放弃了好，”他轻蔑地说，“无论德国人在想什么，他们都不可能因为一个礼貌的请求而改变想法。”

“一个溺水的人会抓住任何一根稻草。”

“我们不会去抓稻草。我们正依照惯例，准备正式宣战。”

这话一点不假，茉黛心情郁闷地想。所有国家的政府都会说他们不想打仗，而是出于被迫才卷入战争。菲茨没有意识到自己的危险处境，他不懂这种外交防御是致命的。她渴望保护他，但同时又恨不得掐死他，因为他的固执是如此愚蠢。

为让自己分心，她翻了翻《曼彻斯特卫报》。报纸用一整版刊登了中立联盟的广告，上面的口号是：“英国人，履行你的职责，让你的国家远离邪恶而愚蠢的战争。”仍有人跟自己的想法一致，这让茉黛感到高兴。但他们没有任何机会主导潮流。

桑德森走了进来，手里端着的银托盘上有个信封。茉黛认出上面沃尔特的笔迹，一下子惊呆了。这女仆到底在想什么？难道她不知道如果发出的信件是个秘密，收到的答复也一样必须保密吗？

她不能当着菲茨的面拆看沃尔特的回信。她的心狂跳不已，勉强装出一副不经意的样子拿过信封，放在她的餐盘边上，然后吩咐格洛特再为自己倒些咖啡。

她眼睛盯着报纸，以掩饰内心的惊慌。菲茨没去翻看她的信件，但是，作为一家之主，住在屋子里的女性亲属的任何来信他都有权阅读。任何有教养的女性都不会加以拒绝。

她必须尽快吃完早餐，不等人拆开便拿走这封信。她勉强吃了一块面包，使劲把它吞进发干的咽喉。

菲茨从《泰晤士报》上抬起头：“你不看看你的信吗？”接着又吓人地补充了一句，“我看好像是冯·乌尔里希的笔迹。”

她走投无路了。于是用一把干净的黄油刀拆开信封，尽量做出一种无动于衷的表情。

上午九点

我亲爱的：

大使馆的全体人员均被告知收拾行李，付清账单，准备在几小时后离开英国。

你我都不要把我们的计划告诉任何人。过了今晚，我就会回德国，你留在这儿跟你的哥哥一道生活。人们都认为这场战争不会超过几周时间，至多持续几个月。

一旦战争结束，如果我们都还活着，就把这一幸福的喜讯通告世人，一起开始新的生活。

万一我们活不过这场战争，哦，老天，就请让我们像夫妻那样共度一晚吧。

我爱你。

W.

又及：德国在一小时前入侵了比利时。

茉黛的脑子里一片混乱。私下秘密结婚！不让任何人知道。沃尔特的上司仍然会信任他，因为不知道他跟敌人结亲，他也可以带着荣誉和尊严作战，甚至能在秘密情报部门工作。男人会继续追求茉黛，以为她仍待字闺中，她对此完全应付裕如，因为这些年来她拒绝了一个个求婚者。他们要分居两地，直到战争结束，最多也就几个月的时间。

菲茨打断了她的思绪："他说了什么？"

茉黛的脑子瞬间空白一片。她不能向菲茨透露任何情况。那她该怎么回答他的问话？她低头看着深米色的信纸和上面端正的字迹，目光落在那句"又及"上。"他说，德国今天上午八点钟入侵了比利时。"

菲茨放下手里的叉子。"这么说，终于还是发生了。"这一次，连他都显得震惊不已。

赫姆姑妈说："小比利时！那些德国人恃强凌弱，我觉得他们是最可怕的恶棍。"接着她又一脸疑惑地补充，"当然，冯·乌尔里希先生不能算。他很可爱。"

菲茨说："英国政府礼貌的要求就到此为止。"

"简直是愚不可及，"茉黛悲哀地说，"成千上万的人会在这场无人想打的战争中遭到屠杀。"

"我还以为你会支持战争，"菲茨争辩道，"毕竟，我们会保护法国，它是英国以外唯一一个真正民主的欧洲国家。而我们的敌人将是德国和奥地利，他们选出的议会事实上毫无作为。"

"但我们的盟友将会是俄国，"茉黛恨恨地说，"因此，我们就是为了维护欧洲最野蛮、最落后的君主政体而战。"

"我明白你的意思。"

"大使馆的全体人员都被告知收拾行李，"她说，"我们可能再也见不到沃尔特了。"她把信随手放在一边。

可这并不奏效。菲茨说："我可以看看吗？"

茉黛僵住了。她不可能把信给他。他不仅会把她锁在房里——如果让他读到"共度一晚"，还会拿上杆枪射杀沃尔特。

"可以吗？"菲茨又问了一句，伸出手来。

"当然。"她又犹豫了一秒钟，才去拿信纸。但在最后一刻她灵光一现，打翻了自己的杯子，咖啡都泼在了信纸上。"天啊，该死。"她看着咖啡模糊了蓝色墨迹，心里顿时轻松许多。

格洛特走上前来收拾残局。茉黛假装帮忙，拿起信纸折叠起来，确保没溅到咖啡的那些字也沾上水湿掉。"真对不起，菲茨，"她说，"不过上面也没有更多的消息了。"

"没关系。"他说，又继续去读报纸。

茉黛双手发抖，只得放在膝盖上掩饰过去。

这不过是个开始。

茉黛想单独出门十分困难。像所有上流名媛一样，没有陪伴她不能去任何地方。男人用这种习俗假装他们是在保护女性，但实际上不过是一种控制手段。在妇女拥有选举权之前，这种陋习无疑会一直持续下去。

茉黛成长中的半数时间都在想方设法挑战这一规则。她不得不偷偷溜出去，不让任何人发现。这是相当困难的。尽管只有四位家庭成员住在菲茨的梅费尔宅邸，但房子里随时都有至少十一二个仆人。

而且，她还要神不知鬼不觉地在外面过一夜，那就更难了。

她开始小心翼翼实施她的计划。

“我头疼，”午餐结束时她说，“碧，请原谅，我晚上不下来吃晚餐了，好吧？”

“当然了，”碧说，“有什么要我帮忙的吗？要不我把拉斯伯恩教授叫来？”

“不用，谢谢你，没那么严重。”不太严重的头疼通常是来月经的委婉托辞，听了这话，人家也就不再往下问了。

至此，一切还算顺利。

她上楼回到自己的房间，按铃叫来她的女仆。“我要上床睡觉了，桑德森，”她按照早已想好的那一套说道，“我可能整个下午都呆在屋里。请告诉其他仆人，任何情况都不要来打扰我。我会按铃让人送晚餐盘，不过这也说不准，因为我觉得好像要睡上一整天。”

这样就能确保她不在的时候不会有人注意。

“你生病了吗，我的小姐？”桑德森关切地问。有些女人经常喜欢卧床，但茉黛很少这样。

“不过是女人的麻烦事，只是比平常更难受些。”

桑德森不相信这话，这一点茉黛能看出来。今天已经让这女仆送了一封密信，这种事情以前从未发生过。桑德森明白某种不寻常的事情正在发生。不过，佣人不得对自己的女主人刨根问底，桑德森也只能在心里琢磨。

“还有，早上也不用来叫我起床。”茉黛补充说。她不知道自己什么时候才会回来，怎样偷偷潜入房中。

桑德森离开了。现在是三点一刻。茉黛迅速脱下衣服，然后打开了衣柜。

她不习惯自己动手拿衣服出来，这些事情通常是桑德森来干。她的黑色外出服配有带面纱的帽子，但她不能在自己的婚礼上穿黑戴素。

她看了一眼壁炉上方的时钟，现在是三点二十分。没时间犹豫了。

她选了一套时髦的法式装束。紧身的白色蕾丝上衣，领子很高，凸显她颀长的脖子。外罩一件天蓝色礼服，淡得发白。这是最为新奇大胆的款式，裙摆垂到脚踝上方一两寸的地方。她又加了顶深蓝色的宽边草帽，上面有同色的面纱，然后挑了一把鲜亮的蓝色阳伞，内衬是纯白的。她拿了个与装束搭配的蓝色天鹅绒拉绳袋，里面放了一把梳子、一小瓶香水和一条干净的内裤。

时钟在三点半钟敲响。沃尔特应该就在外面，等着她。她的心怦怦狂跳起来。

她拉下面纱，站在穿衣镜前查看了一下自己。这身衣服不是什么婚纱，但看上去很合适。她想象着站在登记处的情形。她从来没有参加过民事婚礼，所以也拿不准到底怎么样。

她从锁孔里拔出钥匙，站在关紧的门边仔细听着。她不想碰到任何会盘问她的人。要是被某个男仆或者跑腿的男童看见倒也无关紧要，他们不会去关心她在干什么，只是眼下所有的女仆大概已经知道她身体欠佳，若是撞见哪个家庭成员，那她的诡计立刻就露馅儿了。她倒不在乎一时下不来台，怕就怕他们会阻拦她。

她正要开门，耳边只听得一阵沉重的脚步声，同时闻到一股烟味儿。肯定是菲茨在抽饭后烟，正要动身去上议院或者怀特俱乐部。她焦急地等待着。

静待片刻之后，她往外看了看。宽敞的走廊里空无一人。她走出来，把门关上，上了锁，把钥匙放进绒布袋里。现在，任何前来探门的人都会以为她正在屋里睡觉。

她轻手轻脚沿着铺了地毯的走廊来到楼梯口，往下张望。大厅里一个人也没有。她快步跑下楼梯。当她下到楼梯中央的休息平台时，突然听见一阵响动，一下子站住了。地下室的门“咣当”一声开了，格洛特从里面走了出来。茉黛屏住呼吸，朝下看着格洛特光秃秃的头顶——他手里拿着两瓶波尔多红酒穿过大厅，背对着楼梯，头也没抬一下便进了餐厅。

格洛特身后的门刚一关上，茉黛便飞快跑下最后一截楼梯，也顾不得谨慎小心了。她打开大门，冲了出去，“砰”的一声把门摔上。太晚了，她本想轻轻把门关上的。

梅费尔的街道静悄悄沐浴在八月的阳光下。她前后张望了一下，看见一辆鱼贩子的马车，一个推着婴儿车的保姆，还有一个正在给机动出租车更换轮子的司机。街道对面一百米开外停着一辆白色汽车，上面带着蓝色帆布篷。茉黛喜欢汽车，认出那是奔驰10/30，正是沃尔特的堂兄罗伯特的那辆。

她穿过马路时沃尔特从车里走了出来，让她心里立刻充满了喜悦。他身穿浅灰色外套，戴着一朵白色的康乃馨。他与她四目相接，她从那张脸上的表情看出，直到前一刻他还一直没有把握，不知她会不会来。一想到这儿，泪水便涌上了眼眶。

但转瞬间，他满脸都是喜悦。她想，能让一个人如此幸福，这感觉简直太奇妙，太美好了。

她不安地朝宅子那边看了一眼。格洛特站在门口，迷惑不解地左右张望着。她觉得一定是他听见了关门的声音。她果断地抬头向前，这一刻脑子里只想着——我终于自由了！

沃尔特吻了吻她的手。她也想好好吻他一下，但有面纱挡着。再说，婚礼前也不该这么做。总不能把所有的礼数统统丢到一边。

她看见罗伯特正坐在驾驶位上，朝她碰了碰头上的灰色礼帽。沃尔特信任他，选他担任证婚人之一。

沃尔特打开车门，让茉黛坐在后座。已经有人在那了，茉黛认出是泰-格温的女管家。“威廉姆斯！”她惊喜地叫了一声。

威廉姆斯笑了。“现在你最好叫我艾瑟尔，”她说，“我来做你的证婚人。”

“当然了——哦，对不起。”茉黛冲动地抱住了她，“谢谢你能来。”

车子开动了。

茉黛探身向前去跟沃尔特说话：“你怎么找到艾瑟尔的？”

“你跟我说她去过你们诊所。我从格林沃德医生那儿问到了她的地址。我知道你信任她，因为在泰-格温我们约会时，你选她当女伴。”

艾瑟尔递给茉黛一小束鲜花：“这是你的捧花。”

是玫瑰花，珊瑚红的花朵象征浓烈的情感。难道沃尔特了解花语？“谁挑的花啊？”

“是我建议的，”艾瑟尔说，“我解释了它的含义，沃尔特也很喜欢。”艾瑟尔脸红了。

茉黛心想，艾瑟尔知道他们两个多么充满激情——她看见过他们亲吻。“这花太完美了。”她说。

艾瑟尔穿了一件淡粉色的连衣裙，像是新的，她还戴了一顶装饰着更多粉红玫瑰的帽子。这肯定是沃尔特买的。他真是细致周到。汽车经过帕克兰驶向切尔西。我要结婚了，茉黛想。以前，每当她设想自己的婚礼，便以为会像她所有朋友的婚礼那样，一整天都是单调乏味的仪式。现在这样岂不更好。不用提前计划，也没有客人名单，更不必请人承办酒宴。没有赞美诗，没有演讲，也没有喝醉了想要亲吻她的亲戚。只有新郎新娘，以及两位他们所喜欢、所信任的人。

她把所有关乎未来的想法统统抛在脑后。欧洲处在战争之中，任何事情都有可能发生。而她，则要好好享受这一天和这一夜。

他们沿着国王路行驶。突然她心里一阵紧张。她拉起艾瑟尔的手，给自己打气。眼前似乎出现了幻象，菲茨驾驶着他的凯迪拉克，在后面紧追不舍，大声喊着：“拦住那个女人！”她回头张望了一下。后面自然没有菲茨，也没有追他们的汽车。

他们在切尔西市政厅那座古典建筑的门前停下。罗伯特挽起茉黛的胳膊，领着她迈上入口处的台阶，沃尔特和艾瑟尔两人跟在后面。路人驻足观看他们——谁都喜欢看婚礼的热闹。

大楼内部是奢华的维多利亚式风格，铺着彩色地砖，墙上装饰着漂亮的石膏线。在这种地方结婚再合适不过了。

他们得在大厅里等一会儿。另一场三点半钟开始的婚礼尚未结束。他们四个站成一个小圈子，谁也想不出任何话说。茉黛闻着手上的玫瑰花，香气阵阵袭来，让她像喝了香槟般陶醉。

几分钟后，上一场婚礼的人群从里面走出来，新娘穿着日常的便装，新郎则一身陆军中士制服。他们大概也是因为战争而临时决定结婚的。

茉黛他们走了进去。登记员坐在一张普通的桌子后面，晨礼服上打着一条银色的领带。他在扣眼里插了一枝康乃馨，很好的点缀。旁边站着一个穿便装的办事员。新人报出自己的名字——冯·乌尔里希先生和茉黛·菲茨赫伯特女勋爵。茉黛掀起了眼前的面纱。

登记员说："菲茨赫伯特女勋爵，你可以提供身份证明吗？"

她不明白他在说什么。

见她愣了一下，他说："你带了出生证明吧？"

她没带她的出生证明。她不知道必须带上这个，即使她有，她也无法拿到手，菲茨一定把它放进了保险箱，跟其他家庭文件放在一起，包括他的遗嘱。她一下子慌了神。

这时沃尔特说："我觉得这份东西应该管用。"他从口袋里拿出一只贴了邮票、寄给茉黛·菲茨赫伯特女勋爵的信封，上面写着诊所所在街道的地址。这大概是他去见格林沃德医生的时候拿到的。他简直太机灵了。

登记员把信封接过去，没有提出异议。他说："我有责任提醒你们，即将作出的誓言十分庄重，具有约束性质。"

茉黛有点儿生气，这种建议似乎表示她不明白自己在做什么，随即她意识到他对每个人都要这样说。

沃尔特身子笔挺地站在那儿。茉黛想：一切已成定局，无法回头了。她十分肯定自己就想嫁给沃尔特——但是，更重要的是，她切切实实意识到自己到了二十三岁，却从未遇到任何一个让她中意，暗暗当作自己丈夫的人。她遇到的男人都把她和所有女人当成大孩子一样对待。只有沃尔特与众不同。要嫁人就得嫁给他，否则谁也不嫁。

登记员口述着要沃尔特重复的话："我郑重声明，没有任何法律条文阻碍我，沃尔特·冯·乌尔里希与茉黛·伊丽莎白·菲茨赫伯特结为夫妻。"沃尔特按英文的方式读出自己的名字"沃尔-特"，德文里正确的读音应该是"瓦尔-特"。

茉黛看着他一字一顿地说着，声音坚定，清晰。

接着，轮到他郑重地看着她作自己的声明。她爱他这种严肃劲。大多数男人，甚至那些相当聪明的男人，一旦跟女人交谈就会变得愚蠢可笑。沃尔特跟她说话就像跟罗伯特、菲茨一样聪明睿智，而且，更为罕见的是，他会倾听她对问题的答案。

接下来是宣誓。沃尔特注视着她的眼睛，将她娶为自己的妻子，此时，她听出他的声音因动情而颤抖。这是她爱慕他的另一个原因，她知道自己可以把他的严肃认真破坏掉，让他为爱情，或者为了幸福和欲望而颤抖。

她也同样宣了誓："我请在场各位见证，我，茉黛·伊丽莎白·菲茨赫伯特，愿意以你，沃尔特·冯·乌尔里希为我的合法丈夫。"她的声音并未颤抖不定，她有些不好意思，因为自己并没有显得大动感情，不过那也不是她的风格。哪怕她心里翻江倒海，她也宁可表现出风平浪静的样子。沃尔特明白她这一点，他比任何人都了解她心头掠过的那种藏而不露的情感风暴。

“你们带结婚戒指了吗？”登记员问道。茉黛甚至没有想过这个问题，但沃尔特考虑到了。他从背心口袋里拿出一只朴素的金戒指，拉起她的手，为她戴在手指上。他估量过戒指的尺寸，但还是稍大了一号。他们两人是秘密结婚的，所以今天一过，她暂时还不能把戒指戴在手上。

“我现在宣布你们正式结为夫妻，”登记员说，“你可以亲吻新娘了。”

沃尔特轻轻吻了一下她的唇。她搂住他的腰，把他拉近些。“我爱你。”她低声说。

登记员说：“现在就为你们办理结婚证。或许你想坐下……乌尔里希太太。”

沃尔特很高兴，罗伯特呵呵笑了起来，艾瑟尔轻轻欢呼了一声。茉黛觉得登记员很乐意成为第一个用婚后的名字称呼新娘的人。大家全都坐下来，等着登记员旁边的办事员填写证书。沃尔特报出他父亲的职业是军官，他的出生地是但泽。茉黛道出自己父亲是乔治·菲茨赫伯特，职业是牧场主——泰-格温的确养着一小群羊，因此这么说也不算错——她的出生地为伦敦。罗伯特和艾瑟尔作为证人签了名。

婚礼就这么一下子结束了，他们出了屋子来到走廊，已经有一对新人等在那儿了，漂亮的新娘正准备接受那位神情紧张的新郎许下终身誓言。茉黛和沃特尔手挽着手走下台阶去路边车停着的地方，艾瑟尔朝他们身上撒了一把彩纸屑。茉黛发现看热闹的人群里有个跟自己年龄相仿的中产阶级妇女，手上拿着一个包裹，想必刚从商店里出来。这女人使劲盯着沃尔特，然后又把目光投向茉黛，茉黛看见她眼里闪过一丝羡慕。她想，是的，我当然是幸运的。

沃尔特和茉黛坐进了车后座，罗伯特和艾瑟尔坐在前面。车开动了，沃尔特抓起茉黛的手，吻了一下。他们看着对方的眼睛，笑了起来。茉黛以前见过别的夫妇这样相视而笑，一直觉得太傻，太肉麻，但现在一切看来再自然不过了。

几分钟后他们就到了海德酒店。茉黛放下面纱，让沃尔特挽着她的胳膊，穿过大堂朝楼梯走去。罗伯特说："我去订些香槟。"

沃尔特挑了最好的一间套房，在里面摆满了鲜花，有上百枝红玫瑰。茉黛的眼睛湿润了，艾瑟尔在一旁惊叹不已。餐具柜上放着盛满水果的大碗，还有一盒巧克力。午后的阳光透过大大的窗户，照在色调欢快的布座椅和沙发上。

"我们好好享受一下吧！"沃尔特高兴地说。

茉黛跟艾瑟尔正检视着套房里的装饰摆设，罗伯特走了进来，身后跟着一个用托盘端着香槟和酒杯的侍者。沃尔特拔掉瓶塞，给大家倒上香槟。第一杯酒过后，罗伯特说："我要敬一杯酒。"他清了清嗓子。茉黛知道他要作一番演讲，心里很欢喜。

"我的堂弟沃尔特是个不同寻常的人，"他开始说，"他总是显得比我年长，而事实上我俩年龄一样大。我们在维也纳上学的时候，他从来没喝醉过。每次大家晚上结伴去城里的什么地方玩，他都留在家里做功课。我当时就想，他大概是那种不喜欢女人的人。"罗伯特苦笑了一下，"其实呢，我倒是成了那样的人——当然，就像英国人说的，这是另一个话题了。沃尔特热爱他的家人，他的工作，他爱德国，但他在此之前从没爱过一个女人。他真的变了。”罗伯特顽皮地咧嘴笑了起来，“他买了不少新领带。问我各种问题——什么时候才能亲吻女孩？男人该不该喷香水？什么颜色适合他？就好像我了解女人的喜好似的。还有，在我看来最要命的是……”罗伯特停顿了一下，卖了个关子，“他还弹拉格泰姆！”

几个人都笑了。罗伯特举起酒杯：“让我们举杯，为造就了这些变化的女人——新娘干杯！”

他们喝了这杯酒，随后，让茉黛惊喜的是，艾瑟尔说话了。“我提议敬新郎一杯。”她那样子就像经常发表演说似的。一个威尔士来的仆人怎么会有这样的自信？茉黛这才想起她父亲是个传教士，积极参与政治，是她效仿的楷模。

“就我所见，茉黛女勋爵有别于任何同阶层的妇女，”艾瑟尔说道，“我在泰-格温当仆人的时候，她就是唯一一位注意到我的家庭成员。在伦敦，年轻的未婚妇女若是有了孩子，大部分出身望族的小姐太太都会抱怨什么道德沦丧——但茉黛真正为她们提供了切实的帮助。在伦敦东区她被看作圣人。不过，她有她的缺点，还很严重。”

茉黛想：这是在说什么？

“她太严肃了，足以让一个正常的男人望而却步。”艾瑟尔继续道，“在伦敦，所有有资格的男人都被她惊人的美貌和活泼的个性吸引，但到头来一个个都被她的头脑、她坚定的政治主张和实践吓跑了。前一段时间我意识到，只有十分稀有的男人才能赢得她的芳心。他必须聪明，但又十分豁达，要严守道德规范，却又不能保守，强大但不霸道。”艾瑟尔笑了，“我觉得不可能有这样的人。接着，今年一月，这个人坐着车站的出租马车出现在了阿伯罗温的山岗上，信步走进了泰-格温，结束了她的等待。”她举起酒杯说，“敬新郎！”

他们又喝下一杯，随后艾瑟尔挽起罗伯特的胳膊：“现在你可以带我去丽兹进餐了，罗伯特。”

沃尔特显得很惊讶：“我还以为我们一起在这儿吃饭呢。”

艾瑟尔调皮地看了他一眼。“快别傻了，老兄。”说完，她便拉着罗伯特朝门口走去。

“晚安。”罗伯特说。尽管时间刚到六点。他俩走了出去，关上房门。

茉黛笑了起来。沃尔特说：“这女管家真是聪明透顶。”

“她很理解我。”茉黛说。她走到门口，拧了一下钥匙。“好了，现在去卧室。”

“你需要一点个人空间换衣服吗？”沃尔特一脸担忧。

“倒也不是，”茉黛说，“你难道不想看？”

他吞咽了一下，再开口时声音有些沙哑：“想看，我要看。”他边说边为她拉开卧室的门，她走了进去。

她坐到床边脱掉鞋子，尽管她显得十分大胆，心里却有些紧张。自打八岁后，没有任何人看见过她裸露的身体。她不知道她的身体到底算不算美，因为她从未见过任何人的身体。跟博物馆的裸体展品相比，她的乳房小，臀部宽。两腿之间长着毛发，而那些画作上从未有过。沃尔特会觉得她身体丑陋吗？

他脱下外衣和背心，一本正经地挂好。她觉得他们有朝一日会习惯这样。终究人们都在做这种事。但不知何故她有种奇怪的感觉，比起兴奋，更多的是害怕。

她脱掉长袜，摘下帽子。身上再没有什么多余的物件。下面就是关键的部分了。她站起身来。

正在解领带的沃尔特停了手。

茉黛麻利地解开上衣，让它滑落到地板上。随后，脱掉裙子，褪下罩衫。她只穿着内衣站在他面前，跟他四目相对。

“你简直太美了。”他耳语般说。

她笑了。他的话总是那么恰到好处。

他把她搂在怀里，亲吻她。她不像刚才那样紧张了，差不多完全放松下来。她感受着两人紧贴的唇，他温柔的双唇和他胡须扫过的触感。她触摸着他的脸颊，指间揉捏着他的耳垂，让手在他脖颈上轻轻抚动，所有感官都变得愈发敏感，她想：这一切都是我的了。

“咱们躺下吧。”他说。

“不，”她说，“先等一会儿。”她往后退了一步，脱下衬裙，露出她那件设计新奇的胸罩。她伸手解开背后的扣绊，并把它扔在地上。她挑逗地看着他，看他胆敢不满意。

他说：“真美，我能亲亲它们吗？”

“你想干什么都行。”她说，享受着肆意狂放的乐趣。

他低下头去，贴在她的胸部亲吻着，接着又去吻另一个，嘴唇轻吮着她的乳头，让它像遇到了冷空气，突然硬挺起来。她马上有了一种冲动，想要对他做同样的事情，不知他是否觉得这很奇怪。

他会没完没了，一直这样亲吻下去的。她轻轻推开他。“把你的衣服都脱掉，”她说，“快点儿。”

他脱掉鞋子、袜子、领带、衬衣和汗衫，然后是裤子。他迟疑了。“我有点不好意思，”他笑了，“也不知是为什么。”

“还是我先来吧。”她说着，解开内裤的系绳，把它脱了。她抬头一瞧，他也脱得赤条条的，吃惊地看见他的阴茎在腹沟的毛丛中挺立着。她记起那次看歌剧时自己隔着裤子抓着它，现在她又想去抚弄它。

他说：“我们现在躺下吧？”

他说得那么认真，让她笑了起来。他脸上掠过一丝委屈，让她立刻觉得不忍。“我爱你。”她说，发现他的表情明朗起来，“好了，我们躺下吧。”她感到兴奋不已，好像体内有什么东西要迸发出来。

一开始他们并排躺着，亲吻着，爱抚着。“我爱你。”她又说了一遍，“你什么时候会厌倦我说这几个字？”

“永远不会。”他殷勤地说。

她相信他的话。

过了一会儿，他说：“现在行吗？”她点点头。

她分开两腿。他俯身卧在她的上方，用胳膊肘撑着身子。她绷紧了神经期待着。他把重心移到他的左臂，右手去摸她的大腿根部，她感觉到他用手指打开她湿润的阴唇，然后是另一个更大的东西。他向里推进，让她感到一阵疼痛，不觉叫喊了一声。

“对不起！”他说，“我弄疼你了。真是太抱歉了。”

“稍等一下。”她说。疼痛倒不是太厉害。最主要的是她感到震惊，别的都在其次。“再试一下，”她说，“要轻一点。”

她感到他的阴茎前端再次触到她的阴唇，她知道那东西根本进不到里面：它太大了，或者她的私处太小，可能两个原因都有。但她还是让他进去，希望一切顺顺当当。这一次还是疼，但她咬紧牙关，不让自己叫出声来。她一番强忍并未奏效，过了一会儿他停了下来，说："根本进不去。"

"怎么回事？"她难过地说，"我以为这种事情没什么难的。"

"我弄不明白，"他说，"我没这个经验。"

"我当然也是一点儿没有。"她伸手抓住他的阴茎。她喜欢这样把它抓在手里，那东西既坚挺，又柔滑。她试着引导它进入自己，抬起臀部迎合着，可几秒钟后他退缩了，说："哦，对不起！我也弄得很疼。"

"你觉得你比平常人的都大吗？"她试探着问。

"不啊。我在部队里见过别人光着身子。有些家伙的个头超大，他们还感到很自豪，我只是中等，再说，我也从未听谁抱怨过这事儿难做。"

茉黛点点头。此外她唯一见过的，就是菲茨的阴茎，而根据回忆，其大小也跟沃尔特的差不多。"也许是我太窄了。"

他摇了摇头："我十六岁那年去了匈牙利，住在罗伯特他们家的城堡里。有个女仆，葛丽泰，她非常……活泼。我们没性交，但互相做了实验。我摸她，就像在苏塞克斯宅邸的藏书室里抚摸你那样。我希望跟你说这些不会让你生气。"

她吻了他的下巴："一点儿也不会。"

"葛丽泰在这方面跟你相差不多。"

"那问题出在哪儿呢？"

他叹了口气，从她上面翻身下来。他把手伸到她的脑袋下面，把她搂到自己这边，吻着她的前额。"我听说新婚夫妇可能会有困难。有时候男人太紧张，以至于不能勃起。我还听说过有的男人过度兴奋，还没性交就发生射精了。我认为我们要耐心一些，彼此相爱，看看接下来会怎么样。”

“可我们只有一个晚上！”茉黛哭了起来。

沃尔特拍拍她，说：“好啦，好啦。”但这丝毫不管用。她有种全盘皆输的感觉。她想：我相信自己聪明过人，从哥哥那里逃脱出来，跟沃尔特秘密结婚，现在这些却成了一场灾难。她为自己，更为沃尔特感到失望。他一直等到二十八岁，才跟一个无法满足他的女人结婚，这是多么可怕啊！

她真希望能找个人倾诉一番，另一个女人。可她能找谁呢？要跟赫姆姑妈谈论这种事情？这个想法本身就十分荒唐可笑。有些妇女跟自己的女佣人分享秘密，但茉黛跟桑德森从未有过那种关系。也许她可以告诉艾瑟尔。现在她想起来了，正是艾瑟尔告诉过她，私处长满毛发是正常的。可艾瑟尔跟罗伯特出去了。

沃尔特坐了起来。“我们来订晚餐吧，或许要一瓶酒，”他说，“我们要像丈夫和妻子那样坐下来，谈谈这个，说说那个，然后，我们再试一次。”

茉黛没食欲，也无法想象怎么谈“这个”说“那个”，但她也没有更好的主意，便同意了。她垂头丧气地重新穿上衣服。沃尔特很快穿戴整齐，到隔壁房间按铃叫来侍者。她听见他在订冷盘、熏鱼、沙拉和一瓶莱茵白葡萄酒。

她坐在敞开的窗户旁，低头看着下面的街道。一个报纸张贴版上写着“英国向德国发出最后通牒”。沃尔特有可能死于这场战争。她不想让他临死还是个处男。

吃的送来了。沃尔特招呼了一声，她便去了隔壁房间，跟他坐在一起。侍者铺好白色桌布，摆上熏鲑鱼、火腿片、生菜、西红柿、黄瓜，还有切成片的白面包。她不觉得饿，但她喝下他倒的白葡萄酒，咬了一小口鲑鱼，表示自己心甘情愿。

最终他们也没有谈这个说那个。沃尔特回忆起自己的童年、他的母亲和他在伊顿公学上学时的往事。茉黛谈到她父亲活着时泰–格温举办的家庭聚会，宾客们都是世上最有权势的人，她母亲不得不细心分配卧室，方便这些男人接近他们的情妇。

一开始，茉黛发现自己在有意识地找话聊，好像他俩几乎不了解对方，但很快他们便放松下来，又回到正常的亲昵关系中，她也是想到哪里就说到哪里。侍者收拾掉晚餐，两个人便挪到沙发上继续谈天说地，手挽着手。他们推断着他人的性生活：他们的父母、菲茨、罗伯特、艾瑟尔，甚至还有公爵夫人。茉黛对罗伯特那种男人的情况十分着迷，很想知道他们在哪儿见面，如何彼此相识，在一起都做些什么。沃尔特告诉她，这种男人互相亲吻，就像男人吻女人那样，也做她在歌剧院里对他做的那种事——他承认自己并不知道具体细节，不过茉黛觉得实际上他知道，只是羞于说出口。

她惊讶地发现壁炉上的座钟已指向午夜。“我们上床吧，”她说，“我想躺在你怀里，哪怕那件事进行得不太顺利。”

“好吧。”他站了起来，“我先去给使馆打个电话你不介意吧？大堂里有一部客人使用的电话。”

“当然。”

他出去了。茉黛沿着走廊去洗手间，随后又回到套房。她脱掉衣服，裸身钻进被子。她已经不怎么在乎眼下会发生什么了。他们彼此相爱，两厢厮守，如果这便是一切，那也已经足够。

几分钟后沃尔特回来了。茉黛见他板着脸，马上就意识到事情不妙。“英国对德宣战了。”他说。

“哦，沃尔特，这太让人遗憾了！”

“大使馆一小时前收到这份照会。年轻的尼科尔森从英国外交部拿回照会，把里希诺夫斯基从床上叫了起来。”

他们料到会发生这种事，但现在真正发生了，还是让茉黛觉得好像挨了当头一棒。她看出沃尔特也十分沮丧。

他机械地脱下衣服，就好像多年来他一直这样当着她的面脱衣服似的。“我们明天就要离开了。”他脱掉内裤，她看见他正常状态的阴茎很小，皱巴巴的。“十点钟我就得带上所有行李到达利物浦街火车站。”他关掉了电灯，钻进她的被子里。

他们并排躺着，谁也没去碰谁。有一会儿，茉黛担心地以为他们就这样入睡了。这时，他转过身，把她搂在怀里，亲吻她的嘴唇。尽管世事纷扰，但她心里仍然充溢着对他的渴望——的确，就好像他们之间的种种烦恼让她的爱变得更加急切，更加义无反顾。她觉出他的阴茎变大变挺，顶在她柔软的肚子上。随后他趴到了她上面。像上次那样，她感到坚挺的阴茎压着她的阴唇，也像上次那样疼，但很短暂。这一次，它滑入了她里面。

开始的瞬间有些阻力，随后她便失去了童贞。突然之间他便长驱直入，两人紧紧锁定在那最为古老的姿势中。

“哦，感谢上帝。”她说。轻松的感觉变成了一种巨大的愉悦，让她随着他的节奏上下移动着。终于，他们做爱了。

人物表

美　国

杜瓦家

卡梅伦·杜瓦，参议员

乌苏拉·杜瓦，其妻

格斯·杜瓦，他们的儿子

维亚洛夫家

约瑟夫·维亚洛夫，商人

莉娜·维亚洛夫，其妻

奥尔加·维亚洛夫，他们的女儿

其他

罗莎·赫尔曼，记者

查克·迪克森，格斯上学时的朋友

玛伽，夜总会歌手

尼克·福尔曼，小偷

伊利亚，恶棍

西奥，恶棍
诺曼·尼尔，心术不正的会计
布莱恩·霍尔，工会领导人

真实的历史人物

伍德罗·威尔逊，第二十八届总统
威廉·詹宁斯·布赖恩，国务卿
约瑟夫·丹尼尔斯，海军部长

英格兰和苏格兰

菲茨赫伯特家

菲茨赫伯特伯爵，称为菲茨
伊丽莎维塔公主，称为碧，其妻
茉黛·菲茨赫伯特女勋爵，菲茨的妹妹
荷米亚女勋爵，称作赫姆姑妈，他们的穷姑妈
苏塞克斯公爵夫人，他们的富姑妈
格雷特，比利牛斯山犬
格洛特，菲茨的管家
桑德森，茉黛的女仆

其他

米尔德里德·帕金斯，艾瑟尔·威廉姆斯的房客
伯尼·莱克维兹，独立工党阿尔德盖特分部书记

宾·韦斯特安普敦，菲茨的朋友

劳瑟侯爵，被茉黛拒绝的求婚者

阿尔伯特·索尔曼，菲茨的经纪人

艾伦·泰特，乔治五世的侍从

格林沃德医生，婴儿诊所的志愿者

约翰尼·雷马克勋爵，陆军部副部长

哈维上校，约翰·弗伦奇爵士的助手

穆雷中尉，菲茨的助手

曼尼·利托夫，工厂厂主

乔克·里德，阿尔德盖特独立工党的出纳

杰妮·麦卡利，军人的妻子

真实的历史人物

国王乔治五世

玛丽皇后

曼斯菲尔德·史密斯–卡明，称作“C”，特勤局对外处主任（后为军情六处）

爱德华·格雷爵士，国会议员，外交大臣

威廉·泰瑞尔爵士，格雷的私人秘书

弗朗西斯·史蒂文森，劳埃德·乔治的情妇

温斯顿·丘吉尔，国会议员

H.H.阿斯奎斯，国会议员，首相

约翰·弗伦奇爵士，英国远征军司令

法　国

姬妮，酒吧女郎

迪皮伊上校，加利埃尼将军的助手

卢索尔将军，霞飞将军的助手

真实的历史人物

霞飞将军，法军总司令

加利埃尼将军，巴黎卫戍司令

德国和奥地利

冯·乌尔里希家

奥托·冯·乌尔里希，外交官

苏珊·冯·乌尔里希，其妻

沃尔特·冯·乌尔里希，他们的儿子，德国驻伦敦大使馆武官

葛丽泰·冯·乌尔里希，他们的女儿

罗伯特·冯·乌尔里希伯爵，沃尔特的隔代堂兄，奥地利驻伦敦大使馆武官

其他

戈特弗里德·冯·凯塞尔，德国驻伦敦大使馆文化文官

莫妮卡·冯·德·赫尔巴德，葛丽泰的好友

真实的历史人物

卡尔·里希诺夫斯基亲王，德国驻伦敦大使

陆军元帅保罗·冯·兴登堡将军

陆军将军埃里希·鲁登道夫

特奥巴登·冯·贝特曼·霍尔维格，德国首相

阿瑟·齐默尔曼，德国外长

俄　国

别斯科夫家

格雷戈里·别斯科夫，铸造工

列夫·别斯科夫，马夫

普梯洛夫机械厂

康斯坦丁，车工，布尔什维克讨论组主席

伊萨克，足球队长

瓦莉娅，女工，康斯坦丁的母亲

谢尔盖·卡宁，铸造车间监工

马克拉柯夫伯爵，董事

其他

米哈伊尔·平斯基，警察

伊利亚·科兹洛夫，其搭档

尼娜，碧公主的女仆

安德烈王子，碧的哥哥

卡捷琳娜，进城不久的乡下姑娘

米什卡，酒吧老板

特罗菲姆，歹徒

菲奥多尔，腐败的警察

斯比利亚，“天使加百利号”上的乘客

雅科夫，“天使加百利号”上的乘客

安东，俄国驻伦敦大使馆职员，也是德国间谍

大卫，犹太士兵

加弗立克中士

托姆恰克少尉

真实的历史人物

弗拉基米尔·伊里奇·列宁，布尔什维克党领导人

莱昂·托洛茨基，苏维埃革命战争委员会主席

威尔士

威廉姆斯家

大卫·威廉姆斯，工会领导人

卡拉·威廉姆斯，其妻

艾瑟尔·威廉姆斯，他们的女儿

比利·威廉姆斯，他们的儿子

外公，卡拉的父亲

格里菲斯家

莱恩·格里菲斯，无神论者，马克思主义者

格里菲斯太太

汤米·格里菲斯，莱恩的儿子，比利·威廉姆斯的好友

庞蒂家

米妮·庞蒂太太

朱塞佩·庞蒂，其长子，小名“乔伊”

乔凡尼·庞蒂，其次子，小名“乔尼”

矿工

大卫·克兰普顿，外号“戴哭宝”

哈利·休伊特，外号“板油”

约翰·琼斯，外号“小店”

戴·肖普，屠夫之子

帕特·教皇，井底把钩工

米奇·教皇，帕特的儿子

戴·泼尼斯，马夫

伯特·摩根

煤矿管理者

珀西瓦尔·琼斯，凯尔特矿业公司董事长

马尔德温·摩根，煤矿董事

里斯·普莱斯，煤矿董事助理

亚瑟·卢埃林，外号“斑点”，煤矿职员

泰-格温雇员

皮尔，仆役长

杰文斯夫人，女管家

莫里森，男仆

其他

戴·穆克，卫生工作者

戴·泼尼斯太太

罗利·休斯太太

汉威尔·琼斯太太

列兵乔治·巴罗，B连

列兵罗宾·莫蒂默，被革职的军官，B连

列兵欧文·贝文，B连

以利亚·琼斯中士，外号“先知”，B连

詹姆斯·卡尔顿-史密斯少尉，B连

格温·埃文斯上尉，A连

罗兰·摩根少尉，A连

真实的历史人物

大卫·劳埃德·乔治，国会自由党成员

图书在版编目（CIP）数据

巨人的陨落 /（英）福莱特 (Follett,K.) 著；于大卫译 . -- 南京：江苏凤凰文艺出版社，2016（2025.10 重印）

书名原文：Fall of Giants

ISBN 978-7-5399-8989-1

Ⅰ . ①巨… Ⅱ . ①福… ②于… Ⅲ . ①长篇小说－英国－现代 Ⅳ . ① I561.45

中国版本图书馆 CIP 数据核字 (2015) 第 319942 号

巨人的陨落

［英］肯·福莱特　著　　于大卫　译

责任编辑　丁小卉

特约编辑　闵　唯　　赵思婷

封面设计　李子琪

责任印制　刘　巍

出版发行　江苏凤凰文艺出版社

　　　　　南京市中央路 165 号，邮编：210009

网　　址　http://www.jswenyi.com

印　　刷　三河市龙大印装有限公司

开　　本　889 毫米 ×1270 毫米　1/32

印　　张　36.5

字　　数　588 千字

版　　次　2016 年 4 月第 1 版

印　　次　2025 年 10 月第 41 次印刷

标准书号　ISBN 978－7－5399－8989－1

定　　价　129.80 元（全 3 册）

读客

读客外国小说文库

熊猫君激发个人成长

FALL OF GIANTS

巨人的陨落 Ⅲ

[英]肯·福莱特 著　于大卫 译
KEN FOLLETT

江苏凤凰文艺出版社
JIANGSU PHOENIX LITERATURE AND
ART PUBLISHING, LTD

目　录

Part 2　巨人之战

第二十八章／102

1917年10月至11月

格雷戈里穿过冬宫广场时，停下脚步，想起了母亲。十二年前她就死在这里，死在沙皇卫兵的枪口下。一阵愤怒让他冲着大楼挥起了拳头："这就是你们的下场，恶魔！"这是11月8日星期四早上五点。俄国革命取得了胜利。布尔什维克占据了领导地位。

第二十九章／125

1918年3月

比利·威廉姆斯中士盯着眼前的雾。谢天谢地炮击停了，但这仅仅意味着德军正在接近。他没有接到任何命令。他要怎么办呢?

第三十章／145

1918年3月底至4月

复活节周末，菲茨在泰-格温举办了一场乡间宴会。他有一个秘密的目的。他邀请的人都是强烈反对俄国新政权的人。他的明星嘉宾是温斯顿·丘吉尔。

第三十一章／159

1918年5月至9月

当兵入伍对格斯·杜瓦来说并非易事。跟他一道进行军官训练的迪克森说："格斯，在家的时候，你连洗澡水都要别人放好的。"家庭背景和举止谈吐让格斯没少受人嘲讽，但他耐着性子承受下来。他相信自己在为何而战。

第三十二章／176

1918年10月

阿尔德盖特需要选出一个工党候选人，伯尼是其中的主要人选。但会上有人提议推选艾瑟尔。她犹豫了，转过身去看丈夫伯尼。他的眼神就像要杀了她。

第三十三章／195

1918年11月11日

德国正在一场变革之中，在沃尔特看来，这跟一年前发生的俄国革命一样可怕。停战令人陷入毫无希望的沮丧。祖国因战败而蒙羞，他的同胞在挨饿。

Part 3　世界重生

第三十四章／217

1918年11月至12月

在停战日的第二天，茉黛给沃尔特写了一封信，她很害怕战胜的协约国会对德国人施加惩罚。"我们相互间的仇恨会持续多久？"茉黛对赫姆姑妈说，"一年，十年，还是永远？"

第三十五章／230

1918年12月至1919年2月

格斯盯着罗莎："我觉得自己刚刚弄明白一件事……我爱上你了。"她无力地笑了笑："这太奇怪了。"他说："我想也许我爱上你已经有相当长的时间了，可自己一直都不知道。"

第三十六章／246

1919年3月至4月

报纸背页刊登的是"不要插手俄国"运动发起人的照片，菲茨惊讶地发现竟然是艾瑟尔。从那时起他跟不少女人睡过觉，但艾瑟尔留给他的记忆最为深刻。菲茨大概在全世界留下了半打私生子，但她的孩子是他唯一确知的。

第三十七章／266

1919年5月至6月

沃尔特和茉黛决心将两人结婚的事实公之于众。茉黛提议在报纸上宣布这一消息："我们要说这是新的世界秩序的象征。在和平条约签订的时候宣布这桩英德跨国婚姻。"

第三十八章／287

1919年8月至10月

格斯拼命想让他母亲喜欢罗莎："首先你会注意到的是，妈妈，她非常漂亮。其次，你会看到她只有一只眼睛。最后你就会意识到她非常聪明。当你对她非常了解之后，就会明白世界上的年轻女子数她最好。"

第三十九章／297

1920年1月

列夫把头扭向一边，不让奥尔加看见他的脸。你成功了，他对自己说，你杀了她父亲，跟她坐在停放遗体的房间里，竟然让她回心转意了。你这条狗。

第四十章／314

1920年2月至12月

战争已经结束一年多了，但比利仍然留在部队，被关在奥尔德肖特军事拘留所。而处心积虑把他弄进来的人正是菲茨，比利的小侄儿的生父。

第四十一章／332

1923年11月11日至12日

德国国内的情况越来越糟糕。茉黛离开打工的夜总会，直奔面包房。手里留着钱是危险的：到了晚上，你的工资有可能连一个面包也买不了。

第四十二章／340

1923年12月至1924年1月

保守党在英国新议会组成了第一大党，但他们整体上不占多数。工党位居第二，有一百九十一位议员，其中包括阿尔德盖特的艾瑟尔·莱克维兹和阿伯罗温的比利·威廉姆斯。

Part 2
巨人之战

第二十四章

1917年4月

早春的一天，风和日丽，沃尔特与莫妮卡·冯·德·赫尔巴德在她父母位于柏林的别墅花园中散步。房子很气派，花园非常大，里面还有网球馆、打保龄球的草坪、驯马的骑术学校，以及一个有秋千和滑梯的儿童游乐场。沃尔特记得自己小时候来过，以为这里就是天堂。但眼下它不再是一个田园诗般的游乐场了。除了实在太老的马，其他马匹都被军队征收了。一群小鸡在露台宽阔的石板上乱啄乱刨。莫妮卡的母亲还在网球馆里养了一头猪。山羊正在啃食保龄球草坪，据说伯爵夫人亲自给它们挤奶。

不过，老树即将萌发新叶，阳光正明媚，沃尔特穿着背心和衬衫，把外套搭在肩膀上——这个样子肯定会让他母亲不快，但她眼下待在屋里，正跟伯爵夫人聊天。他的妹妹葛丽泰刚才还跟着他们一起溜达，没一会儿就找了个借口溜掉了——这又会让母亲大为不悦，至少理论上如此。

莫妮卡有一只叫皮埃尔的狗。这是只纯种狮子狗，腿很长，十分优雅，浑身长着铁锈色的卷毛，还有一双浅棕色的眼睛，让沃尔特感觉它有点儿像莫妮卡，当然她更美。

他很欣赏她对待这只狗的方式。她不像小姑娘一样宠着它，也不乱喂食，不会像个孩子一样跟它说话。她只是让它跟在她的脚边，偶尔扔一只旧网球让它去捡。

“俄国人真是让人失望。”她说。

沃尔特点了点头。利沃夫王子的政府宣布他们将继续战斗。德国的东部战线并没有得到缓解，也就无法支援法国战场。战争还会拖下去。“我们唯一的希望是利沃夫政府垮台，政权由和平派接管。”沃尔特说。

“有这种可能吗？”

“这很难说。左翼革命者们还在要求面包、和平与土地。政府已承诺通过民主选举产生制宪议会，但谁会赢呢？”他拿起一根树枝为皮埃尔扔出去。狗飞奔过去捡，然后自豪地把树枝叼了回来。沃尔特弯腰拍拍它的头，直起身时发现莫妮卡跟他靠得很近。“我喜欢你，沃尔特，”她用那双琥珀色的眼睛紧盯着他，“我觉得我们好像有说不完的话。”

他也有同感，并且心里清楚，如果现在吻她，她会同意的。

他往旁边迈了一步。“我也喜欢你，”他说，“我还喜欢你的狗。”他笑了笑，显出一副轻松愉快的样子。

但他还是看出她受了伤害。她咬了咬嘴唇，转过身去。作为一个很有教养的女孩，刚才她的表现已经算非常大胆了，可他拒绝了她。

他们继续往前走。经过一阵长时间的沉默，莫妮卡说：“我在想你的秘密是什么。”

我的上帝，他想，她也太厉害了。“我没有秘密，”他撒了个谎，“你有吗？”

“没有值得一说的。”她伸手把某个东西从他肩膀上拂掉，“一只蜜蜂。”她说。

“今年的蜜蜂太早了。”

“也许夏天会提前一点儿。”

“气候还不太暖和。”

她装作打了个冷战：“没错，真是挺冷的。你能为我拿条披肩来吗？去厨房里问问仆人就行，她会给我找一件的。”

“没问题。”天气并没有那么冷，但一位绅士不会拒绝这样的要求，即使是随口一说。她肯定是想一个人待一会儿。他朝房子那边走去。他必须回绝她的示爱，但这伤害了她，也让他很难过。两人的母亲说得不错，他们很般配，因此莫妮卡弄不清为什么他一直将她拒之门外。

他走进屋子，沿着后楼梯到了地下室，在那儿他看见一个穿着黑衣裙、戴了蕾丝帽的老年女佣。随后她便出去找披肩了。

沃尔特在大厅等着。房子里的装饰是时下最流行的新艺术风格。目前，新艺术已经取代了沃尔特父母喜爱的洛可可风，那种华丽柔和的色彩很适合装点光线明亮的房间。柱廊大厅则满眼都是冷灰色的大理石和蘑菇色的地毯。

他仿佛觉得茉黛远在百万公里之外的另一个星球，让他无法企及，因为战前的那个世界已一去不返。他已经差不多三年没见过自己的妻子，也没有她的任何音讯，他很可能永远见不到她了。尽管她并未从他的心中褪去——他永远不会忘记他们共同分享的激情时刻，但他苦恼地发现自己已不太回忆得起和她相处时的细枝末节——她穿的是什么样的衣服，他们在什么地方亲吻，手牵着手吗？还有，他们在那些总是十分近似的聚会上碰面时，吃的、喝的是什么，都聊了些什么话题？有时他脑子里划过那种念头，仿佛这场战争在某种程度上就是要让他们离异。但他把这个想法抛到了一边，这种不忠是可耻的。

用人给他拿来一条黄色的羊绒披肩。他回到莫妮卡身边，她正坐在一根树桩上，皮埃尔卧在她脚边。沃尔特把披肩递过去，看她围在肩膀上。披肩的颜色十分合适，让她眼睛闪闪发亮，皮肤也焕发出熠熠光彩。

她脸上的表情很奇怪，伸手把他的钱包递给他。“这一定是从你外衣里掉出来的。”她说。

“哦，谢谢你。”他把钱包塞进外套口袋，那件外套依然搭在他的肩膀上。

她说：“我们还是回屋里去吧。”

“听你的。”

她的情绪发生了变化。也许她只是决定要放弃他。或许还有别的什么事？

他脑子里突然有了一个可怕的想法。钱包真的是从他外衣里掉出来的，还是她有意偷走的，就像扒手那样，就在她从他肩头掸掉那只可能并不存在的蜜蜂那会儿？“莫妮卡，”他停下脚步，转身面对着她，“你翻了我的钱包？”

“你说你没有秘密。”她的脸腾地红了。

她一定看见了那张他随身带着的剪报——茉黛·菲茨赫伯特女勋爵永远引领时尚。“如果是真的，你可就太没礼貌了。”他气愤地说。他主要是生自己的气。他不应该留着这张容易被人当作罪证的照片。如果莫妮卡能明白它所代表的含义，那么别人也一样。他会因此身败名裂，被踢出部队。他有可能被控犯了叛国罪，甚至会被枪毙。

他实在太愚蠢了。但他知道自己永远不会扔掉这张剪报。这是他唯一拥有的跟茉黛有关的东西。

莫妮卡把一只手放在他的胳膊上。“我这辈子从未做过这种事，我很惭愧。但你应该看出我是多么绝望。哦，沃尔特，我可以非常容易地爱上你，而你也是，我看得出来，你的眼神，你看我时的微笑都证明了这一点。可你什么都不说！”她的眼睛里含着泪水，“这一切让我失去了理智。”

“我真的很抱歉。”他不再愤怒。现在她已经不顾礼数，向他完全敞开心扉。他非常难过，为她，也为他们两个。

“我只想弄明白你为什么总是回避我。当然，现在我懂了。她很漂亮。甚至可以说跟我有点像。”她擦了擦脸上的泪水，“但她赶在我前面发现了你，就是这样。”她用那双看透一切的琥珀般的双眸凝视着他，“我想，你们大概已经订婚了。”

他无法对一个如此坦诚的人说谎，只好沉默不语。

他的犹豫让她明白过来：“哦，我的老天！”她说，“你们已经结婚了，对不对？”

这句话无异于晴天霹雳。“如果被发现的话，我就有大麻烦的。”

“我知道。”

“你能保守这个秘密的，对吗？”

“这还要问吗？”她说，“你是我见过的最好的男人。我不会做任何伤害你的事。我永远不会吐露一个字。”

“谢谢。我知道你会信守诺言。”

她扭过头去，强忍着泪水：“我们进去吧。”

进了大厅，她说：“你先走。我必须去洗洗脸。”

“好。”

“我希望……”她哽咽着说不下去了，“我希望她知道自己是多么幸运。”她低声说完，飞快地转身进了旁边的房间。

沃尔特穿上外套，让自己恢复平静，然后踏上大理石楼梯。客厅也是同样简朴的风格，用浅色的木料和蓝绿色的窗帘做装饰。他觉得莫妮卡的父母比他的父母更有品味。

母亲一见到他便知道出事了。“莫妮卡呢？”她严厉地问。

他朝她一扬眉毛。她明知答案很可能是“去洗手间了”，却还这么问，显然是紧张过度。他平静地说：“她过会儿就来。”

“看看这个，”父亲挥了挥手里的纸说，“齐默尔曼的办公室刚送来的，要征求我的意见。那些俄国革命者想要穿越德国。简直是胆大包天！”他刚喝了几杯荷兰杜松子酒，情绪激动。

沃尔特礼貌地说：“到底是哪些革命者，父亲？”他心里并不在乎，但很庆幸有个机会转移话题。

“在苏黎世的那些！马尔托夫和列宁那帮人。现在的俄国大概言论还算自由，因为沙皇已经被废黜，所以他们想回家。但他们回不去。”

莫妮卡的父亲康拉德·冯·德·赫尔巴德若有所思地说：“我想也是。要从瑞士去俄国就必须经过德国——其他任何陆路通道都要穿越战场。但现在还有客轮从英国横跨北海去瑞典，是这样吧？”

沃尔特说：“是的，但他们不会冒险经过英国。英国扣留了托洛茨基和布哈林。换了法国或意大利的话就更糟了。”

“所以说，他们完蛋了！”奥托十分得意地说。

沃尔特问："您会给齐默尔曼外长提什么建议，父亲？"

"当然是拒绝。我们绝不容许这帮垃圾污染我们的民众。谁知道这帮恶魔会在德国惹出什么乱子？"

"列宁和马尔托夫……"沃尔特若有所思，"马尔托夫是孟什维克，但列宁是布尔什维克。"德国情报机构对俄国革命者一直保持浓厚的兴趣。

奥托说："布尔什维克，孟什维克，社会主义者，革命党人，他们全都一样。"

"不，他们不一样，"沃尔特说，"布尔什维克最厉害。"

莫妮卡的母亲兴致高昂地说："那就更有理由不让他们踏进我们的国家了！"

沃尔特装作没听见："更重要的是，流亡海外的布尔什维克比国内的更激进。彼得格勒的布尔什维克支持利沃夫王子的临时政府，但他们在苏黎世的同志们不支持。"

他的妹妹葛丽泰说："这种事情你是怎么知道的？"

沃尔特当然知道。他读过在瑞士的德国间谍发回的情报，他们在那儿拦截了革命者的邮件。但他说："列宁前几天在苏黎世发表过讲话，表示断绝与临时政府的一切关系。"

奥托不屑地哼了一声，不过康拉德·冯·德·赫尔巴德很有兴趣，他坐在椅子上向前探了探："你是怎么想的，年轻人？"

沃尔特说："我们拒绝革命者经过德国，就等于是保护俄国不受颠覆思想的威胁。"

母亲有些糊涂了："请解释一下你的话。"

"我建议我们要帮助这些危险人物回国。他们一回国，要么会试图破坏现有的政府，削弱其战争实力，要么就取得政权，促成和平。无论哪种，对德国都有好处。”

一时间大家都陷入了沉默，琢磨着他这话的含义。最后奥托大声笑了起来，拍了拍手。“不愧是我的儿子！”他说，“看来多少还是受到我的影响了！”

我最亲爱的：

苏黎世是一座寒冷的水滨城市。

沃尔特写道，

不过阳光正在湖面上跳舞，周围的山坡绿树成荫，阿尔卑斯山遥遥相望。这里的街道像画出来的格子，条条笔直——瑞士人简直比德国人还要讲究条理！我真希望你能来这儿，我亲爱的朋友，无论走到哪里，我都希望身边有你相伴！！！

这些感叹号有意让邮政检查员觉得写信的人是个易激动的女孩子。尽管沃尔特身在中立国瑞士，但他依然十分小心，让这封信的内容看不出写信人或收信人到底是谁。

不知你是否因依旧单身未婚而引来不必要的注意，从而深受困扰。你是那么漂亮，那么令人心动。我也感受到同样的困境，当然，我既无美貌又不动人，但尽管如此，还是有人表露爱意。我母亲为我挑选了成婚的配偶，那是我妹妹的一位密友，我早就认识，也很喜欢。这段时间对我来说非常困难，我也害怕这个人最后会发现我已经有了这段排除婚姻的友谊。不过，我相信我们的秘密还没有被外人知悉。

如果检查员读到这儿，就会明白这封信是一位女同性恋写给她的情人的。在英国，任何读到这封信的人都会得出这一结论。这不要紧，对茉黛来说，作为一个女权主义者，到了二十六岁还保持单身，无疑已经让人怀疑她的萨福倾向。

几天后我就要动身去斯德哥尔摩了，那又是一个寒冷的水滨城市。到时候，你可以把信寄到那儿的大酒店。

瑞典跟瑞士都是中立国家，跟英国有邮政往来。

我期盼着得到你的音讯！！！
在这之前，我无比亲爱的，
请牢记你的爱——
沃尔特劳德。

1917年4月6日，星期五，美国在这一天向德国宣战。

沃尔特早就料到了，但仍然感觉挨了重重一击。美国富有，强大，又是一个民主国家——他无法想象还有比这更可怕的敌人。唯一的希望就是俄国立刻崩溃，让德国有机会赶在美国组建起武装之前赢得西部战线的胜利。

三天后，三十二位流亡的俄国革命者在苏黎世的扎林格霍夫酒店会合——有男有女，还有一个孩子，这个四岁的男孩名叫罗伯特。他们从酒店出发，一路步行，抵达了火车站的巴洛克式拱门，然后一起乘坐火车回国了。

沃尔特一直担心他们不会回去。孟什维克的领袖马尔托夫拒绝在没有收到彼得格勒临时政府的许可前离开——一个革命者的态度竟然如此恭顺，显得有些奇怪。许可一直没有签发，但列宁跟其他布尔什维克无论如何都要走。沃尔特生怕路上遇到什么阻碍，亲自陪同他们去了河畔的车站，跟他们一道坐上火车。

这是德国的一件秘密武器，沃尔特暗想，三十二名想要搞垮俄国政府的反抗者、边缘人，上帝来帮助我们了。

弗拉基米尔·伊里奇·乌里扬诺夫，也就是那位被称作列宁的人，现年四十六岁。个子很矮，人很结实，他衣着整洁，因为过于忙碌，没时间打扮自己。他曾有过一头红发，但很早就开始谢顶，现在头顶亮闪闪的，周围是一圈发育不良的毛发，下巴上留着一撮精心修剪的山羊胡，姜黄色中夹杂着灰白。初次见面时，沃尔特觉得这人没什么特别，既没有出众的相貌，也没有什么特殊的魅力。

沃尔特扮作一个外交部的低级职员，受命为这些布尔什维克穿过德国返乡做具体的安排。列宁评估似的盯着他，显然在猜测他实际上是某个情报人员。

他们前往边境地带的沙夫豪森，在那儿换乘德国的火车。这些人一直住在瑞士的德语区，因此都能说几句德语。列宁本人的德语还不错。沃尔特看出他是位了不起的语言学家。他能讲一口流利的法语，英语也说得过去，还能用古希腊语读亚里士多德的著作。对列宁来说，捧着一本外语词典坐上一两个小时是最理想的休息。

在戈特马丁根，他们又换了一列火车，上面装了一节专门为他们准备的密封车厢，好像他们是传染病携带者。四个门中三个都是锁死的。第四个门旁边是沃尔特的包厢。这不过是为了安慰过分焦虑的德国当局，实际上毫无必要——俄国人根本没想逃跑，他们一心想着回家。

当火车从南向北穿越德国，沃尔特渐渐感觉到列宁平淡外表下的人格力量。列宁对吃的、喝的、住的，甚至钱财全无兴趣。所有时间都消耗在政治上。他总在争论各种政治问题，写政治文章，一边思考一边做政治笔记。争论中，沃尔特发现列宁总是比他的战友们更见多识广，也比他们更加深思熟虑，除非讨论的问题跟俄国或政治无关，这种时候他就插不上嘴了。

第一天晚上，戴眼镜的年轻人卡尔·拉狄克在隔壁的包厢里讲笑话："有个人因为说了'尼古拉是白痴'这句话而被逮捕。他跟警察说，'我说的是另一个尼古拉，不是指我们敬爱的沙皇。'警察说，'你撒谎！如果你说白痴，你显然指的是沙皇！'"拉狄克的同伴们大声笑了起来。列宁从他的包厢里出来，板着脸厉声命令他们安静。

列宁不喜欢吸烟。三十年前，在他母亲的坚持下他自己把烟戒掉了。为了对他表示尊重，其他人在车厢尽头的厕所里吸烟。三十二个人只有这么一个厕所，因此总是有人排队、争吵。列宁动用他超群的智力解决这一难题。他裁了一些纸片，给每人发了两种券，一种用于正常使用厕所，另一种面值较小的用于吸烟。这个办法减少了排队现象，结束了争吵。沃尔特觉得很有趣。这种券很有效，人人都满意了。如果他真的赢了，会用同样的方式管理大俄帝国吗？

不过，他有可能赢得权力吗？如果不能，沃尔特就白白浪费了时间。

他发现只有一种办法能加大列宁胜利的砝码，于是拿定主意放手一搏。

他在柏林下了火车，说自己还会回来陪俄国人最后一程。“别耽搁太久，”其中一个说，“我们一小时后就离开了。”

“我很快就回来。”沃尔特说。这列火车什么时候开车由沃尔特说了算，但俄国人不知道内情。

车厢停靠在波茨坦站的旁轨上，他只花几分钟就能从这儿走到柏林老城中心威廉大街76号的外交部。他父亲宽敞的房间里摆着一张沉重的红木书桌，墙上挂着皇帝的画像，还有一只玻璃橱柜，里面摆满他收藏的陶瓷，包括他最近一次去伦敦时买下的那只十八世纪的米色水果钵。正如沃尔特所愿，奥托正坐在他的办公桌前。

“列宁的信仰是毫无疑问的。”他喝着咖啡，向父亲说道，“他们已经在不改变俄国社会的情况下摆脱了压迫的象征——沙皇。但工人并未掌握权力，中产阶级仍然控制着一切。最重要的是，出于某种原因，列宁本人十分讨厌克伦斯基。”

“可他能够推翻临时政府吗？”

沃尔特无奈地摊开双手：“他非常聪明，意志坚定，是天生的领袖，除了工作以外，不做任何其他事情。但目前有十多个政党在争夺权力，布尔什维克只是其中小小的一支，无法预测到底哪个党派会拔得头筹。”

“所以，这一切努力有可能付之东流。”

“除非我们做点儿实事帮助布尔什维克获胜。”

“比如？”

沃尔特深吸了一口气：“给他们钱。”

“什么？”奥托被激怒了，“让德国政府把钱给社会主义革命者？”

“我建议先给十万卢布，”沃尔特沉着地说，“最好是十卢布的金币，如果你能搞到的话。”

“皇帝绝不会同意的。”

“一定要告诉他吗？齐默尔曼本人就有权批准这件事。”

“他绝不会做这样的事。”

“你确定吗？”

奥托盯着沃尔特，沉默了半晌，思考着。

然后他说：“我去问问他。”

经历了三天的旅程后，俄国人离开了德国。到萨斯尼茨后，他们买了维多利亚女王渡轮的船票，乘船横跨波罗的海前往瑞典南部。沃尔特与他们同行。这段航程颇为艰难，大家都晕船了，只有列宁、拉狄克和季诺维也夫在甲板上激烈地争论着政治问题，似乎根本没留意到海上的汹涌浪涛。

他们乘坐通宵列车到达斯德哥尔摩，当地的社会主义者伯格马斯泰尔为他们准备了欢迎早餐，沃尔特住进了大酒店，满心希望有一封茉黛的来信在等着他。但他什么也没收到。

他很失望，恨不得一头栽进冰冷的海湾。这是他三年来唯一一次跟自己妻子沟通的机会，却不知什么地方出了问题。她收到他的信了吗？

脑子里的胡思乱想折磨着他。她还在乎他吗？是不是已经把他忘了？也许她的生活里已经有了别的男人？他陷入了彻底的黑暗之中。

列宁被穿着入时的瑞典社会主义者拉狄克领着，不太情愿地去了PUB百货公司的男装部。他脚上那双有平头钉的登山靴在俄国都过时了。列宁买了一件天鹅绒衣领的外套和一顶新帽子。拉狄克说，现在他至少穿得像一位带领自己民众的领袖了。

那天晚上，当夜幕降临后，俄国人登上了另一列火车前往芬兰。沃尔特打算就此跟这群人分手，但他还是送他们到了车站。开车前，他跟列宁单独见了一面。

他们坐在一节列车包厢里，昏暗的灯光照得列宁的秃顶幽幽发亮。沃尔特很紧张。他必须把握分寸，拿捏得当。绝不能乞求或请求，这一点他十分清楚。这种人也不能威胁恫吓，只有用冷酷无情的逻辑推理加以说服。

沃尔特已经把要说的话预先准备好了。“德国政府正在帮助你们返回祖国，”他说，“你知道我们这样做并非出自善意。”

列宁用一口流利的德语打断了他的话。“你们认为这样做，就会对俄国造成损害！”他吼道。

沃尔特没有反驳：“可你已经接受了我们的帮助。”

“为了革命！这是判断正确与否的唯一标准。”

“我知道你会这么说。”沃尔特手里提着一只沉甸甸的手提箱，他砰的一声将它放在车厢地板上。“里面有个伪装的隔层，你会在下面发现十万卢布的纸币和硬币。”

“什么？”列宁一贯沉着，但现在他显得十分吃惊，“这是干什么？”

“是给你的。”

列宁显然很不快。“是贿赂吗？”他气愤地说。

“当然不是，”沃尔特说，“我们没必要贿赂你。你们的目标与我们的一致。你呼吁推翻临时政府，结束这场战争。”

“那又怎么样？”

“这些钱用于宣传。传播你们的主张。这也正是我们想要传播的。让德国和俄国之间达成和平。”

“然后你们就可以赢得这场跟法国之间的资本主义–帝国主义战争！”

“正如我之前所说，我们帮助你们并非出自善意——你也没指望我们那样做。一切都是现实政治，仅此而已。目前，你们的利益与我们相符。”

列宁脸上的表情就像当初拉狄克坚持让他去买新衣服那样。他不喜欢，但又不能否认它很有道理。

沃尔特说：“以后我们每个月都会给你同样金额的钱，只要你继续进行有效的和平运动。”

一阵长时间的沉默。

沃尔特说：“你说过，革命的成功是判断对与错的唯一标准。如果是这样的话，你就应该收下这些钱。”

外面的站台上传来汽笛声。

沃尔特站了起来：“现在我必须走了。再见，祝你好运。”

列宁盯着地板上的箱子，没有回答。

沃尔特离开了车厢，走下火车。他转过身来，回头看了看列宁包厢的窗口。他猜测着那扇窗口会不会打开，然后手提箱从里面飞出来。

又是一阵汽笛声，车厢猛地一震，动了起来，车头吐着蒸汽，载着列宁和其他俄国流亡者，还有那笔巨资，一道缓缓驶出了车站。

沃尔特从上衣口袋里掏出手帕擦了擦额头。外面虽然寒冷，但他已是大汗淋漓。

沃尔特离开车站，沿着海滨回到大酒店。天色已晚，冷风从东边的波罗的海刮来。他成功收买了列宁，这件事本该让他欣喜不已，可他反倒有些颓唐。更让人郁闷的是，茉黛杳无音信。她没有写信给他，其中的原因多种多样。他不该什么事情都往坏处想。可是他差点儿就爱上了莫妮卡，那么，茉黛也可能遇上相似的事。这让他不能不怀疑茉黛已经忘了他。

他决定今晚去喝酒买醉。

酒店前台有一张打字机打出来的字条："请去201房间，有人捎信给你。"他猜测一定是外交部的官员。也许他们改变了主意，不打算支持列宁。要是这样的话，他们来晚了一步。

他走上楼梯，拍了拍201房间的门。里面有个含混的声音用德语说："谁？"

"沃尔特·冯·乌尔里希。"

"请进，门开着。"

他走了进去，随手关上了门。套房内点着蜡烛。“有人捎信给我？”他在昏暗中观察着。一个身影从椅子里站起来，是个女人，正背对着他，但某种东西让他心头一紧。她转过脸来。

是茉黛。

他大张着嘴巴，呆立在原地动弹不得。

她说：“你好，沃尔特。”

接着，她突然失去了控制，一下子扑进了他怀里。

他闻着那熟悉的气息，吻着她的头发，抚摸着她。他没有说话，怕会哭出来。他紧紧抱着她，让她贴着自己的身体，几乎不敢相信这真的是她，三年来，他一直苦苦渴望拥抱、抚摸她。她抬起头看着他，眼里充满了泪水。他殷切地盯着她的脸。她没变，却又有所不同——更瘦了，双眼下面多了淡淡的细纹，从前没有，但那目光仍像以前那样亲切，动人，伶俐且睿智。

她用英语说：“‘他一眨不眨地瞧着我的脸，好像要把它描摹下来似的。[①]’”

他笑了。“我们可不是哈姆雷特和奥菲莉娅，所以，请别去修道院。”

“我亲爱的上帝，我真想你啊。”

“我也想你。我一直盼着回信——可最后盼来了你！你到底想了什么办法？”

“我跟护照管理处说我打算采访斯堪的纳维亚的政治家，跟他们探讨一下妇女选举权的问题。后来我在一次聚会上遇到了内政部长，就向他吹了吹耳边风。”

① 语出莎士比亚戏剧《哈姆雷特》第二场第一幕。

“你是怎么到这儿的？”

“这里有客轮啊。”

“但是非常危险，我们的潜艇会击沉所有船只。”

“我知道。我必须铤而走险。我实在顾不得那么多了。”她又开始哭起来。

“咱们先坐下。”他依旧挽着她的腰，带她走向屋子另一头的沙发。

“不，”没等他们坐下，她便说道，“战争之前我们就等了很长时间，”她拉着他的手，领着他穿过内门进了卧室，壁炉里的圆木噼啪作响，“我们不能再浪费时间了。到床上来吧。”

4月16日星期一的晚上，格雷戈里和康斯坦丁作为彼得格勒苏维埃的代表团成员去芬兰车站迎接列宁回国。

他们中的大多数人从来都没见过列宁，除去仅有的几个月，列宁在过去的十七年里一直流亡国外。他离开祖国的那年，格雷戈里刚满十一岁。不过，他知道列宁很有名，其他成千上万的人也跟他一样仰慕这位领袖，他们聚集在车站外迎接他。怎么会有这么多人？格雷戈里心里纳闷。也许他们也像他一样对临时政府不满，不相信那些中产阶级部长，为无止无休的战争感到愤怒。

芬兰站位于维堡区，靠近纺织厂和第一机枪团的兵营。广场上的人密密麻麻。格雷戈里觉得不会发生叛乱事件，但他还是让伊萨克带了几个分队、几辆装甲车负责站岗，以防万一。车站的屋顶上有探照灯，有人负责操控，让灯光打在黑压压的人群上。

车站里站满了工人和士兵，所有人都拿着红旗和横幅。一支军乐队在演奏。午夜前二十分钟，两队水手在站台上列成仪仗队。苏维埃派出的代表团在大候车室里闲逛着，这里从前是接待沙皇和皇室成员的地方。格雷戈里跟着人群上了站台。

午夜已过，康斯坦丁指着铁路线的另一端，格雷戈里顺着他手指的方向，看见远处一列火车的亮光。等待的人群骚动起来。列车喷着黑烟驶入车站，嘶嘶叫着停了下来。车头涂着“293”这个号码。

过了一会儿，一个身材矮小结实的男人下了车，穿着双排扣羊毛大衣，戴着小礼帽。一个年轻女子走过去递上一束鲜花，他不情愿地皱了皱眉，接了下来。

他的身后是列夫·加米涅夫，布尔什维克党中央派他去边境迎接列宁，以防出现问题，尽管列宁入境十分顺利。现在，加米涅夫做了个手势，表示他们该去皇家候车室。

列宁转身背对着加米涅夫，对水手们致辞。“同志们！”他喊道，“你们被欺骗了！你们掀起了一场革命，但临时政府的那帮叛徒从你们手里偷走了革命成果！”

加米涅夫脸色刷白。几乎每一位左派都坚持同一个政策，那就是支持临时政府，哪怕只是暂时的。

但格雷戈里很兴奋。他不相信资产阶级民主。1905年沙皇承认的议会是一场骗局，当动乱结束，人们都回去干活以后，它就丧失了任何权力。这个临时政府也是同样的套路。

现在终于有人有胆量说出这样的话了。

格雷戈里和康斯坦丁跟着列宁和加米涅夫走进接待室。他们身后的人群也尾随而至，直到屋子里挤得满满当当。彼得格勒苏维埃主席，那位秃头鼠脸的尼古拉·施凯泽迎上前来。他摇着列宁的手说："以彼得格勒苏维埃和革命的名义，我们欢迎你回到俄国。但是……"

格雷戈里朝康斯坦丁扬了扬眉毛。这个"但是"似乎说早了，放在欢迎词中不太合适。康斯坦丁耸了耸他枯瘦的肩膀。

"但是我们相信，现在，革命民主派的主要任务是保卫我们的革命，防范一切打击……"施凯泽顿了顿，然后加重了语气，"无论是来自内部还是外部。"

康斯坦丁低声说："这不是欢迎，这是警告。"

"我们相信，为了做到这一点，必须杜绝分裂，各个革命者组织保持团结。我们希望你们与我们保持协调一致，努力实现这些目标。"

代表团里有人礼貌地鼓了几下掌。

列宁停顿了片刻，才作出回答。他看了看身边的面孔，又望了一眼装饰华丽的天花板。然后，似乎有意侮辱施凯泽，背对着他跟人群说话。

"同志们，战士、水兵和工人们！"他刻意将中产阶级的国会议员排除在外，"我向你们这支世界无产阶级大军的先锋队致敬。今天，或者明天，所有的欧洲帝国主义就有可能崩溃。你们掀起的革命开辟了一个新的时代。世界社会主义革命万岁！"

人们欢呼着。格雷戈里吃了一惊。他们刚完成彼得格勒的革命，结果如何仍存在疑问。他们怎么可能去思考世界革命？但不管怎样，这个想法也激励了他。列宁是对的，所有人都应该去反抗所谓的主人，他们让那么多人白白死于一场毫无意义的战争。

列宁大步流星离开代表团，走上了广场。

等在那里的人群发出一片欢呼声。伊萨克的部队将列宁抬上一辆装甲车的加固车棚上。探照灯对准了他。他脱下了帽子。

他的声音是一种单调的咆哮，但他的话让人兴奋。“临时政府背叛了革命！”他喊道。

人们欢呼起来。格雷戈里很惊讶，竟有这么多人跟他的看法相同。

“这场战争是掠夺性的帝国主义战争。我们不愿参与可耻的帝国主义屠杀。推翻资产阶级，我们便会取得民主的和平！”

这些话引起了更加震耳欲聋的欢呼声。

“我们不要一个资产阶级议会的谎言和欺诈！政府唯一可能的形式是工人代表的苏维埃。所有银行必须被接管，由苏维埃掌控。所有私人土地必须没收。所有军队的军官必须重新选举！”

这正是格雷戈里期望的，他欢呼起来，跟人群里几乎所有的人一道挥着手臂。

“革命万岁！”

人们疯狂地叫喊着。

列宁从车棚上跳下来，钻进一辆装甲车。车缓慢开动。人群包围着车子，跟着它往前走，挥舞着红旗。军乐队加入到行列中，奏起一首进行曲。

格雷戈里说：“他才是我需要的人！”

康斯坦丁说：“也是我需要的。”

他们紧跟着队伍向前走去。

第二十五章

1917年5月至6月

白天，布法罗的蒙特卡洛夜总会显得寒酸破旧，但列夫·别斯科夫还是喜欢这里。门框的油漆脱落了，房间内饰污迹斑斑，地毯上到处扔着烟头。尽管如此，列夫还是把这里看作人间天堂。他走进门，吻了一下衣帽间的女孩，给了看门的一支雪茄，告诉酒保搬箱子时要小心。

夜总会经理的工作很适合他。他的主要职责是确保没有人偷东西。他自己就是个贼，因此十分清楚该从哪里下手。此外，也就是时常留意酒吧后面是否还有足够的酒水，保证舞台上有个体面的乐队。除了他的工资，他还能免费享用各种香烟和酒，只要不喝趴下就行。他总是穿一套正式晚装，觉得自己像个王子。约瑟夫·维亚洛夫让他一个人管理这块地方。只要有利润进账就行，他的岳父对夜总会的其他事情全无兴趣，只是偶尔带上几个亲信来这儿看一场表演。

列夫眼下只有一件麻烦事——他的妻子。

奥尔加变了。1915年夏天，她一连几个星期性欲旺盛，总是渴望他的身体。但现在他明白那只是一时兴起。结婚以后，他做的任何事情都不讨她喜欢。她让他每天洗澡，用牙刷，不许他放屁。她不喜欢跳舞、喝酒，还让他不要吸烟。她从不来夜总会。他们分床睡了。她把他称作下等人。“我就是下等人，”有一天他对她说，“所以我才是个司机。”她继续表示不满。

于是，他便雇佣了玛伽。

他的旧情人正站在舞台上，与乐队排练着一首新曲子，另有两个戴头巾的黑人妇女在擦桌子扫地。玛伽穿着一件紧身连衣裙，涂了红色唇膏。列夫给了她一份跳舞的工作，但心里并不清楚她行不行。结果她简直就是明星。现在她正在引吭高歌，那首歌充满暗示，诉说着整晚苦苦等待心上人的心情。

> 我虽焦虑难耐
> 但这份期待
> 让我们的感情愈发炽热
> 直到他终于到来

列夫很清楚她的意思。

他目不转睛地看着她唱完。她走到台下，吻了吻他的脸颊。他拿了两瓶啤酒，跟她进了更衣室。“这首歌太棒了。”他说着，走进门来。

“谢谢你。”她把瓶子凑近嘴巴，歪头喝着。列夫盯着瓶嘴上的两瓣红唇。她一下喝掉半瓶，发现他在盯着自己，便咽了一口，笑道：“是不是让你想起什么来了？”

“你说得没错。”他抱住她，双手抚摸着她的身体。过了几分钟，她跪了下来，解开他的裤子，把他的家伙儿塞进了嘴里。

她很熟练，是他感觉最棒的一次。她如果不是真的很享受，那么她的演技就太好了。他闭上眼睛，愉快地呻吟着。

房门一开，约瑟夫·维亚洛夫走了进来。

“所以说这是真的了！”眼前的一切让他勃然大怒。

他的两个打手——伊利亚和西奥也跟着进来。

列夫被吓得半死。他急忙扣上裤子，连声道歉。

玛伽迅速站起来，擦了擦嘴抗议道：“这是我的更衣室！”

维亚洛夫说：“这是我的夜总会。不过你也待不了多久了。你被解雇了。”他转身对着列夫：“你娶了我女儿，就不能跟帮佣的干。”

玛伽挑衅似的说：“他没跟我干，维亚洛夫，你没看见？”

维亚洛夫朝她脸上打了一拳。她叫了一声，向后倒去，嘴唇流出血来。“你已经被解雇了，”他对她说，“滚。”

她抓起手袋离开了。

维亚洛夫看着列夫：“你个浑蛋，我为你做的还不够吗？”

列夫说：“对不起，爸爸。”他很害怕他的岳父。维亚洛夫什么事情都做得出来，一旦得罪了他，被鞭打、被弄残或者被杀掉都有可能。他没有怜悯之心，也不害怕法律。在他的世界里，他像沙皇一样随心所欲。

“别告诉我这是第一次，”维亚洛夫说，“自从我让你管这个地方，就一直听到各种传言。”

列夫没说什么。传言是真的。以前还有过别人，自从雇了玛伽就只跟她了。

“我要让你活动一下。”维亚洛夫说。

“什么意思？”

“我要把你从夜总会弄出去。他妈的，这里女人太多。”

列夫感到不安。他喜欢蒙特卡洛。“要我干什么呢？”

“我在海港有个铸造厂。那里没女工。现在经理生病住院。你去那儿给我盯着点儿。”

“铸造厂？”列夫感到不可思议，“我去那儿？”

“你以前在普梯洛夫的厂里干过。”

“那是在马厩！”

“还在煤矿待过。”

“一样的工作。”

“所以你熟悉环境。”

“我不喜欢。”

“我问你喜不喜欢了吗？上帝啊，我刚刚逮到你脱了裤子干那种事。这样就算你走运了。”

列夫闭上了嘴。

“出去，上车。”维亚洛夫说。

列夫离开更衣室，穿过夜总会，维亚洛夫跟在后面。他简直不敢相信他再也回不来了。酒保和衣帽间的女孩愣在那里，感觉有什么不对。维亚洛夫对酒保说：“伊万，今晚由你负责。”

“是的，老板。”

维亚洛夫的派克特双六等候在路边。一个新司机骄傲地站在旁边，这小伙子来自基辅。看门人匆忙跑过去，为列夫打开后门。至少我还坐在后座，列夫想。

他的日子过得不比俄国贵族差，他提醒自己要知足。他和奥尔加还住在草原式别墅，位于育儿室一侧的大房子里。富有的美国人不像俄国人那样雇很多仆人，但他们的房子比彼得格勒宫殿还要干净明亮。他们有现代化的浴室、冰箱、真空吸尘器和中央供暖系统。吃得也很好。维亚洛夫不喜欢俄国贵族偏爱的香槟，但餐具柜里总有威士忌。列夫还拥有六件外套。

当专横的岳父让他感到压抑时，他就会回想起当年在彼得格勒过的日子——他跟格雷戈里合住的单间，便宜的伏特加，难吃的黑面包和炖萝卜。他想起当初坐电车都是一种奢望。他坐在维亚洛夫豪华轿车的后座上，伸着腿看了看自己的丝袜和闪亮的黑皮鞋，告诉自己要知道感恩。

维亚洛夫随后上了车，他们驱车前往海滨。维亚洛夫的铸造厂是普梯洛夫的一个小小翻版——同样摇摇欲坠的厂房、破碎的窗户，同样冒着黑烟的大烟囱，同样灰头土脸的工人。列夫感到十分沮丧。

“这是布法罗五金厂，但这里只生产一种东西，风扇。”维亚洛夫说，汽车驶进了狭窄的厂门，“战前它一直赔钱。我把它买了下来，削减了工人工资才维持下来。最近生意转好。我们拿到了一大堆订单，包括飞机和轮船的螺旋桨，还有装甲汽车发动机的风扇。他们现在想要加薪了，不过在我给钱之前，我要先把花掉的钱挣回来才行。”

列夫害怕在这种地方工作，但他更害怕维亚洛夫，而且他也不想自己看起来像窝囊废。他决定不成为给工人加薪的人。

维亚洛夫带他去查看整个工厂。列夫后悔自己穿了燕尾服来这儿。但这里比普梯洛夫要干净很多。也没有到处跑的孩子。除了熔炉以外，所有的机械都用电。俄国人通常要用十二个人拖着绳子抬起机车锅炉，而这里只靠一个电动起重机就把那个硕大无朋的船用螺旋桨抬到了半空。

维亚洛夫指着一个秃头的家伙，后者的工作服里面衬着衣领和领带。“那个是你的敌人，”他对列夫说，“布赖恩·霍尔，本地的工会书记。”

列夫看了看霍尔。他正在调整一台沉重的冲压机，用一只长柄扳手转动着螺母。他身上有一种桀骜不驯的气势，抬头看见列夫和维亚洛夫，立刻露出了一副吵架的表情，好像要问他们是不是想找麻烦。

维亚洛夫喊了一声，压过旁边一台磨床的噪声：“到这边来，霍尔。”

那人慢悠悠地把扳手放回工具箱，用抹布擦了擦手，然后朝这边走过来。

维亚洛夫说：“这是你的新老板，列夫·别斯科夫。”

“你好，”霍尔对列夫说，然后又转向了维亚洛夫，“今天上午，钢材飞出来的碎片在彼得·费希尔脸上刮了个大口子。他被送去医院了。”

“很遗憾听到这个消息，”维亚洛夫说，“金属加工是一个危险的行业，但是在这儿工作的人都是自愿的。”

“差一点儿就削到他的眼睛，”霍尔气愤地说，“我们应该有护目镜。”

“自从我经管这儿以来，还没有谁丢过眼睛。”

霍尔的脾气来得很快：“难道非要等到有人弄瞎眼，我们才能得到护目镜吗？”

“我怎么知道你需要镜子？”

“一个人从来没被偷过，可他家的房门照样要上锁。”

“但那是他自己出钱买的。”

霍尔点点头，仿佛对这个回答再满意不过，然后带着一种令人讨厌的聪明样儿回到了机器旁边。

“他们总是要这要那。”维亚洛夫对列夫说。

列夫觉得维亚洛夫希望他强硬一些。好吧，他知道该怎么做。彼得格勒的所有工厂都是那么干的。

他们离开了工厂，车子驶上特拉华大道。列夫猜到他们要回家吃饭。维亚洛夫从不询问列夫的意愿。他为所有人做决定。

回到了家，列夫脱下在铸造厂弄脏的鞋子，穿上一双绣花拖鞋，那是奥尔加送给他的圣诞礼物，然后他走进小宝宝的房间。奥尔加的母亲莉娜正在照看黛茜。

莉娜说：“瞧，黛茜，你父亲来啦！”

列夫的女儿现在十四个月大，已经会走路了。她蹒跚着从房间另一头朝他走过来，脸上笑着，然后摔了一跤，哭了起来。他把她抱起来，吻了吻她。他以前对小孩子从来没有兴趣，但黛茜俘获了他的心。每当她烦躁不安，不想睡觉，谁都无法哄她的时候，他会摇晃着她，轻声安抚，唱一段俄国民谣，直到她闭上眼睛，小小的身体变得柔软，在他的怀里渐渐睡熟。

莉娜说：“她长得真像她英俊的爸爸！”

列夫认为她就像个小孩而已，但他没有反驳自己的岳母。莉娜喜欢他。向他卖弄风情，总是摸他，故意碰他，一有机会就吻他。她爱上了他，但她自认为这不过是在表达家人之间的亲情。

房间另一头坐着一个年轻的俄国女孩，名叫波琳娜。她是孩子的保姆，但工作很清闲，因为奥尔加和莉娜花了大部分时间照顾黛茜。现在，列夫把宝宝交给波琳娜。转手的一瞬，波琳娜直勾勾看了他一眼。她是个典型的俄国美女，一头金发，颧骨高高的。一个念头在列夫脑子里闪过——他能否跟她来上一次？她有自己的小房间。他能偷偷溜进去又不被别人发觉吗？或许值得冒这个险——那种眼神表露了她的渴望。

奥尔加进来了，一下子让他感到愧疚。“这可真稀奇啊！”她一看见他就说，“我还以为凌晨三点前你不会回家呢。”

“你父亲让我挪地方了，”列夫酸溜溜地说，“我现在负责管铸造厂。”

“为什么？我以为你在夜总会干得很好呢。”

“我不知道为什么。”列夫撒了个谎。

“也许是因为征兵令吧。”奥尔加说。威尔逊总统已经对德宣战，马上就会开始征兵。“铸造厂会列为重要的军工企业。爸爸想让你留在家，别去参军。”

列夫从报纸上得知地方征兵委员会即将负责征兵工作。维亚洛夫至少有一个亲信在委员会工作，什么问题都能帮忙解决。这座小镇上的事情就是这样。列夫没有去纠正奥尔加。他需要一个掩人耳目的说法，又不涉及玛伽，奥尔加刚好把它送上门来。“是啊，”他说，“我想一定是这个原因。”

黛茜说：“爸爸。”

“多聪明的小姑娘！”波琳娜说。

莉娜说：“我相信你会把铸造厂管理好的。”

列夫朝她投去最无害的美式笑容：“我会尽我所能的。”

格斯·杜瓦觉得总统让他执行的欧洲任务已经失败。“失败？”伍德罗·威尔逊说，“哎呀，不！你让德国人提出了和平建议。虽然英国和法国的回答是让他们去死，但这不是你的错。你可以把马牵到河边，但你不能强迫它喝水。”尽管如此，事实是格斯并未成功促使双方坐在一起，哪怕进行初步的讨论。

因此，他更加渴望威尔逊交给他的下一项重要任务能获得成功。“布法罗五金厂因为罢工而停工，”总统说，“我们建造的船只、飞机和军用车辆现在卡在生产线上，只等他们生产的螺旋桨和风扇。布法罗是你的老家，你回去让工人们干活。”

在他回到自己家乡的第一个晚上，格斯去查克·迪克森家吃饭，查克曾一度是他的情敌，两人都喜欢奥尔加·维亚洛夫。查克和他的新婚妻子多丽丝在埃尔姆伍德大道上有座维多利亚式大宅，那条路和特拉华大道平行。每天早上，查克都会乘坐环线铁路去他父亲的银行工作。

多丽丝很漂亮，长得与奥尔加有几分相似，格斯打量着这对新人，想象着自己是否会喜欢这种家庭生活。他曾经梦想每天早上跟奥尔加一道起床，但那是两年前的事了，她的魔力已经消退，现在他更喜欢位于华盛顿十六大道的那套单身公寓。

他们坐下来吃牛排和土豆泥，这时，多丽丝说：“威尔逊总统承诺过不让我们卷入战争，现在这是怎么搞的？”

“你必须相信他，”格斯温和地说，“三年来，他一直在争取和平。可他们就是不听。”

“那这也不代表我们要加入战争。”

查克不耐烦了：“亲爱的，德国人正在击沉美国的船只！”

“那就告诉美国的船只远离战区啊！”多丽丝显得很生气，格斯猜测他们以前争论过这类问题。查克恐怕会被征召入伍，这无疑让她更火大了。

对格斯来说，这些问题都十分微妙，不能冲动地宣称孰是孰非。他温和地说："不错，倒也是一种办法，总统也这样考虑过。但这意味着我们要接受一个事实，就是美国的船只能不能通过得由德国人说了算。"

查克愤愤不平地说："我们不能任由德国人或者其他任何人随意摆布！"

多丽丝态度坚决："如果能够挽救生命，为什么不呢？"

格斯说："大多数美国人似乎都跟查克想的一样。"

"那也不能说明这就是对的。"

"威尔逊认为总统对待公众舆论应该像航行的船对待风一样，利用风的力量，而不是迎风而上。"

"那为什么我们必须征兵呢？这让美国男人变成了奴隶。"

查克又插话了："难道你不觉得我们每个人都有责任为国家而战吗？"

"我们有专业的军队。至少那些人是自愿加入的。"

格斯说："我们有一支十三万人的军队。这对这场战争来说微不足道。我们需要至少一百万人。"

"这就是让更多的人去送死。"多丽丝说。

查克说："我敢说，我们的银行可是高兴了。为协约国提供物资的美国公司借了银行很多钱。如果德国人打赢了，英国佬、法国佬就偿还不起他们的债务，那我们就麻烦了。"

多丽丝若有所思："这我就不知道了。"

查克拍了拍她的手："别担心，亲爱的。这种事不会发生。协约国会赢的，尤其是有了美国的帮助。"

格斯说："我们参战还有一个理由。当战争结束后，美国就能平等地参加战后清算。这听起来似乎不太重要，但威尔逊的梦想是建立一个国际联盟，以解决未来的冲突，避免互相残杀。”他看着多丽丝，“我想，你一定赞成这一点。”

“当然。”

查克换了个话题：“你这次回家有什么事，格斯？应该不光是向我们这些普通百姓解释总统的决定吧。”

他跟他们讲了罢工的事。他说得轻描淡写，就好像是在晚宴上闲聊一样，但实际上他十分担心。布法罗五金厂对战备至关重要，他不知道如何让工人们重新开始工作。威尔逊在连任之前刚刚解决了一场全国铁路罢工，他似乎认为干预劳资纠纷是政治生活的一个自然组成部分。格斯发现这份责任相当沉重。

“你知道谁是那儿的主人，对吧？”查克说。

格斯调查过：“是维亚洛夫。”

“知道是谁替他管理吗？”

“不知道。”

“他的新女婿，列夫·别斯科夫。”

“哦，”格斯说，“这我还是头一次听说。”

列夫被这场罢工气得要死。工会企图利用他的缺乏经验。他肯定布赖恩·霍尔和工人们认为他软弱可欺。他下决心要证明他们想错了。

他试过讲道理。“V先生需要挽回一些生意不好的年份造成的损失。”他跟霍尔说。

“工人们需要挽回一些他们降低工资后造成的损失！”霍尔

这样答复他。

“这不是一码事。”

“对，的确不是一码事，”霍尔表示同意，“你有钱，他们没钱。对他们来说更难。”他思维敏捷，让人气不打一处来。

列夫急于重新获得自己岳父的赏识。如果约瑟夫·维亚洛夫这种人很长时间看你都不顺眼，那你可就危险了。问题在于，迷人的男性魅力是列夫仅有的能力，但它对维亚洛夫不起作用。

维亚洛夫对铸造厂的事情倒是十分支持。“有时候你不得不让他们罢工，”有一次他这么说，“这谈不上是让步，只要坚持下去。他们开始感到肚子饿了，慢慢也就讲道理了。”但列夫知道维亚洛夫的想法说变就变。

不过，列夫有自己的一套计划，能让罢工加速崩溃。他打算利用媒体的力量。

列夫是布法罗游艇俱乐部的一员，多亏他的岳父他才被选上。镇上有头有脸的生意人大多都是那儿的会员，包括彼得·霍伊尔，《布法罗广告人》的编辑。一天下午，列夫来到坐落在波特大道下坡的会所，在那儿找到了霍伊尔。

《布法罗广告人》是一份保守派报纸，一直呼吁社会稳定，把所有问题都归罪于外国人、黑人和社会主义捣乱分子。霍伊尔身材高大，留着黑黑的小胡子，是维亚洛夫的亲信。“你好，别斯科夫，”他的声音响亮刺耳，大概在印刷机的噪声里养成了大声喊叫的习惯，“我听说总统派卡梅伦·杜瓦的儿子来平息罢工。”

“是的，但我还没从他那儿得到什么消息。”

“我认识他。他很天真。你不必担心。”

列夫同意他的说法。1914年在彼得格勒，他曾从格斯·杜瓦手上骗了一块钱，去年他又同样轻易地夺走了格斯的未婚妻。“我想跟你谈谈罢工的事。”他坐在霍伊尔对面的皮椅子上。

“《布法罗广告人》已经对罢工者表示谴责，把他们比作反美社会主义者和革命分子，”霍伊尔说，“我们还能做些什么呢？”

“说他们是敌人的奸细，”列夫说，“他们阻挠车辆的生产，这是我们的战士去欧洲要用的，而且工人们不用服兵役！”

“这倒是一种角度。”霍伊尔皱起了眉头，“但我们还不知道征兵如何进行。”

“军工企业的工人肯定不用去。”

“那倒是。”

“而且他们还要求增加工资。很多人宁可少拿钱，只要能在免除兵役的地方工作就行。”

霍伊尔从他的上衣口袋里掏出一个小本子，开始写了起来。“拿更少的钱，做免除兵役的工作。”他喃喃地说。

“也许你会问：他们到底站在哪一边呢？”

“听起来像个标题。”

列夫有点吃惊，又很得意。事情如此轻而易举就办成了。

霍伊尔从他的笔记本上抬起头来：“V先生知道我们在讨论这个问题吧？”

列夫没料到他会问这个，但他马上用一个微笑遮掩过去。如果他说个“不”字，霍伊尔就会马上把这些一笔勾销。“是的，当然，”他说，“事实上这正是他的主意。”

维亚洛夫请格斯在游艇俱乐部跟他见面。布赖恩·霍尔提出在布法罗的工会办公室举行一次会议。大家都想在自己的地盘会面，这会让人感到自信，同时也能掌控局面。因此，格斯在斯塔特勒酒店租了一间会议室。

列夫·别斯科夫攻击罢工者们偷逃兵役，《布法罗广告人》把他的评论放在头版，上面的标题是："他们到底站在哪一边？"格斯看了报纸，感觉有些不安，这种攻击性的言辞只能激化矛盾。列夫的努力的确产生了相反的效果。这天早上的报纸说，其他军工企业的工人掀起了一场抗议浪潮，他们闻听自己会因为特殊的地位而少拿工资，十分愤慨，更是痛恨有人给他们贴上逃避兵役的标签。列夫的愚蠢让格斯振作了起来，但他知道，维亚洛夫才是他真正的敌人，这又让他感到紧张。

格斯把所有文件都随身带到斯塔特勒，拿出来放在会议室靠墙的桌子上。他把一份流行小报摆在突出位置，上面的标题是："你会参军吗，列夫？"

格斯让布赖恩·霍尔比维亚洛夫提前一刻钟到。这位工会领导准时到场。格斯见他穿了件时髦的外套，头戴灰色毡帽，觉得这是种巧妙的策略。尽管你代表的是工人，但外表寒酸绝对是个失误。从某种程度上说，霍尔跟维亚洛夫一样令人畏惧。

霍尔看见了那份报纸，撇嘴笑了笑。"那个年轻人犯了个错误，"他颇感得意地说，"他给自己揽了一大堆麻烦。"

"操纵媒体是个危险的游戏，"格斯一下抓住了话题，"你们要求日工资增加到一美元。"

"这比维亚洛夫买下工厂之前只多了十美分，而且……"

"这些都没关系，"格斯打断他，不甚自信地大胆提议，"如果我给五十美分，你愿意接受吗？"

霍尔半信半疑："我得跟大家商量商量……"

"不，"格斯说，"你必须现在就做决定。"他暗自祈祷别让对方看出自己心急。

霍尔支吾道："维亚洛夫同意吗？"

"维亚洛夫是我的事。五十美分，这是唯一的选择。"格斯忍住去擦拭额头的冲动。

霍尔探究似的盯了格斯很长时间。格斯觉得他好斗的外表下面有一副精明的头脑。最后，霍尔说："我们暂时接受。"

"谢谢你。"格斯暗暗舒出一口长气，感到如释重负，"你要喝杯咖啡吗？"

"好吧。"

格斯转过身去，终于可以藏起自己的脸了。他按了按铃叫来侍者。

约瑟夫·维亚洛夫和列夫·别斯科夫走了进来。格斯没去跟他们握手。"坐下。"他简慢地说。

维亚洛夫瞥见了墙边桌子上的报纸，脸上掠过一丝愤怒。格斯估计列夫已经被那些头条新闻弄得焦头烂额了。

他尽量不去看列夫。这就是勾引了格斯未婚妻的那个司机，但这一切不会妨碍格斯的判断力。他本应该朝列夫的脸上猛击一拳。不过，如果这次会议按计划进行，其结果带给列夫的羞辱远比一拳更严重，也能让格斯获得更大的快感。

一位侍者出现在门口，格斯对他说："把咖啡端给几位客人，再要一盘火腿三明治。"他故意不去问他们想要什么。格斯观察到每当伍德罗·威尔逊试图胁迫对方时他就会这样做。

他坐下来，打开一个文件夹。里面放了一张白纸。他假装在看上面的字。

列夫坐下说：“看来，格斯，总统派你来跟我们协商。”

现在格斯才容许自己抬眼去看列夫。他一言不发地盯着他看了好一会儿。是的，他很帅气，他想，但这人靠不住，也很软弱。等列夫开始显得窘迫不安了，格斯才开口道：“你他妈的是疯了吗？”

这话让列夫大吃一惊，以至于身子往后闪了一下，仿佛害怕对方一拳打过来：“你说什么……”

格斯声色俱厉地说：“美国正在打仗。总统不打算跟你们协商。”他看了看布赖恩·霍尔，“也包括你。”尽管十几分钟之前他刚跟霍尔达成了一项交易。最后他才去看维亚洛夫。“甚至也不会跟你协商。”

维亚洛夫一动不动地看着他。他可不是列夫，他并没有被吓住。不过，他脸上没有了嘲笑和不屑的神情。过了好一会儿，他说：“那么你来干什么？”

“我来告诉你们会发生什么事情，”格斯口气不改，“等我说完了，你们必须接受。”

列夫说：“哼！”

维亚洛夫说：“你闭嘴，列夫。接着说，杜瓦。”

“工人的日薪要增加五十美分，”格斯说着，转过去对着霍尔，“而你要接受这个提议。”

霍尔一脸的茫然，说：“就这样？”

“你的工人今天中午之前要回去上班。”

维亚洛夫说：“我们为什么要听你的？”

“因为这儿还有另一种选择。”

“什么选择？”

“总统将派一个营的军队接管和控制铸造厂，将所有成品发送给客户，派部队的工程师来接续经营。战争结束后再把工厂还回来。”他转过去对着霍尔，“同样，只有到了那时候，你的工人才有可能回到原来的工作岗位。”格斯后悔没有先去征求伍德罗·威尔逊的意见，但现在为时已晚。

列夫惊奇地说：“他有这么做的权力吗？”

“按照战时的立法，他有。”格斯说。

“你当然会这样说。”维亚洛夫表示怀疑。

“那我们法庭上见，”格斯说，“你觉得这个国家有哪个法官会跟你站在一起，跟国家的敌人站在一起吗？”他将身子靠向椅背，装作傲慢地瞪着他们。这办法会奏效吗？他们会相信他吗？也许他们会识破他在虚张声势，哈哈大笑几声便起身走掉？

接着是一阵长时间的沉默。霍尔的脸上毫无表情。维亚洛夫在琢磨着什么。列夫则显得垂头丧气。

最后维亚洛夫转头朝霍尔问道：“你接受五十美分吗？”

霍尔干巴巴地说：“同意。”

维亚洛夫回头看着格斯：“那我们也接受。”

“谢谢各位。”格斯合上他的文件夹，克制着不让自己的手颤抖，“我会通报总统的。”

这天是星期六，阳光明媚，暖意洋洋。列夫跟奥尔加说他有事要去铸造厂，随后便开车去了玛伽那里。她住在洛夫乔伊那边的一个小房间里。他们拥抱在一起，等列夫要解开她的上衣时，她却说："我们去洪堡公园吧。"

"我想先玩一会儿。"

"回头再说。先带我去公园，等我们回来以后，我给你看样特别的东西。是我们以前没做过的。"

列夫嗓子发干："干吗让我等呢？"

"外面天气多好啊。"

"可要是有人看见我们呢？"

"那边有上百万人。"

"可是……"

"你是害怕你的岳父吧？"

"去他的，才不会呢，"列夫说，"知道吗，我是他孙女的父亲。他能把我怎么样？一枪崩了我？"

"我去换件衣服。"

"我去车里等你。如果看见你脱衣服，我就又得失控了。"

他开了一辆全新的凯迪拉克三座跑车，虽说算不上城里最时髦的，但一开始这样就已经很不错了。他坐在方向盘后面，点了一支香烟。他怕维亚洛夫，这是明摆着的。但他这辈子一直在冒险。毕竟他不是格雷戈里。他想，自己混到今天这个地步还算不错，有自己的小汽车，穿着一身蓝色轻便夏装，正在约一个漂亮女孩去公园。这日子挺美。

不等他抽完这支烟，玛伽便从屋子里走了出来，钻进车里坐到他的身边。她穿了一件暴露的无袖连衣裙，按最时兴的样式将头发盘在耳后。

他把车开到东区的洪堡公园。他们并肩坐在公园里的一把板条长椅上，享受阳光，看着孩子们在池塘里玩耍。列夫一直在抚摸玛伽裸露的手臂。他很享受其他男人投来羡慕的目光。她是公园里最漂亮的女孩，现在跟我在一起，这很棒吧？

“上次你伤了嘴唇，让我很难过。”他说。她被维亚洛夫打破的下唇仍然肿着。但看上去很性感。

“不是你的错，”玛伽说，“你岳父简直是头野兽。”

“确实。”

“‘热点’那边很快就给了我一份工作。等我能唱歌了就马上开始。”

“现在感觉怎么样？”

她试着唱了几句——

手指轻拢头发
独自玩着纸牌
等着我的百万富翁
到来

她小心翼翼地碰了碰自己的嘴唇：“还疼。”

他朝她俯下身：“让我把它吻好吧。”她把脸转过来冲着他，他轻轻吻了一下，几乎没有挨到。她说：“你可以稍稍使点劲儿。”

他咧嘴一笑：“好的，这个怎么样？”他又吻了她一下，这次他用舌尖抚动她的嘴唇内侧。

过了一会儿，她说：“好，这样也不错。”说完咯咯笑了。

“既然这样……”他索性把舌头伸进她的嘴里。她也急切地回应着——她总是这样。两人的舌头触到了一起，然后她把手放在他脑后，抚摸着他的脖子。他听到有人说："真恶心。"他不知道过往的行人是否注意到了他的勃起。

他朝玛伽微笑着，说道："我们惊扰小镇居民了。"他抬起头，看看是否有人往这边瞧，却撞上了妻子奥尔加的目光。

她惊骇地盯着他，嘴巴张成了一个O形。

奥尔加身旁站着她的父亲——西装里面衬着背心，头戴一顶硬草帽。他怀里抱着黛茜。列夫的女儿戴着白色小童帽遮挡阳光。保姆波琳娜跟在他们身后。

奥尔加说："列夫！这是怎么……她是谁？"

列夫觉得如果维亚洛夫不在场，凭他的三寸不烂之舌，他甚至能够摆脱窘境。

他站了起来："奥尔加……我不知道该说什么才好。"

维亚洛夫厉声道："一个字都他妈的别说。"

奥尔加哭了起来。

维亚洛夫把黛茜递给保姆："先把我孙女送上车。"

"是的，维亚洛夫先生。"

维亚洛夫抓着奥尔加的胳膊把她拉到一边："跟波琳娜一起走吧，亲爱的。"

奥尔加用手捂着脸掩饰她的眼泪，跟着保姆离开了。

"你这块狗屎。"维亚洛夫对列夫说。

列夫握紧了拳头。如果维亚洛夫动手打他，他就要奋起反击。维亚洛夫壮得像头公牛，但他年纪老了二十岁。列夫个子稍高，早就在彼得格勒的贫民窟里练出来了。他不会等着挨打。

维亚洛夫明白他在想什么。"我不会跟你打架，"他说，"没这么便宜。"

列夫想问：那你打算怎么办？但他紧紧闭住自己的嘴。

维亚洛夫看着玛伽："我上次应该把你揍得再狠点儿。"

玛伽抓起她的包，打开后把手放在里面。"如果你再敢往前挪动半步，我向老天发誓，我要一枪打穿你的肚皮，你这个猪脸的俄国农民。"她说。

列夫不禁佩服起她的胆量。很少有人胆敢威胁约瑟夫·维亚洛夫。

维亚洛夫的脸气得发紫，但他不再搭理玛伽，扭头对着列夫："你知道自己要做什么吗？"

他到底要耍什么花样？

列夫一言不发。

维亚洛夫说："你要去打仗了。"

列夫浑身一冷："你吓唬人，这不是真的。"

"我什么时候吓唬过人？"

"我不去！你不能强迫我！"

"你自愿报名，否则就被征走。"

玛伽嚷了起来："你不能这样！"

"不，他办得到，"列夫悲哀地说，"这个镇子上没有他办不到的事。"

"你知道吗？"维亚洛夫说，"虽说你是我的女婿，但我乞求上帝让你死在战场上。"

六月底，查克和多丽丝在他们的花园里举办了一场午后聚会。格斯带着他的父母前往。所有男人都衣冠楚楚，女人们都身着夏装，戴着奢华的帽子，让人群显得色彩斑斓。主人提供了三明治、啤酒、柠檬水和蛋糕。一个小丑向人们分发糖果，还有一位穿短裤的教师组织孩子们进行滑稽比赛——套袋跑、勺子托鸡蛋比赛和双人三腿赛跑。

多丽丝还想跟格斯谈论战争的事："有传言说，法国军队里发生了兵变。"

格斯知道这事儿，实际上，真相比传闻糟糕得多——五十四个法国师级部队，总共两万人叛逃了。"我想这就是为什么他们改变战术，从进攻转为防守。"他不置可否地说。

"显然是法国军官虐待手下的士兵。"多丽丝对战争的坏消息津津乐道，因为这无形中支持了她的反战论点，"而尼韦勒攻势又是一场灾难。"

"美国军队一到，就会给他们提振士气的。"第一批美国士兵已经登船前往法国。

"但目前为止我们只派出了象征性的部队。我希望这意味着我们只在战争中发挥一小部分作用。"

"不，并不是这个意思。我们还要至少征召、训练和武装一百万人。我们不能马上做到这一点。但明年我们会派出几十万人的部队。"

多丽丝越过格斯的肩头向后望了一眼，说："天啊，有个新兵到这儿来了。"

格斯转身看见维亚洛夫一家人——约瑟夫和莉娜、奥尔加和列夫，另外还有一个小女孩。列夫穿着军队制服。他看上去十分潇洒，但那张英俊的脸紧绷着。

格斯很尴尬，但他父亲以参议员的身份跟约瑟夫亲切握手，说了句什么让对方笑了起来。妈妈亲切优雅地跟莉娜说话，柔声逗着小宝宝。格斯意识到他父母对这次见面早有预料，决定把他跟奥尔加曾经订过婚的事抛在脑后。

他跟奥尔加四目相对，他礼貌地点了点头。她脸红了。

列夫还像以前一样傲慢无礼："嘿，格斯，总统很高兴你平息了罢工吧？"

其他人听见这个问题都安静了下来，等着听格斯的回答。

"他很高兴你如此通情达理，"格斯机灵地说，"据我了解，你参军了。"

"我是自愿加入的，"列夫说，"我正在进行军官训练。"

"你感觉如何？"

格斯突然意识到他和列夫周围站了一圈人：维亚洛夫一家，杜瓦夫妇，还有迪克森两口子。自从订婚解除以来，他们两个人还没有同时在公共场合出现过。

"我会习惯部队的。"列夫说，"你怎么样？"

"什么我怎么样？"

"你会志愿参军吗？毕竟是你跟你们的总统让大家卷入这场战争的。"

格斯没说什么，但他觉得羞愧。列夫的话在理。

"等着被征兵也是种办法，"列夫一边说一边转动着餐刀，"谁知道呢，或许你运气好。不过，我想你要是回华盛顿，总统会免了你的兵役。"他嘿嘿笑了起来。

格斯摇了摇头。"不，"他说，"我一直在思考这个问题。你说得没错，我作为政府的一部分参与了征兵的决定。所以我就更无法逃避。"

他看见他的父亲点着头，仿佛他料到了这一点。但他的母亲却说："不过，格斯，你得为总统工作啊！还有什么比这更好的方式协助打赢战争呢？"

列夫说："我觉得这是一种懦夫行为。"

"不错，"格斯说，"所以，我不会回华盛顿。从现在起，我生命的那一部分已经结束了。"

他听见母亲说："不，格斯！"

"我已经跟布法罗师的克拉伦斯将军谈过了，"他说，"我加入了国民军。"

母亲哭了起来。

第二十六章

1917年6月中旬

未婚怀孕的艾瑟尔从未想过妇女权利的问题，直到令人作呕的律师索尔曼在泰-格温的书房里告诉她实际生活是什么样子。她最好的年华都用来养育菲茨的孩子，可孩子的父亲没有尽到任何义务，没有提供任何帮助。这种不公几乎让她想杀了索尔曼。

在伦敦找工作让她变得更加愤怒。只有那些男人不愿意干的工作才轮到她，到头来她只能拿到男人工资的一半，或者更少。

这些年来，她那激愤的女权主义在和那些吃苦耐劳、一贫如洗的伦敦东区妇女共同的生活中，变得如混凝土般越发坚硬。男人常常把劳动分工挂在嘴上，男人外出挣钱，女人看家照顾孩子。但事实并非如此。艾瑟尔认识的大部分妇女每天都工作十二个小时，同时还得照顾孩子。她们食不果腹，过度劳累，住的是牲口的棚子，穿得破破烂烂，就算这样，她们还能唱歌说笑，并且爱自己的孩子。在艾瑟尔看来，这些妇女每一个都比十个男人更有权参加选举。

她为这一切抗争了如此之久，以至于1917年的年中妇女参政成为可能的时候，她甚至觉得有些奇怪。她小时候曾经问过："天堂是什么样子呢？”但她一直没有得到满意的答复。

议会同意在六月中旬展开辩论。“这是两个妥协的结果，”艾瑟尔看着《泰晤士报》的报道兴奋地对伯尼说，“阿斯奎斯试图逃避问题所召集的议长会议，正竭力避免严重的政治分歧。”

伯尼正在给劳埃德喂早餐，他吃的是一块蘸了甜茶的面包。“我估计政府害怕妇女们又会碍手碍脚。”

艾瑟尔点点头：“如果政客们陷入这种无谓的纷扰中，人们就会说他们没有集中精力打这场仗。所以委员会建议只允许三十岁以上、是户主或户主妻子的人投票。这就意味着我太年轻，不在其列了。”

“那是第一个妥协，”伯尼说，“第二个呢？”

“茉黛说，内阁分裂了。”战时内阁由四个人组成，外加首相劳埃德·乔治，“很明显，柯曾反对我们。”柯曾伯爵是上议院的领袖，毫不掩饰地歧视女性，他还是反对妇女参政联盟的主席，“米尔纳也一样。但亨德森支持我们。”亚瑟·亨德森是工党议员领袖，党内议员都支持妇女，尽管不少工党党员并不支持，“博纳·劳也站在我们这边，虽然不那么热情。”

“两人赞成，两人反对，劳埃德·乔治还像往常一样，想让每个人都高兴。”

“妥协的方法是进行自由投票。”这就是说政府不会规定支持者以何种方式投票。

“所以，无论发生什么事都不会是政府的错。”

“劳埃德·乔治真是个天才啊。”

“但他好歹给了你们一个机会。”

“一个机会，仅此而已。我们还要做宣传活动。”

“人们的态度很可能已经变了，”伯尼乐观地说，“政府急于想让妇女加入产业大军，代替那些去法国前线的男人，因此他们投入了大量宣传，赞美女司机和军需品女工如何伟大。这就很难让人再去强调女性低人一等。”

“但愿你是对的。”艾瑟尔热切地说。

他们已经结婚四个月了，艾瑟尔一点儿也不后悔。伯尼聪明有趣，心地善良。他们抱有同样的信念，一同为实现这些目标努力着。伯尼很可能以阿尔德盖特工党候选人的身份参加下届大选，不过要等到战后了，很多事都因为战争搁置了。伯尼吃苦耐劳，又聪明，一定会成为称职的议会议员。不过，艾瑟尔不知道工党是否能赢得阿尔德盖特。目前下议院成员是自由党人，但自从1910年那次选举以后，情况发生了许多变化，即使妇女投票权的提案没有通过，议长会议的其他提案也将投票给为数更多的工人阶级。

伯尼是个好人，但艾瑟尔偶尔还会想起菲茨，这让她感觉很羞耻。菲茨不聪明，不风趣，也不善良，而且他的信仰跟她完全对立。每当有了这个念头，她就感到自己和喜欢看康康舞的男人一样。丝袜、裙摆和底裤让男人神魂颠倒；而菲茨柔软的双手、轻快的语调和他的气味让她深深痴迷。

但她现在已经是艾丝·莱克维兹。大家都觉得艾丝和伯尼两人是为彼此而生，再合适不过。

她给劳埃德穿上鞋，带他去保姆家，然后步行去《军人之妻》编辑部。天气晴朗，让她感到充满希望。我们可以改变这个世界，她想。这并非易事，但最终会如愿以偿。茉黛的报纸会获得工人阶级女性的广泛支持，让人们都去关注议员们的投票。

茉黛早早来到这间促狭的办公室，显然是因为这条新闻。她坐在那张褪了色的旧办公桌前，穿着淡紫色的夏衣，戴了顶船形帽，帽舌上插着一根长羽毛，十分惹眼。她的大部分衣着都是战前的式样，呆在这种地方的确有些委屈她，就像一匹赛马被圈在农家庭院里。

“我们一定得弄一个特别版，”她一边说一边在便签纸上写字，“我在写头版社论。”

艾瑟尔感到一阵兴奋。她就喜欢这样，说干就干。她在桌子的另一边坐下，说：“我会把其他版面都准备好。要不要写个专栏告诉读者如何提供帮助？”

“好啊。让大家来参加我们的会议，游说你们的国会议员，给报纸写信，诸如此类。”

“我起草份东西。”她拿起铅笔，从抽屉里拿出记事本。

茉黛说：“我们必须动员妇女反对这项法案。”

艾瑟尔愣住了，手里的铅笔停在半空：“什么？反对？”

“当然。政府会假装给妇女投票权——但把我们大多数人拒之门外。”

艾瑟尔看见了茉黛正在写的标题：“投票反对这一骗局！”

“等一下。”她并没觉得这是什么骗局，“这可能并未满足我们的所有要求，但总比没有好。”

茉黛生气地看着她：“这比没有更糟。这个法案只是假装让妇女平等。”

茉黛有点过于理想化。当然，从原则上说这并不对，等于歧视了年轻女性。但现在这不重要。因为关系到政治实践的问题。艾瑟尔说：“你看，有时候，改革必须一步一步来。选举权在男性方面扩展得十分缓慢。即使现在，也只有大约一半的男人有权投票……”

茱黛蛮横地打断了她：“你想过哪些妇女被漏下了吗？”

茱黛偶尔会显得很霸道，这是她的缺点。艾瑟尔尽量不去生她的气。她心平气和地说：“是啊，我就是其中之一。”

茱黛的口气并没有软下来：“包括绝大多数军需品厂的妇女。她们是战争的重要组成部分，到头来却因为太年轻无法拥有选举权。还有，那些在法国冒死救治伤员的护士。战争寡妇也不能投票，哪怕她们付出了可怕的牺牲，只要碰巧住在提供家具的出租房里，她们就无权投票。你难道看不出这个法案就是想把妇女变成极少数吗？”

“所以你要发动一场运动，反对这个法案？”

“当然！”

“那简直是疯了。”艾瑟尔发现自己竟然跟这位多年的好友和同事的观点如此大相径庭，这让她既惊讶又沮丧，“对不起，我只是不明白我们怎么能要求国会议员投票反对几十年来我们一直要求的东西。”

“这不是我们的目的！”茱黛更加火冒三丈，“我们一直在为平等奔走呼吁，现在这个根本不是。如果我们落入这个圈套，就得继续当旁观者，再等一代人！”

“这不是落不落入圈套的问题，”艾瑟尔急躁地说，“我并没傻到那个地步。我知道你想表达什么——你的目的是清楚的。只不过你的判断是错误的。”

“真是这样吗？”茱黛生硬地说。艾瑟尔猛然间发现她跟菲茨十分相似——这对兄妹的见解截然相反，但他们都固执己见。

艾瑟尔说：“先考虑一下敌对方会放出什么样的宣传攻势吧！

‘我们早就清楚女人没有主见，弄不清到底要干什么，’他们会这么说，‘所以不能让她们拥有选举权。’他们又有了一次取笑我们的机会。”

“那我们的宣传一定要比他们好，”茉黛轻描淡写地说，“我们只需要给大家讲清楚是怎么回事就可以了。”

艾瑟尔摇摇头：“你错了。这些事情太过情绪化。多年来我们一直在抗议妇女没有投票权。那才是障碍。一旦被打破，人们就会明白未来的让步仅仅是技术性的问题。降低投票年龄和放松其他限制这种事情相对容易达到。你应该看到这一点。”

“不，我不这样看，”茉黛冷冰冰地说，她不喜欢别人告诉她该看清某种事实，“这项法案是一种倒退。任何支持它的人都是叛徒。”

艾瑟尔盯着茉黛，觉得难过。她说：“难道你真这么想？”

“我该怎么想不用你告诉我吧？”

“我们一起工作，一起开展活动已经两年了，”艾瑟尔说，眼里涌出了泪水，“你真的相信如果我不同意你的意见，我就是背叛了为妇女争取选举权的事业吗？”

茉黛毫不留情地回答：“我相信这是肯定的。”

“那好吧。”艾瑟尔不知道自己还能做些什么，只得转身走了出去。

菲茨吩咐裁缝做了六件新外套。原来的衣服套在他瘦削了的身体上松垮垮的，让他显得很老。他穿上一件新做的晚礼服——黑色燕尾服配了白色背心，外加一个白色硬翻领和领结。他对着更衣室的那面可旋转的穿衣镜，心想，这样好看多了。

他来到楼下的客厅。在室内活动他可以不拄拐杖。茉黛给他倒了一杯马德拉白葡萄酒。赫姆姑妈说："你感觉怎么样？"

"医生说腿部正在复原，只是很慢。"菲茨在今年早些时候回到了战壕，但寒冷和潮湿已经让他受不了了，便被列入疗养名单送了回来，安排在情报部门工作。

茉黛说："我知道你宁可待在前线，不过你错过了今年春天的交火，我们倒不觉得有什么遗憾。"

菲茨点点头。尼韦勒攻势已经失败，法军尼韦勒将军也被解职。法国士兵发生哗变，他们守卫着自己的战壕，但拒绝听从命令向前进攻。目前看来，今年协约国不会好过。

菲茨并不想去前线，这点茉黛说错了。他在"40号房间"做的工作可能比在法国进行的战斗更加重要。许多人都担心德国的潜艇会扼住英国的补给线。但"40号房间"能够发现德国潜艇的位置，提前向舰船发出警告。掌握了这一信息，再加上派驱逐舰为船只护航的策略，德军潜艇战的效果便大打折扣。这是一个重大胜利，尽管这一切鲜为人知。

目前的威胁是俄国。沙皇已被废黜，任何事情都有可能发生。到目前为止，温和派还控制着权力，但这又能持续多久呢？受到威胁的不仅是碧的家人和他儿子的继承权。如果极端分子接管俄国政府，他们可能会讲和，成千上万的德国士兵就能腾出空来攻打法国。

菲茨说："至少我们还没有失去俄国。"

"可是德国人希望布尔什维克获胜——人人都清楚这一点。"茉黛说。

她正在说着，碧进来了，她穿着银白色的低胸丝绸礼服，配了一套钻石首饰。菲茨和碧要去参加晚宴，然后是一场舞会——眼下正是伦敦社交季。碧听见茉黛的话，便说：“别小看俄国皇室。有可能会爆发一场反革命。说到底，俄国民众得到了什么好处？工人们仍在挨饿，士兵仍在死亡，德国人仍在进攻。”

格洛特端着一瓶香槟酒走了进来。他无声地打开酒瓶，给碧斟了一杯。像往常一样，她只啜饮了一小口便把杯子放下了。

茉黛说：“利沃夫王子日前宣布，妇女可以在选举制宪代表大会时投票。”

“真希望有这个可能，”菲茨说，“临时政府发布了不少公告，但有人听吗？就我的了解，每个村都建立了苏维埃，开始管理自己的事务。”

“真是难以想象！”碧说，“那些满脑子迷信、大字不识的农民，竟然假装要管理国家！”

“这是非常危险的，”菲茨气愤地说，“民众并不知道他们很容易陷入无政府的野蛮状态。”一提起这些他就火冒三丈。

茉黛说：“如果俄国变得比英国更民主，是多大的讽刺。”

“议会即将开始辩论妇女选举权的问题。”菲茨说。

“只针对三十岁以上，并且身为户主或户主妻子的女性。”

“不过，你一定很高兴所取得的进展。我在杂志上读到你的同志艾瑟尔写的一篇文章。”菲茨当时坐在俱乐部的客厅里，读着一本《新政治家》，结果发现在读他的前管家写的文章，他感到震惊，也很不舒服，他怀疑自己能不能写出这种条理清晰、论据充分的文章，“她认为妇女应该接受这一现实，理由是有总比没有好。”

“我恐怕不能苟同，”茉黛冷冷地说，“我不能等到三十岁的时候才被当成人。”

“你们两个吵架了吗？”

“我们决定分道扬镳了。”

菲茨可以想象茉黛勃然大怒的样子。为了缓和气氛，他转向荷米亚女勋爵：“如果英国议会赋予妇女选举权，姑妈，你会为谁投下自己的一票呢？”

“我不确定自己会投票，”赫姆姑妈说，“这不俗气吗？”

茉黛有点恼火，但菲茨轻轻一笑：“如果良好家庭的女士们都这样想的话，剩下的就都是工人阶级的选民了，这样一来，他们就会选社会主义者。”他说。

“哦，天啊，”赫姆说，“那我还是去投票好了。”

“你会支持劳埃德·乔治吗？”

“那个威尔士律师吗？当然不。”

“也许投博纳·劳，他是保守党领袖。”

“我希望如此。”

“但他是加拿大人。”

“哦，我的天啊。”

“帝国就会有这种问题。各个地方的乌合之众都觉得自己是它的一部分。”

保姆领着宝宝走了进来。孩子现在已经两岁半了，胖嘟嘟的，长着他母亲那样的厚厚的金发。他跑到碧那里，她让孩子坐在自己腿上。他说：“我喝了粥，阿姨放了糖！”然后笑了起来。这是一天里头育儿室的重大事件。

跟孩子在一起的时候，碧就像变了一个人，菲茨心想。她的表情柔和了，立刻变得亲切温柔，抚摸、亲吻着宝宝。过了一会儿，他扭着身子下了地，摇摇摆摆朝菲茨走过来。“怎么样，我的小战士？”菲茨说，“想快点儿长大，去打德国人吗？”

“砰！砰！”孩子说。

菲茨看见他在流鼻涕。“他感冒了吗，琼斯？”他厉声问。

保姆一脸惶恐。这个年轻姑娘来自阿伯罗温，但她受过专业训练。

“没有，阁下，我敢肯定，现在都六月了！”

“夏天也会感冒的。”

“他一整天都很精神。只不过有点流鼻涕。”

“这是肯定的。”菲茨从晚礼服内侧的上衣口袋里掏出一条亚麻手帕，给孩子擦了擦鼻子，“他有没有跟平民小孩玩过？”

“没有，先生，完全没有。”

“在公园的时候呢？”

“那里只有好人家的孩子，我们都拜访过。我非常小心。”

“但愿如此。这孩子是菲茨赫伯特名号的继承人，也可能是俄国王子。”菲茨把宝宝放下，他朝保姆跑了过去。

格洛特又出现了，用一个银托盘带来一封信。“有封电报，阁下，”他说，“是给公主的。”

菲茨做了一个手势，表示格洛特可以直接把电报交给碧。她不安地皱起了眉头——战争期间电报让所有人神经紧张，接过后她撕开扫了一眼，立刻痛苦地叫了一声。

菲茨跳了起来：“怎么回事？”

“我哥哥！”

“他还活着吗？”

"是的，他受伤了。"她哭了起来，"他们截掉了他的一只胳膊，不过他正在康复。哦，可怜的安德烈。"

菲茨拿过电报读了读。上面还提到安德烈王子已经被送回布洛尼尔的家，那是他在莫斯科东南部坦波夫省的乡村庄园。他希望安德烈真的在康复。很多伤员死于伤口感染，截肢有时也不能阻止坏疽的蔓延。

"亲爱的，我非常非常难过。"菲茨说。茉黛和赫姆站在碧的两侧，也在尽量安慰她。"上面说接着会有封信寄来，可天知道多久才能到这儿。"

"我一定得知道他到底怎么样了！"碧抽泣着说。

菲茨说："我会请求英国大使进行详细的调查。"尽管目前是民主时代，但伯爵仍然拥有一些特权。

茉黛说："我们带你回房间去吧，碧。"

碧点点头，站了起来。

菲茨说："我现在必须动身去西尔弗曼勋爵的晚宴了——博纳·劳也要去的。"菲茨希望有朝一日能成为保守党政府的部长，任何和党魁谈话的机会都要争取，"但我不参加舞会，直接回家。"

碧点点头，在别人的陪同下上了楼。

格洛特走了进来，说："车子已经备好了，阁下。"

去贝尔格雷夫广场的路途很短，菲茨坐在车上琢磨着刚收到的消息。安德烈王子从不善于经管家族的土地。他大概会拿自己的伤残做借口，懒得操心这些事务。家产会进一步衰败下去。但菲茨远在两千多公里外的伦敦，什么忙也帮不上。他感到既沮丧又忧虑。那里随时会陷入一场无政府的大混乱，安德烈这种懒散怠惰的贵族恰恰为革命者提供了可乘之机。

当他来到西尔弗曼的宅邸时，博纳·劳已经在那儿了，阿伯罗温的下议院议员、凯尔特矿业董事长珀西瓦尔·琼斯也已到场。琼斯一向狂妄自大，今晚混在贵宾之间更是显得不可一世。他正在跟西尔弗曼勋爵谈话，两手插在口袋里，背心外面露出一条长长的大金链子。

其实菲茨没什么好惊讶的。这是一次政治性的晚餐，琼斯在保守党的地位正节节上升——毫无疑问，他也希望博纳·劳成为首相后，自己能获得一个部长职位。尽管如此，这场面也让人感觉像是在狩猎舞会上遇到了自己的马夫。菲茨惶然不安，布尔什维克可能已经蔓延到了这里，不是通过轰轰烈烈的革命，而是偷偷摸摸地攻陷了伦敦城。

在餐桌上，琼斯说他赞成让妇女拥有选举权，这又让菲茨吃惊不小。“看在上帝的分上，为什么？”菲茨问。

“我们对选区主席和代理进行了调查，”琼斯说，菲茨看见博纳·劳在一旁点头，“他们以二比一的比率赞成这个建议。”

“保守党吗？”菲茨难以置信地说。

“是的，伯爵阁下。”

“为什么？”

“这项法案仅仅赋予三十岁以上，且是户主或户主妻子的女性选举权。大多数工厂女工都被排除了，她们一般都不到这个年龄。而所有可怕的女知识分子不是单身便是住在别人家里。”

菲茨吃了一惊。他一直认为这是一个原则问题。但原则对琼斯这种暴发户商人来说根本不成问题。菲茨从没料想过选举的后果。“我还是不大明白……”

“大多数新选民将由家庭中成熟的中产阶级母亲组成。”琼斯以一个粗俗的手势从侧面弹了一下自己的鼻子，“菲茨赫伯特伯爵，她们是国内最保守的群体。这项法案将为我党带来六百万张新选票。”

“所以，你支持妇女参政？”

“我们必须支持！我们需要保守的妇女。到下次选举时，还会有三百万工薪阶层男性新选民，他们中的很多人当过兵，不会站在我们这边。但是，我们的女性新选民会超过他们。”

“但原则上应该是男人！”菲茨强辩道，但他已经觉出自己要吃败仗。

“原则？”琼斯说，“这是实际的政治。”他不屑地朝菲茨笑了，激怒了后者，“不过，恕我直言，你一直是个理想主义者，伯爵阁下。”

“我们都是理想主义者。”西尔弗曼勋爵说，他像一个善解人意的主人那样，尽量缓和这场冲突，“这就是我们从政的原因。没有理想的人才不会干这个。不过，我们必须面对选举和舆论这两大现实。”

菲茨不想让自己被贴上一个不切实际的梦想家的标签，便连忙说：“当然，我们的确如此。不过，妇女地位的问题涉及家庭生活的核心，我认为这对保守党来说十分重要。”

博纳·劳说：“这一问题仍然是开放的。国会议员要进行自由投票。他们会听凭自己的良心做出决定。”

菲茨顺从地点了点头，随后，西尔弗曼开始聊起法国军队兵变的事。

整个晚宴菲茨都没再说什么。这项法案同时获得艾瑟尔·莱克维兹和珀西瓦尔·琼斯这两种人的支持，让他感到些许不祥。

它可能会获得通过，这种可能性太危险了。他认为保守党应该捍卫传统价值，而不是被选票获胜这种短期因素左右。但他明白博纳·劳不这样想，菲茨也不想显得与他人步调不一致。结果是他为自己没能彻底坦诚而感到羞愧，这种感觉让他讨厌。

博纳·劳一走，他也马上离开了西尔弗曼勋爵宅邸。他一回家便上楼了。他脱下外套，穿上丝绸睡袍，然后去了碧的房间。

他看见她坐在床上，正在喝茶。她之前肯定一直在哭，不过已经在脸上扑了一点点粉，换了一件花睡衣，外面套着蓬蓬袖的针织短睡衣。他问她感觉好些没有。

“我太伤心了，”她说，“我只剩下安德烈一个家人了。”

“我知道。”她的父母都已去世，此外再没有别的近亲，“的确让人担心，不过他会渡过难关的。”

她放下茶杯茶碟。“我一直在苦苦思考，菲茨。”

她说出这种话来，显得有些不同寻常。

“请握着我的手。”她说。

他用两手握住她的左手。她还是那么漂亮，尽管眼下的话题让人伤心，但他同样感到一股欲望的波动。他能感觉到她手上的戒指，那是一只订婚钻戒和一只黄金婚戒。他有一种冲动，很想把她的手放进自己嘴里，去咬拇指上的嫩肉。

她说：“我想让你带我去俄国。”

他心里一惊，不觉松开了她的手：“你说什么？”

“别拒绝我，好好想想，”她说，“这很危险，我知道。但不管怎样，现在就有数百个英国人待在俄国。大使馆的官员，商人，在那里执行军务的军官和士兵，还有记者和其他人。”

“那宝宝怎么办？”

“我也不愿意离开他，不过保姆很好，荷米亚对他也很尽心，一旦有事，茉黛也能做出明智的决定。”

“我们还需要签证……”

“你可以找人帮忙。天啊，你刚刚才跟内阁成员吃过饭。”

她的话不错。“英国外交部可能让我写个报告，记述一路上的所见所闻，尤其是我们还要经过农村，我们的外交官员很少去那种地方。”

她又拉过他的手。“我唯一活在世上的亲人受了重伤，有可能死去。我一定得去看看他。拜托，菲茨。我求你了。”

事实上，菲茨并非不愿意去。他对危险事物的理解已经被战壕里的经历改变了。毕竟大多数人都在炮击后幸存了下来。去一趟俄国虽然冒险，但相比之下根本算不上什么。不过他还是有些犹豫。“我理解你心里很急，”他说，“让我先去调查一下。”

她把这当作同意的表示：“谢谢你！”

“先不要谢我。我得先弄明白是否可行。”

“好吧。”她显然已经认定这是肯定的回答了。

他站了起来：“我要准备睡觉了。”说着，朝门口走去。

“等你换好了睡衣……请回这儿来。我要你抱着我。”

菲茨笑了：“一定。”

在议会辩论妇女选举权的当天，艾瑟尔在靠近威斯敏斯特宫的一座礼堂举行了一场集会。

她现在受雇于全国制衣工人联盟，他们一直希望聘请一位像她这样的知名活动家。她的主要工作是在东区的血汗工厂招募女性成员，但工会认为不但要在国家政治生活上为其成员争取地位，同时也要在工作岗位中争取权益。

与茉黛关系破裂让她十分难过。也许伯爵的妹妹与其前管家之间的友谊一直存在某种虚假性，但艾瑟尔曾经希望她们能够超越阶级划分。然而，在内心深处——茉黛都没意识到，她相信自己生来就要指挥一切，而艾瑟尔则只能服从。

艾瑟尔希望议会投票在集会结束之前进行，这样她就可以直接宣布结果，但辩论持续了很久，会议不得不在十点钟宣布结束。艾瑟尔和伯尼到白厅一个工党议员常去的酒吧里等待消息。

十一点酒吧快要关门的时候，两位议员急匆匆进了门，其中一个看见了艾瑟尔。“我们赢了！”他喊道，“我的意思是，你们赢了。妇女赢了。”

她几乎不敢相信自己的耳朵：“他们通过了条款？”

“以压倒性的多数，387比57！”

“我们胜利了！”艾瑟尔吻了吻伯尼，“我们赢了！”

“太棒了，”他说，“尽情享受胜利吧。这是你应得的。”

他们无法喝酒庆祝。战时新规则，不准在规定时间外贩卖酒品。这样做是为了提高工人阶级的生产力。艾瑟尔和伯尼于是去白厅坐公交车回家。

他们在公交车站等车，艾瑟尔心情激动：“真让我一下子接受不了。这么多年了，妇女终于获得了选举权！”

一个过路人听见了她的话，这个高个子男人穿着一身晚礼服，走路拄着一根拐杖。

她认出了他，是菲茨。

“别那么肯定，”他说，“我们在上议院会否决你们的。”

第二十七章

1917年6月至9月

沃尔特·乌尔里希爬出战壕，冒着生命危险步入无人区。

弹坑中长出了嫩草和野花。眼下是温和的夏夜，这片区域以前属于波兰，后来划归俄国，现在又被德国军队占领了一部分。沃尔特在下士的军服外面穿了一件不伦不类的外套。他在脸上、手上涂了泥巴让人无法辨认，还戴了一顶白帽子，权当投降的白旗，肩上还背了一个纸板箱。

他告诉自己没什么可害怕的。

俄军前沿在暮色中隐约可见。这里好几个礼拜都没放过一枪一炮了，沃尔特觉得自己的出现只会引起好奇，而非受到怀疑。

如果他猜错了，他就必死无疑。

俄国人正准备进攻。德国侦察机和侦察分队分别报告说有一批新增援的部队部署在前线，装运弹药的卡车正在卸货。这一消息也被那些被俘的俄军士兵证实了，他们饿得要死，只为讨到一点吃的便穿越前线投降了德军。

即将发动进攻的证据确凿，让沃尔特很失望。他原以为新的俄国政府无法继续作战。列宁和布尔什维克在彼得格勒大声呼吁和平，洪水般散发报纸和小册子。

俄国民众不希望战争。戴着单片眼镜的外交部长帕维尔·米留可夫宣布说，俄国依然期待一场“决定性胜利”，此言一出，愤怒的工人和士兵再次走上街头。装模作样、负责发动新一轮攻势的年轻陆军大臣克伦斯基下令恢复部队的鞭笞刑罚，恢复军官的权威。但是，俄国士兵真的会冲锋陷阵吗？德国人需要了解这一点，于是沃尔特决定不惜一切去弄个清楚。

各种迹象都有。在某些前沿地段，俄国士兵升起白旗，单方面宣布停战。另一些地方显得十分安静，严守纪律。沃尔特决定亲自走访一处类似的区域。

他终于离开了柏林。或许莫妮卡·冯·德·赫尔巴德对她的父母直言相告不会有什么婚礼了。不管怎么说，沃尔特再次回到了前线，负责搜集敌人的情报。

他把箱子换到另一个肩膀。现在，他可以看见五六个脑袋探出壕沟的边沿。他们都戴着帽子，俄国士兵没有钢盔。他们盯着他，但并没有用武器瞄准他，至少现在没有。

一切只能听天由命了，就算死了，至少他跟茉黛在斯德哥尔摩共度了美妙的一夜。当然，他想活下去。他期望跟茉黛组成家庭，生儿育女，希望在一个繁荣而民主的德国完成这一切。但这意味着首先要赢得战争，继而又意味着他必须冒生命危险，因此他别无选择。

尽管如此，进入步枪的射程之内时他仍感到心里一阵发凉。要是有个士兵想瞄准他扣动扳机，那简直是太容易了。毕竟他们就是来干这个的。

他身上没有携带步枪，他希望这些人注意到这一点。实际上他在皮带后面塞了一把九毫米的鲁格，但他们看不见。他们能看到的是他扛着的箱子。他希望这箱子看上去毫无伤害。

每移动一步，他都为继续活着而心生感激，同时意识到自己更加接近危险了。他达观地想，任何一秒钟都潜伏着危险。他不知道一个人是否能听到杀自己的枪声。沃尔特最担心的是被打伤，慢慢流血死去，或着躺在一家肮脏的野战医院感染致死。

现在他可以看清一张张俄国人的脸，看见兴奋、新奇和惊叹的表情。他心急地寻找着恐惧的迹象——这是他面临的最大危险。一个吓坏了的士兵可能因为紧张得受不了而开枪。

最后，他只剩下不足十米了，然后是九米、八米……他来到战壕的边沿。

“你们好，同志们。”他一边用俄语说话，一边放下箱子。

他朝靠近自己的一个士兵伸出手。那人不由自主地伸手把他拉进了战壕。一小群人聚集在他的周围。

“我过来问你们一个问题。”他说。

受过教育的俄国人大多能说点儿德语，但士兵都是农民，没几个人熟悉母语以外的其他语言。沃尔特小时候学过俄语，他父亲强令他学好外语，以便日后进入部队或外交部。他一直没什么机会使用俄语，但他能回忆起足够多的词汇应付这次任务。

“先来点儿喝的。”说着，他把箱子拉进战壕，撕开上面的封口，拿出一瓶荷兰杜松子酒。他打开瓶塞，喝了一大口，擦了擦嘴，把瓶子递给身边的士兵——一个十八九岁的高个头下士。那人咧嘴一笑，喝了一口，把瓶子传给别人。

沃尔特悄悄观察着周围的情况。壕沟挖得很糟糕。墙壁倾斜着，也没用木料支撑。地面坑坑洼洼，连垫板也没有，因此就算是夏天也到处泥泞。壕沟甚至不成直线，不过这样倒是件好事，他们没有了抵挡火药爆炸的壁垒。沟里散发着一股恶臭，士兵有时就在里面解手。这些俄国人到底怎么回事？不管干什么都是匆匆忙忙、杂乱无章，活儿干了半截就丢在一边。

酒瓶传来传去，随后一位中士出现了。“这是怎么回事，费奥多尔·伊戈洛维奇？”他对那个高个子下士说，“谁让你们跟这个狗娘养的德国人说话？”

费奥多尔很年轻，但他脸上留着一撮华丽卷曲的小胡子。不知为什么他戴了一顶海员帽，很俏皮地歪在脑后。他自信的态度近乎傲慢：“过来喝点儿，加弗立克中士。”

中士跟其他人一样，直接对着瓶子喝了一大口，但他不像其他士兵那样满不在乎。他朝沃尔特投来不信任的一瞥：“你他妈的在这儿干什么？”

沃尔特对自己该回答什么早有准备：“我代表德国工人、士兵和农民，过来问你们为什么跟我们作战。”

他们一个个惊讶地沉默着，过了一会儿，费奥多尔说：“你们为什么跟我们作战？”

沃尔特已经准备了答案：“我们别无选择。我们国家是由皇帝统治的，我们还没有发动革命。但你们已经革命了。沙皇已经下台，俄国的权力掌握在人民手里。所以，我过来向人民提问：你们为什么打我们？”

费奥多尔看了看加弗立克，说：“我们也一直在问自己这个问题。”

加弗立克耸耸肩。沃尔特猜想他是一个传统主义者，不会轻易发表自己的意见。

战壕里又走过来几个人，加入到这群人中。沃尔特又打开一瓶酒。他看着周围这群衣衫单薄、浑身脏兮兮的男人，眼见他们一个个很快就喝醉了。“俄国人想要什么呢？”

几个人一起回答他——

“土地。”

“和平。”

“自由。”

“还要酒！”

沃尔特从箱子里拿出另一瓶酒。他想他们真正需要的是香皂、好的食物和新的军靴。

费奥多尔说：“我想回农村老家。他们把王子的土地分了，我得想办法让我家也分到一块。”

沃尔特问道：“你们支不支持哪个政党？”

一个士兵说：“布尔什维克！”其他人欢呼起来。

沃尔特很高兴：“那，你们是党员吗？”

他们全都摇了摇头。

费奥多尔说：“我以前支持社会革命党，但他们让我们很失望。”其他人点头表示同意，“克伦斯基又把鞭笞制度弄回来了。”费奥多尔补充道。

“而且，他已经下令发动夏季攻势。”沃尔特说。他可以看见自己眼前的一摞摞弹药箱，但他没有直接提到这些，害怕让俄国人注意到他是个间谍，这种可能性很明显。“我们可以从飞机上看到。”他补充说。

费奥多尔对加弗立克说：“我们为什么要进攻呢？我们可以从现在开始讲和啊！”其他人低声附和着。

沃尔特说：“如果上面命令进攻，你们会怎么做？”

费奥多尔说：“士兵委员会要开会讨论。”

“别说废话了，”加弗立克说，“现在已经不允许士兵委员会讨论命令了。”

大家嘟囔着表示不满，人群外围有个人低声说：“我们到时候再看吧，中士同志。”

人群越聚越多，也许俄国人打老远就能嗅到烈酒的气味。沃尔特又拿了两个瓶子递出去。为了让新来的人了解情况，他解释说：“德国人民跟你们一样希望和平。如果你们不攻击我们，我们也不会攻击你们。”

“我要为这干上一杯！”一个新来的说。大家纷纷应和着。

沃尔特担心这里的声音会把军官引过来，一时想不出办法让俄国人哪怕喝酒也小声点。但已经来不及了。一个洪亮的声音问道：“这里是怎么回事？你们到底想干什么？”人群让开一条路，一个穿少校军服的大个子出现在眼前。他看着沃尔特，问道：“你到底是什么人？”

沃尔特的心往下一沉。将他俘虏无疑是军官的责任。德国情报部门知道俄国人如何对待战俘。被他们抓获就等于被判死刑，在饥饿和寒冷中慢慢死去。

他勉强挤出一个笑脸，递上最后一瓶未开封的酒：“喝一杯，少校。”这个军官没搭理他，转身去问加弗立克：“你们知道自己在做什么吗？”

加弗立克没有被他吓倒。“战士们一天都没吃饭了，少校，我不能让他们有酒不喝。”

“你应该抓他当俘虏！”

费奥多尔说：“我们不能把他当作俘虏，既然我们已经喝了他的酒。”他已经口齿不清，“这样做不公平！”其他人跟着欢呼起来。

少校对沃尔特说：“你是个间谍，我应该砍掉你那该死的头。”他摸了摸腰带上挂着的皮枪套。

士兵们齐声抗议着。少校仍是一脸怒容，但他没再说什么，显然不想跟士兵们发生冲突。

沃尔特对他们说：“我最好离开你们。你们的少校不太友好。另外，我们前线后面一点儿有一家妓院，那儿有一个金发碧眼的女孩，可能正感到寂寞难耐……”

他们哄然大笑，欢呼起来。这话并不全对，那里的确有个妓院，但沃尔特一次也没去过。

“请记住，”他说，“如果你们不打我们，我们也不会打你们！”

他爬出战壕。这一刻最危险。他站起身子，走了几步，转身挥了挥手，继续往前走。他们的好奇心已经得到满足，所有的烈酒喝得一干二净。现在他们完全可能缓过神来，履行自己的职责，朝着敌人开枪。他觉得外套后面好像画着一个靶子。

天色渐渐变暗。再过一会儿他就会走出他们的视野，离安全地带只差几米了。他使劲克制着不让自己撒腿跑起来，那样的话反倒会招来子弹。他咬紧牙关，平稳地走在布满废弹的地面。

他向身后望了一眼。他已经看不见那边的战壕了。这意味着他们也无法看见他。他安全了。

他的呼吸平稳下来，继续走着。这次冒险十分值得，让他掌握了很多情报。虽然这段战壕没有挂出白旗，但俄国人状态糟糕，很难打仗。他们明显感到不满，很有可能发生叛乱，军官很难维持纪律。那个中士小心翼翼不去冒犯他们，而少校也不敢抓沃尔特当俘虏。这种士气不可能让战士们发起勇猛的进攻。

他已进入德军前沿范围。他大声喊出自己的名字，报出预先设定的口令，随后便跳入战壕。一个中尉向他敬礼：“出击很成功吧，先生？”

“是的，谢谢。”沃尔特说，“应该说非常成功。”

卡捷琳娜躺在格雷戈里原来那间屋子的床上，只穿着薄薄的内衣。窗户开着，七月温暖的空气吹进屋里，还有几步之外经过的火车发出的轰隆声。现在，她已经有六个月的身孕了。

格雷戈里的一根手指划过她身体的轮廓，从她的肩膀划过鼓胀的乳房，然后是她的肋骨，越过她微微隆起的腹部，最后抵达她的大腿。在爱上卡捷琳娜以前，他从未体味过这种轻松和愉悦。他年轻时短暂仓促地交往过一些女孩。现在，性爱过后躺在这个女人身边，充满爱意地轻轻抚摸她的身体，这对他来说实在是一种令人兴奋的新鲜体验。他想也许这就是婚姻的意义。“你怀孕后显得更漂亮了。”他压低了声音，以免吵醒弗拉基米尔。

两年半的时间里，他一直为弟弟的儿子担当父亲的角色，但他就要有自己的孩子了。他本打算在孩子出生后随列宁的名字，但他们已经有了一个弗拉基米尔了。怀孕这件事使得格雷戈里在政治上成了强硬派。他不得不考虑自己的孩子在一个什么样的国家成长，他希望他的儿子拥有自由（出于某种理由，他相信会是一个男孩）。他得确保俄国由人民当家做主，而不是被沙皇、中产阶级议会或商人和将军组成的联盟主宰，他们会让一切回到以前的样子，只是换了个新的伪装而已。

列宁工作起来比任何人都努力，他花很长时间考虑一件事情，做出的决定总是正确的。在过去，每次俄国“革命”除了一阵混乱之外毫无结果，格雷戈里知道列宁不会让这种情况发生。

临时政府也清楚这一点，有迹象表明他们想把矛头对准列宁。右翼媒体指控他是德国间谍。这种说法十分荒谬。格雷戈里战前便加入了布尔什维克，属于核心集团成员。

他正在打瞌睡，就听见门厅里传来一阵脚步声，随后响起了急切的敲门声。他连忙穿上裤子，大声喊道：“怎么回事？”弗拉基米尔被惊醒了，哭了起来。

外面是个男人的声音：“格雷戈里·谢尔盖耶维奇在吗？”

“我在。”格雷戈里打开门，是伊萨克，“出了什么事？”

“他们发了逮捕令，要捉列宁、季诺维也夫和加米涅夫。”

格雷戈里感到害怕。“我们得马上通知他们！”

“我弄到了一辆军车，就在外面。”

“等我穿上靴子。”

伊萨克走了。卡捷琳娜抱起弗拉基米尔，哄着他。格雷戈里急急忙忙穿好衣服，吻了吻他们两个，然后飞快跑下楼去。

他跳进车子，坐在伊萨克旁边，说：“列宁最重要。”政府要对付的就是他。季诺维也夫和加米涅夫也是坚定的革命者，但列宁是推动整个运动的引擎。“我们先去通知他。开车到他姐姐住的地方。尽量开快点儿。”

伊萨克把车开到最大速度。

汽车尖叫着拐了个弯，格雷戈里牢牢抓紧把手。等到车子直行时，他问道："你是怎么知道的？"

"司法部的一个布尔什维克告诉我的。"

"逮捕令什么时候签署的？"

"今天早上。"

"但愿我们来得及。"格雷戈里生怕列宁已经被人逮捕。没有人像他那样不屈不挠，意志坚决。他让布尔什维克成了一个主要的政党。如果没有他，革命就可能退回到混乱和妥协之中。

伊萨克把车开到施罗卡雅大街，在一幢中产阶级的住宅楼外面停下。格雷戈里跳下车，冲进楼里，去敲叶利扎罗夫家的门。列宁的姐姐安娜·叶利扎罗夫开了门。她五十多岁，花白的头发从正中分开。格雷戈里以前见过她，她在《真理报》工作。

"他在这儿吗？"格雷戈里问。

"在，怎么，发生了什么事？"

格雷戈里悬着的心一下子放了下来。他来得还不太晚。他走进屋里："他们要逮捕他。"

安娜砰的一声关上门。"瓦洛佳！"她叫着列宁的小名，"快过来！"

列宁出现了，身上是他常穿的那件破旧的深色外套，跟往常一样戴了硬领，打着领带。格雷戈里迅速说明了情况。

"我会马上离开。"列宁说。

安娜说："你还不快去找个手提箱，装点急用的东西……"

"太冒险。东西随后再送过来。我会告诉你我在哪儿。"他看了看格雷戈里，"谢谢你的提醒，格雷戈里·谢尔盖耶维奇。你有车吗？"

"有。"

列宁没再说话，径直朝门厅走去。

格雷戈里跟着他走到街上，匆忙打开车门："他们也对季诺维也夫和加米涅夫发出了逮捕令。"列宁坐进了车里。

"回公寓给他们打电话，"列宁说，"马克有部电话，他知道他们在哪儿。"他摔上车门，然后探身跟伊萨克说了句什么。伊萨克随即把车开走了。

列宁一直都是这样。他对所有人大声发号施令，大家都乖乖服从，因为他总是有道理。

格雷戈里很高兴，就像一副重担从肩膀上卸掉了。他打量着街道两头。对面的一幢楼里走出一伙人来。其中几个穿着便装，其他人穿的是军官制服。格雷戈里吃惊地认出了米哈伊尔·平斯基。秘密警察按理说已经被废除，但平斯基这种人仍在以军人的身份进行活动。

这些家伙一定是冲着列宁来的，但弄错了房子，晚了一步。

格雷戈里连忙跑进公寓。叶利扎罗夫家的房门还开着，安娜和她的丈夫马克待在屋里，此外还有他们的养子戈拉和家里的用人，一个名叫安纽施卡的乡下女孩。几个人都十分吃惊。格雷戈里关上门。"他安全离开了，"他说，"但警察就在外面。我要马上给季诺维也夫和加米涅夫打个电话。"

马克说："电话就在靠墙的桌上。"

格雷戈里犹豫了一下。"这怎么弄？"他从来没用过电话。

"哦，对不起。"马克说着，拿起那东西，一头对着自己的耳朵，另一头贴近嘴巴，"我们也刚开始使用不久，用得多了就习惯了。"他不耐烦地摇动顶端的弹簧杆，"喂，我要接线员。"然后告诉对方几个数字。

有人在外面砰砰敲门。

格雷戈里把一根手指放在嘴唇上，示意其他人安静。

安娜带着安纽施卡和孩子去了里屋。

马克急急地对着电话说着。格雷戈里站在公寓门口。外面的声音说：“开门，否则我们就把门撞开！我们有搜查令！”

格雷戈里冲着外面喊道：“等一下，等我把裤子穿上。”警察经常去他住的楼房里搜查，因此他知道怎么拖延时间。

马克又开始摇动弹簧杆，请人接通另一个号码。格雷戈里喊道：“谁？谁在外面？”

“警察！马上开门！”

“来了……我先去把狗锁到厨房。”

“快点！”

格雷戈里听见马克说：“告诉他赶紧藏起来。警方现在就在我家门口。”他把听筒放回钩子上，朝格雷戈里点点头。

格雷戈里打开门，往后站了站。

平斯基走进屋子。“列宁在哪儿？”他问道。

几个军官跟着他走进来。

格雷戈里说：“这里没有叫那个名字的人。”

平斯基盯着他。“你在这儿干什么？”他说，“我早就知道你是个麻烦。”

马克上前一步，平静地说：“请把搜查令给我看看。”

平斯基很不情愿地递过来一张纸。

马克看了一会儿，然后说：“叛国罪？这简直荒谬透顶！”

“列宁是德国特务，”平斯基说着，眯起眼睛看着马克，“你是他的姐夫，对吧？”

马克把那张纸还给他。“你要找的人不在这里。”他说。

平斯基感觉出他说的是真话，显得很气愤：“这是搞的什么名堂？他就住在这儿！”

“列宁不在这儿。”马克重复道。

平斯基的脸涨得通红。“是不是有人警告他了？”他一把抓住格雷戈里的前胸，“你来这儿干什么？”

“我是彼得格勒苏维埃成员，代表第一机枪团，如果你不想让我的部队造访你们的总部，最好把手从我衣服上拿开。”

平斯基放开他：“我们必须搜查一下。”

电话桌旁边有一只书柜。平斯基一把将上面的几本书推到地上。他朝几个军官挥了挥手，指着公寓的里面说：“给我彻底搜查一遍！”

沃尔特来到一个村庄，这块地方是从俄国人手中夺下来的。他给了一个农民一枚金币，换他身上的全套衣服，让那个农民又惊又喜。衣服包括一件脏兮兮的羊皮大衣、亚麻外罩、一条宽松的粗布裤子，以及一双用山毛榉的韧皮编织的鞋子。好在沃尔特用不着买他的内衣，这人什么内衣都没穿。

沃尔特用一把厨房用的剪刀修剪了一下头发，也不再刮胡子，让它慢慢留起来。

他在一个小镇集市上买了一麻袋洋葱，把装有一万卢布硬币和纸币的皮钱包藏在了洋葱下面。

一天夜里，他把手和脸用泥土弄脏，穿上农民的衣服，背着装洋葱的麻袋走进无人区，偷偷穿过俄国的前线，走到最近的一个火车站，买了一张三等车票。

他装出一副恶狠狠的样子，谁跟他说话他就骂骂咧咧，好像他们要偷他的洋葱似的，也许他们的确想偷。他带着一把大刀，锈迹斑斑但很锋利，别在腰带上很显眼，另外，他还有一把从被俘的俄军军官那儿缴获的莫辛-纳甘手枪，藏在臭烘烘的大衣里面。有两次碰到警察跟他说话，他就傻乎乎地咧开嘴笑笑，拿出一个洋葱递上去，这种贿赂让人不齿，两次警察都厌恶地哼了一声走开了。如果警察坚持要搜查麻袋的话，沃尔特就打算把他干掉，但这种情况一直没有出现。他买的都是短途车票，每次坐三四站，因为一个农民不会去几百公里以外卖洋葱。

他很紧张，也十分警觉。他的伪装很不可信。只要跟他多聊几句，任何人都能发现他不是真正的俄国人。如果被揭穿，做这件事的代价就是死刑。

一开始他很害怕，但这种感觉最终消失了，到了第二天他就无聊了起来。没有任何东西需要他费脑子，他不能读书，这是明摆着的，他还尽量不去看张贴在车站上的时刻表，遇到布告之类的也只是瞥一眼而已，因为大多农民都不识字。随着一列列慢车咣当咣当摇晃着穿过无尽的俄国森林，他的思绪便进入了精心编织的白日梦里，幻想着他跟茉黛战后住的房子。房子应该装饰成现代风格，用木料装饰，选择中性色调，就像冯·德·赫尔巴德家的房子那样，而不是他父母家那种沉重昏暗的样子。一切都要方便清洁和维护，特别是厨房和洗衣房，这样他们可以少雇仆人。还要有一架上好的钢琴，应该是施坦威大钢琴，因为他们都喜欢弹奏。再买一两幅引人注目的现代绘画，奥地利表现主义的画作就不错，颠覆上一代人的标准，标新立异，让人知道他们这对夫妇是崇尚进步的改革派。他们要在宽敞明亮的卧室里，赤裸躺在柔软的床上，亲吻，交谈，做爱。

就这样，他一路来到彼得格勒。

通过瑞典大使馆一位激进社会主义人士的安排，布尔什维克会派人每天下午六点在彼得格勒的华沙站等一个小时，来接收沃尔特带来的钱。沃尔特中午抵达，趁机去城里转了转，评估一下俄国人持续作战的能力。

眼前的一切让他震惊。

他刚出了火车站便遭到一群娼妓的围追堵截，有男有女，有成人也有小孩。他穿过一座运河桥，向北走了几公里进入市中心。大部分商店都关着门，有些索性被废弃了，窗户都砸碎了，街面上一堆光闪闪的碎玻璃。他看见不少醉鬼，目击了两起斗殴。偶尔有汽车或者马车狂奔而至，人们四散而去让开道路，车上的乘客躲在紧闭的窗帘后面。人们大都很瘦，穿得破破烂烂，打着赤脚。一切远比柏林糟糕。

他看见不少士兵，有单个的，也有成群结队的，纪律松懈——列队步调参差不齐，岗位上的随便闲逛，军服敞着，跟老百姓闲聊，显然是喜欢干什么就干什么。沃尔特再次证实了他造访俄国前线得到的印象——这些人根本没有心情去打仗。

他想这是件好事。

没有人跟他搭话，警察也不理他。他不过是这座分崩离析的城市中又一个疲于奔命的褴褛身影。

六点钟的时候，他满怀希望回到车站，立刻看见了跟他接头的人，是一位中士，他的步枪枪筒上系着一块红头巾。在介绍自己之前，沃尔特仔细打量他。这人威风凛凛，虽然个子算不上高大，但长着一副宽阔的肩膀，十分结实。他的右耳不见了，门牙缺了一颗，左手也少了一根无名指。他像个老兵那样耐心等待着，但那双蓝眼睛敏锐地观察着周围的一切，很难相信有什么能逃过他的监控。沃尔特本打算暗中观察他一下，但这个士兵已经与他四目相对，随后点了点头，转身走开了。这是种明确的暗示，沃尔特跟在他后面。他们走进一个摆满桌椅的大房间，坐了下来。

沃尔特说："你是格雷戈里·别斯科夫中士？"

格雷戈里点点头："我知道你是谁。坐吧。"

沃尔特环视着整个房间。角落里有一把茶壶在嗞嗞作响，一个围着披肩的老太太在卖香烟和熏制的腌鱼。十五到二十个人围坐在桌子旁边。没有人打量士兵和贩卖洋葱的农民。一个身穿蓝色束腰工装上衣的年轻男子尾随他们进来，沃尔特很快跟这人对视了一下，见他找了个地方坐下，点了支香烟，随后展开一张《真理报》看了起来。

沃尔特说："我能吃点儿东西吗？我都快饿死了，不过农民恐怕付不起这里的价钱。"

格雷戈里端来黑面包和盛着鲱鱼的碟子，另外又要了两杯加了糖的茶。沃尔特大口吃了起来。格雷戈里看了他一分钟，随后笑了起来。"我很惊讶你竟然装成农民蒙混过来了，"他说，"我一眼就看出你是个资产阶级。"

"你怎么看出来的？"

"你的手很脏，但你小口吃东西，拿抹布蘸嘴的时候就像是用亚麻餐巾。真正的农民吃东西都是大口往嘴里塞，咽下去之前要喝几口茶。"

对方傲慢的态度让沃尔特恼火。他想，不管像不像，我在火车上安全度过了三天，我倒想看看换成你，能不能在德国这么干。现在该提醒别斯科夫，他必须证明自己有资格拿到这笔钱。“告诉我布尔什维克的事情进展如何。”他说。

“好得让人害怕，”格雷戈里说，“过去几个月里，成千上万的俄国人入了党。利昂·托洛茨基终于宣布支持我们。你应该听听他的演讲。晚上他通常在现代剧场包场讲演。”沃尔特看得出来，格雷戈里崇拜托洛茨基，把他当成了英雄。就连德国人都知道托洛茨基的演说令人着魔。他是布尔什维克的一件法宝。“去年二月，我们有一万名党员，到了今天，我们已经发展到了二十万。”格雷戈里自豪地说。

“这是好事，但你们能够改变时局吗？”沃尔特说。

“我们很有希望赢得制宪议会的选举。”

“什么时候进行？”

“这件事总是一拖再拖……”

“为什么？”

格雷戈里叹了口气：“一开始，临时政府召集了一个代表理事会，他们两个月后才同意组成一个六人的第二理事会来起草选举法……”

“为什么？过程这么复杂？”

格雷戈里显得愤愤不平：“他们说，希望选举绝对不容挑战——但真正的原因是保守党有意拖延，因为他们知道自己即将失利。”

沃尔特心想，他不过是个中士，但他的分析很有见地。“那么，选举什么时候进行？”

“九月。”

“为什么你认为布尔什维克能赢？”

“我们仍然是坚定致力于和平的唯一群体。任何人都知道——这归功于我们印发的报刊和小册子。”

“那你为什么说好得‘让人害怕’？”

“我们成了政府对付的首要目标。他们签发了针对列宁的逮捕令。他不得不藏起来。但他仍在运作党的事务。”

沃尔特也相信这一点。如果列宁能在苏黎世流亡时期保持对他的党的控制，他在俄国的某个藏身处也一定办得到。

沃尔特带来了要交付的东西，也收集到了他需要的情报。他已经完成了自己的使命，感到如释重负。现在，他唯一要做的就是回家。

他用脚把装着一万卢布的袋子踢到了格雷戈里那边。

他把茶喝完，站起身来。“享受你的洋葱吧。”说完，朝门口走去。

他用眼角的余光瞥见穿蓝色工装的人折上他手里的《真理报》，站了起来。

沃尔特买了到卢加的车票上了车。他走进一个三等车厢，挤过一群抽烟喝伏特加酒的士兵，一家带着大包小包的犹太人，以及几个带着空板条箱、大概是刚把鸡卖掉的农民。他在车厢尽头停了下来，回头看了一眼。

蓝色工装进了车厢。

沃尔特朝他看了一会儿，只见那人挤过乘客，满不在乎地用胳膊肘推搡着别人。只有警察会这么做。

沃尔特跳下火车，匆匆离开了车站。他回想着下午去城里时走的路，快步朝运河方向走。眼下正值盛夏，天色也很亮。他希望快点甩掉后面的盯梢，但他回头张望时，发现蓝色工装正跟在后面。这人大概一直跟着格雷戈里，后来才决定弄清卖洋葱给他的农民朋友到底是谁。

这人开始小跑起来。

如果被抓住，沃尔特就会被当成间谍枪毙。他没有选择，只能铤而走险。

这是一片贫民居住区。整个彼得格勒都破败不堪，但这个地区聚集着全世界火车站附近都有的廉价旅馆和昏暗酒吧。沃尔特跑了起来，蓝色工装也加快步子跟上。

沃尔特来到运河边的一个砖厂。这里耸立着高高的围墙和一扇铁栅栏门，但旁边有一个废弃的仓库，没有任何围栏。沃尔特离开街道穿过仓库来到水边，然后翻墙跳进了砖厂。

这里应该有个看门的，但沃尔特什么人也没看见。他开始寻找藏身的地方，可惜天还很亮。院子里有个单独的码头，用细木板搭建而成。他周围是一个个砖垛，足有一人高，但他要找个能看见别人，又不被人发现的隐蔽之所。他移到一堆少了一部分的砖垛旁边——估计是卖掉了，很快重新摆了摆砖头，让自己能藏在后面，又可以从缝隙里朝外看。他拔出腰带上的莫辛-纳甘手枪，扳起击锤。

过了一会儿，他看见蓝色工装翻过墙头。

这人中等身材，瘦巴巴的，留着一撮小胡子。他显得有些害怕——这人已经意识到自己不单单是在尾随一名嫌犯，还卷入了一场抓捕行动中，但他不知道自己是猎人还是猎物。

他掏出了手枪。

沃尔特用手里的枪透过砖块的缝隙瞄准蓝色工装，但对方离得太远，他没有把握射中目标。

那家伙定定地在原地站了一会儿，四下看了看，显然不知道该怎么办。接着，他转过身子，犹豫不决地朝水边走去。

沃尔特跟上他。现在，他已经变被动为主动。

这人在一堆堆砖头中间躲躲藏藏，四处搜寻着。沃尔特也一样，每次那家伙停住步子，他便立刻闪身躲到砖垛后面，就这样慢慢接近。沃尔特不想进行枪战，频繁的枪声会引起其他警察的注意。他必须在一两枪内撂倒敌人，然后迅速离开。

那人到了河道尽头，沃尔特和他之间只剩下不到十米的距离。那人朝运河两侧张望，好像沃尔特有可能划船逃走似的。

沃尔特从隐蔽处走出来，瞄准了对方的后心。

那家伙突然转过身，直直看着沃尔特，然后发出一声尖叫。

声音尖利刺耳，就像一个被吓坏了的小女孩发出的，沃尔特觉得自己一辈子都不会忘掉这种叫声。

他扣动扳机，左轮手枪发出一声巨响，尖叫戛然而止。

只这一枪就足够了。秘密警察瘫倒在地上，一动不动。

沃尔特弯腰看了看尸体。那双眼睛无神地盯着半空。没有心跳，也没了呼吸。

沃尔特把尸体拖到运河边上。他把几块砖头塞进他的裤子和上衣口袋里加重分量，然后把他抬过低低的栏杆，扔进了水里。

尸体沉了下去，沃尔特转身离开。

反革命运动开始时，格雷戈里正在彼得格勒苏维埃开会。

他一直感到担心，但并不觉得意外。随着布尔什维克日益深得民心，其受到的反对也势必更加残酷无情。党在地方选举中表现出色，苏维埃相继在一个个省获得控制权，同时在彼得格勒市议会选举中获得了百分之三十三的选票。作为回应，目前由克伦斯基领导的政府逮捕了托洛茨基，再次推迟拖延已久的制宪会议全国选举。布尔什维克自始至终强调临时政府永远不会举行全国大选，进一步的推迟只会提升布尔什维克的信誉。

随后，军队开始行动。

科尔尼洛夫将军是个光头的哥萨克，阿列克谢耶夫将军曾评价他拥有狮子的雄心、绵羊的大脑。9月9日，科尔尼洛夫下令他的部队向彼得格勒进军。

苏维埃迅速做出反应。代表们立即决定成立一个与反革命斗争委员会。

这个委员会什么都不是。格雷戈里着急地想。他站起身来，按捺着愤怒和恐惧。作为第一机枪团的代表，他发言时大家都洗耳恭听，尤其是在讨论军事问题的时候。“如果一个委员会里的成员只是发发言，那么成立这个委员会毫无意义，”他情绪激动地说，“如果我们刚刚收到的报告属实，那么，科尔尼洛夫的某支部队已经离彼得格勒的市区外围不远了。只有用武力才能阻止他们。”他平时一直穿着他的中士制服，携带着一杆步枪和一把手枪，“委员会毫无意义，除非用它来动员彼得格勒的工人和士兵一起反对军队的叛变。”

格雷戈里知道只有布尔什维克党能够发动人民。所有其他代表也一样清楚，不管他们属于哪一个党派。最后决定委员会由三名孟什维克、三名社会主义革命党人和包括格雷戈里在内的三名布尔什维克组成。不过每个人都知道，只有布尔什维克起决定性作用。

一旦做出决定，斗争委员会便离开了辩论大厅。格雷戈里已经当了半年的政客，已经掌握了整个系统的运作方法。现在，他不去理会委员会的正式成员，而是邀请了十几个有用的人加入到他们中间，其中包括普梯洛夫机械厂的康斯坦丁和第一机枪团的伊萨克。

苏维埃已经从塔夫利宫搬到了斯莫尔尼学院（以前的女子学校），委员会就在其中一间教室内重新召集会议，围着他们的是镶在镜框中的刺绣和少女笔下的水彩画作。

主席说："有请求辩论的动议吗？"

这是句废话，但格雷戈里当代表已经有一段时间，知道如何避开这样的空谈。他上前一步，立刻控制了会场，让委员会集中注意力到行动上，而不是说话。

"是的，主席同志，请允许我说几句，"他说，"有五件事我建议去做。"把要说的话分成一二三点的确是个好主意，人们会觉得必须听你把话说完。"第一，动员彼得格勒的战士们抵抗科尔尼洛夫将军的叛变。我们该怎么做呢？我建议下士伊萨克·伊万诺维奇把主要的兵营列出单子，注明每个兵营中可靠的革命领导人的姓名。确定我们的同盟以后，我们写信给他们，指示他们听从委员会的命令，随时准备击退叛乱分子。如果伊萨克现在就着手起草，几分钟后他就能把名单和信弄好，交由委员会批准。"

格雷戈里停了片刻，给大家机会点头赞同，权当委员会批准了他的提议，然后接着往下说道：

“谢谢。去做吧，伊萨克同志。第二，我们必须将消息发送到喀琅施塔得。”喀琅施塔得海军基地是三十多公里外的近海上的一个小岛，那里的水兵，尤其是年轻的新兵备受虐待，基地因此声名狼藉。半年前水兵们发动袭击，拷打、杀害了不少军官。这个地方现在成了激进派的据点。“水兵们必须武装自己，部署到彼得格勒，让他们服从我们的命令。”格雷戈里指着一个布尔什维克代表，他知道这人跟水兵很熟，“格列布同志，经过委员会批准，你可以去完成这项任务吗？”

格列布点点头：“如果可以的话，我会起草一封信，让我们的主席签字，然后亲自送到喀琅施塔得。”

“那就请着手做吧。”

委员会的成员们都有些不知所措。事情进行得比平常快。只有几个布尔什维克没觉得意外。

“第三，我们必须将工厂里的工人编成防御小组，把他们武装起来。我们可以从军队的武器库和军工厂里拿到枪支。大部分工人需要武器和军事纪律方面的培训。我建议这个任务交由工会和赤卫军联合完成。”赤卫军由携带枪支的革命士兵和工人组成，这些人并不都是布尔什维克，但他们通常服从来自布尔什维克委员会的命令，“我建议普梯洛夫机械厂的代表康斯坦丁同志负责这件事。他了解各主要工厂处于领导地位的工会情况。”

格雷戈里知道他正在让彼得格勒的全部人口变成一支革命大军，委员会的其他布尔什维克委员也十分清楚，但其他人能搞清楚状况吗？整个过程结束后，假如反革命被击败，温和派将很难解除他们所创造的武装力量并恢复临时政府的权威。如果他们想得如此长远，就有可能试图缓和格雷戈里的提议，或者表示反对。但此刻他们都把心思放在防范军事接管。像往常一样，只有布尔什维克有长远计划。

康斯坦丁说："是的，我会列出一份清单。"当然，他会关照那些布尔什维克的工会领袖，不管怎么说，眼下他们是最强的有生力量。

格雷戈里说："第四，铁路工人工会必须竭尽所能，阻止科尔尼洛夫的军队前进的步伐。"布尔什维克曾花费巨大努力才赢得这个工会的控制权，现在每个机车库里至少有一名支持者，布尔什维克的工会成员总是自愿承担司库、秘书或主席的职责，"虽然一些部队通过公路向这里进发，但大部分士兵和他们的物资不得不通过铁路。工会可以确保拖住他们，加以持久牵制。维克多同志，委员会把这份任务交给你来完成，可以吗？"

铁路员工代表维克多点了点头："我会在工会内部设立一个特别委员会组织瓦解叛乱者的进攻。"

"最后，我们应该鼓励其他城市设立类似的委员会，"格雷戈里说，"所有地方都应该捍卫革命。也许委员会的其他成员能建议一下我们应该跟哪些城市联系？"

这是精心考虑的一种转移视线的办法，但他们立刻上了钩。这些人很高兴有事情可做，纷纷指出哪些城镇应该成立斗争委员会。这就确保了他们不会逐条挑剔格雷戈里的那些更重要的建议，而让它们就这样通过了。他们从来就没有想过武装市民带来的深远影响。

伊萨克和格列布各自起草了信件，主席在上面签了字，没再进行任何讨论。康斯坦丁列出工厂领导的名单，开始发消息给他们。维克多离开会场去组织铁路员工了。

委员会开始争论给临近的城镇写信的措辞。格雷戈里溜了出去。他的目的已经达到了。防御彼得格勒和革命成果的工作正在顺利进行。布尔什维克掌握了这一切。

现在他亟须掌握有关反革命军队行踪的可靠信息。是不是真有部队在逼近彼得格勒南郊？如果是这样的话，就必须立刻采取行动，不能等委员会做出反应。

他离开斯莫尔尼学院，穿过一座桥来到不远处的兵营。到了那里，他发现部队已经做好了打击科尔尼洛夫的叛乱分子的准备。他弄到一辆装甲车，带着一个司机和三个可靠的革命士兵，驱车去了南郊。

他们的车七拐八拐，在渐渐暗下来的秋日黄昏中穿过南郊，搜寻着来犯的部队。几个小时下来毫无结果，格雷戈里认定有关科尔尼洛夫部队动向的报告很可能被夸大了。不管怎么说他都该遇到一支先遣队才是。不过，巡查一番还是十分重要，因此他坚持搜寻下去。

终于，他们在一所学校里找到了正在宿营的步兵旅。

他考虑过返回军营，带第一机枪团袭击他们。但他想到了一个更好的办法。这办法很危险，但如果奏效，就能在很大程度上减少流血。

他要凭自己的一张嘴赢得这些人的支持。

他们开车经过一个冷漠的哨兵进入操场，格雷戈里下了车。为了防范万一，他把步枪顶端的刺刀固定成冲锋的状态，然后将枪挎在肩头。

他自知敌强我弱，强迫自己装出一副轻松的样子。

几个士兵朝他走过来。一位上校问道："你来这儿干什么，中士？”

格雷戈里没理睬他，而是跟一个下士说：“同志，我想跟你们士兵委员会的领导谈谈。”

上校说：“这个旅没有士兵委员会，同志。坐上你的车赶快离开。”

虽然自己的上司在场，但那位下士还是紧张地说：“我是我们排委员会的领导，中士……不过，后来委员会被取缔了。”

上校气得沉下脸来。

这就是一场小型革命，格雷戈里心想。到底他们谁会赢呢？是上校还是下士？

又有不少士兵围了上来，想听他们在说什么。

“那么你来说，为什么要攻击革命？”格雷戈里问下士。

“不，不，”下士说，“我们是来这儿捍卫革命的。”

“有人在欺骗你们。”格雷戈里提高了嗓门，对那些旁观者说，“总理克伦斯基同志已经解除了科尔尼洛夫将军的职务，但科尔尼洛夫拒不听从，因此他便派你们去攻打彼得格勒。”

尚未明白过来的士兵们互相嘀咕着。

上校显得很尴尬——他知道格雷戈里说出了真相。“别再胡说八道了！”他呵斥道，“离开这儿，中士，马上离开，否则我就一枪毙了你。”

格雷戈里说：“别碰你的武器，上校。你的士兵有知道真相的权利。”他看着越聚越多的人群，“我说得对吗？”

“对！”几个人应和道。

“我讨厌克伦斯基的所作所为，”格雷戈里说，“他恢复了死刑和鞭笞。但他是我们的革命领袖，而你们的科尔尼洛夫将军想要摧毁革命。”

“撒谎！”上校气急败坏地说，“你们还看不出来吗？这个中士是布尔什维克。所有人都知道他们从德国人手里领薪水！”

那个下士说：“我们怎么知道该相信谁呢？中士，你和上校说法不一样。”

“那就别相信我们任何一个，”格雷戈里说，“自己去发现真相吧。”他提高了嗓门，让每个人都可以听到他的声音，“你们不必在这所学校里藏着躲着。去附近的工厂随便找个工人问问，在大街上遇到当兵的就跟他们谈一谈。这样，你们马上就会了解真相了。”

下士点点头：“好主意。”

“你们休想这么干，”上校暴跳如雷，“我命令你们全都待在院子里，哪儿也不准去。”

他犯了一个大错，格雷戈里想。他说：“你们的上校不愿意让你们自己去寻找答案。这不就表示他向你们撒谎了吗？”

上校手按着枪柄，说道：“这是煽动叛乱的言论，中士。”

战士们来回看着上校和格雷戈里。这是一个危急时刻，格雷戈里觉得自己从未如此靠近死亡。

格雷戈里意识到自己处于劣势。他竭力在劝说这些人，却没去考虑劝说失败自己该怎么办。他的步枪背在肩上，但上面的保险是关着的。要想把枪甩脱肩膀拿在手里，再去扳开那个别扭的保险栓，平举起来射击，至少要花几秒钟。而上校要拔枪射击的话，比他快得多。格雷戈里一阵恐惧，强压着转身跑掉的冲动。

“谁在搞叛乱？”他反问了一句，拖延着时间，尽量不让恐惧减弱他自信的语气，“被解职的将军朝首都进发，但他的部队拒绝攻打他们的合法政府，到底谁是叛乱者？我认为是将军，还有那些准备执行他的反叛命令的军官。”

上校抽出手枪。“快滚，中士。”他转向其他人，“你们这些人立刻去学校大厅集合。别忘了，拒不服从军令就是犯罪，死刑已经恢复了。谁敢抗拒我就枪毙谁。”

他用枪指着那个下士。

格雷戈里看出这些人会听从这个权威、自信、武装的军官。他绝望地意识到，只有一个办法能让自己摆脱险境。他必须杀掉上校。

他可以做到，但动手一定要快，不过他觉得他办得到。

如果判断失误，他就必死无疑。

他让步枪滑下肩头，完全没有停顿地直接用右手拿住了，然后使出全身力气朝上校刺去。锋利的刺刀穿破军服，格雷戈里感觉它插入了软乎乎的肚皮。上校痛苦地惊叫一声，但这一击并没有让他倒下。他拿着枪的手划了个弧形，接着扣动了扳机。

子弹打偏了。

格雷戈里使劲压着步枪，上下挑动着刺刀，瞄准心脏的位置。上校的脸痛苦地扭曲着，嘴巴大张着，但发不出任何声音，随后他倒在了地上，仍然紧抓着手里的枪。

格雷戈里猛地收回刺刀。

上校的手枪从手指上滑落。

大家都盯着军官在干枯的草地上无声地扭动着。格雷戈里扳开步枪的保险栓，对准上校的心脏，近距离射出两发子弹。那人不动了。

“就像你说的一样，上校，”格雷戈里说，“死刑。”

菲茨和碧坐火车从莫斯科出发，随从人员只有碧的俄国用人尼娜和菲茨的跟班詹金斯，后者曾是位拳击冠军，因为近视而未被部队选中。

他们在布洛夫尼尔站下了火车，这是专为安德烈王子的庄园设立的一个小站。菲茨的几位专家曾提议安德烈在此地建一个小镇，包括堆放木材的场地、谷物仓库和磨坊。但这些事情一样也没做成，农民们依旧用马拉的大车载着农产品到三十多公里外的老市镇贩卖。

安德烈派了一辆敞篷马车接他们，那个乖戾无礼的车夫板着脸看着詹金斯把一只只箱子搬上后车厢，根本没想到要去帮帮他。马车沿着农田中间的土路前行，菲茨回忆起他上次来这儿的情形，那时他是公主的新婚丈夫，村民们全都站在道路两旁迎接。今非昔比，眼下气氛全然不同。马车经过的时候，田间干活的人几乎连头都不抬，村落里的居民则故意转过身去。

这让菲茨很恼火，脾气也暴躁起来，不过，当他们来到老房子前，看见午后的阳光让年深日久的石墙散发出奶油般的黄色光芒时，他感到十分欣慰。一小群衣着整洁的仆人像等待喂食的鸭子般涌出前门，匆匆围拢上来，打开车门，动手卸下行李箱。安德烈的管家格奥尔基亲吻了一下菲茨的手，用死记下来的几个英文词说：“欢迎回到你在俄国的家，菲茨赫伯特伯爵。”

俄国的房子通常又大又破，布洛夫尼尔也不例外。双层高的大厅需要重新粉刷，昂贵的大吊灯上面积满尘土，狗直接在大理石地板上撒尿。安德烈王子和瓦列莉娅公主站在碧祖父的一幅画像下面等着，画上的人紧蹙双眉，带着苛责的目光盯着他们。

碧朝安德烈跑过去，紧紧拥抱他。

瓦列莉娅是位古典美人，身材匀称，一头黑发梳成优雅的发型。她跟菲茨握手，用法语说："谢谢你们来这儿。我们很高兴见到你们。"

碧终于放开安德烈，擦着眼泪，菲茨这才去跟他握手，安德烈伸出他的左手——他外套右边的袖子空悬着。安德烈面黄肌瘦，就像得了一场大病，黑色胡须也染上了些许灰色，尽管他刚满三十三岁。"见到你真是让我松了口气。"他说。

菲茨说："出了什么事吗？"他们用法语交谈，两人都说得很流利。

"我们去书房吧。让瓦列莉娅带碧去楼上。"

他们离开两个女人，走进一间满是灰尘、到处是皮革书籍的房间，那些书看上去很少有人读。"我让仆人去沏茶了。恐怕我们已经没有雪利酒了。"

"茶就很好。"菲茨在一把椅子里坐下，漫长的旅途让他那条腿疼痛难忍，"情况怎么样？"

"你带枪了吗？"

"是的，我带着。我的配枪在行李里。"菲茨有一把1914年颁发给他的韦伯利马克V。

"请把它放在随手就能拿到的地方。我自己一直都带着枪。"安德烈解开上衣，露出了皮带和皮套。

"你最好直接告诉我为什么。"

"农民们成立了一个土地委员会。一些社会革命党人跟他们接触过，给他们出了些歪主意。他们声称有权接管那些我没有耕作的土地，分给他们的人。”

“你们以前遇到过这种事吗？”

“我祖父活着的时候有一次。我们绞死了三个农民，以为这事儿就过去了。但那种邪恶的念头一直潜伏着，过了这么多年又蠢蠢欲动了。”

“这次你采取了什么行动？”

“我给他们上了一课，让他们明白我为了保护他们不受德国人的侵略而丢了一条胳膊，他们都不说话了。直到前几天，五六个当地人从部队回来了。他们声称自己退伍了，但我敢肯定他们是逃兵。遗憾的是无法查证。”

菲茨点了点头。克伦斯基的进攻以失败告终，德国人和奥地利人联手反击。俄国军队分崩离析，德国人正向彼得格勒进犯。数千名士兵逃离战场，跑回了农村老家。

“他们随身带着自己的步枪，还有手枪，肯定是从军官那儿偷的，或者缴获德国战俘的。总之他们全副武装，满脑子都是危险的念头。有个下士名叫费奥多尔·伊戈洛维奇，看来是这伙人的头目。他跟管家格奥尔基说他不明白为什么我还在宣称拥有所有土地，更不用说休耕地了。”

“我不知道军队里的人都是怎么回事，”菲茨恼怒地说，“他们本来应该懂得尊重权威和纪律，可结果似乎恰恰相反。”

“今天早上的事恐怕有点麻烦，”安德烈继续说，“费奥多尔下士的弟弟伊万·伊戈洛维奇把他的牛放到了我的草场吃草。格奥尔基发现了，我俩就过去跟伊万论理。想把他的牛赶到外面，但他关上门企图阻止我们。我背着猎枪，就用枪托砸了他的头。这些农民的脑袋都硬得跟炮弹壳似的，可这个蠢货一下就倒在地上死了。社会主义者正好拿这事儿当借口，把他们都煽动了起来。”

菲茨礼貌地掩饰着自己的反感。他不赞成俄国人打下人的做法，但这导致的不安局面并未让他惊讶。“你告诉别人没有？”

“我给镇上送了信，报告亡人事件，要求派警察或者军队维持秩序，不过我的信使还没回来。”

“所以，眼下我们要靠自己了。”

“是的。如果情况恶化，恐怕我们必须把女人们送走。”

菲茨的心情一落千丈。眼前的局面远不如他的预期。他们很可能统统被人杀掉。来这儿简直是个可怕的错误。他得赶紧离开，越快越好。

他站了起来。想到英国人时常向外国人吹嘘自己处变不惊，便说：“我最好去换件衣服准备吃晚饭。”

安德烈送他去楼上的房间。詹金斯已经取出他的晚礼服熨好了。菲茨开始脱衣服。他觉得自己很蠢，让碧跟自己陷入险境。关于俄国国内的状况，他已经得到一些有用的信息，但这份报告实在不值得冒如此大的风险。他听了妻子的话，这本身就是一个错误。他决定明早赶第一趟火车离开这里。

左轮手枪就在梳妆台上，跟他的袖扣放在一起。他检查了一下部件，然后打开弹膛，装上点455韦伯利子弹。礼服上没有任何藏手枪的地方。最后，他把枪塞进了裤袋里，那地方鼓了起来，十分难看。

他叫来詹金斯收起自己的旅行服装，然后走进碧的房间。她穿着内衣站在镜子前，正往脖子上戴一条项链。她看上去比平常更加丰腴，乳房和臀部更显滞重，让菲茨突然想到她是不是又怀孕了。他回想起今天上午她在莫斯科时还犯过一次恶心，当时他们正坐车去火车站。他想起她第一次怀孕时的情景，现在回忆起来简直是一段黄金般的日子，他同时拥有艾瑟尔和碧，世界也没有发生战争。

他正要告诉她明天必须离开，这时朝窗外瞥了一眼，一下子愣住了。

这个房间位于整栋房子的正面，俯瞰公园和一片连接附近村庄的田野。吸引菲茨注意的是远处聚集了一大群人。他带着一种不祥的预感靠近窗边向外张望。

他看见上百个农民穿过公园慢慢靠近这栋房子。尽管外面还是白天，但很多人手里都拿着火把。他看清了，有些人手里还端着步枪。

他骂了一句脏话：“嗬，他妈的。”

碧吃了一惊：“菲茨！你忘了我在这儿吗？”

“你过来看看。”他说。

碧倒吸一口冷气：“哦，天啊！”

菲茨喊道：“詹金斯！詹金斯，你在哪儿？”

他打开连通的门，看见跟班正惊慌失措地把旅行的衣服挂到衣架上。“我们有大麻烦了，”菲茨说，“必须在五分钟内离开这儿。你快去马厩，套上马车，把车拉到厨房门口，快！”

詹金斯把衣服往地上一扔，急忙跑了出去。

菲茨转向碧：“快穿上大衣，随便套一件，再拿双出去穿的鞋，从后楼梯下去，到厨房里等我。”

她很争气，没有歇斯底里，立刻按吩咐做了。

菲茨一瘸一拐地离开房间，急匆匆去了安德烈的卧室。他的大舅子不在屋里，瓦列莉娅公主也不在。

菲茨下了楼。格奥尔基跟几个男仆站在大厅里，脸色惊恐。菲茨也很害怕，但他暗暗希望自己没有表现出来。

菲茨在餐厅找到了王子和公主。冰桶里放着一瓶打开的香槟，还有两个斟满的酒杯，但他们没有喝酒。安德烈站在壁炉前，瓦列莉娅则站在窗边，望着愈发接近的人群。菲茨站在她旁边。农民们差不多已经到门口了。其中一些人手持枪支，大多数人拿着刀、锤子和镰刀。

安德烈说："格奥尔基会跟他们讲道理，如果不行，我就自己去跟他们说。"

菲茨说："看在上帝的分上，安德烈，讲道理的时间已经过去了。我们必须立刻离开。"

还没等安德烈回答，就听到有人在大厅里嚷嚷。

菲茨走到门口，打开一条缝往外瞧。他看见格奥尔基正在跟一个年轻的高个子农民吵架，那人长着一脸浓密的胡子，他猜测这位就是费奥多尔·伊戈洛维奇。人们围着他俩，其中还有几个女人，有人手里举着燃烧的火把。人群不断从正门涌进来。当地人的口音听起来很费劲，但他们重复喊着一句话："我们要跟王子说话！"

安德烈也听见了，他走过菲茨身边进了大厅。菲茨急忙说"不"，但已经来不及了。

一见安德烈穿着晚礼服出现在面前，暴民们嘲弄般发出一阵嘘声。他抬高嗓门说道："如果你们现在静静离开这里，就不会惹出什么大麻烦。"

费奥多尔厉声反击："现在有麻烦的人是你——你杀了我的弟

弟！”

菲茨听见瓦列莉娅平静地说：“我应该待在我丈夫身边。”他还没来得及阻止，她就已经进了大厅。

安德烈说：“我没想到伊万会死，但他如果没有触犯法律，违抗他的王子，那他现在仍会活着。”

费奥多尔猛地掉转步枪，举起枪托打中了安德烈的脸。

安德烈用手捂着脸，向后踉跄了一步。

农民们欢呼起来。

费奥多尔喊道：“你也尝尝这个滋味！”

菲茨掏出他的左轮手枪。

费奥多尔把步枪举过头顶。那杆莫辛-纳甘停留在半空的一瞬，犹如一把刽子手的斧头。然后他狠狠地抡下来，重重砸在安德烈的脑袋上。随着一声可怕的咔嚓声，安德烈倒了下去。

瓦列莉娅尖叫起来。

菲茨站在虚掩着的门前，扳开手枪枪管左侧的保险栓，枪口对准费奥多尔。但农民们把他的目标围挡起来。他们开始踢打安德烈，后者躺在地上，不省人事。瓦列莉娅想过去帮他，但她根本挤不进人群。

一个农民用镰刀刺穿了碧祖父那张面目严苛的画像，把画布划得稀巴烂。另外一个朝吊灯开枪，大吊灯哗啦啦摔落了下来，变成一地碎片。一条窗帘突然闪出烈焰，有人用火把点着了它。

战场上的经验让菲茨明白，勇气必须用冷静的考量加以调和。他知道单凭自己的力量无法把安德烈从暴民手中解救出来。但他或许可以救下瓦列莉娅。

他把手枪放回口袋。

他走进大厅。人们的注意力全都集中在仰面倒地的王子身上。瓦列莉娅站在人群外围，徒劳地捶打着挡在前面的那些农民的肩膀。菲茨一把搂住她的腰抱了起来，疾步返回餐厅。他的伤腿疼得火烧火燎，但他咬牙坚持着。

“放开我！”她喊着，“我得去帮安德烈！”

“我们帮不了安德烈！”菲茨说。他换了手，把她背上肩膀，减轻了腿上的负担。就在这时，他听见一颗子弹贴着耳边嗖的一声飞了过去。他回头一看，见一个穿着军服的士兵一脸奸笑，正用手枪瞄准。

他又听见一声枪响，感到了一股冲击力。他觉得这次一定是打中了，但他没觉得疼痛。他疾步冲进与餐厅相连的那扇门。

他听见那个士兵嚷道：“她要逃跑！”

菲茨破门而入，另一颗子弹击中了门框。普通士兵没受过手枪射击训练，有时意识不到手枪远比步枪更难击中目标。他一瘸一拐跑着，绕过精心布置的桌子，上面摆放着银餐具和水晶酒杯，等待四位贵族就餐。他听见身后几个人追赶过来。房间的另一头有一扇通向厨房的门。他经过一条狭窄的走廊，进了厨房。厨师和几个帮佣已经停下了手里的活，惊慌失措地站在那里。

追兵离菲茨他们太近了。只要对方有机会开枪，他就必死无疑。现在必须采取措施阻止他们。

他把瓦列莉娅放到地上。她摇晃了一下，他这才看见她衣服上的血迹。她中枪了，但还活着，头脑依然清醒。他把她放进一把椅子，然后回到走廊里。那个奸笑的士兵朝他冲了过来，胡乱开着枪，后面几个人鱼贯而入，涌进狭小的空间。菲茨看见他们身后的餐厅和客厅都已经着火了。

他掏出韦伯利。这是一支双动模式的手枪，不用扳起击铁。他把重心移到自己那条完好的腿上，仔细瞄准朝他跑过来的士兵的肚子。他扣动了扳机，砰的一声，那人像块石头一样摔倒在他面前。菲茨听见厨房那边传出女人惊恐的尖叫声。

菲茨继续朝后面的人开火，又放倒了一个。他射出第三枪，也是同样的结果。第四个人见势不妙缩回餐厅去了。

菲茨关上厨房的门。追兵会犹豫他是否躲藏起来准备伏击他们，这就给了他逃跑的时机。

菲茨抱起瓦列莉娅，她好像已经失去了知觉。他从未来过这座房子的厨房，但还是决定朝后面移动。他穿过另一条走廊，来到储藏室和洗衣间。最后他找到了一扇通到外面的门。

走到外面时菲茨已经气喘吁吁，伤腿疼得要命，他看见马车停在旁边，詹金斯坐在马夫的座位上，碧跟妮娜坐在车厢里，正在失声哭泣。一个战战兢兢的马童拉着缰绳。

他把不省人事的瓦列莉娅塞进车厢，自己跟着爬了进去，朝詹金斯喊道："快！快走！"

詹金斯扬鞭催马，那个马童跳到路边，车冲了出去。

菲茨向碧问道："你还好吧？"

"不好，但还活着，没受伤。你……"

"我没伤着。但我为你哥哥的性命担忧。"他心里清楚眼下安德烈肯定已经死了，但他不愿意把这话说出来。

碧看了看公主："出了什么事？"

"她中了一枪。"菲茨仔细瞧了瞧，瓦列莉娅的脸色惨白，一动不动，"我的天啊。"

"她死了，她是死了吗？"碧问。

“你得坚强点儿。”

“我会坚强的。”碧拿起她嫂子毫无生气的手，“可怜的瓦列莉娅。”

马车冲下车道，经过碧母亲守寡期间住的那座小房子。菲茨回头看着那座大宅。厨房门外站着一小群沮丧的追兵。其中一人正举着步枪瞄准，菲茨按着碧让她低下头，自己也缩起身子。

当他再次向外张望时，他们已经跑出了射程。农民和屋里的用人从各个门里涌到外面。一扇扇窗户亮着奇怪的光，菲茨随即意识到整幢房子都被点燃了。正在这时，他看见浓烟从正门涌出来，橙黄的火舌蹿出一扇敞开的窗子，大火沿着墙壁烧了起来。

马车翻过一个高岗，然后叮叮咣咣跑下土坡，那幢老房子消失在视野之外。

第二十八章

1917年10月至11月

沃尔特气愤地说："冯·霍尔岑道夫将军承诺五个月内迫使英国被饥饿拖垮。现在已经过去九个月了。"

"他犯了个错误。"父亲说。

沃尔特真想顶撞几句，但他忍下了。

他们是在柏林外交部内奥托的房间里。奥托坐在大桌子后面的雕花椅子里，身后的墙上挂着威廉一世皇帝的画像，这是现任君主的祖父，描绘的是他当时在凡尔赛宫的镜厅被宣布为德国皇帝的场面。

沃尔特被他父亲生硬的托词激怒了。"海军上将以一个军官的名义发誓不让任何美国人进入欧洲，"他说，"我们得到的情报是，六月已经有一万四千人在法国登陆。这个军官的海口夸得太大了吧！"

这话刺痛了奥托。"他尽力做了对国家最有益的事情，"他恼怒地说，"一个人还能做什么呢？"

沃尔特抬高了嗓门："你问我一个人还能做什么吗？他可以不做出虚假的承诺。如果他不确定，就不要说得确信无疑。他要么说实话，要么就把那张愚蠢透顶的嘴巴闭上。”

“冯·霍尔岑道夫给出了他能给的最好的建议。”

这毫无说服力的狡辩让沃尔特愤怒至极：“要是事前他能有这样的自知之明，倒还有点用，可他没有。你当时在场，就在普勒斯城堡，你清楚都发生了什么。冯·霍尔岑道夫做出了承诺。他误导了德皇，是他让美国人卷入战争对付我们。一个人如此侍奉他的君主，简直不能更糟了！”

“我觉得你是希望他辞职吧——可谁来取代他的位置呢？”

“辞职？”沃尔特气得大声嚷道，“我希望他把手枪塞进他那该死的嘴巴，然后扣动扳机。”

奥托板起脸来：“你这话太恶毒了。”

“他的自大和愚蠢害死那么多人，死只是小小的偿还。”

“你们这帮年轻人，就是缺乏常识。”

“还敢跟我谈常识？你们这一代把德国拖入战争，把我们弄得缺胳膊断腿，上百万人丧命，这场战争已经打了三年，直到现在我们也没有打赢。”

奥托看向别处。他无法否认德国尚未赢得这场战争。对立双方在法国陷入僵持。无限制潜艇战未能扼杀协约国的物资供应。同时，英国海军的封锁正在让德国人挨饿。“我们必须等待，看看彼得格勒到底会发生什么，”奥托说，“如果俄国撤出战争，各方势力平衡就会发生变化。”

“是啊，”沃尔特说，“一切都取决于布尔什维克了。”

十月初，格雷戈里和卡捷琳娜去看了助产士。

格雷戈里现在大部分时间都待在普梯洛夫机械厂附近的单人公寓里。他们已经不再做爱——她觉得受不了。她的肚子变得很大。皮肤像足球一样紧绷，肚脐凸出来，而不是平常那样凹进去。格雷戈里从未亲密接触过孕妇，他有点害怕，也很兴奋。他知道这一切都是正常现象，但仍不免担心。

他们动身去助产士玛格达家，她是康斯坦丁的妻子。弗拉基米尔骑在格雷戈里的肩膀上。小男孩快三岁了，但格雷戈里扛着他毫不费力。小家伙的个性多少已经能看出来，他聪明认真，当然还很稚嫩，更像格雷戈里，而不是他那个迷人却任性的父亲列夫。一个孩子的成长就像一场革命，格雷戈里心想，你可以让他诞生，但后来如何就全然不在你的掌控之下了。

科尔尼洛夫将军的反革命行动被摧毁在萌芽阶段。铁路工人联盟让科尔尼洛夫的主力部队滞留在距彼得格勒几公里外的铁路支线上。那些城市周边的部队都被布尔什维克拦截了下来，瓦解他们只要像格雷戈里那样说出真相就行了。士兵们随后开始反戈，处决了参与阴谋的军官。科尔尼洛夫本人也被逮捕并监禁。

格雷戈里一下子出了名，人们说他一个人阻拦了科尔尼洛夫的一支部队。他辩称这种说法太过夸张，但这一谦虚态度反而提升了他的名望。他被选入布尔什维克党中央委员会。

托洛茨基出狱了。布尔什维克在莫斯科市的选举中赢得了百分之五十一的选票。党员人数达到三十五万人。

格雷戈里有种迷乱感，觉得任何事情都有可能发生，包括一场重大灾难。革命随时会被击败。这正是他担心的，那样的话，他的孩子就会在一个毫无改善的俄国生长。格雷戈里想到自己童年经历的一次次变故——父亲被绞死，母亲在冬宫外被杀，牧师脱下了列夫裤子，以及普梯洛夫机械厂的磨人工作。他希望自己的孩子会过上一种截然不同的生活。

“列宁在号召一次武装起义。”他在去玛格达家的路上对卡捷琳娜说。列宁藏在城外某处，但他一直在向外发送措辞激烈的信件，敦促全党采取行动。

“我认为他是对的，”卡捷琳娜说，“人们早就受够了，政府一直在谈民主，可对面包的价格不闻不问。”

卡捷琳娜总能说出大多数彼得格勒工人的所思所想。

玛格达已经备好了热茶，等着他们。“很抱歉家里没糖了，”她说，“我好几个星期都弄不到糖了。”

“我真想快点儿熬过去，”卡捷琳娜说，“这身重量真把我累坏了。”

玛格达摸了摸卡捷琳娜的肚子，说她还有两个星期左右。卡捷琳娜说：“弗拉基米尔出生的时候我身边一个朋友都没有，助产士面目可憎，她叫克谢尼娅，是个西伯利亚臭婊子。”

“我认识她，”玛格达说，“很有能力，不过有点刻薄。”

“的确是。”

康斯坦丁正要出门去斯莫尔尼学院。虽然苏维埃不是每天都有会议，但各个委员会和特设小组一直在开会。克伦斯基的临时政府目前很虚弱，苏维埃便自然而然获得了权威。“我听说列宁回城了。”康斯坦丁对格雷戈里说。

“是的，他昨晚回来的。”

“他住哪儿？”

“这是个秘密。警方仍然想要逮捕他。”

“那他回来干什么？”

“明天我们就知道了。他呼吁中央委员会召开会议。”

康斯坦丁出门去搭电车前往市中心。格雷戈里陪着卡捷琳娜步行回家。他准备返回军营的时候，她说：“有玛格达陪我，感觉好多了。”

“好啊。”格雷戈里仍觉得分娩比武装起义更危险。

“而且还有你。”卡捷琳娜补充说。

“实际上当时我不能待在屋里。”格雷戈里紧张地说。

“不，当然不能。但你在门外来回走，我就觉得安全了。”

“好。”

“到时候你会在的，是不是？”

“是的，”他说，“无论发生什么，我都会守在你身边。”

一小时后他到达军营时，发现到处乱哄哄的。操场上，军官们正竭力将枪支弹药装上货车，但没有成功——所有营委员会都在开会，或者准备开会。“克伦斯基终于采取了措施！”伊萨克兴高采烈地说，“他打算送我们到前线去。”

格雷戈里的心一沉：“送谁去？”

“整个彼得格勒卫戍部队！命令已经下达了。我们要跟前线的战士换防。”

“他们的理由是什么？”

“他们说是因为德国打过来了。”德国人夺取了里加湾的几座小岛，正在朝彼得格勒进发。

“真是胡来，”格雷戈里气愤地说，“这是企图破坏苏维埃。”等他考虑清楚后，意识到这的确是个聪明的计划。如果彼得格勒的军队与前线部队调换，那就需要数天甚至数周时间重新组织，形成新的士兵委员会，选举新的苏维埃代表。更糟的是，这些新人缺乏过去六个月里积累的政治斗争经验，所有的抗争就要重新来过。“战士们有什么反应？”

“他们都很气愤。他们希望克伦斯基进行和平谈判，而不是让他们去送死。”

“他们会拒绝离开彼得格勒吗？”

“不知道。如果他们得到苏维埃的支持，倒有这个可能。”

“我去想想办法。”

格雷戈里弄了一辆装甲车和两名警卫，驾车开过铸造大桥前往斯莫尔尼。他想，眼前看似出现了挫折，但也可能变成一次机会。到目前为止，并非所有部队都支持布尔什维克，但克伦斯基企图把他们送上战场，这边就有可能争取到那些摇摆不定的部队。他越仔细考虑这件事，就越觉得这是克伦斯基的一大失误。

斯莫尔尼宫是一座宏伟的建筑，这里曾经是贵族女子学校。格雷戈里的团里调来了两挺机枪把守着大门。赤卫军尽量验证所有人的身份，但格雷戈里不安地注意到大批人群进进出出，根本无法进行严格检查。

院子里是一片躁动不安的忙乱景象。装甲车、摩托车、卡车和轿车不停驶进驶出，争抢着车位。一条宽阔的台阶通往一道道拱门和古典柱廊。格雷戈里看到苏维埃执行委员会正在楼上的一个房间里开会。

孟什维克们呼吁驻军准备开赴前线。格雷戈里一直痛恨孟什维克不战而降的策略，眼前情景让他担心革命是否会就此告终。

他挤进执委会其他布尔什维克委员的人群里，他们正在拟订更为激进的解决方案。“保卫彼得格勒防范德国入侵的唯一途径是把工人们动员起来。”托洛茨基说。

“就像我们在科尔尼洛夫发动叛乱时那样，”格雷戈里激动地说，“我们需要组建另一个斗争委员会负责保卫城市。”

托洛茨基潦草地写了些什么，然后站起身来提出议案。

孟什维克被激怒了。“这等于是在陆军总部之外创建另一个军事指挥中心！”马克·布罗伊多说，“一仆不侍二主。”

格雷戈里气愤地发现大部分委员都同意这种观点。孟什维克的议案获得通过，托洛茨基失败了。格雷戈里失望地离开了会场。经受这种挫败，战士们还会对苏维埃保持原有的忠诚吗？

当天下午，布尔什维克在36号房间碰头，商定绝不接受这一决定。大家同意当晚在苏维埃全体会议上再次提出自己的议案。

在这第二次会议上，布尔什维克的议案获得投票通过。

格雷戈里这才松了一口气。苏维埃支持战士们成立另一个军事指挥部。

这是向权力迈出的一大步。

第二天，格雷戈里跟其他布尔什维克领导人三三两两离开了斯莫尔尼宫，避免引起秘密警察的注意。他们都很乐观，前往加林娜·弗拉克斯曼同志宽敞的公寓举行中央委员会会议。

格雷戈里担心着开会的事，因而很早就到场了。他在附近的街上转圈子，想看看有没有四处闲逛的秘密警察，但没发现任何可疑的迹象。他在楼内侦察着三个不同的出口，考虑着哪一扇门能最快撤离。

布尔什维克围坐在一张大餐桌边，许多人穿着皮大衣，这成了他们的一种制服。列宁迟迟未到，会议也就不再等他了。格雷戈里担心他会不会遭到逮捕，但他在十点钟的时候来了，经过了乔装改扮，头上戴的假发一直往下滑，显得很滑稽。

不过，他提出的决议毫无可笑的成分，他呼吁进行一次由布尔什维克领导的武装起义，推翻临时政府，夺取政权。

格雷戈里很高兴。的确，大家都期盼着来一场武装起义，但多数革命党人认为时机尚不成熟。现在他们之中最强大的人终于说话了。

列宁讲了一个小时。与往常一样，他声嘶力竭，边敲桌子边叫嚷，但他的确很有说服力。列宁见多识广，政治直觉准确无误，何况没有几个人能抵挡得住他铁锤一样结实的逻辑论证。

一开始，格雷戈里就站在列宁一边。最重要的事情是夺取政权，结束紧张不安的状态，他想。此后，所有其他问题也就迎刃而解了。不过，其他人会同意吗？

季诺维也夫表示反对。这人平日仪表堂堂，但现在也改了装扮来迷惑秘密警察。他留出一撮大胡子，浓密而卷曲的黑发剪得很短。他认为列宁的战略太冒险，害怕起义会让右翼找到借口发动军事政变。他希望布尔什维克党集中精力赢得制宪议会选举。

这种胆怯的言论让列宁勃然大怒。“临时政府永远不会举行全国大选！”他说，“谁要是看不清这个事实，就是白痴。”

托洛茨基和斯大林支持起义，但托洛茨基又说应该等到十天后召开的全俄苏维埃代表大会以后，这更激怒了列宁。

格雷戈里觉得这个主意不错——托洛茨基的想法总是合乎道理，但列宁咆哮着说：“不！”让格雷戈里不知所措。

托洛茨基说：“我们可能在代表中占大多数……”

“如果代表大会形成了一个政府，那肯定是联合政府！”列宁气愤地说，“能进入联合政府的布尔什维克必然是中间派。对此求之不得的除了反革命的叛徒以外，还能有谁？”

托洛茨基受了侮辱，满脸通红，但他什么也没说。

格雷戈里发现列宁说得对。列宁一贯比别人看得更远。在联合政府中，孟什维克首先要求总理必须是中立派，他们或许能够接受任何人，唯独接受不了列宁。

格雷戈里渐渐明白——他猜测委员会的其他人也看清了这个问题，列宁要当上总理的唯一方法是通过一场政变。

激烈的争论一直持续到凌晨。最后，他们以十票对两票赞成了武装起义。

不过，列宁并没有完全达到自己的目的。政变日期未确定。

会议结束后，加林娜端来一套茶具，拿出奶酪、香肠和面包招待这些饥肠辘辘的革命者。

小时候，格雷戈里曾在安德烈王子的庄园看过一次轰轰烈烈的猎鹿活动。一群猎狗把雄鹿叼到村外，所有人都过去观看。格雷戈里赶到的时候，鹿早已奄奄一息，一条条猎狗已经贪婪地争抢撕裂肚皮里流出来的肠子，猎人们则骑在马上，狂饮白兰地以示庆祝。尽管落到这步田地，那可怜的野兽仍在奋力进行最后的还击。它甩动那对凶悍的鹿角，刺穿了一条狗的身体，接着又刺向另一条，有一阵，它似乎要挣扎着站起来，接着却慢慢倒在血泊中，闭上了眼睛。

格雷戈里觉得临时政府总理克伦斯基就像那头雄鹿。除了他自己以外，每个人都知道他已经完蛋了。

俄国的寒冬像只拳头砸中了彼得格勒，危机发展到了顶点。

斗争委员会不久更名为军事革命委员会，由充满魅力的托洛茨基领导。他长相不算英俊，大鼻子，高额头，一双鼓胀的眼睛透过无边眼镜盯视着别人，但他有魅力和说服力。格雷戈里怀疑托洛茨基跟列宁一样个性强硬，只是隐藏得更好。

11月5日星期一，两天后全俄代表大会就要开始了，格雷戈里去参加了一次由军事革命委员会召集的群众大会，彼得保罗要塞的所有部队都来参加了。会议从中午开始，持续了整个下午，数百名士兵在堡垒前的广场上进行政治辩论，而他们的军官则气冲冲地站在一旁，无可奈何。随后，托洛茨基赶到会场，引起一阵雷鸣般的掌声，在听取了他的讲话之后，他们投票决定听从委员会的命令，拒绝接受政府领导，要托洛茨基，不要克伦斯基。

格雷戈里徒步离开广场，他想，政府绝不会容忍如此关键的一支部队效忠于其他人。要塞的大炮直接对准河对面的冬宫，临时政府的总部。他想，现在克伦斯基应该承认失败，自动辞职。

第二天，托洛茨基宣布采取预防措施，避免军队发生反革命政变。他下令赤卫军和各部队忠于苏维埃，接管桥梁、车站和派出所，外加邮局、电报局、电话局和国家银行。

格雷戈里站在托洛茨基一边，详尽解释这位伟大领导者的命令，然后下达给具体的作战单位，派出信使骑马、骑自行车或开车将命令传达到城市各处。他认为托洛茨基的“预防措施”几乎意味着“接管”。

他惊喜地发现，实施过程中几乎没遇到任何阻力。

一个潜伏在马林斯基宫的密探报告说，克伦斯基总理曾要求预备议会——负责组建制宪会议但惨遭失败的机构，进行信任投票。预备议会予以拒绝。没有谁去在意他。克伦斯基已经成为历史，不过是又一个企图统治俄国结果却失败的人。他回到冬宫，他的无能政府继续在那里装模作样地实施统治。

列宁躲在一个同志的公寓里，她名叫玛格丽塔·福法诺娃。中央委员会命令他不要在城里走动，担心他被捕。格雷戈里属于少数几个知道列宁在哪儿的人。晚上八点钟时，玛格丽塔赶到斯莫尔尼，带来一张列宁写的字条，命令布尔什维克立即发动武装起义。托洛茨基气哼哼地说："他以为我们在做什么？"

但格雷戈里认为列宁是对的。虽然发生了这些变化，但布尔什维克毕竟没有完全夺取政权。一旦成立了苏维埃代表大会，它便拥有了全部权力——否则，即使布尔什维克占多数，结果仍然会是另一个妥协的联合政府。

这次大会定于明天下午两点开始。似乎只有列宁一个人明白形势的紧迫性，格雷戈里心急如焚。列宁必须来这儿，他必须出来领导这一切。

格雷戈里决定把他接过来。

这天晚上冷飕飕的，北风穿透了格雷戈里中士军服外的皮大衣。市中心一切正常，正常得令人吃惊——衣冠楚楚的中产阶级走出剧院，漫步进入灯火通明的餐馆，乞丐纠缠着他们讨要几个小钱，妓女则站在街边卖笑。格雷戈里见到一个同志正在叫卖一本列宁写的小册子——《布尔什维克能够掌握政权吗？》，便朝那人点了点头。格雷戈里没买。他已经知道问题的答案。

玛格丽塔的公寓位于维堡区最北边。格雷戈里不能开车去，担心这会让人注意到列宁的藏身之处。他走到芬兰站，然后搭上一趟有轨电车。路途漫长，而他大部分时间都在想列宁会不会拒绝前往。

不过，他没费太多口舌便说动了列宁，这让他长舒了一口气。“除了你，我不相信其他同志会采取最后决定性的一步。”格雷戈里说，只这一句话便说服了列宁。

他在厨房桌子上放了一张字条，省得玛格丽塔以为他被逮捕了。字条上写着：“我去了你不想让我去的地方。再见。伊里奇。”党员们都叫他伊里奇，这是他的中名。

格雷戈里检查了一下自己的手枪，列宁忙着戴上假发，外加一顶工人的帽子，穿上一件破旧的大衣。两人随后便出了门。

格雷戈里警觉地看着四周，随时提防不要撞到警察小分队或外出巡逻的部队，让人认出列宁。他打定主意，万一列宁遇到被抓的威胁，他就毫不犹豫地开枪。

他们是电车上仅有的两个乘客。列宁询问女售票员对近来的政治动向有什么看法。

走出芬兰站时他们听见身后传来马蹄声，便立刻躲了起来，结果是一队政府军学员外出寻衅滋事。

午夜时分，格雷戈里终于成功地将列宁带到了斯莫尔尼宫。

列宁立刻来到36号房间召集布尔什维克中央委员会开会。托洛茨基报告说，赤卫军目前控制了城里不少要害地点。但这对列宁来说远远不够。他认为，出于象征性的目的，革命军队必须夺取冬宫，逮捕临时政府的部长。这一举动会让民众相信权力已经更迭，最终，确凿无疑地掌握在革命党人的手中。

格雷戈里知道他是对的。

其他人也一样清楚这一点。

托洛茨基开始拟订夺取冬宫计划。

这一夜，格雷戈里没有回卡捷琳娜那儿。

必须万无一失。

格雷戈里知道革命的最终行动必须果断彻底。他要确保所有命令准确、准时送达各自的目的地。

整个计划并不复杂，但格雷戈里担心托洛茨基的时间表过于乐观。进攻部队的主体由起义的水手组成。其中大部分来自芬兰地区的首府赫尔辛基，他们乘坐火车和轮船抵达。他们凌晨三点钟出发。更多的部队来自喀琅施塔得，那座设为海军基地的小岛离海岸三十多公里。

袭击计划在正午十二点开始。

就像战场进攻一样，以炮击作为先导——彼得保罗要塞的大炮朝河对面开火，击垮冬宫的外墙。然后，水兵和战士们就将占领整个大楼。托洛茨基预计这会在两点时结束，苏维埃代表大会随即在那时举行。

列宁准备在开幕式上宣布布尔什维克已经夺取了政权。这是唯一防止出现另一个优柔寡断、毫无效率的妥协政府的办法，只有这样才能确保列宁最终掌管一切。

格雷戈里担心一切不会像托洛茨基希望的那样快。

冬宫的防守十分薄弱，黎明前后，格雷戈里派伊萨克去里面侦察。后者报告说里面大约有三千名政府军士兵。如果这些人组织得当，表现英勇，这一仗就会很艰苦。

伊萨克还发现克伦斯基已经离开了城里。由于赤卫军控制了车站，他无法坐火车逃跑，最后还是征募了一辆汽车匆匆离开。“这到底是什么总理啊，竟然在自己国家的首府都搭不上火车！”伊萨克说。

“不管怎么说，他走掉了，”格雷戈里满意地说，“我觉得他永远也回不来了。”

不过，中午的时候水兵们连一个人影都没出现，这让格雷戈里又悲观了起来。

他过桥来到彼得保罗要塞，确认一下那里的大炮是否已经各就各位。让他大为震惊的是，那些火炮竟然都是博物馆展品，只能展示，根本无法射击。他立刻命令伊萨克去找些能用的火炮。

格雷戈里自己则赶紧返回斯莫尔尼，告诉托洛茨基他的计划滞后了。门口的警卫说：“刚才有个人来这儿找你，同志。好像说到什么助产士的事。”

“我现在没空理这件事。”格雷戈里说。

事情接连发生，进展神速。格雷戈里得到消息，赤卫军夺取了马林斯基宫，兵不血刃地驱散了预备议会。监狱里的布尔什维克已被释放。托洛茨基已下令所有彼得格勒以外的部队待在原地，部队听从了他的命令，而不是他们的上级军官。列宁正在写一篇宣言，开头是：“俄国公民们，临时政府已经被推翻了！”

“但攻击并没有开始，”格雷戈里面色愁苦地对托洛茨基说，“我看，三点钟之前根本无法结束战斗。”

“别担心，”托洛茨基说，“可以把大会开幕式推后。”

格雷戈里返回冬宫前的广场。下午两点钟的时候，终于，他看到了“阿穆尔号”布雷舰驶入涅瓦河，甲板上满载着来自喀琅施塔得的上千名水兵，彼得格勒的工人们在岸上排成一行朝他们欢呼着。

如果克伦斯基在几个狭窄的水道布设水雷，他或许能够成功将水兵们拦在城外，打败革命力量。但是这里没有水雷，穿着黑色厚呢短大衣的水兵开始登岸，一个个身背步枪。格雷戈里准备将他们部署在冬宫周围。

整个计划仍不断受到阻挠，让格雷戈里恼怒不已。伊萨克找到了大炮，费了不少力气将它们拖入射击位置，这才发现没有炮弹。同时，冬宫的政府军开始布设路障。

格雷戈里又急又气，匆忙驱车回到斯莫尔尼宫。

彼得格勒苏维埃紧急会议即将开始。女子学校漆成童贞般雪白的宽敞大厅里，几百位代表挤得满满当当。格雷戈里走上前台，坐在托洛茨基旁边，后者正准备宣布会议开始。“出了一系列问题，突击不得不推迟了。”格雷戈里说。

托洛茨基平静地接受了这个坏消息。要是换了列宁就会大发雷霆。托洛茨基说：“你们什么时候能拿下皇宫？”

“按实际情况看，六点钟。”

托洛茨基冷静地点点头，站起来开始发言。“我代表军事革命委员会宣布临时政府已不复存在！”他喊道。

台下一片暴风般的欢呼和叫喊。格雷戈里想：真希望我能让这种谎言变成现实。

喧嚣停止后，托洛茨基列举出赤卫军各项成就：一夜之间拿下几个车站和其他几个主要建筑，驱散预备议会。他还宣布几位政府部长已分别遭到逮捕。“冬宫还没有被占领，但它的命运即刻就会见分晓！”下面是一阵更响亮的欢呼声。

一位持不同政见的人士喊道：“你在预支苏维埃代表大会的决议！”

这是温和的民主主义言论，格雷戈里本人在旧时代就有可能提出这类见解，但他后来成了一个现实主义者。

托洛茨基的反应十分迅速，看来他预见到会有这种批评：“大会的决议在工人和士兵的起义前就制定了。”他回答。

大厅周围突然传来一阵嘈杂。所有人都站了起来。格雷戈里朝门口望去，不知那边发生了什么。他看见列宁走了进来。代表们开始欢呼。列宁走上台，嘈杂变得如雷鸣般响亮。他跟托洛茨基并肩站在一起，面带微笑，鞠着躬，对人们起立鼓掌表示谢意，人群在欢呼着，仿佛政变已经完成。

大厅里欢庆胜利的气氛与混乱和拖延的现实形成强烈反差，让格雷戈里难以承受，他转身溜了出去。

赫尔辛基的水兵还没有到，要塞那边的大炮也没有做好开火的准备。夜幕降临，天上下起了寒冷的细雨。

格雷戈里站在广场边沿，前面是冬宫，身后是总参谋部大楼。他看见一支军校学员队伍从冬宫开了出来。军服上的臂章说明他们来自米哈伊洛夫斯基炮兵学校，他们带着四挺重机枪离开了。格雷戈里放他们走了。

七点钟，他下令战士和水兵们进入总参谋部大楼，夺取了那里的控制。他们没有遇到任何抵抗。

八点钟，二百名负责冬宫警戒的哥萨克决定返回兵营，格雷戈里让他们通过了警戒线。他发现令人厌烦的反复耽搁算不上什么重大灾难——需要他击败的部队正随着时间的流逝慢慢减少。

快到十点的时候，伊萨克报告说，彼得保罗要塞大炮终于准备好了。格雷戈里命令先发射空炮弹，然后暂停下来。不出他的预料，更多部队从冬宫里面逃了出来。

难道一切就这么容易吗？

在水面上，“阿穆尔号”上拉响了警报。格雷戈里朝下游瞭望探寻究竟，只见那边灯光闪烁，几条船正在靠近。他的心一凉。难道克伦斯基成功派出忠实于自己的队伍来拯救他那奄奄一息的政府？但随后“阿穆尔号”的甲板上传来一阵欢呼声，格雷戈里这才看出这些人就是赫尔辛基的水兵。

当船只抛锚固定，他终于发出了炮击的命令。

一时间枪炮声大作。有些炮弹在半空炸开了花，照亮了河面上的舰船和陷入围困的宫殿。格雷戈里看见一发炮弹击中了三楼的一扇角窗，心想不知屋子里面是否有人。令他吃惊的是，灯火通明的有轨电车依然在附近的圣三一大桥和宫殿桥上穿梭往来，并没中断。

当然，这一切跟战场没有可比之处，在前线，会有好几百，甚至上千支枪炮齐发，而这里只有四门火炮。一番炮击过后就会停顿很长时间，浪费也十分惊人，很多炮弹不能击中目标，直接掉进河里。

格雷戈里命令停止炮击，派一小股部队进入冬宫侦察。他们回来后说里面只剩下为数不多的警卫，没有进行任何抵抗。

午夜后不久，格雷戈里带领一支人数更多的分遣队进入冬宫。按照事先安排的战术，他们在宫殿内部散开，沿着黑洞洞的宽大走廊疾跑，压制抵抗力量并搜寻政府部长。宫殿看上去就像一座毫无秩序的军营，士兵的床垫堆在金碧辉煌的贵宾客房的拼花地板上，到处是烟头、面包屑、带法国商标的空酒瓶，想必那是警卫们从沙皇价值不菲的酒窖里拿出来的。

格雷戈里只听到零星的几声枪响，但没有经历什么像样的战斗，他没在一楼发现任何政府部长。他意识到这些人可能已经走光了，一时间有些惊慌失措。他实在不愿向托洛茨基和列宁报告说克伦斯基的政府成员从他的手指缝里溜走了。

他带着伊萨克和另外两名战士跑上大楼梯去检查二楼。他们闯入一扇对开的大门进入会议室，在那里发现了临时政府的残部——一小撮惊慌失措、穿戴齐整的男人散坐在桌边和房间四周的扶手椅里，惊惶不定地看着来人。

其中一个强撑着门面："这里是临时政府，你们想干吗？"

格雷戈里认出这人是亚历山大·科诺瓦洛夫，他是富裕的纺织制造商，克伦斯基的副总理。

格雷戈里回答："你们统统被捕了。"这是个了不起的时刻，让他回味无穷。

他转身对伊萨克说："把他们的名字记下来。"他一一辨认着这些人，"科诺瓦洛夫、马利安托维奇、尼基京、捷列申科……"整理完名单后，他说，"带他们到彼得保罗要塞，关进牢里。我去斯莫尔尼宫，向托洛茨基和列宁报告好消息。"

格雷戈里离开大楼。穿过冬宫广场时，他停下脚步，想起了母亲。十二年前她就死在这里，死在沙皇卫兵的枪口下。他转过身去，看着那座辉煌的硕大宫殿，那一排排白色廊柱和几百扇反射着月光的窗户。一阵愤怒让他冲着大楼挥起了拳头。"这就是你们的下场，恶魔，"他大声说，"你们杀了她，罪有应得。"

他静静站在那里，等着自己慢慢平静下来。我都不知道这是在跟谁说话，他想。那辆布满灰尘的装甲车正等在一段被拆除的路障旁边，他跳上去，对司机说："去斯莫尔尼。"

汽车驶过这段短短的路程，他心情轻松，得意起来。现在我们真的赢了，他对自己说，我们是胜利者。人民推翻了压迫者。

他跑上斯莫尔尼宫的台阶进入大厅。这里挤满了人，苏维埃代表大会已经开幕。托洛茨基无法再推迟下去。这实在是个坏消息。孟什维克和其他胆小怕事的革命党派会要求在新政府内占有一席之地，尽管他们对推翻旧政府无所作为。

烟雾在吊灯周围弥漫。主席团成员都在台上就座，其中大多数人格雷戈里都认识，他仔细打量着他们，琢磨着这些人是如何组成的。他发现布尔什维克占据了二十五个席位中的十四个。这意味着这个党派拥有数量最多的代表。但他震惊地看到主席是加米涅夫，这位温和的布尔什维克对武装起义投了反对票！正如列宁曾警告过的，代表大会正在完成另一次软弱无力的妥协。

格雷戈里扫了一眼大厅里的代表，在前排发现了列宁。他走过去，对坐在旁边的人说："我有话要对伊里奇说，请把这个位子让给我。"男人很生气，但片刻后他站了起来。

格雷戈里贴近列宁的耳朵。"冬宫已经在我们手上。"他说。随后他把逮捕的几位部长的名字告诉了他。

"太晚了。"列宁沮丧地说。

这正是格雷戈里担心的："这里发生了什么事？"

列宁阴沉着脸："马尔托夫提出了议案。"朱利叶斯·马尔托夫是列宁的宿敌。马尔托夫一直希望俄国社会民主工党像英国工党那样，用民主手段为劳动人民的利益奋斗。他与列宁在这个问题上的争吵让社会民主工党早在1903年分裂成两个派系，一个是列宁的布尔什维克，一个是马尔托夫的孟什维克。"他主张结束巷战，随后展开成立民主政府的谈判。"

"谈判？"格雷戈里难以置信，"我们已经掌握了政权！"

"我们支持了这个议案。"列宁不动声色地说。

格雷戈里十分惊讶："为什么？"

"如果反对的话我们就输了。我们在六百七十位代表中占了三百个。我党人数远远超过其他党派，但整体上不占多数。"

格雷戈里简直想哭上一场。政变实在拖得太晚了。另一个联盟就要产生，它的组成将由相互间的交易和妥协决定，政府会继续战战兢兢看着俄国人饿死在家里，或死在前线的战场上。

"就算这样，他们还是会攻击我们。"列宁补充道。

格雷戈里听了听现场的发言，他不认识那个演讲者。"本次大会目的在于讨论新政府，但我们有什么发现呢？"这人气愤地说，"已经出现了一场不负责任的夺权行动，代表大会的意志被人抢占了！我们必须把革命从这个疯狂的冒险中挽救出来。"

布尔什维克的代表们发出了暴风雨般的抗议声。格雷戈里听见列宁说："浑蛋！叛徒！"

加米涅夫呼吁大家保持秩序。

但接下来的发言同样敌视布尔什维克及其发动的政变，随后的几个演讲也如出一辙。孟什维克党人列夫·金楚克呼吁与临时政府展开谈判，这引发了代表们的强烈愤慨，以至于几分钟内金楚克无法继续说下去。最后他连喊带叫压过嘈杂的抗议声，说道："我们离开本次大会！"说完便走出大厅。

格雷戈里发现他们的策略是撤出会议，以便有借口说大会缺乏权威。"逃兵！"有人喊道，一时间喊声响彻大厅。

格雷戈里惊骇不已。毕竟他们对这次大会期待了这么久。代表们代表了俄国人民的意愿。但现在一切正在崩溃。

他看了看列宁。让格雷戈里惊讶的是，列宁的眼睛里闪烁着喜悦。“简直好极了，”他说，“我们得救了！真没想到他们会犯下这种错误。”

格雷戈里不明白他在说什么。难道列宁丧失理智了吗？

下一位发言者是米哈伊尔·根德尔曼，他是社会主义革命党的领军人物。他说：“我们认定布尔什维克夺取政权，并认为其应对这一疯狂的犯罪行为负责，我们发现不可能与他们进行合作，因此，社会主义革命派决定撤出大会！”他走了出去，所有的社会主义革命党人也随之离开。余下的代表们朝他们发出讥嘲的嘘声和口哨声。

格雷戈里深感羞辱。他的胜利怎么会这样快就变了味道，堕落成眼前这场闹剧？

但列宁看上去更兴奋了。

几位士兵代表发言赞成布尔什维克的政变，格雷戈里心里快活起来，但他仍然无法理解列宁为什么喜形于色。伊里奇正在一个记事本上涂写着什么。演讲一个接着一个，他也不断更改着，重新写过。最后，他写满了两页纸递给格雷戈里。“这要马上交给大会立即采纳。”他说。

这是个很长的声明，都是些平常说辞，但格雷戈里注意到了关键的一句：“大会谨此决定将政府的权力掌握在自己手中。”

这正是格雷戈里心里想的。

“让托洛茨基宣读吗？”格雷戈里问。

“不，不是托洛茨基。”列宁扫了一眼台上的那些男人，其中还有一位女性，“卢那察尔斯基。”

格雷戈里猜到列宁觉得托洛茨基获得的荣耀已经够多了。

格雷戈里拿着文告过去交给卢那察尔斯基，后者朝主席做了个暗示。几分钟后，加米涅夫叫到卢那察尔斯基，他站起来宣读了列宁的话。

每一句都引起了雷鸣般的欢呼。

主席要求进行表决。

现在，格雷戈里终于开始明白列宁为什么高兴了。孟什维克和社会主义革命党人离开了房间，布尔什维克便成了压倒性的多数。他们可以任意而为，再也没必要采取妥协做法了。

表决开始了。只有两名代表反对。

布尔什维克赢得了权力，现在他们具有了合法性。

主席宣布会议结束。这是11月8日星期四早上五点。俄国革命取得了胜利。布尔什维克占据了领导地位。

格雷戈里跟在约瑟夫·斯大林和另一个人后面离开房间，斯大林是位格鲁吉亚革命者，他的那位同伴穿了件皮大衣，像不少布尔什维克一样，身上挎着一条子弹带。但是，这人身上的某种东西触动了格雷戈里的记忆。当他转过身来跟斯大林说话的时候，格雷戈里认出了他，立时一阵惊恐。

这人正是米哈伊尔·平斯基。

这个家伙竟然参加了革命。

格雷戈里感到精疲力竭。他已经整整两天两夜没合眼了。他一直忙个不停，没有注意到时间匆匆而过。装甲车是他乘坐过的最不舒服的交通工具，但他坐车回家时仍不小心睡了过去，等伊萨克叫醒他时，已经到了他家门外。他想，不知道卡捷琳娜是否知道发生的一切。但愿她对此了解不多，好让他亲口将革命胜利的喜悦告诉她。

他走进楼里，跌跌撞撞上了楼梯。房门下面露出一束光。“我回来了。”说着，他推门进了屋。

卡捷琳娜坐在床上，怀里抱着一个小婴儿。

格雷戈里心里立刻充满了喜悦。“宝宝出生了！”他说，“他真漂亮。”

“是个女孩。”

“是女孩！”

“你答应过会守在我身边的。”卡捷琳娜责备道。

“我不知道！”他看着宝宝，“她的头发真黑，跟我一样。我们给她取个什么名字呢？”

“我给你捎过口信。”

格雷戈里记起警卫曾告诉他有人找。那人说过助产士的事。

“哦，上帝，”格雷戈里说，“我当时忙得不可开交……”

“玛格达当时正在给另外一个人接生，”卡捷琳娜说，“我只能去找克谢尼娅。”

格雷戈里关切地问：“让你遭罪了吧？”

“当然遭罪了。”卡捷琳娜抢白道。

“真是对不起。不过你知道吗，那里发生了一场革命！真真正正的革命，这次我们终于获得了权力！布尔什维克正在组建政府。”他弯下身子去亲吻她。

“这我早就想到了。”她说，把脸扭了过去。

第二十九章

1918年3月

沃尔特站在维尔弗朗什瓦兹河畔小村的一座中世纪小教堂的屋顶上，这里离圣昆丁不远。此地一度是德国后方梯队的休养区，当地的法国人趁机向征服者们贩卖他们能弄到的鸡蛋饼和葡萄酒。“这场悲惨的战争，”他们说，“无论对你们，还是对我们，对每个人都一样。”协约国部队的小型进攻迫使法国居民离开了住地，半数建筑物都被夷为平地，让这个村落更加接近前沿——现在它成了一个军事集结区。

向下望去，穿过村子中心的那条窄路上，德国士兵四个一排列队行进着，接连几个小时，一共好几千人。战士们看上去疲惫不堪，但显得很高兴，想必他们知道自己正在赶赴前线。他们是从东部前线调到这儿的。沃尔特想，法国的三月比波兰的二月好一些，仓库里总还会有些东西。

眼前的景象让他的内心充满喜悦。这些人是因为德俄两国达成休战才被调动。过去几天在布列斯特进行的谈判签署了一份和平条约。俄国永久退出了战争。沃尔特的参与促成了这一切，他向列宁和布尔什维克提供资助，最终迎来了胜利的结局。

在法国的德国部队目前一共192个师，去年的这个时候还是129个，增长的部分大多来自东部前线。他们的人数第一次超过了协约国部队，据德国情报部门的统计，后者拥有173个师。在过去的三年半时间里，德国民众一次次被告知他们已处在胜利的边缘。这一次，沃尔特觉得一切是真的了。

他父亲认为德国人属于优等人种，沃尔特无法苟同这种观点，但另一方面，他也认为让德国人掌控整个欧洲并不是什么坏事。法国人拥有不少才能——烹饪、绘画、时装和美酒，但他们没有统治政府的天分。法国官员认为自己是某种贵族，认为让市民排队等候几小时十分正常。德国的效率会让他们的世界美好起来。毫无秩序的意大利也是这个问题。东欧将大为受益。旧的大俄帝国仍然处在中世纪，那里到处是衣衫褴褛的农民，躲在茅舍中挨饿，妇女因通奸受到鞭挞。德国人会为他们带去秩序、正义和现代农业。他们刚刚开始运营第一个定期航班。飞机在维也纳和基辅之间往返飞行，就像铁路列车一样。德国打赢战争后，航线会遍布整个欧洲。沃尔特和茉黛将在一个和平有序的世界养育下一代。

但眼前的战机不会持续太久。美国人已经开始大批抵达。他们几乎用了一年时间组建自己的部队，但眼下法国已经聚集了三十万美军士兵，而且每天都有新的部队登陆。德国想要赢得战争，必须征服法国，在美国的增援部队扭转大局之前将协约国逼入绝境。

这次袭击称为“皇帝会战”，无论从哪种角度看，它都将是德国发动的最后一次进攻。

沃尔特被重新派上战场。德国现在需要所有的人投入战斗，尤其是许多军官都已阵亡。他受命指挥突击营，同他的士兵一同参加了最新的战术培训。士兵中有勇猛顽强的老兵，还有凑数的男孩和老人。训练过程中，沃尔特渐渐喜欢上了他们，但他要注意不能变得太过亲近，毕竟他有可能亲手将他们送上死路。

戈特弗里德·冯·凯塞尔也在同一个训练班，这是沃尔特在德国驻伦敦大使馆的宿敌。戈特弗里德视力不佳，却在沃尔特的营里担任上尉。战争并未让他改掉自以为是的浮夸作风。

沃尔特透过望远镜查看周围的乡村。天气寒冷，天空明澈，远处的一切尽收眼底。在南面，宽宽的瓦兹河缓缓流过一片沼泽。北面，肥沃的土地上点缀着农舍、桥梁、果园和小片的林地。在西面一英里之外是德国战壕网，再往远处便是战场。在那里，相同的农村景观早已被战争摧毁。荒芜的麦田就好像月球表面，到处坑坑洼洼，每个村子都成了一堆乱石。果园惨遭蹂躏，桥梁也被炸塌。如果他调好望远镜仔细观察，他还能看到人和马匹的腐尸，以及烧得只剩一副铁架子的坦克。

这片荒原的另一端就是英军阵地。

一阵隆隆的噪声让沃尔特向东面看去。只见一辆汽车朝这边开过来。他之前只听说过这样的车，从没见过。车上架着一门自驱火炮，巨大的枪管和击发装置安装在底盘上，底盘上自带一个一百马力的发动机。紧随其后的是一辆满载的重型卡车，应该带着很多的火药。第二、第三辆火炮接连开了过去。炮兵们坐在车上，经过这里时一个个挥舞着帽子，就像在胜利游行。

沃尔特感到精神大振。一旦进攻开始，这种火炮可以迅速重新定位。它们会为前推的步兵提供强有力的支援。

沃尔特听说还有一种威力更大的火炮，能从九十多公里外的距离炮击巴黎。不过这似乎不太可能。

火炮后面跟着一辆梅赛德斯37/95双排座敞篷车，看上去很是眼熟。汽车拐下大路，在教堂前的广场停下，沃尔特的父亲从车上下来。

他来这儿干什么？

沃尔特穿过低矮的门口进入塔内，匆匆沿着狭窄的螺旋形楼梯下到地面。废弃的教堂中殿已成了一间宿舍。他从一个个铺盖卷和翻过来当桌椅用的板条箱中间走过去。

外面，墓地里满是战壕跨桥，这种预制木板平台能让火炮和供应卡车跟在突击队后面穿越被占领的英国战壕。这些跨桥隐藏在一块块墓碑后面，很难从空中发现。

从东向西穿过村落的人流和车流渐渐慢了下来，变得零零散散。一定是发生了什么事情。

奥托穿着一身军服，十分正式地敬礼。沃尔特看出自己的父亲浑身都是抑制不住的兴奋。“一位特殊人物即将到访！”奥托马上说。

原来如此。“是谁？”

“到时候你就知道了。”

沃尔特猜测是鲁登道夫将军，他是目前的最高统帅。“他想干什么？”

“当然是鼓舞士气。请让大家在教堂前面集合。”

“还有多久？”

“他就跟在我后面。”

“好的。”沃尔特看了看广场周围，“施瓦布中士！到这儿来。你和格伦沃尔德下士，带着你们的人到这儿集合。”他派人分别去教堂、大谷仓里的食堂和北面山坡上的营地传达命令。“我命令全体人员十五分钟后穿戴整齐到教堂前面集合。快去！”信使们跑开了。

沃尔特匆匆绕着村子到处去通知军官，让他们到广场集合，一边警觉地看着东边的大路。他看见他的指挥官施瓦茨科普夫少将在村口一处吃早餐——面包和罐头沙丁鱼，那里之前是奶场，散发着奶酪的气味。

一刻钟的工夫，两千人的部队集合起来，十分钟后，他们整理好着装，系上扣子，端正帽子。沃尔特调来一辆平板卡车，屁股朝后停在战士们面前。他用弹药箱在卡车后面搭出几节台阶。

奥托从梅赛德斯里面拿出一长卷红地毯铺在台阶上。

沃尔特让格伦沃尔德出列。这位下士长得人高马大，粗手大脚。沃尔特派他去教堂屋顶，把自己的望远镜和哨子交给了他。

一切准备停当后，他们开始等待。

半个多小时过去了，然后是一个小时。大家开始坐立不安，队列变得七扭八歪，战士们也互相聊起天来。

又过了一个小时，格伦沃尔德吹响了哨子。

“准备！”奥托大声喝道，“他来了！”

顿时，刺耳的口令声此起彼伏。战士们很快立正站好。一列车队开进了广场。

一辆装甲车的门开了，一个穿将军制服的人下了车。然而，这人并不是那个脑袋尖尖、头顶光秃的鲁登道夫。这位特殊的来客行动笨拙，左手插在他的上衣口袋里，好像他的手臂受了伤。

片刻后，沃尔特才看清是皇帝本人。

施瓦茨科普夫少将走过去向他敬礼。

当战士们意识到来访者是谁的时候，低声的吵嚷很快爆发成了热烈的欢呼。少将一开始对这种违纪行为感到愤怒，但皇帝的亲切微笑让施瓦茨科普夫立刻换上了一副赞同的表情。

德皇登上台阶，站在卡车平台上，对人们的欢呼表示谢意。当噪声平息后，他说："德国人！这就是胜利的时刻！"

战士们再次欢呼，这次沃尔特也跟着他们一道欢呼起来。

3月21日星期四的凌晨一点，大队人马开赴前沿阵地，准备发动进攻。沃尔特和本营的军官们一道坐在前线战壕的一个防空洞里。他们用谈话缓解等待开战的压力。

戈特弗里德·冯·凯塞尔正在解说鲁登道夫的战略。"这次向西推进就是在英国和法国之间插入一个楔子，"他听上去还是像在伦敦大使馆工作时那样无知无畏，"然后我们就向北移动，转向英国人的右翼，将他们推入英吉利海峡。"

"不，不，"较为年长的冯·布劳恩中尉说，"要是聪明点儿的话，一旦我们冲破他们的防线，就该一路打到大西洋沿岸。试想一下，德国的战线一直从法国中部拉过去，把法国军队跟他们的盟军隔成两段。"

冯·凯塞尔争辩道："那样我们会同时在南北两侧受敌！"

凯勒曼上尉加入进来。"鲁登道夫将向南推进，"他预测说，"我们需要拿下巴黎。这才是最重要的。"

"巴黎只是象征性的！"冯·凯塞尔轻蔑地说。

他们胡乱猜测着，谁也说不清楚。沃尔特觉得听这种无意义的谈话反倒让人紧张，便走到了外面。战壕里的战士们全都席地而坐，一片肃静。战斗前的几小时是反思和祈祷的时间。昨晚大家吃了大麦酒炖牛肉，这算是一种难得的享受。士气很高，大家都觉得战争就要结束了。

这是一个明亮的星夜。战地厨房正在分发早餐——黑面包和味道像胡萝卜的淡咖啡。刚下过一阵小雨，但现在已经天朗气清，几乎一丝风都没有。这意味着战场上有可能发射毒气弹。双方都使用毒气，但沃尔特听说这次德国部队会使用一种新的混合气体：致命的光气加上催泪瓦斯。催泪瓦斯并不致命，但它可以渗透标准配置的英国防毒面具。理论上，催泪瓦斯的刺激会让敌方士兵扯下他们的面具揉眼睛，他们因此就会吸入光气而死亡。

重型火炮的射程覆盖附近的无人区。沃尔特从未见过如此之多的火炮。炮手们正忙着堆放弹药。他们身后又是一排准备行动的火炮，马匹已经套上缰绳。他们将发起下一波徐进弹幕射击。

四点半的时候周遭还静悄悄的。战地厨房不见了，炮手们坐在地上等待着，军官站在战壕里，远望着无人区对面的黑暗处，那里的敌人正在睡觉。就连马匹都十分安静。这是我们最后一次胜利的机会，沃尔特想。他不知道自己是否该祈祷一番。

四点四十分，一股白光射进天空，炫目的光芒遮蔽了闪烁的繁星。不一会儿，沃尔特旁边的大炮开了火，炽烈的火光带着巨大的轰鸣声，他就像被人猛推了一下，踉跄后退。但这还算不上什么。几秒钟内，所有的火炮一齐发射，噪声远比雷暴更响。火光照亮了炮手们的脸孔，他们不停地将沉重的炮弹和无烟火药推入弹膛。空气中硝烟弥漫，沃尔特尽量只用鼻子呼吸。他脚下的大地震颤着。

接着，沃尔特便看到英军一侧的爆炸和火焰，那是德军的炮弹击中了弹药库和汽油罐。他知道遭受炮火轰击是什么滋味，心里觉得敌人有些可怜。他希望菲茨没在那边。

炮筒烧得发烫，要是有人犯傻去摸一定会被烫掉一层皮。这种发热足以使炮筒变形，从而错过目标，因此炮手们就用湿麻袋加以冷却。沃尔特的战士们自发地用水桶从附近的弹坑里舀水，让麻袋保持湿润。在攻击开始前，步兵总是愿意去帮炮兵——每消灭一个敌军士兵，就减少一个向地面进攻部队开火的人。

日光带来雾霭。大炮前，爆炸的热浪将水汽带走，但再远一点就什么也看不见了。沃尔特开始担心起来。炮手们不得不按地图标记进行瞄准。幸运的是，他们手头有详细准确的英军阵地图，其中大部分在一年前还是德军阵地。但后来没有进行观察和修正。开局有些不妙。

雾气混杂着硝烟。沃尔特系上一条手帕捂住口鼻。英军那里没有还击，至少眼前这一段没有。沃尔特受到鼓舞。也许他们的大炮已被摧毁。沃尔特身旁唯一丧命的德国人是个迫击炮手，他的火炮炸裂开了，估计是炮弹在炮筒中爆炸所致。有人抬着担架运走尸体，一个救护小组匆忙为旁边被弹片击中的伤员包扎。

上午九点钟，他指挥部下进入冲锋准备位置，突击营的战士们趴在大炮后面的平地上，普通步兵都站在战壕里。在他们背后集结了下一波火炮、救护队、话务员、弹药运输员和通信兵。

突击营的战士们戴着现代“煤斗”头盔。他们是最先放弃旧式尖顶头盔的部队。他们装备了毛瑟K98卡宾枪。这种枪的枪管较短，远距离准确性差，但在近距离的战壕拼杀时不那么笨重。每人的胸前都斜背着一个装了十几枚手榴弹的袋子。英国兵把这种手榴弹称作“土豆捣子”，看上去就像英国家庭主妇捣马铃薯的工具。显然，英国每家每户的厨房里都有这种东西。沃尔特是在审讯英军战俘时知道的——而他自己从未进过英国普通人家的厨房。

沃尔特戴上防毒面具，示意部下照做，以免他们到达敌方前沿时被自己的毒气伤害。九点半的时候，他站了起来。将步枪背在身后，两只手里各握着一枚手榴弹，这是突击兵的标准姿势。他无法喊着下达命令，因为大家什么都听不见，因此只能挥舞了一下胳膊，然后跑了起来。

他的战士们跟着他冲入无人区。

地面坚硬而干燥，这里有好几周没有下大雨了。这对突击行动十分有利，方便人员和车辆移动。

他们弯着腰向前跑。德国的炮弹在头顶呼啸而过。沃尔特很清楚他们有可能被自己打偏的炮弹击中，特别是在大雾里，炮兵观测员无法校正炮手的目标。但冒险是值得的。这样他们可以非常接近敌人的战壕，一旦轰炸结束，英国人根本没有时间进入射击位置，来不及架起机枪，突击队就已经到他们面前了。

他们跑入无人区的纵深地带，沃尔特希望敌人的铁丝网已被炮火摧毁。否则，剪断铁丝网会耽误时间。

他的右侧“轰”的一声爆炸，有人发出了惨叫。过了一会儿，地面上一丝光线映入眼帘，他发现了一道地雷引线。沃尔特进入了一片先前未曾发现的雷区，顿时惊慌失措，他意识到自己再移动一步就有可能被炸飞，随后努力控制住了自己。“注意脚下！”他大声喊着，但他的声音淹没在雷鸣般的炮声中。士兵们继续跑着，受伤的人留在了后面，由救护队去处理。

过了一会儿，九点四十分，炮声停了。

鲁登道夫放弃了在进攻的前几天进行炮击的旧战术——它给了敌人太多时间去调动储备力量。经过认真计算，五个小时足以搞乱敌人的阵脚，瓦解士气，并且使他们无法重新组织反击。

沃尔特想，这只是理论推断。

他直起身来迅速跑动。尽管气喘吁吁，但呼吸仍然平稳，几乎没有出汗。他警觉且镇静。几分钟后就要面对敌人了。

他到达英军的铁丝网前。铁丝网并未被摧毁，但上面有不少缝隙，他率领部下穿了过去。

连和排的指挥员命令战士们再次散开，他们用手势比画，不能出声，以免被敌方听到。

雾在这时帮了大忙，躲在当中敌人看不见他们，想到这些让沃尔特兴奋得有些发抖。现在他们很可能遭遇敌人的机枪扫射，但英国人看不见他们。

他来到一片被德军炮火炸得泥块四溅的区域。一开始他什么也看不见，眼前只有一个个弹坑和土堆。随后他辨认出一段战壕，意识到他已经到达英军前沿。不过这里已经被彻底炸毁——炮兵们干得实在漂亮。

战壕里有人吗？那里没有射出一发枪弹，但最好弄清楚。沃尔特拉下一颗手榴弹的拉环，把它投进战壕里面作为预先警告。爆炸之后，他爬上胸墙向里面窥探。里面有几个人躺在地上，一动不动，不是死在炮弹之下，就是被手榴弹炸死了。

眼下还算幸运，沃尔特想。不能指望一直这样。

他顺着前沿跑，检查突击营其他战士的情况。他看见五六个英国士兵投降了，都把手放在汤碗般的头盔上，武器被丢弃在地上。跟俘获他们的德国士兵相比，这些英国兵看上去吃得不错。

冯·布劳恩中尉用他的步枪指着这些俘虏，但沃尔特不想让手下的军官把时间浪费在俘虏身上。他摘下防毒面具——他发现英国人没戴面具。“往前走！”他用英语大声喊道，“那边，去那边。”他指着德军的防线说。英国人向前走去，急于摆脱战斗以求活命。“让他们走，”他朝冯·布劳恩喊道，“后面的梯队会负责处理他们。你们必须前进。”这是突击营的意义所在。

他继续跑。几百米的区域内情况十分相似——战壕被摧毁，敌人大量伤亡，没有真正的抵抗。接着，他听到了机枪扫射的嗒嗒声。片刻后他遇到用弹坑作掩护的一个突击排。他卧倒在一位中士身边，他来自巴伐利亚，名叫施瓦布。“我们看不见炮位，”施瓦布说，“只能朝声音的方向还击。”

施瓦布没有理解战术。突击队员应该绕过强大的火力点，把它交给后续的步兵解决。“继续前进！”沃尔特命令他，“绕过机枪。”等机枪停顿的间隙，他站起身对着战士们打了个手势。“快点儿，起来！起来！”他们遵从了命令。他带着这些战士绕开机枪，穿过一道空空的战壕。

他再次遇到了戈特弗里德。这位中尉找到一只饼干罐，边跑边往嘴里塞。“简直不可思议！”他喊道，“你应该看看英国人吃的东西！”

沃尔特一下子敲掉了他手上的锡罐。“你到这儿是来打仗的，不是来吃东西的，该死的蠢货。”他喊道，“快走。”

什么东西从他脚上爬了过去，吓了他一跳。他看见一只兔子消失在雾中。一定是炮兵摧毁了兔子窝。

他查看了一下指南针，确定他仍在向西挺进。他无法弄清他遇到的这段战壕是否用于通信或者供应，它们所处的方位也没有为他做出太多提示。

他知道英国人也学着德军的样子开挖了多重战壕。他穿过了第一道，预计马上就会遇到防御完备的第二道“红色防线”的战壕，然后，如果他成功穿越这一道的话，接着就是西面一英里左右的另一道被称作“棕色防线”的战壕。

然后，便是开放的乡野地带，一直延伸到西部海岸。

炮弹在前面的雾霭中爆炸。确定不是英国人吗？他们应该要防御的。这一定是德军的新一波徐进弹幕。他和手下的战士正在超越炮弹的射程，这很危险。他转过身去，看见大多数部下都跟在他的后面，他挥了挥胳膊，喊道：“隐蔽！向后传达命令！”

几乎用不着说，大家都做出了同样的判断。他们往后跑了几米，跳进一段空壕沟里。

沃尔特有些得意。一切进行得十分顺利。

战壕地上躺着三个英国士兵。两个一动不动，另外那个在不停地呻吟。其他人都在哪儿？也许他们逃掉了。也有可能这是一支敢死队，留下来守卫这块毫无防御的阵地，为其他同伴撤退创造机会。

其中一个死掉的英国人是个高个子，长得粗手大脚。格伦沃尔德马上把靴子从尸体上剥下来。“我穿正好！”他对沃尔特解释说。沃尔特无心阻止他——格伦沃尔德脚上的靴子已经千疮百孔了。

他坐下歇口气，脑海里回顾着第一阶段的进程，他已经做到最好了。

一小时后，德国的炮声又停了。沃尔特集结部下继续前进。

一段缓坡的半路上，他听到有人在说话。他朝旁边的人做了个手势。前面有人用英语说：“我他妈的根本什么都看不见。”

这口音听上去有点耳熟。澳大利亚人吗？似乎更像印度人。

另一个声音用相同的口音说：“如果他们看不见你，这帮该死的也就打不着你！”

一瞬间，沃尔特似乎回到了1914年，在威尔士菲茨的那幢乡间庄园里，仆人们就是这样说话的。现在，就在这满目疮痍的法国战场上，几个威尔士人出现在了他的面前。

头顶上的天空似乎渐渐放亮。

比利·威廉姆斯中士盯着眼前的雾。谢天谢地炮击停了，但这仅仅意味着德军正在接近。他要怎么办呢？

他没有接到任何命令。他的排占领了一座多面堡垒，它在前沿后面不远处的一片坡地上。在正常的天气下，他们的阵地视野宽阔，能够俯瞰长长的缓坡，一直望到尽头的一片瓦砾堆，想必那里原是一片农户的房屋。一条战壕让他们与别的堡垒相连通，但现在全都看不见。命令通常是从后方传达过来，但今天什么命令都没有收到。电话已经坏掉，弹幕炮击大概切断了电话线。

士兵站在或是坐在壕沟里。炮轰停止后他们就走出防空洞。有时候，野战厨房会在上午推着轮车，带着一只大瓮沿战壕为他们送来热茶，但今天没有茶点的任何迹象。他们只吃了野战口粮当早餐。

他的排里有一杆美国设计的刘易斯轻机枪，就立在战壕后墙的防空洞上方。机枪由十九岁的乔治·巴罗——那个少年管教所出来的男孩操控，他是个好兵，可是受的教育太少，他竟然以为英格兰的最后一个侵略者叫作诺曼征服者。乔治坐在机枪的后面，身前有一块后膛钢板挡住流弹。他正在抽烟斗。

他们还有一门斯托克斯迫击炮，这武器十分管用，发射的炮弹直径近八厘米，可以打到七百多米外。乔尼·庞蒂下士——就是在索姆河战役牺牲的乔伊·庞蒂的弟弟，已经可以发动致命的袭击了。

比利爬到机枪旁，站在乔治身边，但他无法看得更远。

乔治对他说："比利，别的国家也是我们这样的帝国吗？"

"是啊，"比利说，"法国拥有大部分北非，还有荷属东印度群岛和德属西南非洲……"

"哦，"乔治有点泄气，"听人说过，我以为不是真的。"

"为什么？"

"嗯，他们有什么资格统治别人呢？"

"那我们有什么资格统治尼日利亚、牙买加和印度呢？"

"因为我们是英国人。"

比利点了点头。乔治·巴罗显然从未见过任何地图，却觉得自己高于笛卡儿、伦勃朗和贝多芬。他有这种想法并不奇怪。多年的教育一直告诉他们英国打赢了哪些战争，却从来没提过败仗。他们了解伦敦的民主，却对开罗的暴政一无所知。当他们了解英国的正义时，并不提及澳大利亚的鞭刑、爱尔兰的饥饿或印度的大屠杀。他们知晓天主教徒在火刑柱上烧死新教徒，但如果他们发现新教徒得到机会也会对天主教徒做同样的事时，就会大为震惊，他们的父亲很少会像比利的爸爸那样，告诉他们，教科书里描绘的世界是一个幻想。

但比利今天没时间纠正乔治。他有其他的事情要担心。

天稍稍亮了点，比利觉得雾气有可能会退，紧接着，真的一下子就消散了。乔治说：“该死！”转瞬间，比利眼前的景象把他吓呆了——四百米开外，几百名德军士兵正爬上斜坡，朝他这里逼近。

比利跳进战壕。又有几个人也发现了敌人，他们的惊呼声提醒了其他人。比利透过护墙上插着的铁护板上的裂缝往外看。德国人的反应缓慢，大概因为英军这边全都躲在战壕里，没有引起怀疑。一两个人停下脚步，但其他人继续往上跑。

一分钟后，战壕各处响起了步枪的射击声。有的德军士兵倒下了。其他人纷纷卧倒在地，跳进弹坑或者躲进了几处低矮的灌木丛后面。在比利的脑袋上方，刘易斯机枪嗒嗒作响，听上去就像足球啦啦队用的拨浪鼓发出的噪声。一分钟后，德国人开始还击。他们似乎没有机关枪和迫击炮，这让比利松了一口气。他听到自己这边有人尖叫了一声——或许是某个眼尖的德国兵发现有人把头探过护栏，更有可能的是这个幸运的射手击中了一个不幸的英国人的脑袋。

汤米·格里菲斯出现在比利旁边：“戴·鲍威尔中枪了。”

“受伤了？”

“死了。一枪打穿了脑袋。”

“哦，天啊。”比利说。鲍威尔太太喜欢编织，给他儿子往法国寄了套头衫。现在她要给谁织啊？

“我从他口袋掏出了他的收藏。”汤米说。戴有一叠色情明信片，那是他从一个法国人那儿买的。明信片上满是肉嘟嘟的女孩，长着一团团的阴毛。营里的大多数战士都不时借来看看。

“为什么？”比利心不在焉地问。他在观察敌人的动向。

“不想让他们把这些送回老家阿伯罗温。”

“哦，是啊。”

“我该怎么处理这些明信片？”

“该死，汤米，等会儿再说行不行？他妈的，现在有好几百个德国人要对付。”

“对不起，比利。”

到底有多少德国人？战场上很难估计人数，但比利觉得自己眼前看见的至少有两百人，恐怕后面还有不少，他看不见。他估计面前的兵力有一个营。他这个排只有四十人，相差悬殊。

他到底该怎么办？

他已经超过二十四小时没见到任何军官。他是这里军阶最高的。这里该他负责，他必须制订出应对计划。

他已经习惯了上级军官的无能，早就不再感到生气了。这正是等级制度的可恨之处，他从小就知道。但偶尔有这么一次，当指挥的重担落在他身上时，他却兴奋不起来。相反，他感到责任的沉重，生怕自己做出错误决策，造成战友的死亡。

如果德军正面进攻，他的排是抵挡不住的。但敌人并不知道他力量薄弱。他能不能误导敌人呢？

撤退的想法掠过他的脑际。但是，身为士兵不该在遭受攻击的时候逃跑。这是一个防御阵地，他应该竭尽全力守住它。

他要挺身而战，至少眼下他必须这样。

当他下定决心，其他人就跟随着他。“再狠狠揍他们一通，乔治！”他喊了一句。刘易斯机枪的嗒嗒声响起，他开始沿着战壕跑。“保持稳定火力，伙计们，”他说，“让他们以为我们这儿有好几百人。”

他看见戴·鲍威尔的尸体躺在地上，头上弹孔的血迹已经变黑。戴的军装里面穿了一件他母亲织的毛衣，是一种难看的褐色，但应该十分保暖。“安息吧，小伙子。”比利喃喃地说。

沿着战壕再往前，他看见了乔尼·庞蒂。“架好斯托克斯迫击炮，乔尼，”他说，“打飞这群狗娘养的。”

“好。”乔尼说。他把迫击炮的两条腿架在战壕的地上，“射程多少，四百五十米？”

乔尼的搭档是休伊特，胖乎乎的圆脸男孩，绰号“板油”。他跳上射击踏台，回头喊：“哎，应该有五百多米。”比利探头核实了一下，但休伊特跟乔尼合作过，他让他们自己做决定。

“转两圈，然后，四十五度角。”乔尼说。自力推进式炸弹可以在环内装上额外的助推炸药，扩大射程。

乔尼又跳上射击踏台观察了一下德军距离，随后调整了一下目标。邻近的其他士兵都躲在边上。乔尼往炮筒里投了一枚炮弹。当它撞在炮筒底部，那里的撞针点燃了助推炸药，把炮弹发射了出去。

炸弹没有击中目标，离最近的敌人还有一段距离。“再加四十五米，动一动你右手那里。”休伊特喊道。

乔尼做了调整，然后再次发射。第二发炮弹落在一个弹坑里，那儿正藏着几个德军兵。“这下打中了！”休伊特嚷着。

比利无法去看是否有敌人被击中，发射炮弹让他们不得不一直低着头。“就这样给他们再来上十发！”他说。

他来到了罗宾·莫蒂默身后，这位被撤职的前军官正在有条不紊地射击着。莫蒂默停下来装子弹，注意到了身边的比利。“再去拿点儿弹药过来，威尔士佬。”当自己派上用场的时候，他就变得粗暴无礼，“我们可不能同时停止攻击。”

比利点点头。“好主意，谢谢。”弹药库在交通壕后面约九十米的地方。他叫来两名新兵，反正他们枪法也不准。“詹金斯，诺西，再多拿点弹药来，要快。”两个小伙子匆匆跑开了。

比利再次隔着护栏的窥视孔向外瞭望。只见一个德国人站了起来。比利猜测这人可能是他们的指挥官，正准备下令进攻。他的心往下一沉。他们一定已经猜到对面的敌军不超过几十人，能够轻易压倒他们。

但他没有猜对。那军官朝后方一指，然后开始往坡下跑去。他的部下也纷纷后撤。比利排里的人欢呼起来，疯狂朝跑远的德军扫射，在他们逃出射程之前又撂倒了几个。

德国人退到被毁的农舍那里，在废墟中隐蔽起来。

比利忍不住轻蔑地笑出了声。他成功击退了十倍于自己的力量！他想自己应该当将军。“停火！”他喊道，“现在打不到他们了。”

詹金斯和诺西背着弹药箱回来了。“接着干，小伙子们，”比利说，“他们有可能会回来。”

但是，等他再仔细看时，发现德国人采取了不同的策略。他们兵分两路，从废墟后面朝左右两侧迂回上来。在比利的注视下，他们已经在他的阵地外围绕起圈来，不在射程之内。“哎呀，不好。”他说。他们要绕过他的阵地，从多面堡之间的空隙溜过去，然后从两侧夹击他。他们也可能绕道，把他留给后面的部队。

不管他们用什么办法，这块阵地算是保不住了。

“快把机枪放下来，乔治，”比利说，“还有你，乔尼，把迫击炮拆掉。都拿好自己的东西，全都带上。我们马上后撤。”

他们挎上步枪和背包，匆匆跳进最近的交通壕，猛跑起来。

比利看了看防空洞，确定没人留在里面。他拉开一枚手榴弹扔了进去，不把任何剩余物资留给敌人。

随后，他跟在自己人的后面撤退。

接近傍晚的时候，沃尔特带着自己营里的士兵们占领了英国战壕的后方。

他身体疲惫，但是很高兴。突击营参加过几次激烈的小型冲突，但并未经历过持续的战斗。有了大雾的掩护，突击战士们的战术运用超乎预期。他们消灭了敌人的薄弱势力，绕过重点火力，最后夺取了大片土地。

沃尔特发现了一个防空洞，猫腰走了进去。几个手下跟在后面。这儿布置得跟家一样，看来英国人在这里面待了好几个月——墙上钉着杂志上撕下来的图片，倒扣着的箱子上放着一台打字机，一个糕饼盘里放着刀叉碗碟，一摞板条箱上甚至铺了一条毯子充当桌布。沃尔特猜测这里应该是个营部。他的手下很快就发现了食物。有饼干、果酱、奶酪和火腿。他无法阻止士兵们吃这些东西，但禁止他们打开任何威士忌酒瓶。他们砸开一个柜子上的锁头，发现了一罐咖啡，一个战士在外面生了一小堆火，煮了一壶。他给了沃尔特一杯，里面加了从一个罐子里找到的甜牛奶，简直是天堂般的美味。

施瓦布中士说：“我看报纸上说英国食物短缺，就跟我们一样。”他举起正在用勺子吃的一听果酱，“这算什么短缺！”

沃尔特想，他们要多久才能明白？他早就怀疑德国当局夸大了潜艇战在协约国供应上造成的影响。现在他了解了真相，手下的战士们也一样。英国在实行食品配给，但英国人看上去全然不是饿得要死的样子。德国人才真的快饿死了。

他发现了一张撤退部队出于疏忽留下的地图。他把它跟自己的地图比对了一下，发现这里离克罗扎运河不远。这意味着在一天之内，德国人收回了协约国部队两年前在索姆河战役中花了五个月的艰苦鏖战赢得的地盘。

胜利真的掌握在德国人的手中。

沃尔特坐到一台英国打字机前，开始写报告。

第三十章

1918年3月底至4月

复活节周末，菲茨在泰-格温举办了一场乡间宴会。他有一个秘密的目的。他邀请的人都是强烈反对俄国新政权的人。

他的明星嘉宾是温斯顿·丘吉尔。

温斯顿是自由党成员，按说应该同情革命者，但他也是一位公爵的孙子，有独裁的品性。菲茨一直认为他背叛了自己的阶级，但现在他愿意原谅他，因为他极其痛恨布尔什维克。

温斯顿在耶稣受难节那天到达。菲茨派劳斯莱斯到阿伯罗温火车站迎接他。

在泰-格温，温斯顿神采奕奕地走进了晨间起居室。他身材矮小，长着一头红发，面色红润。靴子上带着雨水，穿着一身精心裁剪的小麦色斜纹软呢外套，打的领结与眼睛颜色相同。他四十三岁了，不过当他朝不熟的人点头、跟不认识的客人握手时，还带点稚气。

他看着四周的折布镶板、花纹壁纸、雕石壁炉和深色橡木家具，然后说："你把房子装饰得跟威斯敏斯特宫一样，菲茨！"

他如此热情捧场是有理由的。他又回到了政府里。劳埃德·

乔治任命他为军需大臣。人们对首相再度请回这位惹是生非、难以预料的同僚议论纷纷，但最终大家都同意这样的人留在身边，比放任在外更好控制。

“你的煤矿工人支持布尔什维克。”温斯顿说，既觉得可笑，又感到厌恶。他坐了下来，朝着熊熊炉火伸出被雨水打湿的靴子。“我在路上看见一大半的房子上都挂着红旗。”

“他们不知道自己在庆贺什么。”菲茨语气不善，除了不屑，他还深感焦虑。

温斯顿从茉黛手里接过一杯茶，从仆人端上的盘子里拿了一块黄油松饼。“就我了解，你个人也遭受了一些损失。”

“农民们杀了我的妻兄安德烈，还有他的妻子。”

“我很遗憾。”

“碧和我碰巧当时在那儿，全靠侥幸才逃脱出来。”

“我听说了！”

“村里的人强占了他的土地，那块辽阔的土地理应由我的儿子继承——但新政权竟认可了这种窃取行径。”

“恐怕是这样。列宁做的第一件事就是通过了土地法令。”

茉黛说：“公平地说，列宁也宣布了职工的八小时工作制，给他们的孩子实行免费教育。”

菲茨很恼火。茉黛太不明智。这种时候怎么能为列宁辩护。

但温斯顿可不是好打发的。“还颁布了一项新闻法令，禁止报纸反对政府，”他回敬道，“社会主义的自由不过如此。”

“我儿子的继承权并不是我担心的唯一原因，甚至也不是主要原因，”菲茨说，“如果布尔什维克在俄国的所作所为最终逃脱了惩罚，下一个会是什么地方？威尔士矿工已经相信地底下的煤炭并不真正属于拥有表层土地的人。每个星期六晚上，你都能听见半数的威尔士酒吧里唱着《红旗之歌》。”

“布尔什维克政权应该被扼杀在摇篮里，”温斯顿看上去若有所思，“扼杀在摇篮里。”他重复道，对这种说法很是满意。

菲茨控制住自己的厌烦情绪。有时候，温斯顿以为自己设想出了某种政策，实际上不过是在他脑子里打造了一个新词儿而已。“而我们却毫无作为！”菲茨恼怒地说。

锣声一响，提醒大家该去换衣服吃饭了。菲茨不再继续话题。他还有整个周末来阐明自己的观点。

往更衣室走的时候，他突然想起喝茶时没人把宝宝带到晨间起居室里来，这有悖常情。他决定在换衣服前先去育儿室看看，便拐进通往房子另一侧的长走廊。

宝宝已经三岁零三个月，早已过了蹒跚学步的阶段，已经能像大孩子那样走路说话，他长着一双碧那样的蓝眼睛，满头浅色的卷发。

现在，他正坐在炉火旁边，身上裹着一条毯子，那位年轻漂亮的保姆琼斯正在给他读着什么。这个数千英亩俄国农田的合法主人正在吮吸自己的大拇指。他没像往常一样跳起来迎向菲茨。

“他这是怎么了？”菲茨问道。

“他有点儿闹肚子，阁下。”这保姆长得有些像艾瑟尔·威廉姆斯，只是没她那么聪明。

“说仔细点儿，”菲茨不耐烦地说，“肠胃到底怎么了？”

“他腹泻。”

“他怎么会得这种见鬼的病？”

“我不知道。火车上的厕所不太干净……”

这话等于说该怪菲茨，是他拖家带口来威尔士这边举办宴会。他忍着没骂人。

“你叫医生了吗？”

“莫蒂默大夫马上就到了。”

菲茨告诫自己不要发脾气。小孩子总是爱闹小毛病。他自己小时候不就经常拉肚子吗？当然，小孩子也会害上胃肠炎而死。

他在沙发前蹲下，让自己平视着儿子：“我的小战士怎么啦？”

宝宝的声音无精打采：“我跑肚了。”

他肯定是从仆人那儿学的这种粗俗的说法，连语调都带着一种威尔士的跳音。但菲茨决定这次就算了。

“医生马上就来了，”他说，“他会把你治好的。”

“我不想洗澡。”

“我想你今晚不用洗澡了。”菲茨站起身说，“医生一到，就叫人通知我，”他对护士说，“我要亲自跟他说几句话。”

“好的，阁下。”

菲茨离开育儿室，径直去了更衣室。贴身男仆已经为他准备好了晚装，衬衫的胸前插着钻石别针，并搭配着一对相应的袖扣，上衣口袋里放了一条干净的亚麻手帕，丝袜被各自摆放进了花纹皮鞋里。

他在换衣服之前去了一趟碧的房间。

她已经有了八个月的身孕。

他从未见过她这种状态，上次她怀孩子的时候，正赶上1914年8月他动身去法国。当时她只有四五个月的身孕，等孩子出生以后他才回来。他从未目睹过这种壮观景象，不免感叹人的身体竟能如此变化伸展。

碧正坐在梳妆台前，但不是在照镜子。她靠在椅背上，双腿分开，手搭在隆起的肚子上，闭着眼睛，脸色显得有些苍白。

“我怎么待着都不舒服，”她抱怨道，“无论站着、坐着和躺着，身上都疼。”

“你该去育儿室看看宝宝。”

“等我有了精力就马上去！”她恶狠狠地说，“我就不该来乡下。我这样子还要举办宴会，简直太荒谬了。”

她说得没错。“但如果我们要对付布尔什维克，就需要这些人的支持。”

“孩子还是肚子不舒服吗？”

“是的。医生马上就来。”

“你最好让他先来见我，乡下大夫一般都不太有经验。”

“我会跟仆人说的。另外，你不会下去吃饭了吧？”

“我这副样子怎么去啊？”

“我只是问问。茉黛可以坐在桌子另一端。”

菲茨回到自己的更衣室。有些男人已经不再穿燕尾服、打白色的领带，他们都拿战争当作借口，吃饭时穿短礼服上衣，戴黑色的领带。菲茨看不出两者间有什么联系。战争怎么能成为人们穿着随便的理由呢？

他穿上自己的晚礼服，走下楼去。

晚饭后，人们坐在会客厅里喝咖啡，这时温斯顿挑起话题说：“你看，茉黛女勋爵，你们女性最后还是获得了投票权。”

“只是一部分女性。”她说。

菲茨知道她的失望所在。这项法案只针对三十岁以上且为户主或户主妻子的女性。菲茨本人生气的是这种法案竟然能通过。

丘吉尔接着调侃道：“这你要部分地感谢在座的柯曾伯爵，在法案递交上议院时他出其不意做出了弃权决定。”

柯曾伯爵是一个了不起的人物，他因为背部疾病而不得不穿金属胸衣，更凸显了他硬邦邦不可一世的样子。有一首顺口溜是这么说他的：

我是乔治·纳撒尼尔·柯曾
我至高无上万事亨通

他曾经当过印度总督，现在是上议院领袖，战时内阁的五名成员之一。他也是反对妇女参政联盟的主席，因此他的弃权令政界大为惊讶，妇女参政的反对者对此大失所望，尤其是菲茨。

“下议院通过已经通过了这项法案，”柯曾说，“我觉得，我们不能违反议会民选议员的意志。”

菲茨对这一点仍感到恼火：“但上议院的存在就是为了审议下议院的决定，并制止他们胡作非为。比如说眼下这种情况！”

“如果我们否决了这项法案，我想下议院不会高兴，他们会重新发给我们。”

菲茨耸耸肩：“我们以前也发生过类似争执。”

“但不幸的是，布莱斯委员会还在任期中。”

“噢！”菲茨没想到这一点，布莱斯委员会正在考虑上议院的改革，“难道是因为这个？”

“他们应该会尽快提交报告。在此之前，我们不能跟下议院硬拼硬打。”

“是的。”尽管极不情愿，但菲茨不得不承认这一点。如果上议院动真格的挑战下议院，布莱斯可能会建议遏制上议院的权力。“我们有可能因此失去所有的影响力——永远地失去。”

“这种考虑也恰恰是导致我弃权的原因。”

有时菲茨觉得政治实在令人郁闷。

仆役长皮尔为柯曾送上一杯咖啡，随后低声对菲茨说：“莫蒂默大夫现在小书房，阁下，等你方便的时候过去。”

菲茨一直担心孩子肚子疼的事，正等着仆人来传话。“我这就去见他。”菲茨说。他找了个借口走了出去。

小书房里摆放的家具是其他房间用不上的东西——不舒服的哥特式雕刻椅子，没人喜欢的苏格兰风景画，还有菲茨父亲在印度狩猎来的一颗虎头。

莫蒂默是一位称职的当地内科医生，浑身上下带着一股过于自信的派头，似乎觉得自己的职业在某种程度上让他跟伯爵平起平坐。不过他还算礼貌。

“晚上好，阁下，”他说，“你儿子有些轻微的胃部感染，但很有可能不会对他造成什么伤害。”

“很有可能？”

“我特意这样说。”莫蒂默的威尔士口音被他所受的教育中和了，“我们做科学家的研究的是可能性，而不是确定性。我告诉你的矿工们，每天早上下井时想着有可能不会发生爆炸。”

“嗯。”这话没给菲茨多少安慰，“你见过公主了吗？”

“见过了。她也没有什么大毛病。事实上，她一点儿病都没有，而是快要生了。”

菲茨跳起来：“你说什么？”

“她以为自己怀孕八个月了，可她计算错了。她已经怀了九个月，用不了多长时间她就不必受罪了。”

“谁跟她在一起？”

“仆人们全都围着她呢。我已经派人去叫一位称职的助产士了，如果你愿意的话，我本人也可以参与护理分娩。”

“这全怪我，”菲茨恨恨地说，“我不该劝她离开伦敦。”

“伦敦以外的地方每天都有健康的婴儿出生。”

菲茨感觉自己受到了嘲弄，但他顾不上这些了。“要是什么地方出了问题那该怎么办？”

“我了解你在伦敦的医生拉思伯恩教授。他当然是位声誉显赫的大夫，但我有把握地说，我亲手接生的婴儿比他多。”

“都是矿工的孩子。”

“的确，大部分都是。不过在出生的那一刻他们跟小贵族之间没有明显的差异。”

菲茨正在受人讥嘲。“我不喜欢你这种傲慢言辞。”他说。

莫蒂默却不吃这一套。“我也不喜欢你的。”他说，“你毫不客气地表示我不配治疗你的家人。我很乐意离开。”他拿起了自己的提包。

菲茨叹了口气。这种争吵实在太愚蠢了。他心里的愤怒是冲着布尔什维克的，没必要迁怒于这位敏感的威尔士中产阶级。

“不要做蠢事，老兄。”

“我正尽力而为。”莫蒂默朝门口走去。

“你难道不该把病人的利益放在首位吗？”

莫蒂默站在门边："我的上帝啊，你真是狂妄至极，菲茨赫伯特。"

很少有人用这种口气跟菲茨说话。但他及时克制住涌到嘴边的呵斥。再去找别的医生恐怕要花好几个小时。如果莫蒂默一怒之下离开，碧永远不会原谅他。

"我会把你这话忘掉，"菲茨说，"事实上我会把这番谈话整个忘掉，如果你也忘掉的话。"

"这大概是最接近道歉的话了，我可以接受。"

的确，但菲茨没再说什么。

"我立刻到楼上去。"医生说。

碧公主可不是安静生孩子的人。尖叫声从她的房间里冲出来，在楼里回荡。茉黛在钢琴上大声弹奏爵士曲调，款待客人的同时也希望能够掩盖噪声，听上去却像另一种噪音，弹了二十分钟后她便放弃了。有些客人上床睡觉了，但到了午夜，大部分男宾客都聚在台球室里。皮尔为大家送上白兰地。

菲茨用古巴的"皇牌"雪茄招待温斯顿。等温斯顿点着烟卷，菲茨说："政府必须对布尔什维克有所作为。"

温斯顿飞快地扫了一眼四周，仿佛要确定每个人都完全可信似的。然后，他往椅背上一靠，说："情况是这样。英国北方舰队已经到达俄国的摩尔曼斯克水域。从理论上讲，他们的任务是确保俄国舰船不致落入德军手中。我们在阿尔罕格尔斯克还有另外一个小小的使命。我正在要求我们的部队在摩尔曼斯克登陆。从长远来看，这可能成为反革命势力在俄国北部的一个核心。"

“这还远远不够。”菲茨马上说。

“我同意。我希望我们能出兵里海的巴库，确保那一大片油田不致落到德国人手里，或者被土耳其人占据，此外还有黑海，那儿已经成了乌克兰反布尔什维克力量的核心。最后，还有西伯利亚，我们在符拉迪沃斯托克（海参崴）有几千吨的物资，价值或许高达十亿英镑，是用来支持俄国的，当时他们还是我们的盟友。我们有权派出军队保护我们的财产。”

菲茨有些怀疑，但又有了些指望。“劳埃德·乔治会做这些事吗？”

“不会大张旗鼓地做，”温斯顿说，“问题在于矿工房子上挂的那些小红旗子。眼下我国有很大一部分俄国革命的支持者。我明白这是为什么，就像我讨厌列宁和他们那帮人一样。尽管我十分尊重碧公主的家人……”他抬头看了看天花板，上面又传来一声尖叫，“但不能否认的是，俄国统治阶级没有及时处理好本国人民的不满。”

温斯顿是一个奇怪的混合体，菲茨心想，他既是贵族，也是民众的一员，他是位才华出众的管理者，却总是忍不住干涉其他部门的事务，他很迷人，但大多政界同僚都憎恨他。

菲茨说：“俄国革命者是一帮窃贼和杀人犯。”

“的确。但并非所有人都这么看，我们只能接受这个事实。因此，我们的首相不能去公开反对革命。”

“可他只是心里反对也没什么用。”菲茨不耐烦地说。

“在他不知情的情况下我们也可以有所行动。”

“我明白了。”菲茨也弄不清这到底有多大意义。

茉黛走进房间。男人们都站了起来，有些吃惊。在乡村宅邸里女人从不进台球室。茉黛根本不在乎这种规矩，只要自己方便就行。她走到菲茨跟前，吻了一下他的脸颊。“恭喜你，亲爱的菲茨，”她说，“你又有了一个儿子。”

男人们鼓掌喝彩，围聚在菲茨跟前，拍着他的后背，跟他握手。“我妻子没事吧？”他问茉黛。

“精疲力尽，但很自豪。”

“感谢上帝。”

“莫蒂默大夫走了，但助产士说现在你可以去看孩子了。”

菲茨朝门口走去。

温斯顿说：“我跟你一块儿上去。”

他们离开房间，这时菲茨听见茉黛说：“皮尔，请给我倒一杯白兰地。”

温斯顿压低声音说：“你去过俄国，会说他们的语言。”菲茨不知他想说什么。“不过是一点点，”他说，“几乎不值一提，但我能把意思说明白。”

“你遇到过一个叫曼斯菲尔德·史密斯-卡明的人吗？”

“说来凑巧，我的确遇到过这个人。他负责……”菲茨犹豫了一下，不知是否该说出“秘密情报局”这个词，“他负责一个特殊部门。我为他写了几份报告。”

“嗯，很好。等你回城里以后，可以跟他谈一谈。”

这话提起了菲茨的兴致。“没问题，我可以随时去见他。”菲茨说，尽量不显得太过急切。

“我会让他跟你联系。他有可能要交给你另一项任务。”

两人来到碧的房门外。里面传出新生婴儿特有的哭声。

菲茨的泪水一下涌上眼眶，他有些不好意思。“我得进去了，”他说，“晚安。”

“恭喜你，也祝你晚安。”

他们为他取名为安德鲁·亚历山大·穆雷·菲茨赫伯特。这个小肉球长着一层菲茨那样的黑发。

他们用毯子包裹着把他带回伦敦，劳斯莱斯旅行车后面还跟着另外两辆汽车，以备发生故障时使用。他们在切普斯托停下吃早餐，然后又在牛津吃了午餐，最后在晚饭前后抵达他们在梅费尔的家。

几天后，在四月的一个温和的午后，菲茨沿着河堤，一边望着泰晤士河的浑水，步行去见曼斯菲尔德·史密斯–卡明。

秘密情报局膨胀过快，维多利亚那边的公寓已经装不下了。这个被称作“C”的人将自己不断扩张的部门迁到河畔大本钟附近的一座名为“白厅院”的维多利亚式奢华建筑里。一座私人电梯把菲茨带到顶楼，这位间谍头目占据了屋顶由一条走廊连通的两个房间。

“多年来我们一直在关注列宁，”C说，“如果我们废除不了他，他就会成为世界上最糟糕的暴君之一。”

“我认为你的话很有道理。”C对布尔什维克的态度跟自己相同，这让菲茨十分欣慰，“但我们能做些什么呢？”

“让我们谈谈你有可能做些什么。”C从他的办公桌上拿起一副测量地图距离用的圆规。他看上去心不在焉，突然把那尖头扎在自己的左腿上。

菲茨吃了一惊，差点就叫出了声。这显然是一个测试。他想起C由于撞车事故而安了一条木头假腿。他笑了。“一个不错的小骗术，”他说，“我都有点儿喜欢上了。”

C放下圆规，眼睛透过他的单片眼镜使劲盯着菲茨。“西伯利亚有个哥萨克首领，已经推翻了当地的布尔什维克政权，”他说，“我要弄清楚他值不值得我们支持。”

菲茨吃了一惊：“公开支持吗？”

“当然不是。但我有秘密资金。如果我们能在东面维持一个反革命政府的内核，每月花上一万英镑也值得。”

“他的名字？”

“谢苗诺夫上尉，年龄二十八岁。他的地盘在满洲里，横跨中国东部铁路与西伯利亚快车的交会处。”

“所以说，这位谢苗诺夫上尉既然控制了一条铁路线，也可以控制另一条。”

“的确。他痛恨布尔什维克。”

“所以我们需要加深对他的了解。”

“这就需要你来做了。”

菲茨很高兴能有机会为推翻列宁做些事情。

同时，他想到了一系列问题——怎么找到谢苗诺夫？这人是个哥萨克，这伙人习惯先开枪再问话。他会跟菲茨谈话，还是一枪打死他？谢苗诺夫肯定会宣称自己能打败布尔什维克，但菲茨有可能准确评估吗？有什么办法可以保证他把英国提供的资金花在实处，产生良好效果呢？

他嘴上的问题是：“我是合适的人选吗？请原谅，不过我的身份太显眼了，就算在俄国，也很难不被人认出来……”

“坦白地说，我们的选择实在不多。我们需要地位高的人以便他具备与谢苗诺夫协商的身份。再说，我们这儿既会说俄语又完全值得信赖的人很少。相信我，你是最好的人选。”

“我明白。”

“当然，这件事也很危险。”

菲茨记起那些农民打死安德烈的情形。他强忍住内心的恐惧。“我理解其中的危险。”他用平稳的语气说。

“那么请告诉我，你会去符拉迪沃斯托克吗？”

“当然。”菲茨说。

第三十一章

1918年5月至9月

当兵入伍对格斯·杜瓦来说并非易事。他身材瘦长，体态笨拙，行军、敬礼、按照部队的方式跺脚对他来说相当麻烦。至于锻炼，他自从出了校门就没多动一下。他喜欢餐桌上摆着鲜花、床上铺上亚麻床单，了解他的朋友自然觉得当兵对他来说是种可怕的打击。迪克森跟他一道进行军官训练，对他说："格斯，在家的时候，你连洗澡水都要别人放好的。"

但格斯熬过来了。十一岁时他就被送到寄宿学校，所以，被老兵欺侮、被愚蠢的上司操练对他来说并不稀奇。家庭背景和举止谈吐没少让他受人嘲讽，但他耐着性子承受下来。

在剧烈的运动时，查克惊讶地发现格斯体现出一种纤长的美感，以前只能在网球场上得以一见。"你像只长颈鹿，"查克说，"跑起来也像。"因为他四肢长，格斯在拳击方面也很出色，不过负责训练的中士教官遗憾地告诉他，他缺乏杀手本能。

可惜他的枪法非常糟糕。

他很想在军队里好好表现一番，部分原因是他知道人们认为他没什么出息。他要向他们，或许也向自己证明他不是个窝囊废。但他还有另外一个原因。他明白自己在为何而战。

威尔逊总统向国会和参议院发表讲话，如同向全世界吹起一声号角。他在呼吁一种新的世界秩序。“必须根据专门公约成立一个统一的国家的联合组织，目的在于保证大小各国各自都获得政治独立和领土完整。”

国家联盟是威尔逊的一个梦想，也是格斯和其他许多人的梦想，其中甚至包括爱德华·格雷爵士，是他在担任英国外交大臣时提出了这一理念。

威尔逊阐述了他的十四点计划。包括裁减军备，殖民地人民自己决定他们的未来，还有巴尔干半岛、波兰和奥斯曼帝国臣民的自由。这次讲话被称为威尔逊的十四点原则。格斯十分羡慕那些帮助总统起草的人。要是以前，他也是其中的一员。

“我的方案里贯穿着一个鲜明的原则，”威尔逊说，“这就是公正对待所有人民和一切民族，确保他们不论强弱均有权享受相同的自由和安全。”当格斯读到这些话时，泪水涌上了他的眼眶。“这是美国人民信奉的唯一原则。”威尔逊说。

真的有可能不打仗就解决各国间的纷争吗？通过战争达到这一目的显然自相矛盾，但值得一试。

格斯和查克跟随他们的机枪营乘坐“科琳娜号”从新泽西州的霍博肯出发。这是艘由豪华客轮改装的运兵船。整个旅行历时两周。他们都是少尉，同住在一间上甲板的船舱里。虽然他们曾互为情敌追求过奥尔加·维亚洛夫，但现在已然成了朋友。

这艘船是运兵船队的一部分，由海军护航，一路航程都很顺利，只是有几个战士死于西班牙流感，这种新的疾病正在全球肆虐。吃的东西很差。人们传言德国人已经放弃了潜艇战，正准备靠投毒赢得战争。

“科琳娜号”在法国西北角的港口城市布雷斯特外面等待了一天半时间。他们下了船，码头上到处是人、车和商店，喝令声和引擎的轰鸣此起彼伏，急躁的军官们和汗流浃背的装卸工穿梭忙碌。格斯问码头上的一个中士为什么耽搁了这么久，这句话实在不该问。“你管这叫耽搁，先生？”中士说，让“先生”这个词听上去像是在侮辱对方，“昨天我们卸下了五千人，连带他们的车辆、枪炮、帐篷和野战炊具，再把这一切转送上铁路和公路运输线。今天我们又卸下了五千人，明天也是如此。这可不是耽搁，先生。这他妈够快的了。”

查克咧嘴朝格斯笑笑，低声说：“看见了吧。”

装卸工们都是有色人种的士兵。一旦让黑人和白人士兵共同使用某个设施就会出乱子，而这些乱子通常是来自南方腹地的白人新兵挑起的。因此，部队索性做出妥协，让有色军团负责后方琐碎的辅助事务，不再让各种族混在一起上前线。格斯知道黑人士兵对此极其不满——他们也希望像别人一样为国家战斗。

军团的大部分人员继续从布雷斯特乘火车前进。他们坐的不是旅客车厢，而是被塞进装牛的闷罐车里。格斯把在车厢上看见的标志翻译出来给大家解闷：“四十个人或者八匹马。”不过，机枪营都有自己的交通工具，因此格斯和查克通过陆路前往他们在巴黎南部的营地。

他们在美国使用木枪演练过堑壕战，现在他们手上是真枪实弹。格斯和查克都是军官，因而配发了柯尔特M1911半自动手枪和装有七发子弹的弹匣。在离开美国之前他们就把骑警风格的帽子扔掉，取而代之以更为实用的军帽，有着十分独特的船形帽檐。他们也配发了跟英国人一样的汤钵形钢盔。

现在，一身蓝色的法国教官训练他们如何配合重型火炮展开作战行动，美国军队此前并不需要这种技能。格斯能讲法语，自然负责沟通任务。两个民族之间的关系还不错，虽然法国人抱怨说美国大兵一来白兰地的价格就涨了上去。

整个四月，德军一直在进攻，成效显著。鲁登道夫快速侵入佛兰德斯地区，让黑格将军不得不承认“英军被逼到了墙角”——这一措辞在美国士兵之间引起了不小的震动。

格斯并不急于见识战场，查克却急躁不安，在训练营里待不下去了。真不知道他们在这儿干什么——有真的战场不去，却在这儿模拟作战？德国前线最近的部分在兰斯，那是巴黎东北部的一座香槟城。但格斯的指挥官瓦格纳上校告诉他，协约国的情报部队确信德军不会在那里发动进攻。

协约国情报部门这次是大错特错。

沃尔特很兴奋。尽管伤亡惨重，但鲁登道夫的战略卓有成效。德国人攻击了敌人的薄弱部分，移动迅速，将强势力量留到以后扫除。尽管协约国部队新任最高统帅福煦将军组织了几次漂亮的防御，但德军夺取领土的速度超过1914年以来的任何时期。

最大的问题是德军部队每次占据了某个食物储备点之后就停止行进。他们停下来大肆吃喝，沃尔特无法强迫他们不吃饱饭就继续前进。这种景象实在难得一见，士兵们席地而坐，吮吸着生鸡蛋，一边往嘴里塞着蛋糕和火腿，举着酒瓶狂饮，任凭一颗颗炮弹在周围落下，子弹从他们头顶上呼啸而过。他知道其他军官也在经历着同样的事情。有些人举着手枪威胁下属，但即使这样也无法促使他们放下食物继续前进。

除了这个，整个春季攻势是一次重大胜利。沃尔特和手下的战士一个个筋疲力尽，毕竟他们已经打了四年的仗，不过他们交手的法国和英国士兵也是一样。

在占领索姆河和佛兰德斯之后，鲁登道夫计划在1918年发起第三次进攻，计划夺取兰斯和苏瓦松之间的部分地区。在那里，协约国部队占据着一片名为“贵妇小径”的山脊——这一命名是因为它是由路易十五为其女儿拜访一位朋友而建造的。

最后的作战部署在周日，即5月26日下达，这天风和日丽，东北方吹来徐徐微风。看着战士们列队开赴前线，数千门火炮在法军持续的炮火骚扰下调动就位，电话线从指挥部的防空洞内一直铺设到炮台射击阵地，沃尔特心里感到十分骄傲。

鲁登道夫的战术依旧不变。这天深夜两点，成千上万门枪炮把毒气、榴霰弹和炸药投向高处山脊的法军前沿。沃尔特得意地发现法军的射击立刻弱了下去，这表明德军击中了目标。按照新的战略设想，弹幕只持续很短的时间，在凌晨五点四十分的时候停了下来。

冲锋队开始前进。

德国人是在朝上坡进攻，但他们并未遇到多少抵抗，沃尔特不到一个小时便登上山脊的小路，这让他又惊又喜。现在天已经放亮，他可以看见法国人正沿着山坡溃退下去。

突击队员们以稳定的速度跟在后面，与向前滚动的火炮弹幕保持一致，尽管如此，他们依然在中午前赶到了山谷裂隙之间的埃纳河。不少农民摧毁了他们的收割机，烧掉谷仓里较早收成的作物，但大多数人逃离时十分匆忙，为随后而至的德军留下了丰厚的物资。撤退的法国人甚至没有炸毁埃纳河上的桥梁，简直不可思议，说明他们当时惊慌失措。

沃尔特手下五百人的队伍在午后穿越另一座桥梁，在维勒河的另一侧扎营，算来，他们在一天之内推进了近二十公里。

第二天他们停下，等待援军到来，但在第三天他们又继续前进，到了第四天，5月30日星期四，他们便到达了马恩河的北岸。自星期一算起，他们已经向前推进了近五十公里，获得了十分惊人的成绩。

不好的预感让沃尔特回忆起1914年的往事。当年，德军正是在这个地方被迫停下的。

他发誓不再重蹈覆辙。

5月30日，正当格斯与美国远征部队在巴黎南部的沙托维兰训练的时候，第三师接到命令赴马恩河增强防守力量。大部分士兵将要乘坐火车，破烂的法国铁路系统可能要花好几天时间才能将他们送到前线。格斯和查克带着机枪营立刻从公路出发。

格斯既兴奋又害怕。这不像拳击赛，有裁判执行规则，如果打斗过于危险便予以终止。如果真有人朝他开枪的话，他会如何反应？掉头就跑？有什么会让他逃不掉？他大概设想了一下。

汽车跟火车一样不可靠，不少车辆半路抛锚或者耗干了汽油。此外，他们被反方向躲避战争的平民阻拦，有的人赶着牛群，还有的用独轮推车载着财物。

星期五的下午六点钟，机枪营带着十七挺机枪来到巴黎以东八十多公里的一个绿荫环绕的小镇蒂耶里堡。这个小地方在晚霞中显得尤其美丽。马恩河横穿过小镇，两座桥梁将南部城郊与北部的镇中心连接起来。法国人控制着河的两岸，但德军的前锋已经到达城镇北部的边沿地带。

格斯的营奉命沿南岸布设武器，控制两座桥梁。他的战士装备了M1914霍奇基斯重型机枪，全都架在坚固的三脚架上，铰接上装有两百五十发子弹的金属弹夹。他们手里还有枪榴弹，用两脚架以四十五度角向上发射，还有几挺仿造英国“斯托克斯”式的迫击炮。

太阳落下的时候，格斯和查克监督着两座桥之间的战士们进入作战位置。这类决定没有经过任何训练，他们不得不依靠自己的常识行事。格斯选了一座三层楼的建筑，底层是一间合着百叶窗的咖啡馆。他砸开后门走了进去，爬上了楼梯。阁楼上的窗子视野十分开阔，一直能看到河对岸，顺着一条向北的街道瞭望远处。他吩咐一个重机枪班守在那里。他估计那位中士会对他说这是一个愚蠢的主意，但中士赞成地点点头，便去完成命令了。

格斯又在几个类似的位置布设了三挺机枪。

在给迫击炮寻找合适的掩护时，他发现河岸上有个砖砌的船屋，但不清楚它在自己的区域还是归查克负责，便去找他这位朋友核实。他发现查克正站在九十多米外的堤岸上，靠近东面的大桥，用一部双筒望远镜朝水面上窥视。他朝那边走了两步，便听到一声可怕的爆炸声。

他转身朝声音的方向看去，随即又是几声震耳欲聋的爆炸。一枚炮弹落在河面上，掀起了高高的水花，他这才意识到德军的火炮开了火。

他再次朝查克站的地方看去，刚好看见他的朋友消失在爆炸扬起的一团泥土中。

“我的上帝！”他惊叫一声，立刻朝那边跑去。

一发发炮弹落在河的南岸。战士们一个个全都趴在地上。格斯来到刚才查克站的地方，慌忙到处寻找着。眼前只有一堆堆的泥土和石块。这时他看见一条胳膊从碎石中伸了出来。他把一块大石头搬到一边，这才惊恐地发现这条胳膊并没有连着身体。

这是查克的胳膊吗？应该有办法弄清楚这一点，但格斯惊魂未定，想不出任何办法。随后，他跪在地上开始用手去挖。他看见一片棕褐色的领口，上面镶着写有“US”的金属标牌，不禁呻吟了一声：“哎呀，上帝。”他赶快把查克的脸弄出来。查克一动不动，既没有呼吸，也没了心跳。

他极力回想着应该怎么办。有人死了的话，应该跟什么人联系呢？尸体总该有人处理，可怎么处理呢？正常情况你得叫殡仪馆的人来。

他抬起头，发现一个中士和两名下士正在盯着他。又有一颗迫击炮弹在街上爆炸，几个人下意识地缩了缩脖子，随后又去看他。他们在等待他发出指令。

他猛地站起身来，一些训练的内容回到了他的脑海中。处理死去的战友甚至照顾伤者都不是他的任务。他毫发无损，必须去完成他的使命迎战敌军。一股不理智的愤怒涌上心头，让他对杀害查克的德国人恨得咬牙切齿。该死的，他想，我要好好还击你们。他记起了自己正在做的事情：布设武器。他必须尽快完成任务。他还要负责带领查克的连队。

他指着负责迫击炮的中士。“别去船屋了，那里太不隐蔽了，”他又指着街对面酿酒厂和马棚之间的一条狭窄小巷说，“在巷子那儿布设三挺迫击炮。”

“是的，先生。”中士匆忙离开。

格斯望着街道另一端。“看见那座平房了吗，下士？在那儿架一挺机枪。”

“先生，请原谅我，但那是一座汽车修理厂，下面可能有燃油槽。”

“见鬼，你说得对。眼力不错，下士。那就去那边教堂上的塔楼。那下面恐怕只有赞美诗集。”

“是的，先生，这下好办多了，谢谢，先生。”

“你们几个余下的跟我来。我们先找个掩护，再看看什么地方能安置其他武器。”

他带着他们穿过马路走到街道尽头，建筑物后面是一条过道或小巷，一颗炮弹落在一所贩卖农具的店铺院子里，爆炸开来的肥料烟尘撒了格斯一身，似乎在提醒他并未离开炮弹的射程。

他匆匆跑过小巷，一旦有墙体做掩护就躲上一会儿，避开炮弹袭击，一边大声命令把机枪放置在最高、最结实的地方，把迫击炮设在房屋之间的花园里。有时，手下的人会提出建议和抗议。他听取大家的意见，快速作出决定。

转眼天黑了，手头的工作更加困难。德国人的大量火力横扫整个镇子，大部分都准确地落在位于南岸的美军阵地上。有几幢楼房被炸塌了，沿河的街道变得一片狼藉。最初几小时内，格斯在轰炸中损失了三挺机枪。

直到午夜时分他才返回营部，营部设在往南几条街外的一个缝纫机厂里。瓦格纳上校跟同级别的法国军官在一起，两人对着一张小镇的大比例地图凝神沉思。格斯报告说他跟查克属下的所有枪炮已经就位。“干得好，杜瓦，”上校说，“你还好吧？”

“是的，先生。”格斯回答。他有些不解，又有点儿生气，觉得上校也许认为他没有勇气担当这份职责。

“你身上到处是血。”

“是吗？”格斯低下头，看见军服的前胸的确有块凝结的血迹，“我也不知是从哪儿沾上的。”

“是从你脸上，那儿有一大块刮伤。”

格斯摸了摸自己的脸，手指碰到一片翻起的皮肉时疼得抽搐了一下。“我都不记得是怎么弄伤的。”

“去急救站清理干净。”

“不要紧的，先生，我还得……”

“这是命令，中尉。如果伤口感染的话可就麻烦了。”上校微微笑了笑，“我不想失去你。看来你是块当军官的料。”

第二天清晨四点钟时，德军发动了气体弹幕。沃尔特带着他的冲锋队员在日出时接近小镇的北部边沿，最近两个月法国军队的抵抗软弱无力，这次估计也是一样。

他们原想绕过蒂耶里堡，但这不可能。一条通往巴黎的铁路线穿过小镇，这里还有两座重要的桥梁。因此必须将它攻下来。

农舍和田野渐渐变成了别墅和小型农场，然后是石板路街道和花园。当沃尔特走近第一座二层楼的房子时，楼上窗口立即开始射击，子弹像水塘里的雨点一样打在他脚边的小路上。他纵身越过低矮的篱笆跳进一小片菜地，打了几个滚，最后隐蔽在一棵苹果树后。其他士兵也四散隐蔽起来，只有两个人倒在路上。其中一个没了动静，另一个痛苦地呻吟着。

沃尔特回头找到了施瓦布中士。“带上六个人，从房子的后门上去，端掉机枪的掩体，”他找到了几名中尉，“冯·凯塞尔，朝西走一个街区，从那儿进入小镇。冯·布劳恩，跟我一起往东。”

他避开大街，沿着小巷，穿过房子的后院向前移动，但每隔十座房子就有一个步枪或机枪手埋伏其中。沃尔特焦虑地意识到一定是发生了什么事让法国人重拾作战的精神。

整个上午冲锋队在房前屋后转战迂回，人员伤亡惨重。这种情况超乎他们的预料，每经过一处院落都要付出血的代价。他们已经习惯了从最薄弱的防御线深入到敌人的后方，瓦解通信线路，没有了作战指示，前线士兵很快就会向后续的敌方部队投降。现在，这种战术失去了效力，敌人似乎重新得到了力量，双方开始苦苦交战。

不过他们还是取得了一点胜利，到了中午，沃尔特已经站在那座中世纪城堡的废墟前，小镇就是以它命名的。城堡坐落在一座小山的山顶，镇政厅就在它的山脚下。中心大街从那里笔直延伸出去，连接两百多米以外的一座横跨马恩河的双拱公路桥。往东四百五十多米的河流上游，有另外一座桥，那是座铁路桥。

他能用肉眼看清所有这一切。随后他拿出望远镜，聚焦在南岸的敌人阵地上。士兵们都站在外面，并不在意自我掩护，这是新参战的士兵的特征，老兵不会让人看见自己。这些人年轻，精力充沛，吃穿都很好，他们的军服不是蓝色的，而是棕褐色的，这让他一下子慌了神。

他们是美国人。

下午，法国人回退到河的北岸，这样格斯就可以指挥迫击炮和机枪越过法国人的头顶朝进攻的德军开火。美军的炮火洪流般涌入蒂耶里堡南北向的道路，那里变成了一条杀戮的通道。尽管如此，他仍能看见德军无畏地向前猛冲，从银行冲到咖啡厅，仅凭人数就压倒了法国部队。

午后变成血腥的黄昏，格斯从高处的窗口向下张望，看见七零八落穿着蓝色军装的法国士兵向西面的大桥溃退。他们在大桥北端做最后的防守，当通红的夕阳落入西边的山岗，他们依然坚守在那儿，随后，黄昏降临，他们撤到了大桥的另一侧。

一小群德国人看到有机可乘，便开始追击过来。格斯看见他们跑上了大桥，暮色之中，隐约可见灰色的人影前后追逐。接着，大桥爆炸开来。格斯猜测是法国人预先在桥上装了炸药。残肢断体升到半空，大桥北侧的拱状桥体轰然落入河中，成了一堆瓦砾。

随后，一切沉寂下来。

格斯躺在总部的草褥子上睡了一会儿。他几乎四十八个小时没有合眼了。德军清晨的进攻惊醒了他。他睡眼惺忪地跑出缝纫机厂赶往河边。在六月的清晨，他看见德军已经占领了整个北岸，正在从极近的距离炮轰南岸的美军。

他安排已经休息过的人换下整夜值班的士兵。然后他从一处阵地走向另一处阵地，小心地一直躲在岸边的房子后面。他改进了隐蔽方式，将枪炮挪到较小的窗户里面，用带波纹的铁皮做防护，以免炮手被弹片击中，或者在枪的一侧堆起碎石作为防护。不过，保护自己的最好办法就是让敌人的炮手不得安生，他命令道：“送这帮浑蛋下地狱去。”

所有人都蠢蠢欲动。霍奇基斯重型机枪每分钟可以发射四百五十发子弹，射程可达三千六百多米，因此能十分有效地打到对岸。相比之下，斯托克斯迫击炮就不太管用了。它的抛射式弹道是应付无法用视线瞄准的堑壕战的。不过，枪榴弹在短距离内极具杀伤力。

双方都在猛烈轰击，就像两个拳击手困在一个桶里赤手空拳地打架。无数炮弹的爆炸声发出震耳欲聋的噪声。楼房垮塌，受伤的士兵在痛苦尖叫，抬担架的人浑身血污，在河滨和救护站之间来回跑着，跑腿的人给疲惫的士兵送来更多弹药和热咖啡。

时间慢慢过去，格斯潜意识中知道自己并不害怕。他总是有太多的事情要做，因而没时间去想这些。中午时分，他站在缝纫机厂内的食堂里大口灌甜奶咖啡当午餐，一瞬间他感到不可思议，自己竟然变成了现在这个样子。那个穿过弹幕、从一座房子跑向另一座房子、对着战士们大喊“送他们下地狱”的人真的是格斯·杜瓦吗？这是个原本担心自己上了战场会掉头就跑的人。到头来，他几乎没有想到自己是否安全，满脑子想的都是他的士兵处境危险。这种转变是怎么发生的？正在这时，一个下士过来报告说他的班里把更换霍奇基斯过热枪筒的扳手弄丢了，他匆匆喝掉剩下的咖啡，急忙去处理问题了。

不过当天晚上他经历了一阵悲伤的时刻。时值黄昏，偶然间他透过破碎的厨房窗户，朝河岸上查克·迪克森丧命的地方看了一眼。他已不再为查克身中炸弹在泥土中消失而感到震惊，过去三天里他目睹了更多的死亡和破坏。现在另一件事攫住了他，格斯意识到，将来有一天，他要通知查克的父母——布法罗银行的拥有者阿尔伯特和埃米琳这件事，还要通知他年轻的妻子多丽丝，她一直竭力反对美国参战，或许正因为担心会发生眼下这种事情。格斯该怎么对他们说呢？“查克作战很英勇。”但查克根本没参加过战斗，他在第一次战斗的第一分钟就死了，连一枪都没有打过。就算他是个懦夫也没多大关系，结果都是一样。他的生命就这样浪费掉了。

格斯盯着那块地方陷入了沉思，随后，他的目光被铁路桥上移动的东西吸引了过去。

他的心咯噔一下。大桥尽头，一队士兵正在向这边进发。他们土灰色的军装在昏暗中依稀可辨。他们沿着铁轨跑着，在枕木和碎石中磕磕绊绊。这些人的头盔是煤斗形的，步枪斜背在肩上。他们是德国人。

格斯跑向最近的一个机枪架设点，那是在花园的围墙后面。这里的战士们并未发现进攻的敌军。格斯拍了拍炮手的肩膀。“朝大桥那边开火！”他喊道，“看——德国人！”炮手把枪筒摆过来，对准新的目标。

格斯随便用手指了一个战士。“快跑去总部报告情况，东面桥上有敌军进犯，”他喊道，“快，快！”

他看见旁边有位中士。“让大家全部都朝大桥那边开火，”他说，“快去！”

他向西面跑去。重型机枪无法迅速移动——霍奇基斯连同三脚架重量近四十公斤，但他让所有手榴弹兵和迫击炮手转移到新的阵地上，以便他们防守大桥。

德国人一个个被撂倒在地，但他们意志坚定，继续前进。透过眼镜镜片，格斯看见一个高个头穿少校军服的人，看上去十分熟悉。他想是不是他在战前见过这个人。格斯正望着，那少校便被击中，跌倒在地。

德国的炮火掩护也十分强大。好像北岸的所有枪炮都瞄准了聚集在铁路桥南端的美军防御阵地。格斯眼见自己的战士一个接一个倒下，但他及时派人换下牺牲和受伤的战士，射击几乎没有片刻停歇。

德国人停了下来，开始据守阵地，用死去战友的尸体稍做掩护。一些胆大的家伙继续前进，但没有地方可以作掩护，他们很快就被打倒了。

夜幕降临，但这对战况毫无影响——双方的射击强度达到极限。敌人的身形模糊，被射击和爆炸的火光照亮。格斯把几挺沉重的机枪挪到新的射击位置，他几乎可以肯定这次进犯并不是为了掩护其他地方的过河部队而发动的佯攻。

双方僵持着，最后，德军开始后撤。

看见桥上出现了担架队，格斯便命令手下停止射击。作为回应，德国人的火炮也安静下来。

“万能的基督啊，”格斯自言自语道，“看来我们已经击败了他们。”

美军的一颗子弹打断了沃尔特的胫骨。他痛苦地躺在铁轨上，无法动弹，但看到士兵在后撤，听见枪炮声渐渐停息，让他心里更加难受。他知道自己已经失败。

被人抬上担架时他疼得叫了起来。伤者的叫声会挫败士气，只是他实在忍不住。他们跌跌撞撞抬着他跑过铁轨，穿过小镇到达救护站，护士给他打了一针吗啡，让他昏睡了过去。

醒来时他的腿已经打上了夹板。他向每一个从他的帆布床前经过的人打听战斗的进展，但并没有得到任何详细信息，最后戈特弗里德·冯·凯塞尔走过来，幸灾乐祸地查看他的伤口。戈特弗里德告诉他，德军已经放弃在蒂耶里堡穿越马恩河。也许他们要尝试其他地方。

第二天，在被送上回家的火车之前，沃尔特得知美军第三师的主力部队已经到达，在马恩河南岸布设阵地。

一位受伤的战友告诉他，靠近布瓦德贝洛镇的一片树林里展开了一场鏖战，双方伤亡惨重，但美军赢得了胜利。

回到柏林，报纸上继续在渲染德国的胜利，但地图上的前沿阵线并未向巴黎靠近，沃尔特痛苦地意识到春季攻势已经失败。美国人来得太快了。

出院后，他回到父母家里休养。

8月8日，协约国部队进攻亚眠，使用了将近五百辆新式坦克。这种装甲战车麻烦不少，但开动起来势不可挡，英国人只用一天的工夫便向前推进了约十三公里。

虽说只有区区十三公里，但沃尔特怀疑局势已经开始逆转，从父亲的脸上他看出他也有同感。整个柏林已经没有人再奢谈赢得战争了。

九月底的一天晚上，奥托回到家里，脸色阴沉得像刚收到了什么噩耗，以往的活力全然不见了。沃尔特甚至怀疑他是不是要大哭一场。

“皇帝回柏林了。”他说。

沃尔特知道威廉皇帝一直待在位于比利时山上的陆军总部，那是一个叫斯帕的度假地。“他怎么回来了？”

奥托的声音低得几乎听不清，好像他受不了把这句话用平常的口气说出来：“鲁登道夫想要休战。”

第三十二章

1918年10月

茉黛与她的朋友雷马克勋爵在丽兹饭店共进午餐，后者在陆军部担任副部长。约翰尼穿着一件新的淡紫色背心。在吃砂锅牛肉汤时，她问道："难道战争真的就要结束了吗？"

"人人都这样认为，"约翰尼说，"今年以来，德国已经遭受七十万人的伤亡。他们再也撑不下去了。"

茉黛难过地想，不知道沃尔特是否在这七十万人中。可能他已经死了，这念头像冰冷的肿块塞在她心口。自从两人在斯德哥尔摩度过田园诗般的第二次蜜月以后，她没再得到过他的任何消息。她猜测他没有工作机会去中立国给她写信。更可怕的是可能他已经返回了前线，加入了德国军队最后决定成败的进攻。

这样可怕的想法就是现实。很多女性失去了自己所爱的人，包括丈夫、兄弟、儿子或者未婚夫。这四年中，人们每天都要经历这样的悲剧。人们彻底心灰意冷，哀伤和不幸成了生活常态。

她把面前的汤盘推到旁边："有别的理由能指望和平？"

"是的。德国换上了一个新总理，他已经致函威尔逊总统，提出以威尔逊著名的十四点计划为基础停战。"

“这很有希望啊！威尔逊同意了？”

“没有。他说，德国必须先从所有征服的领土上撤军。”

“我们政府是怎么考虑的？”

“劳埃德·乔治暴跳如雷。德国把美国人当作协约国里的权威，威尔逊总统表现得似乎他们不用征求我们的意见就可以达成和平。”

“这很要紧吗？”

“是的。我们的政府并不一定同意威尔逊的十四点。”

茉黛点点头：“我们估计会反对其中的第五点，关于殖民地人民在自己政府里有发言权的部分。”

“正是如此。这样一来，罗得西亚、巴巴多斯和印度该怎么办？我们不能指望得到当地人的许可，再去教化他们。美国人过于自由了。我们坚决反对第二条，无论战争或和平时期都保持公海自由。英国的强大力量靠的是海军。如果我们不能堵住德国的海上贸易通道，也就不能把德国饿得最终屈服就范了。”

“法国人有什么想法？”

约翰尼撇嘴笑了笑：“克列孟梭[①]说，威尔逊想要超越全能的上帝。他说‘上帝只不过提出了十项要求’。”

“我感觉多数英国人实际上都很拥护威尔逊和他的建议。”

约翰尼点点头：“欧洲国家的领导人也不好开口制止美国总统缔造和平。”

茉黛实在太想相信这一切了。她告诫自己不要高兴得太早了，以免随后太过失望。

---

① 乔治·克列孟梭（1841—1929），法兰西第三共和国总理，为第一次世界大战协约国的胜利和凡尔赛和约的签订作出重要贡献，被当时欧洲人称为“胜利之父”。

侍者给他们送上瓦列斯卡鳎鱼，朝约翰尼的背心投以暧昧的目光。

茉黛又转而提起另一件让她担心的事。“你有菲茨的消息吗？”她的哥哥赴西伯利亚执行一项秘密行动，但他还是告诉了她，约翰尼会定期告诉她菲茨的消息。

“那个哥萨克首领很令人失望。菲茨跟他签订了一项协议，我们在一段时间内向他提供资金，但他不过是个军阀而已。不过，菲茨继续待在那里，希望能鼓动俄国人推翻布尔什维克。同时，列宁把他的政府从彼得格勒迁到了莫斯科，他觉得那里更安全，不会被入侵。”

“如果布尔什维克被罢免，新政权会继续跟德国打仗吗？”

“现实而言，不会。”约翰尼抿了一口夏布利白葡萄酒，“但英国政府里很多权贵人物讨厌布尔什维克。”

“为什么？”

“列宁的政权非常残酷。”

“沙皇的政权也一样，但丘吉尔从未计划要推翻他。”

“实际上他们害怕布尔什维克在那儿获得成功后，下一步就会蔓延到这儿来。”

“可是，如果可行的话，为什么不行？”

约翰尼耸了耸肩：“不能指望你哥哥那样的人也这样想。”

“是的，”茉黛说，“我好奇他怎么继续他的使命。”

“我们到俄国了！”比利·威廉姆斯说。他们的船已经靠岸，他能听见码头工人的吆喝声。“我们他妈的到俄国来干什么？”

“我们怎么会到俄国呢？”汤米·格里菲斯说，“俄国在东部。而这几个星期以来我们一直向西航行啊。”

“我们走过了半个地球，从另一面绕过来到这儿的。”

汤米不相信，他斜靠在栏杆上，眼睛盯着岸上：“那些人看上去有点像中国佬。”

“但他们说的是俄语。听上去像马夫别斯科夫，就是那个打牌骗了庞蒂兄弟，然后溜之大吉的家伙。”

汤米仔细听了听：“是呀，你说得对。真没想到。”

“这一定是西伯利亚，”比利说，“难怪他妈的这么冷。”

几分钟后，他们得知他们来到了符拉迪沃斯托克。

阿伯罗温同乡队走在镇上并未引起多少人注意。已经有成千上万穿军服的士兵来到这儿了。他们大部分都是日本兵，但也有美国人、捷克人等等。镇上有一座繁忙的港口，有轨电车沿着宽阔的林荫大道轧轧前行，还有不少时髦的旅馆、剧院和数以百计的店铺。比利觉得这里有点儿像加地夫，只不过更冷一些。

他们到达军营的时候，遇到由年长的伦敦人组成的一个营，他们是坐船从香港来这儿的。比利心想，把这些怪老头送到这么远的地方是有道理的。可同乡队尽管因伤亡有所削弱，但他们一个个经验丰富，敢打敢冲。到底是谁在暗中操纵，把他们从法国撤出来，送到地球的另一边来呢？

他很快就明白了真相。晚餐后，旅长——一个面目英俊可亲、显然快要退役的男人告诉他们，菲茨赫伯特伯爵上校将要来讲话。

格温·埃文斯上尉——那位前百货店的老板——搬来一只装猪油罐头的木箱，菲茨站到箱子上面，那条伤腿让他活动起来有些吃力。比利看着他，并不感到任何同情。他的同情心留给斯托米·皮尤和其他众多残废了的前矿工，他们在伯爵的煤矿挖煤的时候就受尽伤害。菲茨自大又傲慢，是普通男人和女人的无情剥削者。只可惜德国人没有打中他的心脏，只打断了他的一条腿。

“我们肩负着四重使命，”菲茨开始讲话，面对六百人提高了嗓门，“首先，我们来在这儿是为了保护我们的财产。你们下船走下码头，经过铁路专用线时应该注意到有士兵看守着成堆的供应品，这片十英亩的场地上存放着六十万吨弹药和其他军事装备，英国和美国将这些物资运到这儿的时候，俄国还是我们的盟友。现在，布尔什维克与德国讲和，我们不愿让我国人民花钱买来的子弹落到他们的手中。”

“这简直是毫无道理，”比利大声说道，让汤米和身边的其他人听得清清楚楚，“有必要让我们到这儿来吗？为什么他们不把这些货用船运回去呢？”

菲茨恼火地朝声音的方向瞥了一眼，继续说道：“其次，这个国家有许多捷克民族主义者，有些是战俘，还有战争之前就在这儿工作的人，他们自己组成了捷克军团，打算坐船从符拉迪沃斯托克出发加入我们在法国的军队。他们不断受到布尔什维克的骚扰，我们的任务就是帮助他们逃离这里。当地的哥萨克社团领袖会协助我们完成此事。”

“哥萨克社团领袖？”比利说，“他想骗谁啊？他们是一帮该死的土匪。”

菲茨再次听到了表示异议的低语声。这一次，埃文斯上尉看不下去了，他不耐烦地下到食堂大厅里，站在比利他们旁边。

“西伯利亚有八十万奥地利和德国战俘，他们是签订和平条约后被释放的。我们必须阻止他们重返欧洲战场。最后，我们怀疑德国人盯上了俄国南部巴库的油田。我们不能让他们接近这块储藏区。”

比利说：“我感觉巴库离这里很远。”

那位旅长亲切地说：“你们谁有问题要问吗？”

菲茨瞪了他一眼，但已经来不及了。比利说：“我没有看见任何这方面的报道。”

菲茨回答说：“跟许多军事任务一样，这还是秘密，你们也不准在家信中提及自己在什么地方。”

“我们跟俄国宣战了吗，先生？”

“不，我们没有。”菲茨严厉地看着比利，也许他还记得比利是如何在卡尔瓦利福音馆的和平会议上击败他的，“除了威廉姆斯中士以外，还有人有问题吗？”

比利坚持说道：“我们是打算推翻布尔什维克政府吗？”

部队里发出愤怒的抱怨声，他们中的许多人都同情革命。

“这里没有布尔什维克政府，”菲茨愈发恼火，“国王陛下一直没有承认莫斯科的政权。”

“我们的任务受到议会的认可了吗？”

旅长显得十分为难——他没想到有人会提出这种问题来。埃文斯上尉说：“你说得够多的了，中士，给别人点儿机会吧。”

但菲茨不够聪明，不知道有时该闭上嘴，对于比利从激进的非国教徒父亲那里学来的善辩功夫，菲茨不觉得自己在这方面会输。“军事任务由陆军部批准，不需要议会授权。”菲茨争辩道。

“所以这一切是在对我们选出的代表保密的情况下进行的！”比利愤怒地说。

汤米焦急地喃喃道："当心，伙计。"

"这是必要的。"菲茨说。

比利没有理会汤米的提醒——他实在太气愤了。他站起来，用清晰而洪亮的声音说："先生，我们现在做的事情合法吗？"

菲茨一脸怒色，比利知道他说中了关键的一点。

菲茨开口说："当然合法……"

"如果我们的任务没有被英国人民或者俄国人民认可，"比利打断他，"那怎么能说是合法的呢？"

埃文斯上尉说："坐下，中士。这里不是该死的工党会议。再多说一个字，你就会被问罪。"

比利坐了下来，他很高兴阐述了自己的观点。

菲茨说："我们是受了全俄临时政府的邀请到这里来的，其行政部门是五人组成的理事会，设在西伯利亚西部边沿的鄂木斯克。"菲茨停顿了一下，接着把话说完，"那正是你们下一步要去的地方。"

黄昏。列夫·别斯科夫等待着，浑身瑟瑟发抖。这是符拉迪沃斯托克的一个货场，远在西伯利亚大铁路的末端。他穿着一件军大衣，里面套着中尉的军服，但西伯利亚是他待过的最冷的地方，这些衣服根本不管用。

来俄国这件事把他气疯了。四年前他侥幸逃离此地，然后出奇幸运地与一个富有的美国家庭联姻。现在，就因为一个女人，他又回到了这里。我到底是出了什么毛病？他问自己。我怎么就不知足呢？

一扇大门徐徐打开，一辆用骡子拉着的大车从货物堆那边驶了过来。列夫跳了上去，坐在驾驶大车的英国士兵旁边。“嘿，希德。”他招呼道。

“嗨。”希德说。这人挺瘦，总是叼着烟卷，脸上早早有了皱纹。他是个伦敦佬，说的英语跟南威尔士或者纽约州北部的口音全然不同。一开始列夫都听不太懂他在说什么。

“你弄到威士忌了？”

“没，只有几听可可。”

列夫转过去，俯下身子去车上拉了拉篷布的一角。他几乎可以肯定希德是在开玩笑。他看到一个纸箱，上面写着“弗莱巧克力和可可”。他说：“哥萨克那边不太需要这玩意儿。”

“你往下面看。”

列夫把箱子挪到一边，看见了另一个标签。“教师牌高地精华级苏格兰威士忌。”他说，“有多少？”

“十二箱。”

他盖上箱子：“比可可强。”

他领着希德赶着大车离开城镇中心。他不停地回头查看，以免有人跟踪他们。一个美军高级军官让他们感到忐忑不安，但一路上没有任何人盘问他们。符拉迪沃斯托克挤满了躲避布尔什维克的难民，大部分人都带着大量钱财。他们花起钱来就像活不到明天似的，大概许多人的确末日当头。俄国这里什么都短缺，贩卖的东西不少都是从中国走私而来，或者像希德那样，是从部队里偷来的。

列夫见到一个女人带着个小女孩，便想起了黛茜。他想念她。她已经会走，会说话了，对一切都感兴趣。她一噘嘴，让所有人的心都化了，甚至包括约瑟夫·维亚洛夫。列夫已经有六个月没见到她了。她现在两岁半了，在他离开的这段时间一定变了不少。

他也想念玛伽。她是他的梦中情人，她跟他躺在床上，赤裸的身子贴着他上下扭动。就是因为她，他才惹恼了自己的岳父，来到西伯利亚这个破地方，但即使如此，他还是渴望再次见到她。

“你有什么弱点没有，希德？”列夫问道。他觉得自己需要跟这个沉默寡言的希德建立一种友谊——共同做坏事的伙伴需要相互信赖。

“没，”希德说，“我只爱钱。”

“爱钱能让你去冒险吗？”

“不，也就是小偷小摸。”

“小偷小摸给你带来什么麻烦没有？”

“没有过什么大麻烦。坐过一次牢，不过也只有半年。”

“我的弱点是女人。”

“是吗？”

英国人听到回答后总还要问上一句，列夫已经习惯了。“是啊，”他说，“我就是忍不住。我喜欢带漂亮女人去夜总会。”

“真的吗？”

“真的。我控制不了自己。”

大车进了一片港口住宅区，这里的路十分泥泞，到处是水手的小旅馆，既没有名称也没有门牌。希德显得有些紧张。

列夫说：“你身上带了武器没有？”

“没，”希德说，“我只有这个。”他撩开大衣，露出腰带上插着的一杆枪，那枪管足足有三十厘米长。

列夫利从没见过这种模样的枪。“这是他妈的什么东西？”

“这是韦伯利马尔斯。世界上最厉害的手枪。非常稀罕。”

“不用扣扳机，只要亮出来就能吓唬人。”

这地方没人肯付钱清理街上的积雪，大车驶进少有人走的小巷，沿着路上旧有的车辙或在冰上滑行。身处俄国，让列夫想起自己的哥哥。他还没有忘记自己答应给格雷戈里寄去赴美国的路费，他把从部队偷来的物资卖给哥萨克人，从中能赚到大笔的现金。今天的交易就足够支付格雷戈里的路费了。

在短暂的一生中他做了不少缺德事，但如果他能补偿哥哥，心里就能舒服一些。

他们把车赶进一条小巷，在一座低矮的房子后面转了个弯。列夫打开一个纸箱，拿出一瓶威士忌。“你留在这儿看住这些货，”他对希德说，“否则，等我们出来东西就不见了。”

“放心吧。”希德说，但他显得有些害怕。

列夫伸手摸了摸大衣里面，腰带上的柯尔特点45半自动手枪插在皮枪套里，然后他便走进房子的后门。

在西伯利亚，这地方就算得上一家小酒馆了。一个小房间放着几把椅子、一张桌子。屋里没有吧台，只有一扇通向厨房的门，里面的架子上摆着各种酒瓶和一只酒桶。三个人围坐在炉火边，穿的是简单粗糙的毛皮大衣。列夫认出了坐在中间的那个人，他名叫索特尼克。他穿着一条松垮垮的裤子，裤脚塞进一双马靴里。这人长着高高的颧骨和一对斜眼，他还炫耀般地留着一副精心梳理的唇髭和腮须。他的皮肤因为气候变得又红又粗糙。年龄难以确定，可能是二十五到五十五之间的任何岁数。

列夫轮流跟几个人握了握手。他拔开瓶塞，其中一个人——

大概他是店主——拿来四只配不上套的杯子，列夫大大方方给大家倒上，他们开始喝了起来。

“这算是世界上最好的威士忌了，”列夫用俄语说，“是从一个跟西伯利亚一样寒冷的国家运来的，那儿的山间溪水是纯纯的融雪。只可惜这酒太昂贵了。”

索特尼克毫无表情：“多少？”

列夫不打算让他回过头来再讨价还价。“就是你昨天同意的价钱，”他说，“只能用金卢布，别的不行。”

“多少瓶？”

“一百四十四瓶。”

“东西在哪儿？”

“就在附近。”

“你得加点儿小心。附近有不少窃贼。”

这话是个警告，也许是威胁——列夫明白这种双关语是故意说的。“我知道窃贼，”他说，“我本人就是其中一个。”

索特尼克看了看他的两个同伴，停顿了一会儿，他笑了起来。他们也跟着笑了。

列夫又倒了一轮酒。“别担心，”他说，“你的威士忌出不了问题，有杆枪保护着它们。”这也是一句双关语。要他们安心，也是给他们一个警告。

“那就好。”索特尼克说。

列夫喝着威士忌，然后看了看手表。“宪兵巡逻队很快就到这附近了，”他撒了个谎，“我得走了。”

“再喝一杯。”索特尼克说。列夫站了起来。“你想不想要威士忌？”他显得很生气的样子，“我可以轻易卖给任何人的。”这是实话。只要有酒，就不愁卖不出去。

“我要了。”

“那就把钱放桌子上。”

索特尼克从地板上拿起鞍囊，开始点数五卢布一枚的硬币。说好的价钱是六十卢布一打。索特尼克慢慢把十二个一摞的硬币数好，一直摆了十二摞。列夫猜测他无法直接数到一百四十四。

等索特尼克摆完了，便抬头看了看列夫。列夫点点头。索特尼克把硬币又装回鞍囊。

他们来到外面。索特尼克背着那只袋子。夜幕降临，但天上有月亮，一切都看得清清楚楚。列夫用英语跟希德说：“留在车上。保持警惕。”在非法交易中，这种时候往往最为危险，买家有可能不付钱就把货物抢走。为了格雷戈里的船票钱，列夫不敢有任何闪失。

列夫掀开车上的遮布，把三箱可可搬到一边，露出苏格兰威士忌。他从车里搬出一箱酒，放在索特尼克的脚边。

其他几个哥萨克人上了大车，开始去搬剩下的盒子。

“等等，”列夫看着索特尼克，“袋子。”

两边陷入了长时间的停顿。

驾驶座那儿，希德撩开他的外衣，露出了身上的武器。

索特尼克把袋子递给列夫。

列夫往里看了一眼，但他决定不再清点了。要是索特尼克当时偷奸要滑少数了几枚硬币的话，他是看得出来的。他把袋子递给希德，然后去帮其他人卸车。

他跟几个人握了手，正要起身上车时，索特尼克拦住了他。“你看，”他指了指一个打开的盒子，“这里少了一瓶。”

那瓶酒放在小酒馆的桌子上，索特尼克心里很清楚。他怎么突然在这个节骨眼上找茬呢？这太危险了。

他用英语对希德说："给我一个金币。"

希德打开袋子，递给他一枚硬币。

列夫一把抓住它，紧握在拳头里，然后往上一抛，硬币旋转着升到半空，反射着明亮的月光。索特尼克本能地伸手去接，列夫趁机跃上大车，坐上座椅。

希德猛地一甩鞭子。

"与主同在，"列夫喊了一句，大车猛地向前冲了出去，"什么时候再要威士忌的话，就说一声。"

骡子嗒嗒跑出了院子，转身上了大路，列夫的呼吸这才平稳下来。

"我们弄了多少？"希德问。

"就按我们说好的。每人三百六十卢布。减去五卢布。最后损失的那枚算我的。你有袋子吗？"

希德掏出一个大皮钱包。列夫数出七十二枚金币放进去。

他跟希德说了再见，在美国军官住处跳下车。他朝自己的房间走去，迎面碰上了哈蒙德上尉。"别斯科夫！你去哪儿了？"

列夫真希望他身上没有这个装了三百五十五卢布的哥萨克式鞍囊。"观光，先生。"

"天都黑了！"

"所以我就回来了。"

"我们一直在找你。上校要见你。"

"马上，先生。"

列夫往自己的房间走，想尽快摆脱这个鞍囊，但哈蒙德说：

“上校的办公室在另一头。”

“是的，先生。”列夫只得掉头回来。

马卡姆上校不喜欢列夫。这位上校是个职业军人，并非战时才应召入伍的。他觉得列夫不配加入优秀的美国陆军，他是正确的，百分之一百一的正确，上校自己也会这样说。

列夫正打算把鞍囊放在上校办公室门外的地板上，但是随随便便把这么多钱放在这儿，实在让他有些担心。

“你到底跑哪儿去了？”列夫一走进办公室，马卡姆劈头就问。

“去镇子周围看了看，先生。”

“我给你重新分配任务。我们的盟友需要一个翻译，要我把你临时调派给他们。”

这听上去像个美差。

“是的，先生。”

“你要跟他们去鄂木斯克。”

这就有些不妙了。鄂木斯克远在俄国的野蛮腹地，离这里有六千多公里。“去哪儿干什么，先生？”

“他们会告诉你的。”

列夫不想去，离家太远。“你是要我自愿前往吗，先生？”

上校犹豫了一下，这让列夫察觉这次调动是志愿性的，就像部队里所有事情一样。“你拒绝委派吗？”马卡姆威胁道。

“当然，如果委派是自愿的话，先生。”

“跟你这么说吧，中尉，”上校说，“如果你自愿前往的话，我就不会要你打开袋子，告诉我里面都有什么。”

列夫低声骂了一句。他已无可奈何。这个上校太厉害。鞍囊里装的是格雷戈里去美国的路费。

鄂木斯克。管它呢。

“我很愿意去，先生。”他说。

艾瑟尔上楼去米尔德里德的公寓。这地方倒是干净，但算不上整洁有序，玩具扔在地上，烟灰缸上放着一支燃烧的香烟，一条晾干的内裤就挂在火炉前面。“今晚你能照看一下劳埃德吗？”艾瑟尔问道。她和伯尼打算去参加工党的一次会议。劳埃德现在快四岁了，如果没人照看，自己就能从床上下来，在屋子里到处走动。

“没问题，”她们晚上经常替对方照看孩子，“我接到了一封比利的信。”米尔德里德说。

“他都好吗？”

“还好。但我觉得他没在法国。他一句也没提战壕的事。”

“那他大概是在中东地区。不知道他到没到过耶路撒冷。”去年年底，圣城就已经被英军占领，“如果他见过圣城了，我爸爸会很高兴的。”

“还有给你捎的话呢。他说他以后会写信，但要告诉你……”她把手伸进围裙口袋里，“我别弄错了。‘我感觉我现在对政治动荡的俄国一无所知’。这算什么？简直太奇怪了！”

“这是加了密的暗语，”艾瑟尔说，“每隔三个单词才算数。这话的意思是‘我现在俄国’。他到那儿干什么去了？”

“我还不知道我们的军队去了俄国。”

“我也不知道。他提没提什么歌或者书的名字？”

“有啊，你怎么知道的？”

“这也是代码。”

“他要我提醒你曾经唱的一首歌曲，名叫《我跟弗雷迪在动物园里》。我从来没有听说过有这么一首歌。”

“我也头一次听说，看它的字头吧。《弗雷迪在动物园》意思就是……菲茨。”

伯尼戴着一条红色的领带走了进来。“他睡熟了。”他说，指的是劳埃德。

艾瑟尔说：“米尔德里德收到一封比利的来信。他好像是在俄国，跟菲茨赫伯特伯爵在一起。”

“啊哈！”伯尼说，“这下不知他们要花上多长时间了。”

“你什么意思？”

“我们出兵攻打布尔什维克了。我就知道会发生这种事。”

“我们跟俄国新政权交战了？”

“当然不是正式的。”伯尼看了看手表，“我们该走了。”他不喜欢迟到。

上车后，艾瑟尔说：“我们不可能非正式打仗。无论是我们打了还是没打。”

“丘吉尔和他那伙人知道英国人民不会支持反对布尔什维克的战争，所以他们就偷偷干了。”

艾瑟尔若有所思地说：“我对列宁很失望……”

“他只是在做他必须做的事！”伯尼打断她。他是布尔什维克的热情支持者。

“尽管如此，他也该得到机会证明他能为俄国做点事。”

“好吧，我们至少在这一点上看法相同。”

“不过，我也不知道我们能做些什么。”

“我们需要更多信息。”

“比利很快就会写信给我。他会向我提供详细信息。”

艾瑟尔为政府发动秘密战争感到气愤——如果真是这样的话，但她很替比利担心。他管不住自己的嘴巴。如果他认为军队做错了，他就会说出来，就会因此惹上麻烦。

卡尔瓦利福音馆已经坐满了人。工党在战争期间赢得了声望。部分原因是工党领袖亚瑟·亨德森曾加入劳埃德·乔治的战时内阁。亨德森十二岁时起便在机车厂工作，他担任内阁大臣表现突出，保守党称工人不可靠不能进入政府的说法不攻自破。

艾瑟尔和伯尼在乔克·里德旁边坐下，这位红脸膛的格拉斯哥人是伯尼单身时最好的朋友。这次会议的主席是格林沃德医生。主要议程是下一届的大选。有传言说，一旦战争结束，劳埃德·乔治就会呼吁进行全国大选。阿尔德盖特需要选出一个工党候选人，伯尼是其中的主要人选。

他获得推举并受到一致赞成。有人建议格林沃德医生作为替补人选，但医生表示自己应该留在医疗行当。

接着，杰妮·麦卡利站了起来。当初艾瑟尔和茉黛为她得到分居津贴进行抗争，茉黛被警察抱着投入监牢，从那时起她便成了党的一员。杰妮这时说：“我在报上看到妇女能当候选人参加下届大选，我建议艾瑟尔·威廉姆斯当我们的候选人。”

一片愕然，人们沉默了，随后大家开始了七嘴八舌的议论。

艾瑟尔吃了一惊。她没有想到这个问题。自从她认识伯尼，他就一直想当上地方议员，她也接受。此外，以前还从来没有妇女能当选议员。现在她也不知道这是否可能。她的第一个反应是当即拒绝。

杰妮的话还没说完。她又年轻又漂亮，但她外表的柔弱带着一种欺骗性，实际上内心有股令人生畏的勇气。“我尊重伯尼，但他是个组织者，长处是主持会议，”她说，“阿尔德盖特有个自由党议员，人际关系亨通，很难被击败。我们需要一个能为工党赢得这一席位的候选人，一个能对着东区民众高呼一句‘跟我去迎接胜利’，众人便跟随其后的人。我们需要艾瑟尔。”

女人们都欢呼起来，有些男人也随声附和，尽管也有人低声嘀咕着。艾瑟尔意识到如果自己参选，一定会赢得不少支持者。

杰妮说得很准——伯尼可能是在座的人里最聪明的，但他不是一个能够鼓舞人心的领导者。他可以解释革命如何发生，公司为何破产，但艾瑟尔可以激发人们加入正义的队伍。

乔克·里德站了起来。“主席同志，我认为法律不准许女性当候选人。”

格林沃德医生说：“我可以回答这个问题。今年早些时候通过了一项法令，给予年龄在三十岁以上的女性投票权，并没有规定妇女可以参选。但政府已经承认这是一种不正常的现象，已经在起草进一步的法案。”

乔克坚持说：“但现在实行的法规禁止女性参选，所以我们不能提名一名女性。”艾瑟尔苦笑了一下，真荒唐，这些口口声声要掀起世界革命的男人，却循规蹈矩，死守现行法律条文。

格林沃德医生说：“妇女资格条例的议会草案会在下届大选之前成为法律，因此可以说这正是为了提名女性议员。”

“但艾瑟尔还不到三十岁。”

“很明显，这一新法案将适用于二十一岁以上的女性。”

“明显？”乔克说，“如果我们连法规都不清楚，怎么可以提名候选人呢？”

格林沃德医生说：“或许我们应该推迟提名，等到新的立法通过后再说。”

伯尼向乔克耳语了一句什么，然后乔克说：“让我们问问艾瑟尔她是否愿意参选。如果她不愿意，那就没必要推迟决定。”

伯尼转向艾瑟尔，朝她投去一个自信的微笑。

“好吧，”格林沃德医生说，“艾瑟尔，如果你被提名，你愿意接受吗？”

大家全都看着她。

艾瑟尔犹豫了。

这一直是伯尼的梦想，而伯尼是她的丈夫。但他俩之中谁将是工党更好的选择？

时间一秒一秒过去，伯尼脸上现出怀疑的神色。他原本希望她马上就会拒绝提名。

这让她定下决心。

“我……我从未考虑过这个，”她说，“而且，嗯，正如主席所说，甚至还不具有合法的可能性。所以这是个很难回答的问题。我相信伯尼会是一个很好的人选……但不管怎样，我想花点时间考虑一下。因此，也许我们该接受主席的建议推迟决定。”

她转过身去看伯尼。

他的眼神就像要杀了她。

第三十三章

1918年11月11日

凌晨两点的梅费尔，菲茨家中的电话铃响了。

茉黛还没有上床，她正坐在客厅的烛光下，已逝先人的画像从上面俯瞰着她，窗帘如裹尸布一般紧闭，一件件家具环绕着她，在昏暗中若隐若现，就像夜晚旷野中的一只只猛兽。最近几天来她几乎无法入眠。一种迷信般的不祥预感告诉她沃尔特在战争结束前就会死去。

她一个人坐在那儿，手里握着变冷的茶杯，眼睛盯着炉火，痴痴地想他，不知他身在何处，正在做什么事情。是睡在潮湿的战壕里，还是在为第二天的战斗做准备，或者他已经死了？她已经成了寡妇，四年的婚姻中只跟自己的丈夫过了两夜。唯一她感到确信的是他并没有成为战俘。约翰尼·雷马克帮她查看了每一份被俘军官的名单。约翰尼并不知道她的秘密——他相信她担心只是因为沃尔特在战前一直是菲茨的亲密朋友。

电话铃声吓了她一跳。一开始她认为这会是有关沃尔特电话，随后立刻觉得这不可能。朋友被俘这种消息会等到天亮才通知的。电话一定是跟菲茨有关，想到这儿她心里又是一阵难过：

是他在西伯利亚受伤了吗？

她匆匆朝大厅跑去，但格洛特赶在了她前面。她猛然间内疚地意识到自己早忘了告诉他可以去上床休息了。

“我去问问茉黛女勋爵是否在家，阁下。”格洛特对着电话机说，然后他用手捂住话筒对茉黛说，“是陆军部的雷马克勋爵，小姐。”

她从格洛特手里接过电话：“是菲茨吗？他受伤了吗？”

“不，不是，”约翰尼说，“冷静点儿。是个好消息。德国已经接受了停战条件。”

“啊，约翰尼，感谢上帝！”

“他们在巴黎北部的贡比涅森林里，在铁路专线的两列火车上。德国人刚刚进入法国列车的餐车。他们正准备签约。”

“但他们还没有签署是吧？”

“是的，还没有。他们在讨论措辞。”

“约翰尼，你能不能等他们签署后再给我打个电话？我今晚不会睡觉的。”

“好吧。那么再见。”

茉黛把听筒交给管家。“战争可能在今晚结束，格洛特。”

“我很高兴听到这个消息，我的小姐。”

“但你该去睡觉了。”

“如果小姐同意的话，我想等着雷马克勋爵再来电话。”

“我当然同意。”

“你想再来点儿茶吗，我的小姐？”

阿伯罗温同乡队凌晨时分抵达鄂木斯克。

比利不会忘记从符拉迪沃斯托克出发，沿着西伯利亚大铁路这六千多公里漫长旅途中的每一个细节。他们整整用了二十三天，尽管车头上安插了一个全副武装中士，让司机和司炉保持了最快的速度。比利一路上挨冻受苦——车厢中央放着的炉子无法驱散西伯利亚清晨的寒意。他们靠黑面包和罐头牛肉充饥。但比利每天都会有新的发现。

他无法想象世界上还有比贝加尔湖更美的地方。埃文斯上尉告诉他们，这个大湖两端的长度超过了整个威尔士。他们从奔驰的列车上眺望太阳在宁静而湛蓝的湖面升起，照耀在远处一英里高的山脉之上，让峰顶的积雪闪耀着金色的光芒。

铁道边的骆驼商队望不见尽头，一只只承负重物的牲口缓慢而又充满耐力地在雪地上踯躅前行，毫不在意二十世纪钢铁的撞击和蒸汽的啸叫从旁侧飞驰而过，这些将会是他一辈子都珍视的记忆。不过他当时想的是：我离阿伯罗温实在是太远了。

最值得铭记的一件事情是参观赤塔的一所高中。火车在那里停了两天，因为菲茨赫伯特上校要笼络利用当地的头目，一个名叫谢苗诺夫的哥萨克首领。比利跟着一群美国游客去学校观光。校长用英语解释，一年前他还只教富裕的中产阶级家庭的孩子，那时禁止犹太人上学，哪怕他们有钱付得起学费也不行。现在，按照布尔什维克的命令，已经为所有人提供免费教育。此举的效果显而易见。他的教室挤满了衣衫褴褛的孩子，在学习阅读、写字和算数，甚至还学习科学和艺术。不管列宁还做了其他什么事——你很难把事实与保守派的宣传区分开来，至少他十分重视俄国儿童的教育，比利这样想着。

列夫·别斯科夫跟他们一起坐火车。他热情地跟比利打招呼，没显出任何羞耻感，好像已经忘了被人当成骗子和窃贼赶出阿伯罗温的事。列夫去了美国，娶了一个富家女子，现在他是一名中尉，编入同乡队，负责给他们当翻译。

部队从车站列队前往兵营，沿路的鄂木斯克民众欢迎他们。比利在街上看见不少俄国军官，他们穿着华丽的旧式军服，显然不是在履行军人的职责。这里也有不少加拿大军人。

等部队解散休息，比利和汤米便去城里四处闲逛。这儿没什么好看的——一座大教堂，一座清真寺，一座砖砌的堡垒，还有一条河，上面的客货运输十分繁忙。他们惊讶地看见许多当地人身上穿着不成套的英国军服。摆摊卖炸鱼的女人穿着一件卡其布束腰上衣，一个用手推车送货的人穿了一条厚厚的斜纹哔叽军裤，沿街走着一个高大的男学生，背着书包，脚上是一双簇新的英式军靴。“他们从哪儿弄到这些的？”比利纳闷地说。

“我们向这儿的俄国军队提供军服，但别斯科夫告诉我，军官们把这些东西统统拿到黑市上卖掉。”汤米说。

“他妈的活该，谁让我们支持错误的一边呢。”比利说。

加拿大基督教青年会设立了一个小卖部。几个同乡队员已经在那儿了，看来这是唯一可去的地方。比利和汤米买了杯热茶和一大块苹果馅饼，北美人把它叫“派”。“这个镇是反布尔什维克反动政府的总部，”比利说，“我是在《纽约时报》上读到的。”在符拉迪沃斯托克那儿能够买到美国报纸，内容比英国报纸更真实可信。

列夫·别斯科夫走了进来。跟着他的是个年轻漂亮的俄国姑娘，她穿着件廉价大衣。几个人都盯着他。他下手怎么这么快？

列夫十分兴奋：“嘿，你们听到什么小道消息没有？”

列夫大概总能最先听到传言，比利想。

汤米说：“是啊，我们听说你是个同性恋。”

大家都笑了起来。

比利说：“什么小道消息？”

“他们签署了停战协定。”列夫停顿了一下，“你们还不明白吗？战争结束了！”

“我们这边还没有。”比利说。

杜瓦上尉的排正在攻打默兹河东部一个名叫“两座教堂”的小村庄。格斯听到了传言，说上午十一点即将停火，但他的上级指挥官命令进攻，他便奉命执行。他把手下的重机枪移到一片灌木丛前，他们隔着一片宽阔的草地朝远处的建筑物射击，让敌人有充分的时间撤退。

不幸的是，德军并不去利用这个机会。他们在院子的空场和果园里架起迫击炮和轻机枪，猛烈地朝这边还击。架设在一座谷仓顶上的机枪尤为有效，压制了格斯排里一半的火力。

格斯叫来枪法最好的克里下士。“你能不能把手榴弹扔上谷仓屋顶？”

克里是个十九岁的年轻人，满脸长着雀斑，他马上回答说：“要是能稍稍接近一点儿就行。”

“这就是麻烦所在。”

克里观察了一下地形。“草地那边三分之一处有个小土坡，”他说，“从那儿我就能投准。”

“那样太冒险了，”格斯说，“你想当英雄吗？”他看了看手表，“战争可能在五分钟后结束，如果传言没错的话。”

克里咧嘴一笑：“我可以试试，中尉。”

格斯犹豫了，他不愿意让克里去冒生命危险。但是，这是军队，他们仍然在战斗，命令就是命令。“好吧，”格斯说，“稳着点儿。”

他心里希望克里会犹豫一下，但这男孩立刻背起步枪，抓起一匣手榴弹。

格斯喊道：“集中全部火力！尽最大可能掩护克里。”

所有的机枪一齐开火，克里开始跑起来。

敌人立刻发现了他，他们的机枪开火了。他曲折前进穿过田野，就像一只被狗追赶的野兔。德国迫击炮弹在他周围爆炸，他却奇迹般地一一躲过。

克里说的那个“小土坡”在约三百米以外。

他离成功只差一步。

敌人的机枪手把克里牢牢锁定在自己的视线之内，来了一串长长的点射。眨眼之间就有十几发子弹打中了克里。他双臂甩开，扔掉了手榴弹倒了下去，惯性让他扑向空中，最后落在离他的土坡几步之遥的地方。他躺在那里一动不动，格斯估计他在倒地之前就已毙命。

敌人的机枪停了下来。过了一会儿，美军也停止了射击。格斯感觉自己听到了远处传来的欢呼声。他旁边的所有人都安静下来，听着动静。德国人也在欢呼着。

德国士兵出现了，他们从远处村子里的隐蔽处走了出来。

格斯听到一阵引擎声。一辆印度厂牌的美国摩托车驶出树林，驾车的中士在后座上载着一位少校。“停火！”少校大喊道。摩托车载着他穿过前沿的一个个阵地。“停火！”他又喊着，“停火！”

格斯排里的人开始呐喊起来。人们脱下头盔投向空中。有些人跳起了吉格舞，有人互相握着手。格斯听到有人唱歌。

格斯无法把眼睛从下士克里身上移开。

他慢慢穿过草地，跪在尸体旁。他见过许多尸体，毫不怀疑克里已经死了。他不知道这男孩的全名叫什么。他把尸体翻过来。克里的前胸布满了小小的弹孔。格斯合上男孩的眼睛，站了起来。

“上帝原谅我。”他说。

艾瑟尔和伯尼下班回到家。伯尼患了流感卧病在床，照看劳埃德的人也病倒了，因此艾瑟尔既要照顾丈夫，又要看护儿子。

她的情绪十分低落。两个人大吵了一通，争论谁该当议会的候选人。这不仅是他们结婚以来吵得最厉害的一次，而且也是唯一的一次。在这之后，两人就互不搭理。

艾瑟尔知道自己占理，但她心里仍然感到内疚。她很可能成为一个比伯尼更出色的议员，但选择该由他们的同志们做出，不由他们两个决定。伯尼计划了很多年，但这并不意味着这项工作非他莫属。虽然艾瑟尔之前没有想过这件事情，但她现在渴望竞选。妇女赢得了投票权，但以后还有更多的工作要做。首先，年龄限制必须降低，降到跟男人相同。妇女的工资和工作条件需要改进。在大多数行业，女性的工资低于男性，即使干的是完全相同的工作。她们凭什么不能获得同样的待遇？

但她喜欢伯尼，一看到他脸上受伤的表情，她就想马上放弃。“我还以为打击我的会是我的敌人，”有天晚上他跟她说，“是保守党，搞妥协的自由派，资本帝国主义者，资产阶级。我甚至准备好了应付党里的另外两个嫉妒的反对者。但我一直相信身边有一个可以依赖的人。到头来，她却成了毁掉我的人。”一想到这些话，艾瑟尔就感到心口阵阵作痛。

十一点的时候她给他送去一杯热茶。他们的卧室很舒适，只是有些破旧，窗户上挂着廉价的纯棉窗帘，有一张写字桌，墙上挂着詹姆斯·凯尔·哈迪的照片。伯尼放下读着的小说，那是一本《穿破裤子的慈善家》，所有的社会主义者都在读这本书。他冷冷地说：“今晚你有什么打算？”当晚工党要召开一次会议，“你做了决定没有？”

她已经决定了。她两天前就可以告诉他，但她一直没能让自己把话说出来。现在，既然他已经提出来了，她就得回答他。

“最合适的人才应该当选。”她倔强地说。

他一脸难过的样子：“你怎么能这样对我，你说你爱我。”

她觉得他这样说实在不公平。这话放到他身上是不是也可以呢？但这不是问题的关键。“我们不应该只考虑自己，我们应该为整个党着想。”

“那我们的婚姻呢？”

“我不会因为是你的妻子，就给你让路。”

“你背叛了我。”

“但我会给你让路的。”她说。

“什么？”

“我说，我要把位子让给你。”

他脸上显出一种放松的神情。

她接着说：“但是，这不是因为我是你的妻子，也不是因为你是更合适的人选。”

他迷惑不解。

“那，是为了什么？”

艾瑟尔叹了口气：“我怀孕了。”

“天啊，真的吗？”

“是的。就在一个女人可以成为议会议员的时刻，我却被怀了孩子这件事拖累了。”

伯尼笑了：“这下好了，一切都转向最好的结果！”

“我知道你会这么想。”艾瑟尔说。这一刻，她讨厌伯尼，讨厌这个未出生的婴儿，痛恨她生活中的一切。接着，她发觉耳边传来了教堂的钟声。她看了看壁炉上的时钟。时间是十一点过五分。他们怎么在星期一上午的这个时候敲钟呢？随后她又听到了另一声。她皱着眉头走到窗前。街上看不出任何异常，但更多的地方敲起钟来。西面，她看见伦敦市中心的上空升起一颗红色的闪光弹，就是人们说的纸炮烟火。

她转向伯尼：“听上去好像伦敦的每座教堂都在敲钟。”

“一定是发生了什么事情，”他说，“我敢打赌战争结束了。他们在为和平鸣钟！”

“是吗？”艾瑟尔酸溜溜地说，“反正不是为我这倒霉的孕妇敲的。”

菲茨将推翻列宁希望寄托在设于鄂木斯克的全俄临时政府身上。不仅是菲茨，世界上多数大国的权势人物都将这座小城作为反革命的起点。

由五个人组成的执政团驻扎在城郊的一列火车上。菲茨知道，这几节由精锐部队把守的装甲车厢里还藏着帝国国库残存的财宝，价值数百万卢布的黄金。沙皇死了，被布尔什维克们杀害，但他的钱还在，给了效忠的反对派力量和威信。

菲茨觉得他对执政团也做了巨大的个人投入。早在四月他在泰-格温召集的那些权势人物已经在英国政坛内部组成了一个不为人知的关系网络，他们得以秘密且十分有力地支持俄国的抵抗力量。这一举措反过来又获得了其他国家的支持，或至少阻止了它们去帮助列宁的政权。这一点他十分肯定。但外国人无法做太多事情——应该让俄国人自己起来反抗。

执政团到底能有多大作为？虽然它反对布尔什维克，但它的主席尼古拉·D.阿弗肯采夫却是个社会主义革命党人。菲茨故意不理睬他。社会主义革命党几乎跟列宁那帮家伙一样糟糕。菲茨将希望寄托在右翼和军队身上。只有依靠他们才能恢复帝制，归还私人财产。他去见博尔德列夫将军，他是执政团西伯利亚军队的总司令。

政府占用的火车车厢配置了没落的沙皇帝国的豪华陈设：破旧的丝绒座椅，镶嵌面上带着裂纹，灯罩上斑痕点点，老仆人身上穿的是残留下来的圣彼得堡宫廷侍从制服，脏兮兮的，上面带着精心编织穿缀的穗子和珠子。在一节车厢里有个涂着口红、身穿丝绸的年轻女子，正在抽着一支香烟。

菲茨感到气馁。他希望一切回归以前的样子，但就算以他的品位看，这种布置也太落后守旧了。他恨恨地想起威廉姆斯中士那种轻蔑的嘲讽。“我们现在做的事情合法吗？”菲茨知道他的回答值得怀疑。他愤愤地想：应该马上让威廉姆斯把嘴闭上，这家伙骨子里就是一个布尔什维克。

博尔德列夫将军人高马大，身形笨拙。“我们已经动员了二十万兵力，”他自豪地对菲茨说，“你能不能把他们武装起来？”

“这的确很不简单。”菲茨说，但他暗暗压住内心的叹息。正是这种思维方式才让六百万俄国大军败在了规模小得多的德国和奥地利军队手下。博尔德列夫甚至荒谬地戴着旧政权颁发的肩章，那种带缘饰的大圆盘让他看上去活像吉尔伯特和沙利文喜歌剧中的角色。菲茨用他勉强凑合的俄语说：“但是，如果我是你的话，我会把半数的应征者打发回家。”

博尔德列夫一脸茫然。“为什么？”

“我们至多只能装备十万人。他们还必须接受训练。哪怕只有小规模但严守纪律的部队，也比刚一打仗就撤退或投降的一大帮乌合之众要强。”

“理想的情况是这样。”

“我们给你的物资必须先发给前线部队，不能发给后方。”

“当然。这很正确。”

菲茨有种沮丧的感觉，他觉得博尔德列夫嘴上同意，实际上并没有认真听他在说什么。但他不得不耐着性子说下去。“我们送来的东西很多都去了不该去的地方，我就亲眼见到街上有不少老百姓穿着英国军队的制服。”

“是的，正是这样。”

“我强烈建议收回所有不适合服役的军官的军服，打发他们回家。”俄国军队里充斥着外行和粗通门道的老家伙，他们干扰战略决策，但一有战事就躲得远远的。

“嗯。”

“我还建议你给海军上将高尔察克更大的权力，任命他为作战部长。”英国外交部认为高尔察克是执政团中最有前途的。

“很好，很好。”

“你打算做这些事情吗？”菲茨非要得到某种承诺不可。

“当然。”

“什么时候？”

“一切都会按时做到，菲茨赫伯特上校，都会按时做到。”

菲茨的心往下一沉。他悻悻地想：好在丘吉尔和柯曾那帮人无法亲眼看到这些对抗布尔什维克的军队是多么糟糕，让人无法信服。但也许他们会在英国人的激励下打起精神来。不管怎样，他必须尽自己所能利用现有的材料。

有人敲门，随后，他的侍从武官穆雷上尉走了进来，手里拿了一份电报。“对不起打断一下，先生，”他气喘吁吁地说，“不过我相信你愿意尽早听到这个消息。”

米尔德里德这天中午从楼上下来，对艾瑟尔说：“我们去西边吧。”她指的是伦敦西区，“大家都往那儿去，”她说，“我把几个女孩打发回家了。”她现在雇了两个年轻女裁缝负责修剪帽子，“整个东边的店都关了。战争结束了！”

艾瑟尔很想去。她把参选机会让给伯尼，但这并没让家里的气氛有多大改善。他那边是高兴了，但她心里更加苦涩了。出去走走会对她有好处。“我得把劳埃德带上。”她说。

“没关系，我也带上伊妮德和丽莲。孩子们会记住我们赢得战争的这一天。”

艾瑟尔给伯尼做一个奶酪三明治当作午饭，然后又给劳埃德穿上暖和的衣服，几个人便出发了。他们坐上公共汽车，但车很快就满了，男孩子们和成年男人悬在车身外面。房子外面都挂着旗帜，不光是英国国旗，还有威尔士龙旗，法国的三色旗，美国的星条旗。人们跟陌生人拥抱，在街上跳舞，接吻。天上下着雨，但谁都不去在乎。

艾瑟尔心里想着这些年轻人从此远离了战争的伤害，也就渐渐淡忘了自己的烦恼，跟人们一道享受着这一刻的快乐气氛。

他们经过几家剧院，进了政府所在的街区，车慢了下来，几乎像在爬行。特拉法加广场已是一片欢腾的人海。车无法再往前走了，他们便下了车。几个人穿过人流沿着白厅朝唐宁街走。他们无法靠近唐宁街10号，人们都想亲眼见到劳埃德·乔治首相，见到这个赢得这场战争的伟人。他们走进圣詹姆斯公园，发现树丛中到处是拥抱着的情侣。在公园的另一边，成千上万的人站在白金汉宫外面。他们唱着《让家中炉火熊熊》，这一支歌唱罢，立刻又开始唱《我们所有人感谢上帝》。艾瑟尔看到一个身材苗条、穿斜纹软呢外套的年轻女子指挥着合唱，她站在一辆卡车的顶棚，艾瑟尔想：要是在战前，一个女孩子肯定不敢做这种事。

他们穿过街道去格林公园，希望能尽量接近王宫。一个年轻男子冲着米尔德里德微笑，她回以微笑，他伸出胳膊搂着她，亲吻她。她也报以热情的回吻。

“你似乎很喜欢这样。”那男孩走远后，艾瑟尔有点儿羡慕地说。

“是啊，”米尔德里德说，“要是他请我吮他那个的话，我也愿意。”

“我不会跟比利说这个的。”艾瑟尔哈哈大笑起来。

“比利不傻，他知道我什么样儿。”

他们绕开人群，来到一条名叫“宪法山”的大街上。这里没那么拥挤了，但他们是在白金汉宫的侧面，所以如果国王出来到阳台上的话，他们也没法看见。艾瑟尔正不知下一步往哪儿走，便看见一队骑警沿街开了过来，迫使人们匆匆让开道路。

他们后面是一辆敞篷马车，国王和王后正坐在车上微笑着向人们挥手。艾瑟尔一下子就认出了他们，五年前他们到访阿伯罗温的情景一下子清晰地闪现在眼前。马车徐徐向她这边驶来，让她几乎不敢相信自己的好运气。国王的胡子是灰色的，她记得他来泰-格温那会儿，他的胡子还是黑黑的。他看上去有些疲惫，却很兴奋。旁边的王后打着一把雨伞遮住了她的帽子。她那闻名遐迩的高胸脯似乎比以前更加丰满了。

“快看，劳埃德！”艾瑟尔说，“这是国王！”

马车离艾瑟尔和米尔德里德站的地方已咫尺之遥。

劳埃德叫了一声：“你好，国王！”

国王听到后笑了。“你好，年轻人。”他说，然后马车便走远了。

格雷戈里坐在装甲列车的餐车里，看着桌子的另一头。坐在对面的是革命战争委员会主席、陆海军事务人民委员。这意味着他是红军的指挥。他的名字叫列夫·达维多维奇·布朗斯坦，但像大多数革命领导者一样，他用的是化名，人们都知道他是莱昂·托洛茨基。几天前他刚过了三十九岁生日，俄国的命运现在掌握在他的手中。

革命已经整整一岁了，格雷戈里从来没有像现在这样担心。冬宫的风暴像是某种结局，但实际上它只是一场斗争的开始。世界上最强大的国家政府对布尔什维克充满敌意。今天的停战意味着他们现在可以把全部注意力用在摧毁革命上。只有红军能够阻止他们。

很多战士不喜欢托洛茨基，他们认为他不仅是贵族，还是个犹太人。在俄国一个人不可能同时具有这两种属性，但士兵们头脑简单，想法不合逻辑。托洛茨基不是贵族，不过他父亲是一个富有的农民，托洛茨基受过良好的教育。他专横跋扈的作风没有给他带来任何好处，他十分愚蠢地带着自己的厨师旅行，给他的随从穿新靴子，戴金纽扣。他看上去比实际年龄更老一些。乱蓬蓬的卷发依然是黑的，但脸上已经因操劳留下了不少皱纹。

他跟军队一道造就了不少奇迹。

推翻了临时政府的赤卫军一到了战场上就不顶用了。他们酗酒，无视纪律。用举手表决的方式决定采取何种战术的做法显然行不通，甚至还不如听命于那些半吊子贵族。赤卫军在几次重大战役上败给了反革命武装，后者开始打出了白卫军的称号。

托洛茨基必须顶着反对声重新征兵。他吸引了大批前沙皇军官，将他们称为“专家”，把他们安置在原来的职位上。他还恢复了对逃兵的死刑惩罚。格雷戈里不喜欢这些措施，但他认为很有必要。这些总比反革命要好。

将军队维系在一起的核心力量是一群布尔什维克党员。他们谨慎小心地渗入到各个单位，最大限度地发挥影响。有些人是普通士兵，有些则控制着指挥权。还有些跟格雷戈里一样，是政治委员，与军事指挥官一道工作，向莫斯科的布尔什维克中央委员会汇报工作。他们告诫士兵，他们为人类历史上最伟大的事业而斗争，以此保持士气。当军队受命无情而残酷地从极度贫穷的农民家里征用粮食和马匹时，布尔什维克就会向战士们解释这是为了更大的善。他们提早向上汇报军中的不满传言，以便在传播开之前将其粉碎。

但这些措施够不够呢?

格雷戈里和托洛茨基两人正弯腰看着地图。托洛茨基指着俄国和波斯之间的高加索地区:“土耳其人仍然掌握着里海的控制权，德国人在帮助他们。”

“对油田是个威胁。”格雷戈里嘀咕道。

“邓尼金在乌克兰势力很强。”数千名贵族、军官和资产阶级逃离革命，来到了新切尔卡斯克，他们在叛徒邓尼金将军的带领下形成了一股反革命势力。

“就是所谓的‘志愿军’。”格雷戈里说。

“是的。”托洛茨基的手指移到俄国北部，“英国在摩尔曼斯克驻有一支海军中队。‘天使号’上有美国的三个步兵营。他们几乎从所有国家补编队伍，加拿大、中国、波兰、意大利、塞尔维亚……入编的国家太多，算没入编的可能更快点。”

“然后还有西伯利亚。”

托洛茨基点点头。

“日本人和美国人都在符拉迪沃斯托克拥有驻军。捷克人控制了大部分跨西伯利亚铁路。英国人和加拿大人在鄂木斯克，支持所谓的全俄临时政府。”

这些情况格雷戈里大多早就知道，但以前他并没有把一切统一起来看待。“我们被包围了！”他说。

“没错。而现在，资本主义和帝国主义列强已经达成和平，他们会腾出数百万的军队。”

格雷戈里寻求着一线希望：“不过另一方面，过去半年里我们已经把红军的规模从三十万壮大到一百万。”

“我知道。”这一提醒并没有让托洛茨基高兴起来，“但这根本不够。”

德国正在一场变革之中，在沃尔特看来，这跟一年前发生的俄国革命一样可怕。

它开始于一场兵变。海军军官下令在基尔的舰队出海，对英国人执行自杀式的攻击任务，但水兵们知道正在进行停战谈判，因而拒不执行。沃尔特跟父亲争论起来，他指出这些军官是在违反德皇的意志，他们才是叛乱分子，相反水兵们则表现忠诚。这种论断让奥托暴跳如雷，差点背过气去。

政府试图压制水兵兵变，基尔市由一个俄国苏维埃式的工人和士兵组成的委员会接管。两天后，汉堡、不来梅和库克斯港均被苏维埃控制。前天，德皇宣布退位。

沃尔特非常害怕。他所期望的是民主，而不是革命。但在皇帝退位当天，成千上万的柏林工人走上街头游行，挥舞着红旗，极左分子卡尔·李卜克内西宣布德国为自由社会主义共和国。沃尔特不知这一切将要如何结束。

停战令人陷入毫无希望的沮丧。他从来都认为这场战争是个可怕的错误，但自己站在正确一方并没有带给他任何满足感。祖国因战败而蒙羞，他的同胞在挨饿。他坐在柏林父母家的客厅里翻阅着一份份报纸，甚至打不起精神去弹一弹钢琴。墙纸已经褪色，画像边框上布满尘土。老化的拼花地板也出现了松动，没有工匠前来修理。

沃尔特只盼着整个世界能吸取教训。威尔逊总统的十四点如同预示初升太阳的一道曙光。几个世界大国有没有可能找到一种办法和平解决彼此间的分歧？

一篇刊登在一份右翼报纸上的文章激怒了他。“这愚蠢的记者说德国军队根本未被击败，”他对着走进房里的父亲说，“他声称我们被国内的犹太人和社会主义者背叛了。我们必须禁绝这种无耻谰言。”

奥托一副愤愤然的样子：“我们为什么要那么做？”

“因为大家都知道这不是事实。”

“我也认为我们被犹太人和社会主义者背叛了。”

“什么？”沃尔特不敢相信自己的耳朵，“不是犹太人和社会主义者两次在马恩河背叛了我们。我们输掉了这场战争！”

“我们的力量因为物资缺乏而被削弱。”

“那是因为英国的封锁。还有，美国加入进来到底是谁的错？不是犹太人和社会主义者要求无限制潜艇战，又打沉了载有美国乘客的船。”

“是社会主义者让步于协约国那些无耻的停战条件。”

沃尔特气得几乎语无伦次："你心里很清楚是鲁登道夫要求停战的。艾伯特总理前天刚刚得到任命，你怎么能怪他呢？"

"如果军队仍在管辖内，我们就绝不会签署今天的文件。"

"但你们管辖不了，因为你们战败了。你们跟皇帝打包票会赢得战争，他相信了你们，到头来他丢了王冠。如果你们还让德国人相信这种谎言，怎么能从自己的错误中吸取教训呢？"

"如果他们认为我们被打败了，就会士气低落。"

"他们活该士气低落！欧洲的领导者们做出那些邪恶和愚蠢的事情，千万人因此丧命。至少该让人们明白这一点，因此他们才永远不会让历史重演！"

"不。"他的父亲说。

Part 3
世界重生

第三十四章

1918年11月至12月

停战后的第一天早上，艾瑟尔很早就醒了。她在石板砖的厨房里瑟瑟发抖，等着那只老式炉灶上的一壶水烧开，心里想着自己一定要开心起来。眼下有不少值得高兴的事情。战争结束了，而她就要生下孩子了。她有一个喜欢自己的忠实丈夫。尽管一切安排并非如她所愿，但她不会让自己陷入痛苦之中。她决定把厨房粉刷成欢快的黄颜色，现在时兴用明亮的色调装扮厨房。

但她必须先努力修补婚姻。她的妥协让伯尼消了气，但她心里一直不好受，家里的气氛也一直不畅快。她很气愤，但她不想让这种裂痕持久下去。她不知他们能不能和好如初。

她端着两杯茶走进卧室，回到了床上。劳埃德依然躺在角落的婴儿床里睡着。她见伯尼坐了起来，戴上眼镜，便问："你现在感觉怎么样？"

"我觉得好点儿了。"

"再卧床休息一天，保证彻底好了再说。"

"我试试看吧。"他的语气是中性的，既不热情也不敌对。

她啜了一口热茶。"你想要个男孩，还是女孩？"

他沉默了，起初她以为他生闷气不愿意回答，可其实他不过是想了一会儿，他在回答什么问题之前就经常这样。最后他说："你看，我们已经有了一个男孩，所以最好是一样一个。"

她一下子对他充满了爱意。他说起话来总是把劳埃德当成他自己的孩子。"我们要保证这个国家的一切有利于他们成长，"她说，"让他们可以得到良好的教育，有好的工作和体面的房子来抚养他们自己的孩子。而且不再有战争。"

"劳埃德·乔治要提前举行选举。"

"你这么认为吗？"

"是他赢得了这场战争。他肯定希望在这一切平静下来之前获得连任。"

"我认为工党仍然会发挥得很好。"

"不管怎么说，我们在阿尔德盖特这样的地方能有机会。"

艾瑟尔犹豫了一下："你愿意让我负责你的竞选活动吗？"伯尼有些迟疑："我已经请乔克·里德当我的经理人。"

"乔克可以处理法律文件和财务上的事，"艾瑟尔说，"由我来组织会议什么的。我做这件事会好得多。"突然之间她觉得这话说的是自己的婚姻，而不仅仅只关乎竞选活动。

"你真的想做吗？"

"是的。乔克只是送你去演讲。当然，你必须做这件事，但这不是你的优势。你最擅长跟几个人坐下来，一边喝茶一边聊天。我帮你安排去工厂、货栈，跟那儿的人非正式地聊一聊。"

"我觉得你说得有道理。"伯尼说。

她喝完茶，把杯碟放在床边的地板上："这么说，你觉得好些了？"

“是的。”

她接过他的茶杯茶碟，然后脱掉了睡衣。她的乳房不像怀劳埃德之前那样漂亮，但仍坚挺浑圆。“到底好多少？”她问。

他瞪起眼睛：“很多。”

自打那天晚上杰妮·麦卡利提议让议艾瑟尔当候选人以后，他们就再没做过爱。艾瑟尔想得要死。她把双乳捧在两只手里。房子里的冷空气让她的乳头挺了起来。“你知道这是什么吗？”

“我认为是你的乳房。”

“有人把这叫小雀儿。”

“我把它们称作小美丽。”他的声音变得有点沙哑。

“你想不想跟它们玩一会儿？”

“想玩一整天。”

“那就不好说了，”她说，“不过可以先开始，慢慢来。”

“好吧。”

艾瑟尔愉快地叹了口气。男人真是简单。

一小时后她去上班，留下劳埃德与伯尼在家。街上没有多少人——今早的伦敦还处在宿醉之中。她来到全国服装工人联盟办公室，在她的办公桌前坐下。和平将带来新的产业问题，她心里想着这一天要做的工作，意识到了这一点。数以百万计的男人离开部队寻找工作，他们会把四年来一直在做他们的工作的妇女推到一边。但是，这些妇女需要挣钱。并非每个去法国的男人都回了家，很多人的丈夫埋葬在了那里。她们需要自己的工会，她们需要艾瑟尔。

每当选举来临，工会自然要为工党的竞选大造声势。艾瑟尔这天大部分时间花在会议的筹划上。

晚报上刊登了有关大选的惊人消息。劳埃德·乔治已经决定让联合政府在和平时期持续下去。他不会以自由党领袖的身份，而是作为联合政府首脑参加竞选。这天上午，他在唐宁街向二百位自由党议员发表讲话，并赢得了他们的支持。同时，博纳·劳也说服了保守党议员们支持这一主张。

艾瑟尔感到莫名其妙。这样一来，民众该如何进行投票呢？

她回到家时，发现伯尼正在生气。“这不是选举，这是个该死的加冕礼，”他说，“大卫·劳埃德·乔治国王。简直是叛徒。他本来有机会组成一个激进的左翼政府，可他现在在做什么？去跟他那些保守党的伙伴们黏在一起！这个该死的叛徒。”

“我们现在还不能放弃。”艾瑟尔说。

两天后，工党退出联盟，宣布与劳埃德·乔治竞争。四名担任政府部长的工党议员拒绝辞职，旋即被开除党籍。选举日期定为12月14日。

为了有充分的时间运回并计算驻法部队士兵的选票，大选结果定在圣诞节后公布。

艾瑟尔开始起草伯尼的竞选日程。

在停战日的第二天，茉黛用哥哥常用的那种带纹章的信纸给沃尔特写了一封信，然后把信投进街角红色的邮筒。

她不知道什么时候才能恢复正常的通信联络，只是希望它一旦恢复后，自己的信恰好是在高高的信件堆的最上层。她信里的措辞十分谨慎，万一信件仍被审查的话也让人看不出什么问题。她没有提及两人的婚姻，只是希望眼下恢复旧有的关系，既然两国已经和平共处。或许即使这样写还是有危险，但她实在太想知道沃尔特的是死是活，如果他活着，她真想尽快见到他。

他很害怕战胜的协约国会对德国人施加惩罚。但这天劳埃德·乔治向自由党国会议员发表的讲话让她打消了疑虑。根据晚报的报道，他说跟德国签署的和平条约必须公平和公正。“我们绝不允许任何形式的报复，不能允许任何贪婪的情绪、攫取的欲念凌驾于正义这一基本原则之上。”政府将坚决反对他所谓的“卑鄙、肮脏、败坏的复仇和贪婪的念头”。这些话让她心情稍感轻松。这样一来，德国人的生活就不会太艰难。

可是，第二天早餐时她翻开《每日邮报》，又一下子惊呆了。社论的标题写着：“德国佬必须赔偿”。文章认为不该对德国进行粮食援助，除非“德国快要饿死，无法偿还所欠债务”。文章还补充说，德皇凯撒必须为其战争罪行受到审判。报纸在来信专栏的显著位置发表了坦普尔顿子爵夫人以“德国佬滚远点儿”为标题的来信，煽动复仇的火焰。“我们相互间的仇恨会持续多久？”茉黛对赫姆姑妈说，“一年，十年，还是永远？”

不过茉黛也没什么可吃惊的。战争爆发之初，《每日邮报》就大肆煽动仇恨，敌视居住在英国的三万德国人，这些人大多数都是长期居民，把这个国家当作自己的家。这造成了家庭离散，成千上万无辜的人在英国的集中营里待了好几年。这种做法愚蠢至极，但民众需要仇恨的对象，报纸一直乐于去迎合这种需求。

茉黛认识《每日邮报》的所有者诺思克列夫勋爵，跟所有媒体大亨一样，他很相信他报上刊登的那些胡言乱语。他的天才之处就在于表达了他的读者最愚蠢无知的偏见，而且还很有道理。这就把可耻的东西变得体面了。也就是为了这个他们才买报纸。

她也知道劳埃德·乔治最近在刻意冷落诺思克列夫。这位妄自尊大的报业霸主曾提议自己作为英国代表团成员之一参加即将举行的和平会议，但首相拒绝了他。

茉黛很是担心。在政治上，对卑鄙小人有时不得不迎合笼络，劳埃德·乔治看来忽视了这一点。她焦急不安，不知道《邮报》这番恶意宣传会对选举造成多大影响。

几天以后她就弄清了答案。

她来到伦敦东区的市政大厅参加一次选举会议。艾瑟尔·莱克维兹出现在观众席中，她的丈夫伯尼在主席台上。茉黛没去弥补她跟艾瑟尔的不和，尽管她们曾是多年的朋友和同事。事实上，茉黛一想到艾瑟尔他们鼓动国会通过那项让女性在选举上较男性处于劣势的法律，就气得浑身发抖。尽管如此，她还是很怀念艾瑟尔活泼向上的气质和她那动人的笑容。

台上在一个个做介绍，观众不安地坐在下面。这里仍然大多数都是男人，尽管现在有些妇女有了投票权。茉黛怀疑大多数妇女还没有习惯让她们对政治话题的讨论感兴趣。但她也觉得女人会讨厌政治会议的气氛，由一个男人站在台上狂吼乱叫，而下面报以欢呼或是嘘声，这种事恐怕吸引不了她们。

伯尼第一个发言。茉黛马上就看出他没什么演说天赋。他谈到工党的新党章，特别是其中第四项——呼吁生产资料公有制。茉黛觉得这一点很吸引人，因为它在工党和亲商业的自由党之间划出了一条明确的界限；但她很快意识到自己属于少数派。坐在她旁边的一个男人十分烦躁，最后喊道："你能不能把德国佬赶出这个国家？"

伯尼一时哑口无言。他嘟囔了几句，最后说："任何对工人有益的事情我都会去努力。”他指的是“男性工人”，茉黛纳闷他是否考虑到女工的利益，她估计艾瑟尔也意识到了。伯尼继续说：“但我不认为针对德国人的行动是英国需要优先考虑的。”

听众并不买账。事实上，这话还引起了一阵零星的嘘声。

伯尼说：“回到更重要的问题……”

大厅的另一边有人喊道：“皇帝怎么办？”

伯尼犯了个错误，用反问的方式回答这个找茬的质问者。“你说皇帝该怎么办？”随后他回答，“他已经退位了。”

“他会受到审判吗？”

伯尼恼火地说：“审判就意味着他将有权为自己辩护！你真想给德国皇帝一个讲台，让他向全世界宣告自己无罪吗？”

茉黛觉得这种说法倒也具有说服力，但这不是观众想听到的。下面的人开始起哄，有人呼喊着：“绞死德国皇帝！”

英国选民一旦被激怒就会丑态百出，茉黛这样想着，至少男人是这样。没有多少女性愿意参加这样的会议。

伯尼说：“如果绞死被打败的敌人，我们就成了野蛮人。”

茉黛旁边的男人又大声喊道：“你能让德国佬赔偿吗？”

这话激起了强烈反响。有人大声说：“让德国佬赔偿！”

“不能超出合理范围。”伯尼说，但他没能继续说下去。

“让德国佬赔偿！”所有人都在喊叫，过了一会儿，他们用相同的节拍喊着，“德国佬——赔偿！德国佬——赔偿！”

茉黛从座位上站起来，离开了会场。

伍德罗·威尔逊是有史以来第一位在任期内离开美国的美国

总统。

12月4日他从纽约乘船出发。九天后，格斯在狭长的布列塔尼西边的布雷斯特码头上迎接他。中午雾霭消散，太阳在接连几天的阴晦后第一次露出头来。海湾里，法国、英国和美国的海军战舰组成了仪仗队，总统搭乘的美国海军运输舰“乔治·华盛顿号”从中穿过。礼炮齐鸣，一支乐队演奏着《星条旗永不落》。

对格斯来说，这是一个庄严的时刻。威尔逊来这儿的目的是确保永远不再发生刚刚结束的那种战争。威尔逊的十四点建议，以及他提出的国际联盟就是为了永远改变国家间解决冲突的方式。这是极具野心的动议。在人类文明史上，没有任何政治家曾有如此之高的目标。如果他最终成功，世界将会焕然一新。

下午三点，第一夫人伊迪丝·威尔逊在潘兴将军的搀扶下走下旋梯，跟随其后的是戴着大礼帽的总统。

布雷斯特镇像迎接得胜的英雄一般迎接威尔逊的到来。横幅上用法语写着“人民权力的维护者威尔逊万岁”。每座建筑物上都飘扬着星条旗。便道上挤满了人，很多女性戴着传统的布列塔尼高高的蕾丝头饰。布列塔尼风笛的声音更是无处不在。格斯觉得风笛实在是画蛇添足。

法国外交部长致欢迎辞。格斯跟一帮美国记者站在一起。他注意到一个纤巧的女子，头上戴着一顶很大的毛皮帽。她转过头来，他看清了那张漂亮的脸蛋和永远闭着的眼睛。格斯高兴地笑了——是罗莎·赫尔曼。他正等着听她对和平会议的看法呢。

演讲结束后，总统及随行人员登上夜行列车开始了六百多公里的前往巴黎的旅程。总统握着格斯的手说：“很高兴你归队，格斯。”

威尔逊希望在巴黎和会期间身边有自己熟悉的幕僚。他的主要顾问是豪斯上校，这位肤色苍白的得克萨斯人多年来非正式地担任他在外交政策上的顾问。格斯算是幕僚中的年轻成员。

威尔逊显得十分疲惫，他和伊迪丝回他们的包厢休息。格斯有些担心。他听到传言说总统的健康状况很差。早在1906年，威尔逊左眼眼底血管迸裂导致暂时性失明，医生还诊断出他患了高血压，劝他退休。不过威尔逊对此满不在乎，继续当他的总统。但最近他一直害头痛，这种新症状有可能也是由血压问题引发的。和平会议日程十分繁重，格斯希望威尔逊能挺住。

罗莎也在火车上。在锦缎装饰的餐车里，格斯坐在她对面。“我正想能不能见到你呢。”这次见面让她很高兴。

“我是由部队特派过来的。”格斯身上仍穿着中尉的制服。

“在国内，威尔逊一直遭人诟病，说他选错了幕僚。当然不是说你……”

“我只是一条小鱼。”

“但也有人说他不该把妻子带来。”

格斯耸耸肩膀。这种事情实在不值一提。经历过战场的洗礼，你就很难认真对待人们在和平时期操心的那些琐屑事情。

罗莎说：“更重要的是，他并没有带任何共和党人。”

“他希望团队里都是盟友，而非敌人。”格斯气哼哼地说。

“他在国内也需要盟友，”罗莎说，“他失去了国会。”

她说到点子上了，格斯想起她十分精明。中期选举对威尔逊来说是场灾难。共和党人获得了参议院和众议院的控制权。“怎么会这样？”他说，“我无法了解具体情况。”

“平民厌倦了配给制和高昂的物价，战争结束得太晚了，于事无补。自由党人痛恨间谍法。这项法律允许威尔逊把那些对战争抱不同见解的人投入监狱。他借此判了尤金·德布斯十年有期徒刑。”德布斯曾是社会党总统候选人。罗莎一脸怒容，继续说：“你不能一边将对手投入监狱，一边依然假装信仰自由。”

格斯记起自己以前就很喜欢跟罗莎唇枪舌剑地争论。“战争期间，自由有时候必须折中妥协。”他说。

“美国选民显然并不这么认为。还有另一件事，威尔逊在他华盛顿的办公室搞起了隔离政策。”

格斯不知道黑人是否能最终与白人平起平坐，但跟大多数自由派的美国人一样，他认为如果要找到问题的出路，应该为他们的生活提供更好机会，再看结果如何。然而，威尔逊和他的妻子是南方人，对此抱有不同见解。“伊迪丝不会带她的侍女到伦敦来，担心女孩会被惯坏了，”格斯说，“她说英国人对待黑人过于礼貌了。”

“伍德罗·威尔逊不再是美国左派的宠儿了，”罗莎总结道，“这意味着他需要共和党来支持他的国际联盟。”

“我想亨利·卡伯特·洛奇一定会觉得受了冷落。”洛奇是位右翼共和党人。

“你了解这些政治家，”罗莎说，“他们像学校的小女生一样敏感，复仇心更强。洛奇是参议院外交关系委员会主席。威尔逊应该带他到巴黎来。”

格斯忍不住争辩道：“洛奇对国际联盟的整体理念都持反对态度！”

“能倾听聪明人的不同见解是种罕有的才能——不过，当总统的应该具有这份天赋。把洛奇带到这儿来反而会抵消他的敌意。作为团队的一员，回家后他也不能对在巴黎达成的任何协议提出反对。”

格斯觉得她的话有道理。但威尔逊是个理想主义者，相信正义的力量会克服所有障碍。他低估了逢迎、哄骗和诱惑这类政治手腕的重要性。

为了表示对总统的敬意，列车上的饮食十分丰盛。他们吃了大西洋的新鲜鳎鱼，配了奶油酱料。自从战争开始后格斯就没有吃过这么好的东西。

他饶有兴致地看着罗莎大快朵颐。她身形那么娇小，把这些东西都吃到哪里去了？

用餐结束时，侍者为他们各自送上一小杯浓咖啡。格斯很不情愿离开罗莎返回自己的休息间，他很想跟她继续聊天：“不管怎样，威尔逊在巴黎很有话语权。”

罗莎将信将疑：“为什么？”

“首先，是我们为他们赢得了这场战争。”

她点点头：“威尔逊说‘我们在蒂耶里堡拯救了世界’。”

“查克·迪克森和我参加了这场战斗。”

“他是在那儿战死的吗？”

“他被炮弹直接击中了。是我亲眼见到的第一个伤亡者。可悲的是，他不是最后一个。”

“我很遗憾，特别是为他的妻子。我很久前就认识多丽丝了，我俩都跟同一个钢琴老师学习。”

“不过，我不知道我们是否拯救了世界，”格斯继续说，“法国和英国，还有俄国人，他们的伤亡比美国人更多。但是，我们打破了力量平衡。这一点应该说意义重大。”

她摇摇头，一头黑色的卷发抖动着：“我不这么看。战争结束了，欧洲人已经不再需要我们。”

“像劳埃德·乔治那种人似乎认为美国的军事实力不容忽视。”

“那他就错了。”罗莎说。听一个女人如此言辞激烈地谈论这样一个话题，让格斯既惊讶又好奇。“你想想看，如果法国和英国干脆地拒绝附和威尔逊，”她说，“他会动用军队去推行他的理念吗？不会。就算他想，共和党也不会让他那样做。”

“我们有经济和金融实力。”

“协约国欠下我们大笔债务，这一点儿不假，不过这给不了我们多少优势。有一种说法：如果你欠了一百美元，银行就控制住了你，可如果你欠下一百万美元，你就把银行牢牢抓在了自己手里。”

格斯渐渐看清威尔逊的使命恐怕比他想象的更加困难。“那民意呢？你也看见威尔逊在布雷斯特受到的欢迎了。在欧洲各地，人们都在期望他来创造一个和平的世界。”

“那是他手上最大的一张牌。民众厌倦了屠杀。‘永无战争’是他的口号。我倒是希望威尔逊能给他们想要的一切。”

他们回到自己的车厢，互道晚安。格斯躺在床上久久无法入眠，翻来覆去想着罗莎，想着她说的话。她的确是他遇见过的最聪明的女性。她也很漂亮。不知为何，你很快就会忘了她那只伤残的眼睛。一开始这种畸形似乎很可怕，但过了一会儿格斯就注意不到它了。

不过，她对和会表示悲观。她说的一切都是实实在在的。格斯现在意识到，威尔逊眼前面临着一场斗争。他为自己成为团队的一员而欣喜，下决心尽自己所能让总统的理想变成现实。

凌晨时分，他望向窗外，火车穿越法国一路向东飞驰。在经过一个小镇时，他惊讶地看到站台上、铁道线两旁站满了观望的人群。天色很暗，但就着微弱的灯光，可以看清这里有好几千人，有男有女，还有孩子。听不到任何欢呼声，他们显得十分安静。格斯看见男人和男孩们纷纷摘下帽子，这种表达敬意的方式让他感动得差点落泪。他们等了半夜，只为了目睹这列载着全世界希望的火车从面前经过。

第三十五章

1918年12月至1919年2月

圣诞节后的第三天开始数选票。艾瑟尔和伯尼·莱克维兹站在阿尔德盖特的市政厅里等着听结果，伯尼穿着他最好的那套衣服站在主席台上，艾瑟尔在听众席里。

伯尼输掉了。

伯尼表现坚忍，但艾瑟尔哭了。对他来说，这是梦想的终点。也许那是一个愚蠢的梦想，但他同样受到了深深伤害，她为他感到心痛。

自由党的候选人支持劳埃德·乔治的联盟，所以也就没有保守党候选人了。因此，保守党的票投给了自由党，这一结合十分强大，远非工党所能招架。

伯尼祝贺赢得选举的对手，随后走下主席台。其他工党成员准备了一瓶威士忌打算来个一醉方休，但伯尼和艾瑟尔回家了。

“我不适合干这个，艾丝。”伯尼说。她则在一边烧水准备冲可可。

“你干得很不错，”她说，“我们只是玩不过那个该死的劳埃德·乔治。”

伯尼摇了摇头。“我不是个领导者，”他说，“我是个思想者和策划者。我一次又一次想像你那样跟别人交谈，为了我们的事业而满怀热情地激励他们，但我根本做不到。你和他们交谈的时候，他们爱你。这就是区别。”

她知道他说到了点子上。

第二天早上的报纸表明，阿尔德盖特的选举结果反映了全国的趋势。联盟赢得了707个席位中的525个，是议会历史上赢得席位最多的一次。人们把票投给了赢得这场战争的人。

艾瑟尔失望到了极点。旧有的那帮人仍在主宰这个国家。那些造成数百万人死亡的政客们现在弹冠相庆，就好像他们完成了某个壮举一样。可他们到底做了什么呢？痛苦、饥饿和破坏，成千上万名成年和未成年的男人被毫无意义地杀害了。

唯一一点希望之光是工党提高了自己的地位。他们赢得了60个席位，而以前只占42席。

反对劳埃德·乔治的自由党人遭受重创。他们只赢得了30个选区，而阿斯奎斯自己也丢掉了席位。“这可能是自由党的末日，”伯尼一边说一边在午餐面包上涂着油脂，“他们辜负了民众，工党现在成了反对党。这可能是我们的唯一安慰。”

他们在出门上班前收到了邮件。艾瑟尔查看着一封封信件，伯尼在一边给劳埃德系鞋带。有一封比利的信，是用他们约定的密码写的。她坐在餐桌前开始解码。

她用铅笔标出有效的词，然后把它们抄写在笔记本上。随着破译的进行，她愈发被里面的内容吸引住了。

“你知道比利正在俄国。”她对伯尼说。

“是啊。”

“嗯，他说，我们的部队在跟布尔什维克作战。美国军队也在那儿。”

“我一点儿也不觉得惊讶。”

“是啊，不过你往下听，伯尼，”她说，“我们知道白卫军打不过布尔什维克——可要是外国部队加入进来呢？任何事情都有可能发生！”

伯尼若有所思：“他们可以恢复君主制。”

“这个国家的人民不会容忍这一点。”

“这个国家的人民不会知道是怎么回事。”

“我们得告诉他们，”艾瑟尔说，“我打算写一篇文章。”

“谁会发表呢？”

“我们找找看。也许《每日先驱报》会发表。”《先驱报》是份左翼报纸，“你送劳埃德去保姆那儿，好吗？”

“好的，没问题。”

艾瑟尔想了一会儿，然后在一张纸的上方写下：

不要插手俄国！

在巴黎城区漫步，眼前所见让茉黛哭了起来。宽阔的林荫大道两边是成堆的瓦砾，到处是德国人的炮弹留下的废墟。一幢幢宏大建筑上面，破碎的玻璃窗用木板聊作修补，让她痛苦地联想到她英俊的哥哥那只残损变形的眼睛。林荫道上出现一段段空缺，原有的古老栗木和高贵的梧桐树都被砍了，成了木料。半数女性都穿着黑色的丧服，残废的士兵在街角乞求施舍。

她也为沃尔特而哭泣。她寄出的信如石沉大海，没有收到任何答复。她找人问过如何去德国，但那是不可能的。获得来巴黎的许可已经够难的了。她曾经希望沃尔特跟随德国代表团来这儿，但根本没有德国代表团——战败国未被邀请参加和会。获胜的协约国打算由他们进行讨论，研究出一份条约，然后直接拿给战败者签署。

眼下煤炭依然短缺，所有酒店都冷冰冰的。她在“宏伟”酒店租下一间套房，英国代表团在这里设了总部。为了防备法国间谍，英国人用自己人替换了所有的工作人员。结果是食物变得难以下咽——早餐只有麦片粥和煮过了头的蔬菜，咖啡也很糟。

茉黛裹着一件战前购置的毛皮大衣去香榭丽舍大街的富凯酒店跟约翰尼·雷马克见面。“谢谢你安排我来巴黎。”她说。

“只要你喜欢，茉黛，任何事情我都愿意效劳。不过，你为什么急着要到这儿来呢？”

她不能说实话，尤其不能向一个爱传闲话的人透露真相。“为了买东西，”她说，“四年来我没买过一件新衣服呢。”

“哦，快饶了我吧，”他说，“哪里有什么东西可买啊，要是有的话，也贵得离谱。一件礼服就要一千五百法郎！甚至连菲茨都可能望而却步。我想你一定有个法国情人。”

“我倒希望是这样。”她随即换了个话题，“我找到了菲茨的汽车。你知道哪儿能弄到汽油吗？”

“让我想想办法。”

他们预订了午餐。茉黛说：“你认为我们真打算让德国人支付数十亿美元的赔偿吗？”

“他们的处境不利，很难拒绝，”约翰尼说，“普法战争结束后，他们迫使法国赔偿五十亿法郎，法国在三年内履行完毕。

而去年三月，按照《布列斯特条约》，德国人迫使布尔什维克答应赔款六十亿马克，虽说现在已经不会支付了。但总而言之，德国人的义愤情绪中还是带有几分伪善。”

茱黛讨厌有人如此苛刻地谈论德国人。这就好像他们失败的事实让他们成了野兽。茱黛想说，如果我们是失败者的话，那我们是不是必须要说这场战争是我们的错，然后统统做出赔偿？“但我们要得那么多——二百四十亿英镑，我们是这么说的，而法国几乎把这翻了一倍。”

“很难跟法国争论这件事，”约翰尼说，“他们欠我们六亿英镑，欠美国人的更多；但如果我们反对他们向德国索要的赔偿数额，他们就会说他们没钱付给我们。”

“德国人付得出我们要求的数额吗？”

“不能。我的朋友波佐·凯恩斯说，他们大概可以支付十分之一——二十亿英镑，尽管这可能会大大削弱他们的国力。”

“你说的是约翰·梅纳德·凯恩斯，那位剑桥的经济学家吗？”

“是的。我们叫他波佐。”

“我还不知道他也是……你们的朋友。”

约翰尼笑了：“哦，是的，亲爱的，这一点确定无疑。”

一时间茱黛对约翰尼快活的堕落生活有些羡慕。她不得不强压下内心对肌肤相亲的渴求。最后一次被男人亲密爱抚已是两年前的事了。她觉得自己像一个老尼姑，一脸皱纹，形容枯槁。

“瞧你悲伤的样子！”约翰尼的眼睛很毒，“但愿你不是爱上波佐了吧。”

她笑了，随后转回政治话题：“如果我们知道德国人无法赔偿，那劳埃德·乔治为何还要坚持？”

“我亲自问过他这个问题。我对他相当了解，他当军需部长那会儿我就认识他了。他说，所有交战国最终都要偿还自己的债务，到头来，也就没有谁会得到任何赔偿了。”

“既然那样，为什么还要假惺惺提起这件事呢？”

“因为说到底还是由各国的纳税人来支付这场战争——可要是政治家直截了当跟他们这么说，他就别想赢得下次选举了。”

格斯去参加国际联盟委员会的日常会议。这组人马负责为联盟的成立起草盟约。伍德罗·威尔逊亲自担任委员会主席，他着急把工作做完。

威尔逊完全主宰了第一个月的会议。他把法国的日程推到一边，将德国赔偿事宜放在最前面，联盟的问题搁到最后，同时坚持将联盟写入由他签署的所有条约中。

协和广场上豪华的克里伦酒店里，联盟委员会的成员正在开会。旧式的液压电梯十分缓慢，有时会因水压不足而停在楼层中间。格斯觉得这很像欧洲的外交家，他们热衷于慢悠悠地讨论话题，如果不逼着他们，什么决定也拿不出来。外交家和电梯让美国总统坐立不安，不耐烦地嘟囔着，让格斯暗暗觉得好笑。

十九位委员围坐在一张铺着红布的大桌子周围，翻译坐在后面对他们低声耳语，助手们各自坐在房间四周，手里拿着文件和笔记本。格斯察觉自己上司提出日程的才能让这些欧洲人大开眼界。有些人说，起草盟约就会花上几个月，甚至几年的时间。还有人说各国间永远无法达成一致。不过让格斯高兴的是，十天后他们的初稿就接近完成了。

威尔逊必须在2月14日赶回美国。他会很快回来，但他一心要带着联盟的盟约一道回去。

可惜在他动身之前的那个下午，法国人提出了一个很棘手的问题。他们建议国际联盟应该拥有自己的军队。

威尔逊失望得眼睛向上一翻。“不可能。”他哼了一声。

格斯知道这是为什么。国会不会允许美国军队置于他人的控制之下。

法国代表、前总理莱昂·布尔茹瓦强调如果没有强制手段执行决议的话，联盟就不会受到重视。

格斯跟威尔逊一样感到无奈。联盟还有其他途径向流氓国家施加压力——外交手段、经济制裁，甚至还可以动用特殊部队，执行特定任务，任务结束便予以遣散。

但布尔茹瓦说这些措施都无法保护法国不受德国的侵犯。法国无法考虑任何其他措施。格斯觉得这倒可以理解，只是不能用这种方式创造新的世界秩序。

罗伯特·塞西尔勋爵亲手起草了不少文件，他伸出一根手指表示有话要说。威尔逊点点头，他喜欢塞西尔，他是联盟的坚定支持者。但并不是人人都认同他——法国总理克列孟梭就说，塞西尔笑起来就像一条狡诈的龙。“请原谅我直言不讳，”塞西尔说，“法国代表团似乎是说，因为联盟有可能不像他们希望的那样强大，所以准备全盘拒绝。我想坦率地指出，在这种情况下，英国和美国之间很有可能达成双边联盟，那就跟法国一点关系都没有了。”

格斯忍住笑。他想，这下该让他们清醒了。

布尔茹瓦十分震惊，随后收回了他的修正建议。

威尔逊朝桌子对面的塞西尔投去感激的一瞥。

日本代表牧野伸显男爵想说话。威尔逊点点头，看了看表。

牧野提到已商定的有关保护宗教自由的盟约条款。他希望加以修订，让所有成员平等对待其他国家的公民，杜绝种族歧视。

威尔逊的脸僵住了。

牧野很有口才，翻译之后也不失其雄辩气质。他指出：不同种族在战争中并肩作战，“同情与感激的共同纽带已经建立”。目前的联盟将成为一个国际大家庭。他们彼此间难道不该平等相待吗?

格斯有些担心，但并不感到惊讶。这一两个礼拜里，日本人一直在谈这个问题。已经在澳大利亚人和加利福尼亚人中间引发了恐慌，他们不想让日本人踏上自己的领土。威尔逊为此感到不安，他从来都不认为美国的黑人与自己平等。最重要的是，这让英国难以接受，因为英国以不民主的方式统治了好几亿不同种族的人，他们不希望这些人认为自己跟白人领主是平等的。

又是塞西尔开口了。“唉，这是一个极具争议性的问题，”格斯相信他的悲伤绝不是装出来的，“仅仅是提议讨论这件事情就引发了种种不和。”

桌子周围的人纷纷低声表示赞同。

塞西尔接着说：“为了不拖延盟约草案的议定，也许我们应该，嗯，推迟种族歧视的讨论，以后再说。”

希腊首相说：“整个宗教自由问题都是一个棘手的话题。或许我们应该暂时予以放弃。”

葡萄牙代表说：“我的政府还从来没有不祈求上帝保佑就签署

什么条约！”

塞西尔是个十分虔信上帝的人，他说：“也许这一次我们必须冒险。”

一阵笑声在屋子里回荡，威尔逊大大地松了一口气，说：“如果大家都同意这一点，我们就继续下面的议题。”

第二天，威尔逊前往位于奥赛码头的法国外交部。著名的钟室里有一盏巨大的吊灯，就像是北极洞穴里的钟乳石，他就站在那盏吊灯下，在全体会议上阅读了草案。当天晚上威尔逊便启程回国了。第二天是周六，晚上格斯参加了一个舞会。

夜幕下的巴黎是各种聚会的天下。食品依然稀缺，但酒水充足。年轻男子敞开他们酒店房间的门，红十字会的护士们一旦需要陪伴，尽可信步走入。传统道德似乎被搁置在一边。人们也不隐瞒自己的浪漫韵事。阴柔型的男子不再假装阳刚。拉鲁饭店成了女同性恋的餐厅。有人说缺煤是由法国人故意放出来的荒诞说法，只是为了让大家晚上跟自己的友人睡在一起相互取暖。

什么东西都贵，但格斯手里有钱。他还有另一项优势——他了解巴黎，会说法语。他去圣克劳德公园观看比赛，去歌剧院看《波希米亚人》，还去看了一出名叫《皮皮》的艳俗音乐剧。由于他与总统亲近，任何聚会都邀请他参加。

他发现自己花在罗莎·赫尔曼身上的时间越来越多。他必须加倍小心，跟她聊天时，他只能说可以被刊登在报纸上的东西。不过对他来说，慎重周到早已成为习惯了。她是他所见过的最聪明的人之一。他喜欢她，但事情仅此而已。她随时愿意同他一起外出，可话说回来，当记者的怎能拒绝一位总统助手的邀请呢？他从来不拉她的手，或者在道晚安时亲吻她，以免让她觉得他在利用职务之便占她的便宜，而她明显又得罪不起他。

他约她在丽兹饭店喝鸡尾酒。“什么是鸡尾酒？”她问。

“就是装点得更体面的烈酒。我向你保证这种酒很时髦。”

罗莎也很时髦。她把头发剪得很短。她的钟形帽低低压在耳朵上方，就像德国士兵戴的钢盔。讲究曲线和穿紧身胸衣的风尚已经过去，她身上的打褶外套直接从肩头垂到低得惊人的腰线那里。这件衣服隐藏起她的轮廓，反倒让格斯想着下面的身体。她用了唇膏和扑粉，这在一些欧洲女性看来很是大胆。

他们各自喝了一杯马丁尼，然后继续往前。他们穿过丽兹饭店长长的大厅，吸引了不少人的目光——长着一颗大脑袋的瘦高男子带着一位小巧的独眼女伴，男的穿着晚礼服，女的身着银蓝色丝衣。他们叫了一辆出租车来到“宏伟”酒店，英国人在那儿举办了一场人人向往的星期六舞会。

舞厅里面挤满了人。代表团的年轻助手、来自世界各地的记者，以及从战壕撤回来的士兵，正在跟护士和打字员跳着“爵士舞”。罗莎教了格斯狐步，随后又离开他，去跟希腊代表团一个英俊的黑眼睛小伙跳了起来。

格斯有些吃醋，在屋子里游荡着，找熟人聊了一会儿，然后他就碰到了茉黛·菲茨赫伯特女勋爵。她穿着一袭紫色礼服，脚蹬一双尖头皮鞋。“你好！”他惊讶地说。

见到他，她也很高兴：“你气色很不错。”

“我很幸运。毫发无损。”

她摸了摸他脸上的伤疤：“除了这块儿。”

“只是擦掉一点皮。我们跳个舞吧？”

他把她搂在臂弯里。她很瘦，甚至能隔着衣服摸到骨头。他们跳了一曲华尔兹踌躇舞步。“菲茨怎么样？”格斯问道。

“还好，我想。他在俄国。或许我不该说这个，但这已经是公开的秘密。”

“我看见英国报纸上写了：不要插手俄国。”

“那个运动的领导者是你在泰–格温见过的一个女人，艾瑟尔·威廉姆斯，现在的名字是艾瑟尔·莱克维兹。”

“我不记得她。”

“她是女管家。”

“天啊！”

“她成了英国政界的一股力量。”

“世界的变化真大啊。”

茉黛把他拉近一些，压低声音问：“你该不会有什么沃尔特的消息吧？”

格斯回想起他在蒂耶里堡见到的那个阵亡的德国军官，那人的身影有些眼熟，但他不能肯定就是沃尔特，所以他说：“很遗憾，什么消息也没有。你肯定很难熬。”

“德国那边什么消息也没有，任何人都去不了！”

“恐怕你只能等和平条约签订以后再说了。”

“什么时候签订？”

格斯也说不上来：“联盟的盟约差不多已经完成了，但德国应该支付多少赔偿的问题，还要经过漫长的讨论才能达成一致。”

“这太愚蠢了，”茉黛恨恨地说，“我们只有让德国繁荣起来，英国的工厂才可以向他们出售汽车、炉灶和地毯吸尘器。如果我们削弱他们的经济实力，德国就会闹布尔什维克。”

“人们一心要报仇。”

“你还记得1914年的事儿吗？沃尔特不希望打仗。大多数德国人也不想要战争。但他们不是一个民主国家。皇帝受到将军们的怂恿。一旦俄国人动员起来，他们就别无选择了。”

“我当然记得。但大多数人都忘了。”

一支舞结束了。罗莎·赫尔曼出现在跟前，格斯给两个女人相互作介绍。他们聊了一分钟，但罗莎一反常态，变得十分冷淡，茉黛知趣地走开了。

“那件衣服得花一大笔钱，”罗莎气哼哼地说，“是珍妮·浪凡设计的。”

格斯不解：“你不喜欢茉黛？”

“显然你喜欢。”

“你这是什么意思？”

“你们跳舞时贴得很近。”

罗莎不知道沃尔特的事。尽管如此，交谈被诬陷成调情仍让格斯憎恶，“她想谈点儿保密的事。”他显得有些生气。

“我猜她就是。”

“我不明白你的态度，”格斯说，“是你自己跟那个油嘴滑舌的希腊人走了。”

“他非常英俊，而且一点也不油嘴滑舌。我为什么不能跟其他男人跳舞？你又不爱我。”

格斯盯着她。“哦，”他说，“哦，我的天啊。”他突然感到困惑，一时拿不准了。

“你这又是怎么啦？”

“我觉得自己刚刚弄明白一件事……”

“你打算告诉我吗？”

“我看我应该告诉你。”他颤抖着说。随后他又停住了。

她等着他说话。“想好了吗？”她不耐烦起来。

“我爱上你了。”

她默默地抬起头看着他。过了好一会儿，她说：“你是真心的吗？”

虽然这种念头让他有些措手不及，但他对此毫不怀疑：“是的。我爱你，罗莎。”

她无力地笑了笑：“这太奇怪了。”

“我想也许我爱上你已经有相当长的时间了，可自己一直都不知道。”

她点点头，好像某种怀疑的事情得到了确认。乐队奏起一支慢节奏的曲子。她靠近他。

他十分自然地搂住她，但他太激动了，没法正常跳舞。“不知我能不能跳好……”

“别担心。”她知道他在想什么，“装装样子就行。”

他磨蹭了几步，脑子里一片混乱。她只字不提自己有什么感受。但从另一方面看，听了他的话，她也没有走开。她有可能回应他的爱吗？她显然是喜欢他的，但那完全不是一回事。就在这会儿，她是否在琢磨自己的内心感受？她会不会正在寻找什么温和的措辞拒绝他呢？

她抬头看着他，让他觉得她就要回答他了，随后她说：“带我离开这儿，格斯。”

“好的。”

她取回自己的外套。门卫唤来一辆红色的雷诺出租车。“去马克西姆餐厅。”格斯说。这段路很短，两人在车上都没说话。格斯很想知道她脑子里在想什么，但他并不急于催她。她会很快告诉他的。

餐厅里座无虚席，有几张空闲的桌子预留给晚到的客人。侍者领班表示十分抱歉。格斯掏出钱包，抽出一百法郎的钞票，说：“在角落里找一张安静的桌子。”写着“预留”的卡片被撤下去，他们坐了下来。

他们点了简单的晚餐，格斯要了一瓶香槟。“你的变化真大。”罗莎说。

他很惊讶：“我不觉得。”

“那时在布法罗，你是个没自信的年轻人。我觉得当时你见到我都不好意思。现在你漫步巴黎，好像什么都属于你。”

“哦，天啊，这听上去也太傲慢自大了。”

“不，是自信。毕竟你为总统工作，还上过战场。是这一切造就了改变。”

食物送了上来，但两个人都没有吃多少。格斯太紧张了。她在想什么？她到底爱不爱他？她肯定是知道的吧？他放下刀叉，并没有去问他心里的问题，而是说：“可你总是显得很自信。”

她笑了起来：“想知道为什么吗？”

“为什么？”

“我想我大概在七岁之前还是有自信的。然后……你也知道小女生那一套，大家都想跟最漂亮的交朋友。我只能跟那些胖的、丑的，穿二手旧衣服的女孩玩。就这样一直过了青春期。就算后来为《布法罗无政府主义者》工作，干的也是那种没什么指望的工作。但当了编辑以后，我就又开始找回我的自尊了。”她接过香槟抿了一口，“你也帮了忙。”

“我？”格斯很吃惊。

“是你跟我谈话的方式，就好像我是布法罗最聪明、最有趣的人一样。”

“你差不多就是啊。”

“除了奥尔加·维亚洛夫。”

“哦。”格斯脸红了。一想起当时自己对奥尔加那样痴迷就觉得愚蠢，但他不想这么说，这等于诋毁她，显得很缺乏教养。

他们喝完咖啡后便结账了，他还是不知道罗莎如何看待他。

在出租车上，他拉起她的手，把它贴在自己嘴唇上。她说：“哦，格斯，你真是太亲切了。”他不知道她这话是什么意思。然而，她把脸转过来对着他，那表情几乎是一种期待。她是不是想让他……他把心一横，吻了她。

这一刻突然凝固了，因为她没有回应，让他怀疑自己不该这么做。然后，她心满意足地叹了口气，张开双唇。

哦，这么说，一切都对劲。他高兴地想。

他用胳膊搂着她，一路吻着她，直到抵达酒店。路途实在太短了。很快，一个门童打开了出租车门。“擦擦嘴巴。”罗莎下车时说。格斯掏出手帕匆忙擦了擦脸。白色亚麻手帕上留下了她唇膏的红印。他仔细地把它叠好，放回口袋里。

他送她到门口。“你明天有空吗？”他问。

“什么时候？”

“尽早。”

她笑起来：“你永远不会假装，是吧？我爱你这一点。”

不错。我爱你这一点跟我爱你不太一样，但总比什么都没有强。“就是尽早嘛。”他说。

“我们做什么呢？”

“明天是星期天。”他把脑子里最先想到的事情直接说了出来，“我们可以去教堂。”

“好的。”

“我带你去巴黎圣母院。”

“你是天主教徒吗？”她惊讶地问。

“不，我算是圣公会教徒。你呢？”

“我也是。”

“那太好了，我们可以坐在后排。我先弄清弥撒什么时候开始，然后打电话到你的酒店。”

她伸出手，两人像朋友那样握了握。“谢谢你，真是一个美好的夜晚。”她郑重其事地说。

“一切令人非常愉快。晚安。”

“晚安。”她说完便转身离开，消失在酒店大厅里。

第三十六章

1919年3月至4月

积雪融化，坚硬的俄国土地变成肥沃的湿泥，白卫军[①]做出巨大努力试图让国家摆脱布尔什维克主义的控制。海军上将高尔察克的十万大军横扫西伯利亚地区，部队里的部分军服和武器是由英军供应的，他们从南到北拉开一条一千多公里的战线，对红军发起大规模进攻。

菲茨率领阿伯罗温同乡队，外加部分加拿大人和几名翻译，跟在白卫军后面，相隔几公里的距离。他的任务是强化高尔察克的力量，提供通信督导、情报和物资供应。

菲茨满怀希望。前面或许困难重重，但如果容许列宁和托洛茨基之流窃取了俄国，后果将不堪设想。

三月初，他还待在乌拉尔山脉欧洲一侧的城市乌法，读着一摞一周前的英国报纸。来自伦敦的消息喜忧参半。菲茨很高兴劳埃德·乔治任命温斯顿·丘吉尔为陆军大臣。在所有政治首脑中，最支持干预俄国的人就是温斯顿。但有些报纸的立场和菲茨

① 白卫军，简称白军，以保皇党派为基础，是苏俄国内战争时期（1918–1920）的一支武装力量。1921年初被苏俄红军消灭。

相反。《每日先驱报》和《新政治家报》的观点并没让他感到吃惊，毕竟它们或多或少属于布尔什维克的出版物。但是，连保守的《每日快报》都刊出了这样的大标题：撤出俄国。

不幸的是，这些文章对发生的一切了如指掌，甚至十分清楚英国帮助高尔察克发动政变废除了临时政府，让他当上最高统治者。他们从哪儿获取的信息？他从报纸上抬起头来。眼下，部队驻扎在市立商业学院里，助手正坐在对面的办公桌前。“穆雷，”菲茨说，“下次战士们再往家里寄信的时候，先把信件交给我过目。”

这样做不符合常规，穆雷有些迟疑：“先生……”

菲茨觉得最好解释一下：“我怀疑信息可能是从我们这儿传到国内的。检查员肯定是疏忽大意了。”

“也许他们觉得欧洲战争已经结束，就可以松懈一下了。”

“毫无疑问。总之，我想检查一下是不是我们的问题。”

报纸背页刊登的是“不要插手俄国”运动发起人的照片，菲茨惊讶地发现竟然是艾瑟尔。《每日快报》说，她从前当过泰-格温的女仆，但现在成了全国服装工人联盟的总书记。

从那时起，他跟不少女人睡过觉——尤其是最近，在鄂木斯克，他结识了一个美艳绝伦的俄国金发女子，她是沙皇手下一位将军的情妇，但那位将军脑满肠肥，整日醉酒，令她备受冷落。但说到底，艾瑟尔留给菲茨的记忆最为深刻。他想知道自己的孩子怎么样了。菲茨大概在全世界留下了半打私生子，但艾瑟尔的孩子是唯一他确知的。

她成了煽动抗议干预俄国的人。现在菲茨知道消息到底是从哪儿走漏的了。她那该死的弟弟是阿伯罗温同乡队的中士。他从来都喜欢惹是生非，菲茨毫不怀疑是他在给艾瑟尔通风报信。等着吧，菲茨想，我一定要把他揪出来，让他吃不了兜着走。

接下来的几个星期，白卫军一路急速挺进，红军大为惊讶，他们本以为西伯利亚政府早已是强弩之末，因而面对如此来势汹汹的军队不得不惊慌奔逃。如果高尔察克的部队能跟北部“天使号”上的支持者接上，在南方跟邓尼金的志愿军会合，他们就能形成一个向东部弯曲、长达上千英里的包围圈，以势不可挡的力量横扫莫斯科。

随后，到了四月底，红军开始大举反击。

当时菲茨待在布古鲁斯兰，那是伏尔加河以东一百六十多公里林地中的一个阴森而贫瘠的小镇。残破的石头教堂和镇公署大楼，直愣愣地矗立在一片低矮的木板房中间，就像垃圾堆上的几簇杂草。菲茨跟情报单位的人员坐在镇公署一个巨大的房间里，挨个筛查俘虏的审讯报告。没有发现什么地方不对劲。但随后他就看到窗外高尔察克的士兵们一个个衣衫褴褛，沿着主街缓慢穿过镇子，他们不该往那边走的。他派美国来的翻译列夫·别斯科夫去询问那些人为什么撤退。

别斯科夫带回来的消息让人失望。红军从南面发动大规模进攻，高尔察克推进部队的左翼战线拉得过长，遭到袭击。为了避免部队断成两截，当地的白卫军指挥别洛夫将军命令他们后撤，进行重组。

几分钟后，一个红军逃兵被带进来接受审讯。他曾经是沙皇军队里的上校。他的话让菲茨备感沮丧。他说，红军一开始对高尔察克的进攻感到吃惊，但他们很快就重新集结起来，补充了补给。托洛茨基宣称红军将继续向东部进攻。“托洛茨基认为，如果红军稍有动摇，协约国就会承认高尔察克为最高统治者，而一旦得逞，他们就会向西伯利亚人投入大量人员和物资。”

这正是菲茨期待的。他用口音浓重的俄语问道：“那么，托洛茨基是怎么做的呢？”

对方回答得太快，菲茨没明白到底是什么意思，只能等别斯科夫翻译过来。“托洛茨基用特招的手段吸引来自布尔什维克党和工会的新兵。得到的反应十分惊人。二十二个省份派出了分遣队。诺夫哥罗德省委员会发动了它的半数成员！”

菲茨试图想象高尔察克也能唤起支持者如此热烈的响应。但实际上永远也不会发生。

他回到驻地收拾行李。行动过缓，同乡队紧赶慢赶才在红军到达前逃脱，但仍有少数士兵落在了后面。当晚，高尔察克的西侧部队全面撤退，菲茨坐上火车返回乌拉尔山地。

两天后，他又回到了乌法的商业学院。

这两天来菲茨情绪灰暗。他既恼怒又痛苦。参战已经有五个年头了，他能够凭各种迹象判断局势的转向。俄国的内战实际上等于结束了。

白卫军实在太弱了。革命党人势必获胜。只有协约国军队入侵才可能扭转局面，但这是不可能的——眼下这点儿事情已经让丘吉尔焦头烂额了。比利·威廉姆斯和艾瑟尔姐弟俩配合默契，确保必要的增援派不出来。

穆雷给菲茨拿来了一麻袋信件。“这是您要看的士兵家书，先生。”他话里有些不赞同的意味。

菲茨没有理睬穆雷的不满，打开了麻袋。他搜寻着威廉姆斯中士的信。至少得有个人为这场灾难受到惩罚。

他找到了需要的东西。威廉姆斯中士的信是写给E.威廉姆斯的，那是她娘家的姓——毫无疑问，他担心使用她的夫姓会让人注意他的卖国信件。

菲茨开始读起来。比利的笔迹又大又自信。乍看之下，字里行间没什么特别之处，只是有点儿古怪。不过，菲茨在“40号房间”工作过，了解编码加密。他定下心来开始破解眼前这份密信。

穆雷说：“还有一件事，先生，这两天你见过那个美国翻译吗，名叫别斯科夫的？”

“没有，”菲茨说，“他出了什么事吗？”

“看来我们把他丢了，先生。”

托洛茨基十分疲倦，但他毫不气馁。脸上的紧张线条丝毫没有减弱他眼中闪烁的希望之光。格雷戈里钦佩地想，正是对自己事业坚定不移的信念支撑着他。格雷戈里猜测他们几个都是这样——列宁和斯大林也是如此。每个人都相信自己在做正确的事情，无论面临什么样的问题，比如土地改革，或者军事战术。

格雷戈里却做不到。跟托洛茨基一道工作时，他努力制订对白卫军最好的回击战术，但在得知结果之前，他对是否做出了正确决定从来都没有把握。也许这正是为何托洛茨基世界闻名，而他只不过是一个政委的原因。

格雷戈里坐在托洛茨基的私人火车上，桌上铺着一张俄国地图。这种情形以前有过多次。“我们基本上不必担心北方的反革命分子。”托洛茨基说。

格雷戈里表示同意：“根据我们的情报，那里的英国士兵和水兵之中发生了叛乱事件。”

“而且，他们丧失了跟高尔察克会合的希望。他的军队正以最快速度逃回西伯利亚。我们可以把他们赶过乌拉尔山脉，但我认为我们还有其他更重要的事情。”

“在西面吗？”

“那边很糟。白卫军依靠的是拉脱维亚、立陶宛和爱沙尼亚的反动民族主义者。高尔察克在那儿委任尤登尼奇为总司令，他受到英国海军舰队的支持，将我们的舰队围困在喀琅施塔得。不过我更担心的是南方。”

“邓尼金将军那边。”

“他大约有一百五十万人，有法国和意大利军队的支持，英国人也向他提供补给。我们认为他正在计划进攻莫斯科。”

“如果要我说的话，我认为击败他的关键在政治上，而不是在军事上。”

托洛茨基来了兴致：“说下去。”

“邓尼金无论去哪儿都会树敌。他的哥萨克士兵肆意抢劫。每当他拿下一个小镇，就会把所有犹太人集合起来，随便射杀。如果煤矿没达到生产目标，他就杀掉十分之一的矿工。还有，不用说，他枪决了部队里所有的逃兵。”

“一样，”托洛茨基说，“我们还杀了包庇逃兵的村民。”

“还有拒绝交出粮食的农民。”格雷戈里不得不狠下心来，接受这种必要的残酷，“但我了解农民，我的父亲就是其中之一。他们最关心的是土地。很多人在革命中获得了大片土地，他们会坚守这些土地，无论发生什么。”

“所以呢？”

“高尔察克宣布土地改革应该遵循私有财产的原则。”

“这意味着农民要归还他们从贵族手里拿到的土地。”

“这一点大家都清楚。所以我想把他的公告印出来，贴在每座教堂的外面。不管我们的士兵做过什么，农民们只要看到这个，就宁可要我们，不会要白卫军。”

“就这么干。”托洛茨基说。

“还有一件事。宣布特赦逃兵。七天内，任何返回部队的人都不会受到处罚。”

“这又是一项政治举措。”

“我不认为这样会鼓励开小差，因为只限一周。这样会让人们重新支持我们，尤其当他们发现白卫军要拿回他们的土地时。”

“试试看。”托洛茨基说。

一位助手走了进来，敬了个礼：“有份奇怪的报告，别斯科夫同志，我觉得你想听一听。”

“说吧。”

“在布古鲁斯兰抓到一个俘虏。他当时跟随高尔察克部队，但身上穿的是美国人的制服。”

“白卫军里头有来自世界各地的士兵。资本主义者和帝国主义者自然要支持反革命。”

“不是这样的，先生。”

“那又是怎么样的？”

“先生，这人说他是你的兄弟。”

清晨，浓雾弥漫，站台又很长，格雷戈里看不到火车的尽头。

有可能是哪里弄错了，他想，弄错了名字，或者翻译有误。他试图让自己狠下心来以免失望，但没能成功，他的心跳得更快了，好像每根神经都能感到刺痛。他差不多有五年没见过自己的亲弟弟了。他常常想，列夫一定是死了。这有可能仍是可怕的真相。

他走得很慢，凝视着茫茫晨雾。如果这真的是列夫，他自然会发生一些变化。过去五年里，格雷戈里失去了一颗门牙，丢了大半个耳朵，可能其他地方也有了他没意识到的改变。列夫又会变成什么样呢？

过了一会儿，两个人影从白色雾霭中走了出来——其中一个是俄国士兵，穿着粗劣的军装和国产鞋，他旁边那个看上去像美国人。那人是列夫吗？他留着短短的美式发型，没蓄胡子。脸庞很圆，一副好吃好喝的美国士兵的样子，漂亮的新军服下面的肩膀肌肉饱满。这是一身军官制服，格雷戈里愈发怀疑起来。难道他弟弟成了美国军官？

俘虏也盯着他看。格雷戈里走上前去，他终于确定这人就是自己的弟弟。列夫的确变了样，不光是整体外表上的圆滑光鲜，更是他站在那里的姿态，他脸上的表情，尤其是他的眼神，已经全然不同了。列夫没有了那种孩子气的骄傲自大，而代之以一种谨慎的气度。实际上，他现在长大了。

当他们相距咫尺时，格雷戈里想到列夫辜负自己的种种作为，一大堆指责的话涌到了嘴边，但到头来他一句话也没有说，而是张开双臂抱住了列夫。他们互相亲吻面颊，拍着对方的后背，然后再次拥抱，格雷戈里发现自己在哭。

过了一会儿，他把列夫带上火车，走进他当作办公室的车厢。格雷戈里让助手端来热茶。他们坐在两把褪色的扶手椅里。

“你参军了？”格雷戈里不可置信地问。

“美国那边也在征兵。”列夫说。

看来是实情。列夫绝不会自愿入伍。“你还当了军官！”

“你不也是嘛。”列夫说。

格雷戈里摇了摇头：“我们已经废除红军队伍中的官阶制度。我是军政委。”

“但还是一些人发号施令，另一些端茶倒水，”列夫说话时，助手正好端着杯子进来了，“妈妈要是活着会觉得自豪吧？”

“会自豪得受不了。不过你为什么从来都不给我写信？我还以为你死了！”

“啊，该死，我很抱歉，”列夫说，“拿了你的船票让我很不好过，一直想写信告诉你我能支付你的路费。我想多攒上点儿钱然后再写信，就这么一直拖着。”

这种借口毫无说服力，但恰恰是列夫的性格。除非他已经找到一件漂亮外套，否则就不会去参加某个聚会，如果他手头没钱给大家轮番买酒喝，他也不会进酒吧。

格雷戈里又记起了另一桩背叛。“你离开的时候，根本没告诉我卡捷琳娜怀孕了。”

“怀孕了？！我不知道。”

“不，你知道。你叫她不要告诉我。”

“哦。我想我忘了。”谎言被戳穿了，让列夫显得很尴尬，但他没一会儿就恢复了常态，马上来了个倒打一耙，“你送我上的那条船也不是去纽约的！那船把我们扔到了一个叫加地夫的卸货场。我不得不又干了几个月才攒够了另一张船票钱。”

格雷戈里难过了好一会儿，随后回忆起列夫央求船票的情形。“也许当初我不该帮你从警察那儿逃跑。”他干脆地说。

“我觉得你已经对我仁至义尽了。”列夫不太情愿地说。然后他露出他那温暖的笑容，这让他一次次获得格雷戈里的原谅。“你对我一直这样，”他补充说，“自从妈妈死了以后。”

格雷戈里哽住了。他尽量让自己的声音坚定平稳：“不管怎么说，必须惩罚维亚洛夫家族，他们欺骗了我们。”

“我已经复仇了，”列夫说，“在布法罗有个叫约瑟夫·维亚洛夫的。我操了他女儿，让她怀孕了，他只好让我娶了她。”

“我的上帝！你现在是维亚洛夫家族的成员了？”

“他后悔了，所以才会安排我参军打仗。他指望我能死在战场上。”

“见鬼，你现在还是让你的鸡巴牵着走？”

列夫耸了耸肩膀：“我想是吧。”

格雷戈里也有要坦白的事情，这让他有些紧张。再开口时他显得十分谨慎：“卡捷琳娜生了个男孩儿，你的儿子。她给他取名叫弗拉基米尔。”

列夫显得很高兴：“是吗？我有个儿子啊！”

格雷戈里没有足够勇气告诉他弗拉基米尔对列夫一无所知，一直叫格雷戈里“爸爸”。他只是说：“我把他照顾得很好。”

“我知道你会的。”

一种熟悉的愤怒情绪刺伤了格雷戈里——列夫总觉得别人活该承担起他丢下的责任。“列夫，”他说，“我跟卡捷琳娜结婚了。”他等着他做出愤怒的反应。

但列夫仍然那么平静：“我也知道你会这么做的。”

格雷戈里吃了一惊：“什么？”

列夫点点头：“你一开始就迷上她了，而她需要找一个踏实可靠的人来抚养孩子。算命的牌上也这样说。”

“我经受了极大的痛苦！”格雷戈里说。难道这一切都白白过去了？“我心里很受折磨，觉得背叛了你。”

“天啊，怎么会。是我丢下她不管的。祝你们两个好运！”

看到列夫对待这一切的态度是如此轻慢，格雷戈里顿时气得七窍生烟。“你从来没想过我们，是吧？”他恶狠狠地问。

“你了解我，格里什卡。”

列夫当然会惦记他们。“你连想都不想我们。”

“我当然想你们了。用不着那么圣洁。你想要她，一段时间内保持着距离，也许是好几年，但最终你还是操了她。”

事情说白了就是这样。列夫讨人嫌地把别人也拉低到他的水平上。“你说得对，”格雷戈里说，“反正，我们现在已经有了另一个孩子，一个女儿，安娜。她现在一岁半了。”

“两个大人和两个孩子。不要紧，我手头上够。”

“你说什么？”

“我一直在攒钱，把英军仓库的威士忌卖给哥萨克人，换金卢布。我已经积攒了一笔小财。”列夫把手伸进军服的衬衣下面，解开一个扣子，然后拉出一条装钱的袋子，“这里的钱足够你们四个买票去美国了！”他把钱袋子递给格雷戈里。

格雷戈里很吃惊，很是感动。说到底，列夫并没有忘记他的家人。他攒出了票钱。当然，大张旗鼓地递交这笔钱，这合乎列夫的性格。他一直守着自己的诺言。

只可惜这一切都是徒劳的。

“谢谢你，”格雷戈里说，“我为你能说到做到而骄傲。不过，当然了，现在没有这个必要了。我可以让你获得释放，帮你回到正常的俄国人的生活。”他把钱袋递了回去。

列夫接过来，拿在手里，盯着它。“你是什么意思？”

格雷戈里看出列夫有些委屈，知道自己拒绝礼物伤了他的心。不过格雷戈里脑子里还有个更大的隐忧。列夫和卡捷琳娜重聚会发生什么？她会再次爱上更有魅力的弟弟吗？想到自己有可能失去她，格雷戈里就觉得心里一阵发凉，毕竟他俩共处很长时间了，一直都在一起。“我们现在住在莫斯科，”他说，“在克里姆林宫里有套公寓，卡捷琳娜、弗拉基米尔、安娜和我。我能轻易为你弄上一套公寓……”

“等一等，”列夫满脸疑惑，“你以为我想回俄国吗？”

“你已经回来了。”格雷戈里说。

“但不会留在这儿！”

“你不可能要回美国。”

“我当然要回！你们也应该跟我一起走。”

“没有这个必要！俄国跟以前不一样了。没有沙皇了！”

“我喜欢美国，”列夫说，“你也会喜欢的，你们几个都会喜欢，尤其是卡捷琳娜。”

“但我们正在这里创造历史！我们已经发明了一种全新形式的政府，苏联。这是新的俄国，新的世界。你错过了一切！”

“你才是什么都不懂的那个，”列夫说，“在美国我有自己的车。那儿的食物多到吃不完。还有各种我喜欢喝的酒、喜欢抽的烟卷。我有整整五套衣服呢！”

“有五套衣服有什么用？”格雷戈里失望地说，“这就像有五张床。你只能睡在一张床上！”

“我可不那么认为。”

列夫显然觉得格雷戈里看不清事实，实在令人恼火。格雷戈里不知道还要说什么才能让他的弟弟回心转意。“那些东西真的是你想要的吗？香烟、很多衣服和汽车？”

“那是每个人都想要的东西。你们布尔什维克最好记住。”

格雷戈里不打算从列夫那里听取什么政治说教。“俄国人想要面包、和平和土地。”

“别的不说，我在美国有个女儿。她叫黛茜，今年三岁。”

格雷戈里疑惑地皱起眉头。

“我知道你在想什么，”列夫说，“我不关心卡捷琳娜的孩子——他叫什么名字？”

“弗拉基米尔。”

“你觉得我不关心他，所以我也不关心黛茜？可这不一样。我从来都没见过弗拉基米尔。当我离开彼得格勒的时候他只是一个小斑点。但我爱黛茜，而且更重要的是，她也爱我。”

格雷戈里至少可以理解这一点。他很高兴列夫有足够的心肠体会到与女儿之间的感情。尽管他很困惑为何列夫如此偏爱美国，但在格雷戈里内心，如果列夫不回俄国，他会感到巨大的宽慰。因为列夫肯定想接触弗拉基米尔，然后，还得花上多少时间弗拉基米尔才能明白列夫是他的生身父亲呢？还有，如果卡捷琳娜决定离开格雷戈里，跟列夫走，同时带走弗拉基米尔，那样的话，安娜该怎么办？格雷戈里也会失去她吗？他不无愧疚地想，对他来说，最好是列夫一个人回他的美国去。“我相信你作了个错误的选择，但我不会强迫你。”格雷戈里说。

列夫笑了：“你怕我会带走卡捷琳娜吧？哥，我太了解你了。”

格雷戈里一愣。“是的，”他说，“带她一起回去，然后再抛弃她一回，再留给我收拾一回残局。我也太了解你了。”

“至少你会帮我回美国。”

“不。”看见列夫的脸上闪过一丝惊慌，格雷戈里不禁感到得意，不过他没有让这种折磨持续太久，“我会帮你回到白卫军那里。他们可以带你回美国。”

“我们怎么做呢？”

“我们开车去前线，再稍稍越过一点儿。然后我把你放在无人区。之后的事就得靠你自己了。”

“我会被人打死的。”

“我们都可能被打死。这是战争。”

“那我还是碰碰运气吧。”

“你会平安无事的，列夫，”格雷戈里说，“向来如此。”

比利·威廉姆斯被人押着走出乌法市立监狱，穿过尘土飞扬的市街前往被英军用作临时驻地的商学院。

军事法庭设在一间教室里。菲茨坐在讲台上，旁边是他的助手穆雷上尉。格温·埃文斯上尉拿着笔记本和铅笔坐在那里。

比利浑身脏兮兮的，脸上胡子拉碴，跟镇上的醉鬼和妓女关在一起让他睡不好觉。菲茨像往常一样，穿着熨烫齐整的制服。比利知道自己陷入了一场大麻烦。判决已成定局。证据十分清楚——他用编码文字将军事机密透露给了他姐姐。但他横下一条心，绝不让自己显得害怕。他要好好为自己辩解。

菲茨说：“这是战地高等军事法庭，获准在被告为现役或正在国外，且无法设立更为正式的军事法庭时设立。法庭仅要求三名军官担任法官，如果人数不足，也可以是两名。法庭可以对任何级别的军人的任何罪行加以审讯，有判处死刑的权力。”

比利的唯一机会是影响判决结果。可能的惩罚包括劳役、苦工和处死。毫无疑问，菲茨希望把比利送到行刑队面前，或者至少判他在监狱里蹲上几年。比利的目标是让穆雷和埃文斯脑子里对审判的公正性产生足够的怀疑，让他们提出较短的刑期。

现在他说：“我的律师在哪儿？”

“不可能给你提供法律代理。”菲茨说。

“你确信这一点吗，先生？”

“问你的时候你再说话，中士。”

比利说：“在笔录里写上我被拒绝拥有律师的权利。”他盯着格温·埃文斯，只有他拿着笔记本。见埃文斯一动不动，比利又说：“这么说，这次审判的笔录是一个谎言了？”他把重点放在谎言两个字上，心里清楚这样会冒犯菲茨。从不说谎是英国绅士礼法的一部分。

菲茨朝负责记录的埃文斯点了点头。

一开场就赢了一局，比利想，心里有些高兴。

菲茨说：“威廉·威廉姆斯，你被指控违反了陆军法案第一章。指控你在服现役期间故意实施有计划的危及陛下武装力量的行为。法庭将判处死刑或相对较轻的处罚。”

对死刑的反复强调让比利浑身发冷，但他仍然保持一脸坚定的表情。

“你有什么要申辩的吗？”

比利深吸了一口气。他说话时声音清晰，鼓起勇气，尽量让语调充满轻蔑和不屑。“我的申辩是你们竟会如此大胆，”他说，“你竟敢假装这是一次客观审判？怎么敢装作我们来俄国是执行合法的军事行动？你们怎么敢指控一个三年来与你们并肩作战的人犯了叛国罪？这就是我的申辩。”

格温·埃文斯说：“不要无理取闹，比利。这样你只会自讨苦吃。”

埃文斯假装仁慈，但比利不吃他这一套。他说：“我建议你马上离开，不要跟这个私设法庭有任何瓜葛。等到消息传出去的时候——你尽管相信我，这件事会登上《每日镜报》的头版——你就会明白丢脸的人是你，不是我。”他看着穆雷，“无论谁跟这场闹剧扯上干系，到头来都会落得名誉扫地。”

埃文斯有些不知所措。显然他没想到这有可能被公布出去。

“够了！”菲茨大声呵斥道。

好，比利想，我已经击中他要害。

菲茨接着说：“我们有证据，穆雷上尉，请开始吧。”

穆雷打开一个文件夹，拿出一张纸。比利认出了他自己的笔迹。不错，正像他预料的那样，那是一封他写给艾瑟尔的信。

穆雷把信拿给他，问道：“这封信是你写的吗？”

比利说：“你是怎么注意到它的，穆雷上尉？”

菲茨咆哮道：“回答问题！”

比利说：“你是在伊顿公学上的学，对吧，上尉？正人君子绝不会读别人的信件，我们一直是这样被人教导的。不过据我所知，只有官方检查员有检查士兵信件的权利。所以，我认为是检查员让你注意到它的。”他停顿了一下。正如所料，穆雷不打算回答。他接着说：“那么说，这封信是非法获得的，对吗？”

穆雷重复道："是你写的这封信吗？"

"如果是非法获得的，那么就不能在审判中使用。我认为律师会这样说。但现在没有律师在场。所以这是一个私设法庭。"

"这封信是你写的吗？"

"除非你解释了怎么得到这封信的，否则我不能回答这个问题。"

菲茨说："你要知道，你会因为藐视法庭受到惩罚。"

我已经面临死刑了，比利想，菲茨这家伙真愚蠢，竟然认为这样就能吓倒我！不过他还是说："我指出法庭的不当行为，指出起诉的非法性，从而为自己辩护，这你也要禁止吗……先生？"

穆雷妥协了："信封上写了发信人的地址和比利·威廉姆斯中士的名字。如果被告说他没写这封信，那他现在就要做出这样的申明。"

比利什么也没说。

"这封信是一条编码消息，"穆雷接着说，"它可以通过读取第三个单词进行解码，外加歌曲和电影名的首字母。"穆雷把信交给埃文斯，"解码完成后，它的内容就是这样。"

比利的信描述了高尔察克政权的无能，说他们尽管拥有大量黄金却仍无法支付西伯利亚大铁路人员的工资，所以不断遇到供应和运输问题。信中还详细介绍了英国军队试图提供的帮助。英国公民支付军队的开销，他们的子弟冒着生命危险去打仗，这样的信息都是对英国公众保密的。

穆雷问比利："你否认发送了这一消息吗？"

"我不能对非法获取的证据发表意见。"

"收件人是E. 威廉姆斯，实际上是艾瑟尔·莱克维兹太太，她是‘不要插手俄国’运动的领导人，对吧？”

“我不能对非法获取的证据发表意见。”

“你以前给她写过编码的信件吗？”

比利一言不发。

“她利用你提供的信息写出了那些充满敌意的新闻报道，败坏了英国军队的声誉，同时危及我们在这里的行动。”

“当然不是这样，”比利说，“军队的声誉是被那些不经议会同意便派我们执行这一非法秘密任务的人败坏的。‘不要插手俄国’运动只是必要的第一步，让我们回归原有的英国捍卫者的身份，而不是去当右翼将军和政客们的私人军队，执行他们的小阴谋。”

菲茨那张轮廓分明的脸因为愤怒而变得通红，比利看在眼里，心里十分得意。“我们已经听得够多了，”菲茨说，“法庭现在要考虑最后的裁决。”穆雷低声说了一句，菲茨接着说，“哦，是的。被告有什么话要说吗？”

比利站了起来：“我要传唤我的第一位证人，伯爵菲茨赫伯特上校。”

“这太可笑了。”菲茨说。

“让笔录记下这一点，法庭拒绝允许我询问证人，尽管他出席了审判。”

“往下说。”

“如果没有剥夺我传唤证人的权利，我就会问上校他跟我的家人之间有什么关系。他是否因为我父亲担当了矿工领导的角色而对我个人怀恨在心？他跟我姐姐的关系如何？他是否雇用她当自己的管家，然后又神秘地解雇了她？”比利真想多说几句艾瑟尔的事，但这会玷污她的名声，而且这几句暗示已经足够了，“我还会询问他在这场反布尔什维克政府的非法战争中存在什么个人利益。他的妻子是俄国公主吗？他的儿子是这里的财产继承人吗？上校是否在捍卫自己的个人经济利益？所有这些问题是否就是他召集这次虚假法庭的真正解释？在这种情况下，他是否完全没有资格担任法官？”

菲茨板着面孔狠狠地盯着他，但穆雷和埃文斯两人都显得很吃惊。他们对这些私人情况一无所知。

比利说：“我还要指出一点。德国皇帝被控犯有战争罪。有人认为他是在将军们的唆使下发动了战争，违反了德国人民通过国会代表明确表示的意愿。相比之下，有人强调，英国只有在经过下议院讨论同意后才对德宣战。”

菲茨装出一副无趣的样子，但穆雷和埃文斯用心听着。

比利接着说：“现在想一想俄国这里的战争。一切从未在英国议会讨论过。有人以保证行动安全为借口，对英国民众保密，军队一有见不得人的秘密就搬出这一套说辞。我们在打仗，但这场战争从未公开宣布。英国首相和他的同僚处在与德皇和他的将军们完全相同的处境下。是他们在干非法的事情，不是我。”说完，比利坐了下来。

两名上尉与菲茨凑到了一块儿。比利怀疑自己是否太过分了。他觉得有必要把话说得尖刻有力，但这样也许会得罪两个上尉，无法赢得他们的支持。

但几位法官好像意见并不一致。菲茨在强调着什么，但埃文斯摇头表示否定。穆雷显得有些尴尬。这或许是一个好兆头，比利心想。尽管如此，他还是感到一种前所未有的恐惧。无论是在索姆河面对机枪的扫射，还是在矿井下经历爆炸，都没有比性命被几个心怀恶意的军官攥在手里，更让他害怕的了。

最后他们似乎达成了一致。菲茨看着比利说：“起立。”比利站了起来。

“威廉·威廉姆斯中士，本法庭认定你有罪。”菲茨盯着比利，好像希望在他脸上看到被击败的屈辱。但比利早已料到有罪的判决。他担心的是判决结果。

菲茨说：“你被判处十年劳役拘禁。”

比利再也无法保持平静的表情。判决不是死刑，但刑期竟是十年！出狱的时候他就三十岁了。那将是1929年，米尔德里德该三十五岁了。他们的半辈子已经过去。他那目空一切的伪装轰然倒塌，泪水涌上了他的眼眶。

一种巨大的满足浮上了菲茨的脸。“解散。”他说。

比利被押了下去，开始了他的刑期。

第三十七章

1919年5月至6月

五月的第一天，冯·沃尔特·乌尔里希给茉黛写了一封信，从凡尔赛镇寄了出去。

他不知道她是死是活。自从斯德哥尔摩见面后，他就再也没有她的音讯。德国和英国之间仍然没有通邮，因此这是他两年来第一次有机会给她写信。

沃尔特和他的父亲是前一天动身到法国的，以德国代表团成员的身份随一百八十位政治家、外交官和外交部官员前来参加和平会议。穿过满目疮痍的法国东北部时，法国铁路让他们的特别列车降低速度，慢得如同步行。“好像只有我们往这儿扔过炸弹似的。”奥托气愤地说。他们乘坐小巴士从巴黎出发去小镇凡尔赛，被丢在水库大饭店。行李都卸在院子里，被告知需要他们随身携带。沃尔特想，法国人肯定不是那种胸怀坦荡的胜利者。

“他们的问题就是没打赢，”奥托说，“实际上他们也不算输，英国人和美国人搭救了他们——但这不值得夸耀。我们打败了他们，大家心知肚明，这伤害了他们膨胀的自尊。”

这家酒店阴森冷清，但外面的木兰花和苹果树盛开着。德国人获准在大城堡周围散步，也可以去商店转悠。酒店外总是聚集着一小群人。平民并不像官员那样恶毒。他们有时发出嘘声，但大多时候只是好奇地看着敌人。

沃尔特第一天就给茉黛写了信。他没提结婚的事，因为他还不清楚是否安全，再说他一贯的保密作风也很难打破。他让她知道他身在何处，对酒店及周围描述了一番，让她给自己写封回信。他步行去镇上买了邮票，把信寄了出去。

他焦急地盼望着回信。如果她还活着，仍然爱他吗？他几乎可以肯定她会的。但自从她在斯德哥尔摩的酒店房间急切拥抱他，时间已经过去了两年。很多男人从战场返回家园，却发现漫长的分离已经让女友或妻子爱上了别人。

几天后，各代表团的领导被召集到公园对面的特里亚农宫酒店，正式移交由战胜国起草的和平条约的打印副本。文件是用法语写的。回到水库大饭店，副本分发给翻译小组。沃尔特就是这个小组的负责人。他把他收到的文件分成几部分发给大家，然后坐下读了起来。

里面的内容甚至比他预想的还糟。

法国军队将占据莱茵兰的边境地区十五年。德国萨尔区将成为国际联盟保护区，由法国控制当地的煤矿。阿尔萨斯和洛林归还给法国，且不经过全民公决——法国政府害怕当地人民会投票留在德国。新的波兰变得非常大，囊括了三百万德国人口和西里西亚煤田。德国将失去所有的殖民地——协约国像窃贼分赃一样瓜分了它们。德国不得不同意支付数额不详的赔偿，换句话说，要德国给他们签一张空白支票。

沃尔特不明白他们希望德国成为一个什么样的国家。难道他们心里想象着一个巨大的奴隶营，每个人都靠配给的口粮存活，辛苦劳作，再让统治者们拿走产出的物资？如果沃尔特成了一个这样的奴隶，他怎么可能考虑与茉黛建立家庭、生儿育女？

但最糟糕的还是战争罪责条款。

条约第231条说：“协约国和联合政府认定，德国接受因其与其盟友发动的侵略战争，对协约国和联合政府及其国民造成的所有损失和破坏承担责任。”

“这是个谎言，”沃尔特气愤地说，“一个愚蠢、无知、恶毒和可恨的谎言。”他知道德国不是无辜的，他也因此一次次跟父亲争辩过。但他也经历了1914年夏天的外交危机，清楚了解迈向战争之路的每一小步，不是单个国家的错误。两边的领导人一直都在极力捍卫自己的国家，没有人想让整个世界陷入有史以来最大规模的战争——阿斯奎斯没想这样，庞加莱、德皇没想这样，沙皇或奥地利皇帝也没想这样。就连那个萨拉热窝的刺客加夫利洛·普林西普知道自己的行为引发了这样的后果之后也大吃一惊，但甚至是他也不该为“所有的损失和破坏”负责。

午夜刚过，沃尔特碰到了他的父亲，当时他俩都刚歇下来，需要喝杯咖啡保持清醒，好继续工作。“真是岂有此理！”奥托咆哮道，“我们同意根据威尔逊的十四点达成停战，但这个条约跟十四点毫无关系！”

终于有一次，沃尔特跟父亲的见解一致了。

到了早晨，翻译文稿打印完毕，副本已派专人送往柏林——德国人典型的高效率，让沃尔特在国家遭受诋毁之时更加清晰地看到它的可贵之处。他疲乏过度，实在睡不着，便决定到外面散散步，放松一下再上床休息。

他离开酒店走进公园。杜鹃花正在发芽。这是法国一个晴朗的早晨，对德国来说却严酷无比。这些建议会对德国苦苦挣扎的社会民主政府造成什么样的影响？人们是否会陷入绝望，继而转向布尔什维克主义？

他在大大的花园里形单影只，此外还有个穿轻便春季外套的年轻女人，坐在一棵栗子树下的长凳上。他沉思着经过那里，礼貌地碰了碰软毡帽的帽檐。

“沃尔特。”她说。

他的心脏漏跳了一拍。他太熟悉这个声音了，但不可能是她。

他转过身，凝视着那个女人。

她站起来。“哦，沃尔特，”她说，“你不认识我了吗？”

是茉黛！

他整个脉管里的血液都在欢唱。他紧走两步上前，她一下子扑到了他的怀里。他紧紧抱住她，让自己的脸伏在她的脖子上，深深吸入她的芬芳，岁月流逝，但那气息依然熟悉。他吻了她的额头、她的脸颊，接着是她的嘴唇。他说着，同时亲吻着，但无论是话语还是亲吻，都无法完全表达他内心的一切。

最后还是她说话了：“你还爱我吗？”

“比以前更爱。”他回答，接着又去吻她。

茉黛两手抚摸着沃尔特裸露的胸部，做爱后他们双双躺在床上。“你太瘦了。”她说。他的肚子凹下去，臀部的骨头凸出来。她想用黄油牛角面包和鹅肝让他胖起来。

他们待在离巴黎几英里外的一家小旅馆的卧室里。窗户敞开着，和煦的春风吹拂着报春花般淡黄色的窗帘。茉黛好多年前就发现了这个地方，菲茨常与一位有夫之妇——卡奈斯伯爵夫人在此幽会。这个坐落在小村子里、仅比一幢乡间大宅稍大些的旅馆，甚至连名字都没有。男人们在这儿预订午餐，租下一间房用作午后休息。或许伦敦郊外也有这种地方，但不知何故，这种安排非常有法国风格。

他们自称伍尔德里奇先生和太太，茉黛戴上了那只隐藏了将近五年的结婚戒指。精明的老板娘无疑会暗自揣测他们只是假装结婚了而已。这倒没什么关系，只要她不怀疑沃尔特是德国人就行，否则就会有麻烦。

茉黛无法让自己的手放开沃尔特。他完好无损地回到了她身边，让茉黛心怀感激。她用指尖抚摸他小腿上那条长长的疤痕。

“这伤疤是在蒂耶里堡落下的。”他说。

“格斯·杜瓦参加了那场战斗。我希望不是他开枪打中了你。”

“我很幸运，伤口愈合得很好。不少人患上坏疽死掉了。”

这是他们团聚后的第三周。在这段时间里，沃尔特整天连轴转，忙于德国对条约草案的反应，每天只能出来半个小时左右，跟她去公园散散步，或是坐上菲茨那辆蓝色的凯迪拉克，让司机带他们四处兜风。

茉黛跟沃尔特一样，对列给德国人的苛刻条款感到震惊。巴黎会议的目的是建立一个公正与和平的新世界，不是让胜利者去报复失败者。新的德国应该是一个民主和繁荣的国家。她想与沃尔特生孩子，他们的孩子应该是德国人。她时常想起《路得记》里的段落：“你往哪里去，我也往哪里去。”她迟早会对沃尔特说这句话。

不过，她欣慰地发现并非只她一个人对条约提案感到不满。协约国一方的其他人认为和平比复仇更为重要。美国代表团的十二名委员以辞职表示抗议。在英国的一次补选中，持非报复性和平态度的候选人赢得胜利。坎特伯雷大主教公开表示他“非常不安”，并声称要为那些不被反德报纸所代表的沉默群体说话。

昨天德国提交了自己的反对建议——基于威尔逊的十四点提出近一百页激烈的争辩词。这天上午的法国报纸一片哗然，纷纷愤而讨伐，他们称这份文件是一座厚颜无耻的纪念碑，一则令人作呕的笑话。“他们指责我们傲慢自大——瞧瞧，法国人！”沃尔特说，“那句有关锅子的谚语是怎么说的来着？”

“煮锅笑话水壶黑。”茉黛说。

他翻身到她那一边，把玩着她的体毛。那撮毛发暗黑而卷曲，十分浓密。她提出把那儿修剪一下，但他说就喜欢那个样子。“我们还要做些什么吧？”他说，“在酒店见个面，午后待在床上，像一对偷偷摸摸的情人，虽然浪漫，但我们不能一直这样。我们得告诉全世界，我和你是一对夫妻。”

茉黛很赞同。她也一直焦急地等待着可以和他每晚睡在一起的日子，虽然她没有明说——她是那么喜欢跟他做爱，这让她有点羞于启齿。“我们可以建立家庭，让他们自己得出结论。”

“我不想那样，”他说，“那会让人觉得羞耻。”

她也有同感。她想把自己的幸福大声宣告出去，而不是把它偷偷藏起来。她为沃尔特感到骄傲，他那么英俊，勇敢，聪明过人。“我们可以再办一场婚礼，”她说，“先订婚，发布公告，再举行仪式，永远也不要跟任何人说我们已经结婚快五年了。两次嫁给同一个人也不违法。”

他若有所思："我父亲和你哥哥会反对。他们阻止不了我们，但会把一切都搞得很不愉快，毁了这件事的乐趣。"

"你说得对，"她无奈地说，"按菲茨的话，有些德国人的确让人觉得不错，但说到底，你是不会把妹妹嫁给这种人的。"

"所以我们必须把既成事实推给他们。"

"我们先告诉他们，然后在报纸上宣布这一消息，"她说，"我们要说这是新的世界秩序的象征。在和平条约签订的时候宣布这桩英德跨国婚姻。"

他有些疑虑："具体该怎么做呢？"

"我去跟《尚流》杂志的编辑谈谈。他们很喜欢我，我给他们提供过大量材料。"

沃尔特笑着说："茉黛·菲茨赫伯特女勋爵永远引领时尚。"

"你在说什么？"

他伸手去床头柜上拿过皮夹，从里面取出那张杂志剪报。"我仅有的一张你的照片。"他说。

她从他手里接过来。年深日久，纸片已经变软，褪成了黄褐色。她仔细端详着照片。"这是战争之前拍的。"

"那之后它就一直陪着我。它也跟我一样熬了过来。"

泪水涌上了她的眼眶，让褪色的照片变得更加模糊。

"别哭。"他抱住了她。

她把脸紧贴在他赤裸的胸膛上哭泣着。有的女人动不动就哭，她从来就不是那样。但现在她止不住自己的眼泪。她为失去的岁月而哭，为数百万战死的男孩而哭，为这一切毫无意义又愚蠢的浪费而哭。她把自己克制了五年的泪水一股脑倾泻了出来。

等她哭完，脸上的泪水也干了，便如饥似渴地去吻他，他们又做爱了。

6月16日，菲茨那辆蓝色凯迪拉克在酒店接上沃尔特，载着他前往巴黎。茉黛认为《尚流》杂志会要他们两人拍张合照。沃尔特穿着一件战前在伦敦定做的斜纹软呢套装。这衣服有些肥大，但现在所有德国人穿的衣服都显得肥大。

沃尔特在水库大饭店设了一个小型情报局，用来监视法国、英国、美国和意大利的报纸，搜集德国代表团获得的小道消息。他知道协约国内部就德国的反对建议发生了激烈争吵。劳埃德·乔治是位能够灵活应对失误的政治家，他表示愿意重新考虑条约草案。但法国总理克列孟梭说他已经十分慷慨，对任何修订建议都表示愤慨。出人意料的是，伍德罗·威尔逊也很顽固。他认为该草案是个公正的解决办法，一旦他打定了主意，便再也听不进任何批评。

协约国也在商议包括德国的几个同盟国家的和平条约，它们是奥地利、匈牙利、保加利亚和奥斯曼帝国。他们创造了几个崭新的国家——南斯拉夫和捷克斯洛伐克，将中东瓜分为英国和法国的地区。他们争论是否与列宁讲和。每个国家的民众都已厌倦战争，但也有少数权贵仍热衷于同布尔什维克斗争。英国的《每日邮报》发现国际犹太金融家支持莫斯科政权的阴谋——这是该报提出的一个较为难以置信的幻想。

在德国条约问题上，威尔逊和克列孟梭否决了劳埃德·乔治的建议，这天早些时候，住在水库大饭店的德国小组收到了一份毫无耐心的通告，限他们三天之内接受条款。

沃尔特坐在菲茨汽车的后座上，悲观地思考着自己国家的未来，它会变成另一块非洲殖民地，他想，当地居民拼死拼活，只为满足他们的外国主人。他不想在这种地方抚养自己的孩子。

茉黛在摄影师的工作室里等着他，她打扮得十分漂亮，穿着一件薄纱夏装，她说是保罗·波烈的作品，那是她最喜欢的服装设计师。

摄影师有一面绘画背景墙，画的是开满鲜花的花园，茉黛觉得十分低俗，所以他们站在了餐厅的窗帘前，幸好窗帘十分朴素。起初他们并肩站着，就像陌生人那样谁也不碰谁。摄影师建议沃尔特跪在茉黛面前，但这太感情化了。最后终于找到两人都感到满意的姿势，他们双手相握，不是对着照相机，而是互相看着对方。

摄影师承诺明天就能把照片洗好。

他们随后去小旅馆吃午饭。“协约国不能强迫德国签字，”茉黛说，“那样就算不得谈判了。”

“他们就是这么做的。”

“要是你们拒绝了，那会怎么样呢？”

“他们没说。”

“那你们打算怎么办？”

“代表团部分成员今晚返回柏林跟政府磋商。”他叹了口气，“我恐怕必须要走了。”

“那我们正好利用这个机会宣布结婚的事。我明天拿到照片以后就回伦敦。”

“好吧，”他说，“我一回柏林就尽快告诉母亲。她会欣然接受。然后我再告诉父亲。他的反应会刚好相反吧。”

“我会告诉赫姆姑妈和碧，然后给在俄国的菲茨写信。”

“所以，暂时我们要分开一段时间了。”

“快吃完，然后我们就上床去。”

格斯和罗莎在杜伊勒里公园见面。巴黎已开始恢复正常，格斯高兴地想。阳光明媚，树木生出片片绿叶，男人们在扣眼里插着康乃馨，坐在那儿抽雪茄，一边看着世界上穿着最漂亮的女性们从眼前走过。在公园的一侧，里沃利路上充斥着轿车、卡车和马拉大车。在另一侧，一艘艘货运驳船在塞纳河上穿梭往来。也许，这个世界终归会恢复从前的样子。

罗莎穿着一件薄薄的红色棉布制服，戴着一顶宽檐帽，显得魅力十足。见到她那一刻，格斯想，如果我会画画，就画她现在这种样子。

他穿着一件蓝色夹克，头戴一顶时髦的硬草帽。她见到他时不禁嫣然一笑。

“怎么啦？”他问道。

“没怎么。你看上去很棒。”

“都是这顶帽子闹的，对吧？”

她强忍着没有再咯咯笑：“你真可爱。”

“显得很蠢。我也没办法。一戴帽子就这样，因为我整个看上去就像一把球头锤。”

她在他唇上轻轻一吻：“你是巴黎最有魅力的男人。”

她真的这样想。格斯惊喜地想：我真有这么幸运？

他挽起她的胳膊。“我们走走吧。”他们朝着卢浮宫的方向开始散步。

她说："你读了《尚流》杂志没有？"

"是伦敦的杂志吗？没有，怎么了？"

"看来你的亲密朋友茉黛小姐嫁给了一个德国人。"

"哦！"他说，"他们是怎么知道的？"

"你是说你知道这事儿？"

"我猜到的。我1916年在柏林见过沃尔特，他请求我带了一封信给茉黛。我想这意味他们要么订了婚，要么已经结婚。"

"你真是深藏不露！从来就没有提过一个字。"

"这是个危险的秘密。"

"现在仍然危险。《尚流》杂志善待他们，但其他报纸可就不一定站在他们这边了。"

"茉黛以前也受到过报纸的攻击。她很坚强。"

罗莎有些尴尬："我想那天晚上你们谈论的就是这个吧，我见你俩私下嘀咕着什么。"

"没错。她问我是否有关于沃尔特的任何消息。"

"我真愚蠢，竟怀疑你跟她调情。"

"我原谅你了，但下次你无理评判我的时候，就想一想这件事。我能问你一件事吗？"

"随便你问，格斯。"

"实际上是三个问题。"

"听上去不太吉利啊。像民间传说似的。如果答错的话我会被放逐吗？"

"你还是无政府主义者吗？"

"你觉得这碍事吗？"

“我在扪心自问，政见分歧会不会把我们分开。”

“无政府主义相信没有任何人拥有统治权。所有的政治哲学，从国王的君权神授到卢梭的社会契约论都在试图证明权力的正当性。无政府主义者认为所有这些理论都是失败的，因此没有任何形式的权力是合法的。”

“理论上说，实在令人无法辩驳。但这不可能付诸实施。”

“你领会得很快。实际上，所有的无政府主义者都是反对主流的，但他们对社会如何运转这一问题的看法差别很大。”

“你的看法呢？”

“我不像过去看得那么清楚了。报道白宫让我的政见稍有倾斜。但我仍然认为，权力需要证明自己的正当性。”

“我觉得我们不会为这种事情发生争吵。”

“好的。下一个问题？”

“跟我说说你的眼睛。”

“我天生如此。我应该做手术让它睁开。我的眼睑后面不过是一团无用的组织，不过我可以戴个玻璃眼球。但那样的话，它又得一直睁着。我认为还是闭着好。你觉得这很碍事吗？”

他停下脚步，转身面对着她：“我可以吻它吗？”

她犹豫了一下：“好吧。”

他弯下腰来，吻了吻她紧闭的眼睑。他的嘴唇并没有什么不同寻常的感觉，就像在亲吻她的脸颊。“谢谢你。”他说。

她平静地说：“以前从没有人这么做过。”

他点点头，猜测这可能是某种禁忌。

她说：“你为什么要这么做？”

“因为我爱你的一切，我要确信你知道这一点。”

“哦。”她沉默了一分钟，控制着自己的情感，但随后她笑了一下，恢复了她喜欢的那种干脆的语气，“嗯，如果你还想吻什么奇怪的东西，就告诉我好了。”

他不知道如何对这种含混却又令人激动的提议作出回应，便暂且放在一边，留着以后再仔细琢磨。“我还有一个问题。”

“来吧。”

“四个月前，我对你说我爱你。”

“我还没忘。”

“但你没有说你对我有什么感觉。”

“那不是明摆着的吗？”

“也许吧，但我希望你亲口告诉我。你爱我吗？”

“唉，格斯，你还不明白吗？”她脸色变了，有些痛苦，“我实在配不上你。你是布法罗最抢手的单身汉，而我是个独眼的无政府主义者。你应该去爱一个优雅美丽的富家女。我是一个医生的女儿，我母亲是女佣。我不是你该爱的那种人。”

“你爱我吗？”他用平静而执拗的语气问。

她哭了起来：“当然，你这个笨蛋，我全身心爱着你。”

他伸出胳膊搂着她。“这才是最最重要的。”他说。

赫姆姑妈放下手里的《尚流》杂志。“你竟然偷偷结了婚，这实在太糟糕了。”她对茉黛说，随后又同谋般笑了，“但这实在是太浪漫了！”

她们坐在菲茨在梅费尔家中的客厅里。战争结束后，碧用时新的装饰派艺术风格重新装修了房子，厅里摆着实用的椅子和阿斯普雷品牌店那种华而不实的现代派银制摆设。菲茨那个无赖朋友宾·韦斯特安普敦和他的妻子，以及茉黛和赫姆待在一起。伦敦社交季如火如荼，等碧准备停当，他们就要出门去看歌剧。她在跟三岁半的宝宝，以及十八个月大的安德鲁道晚安。

茉黛拿起杂志，又看了看那篇文章。上面的照片并不讨人喜欢。她原以为会看到两个相爱的人，但不幸的是那张照片看上去像是从电影中截取的场景。沃尔特像个掠食者，握着她的手，好色之徒般紧盯着她的眼睛，她则像个天真无邪的少女，正要落入他的诡计之中。

还好文章如她所愿。作者提醒读者茉黛女勋爵在战前曾是一位“时尚的妇女参政论者”，她开创《军人之妻》报，为留在家里的妇女争取权益，她还因为替杰妮·麦卡利抗争而进过监狱。文章说，她和沃尔特曾打算用正常的方式宣布订婚，战争爆发让这件事耽搁下来。他们匆忙而秘密的结合被描绘成在反常境况下孤注一掷采取的正确行动。

茉黛坚持让报纸准确无误地援引自己的话，杂志信守了这一承诺。“我知道有些英国人痛恨德国人，”她说，“但我也知道，沃尔特和其他许多德国人一样，尽了一切力量来阻止战争。现在，战争已经结束，我们必须跟以前的敌对者建立和平与友谊，我真心希望人们将我们的结合作为新世界的象征。”

经历过多年的政治运动，茉黛深知有时候一份出版物就会让你赢得支持，只要你能献上一个独家的精彩故事就行。

沃尔特按计划返回柏林。德国人开车前往火车站，一路上受尽人们的讥笑嘲弄。一位女秘书被人群里投来的石块击中。法国方面的评论说：“记住他们对比利时人做了什么。”女秘书仍留在医院里。与此同时，德国人民群情激奋，反对签署条约。

宾坐在茉黛旁边的沙发上。这一次他没像往常那样调情。“真希望你哥哥在这儿给你些建议。”他朝杂志那边点了点头。

茉黛给菲茨写了信，委婉地把自己结婚的消息告诉他，信封里还装了一张《尚流》杂志的剪报，让他知道自己的事情已被伦敦社交界所接受。她不知这封信多久才能辗转交到菲茨手里，她也没指望几个月内会收到回复，到了那会儿，菲茨就是想反对也晚了。他只能强作欢颜，对她表示祝贺。

现在，竟然有人暗示她需要由男人告诉她该做什么，茉黛眉毛一竖。“菲茨又能说什么呢？”

“在可预见的将来，一个德国人的妻子生活会很艰难。”

“我不需要一个男人告诉我这些。”

“菲茨不在，我觉得自己有一定的责任。”

“请别这样。”茉黛强忍着不去发作。除了到世界各地的夜总会赌博狂饮，他还能给别人提什么建议？

他压低声音。“我不想把话说出来，不过……”他瞥了赫姆姑妈一眼，后者知趣地站起身，去为自己再续上一杯咖啡，“如果你愿意说这场婚姻一直不圆满，就有可能被废止。”

茉黛回想起报春花般淡黄色的窗帘，按捺着开心的笑容：“但我不能……”

“请别告诉我任何事情。我只是想让你明白自己的选择。”

茉黛心里的火越来越大，但她强忍下去。“我知道这是好意，宾……”

“也有离婚的可能。总会有办法的，你知道，男人能给妻子提供各种理由。”

茉黛再也无法克制她的愤怒。“请马上停止这个话题，”她抬高声音说，“我丝毫不打算废止或者离婚。我爱沃尔特。”

宾紧绷着脸：“我不过是想告诉你，我认为菲茨作为一家之长会跟你说的话，如果他在这儿的话。”他站了起来，对妻子说，“我们还是走吧，好吗？我们没必要都迟到。”

几分钟后，碧穿着一件崭新的粉红丝绸外衣出现了。“我准备好了。”她好像一直在等着别人，而不是别人在等她。她的目光落在茉黛的左手上，注意到了那枚结婚戒指，但她没发表任何看法。茉黛把这件事告诉她的时候，她的反应十分谨慎，不支持也不反对。“我希望你幸福，”她不带任何感情地说，“我也希望菲茨能接受你没有得到他许可的事实。”

几个人走了出去，上了汽车。这是一辆黑色的凯迪拉克，是蓝色的那辆滞留在法国之后菲茨买的。什么东西都由菲茨提供，茉黛想道：三个女人住的房子，她们身上贵得惊人的礼服外套，汽车，还有剧院的包厢。她在巴黎丽兹饭店的账单直接寄给菲茨在伦敦的律师阿尔伯特·索尔曼，他会不加询问地予以偿付。菲茨从来没有抱怨过。她知道，沃尔特永远无法让她过这种日子。也许宾说得对，没有了这些早已习惯的奢侈会让她难受。但她要跟她爱的人在一起。

因为碧的拖沓，她们在开幕前最后一分钟才到达考文特花园。观众已经在自己的座位上坐好。三个女人匆匆登上铺了红地毯的楼梯，冲向她们的包厢。茉黛猛然记起看《唐璜》的时候自己跟沃尔特在这间包厢干的事情。她一下子害羞起来。当时她是中了什么邪，竟敢冒那种风险？

宾·韦斯特安普敦跟他妻子早来一步，起身为碧扶着椅子。

观众席上一片寂静，演出即将开始。人们看歌剧时总要看看这里都来了什么人，把这当成乐事一件，当公主落座时，不少人回过头来。赫姆姑妈坐在第二排，但宾扶着前排的一个位子让茉黛坐。前排座位上传来一阵低声的议论——这里的人大多看见了《尚流》上的照片，读了那篇文章。其中很多人认识茉黛，这是伦敦的交际场，有贵族和政客、法官和主教，也有成功的艺术家和富有的商人，外加这些人的妻子。茉黛站了一会儿，让大家好好看看她，看她多么高兴，多么自豪。

但这是一个错误。

观众的声音出现了变化。低语声变得更响。尽管分不清他们在说什么，但那声音本身就带着谴责，就像一只苍蝇遇到关着的玻璃窗而改变了嗡嗡声一样。茉黛吃了一惊。接着，她听到了另一种噪声，听上去像是可怕的嘘声。她带着困惑和惊慌坐了下来。

但这并不管用。现在，每个人都在盯着她。嗞嗞声在正厅蔓延开来，几秒钟后楼厅这里也嘘声四起。“各位！”宾无力地抗议着。

茉黛从来没遇到过这样的仇恨，就连在妇女参政示威的高潮中也没遇到过。她感到肚子像抽筋一样疼痛。她希望音乐马上开始，但那位乐队指挥也在盯着她，把他的指挥棒放在一边。

她想要自豪地回视他们，但泪水涌上了双眼，模糊了她的视线。这场噩梦不会凭空结束。她不得不做点儿什么。

她站了起来，嘘声更响了。

泪水顺着脸颊流了下来。她几乎像瞎了似的转过身去。她撞翻了自己的椅子，跌跌撞撞朝包厢后面的门口走去。赫姆姑妈站起来，嘴里念叨着：“哎呀，天啊，我的天啊。”

宾跳起来把门打开。茉黛走了出去，赫姆姑妈紧随其后。宾也跟着出来。在她身后，茉黛听见嘘声逐渐消失在一阵笑声之中，然后，让她恐怖的是，观众们开始鼓起掌来，庆贺他们赶走了她。这讥嘲的掌声伴着她穿过走廊，走下楼梯，走出剧院。

从公园大门到凡尔赛宫的那段路近两公里长。今天，道路的两侧站满了数百名身穿蓝色制服的法国骑兵。夏日的阳光照在他们的钢盔上熠熠生辉。他们举着挂有红白双色三角旗的长枪，小旗在暖风中猎猎舞动。

约翰尼·雷马克想办法让茉黛获邀参加和平条约的签署，不理会她在歌剧院受到的羞辱，但她不得不坐在敞开的货车后座，跟英国代表团的那些女秘书挤在一起，就像被送到市场的羊群。

一开始，德国人似乎要拒绝签署条约。战争英雄、陆军元帅冯·兴登堡表示他宁愿接受光荣的失败，也不要不光彩的和平。整个德国内阁已经辞职，他们不同意签署条约。他们在巴黎的代表团团长也是如此。最后，国民议会通过投票决定，除了那条臭名昭著的战争罪责条款以外，什么都签署。协约国立刻表示即使这样也是不可接受的。

“如果德国人拒绝，协约国会怎么办呢？”茉黛在他们的小酒店对沃尔特说，他们已经偷偷住在一起了。

“他们说他们会入侵德国。”

茉黛摇摇头：“我们的战士不会打仗的。”

“我们的战士也不会。”

“所以就是僵持。”

“只是英国海军还没有解除封锁，德国还是无法得到货物供应。协约国只需耐心等待，等德国各个城市都爆发粮食骚乱，他们就可以毫无阻拦地长驱直入了。”

“所以，你们只能签署。”

“要么签署，要么挨饿。”沃尔特悲哀地说。

今天是6月28日，五年前的这一天，大公在萨拉热窝被刺杀。

货车把秘书们带进院子，她们都尽量文雅得体地下了车。茉黛走进宫殿，登上大楼梯，两侧是穿着更为繁复的法国士兵，这会儿，共和国禁卫军戴的是银制头盔，上面有一撮马鬃羽毛。

最后她走进了镜厅。这是世界上最为宏伟壮观的大厅之一。有三个网球场并排连起来那么大。房间一侧是十七扇俯视花园的长窗，对面墙上，十七道镶嵌镜子的拱门反射着一扇扇窗户。更重要的是，正是在这个房间里，1871年普法战争结束之际，得胜的德国人加冕了他们的第一个皇帝，强迫法国签订割让阿尔萨斯和洛林的条约。现在，德国人即将在同一个拱形天花板下受到羞辱。毫无疑问，他们中的一些人梦想着有朝一日能报仇雪耻。你施加在他人身上的耻辱迟早要回到自己身上，茉黛想，今天来这儿参加仪式的人，脑子里会出现这种念头吗？大概不会。

她在一排红丝绒长椅中找到了自己的位置。有几十位记者和摄影师到场，一个电影摄制组带着巨大的电影摄影机来记录整个事件。大人物们三三两两走进屋子，在长桌前坐下，克列孟梭放松轻慢，威尔逊郑重其事，劳埃德·乔治则像一只年老的矮脚鸡。格斯·杜瓦也在其中，对着威尔逊的耳朵说了些什么，然后走到记者那边，跟一个年轻漂亮的独眼记者说话。茉黛想起以前见过她，看得出格斯爱上了她。

三点钟的时候，有人让大家肃静，大家充满敬意地沉默下来。克列孟梭说了句什么，门开了，两位德国签署人走了进来。茉黛从沃尔特那儿得知，柏林方面没人愿意让自己的名字写进条约，最后他们派出的是外交大臣和邮政大臣。两人面色苍白，一脸愧色。

克列孟梭作了简短的发言，然后招手让德国人走上前来。两人从口袋里拿出钢笔，在桌子上的一张纸上签了字。不一会儿，在某种秘密暗号的指令下，外面炮声大作，向世界宣告和平条约已经签署。

其他代表上前签名，不只是那些大国，而是所有的条约缔约国。这就花了很长时间，下面的观众开始交谈起来。德国人直挺挺地坐在那里，一动不动，直到一切结束后被人护送出去。

茉黛感到由衷的厌恶。她想，我们鼓吹和平的说教，但却一直在预谋报复。她起身离开王宫。外面，威尔逊和劳埃德·乔治被一群欢天喜地的观众死死围住。她绕过人群，沿路向镇子里的德国人旅店走去。

她希望沃尔特不会太沮丧。对他来说，这是个可怕的日子。

她见他正在收拾行李。“我们今晚回家，”他说，“代表团都要回去。”

“这么快！”她没怎么想过条约签署以后会发生什么。面对这件影响深远的重大事件，她无法想象之后的事。

相比之下，沃尔特仔细想过这个问题，也有了自己的计划。“跟我走。”他很简单地说。

“我无法获得去德国的许可。”

“你还需要谁的许可呢？我有你以茉黛·冯·乌尔里希夫人

的名字办下的德国护照。”

她感到大惑不解。“你是怎么得到的？”她说，虽然这不是她脑子里想到的最重要的问题。

“这不困难。你是一个德国公民的妻子，有权拥有护照。我的特殊影响不过是缩短了流程，只花几个小时就办完了。”

她盯着他。这一切如此突然。

“你走吗？”他说。

她在他眼里看到一种可怕的恐惧。他认为她会在最后一分钟退缩。他这种害怕失去她的恐惧让她想哭。她为自己被如此热情深爱着而感到幸运。“是的，”她说，“是的，我走。我当然要跟你走。”

他还不大相信：“你确定要这样吗？”

她点点头：“你还记得《圣经》里路得的故事吗？”

“当然。可是……”

茉黛在最近几周又读过好几遍，她开始引述那段让自己感动的话：“你往哪里去，我也往哪里去；你在哪里住宿，我也在哪里住宿；你的国就是我的国，你的神就是我的神；你在哪里死……”她哽咽得说不出话来，片刻后，她使劲咽了一下，接着说，“你在哪里死，我也在哪里死，也葬在哪里。”

他笑了，但眼里闪着泪光。“谢谢你。”他说。

“我爱你，”她说，“什么时候的火车？”

第三十八章

1919年8月至10月

格斯和罗莎跟总统同一时间回到华盛顿。到了八月，他们策划好同时告假回老家布法罗。他们到达后的第二天，格斯带罗莎去见他的父母。

他很紧张。他拼命想让他的母亲喜欢罗莎。但母亲内心膨胀，觉得每个女人都会迷上自己的儿子。每次他提到某个女孩，她都会挑出这样那样的毛病。没一个她看得上的，尤其是社交方面。如果他想娶英国国王的女儿，她大概会说："你难道找不到一个又好又有教养的美国女孩吗？"

"首先你会注意到的是，妈妈，她非常漂亮，"格斯在那天吃早餐的时候说，"其次，过了几分钟，你会看到她只有一只眼睛。然后你就会意识到她非常聪明。当你对她非常了解了，就会明白，世界上的年轻女子数她最好。"

"我敢肯定我会这么认为的，"母亲以她习惯的那种惊人的伪善说，"她的父母是什么人？"

罗莎在下午三点多的时候到达，当时母亲在小睡，父亲还在城里。格斯带着她到房子四周转了转。她紧张地说："你知道我的家庭背景十分普通。”

“你很快就会习惯的，”他说，“反正你我不会生活在这种富丽堂皇的地方。我们可能在华盛顿买一幢优雅的小房子。”

他们打网球。这是一种技艺相差悬殊的较量——格斯长长的胳膊腿让她无法招架，她对距离的判断很不稳定。但她打得十分顽强，争取每一个球，最后还赢了几场。她穿着白色的网球服，小腿中部带着时髦滚边，让她显得十分性感，一时间格斯心猿意马，不得不强迫自己集中精力才能不丢球。

两人热得汗津津的，随即进屋喝茶。“拿出你所有的宽容和善意，”格斯在客厅外面说，“我母亲是个可怕的势利鬼。”

但母亲展露出她最佳的礼仪举止。她吻了吻罗莎的双颊，说：“你们两个真是又可爱又健康，运动得满面红光。赫尔曼小姐，我很高兴见到你，希望我们会成为朋友。”

“您太好了，”罗莎说，“我很荣幸成为您的朋友。”

母亲听了这句恭维十分高兴。她知道自己身为布法罗社会的贵妇，年轻女性就应该向她表示尊重。罗莎立刻就猜到了这一点。真是聪明的女孩，格斯想。考虑到她对所有权力的痛恨，今天的表现也大方得体。

“我知道你哥哥弗里茨·赫尔曼。”母亲说，弗里茨在布法罗交响乐团演奏小提琴，母亲是那儿的董事，“他很有才华。”

“谢谢。我们都为他感到骄傲。”

母亲继续闲聊着，罗莎让她牵着话头。格斯不禁想起了前次他带回家的那个打算迎娶的女孩奥尔加·维亚洛夫。那次母亲的反应全然不同，她的确礼貌热情，但格斯知道她不是真心实意。今天她看上去是发自内心的。

他昨天向母亲问起维亚洛夫家的事。列夫·别斯科夫被送往西伯利亚充当部队翻译。奥尔加不怎么参加社交活动，似乎专心于抚养他们的孩子。约瑟夫曾游说格斯当参议员的父亲，希望向白军投入更多军事援助。“想必他认为布尔什维克不利于维亚洛夫家族在彼得格勒的生意。”母亲说。

“这是我听到的有关布尔什维克最好的事情。”格斯回答。

喝完茶，他们分别去换衣服。想到罗莎就在隔壁房间淋浴，这让格斯感到心神不定。他还从来没见过她的裸体。他们曾经在她巴黎的酒店房间里度过了动情的几个小时，但并没发生肉体关系。“我讨厌让人说我守旧，”她当时略带歉意地说，“但我还是觉得应该等一等。”她真的不太像一个无政府主义者。

她的父母要来吃饭。格斯穿上短燕尾服下了楼。他为父亲调了一杯苏格兰威士忌，却没给自己备酒。他觉得自己应该让头脑保持清醒。

罗莎穿着黑色礼服下楼，显得美艳动人。她父母在六点钟准时出现。诺曼·赫尔曼身穿晚礼服，这身装扮不太适合家庭聚餐，但也许他没有半正式的短礼服。他个头矮小，笑起来十分迷人，格斯一眼就看出罗莎长相随他。他很快便喝下两杯马丁尼酒，这是表明他很紧张的唯一迹象，但随后他拒绝再喝任何酒精饮料。罗莎的母亲希尔达是个身材苗条的美人，手指修长可爱。很难想象她是一个用人。格斯的父亲立刻喜欢上了她。

他们坐下吃饭时，赫尔曼医生问：“你有什么职业规划，格斯？”

他有权提这个问题，因为他是格斯所爱的女人的父亲，但格斯心里并没有现成的答案。“只要总统需要，我会一直为他工作下去。”他说。

“眼下他正有一件棘手的工作要做。”

“的确如此。参议院就批准凡尔赛和平条约问题发难。”格斯尽量掩饰内心的愤恨，“毕竟威尔逊说服欧洲人建立国际联盟，我很难相信美国人会对整个想法嗤之以鼻。”

“洛奇参议员很善于挑起事端。”

格斯认为洛奇参议员是个自私自利的浑蛋：“总统决定不让洛奇跟自己一道去巴黎，现在洛奇开始报复了。”

格斯的父亲既是参议员，也是总统的老朋友，他说：“伍德罗让建立国际联盟成为和平条约的组成部分，他认为我们不可能拒绝条约，因此我们也就必须接受国际联盟。”他耸了耸肩，“洛奇说让他见鬼去。”

赫尔曼医生说：“为了对洛奇公平起见，我认为美国人民应该在第十条中加以考虑。如果我们加入一个保证其成员不会受到侵略的联盟，就是在承诺让美国军队卷入未来的未知冲突。”

格斯回答得很快：“如果联盟很强大，就没人敢违抗。”

“对此，我不像你那么有信心。”

格斯不想跟罗莎的父亲争论，但他对国际联盟充满热情。“我不是说永远不会发生另一场战争，”他用一种和缓的语气说道，“但我的确认为战争会越来越少，时间更短，侵略者会获得更小的收益。”

“我相信你可能是正确。但许多选民说，‘我不管世界如何——我只关心美国。难道我们不是在冒险成为世界警察吗？’这个问题很有道理。”

格斯极力掩饰着自己的愤怒。这一联盟是和平的最大希望，有史以来第一次呈现给全人类，但这种狭隘的狡辩很可能让它胎死腹中。他说：“联盟理事会需要做出一致决定，因此美国永远不会在违背自己的意志的情况下进行战斗。”

“不过，除非准备打仗，否则这个联盟没必要存在。”

联盟的反对者通常就是这样，一开始他们抱怨联盟会打仗，然后又抱怨它不会打仗。格斯说：“与数以百万计的人死亡相比，这些问题都是次要的！”

赫尔曼医生耸了耸肩，他过于礼貌，不好意思向一个如此充满激情的对手强加他的意见。“在任何情况下，我相信一个外国条约需要三分之二参议员的支持。”

“但现在我们甚至没有过半。”格斯沮丧地说。

罗莎一直在负责此事的报道，这时她说：“我统计的是四十票支持，包括杜瓦参议员。四十三票保留，八票坚决反对，五票尚未决定。”

她的父亲对格斯说：“那么，总统会怎么做呢？”

“他打算越过这些政客，跟民众直接接触。他正在策划遍及全国的一万英里之旅。他会在四周内进行超过五十次演讲。”

“这种安排实在辛苦。他已经六十二岁，还患有高血压。”

赫尔曼医生有点儿恶作剧的意思。他说的一切都具有挑战性。显然他觉得有必要测试一下女儿的求婚者的勇气。格斯说：“但在结束的时候，总统将向美国人民解释，世界需要国际联盟，以确保我们不会再打一场像刚结束的那场一样的战争。”

“但愿你是正确的。”

“向普通百姓解释政治的复杂性，这方面威尔逊最擅长了。”

香槟随同甜点一道端了上来。“在我们开始之前，我还想说几句。”格斯说。他的父母十分吃惊，他从未如此正儿八经作过演说。“赫尔曼医生，赫尔曼太太，你们知道我爱你们的女儿，她是世界上最了不起的女人。虽说这有点老式，但我要请求你们的许可，”他从口袋里拿出一个皮制的红色小盒子，“允许我给她送上这枚订婚戒指。”他打开盒子。里面是一枚镶嵌了一克拉钻石的金戒指。没有炫目的装饰，但那颗钻石是纯白的，是最令人赏心悦目的颜色，用磨光刻花法切成圆形，美得令人难以置信。

罗莎倒吸了一口气。

赫尔曼医生看了一眼自己的妻子，两人都笑了。“你当然会得到我们的许可。”他说。

格斯绕到桌子的另一头，半跪在罗莎的椅子旁边：“你愿意嫁给我吗，亲爱的罗莎？”

“哦，是的，亲爱的格斯。如果你愿意的话，明天都行！”

他把戒指从盒子里取出来，戴在她的手指上：“谢谢你。”

他的母亲开始哭起来。

格斯登上总统专列，火车轰隆隆驶出华盛顿特区的联合车站，时间是9月3日星期三的晚上七点。威尔逊穿着蓝色运动夹克、白色裤子，头戴一顶硬草帽。妻子伊迪丝与他同行，此外还有他的私人医生加里·特拉沃斯·格雷森。车上还有二十一位报社记者，其中包括罗莎·赫尔曼。

格斯相信威尔逊能够打赢这场战役。他总是喜欢直接与选民接触。他也已经赢得了战争，不是吗？

列车经过一夜旅行，来到俄亥俄州的哥伦布市，总统会在此进行整个行程中的第一次演讲，短暂停留后，从那儿一路到达印第安纳波利斯，当晚会向两万群众公开演讲。

但是，刚过了第一天，格斯的信心便丧失殆尽。威尔逊讲得很糟。他声音沙哑，还用笔记做提示，他不用这些东西的时候表现更好，等他谈到人们在巴黎时尽心尽力研讨的条约的技术细节时，变得絮絮叨叨，让观众失去了兴趣。他害了严重的头痛，格斯知道，病情严重的时候眼前一片模糊。

格斯心急如焚。情况不只是他的朋友和导师生病这么简单。目前还有其他威胁。美国和世界的未来就取决于未来几个星期。只有威尔逊的个人承诺可以拯救国际联盟，摆脱那些心胸狭窄的对手。

晚餐后，格斯去了罗莎的卧铺车厢。她是这次旅行中唯一一个女记者，因此单独拥有一个包厢。她跟格斯一样热心关注联盟的成败，但她说："今天实在找不出太多正面的东西好说。"他们躺在她的铺位上，相互亲吻拥抱，然后互道晚安。他们的婚礼定在十月，在总统这次旅行结束之后。格斯本来想更早一些，但他母亲私下嘀咕说太匆忙显得不体面，双方父母都需要时间筹备，格斯只得作罢。

威尔逊在抓紧完善他的演讲，敲打着那台老式的安德伍德打字机，中西部一望无际的开阔平原在窗口急速掠过。最近几天，他的演讲大有长进。格斯建议总统尽量让条约显得跟每一个城市有关。威尔逊告诉圣路易斯的商界首脑，条约是为建立世界贸易的需要。在奥马哈，他告诉人们没有条约的世界就像一个社区没有决定土地所有权那样，农民们全都手持猎枪坐在围墙上。只消寥寥数语他便充分阐释了问题的要点。格斯还建议威尔逊唤起人们的热情，不仅仅事关政治，他说，而是要唤起他们对自己国家的感情。在哥伦布，威尔逊谈到穿卡其布军服的战士。在苏福尔斯，他说对于在战场上失去了儿子的母亲们，他要对她们的牺牲给予补偿。他几乎不使用卑劣手段，但在堪萨斯城，也就是那位刻薄的参议员里德的家乡，他将自己的对手比作布尔什维克。他一次次大声疾呼，释放出一种信息：如果国际联盟失败，就会发生一场战争。

格斯努力与列车上的记者搞好关系，到站时与当地人接洽协调。威尔逊不带讲稿讲话时，速记员会立刻速记出一份抄本，然后由格斯分发下去。他还说服威尔逊抽空去了一趟餐车，跟记者们进行非正式的闲谈。

这些办法产生了效果。观众的反应越来越好。新闻报道仍然好坏参半，但威尔逊的消息从不间断，即使那些反对他的报纸也不例外。来自华盛顿的报告认为，反对声正在减弱。

但是格斯能够看出总统在这些活动上付出了何种代价。他的头痛几乎成了持续性的。他睡得很不好。一般的食物他不能消化，格雷森大夫只得给他吃流食。他的嗓子发炎，最后发展成了哮喘一样的症状，呼吸都开始成问题。他尝试坐着睡觉。

这一切都不能让记者们知道，甚至包括罗莎。威尔逊继续到处发表演说，虽然他的声音很微弱。他在盐湖城受到数千人的欢呼，但他看上去十分憔悴，不停地双手紧握，这种奇怪的姿势让格斯想到一个垂死的人。

接着，到了9月25日晚上，车厢里发生了一阵骚动。格斯听到伊迪丝在喊格雷森大夫。他穿上睡衣，匆忙走进总统的车厢。

眼前的景象让他惊恐不已，不由得一阵悲哀。威尔逊看上去非常吓人。他几乎无法呼吸，面部抽搐着。即使这样他还打算硬撑下去，但格雷森坚决表示，总统得取消后面的行程，最后威尔逊屈服了。

第二天早上，格斯怀着沉重的心情告诉记者们，总统患上了严重的神经性疾病。铁路轨道被清理出来，让火车加速行驶约三千公里的旅程返回华盛顿。总统在两周内的全部计划都取消了，其中包括与支持条约的参议员召开会议，拟定计划争取最后获得批准。

那天晚上，格斯和罗莎坐在她的卧铺车厢里，闷闷不乐地望着窗外。人们聚集在各个车站等待总统经过。太阳已经落下，但人们仍然站在那里，在暮色中张望着。格斯想起了那列从布列斯特开往巴黎的火车，想起半夜时分默默站在铁轨两侧的群众。这是不到一年前的事情，可他们的希望现在几乎破灭了。“我们尽了全力，”格斯说，“但我们失败了。”

“你真这样想吗？”

“总统全天展开游说活动的时候，形势一片大好。威尔逊病了，条约被参议院批准的可能性就几乎是零了。”

罗莎拉起他的手。“我很遗憾，”她说，“为你，为我，为了整个世界。”她停顿了一下，接着说，“你该怎么办？”

“我想加入华盛顿的一个律师事务所，专门从事国际法。毕竟我有一些相关经验。”

“我想他们会排着队给你提供一份工作。也许以后的总统会找你帮忙。”

他笑了。有时，她对他的评价高得不切实际。“那你要做什么呢？”

“我喜欢现在做的事情。我希望自己能继续报道白宫。”

“你愿意要孩子吗？”

“愿意！”

“我也是。”格斯若有所思地盯着窗外，“我希望威尔逊的设想是错的。”

“设想我们的孩子？”她听出他的语气十分严肃，不禁用惊恐的声音问道，“你在说什么？”

“他说，孩子们将来不得不再打一场世界大战。”

“上帝保佑。”罗莎急切地说。

窗外，夜幕徐徐降临。

第三十九章

1920年1月

维亚洛夫家族正聚在布法罗的草原式别墅的餐厅里。黛茜坐在餐桌旁，穿着粉红色的外衣，脖子里围着一块大大的亚麻餐巾，几乎淹没了她。她快四岁了，列夫十分疼爱她。

“我要做一块世界上最大的三明治。”他让她咯咯地笑了起来。他切下两片约三厘米见方的吐司，小心地在上面涂上黄油，加上一小片黛茜不愿意吃的炒鸡蛋，然后把切片合在一起。“还必须加一粒盐在上面，”他说着，拿起盐罐往碟子上倒了一点儿盐，然后轻轻用指尖粘上一粒，把它放在三明治上，“现在我可以吃了！”

“我要吃。”黛茜说。

“真的吗？可这不是一个爸爸尺码的三明治吗？”

“不是！”她笑着说，“这是一个女孩尺码的三明治！”

“哦，好的，”他随即把它轻轻搁进她嘴里，“你不想再要一个，对吧？”

“想要。”

“但刚才那个太大了。”

“不，不大！”

“好吧，那我就再做一个。”

列夫现在是志得意满。情况甚至比他十个月前在托洛茨基的火车上告诉格雷戈里的还要好。他现在住着岳父的巨大而舒适的房子，管理着三家维亚洛夫夜总会，工资不错，还能从供货商那里拿些好处。他把玛伽安置在一幢豪华公寓里，大部分时间都能见到她。在他回来的一周内，她就怀上了身孕，现在刚刚生下一个男孩，取名格雷戈里。列夫把这一切藏得严严实实。

奥尔加走进餐厅，吻了吻黛茜，随即坐了下来。列夫疼爱黛茜，但他对奥尔加毫无感觉。玛伽更加性感，也更有趣。还有不少别的女孩子，玛伽挺着大肚子的时候他发现了这一点。

“早上好，妈咪！”列夫快活地说。

黛茜得到提示，也跟着说了一遍。

奥尔加说：“爸爸喂你了吗？”

这些天来他们就是这样，主要通过孩子交谈。列夫刚从战场回来的时候，他们有过几次性事，但两人很快就恢复到正常的冷漠状态，现在他们各自有单独的卧室，奥尔加告诉她的父母，这是因为黛茜晚上会醒来，虽然她很少那样。奥尔加是一副怨妇的样子，但列夫根本不把这放在心上。

约瑟夫进来了。“爷爷来了！”列夫说。

“早上好。”约瑟夫随便回了一句。

黛茜说：“爷爷想要一个三明治。”

“不，”列夫说，“三明治太大了，他吃不下。”

列夫乱说话，让黛茜很高兴。“不，一点儿也不大，三明治太小了。”她说。

约瑟夫坐了下来。他有了不少改变，列夫从战场上回来后就发现了。约瑟夫变得有些超重，身上的条纹外套紧绷绷的。下几步楼梯就让他气喘吁吁。他的肌肉全都变成了脂肪，黑发也逐渐灰白了，原本粉红的肤色变成了一种不健康的潮红。

波琳娜从厨房端来一壶咖啡，为约瑟夫倒了一杯。他打开《布法罗广告人》看了起来。

列夫说："生意怎么样？"这样问并非没话找话。禁酒法案已经在1月16日午夜生效，这一法案禁止私自制造、运输或出售烈酒。维亚洛夫帝国的根基就是那些酒吧、酒店和烈酒批发的生意。禁酒令等于在列夫的天堂里放了一条毒蛇。

"我们要完蛋了，"约瑟夫说，他很少像现在这样坦率，"一个星期里我已经关闭了五家酒吧，还有更糟糕的事情在后头等着。"

列夫点了点头："我在夜总会里卖淡啤酒，但没人愿意买。"法案允许贩卖酒精含量在百分之零点五以下的啤酒，"那东西喝上一加仑才能找到点儿感觉。"

"我们可以在柜台下面出售一点烈酒，但弄不到太多，再说，人们也不敢买。"

奥尔加非常吃惊，她对生意上的事情知之甚少："可是，爸爸，你打算怎么办呢？"

"我不知道。"约瑟夫说。

这是他身上的另一个变化。过去，约瑟夫会提前计划，应付这类危机。然而，法案已经通过三个月了，这段时间里约瑟夫没有对新形势作任何准备。列夫一直等着他亮出杀手锏。现在他绝望地发现什么也不会发生了。

情况实在令人担忧。列夫有妻子，有情人，还有两个孩子。这些人全靠维亚洛夫生意的收入养活。如果整个帝国要坍塌了，列夫就该提前作好准备。

波琳娜叫奥尔加去接电话，她随即起身去了走廊。列夫能看到她在讲电话。“你好，鲁比，”奥尔加站在那里说，“你起得真早。”随后停顿了一会儿，“什么？我不相信。”接着是一阵长时间的沉默，然后，奥尔加哭了起来。

约瑟夫从报纸上抬起头，说：“见鬼，这是……”

奥尔加咔嗒一声挂了电话，回到餐厅里。她眼里噙满泪水，指着列夫说：“你这个浑蛋！”

“我怎么了？”他心里已经猜出了大概。

“你……你……这个浑蛋！”

黛茜号啕大哭起来。

约瑟夫说：“奥尔加，我的小心肝，到底是怎么回事？”

奥尔加回答：“她生了个孩子！”

列夫低声咒骂了一句：“真该死。”

约瑟夫说：“谁生了个孩子？”

“列夫的小婊子。我们在公园里见到的那个，叫玛伽。”

约瑟夫的脸腾地红了。“那个蒙特卡洛的歌手？她有了列夫的孩子？”

奥尔加点点头，不停呜咽着。

约瑟夫转向列夫：“你这个狗娘养的。”

列夫说：“我们大家都冷静点儿。”

约瑟夫站了起来：“我的上帝，我他妈的要好好教训你。”

列夫把椅子往后一推，站了起来。他退后几步躲开约瑟夫，伸出胳膊防守着。“你给我冷静一点儿，约瑟夫。”他说。

“你竟敢要我冷静。”约瑟夫以惊人的敏捷扑了过来，挥出他肉乎乎的拳头。列大躲闪不及，左颧骨上方重重挨了一击。这一拳疼得钻心，列夫踉跄后退。

奥尔加抱起号叫着的黛茜退到门口。“住手！”她喊道。

约瑟夫又挥出了左拳。

列夫很久都没有动过拳脚了，但他从小在彼得格勒的贫民窟里长大，仍然保留着原来的灵活反应。他抵住约瑟夫不让他摆动，贴上前去，照着他岳父的肚子就是一通连环拳。约瑟夫的胸膛起伏着，“呲呲”向外呼着气。随后列夫朝约瑟夫的脸上飞快来了几下，分别打在鼻子、嘴巴和眼睛上。

约瑟夫身材魁硕，一贯恃强凌弱，大家都怕他，从来没人敢还手，因此一直以来他都没有任何防守训练。他踉跄后退，无力地举着胳膊试图抵挡列夫的拳头。

列夫街头打架的本能不容他在对方倒地之前停下来，他追着约瑟夫继续打，身上、脑袋上一通猛击，最后那个老家伙朝一把餐椅倒了下去，仰面摔在地毯上。

奥尔加的母亲莉娜急匆匆进了房间，尖叫一声跪在丈夫身边。波琳娜和厨师站在厨房门口，一脸惊恐。约瑟夫的脸上血肉模糊，但他用胳膊肘拄着抬起身子，把莉娜推向一边。接着，他挣扎着要站起来，却突然大叫一声，猛地瘫倒下去。

他的皮肤变成了灰色，停止了呼吸。

列夫说：“耶稣基督。”

莉娜哀号起来：“约瑟夫，我的乔，睁开眼睛啊！”

列夫摸了摸约瑟夫的胸口，没有心跳。他又抬起他的手腕，找不到脉搏。

我有麻烦了，他想。

他站了起来：“波琳娜，快叫救护车。”

她走进大厅，拿起了电话。

列夫盯着地上的尸体。他必须马上做一个重大的决定。留在这儿以示无辜，假装悲伤，设法逃脱？机会太渺茫了。

他必须离开。

他跑上楼，脱掉身上的衬衫。他从战场带回大量黄金，都是向哥萨克贩卖苏格兰威士忌赚来的。他把这些黄金换了五千多美元，这些钞票都塞在他的钱袋里，钱袋绑在一只抽屉背面。现在，把钱袋紧紧系在腰上，再把衬衫和外套穿上。

他穿上大衣。衣柜顶上放着一个帆布袋，里面是颁发给美国陆军军官的柯尔特点45式1911半自动手枪。他把手枪塞进上衣口袋里。又把一箱子弹和几件内衣扔进帆布袋，然后下了楼。

餐厅里，莉娜已经在约瑟夫的头下放了一个垫子，但约瑟夫看起来比任何时候都像死人。奥尔加在走廊里打电话：“快点儿来，求求你，我怕他就要死了！”太晚了，宝贝，列夫想。

他说：“救护车还要等很久。我去接施瓦茨大夫。”没人问他为什么背着一个包。

他走进车库，发动了约瑟夫那辆派克特双六。他把车从房子里开出来，转而向北驶去。

他不会去接施瓦茨大夫。

他要去加拿大。

列夫开得很快。布法罗的北郊渐渐被他甩在身后，他琢磨着自己还有多少时间。救护车上的人无疑会打电话报警。警察一来，自然会发现约瑟夫被打死了。奥尔加会毫不犹豫地告诉他们是谁把她父亲打倒在地，如果说她以前不恨列夫，那现在一定会恨得咬牙切齿。这样一来，列夫就成了被通缉的杀人犯。

维亚洛夫家的车库通常有三辆车——一辆帕卡德，一辆列夫的福特T型车，还有约瑟夫的几个打手开的蓝色哈德森。那些警察用不了多长时间就会推断出列夫开着派克特跑了。列夫估计一小时后警方就会开始追查这辆车。

如果运气好的话，那时候他已经出了国门。

他开车带玛伽去过几次加拿大。去多伦多只不过一百多公里，开快一点三个小时就到了。他们通常以彼得斯先生和太太的名义登记住店，然后打扮得漂漂亮亮去城里闲逛，不必担心被人发现再通报给约瑟夫·维亚洛夫。列夫没有美国护照，但他知道几处没有边防哨卡的通道。

他中午的时候到达多伦多，住进一家安静的酒店。

他在一家咖啡店要了一个三明治，坐在那儿掂量着自己的处境。他因谋杀受到通缉。他没有了家，如果打算探望那两处家人，就不得不冒着被逮捕的危险。他可能再也见不到自己的孩子了。他身上带着五千美元，外加一辆偷来的汽车。

他回想起十个月前跟自己哥哥说的那些大话。格雷戈里要是知道他闯了大祸，会有何感想？

他吃完三明治，随后在小镇中心四处闲逛起来，心情郁闷。他走进一家酒品店，买了一瓶伏特加带回了房间。也许他今晚要大醉一场。他注意到黑麦威士忌四块钱一瓶。在布法罗，如果能买到的话也要十块钱，在纽约要十五块，甚至二十块。他曾尝试为夜总会购买违禁烈酒，因此知道行情。

他回到了酒店，弄了一些冰块。他的房间里积满灰尘，里面摆着褪色的家具，窗外是一排卖低廉商品的小店的后院。夜幕早早降临在偏北的大地上，他这辈子从来没像现在这样消沉。他想出去走走，找上一个女孩，但他又没心思干那件事。难道他注定不能安定，必须一次次逃离？当初因为死了一个警察，他不得不离开彼得格勒，接着又逃出阿伯罗温，几乎只差一步就被他骗过的人抓住了。现在他又逃离布法罗，亡命天涯。

他应该在这辆派克特上做些手脚。布法罗警方有可能给多伦多发电报，描述这辆车的特征。他要么换掉车牌，要么换一辆汽车。但他实在提不起精神去做这件事。

奥尔加大概正高兴终于摆脱了他。她会把全部的继承权揽在自己手里。不过，维亚洛夫帝国现在是越来越不值钱了。

他寻思着能不能把玛伽和小格雷戈里带到加拿大来。玛伽她愿意来吗？美国是她的梦想，列夫自己以前也有过美国梦。加拿大对一个夜总会歌手来说没什么吸引力。如果列夫带她去纽约或者加利福尼亚，她会欣然前往，但多伦多不行。

他会想念他的孩子的。一想到黛茜会在没有他的陪伴下长大，泪水便模糊了他的眼睛。她还不到四岁，很快就会把他忘得一干二净。她脑子里顶多留下一点儿他的模糊印象。她不会记得那个世界上最大的三明治。

第三杯酒下肚，他突然觉得自己成了不公平的牺牲品。他无意杀死自己的岳父。是约瑟夫先动手的。说到底，列夫实际上并没有杀他，他是死于某种心脏病发作。只是太倒霉了。但是，没人会相信这一点。奥尔加是唯一的证人，但她想为父亲复仇。

他又倒了一杯伏特加，躺在床上。统统见鬼去吧，他想。

他喝得半醉，迷迷糊糊睡了过去，想着商店橱窗里摆着的一只只酒瓶。一个牌子上写着："加拿大俱乐部威士忌，四美元。"他知道这里有些名堂，但现在他腾不出手来做这件事情。

第二天早上醒来的时候，他嘴里发干，头痛难忍，但他知道四美元一瓶的加拿大俱乐部威士忌可能是他的救命稻草。

他涮了涮威士忌瓶子，喝掉冰桶里化掉的那点儿冰水。等喝到第三杯的时候，他已经想好了一个计划。

橙汁、咖啡和阿司匹林让他感觉稍好了一些。他考虑着眼前的危险。他从来没有因为面临危险而止步不前。如果那样的话，他想，我就成了哥哥那种人了。

他的计划有个很大的瑕疵，他必须跟奥尔加讲和。

他开车来到附近的廉租区，走进一家为工人提供早餐的廉价餐厅。他跟一帮看上去像粉刷房屋的工人坐在一张桌子上，开口道："我想用我的小车换一辆卡车。你们知道谁会感兴趣吗？"

其中一个人说："是合法的吗？"

列夫露出他那迷人的笑容："别逗了，哥们儿，"他说，"如果是合法的，我会到这儿来卖？"

这儿没人想买。他又走了几个地方，也同样碰了钉子，但他最后在一家父子经营的汽车维修店达成了交易。他用派克特换了一辆载重两吨的小型麦克牌货车，外加两只备用轮胎，既无现金交割，也没有签字画押。他知道自己被人坑了，因为开修理厂的看出他急于脱手。

当天下午，他按照城市地址簿上的地址找到了一家烈酒批发商。“我想买一百箱加拿大俱乐部威士忌，”他说，“你给什么价？”

“按这个量，是三十六块钱一箱。”

“一言为定。”列夫掏出钱，“我准备在镇子外面开一家小酒馆，另外……”

“不用解释，伙计，”批发商指了指窗外，旁边的空地上，一伙建筑工人正在破土动工，“那儿要建一个新仓库，有这里的五个那么大。感谢上帝有了这个禁酒令。”

列夫意识到他不是第一个想到这个好主意的人。

他交了钱，他们把威士忌搬到货车上。

第二天，列夫开车返回了布法罗。

列夫把装满威士忌的货车停在维亚洛夫房子外面的大街上。冬日的下午变成黄昏。车道上没有车。他等了一会儿，感到既紧张，又有些期待，时刻准备逃离，但他没发现周围有任何动静。

他神经紧绷着，从货车上出来，走到前门那儿，用自己的钥匙打开门，走了进去。

这地方静悄悄的。他能听见楼上传来黛茜的声音，还有波琳娜的喃喃应答。没有其他声音。

他悄悄在厚厚的地毯上移动，穿过前厅朝客厅张望。所有的椅子都被推到墙边。屋子正中是个用黑色绸布遮盖的台子，上面放着一口抛光的桃花心木棺材，带着闪闪发光的黄铜把手。在棺材匣中安放着约瑟夫·维亚洛夫的遗体。死亡软化了那张脸上好斗的线条，让他显得十分温和。

奥尔加独自坐在遗体旁边。她一身黑衣，背对着门口。

列夫走进房间。“你好，奥尔加。”他平静地说。

她张开嘴想叫，他马上用手捂住她的脸，没让她叫出声来。

“别担心，”列夫说，“我只想说句话。”他慢慢松开手。

她没有尖叫。

他稍稍放松了一些。已经过了第一关。

“你杀了我父亲！”她气愤地说，“还能有什么好谈的？”

他深吸了一口气。他必须稳稳地控制局面，不出一点儿差错。单纯的魅力是不够的，还必须开动脑筋。“谈谈未来，”他声音低沉，语气亲切，“你的，我的，还有小黛茜的未来。我有了麻烦，我知道，但你也有你的麻烦。”

她不想听这些。“我没有任何麻烦。”她扭头看着遗体。

列夫拉过一把椅子，坐在她身边。“你继承的家业是个烂摊子。它正在分崩离析，几乎一钱不值。”

“我父亲非常富有！”她气愤地说。

“他有酒吧、酒店和酒类批发生意。这些全都在赔钱，禁酒令生效刚刚两个星期，他已经关闭了五家酒吧。很快就会连一个都剩不下了。”列夫迟疑片刻，然后摆出他那极具说服力的理由，“你不能只考虑自己。你要想想你以后如何抚养黛茜。”

她显得有些动摇：“生意真的会垮吗？”

“前天你听见你父亲在早餐上跟我说的话了。”

“我记不大清楚。”

“好吧，就算我什么都没说。你最好自己去问个究竟。问问诺曼·尼尔，那个会计师。随便问谁都行。”

她使劲看了他一眼，决定认真对待他的话：“你干吗要来告诉我这个？”

“因为我想出了挽救生意的办法。”

“怎么办？”

“从加拿大进口酒。”

“那是违法的。”

“不错。但这是你唯一的希望。没有酒的话，你就没有任何生意。”

她把头往上一扬：“我可以照顾自己。”

“当然，”他说，“你可以把这座房子卖个好价钱，把收益拿去投资，跟你母亲搬进小公寓里。也许你能挽救大部分财产，让你跟黛茜安安稳稳过上几年，但你最终会考虑外出工作……”

“可我无法工作！”她说，“我从来没有受过任何训练。我该怎么办呢？”

“哦，你可以在百货公司当售货员，也能去工厂做工……”

他并非当真，她也明白。“少说废话。”她厉声说道。

“那就只剩下一种选择了。”他伸手去抚摸她。

她躲闪了一下。“你为什么要操心我的事情？”

“你是我的妻子。”

她奇怪地瞥了他一眼。

他拿出一副十分真诚的样子。“我知道我待你不好，但我们曾经相爱过。”

她轻蔑地哼了一声。

“再说，我们有个女儿需要我们操心。”

“但你要去坐牢了。”

“如果你跟警察实话实说，我就不会。”

“你什么意思？”

“奥尔加，当时发生了什么你都看见了。你爸爸先动手打我。看看我的脸，我这个黑眼圈能够作证。我只好还手。他肯定原来就有心脏病。他也许已经病了一段时间，这就可以解释为什么他没做任何准备应付禁酒令。不管怎么说，他是因为费力打我而死的，而不是因为我出于自卫打的那几下。你只需把真相告诉警察就行了。”

“我已经告诉他们是你杀了他。”

列夫觉得有希望了。他正在一步步接近目标。“没关系，”他安慰道，“当时你正难过。现在你冷静下来，意识到你父亲的死是一次可怕的意外，是他身体不好，太过愤怒导致的。”

“他们能相信我吗？”

“陪审团会的。但如果我聘请个好律师的话，甚至都不会进行庭审。如果唯一的证人发誓不是谋杀，怎么可能有庭审呢？”

“我不知道。”她改变了态度，“你有什么办法弄到酒？”

“很简单。你不用担心。”

她在椅子上转过身来面对着他。“我不相信你。你说的这一切不过是为了让我改变我的陈述。”

“穿上你的外套，我给你看样东西。”

这一刻十分紧张。如果她跟他出去，她就归他摆布了。

停顿了一下，她站了起来。

列夫心里暗笑自己赢了。

他们离开房间。到了外面的街上，他打开货车的后门。

她沉默了好一会儿。然后她说：“加拿大俱乐部威士忌？”他注意到她的语气变了。这是一种就事论事的腔调。情感的成分已经淡化。

“整整一百箱，”他说，“我三块钱一瓶买的。我可以在这儿卖十块钱一瓶——如果按杯卖的话，价格就会更高。”

“我得仔细想一想。”

这是个好兆头。她准备同意，但并不想马上就做什么。“我明白，但我们没有时间了，”他说，“我是通缉犯，又带着一货车非法的威士忌，我必须马上听到你作出的决定。不是我有意催你，但你也看得出我别无选择。”

她若有所思地点了点头，但没说什么。

列夫接着说：“如果你拒绝的话，我就卖掉这些酒，拿着挣到的钱消失。那样的话，以后你就得全靠自己了。我会祝你好运，永远说再见。我会理解的。”

“我要是不拒绝呢？”

“那我们就得马上去警察那儿。”

她沉默了好一会儿。

最后，她点了点头：“好吧。”

列夫把头扭向一边，不让她看见自己的脸。你成功了，他对自己说。你跟她坐在停放她父亲遗体的房间里，竟然能让她回心转意。

你这条狗。

“我得戴顶帽子，”奥尔加说，“你也要换一件干净的衬衫。我们必须留下好印象。”

很好。她是真心实意地站在他这边。

他们回到屋里作准备。等她的时候，他给《布法罗广告人》打个了电话，找编辑彼得·霍伊尔。一位秘书问他有什么事。“告诉他，我是因为谋杀约瑟夫·维亚洛夫被通缉的那个人。”

过了会儿，里面传来一声吼叫：“我是霍伊尔。你是谁？”

“列夫·别斯科夫，维亚洛夫的女婿。”

“你在哪里？”

列夫没搭理这个问题。“如果你派个记者半小时去警察总部门口，我会给你一份声明。”

“我们会到场的。”

“霍伊尔先生？”

“怎么？”

“派个摄影师过来。”列夫挂断了电话。

奥尔加跟他并排坐在敞开的货车前座，他把车先开到约瑟夫的海滨仓库。靠墙四周码放着偷来的一箱箱香烟。在后面的办公室他们找到了维亚洛夫的会计诺曼·尼尔，还有通常都在那儿的几个打手。列夫知道诺曼这家伙习惯作恶，十分挑剔。他坐在约瑟夫的椅子上，占据了约瑟夫的办公桌。

看见列夫和奥尔加出现在这儿，他们几个都非常吃惊。

列夫说：“奥尔加继承了整个生意。从今往后我负责管理各项事务。”

诺曼待在椅子上不动。“我们走着瞧吧。”他说。

列夫使劲瞪了他一眼，什么也没说。

诺曼又说话了，显得比刚才心虚。“遗嘱需要证实合法性，还有些诸如此类的事情。”

列夫摇了摇头。“等这些手续都办完，我们就没有任何生意可做了。”他伸手一指旁边的一个打手，“伊利亚，去院子里看看卡车里有什么，然后回来告诉诺曼。”

伊利亚走了出去。列夫绕过桌子，站到诺曼旁边。他们静静等着，直到伊利亚从外面回来。

“一百箱加拿大俱乐部威士忌。”他往桌上放了一瓶，“我们可以尝尝，看看是不是真东西。”

列夫说：“我打算开辟从加拿大的进口业务。禁酒带来前所未有的巨大商机。人们想买酒，花多少钱都不在乎。我们要发大财了。快把椅子让出来，诺曼。”

“我不打算让，小鬼。”诺曼说。

列夫猛地抽出手枪，把枪柄掉转过来朝诺曼的脸上左右开弓，狠狠抽了两下。诺曼叫了起来。列夫不经意地把柯尔特的枪口对着另外几个家伙。

奥尔加表现不错，没有尖叫。

“你这个浑蛋，”列夫对诺曼说，“我亲手杀了约瑟夫·维亚洛夫，你以为我他妈的会害怕一个会计？”

诺曼慌忙起身，用手捂着流血的嘴巴，离开了房间。

列夫转向其他几个人，手里的枪仍然朝他们那边指着，说：“有谁不想跟我干的，现在离开没关系。”

他们谁都没动。

“那好，”列夫说，“我说没关系是假的。”他指着伊利亚，“你跟着我和别斯科夫太太一起走。你来开车。剩下几个人去卸车。”

伊利亚开着蓝色的哈德森带他们进城。

列夫觉得刚才他可能犯了个错误。他不该当着奥尔加的面说我亲手杀了约瑟夫・维亚洛夫。他想好了，如果她提起来，他就说这只是为了吓唬诺曼。不过，奥尔加没再提这件事。

在警察总部外面，两个穿大衣、戴帽子的人等在那里，旁边的三脚架上架着一台很大的照相机。

列夫和奥尔加下了车。列夫对记者说："约瑟夫・维亚洛夫的死，无论是对我们——他的家人，还是对整个城市来说，都是一场悲剧。"

那人潦草地在小本子上记着。"我来这儿向警方说明当时的具体情况。我的妻子奥尔加是在场的唯一证人，亲眼看到他倒下去的，她来这儿证明我是无辜的。尸检报告会弄清我岳父死于心脏病发作。我妻子和我决定继续发展约瑟夫・维亚洛夫在布法罗开创的伟大事业。谢谢你。"

"请你看这边的镜头好吗？"摄影师说。

列夫伸手搂着奥尔加，把她拉近一些，看着照相机。

记者说："你的眼睛是怎么伤的，列夫？"

"是这儿吗？"他指了指自己的眼睛，"哦，见鬼，那是另一码事。"他十分迷人地笑了笑。摄影师的镁光灯一闪，发出一股令人目眩的光亮。

第四十章

1920年2月至12月

奥尔德肖特军事拘留所的确是个可怕的地方，比利想，但这里总比西伯利亚要好。奥尔德肖特是伦敦西南部五十多公里外的一个军事城镇。监狱是一幢现代建筑，中庭四周是三层的囚室回廊。屋顶的玻璃窗让这里光线充足，因此它有了一个“玻璃暖房”的诨名。这里有暖气管道和煤气灯，实在比四年来比利睡过的大部分地方都要舒适。

但他内心十分痛苦。战争已经结束一年多了，而他仍然留在部队里。大多数朋友都已经复员，拿着不错的薪水，带着女孩去电影院。他仍然穿着军装，给长官敬礼，睡在军用床上，吃部队的饭。他整天在织毯厂工作，这是监狱的产业。最糟糕的是，他从来就看不到一个女人。在某个遥远的地方，米尔德里德正等着他——也许是这样。人人都能给你讲一个身边发生的故事，某个士兵回家发现自己的妻子或女友已经跟了别人。

他跟米尔德里德或外面的任何人都没有联系。囚犯——或者按官方的称呼叫作“服刑的士兵”，有正常通信的权利，但比利是个例外。他因为用写信的方式泄露部队秘密被判有罪，他的信件全部被当局没收。这是军方的一种报复。当然，他现在也没什么秘密可泄露的。他有什么要告诉他姐姐的？“水煮的土豆总是欠火候。”

爸妈和外公知道军事法庭的事吗？他想，士兵的近亲应该收到通知，但他拿不准，也没有人回答他的问题。不过汤米·格里菲斯肯定会告诉他们。他希望艾瑟尔能解释他到底做了什么事。

没有任何人来探视他。他怀疑他的家人甚至不知道他已经从俄国回来了。他本来打算质疑对他收取信件的禁令，但他接触不到律师，也没钱请律师。唯一的安慰是，他心里隐约觉得这一切不会无限期持续下去。

他从报纸上获取外界的消息。菲茨回到伦敦，发表演讲敦促向俄国白卫军提供更多军事援助。比利纳闷这是否意味着阿伯罗温同乡队也已返回家乡。

菲茨的演讲毫无效果。艾瑟尔的“不要插手俄国”运动已经赢得工党的认可。尽管陆军大臣温斯顿·丘吉尔摇唇鼓舌反对布尔什维克，英国已经从俄国北极地区撤出了自己的部队。十一月中旬，红军将海军上将高尔察克赶出了鄂木斯克。比利对白卫军做出的所有判断，那些艾瑟尔在她的运动中一次次强调的，到头来都是对的。菲茨和丘吉尔说的全是错的。然而，现在是比利进了监狱，菲茨进了上议院。

他跟其他狱友没有什么共同之处。他们都不是政治犯，大多犯下了实际的罪行，包括盗窃、抢劫和谋杀。他们都很难对付，比利也是。他不怕这些家伙。他们对他敬而远之，保有戒心，显然觉得他犯下的罪行高出他们一等。他相当友好地跟这些人交谈，但他们没人对政治感兴趣，从不觉得监禁他们的社会有什么问题，而只是打定主意下次要战胜它。

他在半小时的午休时间里读报。这儿的大部分人都不识字。有一天他在《每日先驱报》上看见了一个熟悉的面孔。片刻的困惑之后，他意识到那是他自己的照片。

他回想着拍那张照片的前前后后。米尔德里德拖着他去阿尔德盖特的一名摄影师那儿，让他穿着军装照了张相。“每天晚上我都把它贴在嘴唇上。”她当时说。他离开她之后，经常想起这句含义暧昧的承诺。

文章标题是：“威廉姆斯中士为什么要坐牢？”比利兴奋地读下去。

> 威尔士步枪团第八营（下称“阿伯罗温同乡队”）的威廉·威廉姆斯正在部队监狱服十年徒刑，他被定为叛国罪。这个人真的是叛徒吗？他背叛了自己的国家，投靠敌人，或逃离战场了吗？正相反。他曾在索姆河英勇战斗，随后的两年继续在法国服役，获得晋升中士。

比利很兴奋。这是我，我上了报纸了，他们说我作战英勇！

> 随后他被派往俄国。我们没有跟俄国交战。英国人民未必赞同布尔什维克政权，但我们不会攻击每一个我们不赞成的政权。布尔什维克并未对我国和我们的盟国构成威胁。议会从未同意对莫斯科政府发动军事行动。一个严峻的问题是，我们的这次出兵是否违反了国际法。
>
> 事实上，几个月来英国人民全都蒙在鼓里，不知道他

们的军队正在俄国打仗。政府做出误导性的声明，让人相信派兵到那里只是为了保护我们的财产，组织有序撤离，或应急待命。言下之意是他们并不是在跟红军作战。

这一谎言被披露出来，很大程度上要感谢威廉·威廉姆斯。

“嘿，”他嚷了一句，并没特别对着哪个人，“瞧这儿。感谢威廉·威廉姆斯。”

跟他坐在同一张桌子的人围上来，探头看着。他的同监狱友西里尔·帕克是个粗鲁的家伙，这时问道：“这是你的照片！你怎么上报纸了？”

比利把后面的部分读给他们听。

他的罪行是说了实话，用简单的代码写信给他的姐姐，以逃避审查。英国人民欠他一句感谢。

但他的做法让军队和政府里那些秘密将英国士兵用于自己政治目的的人很不满。威廉姆斯被送上军事法庭，判处十年徒刑。

他不是唯一特例。大批军人因拒绝成为反革命企图的一部分，在俄国受到极其可疑的审判，被耻辱地判处长期徒刑。

威廉·威廉姆斯和其他人受到那些权势人物的恶意报复。这一错误必须予以纠正。英国是崇尚正义的国家。毕竟这是我们为之奋斗的目标。

“听见没？”比利说，“上面说我受到权势人物的报复。”

“我也是。”西里尔·帕克斯说。他在一个谷仓里强奸了一个十四岁的比利时姑娘。

突然，报纸被从比利的手里抢走了。他抬头看见那个令人厌恶的看守安德鲁·詹金斯的那张脸。“我不管你认不认识什么权势人物，威廉姆斯，”这家伙说，“但你在我这里，你不过是一个该死的囚犯，快他妈的给我回去干活。”

“马上，詹金斯先生。”比利说。

1920年夏天，俄国贸易代表团到访伦敦，首相大卫·劳埃德·乔治在唐宁街10号迎接他们。这让菲茨大感愤怒。布尔什维克仍在与新生国家波兰作战，菲茨认为英国应该站在波兰一边，但没有什么人支持他。伦敦码头工人举行了罢工，拒绝为运往波兰军队的步枪装船，工会代表大会威胁说如果英国军队介入战事，他们就会发动一场总罢工。

菲茨只能忍下一口气，正视自己再也无法夺回安德烈王子的庄园的现实。他的长子和次子安德鲁从此失去了俄国的名分。他只得自认倒霉。

但是，当得知俄国人加米涅夫和克拉辛在英国到处转悠，图谋不轨的时候，他就再也沉不住气了。“40号房间”依然存在，尽管形式上有所不同，英国的情报机构也在截取、破译俄国人发回家里的电报。列夫·加米涅夫是莫斯科苏维埃主席，他正在无耻地进行革命宣传。

菲茨火冒三丈，厉声斥责劳埃德·乔治，当时还是八月，在伦敦社交季快结束的一次晚餐会上。

餐会是在西尔弗曼勋爵那幢位于贝尔格雷夫广场的宅邸举办的。西尔弗曼已经不再像战前那样大摆筵宴，菜品较少，也很少有食物尝都没尝就被端回厨房的情况。餐桌上的装饰也更加朴素。上菜的都是女佣，而不像原来那样由男仆服侍——现在已经没人愿意当男仆了。菲茨觉得，那些奢侈的爱德华七世时代的聚会恐怕已经永久消失了。不过，西尔弗曼仍然能够吸引举国上下最有权势的人光顾自己的家。

劳埃德·乔治向菲茨询问他妹妹茉黛怎么样了。

这又是一个让菲茨恼火的话题。“很遗憾，她已经嫁给了一个德国人，去柏林生活了。”他说。他没告诉对方她已经生下她的第一个孩子，是个男孩，取名埃里克。

“我听说了，”劳埃德·乔治说，“我只是想知道她过得怎么样。她是个让人感到愉快的年轻女性。”

首相喜爱快活的年轻女性，这一点尽人皆知，简直称得上臭名昭著。

“德国的生活恐怕很艰苦。”菲茨说。茉黛曾写信给他请求补贴，但被他一口回绝了。她不经他的容许便私订终身，怎么还敢指望得到他的资助？

“艰苦？”劳埃德·乔治说，“应该是那样吧，既然他们干了那些事情。不管怎样，我还是为她惋惜。”

“还有件事情，首相，”菲茨说，“加米涅夫那个家伙是犹太布尔什维克，你应该将他驱逐出境。”

首相心情不错，手里举着一只香槟酒杯。“我亲爱的菲茨，”他亲切地说，“政府不太担心俄国那些误传的消息，都是些粗糙的歪曲。请不要小看英国的工人阶级，他们分得清什么是哗众取宠。相信我，加米涅夫的演讲给布尔什维克主义抹的黑是我和你都做不到的。”

菲茨觉得这不过是自鸣得意的废话：“他甚至拿钱给《每日先驱报》！”

“我同意，一个外国政府补贴我们的报纸实在不太礼貌，但是，说真的，我们是不是让《每日先驱报》给吓坏了？我们的自由派和保守派也不是没有自己的报纸。”

“但他在接触这个国家最强硬的革命性团体——那些致力于推翻我们整个生活方式的疯子！”

“英国对布尔什维克主义了解越多，对它的好感就会越少，你记住我这句话。只是老远隔着一层无法穿透的迷雾的时候，它们好像挺可怕。布尔什维克主义对英国社会来说几乎是一种保障，因为它会向所有阶级传播一种恐怖，让他们知道目前的社会组织被推翻的话会发生什么样可怕的事情。”

“我只是不喜欢它。”

“还有，”劳埃德·乔治接着说，“如果我们把他们轰走，我们就有可能必须对如何知晓他们的意图作出解释。我们在暗中监视他们的实情可能比他们所有浮夸的演讲更有可能激发工人阶级群起反对我们。”

菲茨不喜欢别人跟自己进行政治现实说教，即使对方是首相，相反他坚持自己的观点，因为他感到十分气愤。“但我们断然不该跟布尔什维克做交易！”

“如果我们拒绝跟所有利用大使馆进行宣传的人做交易的话，我们就剩不下多少贸易伙伴了。菲茨，我们甚至还跟所罗门群岛的食人族做交易呢！”

菲茨不知道这是真是假——毕竟所罗门群岛的食人族没什么用来交换的——但他权且不去理会。“难道我们穷到这个份儿上，必须向这些杀人凶手兜售货物？”

“恐怕是这样。我约谈过不少商人，他们对未来十八个月的悲观预期让我大为吃惊。没有任何订单。顾客什么都不买。我们可能会面临最糟糕的失业期，糟糕到任何人都无从想象。但是，俄国人想买，再说，他们付的是黄金。”

“我才不要他们的黄金！”

“是吗？不过菲茨，你的黄金够多了。”劳埃德·乔治说。

比利带着自己的新娘回老家阿伯罗温，正赶上惠灵顿街举办一场聚会。

这是一个夏日的礼拜六，破天荒头一遭没有下雨。下午三点，比利和米尔德里德带着她的孩子，也就是比利的继女——八岁的伊妮德和七岁的莉莲，抵达火车站。这时候，矿工们已经从井里上来，每周一次的洗浴过后，换上礼拜日穿的衣服。

比利的父母来车站迎候他们。他们老了，身子也似乎缩小了，不再傲视众人。爸爸握着比利的手说：“我为你感到骄傲，儿子。你勇敢抵抗了他们，就像我教你的那样。”比利很高兴，尽管他并没觉得自己是爸爸生命中的某项成就。

他们曾在艾瑟尔的婚礼上见过一次米尔德里德。爸爸跟米尔德里德握手，妈妈吻了吻她。

米尔德里德说：“真高兴又见到你，威廉姆斯太太。我现在能管你叫妈妈了吗？”

这是她说过的最好的话了，让妈妈满心欢喜。比利相信妈妈肯定会喜欢她，只要米尔德里德别骂脏话就行。

下议院议员们坚持不懈地一次次质询——艾瑟尔为他们提供信息，迫使政府宣布为一些在俄国因叛乱等罪被判刑的战士和水手减刑。比利的刑期被减到一年，随即获得释放，从部队复员。他便立刻与米尔德里德结了婚。

阿伯罗温让他感到陌生。这地方没什么变化，只是他的感觉已经大不一样。这里狭窄单调，环绕的山冈就像几座围墙把人们围在其中。他不太相信这里就是他的家。他穿上战前穿过的衣服，虽然大小还合适，却让他觉得不对劲。这里没有发生任何足以改变世界的事，他这样想着。

他们走上惠灵顿街的土坡，看见一座座房子上装饰着各种旗子：英国国旗，威尔士龙旗，还有红旗。街上的横幅上写着：“欢迎回家，比利乘二”。所有邻居都站在街上。桌子上摆着啤酒壶和茶瓮，盘子里装满馅饼、蛋糕和三明治。大家一看到比利，便唱起了《我们在山坡迎候你》。

这让比利流下了眼泪。

有人递给他一杯啤酒。一群慕名而来的年轻人围住了米尔德里德。对他们来说，她是个稀奇的尤物，她伦敦化的装扮，说话时的伦敦腔，还有她那顶帽檐巨大、用丝绢花装点的帽子，无一不让她显得充满异国情调。她已尽最大可能显得端庄得体，但仍不免脱口说出几句粗话：“我不能把话憋在胸脯这儿，请原谅我用上这句俗语。”

外公更显老了，几乎无法站直身子，但他的头脑还跟从前一样清楚。他负责照看伊妮德和莉莲，从他的背心口袋里拿出糖果，还教她们怎么能让一枚硬币消失。

比利还要跟丧失亲人的家庭谈一谈那些死去的战友——乔伊·庞蒂、先知·琼斯、斑点·卢埃林，等等。他又跟汤米·格里菲斯重聚了，他们最后一次见面的时候还是在俄国的乌法。汤米的父亲莱恩，那位无神论者，现在患上了癌症，显得十分憔悴。

比利打算在周一重新开始下井，矿工们争相跟他解释在他离开后井下发生的变化：新铺的路开进更深，直达开采面，电灯比以前多了，安全防范措施也更加完善。

汤米站在一把椅子上致欢迎辞，随后比利作了回应。“战争改变了我们所有人，”他说，“我记得人们曾经习惯说是上帝派富人在这个地球上统治我们这些等级低下的人。”人们报之以一阵轻蔑的笑声。“很多人在主日学校郊游都管理不好的上层阶级军官的指挥下战斗，从而纠正了这种错觉，”一些老兵深有感触地点点头，“战争是由我们这样的人，这些普普通通的人打赢的，他们没有受过教育，但并不愚蠢。”大家赞同地喊着“就是，就是”。

“我们现在要进行选举，也包括我们的妇女，尽管只是一部分妇女，这一点我姐姐艾丝很快就会跟大家说明。”有几个妇女发出一声欢呼，“这是我们的国家，我们应该控制它，就像布尔什维克接管俄国，社会民主党掌控德国。”男人们欢呼起来。“我们已经有了一个工人阶级的党，也就是工党，我们已经获得了席位，让我们的党进入政府。劳埃德·乔治在上次选举中玩弄诡计，但他不会再次得逞的。”

有人大喊：“绝不！”

“我就是为了这个回家的。珀西瓦尔·琼斯当阿伯罗温下院议员的日子就要到头了。”人们欢呼着，“我希望看到一位工党的人在下议院代表我们！”比利看见父亲正望着自己，爸爸激动得满脸通红。“谢谢大家的热情欢迎。”他跳下椅子，大家热烈地鼓起掌来。

“讲得真好，比利，”汤米·格里菲斯说，“可谁会当工党议员呢？”

“知道我要说什么吗，汤米？”比利说，“让你猜三次。”

哲学家伯特兰·罗素这一年访问了俄国，写了一本小书，名叫《布尔什维克主义的实践与认识》。这在莱克维兹家掀起了一场风波，几乎导致夫妇二人离婚。

罗素公开强烈反对布尔什维克。更糟的是，他是以左翼的观点发表自己见解的。与那些保守的评论家不同，他不认为俄国人无权推翻沙皇，在农民中划分贵族的土地，自己管理工厂。相反，所有这些他通通赞成。他攻击布尔什维克不是因为错误的理想，而是有了正确的理想，却不能成功付诸实践，因此，他的结论不能简单看成政治宣传而予以否定。

伯尼最先读到这本书。他像所有图书管理员那样，对在书籍中做标记深恶痛绝，但现在他破了例，在书页上涂满了愤怒的评论，在句子下面划线，用铅笔在页边上写下：“垃圾！”“无效的论据！”

艾瑟尔一边给孩子哺乳一边读这本书。孩子现在一岁多了，取名米尔德里德，但他们一直叫她的小名米莉。大米尔德里德跟比利搬到了阿伯罗温，当时她已经怀上了他们的第一个孩子。艾瑟尔想念她，尽管她很高兴现在可以使用楼上的几个房间了。小米莉长着一头卷发，眼睛里已经带着那种挑弄人的神色，谁见了都说像艾瑟尔。

艾瑟尔喜欢这本书。罗素是一位机智而诙谐的作家。他像个贵族一样漫不经心地要求采访列宁，与这位伟人共处了一个小时。他们用英语交谈。列宁说，诺斯克列夫勋爵是他最好的宣传员——他认为，《每日邮报》上有关俄国人对贵族大肆掠夺的恐怖故事能够恐吓资产阶级，但这些报道会对英国工人阶级起到相反的效果。

但是，罗素明确表示布尔什维克是完全不民主的。无产阶级专政是一个真正的独裁政权，他说，但是统治者是中产阶级的知识分子，比如列宁和托洛茨基，协助他们的只有赞同其观点的无产者。“我认为这非常令人担忧。”艾瑟尔说着，放下了书。

“伯特兰·罗素是个贵族！”伯尼气愤地说，“他是第三代伯爵！”

“那并不能证明他错了。”米莉停止了吸吮，睡着了。艾瑟尔用指尖抚摸着她细嫩的脸颊。“罗素是社会主义者。他指责的是布尔什维克并没有实施社会主义。”

“他怎么能说出这种话？贵族已经被粉碎了。”

“反对派的报纸也是同样下场。”

“这是暂时的必要……”

“怎么暂时？俄国革命已经三年了！”

“不打破鸡蛋，你就不能做摊蛋饼。”

“他说，那里发生着任意逮捕和处决，秘密警察现在比在沙皇的统治下还要强大。”

“可是他们是在打击反革命分子，并不反对社会主义者。”

“社会主义意味着自由，哪怕是反革命也一样。”

“不，不是这样！”

“对我来说是的。”

他们的高嗓门惊醒了米莉。孩子感觉到了房间里的愤怒，开始哭了起来。

“瞧瞧，”艾瑟尔气冲冲地说，“看你干的好事。”

格雷戈里从内战战场回到家里，回到政府机构所在的克里姆林宫那座古老堡垒内部的舒适公寓里，与卡捷琳娜、弗拉基米尔和安娜团聚。对他来说，这里简直过于舒适了。整个国家正在遭受粮食和燃料短缺，但克里姆林宫有很多商店。院区有三个餐厅，里面的厨师都在法国培训过，让格雷戈里感到不舒服的是，侍者们对布尔什维克毕恭毕敬地叩响脚跟，与以往侍奉贵族没什么两样。卡捷琳娜把孩子送进托儿所，自己去理发师那儿做头发。到了晚上，中央委员会委员坐上汽车，由私人司机载着去看歌剧。

“但愿我们不会成为新贵族。”有天晚上他躺在床上，对卡捷琳娜说。

她讥诮地笑了：“如果我们是贵族，那我的钻石首饰呢？”

“可你知道，我们参加宴会，坐头等车旅行，等等。”

“贵族从来没做过什么有用的事情。你们大家每天工作十二、十五、十八个小时。你不能指望像穷人那样，靠烧垃圾碎屑取暖。”

“话说回来，精英们总能为自己的特殊待遇找到借口。”

“到这儿来，”她说，“让我给你点儿特殊待遇。”

两人做爱之后，格雷戈里躺在床上无法入睡。尽管心怀疑虑，看到自己的家人生活优渥，不免让他心里暗暗感到满足。卡捷琳娜也长胖了。记得他第一次见到她的时候，她还是一个性感十足、二十出头的小姑娘；现在她是个二十六岁、身材丰满的母亲。弗拉基米尔现在五岁，跟其他俄国新统治者的孩子们一道在学校学习读书写字。女儿安娜，他们通常叫她安雅，已经三岁，长着一头顽皮的卷发。他们家的屋子从前属于皇后的一位宫廷女侍。房间里温暖，干燥，十分宽敞，孩子们有自己的卧室，还有厨房和客厅——与格雷戈里在彼得格勒的住所相比，这个客厅就能住下二十个人。窗子上都挂着窗帘，喝茶有陶瓷茶杯，炉火前铺着毯子，壁炉上方挂着描绘贝加尔湖的油画。

格雷戈里终于睡着了，但早上六点钟的一阵敲门声将他惊醒。他打开门，外面站着一个衣衫褴褛、骨瘦如柴的女人，看上去有些眼熟。“我很抱歉这么早来打扰你，阁下。”她用旧式的尊称说。

他认出她是康斯坦丁的妻子。“玛格达！”他惊讶地说，“我差点儿没认出你。快进来！怎么了？你住到莫斯科了吗？”

“是的，我们搬到这儿来了，阁下。”

“看在上帝分上，别这么叫我。康斯坦丁在哪儿？”

“在监狱。”

“什么？怎么回事？”

“说他是反革命。”

“不可能！”格雷戈里说，“一定是弄错了。”

“是的，先生。”

“是谁逮捕了他？”

“契卡。”

“是秘密警察。别着急，他们为我们工作。我会调查清楚的。早饭后，我马上就去查问一下。”

“求你了，阁下，我求你现在就做点什么——他们一个小时后就要枪毙他。”

“该死，”格雷戈里说，“等等我，我马上去穿衣服。”

他穿上制服。虽然上面没有职衔徽章，但衣料比普通士兵的好得多，足以清楚显示他是一位指挥官。

几分钟后，他和玛格达离开了克里姆林宫院区。外面在下雪。他们走到不远处的卢比扬卡广场。契卡总部是一座由黄砖砌成的巨大的巴洛克式建筑，以前是一家保险公司的办公室。门口的卫兵向格雷戈里敬礼。

他一进入大楼就开始大声叫嚷：“谁是这儿的负责人？马上把值班的军官给我叫来！我是格雷戈里·别斯科夫同志，布尔什维克中央委员会成员。我要立刻见到囚犯康斯坦丁·沃洛岑采夫。你还在等什么？快去！”他发现这是一种最快的办事方式，但这让他极不舒服地联想到被宠坏的贵族。

卫兵们慌里慌张地跑来跑去，几分钟后的事情让格雷戈里深感震动。值班军官被带到门厅。格雷戈里认识他。那人正是米哈伊尔·平斯基。

格雷戈里惊讶莫名。平斯基曾经是个欺压无辜、残暴成性的沙皇警察，难道他现在改头换面，以革命之名继续欺压无辜，实施暴力？

平斯基讨好地笑了："别斯科夫同志，见到你真是荣幸。"

"你纠缠乡下贫女被我打倒在地那会儿，怎么没听你说过这话。"格雷戈里说。

"今非昔比啊，同志——我们人人都在变。"

"你们为什么要逮捕康斯坦丁·沃洛岑采夫？"

"从事反革命活动。"

"这简直是胡扯。1914年他就是普梯洛夫机械厂布尔什维克讨论小组的主席了，他是第一批彼得格勒苏维埃代表。他比我更布尔什维克！"

"真是这样吗？"平斯基说，声音里带着某种威胁的味道。

格雷戈里不予理会："把他带到这儿来。"

"马上，同志。"

几分钟后，康斯坦丁出现了。他灰头土脸，胡子拉碴，浑身带着牲口圈的气味。玛格达哭了起来，上前一下子抱住他。

"我要跟囚犯私下谈谈，"格雷戈里对平斯基说，"带我们去你的办公室。"

平斯基摇了摇头："我那简陋的屋子……"

"别争了，"格雷戈里说，"去你的办公室。"他用这种方式强调自己的权威。他要把平斯基一直摁在自己的大拇指下。

平斯基带着他们来到楼上一间俯瞰内院的房间。他匆忙将办公桌上的一副指节铜套扫进抽屉里。

格雷戈里朝窗外望了一眼，天空正在放亮。"在外面等着。"他对平斯基说。

他们坐了下来，格雷戈里问康斯坦丁："到底怎么回事？"

“政府迁移的时候我们就来莫斯科了，”康斯坦丁解释说，“我以为我会当上政委。但这是个错误。我在这儿没有得到任何政治上的支持。”

“那你一直在干什么？”

“我回去做普通的工作。我在托德工厂做发动机零部件、齿轮、活塞和滚珠轴承座圈。”

“但警察怎么会认为你是反革命？”

“工厂选举一名莫斯科苏联代表。一个工程师宣布他要当孟什维克候选人。他筹划了一次会议，我去听。当时只有十几个人。我没发什么言，中途就退场了，也没投他的票。不用说，后来是布尔什维克候选人赢了。但在选举之后，出席孟什维克会议的人都被解雇了。接着，就在上周，我们全都遭到了逮捕。”

“我们不能这么做，”格雷戈里绝望地说，“甚至以革命的名义也不行。我们不能阻止工人倾听不同的观点。”康斯坦丁奇怪地看着他：“你哪里都没去过吧？”

“当然，”格雷戈里说，“一直忙着跟反革命军队作战。”

“所以说，你根本不知道发生了什么。”

“你是说这种事儿以前也发生过？”

“格里什卡，这种事每天都在发生。”

“真让我无法相信。”

玛格达说：“昨晚我得到一个消息，从一个嫁给警察的朋友那儿听说的，她说康斯坦丁和其他人要在今早八点被枪决。”

格雷戈里看了一眼部队发给他的手表。马上就要到八点了。“平斯基！”他喊了一声。

那警察走了进来。

“快停止执行处决。”

“我担心这太晚了，同志。”

“你是说那些人已经被枪决了？” “还没有。”平斯基走到窗前。

格雷戈里也走了过去。康斯坦丁和玛格达站在他身旁。

窗下那积雪覆盖的院子里，一支行刑队已经站在清晨的微光中。在这些战士对面，是十几个被蒙上眼睛的人，穿着室内的衣服在瑟瑟发抖。他们的头顶飘扬着一面红旗。

在格雷戈里的注视下，士兵们举起了步枪。

格雷戈里大声喊了起来：“马上停下！别开枪！”但他的声音被窗户挡住了，没有任何人听见。

接着，传来一阵枪响。

那些被控有罪的人一个个倒在地上。格雷戈里瞪大了眼睛，骇然无语。

在倒下的躯体周围，鲜血渐渐浸染了雪地，那颜色与上面飘扬的旗帜相互映衬，令人毛骨悚然。

第四十一章

1923年11月11日至12日

这天，茉黛一直睡到下午三点左右，沃尔特带着孩子们从主日学校回家时才起床。三岁的埃里克和两岁的海克穿着他们最好的衣服，显得十分可爱，一看见他们，茉黛的心几乎都要化了。

她有生以来第一次有了如此美妙的体验。当年她爱得沃尔特如痴如醉，那种感情也不像现在这般强烈。两个孩子也让她感到十分焦虑。她能让他们吃饱穿暖，免受骚乱和革命的冲击吗？

她给孩子们端来热面包和牛奶，让他们暖和起来，然后就开始为晚上做准备。她和沃尔特要筹办一场小型的家庭聚会，庆祝沃尔特的堂弟罗伯特·冯·乌尔里希过三十八岁生日。

罗伯特没像沃尔特父母担心（或是希望）的那样死在战场上。不管他们是怎么想的，反正沃尔特没能当上冯·乌尔里希伯爵。罗伯特一直被关在西伯利亚的战俘集中营。当布尔什维克与奥地利达成和解后，罗伯特和他的战时同志约尔格一路靠步行和搭便车，最后上了一列货运列车返回祖国，前后整整花了一年时间。他们回家后，沃尔特在柏林为他们找了一套公寓。

茉黛戴上她的围裙。她在这座小房子的狭小厨房里用白菜、陈面包和萝卜做了一道汤。她还烤了一块小蛋糕，但不得不在配料里多加些萝卜充数。

她学会了做饭，也掌握了其他不少持家本事。她有个年长和善的女邻居，见她这位贵族一筹莫展的样子觉得可怜，亲手教她铺床、熨衬衫、清洁浴缸。每学一样对她来说都是一次震动。

他们住在一幢中产阶级的住宅里。他们无法在房子上花什么钱，也不能像茉黛原来习惯的那样雇请仆人，家里的摆设也都是二手旧家具，茉黛私下里觉得土气极了。

他们期待着更好的日子，现实却变得越来越糟——沃尔特在外交部的职业生涯因为他娶了一个英国女人而告终，他本打算改行去干点儿别的工作，但时局混乱，能有份工作已经很幸运了。开始的时候，茉黛有些不顺心，但那些鸡毛蒜皮的小事跟四年后的苦日子相比实在不值一提。墙纸上让孩子扯坏的地方打着补丁，玻璃窗碎了也只是用纸板一遮了事，到处都能看到油漆剥落的地方。

但茉黛丝毫没有后悔。任何时候她都可以去亲吻沃尔特，把舌头探进他的嘴里，解开他裤子上的纽扣，跟他一起躺在床上、沙发上甚至是地板上，这弥补了其他方面的亏缺。

沃尔特的父母前来参加聚会，带来半个火腿和两瓶葡萄酒。奥托失去了他的家族在祖瓦尔德的房产，现在那里成了波兰的地盘。他的积蓄已经被通货膨胀吃得一干二净。不过，他在柏林的房子有个大花园可以种土豆，还有在战前存下的不少葡萄酒。

“你们从哪儿弄的火腿？”沃尔特难以置信地问。这种东西通常只能用美元才能买到。

“是我用一瓶陈年香槟换的。”奥托说。

爷爷奶奶带孩子们上床睡觉。奥托给他们两个讲起了民间传说。茉黛能听到讲的是一个王后如何斩杀自己兄弟的故事。她打了个寒战，但没有过去干涉。随后，苏珊用颤巍巍的声音给他们唱了几首摇篮曲，孩子们便睡着了，显然没让祖父讲的残忍故事吓着。

罗伯特和约尔格来了，两人都扎着一模一样的红色领带。奥托热情地跟他们打招呼，看上去并不了解他们之间的关系，显然以为约尔格不过是跟罗伯特合住一套公寓。事实上，他们只是在年长者面前装装样子。茉黛觉得苏珊想必已猜到了真相。这种事情逃不过女人的眼睛。幸运的是他们更容易被人接受了。

罗伯特和约尔格在自由宽松的场合下完全是另一副面目。在自己家里的聚会上他们毫不掩饰两人的浪漫爱情。他们的不少朋友也跟他们一样。一开始茉黛觉得很惊奇，她从来没见过两个男人亲吻，赞美彼此的穿戴，像和女孩那样调情。不过，这种行为至少在柏林已不再是禁忌。茉黛读过普鲁斯特的《索多姆和戈摩尔》①，书里似乎是说这种事情一直都有。

不过，今晚罗伯特和约尔格表现得十分规矩。晚餐时大家说起巴伐利亚发生的事。周四，一个名为“战斗联盟”的准军事集团在慕尼黑的一家啤酒馆里宣布开始一场国民革命。

这几天的新闻几乎让茉黛无法忍受。工人在罢工，右派分子雇来流氓对罢工工人大打出手。家庭主妇上街游行，抗议供应品短缺，继而引发了一场粮食骚乱。每个德国人都为《凡尔赛条约》而愤怒，但社会民主党政府予以通盘接受。人们认为赔款正

---

① 《索多姆和戈摩尔》（Sodome et Gomorrhe）是法国作家马塞尔·普鲁斯特的代表作《追忆似水年华》的第四卷。

在削弱德国经济，尽管德国仅仅支付了金额的一小部分，而且无意再支付余下的部分。

慕尼黑啤酒馆政变①惹得群情激奋。战争英雄埃里希·鲁登道夫是它最主要的支持者。穿着土黄色衬衣的所谓“冲锋队”和步兵军官学校的学员控制了重点建筑。市议员们被劫持为人质，一些有名望的犹太人被逮捕。

星期五，合法政府做出反击。四名警察和十六名准军事部队成员被杀。茉黛无法就目前从柏林得到的消息判断暴动是否结束。如果极端分子能够夺取巴伐利亚的控制权，整个国家会不会被他们攻陷呢？

这让沃尔特十分气愤。“我们可是有个民选政府啊，”他说，“人们怎么能让这些人得逞呢？”

“政府已经背叛了我们。”他父亲说。

“那是你的看法。那又怎么样？在美国，共和党赢得了上次大选，民主党并没发动起义！”

“美国没有被布尔什维克和犹太人颠覆。”

“如果你担心布尔什维克，就告诉人们别为他们投票。犹太人又是怎么回事？”

“他们在施加一种恶劣影响。”

“英国也有犹太人。父亲，你不记得罗斯柴尔德勋爵在伦敦那边如何极力阻止战争吗？法国、俄国、美国都有犹太人，他们没有密谋背叛他们的政府。是什么让你觉得我们这儿的犹太人特

---

① 啤酒馆政变，又称希特勒暴动。1923年11月8日至9日，希特勒试图利用魏玛共和国的危机发动政变，建立民族主义的独裁统治，最终政变失败，希特勒等数位纳粹党领袖遭逮捕。

别邪恶？他们大多数人只不过想多赚钱养家糊口，送他们的孩子上学，跟任何人没什么两样。”

罗伯特随后的坦白让茉黛十分惊讶。“我同意奥托叔叔的意见，”他说，“民主正在衰弱。德国需要强有力的领导者。约尔格跟我已经加入了民族社会主义党。”

“天啊，罗伯特，看在上帝的分上！”沃尔特厌恶地说，“你怎么能这么做？”

茉黛站起来：“有人愿意尝尝生日蛋糕吗？”她高兴地说。

晚上九点，茉黛准时离开聚会去上班。“你的工作服在哪儿？”临走告别时她的婆婆问道。苏珊以为茉黛在做晚间护士，去照顾一位富有的老绅士。

“我留在那儿了，到时候再换。”茉黛说。事实上，她在一个名叫夜生活的夜总会弹钢琴。不过工作服的确是留在那里。

她必须外出挣钱，尽管她除了搭配穿戴参加聚会以外什么都没学过。她从父亲那儿继承了一小笔遗产，但在她移居德国时已经换成了马克，现在已经分文不值。菲茨不肯给她钱，还在气她没有获得他的允许便私自结婚。沃尔特在外交部的薪水每个月都涨一些，但从来没有跟上通货膨胀的步伐。作为部分补偿，他们房子的租金倒是可以忽略不计，房东也懒得费心催租。但他们需要钱买吃的。

茉黛在九点半钟到了夜总会。这地方新近装修装饰过，灯光亮起的时候甚至还显得很不错。侍者们擦拭着酒杯，酒保在凿碎冰块，还有一个盲人在调弄钢琴。茉黛换上一件低胸晚礼服，戴着假的珠宝首饰，脸上厚厚涂了脂粉，抹了眼线膏和唇膏。十点钟开业时，她便坐在钢琴前面开始演奏。

这里很快便挤满了人，穿晚礼服的男男女女跳着舞，抽着香烟。他们买香槟鸡尾酒，偷偷摸摸吸可卡因。尽管柏林缺吃少喝，物价飞涨，可这里的夜生活热闹非凡。钱对这些人来说不成问题。有些人的收入来自国外，有些人则拥有比钱更管用的东西，比如：煤炭、屠宰场、烟草仓库，或者最最值钱的黄金。

茉黛所在的乐队清一色由女性组成，她们演奏一种新的音乐——爵士乐。菲茨要是看见一定会大惊失色，但她很喜欢这份工作。她一直在跟自己成长中的种种限制对着干。每天晚上演奏相同的曲调会让人乏味，但这音乐让她释放出内心的压抑。她在琴凳上扭动腰肢，向顾客们忽闪着睫毛。

午夜时分，她独揽了整个舞台，弹唱起由艾伯塔·亨特等黑人歌手传播开来的歌曲，那是她从夜总会主人的留声机播放的美国唱片上学来的。她在节目单上被称为“密西西比的茉黛”。

歌唱到半途，一位顾客摇摇晃晃走到钢琴前面，说：“你会弹那首《消沉蓝调》吗？”

她会唱这首歌，那是贝茜·史密斯的一首名曲。她开始用降E弹奏了一段蓝调旋律。“我会弹，”她说，“你出什么价？”

他拿出一张十亿马克的钞票。

茉黛笑了起来。“这连开头的一小节都买不了，”她说，“你没有外币吗？”

他递给她一美元的钞票。

她接过钱，塞进她的袖子里，开始弹奏《消沉蓝调》。

拿到一个美元让茉黛大喜过望，这大概顶得上一万亿马克。

不过，她的确有点消沉，心情也真的忧郁起来。她这种背景的女人能学会讨要小钱实在不简单，但这过程很失身份。

演出结束后，刚才那位顾客在她去更衣室时过来搭讪。他把手放在她的臀部，说："你愿意跟我一起吃早餐吗，亲爱的？"

大多数晚上都有人摸她，尽管她三十三岁，算得上这里年纪最大的——大部分女孩都在二十岁上下。遇到这种事情，女孩子绝不能大惊小怪，而是应该甜甜一笑，轻轻把那人的手拿开，嘴上说："今晚不行，先生。"但这种话有时候并不管用，其他女孩子便又教了她一招，"我下面那丛毛里长了些小虫，"她说，"你觉得这要紧吗？"那人随即消失了。

四年过去了，茉黛的德语已经十分流利，在夜总会工作又让她学到了不少粗俗的话。

夜总会在早上四点关门。茉黛卸了妆，重新换上便装。她去厨房要了些咖啡豆。一位喜欢她的厨师用小块纸给她包了几粒。

乐师们的报酬每晚用现金结清。女孩们全都随身带着大小口袋来装一捆捆的钞票。

临出门时，茉黛拾起顾客留下的一份报纸。这个沃尔特会读的。他们没钱买报纸。

离开夜总会，她直奔面包房。手里留着钱是危险的——到了晚上，你的工资有可能连一个面包也买不了。已经有几个女人忍着寒冷等在店外。五点半钟，面包师打开门，用粉笔在一块板子上写下他的价格。今天的黑面包是1270亿马克一个。

茉黛买了四个面包。这些面包他们一天吃不完，但这不要紧。陈面包可以用来勾兑浓汤，钞票就不行了。

她六点钟到家。随后她就要给孩子们穿好衣服，带他们到祖父母那儿待上一天，她自己也能睡个好觉。现在她跟沃尔特还有一个来小时的时间。这是一天中之中最美好的部分。

他准备好早餐，端着托盘走进卧室。“瞧，有新鲜面包、咖啡……还有一美元！”

“好机灵的姑娘！”他吻了吻她，“我们要买什么呢？”他的身子在睡衣里颤抖着，“我们得买点儿煤。”

“不急。我们可以先存着。这钱到了下周也还值这么多。你要是冷的话，那来让你暖和暖和。”

他笑了。“那就来吧。”

她脱下衣服，钻进了被窝。

他们吃着面包，喝了咖啡，然后做爱。性事仍然令人兴奋，尽管不像他们初次相处时那样持久。

随后，沃尔特开始读她带回家的报纸。“慕尼黑的革命结束了。”他说。

“彻底结束了？”

沃尔特耸耸肩：“他们逮捕了领导者，阿道夫·希特勒。”

“就是罗伯特加入的那个党的党魁？”

“是的。他被指控犯有叛国罪。他进了监狱。”

“太好了，”茉黛松了口气，“感谢上帝，终于结束了。”

第四十二章

1923年12月至1924年1月

大选前一天的下午三点，菲茨赫伯特伯爵站在阿伯罗温镇政厅外的讲台上。他穿了一件正式的男士常礼服，戴着一顶大礼帽。前排的保守党人爆发出一阵欢呼，但人群里的嘘声更响。有人揉了一个报纸团扔了过来，比利大声说：“不许这样，伙计们，让他讲话。”

低低的乌云让冬日的午后更加阴沉，路灯亮了起来。天上细雨纷飞，但来的人很多，足有两三百人，大部分是戴着帽子的矿工，只有少数人戴着圆顶礼帽坐在前排，还有零星几个妇人，打着雨伞。人群外围，小孩子们在潮湿的鹅卵石路上玩耍。

菲茨为现议员珀西瓦尔·琼斯争取选票。他从关税谈起。这对比利十分有利。菲茨就算绕着这个问题谈上一天，也说不到阿伯罗温民众的心里去。从道理上讲，这的确是选举上需要大做文章的话题。保守党提出通过提高进口关税保护英国的制造业，从而结束失业。这一动议团结了在野的自由党，因为后者秉承的传统思想体系是自由贸易。工党认为关税不是解决问题的答案，提出全国调动闲散人员工作计划，同时延长教育年限，防止越来越多的年轻人进入拥挤的就业市场。

但真正的问题是，一切由谁来说了算。

“为了鼓励更多人从事农业，保守党政府将给予每位农户每亩一英镑的补贴——只要他每周付给自己的劳工不低于三十先令的工钱。”菲茨说。

比利摇了摇头，觉得可笑，又很反感。为什么要给农户钱？他们并没有挨饿。需要救助的是失业的工厂工人。

爸爸坐在比利旁边，这时他说：“这种言论是不会在阿伯罗温赢得选票的。”

比利也这么看。山地农户曾一度在这个选区占多数，但那种时候已经一去不复返了。现在，工人阶级手里拿着选票，矿工人数超过农民。珀西瓦尔·琼斯在1922年那次混乱的选举中仅凭几票之差保住了他的席位。这一次他会被赶下台吗？

菲茨得出结论：“如果你们投工党的票，就等于投票给一个在军队记录上有污点的人。”观众们并不买他的账——他们都知道比利的故事，把他当成一个英雄。人们低声嘀咕着表示反对，爸爸大声喊了一句：“不知羞耻！”

菲茨硬着头皮说下去：“一个背叛了他战友和上级军官的人，一个被军事法庭判定不忠、被投入监狱的人。我告诫你们，不要选这样一个人进入议会，那将使整个阿伯罗温蒙羞。”

菲茨在稀稀拉拉的掌声和一片嘘声中走下讲台。比利盯着他，但菲茨没有跟他对视。

轮到比利了，他登上讲台：“大家可能盼着我会侮辱菲茨赫伯特伯爵，就像他侮辱我那样。”

人群中的汤米·格里菲斯喊道：“给他点颜色，比利！”

比利说："但这不是在井口打群架。这次选举非常重要，不能取决于廉价的嘲讽挖苦。"人们不那么兴奋了。比利知道他们不会喜欢这种理性的态度。他们乐于廉价的嘲讽挖苦。不过，他看见父亲在向他点头赞同。爸爸明白比利在努力做什么。他当然明白。是他教导了比利。

"伯爵的表现十分勇敢，他来到这里，向煤矿工人说明他的观点，"比利接着说，"他可能是错的——他的确错了，但他不是个懦夫。在战场上他也如此。我们很多军官都是这样。他们很勇敢，但他们固执己见，不承认失误。他们在战略上有失误，战术上也有失误，他们的通信系统很差，思想也已经过时。但他们不肯改变自己的想法，直到造成数百万人的死亡。"

观众安静下来。他们的兴趣被提了起来。比利看见了米尔德里德，她一脸骄傲，两边胳膊各挽着一个孩子——比利的两个儿子，一岁的大卫和两岁的基尔。米尔德里德不喜欢政治，但她希望比利当上议员，这样他们就可以回到伦敦，她可以重新开始做她的生意。

"在战争中，没有任何工人阶级的子弟会晋升到中士以上。所有私人寄宿学校的学生一进入军队便是少尉。今天在这儿的每位老兵都曾毫无必要地把自己的性命押在那些愚笨至极的军官身上，我们中的不少人都曾被机智灵活的中士救下一命。"

下面是一阵响亮的赞同声。

"我要站在这儿宣布，那种日子已经一去不复返了。无论在军队还是在其他各行各业，一个人要获得提拔，靠的是头脑，而不是出身。"他提高了嗓门，在自己的声调中听到了那种他所熟悉的、他父亲布道时的激情震颤，"这次选举事关未来，决定我们的孩子将要在一个什么样的国家成长。我们必须保证它不同于我们所成长的那个国家。工党并不发动革命——我们目睹了其他国家的革命，革命并不能奏效。但是我们要发动变革——真正的变革、重大的变革、剧烈的变革。”

他停顿了一下，然后再次抬高声音，将演讲推向结束：“不，我不会侮辱菲茨赫伯特伯爵，也不会去侮辱珀西瓦尔·琼斯先生，”说着，指了指前排的两顶大礼帽，“我只想对他们说，先生们，你们已经成为历史了。”下面是一片欢呼。比利越过前排望着矿工群体——这些强壮、勇敢的人们生来一无所有，靠自己的力量求生，养活家人。“工人兄弟们，”他说，“我们才是未来！”

说罢，他走下讲台。

选票结果统计了出来，比利以压倒性的票数获胜。

艾瑟尔也是这样。

保守党在新议会组成了第一大党，但他们整体上不占多数。工党位居第二，有一百九十一位议员，其中包括阿尔德盖特的艾瑟尔·莱克维兹和阿伯罗温的比利·威廉姆斯。自由党位居第三。苏格兰禁酒党赢得了一个席位。共产党没有获得任何席位。

当新议会组成后，工党和自由党成员联合表决让保守党政府下台，国王迫于压力，不得不任命工党领袖拉姆齐·麦克唐纳担任总理。有史以来第一次，英国有了一个工党政府。

自从1916年艾瑟尔冲着劳埃德·乔治大声喊叫被逐出大门那天起，她就再没进过威斯敏斯特宫。现在，她穿戴着新衣新帽坐在绿皮长椅上，聆听大家的发言，不时抬头望望上面的旁听席，七年多以前，她就是从那儿被赶出去的。她走进大堂，跟那些内阁成员，以及她一直远远仰慕着的著名的社会主义者们一道投票——阿瑟·亨德森、菲利普·斯诺登、西德尼·韦布，还有首相本人。她在一间不大的办公室里有了自己的办公桌，办公室里还有另一位女工党议员。她在图书馆里浏览图书，在茶室吃奶油面包，收取成麻袋写给她的信件。她绕着这座庞大的建筑散步，了解它的构造和外观，让自己确信她有资格待在里面。

一月底的一天，她带着劳埃德来这里见见世面。他快九岁了，以前从未到过如此富丽堂皇的建筑内部。她耐心给他解释民主的原则，但他年纪还小，听不太懂。

在上下议院交界区那条铺了红地毯的狭窄楼梯上，他们遇到了菲茨。他也带着个年轻访客，他的儿子乔治，他们叫他宝宝。

艾瑟尔和劳埃德往上走，菲茨和宝宝正从上面下来，他们在楼梯中段碰面了。

菲茨盯着她，似乎想要她让路。

菲茨的两个儿子，宝宝和劳埃德，一个是伯爵名号的继承人，另一个则是私生子，两人同龄。他们互相打量着，毫不掩饰对彼此的好奇。

艾瑟尔记得在泰-格温的时候，每当她在走廊里遇到菲茨都必须站在一旁，垂下眼睛等着他走过去。

现在，她站在台阶中央，紧握劳埃德的手，盯着菲茨说："早上好，菲茨赫伯特伯爵。"她蔑视地扬起下巴。

他也盯着她，脸上露出愠怒之色。最后他说："早上好，莱克维兹夫人。"

她看着他的儿子。“你一定是阿伯罗温子爵吧，”她说，“你好啊？”

“你好，夫人。”孩子礼貌地说。

她对菲茨说：“这是我儿子，劳埃德。”

菲茨不去看他。

艾瑟尔并不打算轻易放过菲茨。她说：“跟伯爵握个手，劳埃德。”

劳埃德伸出手说：“很高兴见到你，伯爵。”

冷落一个九岁的孩子实在有失风度。菲茨不得不去握手。

这是他第一次触摸到自己的儿子劳埃德。

“好了，我们祝你们度过美好的一天。”艾瑟尔轻慢地说着，往前迈了一步。

菲茨的表情十分可怕。他无奈地站到一旁，带着他的儿子退向墙壁，看着艾瑟尔和劳埃德径直朝楼梯上方走去。

敬请继续阅读“世纪三部曲”第二部《世界的凛冬》

历史人物

书中出现了几个真实的历史人物。读者有时会问我如何划分历史与虚构之间的界限。这个问题很不错，现做以下回答。

在某些情况下，比如爱德华·格雷爵士对下议院发表演讲时，我虚构的人物见证了真正发生的事件。这部小说中爱德华爵士的话符合议会的记录，我只是稍微缩短了他的讲话，希望并未丢失其重要的内涵。

有时，真实的人物出现在了虚构场景中，比如书中出现温斯顿·丘吉尔造访泰-格温的情节。在这种情况下，我已认定对他来说，造访乡村宅邸并非罕见之事，在具体的时期内完全可能发生。

当真实人物与我虚构的人物对话时，他们通常说的都是实际上说过的话。劳埃德·乔治向菲茨解释为什么他不打算驱逐列夫·加米涅夫那段话，是基于劳埃德·乔治所写的一段备忘录，彼得·罗兰的传记中引用过。

我的原则是：要么某一场景真实发生过，或者有可能发生；要么某些话真正说过，或者有可能说。如果我发现有某种原因让某种场景不可能真正发生，或不可能说出某些话——例如某个人物当时处在另一个国家，我便将其略去。

致　谢

我写作本书的主要历史顾问是理查德·奥弗里。还有另外几位历史学家读过本书书稿，并纠正了多处舛误，他们是约翰·M.库珀、马克·戈德曼、霍尔格·赫维希、约翰·凯格尔、埃文·马德斯利，理查德·托依和克里斯托弗·威廉姆斯。苏珊·佩德森在军人妻子分居津贴的问题上提供了帮助。

与往常一样，以上多位顾问都是纽约作家研究中心的丹·斯塔特为我寻找接洽的。

曾帮助我的朋友，还包括为我提供部分基本读物的蒂姆·布莱斯，亚当·布雷特·史密斯在香槟酒方面提出不少建议，还有目光敏锐的尼戈尔·迪安，托尼·麦克沃尔特和克里斯·曼纳斯两位精明睿智的批评家，火车研究家杰夫·曼恩就机车车轮提出了建议，安吉拉·斯皮西读了小说的第一稿，从德国读者的角度作了评论。

读过书稿的编辑和代理人包括艾米·伯克奥维尔、莱斯利·吉尔伯曼、菲利斯·格兰恩、尼尔·奈伦、伊莫金·泰勒，以及不可或缺的阿尔·朱克曼。

最后，我要感谢通读了全书书稿，并提出各种建议的家庭成员，特别是芭芭拉·福莱特、埃马努埃尔·福莱特、玛丽-克莱尔·福莱特、詹·特纳和金·特纳。

人物表

美　国

杜瓦家

卡梅伦·杜瓦，参议员

乌苏拉·杜瓦，其妻

格斯·杜瓦，他们的儿子

维亚洛夫家

约瑟夫·维亚洛夫，商人

莉娜·维亚洛夫，其妻

奥尔加·维亚洛夫，他们的女儿

其他

罗莎·赫尔曼，记者

查克·迪克森，格斯上学时的朋友

玛伽，夜总会歌手

尼克·福尔曼，小偷

伊利亚，恶棍

西奥，恶棍

诺曼·尼尔，心术不正的会计

布莱恩·霍尔，工会领导人

真实的历史人物

伍德罗·威尔逊，第二十八届总统

威廉·詹宁斯·布赖恩，国务卿

约瑟夫·丹尼尔斯，海军部长

英格兰和苏格兰

菲茨赫伯特家

菲茨赫伯特伯爵，称为菲茨

伊丽莎维塔公主，称为碧，其妻

茉黛·菲茨赫伯特女勋爵，菲茨的妹妹

荷米亚女勋爵，称作赫姆姑妈，他们的穷姑妈

苏塞克斯公爵夫人，他们的富姑妈

格雷特，比利牛斯山犬

格洛特，菲茨的管家

桑德森，茉黛的女仆

其他

米尔德里德·帕金斯，艾瑟尔·威廉姆斯的房客

伯尼·莱克维兹，独立工党阿尔德盖特分部书记

宾·韦斯特安普敦，菲茨的朋友

劳瑟侯爵，被茉黛拒绝的求婚者

阿尔伯特·索尔曼，菲茨的经纪人

艾伦·泰特，乔治五世的侍从

格林沃德医生，婴儿诊所的志愿者

约翰尼·雷马克勋爵，陆军部副部长

哈维上校，约翰·弗伦奇爵士的助手

穆雷中尉，菲茨的助手

曼尼·利托夫，工厂厂主

乔克·里德，阿尔德盖特独立工党的出纳

杰妮·麦卡利，军人的妻子

真实的历史人物

国王乔治五世

玛丽皇后

曼斯菲尔德·史密斯–卡明，称作“C”，特勤局对外处主任（后为军情六处）

爱德华·格雷爵士，国会议员，外交大臣

威廉·泰瑞尔爵士，格雷的私人秘书

弗朗西斯·史蒂文森，劳埃德·乔治的情妇

温斯顿·丘吉尔，国会议员

H.H.阿斯奎斯，国会议员，首相

约翰·弗伦奇爵士，英国远征军司令

法　国

姬妮，酒吧女郎

迪皮伊上校，加利埃尼将军的助手

卢索尔将军，霞飞将军的助手

真实的历史人物

霞飞将军，法军总司令

加利埃尼将军，巴黎卫戍司令

德国和奥地利

冯·乌尔里希家

奥托·冯·乌尔里希，外交官

苏珊·冯·乌尔里希，其妻

沃尔特·冯·乌尔里希，他们的儿子，德国驻伦敦大使馆武官

葛丽泰·冯·乌尔里希，他们的女儿

罗伯特·冯·乌尔里希伯爵，沃尔特的隔代堂兄，奥地利驻伦敦大使馆武官

其他

戈特弗里德·冯·凯塞尔，德国驻伦敦大使馆文化文官

莫妮卡·冯·德·赫尔巴德，葛丽泰的好友

真实的历史人物

卡尔·里希诺夫斯基亲王，德国驻伦敦大使

陆军元帅保罗·冯·兴登堡将军

陆军将军埃里希·鲁登道夫

特奥巴登·冯·贝特曼·霍尔维格，德国首相

阿瑟·齐默尔曼，德国外长

俄　国

别斯科夫家

格雷戈里·别斯科夫，铸造工

列夫·别斯科夫，马夫

普梯洛夫机械厂

康斯坦丁，车工，布尔什维克讨论组主席

伊萨克，足球队长

瓦莉娅，女工，康斯坦丁的母亲

谢尔盖·卡宁，铸造车间监工

马克拉柯夫伯爵，董事

其他

米哈伊尔·平斯基，警察

伊利亚·科兹洛夫，其搭档

尼娜，碧公主的女仆

安德烈王子，碧的哥哥

卡捷琳娜，进城不久的乡下姑娘

米什卡，酒吧老板

特罗菲姆，歹徒

菲奥多尔，腐败的警察

斯比利亚，“天使加百利号”上的乘客

雅科夫，“天使加百利号”上的乘客

安东，俄国驻伦敦大使馆职员，也是德国间谍

大卫，犹太士兵

加弗立克中士

托姆恰克少尉

真实的历史人物

弗拉基米尔·伊里奇·列宁，布尔什维克党领导人

莱昂·托洛茨基，苏维埃革命战争委员会主席

威尔士

威廉姆斯家

大卫·威廉姆斯，工会领导人

卡拉·威廉姆斯，其妻

艾瑟尔·威廉姆斯，他们的女儿

比利·威廉姆斯，他们的儿子

外公，卡拉的父亲

格里菲斯家

莱恩·格里菲斯，无神论者，马克思主义者

格里菲斯太太

汤米·格里菲斯，莱恩的儿子，比利·威廉姆斯的好友

庞蒂家

米妮·庞蒂太太

朱塞佩·庞蒂，其长子，小名“乔伊”

乔凡尼·庞蒂，其次子，小名“乔尼”

矿工

大卫·克兰普顿，外号“戴哭宝”

哈利·休伊特，外号“板油”

约翰·琼斯，外号“小店”

戴·肖普，屠夫之子

帕特·教皇，井底把钩工

米奇·教皇，帕特的儿子

戴·泼尼斯，马夫

伯特·摩根

煤矿管理者

珀西瓦尔·琼斯，凯尔特矿业公司董事长

马尔德温·摩根，煤矿董事

里斯·普莱斯，煤矿董事助理

亚瑟·卢埃林，外号“斑点”，煤矿职员

泰-格温雇员

皮尔，仆役长

杰文斯夫人，女管家

莫里森，男仆

其他

戴·穆克，卫生工作者

戴·泼尼斯太太

罗利·休斯太太

汉威尔·琼斯太太

列兵乔治·巴罗，B连

列兵罗宾·莫蒂默，被革职的军官，B连

列兵欧文·贝文，B连

以利亚·琼斯中士，外号“先知”，B连

詹姆斯·卡尔顿-史密斯少尉，B连

格温·埃文斯上尉，A连

罗兰·摩根少尉，A连

真实的历史人物

大卫·劳埃德·乔治，国会自由党成员

肯·福莱特里程碑式代表作

中世纪三部曲　欧美读者平均3个通宵读完

《圣殿春秋》

一个贫困的建筑匠，一心只想建造一座美丽的大教堂。但大教堂的建造过程是各方势力的角力，每一种声音都有可能成就他，也有可能毁灭他。在那个风云诡谲的时代，一个普通建筑匠的信念能否改变世界……

《无尽世界》

一个旧时代即将落幕，一个新时代即将到来。王桥镇上，建筑匠师的后代有着自己的烦恼。而成长的痛苦背后，伴随着一个时代的阵痛。他们的命运将何去何从？一个比《圣殿春秋》格局更为开阔的故事！

《永恒火焰》

1558年，年轻而雄心勃勃的内德回到了王桥镇的家中。这一年不仅是他人生的转折点，也是整个欧洲历史的转折点。年轻的伊丽莎白女王登基后，成立了英国第一个秘密间谍机构。一个崭新的挑战即将开始……

肯·福莱特经典作品

世纪三部曲　各国读者平均3个通宵读完

《巨人的陨落》

从危险的煤矿到华丽的宫殿，从代表着权力的走廊到爱恨纠缠的卧室，五个家族迥然不同又纠葛不断的命运，将展现一个我们自认为了解，但从未如此真切感受过的20世纪。

《世界的凛冬》

时代的剧变，让一群处于人生黄金时代的少男少女困惑不已。父辈的命运因一战而变，如今世界再次破碎，但这就是他们的时代！在时间永恒的流动中，每个人都在创造历史。

《永恒的边缘》

如果说《巨人的陨落》是祖辈的传奇，《世界的凛冬》是父辈的人生，那么，《永恒的边缘》就是新一代的奋斗。世上只有一种英雄，就是在认清生活真相之后，依然热爱生活。

《突然亡命天涯》

致命的三角关系、危险的秘密任务、异国的场景、巧妙的情节......在这条亡命之路上，幸福与和平能否最终来临？

《燃烧的密码》

在尼罗河上的船屋里，充满了阴谋与血腥、欲望与爱情。紧张的局势就像不停收紧的绳索，每一个意想不到的反转都让人尖叫！

《飞剪号奇航》

33小时的致命旅程，19个人的绝境求生，紧张地让人头皮发麻！不要害怕改变，去折腾，去受伤，去热烈地生活！

《军方的怪物》

到底我是一个什么样的人？到底是什么决定了我是谁？一次突如其来的栽赃嫁祸，揭开了身世之谜背后的滔天阴谋。

《边缘人的战争》

为了守护自己生存的地方，以神甫为代表的一帮离群索居的老嬉皮士，向整个外部世界发起威胁，与FBI特工展开一场惊险刺激的较量。

KEN FOLLETT

肯·福莱特经典作品

《暗夜与黎明》

世纪三部曲

《巨人的陨落》《世界的凛冬》《永恒的边缘》

圣殿春秋三部曲

《圣殿春秋》《无尽世界》《永恒火焰》

悬疑经典第一辑

《针眼》《寒鸦行动》《危险的财富》

《大黄蜂奇航》《鹰翼行动》

悬疑经典第二辑

《突然亡命天涯》《燃烧的密码》《飞剪号奇航》

《军方的怪物》《边缘人的战争》

悬疑经典第三辑

《致命谎言》《三角谍战》《自由之地》

《刺客之死》《白色病毒》

策　　划：读客文化 021-33608320
版　　权：读客文化
责任编辑：丁小卉
特约编辑：闵　唯　　赵思婷
封面设计：李子琪
网　　址：www.dookbook.com
投稿邮箱：dookchina@163.com

读客

读客外国小说文库
258

凤凰传媒
PHOENIX MEDIA

在第一次世界大战的硝烟中，每一个迈向死亡的生命都在热烈地生长——威尔士的矿工少年、刚失恋的美国法律系大学生、穷困潦倒的俄国兄弟、富有英俊的英格兰伯爵，以及痴情的德国特工……从充满灰尘和危险的煤矿到闪闪发光的皇室宫殿，从代表着权力的走廊到爱恨纠缠的卧室，五个家族迥然不同又纠葛不断的命运逐渐揭晓，波澜壮阔地展现了一个我们自认为了解，但从未如此真切感受过的 20 世纪。

福莱特再次创造了一个既熟悉又美妙的世界，以及一种纯粹的阅读乐趣，让你根本放不下这本书。帝国衰落，英雄崛起，真爱无敌。你会忍不住和书里的角色在战火硝烟中同呼吸、共命运，并希望福莱特的下一本大部头赶快砸过来。

——《Time Out 纽约》

我觉得这是最有趣的地方，“短小”，即短篇、轻小说、140 个字，似乎成为了大众阅读的标配，这本大书反其道而行，但里面几乎每一页都有故事发生。

—— 布莱恩 · 塔特（企鹅出版集团总裁，《巨人的陨落》出版人）

小说的长短对肯·福莱特作品在全球的畅销没有任何影响。

——《华尔街日报》

建议上架：外国文学/通俗经典
ISBN 978-7-5399-8989-1
9 787539 989891

熊猫君激发个人成长
www.dookbook.com
读客

定价：129.80元
（全3册）

读客

读客外国小说文库

熊猫君激发个人成长

FALL OF GIANTS

巨人的陨落 II

[英]肯·福莱特 著　于大卫 译
KEN FOLLETT

江苏凤凰文艺出版社
JIANGSU PHOENIX LITERATURE AND ART PUBLISHING, LTD

目　录

Part 2　巨人之战

Part 2
巨人之战

第十二章

1914年8月初到月末

卡捷琳娜烦躁不安。圣彼得堡四处张贴着动员参军的告示，她坐在格雷戈里的租屋里痛哭流涕，心烦意乱地用手捋着她的长发，嘴里不停地叨咕着："我怎么办啊，我可怎么办才好啊？"

面对此情此景，格雷戈里真想把她搂进怀里，吻去她脸上的泪水，许诺永远不会丢下她。但他无法作这种承诺，不管怎么说，她爱的是他的弟弟。

格雷戈里服过兵役，因此算是一名预备役军人，按道理必须做好上战场的准备。实际上当初他的大部分训练只是行军和铺设道路。不过他觉得自己会在首批征召名单中。

这实在令人气愤。这场战争跟沙皇做的所有事情一样，既愚蠢又毫无意义。波斯尼亚发生一宗谋杀案，一个月后俄国竟然跟德国大战一场！两国成千上万的工人和农民就要死在战场上，而且达不到任何目的。事实证明，格雷戈里和所有他认识的人一样，都认为俄国贵族极度愚蠢，没有能力统治国家。

就算能活着回来，这场战争也会毁掉他的所有计划。他正在攒钱买另一张去美国的船票。以他在普梯洛夫机械厂所挣的工资，这要花上两三年时间，可要是参军去拿军队的薪酬，那他就要永远等下去了。他到底还要在沙皇不公和残忍的统治下忍受多久呢？

他更担心的是卡捷琳娜。如果他上了战场，她怎么办呢？她在寄宿公寓跟另外三个女孩住一间，白天在普梯洛夫机械厂打工，用纸箱包装步枪子弹夹。等到孩子降生，她就不得不停工，至少一段时间内要待在家里。没有格雷戈里，她如何维持自己跟孩子的生计？真要是走投无路，她肯定会不顾一切想办法的，他知道那些来圣彼得堡的乡下姑娘急需用钱时会干什么。上帝保佑，千万别让她去街上出卖肉体。

不过，他并没有在第一天收到征召通知，随后，一周过去了，什么事也没有。报纸上说，两百五十万预备役已经在七月的最后一天动员完毕，但这只是一种说法而已。一天之内无法召集如此庞大的队伍、发放军服、送上火车奔赴前线，甚至一个月都不可能。这些人都是分批召集的，有早有晚。

八月初最热的几天过去了，格雷戈里开始琢磨是不是自己被落下了。这种念头很折磨人。在这个混乱无序、不可救药的国家里，军队是管理最糟糕的机构之一，或许由于他们的无能，成千上万的人被忽略了。

卡捷琳娜已经习惯每天一早在格雷戈里做早饭的时候来他的房间。这是他一天中最美好的时刻。他总是提前梳洗完毕，穿戴整齐。

但她来的时候，打着哈欠，穿着宽松的睡衣，头发蓬乱，不过还是很迷人。眼下她已渐渐发胖，衣服便显得小了。他推算她大概已经怀了四个半月的身孕，乳房和臀部都更大了，腹部明显隆起。她的美艳丰满令人愉悦，也是一种折磨。格雷戈里尽量不去盯着她的身体。

这天早上，他正在炉火上煎着两个鸡蛋，她走了进来。早饭他已经不再将就，只熬粥是不行的——他弟弟的孩子需要吃些好的才能健康成长。通常格雷戈里都会为卡捷琳娜准备一些有营养的东西，比如火腿、鲱鱼，或者她最喜欢吃的香肠。

卡捷琳娜总觉得饿。她在桌边坐下，切了一片厚厚的黑面包，迫不及待地吃了起来。她一边嚼着东西，一边问道："如果士兵战死的话，拖欠他的薪水由谁来领呢？"

格雷戈里想起自己曾登记过近亲的名字和地址，便说："就我而言，是列夫。"

"不知道他是不是已经到了美国。"

"应该到了。已经八个礼拜了，路上用不了这么长时间。"

"但愿他找到工作了。"

"不用担心。他会没事的。所有人都喜欢他。"格雷戈里一想起弟弟，心里就涌起一股怨恨的怒火。本该是他待在俄国照顾卡捷琳娜和未降生的孩子，担心被征召入伍，而格雷戈里会开始他省吃俭用地筹备了许久的新生活。但列夫攫取了这个机会。卡捷琳娜仍在为这个抛弃了她的男人闷闷不乐，而对留在她身边的人全不在意。

她说："我相信他在美国会过得很好，但还是希望我们能收到他写的信。"

格雷戈里在鸡蛋上削了一小块硬奶酪，再撒上盐。他很怀疑他们会收到美国那边的任何消息，列夫不太在乎什么感情，他或许打算跟自己的过去一刀两断，就像蜥蜴蜕皮一样。格雷戈里有些悲哀，但出于对卡捷琳娜的善意，他没有把这个想法说出来。她仍然希望列夫会派人来接她。

她说："你会上战场打仗吗？"

"如果我能做主，就不会去。我们为了什么目的打仗呢？"

"为了塞尔维亚。他们都这么说。"

格雷戈里把煎蛋放进两只盘子，然后坐到桌前："问题其实是塞尔维亚将由谁来统治，是奥地利皇帝还是俄国沙皇。我怀疑塞尔维亚人对此是否真的在意，我反正是无所谓。"他开始吃了起来。

"那么，就是为沙皇而战了。"

"我会为你而战，为列夫，为自己，或者为了你的孩子……为沙皇？不。"

卡捷琳娜很快吃掉了她那份鸡蛋，又切下一片面包把盘子抹干净了。"如果是男孩，你想取个什么名字？"

"我父亲叫谢尔盖，爷爷叫吉洪。"

"我喜欢米哈伊尔，"她说，"跟大天使同名。"

"很多人都喜欢。因此这名字用得很多。"

"也许应该叫他列夫，或者叫格雷戈里也好。"

格雷戈里有些感动。他很高兴能有个随了他名字的侄儿。但他不愿对她有任何要求。"列夫就很好。"他说。

工厂那边响起了汽笛——整个纳尔瓦区都能听到这声音。格雷戈里站了起来。

"我来洗盘子。"卡捷琳娜说。她七点才去上班，比格雷戈里晚一个小时。

她转过脸来，让格雷戈里亲了一下。这只是一个小小的亲吻，他不容自己的嘴唇稍作停留，尽管如此，她柔软平滑的肌肤、脖颈上那慵懒的温暖气息仍然让他回味无穷。

随后他戴上帽子，出了门。

夏日清晨，天气温暖湿润。格雷戈里疾步走在街上，很快就开始冒汗了。

列夫离开后的两个月里，格雷戈里和卡捷琳娜之间建立起一种让人不太自在的友谊。她依靠他，他照顾她，但他们谁都不想这样。格雷戈里希望获得爱情，而不是友谊。卡捷琳娜心里想的是列夫，而不是格雷戈里。但只要确保她吃得好，格雷戈里也就得到了一种满足。这是他表达爱的唯一途径。这种关系不会长久维持下去，但眼下很难做什么长远打算。他心里还在盘算着如何逃离俄国，踏上通往美国的乐土。

厂门口贴出了几张新的动员布告，人们全都围了过去，那些看不见布告的人还央求别人大声念出来。格雷戈里发现伊萨克，那个足球队长，正站在自己旁边。他俩年龄相当，都是预备役。格雷戈里扫视着告示，寻找自己兵团的名字。

今天这上面有它。

他又仔细看了一遍，确实没看错：纳尔瓦团。

他继续往下看着名单，找到了自己的名字。

他很难相信这是真的。但他没法欺骗自己。他今年二十五岁，身强力壮，是当兵的好材料。理所应当被派去打仗。

可卡捷琳娜和她的孩子怎么办？

伊萨克大声骂了一句。他的名字也在名单上。

有人在他们身后说："别担心。"

两人转过身，便看见细长单薄的卡宁站在那儿，这位和蔼的铸造部监察员是个工程师，三十多岁。"别担心？"格雷戈里怀疑地反问道，“卡捷琳娜怀了列夫的孩子，没人照顾她。我能怎么办？”

“我跟这个区征兵动员处的负责人见过面，”卡宁说，“他答应免除我所有工人的兵役。只有那些捣乱分子才去。”

格雷戈里一下子又有了希望。竟然有这样的好事，真是让人不敢相信。

伊萨克说：“那我们该怎么办？”

“只要别去军营。你们就没事。已经安排好了。”

伊萨克咄咄逼人，这种性格让他成了一个优秀的运动员，也让他不满足于卡宁的答案。“怎么安排好了？”他问道。

“军队把不去报到的人列了名单交给警方，警察就会把他们抓起来。你们的名字根本不会出现在名单上。”

伊萨克不满地哼了一声。格雷戈里也对这种半官方的安排很反感——很多环节都可能出问题，但跟政府打交道一直是这样。卡宁为这件事打点了某个官员，或者许诺了别的好处。真不应该对他摆出粗鲁无礼的态度。“这实在太好了，”格雷戈里对卡宁说，“谢谢你。”

“不要谢我，”卡宁温和地说，“我这样做是为我自己，也为了俄国。我们需要像你们这种熟练的工人制造机车，而不是去挡德国人的子弹——大字不识的农民可以做这件事。政府还没有搞清状况，但到时候他们会的，到头来还得感谢我。”

格雷戈里和伊萨克穿过大门。“我们不妨相信他的话，”格雷戈里说，“再说，我们能有什么损失呢？”他们排队登记进厂，每人将一个带编号的金属方块丢进一个盒子里。“这是个好消息。”他说。

伊萨克仍心存疑虑："我就是想落实这件事。"

他们直奔制轮车间。格雷戈里把他担心的事情放在一边，开始准备自己一天的工作。普梯洛夫机械厂生产的机车比以前更多了。军方认为机车和车厢有可能被炮击摧毁，一旦开战他们就需要备用车辆。格雷戈里的小组压力很大，必须加快生产速度。

一进车间他就挽起了袖子。工棚很小，冬天时熔炉让这里很暖和，现在是盛夏，里面整个变成了烤箱。在车床下定型抛光的金属部件发出尖利刺耳的声响。

这时，康斯坦丁正站在格雷戈里的车床前，这位工友的姿势让格雷戈里眉头一皱。对方脸上的表情分明在发出警告——大事不好。伊萨克也看出情况不妙。他的反应比格雷戈里更快，马上止步，抓住格雷戈里的胳膊，说："怎么……"

他的话没有说完。

一个穿着黑绿色制服的身影从熔炉后面蹿了出来，挥起一把大锤就朝格雷戈里的脸上砸了过去。

他想躲开这突然的一击，但还是慢了一秒，尽管身子闪了一下，可木制的大锤还是砸中了他的颧骨上方，将他打倒在地。一阵剧痛钻进了脑子，格雷戈里发出一声惨叫。

几分钟后他才渐渐看清眼前的景象，至少他躺着看见了米哈伊尔·平斯基敦实的身影，就是那个巡警。

他应该料到会有这一天的。对发生在2月的那场争斗，他实在太掉以轻心了。而警察从来不会忘记这类事情。

他还看见伊萨克正在跟平斯基的搭档伊利亚·科兹洛夫，以及另外两个警察厮打。

格雷戈里仍躺在地上。就算起得来他也不想还手。他想：让平斯基报了这个仇，也许他就满意了。

但片刻之后，他便没办法再躺下去了。

平斯基举起了大锤。残存的洞察力让格雷戈里发现那件工具正是他的，用来把模板敲到塑型砂里。紧接着，锤子就朝他脑袋落了下来。

他往右一偏，但平斯基斜着一挥，沉重的橡木锤头砸在了格雷戈里的左肩上。他痛苦地号叫起来，瞬间被激怒了。趁着平斯基恢复平衡的当口，格雷戈里从地上跳起来。他的左臂发软，使不上力气，但右手没事。他攥紧拳头，狠命朝平斯基挥了过去。

这一拳没能打出去。两个穿黑绿制服的身影冷不丁出现在他两侧，把他的胳膊紧紧抓住，格雷戈里根本挣脱不开，愤怒中只见平斯基抡起锤子砸了下来。这一击正中前胸，几根肋骨被敲碎了。随后一击偏向下方，打在格雷戈里的肚子上，他猛地抽搐着，早上吃下的东西全呕了出来。下一次打击落在了他的脑袋侧面，让他两眼一黑，昏死过去，清醒之后发现自己四肢瘫软，被两个警察架着。伊萨克也被另外两个警察扣住了。

“现在平静点了吧？”平斯基说。

格雷戈里吐出一口鲜血。他只觉得浑身疼痛难忍，脑子没办法思考。到底发生了什么事情？平斯基跟他有仇，但总该有什么事情触发这次报复。再说，平斯基也不至于如此胆大妄为，光天化日在工厂里动手，还对着周围这些痛恨警察的工人。他总该有什么理由的。

平斯基掂着手中的大锤，看上去若有所思，似乎盘算着再给他来一下子。格雷戈里打起精神，勉强克制住不去求饶。这时平斯基说：“你叫什么名字？”

格雷戈里想开口说话，可嘴里吐出来的都是血。最后，他勉强说道：“格雷戈里·谢尔盖耶维奇·别斯科夫。”

平斯基又朝他的肚子打了一拳。格雷戈里呻吟着，口吐鲜血。“撒谎，”平斯基说，“你到底叫什么名字？”他再次举起了大锤。

站在车床边的康斯坦丁上前一步：“警官，这人是格雷戈里·别斯科夫！”他抗议道，“我们都认识很多年了！”

“别跟我撒谎。”平斯基说着，举起了锤子，“你想尝尝这个的滋味吗？”

康斯坦丁的母亲瓦莉娅过来打圆场：“没人撒谎，米哈伊尔·米哈伊洛维奇，”她用父名称呼对方，表示她认识平斯基，“他说自己是谁就是谁。”她肩膀宽厚，双手抱胸站在那儿，一副不容置疑的样子。

“那你就解释一下这个，”说着，平斯基从口袋里拿出一张纸，“格雷戈里·谢尔盖耶维奇·别斯科夫两个月前乘坐‘天使加百利号’离开圣彼得堡了。”

监察员卡宁出现在他们面前，问道：“这是怎么回事？怎么没人干活？”

平斯基指了指格雷戈里：“这个人是列夫·别斯科夫，格雷戈里的弟弟，谋杀警察的通缉犯。”

立刻，所有人都嚷嚷起来。卡宁举手示意大家安静，然后说：“警官，我认识别斯科夫兄弟，格雷戈里和列夫，这些年几乎每天都能见到他俩。他们长得很像，亲兄弟一般都有很多共同点，但我可以向你保证这个人是格雷戈里。你们把整个部门的工作都耽误了。”

“如果这个是格雷戈里，那么，坐‘天使加百利号’离开的又是谁呢？”平斯基亮出最后的杀手锏。

其实，他这个问题的答案已经很明显了。片刻之后，平斯基明白过来，顿时一脸蠢相。

格雷戈里说：“我的护照和船票都被偷了。”

平斯基使出吓唬人的伎俩：“那你为什么不向警方报案？”

“有用吗？列夫已经出国了。你们也不能把他抓回来，把属于我的还给我。”

“那你就成了同谋，帮助他逃跑。”

卡宁再次进行干预：“平斯基警官，一开始你指责这人谋杀。也许这个理由还足以让制轮车间停工。但你承认自己弄错了，现在，你又指控他没有报告什么证件被盗的事。要知道我们国家正在打仗，你在耽误俄国军队迫切需要的机车生产。如果你不想让我们下次向军方高级统帅报告时提及你的名字，我建议你尽快把这里的事情处理完毕。”

平斯基看着格雷戈里：“你是哪个预备队的？”

格雷戈里想也没想便回答说：“纳尔瓦编成团。”

“哈！”平斯基说，“正好今天他们应召。”他看了看伊萨克：“你也是吧，我敢打赌。”

伊萨克什么也没说。

“放开他们。”平斯基说。

两个警察松开了格雷戈里的胳膊，他踉跄了一下，但还是咬着牙站定了。

“你们最好按命令去征兵站报到，”平斯基对格雷戈里和伊萨克说，“否则，我会一直盯着你们。”他转过身，带着所剩不多的威严走出车间。几个随从也跟着他离开。

格雷戈里重重坐在凳子上。他眼前一片模糊，头疼欲裂，肋骨和肚子都阵阵作痛。他很想蜷缩在哪个角落里，昏死过去。让他保持清醒的是彻底毁灭平斯基和他所属的制度的欲望。他不停地想，总有一天，我们要把平斯基，把沙皇和他们所代表的一切统统消灭。

卡宁说："军队不会找你们的麻烦，但警察那边我就没办法了。"

格雷戈里点了点头，表情冷峻。这也是他担心的。平斯基最狠的一手就是确保格雷戈里和伊萨克被征入伍，这远比他的大锤来得更凶残。

卡宁说："没有你的话我会十分遗憾。你是个好工人。"他显得有些激动，却对此无能为力。停顿了片刻，卡宁举起双手做了个无奈的手势，随后离开了车间。

瓦莉娅走到格雷戈里面前，拿着一碗水和一块干净的抹布，帮他把脸上的血污擦掉。瓦莉娅身形高大，但她手上的动作很轻。"你该去厂棚那边，找张空床躺上个把钟头。"她说。

"不，我要回家。"格雷戈里说。

瓦莉娅耸了耸肩，挪到伊萨克那边，他的伤并不重。

格雷戈里使出全身力气站了起来。厂房在他眼前旋转了起来，见他摇摇晃晃，康斯坦丁连忙过来搀扶他。过了一会儿，格雷戈里终于觉得自己能够独自站立了。

康斯坦丁从地上捡起格雷戈里的帽子递给他。

虽然迈开两腿的时候还有些不稳，但他摆了摆手不让别人继续搀扶自己，试着走了几步后便感觉能够正常行走了。他努力让自己的头脑保持清醒，但肋骨的疼痛让他不得不小心移步。格雷戈里慢慢从长椅、车床、熔炉和压力机组成的迷宫中，一步步挪到了厂房外面，继续朝工厂大门走去。

他在那儿遇到了来上班的卡捷琳娜。

“格雷戈里！”她叫了一声，“征召名单上有你，我看见布告了！”接着她注意到他脸上的伤：“出了什么事？”

“碰见你最喜欢的那位警官了。”

“平斯基那头猪？你受伤了！”

“是瘀伤，不会有事的。”

“我送你回家。”

格雷戈里有些惊讶。两人似乎来了个角色互换。卡捷琳娜以前从没有主动提出照顾他。“我自己可以走。”他说。

“那我也跟你一起回去。”

她挽住他的胳膊，两人穿过狭窄的街道，逆着成千上万蜂拥前往工厂上班的人潮。格雷戈里身上带着伤很不舒服，但能跟卡捷琳娜手挽手走在一起仍让他感到高兴。太阳渐渐升高，阳光照耀在破旧的屋宇和肮脏的街道上。

不过，这段熟悉的路让他疲惫不堪，实在出乎意料。他们终于到家后，他便重重地坐在床上，过了一会儿就躺下了。

“我藏了一瓶伏特加在姑娘们的房间里。”卡捷琳娜说。

“不用了，谢谢，我还是喝点茶吧。”

他屋里没有茶炊，不过她用锅煮了些茶，倒在杯子里，又放了一块砂糖端给他。喝了茶后他感觉好一点。他说：“最糟糕的是，我本来可以避开征兵，但平斯基发誓让我逃不过去。”

她坐在他身旁，从衣袋里掏出一本小册子：“这是宿舍里的姑娘给我的。”

格雷戈里瞥了一眼，是那种枯燥的官方宣传品。上面的一行标题是“援助军人家庭”。

卡捷琳娜说：“如果你是个军人的妻子，就有权每月从部队领取津贴。这不只是给穷人的，每个人都能拿到。”

格雷戈里恍惚记得听人说过这个。当时他并没在意，因为他并不符合条件。

卡捷琳娜接着说：“下面还有。你家能得到便宜的煤火，便宜的火车票，他们还会帮助孩子上学。”

“还不错，”格雷戈里说，他想睡觉了，“军队能这么明智，倒是很少见。”

“但必须是已婚的人才能得到。”

格雷戈里开始明白过来。她会不会是想——“你为什么要告诉我这些？”他问。

“像现在这样，我什么都得不到。”

格雷戈里用胳膊肘撑着身子，抬头看她。突然间他的心脏狂跳了起来。

她说：“如果我嫁给了一个军人，就能过得更好。我的孩子也能有吃有穿。”

“可是……你爱的是列夫。”

“我知道。”她哭了起来，“但是，列夫在美国呢，他根本就不在乎我怎么样，连封信都不写。”

“那……你想怎么办？”格雷戈里知道答案是什么，但他想亲耳听见那句话。

“我想要结婚。”她说。

“就为了拿到军人妻子的津贴？”

她点点头，这个简单的动作让他心里瞬间燃起的微弱、愚蠢的希望之火一下子熄灭了。“这对我来说非常重要，”她又说，“等孩子出生的时候就能有一点点钱，尤其你又去了部队，不在身边。”

“我明白。”他心里沉甸甸的。

“我们能结婚吗？”她说，“求你了。”

“当然，没问题。”他回答。

圣母教堂同时有五对夫妇结婚。主持仪式的牧师很快念完祝词，格雷戈里气愤地发现他都懒得抬头看别人一眼。就算新娘里头有只大猩猩，这人大概也不会注意。

格雷戈里自己倒是不那么在乎。每当他走过教堂，就会想起那个要跟十一岁的列夫发生性行为的牧师。在康斯坦丁的布尔什维克讨论小组听了无神论的讲座后，格雷戈里对基督教的蔑视又加深了一层。

格雷戈里和卡捷琳娜的结婚仪式草草结束，其他四对新人的婚礼也一样。所有男人都穿着军服。动员令促使人们匆匆结婚，让教堂疲于应付。格雷戈里讨厌穿制服，认为这是一种受奴役的象征。

他没告诉任何人自己要结婚。他不觉得这是件值得庆祝的喜事。卡捷琳娜明确表示这纯粹出于实际的考虑，是种让她获得津贴的方式。这的确是一个绝好的主意，这样一来，她在花销上有了保障，格雷戈里随部队离开后，自然也不会那么担心了。尽管如此，他还是不自觉地认为这场婚礼是一出可怕的闹剧。

卡捷琳娜没那么腼腆，寄宿公寓的所有女孩都来参加婚礼了，此外还有几位普梯洛夫机械厂的工人。

随后大家都聚到寄宿公寓女孩子们的房间里，喝着啤酒和伏特加，小提琴手拉着人们熟悉的民间曲调。等他们一个个醉意阑珊，格雷戈里便溜出了门，回到了自己的房间。他脱下靴子，穿着军裤和衬衣躺在床上。蜡烛被吹灭了，但街上的灯光透进来，屋里的一切都一清二楚。平斯基的毒打仍然让他浑身疼痛——左胳膊一用力就觉得疼，每次在床上翻动，碎裂的肋骨都会让他经历刀扎般的剧痛。

明天他就要坐上西行的火车。眼下任何一天都可能发生交火。他有些害怕，只有疯子才会不以为然。但他头脑聪明，意志坚定，会想方设法生存下去，自从母亲死后他一直就是这样在困境中求生的。

卡捷琳娜进来的时候他还没有睡着。“你怎么这么早就离开聚会了。”她抱怨道。

“我不想喝醉。”

她开始脱掉身上的裙子。

他很惊讶，紧盯着她的身体，路灯的光映出了她的曲线，修长的大腿，以及那头优美的卷发。他既感到躁动不安，又有些迷惑。“你在干什么？”他问。

“上床啊，这还用问。”

“你的床不在这儿。”

她踢掉鞋子：“你说什么呢？我们已经结婚了。”

“可这是为了让你拿到津贴。”

“就算是这样，你也该得到点儿回报。”她躺到床上，去吻他的嘴，呼吸里带着伏特加的气味。

他的体内欲火上涌，实在是不由自主，这让他脸上发烧，又激动又羞愧。尽管如此，他还是喘息着说出那个“不”字。

她扯着他的手放在自己的乳房上。他不由自主地抚摸着她，轻轻捏着那块柔软的地方，指尖透过粗布衣服寻到她的乳头。“看见了吧？你是想干这个的。”她说。

这种得意的腔调激怒了他。“当然，我想，”他说，“第一天见到你，我就爱上了你。但你爱的是列夫。”

“天啊，你干吗总是想着列夫？”

“这是个习惯，在他又小又脆弱的时候就养成了。”

“好吧，可他现在是个大人了，在他眼里，你和我，还不值两个戈比。他把你的护照、船票和钱统统拿走了，除了他的孩子什么都没给我们留。”

她说得有道理，列夫从来都只想着自己。“不过，一个人爱自己的家人，不是因为家人善良体贴，你爱他们是因为他们是你的家人。”

“哎呀，算了，还是对自己好一点儿吧，”她恼火地说，“明天你就参军了。现在你有机会和我上床，要是不做，临死的时候会后悔的。”

这诱惑太强烈了。虽说她已经喝得半醉，但她身子暖烘烘的，躺在身边让人心动。难道他真的没资格享受一夜的幸福吗？

她的手在他大腿上游走，抓住了他坚挺的阴茎：“来吧，你已经娶了我，最好还是行使一下你的权利吧。”

可问题就出在这儿，他想。她不爱他。她献出自己来报偿他所做的一切。这是卖淫。他深感羞辱和愤怒，而他渴望屈服的事实让这种感觉变得更糟。

她开始上下摩挲他的阴茎。他恼羞成怒，一把推开她。没想到力气使得太大，她从床上掉了下去。

她又惊又疼，大叫了一声。

他本没打算这样，但愤怒的情绪让他说不出道歉的话。

她坐在地上，一边哭一边咒骂。他狠下心不去扶她。她自己挣扎着站起身来，两腿因为伏特加而不听使唤。“你这头蠢猪！”她说，“你怎么能这么残忍？”

她整了整身上的衣服，遮住那双漂亮的腿。“一个女孩在新婚之夜被她的丈夫踢下了床，这算怎么回事啊？”

她的话刺痛了格雷戈里，但他静静地躺着，什么也没说。

“没想到你这么狠心，”她咆哮着，“去死吧！去死吧！”说完，她捡起鞋子，踢开门冲出了房间。

格雷戈里坠入了痛苦的深渊。这是他身为平民的最后一天，但他跟自己所爱慕的女人吵翻了。如果现在战死疆场，他可能死不瞑目。多么腐朽的世界！多么可恶的生活！

他起身去关门。这时听见隔壁卡捷琳娜假装高兴地说：“格雷戈里那东西立不起来——他醉得太厉害了！”她说，“再给我来点儿伏特加，我们继续跳啊！”

他摔上门，一头倒在床上。

最终，这一夜他都没睡好。第二天一早就醒了。洗漱后，他穿上军服，吃了些面包。

他探头朝隔壁姑娘们的房间看了一眼，她们全都呼呼大睡着，酒瓶子散落一地，污浊的空气里全是烟味和酒气。他愣愣地看着卡捷琳娜，她张着嘴巴睡得正香。他随后离开了家，不知是否还能再见到她，同时不断暗示自己他不在乎。

之后，他来到自己的编成团报到，拿到了配发的枪支弹药并找到了自己该上的火车，跟新伙伴们见了面，心情稍稍好了起来，既兴奋，又有些迷茫。他不再去想卡捷琳娜，注意力集中到了以后的事情上。

他跟伊萨克，以及几百名穿着灰绿马裤和束腰上衣的预备役士兵登上火车。他也像其他人一样，携带一杆俄国造的莫辛-纳甘步枪，这杆带尖刺刀的步枪跟他的个子一般高。大锤留下的瘀伤几乎覆盖了他的半张脸，让别人以为他是那种为非作歹的家伙，都对他小心翼翼，恭敬有加。火车开出圣彼得堡，轰隆隆穿过一片片森林田野。

一开始夕阳出现在正前方，接着到了右侧，这就说明他们正奔赴西南方向，在朝德国进发。格雷戈里觉得这一点显而易见，可当他说给战友们听时，他们一个个都十分惊讶，对他很是佩服——这些人几乎都不知道德国的具体方位。

这是格雷戈里第二次坐火车，他清楚地记得第一次的情形。当时他刚满十一岁，母亲带着他和小列夫去圣彼得堡。父亲几天前刚被绞死，格雷戈里幼小的心中充满恐惧和悲伤，但孩子就是孩子，坐上火车让他兴奋不已——庞然大物般的车头散发的机油味，巨型的车轮，三等车厢热情友好的农民，还有飞掠乡村田野的惊人速度。这些快乐的记忆重新涌上来，让他不禁感到自己在经历一场既兴奋又可怕的冒险。

不过，这一次他坐的是拉牲口的车厢，除了军官，所有人都是这样。车厢里大概有四十个人：皮肤苍白、目光狡诈的圣彼得堡工厂工人，留着长胡子、说话慢条斯理、看什么都新奇的农民，还有五六个黑眼睛、黑头发的犹太人。

格雷戈里旁边就坐着一个犹太人，他自我介绍叫大卫。他说，他父亲在自家后院制作铁桶，然后拿到各村去卖。他还说现在军队里有很多犹太人，因为免除兵役已经越来越难了。

他们都归加弗立克中士领导，这个正规军人焦躁不安，咆哮着发号施令，满口污言秽语。他把这些人一概当成农民对待，骂他们是“牛屎棍”。

中士跟格雷戈里年龄相仿，这种岁数不可能参加过1904年到1905年的日俄战争，格雷戈里猜想他这样大呼小叫是在掩饰心里的恐惧。

每隔几个小时火车就在乡下的某个车站停一下，士兵们统统下车。有时候给他们菜汤和啤酒，有时就只有白水。列车行驶的时候他们就坐在车厢地板上。加弗立克教他们如何擦枪，如何跟不同级别的军官打招呼敬礼。见到中尉和上尉要说“长官”，更高级别的将领还有一系列递进的尊贵称呼，直到被称作“我最高的荣光”——这些人都是贵族。

第二天，格雷戈里估计他们已经到了俄国统治的波兰境内。

他问中士他们到底属于哪个部队。他知道同来的这些人属于纳尔瓦编成团，但没人告诉他们到底被安排到哪个作战部队。加弗立克说：“这他妈的跟你没关系。让你去哪儿就去哪儿，吩咐你干什么就干什么。”格雷戈里猜测他自己也不知道。

又过了一天半，火车停在一个叫作奥斯特罗伦卡的镇子上。这地方格雷戈里从未听说过，但他看出铁路线已经到了尽头，猜测这地方一定离德国边境很近。几百个货车车厢正在卸货。装卸工人驾着马匹把巨大的枪炮抬下火车，一个个汗流浃背。成千上万名军人围聚在四周，脾气暴躁的军官正在竭力把他们召集在一起，以连或排为单位分组。与此同时，大量物资必须搬到马拉的大车上——切成半扇的肉、麻袋装的面粉、啤酒桶和装满子弹的板条箱、整箱的炮弹，还有成吨的燕麦，那是所有马匹的饲料。

格雷戈里在一个集合点见到了安德烈王子那张让人厌恶的脸。他穿着一身华丽的制服，但格雷戈里还看不懂那些徽章和条纹，弄不清他所属的军团和官阶。王子高高骑在一匹枣红马上，身后跟着一名下士，提着一只养在笼子里的金丝雀。

格雷戈里想：我现在该一枪打死他，替我父亲报仇。不过这是个愚蠢的念头，但他还是忍不住摸了摸步枪的扳机，看着王子和他的鸟笼消失在人群里。

天气炎热干燥。当天晚上，格雷戈里跟同车厢的人一起睡在地上。他发觉自己跟这些人组成一个排，即将面对不可预知的未来。第二天早上他们见到了负责的军官，一个名叫托姆恰克的少尉，年轻得让人有点不放心。他领着他们走出奥斯特罗伦卡，沿着大路朝西北方向行进。

托姆恰克少尉告诉格雷戈里，他们被编在克留耶夫将军指挥的第十三团，属于萨姆索诺夫将军统帅的第二集团军。格雷戈里把这消息传达给其他人，他们听了都害怕起来，觉得“十三”不吉利。加弗立克中士说：“别斯科夫，我说过少管闲事。”

出了镇子不远，铁路就没了，取而代之的是一条通向森林的沙土路。载运给养的马车走不了了，几个马夫很快发现一匹马根本无法将沉重的军需物资拉过沙地。他们解开所有马匹，重新配成两匹马驾辕的马车，另一半没有马拉的大车只得丢在路边了。

他们走了一整天，晚上依旧露宿野外。每晚临睡前，格雷戈里都对自己说：又过了一天，我还活着，还能照顾卡捷琳娜和她的孩子。

这天晚上托姆恰克没有收到任何指令，所以第二天上午大家都坐在树荫底下待命。格雷戈里挺高兴，昨天的行军让他两腿生疼，新靴子也很不合脚，现在可以好好歇息了。那些农民倒是习惯这样整天走路，嘲笑城里来的士兵。

中午时分一个通信兵送来指令，要求他们上午八点，也就是四个小时以前出发。

没人为行军的战士供水，因此他们只得喝井水，或者从路上经过的小溪里取水。很快他们就学会一有机会就喝个够，把军用水壶装满。他们也没有任何炊具，唯一的食物是配发的一种硬面饼。每隔几里地，他们就会被派去帮忙把带轮的大炮拖出沼泽或者沙坑。

一直行军到太阳西沉，然后又是在树下过夜。

第三天晌午，他们终于走出了树林，成片熟透的燕麦和小麦展现在眼前，田间还立着一幢小巧漂亮的农舍。这是幢两层小楼，有个陡峭的斜坡屋顶。院子里还有水泥砌成的井台，那个低矮的石头建筑看着像是猪舍，但十分干净。这地方就像是有钱地主的家，或许是某位贵族的小儿子。但院门紧闭，冷冷清清。

沿着这条穿过整个村庄的道路，又往前走了三里多地，大家吃惊地发现到处都是这样被遗弃的房子。格雷戈里恍然大悟——

他们已经越过边界进入了德国，这些奢华的房子都是农户的住宅，他们举家带着牲畜逃亡，躲避大举压境的俄国军队。可怎么没看见穷人的破烂窝棚呢？猪和牛的排泄污物哪儿去了？为什么没有那种摇摇欲坠的木板牛棚、打补丁的围栏、带窟窿的棚顶？

士兵们高兴地欢呼起来。一个农民兵嚷道："他们都被我们吓跑了！他们害怕俄国人。我们不用一枪一弹就能拿下德国！"

格雷戈里在康斯坦丁的讨论小组里了解到不少情况，他知道德国的计划是先征服法国，再回过头来对付俄国。德国人没有投降，他们要选最佳的时机开战。即便如此，他们毫无抵抗就放弃了大片上好的疆土，实在让人惊讶。

"长官，这是在德国的哪个地区？"他问托姆恰克。

"他们把这儿叫作东普鲁士。"

"是德国最富的地区吗？"

"我看不是，"少尉说，"我没看见这儿有什么宫殿。"

"普通的德国人就这么富裕，住这种房子吗？"

"应该是吧。"

托姆恰克看上去刚出校门，不比格雷戈里更有见识。

格雷戈里继续走着，但心情有些低落。他原以为自己见多识广，但没想到德国人竟然住得这么好。

还是伊萨克道出了他的疑惑。"我们的部队已经养不活我们了，虽说连一枪一弹还都没放呢，"他平静地说，"可看看这儿，到处整齐有序，猪都有石头房子住，我们这副德性怎么打得过人家？"

欧洲事件的进展让沃尔特欢欣鼓舞。预计战争不会久拖不决，德国人胜利在望。圣诞节前后他就能跟茉黛重聚。

除非他死了。但即使他战死沙场，也是带着快乐赴死的。

每次回想起他们共度的那一夜，他就会感到一种令人震颤的喜悦。他们没有把那珍贵的分分秒秒浪费在睡觉上。他们不停做爱，一连做了三次。开始时困难重重，令人心碎，但这恰恰强化了随之而来的愉悦。中途停下来的时候，他们肩并肩躺着闲聊，相互爱抚对方。这种交谈跟其他任何场合下的都不一样。所有沃尔特能跟自己说的话，他都能跟茉黛说。他从未有过如此接近另一个人的感觉。

拂晓前后，他们吃光了一大碗水果，以及整盒巧克力，然后，他们就必须离开了——茉黛要偷偷溜进菲茨的大宅，在仆人面前装出一副清早外出散步的样子；沃尔特要回自己的公寓，换掉衣服，收拾行囊，嘱咐他的随从把没带走的东西运回柏林。

他们坐上出租车，驶过从骑士桥到梅费尔那段很短的路。两人紧紧拉着手，只说了几句话。沃尔特让车在菲茨宅邸的拐角停下，茉黛在绝望的激情中一再亲吻他，之后，她匆匆离去，顿时让他黯然神伤，不知自己是否还能见到她。

战争开始时事态良好。德国军队狂风暴雨般穿过比利时。南部的法国一怒之下入侵了洛林，却毫无作战策略，被德国的大炮打得落花流水。现在他们已全线溃退。

日本与英法两国结成盟友，却刚好把远东的俄国士兵解放了出来，调派到了欧洲战场。不过，美国人宣布他们保持中立，这让沃尔特备感安慰。他不免感叹起来：世界实在是太小了。日本地处远东，而美国则在最西面。这场战争波及了整个地球。

据德国情报部门的消息，法国人的电报雪片般发往圣彼得堡，乞求沙皇进攻德国，以此牵制德国兵力。俄国人的调遣速度超出所有人的预料。他们的第一集团军仅在开始调集后的第十二天便穿越了德国边境，让世人震惊。与此同时，第二集团军深深插入南部地区，以铁路的终点站奥斯特罗伦卡为起点形成夹击，在一个名叫坦能堡的小镇附近合上钳爪。两支部队均所向披靡。

德国人对此听之任之，显得超乎寻常的迟钝，但这一切很快就终止了。该地区的驻军总司令普里特维茨将军马上被统帅部解职，退休的保罗·冯·兴登堡被召回，还有埃里希·鲁登道夫——资深军官中很少有他这样，名字中没有表示贵族身份的“冯”字，这两人取代了普里特维茨。而且，四十九岁的鲁登道夫也是最年轻的将军之一。沃尔特钦佩他仅仅凭借自身的努力和建树荣升高位，也很高兴成为他的情报联络人。

从比利时去普鲁士的途中，他们在星期日，也就是8月23日那天，在柏林短暂停留的几分钟里，沃尔特得以跟母亲在站台上见了一面，她的尖鼻子因为害了热伤风而涨红着。她紧紧拥抱他，激动得浑身颤抖：“你没事。”

“是的，母亲，我没事。”

“我特别担心祖瓦尔德。那边离俄国太近了！”祖瓦尔德是冯·乌尔里希家的乡村庄园。

“我觉得不会有事的。”

她还是放心不下：“我跟皇后谈过这件事。”她跟皇帝的妻子关系很好，“还有其他几位夫人也去找过她。”

“你不该去打扰王室，”沃尔特责备地说，“他们的烦心事已经够多了。”

她用鼻子哼了一声："我们不能把自己的庄园让给俄国军队！"

沃尔特也有同感。一想到那些粗鲁的俄国农民和他们只会抡鞭子的野蛮领主，横行在冯·乌尔里希家那精心养护的牧场和果园里，他就恨得牙根儿直痒。那些勤奋的德国农民、他们结实能干的妻子、白净的孩子和肥壮的家畜，都该得到保护。战争的目的不就是为了这个吗？他计划有朝一日带茉黛到祖瓦尔德，让他的妻子见识一下这块土地。"母亲，鲁登道夫会想方设法阻止俄国人的。"他希望事情确实如此。

她还没来得及回答，便听到一声汽笛长鸣，沃尔特只得吻别母亲，登上火车。

沃尔特心里一阵隐痛，他认为自己有责任扭转德国东线的战事。情报专家们曾预测俄国发出动员令后不会如此快速出击，他也是其中之一。一想起这件事，他便感到羞愧难当。不过他怀疑自己并不完全错误，俄国只是匆忙派出部队，既准备不足，又缺乏补给。

当他星期日下午与鲁登道夫的随从一道抵达东普鲁士时，这种怀疑变得愈发强烈。有报告说北面的俄国第一集团军已经停下了。他们刚进入德国境内几公里，按照军事逻辑应该继续向前推进。他们到底在等什么？沃尔特猜测他们断了粮草。

不过南面夹击过来的部队仍在前进，鲁登道夫的首要任务是截住他们。

第二天是8月24日，星期一，沃尔特在早上向鲁登道夫呈递了两份十分重要的报告，都是德国情报部门截获并翻译的俄国无线电通信。

第一份是连内肯普夫将军在早上五点三十分发出的，命令第一集团军进军。连内肯普夫终于又动弹了——但他并非向南挺进，与第二集团军会合形成包围，而是莫名其妙挥师向西，那一线对任何德国部队都不构成威胁。

第二条消息是半小时后俄国第二集团军指挥萨姆索诺夫将军发出的。他下令他的第十三、十五军团追击德国的xx军团，他认为德军是在撤退。

“这实在太了不起了！”鲁登道夫说，“我们是怎么获得这些信息的？”他一脸狐疑，好像沃尔特在骗他。

沃尔特有种感觉，鲁登道夫并不信任他，因为他是军中贵族的一员。

“我们掌握了他们的密码吗？”鲁登道夫质问道。

“他们不使用密码。”沃尔特告诉他。

“他们用明文发布命令？老天爷！可他们为什么这么做？”

“俄国士兵没有受过太多教育，无法破解密码，”沃尔特解释说，“我们的战前情报评估认为他们缺少有文化的人，无法操控无线电发射机。”

“那他们为什么不使用野战电话呢？电话又不能被截获。”

“我想他们的电话线已经用光了。”

鲁登道夫嘴角下弯，下巴突出，平时总是一副皱着眉头、气势汹汹的样子。“这可能是一出鬼把戏，对不对？”

沃尔特摇摇头：“您无法想象，先生。俄国人几乎无法组织起正常的通信联络。利用虚假的无线信号来欺骗敌人，那就好比要飞向月球，远远超出了他们的能力。”

鲁登道夫低下他的秃头，去看摊在桌上的地图。他工作起来不知疲倦，但生性多疑，因此备受折磨，沃尔特觉得他在被一种失败的恐惧驱策着。鲁登道夫用手指在地图上一指，说：“萨姆索诺夫的第十三、十五军团形成了俄国防线的中心，一旦他们向前推进……”

沃尔特立刻明白了鲁登道夫在想什么：可以把俄国人引入一个口袋形的陷阱，从三面将他们包围起来。

鲁登道夫说：“我们右侧有冯·弗朗索瓦和他的第一军团。中心地带是肖尔茨和××军团，他们已经撤退但并不是逃跑，和俄国人认为的刚好相反。而在左侧，距离北面仅仅五十公里的方向上，我们有马肯森和第十七兵团。马肯森正在密切关注北方的俄国军队，但如果这些俄国人走错了方向，倒可以暂时忽略他们，让马肯森向南挺进。”

“这是个绝佳的策略。”沃尔特说。整个思路虽然简单，但直到鲁登道夫说出来，他才彻底看清这一点，这让沃尔特十分佩服。这就是鲁登道夫当上将军的原因吧。

鲁登道夫继续说：“不过，只有连内肯普夫和俄国第一集团军继续按错误的方向行进，这个计划才能奏效。”

“您看到了被拦截的电文，先生。俄国人的命令已经发出去了。”

“让我们指望连内肯普夫别改变主意吧。”

格雷戈里所在的营没有吃的了，但眼前驶来一辆装满铁锹的大车，他们只能挖起了壕沟。战士们轮流干活，每半小时就替换歇息，因此并没有干太久。壕沟挖得不太齐整，但总算可以凑合用了。

这天一早，格雷戈里和伊萨克跟随其他战友占领了一个废弃的德军阵地，格雷戈里发现他们的战壕呈锯齿状，每隔一定距离就会拐弯，这样一来就看不太远。托姆恰克少尉说这种锯齿叫作Z字形壕沟，但他不知道这有什么用。少尉并没有下令让自己的部下按照德国人的样子挖沟。不过，格雷戈里确信这种设计肯定有用处。

格雷戈里还没开过一枪。他听过各种枪炮声，他的部队已经占领了大片德国领土，但到现在他还没开枪打过任何人，也没人朝他开枪。无论第十三军团走到哪里，都发现德国人刚刚逃离。

这太不合情理了。他慢慢发现战争中一切都陷入了混乱。谁也不知道自己在什么地方，敌人在什么地方。格雷戈里的排里死了两个人，但不是被德国人打死的——一个是不小心用自己的步枪击中了大腿，失血过多而死，快得让人吃惊，另外那个则是被一匹因受惊而脱缰的马踩踏致死。

他们好几天没见到伙夫的马车了。应急口粮已经告罄，甚至连硬面饼也吃光了。从昨天早上开始就没人吃过东西。挖完壕沟，他们便空着肚子睡觉了。好在正值夏季，至少没有受冻。

射击是在次日天亮时响起的。

枪炮声从格雷戈里的左侧传来，尽管有些距离，但他看见榴霰弹在空中炸开了花，看见弹壳落地时突然飞溅的泥块。他知道此时应该害怕，但他并没有。只觉得饥渴、疼痛、无聊，却不觉得害怕。他很想知道是不是德国人也有同感。

右侧火力也很猛烈，就在朝北几公里的方向，但眼前还算平静。“就跟待在暴风眼里似的。”那个卖铁桶的犹太人大卫说。

很快上面下达了出发的命令。士兵们一个个拖着虚弱的身子爬出壕沟，步行向前。“我们真该感谢上帝。”格雷戈里说。

“为了什么？”伊萨克问道。

“行军总比打仗好吧。虽然脚上磨出了水泡，可我们还活着。”

这天下午他们来到一座小镇，托姆恰克少尉说这里是奥尔什丁。他们在近郊列队，随后进入镇中心。

让人吃惊的是，奥尔什丁城里到处是衣冠整齐的德国居民，他们正在照常干着周四下午的事情，邮寄书信、购买食品杂货、用童车推着婴儿散步。格雷戈里的部队在一个小公园里停下，那里有不少男人坐在大树下乘凉。

托姆恰克走进附近一家理发店，出来时胡子已经刮得干干净净，头发也理好了。伊萨克去商店买伏特加却空手而返，他说军队已经在所有卖酒的店铺外面布设哨兵，把士兵挡在门外。

终于有辆马车运来干净的饮用水。战士们排队把自己的水壶灌满。傍晚来临，午后的炎热褪去，又来了几辆大车，装着从镇上面包房购买或强征来的面包。夜幕降临，他们靠着大树睡下。

黎明时连早饭也没吃，他们留下一个营把守镇子，格雷戈里和第十三军团其他人继续前进，离开了奥尔什丁，一路向西南方向的坦能堡进发。

虽然格雷戈里没看到有什么事发生，但还是注意到了军官们的情绪变化。他们在队伍前后跑来跑去，焦急地聚在一起秘密协商着什么。他们提高嗓门吵来吵去，少校指着一个方向，上尉却指向相反的方向。格雷戈里还能听到南北两个方向传来的隆隆炮声，尽管第十三军团正向西进发，炮声却好像移向东面了。

“这是谁打的炮啊？”加弗立克中士说，“是我们的，还是他们？我们正往西走，可为什么它却往东了呢？”这次他话里没带脏字儿，格雷戈里觉得他是真的担心了。

出了奥尔什丁几公里，他们留下一个营的人断后，这让格雷戈里很吃惊，因为他认为敌人在正前方，而不是在后面。第十三军团的人因此减少了，他皱着眉头琢磨起来。

中午前后，他所在的营从大部队分离出来。大拨人马继续向西南进军，而他们取道东南，上了一条穿过森林的大路。

正是在这儿，格雷戈里第一次遭遇了敌人。

他们在一条小溪旁歇息，士兵们纷纷灌满水壶。这时，格雷戈里走到树丛里解手。他刚在一棵粗壮的松树前站定，就听见左侧一阵响动，仔细一瞧，吓呆了——几米外，一个德国军官骑在一匹黑色的高头大马上，戴着一顶尖刺头盔，全副武装。

德国人正用一架望远镜朝他们营歇脚的地方瞭望。格雷戈里不明白他在看什么——有树林挡着，他根本看不远。或许他想弄清这些穿军服的到底是俄国人还是德国人。他坐在马上一动不动，就像圣彼得堡广场的纪念碑，但那匹马没那么安静，它来回挪动着，弄出的细碎响动，提醒了格雷戈里。

格雷戈里小心地系上裤子，拿起步枪向后退，躲进了树丛。

突然，那人动了一下。格雷戈里吓得打了个哆嗦，生怕他发现自己。不过，那个德国人熟练地掉转马头向西，那马扬起四蹄，一路小跑而去。

格雷戈里匆匆跑回加弗立克那里，报告说：“我见到了一个德国人！”

“在哪儿？”

格雷戈里指了一下：“那边，我在撒尿，正好看见他。”

“你肯定是个德国人？”

“他戴着有尖刺的头盔。”

“他在那儿干什么？”

“他骑在马背上，用望远镜往我们这边看。”

“是个侦察兵！”加弗立克说，“你没开枪打他？”

这时格雷戈里才意识到自己应该一枪干掉那个德国兵，而不是慌忙逃回来。“我觉得应该回来报告。”他有气无力地说。

“你这个窝囊废，你他妈拿着步枪是干什么用的？”加弗立克大声嚷道。

格雷戈里看了看他手里上膛的步枪，以及顶端那把寒光闪闪的刺刀。当时的确应该开枪，他到底在想什么？“对不起。”他嘟囔着说。

“可现在你把他放跑了，敌人就知道我们在哪儿了！”

格雷戈里觉得羞愧难当。他当预备役时从未应付过这种情况，不过他自己本该能做好的。

“他往哪边跑了？”加弗立克问道。

这问题格雷戈里倒是能够回答：“西面。”

加弗立克转身快步走到托姆恰克少尉跟前，后者正靠着大树吸烟。片刻后托姆恰克扔了烟头，跑去找波布罗夫少校。这位军官年纪稍长，面目英俊，长着一头飘逸的银发。

接下来的一切发生得很快。他们没有大炮，但机枪部队把他们的武器卸下了车。一个营六百人的兵力从南到北铺展成长达近千米的战线。一部分士兵打头阵，其余跟在后面，慢慢向西迎着落日的余晖移动。

几分钟后第一发炮弹落了下来。它在空中呼啸而过，穿过森林的树冠，最后落在格雷戈里身后不远处，“轰”的一声炸开，大地随之震颤。

“侦察兵报告了射程，”托姆恰克说，“他们瞄准了我们刚才的位置。幸亏我们及时离开。”

不过德国人也很有头脑。他们好像发现了自己的失误，第二颗炮弹便在俄军队伍前端稍远的地方落下。

格雷戈里身旁的战友都慌了神。他们不停看着四周，端着步枪准备射击，稍有不满便互相咒骂。大卫直瞪瞪看着天上，好像要提前发现落下的炸弹以便及时躲开。伊萨克则一脸恶狠狠的表情，像在足球场上遇到对方暗中作弊似的。

一想到有人正想尽办法杀掉自己，格雷戈里就如遭雷击，就像是得到了某种致命的坏消息，却苦于记不起这消息到底是什么。他愚蠢地幻想着在地上挖个洞，躲进去不再出来。

不知炮手们到底能看见什么。是不是山上有个瞭望哨，用强大的德国望远镜穿透树林，已经把他们看得一清二楚？林子里藏个把人很难被发现，但若是六百人成群移动，就算隔着树林也能看得见。

似乎有德军炮手觉得找到了正确的射程，随后几秒钟内接连好几发炮弹飞落下来，有的命中了目标。格雷戈里左右两边同时传来震耳欲聋的爆炸声，泥土喷泉般掀了起来，战士们尖叫着，炸碎的肢体横空飞过。格雷戈里吓得魂飞魄散。现在什么都干不了，连自保都困难——除了等着炮弹击中你，或打偏落在别处。

他加快脚步，好像这能管点儿用似的。其他人看来也是这样想的，他们没听到任何命令，但全都跌跌撞撞地往前跑。

格雷戈里汗津津的手紧握步枪，尽量让自己不要慌。一颗又一颗炸弹落在他的前后左右，他跑得更快了。

炮火越发密集，很快他就分辨不出单个的炸弹了——耳边的轰鸣持续不断，就像驶过上百列火车。随后，整个营似乎跑出了炮手的射程，因为炮弹纷纷落在他们身后。

不久，炮击逐渐停歇。过了一会儿格雷戈里才明白为什么——前方出现了一挺机枪，正朝他们开火，他惊恐地发现自己冲到了敌军阵地上。

机枪子弹朝向树林狂扫过去，打烂了树叶，劈开了树干。格雷戈里听见旁边一声尖叫，只见托姆恰克一头栽倒在地。他蹲下去查看少尉，后者的脸上、前胸全是血，一只眼球被打掉了。托姆恰克挣扎着，疼得大叫。格雷戈里也慌了："这该怎么办？该怎么办？"他知道如何包扎伤口，可子弹打穿了眼睛应该怎么处理呢？

他感到头上重重地挨了一下，抬头看见加弗立克从旁边跑了过去，对他大声喊着："快跑，别斯科夫，你个蠢货！"

格雷戈里又盯着托姆恰克看了一会儿，后者似乎已经断气了。尽管他拿不准，但还是站起身来朝前跑了。

火力更加猛烈了。格雷戈里的恐惧变成了恼怒，敌人的子弹让他心里燃起一股怒火。他渐渐开始失去理智，再也无法克制。猛然间他想杀死那些浑蛋。在一两百米以外的空地上，他能看见灰色的军服和带刺的头盔。他单膝跪地躲到一棵树后，借着树干的掩护向外窥探，然后举起步枪瞄准一个德国兵，第一次扣动了扳机。

什么都没有发生，然后他才想起自己没有打开保险栓。

他无法扛着莫辛-纳甘的同时打开保险栓。他放下步枪，就地坐在树干后面，把枪托放在肘弯上，这才拧动那个大大的圆形旋钮，打开枪栓。

他看了看周围。他的战友已经不再四下乱跑，也跟他一样躲藏起来，有的已经在射击，受伤的人在地上疼得翻滚，还有些人躺在地上一动不动，估计已经死了。

格雷戈里把步枪扛上肩，视线越过树干，半眯着眼开始瞄准。他看见灌木丛中探出一支步枪，上方有个带尖刺的头盔。他满腔仇恨，连扣扳机射出五发子弹。那杆枪飞快缩了回去，但并未被打倒，格雷戈里估计自己没有打中，心里既失望又挫败。

莫辛-纳甘只能装五发子弹。他打开弹仓重新装弹。现在他一心想着竭尽全力，多杀几个德国人。

他再次靠着大树向外察看，一个德国人跑过树丛间的豁口，他嗒嗒打光了弹夹，但那人仍在跑，然后便消失在几棵小树后。

格雷戈里想，看来这么打枪不起作用。击中敌人不太容易，实战的难度远远超过他不多的几次打靶训练。他必须使出全身的本事。

他再次装弹，这时机枪响了起来，周围的树枝树叶到处飞溅。他后背紧贴着树干，同时缩起双腿让自己的目标变小些。听声辨位，他觉得那挺机枪的位置在左侧两百米开外的地方。

枪声停了，他听见加弗立克喊着："瞄准那挺机枪，你们这些蠢猪！趁他们装子弹的时候射击！"

格雷戈里探出头，寻找着敌人的藏身之处，终于看清两棵大树之间立着一个三脚架。他端着步枪瞄准，然后又中止了。他提醒自己：这么瞎打根本不管用。他稳住自己的呼吸，端平沉重的枪身，对准那顶头盔。他把枪筒稍稍放低，以便击中那家伙的胸膛——他的束身军服领口敞开，显然是打枪打得不亦乐乎。

格雷戈里扣动了扳机。

没打中。德国人好像根本没注意到它。格雷戈里不知道子弹去了哪儿。

他又开了几枪，打空了弹膛，但对面毫无反应。他简直快气疯了。这些猪一心想杀死他，可他连一个都打不中。或许是他离得太远了，要么就是他太笨，根本无法打中任何目标。

机枪又开火了，所有人又都一动不动了。

波布罗夫少校出现了，他匍匐着爬过树林。“你们几个！”他大声喊道，“听我的命令，冲到机枪那边去！”

你大概疯了吧，格雷戈里想，随你便，但我还没疯。

加弗立克中士把这命令重复了一遍：“准备好了，往机枪那边冲！等待命令！”

波布罗夫站起身，弓着腰沿火线跑了过去。格雷戈里听见他在那边喊着同样的命令。你这是白费力气，格雷戈里心想，你觉得我们都想自杀吗？

机枪的突突声停了，少校站直身子，把自己整个暴露出来。他早丢了帽子，银色的头发成了十分显眼的靶子。“跟我来！”他大喊着。

加弗立克也重复着命令：“冲，冲，往前冲！”

波布罗夫和加弗立克带头冲在前面，他们穿过树林冲向机枪藏匿的地方。突然之间，格雷戈里发现自己也在跑，他穿出树丛，越过倒伏的树干，半蜷着身子，抓紧手中笨重的步枪。机枪还是没有动静，但德国人在用手中的其他武器射击。十几杆步枪同时开火的情况也同样糟糕，但格雷戈里继续跑着，好像他唯一能做的就是不顾一切地往前跑。

他能看见几个机枪手在拼命装弹，他们的手摸索着弹仓，一个个吓得面如土色。几个俄国士兵开火了，但格雷戈里没那么镇定，他只是跑着。

离机枪还有一段距离时，他发现三个德国兵躲在树丛里。他们看上去年龄很小，正一脸惊慌地盯着他。他像挺举一杆中世纪的长矛一样，举着带刺刀的步枪朝他们冲去。他听见一声尖叫，然后发现是自己发出的喊声。三个小兵掉头就跑。

他在后面追赶他们，但身子饿得发虚，几个小兵轻易就甩掉了他。几百米后他停了下来，感到精疲力竭。四周都是溃逃的德国兵，俄国人在追赶他们。机枪手们丢下武器逃命了。格雷戈里觉得他该射击，但这会儿他连举起步枪的气力都没有了。

波布罗夫少校又出现了，他冲在最前面，大声喊着："前进！别让他们逃了，统统干掉，否则他们就会掉头回来杀你！冲啊！"

格雷戈里疲惫不堪，但他又跑了起来。接着，眼前的一切发生了变化——他的左侧一阵骚乱：射击声、喊声和叫骂声乱成一团。眨眼之间，那边就出现了一群匆忙逃命的俄国士兵。波布罗夫正站在格雷戈里旁边，说："见鬼，怎么回事？"

格雷戈里意识到他们的侧面遭到了袭击。

波布罗夫喊着："站住别动！寻找掩护射击！"

没人听他发号施令。这帮新兵慌忙穿过树林，跟格雷戈里的队友混在一起掉头向右，往北狂奔。

“守住！别乱跑！”波布罗夫一边喊，一边掏出手枪，“我命令你们守住阵地，听见了没有！”他用枪指着从他身边冲过去的俄国士兵。“我警告你们，谁想当逃兵我就枪毙谁！”这时只听“叭”的一声，一股鲜血染红了他的头发。他扑倒在地。格雷戈里弄不清他是被德国人的流弹击中，还是挨了自己人的子弹。

格雷戈里也转身跟着其他人跑了。

现在到处都是枪声，格雷戈里分不清到底是谁在朝谁射击。俄国士兵四散奔逃，散落在树林各处，他也渐渐远离了战场的喧嚣。他竭尽全力跑得更远，直到体力耗尽，最后瘫倒在一大片厚厚的树叶上，无法动弹。

他躺了很长时间，浑身瘫软无力。步枪还在他的手上，这让他惊奇不已，不知自己为什么没有丢了它。

最后他终于能慢慢站起来了。他觉得右耳有点疼，用手一碰立刻痛得叫了起来，这才发现手指上染了血迹。他再次小心翼翼地摸了摸，惊骇地发觉自己的大半只耳朵已经不见了。他受了伤，却浑然不知。混乱中一颗子弹削掉了他耳朵的上半部分。

格雷戈里开始检查手里的步枪。弹膛是空的，他重新装上子弹，但自己也搞不清为什么这么做，因为他好像谁也打不中。随后他合上了保险栓。

他猜测俄国人一定是中了埋伏。他们被一步步引进来，直到进入了包围圈，接着德国人就收网了。

他该怎么办？周围一个人也没有，他无法向军官征求指令。但他绝不能待在原地。他们的军团在撤退，这毫无疑问，所以他应该掉头往回跑。如果俄国部队没有全军覆没，那么余下的人一定是朝东面跑了。

格雷戈里转身背朝夕阳的方向，开始往东走。他尽量不弄出任何声响，悄悄穿过树林，天晓得德国人会从哪儿冒出来。他怀疑第二集团军整个被打垮了，全线溃逃。最后他可能会一个人饿死在森林里。

走了一个小时，他在一条小溪边停下喝水。他琢磨着要不要洗洗伤口，最后决定还是不去管它。他喝饱了水，蹲坐在地上，闭着眼睛歇息。天很快黑了下来。幸好天气干燥，他可以直接睡在地上。

就在他开始打瞌睡时，耳边传来一阵窸窣声。他睁眼一看，吃了一惊——一个德国军官骑在马背上，在距离他十几米的地方，正慢慢穿过树林。这人并未发现蜷缩在小溪边的格雷戈里。

格雷戈里悄悄抓过他的步枪，扳开保险栓。他跪在地上，把枪扛在肩上小心地瞄准德国人的后背。他刚好在十五米开外、步枪的最佳射程之内。

最后那一瞬间，德国人好像感觉到了什么，突然在马鞍上转过身来。

格雷戈里扣动了扳机。

枪声在宁静的树林里震耳欲聋。马向前一跃，德国军官身子一歪，摔在了地上，但他的一只脚卡在马镫里。马拖着他在矮树丛里跑了一百米左右才放慢步子，停了下来。

格雷戈里仔细听着，看看枪声是否引来了其他人。什么声音也没有，只有温和的晚风吹着树叶沙沙作响。

他朝那匹马走过去。快到跟前时把步枪端在肩上，对准那个军官，但这番小心并无必要。那人一动不动地躺着，脸向上，双眼大睁，带尖刺的头盔滚在一边。他一头齐刷刷的金色短发，绿色的眼睛相当漂亮。这大概就是格雷戈里先前在树林里看见的那个人，但他不能肯定。要是换了列夫，他就会记得那匹马。

格雷戈里打开鞍囊。其中一个有一张地图、一架望远镜，另一个里面有一根香肠和一大块黑面包。格雷戈里饿得发慌，见了香肠便咬下一大口。香肠里辣椒太多，还放了各种香料和大蒜，立刻辣得他两颊发烫，热汗直冒。他胡乱嚼了几口吞下肚去，又往嘴里塞了一块面包。吃到食物的美妙感觉让他几乎流下眼泪。他靠在马上，狼吞虎咽地吃着。

地上，他杀死的那个人正用那双僵死的绿眼睛瞪着他。

沃尔特跟鲁登道夫说："将军，估计有三万名俄军被歼灭。"他尽量不显得太得意，但德国获得了压倒性的胜利，让他无法掩饰自己脸上的笑容。

鲁登道夫冷静如常："俘虏呢？"

"据最新统计，大约有九万两千名俘虏，先生。"

这一数字十分惊人，但鲁登道夫沉着地一边踱着步子，一边问道："有没有俘获将军？"

"萨姆索诺夫将军开枪自杀。我们弄到了他的尸体。马托斯，俄军第十五军团的司令被俘。我们还缴获了五百部火炮枪械。"

"这么说，俄国第二集团军全军覆没，不复存在了。"鲁登道夫终于从战地办公桌上抬起眼睛。

沃尔特禁不住笑了笑："是的，先生。"

但鲁登道夫没有笑。他挥舞了一下正在研究的那张纸。"这样一来，这个消息就更显得讽刺了。"

"你在说什么，先生？"

"他们在向我们派兵增援。"

沃尔特吓了一跳："什么？对不起，将军，你是说增援？"

"我也跟你一样惊讶。增援三个军团和一个骑兵师。"

"这些兵力从哪儿调集呢？"

"从法国，如果启动施里芬计划的话，我们那里必须人人上阵才行。"

沃尔特记起鲁登道夫曾参与筹划施里芬计划的细节，他一贯精力充沛，周到细致，知道法国那里该如何部署，细化到每个人，每一匹马，每一颗子弹。"但是，怎么会出现这种情况呢？"沃尔特问道。

"不知道，但我能猜出个一二来。"鲁登道夫的语气里带着苦涩，"是政治上的事。公主和伯爵夫人们在柏林跟德皇哭哭啼啼地诉苦，说她们的家产遭到俄国人的践踏。最高统帅部受到巨大压力，只能低头。"

沃尔特脸红了。他的母亲就在这些跟皇帝纠缠的人中间。女人们因为担心财产而期望得到保护，这倒是情有可原。但一支军队向她们的要求让步，从而冒险背离整个战略计划，那将是不可饶恕的。

"这是否正是协约国想要达到的目的？"他气愤地说，"法国说服俄国出动还未做好准备的军队大举入侵，指望我们陷入恐慌，急于增援东线，从而削弱我们在法国的力量！"

“没错。法国人在溃逃。他们兵力不足，又缺乏武器，注定落败。他们唯一的希望就是分散我们的力量。现在他们的愿望达成了。”

“所以，尽管我们在东部取得了重大胜利，俄国人的盟友却获得了他们急需的西部战略优势！”沃尔特绝望地说。

“是的，”鲁登道夫说，“正是如此。”

第十三章

1914年9月至12月

菲茨被一阵女人的抽泣惊醒了。

一开始他以为是碧在哭。随后他想起妻子在伦敦，而他现在在巴黎。躺在他旁边的不是二十三岁的大肚子公主，而是一个长着天使般面孔的十九岁法国酒吧女郎。

他用胳膊肘撑起身子，低头看着她。一对金色睫毛卧在她的脸颊上，就像是两只落在花瓣上的蝴蝶。但现在，那上面满是泪痕。“我害怕，”她呜咽着，说着法语，“我害怕极了。”

他抚摸着她的头发。“冷静点儿，”他用法语说，“别紧张。”他跟姬妮这种女人学到的法语远远超过他在学校里的学习成果。姬妮是“吉内特”的简称，不过怎么看这名字都像是编造出来的。她很可能有个平凡无奇的名字，比如弗朗索瓦丝。

这是个晴朗的早晨，和煦的微风从姬妮这间房子的窗户吹进来。菲茨没有听到枪声，也没有听见鹅卵石上列队行进的靴子声。“巴黎尚未陷落。”他低声用安慰的口气说。

他真不该说这个，这话让她又发出了一阵呜咽。

菲茨看了看自己的手表。时间是八点三十分。他必须在十点以前返回自己的酒店，一刻也不得耽误。

姬妮说：“如果德国人来了，你会照顾我吗？”

“当然，亲爱的。”他压下心里的内疚。如果他能做到，那他一定会的，但她绝不是他的首要任务。

“他们会来吗？”她小声问道。

菲茨自己也说不清。德国军队比法国情报部门预言的多出一倍。他们已经攻进法国东北部地区，屡战屡胜。现在，这股大军已经到达巴黎的北部一线——到底那条战线距离多远，菲茨两个小时后就知道了。

“有人说整座城市都不会防守，”姬妮抽泣着，“这是真的吗？”

菲茨自己也无从得知。如果巴黎抵抗，就会被德国的大炮损毁。城中那些辉煌的建筑就会遭受破坏，宽阔的林荫大道会布满弹坑，小酒馆和服装精品店就会变成废墟。这不得不让人觉得还是投降好，以免遭此劫难。“这么做对你们更好，”他装出一副热心的样子对姬妮说，“你会跟一个胖胖的普鲁士将军做爱，他会用德语叫你‘亲爱的’。”

“我不想要普鲁士人。”她的声音低了下去，小得几乎听不见，“我爱你。”

也许她这是真心话，也许只是把他看作离开这儿的一种途径。人们想方设法离开巴黎，但这并不容易。大部分私人汽车已被强行招募。铁路列车处于待命状态，随时准备征用，车上的平民乘客被丢在荒郊野外。租辆出租车去波尔多要花一千五百法郎，这笔钱都能买一幢小房子了。

“也许不会那样，”他宽慰她说，“德国人恐怕已经精疲力竭了。他们一个月来一直在行军打仗。不可能一直这么坚持。”

他自己甚至也有点相信了。法国人边打边撤，士兵一个个疲惫不堪，忍饥挨饿，士气低落，但没有多少人被俘，枪械损失也很有限。一贯沉着镇静的法军总指挥霞飞将军把盟军调集在一起，撤退到巴黎的东南一线重新整编。他还无情地解除了那些不合要求的法军高级军官的职务，包括两名军长、七名团长和数十位各级指挥官。

德国人不了解这一点。菲茨看过被破译的德军往来信息，字里行间充满过度的自负。德军统帅部实际上撤出了在法国的部队，调派他们增援东普鲁士。菲茨觉得此举可能是个失误。法国人还没有彻底完蛋。

他对英国的动向不十分确定。

英国远征军规模很小，只有五个半师的部队，而该地区参战的法国部队一共七十个师。但英国士兵在蒙斯作战英勇，让菲茨备感自豪，可五天之内，他们十万人的部队损失达到一万五千人，不得不撤退。

威尔士步枪团是英国部队的一部分，但菲茨并未跟他们一道作战。起初，他为自己仅作为一位联络官进驻巴黎感到失望，他一直渴望跟自己的军团一起战斗。他确信那些将军们都当他是业余的，就随随便便把他安插在某个无关紧要的地方。不过，他了解巴黎，又懂法语，很难拒绝这项他能胜任的工作。

事实证明，这项工作比他想象的重要。法国指挥官和他们在英国的盟友关系很是紧张。英国远征军的指挥是一个生性敏感，喜欢小题大做的家伙——约翰·弗兰奇爵士，“弗兰奇”与“法国人”同音同字，让人有点啼笑皆非。早先，他因为霞飞将军与他缺乏沟通而闷闷不乐。尽管两国气氛不友好，但菲茨还是努力保持部队指挥官之间的信息和情报畅通。

作为英国代表，遭受法国军官不加掩饰的轻蔑对待，这种情况令菲茨尴尬，甚至觉得有点丢脸。而一周以前，情况已经开始恶化。约翰爵士通告霞飞，他的部队需要两天的休息。第二天他又更改为十天。法国人大惊失色，一时让菲茨为自己的国家羞愧不已。

他就此事向约翰爵士的那位阿谀奉承的助手哈维上校抗辩，但他的申诉遭到了愤怒的拒绝。无奈之余菲茨只得给陆军部的一位副部长雷马克勋爵打电话。他们曾是伊顿公学的同学，雷马克又是茉黛的朋友，两人经常交流各自的见闻。菲茨很不情愿这样依靠自己的上级军官，但巴黎的这番争斗势均力敌，十分微妙，他认为自己必须采取行动。他发现爱国没有那么简单。

他的申诉产生了爆炸性的效果。阿斯奎斯首相派新上任的陆军部长基奇纳勋爵火速赶往巴黎，约翰爵士前天被自己的上司训斥了一通。菲茨认为他极有可能被撤换。就算不是，至少也能给他敲敲警钟，改改懒散的毛病。

菲茨很快就会弄清情况了。

他转身下了床。

“你要走了？”姬妮说。

他站起身来：“我有工作要做。”

她踢开身上的床单。菲茨看着她那对完美的乳房。见他看着自己，她那双泪眼笑了起来，迷人地分开两腿。

他抗拒着这一诱惑。“煮点儿咖啡吧，亲爱的。”他说。

她穿上一件浅绿色的丝绸罩衣，烧了一壶水，菲茨这边也穿好了衣服。昨晚他在英国使馆用野战餐具吃的晚饭，但一吃完就脱下那套惹眼的猩红色军用夹克，换上晚礼服来了贫民区。

她用一只大得像碗的杯子倒上浓浓的咖啡递给他："我今晚在阿尔伯特开的夜总会等你。"夜总会已经被正式关闭了，剧院和电影院也是如此。就连著名的"疯狂牧羊女"剧院也是一片漆黑。咖啡馆八点就关门了，餐馆九点半停业。不过，让偌大一个城市的夜生活完全停止也不容易，像阿尔伯特这种善于钻营的人很快就开了非法经营点售卖香槟，价格自然是贵得离谱。

"我尽量在午夜前赶到。"他说。咖啡很苦，但立刻冲走了残留的睡意。他给了姬妮一枚价值一英镑的金币。一晚上就付这么多算得上慷慨，再说，眼下金子远比纸币值钱。

他与她吻别。她抱住他："你今晚一定会去的，对吗？"

菲茨为这个女孩感到惋惜。她的世界已经崩溃，让她不知所措。他真希望自己能保护她，许诺永远照顾她，但他做不到。他有个怀孕的妻子，如果碧情绪受到影响，她就可能流产。就算他单身，跟一个法国妓女纠缠也会被人耻笑。总之，姬妮只是千百万人中的一个。现在人人自危，只有死亡能够结束这种恐惧。"我会尽我所能。"说完，他便从她的怀抱里抽身而出。

菲茨的蓝色凯迪拉克正停在路边。前盖上插着一面小小的英国国旗。街上很少有私人汽车，车上大多插着旗子，通常是法国三色旗或者红十字会的旗子，表示用于重要的战争工作。

把汽车从伦敦运到这儿来，让菲茨动用了不少人脉，还花了一笔小钱疏通关系，但他认为这些都很值得。他每天都需要在英法两国的指挥部穿梭往来，自己有车就没必要到处求人借车或从资源紧缺的部队调用马匹了。

他按下自动曲柄，引擎转了起来，汽车点火发动了。街上几乎没有任何车辆。就连公交车也被部队征用送上了前线。一大群羊正穿城而过，他不得不停在路边等。这些羊大概是去火车东站，用火车运给部队当给养的。

路过波旁宫的时候，他看见一小群人围在一张刚贴的海报前，他好奇地停了车凑过去看。

致巴黎军人

及巴黎市民

菲茨的目光往下移，告示末尾赫然署着巴黎卫戍司令加利埃尼将军的签名。那是位脾气暴躁的老兵，退休了又被召回部队。众所周知，他召集开会不许任何人坐下，认为只有这样才能更快作出决定。

这张告示符合他的一贯风格，内容简洁明了。

为进一步推动国防，共和国的政府人员已离开巴黎。

菲茨失望极了。政府竟然逃跑了！这几天一直有传言说部长们要逃到波尔多，但这帮政客是犹豫的，他们不想就这样放弃首都。不过现在人还是走了。这是一个非常糟糕的信号。

告示后面的话则充满斗志。

我一直肩负着保卫巴黎、防范侵略者的责任。

这么说，巴黎最终不会投降，菲茨想。这座城市会抗争到底的。好！这肯定符合英国的利益。哪怕法国首都最后失守，征服它至少也会让敌人耗费大力气。

我会将这一责任履行到最后一刻。

菲茨不禁笑了。感谢上帝，我们还有这些老兵。

周围的人看上去情绪复杂。有人用钦佩的口吻评论着，满意地说加利埃尼是个战士，他不会让巴黎落入敌手。其他的人则更为现实。一个女人说，政府已经抛下我们不管了，这意味着德国人不是今天就是明天就会进城。一个提着公文包的男人说，他已经把自己的妻儿送到乡下弟弟家了。一个精心打扮的女子说她在厨房的碗柜里储藏了三十公斤的干豆。

菲茨觉得英国对这场战争的贡献，以及在其中扮演的角色都会变得更加重要。

带着一种强烈的使命感，他驾车前往丽兹大饭店。

进入他最喜欢的酒店大堂后，菲茨径直朝电话亭走去。他拨通了英国大使馆的电话，给大使留了条消息，把加利埃尼发告示的事情告诉他，以防圣-奥诺雷近郊还没有得到这一消息。

他从电话亭里出来的时候，意外地碰上了约翰爵士的助手哈维上校。

哈维打量着菲茨的燕尾服，说："菲茨赫伯特少校！你穿成这样是要干什么？"

"早上好，上校。"菲茨故意不去回答这个问题。显然他彻夜未归。

“现在是上午九点钟！难道你不知道我们是在打仗吗？”

这又是一个不需回答的问题，菲茨冷静地说：“我能为你做些什么吗，先生？”

哈维横行霸道惯了，最恨别人不怕他。“不要那么傲慢，少校，”他说，“我们应付伦敦来的那帮倒霉碍事的访客已经够忙的了。”

菲茨眉毛一挑：“基奇纳勋爵是陆军部长。”

“政客们应该让我们做自己的工作，但有人利用位高权重的朋友干涉我们。”他看上去像在怀疑菲茨，但没胆量把话挑明。

“陆军部惹来注意没什么稀奇的，”菲茨说，“德国人已经兵临城下，可这边竟然要求十天休息！”

“军队已经疲惫不堪了！”

“十天之内战争可能就结束了。我们到这儿干什么来了？不是来救援巴黎的吗？”

“战斗正在关键时刻，基奇纳却把约翰爵士调离了总部。”哈维咆哮道。

“我看约翰爵士并不急于返回自己的部队，”菲茨回敬道，“那晚我看到他在丽兹酒店用餐。”他知道自己表现得傲慢无礼，但实在忍不下去了。

“从我眼前滚开。”哈维说。

菲茨转身上了楼。

他其实并不像表面看起来那样漫不经心。无论如何他都不会向哈维这种白痴低头，对他来说，在军队里成就一番事业才是关键。他讨厌别人说自己比不上父亲。哈维这种人在军队没有多大用处，因为他把所有时间和精力都花在笼络人心、打击对手上面。但他同样可以毁掉别人专注的事业，比如赢得这场战争。

菲茨思考着这些的同时，洗了个澡，刮了刮胡子，穿上了威尔士步枪团少校的卡其制服。想到自己大概到了晚上才能吃上正餐，便点了一份煎蛋，又要了些咖啡，让人送到套房里。

他一天的工作在十点整开始，不再去想那个恶毒的哈维。穆雷中尉是个热心的苏格兰小伙，从英国总部风尘仆仆赶来，给菲茨呈送早上收到的空中侦察报告。

菲茨马上把文件翻译成法文，用清晰优美的字体写在淡蓝色的丽兹信纸上。每天早上英国飞机都要飞越德军阵地上空，侦察敌军部队的活动。菲茨的任务就是尽快将这些信息转发给加利埃尼将军。

穿过大厅往外走的时候，菲茨被门房领班叫住了——有电话找他。

电话另一端传来的遥远声音有些失真："菲茨，是你吗？"但他还是惊讶地听出那是茉黛的声音。

"见鬼，你是怎么把电话打到这儿来的？"只有政府和军方能从伦敦往巴黎打电话。

"我是在陆军部，在约翰尼·雷马克的房间打的。"

"很高兴听到你的声音，"菲茨说，"你怎么样？"

"大家都非常担心，"她说，"一开始报纸上全是好消息。但有地理知识的人都知道，每一次法国胜利后，德国好像反而更深入了近百公里。不过上周日《泰晤士报》刊发了特别版。这不是很奇怪吗？报纸上每天都充满了谎言，等他们想说真话的时候，就推出一个特别版。"

她想要表现得诙谐和玩世不恭，但菲茨能听出她声音里的恐惧和愤怒。“特别版是怎么说的？”他问。

“它说我们部队‘节节败退，溃不成军’。阿斯奎斯气急败坏。现在大家都觉得巴黎随时会沦陷。”她装不下去了，说话带了哭腔，“菲茨，你不会有事吧？”

他不能对她撒谎：“我也说不准。政府已经转移到波尔多去了。约翰·弗兰奇爵士已经被警告，但他还是指挥官。”

“约翰爵士向陆军部抱怨，说基奇纳去巴黎穿的是元帅军服，说这违反礼仪，因为他现在是一个政府部长，是平民。”

“天啊，这种时候他还考虑礼仪！怎么还不撤他的职呢？”

“约翰尼说，这样做就像承认了失败。”

“如果巴黎沦陷了，那又像什么呢？”

“哦，菲茨！”茉黛哭了起来，“碧到时候生了孩子，可怎么办啊？”

“碧怎么样？”菲茨对刚度过的那一晚感到些许内疚。

茉黛吸了一下鼻子，稍稍镇静了些，说：“碧看上去很丰满漂亮，早上也不再像以前那样恶心了。”

“告诉她我想她。”

电话里出现一阵干扰，传出另一个声音，持续几秒钟后消失了。这意味着他们的通话可能随时会被切断。茉黛又说话了，声音听上去十分哀婉：“菲茨，什么时候才能结束啊？”

“几天之内吧，”菲茨说，“无论如何都会了结的。”

“你要照顾好自己！”

“当然。”

电话断了。

菲茨挂上听筒，给门房领班塞了小费，走向旺多姆广场。

他自己开车出发了。路上，茉黛电话里提及的碧怀孕的事，让他心神不宁。菲茨愿为国捐躯，希望自己死得英勇，但他很想看看自己的孩子。他渴望以父亲的身份，将孩子迎接到这个世界，看着他学习、成长，扶持他成为一个大人。他不愿自己的子女在没有父亲的环境下长大。

菲茨开车穿过塞纳河，进入一片被称作“荣军院”的军事设施。加利埃尼把自己的总部安置在附近一所大树掩映的学校——维克多-杜卢伊公立中学里。正门岗哨森严，哨兵们的浅蓝色上装、红色军裤和军帽，远比英国的土色卡其制服时髦。但现代步枪的精准性意味着士兵必须在野战中足够隐蔽才能存活，这一点法国人还未能领会。

警卫全都认识菲茨，他径直走了进去。这是一所女子学校，到处是宠物和花卉的图案，写着拉丁语动词变格的黑板被推到了一边。哨兵的步枪和军官的靴子与此处雅致的环境格格不入。

菲茨直奔学校的教研室。一进屋他就感受到令人振奋的气氛。墙上挂着一张法国中部的大地图，上面用大头针标记出各军的据点。加利埃尼个子高大，虽然身形瘦削但腰杆笔直。此前他因身患前列腺癌，而于2月退休。但现在他又重新穿上军装，透过一双夹鼻眼镜紧盯着墙上的地图。

菲茨敬了个礼，然后跟他的法国同僚迪皮伊少校按照法国礼仪握了握手，低声问他发生了什么事。

“我们正在跟踪冯·克鲁克。”迪皮伊说。

加利埃尼有个九架旧飞机组成的空军中队，用来监视进犯敌军的行动。冯·克鲁克将军是德国第一集团军指挥，他的部队离巴黎最近。

“你们有什么收获？”菲茨问道。

“收到两份报告。”迪皮伊指了指地图，“我们的空中侦察显示，冯·克鲁克正在向东南移动，也就是马恩河方向。”

这证实了英国方面的报告。按照这条路线，第一集团军将经过巴黎东部。而且，由于冯·克鲁克指挥的是德军右翼，这意味着他的整支部队都将绕过这座城市。巴黎最终能逃脱一劫吗？

迪皮伊接着说：“我们从骑兵侦察队得到的报告也暗示了这一点。”

菲茨若有所思地点了点头：“德国人的军事策略是先行消灭敌人的有生力量，其后才去接管城市。”

“可是你没看出来吗？”迪皮伊兴奋地说，“他们暴露了自己的侧翼！”

菲茨并没想到这一点。他心里一直在担心巴黎的命运。现在他才明白迪皮伊说的有道理，这正是大家感到兴奋的原因。如果这情报是正确的，冯·克鲁克此举堪称典型的军事失误。军队的侧翼比其前锋更脆弱。袭击侧翼就如同在背上插了一刀。

冯·克鲁克怎么会犯如此荒唐的错误？想必他以为法国已十分虚弱，毫无还手之力。

如果是这样的话，他就大错特错了。

菲茨转身对将军说：“我想这个你会非常感兴趣，先生，”说着，他递上手里的信封，“这是我们今天早上进行的空中侦察报告。”

“嗬！”加利埃尼惊呼一声，连忙接了过去。

菲茨走到地图那里：“我可以说几句吗，将军？”

加利埃尼点头准许。英国人在此并不受待见，但提供任何情报都是受欢迎的。

菲茨一边在脑海中对比着英文原图，一边说："我们的兵力把冯·克鲁克赶往这里。"他在地图上插了一根大头针，"正在朝这个方向行进。"这话证实了法国人已确信的事实。

一时间，房间里沉默下来。

"那么说这是真的了，"迪皮伊平静地说，"他们暴露了自己的侧翼。"

加利埃尼将军的双眼在夹鼻眼镜后面炯炯有神："看来，轮到我们出击了。"

凌晨三点，菲茨正在经历最为悲观的时刻——他躺在苗条的姬妮身边，刚结束了一番温存，他开始思念起妻子。接着，他又沮丧地想到冯·克鲁克可能会发现失误，改变行进路线。

但到了第二天，也就是9月4日星期五的早上，法国的守卫者们又欢欣鼓舞起来——冯·克鲁克继续向东南方向挺进。这对霞飞将军来说已经足够。他命令法国第六集团军次日清晨从巴黎出发，袭击冯·克鲁克的后卫部队。

但英国军队继续撤退。

这天晚上菲茨在阿尔伯特夜总会见到姬妮时，情绪十分低落。"我们只有这一次机会了，"他对她解释道，手里端着一杯香槟鸡尾酒，却丝毫没有让他振作起来，"如果我们现在能打击德军，消耗他们的补给，就能拖住他们。但如果这次反击失败，巴黎就必定落入敌手。"

她坐在高脚凳上，纤长的双腿交叠起来，让丝袜发出一阵轻轻的飒飒声。“可你为什么这么悲观呢？”

“因为在这种关键时刻，英国军队却在撤退。如果巴黎现在沦陷了，我们就永远摆脱不掉这一耻辱。”

“霞飞将军必须和约翰爵士当面谈谈，让英国人应战！你应该亲自去找霞飞将军！”

“他不会听一个英国少校的话。他还会以为这是约翰爵士的某种诡计。那样的话，我就会陷入麻烦，我倒是不介意。”

“那么，跟他的顾问谈谈。”

“那也一样成问题。我不能直接走进法军指挥部，宣布英国人正在背叛他们。”

“但你可以私下跟卢索尔将军谈谈，不让任何人知道。”

“怎么谈？”

“他就坐在那边。”

顺着她目光的方向，菲茨看到另一头的桌子边坐着一个六十岁上下的法国人，穿着便服，旁边坐了个年轻的红衣女郎。

“他人很随和。”姬妮补充道。

“你认识他吗？”

“我们认识一段时间了，但他更喜欢利泽特。”

菲茨犹豫了。他在考虑是不是该越过上司行动。但是时间紧迫，现在确实不是讲究形式的时候。巴黎危在旦夕，他必须做所有能做的事。

“把我介绍给他。”他说。

“稍等一下。”姬妮优雅地滑下高脚凳，朝夜总会另一端走过去的同时，随着钢琴奏出的拉格泰姆曲调轻轻摆动，最后来到了将军的桌前。她在他唇上轻轻一吻，对他的同伴微微一笑，然后坐了下来。短暂交谈了几分钟后，姬妮向菲茨这边招了招手。

卢索尔站起身来，两个男人握了握手。“很荣幸见到你，先生。”菲茨说。

“这不是进行严肃谈话的地方，”将军说，“但姬妮向我保证你有十分紧急的事情相告。”

“的确十分紧急。”菲茨说着便坐了下来。

第二天，菲茨前往英军在默伦的营地，位于巴黎东南方四十公里处。他亲眼看到远征部队仍在撤退，心中不免沮丧。

也许他的消息还没有传到霞飞的耳朵里。也许传到了，但霞飞对此也无能为力。

菲茨走进沃勒贝尼，这座路易十五时期的城堡气势磅礴，现在被约翰爵士当作指挥总部。他在前厅见到了哈维上校。“先生，协约国部队正在发动进攻，我们却在撤退，能问一句为什么吗？”菲茨尽量让自己客气一些。

“不，你不能问。”哈维说。

菲茨不肯罢休，按着心里的怒火：“法国人认为他们跟德国人势均力敌，我们只要出动一小部分兵力就能扭转战局。”

哈维轻蔑地笑了起来：“我猜到他们会这样想。”听他的口气，就像法国人无权要求自己的盟友提供帮助似的。

菲茨觉得自己就要失去克制力了：“就因为我们畏首畏尾，巴黎有可能落入敌手！”

“你竟敢这样说话，少校！”

“我们来这儿是为了救援法国。这可能是一场决定性的战役。”菲茨忍不住提高了嗓门，“如果丢了巴黎，整个法国也就丢了，我们回家的时候要如何解释？说我们一直在休息吗？”

哈维没有回答，视线越过菲茨落在他身后。菲茨扭过头，发现一个穿着军装的身影正朝他们缓慢走来——黑色制服没系纽扣，露出宽阔的腰身，不合体的红马裤下是紧裹的绑腿，红色和金色相间的将军帽低低压在前额。花白眉毛下的浅色的眼睛正扫视着菲茨和哈维二人。菲茨认出来人便是霞飞将军。

将军步履沉重地从他们身边经过，一位随从紧跟其后。哈维对菲茨说：“这是不是你干的好事？”

菲茨的骄傲不允许他说谎：“也许。”

“这件事还不算完。”哈维说着，便转身匆匆跟上霞飞。

约翰爵士在一个小房间里接待了霞飞，只有少数几位军官在场，菲茨并不在其列。他在军官食堂里等待着，想知道霞飞到底说了什么，是否能说服约翰爵士结束英军可耻的撤退，投入进攻行动。

两个小时后，他从穆雷中尉那里知道了答案。“他们说霞飞什么招数都试了，”穆雷汇报说，“他又是恳求，又是痛哭流涕，还暗示说英国的荣誉面临被永久玷污的危险。他的目的达到了。明天我们就转向北线进军。”

菲茨开心地笑了：“感谢上苍！”

一分钟后哈维上校走了过来。菲茨礼貌地站了起来。

“你做得太过分了，”哈维说，“卢索尔将军把你的所作所为都告诉我了。当然，他认为是在表达对你的赞赏。”

“我不否认这一点，”菲茨说，“结果表明，这样做是正确的。”

“听我说，菲茨赫伯特，”哈维压低了声音，“你完蛋了。你背叛了自己的上级军官。这个污点，永远别想抹去。你别想得到提升，哪怕这场战争打上一年。你现在是少校，以后也永远是少校。”

“谢谢你的坦诚，上校，”菲茨说，“不过，我参军是为了打胜仗，不是为了获得提升。”

约翰爵士星期日开始的推进行动十分谨慎，菲茨为此感到尴尬，但他欣慰的是这足以促使冯·克鲁克调动兵力应对这一威胁。现在，德国人要同时应付西面和南面两条战线，对任何一位作战指挥来说，都不啻一场噩梦。

星期一菲茨一早就醒了，裹着条毯子在城堡地板上将就了一宿之后，他倒是仍很乐观。在军官食堂吃罢早餐，菲茨便开始焦急地等待一早出动的侦察机返航。战争就是这样，要么是疯狂的进击，要么就是徒劳无益的等待。城堡下面是一座据说建于公元一千年前后的教堂，他去看了一眼，不过他一直不理解人们到底去古老的教堂看什么。

侦察行动汇报会在大客厅里进行，这里可以俯瞰公园和河道。军官们坐在露营椅上，围在一张简单的木桌边，周围是十八世纪的奢华装饰。约翰爵士下颚前凸，那张嘴巴在海象般的白胡子下面总是扭曲出一种委屈而自负的表情。

飞行员报告说，英军前方是一片开阔的田野，因为德军纵队已经向北部进发了。

菲茨很是得意。协约国部队的反击出乎意料，看来给德国人来了个措手不及。当然，他们很快会重新集结起来，但目前似乎陷入了困境。

他期待约翰爵士下令快速推进，但令人失望的是，这位指挥官只是重申了一下先前设定的有限目标。

菲茨用法语写下他的报告，然后钻进自己的汽车。他尽量加快速度朝四十公里外的巴黎开去，迎着出城的卡车、小汽车和马拉大车组成的车流。各种车辆都挤满了人，车顶高高堆放着行李，人们逃往南部，躲避入侵的德国人。

到了巴黎，菲茨被一队黑皮肤的阿尔及利亚部队耽搁了一会儿，他们穿城而过，从一个车站转往另一个车站。部队的军官骑在骡子上，身上披着大红色的斗篷。沿途有女人向他们献上鲜花水果，咖啡馆老板给他们送来冷饮。

等他们过去，菲茨继续往荣军院开，去学校送报告。

英国的侦察再次证实了法国收到的报告。一部分德军正在撤退。“我们必须加紧进攻！”老将军说，“英国人在哪儿？”

菲茨走到地图前，指出英国部队的位置，以及约翰爵士下达的当天即将完成的进军目标。

“这根本不够！”加利埃尼气愤地说，“你们应该更加主动！我们需要你们进攻，让冯·克鲁克忙于应付，无暇去增援侧翼。你们什么时候渡过马恩河？”

菲茨答不上来。他为此深感惭愧。他赞同加利埃尼说出的每一句刻薄的话，但他不能当众承认，所以只是说：“我会强烈向约翰爵士建议这一点，将军。”

但加利埃尼已经想出办法抵偿英国部队的倦怠状态。“今天下午，我们将从第四军团中派出第七师去增强在乌尔克河的莫努里部队。”他果断地说。

他的参谋们立刻写下命令。

迪皮伊上校随后说：“将军，我们没有那么多火车，无法把他们在天黑前全部运到那里。”

“那就使用汽车。”加利埃尼说。

“汽车？”迪皮伊一脸困惑，“我们从哪儿弄那么多汽车呢？”

“去雇出租车！”

房间里的人全都盯着他。将军这是疯了吗？

“给警察局长打电话，”加利埃尼说，“让他命令他的人拦下城里的所有出租车，甩掉里面的乘客，命令司机把车统统开到这儿来。我们让战士坐上汽车，把他们送上战场。”

菲茨意识到加利埃尼在动真格的，脸上露出笑意。这正是他喜欢的做事态度。无论用什么办法，只要能赢得胜利就行。

迪皮伊耸了耸肩膀，拿起了电话：“请立即接通警察局长的电话。”

菲茨心想：我一定要亲眼见证一下。

他走到外面，点燃一支雪茄。他并没有等太长时间。几分钟后，一辆红色的雷诺出租车经过亚历山大三世大桥，绕过那片栽满观赏花草的绿地，停在了主楼前面。紧接着又是两辆，然后是十几辆、上百辆。

几小时内，数百辆清一色的红色出租车停在了荣军院前面。菲茨从来没见过这种阵势。

司机们靠在车边，抽着烟斗，热烈地交谈着，等待着进一步指令。究竟为什么让他们来这儿，每个人都有与众不同的推测。

最后，迪皮伊走出学校，来到街对面，一只手拿着扩音器，另一只手里是一叠军方征用单。他爬上一辆出租车的引擎盖，司机们一个个安静下来。

“巴黎的军事统帅需要五百辆出租车，从这里开到布拉尼。”他用扩音器喊道。

司机们怀疑地看着他，全都默不作声。

“每辆汽车要搭载五名士兵，把他们送到南特伊。”南特伊在约五十公里以东，离前线很近。司机开始明白了。大家你看看我，我看看你，点点头，咧开嘴笑。

菲茨猜到他们很愿意为战争出一分力，尤其是以如此特殊的方式。

“离开前请拿一份表格填好，以便回来索取你们的报酬。”

人群中发出一阵嗡嗡声。他们会得到报酬！这下就肯定赢得司机们的支持了。

“五百辆汽车先离开，然后我再给另外五百辆车发布指令。巴黎万岁！法兰西万岁！”

司机们爆发出一阵欢呼。他们围住迪皮伊要表格。菲茨心情激动，上前帮忙分发单子。

很快，小汽车一辆辆发动起来，在大楼前面拐了个弯，朝着洒满阳光的大桥驶去，起劲儿地按着喇叭，一条鲜红的生命线源源不断，奔赴战斗的前沿。

英国部队用三天时间行军四十公里。这让菲茨备感羞辱。他们的进军基本上毫无阻碍——若他们加快行进速度的话，本可以发动一场决定性的打击。

然而，到了星期三，也就是9月9日的上午，他发现加利埃尼的手下一个个变得乐观起来。冯·克鲁克正在撤退。“德国人害怕了！”迪皮伊上校说。

菲茨不相信德国人会害怕，从地图上更能看出问题。虽然英国人小心翼翼地缓慢行进，但他们已经进入了德国第一和第二军团之间的空当之中，这块空当是冯·克鲁克向西推进迎击巴黎方向的进攻时造成的。“我们找到了一个薄弱点，应该好好利用。”希望产生的激动让菲茨声音发抖。

他告诫自己要保持冷静。目前为止，德国人打赢了每一场战斗。但他们的补给线越拉越长，战士疲惫不堪，人数也因增援东普鲁士而大幅减少。相比之下，法国在这一区域已获得大量增援，因为是在自己的地盘，实际上也没有补给线方面的麻烦。

英军在马恩河北面八公里的地方停了下来，这让菲茨的希望落了空。约翰爵士为什么要停滞不前？他没有遭遇任何阻力！

不过，德国人似乎并未发现英国人如此胆怯，因为他们在继续撤退，学校这边又开始有了希望。

窗前的大树拖长了影子，当天的最后一份战况报告送达指挥部，一种稍显克制的喜庆气氛在加利埃尼和参谋人员中间弥漫开来。傍晚时分，德国人开始溃逃了。

菲茨简直不敢相信这是真的。一个星期前的绝望又变成了希望。他坐在窄小的椅子上，盯着墙上的地图。七天前德军的行进路线像一块发动进攻的跳板，现在，却像是让他们撞得头破血流、不得不后撤的一堵墙。

太阳在埃菲尔铁塔后面沉下时，协约国部队实际上还没有赢得任何一场胜利，但几周来这是第一次让德军的推进陷于停顿。

迪皮伊上前跟菲茨拥抱，又左右亲了亲他的脸颊，这一次菲茨一点儿都没有介意。

“我们阻住了他们。”加利埃尼说。让菲茨惊讶的是，透过那双夹鼻眼镜，他看见这位老将军的眼里闪着泪花。“我们阻住了他们。”

马恩河战役后不久，双方都开始挖开了战壕。

九月的炎热已过，转眼间到了凄风苦雨的十月。战线东端的僵局无可抵挡地扩展到了西部，就像瘫痪症在垂死的人身上蔓延。

秋天的决战在战线最西端、距离海岸三十多公里的比利时小镇伊普尔展开。德军发起猛攻，他们孤注一掷，试图从侧翼包抄英军部队。战斗持续了四个星期。与前期所有战斗不同，这一次是静态的，双方都躲在战壕里避开对方的炮火，只有在敌人机枪扫射时才不得不逃出阵地，作自杀式的突围。英军最后靠增援得救，增援部队中包括一个军团的棕皮肤印度士兵，他们穿着热带军服，一个个冻得瑟瑟发抖。

这一战结束时，七万五千名英军士兵阵亡，远征军被打得七零八落。不过协约国部队完成了从瑞士边境到英吉利海峡一线的防御屏障，入侵的德军停了下来。

12月24日，菲茨待在离加莱不远的圣-奥马尔镇的英军总部，心情十分郁闷。他还记得自己和其他军官信誓旦旦地对战士们许诺一定会回家过圣诞节。现在看来，战争似乎会持续一年甚至更长时间。双方军队日复一日蜷缩在战壕里，吃变质的食物，饱受痢疾、战壕足病和虱子的折磨，胡乱扑杀那些被扔在无人地带的尸体上繁衍出来的老鼠。菲茨曾十分清楚英国为何必须参战，但现在他已记不清原因了。

这天雨终于停了，天气转冷。约翰爵士向各部发出警告：敌人正在考虑在圣诞节发动袭击。菲茨知道这完全是虚构的，因为没有收到任何相应的情报。事实是，约翰爵士不想让部队在圣诞节时放松警惕。

每个士兵都会收到国王和王后十七岁的女儿玛丽公主的一份礼物。这是一个带浮雕装饰的铜烟盒，里面装了香烟，还有公主的照片和一张国王送的圣诞贺卡。不吸烟的人，以及锡克教徒和护士收到的是巧克力或者其他糖果。

菲茨帮忙把礼品盒分发给威尔士步枪团的士兵。到了傍晚，他来不及赶回相对舒适的圣-奥马尔，便留在了四营指挥部，那是一处潮湿的防空壕，离前线阵地不过四百米。他读着福尔摩斯的故事，抽着一支细短的雪茄，虽说比不上他的宾利，但这些天也没时间抽大雪茄。穆雷跟他待在一起，伊普尔战役后他被提升为上尉。菲茨没有得到提升——哈维倒是说话算话。

夜幕降临后不久他就听到零星的步枪射击声，觉得很吃惊。后来才弄清楚，战士们看到了灯光，以为德军打算偷袭便开了火。实际上那灯光不过是几只染了色的灯笼，是德军用来装饰防护墙的。

穆雷在前线待过一段时间，跟他谈起守卫下一个防御区的印度部队。“这帮可怜的家伙穿着夏天的军装就来了，因为上面告诉他们，天气变冷之前战争肯定会结束。”他说，“不过我要告诉你，菲茨，这帮黑鬼可是挺机灵的。还记得我们跟陆军部要德国人迫击炮吧，能把榴弹抛过防御墙的那种？那帮印度人用铸铁管子七拼八凑自己弄出了一架，看上去就像酒吧厕所里修补过的抽水马桶，但它居然能用！”

早上到处弥漫着冻雾，脚下的地面变得坚硬。天刚放亮，菲茨和穆雷便给大家分发公主的礼物。一些士兵围在火盆周围取暖，不过他们都说要感谢这场霜冻，这总比到处是烂泥要好，由其是对那些患上战壕足病的人。菲茨注意到有些士兵互相用威尔士语交谈，但他们跟军官说话时总是用英语。

三百多米外便是德军的阵地，隐藏在与其军服同样颜色的晨雾中，那是一种毫无光泽的银灰色。菲茨听见远处传来一阵乐声——德国人在唱圣诞颂歌。他对音乐不怎么在行，但还是听出唱的是《平安夜》。

他回到防空壕，跟其他几位军官一道吃下那难以下咽的早餐——变了味的面包和罐装火腿。随后他便走到外面抽烟。他想起在泰–格温由仆人侍候着吃早餐的情形：热香肠、新鲜的鸡蛋、配了香料的羊腰子、烟熏鲑鱼和奶油吐司，还有香气四溢、加了奶油的热咖啡。他渴望穿上干净的内衣、熨烫挺括的衬衫、柔软的羊毛外套。他也向往坐在晨间起居室的熊熊煤火旁，无所事事地读《潘趣》杂志上那些乏味无聊的笑话。

穆雷跟着走出了防空壕，对他说：“少校，有你的电话。是总部打来的。”

菲茨一惊。竟会有人费尽周折找到他，把电话打到这儿来。但愿他在分发圣诞礼物这会儿，法国跟英国之间没有再闹出了什么乱子。他皱着眉头钻进战壕，拿起那台野战电话的听筒：“我是菲茨赫伯特。”

“早上好，少校。”菲茨辨认不出电话里的声音，“我是戴维斯上尉。您不认识我，我现在受人之托，向您转达家里的消息。”

家里的消息？菲茨希望别是什么坏消息。“太感谢你了，上尉。是什么消息？”

“您妻子刚刚生下一个大胖小子，先生。母子平安。”

“哦！”菲茨一屁股坐到了一只箱子上。孩子还没到预产期，时间早了一两个礼拜。早产儿会很脆弱。不过消息说孩子很健康，碧也很好。

菲茨有儿子了，伯爵的封号有了继承人。

“您听得见吗，少校？”戴维斯上尉问。

“是的，听着呢，”菲茨说，“有点吃惊。孩子是早产。”

“正好是圣诞节，先生，我们觉得这消息会让您高兴。”

“的确，我很高兴！”

“那就让我第一个向你表示祝贺吧。”

“太感谢了，谢谢你。”菲茨的话还没说完，但戴维斯上尉已经挂断了电话。

过了一会儿，菲茨才发现防空壕里的其他军官一直默默地盯着他。最后，其中一个说：“是好消息还是坏消息？”

“好消息！”菲茨说，“事实上，是个天大的好消息。我做父亲了。”

大家都来跟他握手，拍拍他的后背。穆雷拿出一瓶威士忌，尽管是在早上，大家还是为宝宝喝了祝福酒。“孩子叫什么名字？”穆雷问。

“阿伯罗温子爵，在我活着的时候该这么叫。”菲茨说，随后他意识到穆雷并不是问宝宝的封号，而是问他叫什么名字。

“乔治，随我父亲的名字，威廉是随我爷爷。碧的父亲叫彼得·尼古拉耶维奇，所以我们也会加在名字里面。”

穆雷觉得很有意思。“乔治·威廉·彼得·尼古拉斯·菲茨赫伯特，阿伯罗温子爵，”他说，“这么多名字该够用了！”

菲茨点点头，幽默地附和说：“尤其是他的体重大概也就六七斤。”

他心里充满了自豪和喜悦，有一种要跟别人分享的冲动。他们喝光了威士忌后，他说：“我要沿着前线一路走过去，给大家分发雪茄。”

他离开了防空壕，沿着交通堑壕往前走。他难以抑制心中的那阵喜悦。四周没有枪声，空气清爽，除了经过厕所时有些不一样。他发觉自己心里在想的不是碧，而是艾瑟尔。她生下孩子了吗？住在用勒索菲茨的钱买下的房子里，是不是高兴呢？虽然她用一种强硬的方式跟他讨价还价，让他颇为震惊，但还是忍不住想到她怀的是他的孩子，他希望她能像碧那样，平安生下自己的宝宝。

他走到最前沿的时候，所有杂念都没了。当他转过拐角进入前沿战壕时，一下子惊呆了。

这里一个人都没有。

他沿着战壕，转过一个弯，再拐向另一截壕沟。这里就像鬼故事里描述的那种漂浮的幽灵船，船体完好无损，却空无一人。

一定是出了什么事。是不是遭到了攻击，却鬼使神差没有汇报给菲茨？

他打算越过墙头看个究竟。

干这种事绝不可掉以轻心。第一天战场上死了不少人，就是因为越过墙头向外张望让他们丧了命。

菲茨抄起一把短柄铁锹，把锹头慢慢举起来，让它高过墙头。然后，他登上射击塔台，一点一点抬高身子，直到可以从锹头和胸墙上端的窄缝中向外窥视。

眼前的一切让他大吃一惊。

士兵们全都站在无人区那片弹坑累累的荒地上。但他们并非在作战，而是围成几个小圈子，互相交谈着。

他们的举止显得有些异样，过了一会儿，菲茨发现有些军服是黄褐色，另一些则是浅灰色。

这些士兵在跟敌人交谈。

菲茨放下铁锹，把头整个探出胸墙，紧盯着前面。无人区里有好几百士兵，成群结队向左右两侧延伸，直到看不见的地方，英国人和德国人混在了一起。

见鬼！这到底是怎么回事？

他找到一架堑壕梯，爬上了胸墙，大步跨过被炸翻的土地。士兵们拿出家人的和恋人的照片互相传看，还拿出香烟给对方，想方设法说清楚意思，菲茨能听到这样的句子："罗伯特是我，谁是你？"

他看到两个中士正聊得起劲，一个英国人，一个德国人。他拍了拍英国兵的肩膀："你……你这到底在干什么？"

那人用加地夫码头的那种喉音回答："我也不知道是怎么回事，先生。有些德国兵越过那边的战壕，没拿枪，朝这边喊叫'圣诞快乐'，随后我们这边也有人这么喊了起来，他们朝对面走过去，大家就都跟着这么做了。"

“可战壕里连一个人都没有！”菲茨气愤地说，“难道你们不觉得这可能是一个诡计？”

中士左右望了望整条战线。“不，先生，说实话，我并不觉得这是什么诡计。”他冷冷地说。

这家伙没有说错。双方的前沿部队成了朋友，这一事实怎么可能被敌人利用？

中士指了指那个德国人。“这人叫汉斯·布劳恩，先生，”他说，“他以前在伦敦的萨沃伊酒店当侍者。他会说英语！”

德国中士向菲茨敬了个礼：“很高兴认识你，少校。”他说，“圣诞快乐。”他说话不像加地夫中士那样带有口音。说着，他递上一个小酒瓶：“要不要尝尝这种烈酒？”

“天啊，饶了我吧。”菲茨回了一句，转身走开了。

眼下的情况他无能为力。就算有威尔士中士这些底层军官们的支持，也很难阻止。而没有他们的帮助是绝对办不成的。菲茨决定还是把情况向上级汇报，让别人来处理这个麻烦。

他正要离开，突然听到有人在叫他的名字：“菲茨！菲茨！难道真是你吗？”

这声音很耳熟。他转身，看见一个德国人正朝这边走过来。等这人靠近了，他一下子就认了出来：“冯·乌尔里希？”菲茨又惊又喜。

“正是在下！”沃尔特满面微笑，伸出手来。菲茨不假思索地一把握住了。沃尔特使劲摇晃着他的手。他看上去更单薄了，菲茨想，白皙的皮肤变粗糙了，大概我自己也变了不少。

沃尔特说：“简直让人不敢相信，真是太巧了。”

“看见你健健康康的，我很高兴，”菲茨说，“虽然我不应该这么想。”

“一样的，一样的！”

“我们该怎么应付这种局面？”菲茨指着这些正在缔结友谊的士兵，“我觉得这很成问题。”

“我同意。到了明天，他们大概就不愿意朝自己的新朋友开枪了。”

“那我们要怎么办？”

“我们必须尽快来一场战斗，让他们恢复正常。如果一清早开始互相炮击，他们很快就会互相仇恨了。”

“你说得对。”

“你怎么样，我的老朋友？”

菲茨想起他刚收到的好消息，心情愉快起来。“我当上父亲了，”他说，“碧刚生了一个男孩。抽支雪茄吧。”

他们点燃雪茄。沃尔特透露，他曾到过东部战线。“俄国人腐烂透顶，”他鄙夷地说，“军官把军需物资卖到黑市，让那些步兵挨饿受冻。东普鲁士的一半人口都穿着他们捡便宜买来的俄国军靴，而俄国士兵却光着脚。”

菲茨则说了一些巴黎的情况。“那家你最喜欢的霍依辛餐馆仍然开着。”他说。

战士们开始了一场足球比赛，英国队对德国队，他们把军帽堆在一起当球门。“我得把情况向上汇报了。”菲茨说。

“我也一样，”沃尔特说，“不过我想先问问你，茉黛她怎么样？”

“应该好吧，我想。”

“我特别请求你转达一下我对她的问候。”

菲茨很惊奇沃尔特为何要强调这样一个原本寻常的客套。

“当然，”他说，“有什么特殊原因？”

沃尔特移开目光：“在我离开伦敦之前……我跟她在韦斯特安普敦夫人的舞会上跳过舞。那是我在这该死的战争之前做的最后一件文明事。”

沃尔特看上去很动感情，说话时声音都在颤抖，他几乎从不像现在这样，把英语和德语混在一起说。或许这是受了圣诞节气氛的影响吧。

沃尔特继续说：“我非常希望她能知道，我在圣诞节这天想着她。”他两眼湿漉漉地看着菲茨，“你一定会告诉她吧，我的老朋友？”

“我一定转告，”菲茨说，“相信她听了会很高兴的。”

第十四章

1915年2月

“我去看了医生，”艾瑟尔旁边的女人说道，“我告诉他，‘我的屄发痒’。”

一阵笑声在屋子里回荡。这是东伦敦靠近阿尔德盖特的一幢小楼的顶层。一张长长的工作台两侧密匝匝摆着一排缝纫机，前面坐着二十位妇女。屋子里没有生火，唯一一扇窗子紧闭着，把2月的寒冷关在外面。地板上光秃秃的，没有地毯。石灰粉刷的墙壁年深日久，已经开始掉皮，有几处甚至露出了下面的木板条。二十个女人呼吸着同样的空气，屋子里十分憋闷，但就算这样也无法让人暖和起来，她们都穿着外套，头上戴着帽子。

她们刚刚停下工作，准备休息片刻，脚底下的踏板短暂沉默下来。坐在艾瑟尔旁边的女人是米尔德里德·帕金斯，跟她年龄相仿，是个伦敦人。米尔德里德还是艾瑟尔的房客。若不是长着凸出的门牙，她原本算得上漂亮。她的拿手好戏就是讲下流笑话。现在她接着说：“医生对我说，‘你不应该说这个，这个字眼很粗俗’。”

艾瑟尔笑了。米尔德里德总是不时弄出点乐子，让一连十二小时的工作日稍稍好过一些。艾瑟尔从未听过这种笑话。泰–格温的员工举止言谈都斯文有礼，而这些伦敦妇女什么话都说。她们年龄有大有小，来自不同民族，有的只能勉强说几句英语，其中包括两个来自被德国人占领的比利时的难民。她们唯一的共同之处是全都处境艰难，急需这份工作。

“我就问他，‘那我该怎么说呢，大夫？’他对我说，‘你该说你的指头发痒了’。”

她们在缝制英国军队的制服，为成千上万军人做束腰上衣和裤子。邻街的裁布厂日复一日送来一块块厚卡其布，大纸箱里装满袖子、后背和裤腿，由妇女们在这儿制作成衣，再把衣服送到另一个小工厂，打扣眼、缝上纽扣。她们是计件工，干多少活，就拿多少报酬。

“他对我说，‘你的指头是一直发痒，还是偶尔才痒？’”

米尔德里德停顿了一会儿，女人们都不说话，等着听最关键的部分。

“我说，‘不，大夫，只有用它撒尿的时候才发痒’。”

女人们哄然笑了起来，爆发出一阵喝彩声。

一个瘦小的十二岁女孩走了进来，她的肩上担着一根长竿子，两头挂着水杯和啤酒杯，大大小小一共二十个。她小心翼翼地把竿子放在工作台上。杯子里装着茶、热巧克力、清汤或淡得像白水的咖啡。每个女人都有自己的杯子。她们每天早晚各一次拿出一个或半个便士，让这个名叫艾莉的女孩去隔壁的咖啡馆装满这些杯子。

女人们喝着自己的饮料，伸一伸胳膊和腿，揉揉眼睛。艾瑟尔想，这工作虽说不像挖煤那样辛苦，但也十分累人，你得在机器前弯着腰，眼睛紧盯着针脚一连干上好几个小时，还不能出任何差错。上头的老板曼尼·利托要检查每一件成品，若是发现哪里缝得不对就不付报酬，但艾瑟尔怀疑那些有问题的服装也照样被他一并发走。

五分钟后，曼尼走进操作间，拍了拍手说："好啦，开始工作吧。"女人们把杯子里的东西喝完，又坐回长椅上。

大家都说曼尼是苛刻的监工，但并不是最坏的。至少他没有揩姑娘们的油，占她们的便宜。他三十岁上下，长着黑眼睛、黑胡子。他父亲是个裁缝，从俄国老家来这儿，在米尔安德路上开了一家店铺，专门为银行职员和证券经纪人的跑腿缝制便宜的外套。曼尼从他父亲那里学会了生意之道，开始了更为雄心勃勃的事业。

这场战争给他带来大笔生意。从八月到圣诞节，数以百万的人自愿参军，这些人全都需要军装。曼尼雇用了所有他能找到的缝纫女工。幸运的是艾瑟尔在泰-格温时就学会用缝纫机了。

艾瑟尔需要找份工作。虽然她已经买了房子，还能从米尔德里德那里收到房租，但她必须攒些钱，以备生孩子的时候用。但找工作的遭遇让她既沮丧又愤怒。

各种新工作都面向妇女，但艾瑟尔很快就看清男女仍然是不平等的。一份男人每周能赚三到四英镑的工作，女人只能拿到一英镑。即便如此，女人还不得不忍受敌意和迫害。男乘客会拒绝向女乘务员出示车票，男技师会往女技师的工具箱里倒机油，工厂大门边上的酒吧不允许女工进入。最让艾瑟尔愤恨的是，同样是这些男人，如果看见一个女人带着的孩子穿戴破旧，就会说这女人懒惰无能。

最后，她只得忍气吞声，勉强在一向雇佣女性的行业里寻找机会，并发誓有生之年一定要改变这种不公正的制度。

她揉了揉后背。预产期就在一两周之内，所以她眼下这几天就该停止工作。挺着个大肚子踩缝纫机很不方便，但她发现那种要吞噬她的疲惫感才最难受。

又有两个女人走了进来，其中一个手上缠着绷带。缝纫工经常被机针扎伤，或者在修剪工件时让锋利的剪刀割伤。

艾瑟尔说："你看，曼尼，你应该在这儿放个小药箱，里头放点儿绷带和碘酒，再用铁盒装些其他零碎。"

曼尼说："你以为我是造钱的？"每次他的工人提出什么要求，他都这么回答。

"但是每次我们有谁受伤了，你可就得赔钱了，"艾瑟尔好心好意地劝说道，"她们两个离开差不多一个小时了，就因为不得不跑药房去让药剂师看一眼伤口。"

缠着绷带那个咧嘴一笑，说："而且，我还得在'小狗小鸭'酒吧待上一会儿，给自己压压惊。"

曼尼没好气地对艾瑟尔说："我看你还想让我在药箱里放一瓶杜松子酒吧。"

艾瑟尔没理会他这句话："我可以给你列个单子，算算该花多少钱，然后你再作决定，行不行？"

"我可没答应任何事情。"曼尼说，但他每次一说这句话，几乎就算是答应了。

"那好吧。"艾瑟尔转过身，继续干手里的活。

每次都是艾瑟尔向曼尼提出改进工作环境的要求，或是抗议曼尼作出对她们不利的决定，比如让她们自己支付磨剪子的钱。

这一切并非刻意，但她似乎成了她父亲经常担当的那种角色。

脏兮兮的窗户外面，短暂的午后时光匆匆过去，天色已经变暗。艾瑟尔觉得每天最后的三个小时最难熬。她后背酸疼，头顶的灯光照得她脑袋阵阵作痛。

可是，到了七点钟的时候，她又不愿意回家了。一想到要独自熬过漫漫长夜，她就感到压抑。

艾瑟尔初来伦敦的时候倒是受到几个年轻人的注意。她没有真正地喜欢哪一个，但她接受邀请，一道去看电影，听音乐会，晚上去酒吧坐坐，她也吻过其中一个，尽管算不上有多热情。然而，一旦她的身孕显形，他们就一个个打了退堂鼓。漂亮女孩令人爱慕，可怀了孩子的妇女就另当别论了。

今晚还好，她要去参加一个工党举行的会议。艾瑟尔在买下房子不久就加入了独立工党的阿尔德盖特分部。她很想知道父亲要是知道了会有何感想。他会像上次那样从家里把她赶走，将她排斥在自己的政党之外，还是正好相反，他会暗暗高兴呢？这件事她可能永远都无从了解。

今晚的演讲者是西尔维亚·潘克赫斯特，她是一位女权运动领袖，为妇女参政奔走呼吁。眼前这场战争在著名的潘克赫斯特家族内部造成了分裂。母亲埃米琳表示要在战争期间放弃这项运动。她的女儿克里斯塔贝尔支持母亲，但另一个女儿西尔维亚跟她们分道扬镳，继续从事女权运动。艾瑟尔站在西尔维亚一边——无论是在战争还是和平时期，妇女都受到同样的压迫，她们若没有选举权就永远不会受到公平对待。

她站在外面的人行道上，跟其他女工说再见。煤气灯下的街道上人来人往，有匆匆往家赶的工人，也有揽着大包小包的购物者。“小狗小鸭”酒吧的门敞开着，里面逸出一股温热而兴奋的气息。艾瑟尔理解那些整晚都待在这种地方的女人。茶坊酒肆比大多数人的家舒服，能找到亲密的陪伴，就着廉价的杜松子酒一醉方休。

酒吧旁边是一家名叫“李普曼”的杂货店，但现在已经关门了。一伙爱国者砸烂了这家店铺，只因为它取了个德国名字。铺子已经用木板条封了起来。讽刺的是，店主实际上是个来自格拉斯哥的犹太人，他的儿子正在高地轻步兵团服役。

艾瑟尔赶上一辆公共汽车。尽管只有两站地，但她实在太累，不想步行。

会议在卡尔瓦利福音馆举行，这也是茉黛女勋爵诊所的所在地。艾瑟尔之所以在阿尔德盖特安家，就因为这是她唯一听过的伦敦城区，茉黛曾多次提到这个名字。

墙壁上的几个煤气炉架都点了火，让会堂显得欢快惬意，房间正中的煤炉驱散了寒气。一排排廉价的折叠椅早已摆好，面对着前面的一张桌子和诵经台。分部书记伯尼·莱克维兹跟艾瑟尔打了声招呼，这人勤奋好学，虽然有些迂腐，但十分热心。今天他显得有些不安。“我们的演讲人不来了。”他对艾瑟尔说。

艾瑟尔有些失望。“那我们怎么办？”她问道，朝四下看了看，“你这儿已经来了五十多人了。”

“他们另派了一个人代替，但她还没有赶到。我不知道这人能不能起作用。她连党员都不是。”

“是谁？”

“她的名字是茉黛·菲茨赫伯特女勋爵。”伯尼不以为然地补充说，“据我推测，她出自某个拥有煤矿的家族。”

艾瑟尔笑了。“真想不到！”她说，“我以前为她工作。”

“她演说怎么样？”

“我不知道。”

艾瑟尔一时来了兴致。自从那个决定命运的星期二——茉黛与沃尔特·冯·乌尔里希结婚，英国向德国宣战——以后，她还没有见过茉黛。艾瑟尔还保存着沃尔特给她买的礼服，她把这件衣服小心翼翼地用纸巾裹起来，挂在衣柜里。那是一条粉色的丝绸薄纱连衣裙，也是她迄今拥有的最美丽的东西。当然，这衣服现在已经穿不进去了。再说，穿这种上好的衣服参加工党会议也不合适。当时戴的那顶帽子她也没丢，事后就放进了邦德街那家店铺的原包装盒里。

艾瑟尔在位子上坐下，总算让不堪重负的双脚轻松了下来，然后等待会议开始。她永远不会忘记婚礼后跟沃尔特那位英俊的堂兄罗伯特·冯·乌尔里希去丽兹的经历。进餐厅时有一两个女人紧紧盯着她看，让她怀疑虽然自己穿的是昂贵的衣服，但一定是什么地方暴露出她来自工人阶级。不过她没怎么放在心上。罗伯特尖酸刻薄地对其他女人的衣着和首饰评头论足，听得她乐不可支，她跟他稍带提及威尔士采矿小镇上的生活，这些对他来说，新奇程度不亚于听人说起因纽特人。

他们如今在什么地方呢？不用说，沃尔特和罗伯特两人都参加了战争，沃尔特跟随德国部队，罗伯特则加入奥地利军队，艾瑟尔无法得知他们是死是活。她再也没有听过菲茨的消息。她推测他跟随威尔士步枪团去了法国，但甚至连这一点她也无法确定。不过，她还是认真看了报纸上的阵亡名单，担惊受怕地寻找菲茨赫伯特的名字。她恨他那样狠心待她，但没发现他的名字还是让她大大松了一口气。

她本可以跟茉黛保持联系，只要周三去她的诊所就行了，但她该为自己的到访作何解释？除了七月闹了一次小小的恐慌——她发现内衣上有了一点点血迹，格林沃德医生安慰她说不必在意——她的身体没有任何异常。

不过，六个月过去了，茉黛却一点儿都没有变。她像以前一样精心装扮，引人注目。她戴着一顶大大的宽边帽子，别在帽带上的一支羽毛高高挺起，好似游船的桅杆。艾瑟尔一下子觉得自己身上的棕色旧外套寒酸至极。

茉黛发现了她，朝这边走了过来。“你好啊，威廉姆斯！对不起，我该叫艾瑟尔。这真是意外的惊喜！”

艾瑟尔握了握她的手。“我就不站起来了，你能原谅我吧，”她拍了拍胀鼓鼓的肚子，“刚才我还想呢，就是国王来了，我恐怕都站不起来。”

“千万别在意。开完会，我们找个地方说说话行吗？”

“那太好了。”

茉黛走到桌边，伯尼便宣布会议开始。像伦敦东区的许多居民一样，伯尼是个俄裔犹太人。事实上东区很少有纯正的英国人，那儿有很多威尔士人、苏格兰人和爱尔兰人。战争之前还有很多德国人，而现在来了成千上万的比利时难民。东区是他们下船上岸的地方，自然也就成了他们定居的落脚点。

尽管今天请了一位特殊客人，伯尼还是坚持首先说明未到会者的缺席原因，总结前次会议的纪要等烦琐事项。他以前曾在地方议会的图书馆工作，做事十分注重细节。

最后他才介绍茉黛。她谈吐自信，深知妇女所受的压迫。

“女人跟男人做同样的工作，就应该获得相同的工资，但是，他们常常对我们说男人需要养家过日子。”

台下几个男人使劲点着头——他们一直就是这么说的。

“可是，一个要养家过日子的女人该怎么办呢？”

这话赢得了女人们的低声附和。

“上周我在阿克顿遇到了一个女孩，丈夫离开了她，她要用每周两英镑的收入养活自己的五个孩子，让他们吃饱穿好。她丈夫在托特纳姆制造船螺旋桨，每周能挣四镑十先令，但钱全花在小酒馆里！”

“就是这样！”艾瑟尔身后的一个女人说。

“最近我在伯蒙德跟一个女人谈过话，她丈夫在伊普尔战死了。她要抚养他的四个孩子，但只能拿女人拿的那点儿工资。”

“真是可耻！”几个女人异口同声。

“如果雇主为每一枚活塞销付给男工人一个先令，那也该付给女工人相同的工资。”

男人们不安地在椅子上挪动着。

茉黛用冷冷的目光扫视下面的听众。“每当我听到社会党的那些男人反对同工同酬，我就会对他们说：你们是在容许贪婪的雇主把女性当作廉价劳动力吗？”

艾瑟尔觉得，以茉黛的出身，需要很大的勇气、很强的独立性才能拥有这样的见解。她很羡慕茉黛。羡慕她漂亮的衣服和流利的演讲。最让她嫉妒的，是茉黛跟自己爱的人结了婚。

演讲结束后，几个工党男党员挑衅般向茉黛发问。分部出纳员是一个红脸膛的苏格兰人，名叫乔克·里德，他说：“我们的小伙子们正在法国出生入死，你怎么还能在这儿不停地抱怨什么女人的选举权？”有人在下面大声附和着。

“我很高兴你问我这个，因为这也是困扰很多男人和女人的问题。”茉黛说。艾瑟尔钦佩她回答中那种和缓安抚的语气，跟充满敌意的提问者形成强烈的反差。“战争期间是否该继续进行正常的政治活动？你是否要参加工党的会议？工会是否要继续抗争反对剥削工人？保守党在这期间停止运作了吗？不公正和压迫现象延迟进行了吗？没有，同志。我们绝不能容许与进步为敌的人利用战争扩大声势。它绝不能成为因循守旧势力阻挡我们的借口。正如劳埃德·乔治先生所说，一切还是老样子。”

会议结束后，有人端上茶水——自然又是女人在忙碌。茉黛坐在艾瑟尔旁边，她摘下手套，柔嫩的手捧着粗糙的蓝色陶土杯碟。艾瑟尔觉得不能跟茉黛说她哥哥的真相，那样显得太不近人情。于是她便继续编造故事，那个“泰迪·威廉姆斯”在法国战死了。“我就跟人家说我们结婚了，”她碰了碰手上那只廉价的戒指，“这些日子谁都不在乎这种事了。男人们要上战场，女孩都想遂了他们的心愿，结不结婚都行。”她压低声音接着说，“我估计你没有沃尔特的消息吧。”

茉黛笑了：“发生了一件让人惊奇的事情。你读过圣诞休战的报道吗？”

“是啊，我当然读了。英国人和德国人交换礼物，在无人区踢足球。只可惜他们没把休战持续下去，就此拒绝打仗。”

“的确。不过菲茨见到了沃尔特！”

“是吗，这简直不可思议。”

“是啊，菲茨不知道我们结婚了，所以沃尔特就十分小心，不能说漏嘴。但他传来消息，说他在圣诞节那天想着我。”

艾瑟尔捏了捏茉黛的手："这么说，他一切都好！"

"他一直在东普鲁士打仗，现在到法国前线了，但他没受过伤。"

"谢天谢地。不过我觉得你不太可能再收到他的消息了。这种好运气不会天天有。"

"是啊。我唯一的希望是，他出于某种原因被派到某个中立的国家，比如瑞典或者美国，在那儿他就可以给我写信了。否则我就得一直等着，直到战争结束。"

"伯爵怎么样？"

"菲茨很好。战争最初的几周他是在巴黎度过的。"

那时候我正在血汗工厂寻找工作，艾瑟尔愤愤不平地想。

茉黛接着说："碧公主生了一个男孩。"

"菲茨肯定很高兴，他有了继承人。"

"我们都很高兴。"茉黛说。艾瑟尔意识到，她虽然离经叛道，但仍然是位贵族。

会议就这样散了。外面有辆出租车等着茉黛，两个女人互相道别。艾瑟尔和伯尼·莱克维兹一起上了公共汽车。"她比我预想的要好，"他说，"她来自上层阶级，但头脑很清醒。而且也很友好，尤其是对你。我估计你在那儿工作的时候跟他们一家处得很不错。"

真正发生过的事情你猜都猜不到，艾瑟尔想。

艾瑟尔住的那条街很安静，斜坡上排列着一座座小房子，尽管陈旧，但房子盖得很好，住户大多是较为富裕的工人、手工业者和企业管理者。伯尼陪着她走到大门口。他大概想吻她一下作为道别。她心里犹豫着是否要让他这样，因为她心存感激，世界上还算有个人依然觉得她漂亮，被她吸引。

最后还是理智占了上风：她不想让他空怀希望。“晚安，同志！”她乐呵呵地说，随后进屋关门。

楼上黑着灯，没有任何动静——米尔德里德和她的孩子已经睡着了。艾瑟尔脱去衣服钻进被子。她很疲乏，但头脑依然活跃，让她无法入睡。过了一会儿她从床上爬起来，烧了一壶茶。

她决定给弟弟写一封信。她打开记事本，写道：

我最亲爱的妹妹利比，

按照他们孩提时玩的秘密代码，这封信要跳着读，只有第三个单词才算数，熟悉的名字必须颠倒着写，所以这句话的意思是“亲爱的比利”。

她记得自己的办法是先把想说的话写好，然后再把其他字眼安插在空白处。她继续写道：

独处孤单觉得痛苦。

接着她为这句话加密。

我正独处此地，如果你孤单一人，就不觉得幸福或痛苦。

小时候她很爱玩这个游戏，这等于发明出一条假想的消息来隐藏真实内容。她和比利还琢磨出一种有用的技巧：打了叉的话算，下面画线的话则不算。

她决定先把想写的东西全写出来，再回过头来加密。

伦敦的街道不是用金子铺的，至少阿尔德盖特这里如此。

她原来想写一封让人读起来高兴的信，避而不谈自己的烦恼。后来她又想：去他的吧，我跟自己的弟弟就该说实话。

我以前相信自己与众不同，你先别问为什么。人们都说，她那么完美，自以为待在阿伯罗温太可惜了。他们那时并未说错。

一想起过去的那段时光，她就忍不住泪眼模糊——干干净净的制服，一尘不染的仆人休息室里丰盛的餐食，还有，最让她难过的是曾经拥有的苗条、漂亮的身体，如今已是另一番模样。

如今我落到了这步田地，每天在曼尼·利托夫的血汗工厂干十二个小时。我每晚都头疼，后背更是疼得没完没了。现在我怀着一个没人想要的孩子。也没人愿意要我，除了一个乏味的、戴眼镜的图书管理员。

她咬着铅笔头，呆呆地想了很长时间，最后写道：

我真不如死了的好。

每到当月第二个星期天，就有一位东正教教士从加地夫坐火车到阿伯罗温山谷，提着一只装满精心包裹的圣像和烛台的手提箱，来为俄国人做礼拜。

列夫·别斯科夫讨厌牧师，但他每次都参加礼拜——这种事情必须到场，因为随后有一顿免费的午餐。礼拜在一间公共图书馆的阅览室举行。墙上镶着一块牌匾，说明这是一家卡内基图书馆，是用美国慈善家的捐款修建的。列夫能读懂东西，但他不太理解为什么人们会觉得阅读是一种乐趣。这儿的报纸被固定在大木夹子上，这样就不会被人偷走了，屋子里还有个写着“肃静”的牌子。待在这种地方究竟能有什么意思呢?

阿伯罗温的大多事情列夫都不喜欢。

什么地方的马都一样，但他讨厌在井下工作。周围总是黑咕隆咚，半明半暗，浓重的煤尘让他咳嗽不止。

这地方总是阴雨连绵。他从未见过哪里会下这么多雨。没有电闪雷鸣后的暴雨，也没有突如其来的倾盆大雨和随后云开日出的干爽天气。不，这里是滴滴答答的毛毛雨，一下就是一整天，有时甚至是一个礼拜。雨水顺着裤脚爬到他的身上，再从衬衣的后摆滴到地上。

罢工的浪潮在八月战争爆发后渐渐消退，矿工们陆续开始上班了。大多人被重新雇用，住回了原来的房子。但不包括被管理方认定是带头闹事的人，他们中大部分已经离开，参加了威尔士步枪团。被逐出的那些寡妇也找到了住的地方。破坏罢工的人也不再受孤立——当地人最后明白过来，实际上这些外国人也一样受资本主义制度的操纵。

不过，这并不是列夫逃离圣彼得堡的目的。当然，英国比俄国好，这里容许有工会，警察也没有完全失控，连犹太人都十分自由。尽管如此，他仍然不打算在这个偏僻的采矿小镇扎根，靠累死累活的工作维持生计。这不是他和格雷戈里梦想的那种日子。这里不是美国。

就算他有心留下，但为了格雷戈里也得继续前进。他知道亏待了自己的哥哥，所以发誓要寄钱给他买船票。列夫没少干违背承诺的事，但这次他决心说话算话。

他就快攒够从加地夫到纽约的船票钱了。他把这些钱藏在威灵顿街的房子里，在厨房的石板下面，连同他的那把手枪和他哥哥的护照。当然，这笔钱并不是靠他每周的工资积攒下的，那点钱几乎只够他买啤酒和烟草。他的积蓄来自每周的牌局。

斯皮利亚已经不做他的搭档了。这个年轻人在几天后就离开了阿伯罗温，回到加地夫找更轻松的工作去了。不过，要找一个贪婪的人并不难，列夫很快就结交了一个名叫里斯·普莱斯的经理助理。列夫确保里斯少输多赢，然后两人平分收益。重要的是不能做得太过火：有时别人也得赢上一两次。如果矿工们知道了这些秘密，不光是扑克牌赌局不能再玩了，他们还有可能杀了列夫。所以，钱积攒得很慢，因此列夫不能放弃这顿免费的午餐。

每次牧师都是坐着伯爵的汽车从火车站到泰-格温的，总有雪利酒和蛋糕招待他。若碧公主在家，就会和牧师一道去图书馆，在他入场的前几分钟进去，如此便不必跟平民一起等太久。

今天她进门的时候，阅览室墙上的大挂钟刚过十一点。天气寒冷，她穿戴着白色毛皮大衣和帽子抵挡2月的严寒。列夫强忍着浑身的颤抖——他一看见她，就仿佛回到了六岁，再次经历一个孩子目睹父亲被当众吊死的巨大恐惧。

牧师跟在后面，身穿一袭米色长袍，戴着一条金腰带。今天是头一次还有另一个人陪着他，那人穿着见习牧师的衣服，列夫仔细一瞧，立刻惊呆了——竟是他以前的同伙斯皮利亚。

看着两位牧师开始准备礼拜用的五个烤饼和红酒，列夫脑子里一片混乱。是上帝让斯皮利亚改变了自己，还是他把牧师这套行头当成偷窃和行骗的又一种掩护？

老牧师唱起祝祷词，几个更虔诚的人组成了一个唱诗班——他们的威尔士邻居对这种进步十分赞赏——现在他们唱着第一首圣歌。列夫照着别人的样子在胸前画十字，但他心神不定，一直在想着斯皮利亚。一个牧师出于公正的目的会直接说出真相，从而毁掉一切——不会再有赌局，也不会有去美国的船票，不会有钱寄给格雷戈里了。

列夫回忆起最后那天发生在“天使加百利号”上的事情，当时他恶狠狠地威胁说要把斯皮利亚从船上扔下去，只是因为一句话惹恼了他。这件事斯皮利亚也一定记得。列夫后悔当初不该这样侮辱他。

礼拜的整个过程里，列夫一直观察着斯皮利亚，希望从他脸上看出点什么。当他走上前去接受圣餐时，试图跟自己的老朋友对视一下，但对方没有流露任何认出他的迹象——斯皮利亚完全沉浸在仪式之中，或者假装是这样。

接着，两位神职人员同公主一道坐车走了，三十几个俄国基督教徒也步行离去。列夫不知道斯皮利亚会不会在泰-格温跟他说话，不安地寻思着他可能会说些什么。他会不会假装那些欺骗行为从未发生过？他是否会走漏消息，把矿工们的怒火引到列夫的头上？他会不会开出价码，换取自己的沉默？

列夫真想立刻离开镇子。每隔一两个小时就有一列火车前往加地夫。如果他手里再多点钱可能立刻就逃了。但他的钱不够买票，所以只得拖着沉重的步子走上山坡，到城外伯爵的豪华宅邸吃午饭。

他们在楼下的仆人休息室进餐。饭食很丰盛——有羊肉炖菜，面包随便吃，还能喝到麦芽啤酒。公主身边的中年俄国女仆妮娜也加入进来，为他们充当翻译。她对列夫很有好感，给他多拿了一份啤酒。

牧师跟碧一起进餐，但斯皮利亚来到仆人休息室，在列夫旁边坐下。列夫脸上露出最为热情的笑容："你好，老朋友，真是太让人惊喜了！"他用俄语说，"恭喜恭喜！"

斯皮利亚没被他的话打动："你还在打牌吗，我的孩子？"

列夫脸上仍带着笑意，压低了声音说："如果你不提这事儿，我也闭嘴，公不公平？"

"我们饭后再谈。"

列夫很沮丧，斯皮利亚到底打算耍什么花招，他要当正人君子，还是准备勒索要挟？

午餐结束后，斯皮利亚从后门出去，列夫跟在他后面。斯皮利亚一言不发地带着列夫来到一个白色的圆形大厅，这里好似一个微型的希腊神庙。站在上升的平台上，任何人靠近这里他们都能看见。天空下着雨，雨水滴滴答答沿着一根根大理石柱落下来。列夫抖掉帽子上的雨滴，又把它戴回头上。

斯皮利亚说："你还记得在船上时我问你，如果我拒绝给你那一半钱，你会怎么做吧？”

列夫当时使劲把斯皮利亚抵在栏杆上，威胁要拧断他的脖子，把尸体扔进大海。“不，我不记得了。”他撒谎说。

“没关系，”斯皮利亚说，“我只是想原谅你。”

这么说，他是要公正处置，列夫稍稍放下心来。

“我们的所作所为是有罪的，”斯皮利亚说，“我已经认罪，并获得了赦免。”

“那我就不跟你的牧师打牌了。”

“不要开玩笑。”

列夫真想一把扼住斯皮利亚的喉咙，就像在船上那样，但斯皮利亚看来不会再受人恫吓。这身长袍给他壮了胆，这实在有点讽刺。

斯皮利亚接着说：“我应该向那些被你骗了钱的人揭露你的罪行。”

“他们不会感谢你。他们会报复我，也一样报复你。”

“我的圣衣会保护我。”

列夫摇了摇头：“你和我骗的都是些穷犹太人。他们大概还记得哥萨克人鞭打他们的时候，牧师在一旁笑着看热闹。你穿了长袍他们就踢得更狠，直到把你踢死了事。”

斯皮利亚那张年轻的脸上拂过一丝愠怒之色，但他强作笑容：“我更关心你，我的孩子。我不希望挑起暴力来对付你。”

列夫明白自己正面临威胁：“那你打算怎么办？”

“问题是你打算怎么办。”

“如果我停手的话，你会闭嘴吗？”

“如果你承认，做一次真诚的忏悔，停止你的罪，上帝会原谅你的——随后，我也不必再去惩罚你。”

那样，你也就逃脱了惩罚，列夫想。“好吧，我会照做。”他话一出口，就发觉自己这番让步做得太快了。

斯皮利亚接下去的话证明他没那么容易上当。“我会检查的，”他说，“如果我发现你违背了对我和上帝的承诺，我就会向你的受害者揭露你的罪行。”

“他们会杀了我的。你干得好，神父。”

“在我看来，这是解决这一道德难题的最好办法。我的牧师也同意。所以，要么接受，要么放弃。”

“我没有选择。”

“上帝保佑你，我的孩子。”斯皮利亚说。

列夫走开了。

他离开泰-格温大宅，冒雨赶回阿伯罗温，憋着一肚子火。他恨恨地想，身为牧师，怎么可以剥夺一个人活得更好的机会？斯皮利亚现在过得舒舒服服，衣食住行都有保障，由教堂和饥肠辘辘、一贫如洗的朝拜者们供养。这辈子大概斯皮利亚除了唱礼拜，以及胡搞当祭台助手的男孩以外，什么都不用干了。

列夫该怎么办？如果他放弃纸牌赌博，就永远攒不够路费。他注定要在这儿待下去，年复一年，在八百多米的井下喂马。他再也别想履行诺言，把去美国的船票钱寄给格雷戈里了。

列夫从来就不会挑稳稳当当的路走。

他朝双冠酒馆走去。在严守安息日规矩的威尔士，酒馆在礼拜天不能开门，但阿伯罗温当地不太重视这个。镇上只有一个警察，而他也跟大多数人一样，礼拜天在家休息。双冠把正门关上装装样子，常客们从厨房进去，里面的生意照常进行。

庞蒂家的两兄弟乔伊和乔尼正待在酒吧，喝着威士忌，这很少见。矿工们都喝啤酒，只有富人才喝得起威士忌，一瓶威士忌大概够双冠酒吧维持一年。

列夫要了一罐啤酒，跟其中的哥哥打招呼："哎，乔伊。"

"哎，格雷戈里。"列夫仍然用他哥哥的名字，护照上就是这样写的。

"今天有钱了吧，乔伊，对不对？"

"哎。我跟乔尼昨天去了加地夫的拳击赛。"

兄弟俩本身长得就像拳击手，列夫心里琢磨着，两人都宽肩窄背，脖子粗壮如牛，也都长着一双大手。"好啊，比赛怎么样？"他问道。

"'黑鬼'詹金斯对罗曼·托尼。我们赌托尼，他是我们意大利人。赔率是十三比一，三轮下来，他就把詹金斯打倒在地。"

列夫理解正式的英语有时很吃力，但他明白"十三比一"是什么意思。他说："你该来打上一把牌。既然你……"他犹豫了一下，才想起那句俗语，"既然你鸿运当头。"

"哦，我刚刚赢了钱，可不想马上就输掉。"乔伊说。

不过，半小时后在仓房里摆开赌阵的时候，乔伊和乔尼都参加了。其余几个玩家有俄国人，也有威尔士人。

他们按当地玩法打一种叫作"蒙三张"的牌局，列夫很喜欢玩。三圈后不再出牌、换牌，因此牌局玩得很快。如果有玩家提高赌注，他的下家必须跟着涨，否则出局，因此赌金便快速增长。投注持续升高，直到剩下两个玩家。这时候，其中一个玩家可以在前次赌注上加倍，迫使对手摊牌。最好的牌是三张同花色牌，被称为“头配”，而最高的牌点是3点“头配”，也就是三张3点的牌。

列夫有种本能，即使不作弊也能赢牌，但那样太慢了。

玩家按顺序轮流向左发牌，所以，在很长的时间里列夫只有一次对牌动手脚的机会。不过，作弊的办法多种多样，列夫设计出一种简单的代码，能让里斯及时告诉他是否来了好牌。这时，列夫就加高赌注，不管自己手里是什么牌，只管将赌注抬上去，加大总数。大多数情况下，其他人就自动出局了，列夫最后输给里斯。

第一手牌打了出去，列夫认定这是他的最后一场赌局。如果他把庞蒂兄弟搜刮一空，大概就有钱买船票了。等到下个礼拜天，斯皮利亚会打听列夫是否开了赌局，但那时候列夫已经坐上船横渡大西洋了。

随后的两小时里，列夫看着里斯赢得越来越多，他告诉自己美国正一个便士一个便士地靠近。他一般不想让别人输得精光，因为他希望他们下周再来。但今天他要大大赢上一笔。

窗外，午后的天光渐渐变暗，现在终于轮到他发牌了。他给乔伊·庞蒂三张A，给里斯三张3。在这轮赌局中，三张3赢了三张A。他给自己发了一对大小王，这样就能堂堂正正把赌注做大了。他一直抬高价码，直到乔伊几乎输光了——他不想给人打任何借条。乔伊用剩下的最后一点钱去赌里斯手里的牌。当他看到里斯摊出三张3点牌的时候，脸上露出一副既可笑又可怜的表情。

里斯把桌上的钱全揽了。列夫站起来说：“我真的一个子儿都不剩了。”牌局就此结束，几个人又回到了酒吧，里斯给大伙买了饮料，让几个输家心里好受些。庞蒂兄弟重新喝起了啤酒，乔伊说："唉，也好，俗话说，来得容易去得快，是吧？"

几分钟后，列夫又起身去了外面，里斯紧随其后。双冠里头没有厕所，男人们全都在仓房后面的小巷里解手。这里的唯一照明是远处的一盏街灯，因而十分昏暗。里斯赶紧把赢钱的一半塞到列夫手里，一部分是硬币，其他都是花花绿绿的新钞票——绿色的是英镑，棕色的是十先令纸币。

列夫很清楚自己该得多少。计算数字对他来说轻车熟路，就像估算赌局赔率那样容易。回头他还要清点一下，但他相信里斯不会骗他。以前这家伙干过一次，列夫发现自己的一份里少了五先令——如果他粗心大意，也就忽略过去了。列夫去了里斯家，把他的左轮手枪捅进这家伙的嘴里，拉开撞针。里斯顿时吓得尿了裤子。之后，赢钱一直都是五五平分，精确到半个便士。

列夫把钱塞进上衣口袋，两人又回到了酒吧。

他们刚进门，列夫就看见了斯皮利亚。

这次他没穿长袍，换上了在船上穿的外套。他站在吧台边上，没要什么饮料，而是在跟一小群俄国人郑重其事地说着什么，其中就有参与牌局的人。

斯皮利亚随即看见了列夫，两人四目相对。

列夫转身往外走，但他知道已经来不及了。

他快步朝坡上的威灵顿街走去。斯皮利亚一定会出卖他，这一点十分肯定。这会儿他肯定在跟那些人解释列夫如何在牌桌上耍弄伎俩，把自己装成输家。那些人个个都会恨得咬牙切齿，庞蒂兄弟也会来讨回自己的钱。

当他快到家门口时，看见迎面走来一个人，手里拎着一只提箱，借着灯光他认出那是他的邻居，一个叫作"耶稣的比利"的年轻人。“哎，你好，比利。”他说。

“哎，你好，格雷戈里。”

这孩子好像准备出城，让列夫有些好奇：“你上哪儿去？”

“伦敦。”

列夫更来了兴致：“哪趟火车？”

“六点去加地夫的火车。”坐火车去伦敦要在加地夫换车。

“现在几点了？”

“还差二十分钟。”

“回头见。”列夫进了家门。他决定跟比利搭同一趟火车。

他进了厨房，打开电灯，移开地上的石板。他从下面拿出自己的积蓄、带着他哥哥名字和照片的护照，还有一小箱黄铜子弹和他的那把手枪。那是一支纳甘M1895，是他在牌桌上从一个陆军上尉那儿赢来的。他看了看弹膛，确定每个弹仓里都装好了子弹——用过的弹壳不会自动弹出，需要装弹时用手一个个抠出来。他把钱、护照和手枪一并装进自己的上衣口袋。

他在楼上找出格雷戈里那只带弹孔的硬纸板箱，把弹药、剩下的一件衬衣、内衣装进去，外加两副扑克牌。

他没有手表，但能够算出距离刚才和比利碰面已经过去了五分钟。他还有十五分钟步行去火车站，时间够用。

这时，他听见外面有几个人在说话。

他不打算跟他们当面对质。他身强力壮，但那些矿工也一样好勇斗狠。也许他能打赢这帮人，但他会错过这趟火车。他肯定会用上自己的手枪，但这个国家的警察会穷追不舍抓住杀人凶犯，哪怕被杀的是平民百姓。至少他们会在加地夫码头严查过往乘客，他也很难买到船票。想来想去，最好的办法还是避免冲突，不声不响离开这里。

他从后门离开，沿着小巷匆匆走着，轻手轻脚，尽管他的靴子十分笨重。威尔士的阴雨让地面一直泥泞不堪，沾了这个光，他脚下并没弄出多大响动。

在小巷尽头他拐进一条窄路，出现在街灯下。路中央的一个厕所起了遮挡作用，让站在他房子外面的人无法看见他。列夫快步前行。

又经过两条街，他才发现走这条路必须经过双冠酒吧。他停下脚步，想了想。他很清楚小镇的布局，如果换另一条路，他就必须折返回去。但刚才那些人可能还待在他家附近。

他必须孤注一掷，走双冠这条路。他拐进另一条小巷，走上穿过酒馆后巷的那条路。

快要走到他们玩牌的那间仓房的时候，他就听见那边有人说话，小巷另一端的灯光影影绰绰地映出两三个人影。尽管时间所剩不多，他还是停下来，等着那几个人进去。他紧贴着一片高高的木板栅栏，别人轻易发现不了他。

那几个人似乎根本不打算动窝。“快点儿啊，”列夫低声说，“快进去暖和暖和吧！”雨水从他的帽子滴答滴答地流到他的后背上。

几个人终于进去了，列夫马上闪身出来，快步向前。他顺利经过仓房，但刚走了几步，就又听见身后有了动静。他暗暗骂了一句。酒馆的客人从中午开始就一直在喝酒，到了傍晚这会儿，自然就要频繁到巷子里解手。后面有人叫他：“嘿，哥们儿！”对方没称呼他的名字，看来并没有认出他来。

列夫装作没听见，继续往前走。

他能听见后面低声议论着什么，听不大清楚，但似乎有人说了句“好像是俄国人”。俄国人的穿戴跟当地人不同，列夫怀疑他们从他帽子和外衣的轮廓看出了这一点，他快步走向街灯，身影更加清晰了。不过他们都憋着尿，估计不会马上追过来。

他拐进另一条巷子，走出了那些人的视线。不过，他还不能掉以轻心，那帮人肯定会找他算这笔账的。斯皮利亚肯定已经把他的事情抖了出来，有人马上会明白这个拎着提箱、一身俄国穿戴的人去镇中心的方向是怎么回事。

他必须赶上那列火车。

他开始跑了起来。

铁路线铺设在山谷的豁口中间，因此去车站的路一直是下坡。列夫迈着大步，毫不费力地跑着。他可以看见一片屋顶后面露出的车站的灯光，再往前，就看见站台上正停靠着一列火车，烟囱里冒着烟。

他疾步穿过广场进了售票厅。大钟的指针是差一分钟六点。他连忙跑到售票窗口，从口袋里摸索出钱来：“买一张票。”

“这么晚了，你打算去哪儿？”里面的售票员轻松地搭话。

列夫连忙指了指站台上的火车：“我要坐这趟车！”

“这趟车经停阿伯德尔，庞蒂瑞德……”

“加地夫！”列夫抬头看见大钟的分针滑过最后一小段，停下了，微微颤抖了一下，就到了整点的位置。

“单程，还是往返？”售票员不紧不慢地说。

“单程，快点儿！”

列夫听到了一声哨音，他急不可耐地点着手里的硬币。他清楚车票是多少钱——六个月来他去过两次加地夫，然后把钱放在柜台上。

火车开动了。

售票员把车票递给他。

列夫抓起车票，转身就跑。

“别忘了找你的零钱！”售票员说。

列夫几步奔到验票口。“请出示车票。”检票员说，他刚刚看见列夫买了票。

隔着栅栏，列夫看见火车正在加速。

检票员给他的车票打孔，问道：“你不要找零了？”

售票厅的大门咣当一声从外面被推开，庞蒂兄弟冲了进来。“在那儿！”乔伊喊了一声，跑过来抓列夫。

他没想到列夫一步迎上来，朝自己脸上就是一拳。乔伊猛地收住步子，后面的乔尼一头撞在了他哥哥的后脊梁上，两人都跌倒在地。

列夫从检票员手里抓过车票，跑上站台。火车开得更快了。他随着车厢跑了起来。突然间，一扇门开了，列夫见到了“耶稣的比利”那张友善的脸。

比利大喊着：“跳上来！”

列夫纵身一跃，一脚踩上了踏板。比利抓住他的胳膊。列夫拼命往上爬，两人摇晃了几下，比利终于把他拉了进去。

列夫坐到座椅上，大大松了一口气。

比利关上车门，坐到了他对面。

“谢谢你。”列夫说。

“你真能赶时间。”

“还好，上来了。”列夫咧嘴笑了笑，“这是最重要的。”

第二天早上，比利在帕丁顿车站向人打听阿尔德盖特怎么走。因为艾瑟尔的信里提到了这个地方。一个好心的伦敦人仔细地跟他说了一大串地名，可他一个字都没有听懂。比利谢过了他，径自走出了车站。

他从没来过伦敦，但知道帕丁顿是城西，而穷人一般住在东部，因此便迎着太阳的方向走。他没想到伦敦城这么大，远比加地夫热闹，更让人感到晕头转向，但他很喜欢——嘈杂的街道、繁忙的车流和来来往往的行人，那些大大小小的店铺让他觉得尤其新鲜。这里怎么会有这么多商店？在伦敦的店子里，人们一天得花掉多少钱？他想，起码得有好几千，甚至上百万英镑吧。

他感到自由自在，有些飘飘然。这里没人认得他。在阿伯罗温，甚至偶尔去一趟加地夫，总能碰到朋友或者熟人。而在伦敦，他可以挽着自己喜欢的女孩的手在大街上溜达，永远也不会被父母发现。他没打算真这么做，但街上有那么多精心打扮的漂亮女孩，光是想一想就已经让他陶醉了。

过了一会儿，他见到一辆公共汽车，车头上有“阿尔德盖特”的字样，便上了车。

他解密了艾瑟尔的信后就一直放心不下。当然，他不能跟父母商量这件事。等他们晚上去毕士大礼拜堂晚祷的时候（他已经不再去那儿了），他就写了一张纸条：

亲爱的妈妈：

我对艾丝放心不下，去找她了。对不起我就这么偷偷走了，只是因为不想吵架。

爱你的儿子，

比利

因为是星期天，他刚好洗了澡，刮过胡子，身上穿着一套最好的衣服。这件衣服是他父亲穿剩下的，但白衬衫很整洁，他还打了一条黑色的针织领带。他在加地夫车站的候车室里打了个盹，搭上了周一最早的那趟火车。

到了阿尔德盖特，经乘务员提醒，他下了车。这里是一片穷街陋巷，房子破破烂烂，街上的摊贩在卖二手衣服，光着脚的孩子在肮脏的楼梯上玩耍。他不知道艾瑟尔住在哪儿，她的信上没有地址。他唯一的线索是那句“我每天在曼尼·利托夫的血汗工厂工作十二个小时”。

他期待着见到艾丝，把阿伯罗温发生的事情统统告诉她。她应该看过报纸，知道这次“寡妇罢工”失败了。一想到这里，比利就一肚子火。那些老板蛮不讲理，因为他们胜券在握。煤矿和住房都是他们的，就让他们觉得这里的人也归他们所有。由于种种复杂的专营权限，大部分矿工没有投票权，所以，阿伯罗温的议会成员就成了保守派，跟公司穿一条裤子。汤米·格里菲斯的父亲说，这种状况无法改变，除非发生法国那样的革命。比利的父亲说应该成立一个工党政府。比利弄不清他们谁说得对。

他在街上遇见一个面容和善的年轻人，便走过去说：“请问曼尼·利托夫的工厂怎么走？”

这人说的好像是俄语，他听不懂。

他又去问别人，这次他碰到的人倒是说英语，但他从未听说过曼尼·利托夫。阿尔德盖特不像阿伯罗温，大街上的任何人都知道镇上任何一家商铺作坊的位置。难道他大老远赶到这儿，还花了不少路费，最后全都白搭了吗?

他不能就这么算了。他扫视着繁忙的街道，搜寻着外表模样看上去像做生意的人，手里带着工具或者推车的。他又问了五个人，还是一无所获，最后过来一个扛着梯子的橱窗清洁工。

"曼尼·利夫的工厂？"那人重复了一遍。他说"利托夫"的时候，"托"这个字不发音，而是用听上去像咳嗽的喉音代替。"是问服脏工墙（服装工厂）？"

"对不起，"比利很有礼貌地说，"请再说一遍？"

"服脏工墙（服装工厂）。就是做服脏（服装）的地方。"

"嗯……也许，是吧。"比利支吾着，有些失望。

橱窗清洁工点着头："一至走，四百米，向右卷，将领肉（一直走，四百米，向右转，橡林路）。"

"一直走对吗？"比利应答着，"四百米？"

"哎，然后右转。"

"向右拐？"

"相林路。"

"相林路？"

"不费错过的（不会错过的）。"

那条街原来叫橡林路。这里没有任何林子，更别提橡树了。这条狭窄弯曲的街道两侧尽是些荒废破败的砖房，很多人在里面忙碌着，还有不少马匹和手推车。比利又问了两个人，最后找到了那座房子，它夹在"小狗小鸭"酒吧和一个用木板封住、名叫"李普曼"的店铺之间。房子的前门大开着。比利爬上楼梯到了顶楼，看见里面有二十来个女人在缝制英国军服。

她们不停地踩着踏板，好像谁都没太在意他，过了一会儿，其中一个说："进来呀，亲爱的，我们不会吃了你——哦，这么一想，我还真打算尝尝鲜呢。"女人们全都咯咯笑了起来。

"我要找艾瑟尔·威廉姆斯。"他说。

"她不在。"那女人说。

"为什么不在？"他有些着急，"她病了吗？"

"干你什么事儿？"那女人从机器边上站起身，"我是米尔德里德。你是谁？"

比利盯着她。她很漂亮，即使长着一对龅牙。她抹着鲜艳的红色唇膏，漂亮的卷发从帽子下面露出来。她的身体裹在一件不成形的灰色厚外套里，尽管如此，他依然瞧见她走过来时体态摇曳生姿。他简直被她迷住了，一时忘了开口。

她说："你该不是那个让她怀上孩子，然后溜之大吉的浑蛋吧？"

比利终于憋出一句话来："我是她的弟弟。"

"噢！"她说，"他妈的，你是比利？"

比利惊得目瞪口呆。他从来没听过女人这样说话。

她用一种毫不在乎的眼神仔细打量着他。"你是她弟弟，我瞧得出来。但你看上去不止十七岁。"她的语气和缓了些，让他觉得心里热乎乎的，"你们有一样的黑眼睛和卷发。"

"我上哪儿能找到她？"他问。

她挑逗般看了他一眼："我碰巧知道她不想让家人找到。"

"她害怕我父亲，"比利说，"但她给我写了一封信。我很担心她，就坐火车来了。"

“你从威尔士那个烂地方赶过来的？”

“那不是烂地方！”比利生气地说，接着他又耸耸肩膀，“嗯，实际上，我也觉得挺烂的。”

“我爱听你的口音，”米尔德里德说，“就像在听人唱歌一样。”

“你知道她住在哪儿吗？”

“你是怎么找到这个地方的？”

“她说她在阿尔德盖特的曼尼·利托夫工厂干活。”

“哦，看来你是个天杀的福尔摩斯了，啊？”她语气里勉强带了点儿佩服的意味。

“你要是不肯告诉我她在哪儿，总有人会告诉我的。”他充满信心地说，感觉自己在夸口，“如果找不到她，我就不会回去。”

“她会杀了我的，不过还是说了吧，”米尔德里德说，“纳特利街23号。”

比利向她问清方向，让她尽量说慢点儿。

临走时她又说：“用不着谢我，要是艾瑟尔想杀我的话，你来保护我就行了。”

“那好吧。”比利说，想到自己能因为什么事情保护米尔德里德，便一阵激动。

其他女人喊着说“再见”，向他送出飞吻，让比利很不好意思。

纳特利街是一个安静的地方。成排建造的房子对刚到伦敦一天的比利来说已经有些熟悉。这些房子比矿工的棚屋大多了，前面都有一个小小的院落，房门并不是直接冲着街道。完全相同的窗框和十二块玻璃的窗子排列开去，让这里的景观产生一种井然有序的效果。

他敲了敲二十三号的房门，但没人应声。

他开始担心了。她为什么没去上班？她生病了吗？如果没有，那她为什么没在家呢？他从投信口往里面窥望，看见走廊里擦得亮亮的地板，衣帽架上挂着一件他认识的灰色旧外套。外面的天气很冷，艾瑟尔不会不穿外套出门的。

他靠近玻璃窗往里面张望，但窗上挂着网状的窗帘，让他什么也看不清。

他又回到门边，再拨开投信口的盖子往里面看。景象没什么变化，但这次他听到了声音。那是一声长而痛苦的呻吟。他把嘴巴贴在投信口上喊道："艾丝！是你吗？我是比利。"

一段长时间的沉默，然后，呻吟又开始了。

"该死的。"他说。

门里装的是耶尔式门锁，插栓用两根螺丝钉在门框上。他用手掌使劲拍了拍门。这门并不算太结实，估计是用便宜的松木做的，年头也很长了。他往后一仰，抬起右脚上沉重的矿工靴使劲踹了上去。门上发出一种木头碎裂的声音。他又踹了好几下，但门还是没有开。

他想，要是手里有把锤子就好了。

他回头朝街上张望，希望有个带工具的工人恰好经过，但整条街空荡荡的，只有两个一脸泥巴的小男孩好奇地看着他。

比利沿着短短的花园小径退了几步，然后转身对着门跑过去，用右肩膀死死撞在门上。门板被"咣当"一声撞开，他一下扑倒在屋里。

他从地上爬起来，揉了揉肩膀，推开撞坏的门。屋子里很安静。“艾丝？”他叫了一声，“你在哪儿？”

呻吟声又开始了，他循声而去，走进底层前面的房间。这是一间女人的卧室，壁炉架上摆着陶瓷饰物，窗户上挂着带花的窗帘。艾瑟尔在床上，一件灰色的裙子像帐篷一样遮住了她的身子。她并不是躺在那儿，而是用双手撑着跪在床上，正不停地呻吟着。

“你这是怎么啦，艾丝？”比利问道，吓得连声音都变了。

她上气不接下气地说：“孩子要生了。”

“哎呀，见鬼。我这就去叫医生。”

“太晚了，比利。亲爱的耶稣，疼啊。”

“你听上去像是要死了一样！”

“哦，比利，生孩子就这样。到这儿来，抓住我的手。”

比利跪在床边，艾瑟尔拉着他的手。她越抓越紧，又开始呻吟起来。这呻吟更长，听上去更加痛苦，抓着他的手那么用力，让他觉得骨头都快被捏断了。呻吟随着一声尖叫停了下来，然后她大口喘息着，就像刚刚跑了两公里路似的。

一分钟后她说：“对不起，比利，你得帮我看看裙底。”

“哦。”他应了一声，“好吧。”他不太明白自己该干什么，只是觉得要照吩咐去做。他轻轻掀起艾瑟尔的裙摆。“哎呀，我的上帝！”他吃惊地说。她身子下面的床单被血染湿了，中间有个粉红色的小肉团，裹在一层黏糊糊的东西里。他辨认出大大的圆脑袋，闭着的双眼，还有两条胳膊和两条小腿，看上去小小的。“一个小宝宝！”他说。

“抱起来，比利。”艾瑟尔说。

“什么，我吗？”他说，“哦，是的。”他斜靠在床上，一只手托着婴儿的头，另一只托着小小的屁股。他看清这是个小男孩。宝宝很滑，黏糊糊的，但比利还是设法抱住了他。有一根带子仍然跟艾瑟尔连在一起。

“抱起来了吗？”她说。

“哎，”他说，“我抱起来了，是个男孩。”

“他喘气吗？”

“我不知道。怎么看啊？”比利努力不让自己惊慌，“没，我觉得他没喘气。”

“拍拍他的屁股，别太使劲。”

比利把婴儿的身子翻过来，用一只手托着他，快速在他屁股上拍了几下。孩子马上就张开嘴巴，吸了一口气，反抗似的哭叫起来。比利兴奋极了，说：“你听啊！”

“再抱一会儿，等我转过来。”艾瑟尔挪了挪身子坐好，把裙子弄弄平整，“把他给我吧。”

比利小心地把孩子递过去。艾瑟尔把宝宝搂在臂弯里，用袖子擦了擦他的脸。“他真漂亮。”她说。

比利倒看不出他有多漂亮。

连在婴儿肚脐的带子刚才还是蓝色的，很光滑紧绷，但现在萎缩下来，已经变白了。艾瑟尔说：“去那边的抽屉里帮我把剪刀拿过来，还有那个棉线轴。”

艾瑟尔在脐带上打了两个结，再从中间剪断它。“好啦。”她解开衣服前襟，“刚才的一切你都见识过了，我看你也不会觉得不好意思了。”说着，她露出一只乳房，把乳头塞进宝宝嘴里。他开始吸吮起来。

她说得没错，比利没觉得不好意思。一个小时前他若看见姐姐的裸胸，的确会感到羞愧，但这种感觉放到现在简直不值一提。他心里只感到一种巨大的安慰，孩子一切正常。他目不转睛地看着他吸吮，惊奇他的手指那么小巧。这些让他有一种见证奇迹的感觉。他的脸被泪水打湿，但他竟然不知道自己什么时候哭了，一点印象都没有。

宝宝很快就睡着了。艾瑟尔系上衣扣。“我们马上给他洗一洗。”她说着，闭上了眼睛，“老天啊，真没想到会疼得这么厉害。”

比利问：“他的父亲是谁，艾丝？”

“菲茨赫伯特伯爵。”随后她睁开了眼睛，“唉，真糟糕，我没打算让你知道这个。”

“这只该死的猪，”比利说，“我要杀了他。”

第十五章

1915年6月至9月

大船缓缓驶进纽约港，这时，列夫·别斯科夫觉得，美国也许不像他的哥哥格雷戈里说的那样美好。他暗暗狠下心肠以便面对一场可怕的失望。不过，他多虑了。美国有着他所向往的一切：财富、忙碌、兴奋，还有自由。

三个月后，也就是六月的一个炎热的下午，他已经在布法罗一家酒店里找到工作了——在马厩侍候客人的马匹。这地方的主人是约瑟夫·维亚洛夫，他在这座破旧的中心客栈的屋顶上面加了一个洋葱形圆顶，改名为圣彼得堡饭店，大概出于对童年时就离开的那座城市的怀念。

列夫为维亚洛夫干活，布法罗有不少俄国移民都受雇于他，但列夫从未见过这个人。就算他有这个机会，也拿不准自己该对他说什么。俄国的维亚洛夫家族欺骗了列夫，把他扔在加地夫，让他积怨在心，但另一方面，由圣彼得堡维亚洛夫家出具的文件让列夫顺利通过了美国移民局的审核。他只是在运河街的一家酒吧提了提维亚洛夫的名字，就立刻找到了一份工作。

从加地夫上岸那天起，一年来他每天都说英语，口齿越来越清晰了。美国人说他有英国口音，听不懂他的阿伯罗温方言，但他想要表达的事情都能表达出来，他跟女孩子们说“我可爱的”，也很讨她们喜欢。

还差几分钟六点，他马上就要下班了。就在这时他的朋友尼克走进马厩的院子，嘴上叼着一根香烟。“法蒂玛牌的，”他喷出一口烟雾，心满意足地炫耀说，“是土耳其烟草，美极了。”

尼克的全名是尼古拉·大卫多维奇·福麦克，但这里都叫他尼克·福尔曼。他偶尔扮演一下以前斯皮利亚和里斯担当的角色，而他的主要营生是偷窃。

“多少钱？”列夫问道。

“商店里一百支装的铁盒卖五十美分。我按十美分给你。你卖别人二十五美分就行。”

列夫知道法蒂玛是名牌烟，按市价的一半卖出去轻而易举。他朝院子四下看了看，老板没在。“好吧。”

“你想要多少？我有满满一箱子。”

列夫口袋里有一美元。“二十盒，”他说，“我现在给你一美元，过后再给你另一半。”

“我概不赊欠。”

列夫笑了，把手往尼克的肩膀上一搭：“算啦，哥们儿，你还信不过我吗？我俩不是好朋友吗，你说呢？”

“那就说好二十盒。我去去就来。”

列夫在墙角找了一条装饲料的旧麻袋。尼克带回了二十条长长的绿色铁盒，盖子上画着一个戴面纱的女人。列夫把铁盒装进麻袋，把那一美元给了尼克。“助俄国兄弟一臂之力，何乐而不为。”尼克说了一句，便迈着闲散的步子离开了。

列夫把马梳和蹄签收拾干净。六点过五分的时候，他跟管事的马夫说了声再见，便径直去了第一区。背着饲料麻袋走在街上，让他觉得自己很是显眼，心里盘算着如果警察拦下他，要看麻袋里的东西，自己该怎么应对。但他也不太担心——凭着三寸不烂之舌，大部分情况他都能应付过去。

他去了“爱尔兰海盗”酒吧，这家酒吧很大，也很有名。他挤过人群，买了一大杯啤酒，焦渴难耐地一口喝下大半杯。随后，他在一帮工人旁边坐下，这些人谈话中混合着波兰语和英语。几分钟后他开口说：“有人要抽法蒂玛吗？”

一个围着皮围裙的光头男人说：“哦，我就常抽法蒂玛。”

“想不想半价买一盒？二十五美分一百支。”

“这烟有什么问题吗？”

“有人丢了烟，有人捡到了。”

“不太可靠啊。”

“这样吧，你把钱放在桌子上。等你告诉我能拿了，我再拿。”

这几个人来了兴致。光头男人在衣袋里摸了一会儿，掏出一枚二十五美分的硬币。列夫从麻袋里拿出一个铁盒递了过去。这人打开盒子，拿出一个叠成三角形的小纸片打开，露出里面的相片。“嘿，这儿还有张棒球卡！”他说。他拿出一根香烟点上：“不错，”他对列夫说，“拿去吧，钱是你的了。”

另一个人从列夫肩上探过头来问道：“多少钱？”列夫说了价格，对方买了两盒。

半小时过去后，列夫把烟卷全卖掉了。他很高兴：不到一个钟头，他就让两美元变成了五美元。他上班要干一天半才能挣上三美元。或许明天应该从尼克那儿再买点他偷来的赃物。

他又买了一杯啤酒，喝完就把空麻袋留在原地，独自走了出去。到了外面，他掉头朝拉夫卓伊区走去，那是布法罗的穷人区，俄国人大都住在那里，还有不少意大利人和波兰人。他可以顺路买一块牛排回家煎土豆吃。要不，就带上玛伽一道去跳舞，或者去买一件新衬衣。

他想，该把钱攒起来，留给格雷戈里用作来美国的路费，与此同时，他觉得很愧疚，因为他知道自己不会这样做的。三美元不过是杯水车薪，他需要的是赢上一大笔，一次就把格雷戈里的钱寄够，让自己来不及动心思挥霍它。

他正遐想着，突然有人拍了拍他的肩膀，让他吓了一跳。

他的心猛地向上一提。他转过身去，以为会看见穿制服的警察。但拦下他的不是警察，而是一个身材魁梧、穿一身工装的家伙，他的鼻梁残损，一脸怒气冲冲的样子。列夫浑身一紧——这种人一看便知是什么来头。

这人说："是谁让你在'爱尔兰海盗'卖烟的？"

"我只是想赚上几个小钱，"列夫送上一副笑脸，"我确实没想冒犯谁。"

"是不是尼克·福尔曼？我听说他抢了辆运香烟的火车。"

列夫不打算跟一个陌生人透露这类消息："我从没见过你说的这个人。"他的声音听上去依然轻松愉快。

"难道你不知道'爱尔兰海盗'属于V先生吗？"

列夫心里涌上一股火。V先生肯定是指约瑟夫·维亚洛夫了。他不再显得好声好气了："那么就去贴个告示吧。"

"没经允许，你就不能在V先生的酒吧卖东西。"

他耸了耸肩："我又不知道。"

"这个会让你长点儿记性。"说着，那家伙挥起拳头。

列夫对此早有预料，他猛地向后一退。这一拳打空了，那家伙踉跄了一下，失去了平衡。列夫上前一步，一脚踢在他的小腿上。一般而言，拳头的威力十分有限，比起坚硬的皮靴差远了。列夫使出全力踢了这一脚，但也不会踢断骨头。那人勃然大怒，咆哮着再次出拳，又再次落空。

打他的脸毫无意义——他那地方恐怕早就丧失了知觉。列夫朝他的腹股沟猛踢一脚，只见他两手捂着下胯，弯着身子，疼得连声喘息。列夫又去踢他的肚子。那人嘴巴像金鱼一样开合着，无法呼吸。列夫跨向一侧，又去踢他的两条腿，让那家伙仰面倒在地上。列夫照准他的膝盖又是一脚，就算对方爬起来也追不上他了。

连续发力让列夫气喘吁吁，他说："告诉V先生，让他以后讲点礼貌。"

他转身走开，喘着粗气。这时他听见身后有人说："哎，伊利亚，这他妈的是怎么回事？"

又过了两条街，列夫的呼吸才渐渐变稳，心跳也慢了下来。让那个约瑟夫·维亚洛夫见鬼去吧，他想。那个浑蛋骗了我，再也不能受他欺负了。

维亚洛夫不会知道是谁揍了伊利亚。"爱尔兰海盗"那边没人认识列夫。维亚洛夫准会气得发疯，但他对此毫无办法。

列夫感到十分得意，心想：我把伊利亚打倒在地，可我没伤到一根毫毛！

他的口袋里还装满了钱。他停下来买了两块肉排和一瓶杜松子酒。

他住的那条街上到处是破旧的砖房，房子里又分成很多小房间。玛伽坐在隔壁那幢房子的门廊上，正在锉她的指甲。她是个漂亮的俄国姑娘，十九岁上下，长着一头黑发，笑起来十分性感。眼下她在干女招待的活，但她希望以后当一个歌手。他给她买过几次饮料，吻过她一次。她很热情地回吻了他。“嗨，孩子！”他喊了一句。

“你管谁叫孩子？”

“今晚你干什么？”

“我有个约会。”她说。

列夫不打算相信她这话。她才不会承认自己无事可做呢。“别搭理他，”他说，“那家伙满嘴臭气。”

她笑了：“你连他是谁都不知道！”

“上我家。”他掂了掂手里的纸袋，“今晚吃牛排。”

“等我考虑考虑再说。”

“把冰块带过来。”说完，他进了自己的租屋。

按美国的标准，他的住所租金很低，但列夫觉得既宽敞又豪华。屋里包括一个客卧两用的房间和一个厨房，有自来水和电灯，而这些通通归他一个人用！要是在圣彼得堡，这么大的屋子里至少要住十个人。

他脱掉外套，挽起袖子，在厨房的水槽里洗了洗手和脸。他希望玛伽会来。她那样的女孩，随时都能带来欢笑，喜欢跟人跳舞或办一场聚会，从不操心未来会怎么样。他削了几个土豆，切好，然后把煎锅放在电炉上，扔进一块猪油。正煎着土豆的时候，玛伽走进屋子，带着一大杯碎冰。她开始拿杜松子酒和砂糖调配饮料。

列夫啜了一口酒，然后在她嘴唇上轻轻吻了一下。“味道不错。”他说。

“你真厚脸皮。”她说，但这算不得正儿八经的抗议。他开始琢磨随后能否把她弄到床上。

他开始煎牛排。“你真让我大开眼界，”她说，“没多少男人会做饭。”

“我六岁的时候父亲就死了，我妈死的时候我也刚十一岁，”列夫说，“是我哥格雷戈里抚养我长大的，我们什么都得学着自己做。但不是说我们在俄国的时候就能吃上牛排。”

她问起格雷戈里的事，他吃饭的时候把他的故事讲给她听。听了两个没有母亲的男孩挣扎求生的故事——他们在机车制造厂做苦工，租住只有一张床大小的房间等等，女孩们大多都会被深深打动。他不无愧疚地略去了遗弃自己怀孕女友的那一部分。

他们在客卧两用的房间里喝下第二杯酒。当他们端起第三杯的时候，外面已经漆黑一片，而她已经坐在了他的大腿上。啜饮之间，列夫吻了她。她迎着他的舌头张开嘴巴，他也同时伸手去摸她的乳房。

就在这时，门被狠狠推开了。

玛伽尖叫了一声。

三个男人进了屋子。玛伽从列夫的腿上跳下来，还在尖叫着。其中一个人反手朝她的嘴巴打了过去，说：“你他妈的闭嘴，婊子！”她两手捂着流血的嘴唇朝门口跑去，那几个家伙也没去管她。

列夫腾地站起来，朝打了玛伽的那个家伙扑过去。他一拳又准又狠地打在对方的眼眶上。另外两个人上前抓住列夫的胳膊。这些人孔武有力，让他无法挣脱。两人抓着他，第一个动手的家伙（显然他是领头的）照着他的面门就是一拳，然后又朝肚子来了几下。列夫嘴里流着血，刚吃下的东西全呕了出来。

他瘫软下来，疼得不能动弹，这时，几个家伙抓着他的四肢把他拖到了楼下，出了屋子。一辆蓝色的哈德森停在路边，发动机轰轰响着。几个人把他丢进后面的厢板上。两个人坐进车里，用脚踩着他，另一个坐在前面发动汽车。

列夫身上疼痛难忍，顾不得想他们要去什么地方。他估计这些人受雇于维亚洛夫，可他们是怎么找到他的？他们到底要把他怎么样？他给自己壮着胆，不让他们把自己吓倒。

几分钟后车子停了，他又被人拖了出来。旁边是一座仓库，街上空空荡荡，漆黑一团。他能闻出池塘的气息，知道这里靠近水岸。这倒是个杀人的好地方，想到自己就要命丧此地，不免有些胆战心惊。没有任何目证，他的尸体就这样被装入麻袋扎紧，再放上几块砖头，永远地沉入伊利湖底。

列夫被拖进大楼，他强打精神，使劲挣扎着。这是他最倒霉的一次，他没有把握仅靠耍嘴皮子化险为夷。我干吗要做这些呢？他在心里责问自己。

仓房里满是崭新的轮胎，十五个或者二十个一摞堆得老高。他们带着他穿过货堆往后走，最后来到一扇门前，那儿站着一个大块头，他冲几个人抬了抬手，让他们停下。

几个人全都不说话。

过了一会儿，列夫说：“看来要等上几分钟了。谁手里有扑克牌？”

几个人脸上连个笑容也没有。

那扇门终于开了，尼克·福尔曼从里面出来。他的嘴唇肿得老高，一只眼睛闭着。他一看见列夫，便说："我也是没办法，他们说要杀了我。"

这下列夫明白了。这么说，他们是通过尼克才找到他的。

一个戴眼镜的瘦子走到办公室门口。列夫想，这人瘦得跟棵草似的，不可能是维亚洛夫。"把他带进来，西奥。"那人说。

"马上，尼尔先生。"领头的那个恶棍说。

这间办公室让列夫想起自己打小住过的那种农民的棚屋。里面热烘烘的，空气里满是烟雾。墙角放着一张小桌子，上面摆着几幅圣像。

一个中年人坐在一张铁桌子后面，这人肩膀宽得出奇。他穿着昂贵的休闲外套，戴着硬领和领带，夹着香烟的手指上有两枚戒指。他说："这他妈的是什么味道？"

"对不起，V先生，他刚吐过，"西奥说，"他反抗，我们不得不让他安静点，结果他就吐了。"

"放开他。"

他们松开列夫的胳膊，但依然守在边上。

V先生看着列夫。"我收到了你的口信，"他说，"你让我懂礼貌。"

列夫鼓足了气力。临死他也不打算痛哭流涕，哀告求饶。"你就是约瑟夫·维亚洛夫？"

"上帝，你还真有胆量，"那人说，"竟敢问我是谁。"

"我正要找你。"

"你要找我？"

“维亚洛夫家族卖给我一张从圣彼得堡到纽约的船票，但他们却把我扔在了加地夫。”列夫说。

“那又怎么样？”

“我要把我的钱讨回来。”

维亚洛夫盯着他看了好一会儿，然后笑了。“真没办法，”他说，“我喜欢你这样的。”

列夫屏住一口气。是不是维亚洛夫不打算杀他了？

“你有活干吗？”

“我就是在你的地方干活。”

“在哪儿？”

“圣彼得堡饭店，在马厩。”

维亚洛夫点了点头：“我倒是可以给你一份比这更好的营生。”

1915年6月，美国离战争更近了一步。

格斯·杜瓦惊骇不已。他从没想到美国会卷入一场欧洲战争。美国民众也有同感，总统伍德罗·威尔逊也一样。但战争的危险却在以某种方式慢慢逼近。

危机肇始于5月，当时德国潜艇用鱼雷击中一艘英国船“路西塔尼亚号”，上面装有一百七十三吨的步枪、弹药和榴霰弹。船上还搭载了两千名乘客，其中包括一百二十八位美国公民。

美国人认为这跟刺杀一样让人震惊。报纸连篇累牍，充满义愤之辞。“民众想让您办一件不可能做到的事！”格斯站在椭圆办公室，气愤地对总统说，“他们希望您对德国更加强硬，同时又不能冒险挑起战争。”

威尔逊点头同意。他从打字机上抬起头来，说：“没有规定说民意必须从一而终。”

格斯对自己上司的沉稳持重很是钦佩，但同时又觉得有些沮丧：“那您打算如何处理？”

威尔逊笑了，露出他的一口坏牙：“格斯，有人告诉过你政治很简单吗？”

最后，威尔逊向德国政府发了一封措辞严厉的照会，要求他们停止攻击运输船只。他和他的顾问，其中包括格斯，希望德国人同意作出一些妥协。但如果他们决计违抗，格斯不知威尔逊如何避免事态升级。这是一个危险的游戏，格斯发现自己无法继续保持冷静，超然将风险置之度外，就像威尔逊表现的那样。

一封封外交电报横渡大西洋之时，威尔逊去了新罕布什尔州他的夏季别墅，格斯去了布法罗，住在他父母在特拉华大道的宅邸里。他父亲在华盛顿有一所房子，但格斯在那儿住自己的公寓。每次回布法罗的家，他都感到母亲把家里家外操持得令人舒适愉悦——床头柜上放着插满玫瑰的银器，早餐总有新鲜面包卷，挺括、干净的白桌布每餐必换，挂在衣橱里的外套被掸过、熨好，他甚至不知道什么时候被拿走过。

房子里的家具摆设有意显得平实朴素，是他母亲对自己父母一代华丽繁复风尚的一种抗拒。大部分家具都是波德迈式的，这种功利化的德国风格正在复兴。餐厅的四面墙上各有一幅画，桌上摆着一个三角烛台。头一天午餐的时候，他母亲说：“我猜，你是打算去贫民窟看拳击赛吧？”

“拳击本身什么错也没有。”格斯说。这是他最热衷的爱好了。十八岁时他甚至练过拳击，天生的长胳膊为他赢得了几次胜利，但他不具备杀手的本能。

“都是愚氓。”母亲轻蔑地说。“愚氓”是她在欧洲学会的一个势利的词汇，意思是下层阶级。

“我只是让脑袋清静些，尽量不去想什么国际政治。”

“今天下午在奥尔布赖特有一个关于提香的讲座，还配有幻灯展示。”她说。奥尔布赖特艺术画廊是特拉华公园里的一座白色的古典建筑，算是布法罗最重要的文化设施之一。

格斯在文艺复兴时期绘画的包围下长大，他特别喜欢提香的肖像画，但对听演讲没什么兴趣。不过，这恰恰是城里的富家子女喜欢参与的活动，因而是个让他跟老友、熟人叙旧的好机会。

奥尔布赖特画廊离特拉华大道不远。他走进柱廊围绕的中庭，找了个座位坐下。如他所料，听众里的确有几个他认识的人。他发现自己边上坐着一个异常漂亮的女孩，似乎有些眼熟。

他朝她笑了笑，她用轻快的声音地说：“你忘了我是谁了，对吧，杜瓦先生？”

他不免有些尴尬：“嗯……我离开这儿有一段时间了。”

“我是奥尔加·维亚洛夫。”她伸出一只戴着白手套的手。

“哦，想起来了。”他说。她的父亲是个俄国移民，他的第一份工作是把运河街酒吧的醉汉扔到大街上。现在他拥有整条运河街。他是市议员，也是俄罗斯东正教教会的主要赞助者。格斯见过奥尔加几次，但不记得她模样如此迷人——也许是她突然长大了。她大概二十出头，皮肤白皙，长着一对蓝眼睛，穿了件粉红色上翻领外套，戴着一顶钟形女帽，上面装饰着丝绸做的粉色花朵。

“我听说你在为总统工作，”她说，“你怎么看威尔逊先生？”

“我对他十分钦佩，”格斯说，“他是位很有经验的政治家，同时也没有放弃自己的理想。”

“在权力中心工作真是让人兴奋。”

“的确兴奋，但奇怪的是并没有什么权力中心的感觉。在一个民主国家，总统要服从选民。”

“但可以肯定，不是公众想让他做什么他就做什么。”

“对，不完全是。威尔逊总统说过，一个领导者对待舆论，就像水手应对风那样，让它鼓动风帆，把船吹向这里或那里，永远不要硬顶着风头横冲直撞。”

她发出一声叹息：“我真想学习这些东西，但父亲不让我上大学。”

格斯笑了：“我想，他觉得你该学着抽烟，喝杜松子酒。”

“比这还糟，我对此毫不怀疑。”她说。一个未婚女子说出这种话来，似乎显得有伤大雅，他脸上想必露出了一丝惊讶，因为她随后说：“对不起，我吓着你了。”

“一点也没有。”事实上，他为她着迷。为了让她说下去，他说：“如果上大学的话，你想要学什么呢？”

“历史，我觉得。”

“我喜欢历史。有哪个特定的历史时期吗？”

“我想了解我自己的过去。为什么我的父亲要离开俄国？为什么美国要好这么多？这些一定都是有原因的。”

“一点不错！”格斯很高兴如此漂亮的女孩也跟自己一样抱有浓厚的求知欲。他眼前突然出现他们两人结婚后的情景，聚会结束后待在她的更衣室，上床前谈论一番天下大事，他自己穿着睡衣，坐在一边看着她不紧不慢地摘下珠宝饰物，褪下身上的衣服……接着他碰上了她的目光，感觉她似乎猜出自己正在想什么，顿时有些尴尬。他想说些什么，却一时语塞。

这时，演讲者走进会场，听众们一个个安静下来。

这场讲座超乎他的预料，他很喜欢。演讲者做了一些提香油画的彩色透明胶片，用幻灯投影在一块白色大屏幕上。

讲座结束后，他还想跟奥尔加多聊一会儿，但他被人岔开了。一个学生时代的熟人查克·迪克森朝他们走了过来，查克从容自在，让格斯很是羡慕。他们年龄相仿，都是二十五岁，但跟查克在一起，让格斯觉得自己像个笨手笨脚的小学生。“奥尔加，你该跟我的表弟见见面，”查克快活地说，“他一直在那边盯着你。”他又对格斯亲切地笑了笑：“抱歉，夺走你如此迷人的女伴，杜瓦，但你也知道，整个下午都独占她是不可能的。”他占有似的伸手挽起奥尔加的腰，把她带走了。

格斯怅然若失。跟她在一起是那么畅快自如。对他来说，跟女孩子初次交谈最让人头疼，但和奥尔加聊天很容易。可现在，这个上学时在班里一直垫底的查克·迪克森如此轻易就带走了她，好像从酒保的托盘里拿起一杯饮料那样简单。

格斯环顾四周，看看还有没有他认识的人。就在这时，一个独眼女孩走了过来。

他第一次遇见罗莎·赫尔曼时，还以为她在向他使眼色。那是在一次为布法罗交响乐队筹款的午餐会上，她哥哥是乐手之一。实际上，她的那只眼睛永远闭着。若不是这样，她还是很漂亮的，这让她的缺陷更加引人注目。此外，她的穿着总是很时髦，仿佛是在挑衅。今天她头上斜戴着一顶硬草帽，很俏皮。

他上次见到她时，她是一家发行量不大的激进报纸《布法罗无政府主义者》的编辑，因此格斯说："无政府主义者也对艺术感兴趣吗？"

"我现在为《广告晚报》工作。"她说。

格斯很惊讶："主编了解你的政治见解吗？"

"我的见解不像原来那么极端了，但他知道我的来历。"

"我猜，他也考虑过，既然你能把一家无政府主义的报纸办好，能力一定不错。"

"他说给我这份工作，是因为我比那两个男记者更有种。"

格斯知道她喜欢语出惊人，但仍不禁张大了嘴巴。

罗莎哈哈笑了起来："但他还是派我来报道艺术展和时装表演。"她话锋一转，问道："在白宫工作是什么滋味？"

格斯意识到自己无论说什么都会出现在报纸上。"非常让人兴奋，"他说，"我认为威尔逊是位伟大的总统，也许是有史以来最伟大的。"

"凭什么？他正在使我们接近欧洲的战争危险。"

罗莎的态度在德国族裔中很普遍，他们自然听信德国方面的说法，此外还有左派，他们希望看到沙皇被打败。然而，很多既非德国族裔也非左翼的人也抱有同样观点。格斯认真地回答说："德国潜艇杀害了美国公民，总统不能……"他刚想说"睁一只眼闭一只眼"，但犹豫了一下，红着脸说，"不能予以忽视。"

她似乎并没有注意到他的尴尬："但英国封锁了德国港口，违反了国际法，结果导致德国的妇女儿童挨饿。与此同时，法国的战局处于胶着状态：六个月来双方阵地几乎毫无改变，不超过几米。德国人不得不击沉英国舰船，否则他们就会输掉战争。”

她对复杂事物的理解自有一套，正因如此，格斯很愿意跟她聊天。他说：“我学的是国际法，严格地说，英国的行动并不违反国际法。海上封锁被1909年的《伦敦宣言》禁止，但这从来没有被认可。”

想把她岔开并不容易。“先不说合不合法了。德国人警告美国人不要乘英国客轮旅行。他们都把广告登在报纸了，老天爷！他们还能怎么办呢？试想一下，如果我们跟墨西哥发生战争，‘路西塔尼亚号’是艘墨西哥船，装着要杀害美国士兵的武器弹药。我们会让它顺利通过吗？”

这问题问得好，让格斯一时想不出什么合理的答案。他说：“不错，布莱恩国务卿跟你意见一致。”威廉·詹宁斯·布赖恩因为威尔逊向德国递交照会一事辞了职，“他认为我们所能做的就是警告美国人不要乘坐交战国家的轮船旅行。”

她仍然揪住他不放：“布赖恩认为威尔逊在冒一场巨大的风险，”她说，“如果现在德国不打算退缩，我们就很难避免跟他们交战。”

格斯不会对一个记者承认自己同样心存疑虑。威尔逊质询德国政府否认对商船的攻击，要求作出赔偿并防止同类事件再次发生——换句话说，承认英国在公海的自由，同时接受德国的船只受到封锁被困在码头的事实。任何政府都很难同意这样的要求。“但是，公众舆论认可总统所做的一切。”

“公众舆论可能是错误的。”

“但总统不能忽视舆论。看见了吧，威尔逊是在走钢丝。他希望让我们免于战争，但又不想使美国在国际外交事务上表现软弱。我认为他妥善维持了目前的平衡。”

“但长远看呢？”

这是个令人担忧的问题。“没人能够预测未来，”格斯说，“甚至连伍德罗·威尔逊也一样。”

她笑了起来：“典型的政治家式的回答。你在华盛顿可谓前途无量。”有人跟她说话，她转过身去。

格斯移步一旁，感觉就好像他刚打完一场拳击赛，跟对手打成了平局。

部分听众受邀与演讲者一道喝茶。格斯也在享有特权者之列，因为他的母亲是博物馆的赞助人。他离开罗莎，朝一间私人房间走去。他一进门便高兴地看到奥尔加也在那里。无疑她父亲也出了钱。

他拿到一杯茶，随后朝她走了过去：“你要是去华盛顿的话，我很愿意带你到白宫看一看。”

“啊！你能把我介绍给总统吗？”

他想说“行”，什么都行！但他不愿做出有可能无法兑现的许诺。“也许吧，”他说，“要看他忙不忙了。如果他埋头在打字机前写演讲词或者新闻稿，任何人都不得打扰他。”

“他太太去世的时候，我很伤心。”奥尔加说。艾伦·威尔逊死了差不多一年了，在欧洲战争爆发后不久。

格斯点点头：“他受了很大打击。”

“但我听说他正在跟一个有钱的寡妇浪漫呢。”

格斯很是狼狈。威尔逊在他妻子去世仅仅八个月后，便狂热地与美艳性感的伊迪丝·高尔特夫人坠入爱河，这在华府上下无人不晓。总统五十八岁，他的情妇四十一岁。眼下他们正一起待在新罕布什尔州。包括格斯在内的很少几个人还知道一个月以前威尔逊向她求婚了，但高尔特夫人还没有给他答复。他对奥尔加说：“这是谁跟你说的？”

“是真的吗？”

他心里很想用自己的内幕消息取悦她，但他竭力抗拒着这种诱惑。“我无法谈论这类事情。”他无奈地说。

“哦，真让人失望。我还以为你能透露点儿内幕消息呢。”

“真对不起，让你扫兴了。”

“别说傻话了。”她碰了碰他的胳膊，让他产生一种触电般的快感。“我明天下午有个网球聚会，”她说，“你会打吗？”

格斯拥有长胳膊长腿，球打得相当不错。“是的，”他说，“我很喜欢打网球。”

“那你来吗？”

“荣幸之至。”

列夫只用一天就学会了开车。司机的另一项主要技能——更换漏气的轮胎——只花几个小时他就掌握了。一周过去，他还学会了加满油箱、更换机油和调整刹车装置。如果汽车不走，他知道如何检查，是电池电量不足，还是燃油管路堵塞。

约瑟夫·维亚洛夫跟他说，马匹已经是过时的交通工具。伺候马匹的人薪金微薄，因为人数众多。汽车司机很稀缺，因而能拿到较高的工资。

此外，维亚洛夫愿意有个身强力壮的司机，可以兼做保镖。

维亚洛夫的车是一辆崭新的派克特双六，一种七人座的豪华轿车。这让其他司机刮目相看。这种车型在几个星期前刚刚上市，它的十二缸发动机不同凡响，甚至连凯迪拉克V8的司机都对它垂涎三尺。

列夫并不觉得维亚洛夫那幢超现代化的豪华大宅有什么惊人之处。它看上去就像是世界上最大的牛棚。狭长低矮，上面是宽宽的飞檐。园丁长告诉他，这是最新的草原式别墅。

“如果我有这么大的房子，我得让它看上去像一座宫殿。”列夫说。

他想给格雷戈里写封信，跟他讲讲布法罗的事儿，他的工作，他开的车。但他有些犹豫。要写信就要说起他为格雷戈里积攒船票钱的事，但实际上他什么钱也没攒下。他发誓等自己稍稍有点儿积蓄就写信。在此之前，格雷戈里也无法给他寄信，因为他不知道列夫的地址。

维亚洛夫家里有三位成员：约瑟夫本人，他少言寡语的妻子莉娜，还有他们的漂亮女儿奥尔加，这个女孩跟列夫年龄相当，眼神鲁莽大胆。约瑟夫对自己的妻子周到礼貌，尽管他晚上大多出门在外，跟亲信在一起。他对女儿十分疼爱，但很严厉。他经常中午开车回家，跟莉娜和奥尔加一起吃午饭，饭后他和莉娜还要小睡一会儿。

列夫等着开车送约瑟夫返回城里的时候，偶尔会跟奥尔加聊聊天。

她喜欢抽烟，这是她父亲禁止的，他三令五申，决心让她成为一位名门淑女，嫁给布法罗的社会名流。家里有少数几个地方约瑟夫从来不去，车库便是其中之一，因此奥尔加就去那儿吸烟。她会坐在帕克特的后排座上，真丝衣裙擦着崭新的皮革，列夫倚在车门上，脚踩着踏板跟她闲聊。

他穿着司机的制服，帽子得意地歪向后脑勺，自觉这副模样十分帅气。他很快发现要取悦奥尔加，唯一的方法就是赞美她气质高雅，属于上等阶级。她愿意别人奉承她走路像个公主，说话像总统夫人，穿戴像是巴黎的社交名流。她是一个势利小人，跟她父亲一样。大部分时候约瑟夫恃强凌弱，暴虐凶残，但列夫注意到一旦他面对高官显贵，比如银行总裁和国会议员，就变得彬彬有礼，毕恭毕敬。

列夫天生直觉敏锐，很快就把奥尔加看得一清二楚。这是个受到过度保护的富家女，无处释放与生俱来、天真浪漫的性冲动。与列夫熟悉的圣彼得堡贫民窟里那些女孩不同，奥尔加无法趁天黑溜出家门与男孩约会，让他在店铺门前的暗处抚摸自己。她已经二十岁，但还是处女。她可能都没跟人接过吻。

列夫远远瞧着那些人打网球，贪婪地盯着奥尔加健美苗条的身材，看她前后跑动时双乳在薄薄的棉布衣裙下不停颤动。她的对手个头很高，穿一条白色的法兰绒长裤。列夫猛然间觉得有些眼熟。他又仔细看了看，终于想起是在什么地方见过他。那是在普梯洛夫机械厂。列夫骗了他一美元，格雷戈里当时问他约瑟夫·维亚洛夫是否真的是布法罗的大人物。他叫什么名字来着？好像跟一种威士忌牌子同名。对了，杜瓦，他叫格斯·杜瓦。

六七个年轻人在观看比赛，姑娘们穿着鲜艳的夏装，男人戴着平顶硬草帽。维亚洛夫太太打着阳伞，开心地笑着。一个穿制服的女仆送上柠檬水。

格斯·杜瓦击败了奥尔加，他们离开球场，那地方立即被另一对夫妇占据了。奥尔加大胆接受了她的对手递上的一根烟。列夫看着他为她点上。他渴望成为他们中的一员，穿漂亮的衣服打网球，喝柠檬水。

球一下被打到他这边来了。列夫捡起球，没有扔回去，而是走过去递到球员的手上。他看着奥尔加。她正跟杜瓦起劲儿地谈着什么，向他频送秋波，尽显妩媚之色，就像她在车库里跟列夫说话时那样。一丝嫉妒刺得他心里生疼，他真想朝高个子的嘴上狠狠来上一拳。奥尔加朝他这边看了一眼，他马上露出他最迷人的笑容，但她扭过头去装作没看见。其他几个年轻人根本不去在意他的存在。

这简直太正常了，他对自己说：一个女孩在车库里抽烟的时候可能对司机表示友好，当她跟自己的朋友在一起时就会待他冷若冰霜，如同一件摆设。尽管如此，他还是觉得自尊心受挫。

他转身走开，这时看见她父亲顺着碎石小路朝网球场这边走来。维亚洛夫穿着谈生意穿的普通外套，里面是一件坎肩。列夫猜测他是过来跟女儿的客人打声招呼，然后就动身返回城里。

现在他随时都会发现奥尔加在吸烟，然后就会大发雷霆，严厉惩罚她。

列夫灵机一动，他两步并作一步，走到奥尔加坐着的地方，轻轻一抬手，把她夹在两指间那根点燃的烟卷夺了过来。

“哎！”她抗议道。

格斯·杜瓦皱起了眉头，说：“你这家伙想要干吗？”

列夫转身走开，把香烟叼在自己嘴上。不一会儿，维亚洛夫看见了他。“你在这儿干什么？”他生气地说，“把我的车开出来。”

“是的，先生。”列夫说。

“跟我说话的时候，把那该死的烟卷拿下来。”列夫捏掉烟灰，把烟屁股塞进口袋，“对不起，维亚洛夫先生，我忘了自己是谁了。”

“下次别再让我抓住。”

“是的，先生。”

“去干活吧。”

列夫匆匆离开，然后扭头望了望。几个年轻人从座位上站起来，维亚洛夫高兴地跟他们一一握手。奥尔加显得有些心虚，给自己的朋友们做着介绍。她差点儿被抓个正着。她跟列夫四目相对，向他投来感激的一瞥。

列夫朝她眨了眨眼，接着走远了。

乌苏拉·杜瓦的客厅里只有少许几件饰物，但各有珍贵之处：由埃利·奈德尔曼创作的一尊大理石头像，一部首版日内瓦《圣经》，此外还有插在刻花玻璃花瓶中的单支玫瑰，以及镶在镜框中的她祖父的照片，他是美国最早开办百货商店的先驱之一。六点钟格斯走进家门，她正穿着丝绸夜礼服坐着读一本叫《好兵》的小说。

“这本书怎么样？”格斯问道。

“书非常不错，不过，矛盾的是，我听说作者本人是个可怕的下流坯。”

他为她调了一杯古典鸡尾酒，按她喜欢的配方，带有苦味，但不放糖。他有点儿紧张。他想，就我的年龄，本不该再害怕母亲的。但她有时会非常严厉。他把饮料递给她。

“谢谢你，”她说，“假期过得愉快吗？”

“非常愉快。”

“现在，我估计你已经忍不住想回华盛顿和白宫那种兴奋状态里去了。”

格斯自己也这样想过。但是，这段假期为他带来了意想不到的快乐。“总统回去后，我也马上返回，不过在这儿我玩得很开心。”

“你觉得伍德罗会向德国宣战吗？”

“我希望不会。德国愿意让步，但他们希望美国停止向协约国出售武器。”

“我们会停止吗？”乌苏拉有德国血统，布法罗几乎半数居民都是如此，但当她说“我们”的时候，她指的是美国。

“绝对不会。英国人的订单让我们的工厂赚了大笔的钱。”

“那么说，双方就陷入僵局了？”

“还没有。我们还在彼此相互周旋。同时，似乎是在提醒我们中立国家顶着的压力，意大利加入了协约国。”

“这会带来什么影响吗？”

“还不足以产生什么影响。”格斯深吸了一口气，“我今天下午在维亚洛夫那儿打网球。”他的声音听上去并不像他希望的那样自然随意。

“你赢了吗，亲爱的？”

“赢了。他们有栋草原式别墅。真是让人大开眼界。”

“暴发户罢了。”

“我觉得，我们以前也是暴发户，对不对？就在我曾祖父开商店的那会儿。”

“格斯，你有时候说话让人厌烦，哪怕我知道你不是故意的。”然后，她呷了一口饮料，感叹道：“嗯，这太完美了。”

他深吸了一口气：“母亲，你愿意为我做件事吗？”

“当然，亲爱的，如果我能办到的话。”

“你不会同意的。”

“到底是什么事？”

“我想让你邀请维亚洛夫太太喝茶。”

他母亲慢慢放下杯子，显得有些谨慎：“我明白了。”

“你不打算问为什么？”

“我知道为什么，”她说，“只可能有一个原因。我见过他家那个让人着迷的漂亮女儿。”

“你不必生气。维亚洛夫在这个城里是有头有脸的人物，而且也很富有。奥尔加简直是个天使。”

“就算不是天使，至少也该是个基督徒吧。”

“维亚洛夫家是俄罗斯东正教徒，”格斯想，倒不如把丑话统统摆到桌面上，“他们去埃德尔大街的圣徒彼得和保罗大教堂。”杜瓦家族是圣公会教徒。

“但不是犹太人，感谢上帝。”母亲曾担心格斯要娶雷切尔·阿布拉莫夫，他一度十分喜欢这个女孩，但从来没真正爱上她，“我们该庆幸的是奥尔加的目标不是钱。”

“当然不是。我觉得维亚洛夫肯定比父亲更有钱。”

“这就不敢肯定了。”像乌苏拉这种女人本不该知道钱的事情。格斯怀疑她们心里很清楚自己和别人的丈夫身家几何，只是装作一无所知罢了。

她并没像他担心的那样大发脾气。“那么说，你同意邀请她了？”他战战兢兢地问。

“当然。我会给维亚洛夫太太写封短信。”

格斯一阵欣喜，但另一种担心又袭上心头：“我得提醒一下，不要邀请你那些势利的朋友，省得让维亚洛夫太太自卑。”

“我没有势利的朋友。”

这话简直滑稽可笑，甚至不值得细想。“请菲舍尔夫人吧，她人很和蔼。还有格特鲁德姑姑。”

“好的。”

“谢谢你，母亲。”格斯大大松了一口气，好像在一场严峻考验中幸存了似的，“我知道奥尔加不是你梦想的那种做我新娘的女孩，但我相信你很快就会变得非常喜欢她的。”

“我亲爱的儿子，你都快二十六岁了。要是在五年前，我可能会想办法说服你不要跟一个来路可疑的商人女儿结婚。但最近我一直在想是不是该有孙子了。就算你现在宣布你要娶个离婚的波兰女招待，恐怕我最先关心的也是她够不够年轻、能不能生孩子。”

“不要操之过急。奥尔加还没答应嫁给我。我甚至都没有问过她呢。”

“她能抗拒得了你吗？”她站起来，吻了吻他，“好了，再给我来一杯。”

“你简直救了我的命！”奥尔加对列夫说，“父亲要是看见，准会杀了我。”

列夫笑了：“我看见他走过来，不得不迅速行动。”

“我感激不尽。”奥尔加说着，在他唇上留下一吻。

他吃了一惊。她不等他利用这个机会便撤回身子，但他立刻觉得自己跟她之间关系变得完全不同了。他紧张地朝车库四下看了看，但这里只有他们两个。

她拿出一包烟，抽出一支叼在嘴上。他给她点着，学着格斯昨天的样子。这是一个亲密的姿态，让女人稍稍低下头来，任由男人盯着她的嘴唇。这感觉实在太浪漫了。

她靠在帕克特的椅背上，吐出一口烟雾。列夫上了车，坐在她旁边。她没有表示出拒绝的样子。他给自己也点上一支烟。他们两个在半明半暗中坐了一会儿，烟雾里混合着机油、皮革和奥尔加身上的香水气息。

为了打破沉默，列夫说：“我希望你喜欢这次网球聚会。”

她叹了口气：“整个城里的男孩都害怕我父亲，”她说，“觉得如果吻了我，我父亲就会拿枪打他们。”

“他真会打他们？”

她笑了起来：“也许吧。”

“我不怕他。”这话跟真实情况差了那么一点儿。列夫不是真不害怕，只是他将恐惧置之度外，每每希望能凭耍弄嘴上功夫摆脱麻烦。

但她有些半信半疑：“真的？”

“就是因为这个，他才雇了我。”这话也跟实际情况差了一步，“你可以自己去问他。”

“看来我真得问问。”

“格斯·杜瓦很喜欢你。”

“我父亲倒是愿意让我嫁给他。”

“为什么？”

“他有钱，他的家族是布法罗的老牌贵族，他父亲是参议员。”

“总是你爸让你做什么你就做什么？”

她若有所思地吸了一口烟。“是的。”说完，又把那口烟吐了出来。

列夫说：“我喜欢看你抽烟时嘴唇的样子。”

她没有回答，而是探究般看了他一眼。

这种邀请对列夫来说已经足够，他吻了她。

她嗓子里发出轻微的呻吟。用一只手无力地推着他的前胸，但并非真的表示抗拒。他把烟头扔到车外面，伸手摸她的乳房。她抓住他的手腕，好像要拨到一边，但随后用力把它按在她柔软的身体上。

列夫用舌头触碰她闭着的嘴唇。她闪开身子，露出一脸错愕的神情。他意识到她不知道这种接吻方式。她真的毫无经验可言。“没事的，”他说，“相信我。”

她扔掉手上的烟，把他拉近自己，闭上眼睛，张着嘴巴跟他接吻。

之后的一切发生得非常快。她的欲望急不可耐，不顾一切。列夫曾有过几个女人，他相信明智的办法是让她们掌控节奏。若是女人迟疑不定，那就不能操之过急，而对方若是心急难耐，那就不用犹豫了。当他伸手在她的内衣下面探寻到她柔软而隆起的私处时，她变得如此亢奋，以至于激动地抽泣起来。他想，如果她真的直到二十岁都没有被布法罗的任何一个胆小的男孩吻过，那她心里一定积聚了太多的委屈。她抬起臀部，急切地等他去拉开她的内裤。当他去吻她两腿中间那块地方，她惊讶而兴奋地叫了起来。她一定还是处女，但他欲火中烧，这种念头根本不能让他停下来。

她向后躺下，一只脚搁在座椅上，另一只脚搭在地上，她的裙子卷到了腰部，大腿张开等着他。她张着嘴喘着粗气，睁大眼睛看他解开裤子。他小心地进入她，知道女孩那里很容易弄疼，但她抓住他的臀部，急切地将他插进自己，就像她害怕最后一刻受到欺骗，无法得到她想要的东西一样。他感到她那童贞的薄膜抗拒了一下，随后破裂开来，就像一种突如其来又倏忽而去的阵痛，让她轻轻喘息了一声。她随着自己的节奏对着他上下移动，他再次让她主导，感觉她正回应那自然力量的召唤，无法拒绝。

对他来说，这比他从前的任何做爱经历更加令人战栗。有些女孩懂得该怎么做；有些一无所知，但急于享受性爱；还有些人小心地满足男人，然后再去寻找自己的快感。但是列夫从来没有碰到过奥尔加这种不加掩饰的渴求，这更激起了他的欲火，让他一发不可收拾。

他抽出身子，奥尔加大叫一声，他把一只手放在她的嘴上压下那声音。她像一匹小马那样跃动着，然后把脸埋在他的肩膀上，随着一声憋着气的尖叫达到高潮，过了一会儿，他也一样抵达兴奋的顶点。

他从她上边下来，坐在地板上。他静静躺着，喘息着。一分钟里，他们谁都没说一句话。最后她坐了起来：“哦，天啊，我真不知道会是这样。”

“一般都不会这样。”他回答。

一阵长久的沉默，两人似乎都在思考着什么，然后，她用稍微平静的声音说：“我做了什么？”

他没有回答。

她从车里捡起内裤穿上，又静静坐了一会儿，让呼吸平稳下来，然后起身下了车。

列夫看着她，等着她说些什么，但奥尔加一句话也没有说。她走向车库的后门，打开门，径直走了出去。

不过，第二天她又来了。

伊迪丝·高尔特在6月29日接受了威尔逊总统的求婚。7月，总统临时回到白宫。格斯对奥尔加说：“我要回华盛顿几天。”当时他们正在布法罗动物园里散步。

“几天？”

“就看总统的需要了。”

“真是惊心动魄啊！”

格斯点点头：“这是世界上最好的工作。但确实意味着我身不由己。如果同德国的危机升级，那我就会很长时间都回不了布法罗了。”

“我们会想念你的。”

“可我会想念你。这些日子我们相处得这么好。”他们在特拉华州公园泛舟湖上，在水晶海滩游泳晒太阳；他们还驾船逆流而上，到达尼亚加拉湖区，穿过大湖去了加拿大。他们每隔一天就打一场网球，每次都跟着一帮年轻的朋友，其中至少有一位警觉的母亲陪伴。今天就有维亚洛夫太太跟着他们，隔着几步的距离在和查克·迪克森说着话。格斯接着说：“不知道你能否意识到我会多么想念你。”

奥尔加笑了笑，但没有回答。

格斯说：“这是我一生中最快乐的夏天。”

“也是我的！”她转动着手里红白相间的波点遮阳伞。

这让格斯很兴奋，尽管他不知道是不是自己的陪伴让她如此高兴。他还是有点摸不透她。她总是显得很高兴见到他，喜欢跟他一连几小时说个不停。但他看不出感情，看不出她对他抱有超乎寻常朋友的那种热烈情感。当然，正经人家的女孩不该表现出这种迹象，至少在她订婚前不会。话虽这么说，但格斯还是不知所措。也许这是她吸引力的一部分。

他清楚地记得卡罗琳·威格莫尔曾清晰无误地向他传达自己的需求。他发现自己总是在想卡罗琳，她是他除此之外爱过的唯一一个女人。如果她能直言相告自己想要什么，奥尔加为什么不能？不过，卡罗琳是有夫之妇，奥尔加则是个处女，又是在严格的庇护下长大的。

格斯在熊山前停下，他们隔着铁栅栏观看那头小棕熊，它也看着他们。“不知道以后我们会不会一直这么快乐。”格斯说。

“为什么不呢？”她说。

这是种鼓励吗？他看着她。她没有回应他的注视，只是盯着那头熊。他观察着她那双蓝眼睛，她粉红脸颊的柔美曲线，她脖子上的娇嫩肌肤。“我真希望我是提香，”他说，“那样，我就可以把你画下来。”

她母亲和查克从旁边经过，慢悠悠朝前走着，格斯和奥尔加留在后面。以前他们从未像现在这样稍有独处的机会。

她终于回应了他的目光，他觉得自己在她眼睛里看到了爱慕。这让他有了勇气。他想：既然当鳏夫不到一年的总统可以做这件事，我又有什么不可以呢？

他说：“我爱你，奥尔加。”

她没说话，只是继续看着他。

他咽了口唾沫。现在他又觉得自己摸不透她了。他说：“有没有机会……或许我可以指望哪天你也会爱我？”她盯着她的眼睛，屏住了呼吸。在这一刻，他的生命就攥在她的手心里。

好长一阵沉默。她是在考虑吗？在掂量他的轻重？也许是在犹豫？毕竟这是件改变命运的人生大事。

终于她微笑着说：“哦，是的。”

他简直不敢相信：“真的吗？”

她开心地笑着：“真的。”

他握住她的手：“你爱我吗？”

她点点头。

“你得说出来。”

“是的，格斯，我爱你。”

他吻了她的手：“返回华盛顿前，我会跟你父亲谈一谈。”

她笑了：“我知道你会说什么。”

“这之后，我们就可以跟大家宣布了。”

“好的。”

“谢谢你，”他热切地说，“你让我非常幸福。”

格斯一早来到约瑟夫·维亚洛夫的办公室，正式要求准许他向他的女儿求婚。维亚洛夫表示很高兴。尽管格斯料到会有这种回答，听到后他还是松了一口气。

格斯正好途经此地，他要去车站乘火车前往华盛顿，因此两人商定等他返回后马上举行婚礼。同时，格斯也很高兴让奥尔加的母亲和他母亲一道拟定婚庆计划。

他迈着轻快的步子走进交易大道上的中央车站，迎面碰上从里面走出来的罗莎·赫尔曼，她头上戴着一顶红色的帽子，背着一个小旅行袋。“你好，”他说，“要不要我帮你拿行李？”

“不，谢谢，一点儿不沉，”她说，“我就去一个晚上，去一家通讯社面试。”

他扬了扬眉毛：“是去应聘记者？”

“是的，而且我已经得到这份工作了。”

“恭喜！对不起，我的确有些吃惊，因为没想到他们会雇用女作家。”

“的确不同寻常，但也不是绝无仅有。《纽约时报》1869年就招聘了第一位女记者。她的名字叫玛丽亚·摩根。”

“你会做什么工作？”

“我给他们驻华盛顿的记者当助理。真实情况是，总统的恋爱史让他们觉得缺一个女记者。男人很容易忽略浪漫故事。”

格斯怀疑她是否跟人提到自己跟威尔逊的一位最亲密的助手是好朋友。他猜她一定说了。记者从来不会扭捏害羞。毫无疑问，这一点帮她得到了这份工作。他说：“我正在往回赶，我想我们很快会再见面。”

“但愿如此。”

“我这儿还有个好消息，”他高兴地说，“我向奥尔加·维亚洛夫求婚，她接受了。我们就要结婚了。”

她盯着他看了好一会儿，然后说：“你这个笨蛋。”

他一下子惊呆了，就好像脸上挨了一巴掌。他张口结舌地看着她。

“你这个该死的傻瓜。”说完，她就转身走开了。

8月19日，德国人用鱼雷袭击了另一艘英国船只“阿拉伯号”，又有两名美国人罹难。

格斯为遇难者感到痛心，但他更惊骇于美国正在被无情地拖入一场欧洲的冲突。总统处在悬崖的边缘。格斯想在一个和平快乐的世界里缔结良缘，他担心未来会被战争制造的混乱摧毁。

奉威尔逊的指示，格斯向几位记者发出非正式通告：总统即将决定与德国断绝外交关系。与此同时，新任国务卿罗伯特·兰辛正尝试与德国大使约翰·冯·贝恩斯托夫伯爵达成某项协议。

这有可能是一个可怕的错误，格斯心想。德国会认为威尔逊虚张声势，公然进行挑战。那样的话他又该怎么办呢？如果他毫无行动，便会显得十分愚蠢。他对格斯说，断绝外交关系不一定会导致战争。格斯心存恐惧，感到局面已经失控。

但德皇不希望与美国开战，威尔逊赌赢了这一局，这让格斯备感宽慰。到了8月底，德国承诺不会未经警告就攻击客船。这项保证并不让人满意，但僵局就此结束。

美国的报纸一片欢腾。9月2日，格斯带着胜利的心情为威尔逊朗读当天《纽约晚邮报》上的一段文章：“没有发动一兵一卒，没有调集任何舰队，仅凭对正义坚定不移的坚持，他便迫使最狂妄、最傲慢、武装最完善的大国投降。”

“他们还没有投降。”总统说。

9月下旬的某个晚上，他们把列夫带到仓库，剥光了他身上的衣服，并将他双手反绑。维亚洛夫走出他的办公室。“你这条狗，”他说，“你简直是条疯狗。”

“我到底做错了什么？”列夫辩解道。

“你知道自己做了什么，你这肮脏的杂种。”维亚洛夫说。

列夫吓坏了。看来他别想靠耍嘴皮子蒙混过去了，维亚洛夫根本不吃这一套。

维亚洛夫脱掉外套，卷起衬衫袖子：“把鞭子给我拿来。”

诺曼·尼尔，就是那位瘦巴巴的会计，转身进了办公室，拿出一根鞭子。

列夫盯着鞭子。那是典型俄国式的，自古就拿它来惩罚罪犯。鞭子的木柄很长，三根坚硬的皮条末端都系着铅疙瘩。列夫从未挨过鞭打，但他亲眼见识过这场面。农村里经常用鞭打来惩罚偷盗或通奸行为。在圣彼得堡，鞭子经常被用来拷打政治犯。二十下皮鞭能让人残废，上百下就足以致命。

维亚洛夫身上仍穿着背心，戴着黄金表链，他举起了鞭子。尼尔嘿嘿笑了几声。伊利亚和西奥饶有兴致地在一旁观看。

列夫畏缩了一下，转过后背，身子抵住那一堆轮胎。鞭子随着凄厉的呼啸抽了下来，落在他的脖子和肩膀上，他痛苦地叫了一声。

维亚洛夫又一次挥鞭抽下来。这一次更疼了。

列夫不相信自己竟做下如此蠢事。他操了这个“暴君”的女儿，而且她还是个处女。他当时到底是怎么想的？他为何总是无法拒绝诱惑？

维亚洛夫又抽了下来。这一次列夫闪开身子，不让鞭子抽到自己。只是皮鞭的末梢触到了他，但仍让皮肉一阵剧痛，他疼得再次喊叫起来。列夫试图逃脱，但维亚洛夫的手下又大声笑着把他推了回去。

维亚洛夫再次举起鞭子，正挥下一半的时候停住，等着列夫躲闪，然后才抽了下来。列夫的两腿被抽中，他看见伤口涌出鲜血。维亚洛夫再抽，列夫拼命躲闪，跌跌撞撞摔倒在水泥地上。他仰面躺着，一下子没了力气，而这时维亚洛夫便照准他的正面，抽他的腹部和大腿。列夫翻过身去，巨大的疼痛和恐惧让他无法站起来，但鞭子还是一下下抽着。他使出全力弓起身子紧抱着膝盖，像个婴儿那样，但他在自己的血泊里滑了一下，鞭子再次抽下来。他不再喊叫了，因为一丝气力都没了。维亚洛夫想用鞭子抽死他，他这样想着，渴望一切快点结束。

但维亚洛夫不想让他一了百了。他扔下鞭子，累得气喘吁吁。“我真应该打死你。”稍稍平静后，他说，“但我不能。”

列夫感到疑惑。他躺在血泊中，盯着这个拷打他的人。

“她怀孕了。”维亚洛夫说。

列夫周身疼痛不已，但他极力回想着发生的一切。他们是用了防护套的。在美国，任何城市都可以买到这个。他从来都戴套——当然，只有头一次他没有戴，因为一切都出乎他的意料……后来，她又带他到空房子里到处看，他们在客房的大床上又来了一次……还有一次，天黑后在花园里……

一共有好几次，他回想道。

“她就要嫁给参议员杜瓦的儿子，”维亚洛夫说，列夫听出他刺耳的声音含着痛苦和愤怒，“我的外孙可能当上总统。”

列夫一时理不出头绪，但他意识到婚礼不得不取消。格斯·杜瓦不会娶一个怀上别人孩子的女孩，不管他有多爱她。除非……

列夫挣扎着吐出几个字来：“她不一定非要那个孩子……城里就有大夫……”

维亚洛夫抓起鞭子，列夫向旁边一缩。维亚洛夫大声叫嚷着：“想都别想！这是违背上帝的旨意！”

列夫十分吃惊。每个星期天他都开车载维亚洛夫一家去教堂，但他以为信教不过是约瑟夫·维亚洛夫的掩护。这家伙以欺骗和暴力为生。然而，他却听不得堕胎这个词！列夫真想问问他的教会是不是没有禁止行贿和鞭打他人。

维亚洛夫说：“你让我受了多大的羞辱，知道吗？城里的每家报纸都报道了订婚的事。”他的脸涨得通红，扯着嗓门吼叫，“我该怎么跟杜瓦参议员解释？我已经订了教堂！我还请了人办宴会！邀请函就要开印了！我都能看见杜瓦太太那个傲慢的骚货用皱巴巴的手捂着嘴笑话我。这一切就因为一个该死的司机！”

他再次扬起了鞭子，接着又狠狠扔到一边：“我不能杀了你。”他转身对西奥说：“带这块狗屎去看医生，”他说，“给他包扎一下。他要跟我女儿结婚。”

第十六章

1916年6月

比利的父亲说：“儿子，我们能谈谈吗？”

比利很吃惊。近两年来，自从比利不再去毕士大礼拜堂以后，父子两人很少说话。威灵顿街的这间小房子里总有一种紧张气氛。比利差不多已经忘了听到厨房中用轻柔的声音亲切交谈是种什么感觉，忘了从前他们动不动就抬高嗓门激烈争论的样子。比利决定参军，一半就是因为家里的糟糕气氛。

爸爸现在的口气几乎有点儿低声下气。比利仔细看着他的脸。他的表情透露出同样的讯息——没有咄咄逼人，没有挑衅，只有恳求。

尽管如此，比利也不打算对他唯命是从：“谈什么？”

爸爸想开口呵斥，但他明显克制住了自己。“我以前太自以为是了，”他说，“这是一种罪过。你或许也自以为是，但那是你跟主之间的事情，并不能当成我的借口。”

“你想了两年才想明白。”

“要不是你要去参军，可能我要花的时间更长。”

比利和汤米去年自愿参军，谎报了自己的年龄。他们加入了威尔士步团的第八营，被称为“阿伯罗温同乡队”。同乡队是个新生事物。来自同一个镇子的士兵归结在一起，让这些自小在一起长大的人一起训练，一起作战，对鼓舞士气大有好处。

比利的部队已经训练了一年，大部分是在加地夫城外的一座新设立的营地里。他很喜欢这种新生活，比采煤轻松多了，也不那么危险。很多时候都在无聊地消磨时间——训练常常意味着等待，还有各种运动和娱乐，这些年轻人在学习新东西的同时体验到相互间的友情。很长一段时间他无事可做，便开始挑些书来读，偶然间读到了《麦克白》。他惊讶地发现里面的故事惊心动魄，诗句是那样引人入胜。莎士比亚的语言对一个曾花过很长时间钻研新教《圣经》那种十七世纪英语的人来说并不困难。这时他开始读莎士比亚的全部作品，有些剧作还读了好几遍。

训练现在结束了，同乡队在去法国之前有两天的假期。爸爸觉得这有可能是他最后一次见到活蹦乱跳的比利了。正因如此，他才低声下气地跟他说话。

比利看了看表。他回家只是为了跟母亲说声再见。他打算在伦敦度过自己的假期，去看姐姐艾瑟尔和她那位性感的房客。自从米尔德里德跟他说了那句让他震惊的“他妈的，你是比利？”，她漂亮的脸蛋，鲜红的嘴唇和小兔子般的门牙就活生生印在了他脑子里。他的旅行包早已收拾好，就放在门边的地板上。包里放着一套莎士比亚全集。汤米正在车站等他。“我得去赶火车了。”他说。

“有很多趟火车，”爸爸说，“坐下，比利……请坐。”

父亲的这种语气让比利很不舒服。爸爸可能一本正经，可能傲慢自大，残酷无情，但至少他很强势。比利不愿意看见他变得软弱无力。

外公坐在他惯常坐的椅子里，旁听着。“听话，像个好孩子，比利，”他劝说道，“给你爸爸一个机会，可以吗？”

“好吧。”比利在厨房的桌子边坐下。

他母亲从橱柜间走过来。

大家都沉默着。比利知道，他可能永远不会再回这个家了。从军营回来，他头一次感觉家是这么小，屋里很暗，空气中带着一股浓重的煤灰和烹饪的味道。最重要的是，经过一段自由轻松的军营生活，他明白这个家让他成了一个《圣经》一样单调的人，没有了人性和自然的需求。不过，一想到要离家远走，他还是感到伤心。离开的不单单是一所房子，而是他过去的生活。这里的一切都是那么简单。他曾相信上帝，服从他的父亲，信任井下干活的工友。矿主们歹毒刻薄，工会保护工人权益，而社会主义昭示出一种光明的前景。但生活并不如此简单。他也许还会回到威灵顿街，但他再也不会是那个曾经在这儿生活的男孩了。

爸爸双手交叠，闭上眼睛，说道：“啊，上帝，让你的仆人如耶稣般谦卑恭顺吧。”然后，他睁开眼睛说，“你为什么要这么做，比利？你为什么要参军？”

“因为这是战争时期，”比利说，“不管你喜不喜欢，我们必须战斗。”

“可你难道不明白……”爸爸说了一半，抬起两手做了个妥协的手势，“这样说吧，你在报上读的那些，什么邪恶的德国人强奸修女等等，你不会真的相信，对吧？”

“不，”比利说，“报上说的所有关于煤矿的事都是谎言，所以我不认为他们说德国人的话都是事实。”

“在我看来，这是一场资本主义的战争，跟工人阶级没有任何关系，”爸爸说，“不过你可能不会同意。”

父亲试图调和两人的关系所作的努力让比利感到吃惊。以前他从未听父亲嘴里说出过“你可能不会同意”这样的字眼。他回答说：“我不太了解资本主义，不过我认为你说得对。就算这样，也必须阻止德国人。他们以为自己有权统治世界！”

爸爸说：“我们是英国人。我们的帝国主宰着四亿多人。几乎任何人都没有资格投票。他们对自己的国家都无法控制。去问问普通的英国人这是为什么，他会说，是我们注定要统治下等的民众。”爸爸两手一摊，意思是这不是很明显吗？“孩子，不是德国人认为他们应该统治世界，而是我们！”

比利叹了口气。这些他都同意。“但是，我们正遭受攻击。战争的原因可能是错的，可不管怎样我们都得战斗。”

“近两年来死了多少人了？”爸爸说，“好几百万！”他声调上扬，这是因为他很伤心，而不是气愤。“这场战争会一直持续下去，只要年轻人愿意互相残杀，不管孰是孰非，就像你说的那样。”

“会一直持续到有人获胜，我想。”

母亲说话了：“我觉得你是怕别人认为你胆小。”

“不。”他说，但心里知道她说得不错。他对参军所作的理性上的解释并非全部。妈像往常一样，能一眼看到他的心里。两年来他一直耳闻目睹的那些，告诉他像他这样身强力壮的年轻人如果不上战场便是懦夫草包。报纸上连篇累牍，商店和酒吧里的人也这样议论，在加地夫市中心，漂亮女孩向任何没穿军服的男孩送上白羽毛，征兵的士官在街上讥笑那些年轻平民。比利知道这是种宣传，但这些照样影响了他。他觉得自己很难承受被人看成一个懦夫。

他幻想着自己会怎样跟那些拿白羽毛的女孩们解释，采煤比当兵更加危险。除了一线的部队，大部分士兵都不太可能像矿工那样容易丧命或受伤。英国需要煤炭。煤炭为半数海军提供燃料。政府实际上已经表示不希望矿工参军。这种种理由都不起作用。等他穿上让人发痒的卡其布上衣和长裤，配上新靴子和尖顶帽，感觉就好多了。

爸爸说："大家都说月底会来一次更激进的行动。"

比利点点头："军官们不置一词，但其他人都在议论。我觉得这就是突然大量向那边派兵的原因。"

"报上说这可能扭转战局，成为战争结束的开始。"

"总之，我们希望如此。"

"因为劳埃德·乔治，你们现在应该有足够的弹药了。"

"哎。"去年曾一度出现炮弹短缺。报上披露的炮弹丑闻差点让首相阿斯奎斯下台。随后他成立了一个联合政府，设了一个军需部长的职位，让内阁里最受欢迎的大卫·劳埃德·乔治担任。此后生产量立刻升了上去。

"尽量照顾好自己。"爸爸说。

妈妈说："别去当什么英雄。让发动战争的那些人去当吧，那些上层阶级、保守党，还有那些军官。按你爸爸说的去做，别出风头。"

外公说："战争就是战争。打仗没什么安全保证。"

他们说着告别的话。比利产生了一种想哭的冲动，他使劲压抑着。“好了。”说完，他站了起来。

外公握着他的手。妈妈吻了他。爸爸跟他握了握手，接着忍不住抱住了他。比利已经记不得上次父亲对他这样做是什么时候的事了。

“上帝保佑你，护着你，比利。”泪水在爸爸眼眶里打转。

比利的理智险些崩溃。“那么，再见了。”他拿起旅行包时，听到母亲的抽泣声。他头也不回地走了出去，关上门。

比利深吸一口气，镇定下来。然后顺着陡坡朝车站走去。

索姆河自东向西蜿蜒横穿法国，流向大海。战争前线由北向南延伸，在亚眠的不远处越过河去。在南面，法国部队控制着盟军战线，一直延续到瑞士。在其北部，大部分军队来自英国和英联邦国家。

从这个角度观察，山脉一直向北延伸，绵延三十多公里。在这个地区，德国的战壕一直挖到了山坡上。沃尔特·冯·乌尔里希就在这样一条壕沟中用高倍数的双筒蔡司望远镜向下瞭望英军阵地。

这是初夏一个阳光灿烂的日子，他的耳边传来阵阵鸟鸣。附近有个尚未遭到炮击的果园，苹果花开满枝头。人类数以百万地地屠杀自己的同类，使大地上的美景变成布满弹坑和铁丝网的废墟，这种动物世间绝无仅有。沃尔特觉得灾难必然降临，也许人类终将彻底毁灭自己，然后把整个世界留给这些鸟和树。也许这才是最好的结果。

他的思绪又回到眼前的现实，咂摸着居高临下的种种优势。

英国人必须向山上进攻，难度颇大。更大的好处是可以将英国人的行动一览无余。沃尔特很肯定他们正在准备一次重大的进攻。

这种行动很难掩盖。不幸的是，几个月来英国人已经大大改善了一度荒僻沉寂的法国乡村地区的公路和铁路设施。现在，他们使用这条供给线运送数百挺重型枪炮，几千匹马和几万名士兵。前线后方，卡车和火车在源源不断地卸下弹药箱、满满的水桶和一捆捆干草。沃尔特把望远镜对准通信支队，那里正在挖一条窄沟，巨大的线盘正在埋设，那无疑是一条电话线。

英军大概抱定必胜信念，势在必得，他冷静而忧心忡忡地想。调动兵力必定花费了巨大财力物力。这种阵势只能证明英国人认定这是一场决定战争胜负的进攻。沃尔特希望如此——不管最终谁输谁赢。

每次瞭望敌方阵地，沃尔特都会想起茉黛。他在钱包里放着一张从《尚流》杂志上剪下来的照片——她在萨沃伊酒店里，穿着一件异常简单的舞会礼服，上面的标题是“茉黛·菲茨赫伯特女勋爵永远引领时尚”。他估计现在她不会经常去跳舞了。她是否在为战争做点事情，像他在柏林的妹妹葛丽塔那样，给军医院的伤员送些奢侈的小礼物？也许她回乡下了，就像沃尔特的母亲那样，在花园里种土豆以贴补食物短缺？

不知道英国缺不缺吃的。德国海军因为英国封锁被困在港口，差不多两年都没有从海上进口货物了。但英国仍源源不断从美国获得供应。德国潜艇不时袭击大西洋上往来的货船，但统帅部并未全力实施所谓的“无限制潜艇战”——他们担心这样会让美国加入战争。因此，沃尔特猜测茉黛不会像他这样忍饥挨饿。他的状况比德国老百姓要好。不少城市已经发生了反对粮食短缺的罢工和游行。

他没有写信给她，她也没有给他写。德国和英国之间已经互不通邮了。唯一的机会是他们其中一人去某个中立国家，比如美国或瑞士，然后从那里把信寄给对方。但现在他根本没有这个机会，估计她那边也不太可能。

她那边音讯皆无的状态折磨着他。他害怕她万一生病住院，他却对此一无所知。他渴望战争快些结束，好让他跟她在一起。他急于让德国赢得战争，但他时常觉得只要茉黛平平安安，就算战败他也毫不在乎。最让他害怕的噩梦就是一切结束后他去伦敦找她的时候，被告知茉黛已经死了。

他把这些可怕的念头统统从脑海里驱赶出去。现在，他放低目标，将焦距调整到近处的景物，仔细观察着德国一侧无人区的铁丝网防线。防线一共有两道，每道近五米宽。铁丝网用铁桩牢牢固定在地上，很难移动，因而十分坚固可靠。

他爬下战壕的护墙，沿着长长的木梯子下到壕沟底部。处在山腰位置的缺陷是战壕十分明显，容易成为敌人炮火的目标，因此，这段战壕挖得很深，已经挖到了白垩土，因而防护效果很好，除非大型炮弹直接命中。沟壕内有单人防护掩体用于炮击时藏身。有些沟壕互相连通，在轰炸堵塞通道时充当备用出口。

沃尔特在木凳上坐下，拿出他的笔记本。他花了几分钟时间把刚才看到的情况简单记了下来。他的报告要与其他情报来源互相比对。秘密特工已经对英国所称的“大推进”作了预警。

他沿着迷宫般的战壕朝后方走去。德国人挖出了三条战壕，相距两到三公里，因此，如果他们被赶出前沿一线，还可以退入第二道，失手后还有第三道。无论发生什么，英国人都不可能很快得胜。想到这里，他不由产生了一丝得意。

沃尔特骑上马，返回第二军司令部，在午饭前顺利抵达。在军官食堂里，他意外地遇到了自己的父亲。这位老人曾是总参谋部的高级军官，现在穿梭于各个战场，就像和平时期他不停往来于欧洲各大首府一样。

奥托显得更苍老了，体重也下降了——所有德国人的体重都下降了。他那僧侣般的头发帘剪得很短，就像个秃子。不过他看上去生气勃勃，十分愉快。战争很适合他。他喜欢其中的刺激、匆忙、快速决断和持续的紧张感。

他一直都没提起过茉黛。

“你都看到了什么？”他问。

“未来几周这片区域会有一次强大的进攻。”沃尔特说。

他父亲怀疑地摇了摇头：“索姆河地区是我们整个战线防守最严密的部分。我们据守高地，还有三条战壕。打仗总是要打敌人最脆弱的地方，而不是最强的。就连英国人也懂这个。”

沃尔特把他刚刚看到的情况陈述了一遍：卡车、火车，以及通信支队正在铺设的电话线。

“我认为这是个计策，”奥托说，“如果这里是他们攻击的真正目标，他们就会尽力隐瞒自己的意图，这里是虚晃一枪，紧跟着他们要在更靠北的地方，在佛兰德斯发动进攻。”

沃尔特问：“冯·法金汉是怎么看的？”

埃里希·冯·法金汉已经担任了两年的总参谋长。

他父亲笑了笑：“我怎么说他就怎么看。”

午餐结束后，咖啡端了上来。这时，茉黛女勋爵向荷米亚女勋爵问道：“姑妈，如果遇到急事，你知道该怎么跟菲茨的律师取得联系吗？”

赫姆姑妈有些吃惊：“亲爱的，我要联系律师做什么？”

“以防万一。”茉黛转向管家，他正把咖啡壶放在银托架上，“格洛特，劳驾请给我拿一张纸和一支笔来。”格洛特出去了一会儿，回来时带着书写用具。茉黛写下了家庭律师的姓名和地址。

“我要这个有什么用？”赫姆姑妈问。

“今天下午我可能会遭到逮捕，”茉黛乐呵呵地说，“如果是这样的话，请你叫他来把我弄出监狱。”

“啊！”赫姆姑妈吃惊地说，“这怎么会呢！”

“是的，我也觉得不会。”茉黛说，“但是，你知道，保险起见……”她吻了吻姑妈，然后离开了房间。

赫姆姑妈的态度让茉黛很恼火，不过大多数妇女都这样。知道律师的名字，那就算不上是贵妇人，更别说弄清自己的合法权利了。难怪妇女一直受着无情的剥削。

茉黛戴上帽子和手套，穿上一件夏天的轻便外衣，出门搭车去阿尔德盖特。

她现在一个人单独外出。自从战争爆发后，对少女的监护就松懈了，白天单身女子上街不再是件丢脸的事情。赫姆姑妈不赞成这种改变，但她不能把茉黛锁在家里，也无法跟菲茨告状，因为他现在人在法国，因此她不得不接受现实，尽管常常摆出一副苦脸。

茉黛是一份发行量不大的报纸《军人之妻》的编辑。报纸正在为提高军人家属待遇展开一场声援活动。一位保守党议员形容该报是“滋扰政府的瘟疫”。这句话随后成了每期报头上的装饰语。茉黛对镇压女性的势力恨之入骨，同时她又对毫无意义的战争屠杀充满恐惧，这两者为她的奔走活动增添了动力。茉黛用自己继承的那点钱补贴报纸。反正她并不需要用钱，她需要的一切都由菲茨支付。

艾瑟尔·威廉姆斯是报纸主管。当时她急于离开血汗工厂，寻找一份工资更高，同时能参与运动的工作。艾瑟尔跟茉黛一样对妇女境况充满义愤，但她拥有的才能全然不同。茉黛了解高层政治的运作——她善于交际，经常与内阁部长们见面，跟他们谈论时下的重大议题。艾瑟尔了解的是世界政治的另一面：全国服装工人总工会、独立工党、罢工、停工和街头游行。

按照约定，茉黛和艾瑟尔在“士兵和水手家属协会”阿尔德盖特分部的街对面碰头。

战前，这个慈善机构已经吸引了不少富裕女性为生活窘迫的军人妻子提供捐助和建议。现在它担任了新的角色。政府向那些带着两个孩子、因战争与丈夫分居的妻子支付一镑一先令。钱并不多，大约相当于一个矿工工资的一半，但足以让数百万妇女儿童摆脱贫困。“士兵和水手家属协会”负责管理这类分居补贴。

但这类津贴只给那些“行为良好”的妇女，在慈善团体工作的女士们有时会扣下某些士兵妻子的政府补贴，因为后者拒绝听取抚养孩子和持家方面的建议，也拒不接受杂耍戏院和杜松子酒对她们有害的劝告。

茉黛认为那种处境下的女人最好戒酒，但任何人都无权将她们推向贫困。那些整天过舒服日子的中产阶级如此蛮横专断，把士兵妻子那点养孩子的钱也剥夺干净，这让茉黛大为愤怒。她认为如果妇女有了选举权，议会就绝不会容许这种滥用职权的事情发生。

艾瑟尔身边跟着十几个工人阶级的妇女，外加一个男人，伯尼·莱克维兹，那位独立工党阿尔德盖特分部书记。独立工党赞成茉黛这份报纸的活动并为其提供经费。

茉黛向他们走去，发现艾瑟尔正跟一个拿着笔记本的年轻人说话。“分居补贴不是慈善礼物，”她说，“士兵妻子领取这些钱是一种权力。你拿记者工资时需要经过良好行为测试吗？阿斯奎斯先生作为一名国会成员，领工资的时候有人问他喝了多少马德拉白葡萄酒吗？这些妇女有权拿到这笔钱，跟领工资一样。”

茉黛想：艾瑟尔终于有了发出自己声音的机会。她言简意赅，表达见解鲜明生动。

那个记者钦佩地看着艾瑟尔，似乎有点爱上她了。他有些抱歉地说：“你们的对手说，对当兵的丈夫不忠的女人不该得到资助。”

“那你们调查丈夫了吗？”艾瑟尔愤怒地说，“我相信在法国、美索不达米亚或者其他有我们的战士服役的地方，都有那种下流场所。已婚军人出入那些地方，部队登记他们的名字了？取消他们的薪水了？通奸是种罪过，但不是让人陷入贫困、让孩子挨饿的理由。”

艾瑟尔背上背着她的儿子劳埃德。他已经十六个月大了，刚学会走路。他长着浓密的深色头发，一双碧绿的眼睛，跟他母亲一样漂亮。茉黛伸手去抱他，孩子便一下子扑到她怀里。她心里“咯噔”一下，一时间激起了那种渴望——她真希望自己在跟沃尔特共度的那一夜怀上身孕，管它会惹出什么麻烦呢。

去年圣诞节过后，直到现在她都没有沃尔特的任何音讯。她不知他到底是死是活。她也许早就成了寡妇。她不敢多想，但这种可怕的念头总在不知不觉中冒出来，她不得不强忍下眼泪。

艾瑟尔不再向那位记者施展魅力魔法，而是走过来为茉黛介绍一位年轻女子，两个孩子紧紧抓着后者的裙子。“这位就是我跟你提起过的杰妮·麦卡利。”杰妮长着一张漂亮的脸，眼神坚定沉着。

茉黛跟她握了握手：“希望我们今天能为你讨回公道，麦卡利太太。”

“谢谢你的好意，我很有信心，女士。”谦卑的习惯甚至在争取平等的政治运动中也很难克服。

“我们都准备好了吧？”艾瑟尔问道。

茉黛把劳埃德还给艾瑟尔，大家一起走进街对面慈善分部的前门。这里有一个接待区，有个中年妇女在一张桌子后面坐着。一下子来了这么多人让她有些慌张。

茉黛对她说：“没什么可担心的。威廉姆斯太太和我来这儿是要见你们的经理哈格里夫斯太太。”

接待员站了起来。“我去看看她在不在。”她紧张地说。

艾瑟尔说：“我知道她在，半小时前我看见她进了门。”

接待员匆匆跑了出去。

她跟着另一个女人回到接待区，这人显得并不那么好对付。

哈格里夫斯太太四十多岁，身材又粗又矮，穿着法式外套和裙子，时髦的帽子上装饰着一个大蝴蝶结。整套装扮配上她那五短身材，高雅时尚荡然无存，茉黛刻毒地想，但这女人带着有钱人的自信。她还长着一个大鼻子。“找我有什么事？”她粗声大气地说。

茉黛知道，在为妇女争取平等的战斗中，你不但要跟男人拼斗，有时还得跟女人厮杀。“我来这儿找你，是因为你对麦卡利夫人的态度让我十分关切。”

哈格里夫斯太太十分吃惊，显然是被茉黛上流社会的口音吓住了。她上上下下打量着茉黛，大概注意到了茉黛的服饰与她自己的一样昂贵。等她再次开口时，语气已经不那么傲慢了：“恐怕我无法讨论个别情况。”

“但麦卡利太太让我来找你，她本人也在这儿作证。”

杰妮·麦卡利说：“你不记得我了吗，哈格里夫斯太太？”

“事实上我记得你，你当时对我很不礼貌。”

杰妮转向茉黛：“我让她用鼻子去管别人的闲事。”

女人们听到这话提到了鼻子，都咯咯笑了起来。哈格里夫斯太太脸红了。

茉黛说：“但你不能以别人对你无礼为由，拒绝她的分居补助申请。”茉黛抑制着心里的火，尽量用一种冷静而不以为然的口气说，“这一点你是清楚的吧？”

哈格里夫斯太太下巴一歪，辩解道：“有人看见麦卡利太太去‘小狗小鸭’酒吧，还去过斯蒂芬戏院，两次都有一个年轻男人陪着。分居补助是给那些表现良好的妻子的。政府不希望资助那些不贞行为。”

茉黛真想一把掐死她。“看来你没认清自己的角色，”她说，“你无权因为某种怀疑拒绝发放补贴。”

哈格里夫斯太太显得有些心虚。

艾瑟尔插了进来：“我想哈格里夫斯先生安安全全待在家里，对吗？”

“不，他不在，”女人连忙回答，“他的部队正在埃及。”

“哦！这么说，你也领分居补贴喽。”艾瑟尔说。

“这跟眼下的事情无关。”

“难道有人去你家检查你是否行为不端吗，哈格里夫斯太太？有没有人去查看你的餐具柜，看看雪利酒少了没有？盘问你跟杂货店的送货员的友谊？”

“这简直太放肆了！”

茉黛说：“你这么生气完全可以理解——现在你大概明白你的质问为什么惹得麦卡利太太反感了。”

哈格里夫斯太太抬高了嗓门：“真是太荒谬了，这根本无法相提并论！”

“无法相提并论？”茉黛生气地说，“她丈夫跟你丈夫一样，在为国家冒生命危险。你跟她一样有权获得分居补贴。可你却要来判断她的行为，拒绝把钱给她，同时却没有人来评判你。为什么不去查一查你？军官的妻子的确常常酗酒。”

艾瑟尔说：“她们也会跟人瞎搞。”

“够了！”哈格里夫斯太太叫道，“不许你们侮辱我。”

“侮辱杰妮·麦卡利也不行。”艾瑟尔说。

茉黛说：“你见到的那个跟麦卡利太太在一起的年轻人是她弟弟。他从法国回家休假。假期只有两天，她想让他返回战壕前好好玩玩，这才带他去了酒吧和戏院。”

哈格里夫斯太太显得有些窘迫，但仍旧摆出一副目中无人的架势：“那我问她的时候，她就该解释清楚。现在我必须请你们离开这里。”

“现在你了解了真相，相信会批准麦卡利太太的申请。”

“我们还得商量商量。”

“我希望你马上就办。”

“这不可能。”

“你不办，我们就不走。”

“那我就要叫警察了。”

“好极了。”

哈格里夫斯太太扭头就走。

艾瑟尔转身问那个仰慕她的记者：“你们的摄影师在哪儿？”

“在外面等着呢。”

几分钟后，一个身材魁梧的中年警察走了进来，说：“听好了，女士们，请不要扰乱秩序，安静离开。”

茉黛上前一步：“是我拒绝离开，”她说，“跟其他人都没关系。”

“请问你是哪位，女士？”

“我是茉黛·菲茨赫伯特女勋爵，想要我离开，除非把我抬出去。”

“既然你一定要这样。”警察说着，便把她抱了起来。

他们从大楼里出来时，摄影师拍下了照片。

“你真的不害怕？”米尔德里德问。

“唉，有点。”比利承认。

他跟米尔德里德说话非常随意。反正她大概什么都知道。她跟他姐姐在一起住了好几年，女人在一起总是无话不谈。但是，米尔德里德身上还有其他让他感到舒服的东西。阿伯罗温的女孩总想取悦男孩，说点儿新奇的事情，在镜子前面照来照去，可米尔德里德不这样，她就是她自己。有时候她出言不逊，逗得比利直笑。他觉得什么都能跟她说。

她的魅力让他大为倾倒，情难自抑。她那头漂亮卷发和那对蓝眼睛，还有她对任何事情都满不在乎的样子，都让他心醉神迷。此外，就是年龄上的差距。她二十三岁，而他还不到十八岁。她显得十分世故，直截了当表示出对他的兴趣，这让他喜不自胜。他渴望地看着此刻坐在对面的她，心里盼着有机会能单独跟她说话，掂量着自己有没有胆量去摸她的手，伸出胳膊搂着她，吻她。

在艾瑟尔的厨房里，他们四个人围坐在那张方桌边——比利、汤米、艾瑟尔和米尔德里德。今晚暖洋洋的，通向院子里的那扇门敞开着。米尔德里德的两个小女儿和小劳埃德在石板地上玩耍。伊妮德三岁，莉莲四岁，只是比利还分不清她们谁是谁。因为要照看孩子，两个女人不能出门，比利跟汤米便去街边的酒吧买了几瓶啤酒回来。

“你们不会有事的，”米尔德里德对比利说，“你们都是经过训练的嘛。”

“是啊。”话虽这么说，但那种训练并不会给比利增添多大信心。他们大部分时间都在练习列队行进、敬礼、拼刺刀。他觉得自己并没有掌握什么求生本领。

汤米说："如果德国人全变成草塞的假人，绑在木桩上，我们倒是能用刺刀刺死他们。"

米尔德里德说："你们不会用枪射击吗？"

他们曾经拿着破损生锈的步枪训练过一段时间，枪柄上盖着"训练用枪"的戳子，意思是根本无法用于射击。但最终给他们每个人发了一杆螺栓式李恩菲尔德步枪，可拆卸的弹匣里装着十发303口径的子弹。比利发现自己枪打得不错，能在一分钟内打光子弹，命中两百多米外的人形靶。李恩菲尔德以其高速率闻名，教练员告诉这些新兵：世界纪录是一分钟射击三十八发子弹。

"装备都没问题，"比利对米尔德里德说，"我担心的是军官。到现在为止，我还没有遇到一个像井下遇险时需要的那种可以信任的人。"

"好的指挥官都去法国了，我觉得，"米尔德里德乐呵呵地说，"他们让那帮软蛋待在家里搞训练。"

她说话百无禁忌，把比利逗乐了："你说得没错。"

真正让他害怕的是，一旦德国人朝他射击，他会忍不住转身逃跑。这一点最让他担心。它带来的屈辱比身上挨枪子儿还糟。有时候他简直等不及了，希望可怕的时刻快点来，好让他弄清自己到底会怎么做。

"不管怎么说，我都高兴，你们终于可以去打那帮可恶的德国人了，"米尔德里德说，"他们全都是强奸犯。"

汤米说："我要是你的话，就不会相信《每日邮报》上的胡言乱语。他们让你觉得所有的工会会员都不讲信用。我知道事实绝非如此——我们分会的大部分成员都是自愿加入的。所以说，德国人可能并不像邮报说的那么坏。”

“是啊，也许你说得对。”米尔德里德转过来跟比利说，“你看《流浪汉》了吗？”

“看了，我很喜欢查理·卓别林。”

艾瑟尔抱起她的儿子。“跟比利舅舅说晚安。”小家伙扭着两只胳膊，不想去床上睡觉。

比利还记得他刚出生时的情景，记得他的第一声啼哭。现在他竟然都这么大，这么壮实了。“晚安，劳埃德。”他说。

艾瑟尔用劳埃德·乔治的名字为儿子命名。但只有比利知道他还有个中名：菲茨赫伯特。这名字写在他的出生证明上，但艾瑟尔再没告诉其他任何人。

比利盼着把那个菲茨赫伯特伯爵收进他那杆李恩菲尔德的瞄准区里。

艾瑟尔说：“他长得有点像外公，你说呢？”

比利并不觉得哪里像：“等他长出小胡子来，你就知道他像不像了。”

米尔德里德也把她的两个宝宝哄上了床。接着，两个女人宣布她们要吃晚饭。艾瑟尔和汤米去街上买牡蛎，留下比利和米尔德里德两个在家。

他们前脚刚走，比利就说：“我真的很喜欢你，米尔德里德。”

“我也喜欢你。”她说。接着，他把椅子朝她这边挪了挪，开始吻她。

她也报以热情的回吻。

他以前吻过别人，在山峪街那座大电影院的后排座位上，跟女孩接吻。两人总是立刻张开嘴巴迎合对方，就像他现在这样。

米尔德里德轻轻推了推他。“别这么快，”她说，“先这样。”她闭着嘴吻他，她的嘴唇摩擦着他的脸颊、他的眼皮和他的脖子，然后是他的嘴唇。这种吻法很怪，但他喜欢。她说：“你也这样做。”他遵命行事。“现在这样。”她又说。他感觉到她把舌尖抵在他的嘴唇上，那触碰轻得不能再轻。他又把这一套重复了一遍。然后，她又示范了另一种亲吻方式，轻轻咬他的脖子和耳垂。他觉得他能一直这样做下去。

两人停下歇口气，她抚摸着他的脸颊说：“你学得很快。”

“你很可爱。”他回答。

他又去吻她，还用手捏她的乳房。一开始她由着他，但等到他喘起了粗气，就拨开他的手。“别太激动，”她说，“他们随时都会回来。”

过了一会儿，他就听到前门有了动静。“唉，该死。”

“耐心点儿。”她低声说。

“耐心？我明天就要去法国了。”

“嗯，可现在还没到明天呢，对吧？”

比利正在琢磨她这话的意思，艾瑟尔和汤米就进了屋。

他们坐下来吃晚饭，喝光了啤酒。艾瑟尔把杰妮·麦卡利的故事讲给他们听，讲茉黛女勋爵如何被一个警察抬出慈善分部办公室。

她把这些当作一桩好玩的事儿来说，但比利很为他的姐姐感到骄傲，羡慕她为捍卫贫苦妇女的权利挺身而出。她已经是一家报纸的经理，还跟茉黛女勋爵成了朋友！他决心有朝一日自己也要为普通人的利益而奋斗。正因如此，他仰慕自己的父亲。爸爸虽有些偏狭固执，但他一辈子都在为工人战斗。

夜幕降临，艾瑟尔让大家都去上床睡觉。她用几只垫子为比利和汤米在厨房地板上拼凑了一张床铺。他们都累了。

比利躺在床上，毫无睡意，心里琢磨着米尔德里德说还没到明天是什么意思。或许她只是许诺明早在他乘火车去南安普顿之前再吻他，不过她好像还有别的意思。是不是她想今晚再次与他独处？

或许他该去她的房间。这种念头惹得他无法入睡。他想，她会穿着睡衣，床单下的身体摸上去暖暖的。他想象着她在枕头上的样子，嫉妒枕头总能碰着她的脸颊。

汤米那边的呼吸听上去很平稳，比利悄悄溜出他的床铺。

“你去哪儿？”汤米问。比利还以为他睡着了。

“去厕所，”比利低声说，“都怪那些啤酒。”

汤米哼了一声，转过身去睡了。

比利穿着内裤爬上楼梯。楼上有三个门。他犹豫了。要是他领会错了米尔德里德的意思呢？她见到他进门可能会尖叫起来。那该多尴尬啊。

不，他想，她不是大惊小怪的人。

他打开第一道门。街上的微弱光线照进屋子，他看见一张窄床上躺着两个小姑娘，金发蓬松的小脑袋躺在枕头上。他轻轻关上门，觉得自己像个小偷。

他又去开隔壁的门。这间屋子里点着蜡烛，过了一小会儿他才适应了那不稳定的光。他看到一张稍大的床，以及枕头上的脑袋。米尔德里德的脸正朝着他，但他看不清她是否睁着眼睛。他等着她抗议，但什么也没发生。

他走了进去，随手关上门。

他犹豫地小声说："米尔德里德？"

她的声音脆生生的："终于他妈的来了，比利。快上床。"

他溜上床，用胳膊搂住她。不像他想的那样，她没穿睡衣，他吃惊地发现，事实上她一丝不挂。

他突然紧张起来，嗫嚅着说："我从来没……"

"我知道，"她说，"你是我的第一个处男。"

1916年6月，少校菲茨赫伯特伯爵被派往威尔士步枪团第八营，在B连任指挥，总共一百二十八名战士，四名中尉。以前他从未在战场上担任过指挥官，心里不免有些焦急。

他已身在法国，但他的营还在英国。他们是刚刚完成训练的新兵。旅长对菲茨解释说，会把一些老兵掺到这些新战士里头增强实力。1914年派到法国的专业部队已不复存在——超过半数已经战死，现在是基奇纳的新军。

菲茨的人马被称作"阿伯罗温同乡队"。"其中大部分人你都认识。"旅长说，显然他并没有意识到伯爵与那些矿工之间存在一条难以逾越的鸿沟。

菲茨与其他五六个军官同时接到命令，他在集体食堂买了些饮料庆祝了一番。受命指挥A连的上尉举着威士忌酒杯说："菲茨赫伯特吗？你就是煤矿矿主吧。我是格温·埃文斯，一名店主。你所有的床单和毛巾大概都是从我那儿买的。"

军队里现在有不少这种骄傲自大的商人。很典型的是，这种人说起话来仿佛自己跟菲茨平起平坐，只是双方做的生意不同而已。不过菲茨也知道，生意人所拥有的组织能力很受军队重视。这位上尉自称店主，实际上颇为自己这种虚伪的谦虚沾沾自喜。以格温·埃文斯为名的百货公司遍及南威尔士的大中型城镇。菲茨薪水册上的人数远超过A连。他本人除了组织过板球队外，从未组织过任何复杂的活动，战争机器的艰巨复杂让他清楚地意识到自己经验不足。

“我认为这次进攻就是在尚蒂伊商定下来的。”埃文斯说。

菲茨明白他说的是什么意思。在过去的12月，约翰·弗兰奇爵士终于被解职，道格拉斯·黑格爵士接任驻法英军总司令，几天后，当时还在从事联络工作的菲茨参加了协约国部队在尚蒂伊召开的会议。法国人提出1916年在西部战线发动强大攻势，而俄国则赞成向东部战线大举推进。

埃文斯接着说：“我后来听说法国人要调动四十个师进攻，我们派二十五个师。现在这已经不可能了。”

菲茨讨厌这种消极论调，他本来已经够担心的了。但可惜的是埃文斯说到了点子上。“因为凡尔登战役。”菲茨说。自从12月的协议后，法国方面在防守要塞城市凡尔登时损失了二十五万兵力，他们没有多余的兵力调到索姆河了。

埃文斯说：“不管什么原因，我们实际上是在孤军奋战。”

“我不知道这有什么两样，”菲茨的超然姿态完全是装出来的，“我们会在自己这方的前线发动攻击，不管他们做什么。”

“我不同意，”埃文斯的口吻自信，但不傲慢，“法国人一撤退，就会让很多德国人闲下来。他们全都可以增援到这边来对付我们。”

“我认为我们会快速行动，让他们措手不及。”

“你真这么认为，先生？”埃文斯冷冷地说，又露出那种不加掩饰的轻蔑，“就算我们冲过了德国人的第一层倒刺铁丝围栏，也还得继续冲过第二道、第三道。”

菲茨开始感到厌烦。这种话对提振士气十分不利。“铁丝网会被我们的大炮摧毁的。”菲茨说。

“根据我的经验，用火炮对付铁丝网不太有效。一个榴霰弹爆出的钢球是朝下和朝前的……”

“我知道榴霰弹是怎么回事，谢谢你。”

埃文斯并不理会：“因此它必须在目标上空几米的地方爆炸，否则就不会有任何效果。我们的枪炮没那么准。高性能炸药落到地上就会爆炸，所以就算直接命中目标，有时也不过是把铁丝网炸到半空再落下来，不会造成实际破坏。”

“仅仅就火力的规模来说，你就低估了我们的实力。”菲茨说。埃文斯愈发让他感到恼火，一想到他有可能说得没错，菲茨就更烦躁了。更糟糕的是，重重疑虑又加深了菲茨内心的紧张。“轰炸之后片甲不留，彻底摧毁德国人的堑壕。”

“但愿你说得对。如果他们藏在防空壕里躲过我们的火力网，然后再出来用机枪扫射，我们的人就全完了。”

“你怎么还是不明白，”菲茨气愤地说，“这是战争史上前所未有的猛烈炮击。我们的前沿每隔十八米左右就有一门火炮。我们计划要发射超过一百万发炮弹！在这之后不会留下任何活物！”

“好吧，有一点至少我们看法一致，”埃文斯上尉说，“这是有史以来的第一次，就像你说的那样。那么，我们谁都说不准到底会有什么结果。”

茉黛女勋爵戴着一顶装饰了鸵鸟羽毛的宽边红帽出现在阿尔德盖特地方法院，她因扰乱公共秩序被判罚一个几尼[1]。“我希望阿斯奎斯首相能注意到这件事。”她对艾瑟尔说，两人一道离开了法庭。

艾瑟尔并不乐观。“我们没有办法强迫他采取行动，”她无奈地说，“这种事情还会持续下去，直到妇女获得投票权，能把政府赶下台。”女权运动者们计划在1915年的换届选举中将妇女选举权作为一项重要议题提出来，但战时议会推迟了选举。“我们可能要等到战争结束了。”

“那倒不一定。”茉黛说。两人在法院门前的台阶上停留片刻，让记者拍了张照片，随后朝《军人之妻》的办公室走去。“阿斯奎斯正在努力维持自由和保守两党之间的联合。如果这种联合破裂了，那就不得不进行选举。这正好为我们提供了一个机会。”

艾瑟尔有些惊讶。她原以为妇女选举权问题已经穷途末路，濒于绝境了。“为什么？”

“政府遇到了个难题。在现行制度下，服役的军人无法投票，因为他们不是住房拥有者。这在战前并没有多大关系，当时军队只有十万人。但现在部队人数已经超过一百万。政府不敢把他们排除在外举行大选，因为他们在为国卖命，如果那样的话，

① 几尼，英国的旧金币，价值一镑一先令。

就会发生兵变。”

“如果他们改革体制，怎么能把妇女排除在外？”

“现在那个没脊梁骨的阿斯奎斯正在想办法做到这一点。”

“可他不能！妇女跟男人一样，也在为战争效力：她们制造弹药，护理在法国负伤的伤员，她们现在干的不少工作以前是只有男人才干的。”

“阿斯奎斯打算蒙混过去，不回应这个问题。”

“那我们一定不能让他得逞。”

茉黛笑了。“没错，”她说，“我认为这就是我们下一次的活动目标。”

“我参军是为了逃离青少年管教所。”乔治·巴罗说。他靠在前往南安普顿的运兵舰的栏杆上。管教所是关押未成年罪犯的地方。“我十六岁的时候因为盗窃被关进去，刑期三年。一年以后我已经舔够了监狱长的鸡巴，就说我自愿入伍。他押着我到征兵站，然后我就到了这儿。”

比利看着他。乔治长着个弯鼻子，一只耳朵残缺不全，额头上带着一块疤。他看上去像个退役的拳击手。“你多大了？”比利问。

“十七。”

原则上，未满十八岁的男孩不能参军，派往海外的新兵必须年满十九岁。两项法规对军方来说常常形同虚设。每招到一名新兵，征募中士和医务人员可分别获得两个半先令，即使男孩子虚报岁数，实际看上去没那么大，他们也很少过问。营里有个名叫欧文·贝文的男孩，看上去也就十五岁。

“我们刚经过的那个是座岛吗？”

“是吧，”比利说，“是怀特岛。”

“哦，”乔治说，“我还以为是法国呢。”

“不，法国还远着呢。”

这段航程在第二天凌晨时分结束，他们在勒阿弗尔上岸。比利走下跳板，有生以来第一次踏上异国的土地。事实上，脚下踩的不是土地，而是一块块鹅卵石，穿着有平头钉的靴子很难在上面行走。他们经过镇子，路上的法国人目光呆滞地看着他们。比利听说漂亮的法国女孩会感激地拥抱抵岸的英国人，但眼前他只看到戴着头巾的中年妇女，一个个表情冷淡，无动于衷。

他们一路行军来到一个营地过夜。第二天早晨登上了一列火车。身在异国，不像比利想象的那样让人兴奋。一切都有所不同，但差别并不太大。

跟英国一样，法国也多是田野和村庄，有公路也有铁路。田野上围着围墙，不像英国那样用树篱围起来。农舍比英国的大，建得也更结实漂亮，此外就没什么了。这让人有点泄气。傍晚时分他们到达了宿营地，这是一块新辟出的场地，到处是匆匆搭建起来的简陋营房。

比利被任命为下士，负责一个班，共八个人，包括汤米、欧文·贝文和管教所出来的乔治·巴罗。此外，还有一个神秘的罗宾·莫蒂默，他是列兵，尽管看上去有三十来岁。他们来到一个长长的、能装上千人的大厅里，坐下喝茶、吃果酱面包。

比利说：“罗宾，我们都是新来的，不过，你好像更有经验。讲讲你的故事吧。”

莫蒂默带着点儿受过教育的威尔士人的口音，但一开口全是矿工用的那些字眼："不关你他妈的事儿，威尔士佬。"他丢下这句话，就转身去别的地方坐了。

比利耸耸肩。被叫作"威尔士佬"算不得什么侮辱，尤其是出自另一个威尔士人之口。

四个班组成一个排，他们的副排长是以利亚·琼斯，他二十岁，是小店约翰·琼斯的儿子。大家都把他看作经验丰富的老兵，因为他在前线待了一年。琼斯属于毕士大礼拜堂，比利自打上学时就认识他，那时他有个绰号叫"先知"，因为他用了《旧约》里的名字。

先知在一旁听见了莫蒂默的话。"我去问他怎么回事，比利，"他说，"这家伙狂傲自大，但他不能这样跟下士说话。"

"他脾气为什么这么怪？"

"他原来是少校。我不知道他做了什么，后来经军事法庭审判被革了职，失去了军官的职衔。因为他符合兵役条件，就又应召入伍当了列兵。犯了规矩的军官一般都是这么处理的。"

喝完茶后他们见到了排长，詹姆斯·卡尔顿-史密斯少尉，他跟比利同龄，一副局促不安的样子，看上去实在太年轻了，无法领导任何人。"兄弟们，"他像上层社会的人一样掐着嗓子说话，"我很荣幸成为你们的领导，我知道你们在未来的战斗中会像雄狮一样勇猛。"

"该死的疣子。"莫蒂默低声骂道。

比利知道少尉被人称为"疣子"，但这种称呼只在军官之间使用。

卡尔顿-史密斯接着介绍B连的指挥官——少校菲茨赫伯特

伯爵。

“真见鬼。”比利说。他目瞪口呆地盯着这个世界上他最痛恨的人站在椅子上对大家讲话。

菲茨穿着一件剪裁得体的卡其布军服，像有些军官喜欢的那样，手里装模作样地拄着一根白蜡木拐杖。他说话带着跟卡尔顿-史密斯相同的口音，说的也是同样的陈词滥调。比利简直不敢相信自己竟然如此倒霉。菲茨在这儿干什么呢？搞法国女佣吗？这个不可救药的废物成了他的指挥官，简直让他无法忍受。

等军官们一个个走了以后，先知平静地跟比利和莫蒂默说道：“卡尔顿-史密斯少尉一年前还在伊顿公学读书。”伊顿公学是上等人去的学校，菲茨也在那儿上过学。

比利说：“那么，为什么他是军官呢？”

“他在伊顿公学是个‘尖子’，意思是他很出色。”

“哦，是吗？”比利讽刺地说，“看来我们不会有事了。”

“他对战争不怎么了解，但他知道不该滥用权力，仗势欺人，所以，只要我们对他留意着点儿，他就会好好的。如果你们发现他要做什么蠢事，就马上告诉我。”他把目光投向莫蒂默，“这些事情你都清楚，是吧？”

莫蒂默沉着脸点了点头。

“现在我就指望你们了。”

几分钟后就熄灯了。他们没有床铺，只有稻草垫子，一排排铺在地上。比利躺在那儿，醒着。他很钦佩先知对待莫蒂默的方式。他跟难以相处的下属结成盟友，从而化解了矛盾。爸爸也是这样对待那些捣乱分子的。

先知向比利和莫蒂默两人传递同样的信息。那么，先知是否也把比利看成叛逆呢。他回想起自己在礼拜堂读的行淫时被捉的妇人的故事，当时先知也在场。有道理，他想，我确实是个捣乱分子。

比利不觉得困倦，外面天色也很亮，但他还是很快就睡着了。一阵可怕的声音惊醒了他，就像是头上刮起了一阵雷暴。他一下坐了起来。幽暗的曙光从淋着条条雨水的窗子透射进来，但并没有真的刮起风暴。

其他人也惊慌不已。汤米说："老天爷，那是什么声音？"

莫蒂默点燃一根烟。"是在开炮，"他说，"我们这边的。欢迎来到法国，威尔士佬。"

比利没去注意莫蒂默。他瞧着对面的欧文·贝文。欧文嘴里叼着被单的一角坐在那儿，正在嘤嘤哭泣。

茉黛梦见劳埃德·乔治把手放在了她的裙子上，于是她告诉他自己嫁给了一个德国人，随后他通知警察来逮捕她，他们在猛敲她卧室的窗户。

她从床上坐起来，脑子里一片混乱。过了一会儿她才意识到，就算警方打算逮捕她，也不可能敲二楼卧室的窗户。梦境消失了，但耳边依然回荡着噪音，低沉的隆隆声就像远处经过了一列火车。

她打开床头的台灯。壁炉架上新潮的银制座钟告诉她现在是早上四点。是不是地震了？也许军工厂发生了爆炸？火车相撞？她掀开绣花被单，下了床。

茉黛拉开沉重的蓝绿色条纹窗帘，望着楼下的梅费尔街。微亮的晨光中，一个穿红衣的年轻女子，大概是个返家途中的妓女，正焦急地跟早班马车夫说着什么。此外街上再看不到一个人影。茉黛的窗玻璃仍在毫无缘由地哗哗响着。外面也没有刮风。

她在睡袍外穿上一件波纹绸罩衣，朝穿衣镜里扫了一眼，除了头发蓬乱以外，一切看上去还算得体。她开门来到走廊里。

赫姆姑妈戴着睡帽站在那儿，旁边是茉黛的女佣桑德森，已经被吓得圆脸惨白了。接着，格洛特出现在楼梯上。“早上好，茉黛女勋爵；早上好，荷米亚女勋爵，”他不动声色，一板一眼地说，“没必要惊慌。这是枪炮声。”

“什么枪炮声？”茉黛问。

“法国那边开战了，我的小姐。”管家说。

英国的炮击持续了一个星期。

本来计划是五天，可只有一天是晴朗的，这让菲茨十分不安。尽管时值夏日，但其余几天乌云低垂，阴雨连绵，炮手很难瞄准目标。此外，这种天气也无法出动侦察机观察轰炸效果，以便炮手调整瞄准点。这让那些意在摧毁德军火力的举措很难奏效，因为德军非常狡猾，他们的火力一直处在移动状态，所以，英国的炮火有可能落在撤空的阵地上，无法损伤敌军力量。

菲茨坐在营指挥部潮湿的防空洞里，沮丧地抽着雪茄，尽量不去听外面无休无止的轰鸣声。由于没有航空照片，他和其他几个连的指挥员便组织堑壕突袭。这至少能凭借目力观察敌人。不过，这种办法十分危险，突袭小组出去时间过长的都没能回来。因此战士们只是在前沿匆匆观察一下便往回跑。

但是，他们带回的情报说法不一，相互矛盾，这让菲茨颇为头疼。德国人的战壕有些已被摧毁，但其余仍完好无损。部分铁丝网被切断，但绝不是全部。最让人担心的是有些突袭小组被敌方火力逼退。如果德国人还有能力开火，就说明炮兵火力远未完成使命，把他们赶出前沿阵地。

菲茨知道第四集团军在炮火中正好俘虏了十二名德军战俘。这些俘虏全部被审问过，但他们供述的情况相互抵触。有人说他们的战壕已被摧毁，其他人又说德国人全都藏在地下掩体里安然无恙，任凭英国人在头上狂轰滥炸，浪费炮弹。

由于无法确定轰炸效果，黑格决定推迟定于6月29日发动的进攻，但天气状况仍然毫无起色。

“进攻应该彻底取消。”6月30日一早吃早餐的时候，埃文斯上尉说。

“这不太可能。”菲茨评论说。

“在确认敌人的防御被彻底摧毁前，我们不能发动攻击，”埃文斯说，“这是攻城战的原则。”

菲茨知道在规划初期的确商定了这一原则，但后来放弃了。“还是现实一点儿吧，”他对埃文斯说，“六个月来我们一直在准备这次攻势。这是我们在整个1916年的重要行动，倾注了我们的全部力量。怎么会取消呢？否则，黑格就不得不辞职，甚至可能让阿斯奎斯政府垮台。”

这话似乎激怒了埃文斯。他满脸通红，声音一下子蹿得老高：“那就让政府垮台吧，总比派我们往藏在壕沟里的机关枪上硬冲要好。”

菲茨摇了摇头：“看看运过来的上百万吨战略物资，为了运这些东西铺设的公路铁路，还有几十万来自英国各地、经过训练和武装的士兵。我们能怎么办？把这一切统统运回去吗？”

长时间的沉默后，埃文斯说：“当然，你是对的，少校。”他的话虽平和，但声音里有一种无法抑制的愤怒，“我们不会送他们回家，”他咬牙切齿地说，“我们要把他们埋葬在这儿。”

中午，雨停了，太阳出来了。过了一会儿，上面发来了确认的消息：我们明天发动进攻。

第十七章

1916年7月1日

沃尔特·乌尔里希深陷地狱之中。

英国的轰炸已经持续了七天七夜。德国的战壕里每个人看上去都比一周前老了十岁。他们蜷缩在自己的防空洞里——那是在战壕后面深挖出来的人造洞穴，但躲不过那振聋发聩的噪音，脚下的大地也在不停地颤动。最可怕的是，他们知道那一枚枚大口径的炮弹随时会命中战壕，再结实的防空洞也会被瞬间摧毁。

每次炮击一停，他们便爬出防空洞进入战壕，准备击退预期中的大进攻。一旦他们欣喜地发现英国人还没有向前推进，就立刻检查损失情况。战壕会炸出大坑，防空洞入口也会被泥土掩埋，还有，在一个倒霉的下午，炊具箱被炸烂，里面都是杯盘碎片、黏糊糊的果酱罐头和肥皂泡。他们无精打采地铲掉泥土，在堑壕里加铺护板，预定更多的储备。

订货一直没有送达。送到前沿的补给微乎其微。炮击让任何接近前沿的行动都十分危险。战士们饥渴难耐。沃尔特不止一次心存感激地喝光了弹壳里的雨水。

轰炸间隙，战士们不能待在防空洞里，他们必须进入战壕防范突击的英国人。哨兵一直在严密监视着敌军动向。其他人则坐在防空洞附近休息，随时准备着，一听见炮声就沿着台阶进入地下，如果敌人发动攻击便冲上护墙防守自己的阵地。每次进入地下都要带上机枪，出来时再放回射击位置。

在密集炮火轰炸期间，英军还用迫击炮发动攻击。尽管这种小型炮弹声音较轻，但威力十足，能够炸碎堑壕的护板。不过，炸弹从无人区那边沿着弧线慢慢抛射过来，看见它的时候还来得及隐蔽。沃尔特就躲过一次，他跑得够远，没有受伤，但炮弹掀起的泥土溅到他的午饭上，害得他只能把这一大碗可口的炖猪肉扔掉。这是他吃到的最后一顿热饭，如果眼下能吃上的话，就算掺了泥巴他也会一起吃掉。

除了炮弹以外，他这段前沿阵地还受到了毒气攻击。战士们配备了防毒面具，但战壕的底部到处都是大大小小的死老鼠和其他被氯气毒死的小生物。步枪枪筒已经变成了墨绿色。

轰炸在第七天晚上停了下来，沃尔特决定出去巡逻一番。

他戴上毛线帽，脸上抹了一把泥土显得黑一点。他拔出手枪，那是一支专门配发给德国军官的标准九毫米鲁格尔手枪。他弹出弹夹检查了一下，里面的子弹满满的。

他顺着梯子登上护墙，这种举动在白天实在是找死，但晚上就相对安全一些。他弓着腰跑了起来，顺着铁丝网下了缓坡。铁丝网上有一道裂口，按照设计置于德国机枪射击位置的前方。他双膝着地爬过了裂口。

这让他想起了自己当小学生时经常读的冒险故事。通常是长着方下巴的年轻德国人被各类人物威胁追杀的故事——有印第安人、带着吹管的俾格米人和狡诈的英国间谍。他的回忆里充斥着匍匐穿过灌木丛、小树林和草场的情节。

这里没有多少灌木丛。经过十八个月的战争，这里只剩下几片草地和矮树丛，偶尔能见到点缀在烂泥和弹坑荒原上的几棵小树。这里没有任何掩护，因此情况更加糟糕。今晚没有月亮，但爆炸的亮光或者某处强烈的火光不时照亮眼前的景物。这时，沃尔特唯一能做的就是一动不动趴在地上。如果他碰巧待在弹坑里就不易被人发现，否则，他就只能希望没人朝他这个方向看。

地上有不少没有爆炸的英国炮弹。沃尔特计算了一下，大概三分之一的炮弹都是哑弹。他知道劳埃德·乔治负责军火，看来这位蛊惑人心的政客好大喜功，看中数量而不是质量。他想，德国人永远不会犯这类错误。

他来到了英国人的铁丝网前，顺着它爬行，最后找到一处缺口，钻了过去。

随后他看见了英国人的前沿阵地，就像画笔在灰暗的天际抹出的一道黑线。他匍匐前行，尽量不发出任何响动。他必须靠近些——这就是他的目的。他希望听到战壕里的人都在说些什么。

每天夜里作战双方都会派出巡逻兵。沃尔特通常派的是几个头脑灵活的战士，他们无聊得宁可去冒险，尽管这相当危险。不过有时候他也亲自上阵，部分原因是以此显示他身先士卒，此外，他的观察通常更加详细。

他仔细听着，辨别出一声咳嗽，几句喃喃自语，或许还有放屁的声音，随后是一声满意的叹息。看来他接近的这段阵地较为平静。他转身向左，又爬了近五十米的距离后停了下来。现在，他听到了一种陌生的声音，有点像远处什么机器在嗡嗡作响。

他接着爬，尽量竖起耳朵。黑暗之中很容易迷失方向。有天晚上，他爬了很久之后，又回到了半小时前经过的铁丝网边，这才发现自己绕了一个大圈。

他听见一个声音平静地说："就在前边。"他吓了一跳，僵在原地。一束用布蒙着的手电光出现在他的视野中，就像一只萤火虫。在微弱的反光中，他辨认出二十多米外有三个戴英式钢盔的士兵。他想悄悄离开，但担心移动起来会暴露自己。他拔出手枪——就算要死的话，也得拉上几个敌人当垫背。保险栓就在他握枪处的左上方。他用拇指向上扳动，往前一推。轻轻的"咔嗒"在他听来好似一声霹雷，但英国士兵好像并没有听见。

其中两人抬着一卷铁丝网。沃尔特猜他们是要修补白天被德军炮击毁坏的部分。也许我应该马上射杀他们，他想，一、二、三——他们明天会来杀我的。但他还有更重要的任务。就这样，他克制住不去扣动扳机，看着他们走过去，消失在黑暗中。

他推回保险栓，把枪插回皮套，慢慢爬近英国人的战壕。

现在，噪音更大了。他静静地趴了一会儿，专注地听着。这是一群人的声音。他们在尽量压低声音，但这么多人说话还是能被听见。有挪动脚步的声音，衣服摩擦的响声，还有吸鼻子、打呵欠、打嗝的声音。此外，偶尔能听见几句平静、威严的指令。

让沃尔特既好奇又震惊的是，看来这里聚集了很大一群人。他估计不出具体人数。近来英国人又挖了一些更宽的新战壕，似乎准备放置更多储备物资，或者是巨型火炮，但也许只是为了安置更多的人。

沃尔特得亲眼看一看。

他继续向前爬。声音变得更清晰了。他必须看看战壕里面，但他能不被对方发现吗？

突然他听见身后传来声响，一下子呆住了。

他回头看见萤火虫般的手电光，那三个修补铁丝网的人又回来了。他紧贴着泥地，慢慢掏出手枪。

他们匆匆走着，也不在乎弄出动静，只是高兴已经完成了任务，急于安全返回。现在他们已经离沃尔特非常近了，不过还是没有看见他。

他们经过时，沃尔特灵光乍现，一下从地上爬了起来。

现在要是有人照见他，就会以为他跟那三个人是一伙的。

他几步跟上去，估计他们分辨不出身后的脚步声。果然几个人谁也没有往后看。

他盯着发出声音的地方。现在他能看见战壕里面，但一开始只能辨认出几个光点，应该是手电筒。等到他的眼睛适应下来，终于看清了眼前的一切，立刻大吃一惊。

眼前这群人有好几千。

他停下脚步。这种宽战壕的作用一直不明，现在才暴露了真相——原来这是集散战壕。英国人正在调派部队准备进攻。他们站在里面等待着，一个个烦躁不安，军官带着的手电筒映射出寒光闪闪的刺刀和头盔，一列列延伸过去。沃尔特想清点一下——一行十个人就是一百，再加一百就是两百，四百、八百……目力所及之处，应该有一千六百人，剩下的全部笼罩在黑暗中，无法看清。

进攻马上就要开始了。

他必须尽快赶回去上报这一消息。如果德军现在向这边开炮，就能杀死成千上万的敌人，将其歼灭在进攻之前。这简直是个天赐良机，是魔鬼投下了残酷战争的骰子。一旦他返回自己的阵地，就立刻电告指挥部。

一束光线投射过来。他看见一个英国哨兵探出护墙，端着来复枪盯着他。

沃尔特猛地卧倒在地，把脸埋在泥里。

枪声响了。接着，铁丝网小队里一个人喊道："别开枪，你这个疯子，是自己人！"这口音让沃尔特想起菲茨在威尔士宅邸的仆人，他猜测这是威尔士编成团。

亮光暗了下去。沃尔特一跃而起，开始往德军方向跑。哨兵的视线被闪光扰乱，几秒钟内，无法看清这边。沃尔特从来没有跑过这么快，只觉得身后那杆步枪随时都会再次响起。不到半分钟他便跑到了英国人的铁丝网那儿，立刻屈膝蜷身钻了过去。手电光又照了过来。他仍处在步枪的射程之内，但已经不太容易辨认。他一跃趴在地上。手电光扫过他的头顶，一大块燃烧的镁块投到他前面几米的地方，但身后再没有枪声传来。

等那团火球燃烧开来，他便从地上爬起来，一溜烟跑回了德军前沿。

凌晨两点刚过，第八营在离英军前沿约三公里的后方集结起来。菲茨焦虑地看着这一切。他一直担心这些刚受过训练的新兵会给他丢脸，但他们没有。新兵情绪稳定，欣然听从指挥调遣。

旅长坐在马背上简短讲了几句。下面有个中士用手电把他照亮，半明半暗中他像个美国电影里的恶棍。"我们的炮火已经彻底扫清了德军的防御，"他说，"等你们到了那边，只能看见遍地的德军尸体。"

旁边有个威尔士人嘟囔了一句："这可真绝了，德国人全都死了，可怎么还能朝我们还击呢。"

菲茨往队列里瞥了一眼，但四周太黑，他没认出说话的到底是谁。

旅长接着说："拿下他们的战壕，坚守在那儿，随后野战炊房就会跟上，给你们送上热饭热菜。"

B连在几名副排长的带领下开赴战场。他们穿过田野，腾出大路让运输车通过，边走边唱着《伟大的耶和华引导我们》。直到他们消失在黑暗中，那歌声还在夜空中回荡，几分钟后一切才归于沉寂。

菲茨回到营部。那里有一辆无篷卡车把军官们送往前线。菲茨坐在中尉罗兰·摩根旁边，他是阿伯罗温煤矿经理的儿子。

菲茨竭力遏制带有悲观情绪的言论，但他也不禁怀疑旅长的乐观精神完全背离了现实。历史上从未有过类似规模的进攻，也没有任何人知道最终结果如何。七天的轰炸并未扫平敌人的防御——就像那个无名战士挖苦的那样，德军仍在还击。实际上菲茨在自己的报告中也指出了这一点，到头来哈维上校却问他是不是害怕了。

菲茨十分担心。总参谋部对这些坏消息视而不见时，就会有人死亡。

似乎是在证明他的观点，一颗炮弹落在他们身后的路上爆炸了。菲茨回头去看，只见一辆相似的无篷货车有半边车身都飞上了天。它后面的那辆车突然转向，冲进了沟里，接着又被后面的卡车撞上。这种场面十分惨烈，但菲茨这辆车并没有停下帮忙。司机的做法相当正确，伤员会留给医护人员处理。

左右两侧又落下不少炮弹。德军瞄准了赶赴前沿的部队，而不是前沿阵地。想必他们算好了大进攻即将开始——如此大规模的兵员调动很难逃过他们情报部队的眼睛，德军致命的准确度会在英军战士抵达战壕之前就杀死他们。菲茨强作镇静，但无法排除内心的恐惧。只怕B连甚至到不了战场。

随后再没有什么事情发生，他终于来到集结区。几千人已经抵达这里，士兵们斜倚着步枪，低声交谈着。菲茨听说炮击已经让有些单位减员。他等待着，不知他的连是否还存在。值得安慰的是，阿伯罗温同乡队完好无损，已经集合完毕。菲茨带领他们走完最后几百米，进入前沿集散战壕。

然后，他们无事可做，只是静静等待进攻的时刻到来。战壕里有水，菲茨的绑腿很快就湿透了。这里不允许唱歌，因为敌人在他们的前沿能够听见动静。吸烟也同样被禁止。有人开始祈祷。一个高个子战士拿出他的薪水簿，就着副排长利亚·琼斯微弱的手电光，开始填写“最后的遗嘱”那一页。他用左手写字，这让菲茨认出他是莫里森，从前在泰-格温当过仆人，是板球队的左撇子投球手。

黎明来得很早，毕竟仲夏刚过去几天。借着微光，有些人拿出照片来，端详着，亲吻着。这种场面不免令人感伤。菲茨犹豫自己是否也该学着战士们的样子，过了一会儿他终于拿出了随身带着的照片。照片上是他的儿子乔治，大家都叫他小宝宝。他现在十八个月大，但照片是在他过周岁生日时拍下来的。一定是碧抱他到照相馆拍的，因为他身后挂着花草空地的背景帘，很俗气。他打扮得不怎么像个男孩，穿着白色小上衣，戴着无边童帽，但他圆嘟嘟的，十分健康。如果菲茨今天战死沙场，他将来就会继承他伯爵的名号。

菲茨估计碧和孩子现在应该是在伦敦。正值7月社交季，尽管时局不稳，但女孩们总要在社交界露面，否则她们还能上哪儿找合适的丈夫呢？

天光渐亮，太阳随之升起。阿伯罗温同乡队的钢盔闪闪发亮，刺刀上反射着初现的晨光。他们中的大多数从来没有上过战场。无论输赢，他们都将面临一场洗礼。

英军炮火开始了猛烈的轰炸，密集的火力闪着光。炮手竭尽全力，或许这最后的努力会摧毁德军的阵地。这也一定是黑格将军在心里祈祷的。

阿伯罗温同乡队被安排第一波进攻，菲茨先行一步去查看战场，留下几个副职指挥B连。他从那些等待进入战壕的士兵身边挤过去，站到射击踏台上，透过沙袋垒起的护墙上的射击孔向外窥探。

初升的太阳驱散了晨雾。蓝色的天空中，是一团团炸弹爆炸后的黑烟。菲茨想，天气看来不错，是个典型的法国夏日。“真是个消灭德军的好天气。”他自言自语道。

菲茨待在阵地上，等待进攻零时的到来。他想看看第一波进攻会有什么结果，应该吸取哪些经验。尽管他在法国几乎当了两年军官，但今天是他头一次上阵指挥，心里七上八下，生怕指挥上有什么闪失，这比自己被杀还要让他紧张。

上面给每个人发了一份朗姆酒。菲茨喝了一点儿。尽管胃里一下子暖烘烘的，可他觉得自己更紧张了。进攻零时定在七点半钟。七点过后，所有的人都安静下来。

七点二十分，英军的炮火停了下来。

“不！”菲茨大声说，“现在不能停！太早了！”当然，没有人听他的。他惊呆了。这等于是告诉德国人攻击马上就要开始。他们现在会爬出防空洞，架好机枪，各就各位等在那儿。我们的炮手明明白白给了敌人十分钟准备时间！他们本应该一直开火，直到最后一分钟，直到二十九分五十九秒。

可是，现在说什么都来不及了。

菲茨沮丧至极，不知单单这一个失误会让多少人丧命。

副手们高声发出命令，战士们在菲茨旁边登上梯子，爬过护墙。他们在前沿的铁丝网边上整队，那里距离德军前沿大概四百米左右，但对面没有朝他们射击。让菲茨惊讶的是，中士们吼道：“听口令，列队——看齐！”战士们开始像在操场上一样看齐，仔细调整着距离，直到他们一个个站得像保龄球道上的球柱一样。菲茨觉得现在整这一套简直是疯了——等于又给了德军准备的时间。

七点半哨声响起，信号员全都挥起小旗，第一排开始前进。

由于身上辎重繁杂，他们根本无法快跑：额外的弹药、防水布、食物和饮用水，每个人还携带了两枚米尔弹，这种手榴弹一枚就近一公斤重。战士们蹒跚小跑着，趟过一个个弹坑，然后穿过铁丝网的空隙。他们按指示站成几排继续前进，肩并肩穿越无人区。

等他们走到一半，德国人的机枪开火了。

菲茨听见那熟悉的嗒嗒声，片刻后便看见有人倒了下去，先是一两个，然后是十个、二十个，越来越多。“我的上帝！”菲茨叫道，眼见战士们一个个扑倒，五十个、一百个。他被眼前的屠杀吓傻了。有些人中弹时举起两手，有些人惊叫、抽搐，其他人则轰然倒地，就像被扔掉的行李袋。

这比格温·埃文斯的悲观预测还要糟糕，远远超出菲茨最可怕的想象。

他们还没有接近德军的铁丝网，大部分人就已经倒下了。

哨音又一次响了起来，第二队开始前进。

列兵罗宾·莫蒂默气急败坏。“真他妈的愚蠢，”他耳边全是机枪的嗒嗒声，“我们应该摸黑上来，怎么能在他妈的光天化日下进无人区。连个烟幕弹也不放。这简直是他妈的自杀。”

集散战壕里的士兵们不安起来。比利担心阿伯罗温同乡队士气低落。他们从宿营地行军赶往前线，途中经历了有生以来的第一次炮击。他们没直接挨到炮弹，但前面和后面的两组人马都惨遭屠戮。还有一件糟糕的事情，他们行军经过了一排新挖的大坑，每个深度都在一米八左右，他们猜测这就是集体葬坑，等着掩埋当天的战死者。

“因为风向不对，没法发射烟幕弹，”先知温和地说，“就因为这个，我们也没使用毒气。”

“真他妈的疯了。”莫蒂默嘀咕着。

乔治·巴罗快活地说：“那些当官的最清楚。他们天生就是统治者。要我说，还是让他们决定。”

汤米·格里菲斯不依不饶：“你怎么能相信这个？他们不是把你送进管教所了吗？”

“他们就得把我这样的人送进监牢，”乔治坚决地说，“否则，每个人都会变成窃贼。我自己也可能被抢！”

大家都笑了起来，唯独莫蒂默闷在一边，没有笑。

菲茨赫伯特少校又出现了，一脸忧郁，手里拿着一壶朗姆酒。中尉把酒给每人分了一份，倒在他们递上的饭盒里。比利喝下后，没有任何享受的感觉。烈酒给战士们壮了胆，但并没有持续多久。

比利经历过类似的感觉，那是在他第一次下矿井的时候，当时里斯·普莱斯把他一个人丢在井下，矿灯又灭了。那时候，眼前的幻象让他有了勇气。不幸的是，耶稣只会出现在一个疯狂想象的小男孩的脑海里，对头脑冷静、不再幻想的成人毫无助益。今天比利只有靠他自己了。

至高无上的考验就要降临在他的头上，也许只剩下几分钟了。他能镇静自若，经受住考验吗？如果他经受不住——在地上缩成一团，闭上眼睛吓得哭起来，或者掉头就跑，那他这辈子都会为此蒙羞。倒不如战死的好，他想，可等到枪响的时候，我还会这么想吗？

他们又往前移动了几步。

比利掏出身上的钱包。米尔德里德给了他一张照片——她穿着大衣，戴着帽子。但他宁愿记住那天晚上在她卧室里见到她的样子。

不知她正在干什么。今天是星期六，所以，她应该在曼尼·利托夫的工厂缝制军服。现在上午过半，女人们会停下来休息一会儿。米尔德里德会给大家讲那些好笑的故事。

他心里一直在记挂着她。那天晚上和她待在一起，大大丰富了他的接吻经验。她教会他不去莽撞行事，而是慢慢享受，种种爱抚竟然那样细腻、那样令人愉快，大大超乎他的预料。她亲吻他的小鸡鸡，随后让他对自己做同样的事。她教他到底该怎么做，直到让她兴奋得叫出声来。最后，她从床边的抽屉里拿出安全套。他从没见过这东西，尽管听男孩们说起过，大家都管它叫胶皮套头。她给他套上，连这一举动都让他激动不已。

这就像是一场白日梦，他得时时提醒自己这真的发生过。他对米尔德里德自由、积极追求肉体享受的态度毫无准备，这些让他大开眼界。他的父母，还有阿伯罗温的大部分人都会认为她“不适婚”，带着两个孩子，却没有丈夫的踪影。但哪怕她有六个孩子比利也不会介意。她为他打开了天堂之门，他最想做的事情就是再次体会那种感觉。他要活下来，要再次见到米尔德里德，再跟她共度一晚，这比任何事情都重要。

同乡队磕磕绊绊向前移动着，慢慢接近前沿的战壕，比利发觉自己在流汗。

欧文·贝文哭了起来。比利呵斥道：“振作一点儿，听见没有，贝文列兵。哭也没用，是不是？”

那男孩说：“我想回家。”

“我也想，孩子，我也想。”

“求你了，下士，我没想到会是这样。”

“你多大了？”

“十六。”

“见鬼，”比利说，“你怎么当的兵？”

“我告诉大夫我多大了，他就说，‘走吧，等明天早上再来。按你的年龄个子够高，明早你就十八岁了’。他还给我使了个眼色，我就明白我得撒谎。”

“混账东西。”比利说。他看了看欧文。这男孩在战场上不会有任何用处。他浑身哆嗦，不停地抽泣。

比利跟卡尔顿-史密斯说：“长官，贝文只有十六岁。”

“老天爷。”中尉说。

“应该送他回去。他会变成负担的。”

“这我就不知道了。”卡尔顿-史密斯一脸茫然。

比利想起先知·琼斯怎样跟莫蒂默结为盟友。先知是个出色的领导者，他提前想到问题，主动采取措施。相比之下，卡尔顿-史密斯就毫无可取之处，却是他的上级军官。爸爸会说，这就是所谓的等级制度。

一分钟后，卡尔顿-史密斯走到菲茨赫伯特那里，低声跟他说了些什么。少校摇摇头表示否定，卡尔顿-史密斯无奈地耸了耸肩。

比利自小就懂得不能对残酷行为袖手旁观：“这孩子只有十六岁，长官！”

“现在说这个太晚了，”菲茨赫伯特说，“没跟你说话就不要插嘴，下士。”

比利知道菲茨赫伯特没认出他来。他只是几百个在伯爵的矿井干活的工人之一。菲茨赫伯特不知道他是艾瑟尔的弟弟。尽管如此，这样随便被驳回仍激怒了比利。“这是违法的。”他倔强地说。在其他场合下，菲茨赫伯特本来会是第一个维护法律尊严的人。

“这由我来评断，”菲茨暴躁地说，“这就是为什么我是军官。”

比利的血液开始沸腾。菲茨赫伯特和卡尔顿-史密斯，这两个人穿着量身定制的军服站在那儿，眼睛瞪着身穿令人发痒的卡其布军装的比利，觉得他们想干什么都行。“法律就是法律。”比利说。

先知轻声说：“今早我看见您忘了带手杖，菲茨赫伯特少校。要不要我给您把手杖拿过来，顺便把贝文送回指挥部？”

这是顾全面子的妥协办法，比利想。干得好，先知。

但菲茨赫伯特并不买账：“不要自作主张。”

突然之间贝文蹿了出去。他钻进后面的人群，这让大家吃了一惊，有几个笑了起来。

“他不会跑远，”菲茨赫伯特说，“等他被人追上，就一点儿也不可笑了。”

“他是个孩子！”

菲茨赫伯特盯了比利一眼：“你叫什么名字？”

“威廉姆斯，长官。”

菲茨赫伯特吃了一惊，但很快就恢复过来。“这儿有好几百个威廉姆斯，”他说，“你的本名叫什么？”

“威廉，先生。大家都叫我‘比利乘二’。”

菲茨赫伯特使劲看了看他。

他知道了，比利想。他知道艾瑟尔有一个名叫比利·威廉姆斯的弟弟。他直直地回视过去。

菲茨赫伯特说：“如果你再说一个字，威廉·威廉姆斯列兵，我就会拿你问罪。”

一声呼啸从头顶飞过，让比利猛地缩了一下身子。他身后传来震耳欲聋的爆炸声。周围立刻掀起一阵飓风——土块和护板碎片四处乱飞。他听见有人叫喊。猛然间他发现自己趴在地上，不知是被气浪掀翻还是自己扑倒的。一个重重的东西砸在他的头上，他骂了一句。接着，一只靴子踏在他脑袋边上。靴子上边是一条腿，其他的部分则都不见了。“天啊！”他叫道。

比利从地上爬起来，发现自己并没受伤。他看着四周自己排里的人：汤米、乔治·巴罗、莫蒂默……他们一个个都爬了起来。所有人都在往前跑，突然间大家觉得前线的方向是一条逃生之路。

菲茨赫伯特少校喊道：“站在原地别动，战士们！”

先知·琼斯说：“待在原地，待在原地。”

向前涌动的浪潮停住了。比利刚想甩掉身上的泥巴，又一颗炸弹落在了他们身后。要说有什么不一样，那就是这颗炸弹落在后面更远的地方，但结果相差不大。又是一声巨响，一股飓风，随后是急雨般的碎屑和残肢断体。人们连滚带爬从前面逃出集散战壕向两边跑去。比利和他们排的其他人也跟着跑。菲茨赫伯特、卡尔顿–史密斯和罗兰·摩根大声喊着让战士留在原地，但谁也没听他们的。

大家往前跑着，尽量离炮弹的落点远些。一直跑到英军的铁丝网附近才慢了下来，停在无人区的边上，都意识到再往前就危险了，跟他们刚刚逃离的地方不相上下。

军官们跟了上来，想办法尽可能应对。“列队！”菲茨赫伯特喊道。

比利看了看先知。中尉显得有些犹豫，随后附和着命令道：“排好队，排好队！”

“你看那边。”汤米对比利说。

“什么？”

“铁丝网外边。”

比利往那边看去。

“都是尸体。”汤米说。

正如他所说，地上到处躺着穿卡其布的尸体，有些残缺不全，十分可怕。有的静静躺在那儿，就像是睡着了，还有的像恋人那样，互相纠缠在一起。

尸体遍地都是，成千上万。

“上帝，帮帮我们吧。”比利低声说。

他感到一阵恶心。世界怎么会变成这样？上帝为什么会让这种事情发生？

A连一字排开，比利跟随B连拖着步子跟在后面。

比利的恐惧变成了愤怒。是菲茨赫伯特伯爵和那帮军官一道策划了这一切。他们是指挥官，该为这场屠杀承担罪责。他们该被枪毙，他愤怒地想，这帮该死的，一个个都该用枪崩了。

摩根中尉吹响了哨子，A连像橄榄球前锋那样朝前冲去。卡尔顿-史密斯也吹起哨子，比利慢跑起来。

接着，德国人的机枪开火了。

A连的人开始倒下，摩根是第一个。他们还没来得及举枪射击。这不是战斗，是屠杀。比利看着他身边的人。他心里涌起一股抗拒的力量。军官全都指望不上。战士们不得不自己作决定。让命令见鬼去吧。“他妈的！”他喊道，“隐蔽！”他猛地一扑，趴进一个弹坑里。

弹坑四周尽是稀泥，坑底有一摊臭水，但他紧贴着湿冷的泥巴，庆幸躲过一颗颗飞过头顶的子弹。片刻过后，汤米卧倒在他旁边，接着排里的其他人也跳了进来。其他排的人也都学着比利的样子。

菲茨赫伯特从他们的大坑旁边跑过去，喊道：“你们，继续前进！”

比利说：“他要是再不闭嘴，我就一枪崩了这个狗娘养的。”

紧接着，菲茨赫伯特就被机枪打中了。一股鲜血从他脸颊上喷出来，一条腿瘫软下来，他扑倒在地。

军官们跟士兵一样身处险境。比利的怒气消了。相反，他为英国军队感到羞耻。怎么会这么没用？付出了那么多的努力、金钱和时间之后，大突击成了大失败。这真是个奇耻大辱。

比利环顾四周。菲茨躺在那里一动不动，失去了知觉。眼前既看不见卡尔顿-史密斯中尉，也没有琼斯军士的影子。排里的其他人看着比利。他只是个下士，但大家都在等着听他的吩咐。

他转向列兵莫蒂默，后者以前当过军官：“你觉得……”

“别看我，威尔士佬。”莫蒂默没好气地说，“你是那个他妈的下士。”

比利不得不拿出个计划。

他不会带着他们往回跑。他几乎没有考虑这种选择。这样的话，那些死去的生命就白白浪费了。我们一定要得到点什么，他想，我们必须做出点样子来给自己瞧瞧。

另一方面，他又不打算迎着开火机枪往前冲。

他要做的第一件事就是把现场勘察清楚。

他摘下钢盔，伸直胳膊把这个诱饵举过弹坑的边沿，看看是否有德国人正在观察这个弹坑。但是，什么也没有发生。

他把脑袋探出坑边，想着随时会有一颗子弹击中他的脑壳。但这次也一样，他毫发无伤。

他望着分界线那边的山坡，越过德军铁丝网观察后面山上挖出的前沿阵地。他能看见护墙缺口上探出的步枪枪筒。“哪儿才是他妈的机枪？”他跟汤米说。

“说不准。”

C连跑了过去。一部分人掩护，其他人成排向前冲。机枪又开火了，朝这排人扫射过去，他们像保龄球柱一样倒下。比利不再感到震惊。他在寻找子弹的来处。

“明白了。”汤米说。

“在哪儿？”

“从这儿一直往那边看，山顶上那片树丛。”

“对。”

“看见那条线穿过德军战壕没有？”

“看见了。”

“然后再稍稍往右一点儿。”

“太远了……没关系，我看见那帮畜生了。”在比利正前方偏右的地方，护墙上插了一块看似用作防护的铁板，一支与众不同的机枪枪筒从里面探出来。比利似乎看见机枪旁边有三个德军头盔，但这很难确定。

他们大概在集中瞄准英军铁丝网的缺口，比利想。他们一次次朝着从那里冲出来的士兵射击。要想攻下他们，必须选择另一个角度。如果他这个排想办法斜着穿过无人区，他们就可以从德国人的左侧，趁着他们朝前看的时候袭击这挺机枪。

他计划利用三个大弹坑来完成这次突袭，第三个大坑正好越过一片被压平的德军铁丝网。

他不知道这是不是正确的军事战略。但正确的战略这天一早已经让数千人丧生，所以，管他的呢。

他缩回身子，看了看旁边的人。乔治·巴罗虽说年纪轻，但步枪打得很准。“下次机枪开火的时候，准备好射击。等它一停你就开枪。幸运的话他们就会隐蔽起来。我要往那个弹坑那边跑。打枪要平稳，把弹夹打光。你有十发子弹，要让射击持续半分钟。等德国人抬起头来，我就已经跑到下一个坑里了。”他又去看其他人，“到了下一个停顿，你们就一起跑，让汤米掩护你们。第三次的时候，我会掩护汤米，让他跑出来。”

D连冲进了无人区。机枪又响了起来。步枪和战壕里的迫击炮也同时开火。这一次流血较少，因为大部分人依靠弹坑作掩护，而不是迎着枪林弹雨往前冲。

我随时准备冲出去，比利想。他已经跟大家说了他要做什么，绝不能出尔反尔，否则就太丢脸了。他咬紧牙关。就是死也比当胆小鬼强，他又对自己说了一遍。

机枪停止了扫射。

瞬间的工夫比利跳了出来。现在他成了一个非常显眼的目标。他弯腰开始狂奔。

在他身后，他听到乔治·巴罗的射击声。他的性命掌握在这个管教所出来的十七岁男孩手中。乔治的枪打得很稳——“乒、乒、乒！”完全按他吩咐的那样。

比利竭尽全力冲过那片空地，他身上很沉，因为带着装备。他的靴子陷进泥里，呼吸急促不匀，他还感到胸口阵阵作痛，但他思维清晰，心里只想着赶快跑。他以前从未如此接近过死亡。

离那个弹坑还剩下几米的距离时，他把枪扔了进去，然后就像抱住橄榄球对手那样一头栽了进去。他落在大坑的边上，绊倒在泥巴里，几乎不敢相信自己还活着。

他听到身后高高低低的欢呼声。排里的人都在为他的成功叫好。他很吃惊他们身处屠杀之中竟然会如此乐观。人真的是很奇怪的动物。

等他缓过气来，便小心地从坑边向外张望。他跑了大约一百米。用这种办法穿越无人区要花些时间，但其他办法都是自杀。

机枪又嗒嗒响了起来。等它一停，汤米便开始射击。他像乔治那样留出间隔。看来，面临险境我们都能学得很快，比利想。汤米打完最后第十发子弹时，排里的其他人都已经跳进比利的弹坑了。

“来这边。”他喊道，招呼队友们前进。德军的阵地现在是在头顶的山坡上，比利担心敌人有可能看到弹坑的后半部分。

他把步枪架在坑沿上瞄准机枪。转眼间机枪又开火了。等他们一停，比利就立刻开枪。他下令汤米快跑。他很关心汤米，其他人全加在一起也不如汤米重要。他握紧枪杆，每隔五秒射出一发。是否打中并不重要，只要汤米跑的时候德国人别露头就行。

他的步枪“咔嗒”一声打光了，这时汤米已跳到了他旁边。

“真他妈的该死，”汤米说，“我们得这么干多少次才行啊？”

“还有两次，我觉得，”比利一边说，一边装子弹，“等到足够靠近，我们要么能投手榴弹……要么就全他妈的完蛋。”

“别诅咒，比利，拜托，”汤米板着脸说，“你知道我讨厌这个。”

比利冷笑了几声。随后他便纳闷自己怎么笑得出来。眼下我待在弹坑里，德国人随时都能朝我开火，可我还在笑，他想，让上帝帮帮我吧。

他们按同样的方式移动到了下一个弹坑，但这个坑离得太远，这一次他们损失了一个人——乔伊·庞蒂在跑的时候被击中头部。乔治·巴罗把他抱了起来，带着他一起跑，但他死了，脑袋上的洞在汩汩淌血。比利纳闷乔伊的弟弟乔尼跑哪儿去了，自从离开集散战壕就没有见到他的人影。大概得由我把这个消息告诉他了，比利想。乔尼很崇拜他的大哥。

还有别人死在这个坑里。三个穿卡其布军服的尸首倒伏在泛着浮渣的脏水中。他们一定是最先一批登上山坡的。比利不知他们怎么走到了这么远的地方。或许只是出于偶然。机枪一开始没有扫射到他们，第二轮射击开始才把他们撂倒在这儿。

其他小队也按同样的策略缓缓接近德军前沿。他们要么在模仿比利这一组，要么依照同样思路，把军官们愚蠢的列队冲锋的命令丢在一边，琢磨出了更明智的办法。这样一来，德国人就不能为所欲为了。他们受到火力打击之后，无法持续不停地射击。也许正是这一因素让比利他们到达了最后一个弹坑，没再出现人员伤亡。

事实上他们还多了一个人。一个陌生的家伙跳到比利旁边。

“你他妈的哪儿来的？”比利问。

“我跟自己的小组跑散了，”那人说，“看来你们很有办法，我跟着你们。希望你不介意。”这种口音让比利觉得他可能是个加拿大人。“你投掷投得怎么样？”比利问道。

“我高中参加过棒球队。”

“那好。等我给你口令，看你能不能把手榴弹投到机枪掩体那边。”

比利让斑点·卢埃林和阿伦·普里查德投掷手榴弹，其余的人同时负责火力掩护。他们再次等待机枪停下来。“投弹！”比利喊道，站起身来。

德军战壕里的步枪喷射着火舌。斑点和阿伦害怕被子弹打中，手榴弹失手。两颗炸弹都没有投进约五十米远的战壕里，落到一边爆炸了，什么都没有炸着。比利骂了一句。机枪完好无损，的确，它马上就又开火了。接着，斑点可怕地抽搐了一下，一排子弹击中了他。

比利感到自己出奇地冷静。他花了一秒钟时间盯准目标，然后使劲向后扬起胳膊。他像投掷橄榄球那样估摸着距离。他隐约意识到身边那个加拿大人也跟他一样镇静。机枪“嗒嗒嗒”喷着火舌，朝他们这边扫射过来。

他们在同一时间扔出手榴弹。

两枚炸弹全都投在掩体的附近。两声爆炸随之响起。比利看见机枪的枪筒飞上了天，高兴地大叫一声。他摘下第二颗手榴弹的拉环，一步跃上土坡，大喊着：“冲啊！”

一股麻醉剂般的兴奋流遍他身上的血管，几乎让他忘了自己处于危险之中。他不知道战壕里还有多少德国人用步枪对着他。其他人也跟着他。比利扔出第二颗手榴弹，别人也学着他的样子。有些炸弹投偏了，但有不少落进战壕，爆炸了。

比利来到战壕边上。这时，他才发觉自己的步枪还挂在肩上。趁着他摘下枪射击的工夫，德国人完全有可能一枪干掉他。

但战壕里没有一个活着的德国人。

手榴弹的破坏力极大，战壕里到处躺着死尸，如果哪个德国人没有被这场强攻杀死，他也一定撤了出去。比利跳进沟里，终于把步枪端成准备射击的姿势。不过没有这个必要了。这里已经没有一个敌人了。

汤米也跳下来，站在他身边。“我们成功了！”他欣喜若狂地喊着，“我们夺取了德军的战壕！”

比利高兴得要死。他们原想杀掉他，到头来是他干掉了他们。这是一种巨大的满足，他以前从未体味过这种感觉。“你说得对，”他对汤米说，“我们成功了。”

德军防御工事的质量让比利深受触动。他用矿工的眼光看着战壕的防护结构——墙壁用木板加固，通道是四四方方的，防空壕深得让人吃惊，向下挖了八九米深，还装了整齐的门框和木制台阶。难怪经过七天的猛烈轰炸，还有那么多德国人幸存下来。

德国人挖的是网状战壕，有通联战壕将前沿与后方的储备及服务区域连接起来。比利必须弄清这里确实没有埋伏下来的敌人袭击他们。他带领其他人来了一次探险式的巡逻，举着步枪随时准备射击，但他们一个人也没有发现。

战壕网一直延伸到山顶。比利站在高处向四周瞭望。他们位置的左侧，越过一大片弹坑累累的区域，一支英军部队占领了另一段战壕；在他们右侧，战壕戛然而止，地面变成一道断崖，下面有条不深的山谷和小溪。

他看着东面敌方的占领区，知道两三公里以外还有另一个战壕系统，是德军的第二道防线。他想带着他的小队向前冲，但最后犹豫了。他看见没有任何其他英军部队向前推进，同时觉得自己小队的弹药已经用掉大半。他推测马上就会有补给车颠簸着驶过一个个弹坑，送来弹药和下一阶段的进攻命令。

比利抬头看天。现在已经到了中午。战士们从昨晚起就一直没有吃过东西。“咱们看看德国人留没留下什么吃的。”他说，并让板油·休伊特留在山顶瞭望，以防德国人反扑。

他们没有搜出多少东西。看来德国人吃得不太好。他们找到了不太新鲜的黑面包和硬硬的萨拉米香肠。甚至连啤酒都没有——德国可是一直以啤酒闻名的。

旅长许诺有野战厨房车会跟上前进的部队，比利焦急地朝无人区那边张望，根本看不见补给车的影子。

战士们都坐下来，开始吃自己干粮袋里的硬饼和罐头牛肉。

他应该派人回去报告。但还没等他开始干这件事情，德国人的大炮就改变了目标。他们先前瞄准的是英军的后方，现在他们把目标集中到了无人区。英德双方前线之间的那片区域，泥土被掀上了天，炮击异常强烈，任何人都别想活着离开。

好在炮手并没有瞄准他们自己的前线。大概他们也不知道哪一部分落到了英国人的手里，哪一部分仍由德军控制。

比利的小队人马被卡在那儿。他们没有弹药，无法前进，炮火又阻挡了他们后撤的道路。不过，似乎只有比利一个人担心他们的处境，其他人都在忙着寻找战利品。他们挑拣着带尖刺的钢盔、帽子上的徽章和随身折刀。乔治·巴罗挨个查看死去的德国人，摘下他们的手表和戒指。汤米拿到一个军官的九毫米鲁格手枪和一盒子弹。

大家开始感到昏昏欲睡。这没什么奇怪——他们已经熬了一个通宵。比利派两个人放哨，让其他人打一会儿盹。他心里有点失望。参战的第一天他便赢得了一场小小的胜利，他很想把这个消息告诉其他人。

傍晚的时候炮击停止了。比利想着是否要撤退。眼下实在没有别的事情好做，但他又担心被人指责这样做是临阵脱逃。很难预料那些上级军官会做出什么事来。

到头来还是德国人替他作了决定。在山岗放哨的板油·休伊特看见他们从东面压了过来。比利看到一支五十到一百人的大部队越过山谷向这边快速挺进。他手下的战士没有弹药补充，无法守住这块阵地。

但另一方面，如果他们撤退，就有可能受到指责。

他把几个人叫到自己身边。“听着，弟兄们，”他说，“你们随意开火，打完子弹就后撤。”然后他朝山冈下八百米外的敌人开火，打光了自己的弹夹，转身跑了起来。其他人也照做了。

他们爬过德军的壕沟，迎着落日朝无人区跑，跳过地上的尸体，躲闪着抬伤员的担架救护队。没有人朝他们开枪。

比利终于跑回了英军阵地，跳进战壕。里面满是尸体、伤员和跟他一样疲惫不堪的幸存者。他看见菲茨赫伯特少校躺在担架上，脸上流着血，但他眼睛睁得大大的，还活着，在急促呼吸。总算有个我不在乎他是死是活的人，他想。很多人干脆坐在泥地里，或者躺着，眼神空洞，一个个失魂落魄，累得动弹不得。军官们在组织把从前面撤下来的伤员和尸体送往后方。没有任何胜利的气氛，没有任何人向前进发，军官们甚至不往战场那边看。这场强大的进攻以失败告终。

比利小队的其他人跟着他进了战壕。

“真是一团糟，”比利说，“天杀的，简直是糟糕透顶。”

一周后，欧文·贝文因怯懦和开小差被军事法庭审判。

审讯时曾指定一位军官作为“犯人的朋友”为他作了辩护，

但他拒绝了。由于犯罪会判死刑，无罪申诉是自动提出的。但是，贝文在辩护时什么也没有说。审判前后只用了不到一个小时。贝文被定罪。

他被判处死刑。

判决被送到总指挥部进行审查。总司令批准了死刑判决。两个星期后的一个黎明，在一片泥泞的法国牧场上，贝文被蒙着眼睛站在行刑队跟前。

行刑队里有士兵故意打偏，枪响后贝文仍然活着，虽然身上流着血。行刑队的军官随后走了过去，拔出手枪，直接朝那男孩的前额开了两枪。

欧文·贝文就这样死了。

第十八章

1916年7月下旬

自从比利动身去了法国后，艾瑟尔一直翻来覆去想着他到底是死是活。她知道自己有可能再也见不到他了。跟米尔德里德同寝的一晚让他告别了处男之身，这让艾瑟尔很高兴。“我让你弟弟得逞了，”米尔德里德在他离开后十分随意地说，“可爱的小伙子。威尔士像他这样的还多吗？”但艾瑟尔不相信米尔德里德真的这么薄情，这都是她装出来的，因为现在每天晚上祈祷时，伊妮德和莉莲都在乞求上帝看顾在法国的比利叔叔，把他安全送回家。

劳埃德几天后害了严重的胸部感染，艾瑟尔难过极了，眼看他呼吸困难，绝望之中只得把他抱在怀里轻轻摇晃。她生怕孩子死掉，懊悔她的父母一直都没见过他。等他稍好些了，她便决定带他回阿伯罗温。

她在离开整整两年之后重回家门。这一天下着雨。

那地方没有多大变化，但她情绪低落。她活了二十一岁，还是在伦敦生活后，才第一次发现整个阿伯罗温都是同一种颜色。一切都是灰色的：房子、街道、煤渣堆，还有沿着山脊游动的那片阴沉暗淡的积雨云。

下午三点前后，她走出火车站，觉得很疲惫。怀里抱着十八个月大的孩子颠簸一路实在辛苦。劳埃德很乖，总是露出小小的牙齿微笑，很讨乘客们的喜欢。不过，麻烦事一样也少不了——在摇晃的车厢里给他喂奶，去臭烘烘的厕所换衣裳，吵闹的时候哄他睡觉。这一切都得当着陌生人的面，让她感到神经紧张。

她把劳埃德背在背上，手里拎着小行李箱穿过站前广场，走上克莱夫街的斜坡。很快她就气喘吁吁了。这又是一件她疏忽了的事情。伦敦大多都是平地，但阿伯罗温到处是陡峭的山坡，去哪儿都免不了爬上跑下。

她不知道自己离开后这里都发生了什么。比利是她唯一的消息来源，但男人不那么喜欢传闲话。毫无疑问，在一段时间内，她本人曾是人们谈论的主要话题。不过，总会有新的流言蜚语取而代之。

这次回家她又会成为重大新闻。艾瑟尔带着孩子从街上走过，几个女人直直瞪着她。她知道她们在想什么。艾瑟尔·威廉姆斯，自觉高人一等，可现在又回来了，身上穿着旧衣服，怀里抱着个学步的孩子，没有丈夫。她们会说，骄者必败，那一副副同情的样子难掩她们内心的恶意。

她走进惠灵顿街，但没有直接往父母家去。父亲跟她说过永远不要回来。她给汤米·格里菲斯的母亲写过信。由于她丈夫火热的政治信仰，人们称她为“格里菲斯社会主义者太太”（同一条街上还住着一个“格里菲斯教会太太”）。格里菲斯一家不是非国教徒，他们不赞成艾瑟尔父亲的强硬态度。此前，艾瑟尔留汤米在伦敦住了一晚，格里菲斯太太很乐意予以回报。汤米是独子，他参了军，家里空出了一张床。

爸妈都不知道艾瑟尔回来了。

格里菲斯太太热情接待了艾瑟尔，柔声跟劳埃德说话。她以前有过跟艾瑟尔同龄的女儿，后来得百日咳死了——艾瑟尔一下子想起这个女孩，她一头金发，名叫格温妮。

艾瑟尔给劳埃德喂了奶，又换了衣裳，随后坐在厨房里喝茶。格里菲斯太太注意到她手上的结婚戒指。“结婚了，是吗？”她说。

“守寡了，”艾瑟尔说，“他在伊普尔战死了。”

“啊，真可惜。”

“他也姓威廉姆斯，所以，我也就不必改姓了。”

这个说法会传遍整个镇子。有人会质疑是否真有这么一个威廉姆斯先生，是不是真的跟艾瑟尔结了婚。他们相信与否并不重要。一个假装结了婚的女人可以被人接受；而一位被确认的单身母亲，就等同于无耻的荡妇。阿伯罗温的人有他们自己的原则。

格里菲斯太太说：“你什么时候去看你妈啊？”

艾瑟尔不知父母见了她会是什么反应。他们也许会再次把她赶出家门，也许会原谅一切，又或者会找到某种办法谴责她的罪孽，同时让她留在身边。“我不知道，”她说，“我很紧张。”

格里菲斯太太表示同情：“唉，话说回来，你爸爸虽说脾气暴躁，但他还是爱你的。”

“人们总是这么认为。他们都说，你父亲心里是爱你的。可他把我从家里轰了出来，这还能算是爱吗？我不知道。”

“谁都这样，一旦自尊心受到伤害，做起事来就不管不顾，”格里菲斯太太安慰说，“尤其是男人。”

艾瑟尔站了起来。“算了，我看也没必要往后拖了。”她从地上抱起劳埃德，“来吧，宝宝，该让你见见外公外婆了。”

“祝你好运。”格里菲斯太太说。

威廉姆斯家的房子跟格里菲斯家只隔着几户。艾瑟尔希望她父亲恰好不在家。这样，她至少能跟母亲多待一会儿。母亲没那么严厉。

她想敲门，但觉得这太可笑了，便直接推门走了进去。

她进了厨房，这是她度过人生大半时光的地方。爸妈都不在，只有外公一个人坐在椅子上打瞌睡。他睁开眼睛，一开始有些疑惑，然后便亲切地说：“是我们的艾丝啊！”

“你好，外公。”

他起身朝她走过来。他更加衰老了，扶着桌子走过这小小的房间。他吻了吻她的脸，转过来看小宝宝。“哦，看看，这个是谁呀？”他高兴起来，“难道这是我的头一个曾外孙吗？”

“他叫劳埃德。”艾瑟尔说。

“多好的名字！”

劳埃德把他的脸紧贴在艾瑟尔的肩膀上。

“他很害羞。”她说。

“噢，是我这个白胡子的怪老头吓着他了。他会习惯我的。坐下，我亲爱的，跟我说说你的事。”

“我妈呢？”

“去合营店买果酱去了。”当地的杂货店现在变成了合营商店，与客户共享利润。这种店铺在南威尔士很普遍，“她马上就会回来。”

艾瑟尔把劳埃德放在地板上。他开始探察房间，扶着四周牢靠的地方摇摇晃晃往前走，就像外公那样。艾瑟尔说起她在《军人之妻》当经理的工作——跟印刷工打交道，分发一捆捆报纸，没有卖掉的再收回来，吸引人们刊登广告。外公好奇她怎么知道该如何应付这些工作。她承认是跟茉黛一道完成的，她们两人相互合作。她发现印刷工很难相处——他不喜欢听女人的摆布，但她很擅长销售广告版面。说话间，外公摘下他的表链，让它悬在手腕上，也不去看劳埃德。孩子盯着闪光的链子，朝这边走了过来。外公让他抓住它。马上，劳埃德便靠在外公的膝头，摆弄起那块手表来。

待在这间老房子里，让艾瑟尔有种奇怪的感觉。在她的想象中，这里该有一种熟悉的舒适感，就像一双穿了多年，已经合脚的鞋子。但实际上她隐约有些心神不安。这里更像是一个熟悉的老邻居的家。她的眼睛一直瞧着那块褪色的刺绣样布，上面是破旧不堪的《圣经》经文，纳闷为什么她母亲十几年都不换掉它。她没有那种归属感。

“你们有比利的消息吗？”她问外公。

“没有，你有消息吗？”

“自从他去法国后就没消息了。”

“我估计他参加了索姆河边的那场大战。”

“千万不要。听说那一仗打得很惨。”

“唉，是啊，传言是这么说的。”

现在也只能相信传言，因为报纸上都是好消息，轻描淡写，含糊其词。但不少伤员已经送回英国国内的医院，他们口中透露的指挥不利和血腥屠杀让人听了毛骨悚然，消息就这样传开了。

妈妈走进门来。“这些人整天站在店里聊天，好像再没有别的事情好干了——哦！”她猛然站住了，“哦，我的天，是我们的艾丝？！”她的眼泪一下子流了出来。

艾瑟尔抱住她。

外公说：“你看，卡拉，这是你的外孙，劳埃德。”

妈妈擦了擦眼睛，把他抱了起来。“看看，他多漂亮啊！”她说，“瞧这卷卷的头发！跟比利小时候简直一模一样。”劳埃德盯着她看了一阵，接着大哭起来。

艾瑟尔只好把他抱过来。“最近他不知怎么变得娇气了。”她抱歉地说。

“这个年龄的孩子都这样，”妈妈说，“你就多享受享受现在吧，很快他就变了。”

“爸爸去哪儿了？”艾瑟尔问道，尽量显得轻松自如。

妈妈显得有点紧张：“他去卡尔菲利参加工会会议了。”她看了一下表，“现在该回来喝茶了，除非他没赶上火车。”

艾瑟尔猜到妈妈心里希望他晚些回来。她也是这么想的。她希望危机到来之前能多跟母亲待一会儿。

妈沏好了茶，把一盘威尔士糖糕饼放在桌上。艾瑟尔拿了一块。“我两年都没吃过这个了，”她说，“真好吃。”

外公高兴地说：“这才是我说的好事。这里有我的女儿，我的外孙女，还有我的曾外孙，大家全在一间屋子里。有了这些，一个人这辈子还求什么呢？”

艾瑟尔想，有些人会觉得外公这辈子过得不怎么样，整天坐在烟气腾腾的厨房里，穿着他唯一的一件外套。但他很感激自己的命运，而她至少今天让他过得很开心。

就在这时，爸爸回来了。

妈妈正说着话：“我像你这么大的时候有一次去过伦敦，但你外公说……”门开了，她立时收住了话头。几个人全都抬头去看——爸爸从街上走进屋，穿着开会的外套，戴着平顶矿工帽，走上那段斜坡让他热得冒汗。他一步跨进屋里，然后站住了，瞪着眼睛。

“看看谁在这儿，”妈妈强作欢颜地说，“艾瑟尔，还有你的外孙。”她紧张得脸色发白。

他一言不发，也没去摘掉帽子。

艾瑟尔说：“你好，爸爸。这是劳埃德。”

他看也不看她。

外公说：“小家伙多像你，戴，嘴巴那儿，看到没有？”

劳埃德感觉到房间里的敌意，开始哭了起来。

爸爸还是一言不发。艾瑟尔明白自己犯了个错误，不该冷不丁出现在他面前。她一开始就不打算给他机会禁止她进家门。但现在她看出自己突然出现迫使他采取防守姿态。他脸上显露出被逼无奈的表情。你永远不该把爸爸逼到墙角，她想。

他的脸色愈发固执，看着他的妻子，说：“我没有外孙。”

“唉，别这样。”妈妈哀求着。

他的表情依然僵硬。还在那儿站着，盯着妈妈，不说一句话。他在等待着什么，看来，如果艾瑟尔不走，他就会一直站着不动。她哭了起来。

外公说：“唉，天杀的。”

艾瑟尔抱起劳埃德。“对不起，妈，”她抽泣着说，“我想也许……”她哽咽了一下，没法把话说完。艾瑟尔抱起劳埃德从父亲身边走过。而他把脸转向了另一边。

艾瑟尔走出去，狠狠摔上门。

每天早上，等男人们下了矿井，孩子们被送到学校里之后，女人们就开始在外面干活。她们清扫便道，打扫门前台阶或擦洗窗子。有些人去商店或外出干别的事情。艾瑟尔想，她们需要走出自己的小房子，见识见识外面的世界，知道生活并不局限在草草垒起来的四面墙壁之内。

她站在“格里菲斯社会主义者太太”家门外，倚靠在墙上晒太阳。前后街道上的女人都找机会待在阳光底下。劳埃德在玩球。他看见别的孩子扔球，也想学着他们的样子，但没有成功。艾瑟尔寻思着：投掷动作其实并不简单，要同时调动肩膀、手臂和腕子才能完成。手指必须在胳膊完全伸展开的时候松开。劳埃德还没有掌握这个，手指松开得太早，有时还会把球扔到肩膀后面，或者松开晚了，根本就扔不远。但他一次次尝试着，艾瑟尔觉得他早晚会成功，最后就再也忘不掉了。直到你自己有了孩子，才会发现他们到底有多少东西要学。

她无法理解父亲怎么会拒绝这个孩子。劳埃德没做错任何事情。艾瑟尔自己犯下罪孽，但大多数人都一样有罪。上帝已经赦免了他们的罪过，爸爸又有什么资格来评判呢？这让她很气愤，同时又感到十分难过。

邮局的那个男孩骑着小马进了这条街，然后把马拴在厕所边上。他叫杰兰特·琼斯，他的工作是投送包裹和电报，但今天他好像没带任何包裹。艾瑟尔突然感到浑身一冷，好像天上的太阳被阴云遮住了。惠灵顿街的电报很少，通常都是坏消息。

杰兰特走下斜坡，背对着艾瑟尔朝另一边走去。她松了一口气——看来没有她家的事。

艾瑟尔又想起茉黛女勋爵写给她的那封信。她们跟其他妇女一道发起了一场运动，争取让妇女选举权成为军人公民权改革讨论的议题之一。她们目前已经获得了广泛的关注，确保阿斯奎斯首相无法回避这个问题。

茉黛得到的消息是，首相避开锋芒，把问题全都推给一个名为“议长会议”的委员会解决。不过茉黛说这样也好。下议院会进行平静的公开辩论，用不着一个个做戏似的公开演讲。也许常识最终会占上风。尽管如此，她仍在想尽办法弄清阿斯奎斯选哪些人进入这个委员会。

隔着几个门口的坡上，外公从威廉姆斯家的房子里走出来，坐在低低的窗台上，点上他这天的第一斗烟。他看见了艾瑟尔，笑着跟她挥手。

街道另一边是米妮·庞蒂，乔伊和乔尼的母亲，她正拿着一根棍子拍打地毯上的灰尘，咳嗽了几声。

格里菲斯太太端着铲出的炉灰从厨房里走出来，把它们倒进了土路边的灰坑里。

艾瑟尔问她：“我能干点什么？要不要帮你去合营店买东西。”她已经收拾了床铺，洗了早餐后留下的碗碟。

“好吧，”格里菲斯太太说，“我马上给你列张单子。”她喘着粗气斜靠在墙上。笨重的身形让她稍一劳作就喘不上气。

艾瑟尔发现街道那头发生了一阵骚动。有几个人高声喊起来。接着，她听到了一声尖叫。

她跟格里菲斯太太面面相觑，随后艾瑟尔抱起劳埃德，几个人连忙往厕所那一边的街尾跑去，看看出了什么事。

起先艾瑟尔看到一小群女人围着普里查德太太，她正哭得昏天黑地，大家都在安慰她。出事的还不止她一个。那个当矿工时在洞顶垮塌事故中丢了一条腿的斯托米·皮尤瘫坐在路中间，就好像被人揍了似的，左右两边各站了一个邻居。街对面，小店约翰·琼斯太太站在门口抽泣着，手里拿着一张纸。

艾瑟尔看到邮递员杰兰特一脸惨白，好像他自己也快哭了。他走到街对面，去敲另一家人的门。

格里菲斯太太说："是陆军部的电报——噢，上帝啊，快帮帮我们吧。"

"是索姆河战役，"艾瑟尔说，"阿伯罗温同乡队一定也参加了。"

"阿伦·普里查德肯定是死了，还有克莱夫·皮尤，先知·琼斯是个中士，他爸妈当初多骄傲啊……"

"可怜的小店·琼斯太太，她另一个儿子已经在矿井爆炸中死了。"

"保佑我的汤米平平安安吧，上帝，"格里菲斯太太祈祷着，尽管她丈夫是众所周知的无神论者，"求求你放过汤米。"

"还有比利。"艾瑟尔说。然后，她又对着劳埃德的小耳朵低声说："还有你的爸爸。"

杰兰特肩上扛着一只大大的帆布袋子。艾瑟尔恐惧地想，这男孩在街上穿来穿去，简直就是个戴着邮差帽的死亡天使。

等他经过厕所，爬上斜坡，走到这条街的上半段时，所有人都从屋里出来了。女人们停下手中的活计，等待着。艾瑟尔的父母也出来了，爸爸还没去上班。他们跟外公一起站在那儿，忧心忡忡，沉默不语。

杰兰特走近卢埃林太太。她的儿子亚瑟肯定死了。艾瑟尔记得大家都叫他“斑点”。这个可怜的孩子再也不用为脸上的雀斑发愁了。

卢埃林太太举起两手，像要抵挡住杰兰特似的。“不要，”她哭喊道，“天啊，千万别！”

他拿出她的那封电报。“我真的没办法，卢埃林太太，”他大概刚满十七岁，“这上面有你的地址，看到了吗？”

她还是不肯接那个信封。“不！”她说着，背过身去，用双手捂住脸。

男孩嘴唇颤抖着。“请接下吧，”他说，“我还得给别人送呢。邮局里的更多，还有好几百封！现在是十点钟，我不知道今晚能不能送完。拜托。”

隔壁的帕里·普莱斯太太说：“我替她收下。我没儿子。”

“非常感谢，普莱斯太太。”杰兰特说完，继续往前走。

他从袋子里拿出一封电报，看了看地址，从格里菲斯太太家门前走过。“哦，感谢上帝，”格里菲斯太太说，“我的汤米好好的，感谢上帝。”她高兴得哭了起来。艾瑟尔把怀里的劳埃德换到另一边，伸出一只胳膊抱住了格里菲斯太太。

男孩走近米妮·庞蒂。她没有尖声哭叫，但泪水早已顺着脸颊流了下来。“哪一个？”她嘶哑地问，“是乔伊还是乔尼？”

“我不知道，庞蒂太太，”杰兰特说，“你看看这里面是怎么写的。”

她撕开信封。“我看不见！”忍不住哭出了声。然后揉了揉眼睛，努力擦掉模糊了视线的泪水，又看了一遍。“朱塞佩！”她说，“我的乔伊死了。天啊，我那可怜的孩子！”

庞蒂太太的家差不多在这条街的尽头。艾瑟尔等待着，心在狂跳，看杰兰特会不会往威廉姆斯家的房子走。比利到底活着还是死了？

男孩转身离开了痛哭的庞蒂太太。他望着街对面，看见艾瑟尔的爸妈和外公正用一种迫切的可怕眼神盯着他，便往袋子里看了看，然后抬起头，说："没有惠灵顿街的电报了。"

艾瑟尔几乎瘫在地上。比利还活着。

她看着自己的父母。妈妈哭了。外公想去点着他的烟斗，但手抖得不行。

爸爸正注视着她。艾瑟尔无法理解他脸上的表情。他似乎有些激动，但她看不出那意味着什么。

他朝艾瑟尔这边迈了一步。

尽管这一步不大，但已经足够了。艾瑟尔抱着劳埃德朝她父亲跑去。

他张开双臂搂住他们两个。"比利还活着，"他说，"还有你们。"

"是啊，爸爸，"她说，"对不起，我让你失望了。"

"不要紧的，"他说，"现在，什么都不要紧。"他拍拍她的后背，就像小时候她跌倒时挣扎着爬起来那样，"好了，好了，"他说，"都过去了。"

阿伯罗温的基督徒们很少举办跨宗派的仪式，这一点艾瑟尔心里很清楚。对威尔士人来说，任何教义上的分歧都不是小事。一部分人拒绝庆祝圣诞节，理由是《圣经》上找不到任何基督诞生日的证据。另一部分人诅咒投票选举的办法，因为使徒保罗曾经写过：“我们是天上的国民。”双方都不愿意跟与其见解相左的人站在一起做礼拜。

然而，自从周三的电报噩耗之后，这种分歧便一下子显得微不足道了。

阿伯罗温的教区长托马斯·埃利斯–托马斯建议举办一次联合纪念仪式。电报全部送完，共有两百十一人阵亡，而战斗仍在继续，每天仍然会收到一两份令人悲痛的消息。小镇的每条街上都有人战死，排列拥挤的矿工棚舍每隔几米就有一户人家经历丧亲之痛。

卫理公会派、浸信会和天主教徒都同意圣公会教区长的建议。较小的群体则倾向于回避，其中包括全福音浸信会、耶和华见证人会、第二次降临福音派和毕士大教会派。艾瑟尔看出她父亲内心的挣扎。但是，谁都不愿意被据信是小镇有史以来最大的一次宗教仪式排除在外，到最后所有人都加入了。阿伯罗温没有犹太教堂，但年轻的乔纳森·高曼是牺牲者之一，镇上的少数犹太人也决定参加，即便仪式没有顾及他们的信仰。

星期天下午两点半，纪念仪式在瑞克市民公园举行。镇议会为神职人员搭建了一个临时讲台。天气很好，阳光灿烂，有三千人到场。

艾瑟尔扫视着人群。珀西瓦尔·琼斯戴着大礼帽站在那儿。他除了是一镇之长，现在还是议会成员。他也是阿伯罗温同乡队的一名荣誉指挥官，组织领导了招兵工作。凯尔特矿业的其他几位董事跟他站在一起——就好像死者的英勇精神跟他们有什么关系似的，艾瑟尔越想越不是滋味。马尔德温·摩根也露面了，带着妻子——他们有权参加，她想，摩根夫妇失去了儿子罗兰。

就在这时，艾瑟尔看见了菲茨。

起初她没认出他来。她先看见碧公主，一身黑衣黑帽，后边跟着一个护士，抱着年轻的阿伯罗温子爵，一个跟劳埃德差不多大的男孩。碧旁边有个拄拐杖的男人，左腿打着石膏，半边脸绑着绷带，遮住了他的左眼。过了好一会儿艾瑟尔才认出那是菲茨，她忍不住惊叫了一声。

“怎么了？”母亲问。

“你看伯爵！”

“那是他？哎呀，可怜的人。”

艾瑟尔盯着他。现在她已经不再爱他——他太残酷了。但她又不能无动于衷。她曾吻过绷带下的那张脸，爱抚过那一度强壮、现在却已不幸残损的身体。菲茨是个自负的人——这是他最情有可原的缺点，她可以想象，他照镜子时受到的羞辱和伤害会远远超过创伤本身。

“我不知道他为什么不待在家里，”妈妈说，“大家会理解的。”

艾瑟尔摇摇头。“他太骄傲了，”她说，“是他带那些人去送死的。他必须来。”

“你很了解他。”妈妈说话时的神色让艾瑟尔怀疑她是不是早已猜出了真相，“但我觉得他也想让人们看见上层阶级同样在经受痛苦。”

艾瑟尔点点头。妈妈说得不错。菲茨这人既傲慢又霸道，但矛盾的是，他也渴望得到普通人的尊重。

屠夫的儿子戴·肖普走过来跟艾瑟尔打招呼：“很高兴看见你

回阿伯罗温。”他个子瘦小，穿着笔挺的西装。

“你怎么样，戴？”艾瑟尔说。

“很好，谢谢。明天开始放一部卓别林的新片。你喜欢卓别林吗？”

“我没时间去看电影。”

“要不，你把小孩留给你妈照看，明晚跟我去看一场？”

有一次在加地夫电影院，戴曾经把手放在艾瑟尔的裙子上。那是五年前的事了，但她能看出他还没有忘记这件事。“不，谢谢你，戴。”她毫不犹豫地说。

他还不罢休：“我现在井下干活，不过等我爸爸不干了，就由我来接管店铺。”

“你会干得很棒，我相信。”

“这里有些男的看不上带孩子的女人，”他说，“不过我不会的。”

这话很有一点屈尊降贵的意味，但艾瑟尔不打算跟他计较。“再见，戴。谢谢你的邀请。”

他苦笑了一下：“你仍然是我见过的最漂亮的女孩。”他碰了碰自己的帽子，走开了。

妈妈生气地说：“他哪里不好呢？你要找个丈夫，这不是正好嘛！”

他有什么问题？他确实个头矮小，但他的男性魅力弥补了这一不足。他前途无量，也愿意负担别人的孩子。艾瑟尔也不知自己为何不假思索地拒绝跟他一起去看电影。难道，在她的内心深处，还认为自己太出色，阿伯罗温容不下她？

靠前的地方放了一排椅子，菲茨和碧坐在珀西瓦尔·琼斯和马尔德温·摩根旁边，仪式随后便开始了。

艾瑟尔对基督教的信仰不是很虔诚。她认为上帝的确存在，但她猜想上帝比她父亲想象的更为通情达理。爸爸对约定俗成的宗教仪式全然无法接受，而艾瑟尔只是对圣像、熏香祭拜和拉丁文有点反感。在伦敦，她礼拜日早上偶尔也去卡尔瓦利福音馆，主要是因为那儿的牧师是位十分热情的社会主义者，他允许茉黛在他的教堂设立诊所，召开工党会议。

当然，公园里没有风琴，清教徒也就不必压抑对乐器的抵触。艾瑟尔从爸爸那里得知，领唱的挑选颇费了一番踌躇——在这个镇子上，领唱的角色比讲经布道更加重要。最后选定的是阿伯罗温男声合唱团，其指挥不属于任何教派。

他们以一曲亨德尔的《他将如牧羊人饲养羊群》开场，这首人尽皆知的弥赛亚唱段精美，便于教众合唱。好几百人的男高音让那句“将羔羊置于他的怀抱”响彻整个公园上空。艾瑟尔发觉自从去了伦敦以后，已经有很长一段时间都没听过这样惊心动魄的乐声了。

天主教神父用拉丁文背诵《圣诗》第129篇，《自深深处》。他使出全力大声喊着，但站在边上的人还是听不到。接着，国圣公会牧师朗读了国教祈祷书中的《为死者安葬》一节。一个年轻的卫理公会教徒迪莉斯·琼斯演唱了查尔斯·韦斯利写的赞美诗《神圣纯爱》。浸礼会牧师朗读了《哥林多前书》第15章第20节后的全部内容。

要有一个布道者代表无派别团体，这件事自然落在了爸爸的头上。

他开始朗读《罗马书》第8章的一段诗句：“叫耶稣从死里复

活者的灵，若住在你们心里，那叫基督耶稣从死里复活的，也必借着住在你们心里的圣灵，使你们必死的身体又活过来。”爸爸那洪亮的声音遍及公园的每个角落。

艾瑟尔为他感到骄傲。这一荣誉等于承认他是镇上的一位重要人物，一位精神和政治领袖。他今天的打扮也很得体，妈妈特地从梅瑟的格温·埃文斯百货店给他买了一条新的黑丝绸领带。

接着他讲到复活，讲到来世，这些艾瑟尔以前都听过，她的注意力飘忽起来。她觉得人死后大概还会有灵魂存在，但她又无法肯定，不过她反正很快就会弄明白的。

人群中有了一阵骚动，让她猛然意识到爸爸一定是转移了一贯的话题。只听他在说：“当这个国家决定去打仗，我希望议会的每位成员都能真诚地扪心自问，像上帝指引的那样。但是，到底是谁让这些人进了议会的呢？”

艾瑟尔发觉他把话题引到了政治上。爸爸，你太棒了。这下，教区长就不得不收起那副洋洋得意的嘴脸了。

“原则上，这个国家的每个人都有责任参军服役。但是，并非每个人都有权利决定是否加入战争。”

人群里发出赞同的喊声。

“选举权的规定将这个国家一半以上的人排除在外！”

艾瑟尔大声说：“包括所有的女人！”

妈妈说：“嘘，别嚷，是你爸爸在讲道，不是你。”

“七月的第一天，阿伯罗温就有两百多人战死在索姆河边。有人告诉我，英国伤亡总数超过五万！”

人群里发出一片惊恐的叹息声。没有多少人知道这个数字。爸爸是从艾瑟尔那儿得到的。茉黛在陆军部工作的朋友把这消息透露出来。

“五万人伤亡，其中死亡两万人，”爸爸继续说，“战斗还在继续。日复一日，更多的年轻人将遭到屠杀。”人群中有人发出异议，但他们被赞同的多数声浪压了下去。爸爸举起一只手示意安静：“我不想说这是谁的错，只是要强调这一点。当人们被排除在参战与否的决定之外，如此残忍的屠杀就不可能是正确的。”

教区长上前一步，企图打断爸爸的话，珀西瓦尔·琼斯想爬到台上，却没有成功。

爸爸的话差不多也说完了：“如果我们再要决定打仗，就必须通过全体人民的表决才行。”

“妇女应该跟男人同样待遇！”艾瑟尔喊道，但她的声音淹没在矿工们支持的欢呼声中。

几个人现在站到了爸爸的面前，想要阻拦他，但他的声音依然在骚动的人群中回响：“我们绝不能再容许只由少数人决定是否发动战争！”他大喊着，“绝不能！绝不能！绝不能！”

说完他就坐下了，台下响起了雷鸣般的欢呼声。

第十九章

1916年7月至10月

科韦利是俄国境内的一个铁路枢纽，它原属波兰，靠近从前的奥匈帝国边境。俄国军队在城东三十多公里处的斯托霍德河畔集结。整个地区都是一片沼泽地，数百平方公里的泥淖中交织着条条小径。格雷戈里找到一块干燥的地方，下令排里的战士们扎营歇息。他们没有帐篷——亚佐夫少校把帐篷统统卖给了平斯克的一家制衣厂。他说夏天帐篷没用，等到冬天他们全死了，就更没必要了。

格雷戈里奇迹般活了下来。他现在是一名中士，他的朋友伊萨克是个下士。在1914年的大进攻中幸存下来的，现在都成了军士这种没有官衔的军官。格雷戈里所在的营元气大伤，经过转移、调动后再次被打得七零八落。他们被派到各个地方，唯独除了他们的老家。

格雷戈里在过去两年里杀了不少人，所用的武器包括步枪、刺刀和手雷，其中大多人都离他很近，他眼睁睁看着对方死去。有的战友晚上会做噩梦，尤其是那些受过良好教育的，但格雷戈里没有。他生在野蛮残忍的农村，失去双亲后在圣彼得堡街头长大，暴行不会让他做噩梦。

真正让他吃惊的倒是军官们的愚蠢、无情和腐败。跟统治阶级的人行军打仗，让他有一种谋反之心。

他必须活着。除了他，不会有任何人照顾卡捷琳娜。

他定期给她写信，偶尔能收到她的回信，笔迹如小女孩一般整洁，还有不少错字和划掉的地方。他每封信都留着，捆成一叠放在他的行李袋里，如果有段时间没有信来，他就拿出以前的信重读一遍。

第一封信里，她告诉他生了一个男孩，取名弗拉基米尔——列夫的儿子现在十八个月了。格雷戈里真想看看这孩子，脑海中还留着他弟弟小时候的样子。不知小弗拉基米尔会不会继承列夫那种让人无法抗拒的微笑。但一定已经长牙，也该走路了，开始咿呀学语。格雷戈里盼着这孩子能学会说“格里沙伯伯”。

他常常回想那天晚上卡捷琳娜爬到他床上的一幕。有时，他会在白日梦里把事情改头换面，他并没把她踢下床铺，而是把她搂在怀里，吻着她丰满的嘴唇，跟她做爱。但他知道，她的心早就属于他的弟弟。

格雷戈里没有一点儿列夫的消息，他已经走了两年，至今音讯皆无。他担心他是不是在美国遭遇了不测。列夫的脾性让他经常跟别人发生冲突，尽管他往往能够化险为夷。他从小过着吃了上顿没下顿的日子，没人管教，格雷戈里也代替不了父母。格雷戈里后悔自己没有尽到责任，但当时他自己也是个孩子。

事情最后弄到这步田地，除了格雷戈里，再没人可以照顾卡捷琳娜和她的孩子了。他打定主意要活下去，不管俄国军队多么混乱，多么低能，他也要活着回到卡捷琳娜和弗拉基米尔身边。

这个战区的指挥官是布鲁希洛夫将军，他是位职业军人，不像其他将军那样只会阿谀奉承。在布鲁希洛夫的指挥下，俄军在六月取得重大胜利，奥地利人被打得狼狈逃窜。一旦作战命令合情合理，格雷戈里和他的部下就打得勇敢顽强。否则，他们就竭尽全力逃避敌方的火力。格雷戈里已经深谙此道，渐渐便赢得排里战友们的拥戴。

七月，俄军放慢了前进的速度，像以前一样，是补给匮乏拖了部队的后腿。不过，近卫军作为增援部队已经抵达。这是一支精锐部队，战士们个个高大挺拔，军装也与其他部队不同，暗绿色的制服上镶着金色的穗带，脚上是崭新的皮靴。不过，他们的指挥官别佐勃拉佐夫将军指挥乏术，不过是朝廷的一介侍臣。格雷戈里觉得别佐勃拉佐夫拿不下科韦利，不管他手下的战士多么人高马大。

命令是由亚佐夫少校在黎明时分传达下来的。他个头高大，身形笨重，军服紧绷在身上，两眼像往常一样因早起而充满血丝。少校身后跟着基里洛夫中尉，他把中士们召集起来，亚佐夫命令他们涉水过河，沿小路穿过沼泽向西行进。奥地利人在沼泽地里布设了阵地，但由于地面泥泞，并未挖掘战壕。

格雷戈里感觉到一场灾难正在酝酿之中。奥地利人必定设下埋伏，躲在预先选好的藏身处伺机而动。俄国人只能集结在条条小路上，泥地又让他们无法快速移动，一场屠杀在等着他们。

此外，他们的弹药已所剩无几。

格雷戈里说：“殿下，需要给我们发放弹药。”

亚佐夫虽然身形肥硕，但出手奇快，冷不防一拳朝格雷戈里的面门砸了下来。格雷戈里只觉嘴巴一阵火辣辣的刺痛，身子向后一仰倒在了地上。“现在你能闭嘴了吧，”亚佐夫说，“需不需要，你的长官说了算。”他又转向其他人：“列队，听号令前进。”

格雷戈里站了起来，嘴里都是血腥味。他小心地摸了摸自己的脸，发现丢了一颗门牙。他暗暗骂自己粗心，当时站得离军官太近，哪怕稍微惹着他们，军官们就会发火，拳脚相加，而他早该意识到这一点。今天算是幸运，要是亚佐夫正好握着手枪的话，格雷戈里的脸上就会挨上一枪托。

他把手下集合起来，大家歪歪扭扭列成一队。他心里盘算着怎么尾随在后，让别人去打头阵，但让他失望的是，亚佐夫偏偏最先派出他的排，让他们加入了先头部队。

他必须另作打算。

他开始涉水过河，排里的三十五名战士跟随着他。河水很冷，不过天气晴朗而温暖，战士们也就不特别在意两脚浸湿，一个个淌着河水前行。格雷戈里走得很慢，手下的人也学着他的样子，跟在后面看他如何行事。

斯托霍德河又宽又浅，他们到达对岸时仅打湿了小腿。心急的人一个个超过了他们，让格雷戈里松了一口气。

一旦走上沼泽地上的狭窄小路，格雷戈里的排就不得不跟其他人以同样的速度前进，让他无法实施拖后的计划。他开始着急了。奥地利人开火时，他可不想自己的人刚好在里面。

他们大概又走了一公里左右，小路又开始变窄，队伍慢了下来，并成了一列。格雷戈里觉得机会来了。他佯装无法忍受拖拖拉拉的速度，离开小路走上水汪汪的泥地。其他人立刻跟上他。后面的部队随即填补了小队留出的空当。

这里的水深及胸部，泥巴黏糊糊的，走起来十分缓慢，这正合了格雷戈里的心思，他的排落在了后面。

基里洛夫中尉察觉情况不对，大声呵斥："你们那边的！回到路上去！"

格雷戈里回头喊道："是，阁下。"但他带着部下往更远的地方走去，装作寻找干地的样子。

中尉骂了一句，不再理会他们。

格雷戈里跟军官一样仔细察看着前面的地形，尽管他的目的全然不同。军官们在搜寻奥地利部队的影子，他则急于要找一块能藏身的地方。

他不停向前迈进，同时有好几百人超过了他。他心里暗想，近卫军自高自傲，就让他们冲锋陷阵，杀敌立功好了。

上午十点左右，他听到第一声枪响从头顶呼啸而过。前锋部队与敌方正式交火。时机已到，他该躲起来了。

格雷戈里靠近一片较为干燥、稍稍凸起的地面。亚佐夫少校队伍里的其他士兵远远跑到了前面，看不见了。格雷戈里登上凸地，大声喊着："隐蔽！左前方就有敌人埋伏！"

前面并没有敌军埋伏，他的手下人对此十分清楚，但他们全都卧倒在地，藏在灌木丛和大树后面隐蔽起来，举枪对准土坡下边。格雷戈里试探着朝五百米开外的一片草丛射出一发子弹，万一不走运，或许真有奥地利人藏在那儿。但那边并没有还击。

他们只要一直待在这儿就不会有事，格雷戈里觉得很满意。时间一分一秒地过去，事情总会有个了结。很有可能几小时后俄军抬着伤员一路后撤，被敌军追赶着趟过沼泽地——这时，格雷戈里的排就跟上他们一道撤退。相反，如果一直到晚上都很平静，那就意味着俄军大获全胜，到时候他就带着自己的队伍赶上去，加入庆祝的行列。

不过，让大家一直就这么趴在地上，一连几个小时盯着前方，假装遭遇奥地利人的埋伏也不是办法。他们总要吃吃喝喝，甚至还要抽烟玩牌，打盹小憩，这就装不下去了。

他们还没来得及歇上一会儿，基里洛夫中尉就出现在格雷戈里右侧几百米的水塘对面。格雷戈里暗暗骂了一句：这下要露馅儿了。“你们在那儿干什么？”基里洛夫喊道。

“当心，阁下！”格雷戈里朝他喊道。

伊萨克往天上放了一枪，格雷戈里马上缩了一下。基里洛夫也连忙猫腰躲闪，随后便沿着原路退了回去。

伊萨克呵呵笑了几声：“这招儿，每回都灵。”

格雷戈里不像他那么自信。基里洛夫看上去很恼火，似乎意识到被人蒙骗，只是没有抓到把柄，不好发作。

格雷戈里听着头顶回荡的炮火轰鸣和远处的嘶喊声。他估摸战场有两公里左右的距离，声音也没有朝任何方向转移的迹象。

太阳越升越高，晒干了他身上的湿衣服。他觉得有些饿，便从干粮盒里掏出一块硬面饼啃了起来，被亚佐夫打掉的牙齿那儿依然阵阵作痛。

雾气被阳光驱散，他看见德军的飞机从低空飞过，高度只有不到两千米。听声音他们是在用机枪扫射地面部队。那些挤在窄路上，一个个在泥潭中跋涉的近卫军想必早已成了轻易下手的目标。格雷戈里十分庆幸自己的人逃脱出来，没跟他们在一起。

下午三点左右，战场的喧嚣听上去更近了。俄军败下阵来，开始撤退。他做好准备，随时让手下的人加入后撤的队伍。眼下时机还不成熟，他不能让人看出破绽。后撤就跟前进一样，必须稳住阵脚，不能急。

接着，他便看见零星有人从左右两边撤了下来，一个个趟过沼泽赶往河岸。有些人明显带着伤。撤退已经开始，只是大部队并未全部回撤。

不远处传来一声马的嘶鸣。有马就有军官，格雷戈里立刻朝假想的奥地利人那边开了一枪。他手下的人也纷纷效仿，一时间枪声大作。随后，他便看见亚佐夫少校骑着那匹灰色的猎马溅着泥水穿过沼泽。亚佐夫正朝一小撮后撤的士兵喊叫着，让他们回到前进的队伍中去。士兵们跟他争辩起来，最后他掏出了手枪，那是一把纳甘左轮手枪——格雷戈里不由得联想到列夫那把手枪也是同样型号——指着那些士兵，他们只得勉强掉头原路返回。

亚佐夫把枪插回皮套，策马朝格雷戈里这边来了："你们这帮傻瓜，待在这儿干什么？"

格雷戈里仍躺在地上，但他翻转身子，给步枪重新装弹，"咔嗒"一声把最后的五发子弹推进枪膛，整个动作显得急急火火。"前面那片树丛里有敌人埋伏，"他说，"您最好下马，长官，他们能看见。"

亚佐夫依然待在马上："那你们是在干什么？躲着他们？"

"基里洛夫中尉阁下要我们把敌人引出来。我刚派人从侧面侦察他们，我们在这儿火力掩护。"

亚佐夫并不愚蠢："他们怎么没还击呢？"

"我们压住了他们。"

他摇了摇头："就算一开始真有人在那儿的话，现在也已经撤了。"

“我看不是，长官。他们刚才还朝这边猛烈开火。”

“那边没有人。”亚佐夫抬高了嗓门，“快停火！听从命令，停火。”

格雷戈里的排停止了射击，全都望着少校。

“听我的命令，往前冲！”说着，他拔出手枪。

格雷戈里不知该怎么办。正如他所预料的那样，眼前的战斗无疑已变成一场灾难。他好歹已经躲了一天，绝不打算在一切无疑即将结束的时候再去拿生命冒险。不过，跟军官发生冲突也绝没有好下场。

就在这时，一队士兵“呼啦啦”从格雷戈里佯装敌人埋伏的那片草丛里冲了出来，让他一下子愣住了。不过，他仔细一看，就发现那些根本不是什么奥地利士兵，而是溃逃的俄国人。

不过，亚佐夫丝毫没有动摇。“这些都是懦弱的逃兵！”他尖声叫着，“朝他们开枪！”他随即朝迎面跑来的俄国兵射击。

格雷戈里的手下一时都糊涂了。军官们时常恫吓要枪毙那些不愿上战场的士兵，但格雷戈里的这帮弟兄从来没有被人命令朝自己人开枪。他们一个个瞧着他，等候指令。

亚佐夫用枪指着格雷戈里。“往前冲！”他大叫着，“打死那些叛徒！”

格雷戈里拿定了主意。他大声喊道：“上啊！”然后爬起来，转身背对着涌上来的俄国兵，左右看了看，同时端起步枪，“大家听见少校说什么了吧！”他挥舞着步枪，掉转枪口对准了亚佐夫。

既然他必须朝自己人开枪，那他宁可射杀一个军官，也不愿去杀普通士兵。

亚佐夫愣在原地，一动不动地盯着他，下一个瞬间，格雷戈里便扣动了扳机。

他的第一枪射中了亚佐夫的马，它跌跌撞撞摇晃了几下，也让格雷戈里逃过一劫——亚佐夫朝他开枪，但坐骑猛地一晃，子弹飞到了别处。格雷戈里机械地拉动枪栓，又射出一发子弹。

这一枪又没打中。格雷戈里骂了一句。现在他真正处于危险之中，不过他的对手也一样。

亚佐夫在马背上挣扎着坐稳，根本无法瞄准。格雷戈里的枪口随着他的抖动，射出第三发子弹，打中了亚佐夫的前胸。他盯着少校慢慢跌下马背，看见那沉重的身子摔倒在烂泥坑里，让他心头掠过一丝阴森森的快意。

战马摇摇晃晃走了几步，接着后腿一软，像条狗那样蹲坐在地上。

格雷戈里朝亚佐夫走过去。少校仰面躺着，两眼望天，动弹不得，却还没有死，右胸口流着血。格雷戈里四下看了看。撤退的士兵离得太远，看不清这里发生了什么。他自己排里的人完全可以信赖，因为他一次次救过他们的性命。他把枪筒抵在亚佐夫的前额上。“这算是为所有被你杀害的俄国人报仇，你这条该死的恶狗，”说着，他咧开嘴，露出残缺的牙齿，“也为我这颗门牙。”他又补了一句，然后扣动了扳机。

少校身子一软，停止了呼吸。

格雷戈里看了看他的手下。“少校不幸被敌人击中丧生，”他说，“撤退！”

大家欢呼了一声，拔腿跑了起来。

格雷戈里朝那匹马走过去。它挣扎着要站起来，但格雷戈里看见它的一条腿已经断了。他把步枪对准它的耳朵，射出最后一发子弹。那马侧身倒下，再无声息。

格雷戈里觉得这匹马实在可怜，但他对亚佐夫少校一点儿也不觉得惋惜。

他跟上自己手下的战士，一起向后撤退。

勃鲁西洛夫攻势渐渐放缓，直至停滞后，格雷戈里被调防到首都——现在更名为彼得格勒，因为“圣彼得堡”这个名字听上去太德国化了。看来，沙皇的家眷和他的大臣们需要骁勇善战的部队来保护，以防愤怒的民众群起造反。格雷戈里那个营的余部与第一机枪编成团的精锐合并，他便搬进了他们在维堡区萨姆索涅夫斯基大街上的营地。这是一片工人住宅区，到处是工厂和破旧的窝棚。为了笼络人心，第一机枪团的吃住都很不错，好让他们心甘情愿地维护那人人痛恨的制度。

他很高兴自己活着回来，但一想到要跟卡捷琳娜见面就忧心忡忡。他渴望看到她的样子，听见她的声音，抱一抱她的孩子——他自己的侄儿。但对她抱有的那种欲望让他焦虑不安。她是他的妻子，但这不过是一个权宜之计，现实情况是她选择了列夫，她的孩子也是列夫的儿子。格雷戈里没有权力去爱她。

他甚至琢磨着要不要把自己回来的消息告诉她。在这座拥有两百万人的大城市里，他们完全有可能永远碰不着面。但他发现这样实在难以忍受。

回来的第一天，上头不准他们离开军营。不能立刻去看卡捷琳娜，让格雷戈里颇为沮丧。不过，当天晚上他和伊萨克联系上了军营里的其他布尔什维克。格雷戈里同意成立一个讨论小组。

第二天早上，格雷戈里的排被派去在安德烈王子举办宴会期间，为这位前领主看家护院。王子住在英吉利堤岸路上一座俯瞰涅瓦河的宫殿里，整座建筑被漆成了粉红和明黄两色。中午时分，士兵列队站在台阶上。城市上空乌云低垂，但宫殿的每一扇窗户里都灯火通明。厚重的天鹅绒窗帘后面，是舞台般的梦幻场景——穿着整洁制服的管家和女佣穿梭忙碌，他们端着的大小托盘中盛放着葡萄酒、新鲜瓜果和各类珍馐佳肴。大厅里，一支小型乐队正在演奏，乐声依稀可闻。一辆辆光可鉴人的大轿车刚在正门台阶前停稳，就有仆人上前打开车门。宾客们依次下车，男士都穿着黑色外套，戴着大礼帽，女士则身着各式皮毛大衣。一小群民众站在街对面看热闹。

这种场面并不鲜见，眼下却有所不同。每当有人下车，看热闹的人群里就会发出轻蔑的嘘声和嘲骂。过去，警察会挥舞着警棍，迅速驱散围观的人群。但现在这里没有警察，客人们都以最快的速度穿过两列士兵把守的台阶，冲进大殿，显然在外停留时间越长就越让他们紧张。

格雷戈里觉得贵族们活该受到旁观民众的嘲弄，正是他们弄出了这场战争的烂摊子。如果这里发生骚乱，他宁愿站在看热闹的人群那边，绝不会朝他们开枪，他估计这里很多士兵的想法都跟他一样。

半个俄国在闹饥荒，甚至连前线的战士都在忍饥挨饿，而贵族们竟会在这种时候举办如此豪华的宴会，实在让人匪夷所思。安德烈这种人在睡觉的时候被暗杀的话，那也是活该。格雷戈里想，如果真的撞见安德烈，自己必须克制，否则说不定就会像射杀亚佐夫少校那样一枪崩了他。

宾客们的车队陆续抵达，没有发生任何意外，看热闹的人觉得无趣，渐渐散了。整个下午，格雷戈里都盯着路上经过的女人，一心希望能偶然见到卡捷琳娜。客人们相继离开时天色渐暗，街上变得阴冷，也就没人愿意站在外面嘲笑起哄了。

聚会结束后，士兵们被叫进后门，吃那些仆人没能吃完的残羹冷炙——鱼和肉的碎屑、冷掉的蔬菜、吃剩的面包卷，还有一些苹果和梨。食物都被胡乱丢在搁板上，各种东西混在一起，火腿上沾着鱼酱，水果掉进了肉汤，面包上撒着雪茄烟灰。虽说一切都让人很不舒服，但他们在战壕里吃的东西更糟糕，而且，他们早上只吃了粥和咸鳕鱼，已经饿了一整天，因此立刻狼吞虎咽起来。

格雷戈里没能看见安德烈王子那张讨厌的脸。这样也好。

随后他们走回军营，交出手里的武器，晚上便给他们放了假。格雷戈里心中窃喜：这是他造访卡捷琳娜的好机会。他来到营地厨房的后门，向厨子讨要了些面包和肉——中士有这点儿特权——准备带给卡捷琳娜。随后他擦了擦靴子，走出营房。

如果卡捷琳娜还住在西南部的纳尔瓦区，也就是普梯洛夫机械厂附近的老房子。那么，军营所在的维堡区地处城市东北部，刚好在它的斜对角。

他沿着萨姆索涅夫斯基大街一路向南，穿过铸造厂大桥进入市中心。有些花里胡哨的店铺还开着，窗户里透出明亮的灯光，但不少都关了门。那些普通的店铺里面没什么东西可卖。一家面包店的橱窗里只摆了一个蛋糕，挂着手写招牌：今日无货。

宽阔的涅夫斯基大街让他回忆起当年跟母亲一道走过这里的情形，在1905年那个灾难性的日子里，他亲眼看见她被沙皇的士兵枪杀。现在，他自己也成了沙皇的士兵。不过他绝不会向妇女和儿童开枪。如果沙皇打算重蹈覆辙，这里将是另一种乱局。

他看见街上走过十几个一脸凶相的年轻人，都穿着黑色外套，戴着黑帽子，他们抬着沙皇尼古拉年轻时的画像——那时他乌黑的发际尚未后退，姜黄色的胡子也十分浓密。其中一个喊道："沙皇万岁！"然后那群人全都停下脚步，举起帽子欢呼。几个路人也加入了他们。

格雷戈里以前遇见过这一群体，人称"黑帮百人团"，属于俄罗斯人民同盟。这一右翼团体想要回到沙皇为民众至尊之主的黄金时代，回到没有自由主义和社会主义分子，也没有犹太人的俄国。据布尔什维克从警察局的熟人那里得到的消息，"黑帮百人团"的报纸是由政府资助的，他们还在警察总部的地下室印刷宣传册。

格雷戈里轻蔑地瞥了一眼，正要从旁边走过，却被其中一个家伙叫住了："嘿，你！你为什么不摘帽子？"

格雷戈里没有回答，继续往前走，但另一个人伸手抓住了他的胳膊："你怎么回事，是犹太人？"又一个人说："脱掉你的帽子！"

格雷戈里心平气和地说："你敢再碰我一下，我就把你那倒霉的脑袋拧下来，你这个叽叽喳喳的小浑球。"

那人退后一步，然后塞给格雷戈里一本小册子。"看看这个，朋友，"他说，"里面会告诉你犹太人是怎么出卖你们这些当兵的。"

"滚远点，不然我就把这愚蠢的小册子塞进你的屁股。"格雷戈里说。

这家伙回头找他的同志求援，但那些人已经开始殴打一个戴着皮帽子的中年人了。格雷戈里走开了。

当他路过一家窗户上封着栅板的店铺时，一个女人过来跟他搭讪。“嘿，年轻人，”她说，“你给一个卢布，就能跟我上床。”这是站街女的典型开场白，但她说话的方式让他有些吃惊，听上去像个受过教育的人。他停下来朝她打量了一下。她穿着一件长外套，见他在瞧她，便顺势敞开衣服——尽管外面很冷，可她却一丝不挂。她年纪三十出头，双乳丰满，小腹浑圆。

格雷戈里心底涌起一阵欲火。他已经好几年没跟女人在一起了。在战壕里卖淫的女人卑劣肮脏，还会传播疾病。眼前这个女人他可以接受。

她合上外套：“行还是不行？”

“我身上没什么钱。”格雷戈里说。

“袋子里装的什么？”她朝他手上的袋子点了下头。

“一点儿零碎的吃食。”

“要是给一块面包，我就跟你干，”女人说，“我的孩子都饿坏了。”

格雷戈里想着那对丰满的乳房：“去哪儿？”

“在店铺后面。”

这样也好，格雷戈里想，至少见到卡捷琳娜时，我不会让欲火冲昏头脑，做出失态的举动。“好吧。”

她打开门，让他进去，然后再把门插上。两人经过空荡荡的店铺，进了另一间屋子。借着外面街灯的微光，他看见地上放着一张床垫，上面铺着一块毯子。

女人转过脸来对着他，又敞开身上的外套。他盯着她股沟处那丛乌黑的毛发。她伸出一只手："先给面包，中士。"

他从口袋里拿出一大块黑面包递给她。

"我去去就来。"她说。

她跑上一截楼梯，打开那儿的一扇门。格雷戈里听见孩子的声音。接着，传来一声男人的咳嗽，是那种撕心裂肺的干咳。一阵轻微的响动和压低的说话声过后，门又开了，她走下了楼梯。

她脱掉外套，躺在床垫上，叉开两腿。格雷戈里在她边上躺下，用胳膊搂着她。她长着一张聪明伶俐、很有魅力的脸，上面带着因操劳留下的皱纹。她说："嗯，你真壮实啊！"

他抚摸着她柔软的肌肤，但一下子没有了任何欲望。眼前的一切实在太凄惨了：空荡荡的店铺、生病的丈夫、挨饿的孩子，还有假装调情的女人。

她解开他的裤子，握住软塌塌的阴茎："要我拿嘴吸吗？"

"不。"他坐直身子，拿起她的外衣递过去，"穿上吧。"

她有些害怕地说："你不能把面包再要回去了，已经吃掉一半了。"

他摇了摇头："你们出了什么事？"

她穿上外套，扣上纽扣："你有香烟吗？"

他拿出一支香烟递给她，自己也点上一支。

她吐出一口烟："我们开的是一家鞋店，制作精良，价格合理，专门招徕中等阶层的顾客。我丈夫向来会做生意，我们的日子过得也很不错。"她的声音愈发苦涩，"但这两年，除了贵族以外，已经没有任何人买新鞋了。"

"你们不能做点别的吗？"

"有啊，我们尝试过。"她的眼里满含愤怒，"我们当然不能干坐着等死。我丈夫觉得他能为战士供应上好的皮靴，价格只是部队偿付的一半。给店里供货的所有作坊都拼命争抢订单。所以，他就去了战争工业委员会。”

“那是什么地方？”

“你大概离开很久了吧，中士？如今什么事情都有个单独的委员会管理，因为政府处处无能。战争工业委员会负责部队供应，或说以前供应过，那还是波利瓦诺夫担任战争大臣的时候。”

“后来出了什么事儿？”

“我们拿到了订单，我丈夫把所有积蓄都支付给制鞋匠了，可就在这时候，沙皇撤了波利瓦诺夫的职。”

“为什么？”

“波利瓦诺夫允许工人为委员会推选代表，所以皇后认为他一定是个革命派。反正订单是取消了，我们随后也就破产了。”

格雷戈里反感地摇了摇头：“我还以为只有在前线的指挥员头脑不正常。”

“我们还试过其他营生。我丈夫什么工作都愿意做，当服务生、开电车或修马路，可哪里都不雇人，心急加上缺吃少喝，他一下就病倒了。”

“然后你就做这个了。”

“我不太会应付。不过有时能碰上好人，比如你这样的。其他人嘛……”她哆嗦了一下，移开目光。

格雷戈里抽完那支烟，站起身来：“再见。我就不打听你的名字了。”

她也站起来。“就因为遇上你，我的家人还能活下去。”她的声音有些哽咽，“我今天不用去街上揽客了。”她踮起脚尖，轻轻在他唇上吻了一下，“谢谢你，中士。”

格雷戈里走了出去。

外面更冷了。他匆匆穿过一条条街道，朝纳尔瓦区走去。现在，远离了那位老板娘，他的情欲偏偏又回来了，让他后悔没去享受她那柔软的身体。

这让他想到卡捷琳娜跟他一样，也有自己的生理需求。对一个年轻女人来说，两年未与他人发生恋情，这时间实在太长了，而她才二十三岁。她没有任何理由为列夫或是格雷戈里守身。一个带着吃奶孩子的女人足以让大多男人望而却步，但从另一方面说，她对男人很有诱惑力，至少两年前是这样。今晚她或许不是一个人。要是那样，就实在太可怕了。

他终于来到了铁路边的那座老房子前。是他想象得太好了，还是这条街道确实比两年前更加破烂寒酸？在他离开的这段时间，这里似乎完全没有经过粉刷和修葺，甚至都没打扫过。他看见街角的面包店前有人排着队，尽管店门关着。

格雷戈里手里还留着房门的钥匙，就自己开门进屋了。

他忐忑不安地爬上楼梯，心里实在不愿看见她跟另一个男人在一起，后悔没有提前通知一下，好让她有个准备，一个人待在家里。

他敲了敲门。

“谁呀？”

她的声音差点让他掉下泪来。“一个客人。”他粗声粗气地说着，推开了门。

她拿着锅站在炉子边上。锅掉在地上，牛奶洒了一地，她两手捂着嘴巴，轻轻叫了一声。

“是我。”格雷戈里说。

她身边的地板上坐着一个小男孩，手里拿着一个锡铁勺。好像他刚才还在敲那个空空的铁罐。孩子盯着格雷戈里看了一会儿，然后“哇”的一声哭了起来。

卡捷琳娜把他抱起来。“别哭，瓦洛佳，”她一边说，一边摇晃着他，“用不着害怕。”孩子安静了下来。卡捷琳娜说：“这是你爸爸。”

格雷戈里拿不准是否想让弗拉基米尔把自己当成父亲，但现在不是争论这个的时候。他走进房间，关上门，一把抱住他俩，亲吻着孩子，然后又吻了吻卡捷琳娜的额头。

他后退一步看着母子两个。她已不再是他从恶棍平斯基手里解救出来的那个稚气未脱的小姑娘了。她更瘦了，一脸憔悴，显得十分疲倦。

奇怪的是，那孩子并不怎么像列夫。他既没有列夫的俊俏模样，也没有他迷人的笑容。如果说哪里相像的话，弗拉基米尔那双蓝眼睛闪着炽热的目光，正是格雷戈里每次面对镜子时所看到的。

格雷戈里笑了：“他真漂亮。”

卡捷琳娜说：“你的耳朵怎么了？”

格雷戈里摸了摸那只残损的右耳：“在坦能堡战役中被打掉了大半个。”

“你的牙呢？”

“我冒犯了一个军官。不过他现在已经死了，所以说，最后我还是打败了他。”

“你不那么英俊了。”她以前从来没说过他长得英俊。

“这都是轻伤。我能活下来就很幸运了。”

他四下看了看这间老屋子。这里跟以前比有了些微不同。火炉上方的搁架是格雷戈里和列夫放烟斗、烟草罐、火柴和纸捻的地方，卡捷琳娜在那儿摆了一个陶土花瓶，一个玩偶和一张印着玛丽·璧克馥的彩色明信片。窗户上挂着窗帘，是用碎布拼的，看上去像一条被子，不过格雷戈里从没挂过窗帘。他也注意到了屋里的味道，或者说少了一些熟悉的气味，以前屋里总是带着浓重的烟味、煮甘蓝味和男人的汗臭。现在这里的空气很清新。

卡捷琳娜用抹布擦净洒掉的牛奶。“我把瓦洛佳的晚饭洒了，”她说，“真不知道用什么喂他。我已经没奶水了。”

“别担心。”他从袋子里拿出一截香肠、一棵甘蓝，还有一罐果酱。卡捷琳娜瞪大了眼睛，难以置信的样子。“是从军营的厨房里拿的。”他解释说。

她打开果酱，给弗拉基米尔喂了一勺。他吃完后说：“还要。”

卡捷琳娜自己也吃了一勺，然后又给孩子吃了一些。“简直跟童话故事似的，”她说，“一下子有了这么多吃的！我不用去面包房外面睡觉了。”

格雷戈里皱起了眉头：“你说什么？”

她又咽下一口果酱：“面包总是不够卖。早上面包店一开门就没有了。唯一的办法就是早早去排队。如果你没在半夜之前排上，那么没等轮到你，面包就卖光了。”

“我的上帝。”格雷戈里很难想象她竟要睡在便道上，“那瓦洛佳呢？”

“我出去的时候，有个女孩帮我听着这边的动静。反正现在他一觉能睡一整晚。”

怪不得那个鞋店老板娘愿意为了一块面包跟格雷戈里睡觉。他也许太大方了。“你怎么维持下来的？”

“我在厂里每星期能挣十二个卢布。”

他有些吃惊：“你的工资在我离开后涨了一倍？”

“可这间房的房租以前一直是每星期四卢布，现在是八卢布。这样，所有其他开销就靠手里剩下的这四个卢布了。原来一袋子土豆一个卢布，现在是七卢布。”

“一袋土豆竟然要七卢布！”格雷戈里简直不敢相信，“这让人怎么活啊？”

“所有人都在饿肚子。孩子们病的病、死的死。老人们都在等着咽气。情况一天比一天糟，没有一个人来管。”

格雷戈里懊丧至极。他在部队受苦的时候，总是想着卡捷琳娜和孩子会过得很好，有个暖和的地方住，吃喝不愁，他总是这样安慰自己，到头来不过是自我愚弄。一想到她不得不丢下弗拉基米尔，去面包店外面彻夜排队，他心里就涌起一股怒火。

他们在桌边坐下，格雷戈里用随身的刀切好香肠。“有点儿茶就更好了。”他说。

卡捷琳娜笑了：“我都一年没喝茶了。”

“下次我从军营带点儿过来。”

卡捷琳娜吃着香肠。格雷戈里看得出她在克制自己，才不显得狼吞虎咽。他抱起弗拉基米尔，又给他喂了点儿果酱。孩子还小，吃不得香肠。

格雷戈里感到惬意。这正是他在前线时做的白日梦中的情景：一间小屋，桌上摆着食物，旁边是小宝宝，还有卡捷琳娜。

现在，这一切都实现了。“这并不是什么难事。”他默默沉思着，脱口而出。

“你说什么？”

“我们两个身体结实，又能吃苦。我要的就这么多——有间房子，吃喝不愁，每天等太阳下山后我们就休息。日子总会一天天好起来的。”

“那帮支持德国的王室贵族出卖了我们。”她说。

“真的吗？到底是怎么回事？”

“你知道吧，皇后就是德国人。”

“知道。”沙皇的妻子原是德意志帝国黑塞–莱茵的艾莉克斯公主。

“而且施蒂默尔显然是德国人。”

格雷戈里耸了耸肩膀。总理施蒂默尔生在俄国，格雷戈里恰好了解这一点。不少俄国人都有德国化的名字，反之亦然——这两个国家的居民几百年来交往密切，已成习惯。

“拉斯普廷是亲德的。”

“是吗？”格雷戈里觉得这个狂热的僧侣主要兴趣在于对宫廷里的女人施展魔法，以此扩大自身影响，获取权力。

“他们全都沆瀣一气。施蒂默尔拿了德国人的钱，让农民全都饿死。沙皇打电话给他的表兄德皇威廉，告诉他我们的部队下一站开向何处。拉斯普廷想要我们投降。皇后和她的女官安娜·维鲁波娃两人一道跟拉斯普廷同床共枕。”

这些传言格雷戈里大多听人说过。他不相信俄国王室亲德。他们不过愚蠢无能而已。但很多战士相信这种说法，从卡捷琳娜的话来判断，很多平民百姓也深信不疑。解释俄国打败仗、人民挨饿而死的真正原因落在了布尔什维克的肩上。

但今晚不必了。弗拉基米尔打起了哈欠，格雷戈里站了起来，一边来回踱步哄他入睡，一边听卡捷琳娜说话。她给他讲厂里的生活，讲楼里的其他住客，她都认识了哪些人。平斯基巡警现在当上了秘密警察的副队长，到处抓捕危险的自由党人和民主派人士。成千上万的孤儿在街上流浪，靠偷窃和卖淫为生，常常在饥寒交迫中死去。格雷戈里在普梯洛夫机械厂最亲近的朋友康斯坦丁现在成了彼得格勒布尔什维克委员会的成员。只有维亚洛夫家族愈发富有——不管食物短缺多严重，他们那儿总有伏特加、鱼子酱、香烟和巧克力卖。格雷戈里入迷地瞧着她那性感的大嘴和丰满的嘴唇。看她说话简直就是一种享受。她有着坚毅和大胆的眼神，可在他看来她总是显得脆弱无助。

在格雷戈里的摇晃下，伴着卡捷琳娜的低语声，弗拉基米尔睡着了。格雷戈里轻轻将他放在卡捷琳娜在墙角临时拼凑出来的床上。那不过是个装满旧衣物的麻袋，上面盖了一条毯子，但孩子蜷在上面很舒服，还把拇指放进嘴里。

远处某个教堂的钟声敲了九下，卡捷琳娜说："你什么时候回去？"

"十点，"格雷戈里说，"我现在就得走了。"

"还没到点儿呢。"她伸出胳膊搂住他的脖子，吻了他。

这是个甜蜜的时刻。她的唇柔软、灵动。有那么一瞬，他闭上眼睛，呼吸着她肌肤的香气。随后他挣脱了出来。"不应该这样。"他说。

"别犯傻了。"

"你爱的是列夫。"

她看着他的眼睛：“当初我是个二十出头的农家女，在城里两眼一抹黑。我喜欢列夫衣冠楚楚、抽烟喝酒的那一套，他为人也豪爽大方。列夫很迷人，跟他在一起很有乐子。不过，我现在二十三岁，也有了孩子，可列夫呢，他在哪儿？”

格雷戈里一耸肩：“我们谁都不知道。”

“可我身边有你。”她抚摸着他的脸颊。他知道他应该把她推开，但他办不到。“你付房租，又给我的孩子送吃的，”她说，“你觉得我会傻到那份儿上，仍然去爱列夫，而不是你？你不觉得我现在懂事多了？不明白我已经学会去爱你了吗？”

格雷戈里盯着她，无法相信自己听到的这些话。

那双蓝眼睛坦率地与他对视：“没错，我爱你。”

他呻吟了一声，闭上了眼睛，把她抱进怀里，不再抗拒。

第二十章

1916年11月至12月

艾瑟尔·威廉姆斯焦急地翻看报纸上的伤亡名单。有几处出现了威廉姆斯，但没有威尔士步枪团的下士威廉·威廉姆斯。她感激地暗自祈祷着，合上报纸递给伯尼·莱克维兹，烧上一壶水准备冲泡可可。

不过，她无法肯定比利依然活着。他也有可能在最近几天或几小时内被杀。她一直回想着在阿伯罗温收到电报的日子，女人们一张张因恐惧和悲伤而扭曲的面孔上，将永远留下闻知噩耗带来的残酷印记。她为比利没在阵亡名单上而高兴，也为这样的自己感到羞愧。

电报仍接连不断送达阿伯罗温。索姆河战役并没有在第一天结束。整个7月、8月、9月和10月，英国军队让大批年轻士兵穿越无人区挨枪子。报纸上连番报道胜利的喜讯，但一封封电报却在印证相反的信息。

伯尼待在艾瑟尔的厨房里，他几乎每天晚上都在这儿。小劳埃德很喜欢这位伯尼叔叔。他时常坐在伯尼的腿上，后者大声读报纸给他听。小孩子听不太懂词句的意思，但他还是喜欢听。不过，今晚伯尼不知为何显得有些烦躁，没心思搭理劳埃德。

米尔德里德从楼上下来，手里拎着茶壶。“借我们一勺茶，艾丝。”她说。

“自己拿吧，你知道在哪儿，要不也来杯可可？”

“不了，谢谢，可可总让我放屁。你好，伯尼，革命进展得如何？”

伯尼从报纸上抬起头，朝她笑了一下。他喜欢米尔德里德。大家都喜欢她。“革命稍有拖延。”他说。

米尔德里德把茶叶倒进自己的茶壶：“有比利的消息吗？”

“最近没有，”艾瑟尔说，“你呢？”

“两个多星期没有信了。”

每天早上都是艾瑟尔从前厅地板上把投递来的信件报纸捡起来，因此她知道米尔德里德经常收到比利的信。艾瑟尔推测那都是情书——否则，一个男孩干吗给他姐姐的房客写信呢？米尔德里德显然也在呼应比利的感情，她经常询问他的消息，尽管装出一副漫不经心的样子，但很难掩饰内心的焦虑。

艾瑟尔喜欢米尔德里德，但她弄不清十八岁的比利是否真的打算接纳这个二十三岁的女人和她的两个孩子。的确，比利少年老成，敢于担当。等战争结束的时候他也长了几岁。不管怎么说，艾瑟尔只希望他活着回家，除了这个，其他都不重要。

艾瑟尔说：“感谢上帝，今天报纸的伤亡名单上没他的名字。”

“我不知道他什么时候能有假期。”

“他刚走了五个月。”

米尔德里德放下茶壶：“艾瑟尔，我能求你一件事吗？”

“你说吧。”

“我打算自己出去单干，当个裁缝。”

艾瑟尔很惊讶。米尔德里德现在已经是曼尼·利托夫的监工，她挣的钱比别人都多。

米尔德里德接着说：“我有一个朋友，愿意让我裁剪帽子——缝面纱、丝带、羽毛和珠子。这是种技术活儿，比做军服多挣不少钱。”

“听起来不错。”

“唯一一点是，我必须在家里工作，至少一开始是这样。长远来看，我还想招几个女孩，找个不大的地方。”

“你真有远见！”

“我必须这样，你不也是吗？等仗打完了，他们就不需要那么多军服了。”

“没错。”

“那，你介不介意让我把楼上用作加工间，只是暂时的？”

“当然不介意。祝你好运！”

“谢谢。”她激动地吻了一下艾瑟尔的脸颊，然后拿起茶壶出去了。

劳埃德打了个哈欠，揉揉眼睛。艾瑟尔抱他起来，把他放在前屋的小床上。她疼爱地注视着他，一直这样看了一两分钟，直到他进入梦乡。他那无助的样子总是让她牵肠挂肚。等你长大了，世界就会变得更好，劳埃德，她默默地许诺着。我们一定说到做到。

她回到厨房，想帮伯尼摆脱郁闷的心情。“适合孩子的书太少了。”她说。

他点点头：“我希望每个图书馆都有儿童图书专柜。”说完，他头也不抬地继续读着报纸。

“如果你们做图书管理员的行动起来，也许会鼓励出版商多出这种书。”

“我正是这样想的。”

艾瑟尔在炉子里添了些煤，为他们两个倒上可可。伯尼很少像今天这样冷淡。通常她很享受这样舒适的夜晚。他们两个都是外乡人，一个是威尔士姑娘，另一个是犹太人，倒不是说伦敦缺少威尔士人或者犹太人。不管是什么原因，她在伦敦生活的这两年里，伯尼跟米尔德里德和茉黛一道，都成了她的亲密知己。

她心里知道他在想什么。昨晚，来自费边社的一位聪明而年轻的演讲者对当地的工党就“战后的社会主义”发表了一番演说。艾瑟尔跟他辩论起来，而他显然被她迷住了。会议结束后，他便过来跟她调笑，但大家都知道他已经结婚了，而她也乐得被人关注，完全没把这当回事。不过，或许这让伯尼吃醋了。

她决定还是让他一个人静一静。她坐在餐桌旁，打开一个大信封，里面装的都是前线战士们写来的信。那些《军人之妻》的读者将自己丈夫的来信寄到报社，如果发表的话，每封信会支付一个先令。这些信件展示出一幅幅前线生活的画面，其真实性远远超过那些主流媒体。《军人之妻》的大部分文章都是茉黛写的，但刊登来信是艾瑟尔的主意，也是她来负责版面，已经成了报纸最受欢迎的特色栏目。

有人高薪聘请她担任服装工人全国联盟的全职组织者，但她拒绝了，她更愿意留在茉黛身边继续争取妇女选举权运动。

她读了五六封信，叹了口气，看着伯尼：“我总觉得民众会改变看法，反对战争。”

“但他们还没有，”他答道，“看看选举结果就清楚了。”

上个月，艾尔郡进行了一次递补选举——在单一选区投票，因为一个任期内的下院议员死了。参加过索姆河战役的保守党人士亨特-韦斯顿中将以7149对1300的压倒性票数打败了主张和平的候选人查尔莫斯牧师。

“都是报纸宣传的结果，”艾瑟尔无奈地说，“可我们的发行量这么小，想要促进和平，怎么能跟血腥的诺思克利夫宣传机器抗衡呢？”诺思克利夫勋爵是个激进的军国主义者，拥有《泰晤士报》和《每日邮报》。

“不光是报纸，”伯尼说，“还涉及金钱。”

伯尼投入不少精力去关注政府的金融活动，对他这个口袋里没几个先令的人来说有些奇怪。艾瑟尔发现这是个让他摆脱烦心事的机会，便问：“你指的是什么？”

“在爆发战争之前，我们的政府每天大约花费五十万英镑维持所有开支，包括军队、法庭和监狱、教育、养老金和殖民地的管理事务。”

“竟然这么多！”她笑盈盈地看着他，“我父亲对这类统计数据也很在行。”

他喝着自己那杯可可，说：“猜猜我们现在花了多少钱？”

“增加一倍是吗？每天一百万？听起来不太可能。”

“你说的数字连边儿都不沾。这场战争每天耗费五百万英镑。这是国家正常花费的十倍。”

艾瑟尔非常震惊：“这些钱是从哪儿来的呢？”

“这就是问题所在。我们借钱。”

“可是，战争已经持续了两年多。我们就得借……接近四百亿英镑！”

“差不多吧。这是二十五年的正常开销。”

“我们拿什么还债呢？”

“这些钱我们永远也还不上。如果政府试图通过征税来偿还债务，无疑会引发一场革命。”

“然后会怎么样呢？”

“如果我们输了这场战争，我们的债权人——主要是美国，就会破产。如果我们打赢战争，就会迫使德国替我们偿还债务。这就是所谓的‘战争赔款’。”

“那德国人怎么活呢？”

“他们会挨饿而死。不过没人在乎战败者是死是活。再说，1871年德国对法国也这样干过。”他站了起来，把杯子放进洗碗池，“这下你就明白他们为什么不去跟德国讲和了。否则，谁来付账呢？”

艾瑟尔听得目瞪口呆。“所以，我们源源不断送那些年轻人上战场冒生命危险，就因为我们付不起账单。可怜的比利。这个世界简直充满了罪恶。”

“但我们要改变这一切。”

但愿如此，艾瑟尔想。伯尼认为应该来一场革命。她读过法国大革命的历史，知道这种剧烈变革往往不会带来人们期待的结果。不过，她仍然希望劳埃德能过上好日子。

两人静静坐了一会儿。随后伯尼站起来，走向门口，好像打算离开，但又改变了主意：“昨晚那个演讲者挺吸引人的。”

“是啊。”她说。

“那人也聪明。”

“嗯，是挺聪明的。”

伯尼又坐下了：“艾瑟尔……两年前你跟我说过，你只想要友谊，不是爱情。”

“我很抱歉伤害了你的感情。”

“用不着抱歉。我们的友谊是我经历的最美好的事情。”

“我也很喜欢这样。”

“你说我会很快忘记情情爱爱，变成朋友。但你错了。”他在椅子上俯身向前，“我越是了解你就越爱你。”

艾瑟尔看得出他眼中的渴望，很为自己无法回应这种感情而难过。“我也很喜欢你，”她说，“但不是以这种方式。”

“有什么必要保持单身呢？我们两个都喜欢对方，在一起多好啊！我们有共同的理想，共同的生活目标，相似的看法——我们就应该在一起。”

“对婚姻来说，只有这些是不够的。”

“我知道。我渴望把你搂在我的怀里。”他动了动胳膊，好像要向她伸过来似的，但她跷起腿，往椅子另一边挪了挪。他缩回手，和蔼的表情化作一丝苦笑：“我不是你见过的最英俊的男人。但我相信没人像我这样爱你。”

他这话不错，她悲哀地想。不少男人曾对她想入非非，其中一个还勾引过她，但没有任何一个像伯尼这样表现得如此耐心，如此投入。如果她嫁给他，她敢肯定婚姻会一直持续下去。而她的内心深处也在渴望着这一切。

伯尼察觉到她在犹豫，便说：“嫁给我吧，艾瑟尔。我爱你。我会一辈子让你快快乐乐的。这就是我的全部愿望。”

难道她真的需要一个男人吗？她的日子并非不开心。劳埃德为她带来源源不断的快乐，他蹒跚而行，咿呀学语，还有他那无限的好奇心。有了他，她已经满足了。

伯尼说："小劳埃德也需要一个父亲。"

这话让她顿感内疚。伯尼正时不时地扮演着这个角色。她会为了劳埃德而嫁给他吗？现在让孩子改口叫"爸爸"还不算晚。

这将意味着她要放弃心里留存的那一点点希望——再次寻找她跟菲茨之间那种难以抵挡的激情。每次回想那段经历，她依然能感受到那种渴望的震颤。但是，抛开感情客观看待，她诘问自己，究竟从那场恋情中得到了什么呢？菲茨让我大失所望，家人将我排拒在外，放逐异乡。为什么我还想让这一切重演？

她很纠结，没法说服自己接受伯尼的求婚："让我考虑考虑。"

他脸上露出微笑。显然，他甚至不敢指望比这更加肯定的回答。"你愿意考虑多久都成，"他说，"我等着。"

她打开前门："晚安，伯尼。"

"晚安，艾瑟尔。"他往前探过来，她转过脸，让他吻了一下。他的嘴唇在她的脸颊上停留了片刻。她很快缩了回去。他抓住她的手腕："艾瑟尔……"

"睡个好觉，伯尼。"她说。

他犹豫了一下，然后点点头："你也一样。"说完就走了。

在1916年11月的大选之夜，格斯·杜瓦觉得他的政治生涯已经走到了尽头。

他守在白宫的电话机前，为威尔逊总统传递消息，总统和第二任妻子伊迪丝待在新泽西的谢多洛恩宅邸，那是新的“夏日白宫”。美国邮政每天把文件从华盛顿送抵那里，但总统常常需要更快得到消息。

这天晚上九点前后形势已见分晓，共和党的最高法院的大法官查尔斯·埃文斯·休斯已经赢得了纽约州、印第安纳州、康涅狄格州和新泽西州的支持，这四个州曾一度摇摆不定。

但直到信使送来早版的纽约报纸，看见上面的大标题，格斯才猛然意识到现实的严重性——选休斯当总统。

这让他吃惊不小。他本以为伍德罗·威尔逊会赢。选民们并不会忘记威尔逊如何巧妙处理路西塔尼亚危机——既向德国人显示了强硬态度，又保持了中立。威尔逊的竞选口号是：“他让我们置身战争之外。”

休斯曾指责威尔逊没有让美国做好战争准备，但这造成了相反的效果。在英国残酷镇压了都柏林的复活节起义后，美国人民保持不结盟的中立态度比以往任何时候都更加坚定。英国在爱尔兰问题上的做法与德国对付比利时人的手段不相上下，美国又何苦去偏袒哪一方呢?

读完报纸，格斯解开领带，在椭圆办公室隔壁书房的沙发上小睡了一会儿。他为即将离开白宫而忧心忡忡。为威尔逊工作已经成了他的立身之本。他的感情生活一塌糊涂，但他知道自己对美国总统来说，至少还是个有用的人。

他并非只为自己担心。威尔逊决意创造一种国际秩序避免战争。就像隔壁邻居已不再用六发左轮来平息边界争端一样，将来，国家间的争论也需交由独立机构裁决。英国外交大臣爱德华·格雷爵士曾在写给威尔逊的信中使用了“国际联盟”一词，总统也很喜欢这种说法。如果格斯有缘致力实现这一计划，他这辈子就没有白过。

但现在看起来，似乎这些梦想都泡汤了。他这样想着，在失望之中慢慢睡着了。

一封电报让他早早就醒了。电报上说，威尔逊赢得了俄亥俄州——这个以蓝领工人为代表的州很欣赏总统在八小时工作日问题上的立场——还有堪萨斯州。威尔逊又有了获胜的希望。很快，他又以不到一千张选票的优势赢得了明尼苏达州。

格斯的精神为之一振：看来一切还没有结束。

到了星期三晚上，威尔逊以264对254，领先十张选举人票①。只剩下加利福尼亚州尚未宣布结果，但那里有十三张选举人票。谁赢得加州，谁就会成为总统。

格斯的电话安静下来。一时间他无所事事。洛杉矶那边进展缓慢。每个未开封的箱子边上都有全副武装的民主党人看守——他们认为有人曾篡改计票结果，由此夺走了他们在1876年的选举成果。

结果仍是摇摆不定，这时，前厅通知格斯有客人到访。令他惊讶的是，来人是罗莎·赫尔曼，那位《布法罗无政府主义者》的前编辑。格斯很高兴，因为跟罗莎谈论问题总是十分有趣。他猛然想起1901年有个无政府主义者在布法罗刺杀了麦金利总统。不过，威尔逊总统远在新泽西州，因此他将罗莎带进书房，给她

---

① 美国总统大选中，根据每州在国会中的参议员与众议院席位的总数，每个州拥有数目不同的选举人票（electoral votes）。由于全国共有538张选举人票，因此首先获得270张选举人票的总统候选人将成为美国当选总统。

端上一杯咖啡。

她穿着一件红色大衣。他上前帮她脱下外套时，显得比她高出一大截。他同时闻到了一股淡淡的花香。

“上次见面时，我告诉你我跟奥尔加·维亚洛夫订婚了，你说我是个该死的傻瓜。”他说着，把她的外套挂在了衣帽架上。

她显得有些尴尬：“我道歉。”

“啊，不过你是对的。”他话锋一转，“这么说，你现在为通讯社工作？”

“没错。”

“作为他们的驻华盛顿记者？”

“不，我是独眼女助理。”

她以前从未提过自己的残疾。格斯犹豫了一下，说：“我一直不明白你为什么不戴眼罩。但现在我很高兴你不戴那玩意儿。你是个闭着一只眼睛的美女。”

“谢谢你。你心眼真好。你都为总统做哪些工作？”

“除了电话铃响的时候接电话……我还要读国务院送来的那些转弯抹角的报告材料，然后把实际情况通报给威尔逊。”

“比如？”

“我们在欧洲的大使说，索姆河攻势取得一些战果，但并未达到全部目的，双方都伤亡惨重。你几乎无法证实这种陈述有误——可它也没有向总统传达任何信息。所以我就告诉他，索姆河对英国来说是一场灾难。”他耸了耸肩，“也可以说，这些都过去了。我的工作可能就要结束了。”他并不显露自己的真实感受。威尔逊可能落败的前景对他来说，不啻为一场灾难。

她点点头：“他们开始重新计数加利福尼亚州的选票。大约有一百万人投票，差额在五千左右。”

“太依赖少数教育程度低的人所作的决定了。”

“这就是民主嘛。”

格斯笑了：“实在是管理国家的可怕方式，但任何其他体制都比这更糟糕。”

“如果威尔逊获胜，他的首要任务是什么？”

“我的话不会被引用吧？”

“当然。”

“欧洲的和平。”格斯毫不犹豫地说。

“真的吗？”

“‘他让我们置身战争之外’，这个宣传口号一直就让他不怎么舒服。这件事并非掌控在他手中。我们都有可能被拖入战争，不管愿不愿意。”

“那他又有什么办法？”

“他会向双方施加压力，寻求妥协。”

“他能成功吗？”

“这我就不清楚了。”

“他们不能再像索姆河战役那样，互相残杀下去了。”

“天晓得。”他随即又换了一个话题，“跟我说点儿布法罗的新鲜事吧。”

她坦诚地看了他一眼：“你想知道奥尔加的事吗？会不会太尴尬了？”

格斯看向别处。还有什么比这更尴尬的吗？一开始，他收到了奥尔加的一张字条，说要取消订婚。她卑怯地表示万分歉意，但没有任何解释。格斯一时无法接受，回信要求跟她本人见面。

他无法理解这一变故，推测有人在向她施加压力。但后来有一天他母亲通过那帮闲聊的朋友得知，奥尔加就要嫁给她父亲的司机了。“但这到底是为什么？”格斯当时苦恼地问。母亲回答：“我亲爱的宝贝，这女孩跟那个司机结婚只有一个理由。”他不解地盯着她。母亲终于说：“她一定是怀孕了。”这是格斯此生最为羞辱的时刻，甚至一年以后回想起来都让他痛苦不堪。

罗莎从他脸上看出了端倪：“我真不该提到她。对不起。”

格斯觉得别人既然都知道了，他也不妨听听。他轻轻摸了摸罗莎的手。“谢谢你这样坦率。我喜欢这样。不错，我很好奇奥尔加的事。”

“是这样，他们的婚礼在理想大街的俄罗斯东正教堂举行，然后在斯塔特勒酒店宴客。邀请了六百人参加，约瑟夫·维亚洛夫租下了整个舞厅和宴会厅，用鱼子酱招待大家。这是布法罗有史以来最奢华的婚礼。”

“她丈夫怎么样？”

“列夫·别斯科夫帅气又迷人，但完全不值得信任。你只要看他一眼，就知道这人是个流氓。现在他成了布法罗最富有的人的女婿。”

“那孩子呢？”

“是个女孩，取名达莉娅，但他们都叫她黛西。她是三月出生的。当然，列夫也不再当司机了。我听说他在负责经营维亚洛夫的一家夜总会。”

他们聊了一个小时，然后，格斯陪罗莎下楼，叫了一辆出租车送她回家。

第二天一大早，格斯从电报上获知加利福尼亚州的计票结果。威尔逊获得3777票，再次当选总统。

格斯心花怒放。眼下又有了四年时间来实现他们的目标。他们可以在四年中改变整个世界。

他还在盯着电报的时候，电话响了。

格斯拿起听筒，听见接线员说："谢多洛恩来的电话。总统想跟你说话，杜瓦先生。"

"谢谢你。"

过了一会儿，传来威尔逊熟悉的声音："早上好，格斯。"

"恭喜你，总统先生。"

"谢谢。收拾一下行李。我要派你去柏林。"

沃尔特·冯·乌尔里希回家休假时，他母亲办了一场聚会。

这种社交活动在柏林不多了。食物很难买到，哪怕是一位丈夫很有影响力的阔太太也一样。苏珊·冯·乌尔里希身体欠佳——她很瘦，一直咳嗽。不过，她一心想为沃尔特做点什么。

奥托的地窖里满是他在战前买下的上好葡萄酒。苏珊决定办一场午后酒会，这样就不必提供全套的正餐。她把熏鱼和奶酪加在三角形的烤面包上做成小吃，用无限量的大瓶香槟来弥补吃食上的欠缺。

对此，沃尔特很感激，但他并不想要什么聚会。他有两个星期可以远离战场，只想要一张柔软的床、一身干爽的衣服，在这幢优雅老宅的客厅里无所事事，望着窗外想念茉黛，或者坐在斯坦威三角钢琴前，弹一曲舒伯特的《春天的信念》："现在的一切，一切都会改变。"

1914年8月，他曾和茉黛约定，要在圣诞节重聚，现在回想起来，多幼稚啊！已经过去两年多了，从那以后他再没见过那张可爱的脸。就目前来看，德国要打赢这场战争，大概还得花两年时间。沃尔特一心盼着俄国垮掉，好让德国集中力量，大举横扫西面的敌人。

有时，沃尔特甚至想不起茉黛的模样，只好去看那张随身带着的磨得褪了色的剪报照片："茉黛·菲茨赫伯特女勋爵永远引领时尚。"没有茉黛的聚会，他不会喜欢。现在他做着参加聚会的准备，心里却宁愿母亲没有费这个事。

房子里看起来有些沉闷。仆人紧缺，没有足够的人手让这里保持整洁光鲜。男人都当兵打仗去了，女人成了电车售票员、邮递员，家里剩下的年长雇工尽力着维持母亲的标准，把各处打扫、擦拭干净。房子里又冷又脏。定量供应的煤炭不足以启动中央供暖系统，因此母亲不得不在前厅、餐厅和休息室里安放独立式的炉子，但这些炉具还是对付不了11月柏林的寒冷气候。

不过，等到冷飕飕的屋子里满是来访的年轻人，一个小型乐队在前厅开始演奏时，沃尔特也快活了起来。妹妹葛丽泰把她的朋友都请来了。沃尔特终于意识到自己是多么想念这种社交生活。他喜欢看着女孩穿漂亮的礼服，男人身着完美无瑕的套装。他也喜欢开玩笑、调情、聊八卦。他喜欢当外交官，这种生活适合他。他能轻易吸引他人的注意，轻松与之攀谈。

冯·乌尔里希家的房子没有舞厅，大家开始在前厅的砖地上翩翩起舞。沃尔特跟葛丽泰最好的朋友莫妮卡·冯·德·赫巴尔德跳了好几支舞。她个子很高，很苗条，一头红色长发让他联想起自称为"拉斐尔前派"的那些英国画家的画作。

他给她拿了一杯香槟，两人一道坐了下来。她问他待在战壕里是什么滋味，这也是人们常常提及的话题。通常他会回答那里的生活十分艰苦，但战士们斗志高昂，最终会获得胜利。出于某种原因，他跟莫妮卡说了实情。“最糟糕的是，一切都毫无意义，”他说，“整整两年，我们在同一个不过数米的战壕里进进退退，我不觉得最高指挥部现在的做法，或者说他们做的任何事，能改变这种现状。我们饥寒交迫，染上咳嗽、足疾和胃病，无事可做——这一切全都徒劳无益。”

“这跟我们在报纸上看到的完全两样，”她说，“真是让人难过。”她同情地捏了捏他的手臂。这番碰触就像一丝温暖的电流。两年来没有任何家人之外的女人碰过他。他突然想到，如果能把莫妮卡搂在怀里，让她温暖的身体贴着自己，吻着她的嘴唇，那该多好啊。她那双琥珀色的眼睛坦诚地回应着他的目光，过了一会儿他才发觉，她一定猜出他在想什么了。女人都很善于揣摩男人的心思，对此他早有领教。他有些窘迫，但她显然一点儿也不介意，这个念头又让他心猿意马了。

有人朝他们这边走来，沃尔特烦躁地抬头看了看，猜想这人一定是要跟莫妮卡跳舞，随即他便认出了那张熟悉的面孔。“我的上帝！”他脱口而出。他想起了那人的名字——就像所有优秀的外交家那样，沃尔特善于记人，能够过目不忘。他用英语说：“这不是格斯·杜瓦吗？”

格斯用德语回答：“是的，我们可以说德语。你好吗？”

沃尔特站起来跟他握手：“让我来为你们介绍，这位是女男爵莫妮卡·冯·德·赫尔巴德，这位是格斯·杜瓦，伍德罗·威尔逊总统的顾问。”

“见到你真高兴，杜瓦先生。”她说，“还是让你们两个单独聊聊吧。”

沃尔特带着遗憾和些许愧疚望着她离去。有那么一刻，他竟然忘了自己是个已婚男人。

他看着格斯。在泰-格温初次见面时，他就喜欢上了这个美国人。格斯长得有点怪，细长的身子上有个大大的脑袋，但他很聪明，而且思维敏锐。刚走出哈佛校门时，格斯还带着些讨人喜欢的害羞劲儿，但在白宫工作的这两年，让他有了些许自信。美国人常穿的休闲外套让他显得十分潇洒。沃尔特说：“很高兴见到你。眼下真是没什么人来这儿度假了。”

“这倒算不上真正的休假。”格斯说。

沃尔特等着格斯说下去，见他没有继续，便催促道：“不算休假，那算什么呢？”

“更像把我的脚趾探到水里，试试水温能否让总统游泳。”

这么说是公事了。“我理解。”

“关键问题是……”格斯又犹豫了一下，沃尔特耐心地等待着。最后，格斯压低声音说：“威尔逊总统希望德国与协约国进行和平谈判。”

沃尔特的心跳一下子加快了，但他表示怀疑地扬了扬眉毛：“他派你来跟我说这些？”

“你知道是怎么回事。总统不能冒险被公开回绝，这会让他显得软弱。当然，他可以通知我们在柏林的大使，让他跟你们的外交部长谈这件事。但那样一来，一切都太正式了，早晚会被泄露。所以他找了一个资历最浅的顾问，就是我，来柏林接触那些我在1914年建立的关系。”

沃尔特点了点头。外交领域里不少事情都是以这种方式完成的。“如果我们拒绝，也没有任何人知道。”

“而且，就算消息走漏出去，也不过是某个职位较低的年轻人的自发行为。”

这很有道理，沃尔特开始有些兴奋：“威尔逊先生到底是怎么打算的？”

格斯深吸了一口气：“如果德皇给协约国写信，暗示召开一个和平会议，那么威尔逊总统会公开支持这一提案。”

沃尔特抑制着内心的激动。这次意外的私人谈话可能带来震惊世界的后果。难道战壕里的噩梦真的会因此而结束吗？他真的会再次见到茉黛，只要再等上几个月，而不是几年？他告诉自己不要得意忘形。这种非官方的外交试探常常毫无结果。但他仍禁不住热情地说：“这件事很了不起，格斯。你确定威尔逊真要这么做？”

“确凿无疑。这是他在大选获胜后对我说的第一件事。”

“他的动机是什么？”

“他不希望美国被拖入战争。虽然最后我们很可能还是会被拖下水。他希望和平。此外，他想要建立一个新的国际体系，以确保不再发生这类战争。”

“我赞成，”沃尔特说，“你想要我做什么？”

“跟你的父亲谈一谈。”

“他大概不会喜欢这个提议。”

“尽量去说服他。”

“我会尽我所能。可以在美国大使馆找到你吗？”

“不。这是一次私人访问。我住在阿德隆酒店。”

“明白了，格斯。”沃尔特笑着说。阿德隆是城里最好的酒店，曾一度被称为世界上最豪华的酒店。他很怀念逝去的那些和平岁月。“要是我们像两个无忧无虑的年轻人那样，往那儿一坐，只等着侍者腾出空来，再要一瓶香槟，那该多好。不知道还会不会有这种日子了。”

格斯用就事论事的语气说：“不，我认为这种日子已一去不返，至少在我们的有生之年看不到了。”

沃尔特的妹妹葛丽泰出现了。她的金色卷发随着头部的摆动迷人地微颤着。“两位男士，是什么让你俩看起来惨兮兮的？”她快活地说，“杜瓦先生，跟我跳舞去吧！”

格斯高兴起来：“荣幸之至！”

她把他带走了。

沃尔特又回到人堆里，和朋友、熟人闲聊的时候，他仍在想着格斯的建议，怎样才能达到最好的效果。跟父亲谈话时，他不能显得特别热心。这样会适得其反。沃尔特只能扮演一个中立的使者的角色。

客人们走后，母亲在沙龙一角找见了他。这个房间的装饰风格是仍受老派德国人喜欢的洛可可式——华丽的镜子镶了边，桌腿弯曲细长，大吊灯挂在天花板上。“莫妮卡·冯·德·赫尔巴德这姑娘真不错。”她说。

“她很迷人。”沃尔特表示赞同。

他母亲没戴任何珠宝首饰。她现在担任黄金收集委员会主席，把自己的那些小玩意儿都拿去卖了，只留下一枚结婚戒指。“我应该再邀请她来，下次让她带着父母。她父亲是冯·德·赫尔巴德侯爵。”

“是的，我知道。”

“他们家很有名望。属于乌拉德尔，一个古老的贵族。”

沃尔特朝门口走去：“你知道父亲什么时候回家吗？”

“快了。沃尔特，坐下跟我说会儿话。”

沃尔特急于脱身的意图太明显了。他现在只想一个人待个把钟头，好好琢磨一下格斯的消息。但他觉得不该对自己深爱的母亲如此无礼，便马上弥补道：“我很高兴，母亲。”他给她搬来一把椅子，“我还以为你想休息一下，如果不是，那我很乐意陪你聊天。”他坐在她对面，“聚会很棒。谢谢你的费心安排。”

她点了点头，表示领情，但随即换了话题：“你的堂弟罗伯特现在杳无音信，”她说，“他在勃鲁西洛夫进攻时失踪了。”

“我知道。他可能被俄国人俘虏了。”

“他也可能已经死了。你父亲都六十岁了。你可能不久就要成为冯·乌尔里希伯爵了。”

沃尔特并不觉得这件事有什么吸引力。眼下，贵族头衔越发无足轻重了。也许他会为伯爵身份感到自豪，但在战后的世界，这或许会成为一项不利条件。

反正他现在还没有爵位。“我们还没有收到任何消息确认罗伯特已经死了。”

“当然。但你必须做好准备。”

“什么准备？”

“你应该结婚。”

“噢！”沃尔特吃了一惊。他想，我早该料到这个。

“你必须有一个继承人，等你死后承接这个爵位。而且，你也有可能会战死，老天保佑……”她的喉咙像被卡住了，停了下来。她闭上眼睛，慢慢恢复镇静。“尽管我每天都在祈祷上苍保佑你，但如果你能尽快当上父亲，有个儿子，就再好不过了。”

她害怕失去他，而他也一样害怕失去她。他深情地看着她。她像葛丽泰一样有一头金发，十分漂亮，也许当年她也那样快活，充满生机。的确，现在她也是，聚会和香槟就能让她兴奋得明眸闪烁，双颊红润。不过，近来连爬几级楼梯都会让她大口喘气。她需要好好休息，需要多吃有营养的东西，避免操劳。因为战争，这一切她都做不到。并非只有战士受苦罹难，沃尔特忧心忡忡地想。

“请考虑一下莫妮卡。”母亲说。

他真想把茉黛的事情告诉她。“莫妮卡挺讨人喜欢的，母亲，不过我并不爱她。我对她一点儿也不了解。”

“现在哪有那么多时间！战争时期就不要太挑剔了。再跟她见上一面。你还有十天假期。每天都跟她见面，最后一天就向她求婚。”

“那感情呢？有可能她不想嫁给我。”

“她喜欢你。”母亲把目光转向别处，“她父母怎么说，她就会怎么做。”

沃尔特有些哭笑不得：“你们两位做母亲的已经决定了？”

“现在顾不得这么多了。从现在起的三个月内，你都可以结婚。你父亲能保证让你获得特批休假，先办婚礼，再度蜜月。”

“他是这么说的？”通常情况下，父亲对有背景的士兵享受特殊待遇很不满。

“他明白继承人和爵位的事情十分重要。”

父亲听从别人的话了。花了多久？他从不轻易妥协让步的。

沃尔特极力克制着，不让椅子上的自己显露不安。眼下的处境很尴尬。他已经跟茉黛结婚了，装不出愿意和莫妮卡结婚的样子，但他又解释不了这一切。“母亲，我实在不愿让你失望，但我不会向莫妮卡·冯·德·赫尔巴德求婚的。”

“这是为什么？”她哭了起来。

他感觉糟糕极了：“我真的希望自己能让你满意。”

她使劲看着他：“你的堂兄弟罗伯特从来没结过婚，他有他的原因，我们谁都不觉得惊讶。我希望你没有那样的问题……”

提及罗伯特是同性恋，让沃尔特感到尴尬：“哎呀，母亲，求你了！我知道你的意思，这方面我不像罗伯特，放心吧。”

她扭过头去：“很抱歉我提到这个。但究竟是什么问题呢？你都三十岁了！”

“很难找到合适的女孩。”

“没有那么难。”

“我想找一个像你这样的人。”

“你开始拿我取笑了。”她生气地说。

沃尔特听到门外一个男人的说话声。片刻之后，他的父亲走了进来，搓着冷冰冰的双手。“要下雪了。”他说。他吻了一下他的妻子，然后朝沃尔特点了点头。“聚会办得很成功吧？我实在抽不出空，整个下午都在开会。”

“棒极了。”沃尔特说，“母亲凭空变出一堆好吃的点心，巴黎之花香槟绝对一流。”

“你们喝的是哪个年份的？”

“1899年的。”

“应该喝1892年的。”

“那种已经所剩不多了。”

“哦。”

“我跟格斯·杜瓦的谈话非常有意思。”

“我记得这个人，他父亲跟威尔逊总统关系很近。”

“现在他的关系更亲近，格斯在白宫工作。”

“他都说了些什么？”

母亲站了起来：“你们两个接着谈吧。”

他们都站了起来。

“好好考虑我说的话，亲爱的。”说完，她便走了出去。

不一会儿，管家端着托盘进来，上面的一只高脚杯里浅浅地斟了金黄色的白兰地。奥托接过酒杯。“你要来一杯吗？”他对沃尔特说。

“不用了，谢谢。我已经喝了不少香槟了。”

奥托喝完白兰地，向炉火那边伸展双腿：“看来，小杜瓦带来了某些信息？”

“是严格保密的。”

“当然。”

沃尔特对他父亲没有太多感情。两人的分歧过于明显，父亲刻板冷酷，从不轻易妥协。而且他度量小，思想过时，不讲道理，还坚持不肯改掉这些毛病，冥顽不灵，却还沾沾自喜，这些都让沃尔特反感。弥漫在整个欧洲的父辈的愚蠢，最终导致了索姆河的大屠杀。这是沃尔特无法原谅的。

尽管如此，他跟父亲说话时态度还是温和的。他希望这场谈话尽可能亲切，通情达理。“美国总统不想卷入战争。”他说。

“好。”

“其实，他希望我们讲和。”

“哈！”这是嘲弄的笑声，“想如此轻易地打败我们。这个人实在是厚颜无耻。”

沃尔特为这种不加思索的轻蔑感到沮丧，但他坚持说下去，措辞谨慎：“我们的敌人声称，是德国军国主义和侵略行为导致了这场战争，当然事实并非如此。”

“当然不是，”奥托说，“我们两方面都受到威胁：俄国在我们的东部边境集结，法国在西部调动兵力。施里芬计划是解决问题的唯一办法。”跟平常一样，奥托说起话来，就好像沃尔特仍是十二岁的小孩子。

沃尔特耐心地回答：“不错。你说过，这是我们的一场防御战，是对无法容忍的威胁作出的回应。我们必须保护自己。”

如果说奥托听到沃尔特重复这类为战争辩护的陈词滥调而感到惊讶的话，他也没有表现出来。“说得很对。”他说。

“我们也是这样做的，”沃尔特亮出了自己的王牌，“现在我们已经实现了自己的目标。”

他父亲吃了一惊：“你是指什么？”

“威胁已经消除。俄国军队被摧毁，沙皇政权徘徊在崩溃的边缘。我们已经征服了比利时，侵入了法国，把法国和它的英国盟友打得不能动弹。我们已经完成了既定任务，保全了德国。”

“的确是个了不起的成就。”

“时至今日，我们还要求什么呢？”

“一次全面胜利！”

沃尔特坐在椅子里俯身向前，目不转睛地看着父亲：“为什么？”

“我们的敌人必须为他们的侵略付出代价！必须作出赔偿，比如调整边界，作出割地性的让步。”

“这不是我们原来的战争目标，对吧？”

可奥托什么都想要。“不是，但我们花了这么多财力物力，牺牲了那么多优秀的德国年轻人的生命，就必须有所回报。”

这种论点站不住脚，但沃尔特知道最好别去强迫父亲改变主意。反正他已经阐明德国达到了战争目的。现在他改变了策略。“你肯定我们能获得全面胜利吗？”

“是的！”

“早在二月，我们向法国凡尔登要塞就发动了全面进攻。但没能夺下来。俄国人袭击了我们的东部地区，而英国将全部重心放在了索姆河的进攻上。双方花费了巨大努力都未能结束僵持局面。”他停了下来，等待回应。

奥托勉强地说：“目前为止，的确是这样。”

“事实上，最高统帅部也承认了这一点。自从八月冯·法金汉被解职、鲁登道夫当上参谋长以来，我们改变了战术，从进攻转为深度防御。你觉得防御能导向全面的胜利吗？”

“无限制潜艇战！”奥托说，“协约国正在接受美国的供应，我们的港口则被英国海军封锁。必须切断他们的生命线——然后，他们就会投降。”

沃尔特没料到话题转到了这里，但既然已经开了头，他就必须把话说下去。他咬着牙，尽可能温和地说：“这样就肯定会把美国拉进战争。”

“你知道美国军队有多少人？”

“只有大约十万，不过……”

“说对了。他们甚至连墨西哥都打不赢！不会对我们造成威胁。”奥托从来没有去过美国。他这代人里没多少人去过。他们根本不知道自己在说什么。“美国是个大国，拥有巨大的财富，”沃尔特心里万般无奈，但仍然不改恳谈的语气，继续维持着一场亲切讨论的假象，“他们可以扩充自己的军队。”

“但不会很快。这至少会耽误他们一年时间。到那个时候，英国和法国已经投降了。”

沃尔特点点头。“我们之前有过这样的讨论，父亲，”他用调和的语气说道，“与军事战略有关联的人也都一次次讨论过。双方各持己见。”

奥托很难否认这一点，因此他只是不以为然地哼了一声。

沃尔特说：“说到底，肯定不是由我来决定德国如何对华盛顿的这一非正式接触作出回应。”

奥托心领神会：“当然，也不是由我。”

“威尔逊说，如果德国正式向协约国提出和平谈判，他将公开支持这一建议。我们有责任将这个消息传递给我们的君主。”

“的确，”奥托说，“必须由皇帝来作决定。”

沃尔特在一张没有信头的普通白纸上给茉黛写了一封信。

我最亲爱的：

德国时值严冬，我的心也一样冰冷。

他用英语写信，既没有在信的起首写下地址，也没有写她的名字。

我无法用言语表达对你的爱，你不知道我是多么想念你。

真不知道该说些什么。信件有可能被好奇的警察拆看，他必须确保茉黛和他自己的身份不会因此暴露。

我是与自己相爱的女人分离的一百万人中的一个，北风呼啸，让我们心寒齿冷。

他让这封信看上去出自一位因战争与家人分离的士兵之手。

这对我来说是一个寒风萧瑟的世界，看来对你也一样，但最难忍受的，是我们两人的分离。

他希望能把一切都告诉她，包括自己在战地情报处的工作，母亲想让他娶莫妮卡，柏林的食品短缺，甚至是他正在读的书——一部名叫《布登勃洛克一家》的家族传奇。但他担心提及细节会为他或她带来危险。

我不能说太多，但我想让你知道，我是忠实于你的……

他停下来，内疚地想起自己要吻莫妮卡的那种冲动。但他并没有屈从它。

忠实于我们最后一次在一起时对彼此所作的神圣承诺。

他只能这样绕着圈子提及他们的婚姻。他不想让她那边的什么人偶然读到，了解了真相。

我每天都在盼望着再次相聚的时刻，期待着我们凝视彼此，互道一句：“你好，我亲爱的。”

在此之前，请常常想着我。

他没有签上自己的名字。

他把信装进信封，放进夹克内侧胸前的口袋。

德国和英国之间已经断了邮政往来。

他离开房间，走下楼梯，戴上帽子，穿了一件厚重的毛领大衣，走到寒风瑟瑟的柏林大街上。

他在阿德隆酒店的酒吧里见到了格斯・杜瓦。酒店还残留着战前优雅的样子，侍者穿着晚礼服，一个弦乐四重奏乐队正在演奏，但这里没有进口饮品，没有苏格兰威士忌，没有白兰地，也没有英国杜松子酒，他们只得点了荷兰杜松子酒。

“怎么样？”格斯急切地问，“我的消息有了什么反应？”

沃尔特满心希望，但他知道实在没有太多乐观的理由，因此他想克制一下自己的兴奋情绪。他为格斯带来的消息是正面的，但仅此而已。“德皇正在给总统写信。”他说。

“好啊！他会说什么呢？”

“我看到了草稿。我觉得不太像是要和解的语气。”

“你这话是什么意思？”

沃尔特闭上眼睛回想了一下，然后引述道：“‘有史以来最大规模的战争已经肆虐了两年半的时间。在这场冲突中，德国及其盟友证明了我们坚不可摧的力量。我们难以撼动的阵线抵御着一次又一次的进攻。最近的事态表明，战争的持续无法破坏我们的抵抗力量……’诸如此类的话还有不少。”

“我明白你的意思了。”

“最后说到了实质问题。”沃尔特回忆着后半部分，“‘考虑到我们的军事和经济实力，如果势在必行，我们会将这场强加给我们的战争坚持到最后，但同时，我们也被停止流血、结束战争的愿望鼓舞’，接下来是重点了，‘我们建议，即使是现在也可以展开和平谈判’。”

格斯一下子高兴起来：“太好了，他同意了！”

“请小点声！”沃尔特紧张地看了看四周，但似乎没人注意他们这里。弦乐四重奏的乐声压住了他们的谈话。

“抱歉。”格斯说。

“但你说对了。”沃尔特笑着，稍稍显露出他的乐观，“虽然语气傲慢、强硬，居高临下，但他提出了和平谈判。”

“你不知道我有多感激你。”

沃尔特警告似的举起手：“有件事情我必须坦言相告。皇帝身边反对和谈的大人物对这一建议不屑一顾，他们的支持不过是给你们总统一点面子，他们认为协约国肯定会拒绝和谈。”

“那我们就证明他们打错了算盘！”

“但愿如此。”

“他什么时候会发出这封信？”

“他们还在争论具体的措辞。等他们达成一致意见，这封信会交给驻柏林的美国大使。并请求他把信转交给协约国政府。”这种类似“传递包裹”般的外交把戏倒是十分必要，因为敌对政府之间没有官方通联手段。

“我最好去一趟伦敦，”格斯说，“也许可以做点儿迎接的准备。”

“我猜到你会这么说。我还有个请求。”

“你帮了我这个大忙，随便什么事情我都答应！”

“是件十分私密的事情。”

“没问题。”

“我不得不让你介入这个秘密。”

格斯笑了笑：“听上去很吊人胃口嘛！”

“我想托你把一封信捎给茉黛·菲茨赫伯特女勋爵。”

“哦。”格斯显得若有所思。他猜得出沃尔特偷偷写信给茉黛只能有一个原因。“需要十分谨慎，我明白，不过没关系。”

“如果你离开德国或者进入英国时被搜查，就说这是一封在德国的美国人写给他在英国的未婚妻的情书。信上没写姓名，也没有地址。”

“好的。”

“谢谢你，”沃尔特感激地说，“这对我太重要了。”

12月2日是星期六，泰-格温有一场狩猎会。菲茨赫伯特伯爵和碧公主因事耽搁，未能从伦敦赶回来，因此由菲茨的朋友宾·韦斯特安普敦代替主人，茉黛女勋爵充当女主人。

战前，茉黛很喜欢这类聚会。女人自然不能参加狩猎，但她喜欢宾客盈门、女人和男人一起野餐，也喜欢等着他们的熊熊炉火和丰盛晚宴。但眼下士兵正在战壕里受苦，她觉得这些乐事无法带来任何享受。

她告诫自己，一个人不能一直活在悲惨中，哪怕正在发生战争，但丝毫不起作用。她强颜欢笑，劝大家吃得尽兴，喝得开心，但一听到猎枪的声音，马上就会想到战场。盘子里的美味佳肴她一口都没吃，菲茨珍藏多年的名贵葡萄酒她连碰都没碰一下，酒杯就被撤了下去。

这种时候，她讨厌无事可做，因为她唯一能做的就是思念沃尔特。他还活着吗？索姆河战役终于结束了，菲茨说德国军队损失了五十万人。沃尔特会不会是其中之一？或者他受伤致残，躺在某个医院里？

也许他正在庆祝胜利。报纸无法彻底掩盖一个事实：1916年英军花费巨大努力，却仅仅赢得了七英里的领土。德国人大概觉得有资格庆祝一番。甚至连菲茨都在私下说，如今英国的最大希望就是美国加入战争。

沃尔特会不会正混迹于柏林的妓院里，一只手抓着一瓶荷兰杜松子酒，另一只手搂着一位漂亮的金发女郎？还是宁愿他受伤吧，她想，随即又为这种想法感到羞愧。

格斯·杜瓦也是受邀来到泰-格温的宾客之一，下午茶的时候他找到了茉黛。出席的男人都穿着灯笼裤，这种斜纹软呢裤子在膝盖以下有一排扣子，这位高个子美国人穿上它，显得特别滑稽。他一只手端着摇摇欲坠的茶杯，穿过拥挤的晨间起居室朝她走来。

她暗暗叹了口气。每当单身男人接近她，多半都在想着和她发展恋爱关系，她就必须打消对方的念头，同时又不能承认她已经结婚，因此有时会很难办。如今，很多符合条件的黄金单身汉在战争中被杀，而那些最不受待见的男人便想入非非，开始打她的主意——破落贵族的小儿子，瘦骨嶙峋、满嘴口臭的牧师，甚至是同性恋都在寻找女人为自己撑门面。

这并不是说格斯·杜瓦也属于这类毫无希望的候选者。他长得不帅，也没有沃尔特和菲茨那样潇洒的风度，但思维敏捷，抱有崇高的理想，跟茉黛一样热衷国际事务。他在形体和社交上略显笨拙的样子与他那率真秉直的性格叠加在一起，构成了某种独特的魅力。如果她仍是单身的话，他说不定真的有机会。

他在她旁边的黄色丝绸沙发上坐下，交叠着长腿。“能再来泰-格温实在令人愉快。”他说。

“战争开始前不久你来过这儿。”茉黛回忆着。她永远不会忘记1914年1月的那个周末，国王来的时候阿伯罗温矿井发生的可怕灾难。

最栩栩如生的记忆是她跟沃尔特的亲吻——意识到这一点让她羞愧。她真希望现在能够吻他。他们当时真傻，就只会接吻，不会干别的！她真希望现在能怀上他的孩子，然后被迫匆匆嫁给他，因为身败名裂而被遣送到某个可怕的地方，比如罗得西亚或者孟加拉。各种顾虑一直束缚着他们——父母、社交圈和仕途，但这些跟沃尔特可能在战争中丧生、他们此生再也无法相见比起来，简直不值一提。

“人类为什么这样愚蠢，竟会发动战争？”她对格斯说，“而且，如此可怕的人员伤亡和各种损失早就超过了可能的收益，他们却还在不停地战斗！”

他说：“威尔逊总统认为，双方应该避开输赢，坐下来进行和谈。”

看来他不是来跟她说她的眼睛长得多漂亮这类废话的，她松了一口气。“我赞成总统的看法，”她说，“英国军队已经损失了一百万人。仅索姆河一战便造成了四十万人的伤亡。”

“不过，英国民众是怎么想的？”

茉黛考虑了一下：“大部分报纸还在谎称索姆河获得了伟大的胜利。任何事实调查都被视为不爱国。我敢肯定诺思克利夫勋爵宁愿生活在军事独裁之下。但是，大多数民众都知道我们没取得什么重大战果。”

“德国人可能提出进行和平谈判。”

“哦，我倒希望你说的是真事。”

“我相信马上就会进行官方接触的。”

茉黛盯着他。“请原谅，”她说，“我还以为你在客客气气地闲聊。但你不是。”她很兴奋。和平谈判，这怎么可能呢？

“不，我不是在没话找话，”格斯说，“我知道你在自由党政府里有熟人。”

“已经不存在什么真正的自由党政府了，”她说，“现在是联合政府，内阁中有几位保守党大臣。”

“对不起，我说错了。我不了解联合政府的事。不管怎样，阿斯奎斯仍然是首相，他属于自由党，我知道你跟不少自由党领袖关系密切。”

“是的。”

“所以要听你的意见，我想知道他们对德国建议的态度。”

她仔细考虑着。她知道格斯是谁派来的代表——是美国总统在向她提问。她最好给出一个准确的答案。说来也巧，她恰恰掌握了一个关键信息。“十天前内阁讨论了兰斯多恩勋爵的报告，他是前保守党外交大臣，认为我们无法赢得这场战争。”

格斯心中一喜：“真的吗？这我还头一次听说。”

“当然了。这是秘密。不过，外面已经有所传言，诺思克利夫对此大加抨击，称之为‘以谈判求和的失败主义’。”

格斯急切地问：“那么，兰斯多恩的报告被采纳了吗？”

“我只能说有四个人倾向于他的意见：外交部长爱德华·格雷爵士、财政部长麦肯纳、贸易委员会主席朗西曼，以及首相本人。”

格斯觉得又有了希望：“这些人都很有实力！”

“特别是现在，咄咄逼人的温斯顿·丘吉尔已经被踢出来了。他一直没从达达尼尔海峡远征的灾难中缓过来，那是他最爱的计划。”

“内阁里到底是谁反对兰斯多恩呢？”

“陆军部长大卫·劳埃德·乔治，他算是国内最受欢迎的政客，还有国防部长罗伯特·塞西尔勋爵，财政部的头儿阿瑟·亨德森，他也是工党领袖，最后还有海军大臣阿瑟·贝尔福。”

“我在报上读到了劳埃德·乔治的采访报道。他说希望一举决输赢。”

“遗憾的是，大多数人都赞成他的看法。当然，他们少有机会听到任何其他观点。像哲学家伯纳德·罗素那样主张反战的人就一直被政府打压。”

“最后内阁的结论呢？”

“没什么结论。阿斯奎斯的会议常常是这样不欢而散，毫无结果。人们都说他过于优柔寡断。”

“真让人泄气。不过，人们对一个和平建议似乎也不会置若罔闻。”

这个男人待她十分认真，跟他交谈让茉黛精神为之一振。通常其他的男人跟她谈起正事时，多少带着那么一点儿屈尊纡贵的味道。除了沃尔特以外，也就只有眼前这个格斯·杜瓦以平等的姿态跟她说话了。

这时，菲茨走了进来。他穿着灰黑色的伦敦外套，而且很显然刚下火车。他戴着眼罩，手里拄着一根拐杖。“很抱歉让各位失望了，”他对着大家说，“昨晚我必须待在城里。最新的政治动向让伦敦上下骚动起来。”

格斯问：“什么动向？我们还没看到今天的报纸。”

“昨天劳埃德·乔治写信给阿斯奎斯，要求改变我们对待战争的做法。他想让三位部长组成全能的‘战争理事会’来做所有决定。”

格斯说：“阿斯奎斯会同意吗？”

“当然不会。他说，如果真有这样一个机构的话，首相就必须出任主席。”

菲茨那位举止轻浮的朋友宾·韦斯特安普敦，搭起脚坐在靠窗的座位上。“那就完全达不到目的了，”他说，“只要哪个委员会是由阿斯奎斯担任主席，那就跟内阁一样优柔寡断，软弱无能。”他带着歉意看了看四周，“如果有某位政府部长在座，请多海涵。”

“你说得对，”菲茨说，“这封信对阿斯奎斯的领导确实是个挑战。尤其是劳埃德·乔治的朋友马克斯·艾特肯已经向所有报纸通告了此事。现在已经没有可能妥协了。这就是劳埃德·乔治所谓的‘一举决输赢’。如果他没有得逞，就得从内阁辞职。但如果他达到了目的，阿斯奎斯就得走人，然后我们就得选一个新首相。”

茉黛跟格斯互相看了一眼。她知道，他们两个想到一块儿了，只要阿斯奎斯待在唐宁街，和平倡议就有机会。如果好战的劳埃德·乔治在这一轮竞争中获胜，一切就会是另一番情景了。

大厅那边传来一声锣响，告诉客人们该去换晚礼服了。茶会就此结束。茉黛回到自己的房间。

她的礼服早就准备好了，是1914年在巴黎买的，为了那年的伦敦社交季置办的。后来她就很少买衣服了。

茉黛脱掉茶会穿的长袍，换上丝滑的礼服。她还不打算叫女仆，想独自待上几分钟。她坐在穿衣镜前，看着里面的自己。她已经二十六岁了，镜子能说明一切。她从来算不上漂亮，但人们都说她长相俊美。战时的节俭生活让她失去了仅有的少女柔美，脸上的棱角变得更加明显。如果再看到她，沃尔特会怎么想呢？她摸了摸自己的胸部——至少乳房还算坚挺。他会喜欢的。一想着他，她的乳头便硬了。如果她有机会——

有人轻轻敲门，她一下子负罪般把两手放下。“谁？”她大声问道。

门开了，格斯·杜瓦走了进来。

茉黛站起身来，拉紧身上的衣服，用冷酷的声音说：“杜瓦先生，请马上离开！”

“别慌，”他说，“我必须私下见你。”

“我看不出有什么必要……”

“我在柏林见到了沃尔特。”

茉黛顿时惊得说不出话来。她盯着格斯。他怎么会知道她跟沃尔特的事？

格斯说：“他让我给你捎一封信。”

他伸手从他的斜纹软呢外套中掏出一个信封。

茉黛颤抖着接过信。

格斯说：“他告诉我，里面没有写你俩的名字，生怕在边境上被检查，不过实际上没人搜查我的行李。”

茉黛不安地捏着这封信。她一直盼着得到他的音讯，但现在她害怕读到坏消息。沃尔特可能有了新欢，这封信有可能求她原谅。或许他已经跟一个德国女孩结婚，此番写信要她对先前的婚姻永远保守秘密。更糟糕的是，他甚至已经开始办理离婚手续。

她撕开信封。

信上是这样写的——

我最亲爱的：

德国时值严冬，我的心也一样冰冷。我无法用言语表达对你的爱，你不知道我是多么想念你。

她的眼眶里满是泪水。“天啊，杜瓦先生，”她说，“谢谢你带来这个！”

他小心翼翼地靠近：“好了，好了。”拍了拍她的胳膊。

她继续读下去，但上面的字句她已经看不清了。“我太高兴了。”她哭了。

她的头靠在格斯肩上，他用胳膊搂住她：“没事了。”

茉黛情难自禁，呜咽着哭了起来。

第二十一章

1916年12月

现在，菲茨在白厅的海军部工作。这不是他想要的职位。他渴望重返正在法国的威尔士步枪团。他痛恨别人冒死战斗，自己却安全地待在伦敦，就跟讨厌战壕里的泥泞和局促一样。他很害怕自己被人当成懦夫。不过，医生说他的腿还没有痊愈，不同意他返回部队。

菲茨能说德语，特勤局的史密斯-卡明——他自称“C”，推荐菲茨到海军情报处，他被临时安排进叫作“40号房间”的部门。菲茨最不想干的就是案头工作，但出乎意料的是，他渐渐发现这项工作对战争成败十分重要。

战争开始的第一天，一艘名为“CS警戒”的邮船驶入北海，挖开了德国人的海底通信电缆，将其全部切断。英国人的狡诈伎俩迫使敌人使用无线电传输绝大部分信息。无线信号很容易被截获。德国人不傻，他们的信息全部加了密。“40号房间”就是英国人破译密电码的机构。

菲茨跟这类特殊人群打交道——其中有不少怪人，大部分都不太像军人，他们在尽全力破译海岸电台监听到的含混不清的乱码。菲茨丝毫不擅长这类填字拼图般的解码工作，他读福尔摩斯的时候从来猜不中凶手是谁，但他可以把破译的电文翻译成英文，更重要的是，战场上的经历帮助他判断出哪些是重要信息。

但这一切并未改变战局。1916年底，西线阵地与年初一样，几乎没有任何变动，尽管双方都曾大动干戈——德军对凡尔登发动无情的进攻，英国人在索姆河一战更是不惜血本。协约国部队急需提振士气。如果美国人加入战争，他们便有可能打破均势——但到目前为止尚无任何迹象。

部队的指挥官全都是在深夜或早上起床时发布命令，因此菲茨早早起床，一直紧张工作到中午。周三的狩猎会结束后，他十二点半离开海军部，坐上一辆出租车回家。从白厅到梅费尔的那段上坡路虽然不长，但他眼下还是腿脚不便。

与他住在一起的三个女人——碧、茉黛和赫姆姑妈刚准备坐下来吃午饭。他把拐杖和制服帽子递给格洛特，在几位女士旁边坐下。从效率至上的办公环境回到家中，让他感到既温暖又快乐——丰富的家具陈设，轻手轻脚的仆人，还有雪白桌布上的法国瓷器。

他问茉黛有什么政治新闻。阿斯奎斯和劳埃德·乔治之间正在展开一场激烈较量。昨天阿斯奎斯戏剧般辞去了首相的职务。菲茨愈发担心起来：他并不崇拜自由党的阿斯奎斯，但新首相要是被温和肤浅的和平谈判迷昏了头怎么办？

“国王接见了博纳·劳。”茉黛说。安德鲁·博纳·劳是保守党领袖。王权在英国政坛的最后残余是君主有权任命首相——尽管他的候选人仍然必须赢得国会的支持。

菲茨说：“具体发生了什么？”

“博纳·劳拒绝出任首相。”

菲茨十分恼火：“他怎么可以拒绝国王呢？”菲茨认为一个人应该遵从他的君主，尤其是保守党成员。

“他认为应该由劳埃德·乔治担任。但国王不愿意。”

碧插了一句：“我可不希望是他。这个人比社会主义者好不到哪儿去。”

“的确，”菲茨说，“但从攻击力来看，其他人全加在一起也比不上他。至少他会为战争注入一些新鲜力量。”

茉黛说：“我担心他不会尽力为和平创造机会。”

“和平？”菲茨说，“我觉得你不必对此过于担心。”他尽量不显得言辞激烈，但失败主义的和平论调让他想到那些丧生的人：可怜的年轻中尉卡尔顿-史密斯，还有那么多阿伯罗温的步枪团战士，甚至还有被行刑队枪毙的那个可怜的欧文·贝文。难道他们都白白牺牲了？这简直是一种亵渎。他强迫自己平心静气地说话：“除非其中一方打赢战争，否则不会有什么和平。”

茉黛的眼里闪过一丝愤怒，但她也克制着自己的情绪。“我们有可能做到两全其美：如果我们想要和平，让强有力的战争领导者劳埃德·乔治担任战争理事会主席，让一位像阿瑟·鲍尔福那样老练的政治家当首相去进行和平谈判。”

“嗯。”菲茨对这种观点毫无兴趣，但茉黛有种本事，说起什么事情总是让人无法表示否定。菲茨换了个话题：“你今天下午打算做什么？”

“赫姆姑妈和我要去东区。我们办了一个军人妻子俱乐部。我们用茶点招待她们——这是由你出的钱，菲茨，因此我们要谢谢你。我们帮她们解决难题。”

“都是什么难题？”

赫姆姑妈回答：“一般都是帮她们找干净的地方住，寻找靠得住的人看孩子。”

菲茨一下子来了兴致：“你真让我刮目相看，姑妈。你以前不赞成茉黛去东区乱跑的。”

“现在是战争时期，”赫姆女勋爵毅然决然地说，“我们必须竭尽所能。”

出于一时冲动，菲茨说：“要么我也跟你们一起去吧。好让她们见识一下伯爵也跟搬运工一样容易挨枪子儿。”

茉黛吃了一惊，但嘴上还是说：“嗯，好吧，你要是想去就去吧。”

他看得出她不太情愿。毫无疑问，她们在俱乐部里谈的都是左翼分子那些什么妇女参政权之类的事。不过，她又不能拒绝他，这一切都出自他的腰包。

午餐结束，几个人各自准备出门。菲茨去了他妻子的更衣室。碧那位头发花白的女仆妮娜正在帮她脱下午餐的衣服。碧嘴里用俄语嘀咕着什么，妮娜也同样用俄语回答，让菲茨觉得她们有意避着他，不免有些生气。

他开口说起了俄语，为了让她们知道他什么都听得懂。他对仆人说：“请让我们单独待一会儿。”妮娜行了一个屈膝礼便退了出去。

菲茨说：“我今天还没见到宝宝呢。”他一早就离开家了，“我得赶紧去趟幼儿室，一会儿他们就带他到外面溜达了。”

“他还出不去呢，”碧不安地说，“宝宝有点儿咳嗽。”

菲茨皱了皱眉：“他需要呼吸些新鲜空气。”

她突然变得涕泪涟涟，让他吃了一惊。“我真担心他，”她说，“你跟安德烈两个都冒着生命危险去打仗，我身边很可能就只剩下宝宝了。”

她的哥哥安德烈已经结婚，但没有孩子。假如安德烈和菲茨死于战争，宝宝就是碧唯一的亲人了。也正因如此，她才过分护着这个孩子。“不管怎么说，对他过分溺爱没有任何好处。”

“我不知道这个词是什么意思。”她沉着脸说。

“我知道你明白我的意思。”

碧退去衬裙。她的身材比先前更显丰满迷人。菲茨看着她解开了长袜上的丝质吊带。他想象自己咬着她大腿内侧的嫩肉。

她看了他一眼。“我累了，”她说，“得睡上个把小时。”

“那我陪着你。”

“我还以为你要跟你妹妹去贫民窟呢。”

“我可以不去。”

“我真的需要休息一会儿。”

他站起来想走，但随即又折了回来。他愤愤不平，觉得自己遭到了拒斥：“你已经很长时间不让我碰你了。”

“我可没记着天数。”

“我记着，不是几天，而是好几个礼拜了。”

“对不起。我担心的事儿太多了。”她几乎又要哭了。

菲茨知道她在担心她哥哥，他也很同情这种无助的焦虑，可是，千百万女人都在担心这、担心那，身为贵族有责任忍辱负重。“我听说了，我在法国的时候你去参加俄国大使馆的礼拜活动了。”伦敦城里没有东正教堂，但大使馆里有个礼拜堂。

“谁告诉你的？”

“不用在意是谁告诉我的。”其实是赫姆姑妈对他说的，“在结婚前我让你改信英国国教，你照做了。”

她没有正视他的眼睛。“我觉得，参加一两次礼拜不会有什么坏处，”她平静地说，“我很抱歉让你不高兴了。”

菲茨对那些外国牧师心存怀疑：“是不是那儿的牧师告诉你，跟丈夫有床笫之欢是种罪过？”

“当然没有！但你不在家的时候我很孤独，远离我长大时的环境……听一听熟悉的俄国圣歌和祈祷，也算是一种安慰。”

菲茨为她难过。这种情况的确很难，他自己绝不可能去异国他乡长住。他也跟其他结了婚的人聊过，知道女人生了孩子后拒绝丈夫求爱的情形并不少见。

但他狠下心肠。人人都要作出牺牲，碧应该为自己没去冒枪林弹雨而感到庆幸。

“我想，我已经对你尽了义务，”他说，“我们结婚后，我还清了你们家的债务。我找来专家，俄国、英国的都有，一起策划财产重组。”他们指点安德烈排干沼泽创造更多农田，跟他讲煤炭和其他矿产的前景，但他一件事也没有做，“安德烈荒废了一次次机会，也怪不到我身上。”

“是的，菲茨，”她说，“你答应的一切都做到了。”

“所以我要你也履行自己的义务。我们必须有继承人。如果安德烈死的时候仍没有当上父亲，我们的儿子就会继承两个家族的巨大遗产。他将成为世界上最大的地主之一。为了以防万一——上帝保佑宝宝，我们应该再要几个孩子。”

她一直低垂着眼帘：“我知道自己的义务。”

菲茨觉得自己有失坦诚。他说起继承人来当然句句是真，但也有所隐瞒，他渴望看到她躺在那里，柔软的身体为他而舒展，白皙的肉体，雪白的床单，她的金发铺散在枕头四周。他按捺着憧憬中的幻象。

“如果你知道自己的义务，就请履行。下次我去你房间时，希望能像一个被爱戴的丈夫那样受到迎候。”

“是的，菲茨。”

他离开了。他很高兴如此强调了自己的态度，但心里也有些不安，觉得自己做错了什么。说来有些荒谬——他指出碧的做法不妥，她也接受了他的责备，丈夫跟妻子之间的事情本该如此，但他并不像预期的那样满意。

菲茨在大厅里跟茉黛和赫姆姑妈会合，把碧的事情丢在了脑后。他戴上军帽，朝镜子里扫了一眼，随即移开了目光。这些天来他尽量不去想自己的外表。子弹毁掉了他左脸的肌肉，他的眼皮永久性向下耷拉着。这只是一个小小的缺陷，但他的骄傲再也无法恢复了。他告诉自己要感恩，因为视力并未受到影响。

那辆蓝色的凯迪拉克留在了法国，但他又设法弄了一辆。司机知道怎么走，显然他以前开车送过茉黛去东区。半小时后他们便来到卡尔瓦利福音馆，这座铁皮屋顶的小教堂十分简陋，大概是从阿伯罗温迁过来的。菲茨怀疑牧师就是威尔士人。

里面正在举办茶会，屋里挤满了年轻女人和她们的孩子。这里的气味比军营还糟，菲茨强忍着没用手帕捂住鼻子。

茉黛和赫姆姑妈马上投入了工作，茉黛在后面的办公室里依次会见这些女人，赫姆为她们安排顺序。菲茨一瘸一拐走到一张张桌前，问她们的丈夫都在什么地方服役，她们各自都有过何种经历，然后看着她们的孩子在地上打滚。年轻女人在菲茨跟她们说话的时候经常吃吃傻笑，张口结舌。但眼下这些人并不容易糊弄。她们问他在哪个团服役，是怎么受的伤。

他还没有转完半间屋子，就看见了艾瑟尔。

他发现大厅后面有两间办公室，一间是茉黛的，他下意识琢磨着另一间是谁的。偏偏正在抬头看时，那扇门开了，艾瑟尔从里面走了出来。

他有两年没见过她了，但她并没有多大变化。她深色的卷发随着她的步子上下摆动，脸上是阳光般的微笑。她穿着土褐色的旧衣服，就像茉黛和赫姆以外的其他女人穿的那样，但她的外形还是很苗条，不禁让他想到自己曾经非常熟悉的娇小身体。她看也没看一眼，就施下了让他着迷的魔法。仿佛时间并未流逝，他们似乎刚才还在栀子花套房的床上翻滚、嬉笑、亲吻。

她在跟一个弓着身子的男人说话，那人穿着一件普通的灰色厚外套，正坐在一张桌子后面记账。他戴了一副镜片很厚的眼镜，即使这样，菲茨也能看见他抬头瞧艾瑟尔时眼里流露的爱意。她跟他说话时也和颜悦色，让菲茨猜测他俩可能结婚了。

艾瑟尔转过身来，正好撞上菲茨的目光。她眉毛一挑，嘴巴惊讶地张成了O型。她后退了一步，好像有些紧张，撞到了椅子上。坐在椅子里的女人恼火地瞪了她一眼。艾瑟尔咕哝了一句“对不起”，却并没去看她。

菲茨从座位上站起身，拖着伤腿做这个动作并不容易，但他一直凝视着艾瑟尔。她明显打着哆嗦，不知该上前一步，还是逃回自己的办公室躲起来。

他说：“你好，艾瑟尔。”声音几乎淹没在乱哄哄的屋子里，但她大概能从他的嘴部动作读出这句话。

她拿定了主意，朝他走过去。

“下午好，菲茨赫伯特勋爵。”她轻快的威尔士口音听上去就像一段旋律。她伸出手，和他握了握。她的皮肤变粗糙了。

他顺着她的客套话回答：“你怎么样，威廉姆斯女士？”

她拉过一把椅子坐了下来。他也跟着坐下时，意识到她已经熟练地将他俩置于毫无亲密关系的平等地位上。

“我在阿伯罗温的纪念仪式上看见你了，”她说，“我很为你……”她的声音卡在喉咙里，她低下头，继续说道，“我很为你的伤感到遗憾。希望你尽快痊愈。”

“没那么快。”他看得出这种关切发自内心。看来她并不恨他，尽管发生了那么多事情。他有些感动。

“你是怎么受的伤？”

他一次次跟别人讲受伤经过，已经有些厌烦。“是在索姆河战役的第一天。我都没怎么看到战斗。我们冲在前面，越过自己这边的铁丝网，开始穿越无人区，后来就只记得被人抬上了担架，浑身疼得要死。”

“我弟弟刚好看见你中弹倒下。”

菲茨想起了那个不听指挥的下士威廉姆斯：“是吗？他怎么样了？”

“他和队友攻下了一段德军战壕，后来没有子弹了，就被迫放弃了。”

菲茨身在医院里时，什么战况报告都不知道。“他获得奖章了吗？”

“没有。上校告诉他应该至死捍卫自己的阵地。比利说：‘什么，就像你那样吗？’结果他受到了指控。”

菲茨不觉得惊讶。威廉姆斯的确会惹这种麻烦。“那你在这里做什么？”

“我跟你妹妹一块儿工作。”

“她没告诉我。”

艾瑟尔盯了他一眼：“她没想到你会对自己前仆人的消息感兴趣。”

这话暗含着嘲讽，但他没去理会。“你做什么工作？”

“我是《军人之妻》的总编辑。我负责安排印刷和发行，编辑读者来信那个版，还管钱。”

他不觉暗暗称奇。这等于从管家的身份向上跨了一大步。不过她一直都很有组织能力。“我猜，是管我的钱吧？”

“我可不觉得。茉黛很谨慎。她知道你不介意把钱花在买茶点、给军人的孩子看病，但她不会用你的钱进行反战宣传。”

他继续着谈话，只为了在她说话时看着她的脸，这对他是种享受。“是报上登的那些东西吗？”他问道，“反战宣传？”

“我们公开讨论那些你们暗中商谈的事，也就是和平的可能性。”

她这话不错。菲茨知道两大主要政党的高级政客一直在谈论和平结束战争，这让他愤愤然。不过他不想跟艾瑟尔争吵。“你的英雄，劳埃德·乔治赞成继续打下去，还要打得更狠。”

“你觉得他会当上首相吗？”

“国王并不希望他当选。但他可能是有能力让议会团结起来的唯一人选。”

“我担心他可能延长这场战争。”

茉黛从办公室里走出来。茶会散了，女人们收拾了杯子和盘子，招呼着自己的孩子。菲茨惊奇地看见赫姆姑妈端着一摞脏盘子走过去。战争让人们发生了这么大的变化！

他又看着艾瑟尔。她仍然算是他见过的最具吸引力的女人。他心里涌起一股冲动，压低声音说："明天你能跟我见面吗？"

她显得十分惊讶："为什么？"

"行还是不行？"

"在哪儿？"

"维多利亚车站。一点钟。三号站台的入口。"

她还没来得及回答，那个戴厚眼镜的男人走了过来，艾瑟尔为他介绍："菲茨赫伯特伯爵，让我为你介绍一下伯尼·莱克维兹先生，独立工党的阿尔德盖特分会主席。"

菲茨跟他握手。莱克维兹二十多岁。菲茨猜测他是因视力问题才没有参军。

"看到你受伤，我很遗憾，菲茨赫伯特勋爵。"莱克维兹操着一口伦敦腔。

"我只是千万伤员中的一个，能活下来已十分幸运。"

"现在想想，我们能做什么事改变索姆河战役的结局呢？"

菲茨想了一会儿。这真是个该死的好问题。

他正想着如何回答，莱克维兹又说话了："军官说我们需要更多的兵力和弹药，政客觉得本该采取更为灵活的战术和更好的通信，是这样吗？"

菲茨若有所思地说："这一切都会有所帮助，但坦白地说，即使这样也无法让我们获得胜利。进攻从一开始就注定了失败的命运。只是我们无法提前了解这一切。我们必须尝试。"

莱克维兹点点头，仿佛他自己的观点得到了证实。"我很欣赏你的坦率。”他说，好像菲茨供认了什么似的。

他们离开了礼拜堂。菲茨让赫姆姑妈和茉黛上了等候着的汽车，自己随后也坐了进去，司机随即把车驶离了那里。

菲茨觉得自己正在喘粗气。他着实经受了一场不小的震动。三年前，艾瑟尔还在泰-格温清点枕头。现在她已经是报纸的总编，尽管报纸不大，但它被那些资深大臣看成是政府的眼中钉、肉中刺。

她跟那个头脑聪明过人的伯尼·莱克维兹是什么关系？“那个莱克维兹是什么人？”他问茉黛。

“一位显要的地方政客。”

“是威廉姆斯的丈夫？”

茉黛笑了起来：“不是，不过大家都觉得他应该做她丈夫。他很聪明，又跟她有同样的理想，也很爱她的儿子。这么多年艾瑟尔都没嫁给他，真不知道为什么。”

“也许他没法让她怦然心动。”

茉黛扬了扬眉毛，菲茨马上意识到自己快把实话说出来了。

他连忙补充说：“她这类女孩一心想着浪漫，对吧？她会嫁给一个战争英雄，而不是一个图书管理员。”

“她不是这类女孩或者任何一类女孩，”茉黛相当冷峻地说，“她非常非常特殊。你这辈子都遇不到第二个她这样的。”

菲茨扭过头去。他知道这话没错。

他想知道孩子长什么样。大概就是礼拜堂里，那些蓬头垢面在地上玩耍的孩子中的一个吧。今天下午他很有可能见到了自己的儿子。这个念头莫名地让他心动，他想哭。

汽车经过特拉法加广场时，他让司机停下。“我最好顺路去趟办公室。”他跟茉黛解释说。

他一瘸一拐地走进旧海军部大楼，上了楼梯。他的办公桌在外交部，这个部门领导着“45号房间”。卡弗少尉是拉丁文和希腊文大学生，从剑桥抽调过来协助解码德军无线电信号，他告诉菲茨，跟往常一样，整个下午没有拦截到几份电报，没有什么需要他来处理。不过，政治新闻倒是有一桩。“你听说了吗？”卡弗说，“国王召见了劳埃德·乔治。”

第二天整个上午，艾瑟尔都在说服自己不要去见菲茨。他怎么敢提出这种建议？两年多来他没有任何消息。再说，他们见面后他对劳埃德连问都没问，那可是他的亲骨肉啊！他还是以前那个自私妄为的骗子。

话虽如此，她仍不免陷入一片混乱。菲茨用那双热切的蓝眼睛看着她，问她生活的各种问题，这一切都让她觉得自己对他而言很重要——跟现实截然相反。他不再是以前那样，如神像般英俊——他漂亮的脸庞被一只半睁的眼睛毁了，走路弓着腰，拄着拐杖。但他的缺陷恰恰让她想去照顾他。她告诉自己这很愚蠢。他有钱，什么样的照顾都买得到。她不会去跟他见面。

正午十二点她离开《军人之妻》编辑部——在一家印刷厂楼上的两个与独立工党共用的小房间，坐上了一辆公共汽车。上午茉黛没来办公室，也就省得艾瑟尔费心编造外出借口了。

从阿尔德盖特去维多利亚区路程很远，坐了汽车又换地铁，等艾瑟尔到达会面地点，时间已是一点多钟。她不知菲茨是否等得不耐烦走掉了，这样想着，心里便有些不快，但他在那儿，穿着一件斜纹软呢外套，打算去乡下的样子，她心情立刻就好了。

他笑了笑。“我担心你不会来。”他说。

“我也不知道干吗要来，”她回答，“你为什么要这样？”

“我想让你看样东西。”他挽起她的胳膊。

他们走出车站。能跟菲茨手挽手，让艾瑟尔傻乎乎地高兴起来。她纳闷他为何如此大胆。他可是个很容易被认出来的人物。要是撞见他的某个朋友怎么办？她估计他会假装彼此谁也没看见谁。在菲茨那个阶层，没人指望一个结婚好几年的男人忠诚。

他们上了一辆公共汽车，坐了几站到了声名不佳的切尔西近郊，这里是艺术家和作家聚居的廉租区。艾瑟尔不知他想让她看什么。他们沿着一条两侧都是独栋小房子的街道走着。菲茨说：“你亲眼见过议会辩论吗？”

“没有，”她说，“能看看当然好了。”

“你必须受到下院议员或者一位贵族的邀请。要不让我来安排一下？”

“好啊，拜托了！”

她接受下来，让他很高兴。“我得查一查什么时候的辩论有意思。你大概希望看看劳埃德·乔治的临场表现吧。”

“是的！”

“今天，他正在组织自己的政府。我想，他今晚会以首相的身份去吻国王的手。”

艾瑟尔若有所思地观察着周围的环境。某种程度上，切尔西看上去仍然像百年前的乡村。古老的房子都是棚屋和村舍类的建筑。房子盖得很矮，周围有很大的花园和果园。正值十二月，绿色很少，但这种近似农村的环境依然令人愉悦。

“政治是一桩滑稽的勾当，”她说，“从我读得懂报纸的那天起，就希望劳埃德·乔治当首相，现在终于实现了，我却感到沮丧。”

“为什么？”

“他是政府里最为好战的老资格政客。他的任命可能扼杀所有和平的机会。另一方面……”

菲茨十分好奇：“什么？”

“他是唯一一个可以赞成和平谈判，同时不会被诺思克利夫嗜血成性的报纸攻击的人。”

“这是一个重点，”菲茨显得有些担心，“如果别人这么做的话，报纸的大标题就会大肆鼓噪：‘撤掉阿斯奎斯——或者贝尔福，或博纳·劳——让劳埃德·乔治干！’但是，如果他们攻击劳埃德·乔治的话，就再没有好的人选了。”

“所以，也许还有和平的希望。”

他听任自己的语气变得暴躁起来：“你为什么不希望胜利，一心想着和平呢？”

“就是因为这个我们才陷入了这场混乱，”她平心静气地说，“你想给我看什么？”

“这个。”他拉开一扇门的门闩，推门而入。他们走进一栋独立的二层小楼的院子，花园里杂草丛生，房子也该重新粉刷，但地方不大不小，是个不错的居所，属于功成名就的音乐家或知名演员拥有的那种地方，艾瑟尔这样想着。菲茨从口袋里掏出一把钥匙打开了房门。进屋后，他随手关上门，接着就去吻她。

她没有反抗。她很久都没有被人吻过了，感觉就像一个沙漠中干渴的旅行者。她抚摸着他颀长的脖子，把她的乳房紧贴在他的胸口。她感觉得出他跟她一样急不可耐。在失去控制之前，她一把推开他。

“住手，”她气喘吁吁地说，“住手。”

“为什么？”

“上次我们这样，落得个我要跟那个该死的律师对谈。”她从他身边挪开，“我已经不像从前那么无知了。”

“这次不一样，”他也气喘吁吁地说，“我是一个傻瓜才让你走了。现在我才认识到。我当时也太年轻了。”

为了让自己冷静下来，她察看着屋子。房间里塞满了寒酸的旧家具。“这是谁的房子？”她问。

“你的，”他回答，“如果你想要的话。”

她盯着他。他这话是什么意思？

“你可以带着孩子住在这里，”他解释说，“以前一个老妇人住在这儿，她是我父亲的管家。她在几个月前死了。你可以重新装饰一下，买些新的家具。”

“住在这儿？”她说，“以什么身份呢？”

他自己下不了决心把那句话说出来。

“当你的情妇？”她说。

“你可以请一个保姆，一两个仆人，外加一个园丁。甚至可以有辆车，一个司机，如果这让你感兴趣的话。”

让她感兴趣的部分是他。

他误解了她那若有所思的表情。“是不是这房子太小了？你更喜欢肯辛顿吗？你是不是想要个仆役长和女管家？你想要什么我都给你，你不明白吗？没有你，我的生活一片空虚。”

他的确是这样想的，她看得出来。至少现在，他被挑逗却得不到满足的时候，确实是这样想的。痛苦的经验让她认识到，他随时都会翻脸。

头疼的是，她是那样渴望得到他。

他肯定已经从她脸上看出了这一点，因此再次将她搂在怀里。她仰起脸来让他亲吻。这个多多益善，她想。

她在失去控制之前又一次挣脱出他的怀抱。

“怎么了？”他说。

她没法在被他亲吻的时候作出明智的决定。“我得一个人待着。”她强迫自己在做出后悔的事情之前尽快从他身边逃离，“我回家了，”她打开门，“我需要时间考虑考虑。”她在门前的台阶上犹豫了一下。

“你想考虑多久都行，”他说，“我等着。”

她关了门，跑着离开了。

格斯·杜瓦来到了特拉法加广场的国家画廊，站在伦勃朗六十三岁时的自画像前。这时，站在他旁边的一个女人说：“真是个奇丑无比的男人。”

格斯转过身，惊讶地发现那人是茉黛·菲茨赫伯特。他说：“是我，还是伦勃朗？”她一下子笑了起来。

他们一道在画廊里转悠着。“很高兴能在这儿遇到你，真是太巧了。”他说。

“事实上，我先看到了你，便跟着进来了，”她接着压低了声音，“我想问问你，你跟我说德国人发出了和平提议，可为什么现在还没有收到。”

他不知道如何回答。“他们有可能改变了主意，”他悲观地说，“那边和这里一样有和平阵营和主战阵营。大概主战阵营占了上风，终于让皇帝改变了主意。”

“他们肯定明白继续打下去已经毫无意义了！”她恼怒地说，“今天早上你读报纸了吗？德国已经占领了布加勒斯特！”

格斯点点头。八月，罗马尼亚宣战，英国曾一度希望这个新盟友能够发挥作用重创敌军，但德国九月便大举入侵，罗马尼亚首府已经沦陷了。“其实，结果对德国很有好处，他们现在已经有了罗马尼亚的石油。”

“没错，”茉黛说，“这就是常说的，进了一步又退了一步。我们什么时候能长点儿见识？”

“劳埃德·乔治被任命为首相，这也不容乐观。”格斯说。

“嗯。这一点你有可能说错了。”

“是吗？可他所确立的政治声誉是比其他人都更为好斗。这样一来，他就很难求和。”

“不要那么肯定。劳埃德·乔治这人不可预测。他有可能完全转变。只有那些天真地认为他总是实话实说的人才会吃惊。”

“哦，是吗？那倒有希望了。”

“不过说到底，我还是希望有一位女首相。”

格斯觉得这根本不可能发生，但他什么也没说。

“我还想问你一件事。”她停下脚步。格斯转身面对着她。或许是周围的画让他变得感性了，他发现自己很喜欢她的脸。他注意到她鼻子和下巴的鲜明线条，还有她的高颧骨和颀长的脖子。但这些棱角分明的特征，都被她丰满的嘴唇和一双大大的绿眼睛柔化了。“你随便问吧。”他说。

“沃尔特都跟你说了些什么？”

格斯的思绪又回到了柏林的阿德隆酒店，想起酒吧里那场出人意料的谈话。“他说他不得不让我介入这个秘密。但他没告诉我到底是什么秘密。”

“他以为你能够猜到。”

“我猜他一定是爱上你了。我在泰-格温把信交给你时，我从你的反应上看得出来，他的爱有所回报。”格斯笑了笑，“要我说的话，他是一个幸运的人。”

她点点头，格斯从她脸上看到一丝宽慰的表情。他随即意识到，秘密恐怕还不止这些。因此她需要弄清他都知道些什么。他琢磨着这两个人还隐瞒了些什么。也许，他们已经订婚了。

他们继续往前走。我明白他为什么爱你，格斯想，我也会对你一见倾心。

她随后的话又让他吃了一惊：“你恋爱过吗，杜瓦先生？”

这个问题过于私人，但他还是坦然答道：“是的，两次。”

“但都结束了。”

他有了一种向她倾诉的冲动：“在战争爆发那年，我不知怎么爱上了一个有夫之妇。”

“她也爱你吗？”

“是的。”

“后来发生了什么？”

“我让她离开她的丈夫，嫁给我。简直是大错特错，我知道你一定很惊讶。不过她比我高尚，拒绝了我不道德的求婚。”

“我不是那种大惊小怪的人。第二次是什么时候？”

“去年我跟家乡的某个人订了婚，在布法罗，但她后来嫁给了别人。”

“啊，真遗憾。或许我不该问，勾起了你痛苦的记忆。”

“的确相当痛苦。”

“请你原谅我这么说，但是听到这些让我觉得好受一些。我明白爱情会给人带来什么样的悲伤。”

“是的，我知道。”

“也许我们最终会迎来和平，我的悲伤也会很快过去。”

“我非常希望这样，茉黛女勋爵。”格斯说。

菲茨的要求让艾瑟尔苦恼了好几天。她一动不动地站在后院，转动绞衣机挤干衣物，她想象自己在切尔西那幢漂亮的房子里，劳埃德在花园里跑，旁边有细心的保姆照料着他。

“你想要什么我都给你”，菲茨是这么说的，她知道这是真话。他会把房子登记在她名下，会带她去瑞士或法国南部。如果她下定决心，就能让他给她支付年金，这样的话，一直到死她都有一份收入，哪怕他厌倦了——不过她也十分清楚自己有能力让他永不厌倦。

这一切令人羞耻、厌恶，她这样告诫着自己。她从此成了靠出卖自己过活的女人。难道“妓女”这个词还有别的意义吗？她永远不能让父母去她切尔西的藏身之所，他们马上就会明白这意味着什么。

她在乎这个吗？也许不，但还有其他问题。她有更高的生活追求，绝不仅仅是舒适享乐。一旦成了百万富翁的情人，她就很难继续从事活动，为工人阶级的妇女利益而斗争。她的政治生涯也就结束了。她会跟伯尼和米尔德里德失去联系，就连跟茉黛见面都会觉得尴尬。

可是她又算什么，要从生活中得到这么多东西？她不过是小小的艾瑟尔·威廉姆斯，生在一个矿工的小窝棚里！她怎么可以对一生的安逸日子嗤之以鼻？“你应该这么幸运。”她对自己说，这也是伯尼常说的一句话。

还有劳埃德。他应该有个家庭教师，以后，菲茨会付钱让他去一所贵族学校上学。他会和上流社会的人一起长大，过上特权阶级的生活。难道艾瑟尔有权拒绝让他得到这一切？

她还没有想出答案，等到她坐在跟茉黛共用的办公室，打开报纸的时候，得知了另一个惊人的消息。12月12日，德国总理特奥巴登·冯·贝特曼·霍尔维格提出与协约国进行和平谈判。

艾瑟尔高兴极了。和平！是真的吗？比利可以回家了吗？

法国总理立刻将这一举措形容为一种诡计，俄国外交部长指称德国作出“虚伪的建议”，但艾瑟尔觉得英国的反应才是最重要的。

劳埃德·乔治并未作出任何形式的公开演讲，推说他正在患喉疾。12月的伦敦，大半人口都在感冒咳嗽，但艾瑟尔猜测劳埃德·乔治不过是需要考虑的时间。她觉得这是个好兆头。要是拒绝的话就会立即作出回应，其他任何情况都有希望。他至少是在考虑和平方案，她乐观地想。

与此同时，威尔逊总统将美国的砝码押在了和平这一边。他建议，谈判的第一步是交战各方陈述自己的目的——他们要靠作战实现何种企图。

“那会让各方都尴尬，”当天晚上伯尼·莱克维兹说，“他们已经忘了因为什么开战的。一直在打，只是因为都想获胜。”

艾瑟尔想起戴·泼尼斯太太谈论罢工时说，这些人，一旦他们开始斗争，就只想赢。不管付出什么代价都不会放弃。她想，如果有个女首相的话，不知她会对和平建议作出何种反应。

不过，几天之后她便发现伯尼的话说得很准。威尔逊总统的建议遭遇了奇怪的沉默。没有任何国家立刻回应。这让艾瑟尔更加愤怒。如果他们连为什么打仗都不知道，怎么还能让战争继续下去呢？

周末，伯尼组织了一次公开会议，讨论德国的动议。开会那天早上，艾瑟尔醒来时发现她的弟弟穿着卡其军服就站在她床边。“比利！”她叫了起来，“你还活着！”

“我有一个星期的假，”他说，“起床了，懒猪。”

她跳起来，把晨衣套在睡袍外面，拥抱了他。“哎呀，比利，见到你太高兴了。”她注意到了他袖子上的横条，“你现在是中士了？”

“哎。”

“你是怎么进屋的？”

“米尔德里德给我开的门。实际上，我昨晚就在这儿了。”

“你在哪儿睡的？”

他有些不好意思：“楼上。”

艾瑟尔笑了笑：“真有你的。”

“我很喜欢她，艾丝。”

“我也喜欢她，”艾瑟尔说，“米尔德里德是个好姑娘。你要跟她结婚吗？”

“是啊，如果打完仗我还活着的话。”

“你不在乎年龄差别？”

“她才二十三，岁数也不大，又没过三十岁。”

“还有孩子呢？”

比利耸耸肩：“孩子都挺好的，就算不是我的，为了她我也能接受。”

“你真的爱她。”

“这没什么难的。”

“她正在做点儿小生意，你看见她房里那些帽子了吧。”

“嗯。进展也很顺利，她说的。”

“很好。她是个勤奋的人。汤米跟你在一起吗？”

“他跟我一道坐船回来的，不过他坐火车去阿伯罗温了。”

劳埃德醒了，看见屋子里来了个陌生人，哭了起来。艾瑟尔抱起他，让他安静了下来。

“去厨房吧，”她对比利说，“我来准备点儿早餐。”

比利坐下来读报，她在一边煮粥。过了一会儿他说：“真是见鬼。”

“怎么啦？”

“那个该死的菲茨赫伯特开始胡扯了。”他看了一眼劳埃德，就好像小宝宝听到如此奚落他的父亲会不高兴似的。

艾瑟尔在他身后瞧了一眼报纸，看见上面写着：

> 和平，一个战士的请求——
>
> “不要现在放弃我们！”
>
> 受伤的伯爵发出呼吁

针对德国总理目前提出的和平谈判建议，昨天在上议院有人做了一番动人的演讲。演讲者是菲茨赫伯特伯爵，威尔士步枪团的一位少校，他在索姆河战役中受伤，目前正在伦敦休养。

菲茨赫伯特伯爵说，与德国进行和谈，对所有为战争献出生命的人是一种背叛。“倘若你们现在不放弃我们，我们必将打赢战争，最后获得全面的胜利。”他说。

伯爵身着军装，一只眼睛上戴着眼罩，手上拄着拐杖，在辩论室里十分惹人注目。全场鸦雀无声听着他的发言，他坐下时获得了齐声喝彩。

下面还有不少类似的叙述。艾瑟尔一时惊呆了。他这样煽情是为了哗众取宠，而且十分有效。菲茨通常不戴眼罩，这次是特意为了营造效果。他的演讲会让很多人产生偏见，从而反对和平计划。

她跟比利吃了早餐，随后为劳埃德和自己穿好衣服出了门。比利打算这一天都跟米尔德里德待在一起，但他答应晚上去参加会议。

艾瑟尔来到《军人之妻》办公室时，发现所有的报纸都刊载了菲茨的演讲。有几份报纸还把它刊登在头版头条。报纸的立场各不相同，但都一致认为他发出了有力的一击。

“怎么会有人反对单纯的和平讨论？”她对茉黛说。

“你可以自己问问他，”茉黛说，“我邀请他今晚来参加会议，他接受了。”

艾瑟尔吓了一跳：“他会受到热情接待的！”

“但愿如此。”

两个女人忙了一整天，准备发行一份特刊，头版标题是《和平的小风险》。茱黛喜欢这种讽刺腔调，但艾瑟尔觉得太隐晦了。时近傍晚，艾瑟尔从托儿所接回劳埃德，带他回家，喂饱后让他上床。随后，她让不参加政治集会的米尔德里德照看孩子。

艾瑟尔赶到卡尔瓦利福音馆的时候，其他人也陆续抵达，屋子里很快便座无虚席，只剩站着的地方了。听众里有很多穿着军装的士兵和水手。伯尼主持会议。他以自己的一番发言开场，但他不擅演说，虽然很短仍不免显得沉闷。然后他请上第一位演讲人，一位来自牛津大学的哲学家。

艾瑟尔比这位哲学家更了解和平的论辩，在他发言的时候，她审视着讲台上两个追求她的男人。菲茨是几百年财富和文化的产物。与往常一样，他打扮得漂亮得体，头发经过精心梳剪，双手白皙，指甲干干净净。伯尼是受迫害的流浪部族，只有凭借比折磨他的人更加聪明的头脑才幸存下来。他穿着仅有的一件暗灰色斜纹羊毛厚外套。艾瑟尔从未见过他穿别的衣服，如果天气热，他就把外套脱掉。

台下的人静静地听着。劳工运动在和平问题上有分歧。1914年8月3日，拉姆齐·麦克唐纳在议会上发言反战，两天后宣战时，他便辞去了工党领袖的职务，从那以后，党内的国会议员便开始支持战争，跟他们的大部分选民一样。不过，工党的支持者往往是工人阶级中最不稳定的一类人。还有少数人强烈支持和平倡议。

一开始，菲茨先谈英国傲人的传统。他说，数百年来英国一直维持着欧洲的力量平衡，通常与势力较为薄弱的国家站在一起，确保没有任何国家凌驾他国之上。“德国总理没有提到和平解决的任何条件，但任何讨论必须从目前的势态出发，”他说，“现在就谈和平意味着法国蒙羞，领土被强占，比利时成了一个附属国。德国便纯粹靠军事力量主宰了这块大陆。我们不能让这种事情发生。我们必须战斗到最后胜利。”

讨论开始后，伯尼说：“菲茨赫伯特伯爵是纯粹以个人身份，而不是以一位军官的角色参加会议的。他向我承诺，听众中的现役士兵不会因为自己说的任何话受到纪律处分。事实上，我们也只能在这个基础上邀请伯爵出席会议。”

伯尼自己提出了第一个问题。像往常一样，这问题问得很好。“如果法国蒙羞，失去了领土，那么，根据你的分析，这将动摇欧洲的稳定，菲茨赫伯特伯爵？”

菲茨点点头。

“然而如果德国蒙羞，失去阿尔萨斯和洛林的领土——它无疑会失去这些，就会让欧洲变得稳定？”

菲茨一下子被问住了，艾瑟尔看得出来。他没想到在东区会遇到如此强烈的反对意见，一时不知如何处理。他在智力上不是伯尼的对手。她为他感到有些难过。

“两者有什么区别呢？”伯尼最后说。听众中的和平派低声赞同着。

菲茨迅速恢复过来。“当然有区别，”他说，“德国是侵略者，是野蛮的军国主义者，他们行径残忍，如果我们现在进行和谈，等于奖赏这种行为，鼓励他们以后也采取同样的方式！”

这些话引发了听众中另一派人的欢呼，菲茨的面子保住了，但艾瑟尔觉得论辩有些无力，这时茉黛直接站起来说道：“战争的爆发是不是某一个国家的错？”她说，“指责德国已经成了一种习惯做法，我们那些宣扬军国主义的报纸也大肆鼓励这类神话。我们记得德国入侵比利时，谈论起来似乎发生得毫无缘由。我们忘记了六百万俄国军队在德国边境展开动员。我们忘记了法国拒绝宣布中立。”有几个人发出嘘声。

艾瑟尔不屑地想：当你告诉别人他们头脑简单，就别想着得到喝彩。

“我不是说德国无辜！”茉黛抗议道，“我是说没有一个国家是无辜的。我是说我们是不是在为争取欧洲的稳定而战，或者为了比利时伸张正义、为了惩罚德国军国主义而战。我们发动战争是因为我们太过傲慢，不敢承认我们犯了一个错误！”

一个穿军服的士兵站了出来，是比利。艾瑟尔感到很自豪。

“我参加了索姆河战役，”他开始说，听众们一下子安静下来，“我想告诉你们，为什么我们在那儿损失了那么多人。”艾瑟尔仿佛听见了父亲那强有力的嗓音和沉稳的自信，她意识到比利完全可以成为一位了不起的布道者。“我们的军官告诉我们，”他伸出一根指头指着菲茨，“这次进攻就跟在公园里散步一样容易。”

艾瑟尔看见台上的菲茨不安地在椅子上挪动着。

比利继续说：“他们说我们的炮火已经摧毁了敌人的阵地，破坏了他们的战壕，炸垮了他们的防空洞，等我们到了那边，除了德军的尸首以外什么都不会看到。”

艾瑟尔观察到，他说话时并非对着讲台上的人，他看着自己的周围，热切的目光扫视着全体听众，让他们将注意力全部集中在他身上。

“他们为什么要跟我们说这些？”比利直直地盯着菲茨，刻意强调着，“因为这些都不是真的。”听众中发出低声的赞同。

艾瑟尔见菲茨的脸色阴沉下来。她知道，对于菲茨这个阶层的人来说，被指控说谎是最重的侮辱。比利也了解这一点。

比利说：“我们跑进枪林弹雨里，发现德国的战场并没有被摧毁。”

听众不再沉默无声，有人喊了一句：“可耻！”

菲茨站起来要说话，但伯尼说：“请稍等一下，菲茨赫伯特伯爵，先让发言的人说完。”菲茨坐了下来，使劲摇着头。

比利提高了嗓门：“我们派出过空中或是地面巡逻兵去检查德军阵地的情况吗？如果没有，那又是为什么？”

菲茨再次站了起来。下面有人欢呼着，也有人发出嘘声。他说：“你根本不理解！”

但比利的声音占了上风。他大声喊道：“如果他们知道真相，为什么告诉我们的情况正好相反？”

菲茨喊叫起来，半数听众都在叫嚷，但比利的声音还是能被听得清清楚楚。“我问一个简单的问题！”他吼道，“我们的军官是傻子，还是骗子？”

艾瑟尔收到菲茨的信，带纹章的昂贵信纸上，他的字迹大而自信，他没有提起阿尔德盖特的事，只是邀请她第二天，也就是12月19日星期二到威斯敏斯特宫，在下议院的旁听席上听劳埃德·乔治担任首相后的第一次演讲。她十分兴奋。她从来没有想过自己能去威斯敏斯特宫，更别说听她崇拜的英雄讲演了。

“你觉得他为什么会邀请你？”当天晚上伯尼说，他的问题总是一语中的。

艾瑟尔想不出合适的回答。纯粹的善意从来不是菲茨会做的事。当他觉得合适的时候，他就会十分慷慨。伯尼很机灵，怀疑他有所图。

虽然伯尼的个人直觉不如他的聪明头脑，但他已经察觉到菲茨和艾瑟尔之间有着某种联系，作为回应，他的举止开始变得亲密起来。不是什么过分的事，因为伯尼本来就不是这样的人，他只是握着她的手，时间稍稍长了一点，靠得比舒适的距离近一些，说话时拍着她的肩膀，在她走下台阶时托着她的胳膊肘。突然的不安让伯尼本能地做出昭示所有权的动作。不幸的是，每次他一这样，她便发现自己很难不退缩。菲茨已经冷酷地提醒过，她对伯尼并没有感觉。

星期二上午十点半，茉黛走进办公室，整个上午她们都一块儿工作。茉黛无法在劳埃德·乔治发表演说前拟定下一期的头版，但还有不少其他东西需要刊出：招工信息、托儿广告、格林沃德医生有关妇女和儿童健康的建议、菜谱，以及读者来信。

“参加了那天的会议以后，菲茨都快气疯了。”茉黛说。

“我告诉过你，他们一定不会让他好过。”

“那他倒不介意，”她说，“只是，比利称他是个骗子。”

“难道你不觉得是因为比利说得更有根有据吗？”

茉黛苦笑了一下：“也许吧。”

“我只希望他不会让比利吃苦头。”

“他不会，”茉黛确定无疑，“那就破坏了他的承诺。”

“好。”

她们在米尔恩德路的一家咖啡馆吃了午餐，招牌上写着“司机们用餐的好去处”，里面也的确坐满了卡车司机。柜台后面的招待员对茉黛笑脸相迎。她们要了牛肉牡蛎饼，便宜的牡蛎用来弥补牛肉的不足。

随后她们搭公交车横穿伦敦去西区。艾瑟尔抬头望着大本钟的巨型表盘，时间是三点半。劳埃德·乔治将在四点钟演讲。他现在掌握着结束战争、挽救数百万生命的权力。他会这么做吗？

劳埃德·乔治一直在为工人阶级的权益战斗。早在战前他就与上议院和国王斗争，争取实行养老金制度。艾瑟尔很清楚这对身无分文的老人们意味着什么。支付养老金的头一天，她亲眼见到那些曾经身强力壮，如今弓腰驼背的退休矿工走出阿伯罗温的邮局，一个个喜极而泣，因为他们再也不用受穷了。劳埃德·乔治从此成了工人阶级的英雄。上议院本来打算把这些钱花在皇家海军上的。

我可以为他写今天的讲稿，她想。我会说：“无论是一个人还是一个国家，在某个时刻，都有权利说：我已经尽了最大程度的努力，再也没有任何办法了，因此我将不再继续，而是选择其他道路。在刚刚过去的一小时里我已经命令我们在法国的部队全线停火，先生们，枪炮已经沉寂。”

这是可以做到的。法国人会异常愤怒，但他们不得不加入停火，否则，如果英国单独讲和，他们孤军奋战必然会失败。和平解决对法国和比利时来说难以接受，但与损失几百万人的生命相比，实在微不足道。

这项使命需要卓越的政治才能。这也将是劳埃德·乔治政治生涯的结束——选民不会推选输掉战争的人。但这是多么了不起的离职啊！

菲茨正在中央大厅等着她们。格斯·杜瓦跟他在一起。毫无疑问，他也跟其他人一样，急于了解劳埃德·乔治将会对和平倡议作出何种回应。

他们经过长长的楼梯进入旁听席，坐在可以俯瞰整个辩论室的位子上。艾瑟尔的右边是菲茨，左边坐着格斯。在他们下面，两边的绿皮椅子里已经坐满了国会议员，除了前排少数几个位子空着，那通常是留给内阁成员的。

"所有议员都是男人。"茉黛大声说。

一位穿着宫廷制服、配了过膝天鹅绒马裤和白色长袜的引座员，热心地发出嘘声："请安静！"

一位后座议员[1]站了起来，但没人关心他说了什么。大家都在等着新首相发言。菲茨悄悄对艾瑟尔说："你弟弟侮辱了我。"

"可怜的人，"艾瑟尔挖苦道，"你感情受到伤害了？"

"要是以前，决斗是少不了的。"

"现在是二十世纪了，有更明智的办法。"

他没有因为她的轻蔑而动摇："你弟弟知道谁是劳埃德的父亲吗？"

艾瑟尔犹豫了一下，她不想告诉他，但又不愿撒谎。

见她欲言又止，他便猜出了答案。"我明白了，"他说，"看来他侮辱我是有原因的。"

"我觉得你不用找其他理由，"她说，"索姆河发生的事情足以让士兵们愤怒，你不觉得吗？"

---

① 后座议员，backbencher，英国议会下院中坐在后排议席的普通议员。

“他傲慢无礼，应该受到军法审判。”

“可你答应过不会……”

“是的，”他生气地说，“不幸的是，我答应过。”

劳埃德·乔治走进了辩论室。

他身形瘦小，穿着一件正式的男士常礼服，过长的头发有点蓬乱，浓密的胡子现在已经全白了。他今年五十三岁，但步子轻快有力。他坐下来对后座议员说了句话，艾瑟尔看见了他那种经常出现在报纸上的熟悉微笑。

四点十分，劳埃德·乔治开始演讲。他解释自己声音沙哑是因为喉咙痛。停顿了一下，他接着说：“我今天来到下议院，肩上担负着任何一个活着的人所能承担的最为可怕的责任。”

这是个不错的开场，艾瑟尔想。至少他不会像法国和俄国那样，将德国的建议看作无关紧要的把戏或是干扰。

“任何一个人或一些人，放纵这场冲突，或者是在没有充足理由的情况下肆意延长这场可怕的冲突，那么他灵魂所担负的罪孽就连大洋之水都无法洗清。”

他用了圣经般的词句，艾瑟尔想，犹如在一个浸礼仪式上提及洗刷罪恶。

不过，像所有布道者一样，他随即作出相反的陈述：“任何一个人或一些人，如果出于疲惫和绝望，而不是崇高目标，放弃我们因理想而投身的事业，而且这项事业已经接近完成，那将会是任何一位政治家所能犯下的损失最为惨重的怯懦之罪。”

艾瑟尔感到如坐针毡。他到底会倒向哪边？她想到了阿伯罗温接到电报的那一天，似乎又看见了那一张张丧亲的面孔。劳埃德·乔治，以及所有的政治家，如果他们做得到，应该不会让这种令人心碎的情景继续吧？否则，作为政治家还有什么意义呢？

他引用亚伯拉罕·林肯的话说：“我们为了达到一个目的而接受这场战争，一个有价值的目的，目的达到了，战争也就随之结束。”

这是个不祥之兆。艾瑟尔真想问他这目标是什么。伍德罗·威尔逊问过这个问题，直到目前还没有得到回复。现在给不出答案。劳埃德·乔治说：“我们是否有可能通过接受德国总理的邀请来实现这一目的？这是我们必须面对的唯一问题。”

艾瑟尔感到沮丧。如果没有人知道这场战争的目的是什么，那将如何讨论这个问题呢？

劳埃德·乔治抬高了嗓门，以一种布道者讲述地狱般的口吻说道：“如果在德国宣称胜利，而我们不清楚其提议内容的情况下，接受了德国的邀请展开协商……”说到这儿，他停顿了一下，扫视全场，先是身后的自由党，再转向右边，然后朝向对面的保守党，“那就是把脑袋伸进德国人手上牵着的套索之中！”

议员们发出一阵赞同的呼声。

他拒绝了和平建议。

坐在艾瑟尔旁边的格斯·杜瓦，把脸埋进了自己的手里。

艾瑟尔大声说：“多少像阿伦·普里查德那样的年轻人在索姆河被杀，有人关心过这个吗？”

引座员说道：“那边，安静！”

艾瑟尔站了起来：“先知·琼斯中士，战死！”她大喊着。

菲茨说：“安静，快坐下来，我的老天！”

辩论室下面，劳埃德·乔治继续说着，但有一两个议员仰头朝旁听席上看过来。

“克莱夫·皮尤！”她使出全力大声喊道。

两个引座员朝她走过去，左右一边一个。

“斑点·卢埃林！”

引座员抓起她的胳膊，连推带搡把她赶了出去。

“乔伊·庞蒂！”她尖叫着，被他们拉到了门外。

第二十二章

1917年1月至2月

沃尔特·乌尔里希梦见他坐着马车去见茉黛。在一段下坡路上，马车越跑越快，危险地随着崎岖的路面颠簸。他喊道："慢点！慢下来！"可车夫根本听不见，马蹄轰鸣，那声音十分奇怪，听上去就像汽车发动机在隆隆作响。尽管情况异常，沃尔特仍然害怕失控的马车会撞毁，他再也无法赶到茉黛身边。他再次责令车夫减速，乱喊乱叫着把自己惊醒了。

实际上他正坐在一辆汽车上，是由司机驾驶的奔驰3/95双座弗顿轿车，正以适中的速度在西里西亚的一条高低不平的道路上行驶着。他父亲坐在旁边，抽着一支雪茄。他们一大早便离开了柏林，两人身上都裹着皮大衣——因为这是一辆敞篷车——正在赶往最高统帅部所在的东部指挥部。

这场梦很容易找到解释。协约国轻蔑地拒绝了沃尔特辛苦推动的和平提议。德军随即加强了军事力量，并打算恢复无限制潜艇战。战区的每艘舰船，不管是军用还是民用，载的是旅客还是货物，属于交战国还是中立国，全部击沉，用饥饿来迫使英国和法国投降。政客们，尤其是德国总理，担心这一招能否打败敌人，因为这有可能会把美国拉入战争，但潜艇部队占了上风。德皇提拔了好战的阿瑟·齐默尔曼担任外交部长，以此表明他到底倾向于哪一方。因而沃尔特梦见自己跌入了一场灾难。

沃尔特认为德国面临的最大危险是美国。德国的战略目标应该是让美国置身事外。没错，因为协约国的海上封锁，德国正在忍饥挨饿。但俄国人坚持不了多久，一旦他们投降，德国就能迅速占据沙俄帝国富饶的西部和南部地区，那里有广袤的玉米田和蕴藏丰富的油井。随后，整个德国军队便可以将全部精力集中在西部战线。这是唯一的希望。

但皇帝能否认识到这一点呢？

最后的决定就在今天。

阴冷的冬日阳光铺洒在点缀着片片白雪的乡间田野上。沃尔特觉得自己远离战场，真有些像个开小差的士兵。“几周前我就该返回前线的。”他说。

“军队显然想让你留在德国，”奥托说，“你的价值是做一个情报分析师。”

“德国有的是年纪大的人做这份工作，干得至少不比我差。是不是你在背后做了什么？”

奥托耸耸肩：“我认为，如果你打算结婚，有了一个儿子，那你愿意调到什么地方都行。”

沃尔特怀疑地问：“你让我待在柏林，就是为了让我跟莫妮卡·冯·德·赫尔巴德结婚？”

“我还没有这种权力。不过，最高统帅部里有些人可能觉得有必要延续高贵的血统。”

这简直虚伪透顶。沃尔特正要表示抗议，这时汽车拐出了大路，穿过一个精心修饰的大门，上了一条长长的车道，两侧是光秃秃的树木和积雪覆盖的草坪。车道尽头是一座大房子，沃尔特还是头一次在德国见到如此巨大的建筑。“这就是普勒斯城堡？”他问。

“对。”

“这么大。”

“一共三百间客房。”

他们下了车，走进火车站般的前厅。墙壁上装饰着一只只用红丝绸衬着的野猪头，一段宽阔的大理石楼梯通往楼上的高级套房。沃尔特半辈子都在各种豪华的房子里度过，但这里是他前所未见的。

一位将军朝他们走了过来，沃尔特认出他是冯·亨舍尔，他父亲的一位密友。“你们如果动作麻利的话，还来得及梳洗一下，”他和蔼可亲地催促着，“四十分钟后在大餐厅见。”他看着沃尔特，“这就是你的儿子吧。”

奥托说：“他在情报部门工作。”

沃尔特朝他敬了个礼。

“知道了。我把他的名字记在名单上。”将军转过来对沃尔特说，“你应该了解美国吧。”

“我在驻华盛顿的大使馆待了三年，先生。”

“好的。我从来没去过美国。你父亲也没有。实际上，这儿的大多数人都没去过。我们新任的外交部长倒是个例外。”

二十年前，阿瑟·齐默尔曼从中国经由美国返回德国，从旧金山坐火车到达纽约。他因为这次经历就被认为是美国方面的专家。沃尔特什么也没说。

冯·亨舍尔说："齐默尔曼先生让我向二位请教几个问题。"沃尔特既得意，又有些迷惑。新任外交部长怎么会征询他的意见？"不过，我们还有时间，随后再谈。"冯·亨舍尔招手叫过一个穿着老式制服的男仆，领他们去了卧室。

半小时后他们来到餐厅，这里如今已经被改造成了一间会议室。环顾四周，沃尔特不无敬畏地发现德国所有举足轻重的人物几乎都到场了，包括总理特奥巴登·冯·贝特曼·霍尔维格。他年届六十，齐刷刷的短发几乎全白了。

大部分德国高级军事指挥官围坐在一张长桌旁。地位较低的人，其中包括沃尔特，被安排在靠墙的硬椅子上。助手传递着几份两百页的备忘录副本。沃尔特隔着父亲的肩头瞟了一眼文件。他看见进出英国港口船只的吨位表、运费和载货空间表，英国餐点的热量值，甚至还有一条女士裙装需要多少羊毛的统计表。

他们等了两个小时，随后威廉二世走了进来，穿着一身将军制服。皇帝陛下脸色苍白，心情不佳。几天前他刚过完五十八岁生日。跟以往一样，他那干瘪的左臂[①]动也不动地在身子侧面悬着，尽量不让人留意。沃尔特发现自己不再能感受到幼时那种快乐的忠诚感。他没有办法假装继续相信皇帝是臣民明智的父亲。威廉二世显然完全是一个被烦恼压垮的普通人。他糊涂无能，愁苦不堪，简直就是人们反对君主世袭制的一个活生生的论据。

皇帝看了看四周，对其中的一两个心腹点点头，其中就包括奥托。然后他坐了下来，朝留着一撮白胡子的海军统帅亨宁·冯·霍尔岑道夫做了个手势。

---

① 由于出生时发生臀位生产，威廉二世患有厄尔布氏麻痹（Erb's Palsy），以致左臂萎缩。

这位海军上将开始引用备忘录上的话——海军随时可以出海的潜艇数量，协约国维持生存所需要的船运吨位，以及他们替代被击沉的船只的速度。“我计算过，我们可以每个月击沉六十万吨的船运货物。”他说。这番表现的确令人惊叹，每项论证都有数字依据。唯一让沃尔特有些怀疑的是，这位将军算得太精确，太确定了。战争从来都不是这么容易预测的，不是吗？

冯·霍尔岑道夫指着桌上的一摞用缎带捆扎的文件，想必是开始无限制潜艇战的皇令。“如果陛下今天批准我的计划，我保证不多不少只要五个月，协约国就会投降。”说完，他坐下了。

皇帝看了看总理。沃尔特心想，现在我们该听一听更为现实的估计了。贝特曼已经当了七年的总理，与皇帝不同，他深谙国际关系的复杂性。

贝特曼表情阴郁地谈到美国参战的前景，谈到美国巨大的人力和物质资源、供给能力，以及雄厚的资金。他引述所有熟悉美国的资深人士的意见证明他的话。不过，让沃尔特失望的是，他的一番表述看上去像是在走过场。他大概知道皇帝已经拿定了主意。难道这次会议不过是认可已经采取的决定？难道德国的命运已经注定？

皇帝对那些与自己意见不同的人毫无耐心，在总理说话的时候他坐立不安，厌烦地低声嘟囔着，一脸不屑的表情。贝特曼的声音开始发抖。“如果军事当局认为无限制潜艇战非打不可，我无法与他们相抗衡。另一方面……”

他还没来得及说完另一方面是什么，冯·霍尔岑道夫就从座位上跳了起来，打断了他的话：“作为一名海军军官，我保证不会有任何美国人踏上欧洲大陆！”

真是荒谬，沃尔特想。一个海军军官的保证有什么用？但他这话比刚才那番统计数据更管用。皇帝面露喜色，其他几个人也点头赞同。

贝特曼看来只得放弃。他瘫坐在椅子上，神色紧张，用一种被挫败的声音说："如果成功在即，我们必须奋力追求。"

皇帝做了个手势，冯·霍尔岑道夫将缎带捆扎的文件推到桌子对面。

不，沃尔特想，不该如此轻率地作出这样命运攸关的决定。

皇帝拿起笔，签下了"威廉·I.R"几个字。

他放下钢笔，站了起来。

屋子里所有人都立刻起立。

不可能就这样结束，沃尔特想。

皇帝离开了房间。紧张消除了，人们开始窃窃低语。贝特曼仍坐在椅子上，低垂双目看着桌子。看上去就像一个被判处死刑的人。他低声叨咕着什么，沃尔特凑到近旁，听见他在说一句拉丁语：Finis Germaniae——德国人完蛋了。

冯·亨舍尔将军走过来对奥托说："如果你愿意的话，就跟我一起吃顿私人午餐。年轻人，你也来吧。"他带着两人来到隔壁的一间屋子，那里已经准备好了各种冷餐。

普勒斯城堡是皇帝的住所，因此这里的食物很不错。尽管沃尔特既气愤又沮丧，但他现在跟所有德国民众一样正饿着肚子，所以取了冷鸡肉、土豆色拉和白面包，把盘子摞得满满的。

"外交部长齐默尔曼预料到这个决定，"冯·亨舍尔说，"他想知道我们有什么办法能够阻止美国人。"

这种可能性很小，沃尔特想。如果我们击沉了美国船只，让美国公民坠入大海，那就没有任何办法逃脱沉重打击。

将军继续说：“我们能不能煽动在德国出生的一百三十万美国人举行一场抗议活动？”

沃尔特暗暗叹了口气。“绝对行不通，”他说，“这是一个愚蠢的神话。”

他父亲呵斥道：“跟长官说话时注意你的语气。”

冯·亨舍尔做了个息事宁人的手势：“让他说说他的想法，奥托。我也想听听他坦诚的意见。为什么这么说呢，少校？”

沃尔特说：“他们并不爱德国。你觉得他们为什么离开呢？他们可以吃德国香肠，喝德国口味的啤酒，但他们是美国人，他们会为美国而战。”

“那么，在爱尔兰出生的人呢？”

“同样道理。他们痛恨英国人，当然，我们的潜艇杀害美国人的时候，他们会更恨我们。”

奥托气急败坏地说：“威尔逊总统怎么可能跟我们宣战呢？他刚刚因为没有让美国卷入战争而获得连任！”

沃尔特耸耸肩：“从某些方面来说，参战反而更容易了。民众会相信他别无选择。”

冯·亨舍尔说：“有什么办法牵制住他？”

“保护中立国家的船只……”

“不可能，”他父亲打断了他，“无限制意味着没有例外。海军要的就是这个，皇帝陛下也答应了他们。”

冯·亨舍尔说：“如果国内问题不大可能让威尔逊劳神，那么有没有什么外交问题可以分散他的注意力？”他转向奥托，“比如，墨西哥？”

奥托笑了，看上去很得意："你是说'皮兰卡号'。我必须承认那是攻势外交的一次小小的胜利。"

德国用货船向墨西哥运送武器，导致墨西哥和美国发生武装冲突，在这事件上沃尔特从来都不赞同他父亲的观点。奥托跟他的那些亲信让威尔逊总统出了丑，他们至今还没有感到后悔。

"现在呢？"冯·亨舍尔说。

"大部分美国军队要么是在墨西哥，要么驻扎在边境，"沃尔特说，"表面上，他们正在追逐越过边境偷袭的一个名叫潘乔·维拉的强盗。卡兰萨总统对他的主权领土受到侵犯大为愤慨，但他对此毫无办法。"

"如果他获得我们的帮助，情况会有所改变吗？"

沃尔特思考着。这种外交上的挑拨离间让他觉得十分危险，但他有责任尽量准确地回答这一问题。"墨西哥人觉得他们被人抢走了得克萨斯州、新墨西哥州和亚利桑那州。他们梦想着夺回这些领土，就好像法国人梦想着收复阿尔萨斯和洛林一样。卡兰萨总统有可能愚蠢到了一定地步，相信这些能够做到。"

奥托急切地说："无论哪种尝试，肯定会让美国把注意力从欧洲转移出去！"

"但时间也不会太长，"沃尔特勉强同意道，"长远来看，我们的干涉有可能激励那些打算加入协约国作战的美国人。"

"我们只需要短期效果。你刚才听冯·霍尔岑道夫的话了，我们的潜艇五个月就能让协约国投降。我们只要让美国人忙活这么长时间就行了。"

冯·亨舍尔说："日本那边呢？是否有可能说服日本佬攻击巴拿马运河，甚至加利福尼亚？"

“实际上，没有这种可能。”沃尔特坚定地说。讨论愈发接近狂妄冒险的幻想。

但冯·亨舍尔依然坚持：“不过，单单是威胁就可能会把更多的美国部队拴在西海岸上。”

“我认为有这个可能。”

奥托拿餐巾往嘴唇上轻轻拭了拭：“这些话题都相当有趣，不过我得过去瞧瞧皇帝陛下是否需要我。”

他们都站了起来。沃尔特开口道：“我有句话，将军……”

他的父亲叹了口气，但冯·亨舍尔说：“请讲。”

“我认为这一切都是很危险的，先生。德国的首脑们竟然谈论在墨西哥煽动冲突，鼓励日本去侵略加利福尼亚，如果这些话传了出去，激怒美国民众，即使不是立刻宣战，也会大大增加宣战的可能。请原谅我要说这么显而易见的事，这次谈话应该予以高度保密。”

“相当正确。”冯·亨舍尔说着，对奥托笑了笑，“你父亲跟我都属于老一代人，但我们还算知道点事儿。你可以相信我们能够审慎处理。”

德国的和平提议被拒绝，这让菲茨很是欣慰，他对自己在其中作出的努力感到十分自豪，但是，当一切结束后，他心里又有了一些疑问。

1月17日，周三清晨，他一边沿着皮卡迪利散步，或者说是跛行，前往他在海军部的办公室，一边翻来覆去回想着。和谈本来是德国人巩固战争所得而使出的卑劣手段，这样他们对比利时、法国东北部和俄国部分地区的占领就可以合法化。英国参加这种会谈便等于承认了失败。但到目前为止，英国尚未赢得战争。

劳埃德·乔治谈论的“一举决输赢”受到报纸的大肆吹捧，但所有理智的人都清楚这不过是白日做梦。战争还要继续下去，可能是一年，也许拖得更久。而且，如果美国继续保持中立，战争最后还是会以和平谈判告终。如果没有任何一方赢得战争呢？又会有上百万人毫无意义地丧生。说到底，或许艾瑟尔是对的，这种想法一直折磨着菲茨。

如果英国最后战败了呢？那就会发生一场金融危机，大规模失业和贫困。工人阶级会响应艾瑟尔父亲的号召，说他们从来都没有为战争投票的权力。民众对统治者的愤怒将无法控制。抗议和游行会变成暴乱。一个多世纪以前，巴黎人处决了他们的国王和大多数贵族。伦敦人会不会做出同样的事来？菲茨想象着自己被捆住手脚，用车拉着去刑场，众人们朝他吐着口水，大声讥笑。更糟的是他看见同样的情况也发生在茉黛、赫姆姑妈、妻子碧，以及宝宝身上。他匆忙将这可怕的噩梦从脑子里赶走。

艾瑟尔太性急，他感到钦佩但又后悔带她来。他请来的客人在劳埃德·乔治演讲时被从旁听席上赶了出去，不免让他颜面扫地，但同时他发现自己对她更有兴趣了。

不幸的是，她就此开始跟他作对。他紧随其后，在中央大厅追上了她，她却狠狠斥责他，怪罪他跟他的同类在延长战争。看她的样子，好像死在法国的每一个士兵都是被菲茨亲手杀害的。

切尔西的计划也落空了。他给她写了几封信，但她都没回。这样的失望让他很受打击。每当想到他们两人本可以在那处爱巢共度一个个令人愉快的下午，他便怅然若失，胸口阵阵作痛。

不过他也获得了一些安慰。碧听从了他的话。她的床向他敞开，她穿着漂亮的睡衣，奉上美好的身体，就像他们新婚时那样。说到底，她是一个受过良好教养的贵族女性，懂得尽妻子的本分。

菲茨想着顺从听话的公主和难以抗拒的激进分子，走进了旧海军部大楼，在办公桌上看见一份解码了一部分的德军电报。

上面的标题是：

> 柏林致华盛顿。W.158。1917年1月16日

菲茨的目光自动移向电文末尾的落款，只见那里写着：

> 齐默尔曼。

他一下子来了兴致。这是一份德国外交部长发给驻美国的德国大使的电报。菲茨用铅笔写下译文，在没破译出来的地方画线，打上问号。

> 经由×××安全途径向阁下发送一份最为机密的信息，并转交在（墨西哥？）的钦差大臣。

问号表示未确定代码的含义。译电员在猜测。如果猜对了，这封电报便是发给驻墨西哥的德国大使，通过美国大使馆转交。

墨西哥？菲茨心想，这太奇怪了。

下面的电文被完全破译出来了。

我们计划在2月1日开始无限制潜艇战。

“我的上帝！”菲茨不禁叫出声来。这正是让人担心的事情，现在得到了明白无误的确认，甚至还有日期！这一消息会让“40号房间”立刻乱成一团。

这样我们就必须让美国始终保持中立××××。如果我们做不到，就要建议（墨西哥？）在以下基础上结为联盟：实施作战，实现和平。

“与墨西哥结盟？”菲茨自言自语道，“这一招很厉害。美国人肯定会气急败坏的！”

阁下应在立即秘密通知总统与美国××××交战同时在我们与日本××××之间展开谈判我们的潜艇将迫使英国在几个月内接受和平条件。收到后确认。

菲茨抬起头来，看见年轻的卡弗正瞧着自己，眼里闪着兴奋的光。“你读过拦截到的齐默尔曼的电报了吧。”少尉说。

“是的，”菲茨平静地说，实际上他心里跟卡弗一样兴奋，但他隐藏得比较好，“为什么破译得那么不连贯？”

“这是一种新的代码，我们还没有完全破解。不过这个消息很不一般对吧？”

菲茨又看了看他的翻译。卡弗并未夸大事实。这份电文想要拉拢墨西哥成为德国的盟友，一起来抗衡美国。的确耸人听闻。

这足以激怒美国总统，让他对德宣战。

菲茨的脉搏加快了。“我同意，”他说，“我要把它直接送给‘眨眼豪尔’。”威廉·雷金纳德·霍尔上校是海军情报部主任，面部患有慢性痉挛，因此有了这个绰号。但这人很有头脑。“他会提问，所以我得有所准备。有希望破解全部电文吗？”

“要花几周时间才能完全掌握新代码。”

菲茨恼火地嘟囔了一句。从基本原理开始重建新代码是一项苦差事，不能操之过急。

卡弗继续说：“但我注意到这个消息是从华盛顿转往墨西哥的。在这条线路上他们仍然使用我们一年多以前就破解的旧外交密码。也许我们能截取到转发电报的副本？”

“也许我们可以！”菲茨急切地说，“我们在墨西哥城的电报局有自己的特工。”他前瞻性地思考着，“如果我们把这件事公之于世……”

卡弗焦急地说：“我们不能这么做。”

“为什么不能？”

“那样的话，德国人就知道我们破译了他们的往来电报。”

菲茨明白他的意思。这是秘密情报机构一直以来面临的问题——如何使用情报，同时又不泄露情报来源。他说：“但这件事非常要紧，我们有可能需要孤注一掷。”

“我不这样认为。这个部门提供了大量可靠信息。他们不会冒这个险。”

“真该死！我们掌握了这么重要的信息，难道找不到办法加以利用？”

卡弗耸耸肩：“这个工作时常会这样。”

菲茨不打算就此放弃。美国的加入可能会让协约国赢得这场战争。单凭这一点，任何牺牲都是值得的。但他了解军队，有人会挺身而出，尽全力保护一个机构而非一块阵地。卡弗的异议必须认真对待。“我们需要一套掩人耳目的说法。”他说。

“我们就说是美国人截获了电报。”卡弗说。菲茨点点头：“电报是从华盛顿转往墨西哥的，所以我们可以说是美国政府从西部联盟得到的。”

“西联公司可能会不太高兴……”

“管不了那么多了。现在的问题是，我们如何让这个消息发挥最大效力？要我们的政府发布声明吗？我们把它交给美国人，还是找第三方来挑战德国人？”

卡弗举起双手做了个投降的手势：“这我就无能为力了。”

“我要试试，”菲茨灵光一现，“我知道该找谁帮忙了。”

菲茨跟格斯·杜瓦在伦敦南部一家叫“圆环”的酒吧碰头。

菲茨没想到杜瓦喜欢拳击。少年时他参加过布法罗的滨水擂台赛，早在1914年他在欧洲旅行时，便在各大都市观看过各类职业拳击比赛。菲茨暗想，杜瓦是挺聪明，拳击从来不是梅费尔下午茶的流行话题，所以他只字未提自己的爱好。

不过，圆环这里倒是什么阶层的人都有。穿晚礼服的绅士夹杂在衣衫破烂的码头工人中间。非法的揽赌人到处在收拢赌注，一个个侍者端着摆满啤酒杯的托盘进进出出。空气里弥漫着浓烈的雪茄和烟斗的烟雾。这里没有座位，也没有女人。

菲茨看见格斯正在跟一个塌鼻梁的伦敦人起劲地聊着美国拳击手杰克·约翰逊，他是第一位夺得重量级世界冠军的黑人，因为娶了一个白人妻子，基督教的牧师们呼吁动用私刑处死他。面前的伦敦人赞同神职人员的提议，让格斯非常生气。

菲茨心里很盼望格斯能爱上茉黛。他们会是很般配的一对，两人都受过良好教育，又都是自由派，对任何事情都很认真，总在读书。杜瓦家族向来很有钱，几乎就是美国人里的贵族了。

再说，格斯和茉黛两人都支持和谈。不知为何茉黛一心盼着战争尽快结束，让菲茨颇感奇怪。格斯自然是顺从他上司伍德罗·威尔逊的旨意，这位总统一个月前发表讲话，呼吁“没有胜利的和平”，这让菲茨和英法两国的大多数首脑人物极为不满。

尽管菲茨认为格斯和茉黛很登对，但他们之间看不出任何类似的迹象。菲茨爱自己的妹妹，但他不知她哪里出了毛病。难道她想当老处女吗?

菲茨把格斯从塌鼻梁的伦敦人身边叫走，聊起了关于墨西哥的话题。

“一团糟，”格斯说，“威尔逊撤回了潘兴将军的军队，试图讨好卡兰萨总统，但没起什么作用——卡兰萨甚至不打算讨论边界的监管问题。你怎么问起这事儿来了？”

“过会儿我再告诉你，”菲茨说，“下一个回合开始了。”

他们看着“犹太佬”班尼打中了“秃头”阿尔伯特·柯林斯的脑袋，把他重重地击倒在地，而菲茨已暗下决心绕开德国和谈的问题。他知道格斯为威尔逊的倡议失败而伤心。格斯一直在责问自己，是否有可能把这件事处理得更好，或许再做些什么就能推动总统的这项计划。菲茨觉得这计划一开始就注定失败，因为任何一方都没有真正希望和平。

到了第三轮，秃头阿尔伯特倒了下去，趴在地上起不来了。

“你来得真是时候，”格斯说，“我马上就要坐船回家。”

“期待吗？”

“是啊，如果能活着回去——我可能在半路被潜艇击沉。”

德国人在2月1日恢复了无限制潜艇战，跟拦截到的那封齐默尔曼电报内容一致。此举惹怒了美国人，但并不像菲茨所希望的那么严重。“威尔逊总统对潜艇公告的反应倒是出奇地温和。”菲茨说。

“他断绝了与德国的外交关系。这不算温和。”格斯说。

“但并没有宣战。”菲茨因此失望到了极点。他全力反抗和谈，但茉黛和艾瑟尔那帮和平主义者说得不错，在可见的未来并不会有谁赢得战争，除非获得某种外来的援助。菲茨曾一度相信无限制潜艇战会让美国加入战争，但到目前为止并未实现。

格斯开口了：“坦白地说，我认为潜艇战的决定彻底惹恼了总统，现在正准备宣战。天啊，他尝试了一切可能。但他正是因为没有让美国卷入战争才赢得连任。只有民意才能让他转变。”

“我倒是有个办法能帮他这个忙。”菲茨说。

格斯扬了扬眉毛。

“我受伤后便开始在一个负责截获破译德国无线通联的部门工作。”菲茨从口袋里掏出一张信纸，上面是他的字迹，“几天后这个消息会正式交给你们的政府。我现在拿来给你看，因为我们想听听你的意见，再决定如何处理。”他把那张纸递给格斯。

在墨西哥的英国特工截获了以旧有代码发过去的信息，菲茨交给格斯的便是齐默尔曼电报全文被解码后的译文。上面写着：

> 华盛顿致墨西哥，1917年1月19日
>
> 我们准备于2月1日开始无限制潜艇战。尽管如此，我们仍努力让美国保持中立。如不成功，我们向墨西哥提出结盟建议，条件如下：
>
> 共同加入战争。
>
> 一致争取和平。
>
> 慷慨的财政支持，以及我方承诺帮助墨西哥夺回失去的得克萨斯、新墨西哥和亚利桑那的领土。详细解决方案由你来完成。
>
> 一旦与美国的交战势在必然，请尽快尽可能保密地将以上内容通知总统，并附加提议，使其主动请求日本立即给予支持，并同时在日本和我们之间进行斡旋。
>
> 我方潜艇的持续袭击将迫使英国在几个月内接受和谈，请总统将这一事实考虑在内。

格斯读了几行，拳击场上昏暗的光线让他不得不把那张纸拿得很近。随后他说："结盟？老天爷！"

菲茨四下看了看。新的一轮拳击赛已经开始，人群喧声雷动，附近的人根本听不到格斯的声音。

格斯接着往下读。"收复得克萨斯？"他难以置信，接着又愤怒地说道，"邀请日本？"他抬起头来，"简直岂有此理！"

这正是菲茨所期待的反应，他按捺住心中的得意。"的确是'岂有此理'。"他一本正经地说。

“德国竟然提供资金，让墨西哥入侵美国？！”

“是的。”

“他们还要求墨西哥说服日本加入进来？！”

“是的。”

“那就等着看好戏吧！”

“我正想跟你谈谈这个问题。要是公开这个信息，我们得确保对你们的总统有利。”

“英国政府干吗不直接向全世界公布呢？”

格斯并没有认真考虑过这个问题。“原因有两个，”菲茨说，“第一，我们不希望德国人知道我们正在破译他们的电报；第二，有人或许会指责我们伪造拦截的电文。”

格斯点点头。“请原谅。我实在太气愤了，没想到这些。我们得冷静地考虑一下。”

“如果有可能，我们希望你们说是美国政府从西联公司获得的电报副本。”

“威尔逊不会说谎的。”

“那去西联弄一份副本，就不必说谎了。”

格斯点点头：“应该可以。至于第二个问题，由谁来发布电报内容，又不会被怀疑是伪造的呢？”

“我觉得，或许总统本人可以。”

“这是一种可能性。”

“难道你有更好的主意？”

“是的，”格斯若有所思，“我的确想到一个好办法。”

艾瑟尔和伯尼在卡尔瓦利福音馆举办了婚礼。他们两个都没有强烈的宗教信仰，但都很喜欢那位牧师。

自从劳埃德·乔治发表那次演讲后，艾瑟尔没再跟菲茨联系。菲茨公开反对和平的态度让她再次认识到了他冷酷的本性。他支持的一切都让她反感：传统、保守主义、对工人阶级的剥削和不劳而获的财富。她不可能成为这种男人的情人，她为自己曾一度痴迷于切尔西的房子感到羞愧。她真正的灵魂伴侣是伯尼。

艾瑟尔穿着那件参加茉黛·菲茨赫伯特婚礼时买的粉色丝绸礼服，是沃尔特·冯·乌尔里希掏的钱，头上戴着的花帽子也是。他们没有伴娘，但米尔德里德和茉黛共同担任首席女傧相。艾瑟尔的父母坐火车从阿伯罗温赶来。遗憾的是比利没来，他正在法国，无法请假参加婚礼。小劳埃德穿了花童的衣服，那是米尔德里德特意为他缝制的，天蓝色的衣服镶了黄铜纽扣，还配了一顶小帽子。

伯尼让艾瑟尔吃了一惊——他邀来家人参加婚礼，但以前从没有听他谈起过。他年迈的老母只会说意第绪语，整个典礼一直在嘀咕着什么，她跟伯尼的那位生意颇为成功的哥哥泰奥住在一起。米尔德里德在嬉笑间打听出他在伯明翰有一家自行车厂。

随后，大厅里摆上了茶和蛋糕，还有软饮料，让艾瑟尔的爸妈感到很合意。吸烟的人都去了外面。妈妈亲了一下艾瑟尔，说："真高兴看到你总算安顿下来了。""总算"这个词包含了不少意思，艾瑟尔想。它的含义是——恭喜你，尽管你是个堕落的女人，还带着一个私生子，没人知道他父亲是谁，现在你嫁给一个犹太人，住在伦敦这个与所多玛和蛾摩拉一样的罪恶之地。但艾瑟尔坦然接受母亲有所保留的祝福，同时发誓绝不会对自己的孩子说这样的话。

爸妈买的是一日往返的便宜车票，两个人匆匆去赶火车了。大部分客人离开后，剩下的人便去了“小狗小鸭”酒吧喝酒。

艾瑟尔和伯尼回家的时候，已经是劳埃德该上床的时间了。这天一早，伯尼已经把他的几件衣服和一大堆书用手推车从他的的租屋搬到了艾瑟尔的房子里。

为了让他俩独处一晚，他们把劳埃德送到楼上，让他跟米尔德里德的孩子睡在一起，这被劳埃德当成一种特殊待遇。艾瑟尔跟伯尼在厨房里喝了一杯可可，随后就上了床。

艾瑟尔买了一件新睡衣。伯尼也换上了干净的长睡裤。等他上了床挨在她身边时，便紧张得开始冒汗。艾瑟尔摸着他的脸。“虽然我生过孩子了，但实在没有太多经验，”她说，“只跟我的第一任丈夫在一起，几个星期而已，然后他就走了。”她没有跟伯尼提起过菲茨的事，也永远不会提起。只有比利和律师阿尔伯特·索尔曼知道真相。

“你比我强多了，”伯尼说，她能感觉到他开始放松下来，“我只有几次不太成功的经验。”

“她们都叫什么名字？”

“哦，你还是不要知道的好。”

她笑了：“不，我想知道。有多少女人？六个？十个？还是十二个？”

“天啊，没有。就三个。头一个是雷切尔·赖特，是在学校的时候。她事后说我们不得不结婚，我相信了她的话。我当时担心极了。”

艾瑟尔咯咯笑了起来："发生了什么事？"

"过了一个礼拜她去跟米奇·阿姆斯特朗做那件事，我也就脱身了。"

"跟她在一起快乐吗？"

"我觉得还算快乐吧。我当时只有十六岁。主要是我希望能跟人家说我干过那事儿了。"

她轻轻吻了吻地，然后问："下一个是谁？"

"卡罗尔·麦卡利斯特。邻居。我付给她一先令。一切发生得很快——她知道怎么做，很快就完事了，她一心想着拿钱。"

艾瑟尔不以为然地皱起了眉头，回想起切尔西的那座房子，意识到自己曾盘算着做卡罗尔·麦卡利斯特那样的事。她一下子觉得不太舒服，便说："接下来的那个呢？"

"一个年长的女人。她是我的房东。她丈夫一不在家，她晚上就来我床上。"

"跟她在一起快乐吗？"

"挺好的。对我来说是一段快乐的时光。"

"出了什么问题？"

"她丈夫起了疑心，我就不得不搬家了。"

"然后呢？"

"然后我就遇见了你，就不再对其他女性有任何兴趣了。"

他们开始接吻。不一会儿，他撩起她的睡衣下摆，俯在她的身子上。他很温柔，小心不去弄疼她，但他很轻松便进入了她。她感到一阵爱意，他善良、充满智慧，对她和孩子都很用心。她两手拢住他的身子，让他贴紧自己的身体。很快，他达到了高潮。随后他们躺回床上，心满意足地进入了梦乡。

格斯·杜瓦发觉女人的裙装起了变化。她们现在把脚踝展露出来。十年前，看一眼女人的脚踝会让人春心萌动，但现在已经司空见惯。也许女人现在穿得多反而更有魅力。

罗莎·赫尔曼穿了一件暗红色外套，下摆的褶边在身后收拢成一个结，显得很时髦。外套上还有一条黑色的裘皮衬边，他觉得正好适合华盛顿二月的气候。她头上的灰帽子圆圆的，很小巧，装饰了红丝带和羽毛，不太实用，但美国女人戴的帽子恐怕从来就没什么实用性。“这个邀请让我不胜荣幸。”他弄不清她说这话是否在取笑他，“你刚从欧洲回来，对吧？”

他们两人正坐在威拉德饭店的餐厅吃午餐，这里距离白宫两个街区。格斯请她来有个特殊目的。“我有件事要告诉你。”他们刚点完菜，他便开口了。

“噢，好啊！让我猜猜。总统打算跟伊迪丝离婚，迎娶玛丽·佩克？”

格斯皱起了眉头。威尔逊在与第一任妻子的婚姻中曾与玛丽·佩克有过暧昧。格斯怀疑他们是否真的通奸过，但威尔逊很不明智地写了不少肉麻的情书。华盛顿到处风传此事，但从未见诸报端。“我要说的是十分严肃的事情。”格斯板着脸孔说。

“哦，对不起。”罗莎脸上摆出一副庄重沉稳的表情，让格斯看着直想笑。

“唯一的条件是，你不能透露消息是从白宫得到的。”

“我同意。”

“我要给你看一份德国外交部长阿瑟·齐默尔曼发出的电

报，是给德国驻墨西哥大使的。”

她显得很吃惊的样子：“你从哪儿弄到的？”

“从西联公司。”他胡诌了一句。

“难道不是用代码加密的吗？”

“代码可以破解。”他把一份打字机打好的英文译文副本递给她。

“这只是私下交流，不能发表，对吗？”她说。

“不。我唯一希望你保密的是它的来源。”

“好吧。”她读了起来，过了一会儿，她惊讶得张大了嘴，抬起头问道，“格斯，这是真的吗？”

“你什么时候见我搞过恶作剧？”

“从来没有。”她继续读下去，“德国要出钱让墨西哥入侵得克萨斯？”

“齐默尔曼先生就是这么说的。”

“这不是简单的新闻，格斯，是本世纪最大的独家头条！”

他让自己轻轻微笑了一下，尽量不显露出内心胜利的感觉。“我猜到你会这么说。”

“你是独立行动，还是代表总统？”

“罗莎，不获得最高层的批准，你以为我会做这种事情？”

“我想不会。天啊。所以，这就等同于是威尔逊总统直接交代给我的。”

“是非正式的。”

“可是我怎么知道这是真的呢？我不能仅仅靠一张纸和你的说辞就去写新闻报道。”

格斯料到会有这种麻烦：“兰辛国务卿会亲自向你的老板确认

电报的真实性，但他们的谈话必须保密。”

“那就好。”她又低下头去看那张纸，“这会彻底改变一切。你能想到美国民众读到这个会有什么反应吗？”

“我认为这会让他们更倾向于参加战争，打击德国。”

“何止是倾向！”她说，“他们会气得口沫横飞！威尔逊不得不宣战。”

格斯没有说话。

过了一会儿，罗莎解释了他的沉默：“哦，我明白你们为什么要放出这份电报了。总统希望宣战。”

让她猜了个正着。他笑了，心里玩味着与这个聪明女人之间的智力游戏：“我可没这么说。”

“但这份电报会大大触怒美国民众，以致要求开战。威尔逊也就可以说他没有背弃自己的竞选承诺，只是迫于舆论压力才改变了政策。”

她实在太精明了，一眼看穿了他的企图。他焦急地说：“你不会这么写，对吧？”

她笑了：“哦，不。只是我拒绝接受事物的表面现象。我以前是个无政府主义者，这你知道的。”

“现在呢？”

“现在我是个记者。要写这个报道只有一个办法。”

他松了一口气。侍者给他们送上菜肴——她要的水煮鲑鱼，还有他的牛排和土豆泥。罗莎站了起来：“我得回办公室。”

格斯吃了一惊：“那你的午餐怎么办？”

“你不是开玩笑吧？”她说，“我吃不下。你难道不知道自己做了什么？”

他想他知道，但还是问道：“做了什么？”

“你刚刚把美国推向了战争。”

格斯点点头。“我知道，”他说，“那就去写报道吧。”

“听着，”她说，“谢谢你选中了我。”

然后，她便离开了。

第二十三章

1917年3月

这年的冬天，彼得格勒饥寒交加。整整一个月，第一机枪团军营外的温度计都停在零下15摄氏度。面包师只做面包，馅饼、蛋糕和点心等一概不做，即使这样面粉还是不够。军营的厨房门口有武装警卫把守，因为有太多士兵去讨要或偷窃额外的食物。

三月初的一个寒冷日子，格雷戈里得到了下午外出的通行证，决定去看看弗拉基米尔，卡捷琳娜工作的时候，就把他留给女房东照看。他穿上厚厚的军大衣走在冰冷的大街上。在涅夫斯基大街，一个行乞的孩子吸引了他的注意，那是个八九岁的小女孩，缩在墙角躲避极地刮来的寒风。她身上有种东西让他不安，他皱着眉头走了过去。过了一会儿才明白，让他不舒服的是她投来的目光，那分明是性的邀请。他震惊得停下了脚步。她这么小的年纪怎么能出卖身体？他转身想去问问，但她已经不在那儿了。

他继续往前走，心里很乱。他知道有人专门喜欢找小孩子——很多年前，当小列夫去牧师那儿求助的时候，他便了解了这一点。但是，这个九岁女孩模仿的勾引人的凄婉笑容让他痛苦不已，想为他的国家哀哭。我们正在把自己的孩子变成妓女，他想，难道还有比这更糟糕的吗？

他一路走到了自己的老住处，心里沉甸甸的。一进门，他就听见弗拉基米尔在号啕大哭。他上楼直奔卡捷琳娜的房间，发现孩子一个人在屋里，他哭得满脸通红，五官都扭在一起。他抱起他来，慢慢摇晃着。

房间收拾得干净整洁，带着卡捷琳娜的气味。格雷戈里几乎每个星期天都到这儿来。他们形成了一种规律——早上一起外出，然后回家做午饭，用格雷戈里偶尔从军营带回来的东西，随后等弗拉基米尔小睡的时候，亲热一会儿。星期天如果有了充足的食物，格雷戈里就会觉得小屋里充满了幸福。

弗拉基米尔的哭号变成了不满的哼唧声。格雷戈里怀里抱着孩子去找房东，她本该照看弗拉基米尔的。他在房子后面搭出来的一个低矮的洗衣房里找到了房东，她正在用绞干机拧着湿床单。这女人年届五十，灰白的头发用头巾扎着。1914年格雷戈里参军那会儿她还算丰满，但现在干瘪如柴，下巴上垂下来的肉松垮垮的。眼下就连女房东都缺吃少喝。

看见他抱着孩子过来，她吃了一惊，显得有点内疚。格雷戈里问：“你没听见孩子在哭吗？”

“我不能整天哄着他。”她辩解，继续转着绞干机的手柄。

“也许他饿了。”

“他刚喝过牛奶了。”她连忙说。她的反应快得令人生疑，格雷戈里猜到是她自己把牛奶喝了。他真想一把掐死她。

洗衣房没有暖气，但他感到弗拉基米尔那柔软的婴儿皮肤很热。“我觉得他在发烧，”他说，“你没注意到他的体温吗？”

“现在我又成了大夫了？”

弗拉基米尔不哭了，疲倦地萎靡下来，这让格雷戈里更担心了。他平常总是爱动，十分好奇，时常弄坏东西，但现在他安静地躺在格雷戈里的怀里，满脸通红，目光呆滞。

格雷戈里抱着他回到卡捷琳娜的房间，把他放回角落里的小床上。他从卡捷琳娜的架子上拿了一个罐子，匆匆出门，急忙赶往另一条街上的杂货店。他买了点儿奶，用一块纸包了一点点糖，又买了一个苹果。

等他回到家，弗拉基米尔还是原来那样。

他热好牛奶，让糖溶化在里头，把一块不太新鲜的面包掰碎混了进去，然后用泡软的面包一点一点喂给弗拉基米尔。他记得自己的母亲就是这样喂生病的小列夫的。弗拉基米尔起劲儿地吃着，看来他早已又饥又渴。

所有的面包和牛奶都吃光了，格雷戈里拿出苹果，用他的小刀切成几瓣，削去果皮。他吃掉果皮，一边把去皮的苹果喂给弗拉基米尔，一边说：“这个给我，这个给你。”换了往常，这孩子会很开心这种玩法，现在他却无动于衷，任由苹果从他的嘴巴上掉到一边。

附近没有大夫，再说格雷戈里也付不起费用，不过隔着几条街有个助产士。她叫玛格达，是格雷戈里的老友康斯坦丁的漂亮妻子。康斯坦丁是普梯洛夫布尔什维克委员会的书记，也是格雷戈里的棋友，两人一有机会就下国际象棋，总是格雷戈里赢。

格雷戈里给弗拉基米尔换上一块干净的尿布，再用卡捷琳娜床上的毯子把他包裹起来，只露出眼睛和鼻子，随后抱着他走到外面凛冽的寒风中。

康斯坦丁和玛格达，以及玛格达的姑姑一起住在一个两居室的公寓里，姑姑为他们照看三个孩子。格雷戈里害怕玛格达外出替人接生了，但他很幸运，她正好在家。

活泼的玛格达见多识广，心地善良。她摸了摸弗拉基米尔的额头，说："他有感染。"

"严重吗？"

"他咳不咳嗽？"

"不咳嗽。"

"大便怎么样？"

"很稀。"

她脱下弗拉基米尔的衣服，说："我估计卡捷琳娜已经没有奶水了。"

"你怎么知道？"格雷戈里吃惊地问。

"现在都这样。女人自己都吃不饱，就更别提有奶水喂孩子了。无中不能生有，所以孩子才这么瘦。"

格雷戈里没意识到弗拉基米尔很瘦。

玛格达戳了戳弗拉基米尔的肚子，让他哭了起来。"肠子发炎了。"她说。

"他不会有事吧？"

"也许吧。孩子总是容易感染，一般也能扛过去。"

"我们该怎么办？"

"用温水清洗他的额头，让体温降下来。让他多喝水，能喝多少喝多少。他吃不吃东西都别担心。给卡捷琳娜吃好点儿，让她能自己奶孩子。他最需要的是母乳。"

格雷戈里把弗拉基米尔抱回家。他在路上又买了些牛奶，在炉火上温热，用茶勺喂给弗拉基米尔，孩子把奶统统喝光了。然后，他又热了一锅水，给弗拉基米尔擦了擦脸。看来这些有了效果——孩子不再那样一脸通红地瞪着眼睛，呼吸也开始正常了。

七点半钟卡捷琳娜回家的时候，格雷戈里已经没那么着急了。她看上去疲惫不堪，身子发冷。她买了一颗甘蓝和几克猪油，格雷戈里把这些放进锅里，做了一道炖菜，让她在一旁歇息。他把弗拉基米尔如何发烧，房东怎样丢下他不管，以及玛格达看病的事一一讲给她听。“我能怎么办呢？”卡捷琳娜无奈又绝望地说，“我得去工厂上班。找不到别人照看瓦洛佳。”

格雷戈里用炖菜汤喂孩子，然后把他放下睡觉。格雷戈里和卡捷琳娜吃了饭，一块儿躺在床上。“别让我睡过去了，”卡捷琳娜说，“我还得去排队买面包。”

“我替你去，”格雷戈里说，“你休息吧。”他可能无法按时赶回军营，不过或许也不会受到什么惩罚——这些日子，军官们个个都害怕闹兵变，不会对这种轻微的犯规小题大做。

卡捷琳娜听了他的话，昏沉沉睡了过去。

等他听见教堂的钟敲了两下的时候，起床穿上靴子和大衣。弗拉基米尔看上去睡得还好。格雷戈里离开家，朝面包房走去。可他吃惊地发现那里已经排起了长队，他来得有点迟。大概有上百人在排队，每个人裹得严严实实，在雪地里跺着脚。有些人还带了椅子、凳子。一个有生意头脑的年轻人架起了一个火盆，卖着热粥，然后用地上的雪洗碗。格雷戈里身后又来了十几个人。

人们边聊天边抱怨，等着开门。格雷戈里前面的两个女人争论着面包短缺到底该怪谁——一个说是王室里的德国人，另一个说犹太人在囤积面粉。“谁在统治这个国家啊？”格雷戈里对她们说，“如果电车翻车了，你们该怪司机，因为是他在掌舵。统治我们的不是犹太人，也不是德国人，而是沙皇和贵族。”这是布尔什维克的说法。

“没有沙皇的话，谁来统治国家呢？”戴黄色毡帽的年轻女人怀疑地问。

“我们应该自己统治自己，”格雷戈里说，“就像法国和美国那样。”

“我也说不清楚，”那个岁数稍大的女人说，“反正不能再这样下去了。”

五点钟面包房开门了。一分钟后，前面传出消息，每位顾客只能买一个面包。“排了一整夜，只为了一个面包！”戴黄色帽子的女人说。

又花了一个小时才挪到了门口。面包师的妻子每次放进一个顾客。格雷戈里前面有两个女人，年岁大的那个进去之后，面包师的妻子出来说：“好了，面包就这么多了。”

戴黄毡帽的年轻女人说：“不行，求求你！再给一个吧！”

面包师的妻子冷冰冰板着脸。大概以前也发生过这种情况。“如果他有足够的面粉，当然会多烤些面包，”她说，“现在全卖完了，听懂了吗？我一个面包都没了，拿什么卖给你们？”

最后一个顾客拿着面包走出店铺，匆忙走开。

戴黄毡帽的女人哭了起来。

面包师的妻子“砰”的一声摔上门。

格雷戈里转身离开了。

3月8日星期四，春天终于在彼得格勒降临了。不过，俄国固守凯撒大帝历法，因此日期是2月23日。与此同时，欧洲的其他国家使用现代历法已达三百年之久。

气温回升恰逢国际妇女节，女工们走出纺织厂开始罢工，从近郊的工业区一直开进市中心，抗议买面包排队，反对战争，反对沙皇。面包配给制业已公布，但这似乎加剧了食品短缺现象。

第一机枪团像所有驻扎在城里的部队一样，被调去协助警察和骑马的哥萨克维持秩序。格雷戈里心里在琢磨：如果战士受命朝示威者开枪，会出现什么情况？他们会服从，还是调转枪口对准指挥官？1905年那次他们听从指挥朝工人开枪。但自那之后，俄国民众遭受了十年的专制压迫，还有战争和饥饿。

还好当天没有出现什么麻烦，格雷戈里和他的部队未发一弹，晚上便返回了军营。

星期五，更多的工人参加了罢工。

沙皇待在六百多公里外莫吉廖夫的陆军总部。统领全市的是彼得格勒军区司令哈巴罗夫将军。他决定派兵把守每座大桥，不让示威者进入市中心。格雷戈里的部队被安置在军营附近，负责守卫横跨涅瓦河、连接铸造大街的铸造大桥。但河水尚未化冻，示威者避开部队，直接从冰冻的河上走到对岸——士兵们兴致勃勃地在一旁观望，他们大多跟格雷戈里一样，同情那些示威者。

没有任何一个政党团体组织这次罢工。布尔什维克跟其他左派革命政党一样，发现自己在跟随工人阶级的运动，而不是在领导他们。

这次，格雷戈里的部队一样没有任何行动，但并非所有地方都如此平静。当他星期六晚上返回军营时，得知警察在涅夫斯基大街尽头的火车站外袭击了抗议者。哥萨克人意外地保护了游行队伍免受警察的攻击。大家议论纷纷，用同志一词称呼哥萨克。格雷戈里对此持怀疑态度。哥萨克人除了自己以外，从来没有对任何人表现过真正的忠诚。他想，他们不过是喜欢战斗。

星期日上午格雷戈里五点钟就醒了，离天亮还有很长时间。早餐时他听到传言说，沙皇已指示哈巴罗夫将军制止罢工游行，无论是否采取任何必要的武力。格雷戈里琢磨着这个不祥的措辞：任何必要的武力。

早餐后军士们分别接到了命令。每个排都得去城里的一个守卫点——不仅是桥梁，还有路口、车站和邮局。警戒岗通过野战电话相互联络。国家首府像一座刚被攻克的敌方城市一样被保护起来。最糟糕的是，机枪团要在可能出现混乱的地点架设机枪。

格雷戈里把命令转达给手下的战士们，所有人都惊呆了。伊萨克说："沙皇难道真的要命令军队用机枪扫射自己的人民？"

格雷戈里说："如果他这样做，战士们会服从吗？"

格雷戈里愈发感到兴奋，同时也十分害怕。罢工行动让他欢欣鼓舞，因为他知道俄国人必须向他们的统治者挑战，否则，战争还会拖延下去，人们继续挨饿，弗拉基米尔将来也不可能过上比格雷戈里和卡捷琳娜他们这一代更好的日子。正是这种信念让格雷戈里入了党。另一方面，他暗暗希望士兵们干脆拒绝服从命令，这样不用流太多的血就能引发革命。但是，当他所属的部队奉命在彼得格勒街头搭建机枪掩体时，他开始觉得自己的想法太愚蠢了。

俄国人民真的能够逃脱沙皇的暴政吗？有时这看来似乎是白日做梦。然而，其他国家发生过革命，推翻了他们的压迫者。就连英国人也曾杀死过自己的国王。

彼得格勒现在就像火炉上的一锅水，格雷戈里心想：锅上冒着丝丝蒸汽，不时泛起暴烈的气泡，表面弥散着滚烫的热流，但下面的水没什么动静，越是盯着越不开。

他的排被派到塔夫利宫，那是叶卡捷琳娜二世的夏日行宫，现在属于软弱的国家杜马。上午周围很安静，即使在挨饿，人们星期天也要睡一会儿懒觉。但天气持续晴好，中午时分他们便开始从郊区聚集过来，步行之后再乘坐电车。一些人聚集在塔夫利宫的大花园里。格雷戈里注意到，他们并不都是工人。还有不少中产阶级的男男女女、学生，以及一些看上去生活优渥的生意人。有的人还带着自己的孩子。他们是参加政治示威，还是来公园散步的？格雷戈里觉得他们自己可能也没有弄清楚。

在宫殿入口，他看见一个衣冠楚楚的年轻人，报上刊登过他的照片，让那张英俊的面孔被人熟知，他认出那是劳动派代表亚历山大·费奥多罗维奇·克伦斯基。劳动派是从社会革命党中分离出来的一个温和派系。格雷戈里向他打听里面发生了什么事。

“沙皇今天正式解散了杜马。”克伦斯基对他说。

格雷戈里反感地摇了摇头。“沙皇的典型做法，”他说，“镇压抱怨的人，而不是解决他们的不满。”

克伦斯基猛盯着他看，也许是没料到一名普通士兵能做出这样的分析。“相当正确，”他说，“不管怎么样，我们这些代表不会理睬沙皇的敕令。”

“那又能怎么样？”

“大多数人认为只要当局设法恢复面包供应，示威就会慢慢平息。”克伦斯基说完便进去了。

格雷戈里不知道这些温和派是怎么考虑的。如果当局有能力恢复面包供应的话，他们为什么不这么做，而是要定量配给？温和派总是凭空期望，不顾事实。

正午刚过，格雷戈里就看见了卡捷琳娜和弗拉基米尔的笑脸。他星期天通常都跟他们在一起，但他原以为今天见不到他们的。弗拉基米尔看上去健康快活，让格雷戈里大大松了一口气。显然这孩子经受住了这次感染。天气已经热了起来，卡捷琳娜敞着外套，显露出丰韵的体型。他真希望自己能去爱抚她。她笑盈盈地看着他，让他想到躺在床上时她吻他脸颊的滋味，心里猛地涌起一股难以抑制的渴望。他实在不愿意错过今天下午的拥抱。

“你怎么知道我在这儿？”他问她。

“是我运气好猜中了。”

“很高兴见到你们，不过你不该来市中心，这儿很危险。”

卡捷琳娜看着在公园散步的人群：“我觉得挺安全的。”

格雷戈里也不能再说什么。眼下这里风平浪静，没有任何骚乱的迹象。

母亲和孩子去冰冻的湖边散步了。看着弗拉基米尔蹒跚着走开，几乎马上就要摔倒，格雷戈里的心提到了嗓子眼儿。卡捷琳娜把他扶起来，哄着他继续往前走。他们看上去那么脆弱，不知又会有什么事情降临在他们身上。

回到原地后，卡捷琳娜说她要带弗拉基米尔回家睡午觉。

“走僻静的后街，”格雷戈里说，“躲着点儿人群。真说不好会发生什么。”

“好的。”她说。

“保证？”

“我保证。”

格雷戈里这天没有看到流血，但晚上回军营后从其他分队那里听到了不同的消息。在符印广场，士兵们接到命令对示威人群开枪，有四十个人被打死。格雷戈里感觉仿佛有只冰冷的手攫住了他的心。卡捷琳娜也有可能被杀，如果她当时正走在大街上！

其他人也一样怒不可遏，食堂里顿时群情激愤。格雷戈里受到大家情绪的鼓舞，站到一张桌子上承担起组织者的义务，让战士们轮流发言，保持秩序。晚餐很快变成了一场群众性集会。他让伊萨克先说，后者是编成团足球队的明星，大家都认得他。

“我参军是为了杀德国人，不是杀俄国人，”伊萨克的话赢得了下面一片赞同的呼声，“游行的人都是我们的兄弟姐妹，我们的母亲和父亲，他们唯一的罪过就是要得到面包！”

格雷戈里认识团里的所有布尔什维克，他接连叫上几个人发言，但他也谨慎地请其他人说话，避免显得偏向哪一方。通常士兵们表达意见时都很谨慎，担心自己被告发而受到惩罚。但今天他们已不在乎这些了。

给人留下最深印象的发言人是雅科夫，他个头高大，长得虎背熊腰。他站在格雷戈里旁边，眼里含着泪水：“他们命令我们开火，我不知道该怎么办，”他看上去无法提高自己的声音，房间里安静下来，其他人都在紧张地听着，“我说：‘上帝啊，现在请指引我吧。’我心里倾听着，但上帝没有给我答案。”人们沉默着，“我举起步枪，上尉大喊大叫：‘开枪！快开枪！’可我该用枪打谁呢？在加利西亚，我们知道谁是敌人，因为他们在向我们开火。但今天在广场上没人攻击我们。很多都是妇女，有些还带着孩子。连男人手里也没有武器。”

他陷入了沉默。战士们一个个像石头般呆立着，仿佛稍微一动就会打破魔咒。过了一会儿，伊萨克催问道："后来发生了什么，雅科夫·达维多维奇？"

"我扣动了扳机。"雅科夫说，眼泪落在他浓密的黑胡子上，"我都没去瞄准。上尉冲着我叫嚷，我开枪只是为了让他闭嘴。但我打中了一个女人。一个姑娘，是的，我想她大概十九岁。她穿了一件绿色的外套。我射中了她的胸口，鲜血染红了外套，红色淹没了绿色。然后她就倒了下去。"他当众哭了，然后喘息着说，"我丢下手里的枪，想跑过去，想去帮帮她，可人群冲着我涌了过来，一阵拳打脚踢，但我什么都感觉不到。"他用袖子擦了擦脸，"这下我麻烦了，因为弄丢了步枪。"又是一阵长时间的停顿。"十九岁，"他说，"我想她也就十九岁。"

格雷戈里没注意到门开了，基里洛夫中尉突然出现在那儿。"从该死的桌子上下来，雅科夫，"他喊道，然后看着格雷戈里，"还有你，别斯科夫，你这个捣乱分子。"他转身对着其他士兵，他们正围坐在三脚小桌边。"现在统统回自己营房去，"他说，"从现在开始，任何人再在这间屋子里耽搁一分钟，就得挨鞭子。"

谁都没有动。士兵们一脸蔑视地看着中尉。格雷戈里心想：兵变会不会就这样开始了？

但雅科夫还沉浸在自己的痛苦中，没有意识到他已营造出一个戏剧性的时刻。他笨手笨脚地从桌子上下来，紧张随即解除了。基里洛夫旁边的几个人站了起来，面色阴沉但又有些害怕。格雷戈里继续挑衅般在桌上站了一会儿，但他发觉战士们此刻的愤怒不足以攻击一位军官，因此最后也从桌上下来了。人们开始离开房间。基里洛夫站在原地，眼睛瞪视着所有人。

格雷戈里回营房不久，熄灯的铃声就响了。他作为中士的特权是在寝室的尽头占据一块单独的空间，有一道帘子与外面隔开。他能听见战士们的低声交谈。

“我就不会朝女人开枪。”一个说。

“我也不会。”

第三个声音说：“如果你们不开枪，那些狗娘养的军官就会说你违抗命令，开枪打死你。”

“我要故意打偏。”又有一个人说。

“他们会发现的。”

“你必须把枪口对着人群的脑袋上方一点点。没人会发觉你在干什么。”

“我就是这么想的。”另一个声音加入进来。

“我也是。”

“还有我。”

到时候看吧，格雷戈里这样想着，慢慢进入了梦乡。摸着黑说话都挺有骨气，天亮以后恐怕就是另一回事了。

星期一，格雷戈里的排通过萨姆索涅夫斯基大街前往铸造大桥，受命阻止游行队伍过河进入市中心。这座大桥长约四百米，横卧在一个个巨大的石头桥墩上，像一艘困在冰河上的破冰船。

今天的工作跟星期五一样，但命令有所不同。基里洛夫中尉向格雷戈里下达了指令。这些天来他说话时脾气都很坏。军官们大概也跟手下的士兵一样，不愿意跟自己的同胞兵戎相见。“绝不能让游行队伍过河，不管是从桥上还是从冰上，你明白吗？如果有人违抗你的命令，你就开枪。”

格雷戈里心里不屑，但嘴上机敏地回答：“是的，阁下！”

基里洛夫重复了一遍命令，随后就不见人影了。格雷戈里觉得中尉很害怕。毫无疑问，无论他的命令是否被执行，他都要负责任。

格雷戈里无意服从命令。他打算跟游行的领头人交谈，让追随者们趁机越过冰河，就像上星期五那样。

但一早就有一队警察加入了他们，队长竟然是他的宿敌米哈伊尔·平斯基。这家伙看上去根本不缺面包吃——他那张肥脸比以前更圆了，那身警服都快被撑炸了。他手里拿着一个扩音器。那个长得像黄鼠狼的尖脸搭档科兹洛夫这次没有跟来。

“我认识你，”平斯基对格雷戈里说，“你以前在普梯洛夫机械厂做工。”

“后来是你让我应召入伍的。”格雷戈里说。

“你弟弟是个凶手，不过他逃到美国去了。”

“随你怎么说。”

“今天谁也别想过河。”

“那可不好说。”

“我希望你们全力配合，听清楚了？”

格雷戈里说：“你不害怕吗？”

“这帮乌合之众？别傻了。”

“不，我是说将来。如果革命成功了。你觉得他们会怎么对付你？你一辈子都恃强凌弱，打人，骚扰妇女，还收受贿赂。难道你不害怕有一天遭到报应？”

平斯基用戴着手套的手指着格雷戈里：“我要举报你从事该死

的颠覆活动。”说完，他便走开了。

格雷戈里耸耸肩。眼下不像过去，警察不能想抓谁就抓谁。如果格雷戈里被关进监狱，伊萨克他们就会造反，军官们很清楚这一点。

这一天静悄悄开始了，但格雷戈里注意到只有零星的工人走上街头。许多工厂都关闭了，因为没有足够燃料开动蒸汽机和锅炉。其他地方在闹罢工，员工要求提高工资应付飞涨的物价，或者要求给冰冷的车间安装取暖设备，在危险的机器旁边加装安全护栏。今天看来没人去上班。但太阳还是暖烘烘升了起来，人们不准备待在屋里。到了上午十点左右，格雷戈里看到一大群穿着破烂工服的男男女女，沿着萨姆索涅夫斯基大街走了过来。

格雷戈里手下有三十名士兵和两个下士。他让他们一字排开，每排八人站成四排，拦在大桥尾部。平斯基的手下与之人数相当，一半步行，一半骑在马背上，站在道路两侧。

格雷戈里焦急地凝视着迎上前来的人群。他无法预测究竟会发生什么。他可以象征性地抵抗，防止流血事件发生。但他不知道平斯基会做什么。

游行的人群更近了。大概有几百，不，应该有好几千人。大多数人戴着红色臂章或红丝带。他们打着横幅，上面写着“打倒沙皇”和“面包、和平及土地”。这已经不再是简单的抗议，格雷戈里明白了：一切已经变成一场政治运动。

游行的领导者们走在队伍前面，格雷戈里发现自己的战友们越来越紧张了。

他迎上前去，吃惊地发现走在最前面的是瓦莉娅，康斯坦丁的母亲。她的灰白头发用红头巾扎住，手里一根粗重的木棍捆扎着一面红旗。“你好，格雷戈里·谢尔盖耶维奇，”她亲切地说，“你要向我开枪吗？”

“不，我不会，”他回答，“但我不能保证警察也不会。”

瓦莉娅停下了脚步，但其他人继续向前，被后面成千上万的人推动着。格雷戈里听见平斯基催促骑兵往前站。这些马背上的警察被称作“法老”，他们带着鞭子和警棍，最让人痛恨。

瓦莉娅说：“我们只想要谋生，养家糊口。难道你不想吗，格雷戈里？”

示威者没有正面跟格雷戈里手下的士兵对峙，也没有试图越过他们走上大桥。相反，他们在大桥两侧的河岸边扩散开来。平斯基的法老们慌忙沿着纤道来回走动，似乎想拦住人们去冰面的路，但他们人手不足，无法组成一道屏障。不过，示威者中也没有人轻举妄动。一时间双方呈僵持状态。

副队长平斯基把扩音器放到嘴边，喊道：“往回走！”那东西不过是一块圆锥形的锡铁皮，只有一点点扩音效果，“你们不能进入市中心。大家按顺序返回工作场所。这是警察的命令。往回走。”

没有人往回走——大部分人甚至没听见他在说什么。相反，示威者们开始发出嘲笑的嘘声。人群里有人扔出一块石头。石头击中了一匹马的屁股，那牲口一惊。马鞍上的人猝不及防，差点摔下马背。他怒冲冲坐直身子，拉紧缰绳，朝胯下的坐骑狠狠抽了一鞭子。众人哄笑，这让他更加气愤，但他最终控制住了马。

一个勇敢的示威者趁此机会避开岸上的法老跑上冰面。大桥两侧又有几个人也冲了出去。法老们挥起鞭子和棍子，来回驱使着马。有些人倒在地上，但更多人躲了过去，其他人也壮着胆子跃跃欲试。几秒钟内，就有三十多人穿过了结冰的河面。

格雷戈里乐见其成。他可以说自己一直努力加强防守，也的确把人们挡在大桥外面，只是抗议者人数太多，根本不可能阻拦他们越过冰河。

平斯基却不这么看。

他把话筒朝着武装警察，大声说：“瞄准目标！”

“不要！”格雷戈里喊道，但为时已晚。警察已经摆出射击的姿势，他们单膝跪地，举起步枪。走在前面的示威者企图后退，但有上万人在后面推着他们向前。有的朝河那边跑去，冲闯法老的防线。

平斯基喊道：“开火！”

枪声听上去像一阵爆竹，随后，只见一个个示威者倒在地上，惊恐而痛苦地尖叫着。

格雷戈里仿佛回到了十二年前。他看见冬宫前面的广场上成百上千的男男女女跪在地上祈祷，对面的士兵端着步枪，他母亲躺倒在地，鲜血在雪地上漫开。他耳边回荡着十一岁列夫的惊叫声：“她死了！妈死了，我母亲死了！”

“不，”格雷戈里大声说，“我绝不能让这样的事再次发生。”他转过身来，扳开那杆莫辛-纳甘步枪的枪栓，然后把枪扛上肩膀。

人群尖叫着四处逃窜，踩踏倒在地上的人。法老们失去了控制，横冲直撞。警察胡乱朝着人群开枪。

格雷戈里把枪口仔细对准平斯基，瞄准身体的中部。他的枪法不算太好，而平斯基也远在五十多米外，但他还是有可能击中目标。他扣动了扳机。

平斯基继续对着扩音器喊叫着。

格雷戈里没打中。他稍稍放低枪口——后坐力让枪口向上挪动了，然后再次扣动了扳机。

这一发又打偏了。

杀戮在继续，警察野蛮地朝着逃跑的男人和女人射击。

格雷戈里步枪的弹夹里一共有五发子弹。通常五枪之内他总能打中一枪。他射出了第三发。

平斯基痛苦地叫了一声，那声惨叫被扩音器放大了。右膝盖一弯，他扔下手里的扩音器倒在了地上。

格雷戈里排里的战士们学着他的样子，开始袭击警察，有的射击，有的把步枪当棍子，还有人冲上去，把法老拉下了马。游行的人有了信心也加入进来。有些已经退回河面的人又折返了。

暴民的愤怒让人无法正视。彼得格勒的警察一向是狗眼看人低的暴徒，目无法纪，肆无忌惮，现在大家终于找到了报复的机会。倒在地上的警察被人狂踢乱踏，那些仍然站着的也立刻被打倒在地，法老胯下的马匹也被射杀。警察只不过抵抗了几分钟，能跑的就都跑了。

格雷戈里看见平斯基挣扎着想站起来，便再次瞄准，急于一枪结果了这个混蛋，但一个法老突然出现，把平斯基抬到他的马背上逃走了。

格雷戈里往后退了一步，望着警察渐渐跑远。

他现在面临着这辈子最大的麻烦。

他的排叛变，直接违抗命令，没有朝示威者开枪，而是袭击了警察。他非但没有阻止，还带头射击平斯基，后者没被打死，必定会把一切汇报上去。他们没有任何办法遮掩事实，也找不到任何借口为自己开脱，必将受到严惩。他犯了叛国罪。他可能会受到军事法庭的审判，然后被处死。

即使如此，他心里仍然十分畅快。

瓦莉娅从人群中挤过来。她笑着，尽管脸上带着血迹。“现在怎么办，中士？”

格雷戈里不打算就这样认罪。沙皇正在谋杀自己的人民。既然如此，人民也会挺身反抗。“去军营，”格雷戈里说，“把工人阶级武装起来！”他一把抓过她手里的红旗，“跟我来！”

他大步沿着萨姆索涅夫斯基大街返回。手下的战士们跟着他，伊萨克在一旁指挥着，人群跟在他们后面。格雷戈里并不清楚他具体要做什么，但他觉得没必要预先计划——走在人群最前列，让他相信自己能做到任何事情。

哨兵为士兵们打开营门，但大门一开，想把示威者关在外面就难了。格雷戈里带领队伍穿过阅兵场来到军械库。基里洛夫中尉从总部出来，看见人群便朝这边跑了过来。“站住！”他喊道，“全都停下，马上！”

格雷戈里没搭理他。

基里洛夫站在原地，抽出他的手枪。“停下！”他说，“再往前走我就开枪！”

格雷戈里手下的两三个士兵举起步枪朝基里洛夫射击。好几颗子弹一齐击中了他，他立刻倒在地上，血流不止。

格雷戈里继续向前走。

军械库有两个哨兵把守。两人都没有阻拦格雷戈里。他用弹夹中的最后两颗子弹打碎了那扇厚重木门上的锁头。人群呼啦啦冲进军械库，互相推搡着去拿武器。几个士兵负责打开装着步枪的木匣子，把枪支连同弹药盒分发给大家。

这就是革命，格雷戈里想。他为此振奋不已，也感到恐惧。

他拿了两支配发给军官的纳甘左轮手枪，给步枪填上子弹，口袋里也塞满弹药。他不知道接下来该做什么，但他现在已经成了罪犯，必须把自己武装起来。

军营里的其他士兵也加入进来洗劫军械库。很快，每个人都武装到了牙齿。

格雷戈里扛着瓦莉娅的那杆红旗，带领众人走出军营。示威活动总是前往市中心。在伊萨克、雅科夫和瓦莉娅的簇拥下，他穿过铸造大桥，向彼得格勒富裕的中心地带前进。他觉得自己好像在飞，像在做梦，就好像喝下了一大口伏特加。这么多年他总是嘴上说反抗权威，今天他真的这样做了。他觉得自己获得了新生，是一种不同的生物，一只飞翔在空中的鸟。

他想起母亲被枪杀后跟他说话的那个老人。他说："愿你活得长久，"当时他怀里抱着母亲的尸体正试图穿过冬宫广场，"为沙皇这一天的恶行复仇。"老爷子，你的愿望就要实现了。他兴高采烈地想。

第一机枪团并不是这天上午唯一发生兵变的部队。等他走到大桥的另一头，发现街上满是军人，他们藐视军规，反戴着帽子，敞着上衣。大部分都戴着红色臂章或丝带，表示他们参加了革命。招募来的汽车到处乱闯，窗口探出步枪枪筒和刺刀，里面是坐在士兵膝头哈哈大笑着的姑娘。昨天的岗哨和检查站全没了踪影。街道完全被民众控制了。

格雷戈里看见一家葡萄酒商店的橱窗玻璃砸碎了，门也被砸烂。一个士兵带着一个姑娘从里面走出来，双手握着酒瓶，踩着一地的碎玻璃。隔壁的咖啡店老板在外面摆了张桌子，上面有几盘熏鱼和切成片的香肠，他带着红色丝带，站在一旁不自然地笑着，邀请士兵们随便享用。格雷戈里猜测他是在竭力保全自己的店铺，以免像隔壁的葡萄酒商店一样被打劫。

人们走向市中心，狂欢的气氛愈发浓烈。虽说刚到中午，但有些人已经喝得醉醺醺的。姑娘们似乎都愿意亲吻任何戴红肩章的人，格雷戈里看见一个士兵当众抚摸一个胸脯丰满的中年女人，后者咯咯笑着。还有些女孩穿上了士兵的军服、戴着军帽，蹬着并不合脚的靴子在街上大摇大摆走着，享受着自由的滋味。

众人试图拦下一辆驶过街道的闪亮的劳斯莱斯轿车。司机脚踩油门加速向前，但还是有人打开了车门，把司机从里面拉出来。人们冲上前去往车里挤。格雷戈里看见马克拉柯夫伯爵从后座上被揪了出来，他是普梯洛夫机械厂的一位董事。格雷戈里回想起碧公主去工厂参观那天，马克拉柯夫被她迷得神魂颠倒。人群大声嘲笑着，伯爵拉起裘皮衣领匆匆跑了，人们也没再去骚扰他。十来个人挤进他的汽车，有人发动起来，兴奋地按着喇叭。

在下一个街角，有几个人在折磨一个戴着毡帽的高个子男人，这人穿着一件破旧的中产阶级上班穿的大衣。一个士兵用枪筒戳他，一个老太太在朝他吐唾沫，旁边还有个工人打扮的年轻人朝他身上扔垃圾。“让我过去！”那人说，做出发号施令的样子，几个人全都笑了起来。格雷戈里从那单薄的身形认出那是普梯洛夫铸造车间的监事卡宁。他的帽子掉了下来，格雷戈里看见他已经谢顶。

格雷戈里推开这几个人。“这人没有什么过错！”他喊道，“他是个工程师，我以前跟他一起工作。”

卡宁认出了他。“谢谢你，格雷戈里·谢尔盖耶维奇，”他说，“我不过是想去我母亲家，看看她有没有事。”

格雷戈里转向那几个人：“让他过去吧，我为他担保。”他看见一个女人抱着一大卷红丝带——一定是从缝纫用品店抢来的，便向她要了一截。女人剪下一些，格雷戈里把丝带绑在卡宁的左胳膊上。这群人喝起彩来。

“这样你就安全了。”格雷戈里说。卡宁握了握他的手，走开了，那几个人给他让开了路。

格雷戈里的人来到涅夫斯基大街，这条街道很宽，从冬宫一直延伸到尼古拉耶夫斯基火车站。街上到处是人，他们拿着酒瓶喝酒、吃东西、接吻、朝天空开枪。开门的餐厅都打出招牌，上面写着“革命者免费！”和“想吃就吃，付钱随意”。很多商店都是被强行砸开的，鹅卵石路上到处都是碎玻璃。一辆不受欢迎的有轨电车——票价太高，工人们坐不起，被当街推翻，一辆雷诺汽车随后撞在了上面。

格雷戈里听见一声枪响，但枪声随处可闻，一开始他没有多想，可他身边的瓦莉娅踉跄了几步便倒在了地上。格雷戈里跟雅科夫马上俯下身子查看。她已经没了知觉。他们吃力地抬起她沉重的身子，立刻发现她已经没救了——一颗子弹穿入她的前额，她只是无神地睁着双眼。

格雷戈里竭力不让自己陷入哀伤，无论是为他自己还是为瓦莉娅的儿子，他最好的朋友康斯坦丁。他在战场上学会了先反击，再悲伤。可这算是战场吗？到底是谁要杀害瓦莉娅？枪法非常准确，他无法想象这是一颗随意射出的子弹。

他的疑问很快有了答案。雅科夫跪在了地上，胸口涌出鲜血。他那沉重的身子在鹅卵石上发出一声闷响。

格雷戈里迈步躲开这两具尸体，嘴上说了一句："真是活见鬼！"他蜷缩身子，让自己的目标小一些，一边迅速朝四周看着，寻找能掩护自己的地方。

他又听到另一声枪响，一个帽子上系了条红头巾的士兵正经过这里，突然捂着肚子一头栽倒在地。

一定是狙击手，专门朝革命者开枪。

格雷戈里猛跑几步，闪身躲在一辆翻倒的电车后面。

一个女人尖叫起来，紧接着又有人喊了起来。人们看到了流血的尸体，纷纷向四周跑开。

格雷戈里抬起头，扫视着周围的建筑。开枪的人肯定是个警察狙击手，但他躲在哪儿呢？枪声似乎是从街对面传来的，不到一个街区的距离。午后的阳光中，大楼被照得很亮，这里有酒店、铁百叶窗紧闭的珠宝店、一家银行，以及街角的一座教堂。格雷戈里没发现开着的窗户，看来枪手是在房顶上。几座建筑的房顶都没有掩护，只有教堂那座石头砌成的巴洛克建筑带有塔楼、栏杆和洋葱头的圆顶。

又是一声枪响，一个穿着工厂服装的女人尖叫一声，缩着肩膀倒在地上。格雷戈里确信声音来自教堂，但他没有看见烟雾。看来警察为自己的枪手配发了无烟子弹。这的确是一场战争。

整条涅夫斯基大街已经空无一人。

格雷戈里用步枪瞄准教堂顶部的护栏。如果他是枪手，他肯定会选择这一位置向下射击，那里居高临下，能俯瞰整条街道。他仔细察看着。凭着眼角的余光，他看见又有两杆步枪跟他指向同一个方向，拿枪的两个士兵躲在旁边的掩体后面。

一个士兵带着个女孩摇摇晃晃出现在大街上，两人都已喝醉。女孩跳着快步舞，拉起裙摆露出膝盖，她的男友绕着她跳华尔兹，把步枪夹在脖子下，假装那是一只小提琴。两人都戴着红臂章。几个人朝他们喊着，发出警告，但他们沉浸在欢乐之中，并没有听见。他们经过教堂，全然没意识到危险。接着，两声枪响，士兵和女孩倒在了地上。

这一次，格雷戈里仍然没有看见一丝烟，但他还是朝教堂大门上方的栏杆那里射出了愤怒的子弹，打空了他的弹夹。他的子弹打碎了栏杆的石头，让那儿扬起一股灰尘。其他两支步枪也响了，格雷戈里见他们也在朝同一个方向射击，但他们似乎什么也没打中。

这简直令人无法容忍，格雷戈里一边装弹一边想。他们在朝着一个看不见的目标射击。枪手大概趴在那儿，躲得严严实实，根本用不着将枪筒探出栏杆。

但这一切必须终止。他已经杀了瓦莉娅、雅科夫、两个士兵和一个无辜的女孩。

只有一个办法能够接近他——登上教堂的房顶。

格雷戈里再次朝栏杆射击。正如他想象的那样，另外两个士兵也跟着朝那里开火。格雷戈里估计枪手会把头低下几秒钟，便站起身来，离开翻倒的电车掩体，跑向大街的另一头，在一家唯一未被洗劫的书店橱窗前匍匐下来。

他躲在午后大楼下的阴影里，沿着街道一路朝教堂跑过去。教堂前有条小巷与比邻的银行相隔。他耐心地等了几分钟，直到枪声再次响起，然后飞奔穿过小巷，紧贴教堂东侧的墙壁站着。

枪手是否看见他跑了过来，从而猜到了他的动机？这一点他无从得知。

他紧贴着墙根绕过墙角，最后找到了一扇门。门没锁，他溜了进去。

这座教堂十分华美，内部装饰富丽堂皇，到处是红绿黄色的大理石。眼下并没有礼拜活动，但有二三十位朝拜者或坐或立，低头默默祷告着。格雷戈里扫视了一遍内部，寻找通往楼上的门。他匆忙穿过走廊，担心自己的耽搁会造成更多伤亡。

一个黑发白肤、长相英俊的年轻牧师看见了他的步枪，正要开口表示抗议，但格雷戈里没去理会，匆忙走了过去。

他在前厅发现了墙上的一个小木门。他打开门，看见一个螺旋状的楼梯通到上面。这时他的身后有个声音说："站住，我的孩子。你在做什么？"

他回头看见那个年轻牧师："这楼梯一直通到房顶吗？"

"我是米哈伊尔神父。你不能把武器带进上帝的殿堂。"

"你的房顶上有枪手。"

"他是个警察！"

"你知道有人？"格雷戈里怀疑地盯着牧师，"他在杀人！"

神父没有回答。

格雷戈里跑上楼梯。

上面吹来一股冷风。米哈伊尔神父显然站在警方一边。牧师会不会想办法向枪手发出警报？他只能跑到街上挥手示意，但那会让他挨子弹。

在黑暗中攀爬了很久，格雷戈里才看到另一扇门。

为了缩小目标，他躲在门边，用左手稍稍将门推开一条缝，右手提着步枪。一道强光从门缝里射进来。他一把推开门。

眼前一个人影也没有。

他眯起眼睛，迎着太阳通过长方形的入口仔细观察。他现在是在钟楼里，门朝向南面。涅夫斯基大街是在教堂的北侧。枪手待在另一边——除非他挪动了地方，准备伏击格雷戈里。

格雷戈里小心翼翼地一步一步向上走，向外探出头去。

什么也没有发生。

他穿过了门。

脚下的屋顶微微倾斜，下面是一道与装饰护栏并行的排水沟。一排用于维修的木垫板放在那儿，避免工人踩在屋瓦上。他的背后便是向上耸起的钟楼。

他端着步枪，慢慢绕过钟楼。

转过第一个拐弯，他发现这里向西俯瞰亚历山大花园和远处的海军部。中部是拥挤的大街，但附近的街道上空无一人。枪手一定还在射击。

格雷戈里仔细听着，但没有听到枪声。

他继续侧身绕着塔前进，直到他能远远看到下一个街角。现在他可以看见教堂的整个北墙。他很有把握，确信会在这里找到狙击手——那人肯定趴在地上从护栏的立柱之间向下开枪。但这里一个人都没有。栏杆下面就是宽阔的大街，人们蜷缩在门边，躲在墙角，等待着、观望着即将发生的一切。

过了一会儿，狙击手的步枪响了。街上的一声惨叫告诉格雷戈里，这家伙击中了目标。

枪声来自格雷戈里的头顶上方。

他往上望去。钟楼四面是没有玻璃的窗户，外侧呈对角方式坐落着几个开放的小塔楼。枪手就是从那一个个开口处向外射击的。幸运的是格雷戈里一直紧贴着墙壁，狙击手没有发现他。

格雷戈里回到里面。楼梯间的狭小空间让他的步枪显得又大又笨。他放下步枪，掏出身上的手枪。凭手上的分量，他感觉枪里没有子弹。他暗暗咒骂了一声。纳甘M1895装弹很慢。他从军装口袋里取出一盒子弹，一发一发通过别扭的弹槽推入枪膛，一共装了七发。然后他把枪上膛。

他留下步枪，沿着螺旋台阶向上爬，步子很轻。他让自己平稳移动，以免太过吃力，或让人听到自己的呼吸声。他用右手握枪，直指楼梯上方。

一会儿工夫，他闻到了烟味。

狙击手正在吸烟。不过，刺鼻的香烟味会传得很远，因此格雷戈里无法判断自己是否已经接近了这个家伙。

头顶反射着一丝阳光。他继续攀登，同时准备随时开枪。光线是从空荡荡的窗口透进来的。枪手没在那儿。

格雷戈里继续向上爬，再次看到了光线。烟味变得更浓了。这一切是不是他的想象？他是不是感觉到那个狙击手就在楼梯下一个转弯？如果真是这样，那人是否也能感觉到他的存在？

他听到一声刺耳的嘬吸。他吃了一惊，差点就要扣动手上的扳机。随后他意识到这是一个男人抽烟时产生的噪音。过了一会儿，他又听到吸烟者吐出烟雾时那种松弛、惬意的声音。

他犹豫着，不知道狙击手的脸冲着哪个方向，也不知他的枪口指向何处。他希望再次听见步枪击发的声音，这时候，狙击手的注意力肯定是朝向外面。

等待意味着另一个人被杀，另一个雅科夫或瓦莉娅在冰冷的鹅卵石上流血死去。但从另一方面看，如果格雷戈里失败，不知狙击手在整个下午还会杀死多少人？

格雷戈里强迫自己保持耐心。这就像在战场上一样。你不能急于去挽救一个受伤的战友，从而牺牲自己的性命。你只能在有足够理由的情况下才能冒险。

他听到了另一声吸气声，接着是更长的呼气声，片刻后，一截捏扁的烟头丢进了楼梯井，在墙壁上反弹了几下落到他脚边。这人发出一阵在狭小空间挪动时的响动。接着，格雷戈里听到他在低声嘀咕，听上去像是在咒骂："蠢猪……革命者……臭犹太人……肮脏的妓女……白痴……"狙击手正在作射击准备。

如果格雷戈里现在能让他停手，至少可以挽救一个人。

他又上了一级台阶。

自言自语的声音继续着："蠢牛……这帮斯拉夫人……全是小偷和罪犯……"这声音似乎有些耳熟，格雷戈里不知自己是否遇见过这个人。

他又登上一级，看见了那人的脚，穿着一双簇新锃亮的黑色警靴。这双脚很小，看来狙击手是个矮个子。他单膝跪地，摆出最稳定的射击姿势。格雷戈里现在可以看见他正躲在一个塔楼里面，这样他就能朝三个方向射击。

格雷戈里想，只要自己再往前一步，就能一枪干掉这家伙。

他又上了一级，但出于紧张一脚踩空，身子摇晃着滑倒了，手枪也从手里飞了出去，碰在石阶上"咣当"一响。

狙击手吓得大声骂了一句，四下张望。

格雷戈里吃了一惊，认出那人便是平斯基的搭档伊利亚·科兹洛夫。

格雷戈里去抓掉落的手枪，但没有抓到，手枪一阶一阶缓慢煎熬地掉到他够不到的地方。

科兹洛夫开始转移，但他正保持着跪姿，无法快速活动。

格雷戈里恢复了平衡，又向上迈了一级。

科兹洛夫想把步枪掉转过来。这是一杆标准的莫辛-纳甘步枪，但上面加了一只望远镜。就算不带刺刀，这枪的长度也接近一米，让科兹洛夫无法灵活操控。格雷戈里快速接近，那步枪的枪管一下戳到了他的左肩。科兹洛夫徒劳地扣动了扳机，子弹沿着楼梯间的弧形内壁弹跳开。

科兹洛夫一下站了起来，动作敏捷。他长着一个小脑袋，面相丑陋，格雷戈里隐约感觉他当狙击手的目的就是报复欺负他的大块头男人，甚至女人。

格雷戈里一把抓住步枪，两人面对面在狭小塔楼空荡荡的窗户边争夺起来。格雷戈里听见兴奋的叫嚷声，一定是街上的人能够看到他们。

格雷戈里更高大，也更强壮，他知道自己能把枪夺过来。科兹洛夫也意识到这一点，便猛地松开手。格雷戈里身子向后一歪。转瞬间这警察抽出他的警棍挥了过来，一棍打在格雷戈里的头上。格雷戈里立刻眼冒金星，意识模糊中，他看见科兹洛夫再次挥起棍子。他举起步枪，棍子落在了枪筒上。不等这警察再挥一棍，格雷戈里便扔下枪，两手抓住科兹洛夫的外套，一把将他提了起来。这家伙几乎没什么分量。格雷戈里提着他，使其两脚离地，几秒钟后，他使出全身气力将他扔出了窗户。

科兹洛夫好像坠落得很慢。阳光映衬着他制服的绿色贴边，随着他越过教堂屋顶的栏杆飞向半空。一声恐惧的惨叫划破寂静，然后，他便“扑通”一声撞在地上，从钟楼上都能听得一清二楚，叫声随即戛然而止。

片刻的寂静过后，下面的街道上顿时欢声雷动。

格雷戈里意识到人们在为他喝彩。他们看见地上的警服和塔楼上的军装，明白发生了什么。他看见人们走出门口和街角的藏身处，向上张望着，喊叫着鼓掌。他成了一个英雄。

这种感觉让他很不自在。他在战争中杀过几个人，眼前的情形不至于让他心悸，但他还是无法去庆祝一次死亡，尽管科兹洛夫该死。他又逗留了片刻，让人们继续鼓掌，但心情并不好受。随后他退回去走下旋转楼梯。

他顺手捡起左轮手枪和步枪。当他出现在教堂里时，米哈伊尔神父在那儿等着他，一脸惊恐。格雷戈里用手枪指着他。“我该一枪崩了你，”他说，“你允许狙击手进来，杀了我的两个朋友，至少还有其他三个人，你容许他这样做，你是杀人的恶魔。”神父听到被人称作魔鬼，惊得说不出话来。不过格雷戈里不会让自己朝一个手无寸铁的平民开枪，所以他只是厌恶地哼了一声，走出了门。

他排里的人正等着他，当他走到太阳底下，他们便一个个欢呼起来。他无法阻止他们将他抬上肩膀，一路走上大街。

他从人们的头顶望过去，发现街上的气氛出现了变化。人们喝得更醉了，每个街区都有人醉倒在门口。他吃惊地发现小巷里的男男女女不只是在亲吻。每个人手里都有枪——显然这些民众洗劫了其他军械库，甚至武器工厂。各个路口都有撞毁的汽车，其中还有些救护车，医生们在忙着救助伤员。儿童也跟大人一样上了街，小孩子们尤其开心，他们偷吃的，偷着抽烟，在被弃的车辆里嬉戏玩耍。

格雷戈里看见一家毛皮店正在遭到洗劫，效率堪称专业，是特罗菲姆。他是列夫之前的搭档，正抱着一摞大衣跑出店门，放进一辆手推车，另一个腐败的警察费奥多尔守在旁边，现在他穿着一件农民式样的大衣遮掩自己的警察制服。城里的罪犯视革命为机遇。

过了一会儿，格雷戈里的战士们把他放下来。午后的光线渐渐变暗，街上已经点起几处篝火。人们聚集在战士们身边，一边喝酒，一边唱歌。

一个十来岁的男孩从一个醉过去的战士身上拿走一支手枪。那是一支长筒鲁格P08自动手枪，是德军配发给炮手的——这大概是那个士兵从前线的俘虏手上搞到的。男孩两手摆弄着，咧开嘴笑着，用枪指着躺在地上的人。格雷戈里惊恐不已，他来不及夺回枪，那孩子已经扣动了扳机，子弹穿入醉酒不醒的战士的前胸。男孩叫起来，惊吓之余他仍扣着扳机，让手枪不停地射出子弹。后坐力让孩子的手向上扬起，子弹横飞，射中一个老太太和另一个士兵，直到八发子弹全部打完，他才扔掉了手枪。

不等格雷戈里作出反应，他又听见一声大喊，转身看见一家关着门的帽子店前面有两个人正干得起劲。女人背靠着墙，裙子掀到腰部，双腿叉开，穿着靴子的两脚踩着地。那个男人穿着下士军服，正站在她的两腿之间，弯着膝盖，解开裤子用力戳着。格雷戈里排里的几个战士站在旁边围观，发出阵阵喝彩。

那男人似乎达到了高潮。他匆忙退出，转身扣上裤子走开，女人也把裙子放下来。一个名叫伊戈尔的士兵说：“等一等，该轮到我了！”他拉起女人的裙子，露出她白皙的双腿。

其他人欢呼起来。

“不行！”女人说，想要推开他。她喝醉了，但她并未失去反抗能力。

伊戈尔身材又矮又瘦，力气却大得惊人。他一把将她推到墙边，抓住她的手腕。“来吧，”他说，“多一个又怎么样？”

女人挣扎着，这时又上来两个士兵把她摁住。

她原来的那个伙伴说话了：“嘿，放开她！”

“你完事了，现在该我了。”伊戈尔说着，解开扣子。

这一幕让格雷戈里十分反感。“住手！”他大喊道。

伊戈尔不服地看了他一眼。“你是在像军官那样命令我吗，格雷戈里·谢尔盖耶维奇？”

“不是军官，而是以一个人的身份！”格雷戈里说，“好啦，伊戈尔，你能看出她不想要你。女人有的是。”

“我想要这个。”伊戈尔往周围看了看，“我们都想要这个——是不是啊，兄弟们？”

格雷戈里上前一步，双手叉腰站在那儿。“你是人，还是狗？”他喊道，“这女人说不行！”他伸出胳膊揽住愤怒的伊戈尔，“告诉我，同志，这附近哪里能让人弄到喝的？”

伊戈尔咧嘴笑了笑，周围的战士们欢呼起来，女人溜走了。

格雷戈里说：“我看见街对面有个小旅馆，我们要不要去问问掌柜的，或许他那儿能找到点儿伏特加呢？”

士兵一个个又欢呼起来，大家全都朝旅馆走去。

店主在旅馆的前厅提供免费啤酒。格雷戈里觉得他很精明。男人喝啤酒比喝伏特加花的时间更长，啤酒喝多了也不太可能闹出乱子。

他接过一杯啤酒喝了一大口。他的兴奋消失了。他觉得自己像是喝醉酒后清醒过来。那个女人的事情让他震惊，小男孩开枪也十分可怕。革命并非只是简单地摆脱身上的枷锁。武装起来的民众十分危险。让士兵去霸占资产阶级的汽车会带来致命后果。即使是亲吻这种无害的行为，也在几小时内差一点让格雷戈里的排发生轮奸事件。

不能再这样下去了。

必须要有规矩。格雷戈里当然不想再回到过去。沙皇给了他们买面包的长队、残酷的警察，以及让士兵脚上没靴子穿。但自由不能被混乱替代。

格雷戈里低声说了句去小解，便离开了他的部下。他沿着来时的路走上涅夫斯基大街。民众赢得了今天的战斗。沙皇的警察和军队被打败。但是，如果这一切只是带来暴力的狂欢，那么不久后人们就会嚷着要回到过去的制度。

该让谁来负责呢？据昨天克伦斯基跟格雷戈里说的话，杜马违抗沙皇的意志，拒绝关门。议会多少有些无能，但它至少象征着民主。格雷戈里决定去一趟塔夫利宫，看看那里情况如何。

他向北朝涅瓦河的方向走去，然后向东朝塔夫利花园走。他走到那儿的时候，夜幕已经落下。这座宫殿的古典式立面有几十个窗口，里面全都亮着灯。这里有数千人跟格雷戈里抱有相同的想法，宽阔的庭院里人头涌动，士兵和工人们在附近转来转去。

一个手持话筒的人在发布通告，一次次重复着。格雷戈里往前挤，想听清楚他在说什么。

“战争工业委员会的工人小组已经从克列斯季监狱里被释放了。”那人喊道。

格雷戈里不知道他们是谁，但这名字听起来不错。

“跟其他同志一道，他们成立了工人代表苏维埃临时执行委员会。”

格雷戈里很喜欢这一主张。苏维埃是由代表组成的理事会。1905年便成立了圣彼得堡苏维埃。当时格雷戈里只有十六岁，可是他知道苏维埃是由工厂工人选出来的，是它组织了罢工行动。以前它有过一个富有魅力的领导者莱昂·托洛茨基，后被驱逐。

“所有这一切都将在《消息报》的特别版正式对外公布。执行委员会已成立了食品供应委员会，确保工人和士兵有饭吃。同时也成立了一个军事委员会，保卫革命成果。”

他没有提到杜马。众人欢呼起来，但格雷戈里想知道士兵是否听从这个自我推选的军事委员会的命令。其中的民主在哪里？

公告的最后一句话回答了他的问题。“委员会呼吁工人和士兵尽快为苏维埃选出代表，并将自己的代表送到宫殿这里参加新的革命政府！”

这正是格雷戈里一直想要听到的。新的革命政府——工人和士兵的苏维埃。现在，作出改变的同时就不会带来混乱。他满腔热情地离开庭院返回军营。士兵们早晚都要回军营睡觉的。他迫不及待要把这消息告诉他们。

然后，他们就要马上选出自己的代表。

第二天一早，第一机枪团聚集在操场为彼得格勒苏维埃选出自己的代表。伊萨克提名中士格雷戈里·别斯科夫。

他全票当选。

格雷戈里很高兴。他理解士兵和工人的生活，要将现实生活中的机油气味带进权力的走廊。他永远不会忘记自己的根。他将确保这场骚乱带来社会的改进，而不是毫无秩序的暴力。现在他掌握机会，可以为卡捷琳娜和弗拉基米尔创造更美好的生活。

他快步走过铸造大桥，只身前往塔夫利宫。他的当务之急便是面包。卡捷琳娜、弗拉基米尔，还有其他两百万彼得格勒居民必须有饭吃。而现在，当他承担起这份责任——至少在他的想象中，他便开始感到气馁。农村的农民和磨坊主必须立即向彼得格勒的面包师运送更多面粉，但他们不会这样做，除非给他们付钱。苏维埃能保证有足够的钱吗？他开始怀疑推翻政府相比之下或许是比较容易的事。

宫殿主体很长，两边还带有侧楼。格雷戈里发现杜马和苏维埃都在举行会议。杜马作为旧有的中产阶级在右侧楼，苏维埃占据的是左侧楼，这种安排倒是很适当。但到底由谁来负责？没人知道。这应该是最先解决的问题，然后再去解决实际问题，格雷戈里焦急地想。

在宫殿的台阶上，格雷戈里看见康斯坦丁那干瘦的身影和他一头浓密的黑发。他心头猛地一紧，想起自己竟没有想办法把他母亲瓦莉娅的死讯通报给他。但他立刻发觉康斯坦丁已经知道了。除了红臂章外，康斯坦丁还在帽子上系了一条黑色的头巾。

格雷戈里跟他拥抱："我目睹了发生的一切。"他说。

"是不是你杀死了警察狙击手？"

"是。"

"谢谢。但真正为她复仇的将是一场革命。"

康斯坦丁成为普梯洛夫机械厂的两名当选代表之一。下午，越来越多的代表前来报到，到了傍晚，一共有三千人挤进巨大的凯瑟琳大厅。这些人几乎全都是士兵。部队自有其团、排建制，格雷戈里心想，部队比工厂更容易进行选举，因为很多工人都被锁在工厂外面。有些代表是几十人选出的，有些则经过千万人的推选。民主并不像乍看上去那样简单。

有人建议应该把他们自己改名为彼得格勒工人和士兵代表苏维埃，人群爆发出雷鸣般的掌声表示支持。看来一切都没有章法和步骤，没有议程，决议并不通过提议和复议阶段，也没有投票机制。人们只是站起来开始说话，有时候同时站起来好几个人。在主席台上，有几个貌似中产阶级的人快速潦草地记着笔记，格雷戈里猜到这些人是昨天成立的执行委员会成员。至少还算有人在做记录。

尽管一切乱得让人担忧，但兴奋情绪充溢着全场。人们都觉得他们经历了奋战且赢得了胜利。不管是好还是坏，他们已经在创造一个新的世界。

但是没人提到面包。格雷戈里和康斯坦丁对苏维埃的无所作为感到沮丧，趁着一个特别混乱的时刻走出凯瑟琳大厅，穿过宫殿去看杜马那边在做什么。在路上，他们看到戴着红臂章的部队在走廊里堆放着食物和弹药，仿佛准备围攻。格雷戈里心想，沙皇当然不会轻易接受这一切。到时候他会尝试用武力重新获得掌控权。而这将意味着攻击这座大楼。

在大楼右侧他们遇到了马克拉柯夫伯爵，普梯洛夫机械厂的董事之一。他是一位中心偏右党派的代表，但他跟他们说话时足够礼貌。他告诉他们，另一个“为恢复首都和秩序并确立个体与公共机构关系的杜马议员临时委员会”已经成立了。尽管它的名称滑稽可笑，格雷戈里仍有种不祥的感觉，表明杜马企图掌握控制权。马克拉柯夫还告诉他，该委员会任命恩格尔哈特上校为彼得格勒司令，这让格雷戈里更加担心了。

“不错，”马克拉柯夫满意地说，“他们已经指示所有士兵返回军营，要求他们听从指挥。”

“什么？”格雷戈里感到震惊，“但这会破坏革命。沙皇的军官将重新获得控制权！”

“杜马成员们并不认为这是一场革命。”

“杜马的成员都是白痴。”格雷戈里气愤地说。

马克拉柯夫傲慢地一仰脖子，转身离去。

康斯坦丁跟格雷戈里一样愤怒：“这是一种反革命行径！”

“必须予以制止。”格雷戈里说。

他们急忙回到左侧楼。在大厅里，会议主席正竭力控制着一场辩论。格雷戈里一步跨到台上。“有一个紧急情况通知大家！”他喊道。

“每个人都有紧急情况，”主席疲惫地说，“不过，管他的呢，你说吧。”

“杜马下令士兵返回军营，服从他们军官的指挥！”

与会代表们发出一阵抗议的呐喊。

“同志们！”格雷戈里大声喊道，试图让大家平静下来，“我们绝不会回到老路上！”

下面是一片赞同的呼声。

“城里的人必须得到面包。我们的妇女走在街头必须获得安全保障。工厂必须重新开工，磨坊必须转动，但这一切都不会像以前那样。”

现在人们都在听他说话，拿不准他要把大家引向何方。

“我们的士兵必须停止殴打资产阶级，停止当街骚扰女人，停止抢劫卖酒的店铺。我们必须回到自己的军营，清醒过来，恢复行使自己的责任，但是……”他停顿了一下，以引起听众的注意，“一切都要按我们提出的条件！”

下面传来一阵赞同的低语声。

“应该定出什么条件呢？”

有人大声喊道：“选举出一个委员会来发布命令，不再听军官的！”

另一个说：“不用再说什么‘阁下’，什么‘至高无上的领袖’，他们应该直接被称为上校或者将军。”

“也不用再敬礼！”又一个人喊道。

格雷戈里不知该怎么办。每个人都有自己的建议。他无法听到他们的声音，更不用说记住这些建议了。

主席过来帮他解围。“我建议所有想提意见的人去索科洛夫同志那里组成一个小组。”格雷戈里知道尼古拉·索科洛夫是个左翼的律师。他觉得这个办法不错，现在需要有人按照正确的法律条款来拟定建议。主席接着说：“等你们决定了想要什么以后，就把你们的建议呈交苏维埃批准。”

“好的。”格雷戈里跳下主席台。索科洛夫坐在大厅一侧的一张小桌边。格雷戈里和康斯坦丁走了过去，有十几个代表也跟着他们。

“这样很好，”索科洛夫说，“建议要写给谁呢？”

格雷戈里又为难起来。他正打算说“致全世界”，但一名士兵说：“致彼得格勒卫戍部队。”

另一个说：“致全体守卫部队、炮兵部队的战士。”

“全体舰队。”又有人说。

“好极了，”索科洛夫把这些都记了下来，“予以立即、准确执行，要加上这句吗？”

“是的。”

“同时通告彼得格勒的工人？”

格雷戈里有些急不可耐。“是的，是的，”他说，“请问，是谁提出选举产生委员会的？”

“是我，”一个长着灰胡子的士兵说，他直接坐在索科洛夫前面的桌子边，像口述似的说，“各部队要为他们选出的代表设立委员会。”

索科洛夫边写边说：“所有的连队、营、团……”

有人补充道：“库房、大队、编成中队，舰船……”

灰胡子士兵说：“尚未选出代表的单位必须照此办理。”

“对，”格雷戈里急切地说，“还有各种武器，包括装甲车，必须交由营和连的委员会掌控，不再由军官控制。”

几个战士齐声表示赞同。

“很好。”索科洛夫说。

格雷戈里接着说：“军事单位从属于工人和士兵苏维埃代表及其委员会。”

索科洛夫第一次抬起头：“这就意味着苏维埃控制军队。”

“是的，”格雷戈里说，“杜马军事委员会的命令只有在不违反苏维埃决定的前提下才会被遵照执行。”

索科洛夫继续看着格雷戈里：“这让杜马保持其一贯的无能。之前，它是受沙皇的随意摆布。现在，每个决定都需要苏维埃来批准。”

“完全正确。”格雷戈里说。

“所以说，苏维埃至上。”

“把这写下来。”格雷戈里说。

索科洛夫写好了。

有人说：“禁止军官粗鲁对待其他级别的军人。”

“好。”索科洛夫说。

“不能像对牲口或小孩子那样称呼他们。”

格雷戈里认为这些都是微不足道的小事。“文件需要有个标题。”他说。

索科洛夫说：“你有什么建议？”

“你以前为苏维埃起草的命令都用什么标题？”

“以前没有过任何命令，”索科洛夫说，“这是第一个。”

“那么，”格雷戈里说，“就叫它‘第一号令’。”

格雷戈里为自己作为当选代表后提出的第一份立法获得通过深感满意。在接下来的两天里又通过了几份决定，这让他全身心沉浸在革命政府一步一步拓展开来的工作中。但他心里一直想着卡捷琳娜和弗拉基米尔，直到星期四晚上，他才终于有了机会溜出去看望他们。

他朝着城市的西南郊走去，心里充满了不祥的预感。卡捷琳娜答应过不去凑热闹，但彼得格勒的妇女认为这场革命不单单是男人的事情，也属于女人。毕竟一切是从国际妇女节开始的。这没什么稀奇的。格雷戈里的母亲就是在1905年革命失败时被打死的。如果卡捷琳娜决定背着弗拉基米尔进入市中心，去看看发生了什么事情的话，她也不会是唯一这样做的母亲。已经有不少无辜的人死去——被警察枪杀，被踩踏致死，被醉酒士兵强占的汽车轧死，或者被流弹击中。他提心吊胆地走进那幢老房子，生怕迎面碰见某个面色阴沉、眼含泪水的女房客，跟他诉说发生了可怕的事情。

他爬上楼梯，拍了拍她的门，走了进去。卡捷琳娜从椅子上跳了起来，一下子扑到了他怀里。“你还活着！”她急切地吻着他，“我一直都在担心！真不知道我们要是没了你该怎么办。”

“我很抱歉没能早点儿回来，”格雷戈里说，“我当上了苏维埃代表。”

“代表！”卡捷琳娜自豪地笑了，“我的丈夫当了代表！”她紧紧抱住了他。

格雷戈里着实让她觉得很了不起。这在他来说还是头一次。“代表不过是代替推选他的人做事。”他谦虚地说。

“但他们肯定是选最聪明、最可靠的人。”

“嗯，他们尽量这样做。”

房间里只点了一盏油灯，显得十分昏暗。格雷戈里把包裹放在桌子上。他有了新的身份，从军营厨房获取食物更不成问题了。“里面还有几盒火柴和一条毯子。”他说。

“谢谢你！”

“我希望你尽可能一直待在屋里。街上依然很危险。有些人正在发动一场革命，但另一些人只是趁乱撒野。”

“我几乎足不出户。我一直在等你的消息。”

“孩子怎么样？”弗拉基米尔在角落里睡着。

“他想他的爸爸啊。”

她的意思是格雷戈里。格雷戈里并没打算让弗拉基米尔喊自己爸爸，但他接受了卡捷琳娜的设想。他们几个人都不大可能再次见到列夫——他已经差不多三年时间毫无音讯，孩子恐怕永远无法知道事情的真相，或许这样更好。

卡捷琳娜说：“真抱歉他睡着了。他会高兴见到你的。”

“等到早上我再跟他说话。”

“你可以留下过夜？这太好了！”

格雷戈里坐了下来，卡捷琳娜在他面前蹲下，为他脱下靴子。“看来你很累。”她说。

“是很累。”

“我们上床吧，已经很晚了。”

她开始解开他的外衣，他向后靠了靠，顺从了她。“哈巴罗夫将军躲藏在海军部里，”他说，“我们怕他重新夺回各个车站，但他甚至都没做任何尝试。”

“为什么？”

格雷戈里耸耸肩：“因为胆怯。沙皇下令伊万诺夫进军彼得格勒，建立军事独裁统治，但伊万诺夫的手下发生哗变，远征只得取消。”

卡捷琳娜皱起了眉头：“从前的统治阶级就这样放弃了？”

“好像是。有点奇怪对吧？但显然不会出现反革命浪潮。”

两人上了床，格雷戈里穿着内衣，卡捷琳娜身上也还穿着衣服。她从未在他面前脱光过。也许她觉得最好有所保留。他不无遗憾地接受她这个怪癖。他把她搂在怀里，亲吻她。当他进入她时，她说：“我爱你。”他觉得自己是世上最幸运的人。

后来，她睡眼惺忪地问：“接着还会发生什么事呢？”

“会召开一个制宪代表大会，由他们所称的‘四项条件普选’产生——普遍、直接、秘密和平等。与此同时，国家杜马那里会形成一个临时政府。”

“谁来领导？”

“利沃夫。”

卡捷琳娜坐了起来：“是个王子！为什么？”

“他们希望让所有阶级都抱有信心。”

“见他的鬼，所有阶级！”她气愤起来愈发漂亮，脸色红润，眼睛忽闪着光，“工人和士兵的革命已经赢了，我们干吗还需要其他人的信心？”

这个问题也困扰着格雷戈里，但这个问题已经有了让他信服的答案。“我们需要商人重新开动工厂，批发商为城市提供商品，店主打开店门。”

“那沙皇怎么办？”

“杜马要求他退位。他们派了两个代表去普斯科夫告诉沙皇这个建议。”

卡捷琳娜瞪大了眼睛：“退位？沙皇？那样的话，一切就到头了。”

“是的。”

“这可能吗？”

“我不知道，”格雷戈里说，“我们明天就会弄清楚了。”

星期五，一场辩论在塔夫利宫的凯瑟琳大厅断断续续进行着。两三千男人和少数女人挤在屋子里，空气里满是烟草和没洗澡的士兵身上散发的体臭。他们都在等着沙皇作决定。

辩论被一次次通报打断。通报一般都算不得紧急——某个士兵会站出来说他们营已经成立了委员会并逮捕了上校。有些甚至算不上通报，不过是呼吁保卫革命的演讲。

但是，当一个头发花白的中士跳上台时，格雷戈里预感到这次通报一定非同小可。他红着脸，气喘吁吁，手里捏着一张纸，嚷着让大家静一静。

他不紧不慢地大声说：“沙皇签署了一份文件……”

这几个字引来一片欢呼。

中士提高了嗓门：“放弃王位……”

欢呼变成一片狂吼。格雷戈里感到好像有股电流传遍全身。难道这真的发生了吗？梦想终于变成了现实？

中士举起一只手示意安静。他的话还没有说完。

“由于他十二岁的儿子阿列克谢健康不佳，他已指定米哈伊尔大公，即沙皇的弟弟为他的继任者。”

欢呼立刻变成抗议的怒吼：“不！”格雷戈里喊道，他的声音淹没在上千人的喊叫声中。

几分钟后抗议渐渐平息，而外面传来更响亮的怒吼声。庭院里的人想必也听到了这个消息，跟他们一样义愤填膺。

格雷戈里对康斯坦丁说：“临时政府不应该接受这个。”

“我同意，”康斯坦丁说，“走，我们去告诉他们。”

两人离开苏维埃，穿过宫殿。新成立的政府部长们在原来临时委员会待的地方开会——令人担忧的事实是，他们很大程度就是同一拨人。他们正在讨论沙皇的声明。

帕维尔·米留可夫站在那儿。这个戴着单镜片眼镜的温和派争辩说，君主制必须作为合法性的象征加以保留。“胡说。”格雷戈里低声说。王权象征的是无能、残暴和失败，而不是合法性。幸运的是其他人也有同感。克伦斯基——现在是司法部长，提出应该告知米哈伊尔大公拒绝加冕，让格雷戈里备感安慰的是，大多数人表示赞同。

克伦斯基和利沃夫王子获得授权立刻去见米哈伊尔。米留可夫镜片后的双眼冒着火，说：“我也跟他们一起去，以便代表少数人的观点！”

格雷戈里觉得没人会理睬这个愚蠢的建议，但其他几位部长软弱地表示同意。这时格雷戈里站了起来。他事先并未考虑过，此时直截了当地说：“我会以彼得格勒苏维埃观察员的身份陪部长们一道前往。”

“很好，很好。”克伦斯基疲惫地说。

他们从宫殿侧门出去，上了等在那里的两辆雷诺轿车。杜马的前主席，身材肥硕的米哈伊尔·罗德坚科也来了。格雷戈里简直不敢相信这事发生在自己身上。他竟然成了代表团的一员，去命令皇太子拒绝成为沙皇。不到一个礼拜前，他还不得不听从基里洛夫中尉的命令，老实地从桌子上走下来。世界变化得太快，让人跟不上他的步伐。

格雷戈里从来没进过任何富裕贵族的家宅内部，这就好像进入一个梦幻世界。大房子里塞满了各种宝物。他的目光所及之处，是各色华丽的花瓶、精致的钟表、银烛台和宝石装饰。如果他抓起一只金碗跑出前门，卖掉它的钱足以让他为自己买上一栋房子，不过眼下没人会买金碗，人们唯一想要的是面包。

格奥尔基·利沃夫王子满头银发，脸上留着一团浓密的胡须，显然既不为这豪华的装饰所动，也没有被眼下的庄严使命吓倒，但其他人都显得战战兢兢。他们在客厅里等待着，苦着脸站在祖先的画像下，两脚在厚厚的地毯上来回挪着步子。

终于，米哈伊尔大公出现了。他三十八岁，已过早秃顶，留了少许髭须。让格雷戈里惊讶的是，他好像比代表团的人更紧张。他显得很害羞，一副不知所措的样子，尽管一直傲慢地歪着脑袋。最终他攒足了勇气，说："你们想要跟我说什么？"

利沃夫回答："我们是来要求你不要接受王位。"

"哦，天啊。"米哈伊尔说，好像不知道接下来该做什么。

克伦斯基保持着镇静，他的话既清晰又坚定。"彼得格勒的人对沙皇陛下所作的决定十分愤怒，"他说，"现在已经有一大队士兵向塔夫利宫挺进。除非我们立即宣布你已拒绝接任沙皇，否则就会发生一场武装起义，继而暴发内战。"

"哦，我的上帝。"米哈伊尔轻声说。

格雷戈里察觉这位大公头脑不太灵光。他想，这有什么可奇怪的。如果这些人有脑子，他们就不会失去俄国的皇位。

戴单镜片眼镜的米留可夫说："殿下，我代表临时政府少数人的观点。在我们看来，君主制是人们唯一接受的权威象征。"

米哈伊尔显得更加不知所措。他最怕的事情就是作选择，格雷戈里这样想着，这只能让事情变得更糟。大公说："你们不介意我单独跟罗德坚科说几句话吧？不，你们不用离开，我们去旁边的屋子好了。"

哆哆嗦嗦尚未加冕的沙皇和肥硕的主席离开后，留下的人开始低声谈论起来。没有人跟格雷戈里说话。他是屋子里唯一的工人阶级，他感觉到他们有点害怕他，怀疑在他军士制服的口袋里塞了手枪和子弹，不过这倒是实情。

罗德坚科回来了。“他问我是否我们能保证他的人身安全，如果他成为沙皇的话。”格雷戈里感到厌恶，但他毫不奇怪大公关心的只是自己，而不是他的国家，“我告诉他我们保证不了。”罗德坚科说。

克伦斯基说：“还有呢？”

“他一会儿再过来。”

这段耽搁仿佛十分漫长，接着，米哈伊尔出来了。大家都陷入了沉默。很长时间都没人说话。

最后米哈伊尔说：“我已经决定拒绝接受王位。”

格雷戈里的心好像停止了跳动。八天了，他想。八天前维堡的女人们游行跨过铸造大桥。而今天，罗曼诺夫家族的统治终于结束了。

他回想起母亲死去的那天说过的话：“俄国不成立共和国，我就不会停下。”妈妈，现在你可以安息了，他想。

克伦斯基握着大公的手，说着一些冠冕堂皇的话，格雷戈里没注意听。

我们成功了，他想，我们发动了一场革命。

我们废除了沙皇。

在柏林，奥托·冯·乌尔里希打开了一瓶1892年的巴黎之花大香槟。

冯·乌尔里希家邀请了冯·赫尔巴德一家来共进午餐。莫妮卡的父亲康拉德是位伯爵，因此她的母亲便是伯爵夫人。伊娃·冯·德·赫尔巴德伯爵夫人是个令人敬畏的女人，灰白的头发挽成了一个精致的发髻。午饭前她把沃尔特拦在一旁，告诉他莫妮卡是个多才多艺的小提琴手，上学的时候所有科目都在班上名列前茅。他用眼角的余光瞥见他父亲在跟莫妮卡说话，猜到她大概也正在获取他在校时的表现报告。

他对父母坚持把莫妮卡塞给他感到恼火。事实上，他发现自己强烈地被她吸引，这让整个情况变得更糟。她既聪明又美丽，总是经过悉心打扮，头发梳理得十分齐整，但他还是不禁想象她晚上除掉头饰，晃着头放开波浪卷发的样子。这些天来，有时他发现自己很难再去想茉黛。

这时，奥托举起酒杯。“为沙皇下台干杯！”他说。

“你真让我惊讶，爸爸，”沃尔特发脾气说，“你真觉得工人和哗变士兵组成的暴民推翻一个合法的君主值得庆贺？”

奥托一时面红耳赤。沃尔特的妹妹葛丽泰宽慰地拍了拍她父亲的胳膊。“别去管他，爸爸，”她说，“沃尔特说这些就是要惹你生气。”

康拉德说：“我在驻彼得格勒大使馆期间认识了沙皇尼古拉。”

沃尔特说：“你觉得他这个人怎么样，先生？”

莫妮卡替她父亲作了回答。她朝沃尔特阴险地笑了一下，说：“爸爸常说，如果沙皇生在另一种环境里，经过一番努力，倒是有可能成为一个称职的邮差。”

“这就是世袭君主制的可悲之处。”沃尔特转向他的父亲，“但你肯定不会赞成俄国实行民主。”

“民主？”奥托语带嘲讽，“我们等着瞧吧。我们只知道新总理是一个自由派的贵族。”

莫妮卡问沃尔特：“你觉得利沃夫王子会跟我们讲和吗？”

这是当前的紧迫问题。“我希望如此，”沃尔特说，尽量不去看莫妮卡的胸脯，“如果我们东部战线的所有军队都可以转移到法国，就能在兵力上压过协约国。”

她举起酒杯，眼睛越过杯口注视着沃尔特：“那么，就让我们为了这一目标喝一杯。”

在法国东北部一处寒冷、潮湿的战壕里，比利排里的战士们在喝着杜松子酒。

这瓶酒是那位被革职的军官罗宾·莫蒂默拿出来的。“我一直留着。”他说。

“真是让人吃惊。”比利学着米尔德里德的口气说。莫蒂默是个性情乖戾的家伙，从来没给别人买过酒。

莫蒂默把酒倒在大家的锡铁饭盒里。“这酒算是庆贺这该死的革命。”他说。他们都喝光了，然后又伸着饭盒让他再添酒。

没喝杜松子酒之前比利的心情就已经很不平静了。俄国人已经证明现在仍有可能推翻暴君。

他们唱着《红旗》这首歌时，菲茨赫伯特伯爵踩着泥浆一瘸一拐从通廊那边绕了过来。他现在已经是上校，变得比以前更加嚣张。“安静，你们这些人！”他喊道。

歌声慢慢停了。

比利说：“我们正在庆祝俄国人推翻沙皇！”

菲茨气愤地说："他是一个合法的君主，推翻他的那些人都是罪犯。不许再唱歌了。"

比利对菲茨的蔑视又深了一层："他是个杀了数千臣民的暴君，今天是所有文明人的大喜日子。"

菲茨使劲盯着他。伯爵已经不戴眼罩了，但他的左眼皮一直都下垂着。不过这似乎并没有影响他的视力。"威廉姆斯中士，我早该猜到是你。我知道你，认识你的家人。"

那是当然，比利想。

"你姐姐是个和平的煽动者。"

"你妹妹也是，先生。"比利话音刚落，罗宾·莫蒂默就哑着嗓子笑了起来，然后赶紧收住了笑声。

菲茨对比利说："再说一句不礼貌的话，你就等着受罚。"

"对不起，先生。"比利说。

"都安静点，不许再唱歌。"菲茨走开了。

比利平静地说："革命万岁。"

菲茨装作没听见。

在伦敦，碧公主尖声叫着："不！"

"冷静点儿。"茉黛说。她刚刚把听到的消息告诉了她。

"他们不可以那样！"碧尖叫道，"他们不能让我们爱戴的沙皇退位！他是人民的父亲！"

"这可能是最好的结果了……"

"我不相信你说的！这是个邪恶的谎言！"

门开了，格洛特往里面探了探头，显得很着急的样子。

碧抄起一只插着干草的日本花瓶往房间的另一头扔去。花瓶撞在墙上，碎了。

茉黛拍拍碧的肩膀。“好啦，好啦。”她不知道自己还能做些什么。她自己很高兴沙皇被推翻，但也很同情碧，对她来说，原来的生活已经彻底被摧毁了。

格洛特动了动手指，一个女仆随后走进屋子，显得很害怕的样子。他指了指摔碎的花瓶，女仆便开始收拾那些碎片。

茶具摆在桌子上——茶杯、茶碟、茶壶、牛奶和奶油罐，还有一只糖碗。碧狠狠地把这些全都扫到地上。“那些革命者会把所有人都杀掉的！”

管家跪下身子开始收拾残局。

“不要胡思乱想了。”茉黛说。

碧哭道：“可怜的皇后！还有她的孩子！他们该怎么办？”

“你最好躺一会儿，”茉黛说，“走吧，我送你去房间。”她托着碧的胳膊肘，碧顺从地被带了出去。

“一切都完了。”碧抽泣着。

“没关系，”茉黛说，“也许这是一个新的开始。”

艾瑟尔和伯尼两人正待在阿伯罗温，算是他们的蜜月。艾瑟尔饶有兴致地向伯尼展示她童年时常去的地方：矿井坑口、教堂和学校。她甚至带他到泰-格温里转了转——菲茨和碧都没在这儿——但她没带他去栀子花套房。

他们住在格里菲斯家，再次留宿在汤米的房间，省得回家去打搅外公。他们正坐在格里菲斯太太的厨房里聊天，这时，她那位无神论的革命社会主义者丈夫莱恩挥着手里的报纸闯了进来。“沙皇退位了！”他说。

他们又是欢呼又是拍巴掌。一个星期以来，彼得格勒发生骚乱的消息时有报道，艾瑟尔一心盼着最后的结局。

伯尼问：“谁接管了政权？”

“利沃夫王子领导的临时政府。”莱恩说。

“这么说，社会主义并没有获得全面胜利。”伯尼说。

“是的。”

艾瑟尔说：“高兴点儿，你们这些男人，事情总得一步步来！我们去双冠庆祝一下。我让庞蒂太太照看一会儿劳埃德。”

两个女人戴上帽子，然后大家一起去了酒吧。不到一个小时，里面便挤满了人。艾瑟尔惊讶地发现她的父母也走了进来。格里菲斯太太也看见了，说：“天啊，他们到这儿来干吗？”

几分钟后，艾瑟尔的父亲站在一把椅子上，要大家安静下来：“我知道你们在这里看到我有些吃惊，但特殊场合需要特别的行动。”他举着一只粉色的酒杯向所有人示意，“我并未改变保持了一辈子的习惯，老板好心给了我一杯自来水。”人们都笑了起来。“我来这儿与我的邻居们分享在俄国赢得的胜利。”他举起酒杯，“为了革命，干杯！”

人们欢呼，干杯。

“好啊！”艾瑟尔说，“爸爸进了酒吧！我从没想过会看到这一天。”

在约瑟夫·维亚洛夫位于布法罗的超级现代化的草原式别墅

里，列夫·别斯科夫从酒柜里取出酒来为自己斟上。他已经不再喝伏特加了。跟富有的岳父一块生活，培养了他对苏格兰威士忌的品味。他喜欢美国人喝威士忌加冰块的方式。

列夫不喜欢跟姻亲住在一起。他更想和奥尔加有属于自己的一块地方。但奥尔加喜欢现在这样，所有的花销都由她父亲负担。列夫还没有能力，在此之前他只能困在这里。

约瑟夫正在看报，莉娜在一边缝纫。列夫朝他们举起酒杯。“革命万岁！”他炫耀似的说。

“你说话小心点儿，”约瑟夫说，“这对生意没好处。”

奥尔加走了进来：“给我倒杯雪利酒，亲爱的。”

列夫在心里叹了口气。她喜欢差遣他做事，当着她父母的面他又无法拒绝。他倒了一小杯甜雪利酒递给她，就像一个侍者那样鞠了一躬。她娇滴滴地笑着，没看出这里头的讽刺。

他喝了威士忌，品味着那火辣辣的味道。

维亚洛夫太太说：“我真为可怜的皇后和她的那些孩子发愁。他们该怎么办呢？”

约瑟夫说：“他们统统会被暴徒杀掉，我一点也不惊讶。”

“真是太可怜了。沙皇做了什么，让革命者这么痛恨？”

“我可以回答这个问题，”列夫知道自己最好闭嘴，但他控制不住，恰好又有威士忌壮胆，“我十一岁的时候，在我母亲工作的工厂举行了罢工。”

维亚洛夫太太责备地嘘了一声。她不相信罢工这种事情。

“警察把罢工者的孩子全都围堵在一起。那情形我永远都忘不了。我当时吓坏了。”

“他们为什么要做这种事呢？”维亚洛夫太太说。

“警察把我们这些人一顿痛打，”列夫说，“用警棍打我们的屁股。就是要给我们的父母一点儿颜色看看。”

维亚洛夫太太脸都白了。她最受不了有人虐待孩子或动物。

“沙皇和他的政权就是这样对待我的，母亲，”列夫说着，摇晃着杯子，里面的冰块叮当作响，“所以我要敬革命一杯。”

“你心里是怎么想的，格斯？”威尔逊总统说，“你是这儿唯一真正到过彼得格勒的人。接下来会发生什么？”

“我讨厌像国务院官员一样说话，但两种情况都有可能。”格斯说。

总统笑了起来。他们两人正在椭圆办公室，威尔逊坐在办公桌后面，格斯在桌前。“说说看，”威尔逊说，“猜一猜俄国人会不会退出战争？这是今年最重要的问题。“

“好吧。所有新政府的部长都属于某个冠以社会主义和革命这种可怕名称的政党，但实际上他们都是中产阶级的商人和专业人士。他们真正想要的是一次资产阶级革命，赋予他们自由，以促进工业和商业。但民众想要的是面包、和平还有土地——工人要面包，士兵要和平，农民要土地。这些诉求对利沃夫和克伦斯基这类人毫无吸引力。现在来回答您的问题，我觉得利沃夫的政府将尽力逐步作出改变。特别是他们将继续这场战争。但工人不会满意。”

“最后谁会赢呢？”

格斯回忆起他访问圣彼得堡时，在摇摇欲坠、肮脏不堪的普梯洛夫机械厂铸造车间一个人向他展示浇铸机车车轮的情形。后来，格斯又看到那个男人跟一名警察为了一个女孩大打出手。他记不得这个男人的名字，但至今清楚记得他的长相——宽宽的肩膀和强有力的胳膊，还有那根残缺的手指，不过印象最深的是他那对燃烧着怒火的蓝眼睛，表情中带着一种无可阻挡的决心。

“最后的赢家是俄国人民。”

人物表

美　国

杜瓦家

卡梅伦·杜瓦，参议员

乌苏拉·杜瓦，其妻

格斯·杜瓦，他们的儿子

维亚洛夫家

约瑟夫·维亚洛夫，商人

莉娜·维亚洛夫，其妻

奥尔加·维亚洛夫，他们的女儿

其他

罗莎·赫尔曼，记者

查克·迪克森，格斯上学时的朋友

玛伽，夜总会歌手

尼克·福尔曼，小偷

伊利亚，恶棍

西奥，恶棍

诺曼·尼尔，心术不正的会计

布莱恩·霍尔，工会领导人

真实的历史人物

伍德罗·威尔逊，第二十八届总统

威廉·詹宁斯·布赖恩，国务卿

约瑟夫·丹尼尔斯，海军部长

英格兰和苏格兰

菲茨赫伯特家

菲茨赫伯特伯爵，称为菲茨

伊丽莎维塔公主，称为碧，其妻

茉黛·菲茨赫伯特女勋爵，菲茨的妹妹

荷米亚女勋爵，称作赫姆姑妈，他们的穷姑妈

苏塞克斯公爵夫人，他们的富姑妈

格雷特，比利牛斯山犬

格洛特，菲茨的管家

桑德森，茉黛的女仆

其他

米尔德里德·帕金斯，艾瑟尔·威廉姆斯的房客

伯尼·莱克维兹，独立工党阿尔德盖特分部书记

宾·韦斯特安普敦，菲茨的朋友

劳瑟侯爵，被茉黛拒绝的求婚者

阿尔伯特·索尔曼，菲茨的经纪人

艾伦·泰特，乔治五世的侍从

格林沃德医生，婴儿诊所的志愿者

约翰尼·雷马克勋爵，陆军部副部长

哈维上校，约翰·弗伦奇爵士的助手

穆雷中尉，菲茨的助手

曼尼·利托夫，工厂厂主

乔克·里德，阿尔德盖特独立工党的出纳

杰妮·麦卡利，军人的妻子

真实的历史人物

国王乔治五世

玛丽皇后

曼斯菲尔德·史密斯-卡明，称作“C”，特勤局对外处主任（后为军情六处）

爱德华·格雷爵士，国会议员，外交大臣

威廉·泰瑞尔爵士，格雷的私人秘书

弗朗西斯·史蒂文森，劳埃德·乔治的情妇

温斯顿·丘吉尔，国会议员

H.H.阿斯奎斯，国会议员，首相

约翰·弗伦奇爵士，英国远征军司令

法　国

姬妮，酒吧女郎

迪皮伊上校，加利埃尼将军的助手

卢索尔将军，霞飞将军的助手

真实的历史人物

霞飞将军，法军总司令

加利埃尼将军，巴黎卫戍司令

德国和奥地利

冯·乌尔里希家

奥托·冯·乌尔里希，外交官

苏珊·冯·乌尔里希，其妻

沃尔特·冯·乌尔里希，他们的儿子，德国驻伦敦大使馆武官

葛丽泰·冯·乌尔里希，他们的女儿

罗伯特·冯·乌尔里希伯爵，沃尔特的隔代堂兄，奥地利驻伦敦大使馆武官

其他

戈特弗里德·冯·凯塞尔，德国驻伦敦大使馆文化文官

莫妮卡·冯·德·赫尔巴德，葛丽泰的好友

真实的历史人物

卡尔·里希诺夫斯基亲王，德国驻伦敦大使

陆军元帅保罗·冯·兴登堡将军

陆军将军埃里希·鲁登道夫

特奥巴登·冯·贝特曼·霍尔维格，德国首相

阿瑟·齐默尔曼，德国外长

俄　国

别斯科夫家

格雷戈里·别斯科夫，铸造工

列夫·别斯科夫，马夫

普梯洛夫机械厂

康斯坦丁，车工，布尔什维克讨论组主席

伊萨克，足球队长

瓦莉娅，女工，康斯坦丁的母亲

谢尔盖·卡宁，铸造车间监工

马克拉柯夫伯爵，董事

其他

米哈伊尔·平斯基，警察

伊利亚·科兹洛夫，其搭档

尼娜，碧公主的女仆

安德烈王子，碧的哥哥

卡捷琳娜，进城不久的乡下姑娘

米什卡，酒吧老板

特罗菲姆，歹徒

菲奥多尔，腐败的警察

斯比利亚，“天使加百利号”上的乘客

雅科夫，“天使加百利号”上的乘客

安东，俄国驻伦敦大使馆职员，也是德国间谍

大卫，犹太士兵

加弗立克中士

托姆恰克少尉

真实的历史人物

弗拉基米尔·伊里奇·列宁，布尔什维克党领导人

莱昂·托洛茨基，苏维埃革命战争委员会主席

威尔士

威廉姆斯家

大卫·威廉姆斯，工会领导人

卡拉·威廉姆斯，其妻

艾瑟尔·威廉姆斯，他们的女儿

比利·威廉姆斯，他们的儿子

外公，卡拉的父亲

格里菲斯家

莱恩·格里菲斯，无神论者，马克思主义者

格里菲斯太太

汤米·格里菲斯，莱恩的儿子，比利·威廉姆斯的好友

庞蒂家

米妮·庞蒂太太

朱塞佩·庞蒂，其长子，小名“乔伊”

乔凡尼·庞蒂，其次子，小名“乔尼”

矿工

大卫·克兰普顿，外号“戴哭宝”

哈利·休伊特，外号“板油”

约翰·琼斯，外号“小店”

戴·肖普，屠夫之子

帕特·教皇，井底把钩工

米奇·教皇，帕特的儿子

戴·泼尼斯，马夫

伯特·摩根

煤矿管理者

珀西瓦尔·琼斯，凯尔特矿业公司董事长

马尔德温·摩根，煤矿董事

里斯·普莱斯，煤矿董事助理

亚瑟·卢埃林，外号“斑点”，煤矿职员

泰-格温雇员

皮尔，仆役长

杰文斯夫人，女管家

莫里森，男仆

其他

戴·穆克，卫生工作者

戴·泼尼斯太太

罗利·休斯太太

汉威尔·琼斯太太

列兵乔治·巴罗，B连

列兵罗宾·莫蒂默，被革职的军官，B连

列兵欧文·贝文，B连

以利亚·琼斯中士，外号“先知”，B连

詹姆斯·卡尔顿-史密斯少尉，B连

格温·埃文斯上尉，A连

罗兰·摩根少尉，A连

真实的历史人物

大卫·劳埃德·乔治，国会自由党成员